国家社会科学基金项目资助

陕西师范大学优秀著作出版基金资助出版

陕西师范大学中国语言文学"世界一流学科建设"成果

国家社会科学基金重大项目"陕甘宁文艺文献的整理与研究（1934-1949）"阶段性成果

国家社会科学基金项目"延安文艺研究史（1936-2016）"阶段性成果

王荣 ◎ 著

延安文艺
史料学

中国社会科学出版社

图书在版编目（CIP）数据

延安文艺史料学/王荣著．—北京：中国社会科学出版社，
2021.5
　ISBN 978 - 7 - 5203 - 7889 - 5

　Ⅰ.①延…　Ⅱ.①王…　Ⅲ.①文艺—史料—延安—现代
Ⅳ.①I209.941.3

　中国版本图书馆 CIP 数据核字（2021）第 026548 号

出 版 人	赵剑英
责任编辑	郭晓鸿
特约编辑	张金涛
责任校对	冯英爽
责任印制	戴　宽

出　　版	中国社会科学出版社
社　　址	北京鼓楼西大街甲 158 号
邮　　编	100720
网　　址	http://www.csspw.cn
发 行 部	010 - 84083685
门 市 部	010 - 84029450
经　　销	新华书店及其他书店

印　　刷	北京明恒达印务有限公司
装　　订	廊坊市广阳区广增装订厂
版　　次	2021 年 5 月第 1 版
印　　次	2021 年 5 月第 1 次印刷

开　　本	710×1000　1/16
印　　张	45.75
插　　页	2
字　　数	697 千字
定　　价	258.00 元

目 录

引言：关于 20 世纪中国文学及其
延安文艺史料学研究

20 世纪 40 年代发生在以延安为中心，包括陕甘宁、晋察冀和晋冀鲁豫边区，以及东北等解放区的新民主主义文化及其文艺运动和创作实践，是 20 世纪中国文艺发展历史上，党的"文艺事业"及新中国文艺的雏形。作为 20 世纪中国文学及其历史进程的重要组成部分，以及在 20 世纪中国文艺的演进过程中，既具有完整性与典型性，又具有独立性与主体性的文艺运动及其历史事实，不仅以其"新的人民的文艺"及其"工农兵文艺"方向，改变并影响了延安文艺发展的历史进程，以及包括当时的"国统区"在内的文艺思潮及其审美趣味，而且毛泽东文艺思想及党的文艺政策方针的理论构建与政治实践，直接引导了 20 世纪下半叶当代中国文艺发展的基本走向及其国家美学与体制化的确立。因此，以马克思主义理论方法为指导，借鉴与吸收传统文艺文献史料学的具体理论方法，采用多学科知识和技术手段，对延安文艺文献史料的来源体例、分布状况、历史变迁与价值利用等各个方面，进行系统的搜集整理与深入的学术研究，不仅对弥补延安文艺文献史料整理研究上的缺失，以及延安文艺文献资料的搜集整理及其史料学的学科建构有着重要的学术价值，同时，对于 20 世纪中国文学史料学的研究及其理论方法的进步，以及其学术共识的形成和学术规范的建立等，也应当具有积极明确的理论意义与断代研究的学术价值。

第一节　延安文艺史料学研究的历史与现状

20 世纪 80 年代以来，关于"中国现代文学史料学"，① 或"新文学资料学体系"② 的学术讨论及学科设想的提出，也使延安文艺史料的搜集整理和研究逐步得到重视。90 年代初前后，随着"学术的规范化"及其"学术重整"意识的自觉及增强，关于延安文艺史料的搜集整理和研究，也呈现出理论方法等方面新的开拓及深化。所以，尽管学术界也提出并强调"史料工作不是研究的附庸，史料的发掘、收集、考证、整理本身，就是学问。史料工作不是拾遗补阙的简单劳动，它有自身的规范、方法和价值，在学术研究的格局中有不可替代的位置"③ 等专业意识，重申包括延安文艺文献史料是其学术研究的基础，"充分掌握史料、证据，就是拥有研究的话语权，既能够摆脱对主观预想的过分期待，又可以理直气壮地对抗谎言"等价值意义，④ 但是同时也应清楚地认识到，作为"一门独立的复杂的学问"，"迄今所做的，无论就史料工作理应包罗的众多方面和广泛内容，还是史料工作必须达到的严谨程度和科学水平而言，都还存在着许多不足"。⑤ 于是，不仅延安文艺原始性史料的抢救整理、文献资料的校勘辨识和多层面多领域的完整性研究等，成为延安文艺史料学研究的学术基础及其动力，同时，探讨并阐明延安文艺史料研究的一般原则和具体方法，使研究者能够从中明确搜集史料的具体途径与手段、鉴别史料的原则与方法、判断史料的真伪与价值等，充分了解本研究领域史料分布的状况及特点等，就成为沟通与整合延安文艺研究与中国现当代政治文化及文学等诸多现有学科构成，发现揭示出历史的与学术的、现实的

---

① 马良春：《关于建立中国现代文学"史料学"的建议》，《中国现代文学研究丛刊》1985 年第 1 期。

② 朱金顺：《新文学资料引论》，北京语言学院出版社 1986 年版，第 11 页。

③ 温儒敏：《尊重史料研究的学术价值与地位》，《汉语言文学研究》2010 年第 1 期。

④ 刘增杰：《中国现代文学史料学》，中西书局 2012 年版，第 9 页。

⑤ 徐瑞岳主编：《中国现代文学研究史纲》（上），江苏教育出版社 2001 年版，第 74 页。

与经验的延安文艺研究的根本性所在。因此，应当说，对于延安文艺及其史料学研究的进步及其学科发展，都有重要的推进及切实的拓展。

自然，延安文艺文献资料的整理及研究，可以说始自 20 世纪 40 年代初开始的延安文艺运动及其作品的结集与出版。从 1936 年 8 月由毛泽东等提出的《为出版〈长征记〉征稿》到 1937 年年初《红军长征记》一书的编辑完成，以及 1936 年 11 月成立于陕甘边苏区的"中国文艺协会"，将"收集整理红军和群众的斗争生活各方面的材料"等，作为"创立工农大众的文艺"及其建设的一个"重大任务"，① 到 1937 年 5 月丁玲的《文艺在苏区》② 及稍后雷铁鸣的《戏剧运动在陕北》、③ L. Insun（朱正明）的《陕北文艺运动的建立》等论文，事实上也反映出延安文艺研究及其文献史料搜集整理与专业意识的自觉。同样，1938 年 1 月，由梦秋编著、上海生活出版社出版的《第八路军红军时代长征史实：随军西行见闻录》一书，除了收入 1936 年 3 月陈云化名廉臣，在法国巴黎中共主办的《全民月刊》上连载的《随军西行见闻录》等"长征记"外，也在附写的"编后小记"中，强调其编辑出版该书的目的及动机是宣传这"二万五千里的长征"，以及其"最英勇的斗争经验"及"世界历史上最伟大的行军故事"，同时因此而"在这里留下了《二万五千里的长征史料》"。④ 1938 年，"西北战地服务团丛书"、"战地生活丛刊"和"鲁迅艺术学院戏曲丛刊"三种丛书陆续出版，应当说是延安文艺文献资料及其总集、别集类型研究资料的较早大规模的汇编结集，其影响十分深广。抗战胜利前后，这种延安文艺作品编辑出版的活动，不仅在以延安为中心的各个边区或"解放区"达到了一个新的阶段并涌现出多种类型的大型延安文艺丛书，以及各种文类的延安文艺总集，同时，以重庆等"国统区"及香港等海外地区为中心，也相继编辑出版了一批有广泛社会影响的延安文艺丛书，以及延安作家的总集或作品、理论别集。如中共西北局

---

① 《"中国文艺协会"的发起》，《红色中华》1936 年 11 月 30 日。
② 丁玲：《文艺在苏区》，《解放周刊》1937 年第 1 卷第 3 期。
③ 雷铁鸣：《戏剧运动在陕北》，《解放周刊》1937 年第 1 卷第 8 期。
④ 梦秋编著：《随军西行见闻录·编后小记》，上海生活出版社 1938 年版，第 107 页。

调查研究室编辑印行的"延安边区生产运动丛书",除了一些普及科学生产知识的作品外,还有几十种描写、宣传劳动英雄的报告文学作品;华北新华书店编辑发行的"晋冀鲁豫边区文艺创作小丛书";新华书店编辑部编辑发行的"大众小丛书";东北书店出版发行的"通俗文艺丛书"及"新文艺丛刊";陕甘宁边区文化协会戏剧工作委员会编辑的"陕甘宁戏剧丛书";香港海洋书屋编辑出版的"北方文丛",以及中国人民文艺丛书社编辑出版的"中国人民文艺丛书",等等。

不过,尽管从 1949 年以后到"文化大革命"结束之前,关于延安文艺的文献资料汇编及其作品的选编出版,作为不同历史时期文艺战线或思想领域进行斗争批判的武器,也分别出现了一些有针对性的文献资料汇编或作家选本,如 1962 年 5 月,由上海文艺出版社开始编辑出版的《中国现代文艺资料丛刊》,以及其中关于《抗战文艺》《文艺阵地》等文艺刊物和桂林等地文艺活动的资料等。然而,从中国现代文学文献资料及其史料学的角度,对于延安文艺文献资料的专题性整理与学术研究,可以说是 20 世纪 80 年代以后才真正开始并且陆续进行的。

1983 年前后,由中国社会科学院文学研究所发起并主持的《中国现代文学史资料汇编》的编辑出版,代表了延安文艺文献资料搜集整理及其学术研究的长足进步与系统性成果。《中国现代文学史资料汇编》分甲、乙、丙三套丛书性资料汇编。甲种为《中国现代文学运动·论争·社团资料丛书》,包括各个时期和地区的重要的文学运动、论争、社团和思潮流派资料,共计 31种。乙种为《中国现代作家作品研究资料丛书》,为 170 余种作家作品研究资料专集,内容包括作家传略、年谱、生平和文学创作自述,对作家生平与文学创作的记述和评论,以及作家著译系年、著译书目、评论研究文章目录索引等。丙种为《中国现代文学书刊资料丛书》,包括文学期刊目录、主要报纸文艺副刊目录、文学总书目、文学作者笔名录等。三套丛书汇编总计 200 余种,自 1982 年起陆续出版。其中,被列入甲种《中国现代文学运动·论争·社团资料丛书》的三卷本《抗日战争时期延安及各抗日民主根据地文学运动资料》,是著名学者刘增杰等整理编选的当时最为全面系统的一套延安文艺文献资料汇编。正如编者所述，受当时中国学术思想及理论方法的影响，其作为"中国社会科学院文学研究所主持编辑的《中国现代文学运动·论争·社团资料丛书》之一"，① 对于延安文艺文献资料的整理及分类研究，也必须适应并且遵循这套资料丛书确定的"以现代文学史上的运动、思潮、论争与社团资料为主，适当包括一些文化方面的内容"等编辑理念，以及"以应科研和教学工作需要"的资料汇编及其出版目的。② 书中"收入 1937 年 7 月至1945 年 9 月各抗日民主根据地较有影响、较有代表性的文学运动资料，也适当地收入了某些在当时影响较大的文化方面的资料，反映了各抗日民主根据地文学运动发展的全貌"。③ 其中上卷为"延安与陕甘宁地区文学运动"和"文学社团与文学期刊"；中卷为晋察冀、晋冀鲁豫地区的"文学运动"和"文学社团与文学期刊"等；下卷为晋绥地区、山东地区的"文学运动"和"文学社团与文学期刊"以及华中地区的部分文献资料等。相比之下，在乙种的《中国现代作家作品研究资料丛书》中，又分别编辑收录了草明、葛琴、荒煤、李季、徐懋庸、夏衍、舒群、赵树理、丁玲、艾青、周立波、光未然、成仿吾、马烽、西戎、柯仲平、邵子南、袁水拍、李辉英、康濯等延安作家的相关文艺研究资料。同样，在丙种的《中国现代文学书刊资料丛书》中，也分别整理汇集了延安文艺运动时期的文艺报刊目录、文艺书目和作家名录等文献资料。

20 世纪 80 年代中期以后，为延安文艺文献资料整理及研究带来了重要变化，以及整体性或全方位研究成果的，是 1984 年陆续编辑并由湖南人民出版社及湖南文艺出版社先后出版的大型延安文艺资料汇编《延安文艺丛书》，1993 年由重庆出版社相继编辑出版的大型系列延安文艺资料汇编集《中国解放区文学书系》，以及 1989 年开始由河北教育出版社先后出版（部分由天津

---

① 编者：《编选说明》，刘增杰等编：《抗日战争时期延安及各抗日民主根据地文学运动资料》，山西人民出版社 1983 年版，第 1 页。

② 《中国现代文学运动·论争·社团资料丛书》编辑委员会：《中国现代文学运动·论争·社团资料丛书·编辑说明》，刘增杰等编：《抗日战争时期延安及各抗日民主根据地文学运动资料》，山西人民出版社 1983 年版，第 1 页。

③ 编者：《编选说明》，刘增杰等编：《抗日战争时期延安及各抗日民主根据地文学运动资料》，山西人民出版社 1983 年版，第 1 页。

社会科学院出版社出版）的《中国解放区文学研究资料丛书》等。这些延安
文艺研究资料汇编，不仅卷帙浩繁，体例完备，而且宗旨明确，主题集中。
如《延安文艺丛书》共计 16 卷 17 册，包括《文艺理论卷》、《小说卷》（上、
下）、《散文卷》、《诗歌卷》、《报告文学卷》、《秧歌剧卷》、《歌剧卷》、《话
剧卷》、《戏曲卷》、《音乐卷》、《美术卷》、《电影、摄影卷》、《舞蹈、曲艺、
杂技卷》、《民间文艺儿童文艺卷》和《文艺史料卷》等。强调其为"开展延
安文艺成果的研究，提供一套比较完整、比较系统的文艺作品选集和部份
（分）比较重要的文艺活动史料"等文献资料整理及其研究的目的。与之相
似，多达 22 册的《中国解放区文学书系》，除了依据文体类型分别汇编选辑
了小说编（4 册）、散文编（2 册）、诗歌编（3 册）、报告文学编（3 册）、戏
剧编（4 册）、说唱文学编（1 册）、民间文学编（1 册）和外国人士作品编
（2 册）等延安文艺作品选集外，还编选汇集了两册延安文艺运动历史文献及
其研究资料的"文学运动、理论编"。同时立足于其编辑理念及其目的宗旨，
主编及编选者也通过分别撰写的长篇"总序"及"编后记"，对延安文艺文
献资料的搜集整理及其研究，提出了自己的观点及见解。

　　除此之外，最值得注意的，就是各地和多家学术教学或文史研究单位机
构，先后组织编辑的延安文艺研究资料集，包括关于延安文艺报刊、书目及
其社团机构等类型史料的搜集整理，充分反映出延安文艺文献资料搜集与整
理上的深化及学术共识的形成。如华中师院中文系 1979 年组织编辑的《中国
当代文学研究资料》中，分别收入马烽、王汶石、田间、刘白羽、孙犁、沙
汀、李季、杜鹏程、陈残云、周立波、周而复、杨沫、杨朔、欧阳山、贺敬
之、胡可、草明、柳青、闻捷、赵树理、夏衍、郭小川、魏巍等延安作家研
究资料专集，中国艺术研究院戏曲研究所《戏曲研究》编辑部、吉林省戏剧
创作评论室评论辅导部 1985 年编辑并内部发行的《戏剧工作文献资料汇编》
及其《续编》。1989 年前后，中国解放区文学研究会组织编辑及河北教育出
版社出版（部分由天津社会科学院出版社出版）的《中国解放区文学研究资
料丛书》，提出"以各革命时期党所领导的各主要革命根据地分卷。各卷根据
占有材料和编辑力量，可分别编选文学史料、优秀作品选、地区文学史、研

究论文集多册，也可综合成册。选编文学史料，尽量使用第一手材料，保留各根据地文学运动的本来面貌，为后人研究工作者提供客观、可靠的研究资料"的编辑理念及其编选范围，先后汇集了《冀鲁豫文学史料》《冀鲁豫文学作品选》《晋察冀文学史料》《晋南文学作品选》《冀南文学作品选》《晋察冀文学作品选》《湖南苏区文艺运动·湘籍作家在解放区》和《福建革命根据地文学史料》等。在此前后，又相继出现了多种同样或类似的延安文艺研究资料汇编。如福建省档案馆、广东省档案馆合编的《闽粤赣边区革命历史档案汇编》（6 辑，档案出版社，1987），中国人民解放军文艺史料编辑部的《中国人民解放军文艺史料选编》（由解放军出版社 1986 年至 1989 年出版，分为红军时期、抗日战争时期、解放战争时期等 3 卷 8 册）；晋察冀边区阜平县红色档案丛书编委会的《晋察冀边区阜平县红色档案丛书》（10 卷，中央文献出版社，2012）；中共湖北省郧阳地委党史办公室编的《陕南解放区史料选编》（中共湖北省郧阳地委党史办公室，1991）；万平近主编的《福建革命根据地文学史料》（福州：海峡文艺出版社，1993）；江苏省文联资料室编的《江苏革命根据地文艺资料汇编》（内刊，1983）；刘艺亭主编的《冀南革命根据地文学史料》（内刊，1999）；中国作家协会山西分会编的《山西革命根据地文艺资料》（上下册，北岳文艺出版社，1987）；万忆、万一知编著的《广西抗战文化史料汇编》（人民日报出版社，2013）（第 1 辑为"文艺期刊卷"）；广西通志馆旧志整理室、广西壮族自治区图书馆编的《广西文献资料索引》（上下册，内刊，1991）；中共龙岩地委党史资料征集研究委员会、龙岩地区行政公署文物管理委员会编的《闽西革命史文献资料》（内刊，20 世纪 80 年代陆续出版）；中共桂林地委党史办公室编的《桂北文献资料选编（解放战争时期）》（内刊，出版时间不详）；河南省地方史志编纂委员会主持、冯文纲主编的《河南史志资料丛编·豫皖苏边文献资料选编》（河南人民出版社，1985）；陕西省妇女联合会编的《陕甘宁边区妇女运动文献资料选编（1937—1949）》（内刊，1982）；《新文化史料》2007 年第 1、2 期合刊的"中国解放区文艺工作历史文献选编"专辑等。

其中，在延安文艺报刊与书目整理方面，除了北京图书馆 1958 年编印的

《馆藏解放区出版文艺作品书目》和 1959 年编印的《馆藏解放区文教书目》，以及上海图书馆 1979 年编辑印行的《中国近代现代丛书目录》等之外，在延安文艺期刊、书目整理方面值得注意的，还有中国人民大学图书馆编辑，中国人民大学出版社 1989 年出版的《解放区根据地图书目录》；唐沅等主编，天津人民出版社 1988 年出版的《中国现代文学期刊目录汇编》；田大畏等主编，书目文献出版社 1992 年出版的《民国时期总书目》；贾植芳等主编，福建教育出版社 1993 年出版的《中国现代文学总书目》；萧凌、邵华主编，知识产权出版社 2010 年出版的《中国现代文学总书目》等，以及刘增杰的《延安和陕甘宁地区文学运动资料目录索引（1938—1945 年）》、《晋察冀、晋冀鲁豫、晋绥地区文学运动资料目录索引（1938—1945 年）》和《山东、华中地区文学运动资料目录索引（1939—1946 年）》，张鸿才的《延安文艺目录》（香港天马出版有限公司，2005），《新文化史料》2006 年第 1 期和第 2 期的“中国解放区文艺社团简介（1927—1949 年）”、“中国解放区文艺报刊简介”等重要成果。

与此同时，在传记、年谱、回忆录、大事记及工具书等间接性资料的整理研究方面，也出现了很多扎实严谨、影响较大的研究成果。如高慧琳的《群星闪耀延河边：延安文艺座谈会参加者》（人民文学出版社，2012）；晋冀鲁豫边区革命文化史料征集协作组的《闪光的文化历程：晋冀鲁豫边区文艺人物录》（山西人民出版社，1998）；朱星南的《西北战地服务团名录》（下一代杂志社编辑出版，1995）；贺志强的《延安文艺工作者名录》；艾克恩的《延安文艺运动纪盛》（文化艺术出版社，1987）；孙国林编著，王佳钰、王增辉校订的《延安文艺大事编年》（陕西师范大学出版社，2016）；刘增杰的《抗日民主根据地文学大事记（1937 年 7 月至 1945 年 9 月）》；朱星南执笔的《西北战地服务团大事记》（《新文化史料》2008 年第 1 期）；岳颂东、王凤超的《延安〈解放日报〉大事记（1941.5.14—1947.3.27）》（续）（《新闻研究资料》1984 年 Z1 期）；《新文化史料》2008 年第 3 期的“中国解放区文艺活动纪事（1927 年 8 月至 1949 年 10 月）”专辑等，以及钱丹辉主编的《中国解放区文艺大词典》（安徽文艺出版社，1992）和孙国林等主编的

《毛泽东文艺思想指导下的延安文艺》（花山文艺出版社，1992）等大型延安文艺工具书。并且，在延安作家年谱整理方面，先后编辑出版了《丁玲年谱长编：1904—1986》（《丁玲年谱》）、《艾青年谱长编》、《赵树理年谱》、《舒群年谱》及《王实味年谱》等。

近年来，延安文艺文献资料的整理与研究又呈现出了新的发展态势，一大批试图更全面更多元地呈现延安文艺的文献整理成果开始出现。2012—2013 年，太白文艺出版社出版了《延安文艺档案》，它包括"延安文学"、"延安音乐"、"延安美术"、"延安影像"、"延安戏剧"和"延安文论"六个部分，共 27 卷 60 册。其中汇集了不少稀见的档案史料，并对延安时期的文学家、艺术家以及文艺社团进行了全面的梳理。2014 年，陕西人民出版社编辑影印了一套《红色档案——延安时期文献档案汇编》。其中收录了很多延安时期出版的期刊、图书，以及个人日记、笔记、单位档案材料历史文献。如《解放》《共产党人》《八路军军政杂志》《中国妇女》《中国工人》《中国青年》《中国文化》《大众习作》《文艺月报》《谷雨》《群众文艺》《文艺突击》《文艺战线》《大众文艺》《草叶·新诗歌·中国文艺》《鲁迅研究丛刊》等杂志原刊，以及《陕甘宁边区实录》、《整风文献》和《速写陕北九十九》等图书文献。同年，陕西师范大学出版社出版了一套《红色延安·口述历史》丛书，汇集了包括《陕北闹红》、《会师陕北》、《东征·西征》、《我所亲历的延安整风》、《延安文艺座谈会的台前幕后》、《永远的鲁艺》、《我要去延安》、《国际友人在延安》、《延安时期的大事件》、《延安边区大生产运动》、《第三只眼看延安》、《延安时期的日常生活》、《抗战中的延安》（上、下册）、《延安时期的社团活动》、《在西北局的日子里》、《转战陕北》、《窑洞轶事》等"口述史"及回忆录资料。

尤其应当关注的，是 2015 年 12 月湖南文艺出版社在此前编辑出版的《延安文艺丛书》基础上，着手编辑并出版的一套新的大型延安文艺资料汇编《延安文艺大系》。整套图书被编为 17 卷 28 册，分别为《延安文艺史卷》、《文艺理论卷》《小说卷》《散文卷》《诗歌卷》《报告文学卷》《秧歌剧卷》《歌剧卷》《话剧卷》《戏曲卷》《音乐卷》《美术卷》《电影、摄影卷》《舞蹈、曲艺、杂技卷》《民间文艺卷》《译文卷》《文艺史料卷》等，编辑范围和汇集内容不仅涵盖了延安文艺研究的直接文献史料与间接研究资料等，而且包括了延安文艺研究学术史及其研究成果等方面的资料，充分展示出延安文艺史料研究的学术进步及其研究视野的拓展，以及理论方法的自觉和专业意识的确立。

第二节　延安文艺史料学研究的目的及任务

根据文艺史料学研究的理论及其方法，延安文艺史料学研究的主要目的及其基本任务，就是考察探讨延安文艺文献史料的来源分布、价值利用等搜集整理的方法，并对搜集整理的文献史料进行校勘考订与真伪鉴别，以确定延安文艺文献史料的年代、作者、版本及其源流等历史关系，辨别评判不同类型延安文艺文献史料的价值构成，以做到存真求实、严谨可靠，从而为延安文艺研究及其"新的人民的文艺"艺术实践，以及其与 20 世纪中国文学的研究等，提供充分可靠与扎实确切的文献史料。因此，从马克思主义及其历史唯物论的理论方法出发，汲取借鉴中国古典文献学及史料学的学术思想及其研究方法，探讨并构建延安文艺史料学及 20 世纪中国文学史料学的理论框架及其知识体系，就成为延安文艺史料学研究的中心问题。

因此，延安文艺史料学研究的范围，首先是对延安文艺文献及其相关史料进行全面的搜集及整理。其中，包括对于前人在延安文艺文献史料搜集整理工作中所产生的集结性成果的整理利用，尤其是对于散见于各类书籍报刊之中，或长期被埋没于书山报海之中而未被发现和利用的延安文艺历史文献资料的搜集利用。如有关于新民主主义文化运动与延安文艺运动，党的文艺方针政策及其对于文艺工作的领导，毛泽东文艺思想的形成及其在延安文艺座谈会上的讲话，延安文艺思潮与作家艺术家创作活动，延安文艺社团组织及其文艺活动方式演变，延安文艺报刊的编辑宗旨及其作用影响，作品选集的类别整理研究等，以及在延安文艺创作活动中，如木刻音乐及文艺教育、大众化文艺与民间文艺的借鉴吸收等多个方面。同时，就延安文艺文献史料搜集整理的方法而言，除了要注意搜集整理并充分利用书面的文献资料，如存世的图书报刊，公开编辑出版的延安文艺或"解放区文艺"文献资料汇编，以及影印选编的相关档案文献资料等直接的"第一手"史料之外，同时，也要尽可能利用相关图书文献数据库及其数字化技术，搜集整理及发现发掘因意识形态立场或历史政治观念不同，而被埋没或湮没的延安文艺文献资料，特别是相关的"未公开出版史料"中的文化历史和档案资料等。其中，有关延安文艺运动的党政文件档案等，也应当是一种极其重要和极有价值的延安文艺史料资源。如陕甘宁边区政府档案中，就保存了当时"陕甘宁边区文化工作委员会"相关活动的文献资料。此外，在延安作家的个人档案中，由于通常保存有作家个人不同时期及其历史背景下，从个人体验与生活感受角度书写和记述的个人自传、交代材料或证明材料等，因而对于真实、完整地反映或还原当时文艺运动及其创作活动的历史场景或具体史实等，都有特别的作用及史料价值，从而也对研究延安文艺的发生发展及党的文艺工作的体制化进程，以及新民主主义文化建设与延安文艺运动的关系等，都有重要的历史价值与学术意义。

其次，就是对于延安文艺文献资料真实性及其版本鉴别方法的研究。因为延安文艺文献资料来源及其地域分布，不仅是在战争状态之下生成并流传下来的，而且地理上的分割及政治意识形态等立场观念上的冲突等，都使延安文艺文献资料搜集到手后，必须经过认真的历史性分析、严格的鉴别和系统性考证等整理及研究，才能为延安文艺研究提供真实可靠的学术依据。所以，注意延安文艺文献史料本身具有的现代历史文献与研究资料等历史特征，即应当从延安文艺文献史料的"外形鉴别"及"内容鉴别"两个层面的鉴别分析，历史地分析并鉴别文献史料的"真实"与否及其之间的关系。这就是关于延安文艺文献史料的真伪鉴别，除了注意其"外形"是否真本或伪作之外，更为重要与关键之处，就是要鉴别其文献史料生成的历史背景，以及真实"外形"之下"内容"的虚实与可靠程度的考证辨析。因为，对于延安文艺文献史料来说，不仅同样存在史料的真伪、版本的优劣等一般文献学及史料学研究上的问题，而且更重要的则是现代文献史料中内容的虚实或"真实"度的问题。如 1939 年 12 月，由延安解放社出版的《陕甘宁边区实录》，作为延安文艺历史文献及史料，从版本及其史料的"外形"上看，属于真本确定无疑。但是，从文献史料所记载的内容"虚实"方面进行鉴别的话，则存在明显的疑问。因为，从《陕甘宁边区实录》的生成背景等方面考察，可以清楚地发现，这部宣传介绍当时陕甘宁边区政治文化，包括文艺运动及其文艺团体活动的文献史料，实际是由毛泽东具体安排组织他当时的办公室的秘书长李六如和秘书和培元编辑，并经周扬认真修改之后才正式出版的书籍。编撰此书的主要目的，是针对当时社会外界对"陕甘宁边区"政治文化上的质疑，来宣传"边区是民主的抗日根据地，是实施三民主义最彻底的地方"。因此，不仅毛泽东当时就反复指示，编写此书"因关系边区对外宣传甚大，不应轻率出版，必须内容形式都弄妥当方能出版"，甚至要求周扬"全权负责修正此书，如你觉须全般改造，则全般改造之"等。① 由此可见，延安文艺文献史料的鉴别，和一般的古代文学文献史料的真伪鉴定相比较，其历史含义及其关系是必须注意的。其中除了要考察文献史料的来源、作者及生成背景，编辑出版的年代，流传的过程之外，还必须注意文献史料的版本真伪及文本的优劣背后，其中所记载的内容及其虚实程度等，并以此来辨析其文献史料价值的高下，以及为延安文艺研究的恰当利用。

最后，是延安文艺文献史料整理编纂方法的研究。由于搜集及鉴别延安文艺文献资料的目的及任务，就是使之服务于延安文艺研究工作。所以，延安文艺文献史料的整理编纂，除了从文献史料的类型及其编纂体裁等形式，以及便于延安文艺研究的检索和利用等角度，集中探讨各种不同体裁形式延安文艺文献史料的编纂原则及其体例方法，尤其是其在延安文艺研究中检索利用的功能特点，如总集别集本、辑佚本等，以及资料汇编、年谱、作家系年、书目索引等，以推动延安文艺文献史料的整理及其研究工作的进步和发展之外，同时，必须予以注意的，就是从 20 世纪 40 年代到 80 年代初前后，

---

① 中共中央文献研究室编：《毛泽东年谱(1893—1949)》，中央文献出版社 2013 年版，第 108 页。

延安文艺文献史料的整理及编纂方法，主要是从中国政治革命的历史进程及其文艺发展的角度，来进行搜集整理及编纂成册的。因此，为一定的研究目的而提供文献资料方面的服务，也带来了延安文艺文献编纂整理及其体例方法上的局限性与观念化。所以，随着"新时期"思想解放运动的推进及当代中国学术思想的转变，特别是 21 世纪初前后，中国学术思想的多元化趋势，以及"学科的重整"与"学术的规范化"等专业意识的自觉，也为延安文艺文献史料的整理编纂，在理论方法及体裁方式上带来了明显的变化。其中，在延安文艺文献史料整理编纂方面，主张吸取并借鉴传统文献史料学的各种方法及其编纂体例方式，将现代文艺文献史料整理编纂方法与中国传统的文艺文献史料整理编纂方法结合起来。在现代文献学及其文献搜集、组织、传播、检索等理论方法的基础之上，通过对古今中外各种文献史料编纂范式的融通互补及借鉴利用，深化并拓展延安文艺文献史料学的学术研究及其学科体系的进步。

总之，延安文艺史料学研究的目的及其任务，就是通过对延安文艺文献资料的分布状况、来源体例及价值意义等方面问题的搜集整理，以及其真伪版本或文本演变的考订鉴别和编纂研究，辨析并评判延安文艺文献资料的形成与当时的新民主主义文化实践，以及中国共产党的文艺事业及其政治意识形态的历史关系，包括中国革命文艺的历史进程与当代中国文艺的关系，以及其在构建当下"繁荣社会主义文艺，建设社会主义文化强国"中的文化历史价值等。从而为延安文艺研究及其当下的现代学术话语建构，提供真实可靠和丰富多样的文献资料依据及其学术基础。

第三节　延安文艺史料学研究的问题及方法

可以说，80 余年来的延安文艺文献资料的整理及研究，尽管经历了中国现当代社会历史的不同时期及阶段，以及中国革命及其政治变革的各个过程，也经过了从苏区文艺或革命文艺，到陕甘宁文艺、延安文艺及解放区文艺等不同角度的文艺文献资料的搜集整理，并且在毛泽东文艺思想及党的文艺政策、新民主主义文化与延安文艺运动、作家艺术家及其创作活动、文艺刊物及其作品传播等类型的文献史料整理及研究方面，取得了很多的成果及其研究领域上的拓展，但是，由于20世纪中国文学史料学研究及其理论方法上的学术限制，以及延安文艺史料学研究及其学科意识的淡薄等诸多原因，影响或左右了延安文艺史料学研究上的深入推进及其问题意识的深化，并造成了理论方法上的薄弱及其系统性研究成果的欠缺等。

因此，延安文艺史料学的研究应当有待进一步的深化和拓展。如从延安文艺文献资料的搜集整理来看，以往的延安文艺及其文献的整理与研究成果，尽管程度不同地涉及延安文艺文献整理研究中的许多问题，但是应当说涉及文艺文献整理研究的重大问题还有进一步拓展深化的空间。如延安文艺文献在中国革命及其"党的文艺事业"建设中的历史地位与价值研究；延安文艺文献史料与新民主主义文化运动问题研究；延安文艺文献资料与左翼文艺运动资料关系研究；延安文艺文献整理研究的原创性与时代性文化特征研究；延安文艺文献史料在中国革命文艺运动中的"示范性"与"中枢性"影响和作用研究；延安文艺文献史料与20世纪中国文艺文献史料问题研究；延安文艺文献的整理研究与当代中国文艺的关系研究；延安文艺文献整理研究在构建当代中国特色文艺文献学及其话语体系中的价值意义研究；延安文艺文献整理研究在当下培育和弘扬社会主义核心价值观方面的独特作用研究等。除此之外，如何运用互联网和大数据技术，加强延安文艺图书文献史料、网络、数据库等基础设施和信息化建设，推进延安文艺文献史料中心建设，构建方便快捷、资源共享的延安文艺文献资料信息化平台，也是涉及延安文艺文献整理研究中的一个重要问题。

其中，以史料搜集要求的"全"与"真"为准则，① 来进行延安文艺文献资料的搜集整理工作，不仅对推进延安文艺史料学的研究，以及延安文艺研究的学术创新有着根本性的价值意义，也是回应当代延安文艺研究学术价

---

① 冯友兰：《中国哲学史史料学》，江苏教育出版社 2006 年版，第 2 页。

值及其意识形态上的质疑，以及回应并与海外中国革命文艺"新解读"等理论方法等展开对话交流的现实需要。因此，延安文艺史料学研究的"全"与"真"，就应当从延安文艺文献史料整理研究及其学术创新的角度，来说明及证明延安文艺在中国革命历史及"党和人民的事业"中的地位，以及其在中国革命文艺发展过程中的"示范性"及引领作用，尤其是其作为当代中国文艺的雏形及其艺术资源，对中华人民共和国"社会主义文艺事业"及其文化实践的深刻影响。立足于文献搜集整理的"全"与"真"，以回应及实现延安文艺文献搜集整理的完整性、真实性、典型性与可靠性等具体问题；在全面完整收集与发掘辑录、周密考察与鉴别分析的基础上，整理编纂出延安文艺文献史料的集大成资料汇编；认真梳理延安文艺文献史料的体例来源与分布变迁，以及各种类型文献史料的历史价值与学术意义等，从而在延安文艺及其"新的人民的文艺"研究中，能够依据全面真实的文献史料，实事求是、有理有据地回答国内某些学者因为文献资料的薄弱或欠缺，在其研究及其作品文本解读上造成的主观误读或牵强附会，积极主动应对海外不同政治文化及其学术立场上对于延安文艺及其艺术成就的质疑与消解，纠正一些错误的观点和结论，"顺着历史"或历史地阐释延安文艺及其在 20 世纪中国文学发展过程中的重要地位与文化价值。

同时，以史料整理编纂要求的"透"与"精"为原则,① 在延安文艺史料学研究视野和方法上，超越狭隘的历史理念及简单的政治立场，拓展延安文艺文献资料搜集整理的文化领域及历史空间。例如，受传统的革命文艺历史叙事及其书写方式的影响，或有的延安文艺文献的搜集整理与编纂研究，明显受地理地域的局限与革命历史阐释的影响，因而整理研究的视角和方法过于单一，搜集发掘的范围及其对文献史料价值的发现评判过于狭隘，从而也有意无意地消解了延安文艺史料研究的学术性及正当性基础。因此，如何借鉴与整合中外古今历史文献学与文艺史料学的理论方法，以使延安文艺史料学研究及其学科建构能够有整体性的超越与突破，事实上成为延安文艺史

---

① 冯友兰：《中国哲学史史料学》，江苏教育出版社 2006 年版，第 2 页。

料学及中国现代文学史料学研究理论方法的中心问题。

除此之外，由于以往历史上的战乱及政治等社会历史原因的影响，以及当下商业化社会的左右与娱乐化文化的消解，不仅造成许多延安文艺文献史料的散佚及缺失，而且造成了延安文艺史料学研究一些新的局限性问题。因此，对现存延安文艺文献资料的全面系统搜集整理与研究，重视延安文艺"口述历史"资料的抢救，以及延安文艺文献资料的民间钩沉或"田野调查"；关注并利用"未公开史料"的搜集，以及开放历史档案与个人档案的发掘整理，包括互联网收藏市场及其散佚文献资料搜集等，必将能够带来延安文艺史料学研究的深化及全面性进步发展。

因此，本课题以马克思主义理论方法为指导，借鉴与吸收历史文献学及文艺史料学的具体理论方法，分别从延安文艺文献史料的类型整理与学术研究的角度，对延安文艺文献史料的不同类型及其内容的论述，即总集、别集、丛书、报刊及文艺社团等直接性文献资料，以及传记、年谱、回忆录、工具书及学术史等间接性资料，围绕延安文艺文献史料的来源体例、分布状况、历史变迁与价值利用，包括延安文艺文献资料的鉴别与版本考订、检索利用等，进行了全面系统的理论探讨和史料学研究，以期能够有助于延安文艺文献史料整理研究的学术进步，以及填补延安文艺史料学研究的学术空白，从而推进整个 20 世纪中国文学史料学及延安文艺史料学理论方法，以及其学科体系及学术话语的完善及发展。

第一章　总集类型的延安文艺史料研究

根据历史文献学及文艺史料学的理论方法与定义，所谓总集，就是将两位作家以上的文艺作品，依照规定的编辑理念及其体例汇编成册的书籍或文集。所以，总集一般就是指由许多作家，或一个时期一个区域的作家们编辑而成的文集，即所谓总合、总揽的意思。在中国文学史上，《诗经》和《楚辞》也被认为是总集的开端，已经明确地体现出了总集所具备的"搜其遗文，都为一集"等文化特征及其史料功能。

因此，总集类型的延安文艺史料就和别集、丛书及类书等书籍或文集，在汇集作家作品的内容和形式，以及编辑体例等方面形成了重要的不同与区别，从而也在历史文献形态及文艺史料类型等方面，具有独特的学术价值及研究意义。

第一节　求全的与求精的延安文艺总集

根据文艺史料学的理论方法，虽然总集只是与个别作家的别集相对的一个概念，但是因其语义中所包含的总合、汇总之意，于是易于给人以收罗完满、总包无遗的错觉或印象。但事实上总集并非全集，一般大多只是选集。因为总集中所编选的内容，基本上是编辑者认为值得收录传世的或代表了某一作家及某种文艺思潮的重要作品，所以，我们可以按照延安文艺总集的编选范围，以及其编辑目的的不同，将总集类型的延安文艺史料，大致分为两种大类：一是求全的延安文艺总集；一是求精的延安文艺总集。其中，仅以目前存世的版本及书目为例，分别简要介绍说明如下。

一　求全的延安文艺总集

在求全的延安文艺总集中，大多是以延安文艺运动及其不同创作阶段，或者一个地区及其阶段内围绕某个主题的创作活动作为收录的时间段，或以某种文类作品为编选范围，编辑而成的延安文艺总集。有的尽管在时间上延伸包括了整个延安文艺运动的各个阶段，但是其依照时间的先后顺序，以及以某种文类作品为收录范围的编选标准不变，就仍然为求全的延安文艺总集。其中包括以下几种。

（一）理论批评总集

《西北特区特写》：每日译报社编辑，上海每日译报社 1938 年 4 月出版，为"每日译报丛书"之一，1939 年 3 月三版。封面为黄色框线构图，书名采用红色美术体。书后附有"每日译报丛书出版预告"插页广告。内收有 Nym Wales 的《中华苏维埃共和国转变前后》，Edgar Snon 的《中国西北新社会》，以及《西北特区杂写》和 L. Insun 的《陕北文艺运动的建立》《陕北的戏剧运动》等。在《编者后记》中，编者除了说明本书中前两篇作品的作者为"读者想必都非常熟悉"的斯诺夫妇外，同时指出其中所收录的两篇记述"前苏区的文学戏剧运动的详情"，且"很值得参考"的文章作者，"本人就是前苏区的一个文化工作者，所以所写的当然比较翔实和深刻"等。[①]

《大众化工作研究》：大众读物社编，新华书店 1941 年 5 月初版，群众出版社 1942 年 12 月翻印出版。封面为上下对称构图，书名为红色美术体。内收有周文的《序》，鲁迅的《文艺的大众化》，周文的《大众化运动历史的鸟瞰》和《大众化的写作问题》，守一的《一年来的报纸编辑科》和《我们怎样编辑边区群众报》，金照的《编〈大众文艺〉的经验》，杨蜚生的《一年来的木刻工作》，思俊的《通讯工作科的任务及其工作调度》，白彦博的《通讯

[①]　每日译报社编：《西北特区特写》，每日译报社 1938 年版，第 95 页。

工作科的组织工作》，慕晖的《下乡工作的一点经验》，方之中的《回信工作的几点经验》，王牧的《〈大众习作〉是怎样一个刊物》和林今朋的《谈谈我们的丛书工作》等13篇论文，以及杨蜇生的10幅木刻插画。

《宣传指南》：延安解放社1942年2月编辑初版，同年3月山东胶东联合社翻印出版。初版封面均衡编排，红色框线上下垂直交叉，构图简洁，左侧黑色印刷体书名竖排。内收有中共中央宣传部编的《宣传指南》，解放日报社编的《展开宣传工作上的新阵容》《整顿"学风"、"党风"、"文风"》《关于整顿"学风"、"党风"、"文风"问题》《宣布党八股的死刑》《毛泽东同志在边区参议会的演说》《中共中央关于调查研究的决定》和《加强党性的锻炼》，吴黎平的《思想方法上的革命》，艾思奇的《主观主义之来源》，匡亚明的《论调查研究工作的性质及作用》等，以及附录的《对党八股的"末日审判"》《党八股的八大罪状》和《中央党校的开学典礼》等21篇文章。

《新文化与新文化人》：［苏］兹浮利夫等著，人民书店1945年编辑出版。封面均衡编排，左侧上方印刷体书名，右下侧作者及出版机构署名。内收有兹浮利夫的《列宁论文化》，高尔基的《论文化》，A. 卢波尔的《知识分子与革命》和S. 德翼直的《苏联作家与苏联社会》等4篇文章。

《文艺政策》：毛泽东等著，山东新华书店1946年3月初版，同年冀南书店重印。初版封面均衡编排，上部黑色木刻毛泽东头像，下部黑色美术体书名。内收有中共中央宣传部《关于执行党的文艺政策的决定》，以及毛泽东的《在延安文艺座谈会上的讲话》等文章。1946年11月，胶东新华书店翻印出版，翌年5月再版。

《大众文艺现实问题》：瞿秋白遗著，华中文化协会编，华中新华书店1946年8月出版印行。封面构图为绿色版式基调中插入木刻绘画图案，书名为黑色美术体。内收有瞿秋白的《大众文艺的现实问题》《大众文艺的问题（附初稿断片）》和《再论大众文艺答止敬（附止敬：问题中的大众文艺)》等论文，以及《英雄巧计献上海》和《江北人拆姘头》等大众文艺作品及其存目。

《走向人民文艺》：郭沫若等著，太岳新华书店 1946 年 11 月编辑出版。①封面构图为上下居中编排版式，书名为绿底白色美术体。内收有郭沫若的《走向人民文艺》《坚持人民本位的人民文艺》和《诗歌与音乐》，爱伦堡的《论作家的业务》，何其芳的《关于现实主义》，陈涌的《关于政治诗》等 6 篇论文。

《怎样写工农兵》：金昔明编，郭沫若、周扬等著，山东渤海新华书店 1947 年 3 月出版。封面构图中加入木刻绘画插图，书名竖排红色手书体。在书的《前言》中，编者称"出版这本小册子，目的是希望藉此来推动广泛的写作运动，写工农兵的运动，用笔杆来打胜仗，来帮助群众翻身，特别是文艺工作者，更须负起开展这一运动的领导与组织的责任"等。② 内收有华东局宣传部、山东军区政治部的《加强创作统一出版》，郭沫若的《走向人民文艺》，艾青的《对于文艺上的几个问题》，孙定国的《写兵》，陆万美的《写自卫战争》，周扬的《论赵树理的创作》，邹望阳的《大家来写文艺通讯》和适夷的《关于写作上的几个困难》8 篇论文。

《列宁论文化与艺术》（上）：萧三编译，东北书店 1947 年 5 月再版。封面均衡编排，左侧上方插入绿白木刻列宁肖像，红色美术体书名居中横排。内收有译者的《译者的话》和《序言》，列宁的《论文化与文化遗产》和《艺术底阶级性和党性》2 篇长篇译文。1949 年 6 月前后，山东新华书店、苏南新华书店等分别重新设计封面出版发行。

《最近苏联文艺界的思想斗争》：山东文协编，胶东新华书店 1947 年 6 月初版。封面均衡编排，左侧红色美术体书名竖排，右侧下部插入套色木刻图画。内收有《联共中央书记日丹诺夫关于〈星〉与〈列宁格勒〉杂志所犯错误的报告》《联共中央关于〈星〉及〈列宁格勒〉两杂志的决议》《苏联作家协会理事会主席团对于日丹诺夫报告的决议》《联共中央关于剧场上演节目及改进方法的决议（摘要）》和荃麟译的《最近苏联文艺界的思想斗争》等 5 篇文章。

---

① 本书的封面上印署的出版时间为"1946.10"。
② 金昔明编：《怎样写工农兵·前言》，山东渤海新华书店 1947 年版，第 1 页。

《论赵树理的创作》：王春等著，冀鲁豫书店1947年7月出版。封面均衡编排，左侧棕红美术体书名竖排，右侧上下绿色木刻装饰图案相对。内收有王春的《赵树理是怎样成为作家的》，周扬的《论赵树理的创作》，郭沫若的《关于李家庄的变迁》，茅盾的《关于〈李有才板话〉》，李大章的《介绍〈李有才板话〉》，力群的《一谈〈李有才板话〉》《二谈〈李有才板话〉》和《三谈〈李有才板话〉》等8篇论文。现存的版本还有华北新华书店1947年9月版，华中新华书店1948年5月版，东北新华书店1949年4月版，中南新华书店1950年4月版，苏南新华书店1949年6月版，等等。

《论赵树理的创作》：茅盾等著，华北新华书店1947年9月编辑出版。封面构图为均衡式编排，书名为白底红色竖排美术体，扉页有赵树理木刻画像。内收有周扬的《论赵树理的创作》，茅盾的《关于〈李有才板话〉》和《论赵树理的小说》，郭沫若的《〈板话〉及其它》和《读了〈李家庄的变迁〉》，冯牧的《人民文艺的杰出成果》，言可的《〈李有才板话〉》，吴文遴的《大家看看〈李有才板话〉》等8篇论文。

《人民至上主义的文艺》：郭沫若等著，上海文汇报馆1947年9月初版发行，为"文汇丛刊"之一。封面水平编排，上部绿底图形中加入蓝色美术体书名。内收有郭沫若的《人民至上主义的文艺》和《论中国新木刻》，杨晦的《京派与海派》，以群的《论文艺工作中的迎合倾向》，夏康农的《是该提出人民派的称呼结束京派与海派的无谓纷争的时候了》，闻一多的《论文艺的民主问题》和《战后文艺的道路》，李何林的《论民族性不足决定一切》，茅盾的《红军博物馆》等，以及吕剑、舒凡、黎明、郑振铎、任何、林间、吴晗、王戎、黎先耀、叶圣陶、雪峰、臧克家、许杰等人的33篇论文及文艺作品。

《文艺工作者的方向》：毛泽东等著，华东新华社1947年11月出版。封面均衡编排，构图简洁，左侧大号红色美术体书名居中双行竖排。内收有《毛泽东在延安文艺座谈会上的讲话》《联共（布）中央委员会关于〈星〉与〈列宁格勒〉的杂志的法令》《联共（布）中央书记日丹诺夫关于〈星〉及〈列宁格勒〉杂志所犯错误的报告》《苏联作家协会理事会主席团的决议》和

《联共（布）中央关于剧场上演节目及改进方法的决议（摘要）》，以及附录列宁的《列宁论党的组织和党的文学》等。

《论新民主主义文化》：新教育学会编，毛泽东等著，大连大众书店1947年12月出版，为"新教育丛书"之一。封面垂直编排，左侧棕红美术体书名，右侧绿底框线装饰图案。内收有毛泽东的《论新民主主义文化——节录〈新民主主义论〉》和《文化·教育·知识分子》，洛甫的《抗战以来中华民族的新文化运动与今后任务》，陈毅的《关于文化运动的意见———一九四一年在海安文化座谈会上的发言》，彭康的《新民主主义的文化运动》，刘少奇的《苏北文化协会的任务》等6篇论文，以及《新教育丛书》编委会撰写的《新教育丛书编辑引言》等。

《苏联文艺问题》：晋察冀新华书店1947年12月初版。封面构图框线版式，中上部绿底图形中插入装饰图案，左侧竖排蓝色美术体书名。内收有《联共（布）中央委员会关于〈星〉与〈列宁格勒〉的杂志的决定》、《联共（布）中央关于剧场上演节目及改进方法的决定》，日丹诺夫的《关于〈星〉与〈列宁格勒〉两杂志的报告》、《苏联作家协会理事会主席团的决议》和法捷耶夫的《日丹诺夫的报告与我们的任务》等5篇文章。在书前编辑前言中，周扬称本书所涉及的问题，"对于我们有极其重大的教育的意义"等。① 现存的版本有冀鲁豫书店1948年5月版，太岳新华书店、陕甘宁边区新华书店、山东新华书店1948年版，以及华北大学第三部和新华书店1949年版等。

《论赵树理的创作》：郭沫若等著，晋察冀新华书店1947年12月编辑印行。封面框线构图，水平编排，上部绿底图形中加入白色美术体书名，扉页为赵树理的木刻画像。内收有黎玉的《介绍大家读〈李有才板话〉和我们的群众路线》，周扬的《论赵树理的创作》，力群的《谈〈李有才板话〉》，郭沫若的《〈板话〉及其它》，茅盾的《关于〈李有才板话〉》，郭沫若的《读了〈李家庄的变迁〉》，茅盾的《论赵树理的小说》，荒煤的《向赵树理方向迈进》，塞风的《人民作家赵树理》等9篇论文，以及附录的2篇郭沫若"谈解

---

① 周扬：《苏联文艺问题·前言》，晋察冀新华书店1947年版，第1页。

放区文艺"的短文和书信。1949 年 6 月，苏南新华书店翻印出版。

《谈文艺问题》：周扬等著，冀东新华书店 1947 年出版。封面构图直观简洁，书名竖排美术体。内收有周扬的《谈文艺问题》，刘芝明的《几个不能忽视的问题》，以及华北《人民日报》专论《有计划有步骤地进行旧剧改革工作》等 3 篇论文。

《论文艺问题》：周览编，香港谷雨社 1948 年 4 初版。封面均衡编排，右侧红色鲁迅手书体书名竖排，左侧下部插入鲁迅、高尔基等中外文签名图像。由于本书为 1944 年 5 月由周扬编辑及延安解放社出版的《马克思主义与文艺》改名翻印版。内收有编者（周扬）撰写的长篇《序言》，由"意识形态与文艺""文艺的特质""文艺与阶级""无产阶级文艺"和"作家·批评家"等 5 辑组成的论文，以及《关于文艺领域上的政策》等 4 篇附录论文。

《马恩列文献》：马克思、恩格斯、列宁著，博古译，山东新华书店总店 1948 年 5 月出版。封面设计为红色框线构图，加入马克思、恩格斯、列宁木刻头像插画，书名等文字部分为红色印刷体。内收有《一八七二年德文版序言》《一八八二年俄文版序言》《一八八三年德文版序言》和《一八九〇年德文版序言摘录》，以及《共产党宣言》和《社会主义的与共产主义的文献》等 9 篇文章。

《鲁迅论美术》：鲁迅著，张望编，大连大众书店 1948 年 4 月初版。封面水平编排，上方红色鲁迅手书体书名，中下部加入大幅鲁迅与木刻作者摄影图片，扉页印有"鲁迅先生像"摄影照片。内收有鲁迅的《〈陶元庆氏西洋绘画展览会目录〉序》《当陶元庆君的绘画展览时》《看司徒乔君的画》《一八艺社习作展览会小引》和《绘画上的写实性》等 34 篇作品，附录为张望的《鲁迅先生与美术》《鲁迅先生与中国新木刻》和编者的《编后记》，以及书前鲁迅的手迹和手画书面图案等。1948 年 10 月，东北书店重新设计封面重版发行。

《新形势下的文艺与文艺工作者》：夏征农著，光华书店 1948 年 8 月初版，1949 年 1 月再版。初版封面居中编排，绿色美术体书名双行竖排。内收有由"在毛泽东思想指导下的文艺工作""目前形势起了一个大变化""新形势下文艺工作的新任务""澄清文艺思想上的某些混乱""文艺工作中的几个问题"和"文艺工作者的自我改造及其前途"等 6 章组成的长篇论文，以及《后记》。在《后记》中，作者称本书是其"在安东省文艺工作者座谈会上的一次讲话"，发表出版是"以求进一步研究和贯彻毛泽东思想，实现新的文艺政策，并以推动全国胜利的加速到来"。①

《简谱音乐讲话》：俞平编著，冀南新华书店 1949 年 2 月初版，东北书店同年 5 月翻印再版。初版本封面构图简洁直观，书名等文字均为竖排美术体；再版本封面为不均衡居中式构图，左侧为加入竖排乐谱装饰图案，右侧上方为双行蓝色印刷体书名。内收有由"音阶""音符""休止符""拍子""弱起""切分音""装饰音"及"音程"等 21 讲构成的音乐理论作品。在《前言》中，作者说明"这个册子是 1942 年上半年在绥德师范开始写的，当时只有一个轮廓。根据半年经验，下半年重新编了一个，比前较细致，方法上也有了改造"。直到 1946 年夏，才"决心将这个册子编完"。②

《文教政策》：中共中央统一战线工作部 1949 年 8 月编印，亦为"文教政策材料"。封面对称编排，构图直观，黑色印刷体书名居中竖排。内收有毛泽东的《新民主主义的文化（摘自毛泽东〈新民主主义论〉）》《改造我们的学习》《在延安文艺座谈会上的讲话》《关于文化运动的方针》和《文化、教育、知识分子问题》，任弼时的《知识分子问题》，郭沫若的《为建设新中国的人民文艺而奋斗》和《在中国社会科学工作者代表会议发起人会议上的开幕词》，吴玉章的《在中华全国第一次自然科学工作者代表会议筹备会议上的讲话》，朱德的《在中华全国教育工作者代表会议筹备会议上的演讲词》等，以及《中共中央关于延安干部学校的决定》《此次文教大会的意义何在》《中共中央关于争取和改造知识分子对新区学校教育的指示》《中共中央宣传部关于处理新收复区大中学校的方针给东北局宣传部的指示》《中共中央中原局关于争取、团结、改造、培养知识分子的指示》《中共中央宣传部关于电影工作给东北局宣传部的指示》《有计划有步骤地进行旧剧改革工作》《中共中央关

---

① 夏征农：《新形势下的文艺与文艺工作者·后记》，光华书店 1948 年版，第 45 页。
② 俞平：《简谱音乐讲话·前言》，冀南新华书店 1949 年版，第 1 页。

于新区出版事业的政策指示》《北平市报纸杂志通讯社暂行登记办法》及《我们的希望——祝全国文艺工作者代表大会胜利闭幕》等25篇文章。

《论电影》：于伶等著，艺术社1949年3月出版。封面构图编排直观，上下平衡映对。内收有荃麟的《新形势下文艺运动上的几个问题》，史笃的《文艺运动的现状及趋势》，于伶的《新中国电影运动的前途与方针》，A.塔拉辛可夫的《论社会主义的现实主义》，周立波的《萧军思想的分析》，柳晨的《哈尔滨文化界批评萧军的思想》，田生的《亩半园子》，田晴的《鼓》，葛琴的《从刀锋的缺口下来》，张天翼的《寓言三则》，绀弩的《一九四九年在中国》，马凡陀的《老板及其他》等12篇文艺批评论文。

《导演经验》：高歌编辑，西北新华书店1949年8月出版，为"陕甘宁戏剧丛书"之一。封面构图中，上下编排装饰图案，中间加入蓝色木刻幕布插画，书名为橘色美术体。内收有B.E.查哈瓦原著，曹宝华释《导演伦》；N.高尔卡科夫原著，沙蒙释《导演人与导演》；斯达尼斯拉夫斯基著，颜一烟释《给青年导演》；克列塞夫著，刘宝雁释《怎样演出〈红领巾〉》；王大化《申红友同志给我们上了第一课》；侯金镜《在帮助〈穷人乐〉排演中教育了我们自己》；王一达《〈红娘子〉排演总结》；陈渡儿《导演》；严正《怎样排戏》；陈琨庭《地位与速度》；洪深《内容、形式与技巧》等十一篇文章。主要是关于舞台艺术、戏剧艺术、导演学的内容，对中华人民共和国初期的戏剧表演艺术产生了深远的影响。

《文艺政策和文艺理论选辑》：山东省人民政府教育厅编审，山东新华书店1949年12月出版，为"高中及后师适用"教材。封面水平编排，上部棕红底色图形中白色印刷体书名。内收有毛泽东的《在延安文艺座谈会上的讲话》和《反对党八股》，郭沫若的《为建设新中国的文艺而奋斗——在中华全国文学艺术工作者代表大会上的总报告》，〔苏〕西蒙诺夫的《文艺家在社会上的作用与地位——向全国文联千余文艺工作者的讲演词》，叶以群的《文学的基础知识》，茅盾的《再谈"方言文学"》等论文。

（二）诗歌谣曲总集

《礼物》：萧三等著，桂林文文出版社1942年8月初版。封面编排简洁，构图直观。内收有萧三的《礼物》，石星的《祭歌》和天蓝的《哀歌》等3篇叙事诗歌作品。

《好好想一想》：胶东新华书店1945年出版，为"通俗小丛书"之一。封面为其丛书统一编排版式，构图简洁直观。内收有由"好好想一想""谁好谁孬""跟着共产党""揍他个驴朝天"等4辑组成的35首民谣、墙头诗、快板等作品。

《新编快板集》：武乡五高师生等作，韬奋书店1945年10月出版。封面均衡编排，大幅黑白木刻人物版画构图版式中，插入红色印刷体书名。内收有《贺新年》《冬学》《选举》《讲卫生》《放小脚》和《如今俺可想通了》等19篇民谣、快板作品。

《胜利带来了一切》：陶行知等著，山东新华书店1946年8月编辑出版。封面对称编排，左侧三分之二版面加入整幅蓝白木刻人物版画，右边蓝底垂直图形中白色美术体书名。内收有村野的《歌谣四则》和《江南新唱》，庄重的《江南仓库》，丁芒的《江南谣》，马凡陀的《发票贴在印花上》等，以及陶行知的《胜利带来了一切》等26首歌谣作品。

《穷人要算账 民谣集》（第二辑）：华中文协大众文艺委员会编，华中新华书店1946年10月出版发行。封面编排简洁，构图直观。内收有《洪泽湖渔民谣》《洪泽湖草民谣》《穷人谣两则》《地主压迫》《富人望年荒》等19首民谣。

《平陆人民斗争歌辑》：冯彦俊编，太岳新华书店1946年编辑出版。封面编排直观，版式简洁。内收有《鬼世界》《八路好》《整顿河山》《大胜利》《庆祝胜利》和《反对内战》等15首歌谣作品。

《蒋管区民谣集》：中国问题研究社编，华北新华书店1947年1月初版，为"中国问题研究社丛书"之一。封面为黑白底色构图，加有木刻插画，书名为白色美术体。在书前《写在前面》中，编者称"这本小册子所载八十几首蒋管区民谣，大都是从蒋管区报纸刊物上选摘的"。[①] 全书分别由"如此

---

① 中国问题研究社编：《蒋管区民谣集·写在前面》，华北新华书店1947年版，第1页。

'元首'和他的洋爸爸""胜利后的形形色色""民怨沸腾"和"人民口中的蒋军"四辑70首民谣组成。书后附有"新华书店韬奋书店新书预告"等插页广告。

《歌谣丛集》：苗培时辑，韬奋书店1947年6月出版。封面构图为圆形加红色装饰版画图案，书名黑色美术体下有"附：蒋管区民间呼声"小标题文字。内收有《人民歌颂毛主席》《唱毛主席》《跟着毛泽东前进》《拥护毛主席》及《尽是老子的血汗》等35首歌谣，以及附录的"蒋管区民间呼声"一辑中的《国民党政府》等9首歌谣作品。书后封三附印有"华北新华书店为征求图书及建立交换关系启事"的插页广告。

《人民大翻身颂》：冈夫等著，华北新华书店编辑部编辑，华北新华书店1947年7月初版，为"晋冀鲁豫边区文艺创作小丛书"之一。封面编排版式为丛书统一构图插画，上下装饰图案平衡映对，书名为黑色印刷体。内收有冈夫的《人民大翻身颂》《黄姥人纺花》和《申海珠》，袁勃的《我要跟大家一起去报仇》，柯岗的《猎人之母》，小空的《赵凤英》，阮章竞的《送别》，胡征的《随军小诗》，田兵的《南征诗草》等9首诗歌作品。其中柯岗的《猎人之母》曾获1947年"晋察鲁豫边区教育厅文教作品诗歌二等奖"。

《不死的枪》：袁勃等著，华北新华书店1947年7月出版，为"晋冀鲁豫边区文艺创作小丛书"之一。封面编排为其丛书统一风格构图，上下装饰图案平衡映对，书名为黑色印刷体。内收有高咏的遗作《漳河牧歌传》，袁勃的《不死的枪》和《你永远活在人民的心里》，王博习的遗作《河水谣》、《归队》和《二月春风吹》，毓明的《王同会的故事》，大卫的《好排长》，张立云的《新牛和他的羊群》，罗林的《翻身后的第二代》和胡征的《槐树下》等11首作品。

《翻身诗歌集》：冀鲁豫书店1947年7月编辑出版。封面水平编排，构图直观，左侧两边棕红木刻装饰图案相对，上部红色美术体书名。全书由"坏蛋罪恶""翻身斗争""参军保家"和"生产劳动"4辑组成，包括民谣《国民党与破桌子》《送军粮》《哭和笑》《一锹土》和《要饭》，星火的《孙德禄》，李良的《小二狗分鸡》，海燕的《苦和甜》，陈东高的《翻了身的王三》

等 16 首作品。

《**冀鲁豫农民翻身歌谣**》：冀鲁豫书店编辑部编，冀鲁豫书店 1947 年 8 月出版，为"农民翻身小丛书"之一。封面采用其丛书统一版式，上下边红白装饰图案相对，上部黑色手书体书名双行横排。全书由"地主和穷人""土改大复查""翻身又发家"和"保命保田保饭碗"4 辑组成，包括有小调《看看地主啥心》《地主收租》《不平歌》《想起过去》《恨往年》《穷汉》《墙头诗》及《耕者有其田》等 37 首歌谣作品。在《写在前面几句话》中，编者称，"这本歌谣，大部分是从咱冀鲁豫边区各地搜集来的"，其中"也有些不一定是群众的创作，腔调仍脱不掉知识分子味"。① 封三附印有冀鲁豫书店出版的《朱总司令的故事》、《刘伯承将军的故事》等书目插页广告。

《**蒋管区民谣集**》：李春兰编，冀鲁豫书店 1947 年 8 月初版。封面编排版式为纵向构图设计，书名为黑色美术体。内收有《北斗星与扫帚星》、《民谣中的希望》《人心思变》《国民党统治区生活种种》《蒋介石有几颗头》《二怕》及《国民党与破桌子》等 22 首民谣作品。封三有冀鲁豫书店的《新歌剧》等图书插页广告。

《**现代民谣民歌选**》：李石涵辑，东北书店牡丹江分店 1947 年 11 月出版，为"插图本"。封面水平编排，上部红色公母鸡剪纸图案，深蓝腰封图形中白色美术体书名居中。内收有张庚的《序》，"蒋管区之部"的 91 首和"解放区之部"及附录的 34 首民歌民谣作品，以及多幅黑白木刻作品插图和编者的《编后记》。

《**歌谣快板集**》：太行群众书店编，太行群众书店 1947 年出版。封面构图简洁，横排棕红色美术体书名两侧加之金色装饰图案。内收有《歌唱刘伯承将军》《刘邓将军的布告》《天上一颗星》《九月的蚊子》等，以及《苗安花》《山歌》《快武装》《等着我吧》《上战场》《你们好好打吧》《小扁担》等 84 首民谣快板，以及附录的"蒋管区"民谣 24 首。

《**王三翻身**》：张广兴等编，冀南新华书店 1947 年出版，为"新编鼓词"。

---

① 冀鲁豫书店编辑部编：《冀鲁豫农民翻身歌谣·写在前面几句话》，冀鲁豫书店 1947 年版，第 1 页。

封面均衡编排，框线构图，左侧红色印刷体书名竖排，右下角插入红黑木刻乐器图案。内收有张广兴的大鼓《王三翻身》，以及坠子《劝中农》和《友秋娘上当》3部谣曲作品。

《蒋管区民谣集》：林冬白编，洛井木刻，山东新华书店总店1948年1月初版。封面构图为彩色纵式图案，加之一大幅木刻插画，书名白底黑色美术体。内收有"鲁中民谣""张店儿歌""青岛民谣""徐州民谣"及"平津民谣"等全国25个省市地区，以及"公务员谣""民生谣""民权谣"及"说中央"等30个专题性的民谣，以及洛井为其配作的木刻插图。

《枪杆诗》：战号出版社1948年1月编辑出版。红色封面水平编排，上部为黑底图形中黑白木刻枪杆直观图像，红色美术体书名插入木刻版画枪托上。内收有由102团战士们创作的，分别为"消灭蒋匪立功""咏步枪""咏机枪"等6辑组成的共70首作品，以及书前编者撰写的文章《枪杆诗介绍》等。

《毛泽东颂》：又名"舵手颂"，冯乃超编，艾青等著，海洋书屋1948年3月初版，为"万人丛书"之一。封面构图为上下木刻插画，中有一幅毛泽东摄影头像，书名为绿色美术体。内收有艾青的《毛泽东》，鲁藜的《毛泽东颂》，吕剑的《人民英雄歌》，佚名的《给〈论持久战〉的著者》，刘洪的《毛泽东的相片》，张克夫的《毛主席回延安》，向民的《毛泽东和孩子》，赵定的《伍佑人民真欢喜》，福林的《请毛主席到我家望望》，孙万福的《高楼万丈从地起》，李增正、李有源的《东方红》和汪庭有的《十绣金匾》等12首作品，以及冯乃超的《编后记》。封三附有"万人丛书""文艺理论丛书"和"北方文丛"的插页广告。

《死去活来——农民的血泪控诉》：张志民等著，太岳新华书店1948年7月初版。封面均衡编排，上方为横排黑色美术体书名，右下角插入黑白木刻人物解说图像。内收有萧三的《我读了一首好诗——介绍张志民的〈王九诉苦〉》一文，以及张志民的长篇叙事诗歌《王九诉苦》《死不着》和达畅的叙事诗歌《不平庄平了》等3首作品。

《人心向着共产党》：新华书店九分店编辑部编，华中新华书店九分店

1948 年 12 月出版，为"民谣集"。封面水平编排，上部双行红色美术体书名，下部大幅套色木刻解说版画。内收有《编者的话》，以及"好得新四军帮你忙""穷人苦处说不尽""蒋家军队把人害""拖着机尾往后岗""见大帽，心里跳；见小帽，心里笑""王耀武，四站长""跟了毛泽东，一定得成功""要问太阳在那里？就是中国共产党"8 组 60 首民谣作品。

《现代民谣》（第 1 辑）：武汉人民艺术出版社编选，海默辑，上海教育书店 1949 年 10 月初版，为"中国歌谣文学选"之一。封面水平编排，大幅红绿剪纸上下对称，黑底腰封图形中白色美术体书名。在《前言》中，编选者称，"这里搜集的民谣，第一辑完全是解放区的；第二辑大部分是过去在国民党反动派统治时期的地方民谣"，而"从这两个辑子里，我们可以见到一边是光明，另一边是黑暗：这是近几年中国历史最好的图画"。[①] 全书由"翻身诉苦""参军""生产劳动""民主生活""歌颂共产党""歌颂人民解放军"和"歌颂毛主席"七类民谣组成。封三附印有武汉人民艺术出版社编选的"人民艺术丛刊"插页广告。

《红旗·红马·红缨枪》：莎蕻、沈沙著，上海杂志公司 1949 年 11 月出版。封面均衡编排，上方为黑色横排印刷体书名，中下方加入大幅金红色木刻骑士版画。内收有莎蕻的《红旗·红马·红缨枪》《苦和甜》《儿歌二则》《人民英雄董存瑞》《十八颗手榴弹》及《献枪》，沈沙的《柳湖》和《王福全》等 13 首作品，以及莎蕻撰写的《序》等。

《现代民谣》（第 2 辑）：武汉人民艺术出版社编选，海默辑，上海教育书店 1949 年 10 月初版，为"中国歌谣文学选"之一。封面构图上下平衡对称，以黄黑绿彩色为基础，加之黄绿木刻插画，书名为白色美术体。内收有《前言》，以及"国民党匪军""蒋军士兵歌谣""比较""国民党统治区"和"国民党统治区人民的呼声"五类民谣。

《现代民谣》（第 3 辑）：扶犁辑，上海教育书店 1951 年 7 月初版，为"中国歌谣文学选"之一。封面构图上下平衡对称，以绿黑绿棕色为基础，加

---

① 武汉人民艺术出版社编选：《现代民谣·前言》（第 1 辑），上海教育书店 1949 年版，第 1 页。

之绿棕色木刻插画，白色美术体书名。内收有《前言》，以及"时代的反映""阶级生活""人民的控诉"和"社会生活"等四类多组民谣。

《华北农民翻身歌谣》：高粮搜集，通俗文艺出版社 1956 年 9 月初版。封面均衡编排，暖色基调版式，左上角为横排双行白色印刷体书名，下边加入木刻人物解说图像。内收有由"控诉""翻身""翻了身的日月"和"参军保家"四章组成的 30 首作品。在《前言》中，编者称，1947 年"我随军到了华北各地，就在行军中，把这些歌谣记载下来。我的用意是，想使我们的后一代知道：中国共产党是怎样领导人民披荆斩棘，为建设社会主义铺平道路的"。[①]

（三）戏剧总集

1. 秧歌剧与新歌剧

《新秧歌集》（二集）：鲁艺工作团编，华北书店 1944 年 1 月出版。封面水平编排，上下构图黑白民间剪纸装饰图案，上方黑色手书体书名等文字，下方居中插入黑白木刻男女秧歌人物版画。内收有花鼓戏《保卫边区》，大秧歌《边区好地方》，旱船《边区人民真喜欢》，快板剧《刘二起家》，秧歌剧《张丕模除奸》等 11 部剧目。

《兄妹开荒/比赛》：王大化、洪荒等作，韬奋书店 1945 年 4 月出版，为"街头秧歌剧"集。封面水平编排，上部红色美术体书名横排双行，左下方插入黑白木刻人物图像。内收有王大化、李波、路由集体创作，路由写词、安波配曲的《兄妹开荒》；洪荒作、周沛然配曲的《比赛》；以及各剧目剧情说明和曲谱等。延安鲁艺文工团于 1943 年春节演出，被誉为"第一个新秧歌剧本"。其中的《兄妹开荒》曾以《王小二开荒》列入华北书店 1943 年 5 月初版的《新秧歌集》"附录"中。

《军人招待所和李双奎回家》：联合剧团集体创作，李亦晟等执笔，韬奋书店 1945 年 6 月出版。封面水平编排，大号美术体书名双行横排，中下方加入整幅黑白木刻直观版画。内收有：联合剧团集体创作、李亦晟执行的"武

---

① 高粮搜集：《华北农民翻身歌谣·前言》，通俗文艺出版社 1946 年版，第 1 页。

乡秧歌"剧《军人招待所》及 3 首插曲，朱丹、刘春林等集体创作的三场"小调短剧"《李双奎回家》及剧目配曲 12 首。

《笑了的人》：太行山剧团等集体创作，赵子岳等执笔，韬奋书店 1945 年 11 月出版。封面水平编排，美术体书名居上，居中插入黑白木刻人物特写版画。内收有太行山剧团集体创作、赵子岳执笔的独幕剧《笑了的人》及剧目配曲，平顺县南庄沟王元原作、新华书店编辑部改编的三场歌剧《秦富宝放牛》，以及武乡四高白玉、史丹喜、王喜贵、李子春合作的两场广场歌剧《大祝寿》等 3 部作品。

《光荣花/群英会》：二分区先锋剧团刘富春等编著，韬奋书店 1946 年 12 月出版。封面构图中加入木刻人物插画，书名为红色美术体，两侧加有装饰图案。内收有关于剧本的演出说明，二分政剧团刘富春的辽县小调剧《光荣花》及剧目配曲，以及涉县三高履祥编的秧歌剧《群英会》及其插曲。封三附印有华北新华书店、韬奋书店发布的"供给各地农村剧团年关演出，歌唱翻身的剧本、鼓词"插页广告。

《兄妹开荒》：周而复、王大化著，雷鸣出版社 1947 年 3 月初版。封面水平编排，上方大号红色美术体书名，居中加入大幅棕白木刻解说图像。内收有周而复的《秧歌剧发展的道路（代序）》，王大化、李波、路由作，路由词，安波曲的《兄妹开荒》，周戈的《一朵红花》和周而复作、苏一平词的《牛永贵受伤》3 部剧作，以及各剧目的多首曲谱等。

《蒋军必败》：周方等著，华北新华书店编辑部编辑，华北新华书店 1947 年 7 月出版，为"晋冀鲁豫边区文艺创作小丛书"之一。封面编排版式为丛书统一设计的构图插画，上下装饰图案平衡映对，书名为黑色印刷体。内收有周方执笔的三场活报剧《蒋军必败》，皇甫束玉的广场秧歌剧《土地还家》及其剧目配曲，晋城五区府城新生宣传社的四幕剧《穷人难》3 部作品。

《新旧年景》：班波等著，渤海新华书店 1947 年 10 月印刷刊行，为"农村文娱材料"之一，中原新华书店 1949 年 1 月翻印。封面为纵横版面图案编排，加有木刻人物插图，书名为红色竖排美术体。内收有班波的《新旧年景》，王泽民、李士珍的《一条心》和左平的《老两口支援前线》等 3 部作品。

《崔鹏飞送子参军》：于建中等集体创作，冀南书店 1947 年 11 月出版。封面构图为框形三角编排版式，左侧上插入彩色木刻绘画图案，书名为红色竖排手书体。内收有于建中、聂新喜、倪景奇等集体创作的《崔鹏飞送子参军》，以及《小二姐劝郎参军》和《王平归队》等 3 部秧歌剧作品。

《新剧本》：张逸民等著，三地委宣传部编，冀鲁豫三地委宣传部 1948 年 1 月出版。封面构图直观，印刷体书名横排。内收有《过新年》《动员起来》《兄妹开荒》《锯大缸》《发土地证》和《参军》等 9 部秧歌剧及快板剧作品，以及各个剧目附录的曲谱。

《秧歌剧及小演唱》：辽宁文协编，东北书店分店 1948 年 4 月出版印行。封面编排版式为彩色木刻构图，白色美术体书名。内收有雪立、兴中、百慧的小型秧歌剧《荣誉》，郑文的小型秧歌剧《送郎参军》，李薰风的小演唱《卓喜富扭秧歌》和鼓词《聚宝盆》，雪立的小演唱《亲人》，陈戈的小演唱《抓俘虏》，时韵的"集团演唱"《模范担架队长曹占生》，王家乙的"二人转"《光荣匾》等 8 部剧作。

《活捉蒋介石》：吕班、厉声著，冀南新华书店 1948 年 11 月出版印行，为"年关文娱材料"之一。封面编排直观，套色版式构图。内收有吕班的《活捉蒋介石》和厉声的《拜年花鼓》2 部活报歌剧作品。

《王德华转变》：华中一分区文化协会编，汪普庆等著，华中新华书店一分店 1948 年 12 月出版。封面水平编排，上部绿底图形中白色美术体书名，居中加入套色解说木刻版画。内收有汪普庆的二幕二场"支前歌剧"作品《王德华转变》及其剧目插曲 12 首，以及快板剧《黄来时回队》及其配曲。

《货郎担》：延安桥镇乡群众秧歌队等著，北京新华书店 1949 年 5 月初版，为"中国人民文艺丛书"之一。1950 年 4 月上海新华书店出版，1952 年 7 月人民文学出版社再版。封面编排版式为其丛书统一构图，书名为黑色美术体，为"小型歌剧选"集。内收有延安桥镇乡秧歌队改编的《小姑贤》，延安桥镇乡群众秧歌队集体创作的《买卖婚姻》和《货郎担》，庆阳黄润、黄家荣、武仲山、武世荣集体创作的《算卦》，赤水择马关王家山村王保贤编的《钉缸》，左权下庄村李世昌、靳小三、尚恩宽集体创作的《神虫》等 6 部小型歌剧作品，以及各个剧目的多首曲谱。

《牛永贵挂彩》：周而复、苏一平等著，北京新华书店 1949 年 5 月初版，为"中国人民文艺丛书"之一。封面编排版式为其丛书统一构图，黑色美术体书名，为"小型歌剧选"集。内收有周而复、苏一平作的《牛永贵挂彩》；翟强编剧，张林徬作曲的《刘顺清》，荒草、果刚编剧，止怡、其仁作曲的《张治国》；华纯、刘五、郭瑞、韩果集体创作，华纯执笔，杨戈作曲的《大家好》；王琳作的《模范妯娌》；苏一平编剧，彦军、姜丽山作曲的《红布条》等 6 部小型歌剧作品，以及各个剧目的多首曲谱。

2. 话剧与戏曲

《农村戏曲集》（第 1 辑）：李森秀等编，晋冀鲁豫边区剧协分会、太行区剧协编辑，华北书店 1943 年 6 月出版。封面水平编排，上部红色美术体书名，居中加入套色木刻解说图案。内收有《劝荣花》《放哨》和《春桃》3 部剧作，以及各个剧目前的"剧情介绍"和"导演说明"等。在书前的《小序》中，编者称"一九四二年农村剧运的开展，产生了这本《农村戏曲集》。它从农村来，我们要让它回到农村去。《劝荣花》和《放哨》是襄垣剧团的集体创作，重改本则是二分区宣传队同志创作的。根据它们的内容与形式，以及多次演出后的辉煌效果，它们的通俗、朴素、短小精悍，和十足的'中国气派'，是应该编选成集，并值得大家重视的。剧本的词句上，曾经用心修改过，作者的基本精神，依旧保存着"。同时，"由于材料的缺乏，第一集还不够十分圆满，今年是开展大众文化的农村戏剧运动的一年，我们希望能够有更多的同好，提供材料，参加选辑，共同编出一套通俗的农村戏剧小丛书来"。①

《互助组》：胶东文协编，胶东新华书店 1944 年出版，为"文娱材料"之一。封面水平编排，构图简洁，大号红色印刷体书名居上。内收有莒南东良

---

① 李森秀等编：《农村戏曲集》（第一辑），华北书店 1943 年版，第 1 页。

店农村剧团集体创作的"报道剧"《互助组》，辛既白的独幕话剧《坏蛋》等2部作品，以及鲁飞的《真事儿实演（工作意见）》、贾霁的《谈谈互助组的创作问题（剧评）》和林一的《怎样进行化装和卸装（技术研究）》等3篇文章。

《王好善翻身/劝满仓》：劳动剧团等集体创作，孙应南执笔，韬奋书店1945年10月出版。封面构图简洁，下方为一幅木刻人物插图，书名为红色印刷字体。收录的剧本为劳动剧团集体创作、孙应南执笔的"乐子腔"三幕剧《王好善翻身》，以及榆社向阳剧团创作的独幕剧《劝满仓》。书后有"新华书店、韬奋书店最近新书"插页广告。

《抗战前后的冯林》：冀晋区编审委员会编，阜平高阜口村剧团集体创作，星火出版社1946年11月出版，为"乡艺丛书"之一。封面均衡编排，构图简洁，上部黑色印刷体书名，右下方插入黑白木刻乐器图案。内收有乡艺丛书编委会的《乡艺丛书出版缘起》，《关于〈抗战前后的冯林〉》和七场剧本《抗战前后的冯林》等。

《"圣战"的恩惠》：那沙等著，山东新华书店1946年出版印行，为"抗战文艺选集丛书"之一。封面编排版式左右对称，书名为印刷体。内收有丁铸铁的《万仙会》，那沙的《"圣战"的恩惠》，仇戴天的《十字街头》和白华的《喜酒》等4部剧作。其中，那沙的独幕剧《"圣战"的恩惠》，曾获1942年山东省文协戏剧创作一等奖。

《山沟生活》：胡玉亭等著，太岳新华书店1946年初版。封面水平编排，构图直观。内收有胡玉亭的《出城》，李铁峰的《山沟生活》及李天祥、关守耀的《回城》等3部"沁源秧歌剧"作品，以及各个剧目的多首曲谱。

《戏剧杂耍集》（第1集）：滨海军区宣传队编印，滨海军区宣传队1948年印刷出版。封面编排构图简单直观，书名为印刷体。内收有京剧《桐柏民变》，锣铜活报剧《靠谁反攻》，话剧《转变》《消灭最后一个死角》和《活捉顾问》，成荫的《打得好》与杂耍《锯大缸》等7篇曲艺作品。

《戏剧杂耍集》（第1集）：新华书店九分店1948年7月编印。封面为左右对称式编排，右侧加入一幅木刻人物插画，左侧竖行美术体书名。内收有如东文教工作队的"活西洋景"《反"总体战"》和蔡达人的独角戏《汤义珍与家》，许仲的独幕剧《匪祸》和蒋宁等的二幕剧《三阳大捷》剧本，以及张汝森的《解放剧团的几点经验》和麦青的《平剧与改良平剧在农村中出演适合吗》等"经验介绍"和"工作研究"文章。在书前的《见面的话》中，编者称其编辑出版本书的主要目的，就是"用它来便利大家创作，彼此交流经验，帮助各剧团增加活动的材料"。①

《军民小喜剧》：雪立、荒草等作，由十五兵团宣传队编辑，新华书店1948年8月出版。封面构图为红黄彩色抽象编排版式，书名为美术体。在书前的《小引》中，编者称"新区的军民关系，是当前群众工作的重要环节之一"。因为"由于反动派造谣的一些影响，群众对军队的传统恐惧心理"而产生的"隔阂"及"逃避、应付、观望的态度"等，"所以，新区的客观环境需要我们文艺工作者，大大地宣传我军一贯的军民关系事实，大大地介绍我军的政策、纪律、这是迫切的，也是普遍的要求"。② 内收有雪立著、纯仁作曲的小歌舞剧《金戒指》；荒草编剧，稼祥、永昶作曲的《买红薯》；桑夫的《王大娘赶集》和雪立作、一鸣谱曲的《亲人》，以及各个剧目的多首曲谱。

《旧剧革命的划时期的开端——延安平剧研究院演出剧本集》：中国京剧院编，中国戏剧出版社2005年出版。封面编排版式为红底黑白构图，加有黑白木刻延安插画，书名为白色毛泽东手书体，扉页有毛泽东的"推陈出新"等题词书信插图。在书前刘厚生撰写的《序》中指出，"延安平剧研究院的建立及其工作，是现代中国戏曲改革运动中极为重要的一环"。因此，"从现代戏开始，就是大踏步地革新，新编历史剧同样如此"。③ 剧本集中收录的新编现代戏、新编历史剧及新秧歌剧等剧目有王震之的《松花江上》，欧阳予倩的《梁红玉》，张一然的《嵩山星火》和《上天堂》，田汉的《岳飞》，李伦的《难民曲》，丁毅的《刘二起家》，魏静生的《河伯娶妇》，杨绍萱的《逼上梁

---

① 新华书店九分店编：《戏剧杂耍集·见面的话》（第1集），新华书店九分店1948年编印，第3页。

② 雪立等：《军民小喜剧·小引》，新华书店1948年版，第1页。

③ 刘厚生：《旧剧革命的划时期的开端——延安平剧研究院演出剧本集·序》，中国戏剧出版社2005年版，第1—5页。

山》和《中山狼》，任桂林、魏晨曦、李伦的《三打祝家庄》，陈白尘的《升官图》，薛思厚的《四劝》，阿甲、任桂林的《进长安》，石天的《红娘子》，王颉竹的《两锭银子》，王一达的《武大之死》，王一达、石天、邓泽的《北京四十天》等，以及任葆琦的《新编京剧现代戏简介》《新秧歌剧简介》《改编、新编历史剧简介》和张琪瑶的《传统剧目及扮演者》等。

（四）小说总集

《孟祥英与郭凡子》：赵树理等著，华北新华书店1946年6月编辑出版。封面均衡编排，上部大号美术体书名，右下方加入套色木刻人物版画。内收有赵树理的《孟祥英翻身》和王溪南的《女状元》2篇小说作品。

《翻身》：朱襄等著，太岳新华书店1946年9月出版。1948年1月山东新华书店再版。内收有朱襄的《天山岭群众翻身记》，志奋、小年的《控诉"马公馆"》，金沙、朱襄的《政治攻城》，天纵的《一场阴谋破灭了》和《岩山村的今昔》，高鸿基的《诉苦》等6篇小说作品。

《仇恨》：李庄等著，华北新华书店1947年5月编辑出版，为"晋冀鲁豫边区文艺创作小丛书"之一。封面编排版式为丛书统一设计，上下装饰图案平衡映对，书名为黑色印刷体。内收有胡田的《生长》，卢耀武的《多余的担心》，李庄的《仇恨》，克锦的《第二家庭》等4篇小说作品。

《李家沟反维持记》：袁潮等著，为"晋冀鲁豫边区文艺创作小丛书"之一，华北新华书店1947年5月编辑出版。封面编排版式为丛书统一构图，上下装饰图案平衡映对，书名为黑色印刷体。内收有郑笃的《英雄沟》和袁潮的《李家沟反维持记》2篇小说作品。

《由鬼变人》：袁毓明等著，华北新华书店1947年5月编辑出版，为"晋冀鲁豫边区文艺创作小丛书"之一。封面构图为丛书统一设计，上下装饰图案平衡映对，书名为黑色印刷体。全书收有曾克的《新人》，袁毓明的《由鬼变人》，赵正晶的《绸背心》3篇小说作品。

《张苦孩挖穷根》：革飞等著，华北新华书店1947年5月出版发行，为"晋冀鲁豫边区文艺创作小丛书"之一。封面编排版式为丛书统一构图，上下装饰图案平衡映对，书名为黑色印刷体。内收有田生的《胡强子》，革飞的

《张苦孩挖穷根》，培时的《邢台市大斗胡同公》，林沫的《雇佃座谈》4篇短篇小说，以及编者对农民作者田生的生平经历及其创作的简要介绍。

《天水岭群众翻身记》：朱襄等著，华北新华书店1947年5月出版发行，为"晋冀鲁豫边区文艺创作小丛书"之一。封面编排版式为丛书统一构图，上下装饰图案平衡映对，书名为黑色印刷体。内收有朱襄的《天水岭群众翻身记》，以及阮章竞的"俚歌故事"《圈套》等2篇作品。

《袁家洼打垮假斗争》：范仁杰等著，华北新华书店1947年6月出版发行，为"新大众丛刊"之一。封面为红绿彩色木刻构图插画。内收有范仁杰、泽耀九的《张用成活捉大老虎》，马馨远的《活了五十九岁，要了五十年饭》，月波的《过年好比上刀山》，谢长江的《我减租翻身不算犯法》，胡容的《血海深仇》，孩王的《袁九子》，郝志坚的《是谁六亲不认》，郝刚等的《姚眉成掀石板》和宋继勋的《袁家洼打垮假斗争》等9篇小说作品。

《解放"5000"发电厂》：曾克等著，华北新华书店编辑部编，华北新华书店1947年7月出版，为"晋冀鲁豫边区文艺创作小丛书"之一。封面编排版式为丛书统一设计的构图插画，上下装饰图案平衡映对，书名为黑色印刷体。内收有曾克的《解放"5000"发电厂》，彦夫的《桥》，冯牧的《卫生员的榜样》，苏策的《计划》，刘宝荣的《水萝葡的纠纷》等5篇小说作品。

《新战士时来亮》：冯牧等著，1947年7月华北新华书店编辑出版，为"晋冀鲁豫边区文艺创作小丛书"之一。封面编排版式为丛书统一设计的构图插画，上下装饰图案平衡映对，书名为黑色印刷体。内收有冯牧的《新战士时来亮》，曾延伟的《超过计划》，苏策的《卫顺明和他的团长》，艾柏的《英雄李步周》，卢焰的《小鬼与大炮》等5篇作品。

《误会》：刘宝荣等著，华北新华书店编辑，华北新华书店1947年7月初版，为"晋冀鲁豫边区文艺创作小丛书"之一。封面编排版式为丛书统一设计的构图插画，上下装饰图案平衡映对，书名为黑色印刷体。内收有秀圃的《孤军》，吕梁的《谁战胜谁》，郑笃的《打姬家山》，小溪的《丁秋秋》，罗树田的《一个人缴了一连人枪》，刘宝荣的《误会》，吴象的《伤脑筋》，曹展方的《伤员转运站风景线》等8篇小说作品。

《李德昌围困沁源》：郑东等著，华北新华书店1947年7月出版印行，为"晋冀鲁豫边区文艺创作小丛书"之一。封面编排版式为丛书统一设计的构图插画，上下装饰图案平衡映对，书名为黑色印刷体。内收有郑东的《李德昌围困沁源》和《棒棒队的死对头任毛小》，黎风的《吴福有造成的鬼门关》，吉佩祉的《飞行爆炸尚清福》，侯一然的《小申活跃敌后》，卫洪德的《智勇双全的申清元》，曾克的《女射击手》等7篇小说作品。

《新仇旧恨》：刘江、赵正晶等著，华北新华书店1947年7月编辑出版，为"晋冀鲁豫边区文艺创作小丛书"之一。封面编排版式为丛书统一设计的构图插画，上下装饰图案平衡映对，书名为黑色印刷体。内收有刘江、赵正晶的《新仇旧恨》，延登崎的《财神》，奎林等的《翻身日记》，革飞的《保明上区》，耿西的《参军潮》等5篇小说作品。

《赵有功保田有功》：吴林泉等著，华北新华书店1947年7月出版发行，为"晋冀鲁豫边区文艺创作小丛书"之一。封面编排版式为丛书统一设计的构图插画，上下装饰图案平衡映对，书名为黑色印刷体。内收有陈光兴的《侯同云的故事》，刘丙一的《刘吉耀和他的第三连》《第一功》和《"为了老百姓"》，吴林泉的《机警勇敢的王殿文》和《赵有功保田有功》，司马达的《乔车顺的活情报》和《段文忠在麦收季》，筱良的《张永庭的刺刀》，薛灵山的《郭景文的机枪封锁》，马幸之的《张振保脱衣上阵》，张天的《段福绪》等12篇小说作品。

《大柳庄记事》：古北等著，华北新华书店1947年7月编辑出版，为"晋冀鲁豫边区文艺创作小丛书"之一。封面编排版式为丛书统一设计的构图插画，上下装饰图案平衡映对，书名为黑色印刷体。内收有古北的《大柳庄记事》，王前的《窟窿岩》，曾克的《掩护》，吴象的《苏科之死》，培时的《炮》等5篇小说作品。

《未婚夫妇》：黎风、胡征、李南力著，哈尔滨光华书店1948年初版。封面对称编排，构图简洁，左侧棕红美术体书名竖排，右侧棕色垂直装饰线条。内收有黎风的《未婚夫妇》和《大柳庄记事》，李南力的《不屈》，胡征的

《团圆》和《蓝丝带》5 篇小说作品。

《打开了脑筋》：葛天等著，阿兰编，大连大众书店 1948 年 10 月初版，为"大众通俗丛书"之一。封面为彩色构图加人物木刻插画，书名为黑色美术体。内收有葛天的《彭吉子和马》，周洁夫的《平常的故事》，西虹的《遭遇》，王质玉的《房东》和《仇》，刘志忠的《打开了脑筋》，鲁琪的《崔"傻子"》，蓬耳的《随侦察队小征记》，李纳的《煤》，刘迅文的《团长》，王曼硕的《懒汉》，刘白羽的《血缘》和《战斗的旗帜》等 13 篇小说作品。在《编者的话》中，编者阿兰称其编辑出版这部东北解放区短篇小说集的目的，就是"贡献给向往于解放区的读者"。①

《谁害的》：西戎等著，东北新华书店辽东分店 1949 年 8 月初版。封面编排版式为红绿彩色平面设计，绿底木刻图案上红色美术体书名。内收有西戎的《谁害的》，马烽的《金宝娘》，束为的《卖鸡》等 3 篇小说作品。

（五）报告文学总集

《第八路军平型关血战》：朱德等著，上海抗战丛书出版社 1937 年 10 月初版，为"抗战小丛书"之一。封面均衡编排，左侧红色图框中红色印刷体书名，右侧下角插入朱德的红色手书文稿图案。全书由"实行对日抗战""八路军在陕北誓师出发""平型关展开血战"和"朱德毛泽东谈平型关歼敌经过" 4 个篇章组成，包括《第二个"九一八"》《日本并不是那么可怕的魔鬼》和《我们的飞机出现了》等 11 篇报告文学作品。

《抗敌将领印象记》：陈文杰编，战时读物编译社 1938 年 3 月初版，同年 2 月再版。封面左右对称编排，黑色手书体书名居中竖排，右侧红底垂直图形中，依次加入蒋介石、朱德、冯玉祥、毛泽东黑白木刻肖像。内收有《蒋委员长访问记》《推动抗战的冯玉祥》《毛泽东在陕北》《铁军的创造者——张发奎将军》《访问陈诚将军》《抗敌先驱的傅作义将军》《长征万里的杨森将军》《朱德的回忆》《彭德怀小传》《朱彭印象记》《统一的促成者——周恩来》与《青年将领孙元良》等，以及《项英的过去》《刘伯承的奋斗史》《贺

---

① 阿兰编：《打开了脑筋》，大众出版社 1948 年版，第 2 页。

龙的革命史》《林彪将军谈抗日战争的经验》《叶挺将军印象记》和《徐向前小史》等 22 篇报告文学作品。

《八路军七将领》：刘白羽、王余杞合撰，上海杂志公司 1938 年 3 月初版，发行人为张静庐，为"战地生活丛刊"之一。封面构图为其丛书统一设计的纵横版面编排，中有一幅人物头像木刻插画，书名为红色美术体。书前附印有一则上海杂志无限公司声明图书版权的启事。内收有王余杞的《朱德》《林彪》《贺龙》，以及刘白羽的《任弼时》《彭德怀》《彭雪枫》《肖克》和《后记》等作品。在书的《后记》中，刘白羽称其编辑本书，是因为当时已出版的有关八路军的图书，"大半是剪辑而成，往往书名不同可是翻翻看还是那几篇"，于是，本书作者专门到前线采访，然后将"记忆中的几个伟大的民族英雄，印象，谈话，写了下来，献给读者"。①

《冀村之夜》：丁玲等著，新文艺出版社 1939 年 7 月出版，为"报告文学丛书之一"。封面构图为其丛书统一设计的纵形平面编排，书名为黑色美术体。内收有白平阶的《跨过横断山脉》，丁玲的《冀村之夜》，巴金的《从广州出来》，柏山的《晚会》，碧野的《晚会》，萧乾的《三个检查员》，骆宾基的《夜与昼》，靳以的《旅中短记》，戈金的《黄河边上的春天》，田涛的《泥路》，萧军的《盘道村底早餐》，于逢的《清退》，张北斗的《两年蒙面》，适越的《在沦陷区》，华嘉的《夜过张公渡》，易河的《伙伕王上魁》，孙钿的《高野良雄的死》，杨朔《雪花飘在满洲》，张质的《学习》，魏伯的《丹河之流》和罗烽的《三百零七个和一个》等 21 篇报告文学作品，也是延安文艺作家较早汇编出版的一部报告文学集。

《晋察冀边区二届群英大会英雄故事》：晋察冀边区人民武装部 1945 年 4 月编印，为"人民武装队员政治教材"之一。封面编排版式为纵式构图，书名为黑色美术体。在书前晋察冀边区人民武装部的《通知》中，说明本书"作为队员的政治教材，教育的目的在于以现实的英雄事迹，指出革命英雄主义的新榜样，为队员学习，激励其战斗情绪，坚定其战斗意志，鼓舞其革命进取心，

---

① 刘白羽、王余杞：《八路军七将领·后记》，上海杂志公司 1938 年版，第 93 页。

以加强其胜利信心，提高人民武装的战斗力".① 内收有《"三全齐美"的李殿冰》《平山民兵英雄贾玉》《行唐荣军模范民兵英雄康福山》《易县民兵战斗英雄冯云兴》《满城战斗英雄李全子和他的游击小队》等 14 篇作品。

《上饶集中营》：新华社华中分社编，韬奋书店 1945 年 12 月出版。封面均衡编排，左上方黑色美术体书名，右侧加入黑白木刻直观插图。内收有饶漱石的《序》，长江的《上饶的集中营》，冯村的《上饶集中营的罪行》，陈念林等的《卑鄙的统治群》，陈念棣的《集中营生活散记》，叶钦和的《哀焦奇同志》，冯村的《怀念孙锡禄同志》，黄迪菲的《如此"三民主义"教育》，季音的《地狱毛家岭》和《毛家岭·集中营》，赖少其的《站铁笼的一天》，曹越的《记毛家岭二个月的生活》，李胜的《毛家岭暴动》，冯村的《赤石暴动》和《上伪附近图》，季音等著的《抗日囚徒的旅行》，孙秉泰的《集中营在福建》，孙秉泰等人著的《赤石暴动以后》，李胜的《逃出毛家岭》和叶钦和的《回到新四军来》等 19 篇文章，以及附录的《记李家岭二个月的生活》等。

《外国记者眼中的延安及解放区》：齐文编，鲁登、爱泼斯坦等著，历史资料供应社 1946 年 1 月初版，同年 2 月再版。初版封面左面对称编排，绿底白线框形构图版式之上，红色美术体书名双行竖排。内收有齐文的《编者赘言》，鲁登的《中国共产党及其军队深得人民拥护爱戴》，爱泼斯坦的《我所看到的陕甘宁边区》，白修德的《延安印象记》，武道的《我从陕北归来》，斯坦因的《远东民主的种子》，派西福拉斯的《一九四五年的延安》，民族杂志的《论延安的第二届参议会》，原载于《纽约时报》的《中共领导下的军队是强大的》、《延安群像》和《中国的游击根据地》，武乐文的《从北平到延安》等 22 篇作品，以及附录的《福尔曼的边区报告》等 5 篇通讯报道。1946 年 6 月，大众书店翻印出版。

《母亲们和年青的子弟兵》：晋察冀边区行政委员会编审委员会编辑，晋察冀边区教育阵地社 1946 年 2 月初版，为"群众读物"之一。封面构图中加

---

① 晋察冀边区人民武装部编：《晋察冀边区二届群英大会英雄故事·通知》，晋察冀边区人民武装部 1945 年 4 月编印，第 1 页。

入木刻人物插画，书名为红色手书体。内收有《"子弟兵的母亲"戎冠秀》、《你等着：咱们给你报仇》和《林大娘有了千百个儿子》3 篇通讯报道作品。

《教育界的英雄模范》：教育阵地社编，新华书店晋察冀分店 1946 年 5 月出版，为"新教育丛书"之一。封面编排版式为抽象图形设计，书名为绿底白色美术体。全书由"晋察冀边区出席边区群英会的四个模范教员"、"陕甘宁边区的教育英雄与四个小学"两个专题，以及其中皑风的《向英雄模范学习》等 10 篇文章组成。东北书店 1946 年 11 月翻印再版。

《民兵英雄故事》：孙谦等著，太岳新华书店 1946 年 6 月出版印行。封面垂直对称编排，左侧为竖排红底白色手书体书名，右侧加入大幅黑白木刻民兵人物特写直观图像。内收有孙谦的《卓越的民兵指挥员段兴玉》，稼耘的《民兵英雄段兴玉的故事》，曾孚的《足智多谋的民兵英雄路玉小》，张立云的《边区边地民兵一等英雄任毛小》，葛岗的《边区腹地民兵一等英雄陈炳昌》，克锋的《百战百胜的韩凤珠》和赵琦等的《神枪手崔三娃》等 7 篇通讯报道作品。

《复仇》：冀南书店编，冀南书店 1946 年 12 月出版发行，为"群众诉苦通讯集"。封面水平编排，上部红色美术体书名，居中插入黑白木刻人物图案。内收有榴琏的《一封血泪的信》，新华社山东通讯的《平鹰坟》和《掀石碑》，志奋、少年的《控诉马公馆》，滨乔的《复仇》等 7 篇文章。在《前记》中，编者称："目前我区正在进行土地改革，为了配合目前群运，收集了几篇外区的典型诉苦通讯，特别介绍了山东农民控诉的大地主的血腥统治，对于未参加过群运的人，读了以后，一定会感到警奇和愤怒"。[①]

《农民泪》：中国问题研究社编，芷石等著，哈尔滨中苏友好协会 1946 年 12 月编印发行，华北新华书店 1947 年 3 月翻印，为"中国问题研究社丛书"之一。封面构图中加入大幅木刻人物插画，书名为红底白色美术体。在《写在前面》中，编者说明了编辑本书的内容及目的。内收有芷石的《家家无米，户户流泪（江南）》，李茹的《军需火急强征粮（浙江）》，邓奇的《寂寞悲凉

---

① 冀南书店编：《复仇·前记》，冀南书店 1946 年版，第 1 页。

江西（江西）》及南农的《嚇，湖南还要征实吗（湖南）》等 9 篇文章，以及附录佚名的《粮官舞弊内幕》和丁聪等人的漫画《农民泪》等 6 幅。封三附有华北新华书店的"中国问题研究社丛书"出版广告插页。

《字字血泪句句仇》：和柯编，冀南书店 1947 年出版。封面编排简洁，构图直观。内收有：宝光的《字字血泪句句仇》，张海波的《织布机》，新垣的《佃户的苦情》，赵宝洪的《究家妇女苦过黄连》等 14 篇文章，以及张志民的叙事诗歌作品《死不着》等。

《人间地狱》：中国问题研究社编，陶行知等著，华北新华书店 1947 年 1 月初版，为"中国问题研究社丛书"之一。封面编排版式彩色构图中加有一幅木刻人物插画，书名为白色美术体。内收有陶行知的《走向殖民地》，黄其塑的《复员五千里》，秦世牧的《渝沪六千里》及丁东的《新渔光》等 21 篇文章，以及尘的《包头征兵怪现象》等 4 篇"补白"文字等。在《编者的话》中，编者称"这本小册子里所搜集的材料，大多是从蒋管区的《文汇报》、《益世报》、《和平日报》、《新闻报》上剪下来的，也有我们《解放日报》、《山东大众报》、《冀察晋日报》、《人民日报》上刊出的材料"。[①]

《一块遮丑的破布（蒋管区的"劫收"清查团）》：中国问题研究社编，李传樵等著，华北新华书店 1947 年 1 月初版，为"中国问题研究社丛书"之一。封面构图为彩色加入木刻插画，书名为白色美术体。在《编者的话》中，编者简要说明了本书的内容。内收有李传樵的《清查团在南京》，方黎的《劫收大员靠山似铁》，珞珈的《"接收清查团"在广州》及陈泯的《徐怨宇武汉"劫搜"、"四大王"之一》等 10 篇文章。

《保证打胜仗的人》：华北新华书店编辑部编，华北新华书店 1947 年 1 月出版，为"新大众丛刊"之一。封面构图为其丛书统一的抽具象图形设计，加入木刻圆形图案和木刻插图，书名为红色美术体，标题下有副题"后方支援前线的故事"。内收有文喜的"劳军小故事"《下次多拿上一些》，曾必夫的日记体作品《自卫战争的后备力量》，张鸿烈的《从来没有见过这样的老百

---

① 陶行知等：《人间地狱·编者的话》，华北新华书店 1947 年版，第 1 页。

姓》，史洪、一农的《复员战士李新文归队》，刘国梁的《我这双鞋也捐给前方战士吧》，郭春等的《想起八大好处》，荣一农的《军属的小孩》，毓明的《保证打胜仗的人》，李杰等的《在后方》，蒋平的《送伤兵日记》等 12 篇报告文学作品。书的封二附有华北新华书店的《一个女人的翻身故事》等图书出版插页广告。

《井冈山》：华北新华书店编辑部编，华北新华书店 1947 年 1 月出版，为"伟大的祖国小丛书"之一。封面均衡编排，左侧红色框线图形中红色美术体书名竖排，右侧下方红色木刻天安门图像。内收有由"有了人民武装，还要革命根据地""用敌人的枪炮来武装自己""毛主席手订三大纪律"及"有一支枪，干一支枪，没有枪也要干出枪来"等 12 节构成的报告文学《井冈山》，以及朱明、林草的 3 幅黑白木刻作品插画。1951 年 1 月，北京青年出版社翻印出版。

《英雄的故事》：冀鲁豫日报社编辑，冀鲁豫书店 1947 年出版，为"边区群英丛书"之一。封面水平编排，构图直观。内收有《临清的一面劳动旗帜——尚和庄》《攻击英雄李芝春》《战斗英雄白光》《工作模范苏瑞光同志》等 4 篇报道文学作品。

《人民的光荣》：何微等著，太岳新华书店编辑，太岳新华书店 1947 年 3 月出版。封面对称编排，左侧红色美术体书名竖排，右侧垂直暗底装饰图形中黑白人物直观图像。内收有何微的《襄陵人民的骄傲》《摆好八卦阵活捉蒋家军》《尚清富飞行爆炸队》《百炼成钢的晋南人民》，言谨的《新兴民兵三次拒降》，希庄的《神鬼难防的罗来福》，加里的《人人竖起大拇指——记介休民兵英雄程忠义》，傅生麟的《红崖洞的地雷阵》，平遥武委会的《平遥的爆炸运动》，古维进的《"掏心脏"的故事》《济源反倒中运用攻心战的范例》，光族的《到敌占区去"赶集"》，革飞的《奇袭》，涛然的《任克亮们割电线》、《赵起才突围》等 18 篇作品。①

《冲破荆紫关（三五九旅长征记）》：冯牧等著，华北新华书店 1947 年 3

---

① 北京图书馆编辑的《馆藏解放区出版文艺作品书目》称此书"内辑短篇小说 18 篇"。参见北京图书馆编《馆藏解放区出版文艺作品书目》，北京图书馆 1958 年 10 月编印，第 91 页。

月出版。封面构图中插入整幅黑白木刻绘画，书名为红色印刷体。内收有《欢迎三五九旅胜利归来（代序）》（原载《解放日报》），王震的《人民军队是不可战胜的》，孔厥的《不可战胜的力量》《九旅突围片断》，冯牧的《冲过荆紫关》，杨思明的《五日秦岭》，邓自力的《七团在鸡公岭》，傅志华的《突围散记》，柯蓝的《无敌的英雄们》，克讯的《狼狈的追击》，史骥的《最后一关》，程秀山的《高腊苟》，刘征的《光荣的死》、《政治指挥员尹德馨》，张坚的《南征中的"大洋马"》，郭均的《大家都敬爱他》等 16 篇文章。

《新战士时来亮的故事》：冯牧等著，太岳新华书店 1947 年 4 月出版印行，为"四纵队人民功臣的事迹"。① 封面构图中加入木刻人物插画，红色印刷体书名。其后，华东胶东军区政治部宣传部 1947 年改《新战士时来亮》并作为"连队读物系列丛书"之一；中南新华书店 1950 年 3 月列入"长江文艺丛书"再版。全书收有冯牧的《新战士时来亮的故事》，艾柏的《英雄李步周》，卢焰的《小鬼与大炮》，苏荣的《计划》，路星河的《一百八十名》，李凡的《坚守与突围》等 6 篇作品。

《陇海南北的战火》：柳漠远辑，冀南书店 1947 年 5 月出版。封面居中编排，绿底垂直图形中红色手书体书名。内收有勇进的《豫皖苏前线纪行》，李普的《鱼台城北杨庄之战》，方德的《杨庄战斗的勇士们》，田岳的《巩堂歼灭战》，王正南、夏川的《西台旷野歼敌记》，杜炳如的《三十分钟拿下定陶城》，田兵的《七十里路取鹿邑》，万中、吴象的《英雄第四班》等 15 篇通讯报道。编者在《序言》中指出本书的出版目的，即"在于使后方工作同志也可以具体地了解前方战斗情形，加强我们的战争观念，好把前方与后方的斗争联系起来"。②

《不屈的斗争》：石灵、冯岗编，苏中韬奋书店 1947 年 6 月出版。封面版式插入大幅木刻人物插画，书名竖行红底白黑美术体。内收有由"蒋军暴行""群众性自卫运动""群众掩护干部""武装斗争""英勇人物及英勇故事""文教工作"等 6 个专辑，以及《不屈的斗争（代序）》、冯岗的《综述海泰

---

① 北京图书馆编：《馆藏解放区出版文艺作品书目》，北京图书馆 1958 年 10 月编印，第 103 页。
② 柳漠远辑：《陇海南北的战火·序言》，冀南书店 1947 年版，第 1 页。

线以南三百万人民的反"清剿"斗争》等构成的 52 篇报道。在书的《后记》中，编者称："这本册子里所用的稿子，以苏中分社和江海导报社供给的为多，报导团团员也写了一些。"①

《爱国自卫战场快览》：王林、岳巍编，冀中新华书店 1947 年 7 月出版。封面均衡编排，全幅黑白木刻版式，右下方红底圆形中，加入黑白美术体书名。内收有由"中共为和平委曲求全，蒋贼闹内战卖国求敌"等 16 章构成的章回体作品《爱国自卫战场快览》，以及附录的《十个月爱国自卫战争中生擒蒋军将官表》等通讯报道作品。

《人民与战争》：刘白羽等著，佳木斯东北书店 1947 年 8 月初版，1948 年再版重印。封面红色平面设计中加入摄影图片，白色美术体书名。内收有刘白羽的《人民与战争》，井岩盾的《后五道木事件的教训》，方青的《故土重温》，周洁夫的《赵尚志团的组织者》，刘白羽的《为祖国而战》，苗康的《"老子英雄儿好汉"》，华山的《董庆友打地堡》，华山的《"再打仗我可有底了"》，白华的《"小猪倌"二次戴了光荣花》，井岩盾的《打回鸳鸯树》，张蓓的《暴政与反暴政》等 11 篇作品，以及书后的《编选后记》。

《中国共产党烈士传》：华应申编，山东新华书店 1947 年 9 月出版，冀中、太岳新华书店及冀鲁豫书店先后于 10 月及 12 月翻印，东北新华书店 1949 年 9 月出版等。封面版式编排以红色为基调，加入木刻人物旗帜插画，书名红底美术体。内收有作为"代序"的《中共七大代表暨延安人民代表追悼中国革命死难烈士祭文》，以及李大钊、向警予、苏兆征、邓中夏、刘华、彭湃、蔡和森、瞿秋白、关向应等 24 位牺牲的中共领导人传略等。

《南征散记》：马寒冰著，东北书店 1947 年 9 月出版。封面构图为整幅套色木刻图像，左侧下方红色美术体书名竖排。内收有解放日报社的《代序——欢迎三五九旅胜利归来》和《王震将军的广播词》，以及作者的由"王震将军和他的队伍"、"出发前后"和"雪山和冰桥"等 10 个章节构成的长篇报告文学《南征散记》。

---

① 石灵等编：《不屈的斗争》，苏中韬奋书店 1947 年版，第 118 页。

《中原突围与解放》：孔厥等著，冀南书店 1947 年出版刊行。封面编排直观，构图抽具象结合。内收有孔厥、袁静的《九旅突围片断》，大汪的《过平汉路》，澄波的《过丹江》，王匡的《南征散记》，张铁夫的《人民呼声》和李普的《大别山的"神话"》等 11 篇通讯报道作品。

《打到南京去——刘邓大军南下记》：太行群众书店编，太行群众书店 1947 年 12 月出版。封面构图加入黑白木刻插画，红色美术体书名。内收有胡征的《强渡黄河》、《拔了庄稼又逼粮——鲁西前线蒋军暴行纪实》，方德的《南下风云》，张勃的《随军南下日记》，解清的《西瓜兄弟》、《过八路》，王匡的《南征散记》，张铁夫的《打垮老蒋快分田——豫东蒋区人民的苦难和呼声》，柯岗的《红军的妈妈》，李普的《大别山的"神话"》，陈鹤桥的《回到革命故乡大别山》等 14 篇通讯报道作品。

《冲破荆紫关》：冯牧等著，华北新华书店 1947 年 3 月出版，为"三五九旅长征记"。封面水平编排，黑白木刻版画版式，上方蓝底图形中插入手书体书名。内收有《人民军队是不可战胜的（王震同志广播讲话）》，孔厥、袁静的《九旅突围断片》，冯牧的《冲破荆紫关》，傅志华的《突围散记》，柯兰的《无敌的英雄们》，刘征的《光荣的死》等 16 篇作品。

《孟良崮之战》：山东新华书店编，渤海新华书店 1948 年 1 月初版。封面为整幅彩色木刻版式，右上方加入黑色美术体书名。内收有陈毅的《孟良崮战斗》（录自《鲁中吟》），以及《孟良崮大捷军首长颁布告指战员书》布告、贺电，《大众日报》社论《有决定意义的大胜利》等，《华东前线报》的《评七十四师之覆灭》等 35 篇文章。

《妇女诉苦》：晋察冀新华书店 1948 年 1 月编印发行。封面编排对称式构图中加入大幅木刻插画，书名为黑底白色美术体。书前有邓颖超撰写的《写在前面》一文，认为其"应在广大的农民和农妇中去播读"。① 内收有《为新娘报仇》《李秀英诉苦》《这回可得彻底翻身唠》《李四丫头的苦》《我这仇可不能放过去》《三十六年的血泪》《地主的心比蝎子毒过百倍》和《有共产党

---

① 邓颖超：《写在前面》，晋察冀新华书店编：《妇女诉苦》，晋察冀新华书店 1948 年 1 月编印，第 2 页。

就能活》等 8 篇作品。

《十八勇士》：白刃等著，梁坤生插图，东北书店 1948 年 3 月初版。封面设计为抽象型编排版式，白色美术体书名。内收有白刃的《十八勇士》，徐刚的《腿残废了，共产党员的本色没有残废》，顾膺的《李兰溪武工队的英勇业绩》3 篇报告文学。[1] 本书中附印的渤海区党委宣传部的《通知》中，说明其编选的目的"为区宣选印之边沿区干部读物"，以及"希望这个小册子能给予坚持边沿斗争的同志以更多的启发和信心"。[2]

《南征散记》：曾克等著，苏北新华书店南通分店 1949 年出版。封面编排简洁，构图直观。内收有王匡的《南征散记》，杨海波的《毛主席和我们同在》，维西的《三车炮弹》，文乃山的《金戒指》，王肖的《阶级医生的奇迹》等 5 篇报告文学作品，以及《编后记》。

《匪将就擒记》：华中新华书店总店 1949 年 3 月编辑出版。封面水平编排，绿色印刷体书名居上，中下部加入大幅木刻版画剪影。内收有由"活捉纪实""集体投降""俘后感慨"和"在真理面前"等四辑组成的 32 篇通讯报道作品，以及穆青的《未放一枪的胜利》和冯牧的《你是大地主大资产阶级的帮凶》等长篇报道。

《人民的勇士们》：张寒塞编，北方出版社 1949 年 3 月出版，为"人民解放军故事"。封面均衡编排，上部斜插入黑白摄影图片，下方黑底图形中为白色横排美术体书名。内收有华山的《英雄的十月》，李蔚生等的《淮海前线战斗特写》，耿西等的《智勇奋战夺牛驼》，郑东等的《坚守董村之战》等 17 篇（组）作品。

《人民战士在前线》：华中新华书店总店 1949 年 3 月编辑出版。封面构图以整幅木刻版画为版面编排基础，红色印刷体书名。内收有望阳的《"济南英雄"王其鹏》、《战斗英雄刘四虎》和《崇高的革命气节》，丁洪的《机枪手李保林》，马路的《炮手修玉敏》及韩希梁的《炮兵连长王国富》等 27 篇通

---

[1] 《馆藏解放区出版文艺作品书目》称此书为"短篇小说集"。参见北京图书馆编《馆藏解放区出版文艺作品书目》，北京图书馆 1958 年 10 月编印，第 91 页。

[2] 白刃等：《十八勇士》，东北书店 1948 年版，第 1 页。

讯报道作品。

《中国解放区农村妇女翻身运动素描》：全国民主妇女联合会筹备委员会编，东北书店 1949 年 5 月初版，新华书店 1949 年 7 月再版，为"中国妇女第一次全国代表大会开幕之际"所编辑出版的 10 册"妇运丛书"中的第一本，以"介绍中国共产党在抗日战争及人民解放战争时期，指导解放区妇女运动的方针政策"。① 初版封面均衡编排，左侧上部套色木刻解说图像，右侧红色美术体书名双行竖排。内收有任庆波的《李秀英诉苦》，韩金峰的《为亲娘报仇》，华东新华社的《人民的好闺女》，胡涛的《土地回老家夫妻子女大团圆》，刘芝的《定县妇女大翻身》等，以及方铭的《临城北关村妇女怎样挣脱封建传统束缚》等 9 篇文章和多幅插图。

《无敌三勇士》："部队文艺丛书"编辑委员会编，中国人民解放军中南军区第四野战军政治部 1949 年 8 月出版，为"部队文艺丛书"之一。封面水平编排，上部套色八一军旗图片，红色美术体书名居中。内收有刘白羽的《无敌三勇士》，华山的《踏破辽河千里雪》，周洁夫的《老红军回来了》，西虹的《战友归来》，罗良仪述、耿西记的《雪花山上》等 5 篇作品，以及附录的西野的 5 幅木刻版画插图。在本书《前言》中，编者称，"部队文艺丛书"是"专门供给部队干部阅读的读物"，因而其选辑标准即"以政治性和艺术性结合，以及对部队的教育作用来决定"。②

《没有弦的炸弹》：丁奋等撰，中国人民文艺丛书社编辑，新华书店 1949 年 9 月初版，同年 11 月再版，为"中国人民文艺丛书"之一。封面构图为其丛书统一编排版式，棕红美术体书名居上，为"通讯报告选"集。内收有丁奋的《没有弦的炸弹》，周落的《我们的连长何万祥》，李后的《宋纪柳》，冠西的《南北岱崮保卫战》，徐刚的《徂徕山上》，刘白羽、吴伯箫等的《海上的遭遇》，冯仲云的《抗联的父亲——老李头》，文晋的《好汉赵春》和苗

---

① 全国民主妇女联合会筹备委员会编：《中国解放区农村妇女翻身运动素描·编辑"妇运丛书"前言》，东北书店 1949 年版，第 1 页。
② "部队文艺丛书"编辑委员会编：《无敌三勇士·前言》，中国人民解放军中南军区第四野战军政治部 1949 年版，第 1 页。

康的《老子英雄儿好汉》等9篇作品，以及书前的《"中国人民文艺丛书"编辑例言》。

《九股山上逞英豪》：王玉胡等著，生活·读书·新知三联书店1950年8月初版，为"工农兵文艺丛书"之一。封面水平编排，上部红底图形中加入白色美术体书名，中下部加入大幅套色木刻版画。内收有毛宁的《许娃子》，高崇孝的《见面》，魏钢焰的《拿枪的医生》，王玉胡的《九股山上逞英豪》，彭洛、陆友的《架桥》等5篇作品，以及书前的4幅木刻插图。

（六）散文杂著总集

《陕北公学》：陕北公学编辑，延安新华书局1937年11月出版。封面均衡编排，左上方白色美术体书名，下方黑白木刻解说图案，右侧毛泽东黑色手书体题词竖排。内收有成仿吾、吕骥词曲的《校歌》，毛泽东为"陕北公学成立与开学纪念"撰写的《毛主席赠言》和《目前的时局——在陕北公学开学典礼的演讲词》，张国焘的《陕北公学开学纪念祝辞》，成仿吾的《我们在这儿》，李富春的《对陕北公学同学们的希望》，凯丰的《抗战与教育》，吴黎平的《陕北公学与救亡教育》，陈正人的《敬献给陕北公学全体同学》，萧劲光的《庆祝陕北公学成立》，莫文华的《献给公学》，艾思奇的《哲学论争的回顾》，周起应的《对于通俗化与中国化的一点意见》，王若飞的《欢迎全国革命青年学生到延安来学习抗战知识》和何干之的《理论的中国化与大众化》等歌曲、题词及文章，以及朱仲止的《编后的话》和林祖涵、吴玉章等署名的《陕北公学募基金启事》等。

《陕北印象记》：李藜初编著，延安解放社1937年12月出版。封面对称编排，左侧红色美术体书名竖排，右侧加入大幅黑白摄影图片。内收有冈平的《陕北红军全貌》，长江的《陕北行中之印象》，韩达齐的《赤区社会实况分析》，任天马的《陕北的话剧与"活报"》，徐盈的《赤区中的新少年》，丁玲的《文艺在陕北》，孙陵的《延安的公审法庭》，匿名的《陕北生活的一片断》和长江的《肤施人物》等，以及附录的《新西北各项新政策的实施》一文。其中，范长江的《肤施人物》一文中，对初见毛泽东的观察颇为细致。"许多人想像他不知是如何的怪杰，谁知他是书生外表，儒雅温和，走路像诸葛亮'山人'的派头，而谈吐之持重与音调，又类村中学究，面目上没有特别'毛'的地方，只是头发稍为长一点"。①

《二万五千里长征记》：朱笠夫编著，抗战出版社 1937 年 11 月初版，为"抗战丛书"之一。封面水平编排，上部红底图形中黑色美术体书名，以及"第八路军红军时代的史实"与"从江西到陕北"等文字，下部黑白解说摄影图片。扉页后为五幅毛泽东、朱德、彭德怀等中共领袖的肖像及红军、八路军将领的合影和行军照片。内收有由"红军大会合""艰苦而壮大的道路""'围剿'之突破与长征之准备""二万五千里长征纪程""抢桥"和"长征闲话"等六章组成的长篇作品，以及特载的《红军第一军团西引中经过地点及里程一览表》。其后，相继问世的多种类似题名或版本的图书有赵文华编著的《二万五千里长征记：从江西到陕北·第八路军红军时代的史实》（上海大众出版社 1937 年 12 月版），大华编著的《二万五千里长征记：从江西到陕北·第八路军红军时代的史实》（复兴出版社 1938 年 1 月再版，为"复兴丛书"之一），并分别由华光出版社 1938 年 1 月出版发行，香港世界书局、广州光明书局、上海杂志公司、厦门开明书店等经销。此外，书名相似但内容不同的版本还有救亡研究社编辑的《二万五千里的长征：第八路军红军时代的史实》（上海救亡出版社 1937 年 12 月出版），以及天行编的《二万五千里西行记》（上海自由出版社 1938 年 3 月出版）中，收录有幽谷的《二万五千里西行记》等 7 篇介绍朱德、毛泽东等中共领袖人物和红军故事的文章，以及附录的《毛泽东呈蒋委员长抗日电文》等。

《第八路军红军时代长征史实：随军西行见闻录》：梦秋编著，上海生活出版社 1938 年 1 月初版。封面水平编排，上部黑色美术体书名，下部加入大幅黑白直观图像。内收有廉臣的《随军西行见闻录》，以及附录的《抢桥故事》、《肤施人物》、《女英雄们》和《征程插话》4 篇多节的"长征闲话"等。在《编后小记》中，编者称"国民革命军第八路军的前身，就是工农的红军。它正在朱德和彭德怀两位将军的领导之下，走上抗日的前线，屡建英

---

① 李蔾初编著：《陕北印象记》，延安解放社 1937 年版，第 97—98 页。

伟的战绩，博得了全国以至世界人民的爱戴和感奋。最近英国日报 *Dbily Workeib* 上面，写着极明确的评论，说：'红军十年以来，在斗争上，组织上，和政党进展上的丰富经验，如今必然地将为全中国人民运用于今天的抗战中。'是的，十年来的对内斗争是结束了，而今天的对日抗战又已经开始了，这无疑值得我们人民敬爱，也值得我们友军学习的。十万红军，曾经奋斗了十年之久，而二万五千里的长征，则是十年来最英勇的斗争经验，同时是世界历史上最伟大的行军故事。没有'长征'，也许就没有'抗战'，因此，我特编这部《随军西行见闻录》，在这里留下了《二万五千里的长征史料》"。①

《抗战教育在陕北》：田嘉谷编著，汉口明日出版社 1938 年 3 月初版。封面均衡编排，左侧红色手书体书名竖排，右侧下方加入本书部分红框黑字目录插图。内收有徐盈的《陕北边区的新变化》，徐特立的《新的教育制度》，马骏的《陕公，抗大和党校》，徐行的《一个抗战的学校》，吴黎平的《陕北公学与救亡教育》，东平的《陕北——中国革命的耶路撒冷》，岗平的《抗日大学巡礼》，胡天蕾的《一棕桃色案子》，何松的《思想斗争在抗大》，田嘉谷的《延安的吸引力》和《给志到陕北的朋友》，韬奋的《其他——关于民族革命大学》，叔平的《民族革命大学鸟瞰》等 12 篇文章，以及编者撰写的《序言》和《说完我最后一句话》等。

《在游击队中》：[美] A. 斯沫特莱作，哲非编译，上海言行出版社 1939 年 4 月初版，为"战地报告文学丛书"之一。封面均衡编排，左边与下边棕红装饰图形，黑色美术体书名左侧竖排，右侧上部棕红木刻直观图案。内收有斯沫特莱的《在游击队中》，合众社记者的《在北平游击队中》，石西民的《庐山孤军歼敌记》和企程的《从江南到江北》等 4 篇通讯报道作品。

《所谓"边区"》：独立出版社编，陈国新、原景信、张涤非、纳君、尼司等执笔，独立出版社 1939 年 7 月初版，为"战时综合丛书"之一。封面均衡编排，左侧黑色美术体书名竖排，右下角加入套色木刻直观图案。内收有陈国新的《前言——"边区"与统一》，金其音的《"边区"的名称》，王迺

---

① 梦秋编著：《随军西行见闻录》，上海生活出版社 1938 年版，第 107 页。

藩的《写在"公文报告"之外》，张岫岩的《延安视察记》，郦石的《归客话"陕北"》，原景信的《"陕北"剪影》，王文祥的《"抗日大学"与青年烦闷》，张涤非的《如此陕公》，纳君的《司法在西北"边区"》，朱华的《我们需要法律》，张洪仪的《兵役问题在"边区"》，李景源的《敌机轰炸后之延安》，沙熙海等的《陕北杂碎》，尼司的《结语——"边区"的存在问题》等14篇文章，以及附录的《讨论大纲》。

《陕北之行》：王仲明编辑，重庆独立出版社1944年10月出版，为"西北参观团各报记者特写"集。封面水平编排，上下红色线条相对，红色美术体书名居上，下部加入黑白木刻直观图案。内收有《大公报》社评《延安视察的感想》，《大公报》特派员孔昭恺的《十年来中共几点改变》、《陕甘宁边区人民的负担》和《陕甘宁边区的经济金融与财政》，《中央日报》特派记者张文伯的《三三制与一揽子会》《"保卫边区"的游击部队》和《延安观感》，《扫荡报》记者谢爽秋的《记者在延安》，《时事新报》特派记者赵炳烺的《"此间没有社会生活"》《毛泽东会见记》，《国民公报》记者周本渊的《所谓陕甘宁边区》，《商务日报》记者金东平的《西行漫谈》，《新民报》记者赵超构的《延安散记》，盟利通讯社特辑的《从十八集团军谈起说到中共土地政策》、《陕北归客谈"边区"》和《未能与老百姓谈话》等16篇报道，以及《中外记者西北参观团在延安摄影》和编者的《弁言》。1945年，求知出版社重新设计封面后翻印出版。

《绘图老百姓日用杂字》：辛安亭编，华北新华书店1945年4月出版。封面居中编排，左侧黑色楷体书名竖排，右侧上方插入黑白木刻直观图像。内收有《个人——家庭和社会》《食——粮食、蔬菜、调料、瓜果》《衣——衣料、衣裳、缝衣用具》《住——生产工具、饭食用物》及"卫生""文化""政治"与"自然"等日常用语课文，以及杨秀峰、毛泽东、左权人物肖像和日常生活情景木刻插图。在此前后，新华书店、鲁迅书店、太原新华书店等翻印出版。

《识字课本》：辛安亭编，太岳新华书店1945年8月出版，为"冬学民校夜校小学适用"图书。封面水平编排，上部深蓝楷体书名，居中加入黑白木刻解说图像。内收有《姓名》《认字》《认和写》《学写字》《生产》《劳动》《种庄稼》《种地》《实行变工》《多锄草》《农家吃菜少》《栽果树》《发展副业》《生娃娃》《好领袖》和《好军队》等课文和习题，以及杨秀峰、毛泽东、朱德、彭德怀等人物、生活场景和《劳军图》等木刻插画。在此前后，该书先后为韬奋书店等翻印出版。

《长征的故事》：阿大等著，韬奋书店1945年10月初版，晋冀鲁豫军区政治部、东北书店等翻印再版。封面水平编排，构图简洁直观。内收有阿大的《冲过乌江天险巧计夺取金沙江》，毛召的《经过俘俘区》和《大渡河是我们的生命线》，华元的《我们要桥不要枪》，白刃的《爬雪山过草地》，萧华的《突破天险腊子口》等6篇故事。1949年7月，西北新华书店重新设计封面，并增加杨得志口述、秦江整理的《红一团强渡大渡河》，林间的《一个掉队的小鬼》，李立的《过雪山》等篇目后修订再版。

《文化翻身的故事》：阎吾、宿士平编，山东新华书店1946年5月初版，为"山东人民的学习生活"故事集。封面均衡编排，红绿装饰图案相对。中间上部红色美术体书名，居中插入黑白木刻人物版画。内收有编者的《前言》，以及阎吾的《莒南人民的自学运动》，玉华的《东河庄的读报小组》，新华的《西新庄的读书会》，仁山的《胶东埠西头村的青年学习室》，王左青的《李凤柱的家庭学习》及刘熙的《尤家埠子的黑板报》等15篇作品。同年9月，大连日报社翻印出版。1947年10月，东北书店重新设计封面，列入其"通俗文艺丛书"子目出版发行。

《解放区一片好风光》：方艾编，山东新华书店1946年12月出版，为"大众文库"之一。封面构图为其丛书统一编排版式，书名为黑色印刷体。内收有《全家福》《孙村长的喜对联》《得给孩子娶上媳妇了》《老头子也变年青了》及《文书，有了你就有地》等23篇故事，以及附录的"大众文库"插页书目广告。

《天下第一家》：马烽编，吕梁文化教育出版社1946年12月出版印行，为"民间故事第二集"。封面水平编排，上部大号美术体书名，居中加入大幅民间剪纸图案。内收有闻捷的《天下第一家》和《三个女婿拜年》，西戎的

《因小失大》，马烽的《尹鸡债》等 17 篇民间故事，以及附录的 4 篇"苏联民间故事"等。

《群众改造干部》：毛茂泰等著，华北新华书店 1947 年 6 月初版，为"新大众丛刊"之一。封面构图为其丛书统一版式，圆形与木刻图案上下编排，印刷体书名。内收有毛茂泰的《没想到是头等模范村》，闫茂公的《群众改造干部》，李锦春的《两头撑腰消灭封建》，张清华的《两个农会主任的检讨》，林华的《当三毛访山庄窝铺》等 20 篇作品。

《谁听了也得落泪》：冀鲁豫书店编辑部编，云川、周治华等著，冀鲁豫书店 1947 年 6 月初版，为"农民翻身小丛书"之一。封面水平编排，上下边红白装饰图案映对，上部红色图案中加入黑色美术体书名，下部插入套色木刻图案。内收有云川、岳城的《谁听了也得落泪》，周治华的《憋了三十八年的冤气》，王浩明的《白老太太气得死去活来》，进田的《逢心娘诉苦》，洪亿的《王庆海诉苦》，郭文仲等的《张继珠为啥上吊死了》，健吾的《纯集的天晴了》等 9 篇故事。

《为什么要当工农通讯员》：冀鲁豫书店编辑部编，冀鲁豫书店 1947 年 7 月初版。封面居中编排，整幅红色版式中，黄色美术体书名垂直双行竖排。内由"为甚么要当工农通讯员""写什么"和"怎样写"三讲构成，包括《党课》《党报与工农通讯员》《集体写稿》《什么人才能当工农通讯员》《工农通讯员为谁服务》《当了工农通讯员的好处》《通讯工作受谁领导》《写什么好》《应该注意的两个问题》及《怎么做怎么写》等 22 课的工农通讯员培训教材。

《长征的回忆》：定一等著，冀南书店 1947 年 8 月出版。封面水平编排，上部红色手书体书名，下部套色抽象油画图案。内收有定一的《老山界》，莫文骅的《五一前夜》，潘自力的《我们怎样过的雪山和草地》，蔡前的《草地》，袁血辛的《红军的炊事员——老路》等 5 篇作品。同年 9 月 30 日，冀中新华书店重新设计封面翻印再版。

《二万五千里》：长征英雄集体执笔，冀南书店 1947 年 10 月出版。封面水平编排，上下红色装饰线条相对，黄白五星党徽版式，上部红色美术体书名。内收有由"冲过乌江天险""巧计夺取金沙江""经过'倮倮'区""强渡大渡河""飞夺泸定桥""爬雪山过草地""突破天险腊子口"和"胜利的陕北会师"等8节构成的《红军长征纪要》，以及附录的《红军长征路线图》和《长征歌》、《红军入川歌》与《凯旋歌》等。在书前《选辑者的话》中，编者称，本书是根据"一九三七年二月二十二日编好，一九四二年十一月八日总政治部宣传部印出"的"版本筛选出版"的一本长征故事选本。①

《人民将领群像》：海云编，澳门春秋书店1947年10月出版。封面对称编排，左侧红色美术体书名竖排，右侧下方黑白木刻人物直观图像。内收有《朱德总司令》《林彪将军》《刘伯承将军》《贺龙将军》《叶剑英将军》《聂荣臻将军》《陈毅将军》《粟裕将军》《李先念将军》《周保中将军》和《曾生将军》等11篇作品，以及书前的朱德、彭德怀、叶剑英、刘伯承、贺龙、林彪、陈毅和聂荣臻摄影图片。

《一篮红枣——守纪律的故事》：华中新华书店盐阜分店编，华中新华书店盐阜分店1948年11月出版。封面编排简洁，构图直观。内收有《一篮红枣》等13篇解放军部队遵守纪律的小故事。

《二万五千里长征》：关青编著，冀东新华书店1949年5月初版，同年9月再版。封面水平编排，上部红色美术体书名，下部加入红色手绘"红军主力长征路线图"。内收有毛泽东的诗《咏红军长征》，以及由"冲过乌江天险""巧计夺取金沙江""经过倮倮区""强渡大渡河""飞夺泸定桥""爬雪山过草地""突破天险腊子口"和"胜利的陕北会师"等8章17节构成的《二万五千里长征》。1949年12月，天津知识出版社重新设计封面修订出版。

《红军长征记》：董必武、陆定一、舒同等著，解放军文艺出版社2006年9月编辑出版。封面构图为毛泽东红军时期摄影照，红色印刷字体书名。据书前的"编辑导读"称，重印的新版《红军长征记》，是由于"《红军长征记》是1937年由丁玲主编的一本记述长征的书，原名初为《二万五千里》。由于抗日战争爆发等原因，直到1942年，才由总政治部更名为《红军长征记》

---

① 长征英雄集体执笔：《二万五千里·选辑者的话》，冀南书店1947年版，第1页。

后，作内部参考印刷发行，现已难见其踪。2002 年，美国哈佛大学燕京图书馆发现由朱德亲笔签名赠给知名记者埃德加·斯诺的《红军长征记》孤本并引起各方关注。《红军长征记》是极为珍贵的一本书，也是我党我军历史上最早、最真实、最具文化特色的纪实文学作品"。因此，本书作为 1942 年版本的重印，使"《红军长征记》能重见天日，其文化史学价值、军事史学价值、历史文献价值和文艺史学价值将会得到关注和讨论"。① 不过，在新版的《红军长征记》中，增加了毛泽东的两首诗词，以及《倒流水四个连控制敌人三个师》和《吴起镇打骑兵》2 篇文章，并附录了施平的《英勇的西征》与缪楚黄的《中国工农红军长征概述》。

（七）民间文艺总集

《新秧歌集》：鲁艺秧歌队编，华北书店 1943 年 5 月初版。封面水平编排，上下黑白民间剪纸装饰图案映对，上部黑色手书体书名等文字，下部居中插入黑白木刻陕北男女人物图像。内收有麦新词并作曲的《拥政爱民公约歌》，贺敬之等的《拥政爱民歌》，安波配词的《拥护八路军》，安波词、马可曲的《拥军歌》，齐鸣词、陈紫曲的《拥军歌》，鹤桐配词的《拥军秧歌》，贺敬之词、杜矢甲曲的《七枝花》，骆文等的《正月里》等 28 首秧歌，以及附录的王大化、李波、路由集体创作，路由编词、安波配曲的秧歌剧《王小二开荒》，王岩、冯乙、丁一集体创作的《二流子转变》2 部剧本。在《前言》中，编者称："这一本歌集，所有的歌子是鲁艺秧歌队在废约，庆祝红军节，劳军三次工作中所突击出来的，有的利用旧调，有的是新的创作，但不论新旧，总希望它们能到群众中去，为他们所喜爱所歌唱。"②

《秧歌锣鼓点》：中国民间音乐研究会 1945 年 6 月编辑油印出版，为"民间音乐研究资料丛刊"之一。封面水平编排，上下边加入腰鼓装饰图案，上部油印美术体书名。全书由"花鼓""腰鼓""秧歌鼓"和附录的"秧歌舞谱"等专辑组成，包括由恒之、徐徐、李刚、刘炽、瞿维和韩明达等人搜集

① 董必武、陆定一、舒同等：《红军长征记·编辑导读》，解放军文艺出版社 2006 年版。
② 鲁艺秧歌队编：《新秧歌集·前言》，华北书店 1943 年版，第 1—2 页。

的《庆阳花鼓》《曲子花鼓》《起家私》《路鼓》《花鼓子》《乱板》《翻子》《社火鼓点》《秧歌小场》《狗相咬》和《鸭子伴嘴》等近百首锣鼓点，以及《撑四角》《双飘带》《双葫芦》《里外四角》《一朵梅花五盏灯》《两朵梅花两盏灯》《和尚游门》和《十朵梅花》等43首秧歌舞谱。在书的《前言》和《关于秧歌腰鼓及花鼓》中，编者称："中国民间戏剧歌舞音乐中的打击乐器音乐是极其丰富且饶有特征的。但从来不曾有过比较科学的记载，长期被埋藏于民间艺术中不为我们所知。许多同志想对她加以研究，也都因为找不到比较系统比较科学的记载，无从着手而感到遗憾。四三年秧歌运动兴起以来，我们开始广泛地接触边区各地的民间戏剧与民间歌舞，零星地记录了一些打击乐器音乐。现在集起来编为秧歌锣鼓点，不用说这里的秧歌锣鼓是广义的，除秧歌舞锣鼓点之外，还包括作为秧歌中的各种小节目，如花鼓、腰鼓底锣鼓点。因为从来不曾有过比较科学而又比较系统的记载可供参考，而我们又只是开始接触。所以这里所记的不可免地会有许多毛病。现在出版的这个小册子，可说既不是有系统地，也不是很精细的，只是一块引玉之砖。"① 书后附印有"中国民间音乐研究会、鲁艺戏音系资料室出版目录"插页广告。

《范小丑参军/拥政爱民/一捆柴/得胜归来》：履祥等编，韬奋书店1945年10月出版发行。封面水平编排，构图直观，上下依次红色印刷体书名。内收有涉县河南店履祥编的"落子调"剧《范小丑参军》，太岳区张仆农、孙慈惠编的快板剧《拥政爱民》，左权皇甫束玉等编的唱剧《一捆柴》，襄垣王启宏编的快板剧《得胜归来》4篇作品。书后有韬奋书店为剧本《穷人乐》等图书出版附录的插页广告。

《一九四六年春节用的秧歌小调集》：太行文联编辑，太行文联1945年12月出版，为"太行文联通俗化丛书"之一。封面水平编排，构图直观，上部双行黑色大小印刷体书名。内收有冈夫的《庆祝抗战胜利》和《保卫胜利果实》（一般走场秧歌鼓词通用），马印秋的《庆祝自卫大捷》（仿左权将军小调），李光的《生产小调》（仿"凤阳花鼓"），高沐鸿的《减租秧歌》（各地

① 中国民间音乐研究会编：《秧歌锣鼓点·前言》，中国民间音乐研究会1945年6月编印，第7页。

区如有相似的调子，也可谱入此词）和《诉苦小调》6篇秧歌小调作品，以及关于秧歌小调的适用等说明。

《剥皮老爷》：张友编，韬奋书店1946年10月出版。封面水平编排，上部黑色美术体书名，居中加入大幅民间剪纸图案。内收有编者撰写的《前记》，以及《水推长城》《愚公移山》《列宁和皇帝分家》《李闯王渡黄河》《佃户吵架》及《剥皮老爷》等19篇民间故事。

《张凤兰劝夫/登封惨案》：林、张友合著，华北新华书店1946年12月出版。封面水平编排，套色木刻装饰图形居上，中间并列黑色美术体书名。内收有林作的大鼓词《张凤兰劝夫》，张友作的河南坠子《登封惨案》2篇作品。

《水推长城》：张友等编，太岳新华书店1946年10月出版，为"民间故事集"。封面水平编排，上部红色印刷体书名，居中加入大幅红色民间剪纸图案。内收有《水推长城》《愚公移山》《列宁和皇帝分家》《李闯王渡黄河》《佃户吵架》《剥皮老爷》《张财主下地》《千里眼老二》《傻女婿》《锄头的功劳》和《救了一家人》等20篇民间故事。封二附印有"太岳新华书店启"的"本店出版新书"插页广告。1948年3月，晋绥出版社删去《千里眼老二》和《常大郎吃元宝》2篇，增加《再版后记》后重新设计封面再版。1949年5月前后，冀中新华书店、中原新华书店等先后翻印再版。

《地主和长工》：马烽编，晋绥边区吕梁文化教育出版社1947年5月出版，为"民间故事第三集"。封面水平编排，上部美术体书名，居中加入大幅民间剪纸图案。内收有马烽的《地主和长工》，焦贵林的《精细吃喝》，王芝栋的《油灯烧炕》，晋岐泽的《刮鸭嘴》，韩涛的《指鸡骂狗》及西戎的《比本领》等21篇作品。同年8月后，冀南书店、华北新华书店、中原新华书店、新华书店分别重新设计封面修订再版。

《民间故事集》：张友等编，山东新华书店1947年7月初版，冀中新华书店同年9月翻印再版，为"大众文库"之一。封面均衡编排，十字花式构图，3幅套色木刻版画，与左上角绿色美术体书名均衡相对。内收有《水推长城》《愚公移山》《列宁和皇帝分家》《李闯王渡黄河》《佃户吵架》《剥皮老爷》

《张财主下地》《千里眼老二》《傻女婿》《锄头的功劳》和《救了一家人》等 30 篇民间故事，以及编者撰写的《编后记》。1947 年 7 月以后，冀中、中原新华书店等重印发行。

《陕北民歌选》：鲁迅文艺学院编，晋察冀新华书店 1947 年 8 月初版。封面整幅套色木刻陕北牧羊版画，上部白底腰封中红色美术体书名。内收有由"信天游""蓝花花""揽工调""刘志丹"和"骑白马"等 5 辑组成的 406 首民歌，以及其附录的 97 首曲调。在书前《关于编辑〈陕北民歌选〉的几点说明》中，编者不仅称其"编辑这个选集，不是单纯为了提供一种民俗学和民间文学底研究资料，而且希望它可以作为一种文艺上的辅助读物"等，同时说明其"编选的范围，大体以产生于陕甘宁边区，反映陕甘宁边区过去和现在的生活者为限"。① 1948 年 6 月大连大众书店，1948 年 8 月光华书店翻印出版；1950 年 3 月新华书店修订再版。

《新年春节文娱材料》（第二集）：胶东军区政治部文艺工作团（国防剧团）1948 年 1 月编印，为"发到连（区）队"图书资料。封面构图简单，框线设计中加入红色美术体书名。内收有栾少山的秧歌剧《老杨和小刘》，东湾一团特务连创作的秧歌《备荒》，炮兵团徐之彪等合作的相声《五大天地》，杂耍《岗山排》，北海宣传队刘学智、李佩彤合作的大鼓《人民功臣刘洪善》等曲艺作品。

《农民乐》（第 1 集）：华中一分区农民画报社编，华中新华书店一分店 1948 年 4 月出版刊行。封面均衡编排，构图简洁，印刷体书名。内收有王平东的《六月初二》和《报冤仇》，海安县训练班的《穷人十叹》，刘元英、孙培原的《庆翻身》等快板小调 31 首，以及编者的《几句开场白》。

《保卫好时光》：太行行署教育处文联编审，太行群众书店 1948 年出版，为"农村快板集"。封面水平编排，上部美术体书名，下部黑白木刻人物图像。内收有郁鸿文的《保卫好光景》和《想一想》，杨耕陆编的《反内战》，暴银兆的《中贫农是一家》，王世光的《大不同》，崔锦巍的《不忘大恩人》，

---

① 鲁迅文艺学院编：《陕北民歌选·关于编辑〈陕北民歌选〉的几点说明》，晋察冀新华书店 1947 年版，第 1 页。

程玉江的《受苦难》等 7 篇快板作品。

（八）儿童文艺总集

《儿童抗战戏剧选》（第一集）：周苏编，汉口群力书店 1938 年 6 月初版，为"小战士丛书"之一。封面水平编排，整版木刻版画构图，居中印刷体书名。内收有方明、白英的《"敌人打退了"》，孩子剧团吴新稼的《帮助咱们的游击队》，塞克的《捉汉奸》，孩子剧团集体创作的《街头》，许幸之的《最后一课》和周苏的《卖报孩子》6 部剧作，以及编者的《写在〈儿童抗战戏剧选〉的前面》和 6 幅黑白木刻舞台设计图。封三附印有群力书店出版的图书插页广告。

《小学生唱游集》：韬奋书店编，韬奋书店 1945 年 1 月出版发行，太行群众书店、东北新华书店辽东分店 1949 年 4 月、9 月先后翻印再版。封面编排上下对称式构图中加有一幅木刻版画插图，书名为红色美术体。内收有"唱歌游戏类""唱歌表情类""唱歌舞蹈类""竞技游戏类""逃追游戏类""球类游戏"和"其他"等 7 类儿童唱歌游戏活动篇目。

《互助好》：平顺枣峻剧团等创作，新华书店编辑部编辑，新华书店 1945 年 5 月出版。封面水平编排，构图直观。内收有平顺枣峻剧团集体创作的秧歌剧《互助好》，涉县三高庆贞的快板剧《生产总结》，老大哥的童话剧《骂懒汉》3 部剧作，以及各剧目曲谱等。

《儿童谜语》：辛安亭编，新华书店 1946 年 1 月出版，为"新儿童小丛书"之一。封面为其丛书同一版式构图，红色楷体书名，下方插入木刻儿童直观图像。内收有"一身毛，四只手，站起来像个人，爬下去像只狗——打一动物"，以及"铁马皮鞍，走的石头路，过的火焰山——打一种使用的家具"等，包括食品、植物、动物、自然现象等方面的 80 个儿童谜语和相关插图。1955 年 8 月，宝文堂书店重新设计封面，修订并重版发行。

《小英雄》：左林编，东北书店 1947 年 12 月初版，1948 年 10 月再版，为"少年抗敌的故事"作品集。封面均衡编排，居中为全幅套色木刻战士红旗版画，左上角黑色印刷体竖排书名。内收有《袁小鬼》（一）和《袁小鬼》（二）、《小王庄的儿童团》、《县长也要路条》、《睡在麦子里打电话》、《饿死那些黑狗》、《小四子的好计策》、《打死我也不写信》、《毒死汉奸的爸爸》、《撑船的女儿》、《我们的小站长》、《保全自己就是胜利》、《王小鬼放机枪》、《小骑兵》、《徐德广》、《杀死麻子班长》、《粉笔藏在棉衣里》等 26 篇作品。在书前的《写在前面》中，作者称书中的"这些故事都是真实的"，并"希望解放区的，特别是东北解放区的少年和儿童们也英勇起来支援前线，努力学习，做一个小英雄"。①

《一串新钥匙》：陆维德著，光华书店 1948 年 5 月初版，同年 9 月再版，为"少年文库"丛书之一。封面水平编排，上部长方图形中插入绿色印刷体书名，中下部加入大幅棕白木刻直观图像。内收有《给读者》、《健康自卫战》《奇怪的运动会》《简便理化实验室》《在自己的博物馆里》《我们欢喜你的教法》《几种新法子》《好像自己经验过的一样》《在社会活动中学习》《怎样学国文》和《艺术生活中学艺术》等 10 篇文章，以及书前的《给读者》和书后的《后记》等。

《英雄小好汉》：范政、徐莎、家骝等著，东北书店 1948 年 9 月初版，为"儿童抗战故事"集。封面对称编排，几何图形版式中，居中竖排手书体书名。内收有《介绍新安旅行团》《保全自己就是胜利》《英雄小好汉》《英雄小八路》《袁小鬼》《我们的小站长》《王小鬼放机枪》《徐德广》《杀死麻子班长》《小鸭蛋和机关枪》和《小张》等 12 篇作品，以及书前的《编者的话》等。1949 年山东新华书店重新设计封面并重版发行。

《一只胳臂的孩子——少年儿童抗战故事》：蓝柯等著，佳木斯东北书店 1948 年 9 月初版。封面对称编排，左右两侧竖条装饰图案相对，蓝底垂直图形中白色手书体书名居中。内收有蓝柯、邓家华、王山、小曹、郭立范等著的《小英雄》《放牛郎》《一只胳臂的孩子》《拴子和嫂嫂》《小王庄的儿童团》《小四子的好计策》《打死我也不写信》《"一百块钱"》《毒死汉奸爸爸》《撑船的女儿》《四个"十"的信》《和"皇军"洗澡》《一根葵花棍换五根枪》和《往后我还和你一起打鬼子》等 14 篇小说作品。

---

① 左林编：《小英雄》，东北书店 1947 年版，第 1 页。

《革命少年之家——新安旅行团》：范政辑，东北书店1949年4月初版，为"儿童读物"和"东北青年丛书"之一。封面水平编排，红白几何图形绿色装饰图案版式，红色美术体书名横排。内收有范政的《序》和《介绍新安旅行团》，以及由"团体就是我们的家""学习和工作""生活和劳动""行军·战斗"和"在群众中成长壮大"5辑构成的25篇文章（诗歌）及2张摄影图片。

《儿童歌集》：鲁艺文工团编，东北新华书店1949年8月初版，为"儿童丛书"之一。封面几何框线构图，水平编排，四边黑白木刻装饰图案，橘黄底色图形上部黑色印刷体书名。内收有谭亿词、华旭曲的《"四四"儿童节歌》，潘青词、迟俊德曲的《建设新中国》，郑捷词、张彩元曲的《苏联是火炬是光明》，张世奎词、左恩鸿配曲的《苏联红军好朋友》等，以及《解放区小工人》《美国鬼子狼心肠》《小风筝》《叮叮当当》《太阳出来上学堂》《别逃学》《小苗儿青又青》和《小书桌》等22首歌曲。

《英雄小八路》：王玉胡著，季舒插画，东北新华书店1949年8月初版，为"儿童丛书"之一。封面水平编排，绿白框线构图，四周加入多幅黑白木刻图案，黑色印刷体书名居上。内收有纪实人物故事《英雄小八路》，以及季舒的多幅作品插画。

《小英雄》：太岳新华书店1949年编辑印行，韬奋书店翻印出版，为"解放区童话"集。封面水平编排，上部美术体书名，居中插入黑白木刻图像。内收有《小英雄》《在一条小胡同里》《蹓马的孩子》《小六儿的故事》和《围村》5篇作品及木刻插画。封二、封三分别附印有"太岳新华书店启"的《本店出版新书》，以及《本店出版新书预告》等图书插页广告。

（九）艺术总集

《抗战歌声》：单青等编，上海救亡出版社1937年9月初版，同年10月再版。封面水平编排，上部红底图形中白色美术体书名，中下部加入大幅黑白木刻解说版画。全书由"A部"、"B部"等辑组成，包括丁蓝、罗家伦、任钧、郭沫若、田汉、星海、聂耳、塞克、吕骥等作者的《八一三纪念歌》《今年是收复失地年》《保卫大上海》《大家一条心》《空军歌》《炮兵歌》

《轰炸出云烟》《中国妇女抗敌歌》《救国军歌》《抗敌先锋队》《民族解放进行曲》及《义勇军进行曲》等 54 首歌曲，以及书前的《抗战歌声的前言》等。

《抗日先锋歌集》：一二九师政治部 1942 年 8 月出版，为石印小开本。封面水平编排，上部加入红白木刻乐器装饰图形，居中黑色手书体书名。内收有公木词、郑律成曲的《八路军军歌》，以及《青年反法西斯进行曲》《青年共产党员进行曲》《希特拉必失败》等歌曲作品，以及书前的《歌曲说明》及其演唱方法等。

《歌曲新编》：望尘编，漳北书店 1943 年 9 月油印出版。封面水平编排，居中红色木刻人物图像，上部红色美术体书名。内收有《拥护共产党》《制止剿共内战》《反对明汪暗汪小调》《汪精卫卖国贼》《打倒汪精卫》《准备反攻》《向前》《三大任务》《打疯狗》《敌人不会自己亡》《战后的新中国》及《一个年青的兵》等 29 首歌曲。

《农村小曲》：胡季委、柯兰著，笑俗、刘迅画，新华书店 1945 年出版，为小开本。封面均衡编排，居中加入红白木刻人物直观图像，右侧红色手书体书名竖排。内收有《农户计划歌》《组织起来》《开荒歌》《劝二流子》和《妇女种庄稼》等 14 篇唱词作品，以及每篇唱词所配的黑白木刻插画和书后收录的"每个小曲的调子"等。

《郿鄠调》：太岳新华书店 1946 年 11 月编印。封面水平编排，构图直观。绿色美术体书名居中。内收有由"武场与起板""调子"和"牌曲"三部分，以及多个小节和曲调构成的曲谱论著。在书后的《附记》中，编者称："这是晋绥边区所编的一本通常用的旧戏调子。其中许多地方和民间传用的有些不同，用者最好找通达郿鄠调的同志指点一下。"[1]

《群众歌声》：边区群众剧社编，晋察冀新华书店 1947 年 12 月印行，为"大反攻、土改专辑"。封面为整幅套色木刻战士红旗进攻图像，水平编排，红旗中有白色美术体书名等文字。内由"大反攻"和"土改"两辑组成，包

---

[1] 《郿鄠调·附记》，太岳新华书店 1946 年版，第 30 页。

括《大反攻》《反攻忙》《反攻的号声响》《全家忙》《绣慰问袋（"参军"）》《参加解放军》和《送给你一朵花》，以及《团结起来把账算》《团结起来吧庄稼汉》及《千年的冤仇要清算》等23首歌曲。

《翻身歌唱》：金汤编，袁福良等著，东北书店1948年2月初版，同年10月再版，为"通俗文艺丛书"之一。封面采用其丛书统一版式，上部红色木刻直观图像，下部红色美术体书名。内收有《解放歌》《绣八拘戏》《翻身乐》《阶级成份歌》《翻身翻到底》《翻身儿童歌》《新四季歌》《十二月生产歌》《新小放牛》《王洪俊送公粮》《打胡子》《参军歌》《骂蒋介石》和《土地改革鼓词》等19首作品。

《群众歌声》：太岳新华书店1948年4月编印出版。封面为整幅套色木刻擎旗进攻图像，水平编排，上部白色美术体书名。在书前《附记》中称："这本歌集是根据《解放歌选》第二集（华北新华书店出版，周沛然同志编）和《群众歌声》（晋察冀新华书店出版，边区群众剧社编）两本歌集选辑的。"[1]内收有《咱们的领袖毛泽东》《朱德歌》《大反攻》《进军歌》《一枝枪》《打埋伏》《参军小曲》《时代进行曲》和《王老汉翻身》等33首作品。

《平原歌声》（第三集）：冀中文协编，华北新华书店冀中总分店1948年4月出版。封面水平编排，上部大幅套色木刻民兵图像，下部大号红色美术体书名。内收有丁民词、张达观曲的《新中国在前进》，柯华词、丁辛曲的《向前进毛泽东的青年团员》和《我们是人民解放军》，左星词曲的《向蒋介石进军》，胡可词、张达观曲的《不让敌人跑掉》及方杰词、高田曲的《打一个歼灭战》等16首歌曲。

《人民歌集》（第1辑）：人民音乐社编，东北书店1948年6月出版。封面构图简洁，编排直观，红色印刷体书名。内收有卢肃的《毛泽东之歌》，赵洵、潘奇的《朱德之歌》，天蓝、卡洛夫的《东北人民自卫军歌》，彦克的《自卫进行曲》，聂耳的《自卫歌》，刘自然的《民兵歌》，方冰、周巍峙的《子弟兵进行曲》，杜桓的《民兵自卫歌》，天蓝、李尼的《士兵歌》，安波的

《人民投弹手》，向隅的《参军》，李曦、陈紫的《参军歌》，关耀明、郭武城的《赶走美军》，侯唯勤、张棣昌的《撵走美国狼》，刘贵仁的《他到底干啥》，田汉、星海的《青年进行曲》，周镕、徐耀才的《铁路工人进行曲》等18 首歌曲。

《大众歌谣曲集》：延边文艺工作团编，延边民众文化社 1948 年 7 月出版，为朝鲜文作品集。封面水平编排，红色框线和音符装饰图案构图，居中插入蓝色指挥剪影，红色美术体书名居上。内收有由延边文艺工作者创作的 38 首朝鲜族歌曲作品。

《战斗小故事》：西虹等著，马骥等画，东北画报社 1948 年 10 月出版，为"东北画报丛刊"之一。封面水平编排，构图直观，上下棕色装饰图形与图案相对，白色美术体书名居上。内收有西虹文、马骥图的《单人作战》和《电话员》，马骥文、安靖图的《担架队巧计夺枪》，华山文、戬维藩图的《俘虏的冻脚》等 12 篇作品，以及马骥等绘制的多幅黑白木刻插图。

《平原歌声》（第四集）：冀中文协编，华北新华书店冀中总分店 1948 年 12 月出版。封面编排构图与其第三集相同，下部大号红色美术体书名。内收有编者撰写的《编者的话》，以及王文志填词的《攻保定》等 20 余首歌曲作品。

《受苦人翻身大合唱》：骆文词，程云曲，东北书店 1948 年 12 月出版，为"冀察热辽文艺工作团第一团戏剧音乐丛书"之一。封面水平编排，上部红色美术体书名，下部红色孔雀剪纸图案。内收有《盼望共产党》《穷根在那里》《告状的人》《清算大斗争》《不让地主发疯》《量斗歌（穷人分果实）》和《强盛的自卫队》等 7 首歌曲。

《新民主歌集》：贺绿汀等著，天津知识书店 1949 年 3 月初版。封面水平编排，上部红色美术体书名，下部大幅黑白摄影图片。内收有贺绿汀等创作的《新民主进行曲》、《歌唱中国共产党》《毛泽东之歌》《你是灯塔》《朱德歌》《英雄赞》《华北大学校歌》《蒋介石跑不掉》《青年底歌》《劳动的人们最光彩》和《建筑新社会》等 11 首歌曲作品。

《工人之歌》：胶东文化协会辑，山东新华书店胶东分店 1949 年 6 月出版，同年 8 月再版。封面均衡编排，套色木刻版式中，上部白色美术体书名。

内收有《国际歌》《开路先锋》《我们吃的穿的那里来》《咱们工人有力量》《工人进行曲》《工人解放万万年》及《工会歌》等24首歌曲作品。

《群众歌声》：安东省文工团编，东北书店辽东总分店1949年6月印行，为"工农文艺丛书歌曲类之一"。封面框形构图，居中棕红底图形中美术体书名，上部插入音符装饰图案。内收有文菲的《胜利花》《红五月》和《翻身小唱》，毕庶勤的《愉快的"五一"》《胜利歌》《劳模回家》和《为什么》，郑秋枫的《打铁歌》，姜长源的《春耕曲》，吕律词的"东北小调"《妇女谣》，倪凡的《纺线车》，吕律的《妇女快快上冬学》，安东省文工团作词的《农家十二月》，萧弦词、毕庶勤曲的《劳动英雄真光荣》等14首歌曲。

《新民主进行曲》：贺绿汀等著，香港中国音乐出版公司1949年6月初版，为"解放歌选之二"。封面均衡编排，左上角蓝色美术体"解放歌选"文字，右侧居中蓝白木刻人物直观图像，下方蓝底腰封装饰图形中白色美术体书名。内收有贺绿汀作的《新民主进行曲》，贺敬之等的《民主进行曲》和《朱德歌》，春桥等的《毛泽东之歌》，刘纪等的《鲜红的太阳》和《英雄传》，朱子奇等的《蒋××跑不掉》等18首歌曲。封三附有香港中国音乐出版公司、前进书局的新书出版插页广告。

《木刻与漫画》：《苏南日报》美术编辑室编，苏南新华书店1949年8月出版。封面上下边框加入红色木刻装饰版画，居中插入漫画图案，黑色美术体书名。内收有蔡雄的《保护工厂》，谷虹的《胜利归来》《胜利之歌》《运公粮》《生产忙》和《庆祝上海解放》，景初的《订生产计划》，可扬的《不要银元》，亚明的《修路》，张新予的《女工》和《缴公粮》，顾帆的《矿工》，甘草的《学习》等木刻作品，以及李少言的连环木刻《日军守备队的生活》等共36幅木刻漫画作品。在书前的《楔子》中，编者称："这里是江南解放后第一个木刻和漫画作品的续集，我们编印出版的意义，不仅是留一个纪念，而是在于想在拓荒工作上面，起一些启发性的作用。"①

《解放新歌集》：南京文艺青年工作团、南京文艺青年工作协会合编，南

---

① 《苏南日报》美术编辑室编：《木刻与漫画·楔子》，苏南新华书店1949年版，第1页。

京《新民报》职工会 1949 年印行。封面水平编排，上方红底图形中插入白色美术体书名，右下方插入黑白木刻直观图像。内收有《毛泽东你真好》《拥护毛主席》《太阳出来了》《东方红》《人民歌颂毛泽东》《跟着共产党走》《没有共产党就没有中国》《欢迎人民解放军》《解放军颂》《那里来的解放军》《口号歌》《中国的太阳升起来》《解放军进了南京城》《拉起手》《送给战斗英雄尝》《谁要反共就打谁》《天亮了》《老蒋是个大流氓》及《蒋老头，尖又尖》等 92 首歌曲。

《新民主进行曲》（第一集）：新音乐社 1949 年编辑印行。封面均衡编排，构图简洁，左上角红色小号印刷体文字"新音乐歌集第一集"，下方红底腰封装饰图形中白色美术体书名。内收有贺绿汀的《新民主进行曲》，修正版的《淮海战役组歌》，以及《工人组曲》《军人歌表演三曲》《奋勇向前进》《解放军前进曲》《炮兵歌》《圈里牵出我的马》《太阳》和《胜利舞歌》等共 26 首（组）歌曲与附录的《新中国的青年演唱时的几点注意》文章等。

二　求精的延安文艺总集

在延安文艺史料的类型中，求精的延安文艺总集，事实上一般即为延安文艺选本。这种选本的基本特征，就是编辑者并不简单地受制于选编范围的局限，而是按照编者确定的编选标准和体例，以及某一地区或某个阶段的某种文类创作，收录其文艺作品或文论批评文章汇辑而成的总集。所谓"凡选本，往往能比所选各家的全集或选者自己的文集更流行，更有作用。册数不多，而包罗诸作"，并且能够"从一个有名的选家，窥见许多有名作家的作品"，[①] 同样确切地说明了求精的延安文艺总集及其性质特征。从以下可以查阅及存世的延安文艺选集中，即可清楚地发现其基本的文体风貌。其中包括以下几类。

（一）理论批评总集

《马克思恩格斯列宁论艺术》：周扬编校，曹葆华、天蓝译，鲁迅艺术文

---

① 鲁迅：《选本》，《新文学选集》编辑委员会编：《鲁迅选集》（下），开明书店 1952 年版，第 678 页。

学院 1940 年 6 月初版，为"鲁艺丛书"之一。封面水平编排，构图简洁，上方为黑色美术体书名。内收有曹葆华、天蓝译的《马克思恩格斯关于艺术的书信》，曹葆华译的《列宁论托尔斯泰》和《马列艺术思想研究》等三辑 8 篇书信文章和 2 篇论文，以及周扬撰写的《后记》。

《平剧研究院成立特刊》：延安平剧研究院 1942 年 10 月 10 日编辑出版。封面由刘涌汉设计，对称编排，左侧深色基调垂直图形中白色美术体书名双行竖排，右侧浅色图书与钢笔绘画装饰图形中，上部加入中国地图与戏剧脸谱图案。内收有毛泽东的题词"推陈出新"，朱德的题词"宣扬中华民族四千余年的历史光荣传统"，林伯渠的题词"通过平剧使民族形式与革命精神配合起来"，李鼎铭的题词"教亦多术"，延安平剧研究院的《简短的几句话》《致全国文艺界书》《致全国平剧界书》和《组织规程》等，以及柯仲平的《献给我们的平剧院》，张庚的《对平剧工作的一点感想》，阿甲的《平剧研究院和平剧工作》，任桂林的《从平剧演变史谈到平剧在延安》和王镇武、李纶、魏晨旭、罗合如、王铁夫等撰写的 15 篇论文及《编后记》。

《文艺阅读与写作》：欧阳山等著，学习生活社 1943 年 1 月出版，为"学习生活小丛书"之一。封面上下对称，下方红色美术体书名。内收有以群的《什么叫做文学》、《报告文学的写作方法》，何其芳的《怎样研究文学》，欧阳山的《从作者到读者》，艾青的《我怎样写诗的》等 12 篇文章。

《新民主主义文化教育论文集》：毛泽东、张闻天等著，1943 年 5 月 4 日油印出版，为"教育生活丛刊"之一。封面均衡编排，构图直观，左侧黑色手书体书名竖排。内收有毛泽东的《论新民主主义文化》，洛甫的《抗战以来中华民族的新文化运动与今后任务》《中共中央关于开展抗日民主根据地国民教育的指示》，陈毅的《关于文化运动的意见》，彭康的《新民主主义文化运动》和刘少奇的《华北文化协会的任务》6 篇论文，以及编者的《前记》。

《论秧歌》：周扬等著，华北书店 1944 年 12 月出版。封面均衡编排，上部红色美术体书名横排，下部右侧插入黑白木刻直观图像。内收有周扬的《表现新的群众的时代》，艾青的《秧歌剧的形式》，张庚的《鲁艺工作团对于秧歌的一些经验》，马可的《群众是怎样创作的》和高仰云的《八一剧团的转变和收获》5 篇论文。

《论王实味的思想意识》：范文澜等著，新华书店 1943 年 8 月出版，胶东新华书店 1944 年 10 月翻印。初版封面红黑色彩构图，黑底白色美术体书名；胶东翻印版封面简洁直观。内收有范文澜的《论王实味同志的思想意识》，张如心的《彻底粉碎王实味的托派理论及其反党活动》，艾青的《现实不许歪曲》，罗迈的《论中央研究院的思想论战——从动员大会到座谈会》，范文澜的《在中央研究院六月十一日座谈会上的发言》等 5 篇论文，以及附录的温济泽的《斗争日记》和实味的《野百合花》。

《部队的文化学习与通讯工作》：新四军山东军区政治部宣传部编，山东新华书店 1946 年 2 月印行，东北书店同年 12 月翻印出版。封面水平编排，上部红色美术体书名多行横排，下边红色木刻人物装饰组图。内收有陶铸的《改造部队的文化学习》和《部队的报纸通讯工作》，高维嵩的《警三旅八团二连的文化活动》，总政宣传部的《张友池和三连的文化学习》，《解放日报》社论《循着张友池学习的道路前进》等 6 篇文章。在编者撰写的《前言》中，强调"要开展部队的文化运动"，"本书告诉了我们'干部负责'和'群众路线'的方法"等。[1]

《大众文艺的理论和实验》：华中文化协会编，华中新华书店 1946 年 3 月出版印行。封面为蓝色版式基调中插入木刻绘画图案，蓝色美术体书名。内收有周扬的《马克思主义与文艺》和《表现新的群众的时代》，艾青的《秧歌剧的形式》，张庚的《鲁艺工作团对于秧歌的一些经验》，萧三的《〈刘生海转变〉〈钟万财起家〉及其他》，解放日报社的《枣园文艺工作团的秧歌》及《"社火头"刘志仁》等 30 余篇论文作品。

《民间艺术和艺人》：周扬、萧三、艾青等著，新华书店晋察冀分店 1946 年 2 月初版。封面水平编排，上下边青花装饰图形，上部黑色印刷体书名，中下部居中青色剪纸图案。内收有《刘志仁和南仓社火》《民间艺人李卜》《一位不识字的劳动诗人——孙万福》《汪庭有和他的歌》《练子嘴英雄拓老

汉》《改造说书》《自乐班》《驼耳巷区的道情班子》《吆号子》和《窗花剪纸》10 篇论文，以及附录的 12 幅彩色窗花剪纸。1946 年 11 月，东北书店重新设计封面并收入"民间文艺丛书"翻印出版。

《毛泽东同志在延安文艺座谈会上的讲话》：毛泽东等著，解放日报社、抗大政治部、中共中央总学委 1943 年 11 月编印，东北书店 1946 年 12 月初版，1948 年 10 月再版。封面为居中式构图，红色竖排印刷体书名。内收有毛泽东的《在延安文艺座谈会上的讲话》，以及附录的中共中央宣传部《关于执行党的文艺政策的决定》。

《新美术论文集》（第一集）：沃渣编，东北书店牡丹江分店 1947 年 6 月出版，为"新文艺丛刊"之一。封面水平编排，上部红色美术体书名，居中插入绿底腰封图案。内收有胡蛮的《抗战八年来解放区的美术运动》，王曼硕的《绘画和现实生活的关系》，冯宿海的《试谈绘画》，王朝闻的《狭隘的趣味如何妨碍创作》，张望的《画什么》和《漫谈连环图画》，力群的《从展览会看美术工作》，艾思奇的《美术工作与群众的进一步结合》，贾怀济、平凡、刘漠冰、陈叔亮的《几种美术宣传画方式的试验》，张仃的《街头美术》，明坦、萧肃、辛可、施展的《"新洋片"在农村》，陈叔亮的《舞台以外》，董苏的《关于影子戏的利用和改造》，祜曼的《庆贺名画家皮卡索加入共产党》，P. 皮卡索的《我为什么加入共产党》，"一读者"的《关于皮卡索的画》和胡蛮的《答复"一读者"同志》，徐悲鸿的《全国木刻展》，茅盾的《门外汉的感想》，艾青的《古元木刻集序》，江丰的《介绍延安木刻展》，张望的《鲁迅先生与中国新木刻运动》和《读〈中国木刻界鸟瞰〉之后》，王曼硕、张望的《谈解放区的新美术》，胡蛮的《对在延展出的留渝木刻家作品的印象》，沃渣的《谈木刻》，一川的《关于年画》，王朝闻的《年画的内容与形式》，力群等的《关于新的年画利用神像格式问题》，鲁艺美术系研究室的《年画的内容与形式》和怡庐等的《关于年画的意见》等 28 篇论文，以及《编后》等。

《从〈逼上梁山〉〈三打祝家庄〉谈到平剧改造》：冀鲁豫书店编辑部编，刘芝明等著，冀鲁豫书店 1947 年 6 月初版。封面对称编排，左侧加入"L"

形绿色抽象装饰图案，右侧绿色手书体书名多行竖排。内收有刘芝明的《从〈逼上梁山〉谈到平剧改造》和《介绍〈逼上梁山〉》，任桂林的《从〈三打祝家庄〉的创作谈到平剧改造问题》，田汉的《论改造平剧和地方戏——覆健吾先生》4 篇论文。

《新歌剧》：周扬等著，冀鲁豫书店编辑部编，冀鲁豫书店 1947 年 6 月编辑出版。封面均衡编排，左侧为竖排黑色大号印刷体书名，右侧加入垂直框线装饰图案。内收有周扬的《表现新的群众的时代》，艾青的《秧歌剧的形式》，张庚的《鲁艺工作团对于秧歌的一些经验》，马可的《群众是怎样创作的》，任白戈的《〈王克勤班〉这类歌剧值得提倡》，陈斐琴的《介绍歌剧〈王克勤班〉》，文联的《边区文联奖励〈王克勤〉剧作》，江涛执笔的《戏剧写作上的几个问题》和《部队歌剧创作过程中的几点经验》等 9 篇论文。

《新音乐运动论文集》：吕骥编，新中国书局 1949 年 3 月初版。封面为金黄底色，编排版式为框线构图设计，上部方框图形中插入横排双行的红色美术体书名。全书由"论新音乐与新音乐运动""论民族形式与民间音乐研究""论创作与歌咏工作"和"论作家与作品"4 辑组成，包括吕骥的《中国新音乐的展望》和《伟大而贫弱的呼声》，沙梅的《新型音乐的体认》和冼星海的《民歌与中国新兴音乐》等 54 篇论文，以及编者撰写的《前言》。

《文艺工作论集》：毛泽东等著，安东省文协编，东北书店辽东分店 1949 年 4 月出版。封面为上下居中编排，上方为红色美术体书名，居中插入金底红色木刻版画。内收有《中共中央宣传部关于执行党的文艺政策的决定》，毛泽东的《在延安文艺座谈会上的讲话》和《反对党八股》，陈云的《关于党的文艺工作者的两个偏向问题》，鲁迅的《创作要怎样才会好》，凯丰的《关于文艺工作者下乡问题》，萧三的《提高政治水平、理论思想水平是文艺工作者最重要的任务》，以及附录的《人民日报》（华北版）专论《有计划有步骤地进行旧剧改革工作》等 9 篇论文。

《萧军思想批判》：刘芝明、张如心等著，大连东北书店 1949 年 5 月出版。封面编排简洁，绿色竖排印刷体书名居中。在《前言》中，编者称本书"特将有关批评萧军反动思想的文章，集重要者收印成册，以帮助文艺爱好者的研究"。①　其中收有《中共中央东北分局关于萧军问题的决定》、《东北文艺协会关于萧军及其〈文化报〉所犯错误的结论》，刘芝明的《关于萧军及其〈文化报〉所犯错误的批评》和《几个不能忽视的问题》，张如心的《反对萧军思想保卫马列主义》《是个人问题还是社会问题》《是唯心主义还是唯物主义》，以及丁玲的《批判萧军错误思想》，徐懋庸的《萧军的伎俩》，《东北日报》专论《将文艺工作向前推进一步》等8篇论文。

《论文艺政策——毛泽东同志在文艺座谈会上的讲话》：毛泽东等著，中国大辞典编纂处1949年5月编印。封面编排简洁，构图直观。内收有毛泽东的《毛泽东同志在文艺座谈会上的讲话》，以及附录的中共中央宣传部《关于执行党的文艺政策的决定》，周扬的《谈文艺问题》和萧三的《坚决执行文艺为工农兵的方针》等4篇论文。

《论赵树理的创作》：黎玉、赵树理等著，辽东新华书店1949年9月初版。封面左侧为稿纸装饰图案，黑色印刷体书名竖排，右侧上方插入赵树理木刻头像。内收有黎玉的《介绍大家读〈李有才板话〉和我们的群众路线》，周扬的《论赵树理的创作》，茅盾的《论赵树理的小说》和《关于〈李有才板话〉》，郭沫若的《关于〈李家庄的变迁〉》和《〈板话〉及其它》，李大章的《介绍〈李有才板话〉》，力群的《谈〈李有才板话〉》，王春的《赵树理怎样成为作家的》，塞风的《人民作家赵树理》，陈艾的《关于赵树理》，荒煤的《向赵树理方向迈进》等12篇论文，以及附录的赵树理作品《邪不压正》《孟祥英翻身》《催粮差》《福贵》《地板》《小经理》《传家宝》《小二黑结婚》和《艺术与农村》等。在书的《前言》中，编者称本书是其"尽最大的可能来搜集"及编辑而成的一本赵树理评论及作品集。②

《戏剧论文选集》：华北大学三部编，华北大学1949年11月初版。封面上方为陕北民间剪纸木刻版画图案，居中为红色美术体书名。内收有张庚的《鲁艺工作团对于秧歌的一些经验》，王大化的《申红友同志给我们上了第一课》，水华的《关于秧歌剧的几个问题》，陈波儿的《导演〈同志，你走错

---

① 刘芝明等：《萧军思想批判·前言》，东北书店1949年版，第2页。
② 黎玉、赵树理等：《论赵树理的创作·前言》，辽东新华书店1949年版，第1页。

了路!〉》，康濯的《群众从苦难斗争中建设起的柴庄剧团》，郑红羽的《抗敌剧社入伍经验》，陈波儿的《关于〈桥〉的总结》，荒煤的《开展工厂文艺活动是为了发展生产》和周巍峙的《天津文艺工作中的主要经验》等9篇文章。

《〈新儿女英雄传〉评论集》：石韵、辛夷编，上海海燕书店1950年6月初版，同年8月再版，为"群众性的文艺批评"集。封面均衡编排，右上角插入《新儿女英雄传》封面书影图案，下部红底条幅图形中白色美术体书名横排，扉页印有柏林斯基的一段语录。内收有郭沫若的《读了〈新儿女英雄传〉》，谢觉哉的《读〈新儿女英雄传〉》，王亚平的《介绍〈新儿女英雄传〉》，萧也牧的《向青年读者推荐一部好小说》，芷汀的《群众热爱的一篇小说》，王仲元的《〈新儿女英雄传〉给了我些什么》，炳生的《关于群众语言的运用》，梦庚的《〈新儿女英雄传〉读后》，以及包括刘鹏的《帮助我们提高政治觉悟》等共22篇批评论文，和附录的杨鹤龄的《〈新儿女英雄传〉创作经过（记袁静同志的谈话)》、孔厥的《下乡和创作》2篇文章。

《西安的旧剧改革》：陕甘宁边区文化协会戏剧工作委员会编，新华书店西北总分店1950年8月初版。封面水平编排，上部蓝白木刻戏剧人物图案，下部套色图形中蓝色美术体书名。内由"概论""剧评"和"附录"3辑组成，分别包括赵伯平的《在现有进步的基础上再加努力》，苏一萍的《旧剧剧目审查的经验》，田益荣的《让舞台"为人民服务"》，王芷章的《旧剧改革问题》，李纯的《读〈旧剧改革问题〉》，张芸的《略谈演唱秦腔的语言声韵》，袁多寿的《我们的剧谈会》，群众日报社的《戏剧座谈会纪要》，谢迈千的《易俗社的剧谈会》等15篇"概论"论文，田益荣的《试谈旧剧翻案》等9篇"剧评"文章，以及"附录"的《有计划有步骤地进行旧剧改革工作》、《关于公布戏剧节目审查结果之决定》和《西安戏剧电影工作者协会简章》等。

《秦腔音乐》：陕甘宁边区文化协会戏剧工作委员会音乐工作委员会合编，新华书店西北总分店1950年9月初版，西北人民出版社1951年9月重新设计封面再版，为"西北民间音乐丛书"之一。初版封面水平编排，黑色基调版式加之红黄线条腰封图案。内收有马健翎的《写在〈秦腔音乐〉的前边》，田益荣的《引言》，王依群的《秦腔板眼研究》和《怎样拉胡琴》，梅丝的《秦腔曲调的几个问题》，安波的《秦腔音乐概述》，王绍猷的《秦腔之音调板眼》和《秦腔故有之乐歌》，姚铃的《秦腔音乐演奏现实剧的两点意见》等9篇文章，张耘等记录的《秦腔打乐汇集》，依群收集的《秦腔弦乐曲牌集》，以及任应凯等收集的包括"哭音类""欢音类""腔调类"在内的20首《秦腔各种唱例》与《编后》等。1954年4月，陕西人民出版社重印，1958年7月第6次印刷。

《延安文艺丛书·第1卷　文艺理论卷》：金紫光、何洛主编，湖南人民出版社1985年7月出版，1987年10月，湖南文艺出版社重印再版。封面编排为其丛书统一版式，书前附有《〈延安文艺丛书〉编辑说明》和丁玲的《总序》，以及主编撰写的《前言》。集中收录有毛泽东的《在延安文艺座谈会上的讲话》《论鲁迅》等8篇文章，以及周恩来、刘少奇、朱德、陈云、叶剑英、洛甫、邓颖超、聂荣臻、凯丰、陆定一等领导人的讲话等，和中宣部、中央文委、总政治部及《解放日报》社论等文献史料。同时，收录了周扬、林默涵、艾思奇、丁玲、冯雪峰、成仿吾等延安文艺界领导人及其作家的"五类"总论部分的"约六十万言"，实际涵盖了延安文艺运动及其创作活动的重要文艺理论及其批评论文。

编者在《前言》中称：由于"当时的延安是中国革命文艺的中心，它肩负着指导全国的重大任务，所以延安的文艺理论研究，并不只涉及延安一城，而是立足延安，面向全国，研究并指导着全国的革命文艺运动"，因此，本卷除了"所选文章的写作年代是在1937年至1948年之间（个别必选的文章突破了这一年代范围）"等之外，"为尊重历史，所选文章一般均按最初发表的原文收录，内容、体例均不予变更，文中的论点、提法及所用之引文、译文、注释文字亦沿其旧（仅对个别外文原译名按今译作了变动，对标点符号按今例作了订正，对明显漏误作了必要处理）"，以及"另有少数建国后重新发表过的文章，则按新发表过的文字进行校订"，等等。①

---

① 金紫光、何洛主编：《延安文艺丛书·第1卷　文艺理论卷·前言》，湖南人民出版社1984年版，第4—7页。

《中国解放区文学书系·文艺运动·理论编》（2 卷）：林默涵总主编，胡采主编，王之望、陈慧娟、学星等参与编辑工作，重庆出版社 1992 年 3 月版。封面编排为其丛书统一构图，编者在《序》中声明："文学运动卷和文学理论卷，以两卷共一编的编组形式"，以及"从宏观上把握，从文章内容的主导方面着眼考虑，经过研究，然后定性分卷"。于是，确定"把抗战时期和解放战争时期，党中央关于文艺、文化工作的指示，各级党委为贯彻执行党中央指示，并结合本地区的实际，所做出的决定、号召、通知，有关领导人的讲话、意见，包括在实施过程中形成的方案、措施、作法、步骤等，以及在中央精神鼓舞下，众多文艺社团的建立，期刊创办，各种群众性或专业性文艺运动的开展，等等，一切具有实际文艺史料价值的东西，都放在文学运动卷"。并且"从编辑角度着眼，把文学运动卷中所包含的方方面面的内容，进行了分类，组成了六个单元"，即：（一）重要文献、史料；（二）文艺协会、文学社团；（三）文艺刊物；（四）解放区的文艺整风运动；（五）群众性文艺运动；（六）解放区与各根据地文艺运动概况。① 同时，根据书系的《编辑凡例》及其"规模及内容架构"，《文艺运动·理论编》分为"两卷，选收解放区文学运动资料和文学理论文章"。② 在这两卷选集中，卷一按照"重要文献和史料"、"文艺协会与社团"等七类，收录了《中央关于发展文化运动的指示》等历史文献，以及"中国文艺协会"、延安文艺刊物及群众性文艺运动资料和"各根据地、解放区文学运动概述"；卷二则收录了包括毛泽东的《论鲁迅》、《新民主主义论（节录）》、《在延安文艺座谈会上的讲话》和《文化工作中的统一战线》等，以及周恩来、朱德、张闻天等在内的"毛泽东及其他中央领导人的论述"等七类文艺理论批评资料。在《后记》中，编者称："为了尊重历史和为文学研究者提供第一手材料，所选文章一般按最初发表的原文照录，内容和体例均不予变更，个别文章因篇幅过长，则只得节录。文学协会、社团、文学刊物，限收入各解放区主要报刊公开发表过的宣言、纲

---

① 参见林默涵总主编，胡采主编《中国解放区文学书系·文艺运动·理论编一·序》，重庆出版社 1992 年版，第 3—4 页。

② 同上书，第 2 页。

领、章程、草案以及发刊词、编后记等原始材料。但为便于读者对这些文学团体和刊物的了解，我们分别在有关史料的前面作了必要的题注"。①

（二）诗歌总集

《诗建设诗选》：战地社编，陈辉、司马军城等著，战地社 1941 年 8 月油印出版。封面对称编排，左侧黑色美术体书名竖排，右侧红底垂直图形中黑色几何五星装饰图案相对。内收有陈辉、司马军城、谷扬、方冰、洪水、丹辉、邓康、英子、林采、田间、徐明、鲁藜、林冬苹、曼晴、程追、任肖、邵子南、石坚、劲草、田流、史轮、劳森、魏巍、郭起、陈陇、甄崇德、耿金云等 27 位诗人的 62 首诗歌作品。在《序言》中，编者称，这部诗集"是从诗建设和诗建设丛书里选出的"，而"诗的建设工程，就是诗的现实主义的向前发展途径"等。②

《杨清法》：山东省文协编，遇明等著，山东新华书店 1946 年 8 月初版，为"抗战文艺选集"之一。东北书店 1947 年 12 月翻印再版。初版封面为上下对称式构图，上方为橘黄印刷体书名，下方加入木刻装饰图案。东北书店再版封面构图直观简洁，书名为黑色印刷体。内收有遇明的《杨清法》，江明的《六月苏北的原野》，白刃的《敬礼！亲爱的勇士》，余人的《福顺》等 4 首抒情叙事长诗，以及大可的 5 幅木刻版画作品。

《民歌杂抄》：田间选录，冀晋区编审委员会主编，星火出版社 1946 年 8 月出版发行，③ 副标题为"民歌四十八首"和"乡艺第二辑什类之一"。封面构图直观，右侧为竖排红色书名等文字部分，左侧下方插入木刻乐器图案。内收有《乡艺丛书出版缘起》和《〈民歌杂抄〉序》，以及由"关于敌伪的""定县敌占区民谣""南甸敌占区民谣""椿书树底民谣"和"绥远土木川民谣"等组成的《民歌杂抄》（四十八首）作品。

《在山的这边》：山东省文协编，良平等著，山东新华书店 1946 年 8 月出

---

① 林默涵总主编，胡采主编：《中国解放区文学书系·文学运动·理论编二·后记》，重庆出版社 1992 年版，第 1743—1744 页。

② 战地社编：《诗建设诗选·序言》，战地社 1941 年版，第 1 页。

③ 封面印刷为"一九四六年七月付印"文字。

版，为"抗战文艺选集"之一。封面构图为其"选集"统一编排版式，书名为橘黄色印刷体。内收有冠西的《明年》，谢青的《水夜流》，沙萍的《孩子和炮弹》及方曙的《爸爸我守望着新粮》等 14 首诗歌作品。在《编后》中，编者称这本书是"对几年来文艺创作的回顾和检阅，并作为新的前程的鼓励和启发"等而编选的"三个集子"之一。①

《翻身诗谣》：冀中导报社编，冀中新华书店 1947 年 6 月初版。封面居中编排，构图简洁，印刷体书名居中竖排。内收有由"第一辑"到"第三辑"组成的 36 首歌谣和"附录"的 3 篇论文。包括《谁养活谁》《长工诉苦》《秋风吹来》《农民板话》《太不平》《大翻身》《农民诗歌》《王家屯翻身歌》《穷人翻身》《忘不了毛主席》《翻身十二唱》《英雄四季歌》《想着我》和《请放心》等，以及方纪的《农民的诗》，徐挺步的《关于搜集民歌》和旭辉的《关于农民诗歌》。1950 年 8 月，天津知识书店修订重印，人间书屋 1951 年 11 月翻印。修订本为各辑分别添加了"在苦难的日子里""火热的斗争"和"翻身以后"的标题，删去了初版附录的 3 篇论文，封面署名为"萧殷编"，并在《前言》中，简要说明了"这个诗谣集子，是我一九四六年冬在冀中编副刊时选编的"。②

《弹唱小王五》：刘衍等著，华北新华书店编辑部编，华北新华书店 1947 年 6 月初版，为"晋冀鲁豫边区文艺创作小丛书"之一。封面为其丛书统一设计，上下装饰图案平衡映对，黑色印刷体书名。内收有阮章竞的《盼喜报》，一新的《铁牛的话》，尔荷的《夫妻顶嘴》，江横的《山西黑暗的三十年》，刘衍洲的《弹唱小王五》，小空的《出击》，胡征的《主席台》，芦甸的《大进军》和刘金堂的《人民功臣焦五保》等 9 篇作品。

《控诉与歌颂》：王亚平编，冀鲁豫书店 1947 年 11 月初版，为"平原文丛"之一。封面编排直观，上方横排书名为红色手书体，右下侧加入一幅木刻人物图案。全书分为"土改集""战争集"和"反蒋集"三部分，以及"翻身诉苦""参军保田""生产节约""典型战斗""英雄事迹""慰劳拥军"

---

① 良平等：《在山的这边·编后》，山东新华书店 1946 年版，第 57 页。

② 萧殷编：《翻身诗谣·前言》，天津知识书店 1950 年版，第 1 页。

"优俘优抗""蒋区痛苦""美蒋罪恶"和"人民反蒋"等类型，共收录有112 首歌谣作品。在《〈控诉与歌颂〉序》中，编者称，本书中"有歌谣、快板、墙头诗、小调、儿歌等，都是群众在这个时代从心里唱出来的声音"。其中，"大部分保存原来的面目，只有一小部分不合政治要求，词句不大顺当的略微删动了一些"。①

《华中诗选》（第一集）：华中新华书店总店 1948 年 10 月初版，为"新文艺丛书"之一。封面水平编排，四边加入框线装饰图形，上方为蓝色横排美术体书名，下方居中插入直观木刻图像。内收有福林的《史大林到东方来了》《红旗——徐家标》《黑泥》《春耕曲》和《马家荡》，白得易的《自卫战歌谣》和《翻身歌谣》，王竞的《不是木鸡是猛虎》，见山的《蛋换布》和《打"沙锅"》，王士菁的《欢乐没有边》《成契》《解放区里美事多》和《喜事》，阿伟的《柏志乔》，沈康的《我的童年》，白夜的《新春大喜》《吴集》《读报组》和《王业俊互助组》，徐开勋的《秋收》，严服群的《人靠田来田靠人》，小元的《孕妇》，丁芒的《陈德胜一家被活埋》和鲁影的《复仇》等25 首作品，以及《编后记》。

《佃户林》：王希坚等著，中国人民文艺丛书社编，新华书店 1949 年 5 月初版，为"中国人民文艺丛书"之一。初版封面构图为其丛书统一编排版式，黑色美术体书名居上，为"诗选"集。内收有徐秋风的《歌唱毛主席》，艾青的《向世界宣布吧》，邵子南的《大石湖》，泾水生的《石人村，泪不干》，流箭的《阎锡山的催粮人》，李冰的《大娘》，张立云的《新牛和他的羊群》，萧三的《送毛主席飞重庆》，张克夫的《毛主席回延安》，了止的《黄河十八弯》，戈壁舟的《欢迎人民子弟兵》，高敏夫的《你们的脚》，胡征的《槐树下》，刘衍洲的《弹唱小王五》，王希坚的《佃户林》《被霸占的田地》《催眠歌》，刘御的《儿歌》，小空的《全家忙》，西虹的《除夕下江南》等23 首诗歌。书前附印《"中国人民文艺丛书"编辑例言》。1949 年 11 月，新华书店、山东新华书店等相继再版。

---

① 王亚平：《〈控诉与歌颂〉序》，《控诉与歌颂》，冀鲁豫书店 1947 年版，第 1—2 页。

《东方红》：群众创作，中国人民文艺丛书社编，新华书店 1949 年 5 月初版，为"中国人民文艺丛书"之一。初版封面采用其丛书相同版式，黑色印刷体书名居上，为"诗选"集。内收有《东方红》《中国出了个毛泽东》《刘志丹打镇靖城》《世世代代想老刘》《进了地主门》《扛活歌》和《短工》等 53 首诗歌谣曲作品，以及附录的朱桂芳的《我怎样写〈纱厂女工歌〉》等。书前附印《"中国人民文艺丛书"编辑例言》。

《钢铁的手》：东北新华书店 1949 年 8 月编印发行。封面编排版式简洁，左上角蓝底十字花式图形中插入白色美术体书名，右下角插入蓝色齿轮装饰图案，上书"工人诗歌选集"印刷体小标题。内收有东北各地工人的诗歌作品《毛主席》《跟着毛主席前进》《钢铁的手》《劳动是我们的光荣》《电锯快板》《当家作主》《红的钢铁》《废铁翻身》《沙里淘金》《我们不但做一个北平号》《露天运输竞赛》《赶》《给渡江的战士们》《过去好心酸，今天进大学》《劳动保险》《工薪实物券》《劳动英雄号》《北平号机车》《标准号》《生产好》《汽锤》《一齐来》和《咱们共同努力》等 23 首作品。在本书《编者的话》中，编者称，本选集"所选诗歌，仅限于东北工人的作品，但大部曾经连续转载于关里的《人民日报》、《天津日报》"等。①

《工人诗歌》：剑林、炳南编，山东新华书店 1949 年 8 月初版。封面水平编排，套色版式设计，上方黑色图形中白色美术体书名，中下方加入黑白木刻解说图像。内收有由 3 辑组成，包括《太阳照进众人家》《两个世道》《去年今日》《化铁炉》及《苦尽甜来》等 189 首作品。在书前《关于编辑〈工人诗歌〉的几点说明》中，编者说明了编辑本书的目的是"为了响应党的七届二中全会号召"和"供作工人读物"，以及"为鼓励工人创作"等。其编选的范围即"大体是以一九四八下半年到现在为限。地区包括：东北、西北、华北、华中五大解放区"。②

《延安文艺丛书·第 5 卷 诗歌卷》：严辰、田间主编，湖南人民出版社 1984 年 3 月出版，1987 年 10 月，湖南文艺出版社重印再版。封面构图为其丛

---

① 东北新华书店编：《钢铁的手·编者的话》，东北新华书店 1949 年版，第 4 页。
② 剑林等：《工人诗歌》，山东新华书店 1949 年版，第 1 页。

书统一编排版式，书前附有《〈延安文艺丛书〉编辑说明》和丁玲的《总序》，以及主编撰写的《前言》。选集中主要收录了延安诗人的现代抒情诗代表作，以及部分长篇叙事诗的节录和一些旧体诗作。例如：丁玲的《七月的延安》，公木的《风箱谣》等，天蓝的《队长骑马去了》等，方冰的《一个老农的歌》，田间的《街头诗一束》等，艾青的《毛泽东》等，严辰的《我们的队伍》等，李雷的《高原之歌》等，何其芳的《我为少男少女们歌唱》等，贺敬之的《十月》等，柯仲平的《边区自卫军》，郭小川的《我们歌唱黄河》等，鲁藜的《延河散歌》和蓝曼的《延河颂歌》，以及李季的《王贵与李香香》与毛泽东等人的旧体诗作品。

在本卷的《前言》中，编选者称，有感于"当年的资料，经过战乱，经过十年浩劫，很多都散失了，这给编选工作带来了极大的困难。有的作者，我们还记得当时是发表过有分量的诗的，但因找不到资料，选目中就只好暂时阙如"，以及"有的同志回信中开列了篇目，却没有诗稿和出处，也就无法选进"，加之"篇幅的限制，大量的诗作未得收录"。因而有待"再版的时候补充进去，使选集更加完备"等。①

《中国解放区文学书系·诗歌编》（3 卷）：林默涵总主编，阮章竞主编，选编者：鲍晶、王玉树、钟铭钧、张素琴，重庆出版社 1992 年 3 月版。封面构图为其丛书统一编排版式，根据书系的"编辑凡例"及其"规模及内容架构"，诗歌编分为"三卷，选收诗歌"。② 在这诗歌编三卷选集中，卷一和卷二为抒情诗、旧体诗和长诗部分，其中除了在卷一前收录中国解放区文学书系编委会、殷白执笔的《总序》和主编阮章竞撰写的《序——中国解放区诗歌回顾》外，主要收录了贺敬之、觉扉、胡可、胡征、郭小川、贾芝、秦兆阳、萧三、鲁藜、魏巍等代表诗人的现代抒情诗作，毛泽东的《忆秦娥·娄山关》等，以及朱德、叶剑英、丁芒、于力、王震、陈毅、林伯渠等和厂民、

---

① 严辰、田间主编：《延安文艺丛书·第 5 卷 诗歌卷·前言》，湖南人民出版社 1984 年版，第 6 页。

② 林默涵总主编，阮章竞主编：《中国解放区文学书系·诗歌编一·编辑凡例》，重庆出版社 1992 年版，第 3 页。

天蓝、公木、王亚平、田间等诗人的旧体诗作及长诗作品；卷三为叙事诗部分，集中收录了李季的《王贵与李香香》，公木的《岢岚谣》等，方冰的《柴堡》，艾青的《雪里钻》，田间的《戎冠秀》等，孙犁的《梨花湾的故事》，张志民的《死不着》等，以及阮章竞的《漳河水》等叙事诗代表作。

在诗歌编的"序"中，主编阮章竞指出，"中国解放区诗歌，深深镌刻着时代的使命。他们不是清唱家、演唱家、旁观者，而是在血与火中搏斗的直接参战战士"等。① 同样，在"诗歌编三"的《后记》中，编选者不仅强调"解放区诗歌在反映时代生活的深度和题材开拓上都具有很高的历史价值和审美功能"，而且提出了他们"编选工作坚持了几条原则"。即除了"在体例上我们专门安排一集叙事诗，并把抒情短诗、长诗和旧体诗分开，便于读者查阅。叙事诗集共收入 60 篇，尽量不节选"，以及"要精选可读性强的诗歌作品，尽量避免同《抗日战争大后方文学书系·诗歌编》重复，尽可能发掘一些尚未披露的人和诗"等。同时重申："为了保持历史真实，根据书系总编委会的决定，凡所选的诗作均要求必须是在解放前发表与出版的，因此，在建国后发表或出版的解放区诗作均不收入。后来新发表或出版的诗作往往都有所改动，有的改动很大，例如田间的《她也要杀人》，陈毅的《十年》和阮章竞的《圈套》。对于这类有两个版本的诗集，则选用解放前出版的。有少数作品实在无法查对，便依据有注明写作时间、发表最早的版本决定取舍，如没有可依据的一律不予选用"等。②

（三）戏剧总集

1. 秧歌剧与新歌剧

《秧歌剧初集》：周而复等编，重庆新华日报社图书课 1945 年 8 月出版，为"新华文艺丛书"之一。封面水平编排，上方为红色美术体书名，下方插入黑白木刻秧歌演出版画。内收有周而复的《秧歌剧发展的道路（代序）》，

---

① 林默涵总主编，阮章竞主编：《中国解放区文学书系·诗歌编一·序》，重庆出版社 1992 年版，第 8 页。
② 林默涵总主编，阮章竞主编：《中国解放区文学书系·诗歌编三·后记》，重庆出版社 1992 年版，第 3097—3101 页。

王大化、李波、路由编剧，路由作词，安波配曲的《兄妹开荒》，周戈作的《一朵红花》和周而复、苏一平作的《牛永贵受伤》3 部剧作。

《秧歌选集》（1—3）：张庚等编辑，贺敬之注释，1946 年 3 月编辑出版，为"长城丛书"之一。封面对称编排，暖色底图形中黑色美术体书名居中竖排，两侧为套色陕北剪纸图案。扉页印刷有"秧歌剧短集"和"群众创作的新秧歌"等文字。内收有张庚的《序》，以及①多部秧歌剧作品。1947 年 7 月至 9 月，东北书店重新设计封面，并更名为"秧歌剧选集"后，列入"新文艺丛书"先后出版。

《秧歌剧选集》（一）：张庚编，马健翎等著，东北书店 1947 年 7 月初版，同年 9 月再版，为"新文艺丛书"之一，同年 9 月再版。封面均衡编排，左侧加入大幅红色雄鸡剪纸图案，右侧黑色手书体书名竖排。在书前张庚的《序》中，编者称，本集是"从延安几个专业剧团的许多秧歌作品中选出来的"，且"尽量做到选出群众中有定评的作品"。② 内收有延安民众剧团马健翎作的《十二把镰刀》，延安鲁艺秧歌队集体创作的《兄妹开荒》，延安枣园文工团集体创作的《动员起来》，延安军法处秧歌队集体创作的《钟万财起家》，以及附录的军法处通讯小组的《〈钟万财起家〉的创作经过》，延安鲁艺工作团马可作的《夫妻识字》，绥德文艺工作团集体创作的《喂鸡》，延安西北文艺工作团萧汀、方杰作的《回娘家》等 7 部秧歌剧作品，以及马可的《关于秧歌音乐》和各剧目的多首曲谱。同年 10 月，大连大众书店翻印出版。

《秧歌剧选集（二）》：张庚编，周而复、苏一平等著，东北书店 1947 年 9 月再版，为"新文艺丛书"之一。封面均衡编排，左侧加入大幅棕红兔子剪纸图案，右侧绿色手书体书名竖排。在张庚的《序》中，编者称，本集都是以"士兵生活或军民关系为题材的短剧"，且为"真人真事"并"忠实于实际事实"的作品。③ 内收有周而复、苏一平、党校秧歌队的《牛永贵受伤》

---

① 《兄妹开荒》《动员起来》《钟万财起家》《喂鸡》《夫妻识字》《牛永贵负伤》《张治国》《刘顺清》《徐海水》《小姑贤》《离婚》等。

② 张庚：《秧歌剧选集（一）·序》，东北书店 1947 年版，第 1 页。

③ 张庚：《秧歌剧选集（二）·序》，东北书店 1947 年版，第 1 页。

和张庚的《说明》；联政宣传队集体创作的《张治国》；翟强编、联政宣传队作曲的《刘顺清》；翟强编剧、联政宣传队作曲的《徐海水》，一二〇师独一旅战斗剧社集体创作的《打石门墕》和胡零的《说明》等 5 部作品，以及各剧目的多首曲谱。同年 10 月，大连大众书店翻印出版。

《秧歌剧选集》（三）：张庚编，马玉榜、张映奎等著，东北书店 1947 年 9 月再版，为"新文艺丛书"之一。封面均衡编排，左侧加入大幅红色雄鸡剪纸图案，右侧黑色手书体书名竖排。在张庚的《序》中，编者称本集"所收的秧歌剧，都是陕甘宁边区群众秧歌剧运动开展起来以后群众自己所创作的东西"。① 收录的作品有一二〇师独一旅四团马玉榜、张映奎的《打义井》；庆阳三十里铺黄润作、柯夫采集的《减租》和柯夫的《〈减租〉是怎样创作的》；镇原五区二乡尚之光、王世俊改编，胡仁智记录的《小放牛》；延安市桥镇乡秧歌队著的《货郎担》和《买卖婚姻》；延安市桥镇乡秧歌队根据旧作改编的《小姑贤》；米脂桃镇八乡艾福元、刘海生等集体创作的《离婚》；庆阳黄润、黄家荣、武仲山、武世荣等集体创作的《算卦》；赤水驿马关王家山、王保贤根据旧作改编的《钉缸》等 9 部剧作，以及各剧目的多首谱曲。同年 10 月，大连大众书店翻印出版。

《陕北秧歌剧选》：苏一平等编，华中军区政治部宣教部编选，江淮出版社 1946 年 4 月初版，东北书店 1947 年 10 月翻印再版。初版封面均衡编排，左侧垂直装饰图案，中右侧上方红色美术体书名，下方蓝白木刻人物图案；再版封面水平编排，上下蓝底图形相对，棕红美术体书名居上，居间加入红色人物剪纸图案。内收有苏一平的《瞎子开荒》，丁毅的《黑板报》，亚凡的《山药蛋》，钟纪明的《一把镢头》等 4 部秧歌剧作品，以及《编者的话》和剧目《后记》等。

《翻身报恩》：中共华中十一地宣编，程震寰等作，黄海书店 1947 年 9 月出版，为"戏剧杂耍丛刊"之一。封面构图直观，圆形白底蓝色美术体书名半圆形横排，居中为大幅木刻舞蹈人物图案。内收有程震寰的"活报剧"《翻

---

① 张庚：《秧歌剧选集（三）·序》，东北书店 1947 年版，第 1 页。

身报恩》，无忌、凤悟、拓荒、王斌合作的四场"戏中戏"《送郎参军》，茹辛、新村的"小顽艺"《刨穷根》等。

《劳动顶光荣》：冀中文协编，张庆田等著，华北新华书店冀中总分店1948年12月出版，为"平原戏剧丛书"之一。封面水平编排，上部大幅套色木刻解说图像，下部红底图形中金色美术体书名。内收有张庆田的"大秧歌、丝弦、老调、梆子"剧《劳动顶光荣》，王林的独幕剧《最后一分钟》等2部作品。其中，《劳动顶光荣》获冀中区首届文艺评奖乙等奖。[①] 现存的版本中，亦有书名为"劳动光荣"的同一版本作品。

《"双认错"／"过堂风"》：冀中文协编，张庆田等著，华北新华书店冀中总分店1948年12月出版，为"平原戏剧丛书"之一。封面均衡编排，上部双行大号红色美术体书名，右下角插入黑白人物版画。内收有夏风的歌剧《双认错》，以及王彬作剧，彦苓作曲的小调剧《过堂风》2部剧作。

《兄妹开荒》：中国人民文艺丛书社编，王大化等著，新华书店1949年5月初版，1949年8月以后，上海新华书店、新民主出版社等翻印出版，为"中国人民文艺丛书"之一。封面编排构图为其丛书同一版式，黑色美术体书名横排，为"小型歌剧选"集。内收有王大化、李波、路由著，路由词，安波曲的《兄妹开荒》；延安枣园文工团集体创作的《动员起来》和马可的《夫妻识字》3部剧作，以及各剧目的多首曲谱和书前的《"中国人民文艺丛书"编辑例言》。1949年7月，华夏书店再版等。

《奖金剧选》：寒荔著，商务印书馆1950年11月初版。封面水平编排，套色装饰图案版式构图，红色美术体书名居上。内收有"甲等奖金"作品：华纯、刘丑、郭瑞、韩果集体创作，华纯执笔，杨戈作曲并编曲的新型秧歌剧《大家好》；西戎、孙千、常功、卢梦集体创作的郿鄠剧《王德锁减租》（又名《减租生产大家好》）。"乙等奖金"作品：董小吾、杨戈等集体创作，杨戈执笔，董小吾、安春振、杨戈、肖纪作曲，杨戈编曲的歌剧《新旧光景》；严寄洲作的话剧《甄家庄战斗》；马利民作的山西梆子剧《张初元》

---

① 王剑清、冯健男主编：《晋察冀文学作品选》，天津社会科学院出版社1990年版，第215页。

（又名《新屯堡》）；严寄洲作的郿鄠剧《开荒一日》。"丙等奖金"作品：王炎作，安春振作曲并编曲的新型秧歌剧《三个女婿拜新年》；王子羊、项军作的新型秧歌剧《提意见》；成荫作的话剧《打得好》；常功、胡正、孙千、张朋明集体创作的道情剧《大家办合作》；王炎、刘锡琳作，刘锡琳、李桐树、杨戈作曲，刘锡琳编曲的新型秧歌剧《劳动英雄回家》等。其中，因《张初元》、《提意见》和《订计划》"三份稿件遗失"，"致使无法收入本集"。① 在书前《编者的话》中，编者称，"一九四二年延安文艺座谈会以后"，"曾由晋绥边区政府、文联、中共西北局晋绥分局宣传部，联合主催，举行了一次文艺奖金运动，因该年是'七七'抗战七周年，所以就定名为'七七七'文艺奖金'"。所以"编这个典型戏剧的集子"的收录范围与主要原因，就是1944年"由晋绥边区政府、文联、中共西北局晋绥分局宣传部"，联合举行的"七七七"文艺奖金"戏剧类"获奖剧目。"因为这些作品，是文艺座谈会、是整风学习以后的作品，或者更正确的说，是文艺工作者根据毛主席在座谈会上所指出的文艺方向，在创作上的具体实践之成果"。②

《秧歌剧选》：张庚编，中国戏剧出版社1962年9月编辑出版。封面编排为框形构图，居中红底图形中白色美术体书名。内收有马健翎的《十二把镰刀》；王大化、李波、路由作剧，路由编词，安波作曲的《兄妹开荒》；周戈的《一朵红花》；延安枣园文艺工作团集体创作的《动员起来》；集体创作，章炳南、晏甫执笔的《钟万财起家》；周而复、苏一平的《牛永贵挂彩》，翟强编剧的《刘顺清》；水华、王大化、贺敬之、马可编剧，马可、乐濛、张鲁、刘炽配曲的《周子山》；陕甘宁边区保安处秧歌队集体创作的《陈家福回家》；马可的《夫妻识字》；贺敬之的《栽树》；延安桥镇乡群众秧歌队集体创作，刘炽作曲及配曲的《货郎担》；延安桥镇乡群众秧歌队集体创作的《买卖婚姻》；华纯、刘五、郭瑞、韩果作剧，华纯执笔，杨戈作曲及配曲的《大家好》；李之华作剧，罗正、邓止怡配曲的《光荣灯》；王家乙作剧，张棣昌、陈紫配曲的《全家光荣》；胡果刚作剧，李文学作曲的《沃老大娘瞅"孩

---

① 寒荔编：《奖金剧选·编者的话》，商务印书馆1950年版，第1—2页。
② 同上。

儿"》；苏一平编剧，彦军、姜丽册作曲的《红布条》；王血波作剧，王莘作曲的《宝山参军》；贺敬之编剧，张鲁作曲的《秦洛正》；贾克编剧，陈紫作曲的《好军属》；以及李剑庆、吕翎编剧，张鲁作曲的《一场虚惊》等22部作品，以及当时多个剧目演出的摄影照片。在《后记》中，编者称本书是为纪念毛泽东《在延安文艺座谈会上的讲话》二十周年而编选的，距离"秧歌剧最活跃的时期——民主革命最高涨的时期"十多年后的一个"较全面、较好的"选本。①

《延安文艺丛书·第7卷 秧歌剧卷》：苏一平、陈明主编，湖南人民出版社1985年4月出版。封面为其丛书统一构图，书前附有《〈延安文艺丛书〉编辑说明》和丁玲撰写的《总序》，以及主编的《前言》。集中收录的剧目有《兄妹开荒》《十二把镰刀》《刘二起家》《张治国》《钟万财起家》《动员起来》《一朵红花》《牛永贵挂彩》《夫妻识字》《减租》《军爱民、民拥军》《打石门墕》《刘顺清》《栽树》《小放牛》《货郎担》《二媳妇纺线》《保卫和平》《喂鸡》《回娘家》《送公粮》《红布条》《边境上》《铁锁开了》《红土岗》《模范妯娌》《王德明赶猪》《睁眼瞎子》等。在本卷《前言》中，编者强调，"中国革命的胜利，是在文、武两条战线，文、武两支军队的配合作战下取得的"，而"戏剧是当时延安文艺运动中最活跃、最广泛和最有影响的艺术部门之一"。其中的秧歌剧运动，"成了新文艺运动有力的一翼，又推动了整个新文艺运动的更加发展"。因此，本卷"所收的秧歌剧本大部分是当年演出场次较多、演出效果较好的作品"。② 1987年10月，湖南文艺出版社重印出版。

《延安文艺丛书·第8卷 歌剧卷》：丁毅、苏一平主编，湖南人民出版社1985年7月出版。封面为其丛书统一版式，书前附有《〈延安文艺丛书〉编辑说明》和丁玲的《总序》，以及主编撰写的《前言》。收录的剧目有：潘建等的《农村曲》；天蓝等的《军民进行曲》；王亚九等的《塞北黄昏》；柯仲

---

① 张庚编：《秧歌剧选·后记》，中国戏剧出版社1962年版，第632页。

② 苏一平、陈明主编：《延安文艺丛书·第7卷 秧歌剧卷·前言》，湖南人民出版社1987年版，第1—4页。

平等的《无敌民兵》；水华等的《白毛女》；西北战斗剧社集体创作，魏风等的《刘胡兰》；苏一平等的《孙大伯的儿子》；西北军区政治部文工团集体创作，王宗元等的《英雄刘四虎》9 部歌剧剧本，以及各个剧目所附的"后记"和曲谱等。在本卷《前言》中编选者指出："中国歌剧，这里主要指新歌剧，有着光荣的革命传统。就其主流来说，它是中国人民革命斗争的产物，是我国社会主义文艺不可分割的一部分。"所以，"这本歌剧集，由于战争环境，印刷条件困难，许多作品当时未能付印；又因时隔四五十年，有些作品已经散失；即便现在收集到的本子，也因篇幅有限而不能全部选印。仅编选了当时在延安和陕、甘、宁边区影响较大的部分作品，意在反映延安时期我国歌剧艺术发展的一个概况"。[①] 1987 年 10 月，湖南文艺出版社重印出版。

2. 话剧与戏曲

《打回老家去》：张庚著，戏剧出版社 1936 年 6 月出版。封面构图直观，居中为大幅战士持枪剪影版画图案，上方为美术体书名。内收有尤兢的《太平年》、《丰收》和《狂欢之夜》，易扬的《打回老家去》，旅冈的《水》和《礼物》，章泯的《残芽》和《毒药》（原名"东北之家"），陈明中的《没有子弹的人》和《星火》，张庚的《秋阳》（原名"父亲和孩子"）等 11 部作品。在《后记》中，编者称，这本集子是"在五十多个剧本中"选出的，因而除了"从技巧上来选择"外，"也不能不为题材选择而稍稍牺牲一点技巧的选择"。[②]

《西北战地服务团戏剧集》：丁玲、奚如编著，上海杂志公司 1938 年 8 月初版，为"战地生活丛刊"之一。封面构图为其丛书统一编排版式，竖排印刷体书名，右上方插入木刻版画图案，下方为长城版画装饰图案。内收有《序》，史轮的《忻口之战》、《参加游击队》和《小英雄》，袁勃的《脱去伪装》，戈予的《捉汉奸》，戈予、袁勃的《台儿庄的插曲》，丁玲的《重逢（改定稿)》等 7 部剧作。

---

① 丁毅、苏一平主编：《延安文艺丛书·第 8 卷 歌剧卷·前言》，湖南人民出版社 1985 年版，第 5—9 页。

② 张庚编：《打回老家去·后记》，戏剧出版社 1936 年版，第 321 页。

《白山黑水》：史轮、裴东篱等著，生活书店 1939 年 3 月初版，为"西北战地服务团丛书"之一。封面构图为其丛书统一编排版式设计。内收有史轮、东篱合作的京戏《白山黑水》，巍峙的《附曲九只》和《平剧配乐的经验谈》，史轮的《关于〈白山黑水〉的制作》和丁玲《略谈改良平剧》等 3 篇论文，以及张可、陈明合作的话剧《翻车》和史轮的《我叫你粉碎》，木刻版画《义勇军》、《义勇军军官》、《春红》和《海伦县长李思源》等作品。书后附印有生活书店"西北战地服务团丛书"和"黑白丛书"的图书广告插页。

《新秦腔》：赵伯平、白衣、斯曼尼等著，中共陕西省委宣传部 1939 年编辑发行，泾阳云阳镇印刷，为中共陕西省委创办的七月剧团剧目集。内收有赵伯平的《新考试》《大上当》《祁半仙》《抓汉奸》《特种学校》，白衣（何纯德）的《大钉缸》，斯曼尼（杨公愚）的《新教子》《抓壮丁》和《壮丁鉴》等现代秦腔戏曲剧本。

《戏剧集》（1－4 集）：胶东文协 1943 年至 1944 年编辑出版，天德盛印刷，胶东战时邮局发行。封面采用相同版式构图，水平编排，上部红底图形与黄白装饰图形，大号白色美术体书名居上。其中，《戏剧集（锣鼓剧）》（第 2 集）1943 年 12 月出版。《戏剧集》（第 3 集）1944 年 1 月出版。内收有张波的话剧《村长》，虞棘的四幕话剧《"买"粮丢了口袋》，以及话剧《俱乐部》等。

《吃地雷》：贾霁等著，山东省文协编，山东新华书店 1945 年 6 月初版，为"戏剧杂耍丛刊"之一。封面水平编排，构图简洁，大号美术体书名居上。内收有贾霁的独幕剧本《吃地雷》，华君的"报道剧"《洋点心》，倪焕章的"武老二"《围困刘庄》等 3 篇作品。书后附有"戏剧杂耍丛刊"出版插页广告。

《墙头草》：晋察冀边区戏剧协会编，晋察冀日报社 1945 年 10 月初版，为"短剧集"。封面水平编排，上下边金色图形装饰图案，黑色美术体书名横排，居中插入蓝色木刻解说图像。内收有韩塞的《墙头草》，胡可的《枪》，胡朋的《看看再说》，流箭的《中秋佳话》和星光的《李甲长》5 部话剧作品，以及编者的《写在前面》等。1946 年 10 月，东北书店重新设计封面翻印出版。

《一把斧头/新吵家/家庭会》：太行山剧团等编著，韬奋书店 1945 年 11 月出版印行。封面构图直观，书名上下平衡映对。内收有太行山剧团集体创作，赵子岳执笔的话剧《一把斧头》；赞皇裕记合作社编的地方戏曲《新吵家（发展纺织）》；涉县劳动剧团集体创作，江玉清执笔的地方戏曲《家庭会》等 3 部作品，以及各个剧目附录的曲谱。

《农村剧团创作选集》：山东省文化协会编，山东新华书店 1946 年 11 月出版，为"戏剧丛书第一集"。封面编排为上下对称式构图，上方为白色美术体书名，以及其他文字部分。内收有贾霁撰写的《序》，以及南沿汶农村剧团集体创作，刘梅亭、张安荣执笔的小调报道剧《邹大姐翻身》，牟平、周旋的五幕话剧《一笔血债》，何义的三幕话剧《伸冤》等 3 部作品。在书末《编者的话》中称，本书不只"把它专为供给农村剧团上演之用"，而且可以"把它贡献给今天广大农村大众来权作'小说'读它"。[①] 1947 年 10 月，东北书店改为《解放区农村剧团创作选集》，封面构图为红底白色竖排书名，左上插入木刻人物版画图案，书内删去贾霁撰写的《序》翻印再版。

《两种作风/军民一家》：军区文艺工作团等编，江涛等著，华北新华书店 1946 年 12 月出版。封面构图上下对称编排版式，左上插入木刻绘画图案，右下为双行黑色印刷体书名。内收有张际春、任白戈分别撰写的《看了文艺团三个剧的演出后》和《介绍文艺工作团的〈两种作风〉》；军区文艺工作团集体创作，江涛、史超执笔，吴毅作曲的《两种作风》及其曲谱；晋冀鲁豫军区政治部文艺工作部编的《军民一家》与曲谱和编者的《声明》等。

《别耽心》：汹涌等著，冀南书店 1947 年 5 月出版。封面编排版式直观，构图简洁。内收有汹涌的二幕短剧《别耽心》，克林、侯锷的二幕短剧《一家人》等两部剧作。

《我们的胜利军》：太行军区警卫团一连等作，华北新华书店编辑部编辑，

---

① 山东文化协会编：《农村剧团创作选集》，山东新华书店 1946 年版，第 65 页。

华北新华书店 1947 年 7 月出版，为"晋冀鲁豫边区文艺创作小丛书"之一。封面构图为其丛书统一设计版式，黑色美术体书名居上。内收有太行军区警卫团一连、先锋剧团赵子岳帮助整理集体创作的三幕话剧《我们的胜利军》及剧目配曲；光明剧团集体创作，张万镒执笔的三场"武乡秧歌"《义务看护队》；武乡城关解放剧团集体创作，俊川、东明执笔的六场"武乡秧歌"《错打算盘》及其剧目插曲等 3 部作品。

《动员起来》：延安枣园文艺工作团等集体创作，华中新华书店六分店 1947 年出版。封面编排简洁，右侧大号手书体书名竖排。内收有枣园文艺工作团集体创作的秧歌剧《动员起来》及其剧目曲谱，以及军法处通讯小组的广场报道剧《钟万财起家》及其《〈钟万财起家〉的创造经过》等。在书前的《几句说明》中，编者称，"本剧系从华中文协所编之《大众的理论和实验》一书所选出来的"作品集。①

《王家大院》：合江省鲁艺文工团集体创作，东北书店 1948 年 4 月初版。封面编排直观，左上方为黑色印刷体书名，右侧加入竖条棕色装饰版画图案。内收有合江省鲁艺文工团农民组集体创作，白韦、谭亿记录的一幕四场话剧《王家大院》；合江鲁艺文工团创作小组的四场秧歌剧《定大法》等 2 部作品。在作品前的编者按语中，编者称《王家大院》"这个剧本，是翻身后的农民的集体创作，他们自己编，自己演，初次写成的时候，曾经在乡下演出，经过再次的讨论修改，成为现在的剧本"等。②

《农村戏剧集》：贾霁编，山东新华书店 1949 年 8 月初版，新华书店华东总分店 1950 年 3 月修正初版。初版封面水平编排，上方红底图形中插入白色美术体书名，中下方为大幅人物剪纸绘画图案。内收有冀东文工团集体创作，连衡执笔，姜纯一作曲的《夫妻模范》；艾分的《张大爷种地》；马烽的《婚姻要自由》；张万一编剧，高介云配曲的《关二爷整周仓》和《偷南瓜》5 部剧本，以及各剧目的配曲。在书的《前记》中，编者声明，"这一个戏剧集，主要地是为着供给农村用的。因此，所选辑的这五个剧本，在形式上都采取

---

① 延安枣园文工团集体创作：《动员起来·几句说明》，华中新华书店六分店 1947 年版，第 1 页。
② 合江省鲁艺文工团集体创作：《王家大院》，东北书店 1948 年版，第 1 页。

的是小型的秧歌剧"，"因为它一般地正表现了农村现实生活斗争"。①

《把眼光放远一点》：中国人民文艺丛书社编，冀中火线剧社等著，新华书店 1949 年 9 月初版，1950 年 3 月再版；山东新华书店 1949 年 11 月重新设计封面，改名为"把眼光放远点"翻印出版，为"中国人民文艺丛书"之一。封面为其丛书相同水平编排版式，上部黑色印刷体书名，为"独幕话剧选"集。内收有冀中火线剧社集体创作，胡丹佛执笔的《把眼光放远一点》及牧虹的《前记》，洛丁、张凡、朱星南集体创作的《粮食》，成荫的《打得好》，李之华的《反"翻把"斗争》及《两点说明》等，以及书前的《"中国人民文艺丛书"编辑例言》。

《积极生产及其他》：华东军区文艺工作团编，山东新华书店 1949 年 10 月初版。封面设计为框线图案，红色美术体书名。内收有虞棘的三幕歌舞剧《积极生产》；布加里编剧，水金作曲的歌剧《买卖公平》；王少岩的歌剧《吴孟强送鸡》；吴上虎改作的广场歌舞剧《军民一家》等 4 部作品，以及各剧目配曲。

《延安文艺丛书·第 9 卷 话剧卷》：欧阳山尊、苏一平主编，湖南人民出版社 1985 年 8 月出版，1987 年 10 月，湖南文艺出版社再版。封面构图为其丛书统一编排版式，书前附有《〈延安文艺丛书〉编辑说明》和丁玲的《总序》，以及主编撰写的《前言》。集中收有王震之的《红灯》；丁玲的《重逢》；王震之执笔，集体创作的《流寇队长》；姚时晓的《母亲》；李伯钊的《老三》；颜一烟的《秋瑾》；逯斐的《迫害》；陈荒煤的《我们的指挥部》；李之华的《刘家父子》；成荫的《一组小型报告剧》；丁洪、陈戈、戴碧湘、吴雪等集体创作的《抓壮丁》；胡丹佛的《把眼光放远一点》；姚仲明、陈波儿的《同志，你走错了路》；严寄洲的《甄家庄战斗》；贾克的《保卫合作社》；洛丁、张凡等创作的《粮食》和谭碧波的《阶级仇》等独幕及多幕剧作品。在本卷的《前言》中，编者认为，"延安的话剧既是革命文艺事业的一个重要方面军，又是艺术实践的勇士"。所以"延安的话剧在我党领导的话剧

---

① 贾霁编：《农村戏剧集·前记》，山东新华书店 1949 年版，第 1 页。

艺术史上继往开来，它既发扬了话剧的优良传统，又开阔了话剧继续前进的道路，并为革命话剧事业创造了极其宝贵的经验"。同样，也是"由于战火和动乱，很多优秀作品散失了。又由于篇幅所限，我们只能在已找到的剧本中选出这些作品发表，至于其它作品只好留待'补遗卷'来介绍了"。①

《延安文艺丛书·第 10 卷 戏曲卷》：金紫光、李伦主编，湖南人民出版社 1985 年 8 月出版，1987 年 10 月，湖南文艺出版社再版重印。封面构图为其丛书统一编排版式，书前附有《〈延安文艺丛书〉编辑说明》和丁玲的《总序》，以及主编撰写的《前言》。分别收录的戏曲剧目包括现代京剧剧目《松花江上》《逼上梁山》《难民曲》《三打祝家庄》《屈原》和《河伯娶妇》；秦腔剧目《查路条》《血泪仇》《官逼民反》和《刘巧儿告状》；眉户剧《大家喜欢》等。

在本卷的《前言》中，编选者认为，"延安时期，对戏曲来说，是从思想内容到艺术形式，发生了深刻变革的时代，它开拓了革命戏曲的先河，在革命文艺的里程碑上，镌刻了光辉的一页"。因此，不仅"本卷所编选的剧本，大体以创作时间为序"。同时，"由于多年战争以及十年动乱造成的破坏，在延安抗日战争时期创作的许多剧本已经散失。有些当年认为好的和比较好的剧本尚未找到，因此未能编入本卷……，在本卷编入的剧本中，……为了保持历史的面貌，我们一般地未作改动"，以及"在解放战争时期，延安也曾先后创作、演出了一批现代题材和新编历史题材的戏曲剧目。由于篇幅所限，这次未能编入本卷"。②

《中国解放区文学书系·戏剧编》（4 卷）：林默涵总主编，胡可主编，选编者：学星、刘宗武、郭武群，重庆出版社 1992 年 3 月版。封面编排为其丛书统一设计，在戏剧编选集的《序》中，编者强调："在整个解放区的文学创作当中，最为发达的莫过于戏剧了。这是因为，我们的服务对象主要是文化

---

① 欧阳山尊、苏一平主编：《延安文艺丛书·第 9 卷 话剧卷·前言》，湖南人民出版社 1985 年版，第 1—4 页。

② 金紫光、李伦主编：《延安文艺丛书·第 8 卷 歌剧卷·前言》，湖南人民出版社 1985 年版，第 2—5 页。

不高的农民群众和他们的拿枪的子弟——革命军队的指战员，而戏剧又是最易为他们所接受，最易成为动员群众、宣传群众的有力工具的缘故。"于是指出，戏剧编中选录的"大小剧本 65 个（话剧 33，歌剧 15，秧歌剧 9，戏曲 8）"，虽然"只是解放区戏剧创作中有限的一部分"，但是"他们当年的所见所闻所感所思，所积蓄下的素材和创作设想，这些当年埋下的创作种子和萌发的创作幼苗，有许多是在建国以后才开花结果的"。因此，针对"一个时期以来有些论者对解放区的文学艺术颇不以为然，认为那只不过是一些公式化概念化的宣传品"等责难，除了回应道"这种看法是不符合实际的"之外，重申"那伴随着鲜明的立场和强烈的爱憎而俱来的宣传意图，如果不是过于直露因而影响效果的话，却恰恰是解放区文学艺术的一个十分难得的优长"。①

根据书系的《编辑凡例》及其"规模及内容架构"，戏剧编分为"四卷，选收话剧、歌剧、秧歌剧、戏曲"。② 在这戏剧编四卷选集中，卷一为戏曲部分，其中除收录中国解放区文学书系编委会、殷白执笔的《总序》和主编胡可撰写的《序》外，主要收录了马健翎的秦腔剧《血泪仇》，杨绍萱执笔的京剧《逼上梁山》和袁静的秦腔《刘巧儿告状》等八部现代戏曲；卷二为歌剧和秧歌剧部分，主要收录了温涛等编写的秧歌剧《农村曲》和新歌剧代表作《白毛女》《王秀鸾》和《赤叶河》等；卷三和卷四为话剧部分，分别收录了佚名的《年关斗争》，丁玲的《重逢》和王震之的《流寇队长》等延安话剧代表作，以及阿英的《李闯王》，胡可的《战斗里成长》和鲁煤执笔的《红旗歌》等大型话剧作品。

此外，在戏剧编卷四集中，还附有近 170 部延安戏剧作品的《中国解放区部分戏剧作品存目》，以及由学星、刘宗武、郭武群等编选者撰写的《后记》。其中声明："为了能全面地反映整个解放区戏剧的概貌"，除了"根据四卷容量，最后确定 65 篇作品入选"外，"戏剧编全书的编排，大体是这样

---

① 林默涵总主编，胡可主编：《中国解放区文学书系·戏剧编一·序》，重庆出版社 1992 年版，第 1—16 页。

② 林默涵总主编，胡可主编：《中国解放区文学书系·戏剧编一·编辑凡例》，重庆出版社 1992 年版，第 3 页。

的：首先按剧种分为话剧、歌剧、秧歌剧、戏曲四大类，各类作品尽可能按演出或发表时间顺序先后排列。这样，不仅从剧种上看到解放区戏剧艺术的丰富多彩，同时从剧本题材与创作时间上约略可以看到中国革命历史的伟大进程与解放区戏剧艺术的发展轨迹。总之，希望读者通过本编能从纵向与横向的连结上，对解放区戏剧获得一个比较系统、全面、完整的认识和了解"。同时，他们指出"本编所收剧本，尽量采用最早发表的本子。其中某些剧本在演出过程中，经过不断的修改、充实，与原本已有较大出入，则选用由作者提供的比较完善的本子。有些作品在印刷、传抄过程中，或有衍字，或有脱漏讹误，在选编时均作了必要的订正"。①

（四）小说总集

《文艺选集》（第一册）：华北新华书店编辑部编辑，华北新华书店1945年12月出版。封面题为"李勇大摆地雷阵"美术体书名，编排版式简洁直观。内收有邵子南的《李勇大摆地雷阵》和《闵荣堂九死一生》，孙犁的《荷花淀》，杨朔的《七勇士》，周文乃、林采的《一次壮烈的战斗》，周而复等的《海上的遭遇》，徐刚的《徂徕山上的"鲁滨逊"》等7篇小说作品。

《文艺选集》（第二册）：华北新华书店编辑部编辑，华北新华书店1945年12月出版。封面构图直观，书名题为"受苦的日子算完结了"美术体书名。内收有西戎的《受苦的日子算完结了》，孔厥的《苦人儿》，王朗超的《刘雨云起家》，孔厥的《父子俩》，葛洛的《卫生组长》，韦君宜的《群众》，师田手的《向全中国控诉》，方纪的《魏妈妈》，杨劲的《陈家福回边区》等9篇小说作品。

《文艺选集》（第三册）：华北新华书店编辑部编辑，华北新华书店1945年12月出版。封面编排版式直观简洁，美术体书名"减租"。内收有甘毫的《减租》和《小白虎》，马可的《夫妻识字》，潘之汀的《满子夫妇》，思基的《我的师傅》，子之的《"我要做公民"》，马烽的《张初元的故事》，孙犁的

---

① 林默涵总主编，胡可主编：《中国解放区文学书系·戏剧编·后记》，重庆出版社1992年版，第3037—3039页。

《芦花荡》，黎风的《未婚夫妇》，孙犁等的《麦收》，吴伯箫的《游击队员宋二童》，鹿特丹的《儿子》等12篇文艺作品。

《解放区短篇创作选》（第一辑）：周扬主编，文协张家口分会1946年6月初版，为"长城文艺丛书"之一。第1辑为短篇小说选集，第2辑为报告文学选集。东北书店1946年11月翻印再版，为"新文艺丛刊"之一。其后先后被华东、苏南、中南等各边区新华书店分店及多家出版机构出版发行。第一辑封面构图简洁，居中插入喜鹊剪纸绘画图案，红色印刷体书名。其中收录有丁玲的《我在霞村的时候》，孔厥的《一个女人翻身的故事》，康濯的《我的两家房东》，葛洛的《卫生组长》，束为的《租佃之间》，丁克辛的《一天》，邵子南的《地雷阵》，孙犁的《荷花淀》，刘石的《真假李板头》，韦君宜的《龙》，秦兆阳的《"俺们毛主席有办法"》，高朗亭的《陕北游击队历史故事》等作品。在书前的《编者的话》中，编者称，本集的作品"主要是文艺座谈会以后的东西，或者更正确的说，是文艺座谈会讲话的方向在创作上具体实践的成果。在内容上，这些作品反映现实虽然还是非常不够，但他们究竟反映出了中国历史上从来没有的新的生活与新的人物。在形式上，我们也已经可以从这些作品中看出一种新的风格，民族的、大众的风格，至少是这种风格的萌芽"。尽管"这些形式也并不是完整的，水平一致的，可以说是各色各样的，参差不齐，然而这正是新的伟大的人民文艺的创造过程中的一个特点"。①

《荷花淀》：孙犁等著，东北书店1946年9月出版刊行，1948年3月重新设计封面再版。初版封面水平编排，构图简洁直观。再版封面绿色版式，居中垂直白色图形插入黑色美术体书名。内收有孙犁的《荷花淀》，华山的《窑洞阵地战》和《"头顶露青天啦！"》，刘石的《真假李板头》，王林的《十八匹战马》，厂民的《"人圈"》等6篇小说作品。1947年3月，大连大众书店翻印再版。

《吕站长》：王若望著，山东新华书店1947年8月初版，为"文艺创作

---

① 周扬编：《解放区短篇创作选·编者的话》（第一辑），东北书店1946年版，第1页。

丛书"之一。封面构图采用其丛书统一的圆形几何线条和装饰图案，书名为蓝底美术体。内收有短篇小说《吕站长》《茶棚夜话》《秘密信》《女庄长刘秀彦》和《弄假成真》等5篇作品。在书的《后记》中，作者称这些作品也"是我两年来的记录本，略加整理来发表，或者可以反映一些解放区的面影"。①

《翻身》：华应申编，山东新华书店1948年1月出版，为"文艺创作丛书"之一。封面构图采用其丛书统一的圆形几何形线条和装饰图案，红底圆形中白色美术体书名。内收有陶钝的《庄户牛》，少波的《农公泊》，冯纪汉的《翻身》，田生的《亩半园子》，毛茂春的《天下穷人是一家》，萧也牧的《一堵墙》，田晴的《鼓》，王林的《夜明珠》等8篇小说作品，以及编者撰写的《编后附记》。

《天下穷人是一家》：老田等著，冀南书店编辑出版，为"通俗文艺选集"之一。封面版式简洁，构图直观。内收有老田的《天下穷人是一家》，岐峰的《三十五块钱》，蓬岗的《解恨啦》，天放的《五十年血汗》，王志坤的《八年》和海波的《回忆玉凤的死》等6篇小说作品。

《老赵下乡》：俞林等著，中国人民文艺丛书社编，新华书店1949年5月出版，为"中国人民文艺丛书"之一。封面构图为其丛书统一的上下对称多幅木刻汉砖组画图案，为"短篇小说选"集。内收有王铁的《摔龙王》，俞林的《老赵下乡》2篇小说作品，以及书前的《"中国人民文艺丛书"编辑例言》。

《晴天》：王力等著，中国人民文艺丛书社编，新华书店1949年5月出版，为"中国人民文艺丛书"之一。封面采用其丛书统一版式，上下对称木刻汉砖组画图案，黑色美术体书名居上，为"短篇小说选"集。内收有王力的《晴天》，菡子的《纠纷》2篇小说作品，以及书前的《"中国人民文艺丛书"编辑例言》。中原新华书店1949年5月翻印出版。

《一个女人翻身的故事》：孔厥等撰，中国人民文艺丛书社编辑，新华书店1949年8月出版，为"中国人民文艺丛书"之一。封面木刻版画版式，水

---

① 王若望：《吕站长·后记》，山东新华书店1947年版，第93页。

平编排，上部红色美术体书名，为"短篇小说选"集。内收有高朗亭的《怀义湾》和《雷老婆》，孔厥的《一个女人翻身的故事》，葛洛的《卫生组长》，方纪的《魏妈妈》，柯蓝的《乌鸦告状》，李欣的《新与旧》，束为的《红契》、《第一次收获》和《卖鸡》，韦君宜的《三个朋友》等11篇作品，以及书前的《"中国人民文艺丛书"编辑例言》。

《双红旗》：鲁煤等撰，中国人民文艺丛书社编，新华书店1949年9月出版，1949年11月再版。封面木刻版画版式，水平编排，上部红色美术体书名。内收有王若望的《吕站长》，洪林的《李秀兰》和《莫忘本》，袁毓明的《由鬼变人》，鲁煤的《双红旗》等5篇小说作品，以及书前的《"中国人民文艺丛书"编辑例言》。

《无敌三勇士》：刘白羽等著，中国人民文艺丛书社编，新华书店1949年9月初版，1949年11月再版，为"中国人民文艺丛书"之一。封面为其丛书相同版式，上下对称木刻汉砖组画图案构图，黑色美术体书名居上，为"短篇小说选"集。内收有谭虎的《四斤半》，刘石的《真假李板头》和胡田的《生长》，刘白羽的《无敌三勇士》、《政治委员》和《战火纷飞》等6篇作品，以及书前的《"中国人民文艺丛书"编辑例言》。

《地雷阵》：邵子南等著，新华书店1949年10月出版，为"中国人民文艺丛书"之一。封面编排版式加入木刻版画图案，书名等文字均为红色印刷体，为"短篇小说选"集。内收有孙犁的《荷花淀》，杨朔的《麦子黄时》，王林的《五月之夜》，邵子南的《地雷阵》和《阎荣堂九死一生》，康濯的《我的两家房东》，秦兆阳的《俺们毛主席有办法》等7篇作品，以及书前的《"中国人民文艺丛书"编辑例言》。

《延安文艺丛书·第2—3卷 小说卷》（上下）：曾克主编，先后由湖南人民出版社1984年3月出版，湖南文艺出版社1987年10月再版重印。封面精简装本构图不同，简装本封面为蓝色框形编排版式，左上插入木刻延安宝塔山绘画图案，文字部分中"延安文艺丛书"为红色毛泽东手书体。小说卷的上、下两册，都在书前附有《〈延安文艺丛书〉编辑说明》和丁玲撰写的《总序》，以及主编的《前言》。在《前言》中编者简要说明了其编辑的理念及其准则，即"编入这部选集的小说作品就是当时受到读者欢迎或具有某种特色的较优秀作品的一部分。其中有少数作品，在今天看来，也许思想、艺术上都不够理想，但在实践为工农兵服务的文艺创作道路上，其作者也都作了应有的努力，提供了有益的经验，做出了应有的贡献"。因此，尽管"作为候选的短篇小说约有数百篇之多"，但是"这里编选的，只是我们能够找到的、较优秀的、有代表性的一部分"，并且"就作家来说，也照顾到了各个方面，其代表性也较充分"。同时，"为了保持原作的全貌，本选集收入的作品，除个别明显的错讹字句外，一律未作修改。方言处尽编者所知，加了注解"。①小说卷（上）中收录了延安文艺时期丁玲的《一颗未出膛的枪弹》、《入伍》和《我在霞村的时候》等，以及卞之琳、莎蕾、周而复、严文井、柳林、温馨、张铁夫、周立波、马加、草明、韦君宜、荒煤、刘白羽、马烽、柳青等延安作家的短篇小说代表作；小说卷（下）中收录了延安文艺时期杨朔的《月黑夜》和《模范班》，中侃的《宽大政策》，孔厥的《一个女人翻身的故事》等，以及李明、柯岗、师田手、雷加、高朗亭、艾青、欧阳山、吴伯箫、方纪、苗延秀、葛洛、孙犁、李季、罗烽、奚如等延安作家的短篇小说代表作。

《中国解放区文学书系·小说编》（4卷）：林默涵总主编，康濯主编，王昌定、吉绍曾、邢广域等编选，重庆出版社1992年3月版。封面上下对称式构图，上方为棕色印刷体"中国解放区文学书系"，下方加入一幅棕色延安时期木刻版画。编者在《代序》中认为："解放区的短篇，反映的是新的人物、新的世界，实际是新中国雏形的生活面貌，并包含了某些社会主义因素，比整个国统区的生活面貌要前进了一个阶段，同时解放区作家的创作对于我们的文学也带来了前所未有的新的风格、新的气息、新的手法，甚至新的文体"，"因而可以说整个解放区短篇创作的水平，比整个国统区恐怕要新一点高一点，要有所突破、超过和发展"。②

根据书系的《编辑凡例》及其"规模及内容架构"，小说编分为"四卷，

---

① 曾克主编：《延安文艺丛书·第2卷 小说卷》（上），湖南人民出版社1984年版，第3—10页。
② 林默涵总主编，康濯主编：《中国解放区文学书系·小说编一》，重庆出版社1992年版，第8页。

选收中短篇小说（重要长篇小说存目）"。① 其中，在"小说编一"中，收录有中国解放区文学书系编委会、殷白执笔的《总序》，康濯的《代序——康濯论解放区小说》，丁克辛的《一天》，丁玲的《一颗未出膛的枪弹》、《入伍》、《夜》和《我在霞村的时候》，力群的《野姑娘的故事》，马加的《过梁》和《母亲》，马烽的《第一次侦察》和《金宝娘》等，以及于黑丁、木风、马紫笙、方纪、王君、王林、韦君宜、刘白羽、师田手、西虹、西戎、华山、石言、刘冬、东平、白桦、白刃、孔厥等作家的短篇小说代表作；在"小说编二"中，收录有庄启东的《夫妇》，行者的《我们的尖兵班》，关沫南的《不是想出来的故事》，孙犁的《荷花淀》、《嘱咐》和《光荣》，陈登科的《杜大嫂》，邵子南的《地雷阵》和《夹河关》，束为的《红契》和《第一次收获》，严文井的《一家人》和《一个钉子》等，以及邵挺军、李方立、李古北、陆地、张志民、吴伯箫、张雷、吴强、杨沫、杨朔、罗烽、周立波、宋晓村等延安作家的短篇小说代表作；在"小说编三"中，收录有赵树理的《小二黑结婚》《李有才板话》《邪不压正》和《田寡妇看瓜》，周而复的《麦收的季节》和《围村》，周洁夫的《师徒》，欧阳山的《黑女儿和他的牛》，苗延秀的《红色的布包》，柳青的《喜事》和《土地的儿子》，柯蓝的《背乌龟的小鬼》和《洋铁桶的故事》，洪林的《李秀兰》和《瞎老妈》，草明的《原动力》，俞林的《家和日子旺》和《借粮》等，以及苗培时、和谷岩、林果、绀弩、赵熙、胡正、柯岗、耐衣、荒草、恽和、柳杞、哈华、柳林等延安作家的短篇小说代表作；在"小说编四"中，收录有康濯的《腊梅花》、《我的两家房东》和《明暗约》，荒煤的《在教堂里歌唱的人》和《无声的歌》，秦兆阳的《"俺们毛主席有办法"》和《老头刘满囤》，莫耶的《"我这里还有一挺"》，峻青的《血衣》和《水落石出》，高朗亭的《雷老婆》，萧也牧的《牛倌赫进喜》和《识字的故事》，袁静、孔厥的《血尸案》，葛洛的《卫生组长》和《我的主家》，曾克的《爱》和《战地婚筵》，舒群的《快乐的人》等，以及雷加、塞冬、路一、路金、颜一烟、管桦、董均伦、鲁

① 林默涵总主编，康濯主编：《中国解放区文学书系·小说编 一·编辑凡例》，重庆出版社1992年版，第3页。

煤等作家的中短篇小说代表作。

同时，在本编附录中，收有丁玲的《太阳照在桑干河上》，周立波的《暴风骤雨》，孔厥、袁静的《新儿女英雄传》，柳青的《种谷记》，赵树理的《李家庄的变迁》和马烽、西戎的《吕梁英雄传》等在内的 13 部"重要长篇小说存目"。在《后记》中，编者称本编"是在翻阅了大约 500 万字解放区中短篇小说的基础上编辑而成的。几个主要解放区的小说创作，我们都广泛收集阅读，一些较小的解放区的作品，凡是能够在旧报章杂志或各类选本、作品集中找到的，我们都力求不使其遗漏"的延安文艺总集。①

（五）报告文学总集

《西北的新区》：辛白编，汉口星星出版社 1938 年 1 月 15 日初版，为"抗战报告丛书"之一。封面均衡编排，上部红色图形中插入黑色美术体书名，左侧下方加入黑白木刻战士人物版画。内收有 A. Snowr 的《中国的新西北》《红军和新区》和《新区的工业》，国林的《新区的劳动》，吴黎平的《陕北公学与救亡教育》，牧客的《肤施的新少年》，丁玲的《文艺在西北新区》，任天马的《肤施的话剧与活报》，长江的《陕北之行》，丽亚的《从陕北归来》等 10 篇作品，以及附录的陈绍禹的《新区的各项新政策的实施》和《编后》等。在本书的封三附印有星星出版社的"抗战报告丛书"出版插页广告。

《火网里》：丁玲等著，沪江出版社 1939 年 5 月初版。封面构图为上下对称编排版式，上方为美术体书名，下方加入一大幅木刻版画。扉页书名前印有"集体报告文学"。内收有巴金的《桂林的微雨》，周文的《雨中送出征》，刘白羽的《行军中》，姚雪垠的《白龙港》，天虚的《火网里》，王西彦的《仇恨的生长》，杨朔的《肉的堡垒》，丁玲的《冀村之夜》，以及《战地》《战地掘壕》《截击》《溃退》《火花》《夜行军》《慰劳》《伤兵》和《欢迎重上火线者》等 17 篇作品。编者在书前《编者的话》中称："本书各篇，是

---

① 林默涵总主编，康濯主编：《中国解放区文学书系·小说编四·后记》，重庆出版社 1992 年版，第 2834—2835 页。

从无数作者的心血结晶中选出，多数是报告文学，而注重在写人。这里有战士的冲锋，有民众的呐喊，有同胞的血腥和眼泪，有侵略者的枪尖和炮弹，读了，可以使人的精神更奋发，认识更充实，意志更坚决，可算是代表这一阶段的面影的佳作。"①

《蒋介石的集中营》：长江等著，华北新华书店1945年1月出版。封面构图编排直观简单，书名为印刷体。内收有长江的《上饶集中营》，暮鹰的《上饶集中营的罪行》《怀念孙锡禄同志》和《赤石暴动》，苍茫的《集中营生活散记》，黄迪菲的《如此"三民主义"教育》，季音的《地狱茅家岭》，赖少其的《站铁笼的一天》，李胜的《茅家岭暴动》，孙秉泰、黄迪菲的《赤石暴动以后》，一青的《狱中杂记》等11篇作品。在书前饶漱石的序文中称，"这本书可说是身受国民党反动派残酷摧残的同志们对国民党法西斯统治的控诉。我坚决相信，像这样倒行逆施以人民为敌的国民党反动派统治者，如果还不及早改正错误，以赎其重重的罪恶，则不久必将葬身于其自己的重重罪恶中，这是毫无疑问的事"。②

《一坛血》：吴伯箫等著，辽东建国书社1945年11月初版，为"大众文艺"丛书之一。封面构图简洁直观，红色美术体书名。内收有吴伯箫的《一坛血》，丁奋的《没有弦的炸弹》，冠西的《小民兵的故事》，林毅的《赵守福的故事》，白刃、文菲、世宝等集体创作的《莒城起义》，刘白羽、吴伯箫、金肃野、周而复等人的《海上的遭遇》，冠西的《光辉的南北岱岗保卫战》，杨秀山讲、立波记的《战斗的故事》，廖萍的《记韩略战斗》等9篇作品。

《延安内幕》：王克之编，上海经纬书局1946年2月初版，同年5月再版，为"世界小文库"之一。封面对称编排，左侧棕红美术体书名竖排，右侧下方加入黑白木刻自由女神像图案。内收有赵超构的《踏进延安》《毛泽东先生访问记》《共产党员》《延安文人群像》和《延安散记》，孔昭恺的《十年来中共几点改变》和《陕甘宁边区的经济金融与财政》，张文伯的《三三制与一揽子会》，谢爽秋的《记者在延安》，黄炎培的《延安五日》等10篇

① 丁玲等：《火网里·编者的话》，沪江出版社1939年版，第1页。
② 饶漱石：《蒋介石的集中营·序》，华北新华书店1945年版，第3页。

报告文学作品，以及编者的《要说的两句话》等。书后封三附印有上海经纬书局的"世界小文库"出版插页广告。

《英雄传》（第一集）：丁玲、莫艾等著，新华书店晋察冀分店 1946 年 2 月初版，东北书店同年 10 月翻印再版。封面水平编排，上下边绿色木刻装饰图案，上方黑色印刷体书名，居中绿色孔雀剪纸插图。内收有张铁夫、穆青的《赵占魁同志》，丁玲的《袁广发》，荒煤的《模范党员申长林同志》，周民英的《张治国的故事》和莫艾的《刘主任》等 5 篇报告文学作品。东北书店 1946 年 10 月，大连大众书店 1947 年 2 月翻印发行。

《报告文学选辑》：丁玲等著，北平现代出版社 1946 年 7 月初版，为"现代文丛"之一。封面构图为均衡式编排版式，上方为横排红底白色美术体书名，右下方插入大幅陕北风景木刻版画。内收有丁玲的《陕北杂记》，君芝的《突围》和蒲军的《预庆》等 3 篇报告文学作品。

《解放区短篇创作选》（第二辑）：周扬主编，文协张家口分会 1946 年 8 月出版，东北书店 1946 年 11 月再版。此后为各边区新华书店分店及多家出版机构翻印再版。第二辑封面构图简洁，居中插入花卉剪纸绘画图案，红色印刷体书名。内收有刘白羽、吴伯箫、金肇野、周而复集体创作的《海上的遭遇》，仓夷的《"无住地带"》，华山的《窑洞阵地战》，吴伯箫的《一坛血》，陈祖武的《八面山中》，师田手的《锄草中的陈团长》，李湘洲的《交通员》，丁玲的《三日杂记》，一擎的《"众人原谅"》，萧平的《为解决困难问题而来的》，林风的《一架机器的诞生》，蔡前的《草地》，周而复的《诺尔曼·白求恩》等 13 篇作品。在《编者的话》中，编者说明其编辑的是"从解放区所发表的小说和报告中，编选成集子"，选编的范围、标准及目的，"主要是文艺座谈会以后的东西，或者更正确的说，是文艺座谈会讲话的方向在创作上具体实践的成果。在内容上，这些作品反映现实虽然还是非常不够，但他们究竟反映出了中国历史上从来没有的新的生活与新的人物。在形式上，我们也已经可以从这些作品中看出一种新的风格，民族的、大众的风格，至少是这种风格的萌芽"，尽管"这些形式也并不是完整的，水平一致的，可以说是各色各样的，参差不齐，然而这正是新的伟大的人民文艺的创造过程中的一个特点"。①

《热泪及其他》：金沙等著，太岳新华书店 1946 年 9 月初版。封面构图直观，平衡映对。内收有金沙的《热泪》《跳板》《洪洞"无人区"的一角》，鲁生的《"兵农合一"的兵》《霍县的反击战》，浪樵的《十分钟的战斗》，苏襄的《遭遇》，沙吾的《守住土地祠》，本报前线采访团的《同蒲前线的英雄们》，席炳午的《河防堡垒"杜八连"》，史怀必的《阎锡山的"聚宝盆"》，古维进的《赊购粮》，何微的《"后会有期"》《在临汾》等 16 篇通讯报道。

《同蒲前线》：金沙等著，太岳新华书店 1946 年 10 月初版。封面均衡编排，左侧为竖排黑底美术体书名，右侧与下部加入棕红装饰图案。内收有金沙、郎樵等的《"天下第一军"的毁灭》，郎樵的《宋开方和秦小墩》和《战场奇游》，志仁、志远的《火线上的喊话战》，古维近的《慰劳》，金沙的《看胜利品》，郭富启的《夜慰蒋军伤员》等 6 篇作品。

《诺尔曼·白求恩断片》：周而复等著，大众书店 1946 年 10 月再版。封面编排版式为居中式构图，黑色印刷体书名。内收有毛泽东的《学习白求恩》，周而复的《诺尔曼·白求恩断片》和前线的《南丁格尔传略》等 3 篇作品。

《蒋家天下》：严辰等著，冀南书店 1946 年 10 月初版。封面构图简洁，左上方为竖排双行红色美术体书名，右下方插入漫画插图。内收有辑选自"国统区"报刊上发表的文章：严辰的《蒋家天下》，陈顺成的《蒋氏家风》，左茨的《蒋介石在东北的政绩》，许林的《蒋军内幕》，文汇报社的《新渔光曲》等 10 篇通讯报道。

《保卫解放区的英雄们》：华北新华书店编辑部编，华北新华书店 1946 年 12 月出版，为"新大众丛刊"之一。封面构图均衡式编排，上方横排美术体书名，右下方插入大幅木刻士兵持枪站岗版画。内收有王若的《王连长三次下炸药》，火线的《胡辉同志带病上阵》和《三伤不下火线》，仲平的《骑兵班长王来臣》，谢金山的《张龙同志突围记》，罗村田的《一个人缴了一连人的枪》，胡奇的《四川马》，赵文义的《三排长的大刀》和《王承会夺炮》，

---

① 周扬编：《解放区短篇创作选·编者的话》（第二辑），东北书店 1946 年版，第 1 页。

章容的《机枪手王忠烈》《借弹杀敌人》和《决心牺牲的战士们》等30篇纪实性短篇通讯报道作品。

《驻华美军暴行录》：冀南书店编，冀南书店1946年12月初版。封面水平编排，上方红底手书体书名，下方吉普车及血迹木刻插图。内收有漠野的《寄语花旗将军》，曾彦修的《美军不应占领中国》和《揭穿狼的新藉口》，以及简生的《驻华美军暴行录》、《红毛强盗的血债》和《最近美军暴行拾零》等6篇文章。

《龙凤之战》：冀南军区政治部团结报社编，冀南书店1947年1月出版，为"自卫战争前线通讯集之一"。封面构图为红白居中式编排版式，左侧为黑色竖排美术体书名，右侧为棕红色图形。内收有由"龙固集保卫战""张凤集歼灭战""鄄南歼灭战""滑县歼灭战"和"其他"五部分组成。在《编者前言》中，编者称："这一个小集子里的文章，都是实际参加前线或亲临战斗的指战员、工作人员同志们在最紧张的战斗生活中写出来的，可以说'这是指战员用血肉写成的史诗'。"①

《突围》：孔厥、徐敏、袁静、丁以集体创作，中原出版社1947年4月出版。封面均衡编排，右侧美术体书名竖排，下部棕白木刻解说图像。内收有《人民军队是不可战胜的！——王震将军在延安的广播词》，徐敏的《东路突围》，丁川、孔厥、袁静的《西路突围》等长篇报道，以及《王震将军访问记》等作品。

《人民的舵手》（第一辑）：萧三等著，冀南书店1947年5月出版。封面均衡编排，红色框形构图版式，左侧红色手书体书名竖排，右侧上方插入黑白毛泽东木刻肖像。内收有萧三的《毛泽东同志传略》、《朱德将军年谱 一八八六至一九四六年》和《人民的将领贺龙同志》，林间的《艰苦奋斗的典范——朱德司令生活散记》，梅村的《"我们的老妈妈"——为庆祝徐老七十大寿而作》，曾敏之的《谈判生涯老了周恩来》，张香山的《记刘伯承将军》，刘白羽的《周保忠将军》，蒯期曛的《粟裕将军》和穆欣的《王震将军》等10篇作品。

---

① 冀南军区政治部团结报社编：《龙凤之战·编者前言》，冀南书店1947年版，第2页。

《大小湖营歼灭战》：晋冀鲁豫军区第三纵队政治部编，晋冀鲁豫军区第三纵队政治部 1947 年 6 月出版发行。封面构图直观，版式简洁。内收有赵兰田的《再打几个大小胡营，迎接全面反攻的到来》，向守之的《关于歼敌四十九旅在战术上的经验教训》，李普的《快速纵队的快速毁灭》，天晓的《活捉李守正》，唐自一的《小胡营歼灭战》，向导的《大湖营战斗中的工兵》，曾克的《"蒋介石的特等部队"》等。正文前有《晋冀鲁豫嘉奖令》，以及各篇中人物的黑白木刻肖像插图。

《北流寺歼灭战》：朱光等著，华北新华书店 1947 年 7 月出版发行，为"晋冀鲁豫边区文艺创作小丛书"之一。封面构图为其丛书统一编排版式，书名为黑色印刷体。内收有朱光等集体创作，葛岗执笔的《北流寺歼灭战》，赵殿刚等的《敌人顽强，我们更顽强！》，展潮、胡人的《曲沟攻坚战》和《光复鹤壁集》，杨明的《解放观台》，戴光的《邪法》等 6 篇作品。

《四月的战争》：冯牧等著，太岳新华书店 1947 年 9 月出版。封面构图上下红色装饰图形平衡映对，印刷体书名插入上方图形之中，居中加入木刻战斗版画插图。内收有冯牧的《曾经是奴隶的英雄》，郭琢玉、艾柏的《一个青年战士的楷模》，寒风的《四月的战争》等通讯报道作品。

《地主现形记》：冀南书店编辑部编，冀南书店 1947 年 11 月出版。封面构图编排中，左侧为竖形装饰图案和美术体书名，右侧中插入一幅木刻绘画图案。内收有郭普年、张维业的《"川狼"许三》，岳峰、卢玲的《曹昭华骗了十车粪》和《"红鞋店"与"三块白洋"》及张玉柱的《张二虎被地主坑净了》等 39 篇作品。在书前的《编者的话》中，编者称，"在土地改革当中，在千万农民的血泪控诉下，地主阶级的丑恶原形，像在'照妖镜'里一样，完全暴露出来了"。因此，"我们在这里出版'照妖镜'就是为了这个目的"。[①]

《中国新型女英雄》：孔厥等著，东北书店 1947 年 12 月初版，翌年 10 月再版。封面为大幅女性人物剪影图案，左侧插入竖横排棕红色美术体书名。

---

① 冀南书店编辑部编：《地主现形记》，冀南书店 1947 年版，第 1 页。

内收有孔厥的《一个女人翻身的故事》，吕品的《女英雄陈桂秀》，新华社晋西北通讯的《女劳动英雄张秋林》，解放日报社的《女工劳动英雄李凤莲》和《家属劳动英雄陈敏同志》，吴力夫的《共产党员之妻》，蕴辉的《女县长》，宜琴记的《"伤兵母亲"李桂英》，怡然的《厉大娘》，胡正的《碑》和《马老太太》等11篇作品。①

《擦干眼泪复仇》：西虹等著，东北书店1948年5月出版。封面加入整幅木刻绘画图案，书名为黑色美术体。内收有漱身的《地主无好人，一家更比一家狠》，萧山的《三十年的冤仇》，西虹的《擦干眼泪复仇》，虞丹的《我要给大家报仇》，姜御民的《魏保忠的血泪仇》，军扬的《一家死三口，决心要报仇》，冯乙的《不打倒老蒋誓不休》，侯朝记的《割断这要绳》，以及《苦海深仇》和《从地狱到天堂》等14篇报告文学作品。

《战士们》：雪立、唐克等著，光华书店1948年11月初版。封面水平编排，构图简洁，上部蓝色美术体书名，下边蓝白木刻装饰图形。内收有唐克的《布尔塞维克在火线上》《英雄印象记》《机枪手杜得》《爆炸勇士》《民伕的故事》和《一个解放过来的战士》等6篇，雪立的《第二班》《为了穷哥儿们》《送》和《战士赵春山》等4篇，宁森的《陈守礼和李芳》《坚守商家屯的陈琦和一排》和《解放战士老周》等18篇作品。

《工人的旗帜》：华北总工会筹备委员会编，天津新华书店1949年3月出版，为"劳动英雄介绍"书籍，太行实业公司职工总会同年7月翻印。封面水平编排，上部黑底图形中白色美术体书名，居中加入套色木刻工人特写图像。内收有《工人的旗帜赵占魁》《英雄营长·生产组织者袁广发》《"炮弹大王"甄荣典》《女工的榜样李凤莲》和《驰名全东北的老英雄刘英源》等5篇作品。

《诺尔曼·白求恩断片》：周而复等著，新华书店1949年5月出版，为"中国人民文艺丛书"之一。初版封面为其丛书统一编排版式，黑色美术体书名居上，为"通讯报告选"集。内收有马烽的《张初元的故事》，周民英的

---

① 北京图书馆编辑的《馆藏解放区出版文艺作品书目》称此书"内辑短篇小说11篇"。参见北京图书馆编《馆藏解放区出版文艺作品书目》，北京图书馆1958年版，第93页。

《张治国的故事》，师田手的《锄草中的陈团长》，黄既的《关向应同志在病中》，叶正明的《我的爸爸叶挺将军》，周而复的《诺尔曼·白求恩断片》和丁玲的《三日杂记》等 7 篇作品，以及书前的《"中国人民文艺丛书"编辑例言》。1952 年 5 月，人民文学出版社重新设计封面再版。

《飞兵在沂蒙山上》：韩希梁等著，新华书店 1949 年 5 月初版，同年 8 月再版，为"中国人民文艺丛书"之一。初版封面构图为其丛书统一编排版式，黑色美术体书名居上，为"通讯报告选"集。内收有韩希梁的《飞兵在沂蒙山上》和洪林的《一支运粮队》2 部报告文学作品，以及书前的《"中国人民文艺丛书"编辑例言》。

《万水千山只等闲》：荒煤、李久泽、白刃、李尔重、蒋牧良等著，中国人民解放军第四野战军中南军区政治部 1949 年出版，为"部队文艺丛书"之一。封面水平编排，均衡构图，上方加入红色八一军旗图案，居中红色美术体书名。全书由"为南下大军抢修道路""艰苦行军""军属的嘱咐""沿途群众欢迎""兄弟部队的友爱""安阳、宜沙之战"六部分共 40 余篇通讯报道组成。在《前言》中，编者称："部队文艺丛书是专门供给部队干部阅读的读物。我们所进行的中国人民解放战争，是非常伟大、丰富而动人的。反映这一丰富内容的优秀作品，对我们部队今后提高工作、文化、思想水平，是有重大教育意义的。选集标准以政治和艺术性结合，以及对部队的教育作用来决定。"[1]

《工人的旗帜》：穆青等作，太岳新华书店 1948 年初版，山东新华书店 1949 年 8 月再版。封面水平编排，上方红底装饰图形中白色美术体书名，右下角加入棕白木刻人物解说图像。内收有梁天译的《列宁论劳动纪律》，穆青的《工人的旗帜——赵占魁》，华山的《劳动旗手甄荣典》，煌颖的《战斗和生产的旗帜》，常工的《女工的榜样——李凤莲》和华山的《"刘伯承工厂"运动》等 5 篇作品及译文。

《给谁干活》：冀南新华书店 1949 年出版，为"工人读物"之一。封面居

---

[1]　荒煤等：《万水千山只等闲·前言》，中国人民解放军中南军区第四野战军政治部 1949 年版，第 1 页。

中插入木刻劳动者人物图案，书名红色美术体。内收有火柴公司工友王希武的《给谁干活》，郭远的《方步印辛辛苦苦六十年》，电气工人广的《父亲的话》及大连机械三分厂工人张连发的《我要作新青团员》等 14 篇文章。

《延安文艺丛书·第 6 卷 报告文学卷》：黄纲主编，湖南人民出版社 1984 年 3 月出版，1987 年 10 月，湖南文艺出版社重印出版。封面为其丛书统一编排版式，书前附有《〈延安文艺丛书〉编辑说明》和丁玲的《总序》，以及主编撰写的《前言》。集中主要收有延安作家不同阶段的人物速写及报告文学代表作，以及部分"国统区"作家或记者的有关延安的通讯报道作品。如丁玲的《彭德怀速写》和《田保霖》，周立波的《王震将军记》等，何其芳的《朱总司令的话》等，周而复的《诺尔曼·白求恩断片》，穆青的《雁翎队》等，茅盾的《记"鲁迅艺术文学院"》等，范长江的《陕北之行》，以及李公朴、赵超构、黄炎培等人的作品。

在本卷的《前言》中，编选者称："中国报告文学有着光荣的战斗传统。它从'五四'前后萌发，经过'左联'的积极提倡和组织，成为伴随中国革命、鼓舞人民斗争的一种有力武器。"因此认为"斗争的形势需要报告文学，报告文学适应了革命斗争的需要。这是延安时期报告文学蓬勃发展的重要原因"。所以，"在新的历史时期，这些报告文学必将以它特有的精神力量和艺术魅力，鼓舞和激励中国人民投入新的伟大斗争"。[1]

《中国解放区文学书系·报告文学编》（三卷）：林默涵总主编，黄纲主编，选编者：周启祥、谢励武、刘志洪、邢广斌，重庆出版社 1992 年 3 月版。封面为其丛书统一编排版式，根据书系的《编辑凡例》及其"规模及内容架构"，报告文学编分为"三卷，选收报告文学"。[2] 整个报告文学编三卷共分为 10 辑。在"报告文学编一"中，收有中国解放区文学书系编委会、殷白执笔的《总序》，黄纲撰写的《序——解放区报告文学历史发展纵横论》，以及 1—4 辑的报告文学作品选；在"报告文学编二"中收录了 5—8 辑的报

---

① 黄纲主编：《延安文艺丛书·第 6 卷 报告文学卷·前言》，湖南人民出版社 1984 年版，第 6 页。
② 林默涵总主编，黄纲主编：《中国解放区文学书系·报告文学编 一·编辑凡例》，重庆出版社 1992 年版，第 3 页。

告文学及通讯报道作品；"报告文学编三"中收录了9—10辑的报告文学作品。在《序》中，编者称："报告文学这种新型文学品类，区别于以前的纪实文学之处：首先就是它来源于无产阶级有组织的斗争和它的自觉清醒的目的性"，因此"它与生俱来就具有反对'世界上的食利者'与其不可分离的反对剥削、反对压迫和反对国际掠夺者的本性。这是非常明显的"。所以，"这一系列报告文学书卷，肯定是人类命运在第二次世界大战前后发生于东方伟大转折中的史记新编！肯定是留下了东方人民文学革命成功的非凡脚印"。①

在"报告文学编三"的《后记》中，编者称："回想近年来，文艺界几度肆虐的资产阶级自由化思潮如何空前放肆地否定五四以来的革命文学，特别是集中地否定毛泽东《讲话》及中国解放区文学的种种演变的动态，我们心中的神圣责任感就不由得加重又加重。"所以，"当我们从建国前出版发行，经过岁月风雨拂熏的难以数记的报刊和书册上，努力去找寻一篇篇解放区报告文学瑰宝时，我们从不敢有丝毫的轻心和疏忽，总是鉴别又鉴别，比较又比较。每当发现一篇珍贵的佳品时，我们的内心便充满莫大的喜悦。有时为了某一篇作品能否入选，我们之间常常展开热烈讨论。——这一切，都纯粹是为了使本编的篇幅能更丰满而有力地显示解放区报告文学多方面的巨大成就"。②

（六）散文杂著总集

《红色的延安》：瑞士瓦尔太·巴斯哈特等著，哲非译，言行出版社1938年5月初版，同年12月再版。封面均衡编排，右上角与下边红色装饰图形，上部黑色美术体书名双行横排。扉页附印有《延安近态》的5幅黑白摄影图片。内收有瑞士瓦尔太·巴斯哈特的《延安视察记》，英国彼德·弗来敏的《红色的延安》，美国诺门·裴索思的《红色大学》和苏联Kraszaya Zzezda报的《中国共产党特区现状》4篇通讯报道，以及《译者的话》等。本书封三

---

① 林默涵总主编，黄纲主编：《中国解放区文学书系·报告文学编 一·序》，重庆出版社1992年版，第3、50页。
② 林默涵总主编，黄纲主编：《中国解放区文学书系·报告文学编 三·后记》，重庆出版社1992年版，第2021—2022页。

附印有言行出版社的"本社出版新书"与"本社刊行名著"插页广告。

《红军长征记》（上、下册）：丁玲、成仿吾、徐梦秋等编，总政治部宣传部1942年11月印行，原名"二万五千里"。封面构图直观，书名等文字部分均红色竖排印刷体。上册内收有总政宣传部的《出版的话》，编者的《关于编辑的经过》，以及必武的《出发前》，富春的《暂别了，江西根据地的弟兄》及小朋的《离开老家的一天》等42篇作品；下册内收有熊伯涛的《茅台酒》，小朋的《残酷的轰炸》，陈士榘的《三过遵义》及肖华的《南渡乌江》等68篇作品，以及《乌江战斗中的英雄》、《安顺场战斗的英雄》及《红军第一军团长征中经过地点及里程一览表》等6篇文章资料。该书的问世，是缘于毛泽东1936年8月提出《为出版〈长征记〉征稿》的指示，并组织丁玲、成仿吾、徐梦秋主持编辑而成的一部书籍。书稿于1937年完稿后，总政宣传部将其改名为《红军长征记》，分为上、下两册，以内部资料的方式印刷发行。据考证，书中署名的作者中，艾平、斯顿和莫休分别为张爱萍和徐梦秋使用的笔名，张山震是张震的笔名。2006年，广西师范大学出版社出版了美国哈佛大学收藏的《红军长征记》影印本，同年解放军文艺出版社编辑出版的新版《红军长征记》中，增加了《倒流水四个连控制敌人三个师》和《吴起镇打骑兵》两篇作品。

《毛泽东的故事》：胶东文协1944年2月编印发行，为"通俗文化丛书"之一。封面构图直观简洁。内收有《毛泽东爱护小孩》《一张名片》《接待"贵客"》《"精兵简政"》《一个伤兵的愿望》和《在戏院里》等6篇作品。1944年11月，胶东新华书店翻印并增订《毛泽东的少年时代》篇，列入"通俗文库"出版发行。

《雷老婆——七个中国红军的小故事》：高朗亭等著，新华书店1945年7月出版。封面水平编排，上部红色美术体书名，下部黑白木刻长征版画。内收有黄玉山的《忆过草地》，李立的《过雪山》《渡金沙江》，刘振江的《重逢》，林间的《一个掉队的小鬼》，高朗亭的《怀义湾》和《雷老婆》等7篇作品。在《前记》中，编者称书中的这些故事，"都是从去年《解放日报》摘录下来的"。而"我们出版这个小册子的主要用意"，则是为"需要亲身参加战斗的人，自己来写，怎样来写自己所经历的英雄业绩"，提供"参考"。①

《毛泽东的故事》：冀察军区政治部 1945 年 10 月编辑出版。封面编排简洁，构图直观。内收有《从小就好讲真理》《不怕失败》《特别学生》《毛泽东爱护小孩》《一张名片》《接待"贵客"》《"精兵简政"》《一个伤兵的愿望》和《在戏院里》等 9 篇作品。1946 年 3 月，吕梁文化教育出版社增订《一担麦子》和《胜利了》2 篇作品后翻印发行；1947 年 3 月，太岳新华书店又增加《毛主席能治神经病》，共收入 12 篇作品并列入其"工农兵读物"翻印出版。

《民兵战斗故事集》：丁克辛编，晋察冀边区教育阵地社 1946 年 2 月出版，为"群众读物"之一。封面构图简洁，书名为横排红色印刷体，居中加入大幅木刻民兵人物绘画图案。内收有《敌人没有枪毙他》《打了胜仗还吃了马肉》《活地雷》《冯云兴巧取洋马》《地道战》《萧德顺捉特务》《老妖怪火车上捉"日本"》和《各式各样的拿炮楼》等 8 篇故事。

《兰花离婚》：王丕玉等著，华北新华书店编辑部编，华北新华书店 1946 年 7 月出版发行，为"新大众丛刊"之一。封面上下边加入装饰图案，书名为横排美术体，居中插入人物绘画。内收有王丕玉的《战胜天灾人祸的赵拴孩》，原根兴、二孩的《下丰堠的秘密小组》，王士廉的《两个法令》，刘占成的《丁忠机枪》，覃容等的《平汉战役的英雄》，孔更的《我完成了任务》，张政权的《长征中的几件事》，成人的《兰花离婚》，裴光的《一个模范小司号员》，毛茂春的《两件小事》，刘福来等的《过去的年》，束玉的《李臭的扬名》，史华甫的《李心月故事》，王丕玉的《曹连珠怎样当了模范》，永善等的《范根喜变了》，天锡、连城的《自述》，高汉英的《家庭会》，农中读报组的《下山第一课》，尚枫的《宝太学会了当组长》，杨耀春的《陈智云的家庭会》，群的《列宁和皇帝分家》等 21 篇作品。

《毛泽东故事》：萧三等著，东北书店 1946 年 10 月编辑出版。封面上方

① 高朗亭等：《雷老婆——七个中国红军小故事·前记》，新华书店 1945 年版，第 1 页。

为红色印刷体书名，居中加入大幅毛泽东和群众木刻绘画。内收有《一担麦子》《胜利了》《毛泽东爱护小孩》《一张名片》《不怕失败》《特别学生》《几个片断》《访问毛泽东》和《毛泽东的科学预见》等 23 篇作品。

《自卫战争的故事》：方艾编，李村明、乔建元、刘鲁民等著，山东新华书店 1946 年 11 月出版，为"大众文库"之一。封面编排版式为木刻麦穗装饰图案和木刻人物版画设计，书名等文字为横排棕红印刷体。内收有《硬骨头》、《民兵的父亲》，李村明的《宁死不屈服》，乔建元的《两条路》，建元的《张大爷眉眼里笑开了》等 25 篇故事。

《朱德同志等的二三事》：朱德、林伯渠等著，华北新华书店 1946 年出版。封面为整幅木刻版式上插入黑色美术体竖排书名。内收有朱德的《母亲的回忆》，雷英夫的《朱德司令在生产中》，张纯一的《统一的促成者——周恩来》，郭沫若的《董老行》，徐特立的《我和党有历史上不可分离的关系》，林伯渠的《向一位老战友致敬》，恕人的《五百字诗并序》等 36 篇作品。

《毛泽东生平》：太岳新华书店编，太岳新华书店 1947 年 3 月初版，同年 7 月再版。封面上方加入木刻毛泽东头像，下方为红色美术体书名，右侧和下边为装饰图案。内收有史诺笔录、汪衡译的《毛泽东自传》；萧三的《毛泽东同志的儿童时代》和《毛泽东同志的初期革命活动》3 辑作品，以及附录的《毛主席在重庆》等。

《毛泽东的故事》：冀鲁豫书店 1947 年 8 月编辑出版。封面为上下对称式编排版式，书名为横排蓝色美术体。内收有《毛泽东的少年时代》《毛主席和工人》《三湾改编》《毛泽东爱护小孩》《一张名片》《接待"贵客"》《"精兵简政"》《一个伤兵的愿望》《在戏院里》和《毛主席爱劳动英雄》等 10 篇作品。

《看林人》：尹名等著，华中新华书店 1948 年 5 月初版，为"翻身小丛书"之一。封面居中式构图，书名和丛书名以竖轴线为中心分列两侧。内收有尹名的《看林人》，静野的《吴开山》，谭恩热的《文化翻身的刘广和》，徐慎兰的《冯启芳》，苏星的《王义富的诉苦》和张涛的《商银弟出头了》等 6 篇作品。

《毛泽东的故事》：东北书店 1948 年 6 月编辑出版，同年 12 月三版。封面为居中式构图，两侧为菱形彩色装饰图案，上方中加入毛泽东和儿童木刻绘画，下方中为红色美术体书名，为"通讯报告选"集。内收有《不愿意发财》《对旧小说怀疑了》《不相信鬼神》《同情被压迫者》《爱护青年》《剪去辫子反对满清》《扯下"省议会"的匾额》《第一个"七一"》《领导工人斗争》《脱险》《组织起来，发展生产》《踏踏实实的工作作风》《和劳动英雄谈话》《纸老虎和原子弹》《毛主席在重庆》和《陕甘宁边区人民谈论毛主席》等 23 篇作品。1948 年 12 月，北平三联出版社将本书分为三集翻印发行。

《中国人民救星毛泽东》：丁明编，渤海新华书店 1948 年 9 月出版，新华书店、豫皖苏新华书店等先后翻印再版。封面均衡编排，上下棕色装饰图案构图，左侧黑色美术体书名双行坚排，右侧插入黑白毛泽东肖像照片。内收有《中国人民领袖毛泽东同志简史》《毛泽东从小就同情穷人》《毛泽东见湖南省长》《毛泽东浏阳遇危险》《三湾改编部队》《毛泽东学习精神好》和《毛泽东是老实人》等 7 篇故事。

《解救》：周元青等著，新华书店 1949 年 5 月出版，为"中国人民文艺丛书"之一。封面采用其丛书相同版式，上部黑色印刷体书名，为"通讯报告选"集。内收有周游的《冀中宋庄之战》，葛陵、朱寨的《平原上》，周元青的《解救》，韩塞的《不要杀他》，仓夷的《无住地带》，陈祖武的《八面山中》和杨思明的《五日秦岭》7 篇作品。新华书店 1949 年 11 月再版，人民文学出版社 1953 年 5 月重印。

《延安文艺丛书·第 4 卷 散文卷》：雷加主编，湖南人民出版社 1984 年 3 月出版，1987 年 10 月湖南文艺出版社重印版。封面构图为其丛书统一编排版式，书前附有《〈延安文艺丛书〉编辑说明》和丁玲的《总序》，以及主编撰写的《〈散文卷〉前言》。选集中除了收入一组"长征记"散文作品，如童小鹏的《离开老家的一天》，艾平的《第六个夜晚》，陆定一的《老山界》，莫休的《深夜》等，以及范长江的《万里关山》，何其芳的《我歌唱延安》，刘白羽的《三颗手榴弹》，茅盾的《白杨礼赞》，张闻天的《飘零的黄叶》等抒情叙事散文作品外，还收录了茅盾的《暴露与讽刺》，丁玲的《我们需要杂文》，默涵的《奴才哲学》，艾思奇的《再谈面子》，艾青的《了解作家，尊重作家》和萧军的《杂文还废不得说》等杂文作品。

在本卷《前言》中，编选者称，"延安时期的散文，同当时其他文学艺术样式的作品一样，是我国现代文学宝库中的一份珍贵的遗产，需要进一步整理和研究"。因此，本集除收录那些"或叙述自己的战斗经历，或抒发革命激情"的作品外，还收录了"一组'长征记的革命回忆录'"并"编入一辑杂文"。此外，在"编辑中遇到的困难是散文成集的少，不得不进行广泛搜集"，以及"由于时间、资料和篇幅的限制，有许多作品未能选入，只好留在今后再来补编"。①

《中国解放区文学书系·散文·杂文编》（二卷）：林默涵总主编，雷加主编，选编者：孙玉蓉、沈福身，重庆出版社 1992 年 3 月版。封面构图为其丛书统一编排版式，根据书系的《编辑凡例》及其"规模及内容架构"，"散文·杂文编"分为"二卷，选收散文、杂文"。② 作为延安文艺运动的亲历者，主编雷加在《序》中强调："本卷最大的特点，散文和杂文中存在的人和事，也就是那个时代在全中国解放区应该记载下来的人和事都保存下来了。它的历史价值，也在于此。"③ 其中的卷一为散文部分，除收录有中国解放区文学书系编委会、殷白执笔的《总序》，以及《序》外，主要收录了丁玲的《忆天山》、《风雨中忆萧红》等，马加的《萧克将军在马兰》，马少波的《祝双亲健康》等，以及王亚平、方纪、以群、毛泽东、卞之琳、田间、艾青、冯牧、孙犁等作家的散文作品；卷二为散文与杂文选集，不仅收录了草明、荒煤、贺敬之、莫耶、郭小川、聂绀弩、萧华等人的散文，同时收录了丁玲、邓拓、王子野、艾青等作家的杂文作品。

在"散文·杂文编卷二"的《后记》中，编者除了说明全编的散文部分，共收录"182 个作者的作品 249 篇"，杂文部分则"收入 96 个作者的

---

① 雷加主编：《延安文艺丛书·第 4 卷 散文卷·前言》，湖南人民出版社 1984 年版，第 1—4 页。
② 林默涵总主编，康濯主编：《中国解放区文学书系·小说编 一·编辑凡例》，重庆出版社 1992 年版，第 3 页。
③ 林默涵总主编，雷加主编：《中国解放区文学书系·散文·杂文编 一·序》，重庆出版社 1992 年版，第 2—3、50 页。

作品共 172 篇"，以及"起止时间为 1937 年至 1949 年"外，同时强调"朴实无华是解放区散文最突出的特点"，并且"作品的数量是惊人的，收入本编的作品，不过是其中很少的一部分，但大体尚能反映解放区散文、杂文的面貌"。①

（七）民间文艺总集

《老雇农杨树山／平鹰坟》：大成、轻影等著，韬奋书店 1946 年 12 月初版，东北书店 1947 年 12 月再版，为"通俗文艺丛书"之一。初版封面均衡编排，下方加入一幅木刻斗地主人物插图，书名为蓝色印刷体居上。内收有大成、思奇的鼓词《老雇农杨树山》和轻影的《平鹰坟》2 部作品。

《关于列宁的传说——苏联民间故事》：山东新华书店编，山东新华书店 1946 年 11 月出版，为"大众文库名人故事"之一。封面采用其丛书统一版式构图，棕红美术体书名居上。内收有《列宁的正义》《玛丽亚和伊凡较长短》《列宁的踪迹》及《列宁是由月亮和星星生的》等 8 篇作品。书后封三附印有山东新华书店的"大众文库已出下列各种"书目插页广告。

《刘巧团圆》：韩起祥编，高敏夫、林山记，华北新华书店 1946 年初版。初版封面水平编排，黄白图形版式中，上部黑白木刻解说图像，下部黑色美术体书名。1949 年 9 月，中国人民文艺丛书社将其列入"中国人民文艺丛书"，由新华书店编辑出版。丛书版封面采用其丛书相同版式，黑色美术体书名居上。内收有《刘巧团圆》和《张玉兰参加选举会》，以及书前的《"中国人民文艺丛书"编辑例言》和附录的《韩起祥小传》等。1950 年 8 月，新华书店重新设计封面，并增加《王丕勤走南路》和《宜川大胜利》两篇作品重版。

《穷人是一家》：苏中韬奋书店 1947 年 1 月编辑出版，为"群众戏剧杂要集"。封面右侧为大幅木刻人物绘画，右侧竖排红色印刷体书名。内收有一师文工团的戏剧《穷人是一家》，沙金的《四季对唱》，前方的秧歌剧《一切为

---

① 林默涵总主编，雷加主编：《中国解放区文学书系·散文·杂文编二·后记》，重庆出版社 1992 年版，第 1616—1617 页。

了前线》，艾分的秧歌剧《慰问解放军》，"土话剧"《锁着的箱子》，群愤的
"杂耍"《国军与破鞋》，野夫改写的"时事秧歌大活报"《武装保卫解放区》
和江风习作的独幕剧《斗争》等 8 篇作品。

《窗花民间剪纸艺术》：陈叔亮编，高原书店 1947 年 1 月初版，新群出版
社 1950 年 6 月重版。封面水平编排，上部长方图形中加入黑色手书体书名，
中下部红底图形中插入骆驼剪纸图案。内收有编者的长篇《序》文，以及
"人物之部"的 39 幅、"走兽之部"的 25 幅、"翎毛之部"的 25 幅、"虫鱼
花卉之部"的 9 幅，共 98 幅剪纸作品。

《大反攻》：于森等著，胶东新华书店 1947 年 10 月编印，为"大众文艺
运动文娱材料"之一。封面水平编排，构图简洁。内收有于森的《胶东也开
始反攻了》，均之的《认清时局有信心》《慰劳反攻大军》，阿辛的《诉苦》
等 3 篇杂耍作品，以及忠厚的"洋片"《木沟头和赵格庄战斗》，云峰的"活
报剧"《坐不住龙霄殿》和"大鼓"《大反攻》等作品。

《春联新编》：罗岑著，冀鲁豫书店 1947 年 10 月再版。封面左上角为竖
行双排美术体书名，右下角插入木刻风景版画。全书由"四字联""五字联"
"六字联""七字联""八字联""九字联和十字以上联""商店联""丧事联"
和"婚事联"9 部分组成。在书前作者的《再版小序》和文联撰写的《春联
要革命》中，作者称"希望这本小书很普遍地散布到农村，把为'专制皇
帝''地主'的封建春联消灭掉"。从而"盼望大家共同努力，给'春联'革
一次命"等。①

《春联新编》：宫达非等著，冀南书店 1947 年 12 月出版。封面左侧为竖
排红底手书体书名，右侧上插入木刻人物图案。全书由冀南书店编辑部撰写
《出版的话》，以及由"四字联"、"五字联"、"六字联"、"七字联"、"八字
联"及"九字联和十字以上联"等 9 部分组成。

《新式整军部队文娱材料》：华东胶东军区政治部文艺工作团（国防剧
团）编，1948 年 9 月由华东胶东军区政治部文艺工作团（国防剧团）出版。

---

① 罗岑：《春联新编》，冀鲁豫书店 1947 年版，第 1—3 页。

封面编排简洁，内收有《进攻的号声响》、《发扬民主》等9首歌曲，《周大娘翻身》《刘大个》等5篇大鼓，《打破顾虑》《八班长》等5篇杂耍作品。

《弹唱董存瑞》：冀中群众剧社大鼓组集体创作，艾思奇执笔，华北新华书店冀中总分店1948年11月出版，为"鼓词选集第一集"。封面水平编排，上方棕红美术体书名，中下方全版棕色木刻说书场景直观图像。内收有冀中群众剧社大鼓队集体创作，思奇执笔的《弹唱董存瑞》；社大鼓队集体创作，刘轩执笔的《刘志成舍生取义》；思奇改编的《最后一分钟》3部作品。

《真光荣》：盐阜文娱社编，华中新华书店盐阜分店1949年1月出版发行。封面设计直观，构图简洁。内收有打花鼓《向军属拜年》，秧歌舞《支前功臣真光荣》、《军民齐心干到底》3篇杂耍作品。

《鸟王做寿》：柯蓝等著，太岳新华书店1949年4月初版，东北新华书店1949年7月再版，为"民间故事集"。封面水平编排，装饰版式上方红色美术体书名，居中分别插入绿色兔子与红色凤凰剪纸版画。内收有柯蓝的《鸟王做寿》，马烽的《高秀才落榜》，闻捷的《三女婿拜年》，李文辛的《爱黄金的国王》及乔翰东的《点土成金》等8篇作品。

《"关公"和"周仓"》：王桂冀等撰，太岳新华书店1949年4月出版发行，为"民间故事集（三）"。封面水平编排，版式采用其统一构图，红色美术体书名居上，居中插入绿色民间剪纸图案。内收有《群众周报》的《"关公"和"周仓"》，王桂冀、张高林的《神虫的故事》，《冀察热导报》的《软耳朵王二》，董均伦的《鬼》和许行的《捣鬼》等5篇作品。1950年新华书店苏北分店翻印出版。

《觅汉和少掌柜》：董均伦等著，太岳新华书店1949年4月出版发行，为"民间故事集（四）"。封面水平编排，版式采用其统一构图，红色美术体书名居上，居中插入绿色民间剪纸图案。内收有董均伦的《觅汉和少掌柜》《元宝》《半湾镰刀》《八大将军》和《潘大牛》，《新黑龙江报》的《铁毛猴》，银章的《二阎王和王二》，冀中群众的《刮鸭嘴》等8篇作品。

《新剪纸艺术》：汪潜、李凡作，香港红田出版社1949年10月初版。封面水平编排，上部美术体书名，居中加入大幅直观剪纸图案。内收有汪潜的

《你打鼓我打锣全国解放唱欢歌》和李凡的《不准敌人通过（四色版）》等26幅新剪纸艺术作品，以及廖冰兄的《展开剪纸运动》、楼栖的《剪纸艺术》和编者的《编后》等。

《民间故事》：战士生活社编，高虹插图，中国人民解放军第四野战军华中军区政治部1949年10月出版，为"战士生活丛书"之一。封面上方为印刷体书名，右下方插入木刻人物绘画。内收有宋雄的《北霸天》，董均伦的《半湾镰刀》和《剥皮老爷》，胡母的《寒号鸟》及《愚公移山》等10篇故事与木刻插画，以及书前的《出版话》和附录的《边走边谈〈北霸天〉》等。

《剪纸艺术》：华中文工团编，上海杂志公司1949年12月出版，为"华中文工团文艺丛书"之一。封面均衡编排，左上方黑色横排美术体书名，右下方插入黑白剪纸《送饭》图像。内收有编者的《前言》、李元的19幅连环剪纸《兄妹开荒》、《儿童识字》和《收获》，旺亲拉西的《儿童放哨》《丰衣足食》和《蒙古牧女》等36幅剪纸作品。

《延安文艺丛书·第15卷 民间文艺卷》：贾芝主编，湖南文艺出版社1988年3月出版。封面为其丛书统一编排版式，书前附有《〈延安文艺丛书〉编辑说明》和丁玲的《总序》，以及主编撰写的《〈民间文艺卷〉前言》。选集分为六辑，即"民间歌谣""民间故事传说""韩起祥说书""秧歌剧、眉户曲子、快板""民间剪纸"和"民间文艺理论"，对延安时期的民间文艺搜集整理及其作品，以及民间文艺理论及其批评成果资料等进行了编辑汇集。其中，收录了"劳动生产歌""社会生活歌""婚姻爱情歌""传说故事歌"和"革命民歌"等民间歌谣，以及"毛主席的故事""刘志丹的故事"和"新说书运动"的代表作。同时，收录了吕骥的《中国民间音乐研究提纲》等民间文艺史料及民间美术作品。

在本卷《前言》中，编选者称，"从民间文艺的发掘和继承人民文化遗产来说，当年在革命文艺运动中最受注意的首先是民歌；二是新秧歌的产生和演出；三是改造说书；四是陕北农村剪纸的搜集和新创作"等。同时，"民间文艺理论战线也非常活跃"，其中"也都涉及到各种形式的民间文学、民间音乐、民间美术、民间戏剧"。并且"由于战争环境和当时条件的限制，民间文艺虽然受到极大重视，都远未能全面搜集"，所以"这个选集是作为文艺性读物编选的，同时也是研究历史与民族习俗的宝贵材料"。①

《延安文艺丛书·第14卷 舞蹈·曲艺·杂技卷》：迪之主编，湖南文艺出版社 1988 年 3 月出版。封面为其丛书统一编排，书前附有《〈延安文艺丛书〉编辑说明》和丁玲的《总序》，以及主编撰写的《〈舞蹈·曲艺·杂技卷〉前言》。在选集中分别收录的"舞蹈""曲艺"和"杂技"三个艺术门类中，包括了理论与创作等方面的文章作品。其中，曲艺部分有林山的《改造说书》和《略谈陕北的改造说书》，高敏夫的《谈韩起祥的说书创作》和安波的《关于陕北说书音乐》等论文，以及"快板、练子嘴"、鼓词、弹词、故事和陕北说书等作品；杂技部分有李志洧整理出的"延安时期演出的杂技（含魔术、滑稽）节目"名录，以及其编纂的《延安时期杂技艺术史话》一文。

在本卷《前言》中，编选者称，"舞蹈、曲艺、杂技在这幅历史画卷中，有独到的神采和传情的声色。是时代冶炼了艺术人才，艺术人才歌颂了英雄的时代"。因此，"艺术的内容和形式都紧紧扣住了时代的最强音——民族的存亡。舞蹈、曲艺、杂技等的真实性、思想性、艺术性都在为时代的最强音而呐喊。正是在亿万军民心声共同跃动的过程中，舞蹈、曲艺、杂技和其他姐妹艺术一样，起到了'团结人民，教育人民，打击敌人，消灭敌人'的战斗作用，迎来了新中国的诞生"。②

《中国解放区文学书系·民间文学编》：林默涵总主编，贾芝主编，选编者：李绪鉴、金茂年，重庆出版社 1992 年 3 月出版。封面为其丛书统一编排版式，编者在《序》中重申，"民间文学包括歌谣、民间故事传说、民间艺人演唱、民间戏剧和秧歌、谚语、谜语等各种口头文学形式，由于本书系的分编和篇幅的限制，《民间文学编》只收入歌谣和民间故事传说"。并且"所选的人民大众的歌谣和故事传说，可以说反映了从解放区走向新中国的诞生的

---

① 贾芝主编：《延安文艺丛书·第 4 卷 民间文艺卷·前言》，湖南文艺出版社 1988 年版，第 12—14 页。

② 迪之主编：《延安文艺丛书·第 14 卷　舞蹈·曲艺·杂技卷·前言》，湖南文艺出版社 1988 年版，第 1—5 页。

全部斗争史和人们的无私奉献精神".① 根据书系的《编辑凡例》及其"规模及内容架构",民间文学编为"一卷,选收民歌、故事传说".② 在"民间文学编"中,按照"土地革命战争时期""抗日战争时期"和"解放战争时期"的历史分期,分别对不同地区的"解放区民间歌谣"和"解放区民间故事传说"进行编选。其中,在"解放区民间歌谣"部分,收录的有:湘赣地区的《八一起义在南昌》《红军领袖毛司令》《湖南来了个彭德怀》及《红军东征歌》等;福建地区的《拥护共产党》《瞿秋白英名放红光》《一九三四年革命歌》等;陕北地区的《刘志丹》《打桃镇》《穷人跟定共产党》,陕甘宁地区的《咱们的领袖毛泽东》《东方红》等,以及晋察冀、晋冀鲁豫、东北等边区或解放区的《一个伤兵的愿望》《毛主席改造二流子》《朱总司令把他拦住了》《"雪里滚"的故事》等 333 篇民间歌谣和 66 篇民间故事传说。

在《后记》中编者声明,"根据整个书系体例的要求和由于篇幅所限,主要是选编反映解放区革命斗争和生活的新作品,所以没有能选入传统的民间歌谣和故事传说".③

《中国解放区文学书系·说唱文学编》:林默涵总主编,贾芝主编,选编者:金茂年、李绪鉴,重庆出版社 1992 年 3 月版。封面为其丛书统一编排设计,根据书系的《编辑凡例》及其"规模及内容架构",说唱文学编为"一卷,选收说唱文学".④ 本卷除收有中国解放区文学书系编委会、殷白执笔的《总序》和主编贾芝撰写的《序》外,分别按照"陕北说书""西河大鼓""京韵大鼓""胶东大鼓""山东快书""河南坠子""鼓词""说唱""评书""快板""弹词""数来宝""莲花落"和"相声"等分类,收录了李季、韩起祥、王尊三、金紫光、梁前光、丁方瑞、张友、石化玉、司马文、赵树理、

---

① 林默涵总主编,贾芝主编:《中国解放区文学书系·民间文学编·序》,重庆出版社 1992 年版,第 2—9 页。

② 林默涵总主编,胡采主编:《中国解放区文学书系·小说编一·编辑凡例》,重庆出版社 1992 年版,第 3 页。

③ 林默涵总主编,贾芝主编:《中国解放区文学书系·民间文学编·后记》,重庆出版社 1992 年版,第 799—802 页。

④ 林默涵总主编,贾芝主编:《中国解放区文学书系·说唱文学编·编辑凡例》,重庆出版社 1992 年版,第 3 页。

陶纯、王希坚、孔厥、马少波、柯仲平等作家的说唱文艺作品。在《序》中编者称:"解放区说唱文学有两方面的生力军:一为民间艺人,一为深入群众,以笔代枪的新文艺工作者,他们也运用起说唱文学的武器来,这也是说唱文学同民间文学不尽相同的一个重要特点。"①

在本编《后记》中,编选者指出,尽管全书的"50多万字,是从近百万字的初选稿中再次筛选出来的。初选稿则是由数百万字的原始资料中选出来的。材料丰富,篇幅有限,难免有挂一漏万之憾"等。但是"本书所选作品大多是从当年根据地报刊和书籍上复印、抄写的。有的作品根据原作者的意见或参照解放后的新版本进行了核对,在保留最初版本的基础上,进行了某些必要的校订或修改,力求做到科学性、文献性与艺术完美的统一"等。②

(八) 儿童文艺总集

《仁丹胡子》:凡容主编,塞克作,上海读书生活书店1937年5月初版,为"少年的书"之一。封面均衡编排,蓝色美术体书名居上,右下方黑白版画图像。内收有《仁丹胡子》和《偷瓜》(又名《出卖责任的人》)2部儿童剧作品,以及6幅黑白木刻作品插画。

《侯圪坦和他们的少年队》:胡海著,晋绥边区吕梁文化教育出版社1944年10月初版,为"'七七七'文艺奖金获奖作品散文类丙等奖之一"。封面均衡编排,左上方黑色印刷体双行横排书名,右下角插入红星及黑白雄鸡木刻图案。内收有《出操》《放哨》《侯圪坦又给大家挡回来了》《侯圪坦是怎样的个孩孩》《敌人来了》及《侯哥弹又有了新朋友》等19篇儿童故事。1946年1月,晋察冀边区教育阵地社重新设计封面,改名为《侯哥弹和他的少年队》,列入其"群众读物"丛书之一重版发行。

《儿童歌谣》:孟溪、刘御编,新华书店1945年出版,为"新儿童小丛

① 林默涵总主编,贾芝主编:《中国解放区文学书系·说唱文学编·序》,重庆出版社1992年版,第2—11页。

② 林默涵总主编,贾芝主编:《中国解放区文学书系·说唱文学编·后记》,重庆出版社1992年版,第758—760页。

书"之一。封面为其丛书同一版式设计，水平编排构图，上下边深绿装饰图形，上部红色楷体书名，下方插入绿白木刻儿童直观图像。全书由上下两编构成，包括《红公鸡》《日本鬼》《特务分子》《优抗》《小青蛙》《蜗牛》《小螳螂》等儿童歌谣作品，以及为各篇目配作的木刻插画。

《儿童作文》：辛安亭编，新华书店 1946 年 1 月出版，为"新儿童小丛书"之一。封面为其丛书相同版式构图，同一楷体书名与木刻直观插画。内收有延安市完小三年级学生周密（九岁）的作文《我的家庭》等 30 篇初小学生写作范文。

《少先队》：牛文、侯恺、亚林编绘，晋绥行政公署民教处青年救国联合会 1946 年 3 月石印出版，为"晋绥边区儿童活动画册"。封面全彩均衡编排，上下边加入黑色装饰条幅，其中上方红色大号美术体书名，下方插入彩色儿童版画图像。全书由"学文化""站岗放哨"和"生产卫生"3 个部分构成，包括全彩图画《站岗放哨》等儿童美术作品。

《儿童歌声》：新儿童丛书出版社 1946 年 3 月编辑出版，为"新儿童丛书"之一。封面水平编排，上部红色印刷体书名，右下角插入黑白木刻儿童直观插画。内收有《晋察冀儿童进行曲》、《儿童拥军歌》、《自己的事情自己管》、《歌唱二小放牛郎》、《选模范》、《跟着毛泽东》和《小小叶儿哗啦啦啦》等 18 首儿童歌曲作品。

《小歌集》：白石真、徐颖编辑，吕梁文化教育出版社 1946 年 4 月印刷出版。封面水平编排，上下边红白装饰条幅图形，上部大号绿色美术体书名，居中加入全彩木刻儿童直观图像。内收有挺军词、张鲁曲的《儿童队歌》，以及《庆祝和平小调》《我是边区小英豪》《少先队歌》《什么好》《好学校》和《好儿童》等 13 首歌曲。

《儿童日记》：辛安亭编，新华书店 1946 年 6 月出版，为"新儿童小丛书"之一和"初级第一集"。封面为其丛书相同版式构图，同一楷体书名与木刻直观插画。内收有《编者的话》，延市磨家湾民小一年二（班）徐家富（十岁）"三月初一日"的日记《我会写信了》，以及子长二完小三年级任昌盛"八月十九日"的《帮老百姓打麦》等，总共 29 位小学生写作的 36 篇日记作品范文。

《少年鲁迅读本》：孙犁著，吴劳封面设计、制图，晋察冀边区教育阵地社 1946 年 6 月出版。封面居中编排，左侧竖排黑色美术体书名，右侧插入黑白木刻鲁迅画像。内收有《家》《姥姥家》《小伙伴》《私塾》《图画书》《童话》《环境》《科学知识的重要》《老师》《为了拯救祖国》《完全解放了我们》《格言》《他写下少年们的历史》和《战术》等 14 篇故事，以及吴劳的各篇木刻插画。1946 年 10 月后，东北书店、新儿童社、天津知识书店等先后重新设计封面修订重版发行。

《一万元》：民众报社编辑，民众书店 1946 年 9 月出版，为"儿童通俗读物"之一。封面整版木刻直观图画版式，上部大号美术体书名斜排。内收有赵铎的《前面的话》，儿童生产故事《一万元》，宫策的《一个小乐园》，迟坚的《斗鬼仙》，董荣乾的《教育妈妈》等，以及《苏联儿童的幸福生活》，福儿的算术游戏《一千只苹果》《夜莺》《毛泽东的幼年时代》《毛泽东爱护小孩的故事》和《十二月节日纪念》等 11 篇作品。

《新儿童歌集》：东北儿童社编，东北书店 1947 年 3 月出版，为"儿童丛书"之一。封面水平编排，整版木刻儿童特写构图，书名红底白色美术体。内收有陈模作词、郭映艇作曲的《儿童团团歌》，念晴词、赵启海曲的《儿童进行曲》，肃河词、张海曲的《儿童拥军歌》，马可作的《红公鸡》，邵子南词、周魏峙曲的《天上有太阳》等 24 首作品。编者在《写在前面的几句话》中称，"这里我们搜集的二十四首歌曲，有一部分是在关内比较流行的儿童歌曲，一部分是解放区的儿童歌曲，第三部分则是新创作的儿童歌曲"，而编此歌集的目的，就是"企图给正在饥馑中的孩子们一点点食物，让他们唱唱儿童们应该唱的新曲子"。①

《新儿童剧集》：东北儿童社编，东北书店 1947 年 5 月出版，为"儿童丛书"之一。封面水平编排，整版黑白木刻儿童版画构图，上方红底图形中白色美术体书名。内收有苏扬改编的独幕儿童话剧《帮助咱们的游击队》，扬

---

① 东北儿童社编：《新儿童歌集·写在前面的几句话》，东北书店 1947 年版，第 1 页。

蔚、萧汀编剧，苏扬配曲的"新儿童歌舞剧"《保卫解放区》，原野编的儿童歌舞剧《蜜蜂和鳖虫》3部剧作，以及各剧目的曲谱等。

《人民的好儿子》：吴蓟等著，东北书店1948年9月初版，为"东北解放区儿童故事"集。封面对称编排，构图简洁，竖排手书体书名居中。内收有《小铁锤和大棕马》《抢救》《勇敢机智的施秀林》《空手捉俘虏》《小李》《小劳动英雄孙吉祥》《李文涛的骄傲》《小红缨枪手》《柳罐里抓地主》《小孩捉汉奸》和《儿童查路条》11篇作品，以及书前的《编者的话》等。

《秋收歌舞》：骆文、张凡编剧，安波作曲，东北书店1949年4月初版。封面对称编排，构图醒目直观，右上角图形加入竖排双行棕红美术体书名，左下角图形为竖排出版机构、作者等文字，左上角与右下角分别插入木刻解说图像。内收有六场儿童歌舞剧《秋收歌舞》和《一片好庄稼》等9首剧目歌曲，以及《排演注意》等。在《前言》中，作者称："因此种形式尚系初次尝试，缺点很多，我们愿意由此开始把研究儿童歌舞创作的工作做起来。"①

《抓老鼠》：霍希扬、继云编剧，寄明作曲，东北书店1949年4月初版。封面水平编排，上下彩色图形映对，上方全彩木刻儿童群像图案，下方棕红美术体书名。内收有六场儿童独幕歌舞剧《抓老鼠》，以及剧目的各场曲谱等。

《儿童作文选》：张友编，晋西北新华书店1949年7月初版。封面水平编排，重叠装饰图形构图，红色美术体书名居上。内收有乔保保的《最近的一篇日记》，王月娥的《我要学个医生》，贾明阳的《学习科学知识》，陈白珠的《给表哥的一封信》，赵汉英的《买卖婚姻不合适》和郑玉芝的《为妇女求解放》等25篇学生作文，以及书前的《编者的话》和附录的《怎样造句》等4篇文章。

《儿童游戏》：冀中教育社编，新华书店保定总分店1949年8月初版。封面均衡编排，左右两侧色彩映对，右上方黑色美术体书名横排，下方居中插入直观图案。内收有编者的《写在前面》，以及《共产党万岁》《寻找光明》

---

① 骆文等：《秋收歌舞·前言》，东北书店1949年版，第1页。

《车头竞走》《独立作战》《花花猫》《识字游戏》《捉拿俘虏》《扯锯游戏》《蒋介石完蛋了》《蒋败我胜天下太平》《活捉战犯》和《支援前线》等 26 个儿童游戏。

《鸡毛信》：华山撰，大连新华书店 1949 年 11 月初版，为"抗日童话"集。封面均衡编排，构图简洁，木刻鸡毛图案版式中，左侧竖排白色手书体书名。内收有由"儿童团长""游击队的信""羊尾巴""红薯""海娃的羊""山庄上""老绵羊""屋角里""小白旗""又叫逮住了""三王峁""小羊道"和"海娃挂彩了"等 13 个章节构成的故事，以及多幅木刻插画。1954 年 6 月，中国青年出版社重新设计封面，增加"消息树"篇修订出版。

《中学生歌集》（第 1 辑）：华南文联筹备会 1950 年 9 月编辑出版。封面水平编排，构图直观，整体装饰图案版式，下部黑色美术体书名。内收有：赵戈枫等的《在毛泽东的旗帜下胜利前进》，大民等的《歌唱毛主席》，符公望等的《跟实毛泽东》（广州方言），陈陇等的《英雄赞》和鲁岩等的《红色的太阳》等 30 首歌曲作品。

（九）艺术总集

《大家唱》（第 2 集）：曾昭正、李行夫编，重庆教育书店 1937 年 11 月初版，1939 年 2 月发行 7 版。封面均衡编排，上方红色五线谱装饰图案上黑色手书体书名，左侧下方黑白木刻歌唱指挥图像，扉页题词为"谨以此册献给民族解放斗争的战士"。内收有由"一般歌曲""工农歌曲""军人歌曲""妇女歌曲""儿童歌曲""纪念歌曲""国外歌曲"和"民歌小调"8 辑组成的共 86 首歌曲，以及冼星海的《序》和编者的《前记》等。

《陕北集影》：李蕺编，播种社 1938 年 2 月初版，同年 5 月增订再版。封面编排为红色框线构图，上下平衡映对，中上角插入一幅延安城楼照片，书名为红色美术体。书内依次收有毛泽东、彭德怀、周恩来、萧克、贺龙、徐特立、林伯渠、杨尚昆、丁玲等人物，以及红军干部、战士等合影和延安城、上课、出操、文艺演出等的摄影照片。每幅照片下配有中外文对照的简短说明等。

《抗战木刻选集》（2—4 集）：国民政府军事委员会政治部 1938 年编印。本书第一集散佚未见；第二集封面水平编排，上方大号美术体书名，中下方居中加入罗工柳的大幅木刻版画《民众的先锋队》；第三、四集封面均为垂直编排，左侧竖排大号美术体书名，右侧上方分别加入卢鸿基的《等待敌人》和李桦的《加紧生产》木刻作品图案。这三集图书中共收有罗工柳、韩秀石、王琦、马达、卢鸿基、马基光、李桦、孙福熙、力群、沃渣、吴藏石、夏明、王大化、许铁生、宋步云、漾兮、方晓时、王朝闻、铁耕、温涛、古元、野夫、陈烟桥、华山、张望、黄守堡、新波、徐甫堡、庄言、段干青、狄因、张文元、许智、张时敏、汪仲琼、施展、胡一川、章西厓、张慧、王式廓等作家的80余幅黑白木刻作品。在第三集的《编后记》中，编者称"本集系搜集抗战以来的木刻，择其比较完整的辑印出来，作为抗建宣传和供木刻作者参考之用"等。①

《战地歌声》：丁玲主编，劫夫、史轮、敏夫等著，生活书店1939年4月出版。封面为其丛书统一编排版式，右侧黑色美术体书名竖排。内收有《西北战地服务团进行曲（男女两部合唱）》《国共合作进行曲》《老乡，上战场》《抗战进行曲（三部合唱）》《风陵渡的歌声（二部合唱）》《游击队歌（四部合唱）》《我们是无敌的游击队》《洗衣歌（二部合唱）》《老百姓偷枪》《妇女慰劳小曲》《劝夫从军》《新河间调》《大家来杀鬼子兵》《难女曲》《我们要做个游击队》《男女一起上前线》《送郎上前线》《要打得日本强盗回东京》《驱逐日本强盗滚蛋》《献给八路军出征将士》《西线三部曲》《十三月》《新九一八小调》《干一场》《大同府》《发动游击战》《我们的队伍千百万》《追悼阵亡将士》《歼灭战》等29首歌曲。在《前记》中编者丁玲声明，本集的编辑，是"我们的同志们四方搜罗小曲，歌谣，改编新作"而成，"一方面希望在救亡工作上能给予些帮助，一方面也是给艺术的形式问题一个参考"。②

《胜利歌声》（第一集）：胶东文协编印，胶东新华书店1945年10月出版，为"抗战歌曲选集"。封面水平编排，蓝色星点版式中，上部白色美术体书名，居中大幅套色木刻装饰版画。内收有《走向自由幸福的新中国》《毛泽

---

① 军事委员会政治部编：《抗战木刻选集》（3），军事委员会政治部1938年编印，第26页。
② 丁玲主编，劫夫、史轮、敏夫等：《战地歌声·前记》，生活书店1939年版，第1页。

东之歌》《长征纪念歌》《需要共产党》《永远跟着共产党走》《七枝花》《八路军之歌》《八路军进行曲》《我们是解放区抗日军》《人民子弟兵》《快乐的民兵》《中华民族好儿女》《天快明了》《在太行山上》和《向着列宁斯大林道路行进》等20首歌曲。

《解放歌选》：劳舟编选，中华全国音乐界救国协会太行区分会1946年1月编辑出版，为石印本。封面水平编排，上下蓝色条框装饰图形映对，居中五线谱图案中红色手书体书名斜排。内收有《毛泽东之歌》《路是我们开》《胜利进军》《青春曲》《编草帽》《咱们年纪小可志气高》等46首歌曲，以及《互助组》《缝棉衣》和《破除迷信》等16首民歌小调。

《胜利歌声》：东北文艺工作团编，贺敬之等词曲，群众歌曲社1946年1月初版，为"群众歌曲选集"之一。封面水平编排，红底版面加之金黄边框，金色美术体书名居上。内收有贺敬之词，刘炽曲的《庆祝胜利》；邓止怡词，劫夫曲的《庆祝胜利迎新春》；王大化词，田风曲的《八一五》；远方词，劫夫曲的《成立联合政府》；陶行知词，聂耳曲的《民主进行曲》；立田词，水金曲的《大家的事大家办》；张松如词曲的《东方红》；孙万福词，邓止怡曲的《咱们的领袖毛泽东》；贺敬之词，杜矢甲曲的《七枝花》；任虹词，王莘曲的《打击反动分子》；李之华词，丁一、马可、刘炽曲的《肃清特务汉奸》等11首歌曲。在《序言》中，编者称："这里所选的歌曲大部分是在各解放区所流行的，为广大群众所喜爱，所歌唱！因为它反映了群众的现实斗争生活。从曲调的风格上说来，它既不是西洋风格，更不是东洋风格，是具有独特的民族风格的。这是用自己民族的音乐语言和实际斗争生活相结合而产生的作品。"[1]

《木刻选集》：东北画报社编，东北画报社1946年4月初版。精装封面水平编排，上方插入棕红木刻版画图像，下部棕红大号美术体书名。平装封面版式相同，但书名图像黑色。内收有徐悲鸿的《全国木刻展》一文，彦涵的《狼牙山五壮士连环画》等，力群的《伐木》等，古元的《减租会》等，以及苏晖、沃渣、胡一川、计桂森、王流秋、吕琳、刘迅、石鲁、毛宁、安林、

---

① 东北文艺工作团编：《胜利歌声·序言》，群众歌曲社1946年版，第1页。

赵泮滨、威丹、郭钧等作家的黑白木刻作品 41 幅。在《前言》中，编者称："中国新兴木刻是在近代文化导师——鲁迅先生的直接扶育与指导之下成长起来的"，尤其是"在延安经过了有名的毛泽东同志在文艺座谈会上的讲话之后，作家们更明确地认识了自己的工作应该是为人民服务，而抛弃了一切个人主义的渣滓。在他们的作品中，我们可以看到，他们所歌颂的英勇的八路军、新四军和敌后人民八年来怎样为着祖国，在极端困难的条件之下坚持和残酷的敌人战斗；在那里表现了数不清的民族英雄和可泣可歌的故事"①。

《黄河大合唱》：东北文艺工作团编，光未然词，冼星海曲，群众歌曲社 1946 年 6 月初版，为"群众歌曲选集"之一。封面水平编排，红底版面加之金黄边框，金色美术体书名居上，扉页有"人民歌手"冼星海先生遗像。内收有《冼星海先生传略》，以及《黄河船夫曲》《黄河颂》《黄水谣》《河边对口曲》《黄河怨》《保卫黄河》和《怒吼吧，黄河》等 7 首曲目。

《木刻选集》：新艺术社编辑，联合书店 1946 年 9 月初版。封面框形设计，上方为黑色美术体书名，居中棕红色方框图形中插入黑白陕北木刻绘画。在《序言》中，编者称："这里所介绍的五十余幅木刻，是延安鲁迅文艺学院美术系历年创作中的一部分，按照作品的创作年代计算，又大半是在一九四二年五月延安'文艺座谈会'以后的作品，这是提出了艺术与劳动人民相结合，艺术与新的群众的时代相结合的新方向以后具体实践的成绩。"② 内收有：胡一川的《牛犋变工队》，江丰的《街》和《囚徒》，马达的《汲水》《炼铁厂》《拾粪》和《插画》，沃渣的《抬伤兵》和《夺回我们的牛羊》，力群的《风景》《八路军帮助老百姓锄草》《饮》《修理纺车》和《丰衣足食图》，罗工柳的《插图三辑》和《马本斋将军的母亲》，古元的《运草》《挑水》《冬学》《逃亡地主又归来》《调解》《哥哥的假期》《打场》和《人民的刘志丹》等，彦涵的《牧羊女》、《村选》及《移民图》等，以及焦心河、张望、陈叔亮、夏风、张晓非、王流秋、计桂森、郭钧、戚单等人的 52 幅作品。

《抗战八年木刻选集》：中华全国木刻协会编，开明书店 1946 年 9 月初

---

① 东北画报社编：《木刻选集·前言》，东北画报社 1946 年版，第 1 页。

② 新艺术社编：《木刻选集·序言》，联合书店 1946 年版，第 1 页。

版，同年 12 月再版。封面水平编排，上部红色手书体书名和其下方的黑色英文印刷体书名，下部居中插入黑白木刻人物图像。内收有中英文长篇《序》和《编后》，野夫、陈烟桥、夏风、李桦、王琦、刀锋、古元、罗清桢、李少言、沙清泉、陆田、新波、刘嵩、刘铁华、王秉国、郭钧、谢梓文、朱鸣冈、张在民、马达、计桂生、陈叔亮、韩尚义、梁永泰、蔡迪去、张望、宋秉恒、赵泮滨、笑俗、焦星河、李志耕、力群、克萍、珂田、余白墅、杨讷维、阿杨、荒烟、麦非、万湜思、王式廓、西崖、罗工柳、刘建菴、王流秋、麦杆、赵延年、华山、徐甫堡、丁正献、彦涵、沃渣、刘岘、卢鸿基、王树艺等作家的 103 幅黑白木刻作品，以及中英文的《作者简叙》等。

《解放歌选》（第一集）：周沛然编，韬奋书店 1947 年 9 月出版。封面构图为圆形加彩色装饰版画图案，书名为红色美术体。内收有《民主进行曲》《解放区进行曲》《反内战之歌》《解放军歌》《毛主席》《八路军的铁骑兵》《送才郎上前线》《民兵慰劳歌》《东方红》《咱也要当小英雄》等 49 首作品。

《参军支前歌集》：冀南书店编辑部编，冀南书店 1947 年 11 月初版。封面水平编排，在整版绿色调版式中，上方白底图形中棕红美术体书名，居中圆形直观装饰图案。内收有田耕词、洪韵曲的《咱们是为谁当兵的》，弓言词、马驰曲的《青年参战歌》等，以及《参军小调》、《把蒋介石进犯军消灭光》、《中国人民一定要解放》等 14 首歌曲。

《翻身歌选》：饶兴义编，冀鲁豫书店 1947 年 11 月出版。封面彩色框形装饰图案，红色美术体书名。全书由"诉苦翻身""参军保田""支前生产"和"一般歌曲" 4 部分组成，包括《苦瓜瓜》《翻身谣》《为谁辛苦为谁忙》《诉苦谣》《翻身不忘共产党》《咱们是为谁当兵的》《参军郎》《欢迎新军小调》《支前生产歌》《不完成任务不回家》《我们是解放区的新儿童》《老蒋八德歌》和《歌颂毛泽东》等 93 首作品。

《新歌选集》：冀中新华书店编辑部编，冀中新华书店 1947 年 12 月初版。封面红白方框对称构图，水平编排，红色美术体书名双行竖排。内收有钢丁词、丁凡曲的《走，跟着毛泽东走》，王林词、敬贤曲的《打到南京去活捉蒋介石》，钢丁词、恒之曲的《反攻进行曲》，李直词、铁民曲的《展开王克勤运动》，宗智词、培民曲的《手榴弹歌》等，以及《冲锋歌》《立功歌》《叫他们交枪》《功臣赞》《抬担架》和《优抗工作要作好》等30首歌曲。

《解放歌选》（第二集）：周沛然编，韬奋书店1948年1月出版，华北新华书店1948年翻印出版。封面圆形加木刻装饰图案，书名为红色美术体。内收有《朱德歌》《总司令》《快步进行曲》《银娃参军》《庆祝土地大改革》《翻身花鼓》《青年的歌》《新生之歌》等47首作品。

《群众歌曲选》：吕骥编，光华书店1948年12月出版。封面水平编排，红色美术体书名居上，居中插入套色木刻乐器图。内收有《义勇军进行曲》《没有共产党就没有中国》《东方红》《八路军进行曲》《青年进行曲》《民主建国进行曲》《解放区十唱》及《三大纪律八项注意》等25首歌曲。在《序》中，编者认为："在音乐上，中国新的群众歌曲，一方面是作为中国封建音乐与市民音乐的否定，另一方面也是对于欧美资本主义音乐的否定。"①

《解放歌选》（第一集）：天津人民音乐社编选，新华书店1949年2月出版。封面为一幅彩色木刻战士号手插画，书名为红色手书体。内收有《东方红》《庆祝平津解放》《庆祝华北解放》《民主进行曲》《看！解放的大旗在空中飘荡》《革命要进行到底》《别上当》《再接再厉歼灭敌人》和《歌唱新中国》等16首歌曲作品。

《解放歌选》（第二集）：天津人民音乐社编选，新华书店1949年3月出版，为"儿童歌曲专号"。封面为一幅彩色儿童木刻插画，书名为彩色手书体。内收有《儿童节歌》《庆祝儿童节歌》《小英豪》《新中国的小主人》《新儿童》《儿童卫生歌》《学校就是我们的家》《大傻瓜》和《小小叶儿哗啦啦》等24首歌曲作品。在《前言》中，编者称："本歌集的有一部分歌曲是新创作的，有一部分则系过去各解放区所流行的儿童歌曲，在内容上一般小学都可适用。"②

《东北民歌选》：中国音乐研究会编，东北书店1948年10月初版，为"东北民间音乐丛刊"之一。封面均衡编排，棕色具象与抽象结合构图，下部

---

① 吕骥编：《群众歌曲选·序》，光华书店1948年版，第1页。
② 天津人民音乐社编选：《解放歌选》（第二集），新华书店1949年版，第1页。

棕红菱形装饰图案，左侧棕红色木刻人物图案与右侧棕红美术体书名斜排。全书由"生活类""爱情类""传说故事类""杂类""革命类"和"快词民歌类"6辑组成，包括《打椿》《打路基》《运木歌》《劳工歌》《挑国兵》及《沈阳城挑兵》等307首民歌，以及书前编者吕骥的长篇《序》文。

《胜利歌声》（第1集）：洛阳市文教局1949年1月编辑出版，新洛阳报社承印，中原新华书店洛市分店总经销。封面均衡编排，深色版面中，上部大号红色美术体书名，右侧居中插入黑白木刻乐器装饰图案等。内收有《跟着共产党走》《不离开共产党》《毛主席》《新民主进行曲》《我们是民主青年》《慰问歌》《人民解放军进行曲》《我们是光荣的解放军》《人民功臣真光荣》《学校就是咱们的家》和《新儿童》等30首歌曲。

《解放歌选》（第三集）：天津人民音乐社编选，新华书店1949年4月出版，为"红五月专号"。封面为一幅彩色工农人物木刻插画，书名为红色手书体。内收有《红五月》《纪念五一节》《新青年歌》《下江南》《给受难的同胞们报仇》《跟着领袖毛泽东》《前进吧兄弟》《我们齐声歌唱》和《胜利的歌唱》等22首歌曲作品。

《平原歌声》（第五集）：冀中纪念"五一、五四"筹备会编，华北新华书店保定总分店1949年5月出版。封面水平编排，上部大号红色美术体书名，下部大幅黑白木刻集会图像。内收有《工人进行曲》《五一工人歌》《迎接五月》《我们的铁锤打到南京去》《团结起来劳动的弟兄》《工人们的歌》《生产竞赛歌》《建设自己的家》《国际歌》《五四青年节歌》及《我们是民主青年》等37首歌曲。

《解放歌选》（1）：音乐学习社编辑，上海民间出版社1949年5月初版。封面构图为一幅欢呼解放游行队伍的木刻版画图案，书名为红色印刷体。内收有沈君闻的《序》及《我们的队伍来了》《解放前后》《解放军呀什么样》《解放十二月歌》《解放区的天》《解放进行曲》《中国人民解放进行曲》《全国都解放》《解放军爱工人》《东方红》《毛主席》《二流子没下场》《建立民主新秩序》及《新社会》等50余首歌曲。

《解放歌选》（第四集）：天津人民艺术出版社编选，新华书店1949年6

月出版，为"职工创作专号"。封面为全幅套色木刻工人特写插画，书名为红色手书体。内收有《咱们工人领头干》《工人们最光荣》《工人本领高》《工人劳动为人民》《劳工兄弟》《咱们大家努力干》《生产歌》《大生产》和《拥护毛主席》等32首歌曲作品。在书前由孟渡撰写的《介绍职工的歌曲创作》中，指出本书所收录的这些歌曲，大部分"都是工人和职员的创作，而且大多数是工人的创作"。①

《大家唱》（第2集）：曾昭正编校，上海教育书店1949年8月初版，同年11月三版。封面绿黄框线装饰图案版式，均衡编排，上方绿色五线谱上黑色手书体书名，左下角棕白木刻演唱指挥人物版画图像。内收有由"解放军歌曲""南下歌曲""劳军歌曲""加紧生产歌曲""翻身歌曲""妇女歌曲""儿童歌曲""民歌小调"和"纪念歌曲"9辑组成的共129首歌曲，以及编者的《编后记》等。

《解放漫画选（1949—1950）》：江丰、陈叔亮等主编，中华美术工作者协会上海分会编，大众美术出版社1950年5月初版，翌年1月再版，为"美术创作选集"。封面均衡编排，绿色基调版式中，红色美术体书名居上，下部加入套色漫画插图。内收有赵延年、吴耕、穆企、李寸松、陶谋基、沈同衡、洪荒、丁深、米谷、武石、华农、黎冰鸿、江有生、柔坚、张文元等作者的《银贩王阿二的转变》《打击银元投机》《肃清隐藏匪特》及《拔掉法西斯的根》等100幅漫画作品。在《编后记》中，编者称，"这本画册所收集的作品，都是曾在上海各报纸各杂志上发表过的"作品，并"不能不算是中国漫画运动中的伟大的转捩点"。②

《美术作品选集》：中华全国文学艺术工作者代表大会宣传处编，新华书店1950年7月初版，为"中华全国文学艺术工作者代表大会艺术展览"集。封面水平编排，上部棕红美术体书名，中下部加入古元的大幅套色木刻版画《收割》。书中有中、英、俄等外文《编辑例言》与作品、作者等译文。全书由"绘画""木刻""年画""漫画"和"雕塑"5辑组成，包括莫朴、王式

---

① 天津人民艺术出版社编选：《解放歌选》（第四集），新华书店1949年版，第1页。
② 上海美协编辑出版部：《编后记》，《解放漫画选》，大众美术出版社1950年版，第101页。

廓、冯法禩、胡考、吴作人、徐悲鸿、彦涵、力群、古元、李桦、野夫、石鲁、吴为、张仃、华君武、廖冰兄、丁聪、蔡若虹、刘开渠、王朝闻等作家的 62 幅（尊）作品。在书前的《编辑例言》中，编者声明，"本选集所收入之作品，乃由一九四九年七月在北京举行之中华全国文学艺术工作者代表大会美术展览品中所选出（作者包括全国各地的美术工作者，创作年代为一九四三年至一九四九年）"。其中，"一部分是解放区的美术工作者的作品"，"另一部分是当时留在国民党统治区的美术工作者的作品"，而"这本选集的出版，是作为全国美术工作者对于新中国的诞生献礼"。①

第二节　延安文艺总集的编辑体例与地域分布

在中国古典文献学与史料学理论方法中，"辨体"也是文献史料搜集整理分类中被反复强调的传统与原则。所谓"文辞以体制为先"，② 即任何的选集都是通过对各类文章作品的归类及其体裁的厘定汇编而成的。其中，近代著名校勘学、目录学及历史学家缪荃孙归纳并总结而提出的"古人总集有分代、分家、分类、分体之不同。分代主于世运，分家主于流别，分类主于比例，分体主于法度，各擅所长，不可偏废"等文集编辑与分类方法③，可以说，既是来自他作为中国近代图书馆事业的奠基者，在图书收藏方面日积月累之中的用心体悟，又是得之于广泛搜集涉猎的精到见解及理论性认知。因此，根据缪荃孙先生的观点，我们可以看到，从延安文艺总集类型史料的收录范围及其基本类型来看，其编辑体例大多为依照延安文艺运动及其创作的不同地域、各个阶段出现的文艺派别团体、不同的文艺种类等，进行编选汇集而成的。自然，从现存的延安文艺总集中，也能够发现其在编辑体例上，事实上

---

① 中华全国文学艺术工作者代表大会宣传处编：《美术作品选集·编辑例言》，新华书店 1950 年版，第 1 页。

② （明）吴讷：《文章辨体序说》，于北山点校，人民文学出版社 1962 年版，第 9 页。

③ （清）缪荃孙：《艺风堂文集》卷四《常州文录例言》，清光绪庚子年江阴厉缪氏刊本。

综合或兼顾了多个编辑体例方法与角度的长处优点，来实现并达到其编辑的理念目的及其主题意旨。

一　按照延安文艺地域收录编辑

这种类型的延安文艺总集，就是将发生在以延安为中心，包括各个边区或"解放区"的延安文艺文献史料及其作品，依据某个地域划分收录范围编辑在一起。从而既有利于总结与彰显某个地区或区域的延安文艺运动及其创作成绩，又便于保存各个地区的延安文艺文献资料及其地域特色。这一种类延安文艺总集，实质上也恰好反映出了当时延安文艺运动及其创作的历史事实。这就是由延安及各个边区所形成的"战时状态"的文化地域。因此，在延安文艺文献史料类型及其数量中，依照地域作为收录范围编辑而成的延安文艺总集，不仅在整个总集中应当说占据着较大的比重或数量最多，而且大致分为求全的与求精的两类。

其中最值得注意的，就是在当时的延安及各边区编辑出版的许多文艺丛书中收录的一些总集。如 1944 年由中共西北中央局调查研究室编辑印行的"陕甘宁边区生产运动丛书"；1945 年夏由冀中文协编辑，华北新华书店冀中总分店（冀中新华书店）等出版发行的"平原戏剧丛书"；1945 年由晋绥边区行政公署编印的 7 种"晋绥边区第四届群英大会丛书"；1945 年由冀鲁豫日报社编辑，冀鲁豫书店出版的"边区群英大会丛书"；1946 年由晋察冀边区行政委员会实业处编印的"大生产运动丛书"；1946 年由晋察冀军区政治部编辑出版的 4 种"晋察冀画报丛刊"等；1946—1947 年由太行二届群英大会编辑委员会编辑，太行群众书店出版的 7 种"太行二届群英大会丛书"等；1947 年 5 月由华北新华书店编辑部编辑，华北新华书店出版发行的"晋冀鲁豫边区文艺创作小丛书"；1949 年 6 月由陕甘宁边区文化协会戏剧工作委员会编，西北新华书店出版的"陕甘宁戏剧丛书"；1949 年前后由旅大文协编辑，大连东北书店印行的"旅大文协戏剧丛书"，等等。例如以下延安文艺总集。

（一）求全的延安文艺地域总集

《五月的延安》：《五月的延安》编辑委员会编，集体创作，读书生活出版社 1939 年 5 月初版，陕甘宁边区文化界救亡协会"抗战文艺"工作团发行。封面水平编排，上部棕红美术体书名，居中加入黑白木刻直观图像。内收有由"五月的纪念日""五月的中国抗日军政大学""五月的陕北公学""五月的鲁迅艺术学院""五月的鲁迅小学""五月的工人""五月的女自卫军""五月的人物素描""五月的一般动态"等 9 辑构成的 55 篇报道速写作品，以及书前由"艾思奇、林山、柯仲平、柳青、徐懋庸、徐雉、张季纯、高敏夫诸同志组织"的《编辑委员会》撰写的《前记》。

《翻身运动与翻身英雄》：太行二届群英大会编辑委员会编，太行群众书店 1947 年 1 月印行，为"太行二届群英大会丛书"之一。封面左侧为竖排美术体书名，右侧加入大幅木刻人物解说图像。全书由"翻身运动综合研究"和"翻身英雄典型材料"两部分构成，包括效泉、彦荣、张建峰等执笔的《大胆放手问题》《思想发动问题》《团结中农问题》，彦荣的《翻身斗争十七年，群众称为"活菩萨"——记太行头名翻身英雄白贵同志》，效泉的《靠天主，辈辈穷，靠八路，翻了身——记太行一等翻身英雄梁马斗》，张建峰、任相生的《女翻身英雄张兰英》等 14 篇作品。

《第一功》：太岳十九分区政治部编，陈光兴等著，太岳新华书店 1947 年 5 月印行，为"英雄故事集"之一。封面均衡编排，左上侧为竖排红色印刷体书名，下方加入黑白木刻人物直观图像。内收有杨蔚屏的《写在前面》，孙定国的《序言》，以及陈光兴的《侯同云的故事》、刘丙一的《刘吉耀和他的第三连》、吴林泉的《机警英勇的王殿文》、桂越的《李喜喜》等 21 篇故事作品。

《解放区农村剧团创作选集》：戏剧社编，牟平、周旋等著，东北书店 1947 年 10 月印刷发行。封面左侧上方插入木刻人物图像，右侧为竖排红底白色美术体书名。内收有南沿汶农村剧团集体创作，刘梅亭、张安荣执笔的小调报道剧《邹大姐翻身》；牟平、周旋的五幕话剧《一笔血债》；何义的三幕话剧《伸冤》等 3 部剧目；以及方徨的《编者的话》等。

《山东人民的新生》：宿士平编，山东新华书店 1946 年初版，东北书店 1947 年 9 月再版。封面编排直观，右侧黑色美术体书名竖排。内收有姚潜修的《奋战苦斗中的山东军民》，张雨帆的《艰苦斗争在鲁南》，陶钝的《再见天日的泰石路北》，白刃的《诸胶边人民有了希望》，王永生的《泊儿镇解放》，康庄的《诸莒边的新生》，高匕的《老沂河沸腾了》，吕若骥的《临朐无人区的新生》，景晓村的《被解放的处女地》，文非的《大山前村全面上升》和杨筠的《富裕的尤家埠子人民生活》等 24 篇作品，以及编者撰写的《前言》。①

《塞外血泪》：秋生编，吕梁文化教育出版社 1946 年出版。封面均衡编排，左侧竖排手书体书名，右侧居中插入一幅解说木刻人物版画。内收有陈之向的《绥远抗战史实》，韩砧的《谁放的第一枪》和《傅作义在绥西的"德政"》，萧三的《傅作义破坏停战协定的铁证》，刘五的《王天喜的冤恨》等 13 篇作品，以及少言、侯恺、正挺等的《在平绥路前线上》、《她回来昏倒在母亲的跟前》等 5 幅木刻画插图。

《解放晋南》：太岳文化界支前委员会编，太岳新华书店 1947 年 6 月出版。封面为水平对称编排，上方为横排红色印刷体书名，下方插入大幅黑白木刻解说图像。内收有谢富治、王新亭、陈赓将军木刻头像，阳城五区民伕编著的《民伕参战小调》，太岳文化界的《献给晋南前线的将士》，克仁的《三打太山庙》，张立的《活捉"张飞"》，刘存厚的《侯马战斗回忆》及冯牧的《"天兵"降临绛州城》等 43 篇纪实作品。

《青年文娱手册》（第一辑）：东大学生会编，东北书店 1947 年 11 月初版。封面水平编排，深色装饰图形构图版式，上方白色印刷体书名，居中圆形与彩色版画图案。全书由"纪念歌曲""青年歌曲""群众歌曲"和"军歌"4 辑组成，包括《我们要高举鲁迅的战旗》《中国青年进行曲》《东方红》《歌颂中国共产党》和《三大纪律八项注意歌》等 83 首歌曲，以及附录的《怎样指挥唱歌》、《简谱的基础知识》和《发声的方法》等。在书前的编者说明中称，因"最近东大教育学院，有一批同学要分配到各地中学去工作"，因此"编了这个册子"，而"其主要对象，是中学生"。② 1948 年 9 月，

① 北京图书馆编辑的《馆藏解放区出版文艺作品书目》中称本书"内辑短篇小说 24 篇"。参见北京图书馆编印《馆藏解放区出版文艺作品书目》，北京图书馆 1958 年版，第 92 页。
② 东大学生会编：《青年文娱手册》第一辑，东北书店 1947 年版，第 1 页。

东北书店重新设计封面再版发行。

《为亲娘报仇》：太岳新华书店 1948 年 7 月编辑出版。封面水平编排，上方横排黑色图形中白色美术体书名，下方黄底方框中黑白木刻人物直观绘画图像。内收有《为亲娘报仇》《李秀英诉苦》《李四丫头的苦》和《三十六年的血泪》等 4 篇"诉苦"作品。

《胜利歌集》（第一集）：冀南文艺工作团编，冀南新华书店 1948 年 11 月初版。封面水平编排，上方红底装饰图案上白色美术体书名，下方红色木刻解说图像。内收有《歌唱毛泽东》《东方红》《庆祝胜利》《新民主主义青年团进行曲》《活捉蒋介石》和《解放区的天》等 15 首歌曲。

《胜利歌集》（第二集）：冀南文艺工作团编，冀南新华书店 1949 年 2 月初版。封面采用本书第一集构图，但版式色调调整为棕红。内收有《跟着毛泽东》《向前进》《胜利进行曲》《打到底》《参加解放军》和《东北大军进了关》等 14 首歌曲。

《东北群众歌曲选》：人民音乐社编，东北新华书店 1949 年 7 月初版。封面为对称编排，两侧加入装饰图形，中上方为棕红色横排美术体书名，中下方插入绘画图案。内收有由"一般歌曲""工人歌曲""农民歌曲""部队歌曲""青年歌曲""儿童歌曲"和"其他歌曲"等专题组成的 93 首歌曲，以及编者撰写的《前言》、书后的《歌曲说明》和附录的《东北创作的大型中型歌曲》等相关歌曲目录资料。

《群众之歌》：新音乐社编，广州前进书局 1949 年 12 月出版，为"解放歌选"之一。封面均衡编排，右侧黑白木刻人物直观图像居中，下方暖色图形中加入白色美术体书名。内收有《中华人民共和国国歌》《没有共产党就没有新中国》《跟着共产党走》《东方红》《歌唱毛主席》《拥护共产党》和《不离开共产党》等 20 首歌曲作品。封三、封四附有香港前进书局和新音乐社编辑出版的"解放歌选"等新书插页广告。

（二）求精的延安文艺地域总集

《"七七七"文艺奖金获奖作品歌曲集》：晋绥边区吕梁文化教育出版社 1944 年出版，新华书店晋西北分店发行，为石印小开本。封面水平编排，构图简洁，红白框线装饰图形中，加入黑色美术体书名。内收有唐成银词、安春振曲的《党在敌后方》，崔明鉴词、安春振曲的《七月的太阳》，刘星汉词、张朋明选曲填词的《四季变工》，徐颖词曲的《变工好》，马琰词、常苏民曲的《妇女要生产》和石丁词、杨戈曲的《儿童团歌》6首歌曲。

《一家人》：留波等著，山东新华书店1946年8月出版，为"抗战文艺选集剧选"之一。封面水平编排，上方为横排棕色印刷体书名，下方边幅加入棕黄白木刻直观图案。内收有王汝俊的《铁牛与病鸭》，那沙的《父母兄弟》，留波的《一家人》等3部剧作，以及编者的《后记》。

《大众诗歌》：李王、凡、方徨等作，华中新华书店盐阜分店1946年编辑出版，为"纪念《盐阜大众》三周年"的"大众的书"。封面水平编排，暖色装饰框线构图版式，上方黑色美术体书名，下方黑白木刻人物直观图像。内收有从1943年至1946年的"大众诗歌"和"墙头诗"作品。如：李王的《清明时节三月三》，凡的《送郎去当兵》，去非的《伪中央》，方徨的《新山歌》和《新凤阳歌》等164首歌谣、小调和快板作品，以及"谈大众诗歌"辑中的《〈吴满有〉登出后的话》《关于墙头诗》，阿凡的《谈小调》，钱毅的《怎样写小诗歌》，方徨的《漫谈农村诗歌》《怎样〈写上墙〉》、《注意发现和培养出色的民间诗人》和《几种不好的诗歌形式》，玮的《叙事诗有偏向了》和《关于〈根据地是他的家乡〉》等11篇文章。

《夫妻劳军/黑板报/钉缸》：亚凡等著，太岳新华书店1947年2月出版，为"各种调子都可演唱"选集。封面水平对称编排，上方为横排双行黑色印刷体书名，中下方为红色方框装饰图形中插入方框木刻人物绘画。在《前记》中，编者称："这几个剧，演出时，内容、词句均可酌量增减。可用眉鄂调演，也可根据各剧团所熟练的调子演唱，只要适合当地群众看，群众听，就行。"内收有亚凡的《夫妻劳军》，丁毅的《黑板报》和王保贤的《钉缸》3部剧作，以及剧目"说明"和曲谱等。

《北方木刻》：古元、力群等作，高原书店1947年5月初版。封面框形设计，精装本封面全幅木纹构图版式，水平编排，上方黑色手书体书名，下方黑白木刻绘画。内收有郭沫若的长篇中英文《序》和目录，古元的《丰饶的

收获》（彩色版），力群的《女战士替老百姓修纺车》《伐木》《劳动英雄赵占
魁》《植树》和《乡村工作者》，王流秋的《冬学》、《卫生宣传》、《劳军》
和《为死者复仇》等，以及杨涵、焦心河、胡一川、王秉国、彦涵、李少言、
安林、江丰、沃渣、邵宇、计桂森、马达、夏风、戚军、陈叔亮、张望、张菊、
邹雅、刘迅、苏晖、张晓非等木刻家的 125 幅木刻和窗花剪纸作品。

《解放区短篇创作选》（1）：秦兆阳等著，南中出版社 1947 年 6 月印行
（油印本）。封面左上角为蓝色横竖排美术体书名，右侧居中加入木刻毛泽东
肖像图案，下方为三行横排红色小字美术体作品目录。内收有秦兆阳的《"俺
们毛主席有办法"》，高朗亭的《陕北游击队历史故事》，张香山的《神头之
战》等作品。

《戏剧选集》（第一集）：冀鲁豫文艺工作团编，冀鲁豫书店 1947 年 8 月
出版发行。封面对称编排，黄色调图形中红色美术体书名居中竖排。内收有
吕艾、云华、张芸生著的二幕话剧《变天账》，万伟周著的广场小歌剧《翻身
保田》及剧目曲谱等。在张春兰撰写的《写在前面》中称："这两个小剧，
很合乎'结合中心''短小精干''快写快演''有唱有白''冀鲁豫农民风
味'的方向。合乎从群众中来，到群众中去，走群众路线、为群众服务的方
向。这是文工团最近检查思想、转变写大剧、演大剧、脱离现实作风之后，
开始从实际出发，走群众路线的成就。"[1]

《东北解放区短篇创作选》（第一辑）：刘白羽等著，东北书店 1948 年 3
月出版，同年 11 月再版。封面上下边框为平行对称红色木刻装饰图案，上方
为横排绿色双行美术体书名。内收有刘白羽的《政治委员》，西虹的《英雄的
父亲》，关寄晨的《立功，抓地主》，方青的《高祥》，陆地的《大家庭》，井
岩盾的《瞎月工伸冤记》和林蓝的《红棉袄》等 7 篇作品。再版本附印有东
北书店的图书出版广告插页。

《秧歌剧集》：卢梦等著，晋绥出版社 1948 年编辑出版。封面为框形构
图，小开本版面周边加入淡蓝色装饰图案，居中淡黄色调长方形内左上角插

---

① 李春兰：《写在前面》，冀鲁豫文艺工作团编《戏剧选集》（第一集），冀鲁豫书店 1947 年版，
第 1 页。

入红色美术体书名。内收有卢梦的《偷南瓜》，鱼讯、焦锦钰的《贺功》，马烽的《婚姻要自由》，冯如秀、杜培琪的《夫妻订计划》，李忠等的《总动员》和凌零的《订计划》等6个民间戏曲剧本。[①]

《解放新歌》（1）：上海新音乐总社编，上海文光书店1949年6月初版。封面水平编排，构图直观，大号红色美术体书名居上。内收有陕西民歌《解放军打到大上海》，佚名曲的《我们的队伍来了》，一鸣词、董源曲的《解放军甚么样》，黎洛词、陕西民歌《人民的太阳》和关英贤曲的《新工人》等10首歌曲，以及书后的《编者的话》等。

《解放新歌》（2）：上海新音乐社编，上海文光书店1949年7月初版。封面水平编排，大号红色美术体书名居上，下部加入古元套色木刻版画《人桥》图案。内收有姜旭词、普萨曲的《胜利的锣鼓》，朱天等的《扭向新中国》，激动词曲的《上海解放进行曲》，庄严曲的《毛主席他真是我们的大救星》和徐迟等的《解放的旗帜》等15首歌曲，以及书前的《人桥》封面说明和书后编者的《音讯》等。封三附印有音乐艺术社编辑出版的书目插页广告。

《部队歌剧选》：华东军区第三野战军新华书店随军分店1950年4月编辑出版，为"部队文艺丛书"之一。封面水平对称编排，书名为红色美术体，下方插入黑白木刻解说图像。内收有汪岁寒、苏伟合作，张锐等作曲的《火线爱民》；西蒙的《买卖公平》；顾菊楼的《李子刚》；石汉的《一样爱护他》；李偰民、姚征人合作的《枪杆诗》和宁摩改编的《红军的妈妈》等6部剧作，以及各剧目的曲谱等。

《西北民歌集》（第一册）：擎夫、寒荔编辑，上海商务印书馆1950年11月初版，为"陕甘宁之部"。封面水平编排，在抽象型装饰图案中，上部加入棕红美术体书名，下部插入出版社社标图案。全书由"第一辑陕甘宁旧民

---

① 在董健主编，顾文勋、陆炜、胡星亮副主编的《中国现代戏剧总目提要（修订版）》中收录了其中的《定计划》《贺功》《夫妻定计划》《总动员》四个剧目，但"剧情提要略"，《贺功》误写为《贺巧》。参见董健主编，顾文勋、陆炜、胡星亮副主编《中国现代戏剧总目提要（修订版）》，中国戏剧出版社2012年版，第1747页。在郭士星、孙寿山主编，黄志铭、王一民、特格喜副主编，杨笙鸣、张志根、阎忠撰稿的《晋绥革命根据地文化大事记》中有提到1949年1月18日，秧歌剧《贺功》（鱼讯、焦锦钰编剧，苏民配曲）在《晋绥日报》发表。

歌"、"第二辑陕甘宁新民歌"和"第三辑附录"构成，包括《绣荷包》《送情郎》《哭五更》《王哥放羊》《给我的妹子织手巾》《坏了良心》《都因为有了共产党》《东方红》《咱们的领袖毛泽东》《民主》《唱民主政府》及《蔓莉》等81首民歌作品，以及书前的《西北农民歌唱毛主席》和附录的《王贵与李香香总谱》《歌唱豹子川》等。在本书的《写在前面》中，编者称，该书"集入了陕西、甘肃、宁夏三省的新旧民歌，是编者工作行程之记录，是编者平时在各音乐工作同志处所搜集之材料的初步整理"。①

《西北民歌集》（第二册）：擎夫、寒荔编辑，上海商务印书馆1950年11月初版，为"晋绥之部"。封面编排构图和"陕甘宁之部"相同。内收有："山西之部"的"生活类""爱情类""传说故事类""杂类""革命类""秧歌类"和"缺词民歌类"等7辑312首民歌，以及"绥远之部"的20首民歌和书前的歌曲《都因为有了共产党》等。在本书的《写在前面》中，编者称："西北民歌第二册晋绥之部，是编者在战争时，足迹到处的记录，是编者平时在各音乐工作同志处搜集之材料的整理。"②

二　按照文艺派别团体收录编辑

这种类型的延安文艺总集，就是将同一文艺团体，或者是某一部队组织的作者的作品及其相关文艺文献资料，汇集收录并编辑而成。这类延安文艺总集，除了有利于展示其团体或组织的文艺主张及其创作风格，以及有利于保存延安文艺运动及其各个文艺团体或组织单位的文献资料之外，也能够在史实上反映20世纪40年代的延安文艺运动，在各个不同时期及其阶段，所呈现出的文化上的丰富性与历史上的多元性，以及其在中国社会历史及其政治革命与意识形态演变中的作用与影响等。因此，在延安文艺文献史料总集及其类型研究中，对于考察及把握延安文艺运动及其创作活动的历史特征，以及不同发展阶段的文艺思潮及其演变的具体进程等，都具有重要的文献及史料价值与意义。

---

① 擎夫、寒荔编：《西北民歌集第一册·写在前面》，商务印书馆1950年版，第1页。
② 擎夫、寒荔编：《西北民歌集第二册·写在前面》，商务印书馆1950年版，第1页。

这其中，包括收录在"西北战地服务团丛书"和"战地生活丛刊"的部分作家作品总集，以及由冀晋区编审委员会主编，1946 年 7 月至 1947 年 5 月由星火出版社出版的"乡艺丛书"等。尤其是作为配合并推动当时乡村文艺运动的"乡艺丛书"，在抗战胜利前后的延安及各"根据地"和"解放区"农村文艺活动中，主要面对与满足普通群众文化活动及其阅读需要，并以"群众文艺"、"工农读物"等题名编辑成册的延安文艺选集，深受各地新华书店等多家出版机构的重视。除此之外，还有东北书店及冀南、苏北等新华书店编印的"部队读物""工人读物"和"大众读物"，以及由陕甘宁边区群众（日）报社编辑，边区（西北）新华书店、华北新华书店等印行的"群众文艺丛书"中的延安文艺选本。尤其应当注意的，是延安文艺总集中，许多"专门供给部队干部阅读的"的"部队文艺"选集。如 1949 年 8 月由中国人民解放军第四野战军、华中军区和中南军区政治部、华东军区、第三野战军政治部及其"文艺丛书编辑室"等，以及 1950 年 9 月由中国人民解放军西北军区、第一野战军政治部等，分别编辑出版的"部队文艺丛书"中收录的"汇集编印"短篇小说及报告文学选集等。例如以下延安文艺总集。

（一）同一文艺团体作者的延安文艺总集

《歌剧集》：鲁艺编译部编辑，向隅、星海、伯钊、震之等集体创作，辰光书店 1939 年 3 月初版，1940 年 3 月再版，为"鲁迅艺术学院丛书"之一。封面水平编排，四条红色装饰图形上下映对，上方黑色美术体书名，下方居中木刻鲁迅头像。内收有伯钊词，向隅曲，温涛、潘建、吕骥、李丽莲、程安波、高敏夫集体创作的三幕歌剧《农村曲》；王震之词，冼星海曲，天蓝、安波、韩塞集体创作的两幕歌剧《军民进行曲》；以及各剧目的《剧情故事》、《舞台面说明》及各幕曲谱和舞台设计图等。

《秧歌论文选集》：艾思奇、周扬等著，新华书店 1944 年 9 月初版刊行，初版封面均衡编排，左上角框线内插入红色印刷体书名，右下方插入黑白木刻舞蹈人物图案。内收有艾思奇的《从春节宣传看文艺的新方向》，周扬的《表现新的群众的时代》，艾青的《秧歌剧的形式》，王大化的《从〈兄妹开荒〉的演出谈起》，军法处通讯小组的《〈钟万财起家〉创作经过》，王大化的《申红友同志给我们上了第一课》等 7 篇论文。1946 年东北书店以"秧歌论文集"书名，并在扉页署为"秧歌论文选集"翻印再版。西北新华书店1949 年改为《秧歌论选集》翻印出版。

《减租》（文艺选集第三册）：华北新华书店编辑部编辑，华北新华书店1945 年出版。封面水平对称编排，横排印刷体书名。内收有甘亳的《减租》和《小白虎》，马可的《夫妻识字》，潘之汀的《满子夫妇》，思基的《我的师傅》，子之的《"我要做公民"》，马烽的《张初元的故事》，孙犁的《芦花荡》和《麦收》，黎风的《未婚夫妇》，吴伯萧的《游击队员宋二爷》，鹿特丹的《儿子》等 12 篇小说。

《部队剧选》：翟强、荒草等编剧，东北民主联军总政治部编辑，东北民主联军总政治部 1946 年 12 月出版。封面水平对称编排，上中部为整幅红绿彩色木刻直观图像，下边为横排红色美术体书名。内收有翟强编剧，张林樑作曲的《刘顺清》；荒草编剧，贺绿汀作曲的歌剧《烧炭英雄张德胜》；翟强编剧，贺绿汀作曲的《徐海水除奸》；之华等编剧，鹰航等作曲的《好同志有错就改》；李之华等编剧，张鸣配曲的《兵伕团结》；王向立等集体创作，李鹰航等作曲的《军民互助》；荒草、果刚编剧，止怡、其仁配曲的《张治国》；周而复、苏一平编剧的《牛永贵受伤》等 8 部剧作及各剧目曲谱，以及编者的《前记》等。

《同志，你走错了路（演出特辑）》：苏中部队文工团 1946 年 4 月编辑印行。封面水平编排，上边木刻装饰图案，横排美术体书名。内收有张藩的《为〈同志，你走错了路〉演出而写》，连平的《我们要走潘主任的路》，毛梦麟的《我有和吴部长相同的地方》，白人的《潘主任给我的影响》，惠良的《打破幻想加紧学习》，徐固良的《十一大队五分队看戏后组织漫谈剧中人物》，江平的《〈同志，你走错了路〉的观后谈》，戈白的《一分队指战员的——观剧后的建评》和《反映之反映》，鲁白的《看戏日的日记》，仇汉书的《胡连长》，曹五章的《我对王旅长的看法》，张雁的《我演赵友臣》，绥民的《我怎样演陈参谋长》，雷春的《我演刘主任》，赵超的《执法队长的话》，张维汉的《扮周团长演后感》，王舜华的《在风里搏战》，李磊平的

《从〈同志，你走错了路〉的演出提出一个剧本创作的问题》，韩慈聆的《悼吴部长》和《胡连长：安心地躺着吧！千百万人民起来为你复仇》，姜旭的《〈同志，你走错了路〉演出前后》和《演出拾零》、《舞台面》等 24 篇文章、诗歌及舞台设计图。

《揭石板集》：马适安辑，华北新华书店 1947 年 5 月出版，为"晋冀鲁豫边区文艺创作小丛书"之一。封面编排为其丛书同一版式，上下装饰图案平衡映对，黑色印刷体书名。在《编者的话》中，编者说明了这本诗歌总集所辑录的作品，"是选辑的本边区翻身农民自编的诗歌"①。内收有《揭开石板看》《穷人和富人》《想五更》《七杆旗》《张夺民谣》《柳泉村群众斗争诗》《牛万年罪状歌》《恨宋品仙》《白小保弟兄的快板》《高利贷》《地里干赶不上人家家里算》《翻身四字经》《稞种地》《从前受压迫》和《长工苦》等 50 首诗歌。

《新歌曲》（新一集）：鲁迅文艺工作团编，东北书店牡丹江分店 1947 年 6 月出版。封面水平编排，上部红底图形中白色美术体书名，下边绿色装饰线条图案，居中插入红白木刻直观图案。内收有晓星词、徐辉才曲的四部合唱《歌唱党的二十六年》，晓星词曲的《反攻进军曲》，战士词、刘洙曲的《机枪梭子上停当》，胥树人词、郑世春曲的《纪念七一》，李日曦词曲的《工农俩弟兄》等组成的"战斗歌曲"和"群众歌曲"，以及乌兰巴特尔词、徐辉才曲的二部合唱《内蒙古民族之歌》等 11 首歌曲。

《刘巧团圆》：韩起祥编，高敏夫、林山记，香港海洋书屋 1947 年 10 月再版，为"北方文丛"之一。封面采用其丛书相同版式，大幅木刻民间双鱼图案中，插入红色美术体书名。内收有《刘巧团圆》和《张玉兰参加选举会》，以及周而复撰写的长篇《后记》等。书中附有"北方文丛"图书出版广告插页。

《反翻把斗争》：李之华等著，辽东书店 1947 年编印②。封面水平编排，

---

① 马适安：《编者的话》，《揭石板集》，华北新华书店 1947 年版，第 1 页。
② 《中国新文学大系》编辑委员会编：《中国新文学大系 1937—1949 史料·索引第二十集》，上海文艺出版社 1994 年版，第 1304 页。

上方构图加入古元《减租会》木刻画，下方装饰图形中插入白色美术体书名。内收有《东北局宣传部关于奖励〈反翻把斗争〉剧本的通知》，李之华的独幕剧《反翻把斗争》和侣朋的《牢笼记》两部作品，以及"附录"的舒群的《谈〈反翻把斗争〉》、李士彬的《开辟了一条新道路》、李之华的《〈反翻把斗争〉创作过程》、沈贤的《〈反翻把斗争〉排演中的一点感想》、萧芋的《〈反翻把斗争〉装置工作》、王平的《我怎样演刘主任》、于永宽的《我第一次演剧》、吴峰的《我演孙林阁》、陈连玉的《怎样摸索我的角色》、杨克的《怎样表演一个农民》和晓曲的《我演刘二嫂》等。

《演唱运动》：荒草编，中国人民解放军中南军区第四野战军政治部 1949 年出版，为"部队文艺丛书"之一。封面为其丛书同一风格均衡编排，在本书《前言》中，编者申明其也是"专门供给部队干部阅读的读物"。[①] 全书由"深入连队展开演唱运动"、"文艺工作者在前线上"和"活跃的战士演唱运动" 3 辑组成，包括《东政宣传队开展演唱运动》《总政宣传队在前线》及《全面模范连的文娱通讯组》等 46 篇文章。

《白求恩与阿洛夫》：周而复、方纪等著，东北书店 1949 年 4 月出版。封面编排简洁，右侧加入装饰图案，蓝色多行横排印刷体书名。内收有毛泽东的《学习白求恩》，朱德的《纪念白求恩同志》，周而复的《诺尔曼·白求恩断片》，方纪的《阿洛夫医生》等 4 篇文章。

《农公泊——胶东群众翻身的故事歌舞剧》：马少波小说原著，张波、马少波、包干夫、陈志昂集体编剧，陈志昂作曲，华东新华书店胶东分店 1949 年 4 月出版。封面水平编排，上部红色美术体书名，居中加入黑白解说版画。内收有作者的《前言》，马少波的小说《农公泊》，《剧中人总表》和初敏绘的 2 幅《主要人物介绍》黑白木刻人物组画，二十七场歌舞剧《场目》和《农公泊》剧本曲谱，以及陈志昂的论文《关于这本戏的音乐》等。

《论工人文艺》：荒煤编，武汉人民艺术出版社编选，上海杂志公司 1949 年 8 月发行，发行者为张静庐，为"人民艺术丛刊"之一。1949 年 11 月再

版。封面均衡编排，左侧棕红底图形插入竖排白色印刷体书名，右侧居中加入棕红金色木刻解说图像。内收有叶圣陶的《论工人文艺》，阿英的《青年文艺工作者如何与工人相结合》，孙犁的《谈工厂文艺》，周巍峙的《工厂文艺工作的目的和做法》等25篇文章。编者在《前言》中称，"文艺如何为工人阶级服务，如何开展工厂文艺活动，已成为文艺工作者当前急须解决的问题"。因此，编者围绕工人文艺发展中的"城市文艺工作的中心，以及如何贯彻为工人服务的方针""工厂文艺活动的方针是怎样的""如何与工人群众结合"等问题进行讨论，并且通过编辑本书，以"引起大家的注意，加以广泛的研究和讨论，更好地开展工人文艺活动"。①

（二）同一流派或阵线作者的延安文艺总集

《战地日记》：无瑕编，萧向荣、曹聚仁、王景琦著，之初书店1938年1月初版。封面水平编排，版式简洁，黑色印刷体书名，扉页题为"战地"。全书由"北战场上的日记""东战场上的日记"和"随军三月杂忆"等3辑组成，包括《出发去消灭敌人》、《信号灯的牺牲者》和《想到那里写到那里》等28篇报告文学作品。

《戏剧界抗敌协会会员研究材料》（第一辑）：中华全国戏剧界抗敌协会晋察冀边区分会编，边区独立团印行，封面构图简洁，是1939年7月初中华全国戏剧界抗敌协会晋察冀分会成立后编辑印行的一本油印本图书。内收有天蓝翻译的拉波泊的《演员论》，章泯的《论演员》和葛一虹的《表演技术基础》等3篇论文。

《穷人乐》：晋察冀边区高街村剧团集体创作，大连大众书店1946年6月出版，为"文艺丛刊"之一。封面垂直对称编排，居中红底白色竖排印刷体书名。内收有高街村剧团集体创作，张非、汪洋记录的十四场歌剧《穷人乐》和林韦记录的二场歌剧《高街妇女做鞋忙》2部作品及其剧目的多首配曲；中共中央晋察冀分局的《关于阜平高街村剧团创作的〈穷人乐〉的决定》。以及《晋察冀日报》社论《沿着〈穷人乐〉的方向发展群众文艺运动》等。

① 参见荒煤编《论工人文艺·前言》，上海杂志公司1949年版，第1—3页。

《农民翻身诗歌选集》：伯明等编，太岳新华书店 1946 年 10 月出版。封面编排简洁。内收有路光的《安娘口词》，卫生的《南梁群众歌谣》，冯彦俊的《我是庄稼汉》等 13 首作品。

《人民解放军歌集》（第一集）：部队文艺社编，东北书店 1948 年 4 月初版，同年 8 月再版。封面水平编排，上部红色印刷体书名，下边红色线条装饰图案。内收有《三大纪律八项注意歌》《荣军誓歌》《人民解放军大反攻》《消灭蒋匪军》《我们胜利了》《咱们比比看》《走得快打胜仗》《我是一个兵》和《庆祝党委会成立联唱》等 36 首歌曲。

《大家唱》（第六集）：华中二分区人民画报社编，华中二分区新华书店 1948 年 5 月出版。封面整版黄色木刻人物版画构图，水平编排，上方红色手书体书名。全书由"生产救灾""反蒋""墙头诗""什锦"和"小谜语" 5 辑组成，包括"鼓儿词"《想发洋财几乎送了命》、"游春调"《团结忙生产》、八段锦调《大家要生产》和卖油郎调《生产为自己》等，以及生产、节约、救灾、庄稼话等"墙头诗"等总共 91 首（种）作品。

《工人大合唱》：侯唯动、胥树人、井岩盾等词，刘炽曲，东北音乐工作团 1948 年 8 月编印出版。封面水平编排，上部黑色美术体书名等文字，副题为"献给第一次全国工代大会"。内收有《一切为胜利》《铁路工人歌》《煤矿工人歌》《女工歌》《工厂日夜忙》《工人进行曲》和《建设祖国》等 7 首歌曲。书中附有新中国书局的图书出版广告插页。1949 年 3 月，新中国书局重新设计封面再版发行。

《人民革命战争通讯选》（1—2）：李普等著，晋察冀军区政治部 1948 年编印出版。第 1 集和第 2 集封面同为垂直对称编排，左侧书名为竖排黑色美术体，右侧中上插入彩色木刻直观图案。内收有庄海菱的《胜利突围》，晋察冀的《集宁永远是我们的》，刘白羽的《英勇的四平街保卫战》，艾伯林的《铁壁堡垒的毁灭》，陕北的《蟠龙胡宗南军被歼》等，以及李普的《揭开大反攻序幕》，胡征的《强渡黄河》，晋冀鲁豫的《刘邓大军胜利渡河》，王匡的《南征大军胜利渡河》等共 70 篇报告文学。在《前言》中，编者指出编辑缘由及目的，是"为加强军事宣传，特选辑了爱国自卫战争以来一些通讯报道，供给学习写作通讯者的参考"，"使我们的前线记者和广大的指战员，通过这一观摩学习，把写作水平提高一步，改进与加强通讯报道工作，把我们的军事宣传赶上我们胜利的军事行动"。①

《红旗的歌》：武汉改造出版社 1949 年 5 月出版，为"改造丛书第一辑"之一。封面水平编排，上部红色印刷体书名，中下部大幅红色木刻人物特写图像。内收有塞克作词、张棣昌曲的《我们要高举鲁迅的战旗》，白韦词、安春根曲的《人民的红五月》，晓江配词、马赛曲谱的《民主青年进行曲》等35 首歌曲，以及《简谱的基础知识》一文。书后有附印的改造出版社"改造丛书"书目插页广告。

《淮海战役歌集》：中国人民解放军第三野战军政治部文艺工作团编，新华书店第三野战军分店 1949 年 7 月出版。封面水平编排，上方红色印刷体书名，居中蓝底图形中插入黑白木刻版画图案。全书由"第一部分"和"第二部分"构成，包括《序曲》《向南进军》《乘胜追击》《抢占运河》《涉水打碾庄》《淮海打胜仗》《握紧我们的枪》《往南打》《飞毛腿》及《火线庆功歌》等 20 首歌曲作品，以及编者的《前言》等。

《萧军思想批判》：张如心、刘芝明、草明、徐懋庸、陈学昭等著，大众书店 1949 年 10 月出版，为"大众文艺丛书"之一。封面水平编排，上方为横排红色印刷体书名等文字，中下方加入整幅木刻解说人物图像。在书前"大众书店编辑委员会"的《引言》中，编者强调"萧军底思想错误和对这种错误思想的斗争，不应该看作一宗偶然事件"，而"正是翻天覆地的中国人民革命运动中无可避免的、经常进行着的'精神战争'的一役"。因此，"我们搜集了批判萧军思想的许多资料，编成了这本书"。② 全书分为六辑，第一辑收有《中共中央东北分局关于萧军问题的决定》；第二辑收有刘芝明的《关于萧军及其〈文化报〉所犯错误的批评》，以及张如心的《是唯心主义还是唯物主义》、《是"其豆相煎"论还是阶级斗争论》和《是仇视人民反共反苏还是热爱人民拥共拥苏》等 6 篇论文；第三辑收有《生活报》的《斥〈文化

① 李普等：《人民革命战争通讯选·前言》，晋察冀军区政治部编 1948 年版，第 1 页。
② 张如心等：《萧军思想批判·引言》，大众书店 1949 年版，第 1—2 页。

报〉的谬论》等 8 篇"社论"；第四辑收有闻奇、陈学昭、徐懋庸等作家的《糖衣包着的毒粉》、《不能再缄默》等 15 篇文章；第五辑收有塞上、樊志公的《"来而不往非礼也"的作者剖白》等 3 篇文章；第六辑收有夏葵、郭林年等"工农兵"读者的《我也发表点意见》等 22 篇批判文章。

《论鲁迅》：胡今虚编，毛泽东、周恩来、陈伯达、陈绍禹等著，上海泥土社 1950 年 12 月出版。封面均衡编排，左侧红底装饰图形中白色美术体书名竖排，右上角黑白木刻鲁迅肖像图案。内收有毛泽东的《论鲁迅精神》、《中国革命与鲁迅》、《学习鲁迅指示的写作方法》和《鲁迅杂文笔法之运用及其他》，《解放日报》的《鲁迅精神永垂不朽》，周恩来的《鲁迅先生的立场》，陈伯达的《鲁迅是我们的榜样》，陈绍禹的《中国人民之重大损失》，法捷耶夫的《论鲁迅》等 11 篇论文，以及尹庚的《后记》。

三　按照文艺种类收录编辑

这种类型的延安文艺总集，就是依据某文艺种类或题材来确定并划分延安文艺总集的收录范围，从而将其作品或文献资料编辑在一起。这种延安文艺总集，一般在内容及其编辑意旨方面多表现出两个较为鲜明的文献史料特征：一是基于某个专题或主题的需要而兼收多种文艺种类的延安文艺总集；一是专门收录一种文艺种类的延安文艺总集。可以说，这样编辑而成的延安文艺总集，事实上也正是延安文艺运动及其创作活动，为适应及服务于中国共产党的文化战线斗争，以及新民主主义文化建设及其社会实践需要的结果。因此，在延安文艺文献史料类型及其数量中，不仅有着相当重要的地位及份额，而且在汇集相关文献资料方面也有着极其重要的史料价值。

其中，被收录在 1946 年 9 月至 1948 年 9 月前后，分别由山东新华书店和"大众文库"编委会编辑、华中新华书店印行，太岳新华书店、华东新华书店、中原新华书店、冀中新华书店等出版翻印的"大众文库"，包括 1947—1948 年分别由冀鲁豫书店编辑部编，冀鲁豫书店及华中新华书店出版的"农民翻身小丛书"与"翻身小丛书"中的多部延安文艺选集。并且，最值得注意的有：1945 年年底华北新华书店分别以"李勇大摆地雷阵""受苦的日子算完了"和"减租"为标题编辑出版的三册《文艺选集》中，汇辑了邵子南、孙犁、杨朔、周而复、西戎、孔厥、韦君宜、方纪、马烽等二十四位作家的短篇小说作品。除此之外，1946 年 3 月至 9 月在晋察冀边区首府张家口，由周扬编辑的两辑《解放区短篇创作选》和张庚编辑的三辑《秧歌剧选集》，明确地将"文艺座谈会讲话的方向在创作上具体实践的成果"及其"新的伟大的人民文艺的创造过程"，[①] 以及"在群众中有定评的作品"，[②] 作为这几十位延安作家及其代表作品编辑的"选择的标准"。所以，1946 年 11 月与 1947 年 9 月间，它们又先后被东北书店、华东新华书店总店、苏南新华书店等再版翻印。于是，在 1949 年前后的延安文艺选集编辑出版史上，就先后涌现出了一大批诸如"翻身小丛书""淮海文艺小丛书""新演剧丛书""东北文艺工作团第二团戏剧音乐丛书""新文艺丛书""文学战线创作丛书""文艺创作丛书""解放文艺丛书""工农兵丛书""哈尔滨大学戏剧音乐系戏剧音乐丛书""少年文库"等文艺丛书。并且，又在"群益文艺丛书""人民艺术丛刊"等大型延安文艺丛书的编纂活动中，使这类按照文艺种类编辑的延安文艺选本，得以相继编辑出版并被广泛传播接受。例如以下延安文艺总集。

（一）兼收小说、诗歌及戏剧等多种文类作品的延安文艺总集

《丁玲在西北》：史天行编，汉口华中图书公司 1938 年 5 月编辑出版。封面居中编排，左侧垂直图形加入美术体书名，右侧插入丁玲摄影图片。内收有 Esrl H. Leaf 作、明森摘译的《最近的丁玲》，任天马的《集体创作和丁玲》，蕙漪的《丁玲领导的战地服务团》，靳明的《和丁玲一齐在前线》，丁玲的《文艺在西北新区》《七月的延安》《重逢》和《游击生活》等作品，以及编者的《小言》等。

《军政民一家》：舒潮辑录，新华书店 1944 年 1 月编辑出版，为"拥政拥

---

① 周扬：《编者的话》，《解放区短篇创作选》（第一辑），东北书店 1946 年版，第 1 页。
② 张庚：《秧歌剧选集·序》，《秧歌剧选集》（一），东北书店 1947 年版，第 1 页。

军爱民故事辑"；山东新华书店同年 8 月翻印，为"冬学政治补助读物"之一，胶东新华书店同年 11 月再版。本书初版封面为水平对称编排，中上方加入大幅黑白木刻工农兵直观图像，下方为横排红色手书体书名。内收有《第二营全军爱民，孙家砭百姓送旗》、《司令部爱民赔东西，小学生捐钱送白菜》、《徐建福反省说实话，霍增群认错做好人》、《除草队制定纪律，青化砭树立村规》及《批评胡启明，群众开会，拥护党政军，村长演说》等 16 篇作品，以及编者的《前言》和附录的吕班的大鼓《脚下留情》等。

《穷人乐》：晋察冀阜平高街村剧团集体创作，张非、汪洋记录，韬奋书店 1945 年 9 月出版。封面水平对称编排，构图直观，书名横排印刷体。内收有高街村剧团集体创作，张非、汪洋记录的十四场歌剧《穷人乐》及其剧目的多首配曲，中共中央晋察冀分局的《关于阜平高街村剧团创作的〈穷人乐〉的决定》，以及《晋察冀日报》社论《沿着〈穷人乐〉的方向发展群众文艺运动》。在书前的《出版说明》中，编者称，"《穷人乐》一剧，在晋察冀边区，公认为是执行毛主席文艺为工农兵服务方针的新成就"。因此，"我们翻印它的目的"，不只是"为了供给大家一本很好的演剧材料"，更是"希望大家吸取它所走出的新方向和新方法，用来丰富、提高我们的大众文艺创作"。①

《刘桂英是一朵大红花》：姜旭等著，韬奋书店 1945 年 10 月出版，为"戏剧丛书"之一。封面均衡编排，整幅木刻直观图像构图中，插入横排双行红色美术体书名。内收有姜旭编剧、沈亚威配曲的三幕歌剧《刘桂英是一朵大红花》，以及剧目配曲《纺纱歌》等 3 首歌曲和《演出说明》等。剧本前及书中附录有于之洲的叙事诗歌《刘桂英是一朵大红花》和多幅木刻插画。

《工农翻身》：合江日报社 1946 年 8 月编辑出版。封面对称编排，绿蓝色调版式中，左侧白色美术体书名竖排，右侧居中毛泽东肖像照片及其下的黑色印刷体文字"人民领袖毛主席"。内收有由"人民领袖毛泽东"、"人民敬爱八路军、新四军""当作儿子一样看""老百姓翻身""四季歌""卖国贼和

---

① 晋察冀阜平高街村剧团等：《穷人乐》，韬奋书店 1945 年版，第 1 页。

他的洋老子""美国洋鬼子的野心""街头诗""七大天地""回到母亲的怀抱""关里老百姓怨恨蒋介石""新式蝗虫""骂中央军""老百姓骂阎锡山""国民党军队里的歌谣""常安人民大翻身"和"大战秀水河"等 20 辑构成的 50 余篇（幅）歌谣、故事、木刻、漫画及鼓词作品，以及作品前的《编者的话》和王大化词、田凤曲的《八一五》《七枝花》2 首歌曲。

《陕北杂记》：孔厥、丁玲等著，希望书店 1946 年 10 月印刷刊行，为"文艺新刊"第一辑。封面水平编排，上方居中插入红白木刻陕北人物版画，下方为横排红色印刷体书名。内收有孔厥的《父子俩》、西戎的《离婚》和赵树理的《孟祥英翻身》等小说，魏伯的通讯《草原上的歌声》，艾青的论文《释新民主主义的文学》，红杨树的诗歌《塞北晚歌》，吴伯箫的散文《出发点》和丁玲的报告文学《陕北杂记》等 8 篇作品。

《血战八年的胶东子弟兵》：胶东新华书店 1945 年 8 月初版，1946 年 4 月再版。封面水平编排，上方为横排红底白色美术体书名，中下方为整幅黑白木刻解说图像。内收有仲曦东的《代序——八路军胶东部队抗战简史》，以及由"战绩"、"抗战八年来胶东形势变迁图"、"保卫自己，保卫祖国，为人民，战斗八年"、"为人民而战，依靠人民，人民与我们并肩作战"、"看到光明、回归祖国、在中国共产党旗帜下为人民而战"和"生产劳动，尊干爱兵，拥政爱民，练兵……我们的生活"等 6 部分组成的共 70 余篇文章，以及《抗战故事（十五则）》和多幅木刻版画、照片等插图。在《编后》中，编者称，该书的目的，是"把胶东人民的子弟兵——八路军，抗战以来为人民战斗的事业，记载成册；以献给我坚持敌后奋斗八年的全体抗日军民，以纪念我们为保卫人民献身革命事业而牺牲的诸先烈"。①

《一切为前线》（剧本·鼓词）：贾霁等著，裕民印刷厂 1946 年印行。封面编排简洁，构图直观。内收有贾霁的独幕话剧《一切为前线》和《翻身鼓词》，吴人的杂耍剧《蒋美双簧》，惠芳的快板剧《蒋美特务训练所》，王民生的活报剧《蒋美谈判》等 5 部剧本。

---

① 胶东新华书店编辑部：《血战八年的胶东子弟兵·编后》，胶东新华书店 1946 年版。

《吴满有》：柯蓝、艾青著，真知出版社1946年编辑出版。封面编排直观，上部黑白木刻吴满有肖像，下方红色大号美术体书名。内收有柯蓝的报告文学《吴满有的故事》，艾青的谣曲体叙事诗歌《吴满有》和《附记》。

《中国人民爱国自卫战争华东战场第一年画刊》：大众日报社、华东新华社1947年10月编印发行。封面均衡编排，整幅套色木刻《人民战士》版式构图，左上角红色美术体书名横排。内收有编者的《前言》、《编者的话》和《本刊摄影者》名单等，毛泽东、朱德、陈毅、粟裕摄影肖像和各自的题词，以及由"中国人民爱国自卫战争华东战场实录""蒋军暴行""参战支前""野战医院"和"被解放了的蒋军将级军官"等多辑组成，包括摄影、木刻版画、手稿和年画等在内的200余幅作品。

《翻身秧歌集》：李之华编，东北书店1947年2月出版，同年12月再版，1948年6月四版，为"东北文艺工作团第二团戏剧音乐丛书"之一。本书初版封面水平编排，上方为横排红底图形白色印刷体书名，下方插入方框目录图形。内收有李之华词，东北民歌，东北民间戏剧音乐研究小组集体编谱的《庄稼人翻身乐》；伯忠、止怡、吴雪、之华、任虹设计编谱的《翻身大秧歌舞》；罗立韵、于永宽合作的《姑嫂劳军》；塞声、于永宽合作的《自卫队捉胡子》；朱漪作、罗正、李凝配曲的《土地还家》，朱漪、沈贤合作的《送公粮》；李之华作，罗正、邓止怡配曲的《光荣灯》7部剧作及剧目舞曲乐谱等；李之华撰写的《前言》和罗伯忠的《大秧歌舞说明》等；以及书后附录的由民间戏剧音乐研究小组、邓止怡整理的《东北秧歌初步调查》等。

《"战场就是课堂"》：太岳军区政治部编，太岳新华书店1947年3月出版，为"垣、翼战斗通讯选集"。封面垂直编排，左侧为红色竖排印刷体书名，上下加入红底装饰边条图形。内收有革飞的《焦五保战斗互助组》、《子弟兵和父母亲》《牛黑毛和刘双屯》《战斗英雄原同根》《敌人窝里夺机枪》，克仁的《扑灭"奋斗团"》，言谨的《单身俘敌四十二——记小八路吉学成的英勇机变》，朗樵的《记曲村歼灭战》，沙藤的《打开狱门》，何微的《阳城担架队前线立功》，克仁的《一家人》，张启的《蒋军一六三团二连的新生》，冯立的《模范原万名》，修业的《黄河滩上解放蒋军》，王如林的《副排长杨金川》、《勇敢的侦查员岳天顺》，汤俊的《神枪手张启昌》及张仁的《郎八金》等通讯，以及贺崇明、田志权的快板《小陈元》等26篇作品。

《大众戏曲集》（第2集）：冀鲁豫文联编，冀鲁豫书店1947年2月出版发行。封面水平对称编排，上方为横排红底白色美术体书名，下边加入木刻装饰图案。内收有赵东明的"水浒调"《新编蒋介石卖国》，宪周、友三、效参、锡五的"高调剧"《保卫家乡》，韩明的鼓词《德化区的转变》，左营高小集体作的剧本《种殃军》，以及《爱国自卫战争歌选八首》和《群众翻身斗争生产歌选七首》等作品。《大众戏曲集》出版两期后，于1947年9月改刊为《演唱杂志》。

《担架队员老杨》：洪藏、丁达明、施展作，东北画报社1948年3月出版，为"通俗美术小丛书"之一。封面水平编排，上下红蓝色调装饰图形对映，上部白色美术体书名，下部三幅棕红木刻人物肖像图案。内收有洪藏的《担架队员老杨》，丁达明的《给蒋军带路》和《赵得才明白了》，施展的《全家光荣》4个短篇连环画故事，以及各篇目的多幅彩色木刻插画。封底附印有东北书店和东北画报社"最后出版"图书书目广告。1949年2月，北方出版社重新设计封面，删去《赵得才明白了》和《全家光荣》2篇，增加了《一对夫妇》和《舍命救君子》2篇修订出版。

《还是互助好》：苏北新华书店1949年11月出版，为"冬学文娱丛书"之一。封面木刻版画构图，简洁直观，水平编排，上方红色印刷体书名，居中插入目录剪影图案。内收有耕耘、吴均的《还是互助好》，沭阳小店乡工农通讯组集体创作的《看谁夺红旗》，王亚平的《张锁买牛》，民间艺人史耀宗、李德兴的《史耀宗转变》4篇说唱作品。

（二）专收一种文类作品的延安文艺总集

《我们的抗敌英雄》：高士其等著，读书生活社1936年6月初版，为"读书生活丛书"之一。封面均衡编排，大小红白交叉图形叠加版式中，白色美术体书名居中竖排。内收有高士其的《细菌的衣食住行》等9篇，李崇基的《谈生死》等9篇，柳湜的《银子搬场》等5篇，伯韩的《古希腊与现代中国》5篇，克徵的《水、旱灾》和克士的《花和虫》，顾均正的《玻璃纸》，雪邨的《蚯蚓》等科学小品作品。封三附印读书生活社的"读书生活丛书"出版插页广告。1937 年 3 月，读书生活社修订再版。

《战斗在太行山上》：联防军政治部宣传部编，联防军政治部 1944 年 8 月出版，为"战士小丛书"之一。封面水平编排，整幅绿白木刻解说图像版式中，上部棕红美术体书名。内收有《围困敌人的故事》、《几个故事》、《战斗英雄和模范连队》、《战斗在太行山上》、《窑洞阵地战》和《晋东南民兵的故事》等 6 篇作品。

《战斗在太行山上》：江楞等著，光明出版社 1946 年 5 月出版。封面均衡编排，左上方红色印刷体书名双行竖排，右侧下部黑白剪影解说图像。全书由"围困敌人的故事"和"几个战例"两辑组成，包括《围困蟠龙的故事》《围困蟠龙的第六连》《围困榆社的几个故事》《围攻林县城》《英勇不屈的战士》《李家兄弟及其他》《战斗在太行山上》《窑洞阵地战》和《晋东南民兵的故事》等 20 篇作品。

《漫画选集》：张仃、华君武、朱丹等著，东北画报社 1946 年 12 月编辑出版（石印本）。封面水平编排，整面暗黄色调版式上，中上部大号黑色手书体书名双行竖排，下边插入小幅黑白解说漫画图像。内收有张仃的《到敌人后方去》、《十五年前的一幕童话》和《城头变幻大王旗》等，华君武的《宣布"遣送日俘完毕"后的华北美军》《停战三部曲》《刽子手》和《改朝换代》等，朱丹的《内战祸首的当头棒喝》《"国际反动马戏团"在火焰中表演》和《惯技》等，以及安林、丁达民、刘迅等 16 位作家总共 54 幅作品。在卷首语中，编者称："这本漫画选集所刊载的作品，是从最近几个月的东北漫画和《东北日报》上选下来的。"①

《漫画选集》(2)：华君武、张仃、朱丹、施展等作，东北画报社 1947 年 12 月编辑出版。封面对称编排，左右两侧装饰图形色调相对，左上方白色美术体书名双行竖排，右上方插入小幅黑白漫画图案，扉页印有"人民军队的力量"题词。内收有赵域的《进入陕北的蒋胡军》，华君武的《胡宗南新发

---

① 华君武等：《漫画选集·卷首语》，东北画报社 1946 年版，第 1 页。

明"钻隙战术"的另一解》，朱丹的《鸵鸟的命运》和刘志忠的《蒋介石进攻的新战术"重（中）点进攻"》等，以及施展、张仃等作家的总共 18 幅漫画作品。

《秧歌剧》：关东社会教育工作团编，大连大众书店 1948 年 1 月出版，为"大众文艺丛书"之一。封面水平编排，上部红色大号美术体书名，居中插入黑白木刻直观版画。内收有集体创作、董伟执笔的三场秧歌剧《自寻烦恼》，白晓虹作、徐中义配曲的二场秧歌剧《缴公粮》，以及各剧目的曲谱。

《秧歌曲选》：关东社会教育工作团编，大连大众书店 1948 年 2 月出版。封面水平编排，构图直观，上下边深蓝底色装饰图形，红色美术体书名居上。内收有牟英的长篇《前言》和罗正的《东北秧歌散记》，以及由"东北秧歌""山东秧歌""河北秧歌""山西秧歌""陕西秧歌"和"华中及他地秧歌"6 辑组成的 168 首秧歌曲调。

《穷汉岭》：大连市寺儿沟区大粪合作社集体创作，白玉江、孙树贵、赵慧深、田稼执笔，新中国书局 1949 年 4 月出版；生活·读书·新知三联书店 1949 年 9 月翻印再版。封面均衡编排，上部棕红色印刷体书名横排，右下角加入棕白木刻人物版画图案。内收有方冰、白玉江的《为甚么要演出〈穷汉岭〉（代序）》，白玉江等创作的五幕剧《穷汉岭》，以及何钧记录的《关东教育行政会议座谈〈穷汉岭〉》，雪苇的《关于〈穷汉岭〉》，陈陇的《看〈穷汉岭〉以后》等"附录"文章。

《大众的诗歌》（批评介绍）：艾青等著，大连大众书店 1949 年编辑出版，为"大众文艺丛书"之一。封面水平编排，构图直观，上部框线图形中黑色印刷体书名，下方木刻群舞人物版画图像居中。内收有杨思仲的《关于民歌》，柏桦的《永远活在人们的心里》，艾青的《汪庭有和他的歌》，文教会艺术组的《吆号子》4 篇论文，以及书前的《"大众文艺丛书"印行缘起》。

《幕阜山团圆会》：宋之的等著，新华书店 1950 年 2 月出版，为"部队文娱材料"。封面均衡编排，上部横排双行红色印刷体书名等文字部分，右下方插入彩色木刻人物图像。内收有宋之的的《幕阜山团圆会》；继水、李二编剧，晋奎作曲的《枪，到那里去了》和《解疙瘩》，阿千等编剧，薛淑琴作曲的《孙二保过年》；明的《三战士慰劳班长》等 5 部剧作，以及部分剧目曲谱和书前的《编者的话》等。

《论〈王贵与李香香〉》：周韦编，上海杂志公司 1950 年 7 月出版。封面水平垂直编排，上方棕红底图形插入横排美术体红白书名，下方居中棕色木刻装饰图案和红色垂直线条。内收有郭沫若的《关于〈王贵与李香香〉》，陆定一的《读了一首诗》，周而复的《写在〈王贵与李香香〉诗后》，钟敬之的《从民谣角度看〈王贵与李香香〉》，解清的《从〈王贵与李香香〉谈起》，芝青的《〈王贵与李香香〉读后记》，葆璘的《人民的诗歌》和林平的《略谈陕北民歌"顺天游"与〈王贵与李香香〉的创作》等 8 篇论文。

《短篇小说（第 1—2 集）》：中国作家协会农村读物工作委员会编，作家出版社 1963 年 11 月出版，为"农村文学读物丛书"系列。封面构图两集相同，左侧加入木刻向日葵版画且分别为蓝黄色，书名黑色印刷体竖排。在书前《开篇之前——向读者交代的几句话》中，编者声明："短篇小说第一集侧重反映新民主主义革命时期农村的斗争生活，包括土地改革；反对封建迷信及宗法制度，争取个性解放、婚姻自由的斗争；农村在革命斗争中的移风易俗、发扬新的社会风尚等内容。第二集侧重反映几次革命战争——土地革命、抗日战争和人民解放战争等时期的武装斗争。这两个集子，是从一九四二年延安文艺座谈会以后，几近二十年间的短篇小说中选出来的"。[①] 其中，第一集内收有赵树理的《李有才板话》《地板》《登记》和《传家宝》，马烽的《村仇》，孙犁的《正月》，康濯的《我的两家房东》和《春种秋收》，葛洛的《卫生组长》等，以及高玉宝的《半夜鸡叫》，刘真的《春大姐》等 12 篇作品；第二集中收录有邵子南的《地雷阵》，孙犁的《荷花淀》和《山地回忆》等，以及邓洪的《潘虎》，王愿坚的《党费》，峻青的《黎明的河边》和《老水牛爷爷》，萧平的《三月雪》和杨尚武的《追匪记》等 12 篇作品。

《秧歌剧选》：张庚编，人民文学出版社 1977 年 6 月编辑出版。封面构图

---

① 中国作家协会农村读物工作委员会编：《短篇小说（第一集）·开篇之前》，作家出版社 1963 年版，第 1—2 页。

简洁直观，中上方加入大幅暖色陕北剪纸图像，书名为黑色横排印刷体。内收有马健翎的《十二把镰刀》等 18 部作品。该书和 1962 年版的同名选本相比，删去的 4 部剧目分别为《陈家福回家》、《买卖婚姻》、《好军属》和《一场虚惊》，以及将《周子山》修改为《惯匪周子山》等。同时，编者也对1962 年版的《后记》进行了明显的修改。在新版的《后记》中称，本书不仅是为了纪念毛主席《在延安文艺座谈会上的讲话》发表三十五周年，为了欢庆以华主席为首的党中央一举粉碎"'四人帮'的伟大胜利"而修订"再版"的。而且指出，"王张江姚'四人帮'出于篡党夺权的罪恶目的，疯狂反对毛主席革命文艺路线，篡改革命文艺的历史，否定我国无产阶级文艺的革命传统。他们为了把资产阶级阴谋家、野心家江青打扮为'文艺革命的英勇旗手'，竟公然把无产阶级文艺从《国际歌》以后到京剧革命以前的历史，胡说成似乎是一段'空白'。秧歌剧和许许多多革命文艺作品的存在，就是对'四人帮'的无耻谰言的有力批判"等。[1]

《解放区黑白木刻》：苏林编，广西美术出版社 2001 年 1 月出版，为"中外黑白木刻精品库"之一。封面水平编排，整幅黑白木刻画版式上方棕红图形中插入黑色印刷体书名等文字。内收有编者的《风光这边独好——解放区木刻概述》，以及由"北方解放区"和"南方解放区"两辑构成，包括沃渣、古元、马达、陈叔亮、庄言、力群、罗工柳、毛宁、郭钧、王式廓、萧肃、刘蒙天、彦涵、吴劳、苏晖、石鲁、刘岘、王流秋、张映雪、刘迅、计桂森、邹雅、夏风、张望、刘泮滨、戚单、杨涵、艾炎、苏光、李梓盛、牛文、邓野、吴耘、关夫生、莫朴、阿老、沈克坚、武石、黎鲁、涂克、芦芒、徐灵、严学优、石明、亚明、钱小惠、顾朴、高斯等作家的150 余幅木刻画作。

---

① 张庚：《秧歌剧选·后记》，人民文学出版社 1977 年版，第 508 页。

第三节　"删整芜秽"：延安文艺总集的史料价值

如果说在中国古代文学史料学中，《诗经》被视为第一部诗歌总集，那么考察中国现代文学的史料来源分布，1920 年 1 月由上海新诗社出版的《新诗集》（第一编），以及稍后由许德麟编辑，上海崇文书局、中原书局 1920 年 8 月出版印行的《白话诗选》（或称《分类白话诗选》），则分别为中国现代文学史料学中的第一部诗文总集和新诗总集。正如《新诗集》（第一编）的编辑者所言，他们编辑这部诗文集"有四种理由"，一是"汇集几年来大家试验的成绩"，以使"他们的怀疑，便可'冰消瓦解'了"；二是为"各处研究新诗"的人，"找一个老师"。而"老师找到了，可常常去研究他磨炼他；我们的同志越多，新诗的进步一定越快了"；三是"要使大家翻阅便利"；四是为了"批评那已经做好的诗"及"比较起来"、"容易一些"等。① 同样，《分类白话诗选》的编者，也是出于"现在正在创造的时代，总得要经过多数人的研究和多数精神的磨炼，然后能够达到圆满的目的。要求经过多数的研究和磨炼，第一步的办法须要把白话诗的声浪竭力的提高来，竭力的推广来，使多数人的脑筋里多有这一个问题，都有引起要研究白话诗的感想，然后渐渐的有'推陈出新的希望'。这个就是要编这一部白话诗稿的本意"②。所以，对于 20 世纪中国文学来说，总集的史料价值，包括延安文艺总集在文献资料的"品藻异同，删整芜秽"，以及其"览无遗功"和"网罗放佚"等方面的价值与意义，理所当然地使其成为延安文艺文献史料的一种重要类型。

---

　① 新诗社编辑部：《吾们为什么要印〈新诗集〉》，陈绍伟编《中国新诗集序跋选》，湖南文艺出版社 1986 年版，第 3—4 页。

　② 许德邻：《分类白话诗选》，陈绍伟编《中国新诗集序跋选》，湖南文艺出版社 1986 年版，第 57 页。

一 在延安文艺文献史料的检索及保存方面

在文献史料检索方面，延安文艺总集和其他的文艺史料总集一样，可以为研究者提供系统而完备且便于检索的文献资料。其中，为读者及研究者提供系统完备的作家作品及其相关文献资料，一般也是求全的延安文艺总集编选者的自觉意识，以及求精的延安文艺选本及其总集类型文献史料编纂的一个主要目的。例如，1947 年 7 月到 9 月间，张庚在张家口编辑出版的三集《秧歌剧选集》的《前言》，分别指出了各个选集中收录的秧歌剧作品及其艺术特征。即第一集中"所收到的几个秧歌短剧，是从延安几个专业剧团的许多秧歌作品中选出来的。这些剧团的作品很多，选定本是不容易的事，尤其是选定能代表他们作风的作品更难"；第二集中"所收的都是以士兵生活或军民关系为题材的短剧"，并且"这里所选的几个短剧虽然也都是在战士和一般观众中间有定评的作品，但是因为手边材料很不完全，特别有几个写出较晚的如《张得胜烧炭》《兵夫关系》《好同志有错就改》等反映问题比较更深刻，在部队中起教育作用比较更大的作品没有选进来，是一个很大的遗憾"；第三集"所收的秧歌剧，都是陕甘宁边区群众秧歌运动开展起来以后群众自己所创作的东西。群众自己创作的秧歌，当然不止这几篇，不过是从我们所收集到手头来的五十多本新作品中选出来的罢了，然而我们所得到了五十多本，又是群众创作中的一小部分。群众究竟创作了多少新秧歌，这个我们是无法统计，而且也是很难估计的。我们只知道，在广大的群众秧歌中间，新秧歌的创作还是少数，而旧秧歌仍是多数，虽然从数量上说，新秧歌已经产生了不少"。① 对此，1962 年中国戏剧出版社再版《秧歌剧选》时，张庚就曾回忆道："我在一九四六年时，曾经把陕甘宁边区的秧歌剧选了一部分，印成《秧歌剧选集》三本，在张家口出版，这次印得不多，外间流传很少，后来又在佳木斯重新排印，发行东北各地，现在也很少了。一九四九年，北京出了一套《中国人民文艺丛书》，由新华书店印行的，其中收了若干种

---

① 参见张庚《秧歌剧选集·序》（1—3 集），东北书店 1947 年版，第 1—5 页。

秧歌剧，印成三本，所选的范围比我的要广泛，时间上一直到解放战争，地域也包括各解放区，在选择的标准上也比我的严格些。这套丛书影响很大，发行也很广，但现在看来，它在编选秧歌剧这几本的当时，所见的作品仍旧不够广。后来在一九五七年，人民文学出版社又出了一种《秧歌剧选集》，基本上是从《中国人民文艺丛书》和我的选本中挑出来的，没有从更大的范围中去重选。"① 所以，如果研究延安文艺及其新秧歌运动，通过这些选集即可为研究者提供许多重要的研究史料。

因为，我们在研究延安文艺运动及其创作方面的问题时，通常首先要面对的就是查找相关作家作品及其资料的问题。其中常常会遇到三个方面的困难。一是许多应当查阅的延安文艺作品，由于战乱及印刷等方面的原因，造成作品的散佚等而不易找全。或者即使能够在一些目录索引中查寻到作品的存目，但由于收藏或孤本等原因却无法寻访到作品。这尤其表现在延安戏剧研究专题方面。二是在延安文艺作品的搜集整理及其编辑出版方面，由于学术思想及其研究的领域更多受到当代中国社会思潮及政治意识形态影响，使得许多的延安文艺作家及其作品，随着时间的流逝及岁月的老去，以及相关文献史料的整理编辑工作被忽略或遮蔽，因此造成许多延安时期的作家及其作品的人为散失，以及需要查找相关研究的文献资料时过于零散或留下遗憾。三是由于延安文艺运动及其创作与现代中国政治革命及其历史进程的紧密关系，以及当时社会文化及政治思想演变的影响，造成许多延安文艺作品和相关文献资料，在随后的编辑出版中被修改或被规范等版本上的变化。这种状况甚至在近年来编辑出版的一些大型延安文艺总集或文献资料汇编中也都有不同程度的存在。因此，尽管这些延安文艺总集收录的作品版本及其文献资料，也几乎都需要经过仔细认真的校勘鉴别才能够使用。但是即使如此，在现代文献史料研究中，其作为版本或文体鉴别校勘过程中所提供的一种"定本"或"善本"，事实上又为研究者考察辨析其版本及文体变迁的政治文化等历史原因，提供了重要的文献资

---

① 张庚：《秧歌剧选·后记》，中国戏剧出版社 1962 年版，第 631 页。

料。因此，如果研究者期望成为研究延安戏剧的专家，那么就可以看一看张庚在延安时期及抗战胜利以后，以及 20 世纪五六十年代编辑的《秧歌剧选》。在了解及把握其延安戏剧选集的搜集整理工作基础上，认识延安文艺运动及其创作活动的发展演进。

所以，对于作为 20 世纪中国文艺文献史料及其史料类型之中的延安文艺总集来说，无论是总集或是选本都有文献资料的检索价值。从而可以使延安文艺研究者避免为搜集文献资料而必须耗费过多时间及精力，以及寻访、查找等的翻检之苦而得以坐享其成。

在延安文艺文献史料的保存方面，求全的与求精的延安文艺总集及其编纂出版的宗旨与任务之中，也都清楚地或客观地申明了保存延安文艺文献资料的目的。如 1946 年 1 月由重庆四海出版社出版，伍文编著的《延安内幕》一书，不仅收录了多篇记述毛泽东、朱德及周恩来等中共领导人的文章，而且对延安文艺运动中的一些代表作家，如萧三、艾青、周扬、艾思奇、范文澜、吕振羽、张庚、赵伯平、欧阳山、丁玲、陈学昭、陈波儿、杨绍萱、柯仲平，以及对创造社老作家成仿吾、李初梨等，也进行了专门的评述和介绍。从而通过具体地史实叙述和细致地情节描写①，使人们能够从中切实领略到历史的现场感，也可以说为延安文艺研究提供了某种搜残存佚的历史资料。

同样，在 20 世纪 80 年代以来编辑的多种大型延安文艺文献资料总集或选本中，这种保存文献史料的意识更加明确自觉。如从 1984 年开始陆续编辑出版的大型《延安文艺丛书》，不仅在其《编辑说明》中申明，要将"提供一套比较完整、比较系统的文艺作品选集和部分比较重要的文艺活动史料"等，② 作为自己编辑出版的目的。同样，1992 年出版的《中国解放区书系》也在其不同的选集卷册中，强调在文学搜集整理延安文艺作品及其相关文献史料方面的"原始"性与"历史"性意识及方法。如在"小说卷"中，编选

---

① 伍文：《延安内幕·短序》，重庆四海出版社 1946 年版。
② 苏一平、陈明主编：《延安文艺丛书·第 7 卷·秧歌剧卷·编辑说明》，湖南人民出版社 1985 年版，第 1 页。

者们强调，他们所选编的延安文艺小说总集，即"是在翻阅了大约 500 万字解放区中短篇小说的基础上编辑而成的。几个主要解放区的小说创作，我们都广泛收集阅读，一些较小的解放区的作品，凡是能够在旧报章杂志或各类选本、作品集中找到的，我们都力求不使其遗漏。但我们的人力毕竟有限，再加上有些资料已无处寻访，无意的直至无可奈何的遗珠，也在所难免。最明显的例子，便是梁斌的中短篇小说，在本编中只好暂付阙如。不少文学界的同志都知道，他的中篇《三个布尔雪维克的爸爸》，实际上是后来长篇小说《红旗谱》的雏形，然而这次多方搜求，也无法找到当时发表这篇小说的报刊，作者本人手头亦无存稿"。因此，其编选所遵循的原则包括：一是"凡属解放区的作家或一度到过解放区、写过有关解放区作品的作家，我们尽量选编他们创作出来的最优秀的作品。因本编篇幅所限，而应当入选的作品又很多，每位作家一般只选一篇作品，但对一些在国内外影响较大的作家，则酌情多选一二篇"。二是"已有中篇入选的作家，除极个别情况外，一般均不再选其短篇，这主要也是受本编字数的限制"。三是"除了成名作家，我们的选编目光，始终放在解放区大量的不甚有名气的作者身上。他们中有些人，一生中也许只写过一篇作品，但却生动、扎实，在各自不同的方面反映了解放区多姿多彩的生活。有些人则把文学创作当成业余爱好，从他们所在的岗位，真实地记录了时代的一鳞一爪"。四是"选编中，我们充分注意了题材的多样性，生活的广阔性，以及艺术风格的差异。对于题材相近的作品，我们择优选用，力戒雷同"。五是"选编时限，从抗日战争爆发开始，到中华人民共和国成立截止，但也有极少数的作品在发表时间上，略有突破"。①

此外，在延安文艺总集中，还有一些按地域或题材收录的文献资料总集或汇编，由于专注于某个地区及某个组织与团体的延安文艺运动及其创作活动，因而使得许多容易被大型延安文艺总集忽略的文献资料，也因此得以受到专门的关注并赖之以存。如 1991 年年底编辑出版的多册《河北文化史志资料丛书》，包括有《晋察冀革命文化史料》、《晋察冀 晋冀鲁豫乡村文艺运动

---

① 林默涵总主编，康濯主编：《中国解放区文学书系·小说编四·后记》，重庆出版社 1992 年版，第 2834—2835 页。

史料》和《晋察冀革命戏剧运动史料》等。其中就分别收录了孙犁的《1940年边区文艺活动琐记》，沙可夫的《晋察冀边区的文学艺术》，杨朔的《敌后文化运动简报》等；《边区文联及鲁迅奖金委员会公布"军民誓约运动征文"首批入选作品》《鲁迅文艺奖金委员会公布1942年一季度入选作品》等重要地域性的延安文艺文献资料，以及田野的《田庄演出与开展乡村剧运》，辛光的《影响与提高》，黎逸的《农村文化活动一斑》，朱穆之的《"群众翻身，自唱自乐"——在晋冀鲁豫边区文化工作者座谈会上关于农村剧团的发言》，陈荒煤的《农村剧团的提高》，秦兆阳的《实行〈穷人乐〉方向的几个具体问题》，也牧的《东漂里村剧团简史》，浑然的《农村剧团的旗帜——记太行人民剧团的成长》等，孙犁的《民族革命战争与戏剧》，新录的《关于街头诗》，鲁萍的《谈谈街头剧》，李公朴的《戏剧"现实化"、"大众化"》等，以及收录了田间的《关于〈我们的乡村〉及其演出——只有我们的乡村才能产生〈我们的乡村〉》，萧三的《欢迎西北战地服务团回延安》，周扬的《论〈红旗歌〉》等；第四部分"政治攻势"，收录了韩塞的《戏剧在政治攻势的前线上》，智世明的《一个文艺战士的回忆》，洛丁的《戏剧的奇迹》等，因而也为延安文艺研究保存了许多珍贵的文献史料。

二 对于延安文艺理论批评及其历史研究的学术价值

由于延安文艺的总集编选也和任何的编选本一样，其中不可避免地贯穿及实践着编者的编辑理念及其文艺观念，以及文艺理论及其美学趣味，因此，从文学批评及学术史的角度来看，延安文艺总集的编选实际上也是其进行文艺批评及其学术研究的一种方式。如1939年4月由生活书店出版，丁玲主编，劫夫、史轮、敏夫等著的《战地歌声》，作为抗战开始后"西北战地服务团"较早编辑出版的一部延安文艺总集，是对于抗战期间生活现实的一种反映及对文艺作品的汇编。其中也鲜明地显示出当时这些延安文艺工作者的文艺主张及其审美趣味。如在《前记》中，丁玲就明确指出，选集中的这些歌曲是由"我们的同志们四方搜罗小曲，歌谣，改编新作"而成，同时申明了编写《战地歌声》这一集子的目的，即"一方面希望在救亡工作上能给予些

帮助，一方面也是给艺术的形式问题一个参考"。① 由此可见，文艺自觉地为
"抗日救亡"服务，不只体现并落实在其文艺书籍的编辑理念及其社会目的
方面，同时也反映出抗战初期延安文艺工作者，包括丁玲等作家文艺观念
及其美学趣味的变化。此外，1947 年 2 月由李之华编辑，东北书店出版，
1948 年 6 月再版的《翻身秧歌集》，从编辑出版的历史背景上看，正如编者
在《前言》中所说，"东北解放区群众翻身运动蓬勃开展，广大农民获得了
应有的土地，他们胜利的愉快和保卫胜利的战斗热情，一般的呼啸，吆喝，
畅笑，跳跃已不足表达他们内心的语言，他们需要歌唱，需要舞蹈，需要
用他们所喜闻乐见的艺术形式，抒发出他们'心花怒放'的胜利心情、'钢
铁凝结'的斗争意志"。因此，选集中除了收录他们创作的 8 个东北秧歌作
品外，出于"创造东北新秧歌，要靠所有革命文艺工作者，民间艺人，大
家共同努力"的需要，编者"在这集子后面，'附录'了一篇《东北秧歌
初步调查》（也可以说是民间艺人的谈话录）当作材料，供研究者的参
考"等。②

　　尤其值得注意的，除了 1949 年前后由周而复主编的"北方文丛"，以及
周扬主编的"中国人民文艺丛书"等系列丛书，所展示出的"新的人民的文
艺"及其"工农兵文艺"方向之外，20 世纪 80 年代先后编辑出版的《延安
文艺丛书》和《中国解放区文学书系》等，更与当代中国的文学思潮及其文
学观念的演变紧紧地联系在一起。正如丁玲在《延安文艺丛书·总序》中所
述，这套大型延安文艺总集的编辑出版，不仅是针对当时文艺界"经历了十
年动乱之后，在新形势下，一些年轻的文学艺术工作者在这个'土'与
'洋'，'新'与'旧'的问题上又产生了迷茫。曾在土的基础上创新过的一
些同志，也为某些'洋'吓住了，自己羞于与'洋'媲美。在这些同志的心
目中，延安时代的文艺是早已过时、陈旧、落后，沦为'土'了；就是沿着
延安道路发展壮大的五十年代的文艺，即社会主义现实主义的文艺也都成了
过时的土产，不足以为范的了"等当代文艺思潮及其美学观念的反应，同时

---

① 丁玲主编，劫夫、史轮、敏夫等著：《战地歌声·前记》，生活书店 1939 年版，第 1 页。
② 李之华编：《翻身秧歌集·前言》，东北书店 1947 年版，第 1 页。

又是"当年在延安从事文艺工作的同志们，集会纪念毛泽东同志在延安文艺座谈会上的讲话发表四十周年，决定成立《延安文艺丛书》编委会，组织全国各地的文学艺术工作者，分卷编选在延安和写延安的各种文艺代表作"等行动带来的一项直接成果。① 同样，在"中国解放区文学书系编委会"撰写的《中国解放区文学书系·总序》中，则强调延安文艺"作为人类创造新生活的又一历程的记录，其反抗侵略者、压迫者的战斗之艰辛，时间之久长，进程之曲折、酷烈和悲壮……，为人类历史所罕见。这是中国作家与人民共命运同战斗，迎接新中国黎明的真实记录，是小米加步枪，真理和热血浇铸起来的人民胜利的丰碑"，将"在文学上如何正确地总结经验教训，在错综纷繁的生活里，如何认清本质，把握主流，在中国人民坚持四项基本原则，坚持改革开放的现实斗争中，发扬无产阶级的革命传统，反对资产阶级自由化，抵制国内外敌对势力的和平演变，以最大的服务热情，最好的创新成果，帮助党和人民推进社会主义四化大业，是历史赋予新时期文学艰巨光荣的任务。当年解放区文学和人民紧密结合，在党的领导下披荆斩棘的开创精神和辉煌实绩，无疑是留给今天和后人的一份宝贵的财富"，② 作为贯穿其延安文艺总集编辑出版的基本原则，以及表达并张扬其文艺思想及其美学主张的中心内容。

三　延安文艺文献史料的考订辨别及存在的问题

延安文艺总集有的编纂较早，因此在收录的文艺作品及其文献资料上，不仅一般都有着作为"第一手"史料的直接性与原始性特征，较为接近文献史料的原貌。同时，许多收录较为全面完备的延安文艺总集，因其作品版本及其文献史料的考订较为精心，进而可以为延安文艺文献史料的考订、辩伪、辑佚等，提供较为真实可靠的文献史料依据。

例如，1946 年 8 月由文协张家口分会出版，周扬编辑的二辑《解放区短

---

① 雷加主编：《延安文艺丛书·第4卷 散文卷·总序》，湖南文艺出版社 1985 年版，第 7—9 页。
② 林默涵总主编，雷加主编：《中国解放区文学书系·散文·杂文编 一·总序》，重庆出版社 1992 年版，第 2—9 页。

篇创作选》，就收录了丁玲、孔厥、康濯、葛洛、束为、丁克辛、邵子南、孙犁、刘石、韦君宜、秦兆阳和高朗亭等，以及刘白羽、吴伯箫、金肇野、周而复、仓夷、华山、陈祖武、师田手、李湘洲、一擎、萧平、林风、蔡前等延安作家的代表作。对此，编者也在《编者的话》中，对其编选的范围，以及标准和目的做出了说明。强调这是"从解放区所发表的小说和报告中，编选成集子，定名为解放区短篇创作选"的一套延安文艺总集。同时指出："这里所选的只是小说和报告方面的作品，而且还不过是其中很小的一部分。由于交通条件的限制，编辑时间的仓促，很多解放区这方面的创作我们一时无法搜集，因此我们的选择就不能不以延安所发表的为主，但就以我们现有的材料来说，我们的选择也还是远没有达到精当完善的地步。"并且，编选的作品，虽然"主要是文艺座谈会以后的东西，或者更正确的说，是文艺座谈会讲话的方向在创作上具体实践的成果。在内容上，这些作品反映现实虽然还是非常不够，但他们究竟反映出了中国历史上从来没有的新的生活与新的人物。在形式上，我们也已经可以从这些作品中看出一种新的风格，民族的、大众的风格，至少是这种风格的萌芽"。因而，虽然"这些形式也并不是完整的，水平一致的，可以说是各色各样的，参差不齐，然而这正是新的伟大的人民文艺的创造过程中的一个特点"。[①] 于是，这套较早编纂的延安文艺小说集和报告文学集，就为这些延安作家及其文艺作品的考订及其版本的鉴别等，提供了基本的文献依据及资料方面的帮助。

同样，那些编纂时间较早的延安文艺总集，也是延安文艺文献史料搜集整理中，发掘钩沉与辑佚整理延安文艺运动"副文本"资料的重要来源。其中除了早期出版物上刊登的种种延安文艺书籍广告，以及书籍插图等"副文本"史料之外，还有当时编辑出版的图书刊物封面图画及图案设计等。如1947年7月华北新华书店出版的《大柳庄记事》小说总集，作为其编辑出版的"晋冀鲁豫边区文艺创作小丛书"之一，除了收录有五位延安作家的5篇短篇小说作品外，还有作为副文本之一值得注意的书后上刊载的一则署名为

---

① 周扬编：《解放区短篇创作选·编者的话》（第一辑），新华书店1946年版，第1页。

"华北新华书店编辑部"的《华北新华书店为征求图书及建立交换关系启事》。其全文如下："敬启者：我们因设备不周，时感参考资料缺乏的困难。为此，谨向各兄弟区报社、书店、文化团体以及其他文化出版机关，征求各种书报杂志。如蒙惠赠，当以我们出版的书志，等量奉酬；并希时赐目录及样本，以便设法购置或定期交换。"① 所以，在较早编辑出版的许多延安文艺总集中，不仅可能发现其收录的一些亡佚或散佚的作家作品，即所谓"因文存人"或"因人存文"等，为后来的延安文艺总集编纂提供了不少散佚的作品及文献资料，而且其较早的版本及其"副文体"的搜集整理，既为延安文艺的研究提供了更为丰富的文献史料，又为延安文艺文献史料的整理与研究拓展出新的研究领域及其学术空间。

在延安文艺总集中，除了也会出现古代文学史料学上通常出现的误收、漏收等状况外，最主要的问题一般表现在两个方面：一方面是对所收录的延安文艺作品及其文献资料的删、增、改问题；另一方面则是对所选录作品或文献资料的出处未做出注释，或注明出处错误等。

例如，初刊于 1936 年 3 月巴黎的《全民月刊》杂志，并于 1936 年 7 月在莫斯科出版单行本，然后传入国内的《随军西行见闻录》，是廉臣（陈云）1935 年 8 月离开长征队伍赴上海领导恢复开展中共的地下工作时，写作完成的第一本向世界及国内正面介绍长征的书籍。1937 年 4 月上海丁丑编译社编辑出版的《外国记者西北印象记》中，将其作为附录收录；1938 年 1 月由上海生活出版社出版的《第八路军红军时代长征史实：随军西行见闻录》中，则是以"随军西行见闻录"为主，又附录了"长征闲话"编辑而成。在《编后小记》中，编者梦秋声称"我特编这部《随军西行见闻录》，在这里留下了《二万五千里的长征史料》"。② 所以，当 1985 年 6 月，红旗出版社采用同名再版《随军西行见闻录》后，虽然在书中的"编者按"中，编者也称其为

---

① 华北新华书店编辑部：《华北新华书店为征求图书及建立交换关系启事》，古北等《大柳庄记事》，华北新华书店 1947 年版，第 99 页。

② 梦秋编著：《第八路军红军时代长征史实：随军西行见闻录》，上海生活出版社 1938 年版，第107 页。

"现特刊陈云同志一九三五年写的《随军西行见闻录》，作为纪念"，① 但是经过校勘，就能明显发现，这一新版《随军西行见闻录》，已经对原作文字做了修改处理。其中，除了如"朱毛"，改为"毛泽东朱德"，"赤军"改为"红军"，"看来蒋委员长亲身督剿"，改为"看来蒋介石亲身督剿"等，甚至字句结构也做了规范化修改，如原作"我国共产势力"，改为"我国共产党势力"；原作"已成为中国一强大力量"，改为"已成为中国的一强大力量"；原作"但朱毛实力，有增无减"与"不料朱毛早见及此"等句，分别改成"但毛泽东朱德部实力有增无减"，以及"不料毛泽东、朱德早见及此"等，明显地破坏了文献史料的原始性及其使用价值。

　　再如，作为延安文艺运动及其民歌体叙事诗歌创作方面的代表作品，李季的《王贵与李香香》是1949年前后许多延安文艺总集中被收录的经典性作品。但是，在1952年及1955年后编选的延安文艺总集或选本中，经过校勘及考证，就能够看到许多地方都有明显的修改。其中，诸如对作品中有关"中华民国"纪年和某个政治人物等内容的删节及修改。如《王贵与李香香》的初刊本及1949年的"中国人民文艺丛书"本中，在第一部第一章的"崔二爷收租"里，所使用的都是中华民国纪年法，而在人民文学出版社的1952年重排本，以及其后的其他文本中，都修改并采用了公元纪年法。因此，也将首句"中华民国十九年"，以及"民国十八年雨水少""十九年春荒人人愁""十八年庄稼没有收"等，分别修改为"公元一九三零年"和"一九二九年雨水少""第二年的春荒人人愁""天旱庄稼没收成"。除此之外，原始版本第二部第一章"闹革命"中，"头名老刘二名高岗，红旗插到半天上"一节里，所提到的和刘志丹同样都被视为"领导陕北老百姓革命的领袖"高岗，② 由于1954年作为"高岗、饶漱石反党联盟"的首犯自杀身亡，以及随后被开除党籍和撤销党内外各项职务等，因此，从1955年4月第六次印刷的人民文学出版社重排本及其后的作品文本中，都删去了"高岗"的姓名，而这一节的诗句，也被修改为"领头的名叫刘

---

　　① 陈云：《随军西行见闻录》，红旗出版社1985年版，第1页。
　　② 参见李季《王贵与李香香》，新华书店1949年版。

志丹，把红旗举到半天上"，显示出这种以新的民族国家意识及其历史观念，对作品及其文本叙事内容进行有意识的过滤、遮蔽和遗忘等，以适应"当代文学"的话语规范及其叙事目的。

同样，如近年来由陕西人民出版社策划出版的《红色档案——延安时期文献档案汇编》，如编辑者所声称的那样，这是一套囊括了目前能收集到的延安时期政治、经济、军事、文化、教育等，以及延安时期出版的期刊、图书，以及个人日记、笔记、单位档案材料等的大型历史文献资料丛书。其中，所收录的1939年12月解放社出版的《陕甘宁边区实录》，又名"边区实录（初集）"，就是在毛泽东的直接指示之下，由当时他的办公室秘书长李六如和秘书和培元共同编辑，后经周扬修改出版的一部介绍宣传陕甘宁边区的书。该书的第六章"陕甘宁边区的群众团体"和第七章"陕甘宁边区的学校"中，对延安文艺运动及鲁迅艺术学院、抗大等，分别在第五节"边区文化界救亡协会"等部分有专门的说明。例如："文艺上的活动"，"'文协'曾发动了三个集体创作：一是《我怎样到陕北来》，由许多从各地来陕北的人执笔，反映中国各地前进的青年是怎样由各种不同的道路走到民主的抗日根据地来。二是《十年牢狱生活》或称《三千六百日》。十几年来不少前进青年，在牢狱中经过了长期的生活。这个集体创作就是由一位坐了十年牢狱的某君号召，由全国各地在牢狱里生活过的人执笔。三是《五月的延安》，以各种不同的手法，反映延安各方面的生活。前二者正在编辑中，后者已经编好交书店出版"。并且分别介绍了延安的"诗歌运动""文艺小组""《文艺突击》"及"战地文化工作"等。①

不过，被收录在这套《红色档案——延安时期文献档案汇编》并影印出版的《陕甘宁边区实录》中，编选者却删去了原书的《陕甘宁边区实录序言》一文，因而使这部历史文献及其作为延安文艺研究资料的价值大打折扣。因为，正是在这篇序言中，《陕甘宁边区实录》编者对当时编选这本书的动机及目的有清楚的说明，指出"陕甘宁边区久为全国甚至全世界人士所属目，

---

① 《红色档案——延安时期文献档案汇编》编委会编纂，齐礼总编：《陕甘宁边区实录》，陕西人民出版社2013年版，第108—112页。

是大家极欲了解的一个地方。特别是抗战的今天，许多中外人士，不远千里甚至数万里来边区参观考查，各地青年潮水似的涌到这里来。许多新闻界的朋友，曾博访周咨，写成印象记、访问记之类的东西，对边区作过一些宝贵的介绍。也有少数别有用心的人，捏造黑白，对边区肆意攻击，诋为'封建割据'，'破坏统一'。边区究竟是怎样一个地方？向全国人民做一个忠实的全面的介绍，是十分必要的。这是我们编辑这本《陕甘宁边区实录》（简称《边区实录》）的动机"。① 除此之外，并且声明书中所介绍的"陕甘宁边区"及其各方面状况，"事实上是一九三七——三八年两年度的实录"，而"本书的完全责任，都由编者个人完全负担，假如其中的解释或报导有错误或失实之处，希望读者指教，当再据实修正"。②

---

① 齐礼编著：《陕甘宁边区实录·陕甘宁边区实录序言》，延安解放社 1939 年版，第 1 页。
② 同上书，第 3 页。

第二章 别集类型的延安文艺史料研究

在中国史料学及其文学史料研究中，别集类型的文艺史料就是指按一定的编辑体例，将一位作者的作品汇编成册的书籍。这类文学书籍的名称，直至今日，也一般仍然沿用传统的旧称。即名之为集、合集、全集或遗集，亦称之为稿、文稿、类稿或丛稿、存稿、遗稿。或不以集或稿命名，而称之为文钞、文略或遗文等。所以，在文学史料搜集整理及其研究中，判定文艺别集的基本标准，并不在于其采用的是什么书名，而是确定其是否为一个作者的作品集。只要是一个作者的作品集，就可以认定其为别集。

别集的起源，从古至今，固然有所谓"学者欲矜式焉，故别而序之，命之为集"等作家个人及其社会文化等原因的主导，① 因为"作家结集自己作品，都是自信的，都以为自己的作品，已经具备这种功能，可以传之久远"。② 所以，仅据阿英编选的《中国新文学大系史料·索引（1917—1927）》中的新文学运动第一个十年，所著录的新文学别集就有约 230 余种。其中，现代诗歌别集 70 余种；现代小说别集 100 余种；现代戏剧别集 19 种；现代散文别集近 40 种。同样，根据 1958 年 10 月北京图书馆编印的《馆藏解放区出版文艺作品书目》，当时仅在北京图书馆收藏的延安文艺作家别集，就有诗歌别集 10 余种，小说别集 70 余种，戏剧别集包括秧歌剧和新歌剧、话剧、戏曲等在内有 70 余种，散文别集包括报告文学与散文等近 20 余种。此外，还有鼓词、歌谣、小调，以及民间故事、儿童文学等作家别集多种。由此可见，包括单

---

① （宋）晁公武：《郡斋读书志校证》，上海古籍出版社 1990 年版，第 801 页。
② 孙犁：《谈读书记》，傅光明编《孙犁散文》，浙江文艺出版社 2007 年版，第 314 页。

独印行或单篇成册的作家别集，即使从那些远非完全的中国现代文学及延安文艺的相关书目资料中，也都能够便捷清楚地查找发现。因此可以说，中国现代文学及延安文艺别集，实际上是一种蕴藏着异常丰富的史料来源及分布广泛的现代文艺史料类型。

第一节 延安文艺别集的编纂出版

从别集的编纂及其编者的角度来看，需要特别注意的就是，延安文艺别集编纂和中国古代文学史，以及 20 世纪中国文学发展过程中的一般所谓官编、自编与他人编等编纂方式，事实上则有着明显不同的社会特征及其文化目的。这主要因为，延安文艺运动及其创作活动，从一开始就是中国共产党所领导的新民主主义文化及其社会政治实践的一个重要组成部分。正如毛泽东《在延安文艺座谈会上的讲话》中所强调的那样，作为中国共产党及其领导的政治革命领域中的"文化战线"，"党的文艺工作，在党的整个革命工作中的位置，是确定了的，摆好了的"，即延安文艺为"整个革命事业的一部分，螺丝钉"。[1] 因此，在 20 世纪 40 年代的延安文艺运动及其发展过程中，由中国共产党及其相关宣传文化领导机关主导或支持的延安出版机构，不仅在其所领导的以延安为中心的各"边区"创办出版机构及编辑出版书籍，同时也有意识地利用政治上"国共合作"达成的"合法性"，以及"民国机制"下多元文化共存的社会生态，有组织有目的地向当时国民政府统治地区的文化出版领域拓展。其中，从抗战初期直至 20 世纪 40 年代末，这些以公开直接的创办或隐身支持的合作等方式，通过创办出版社及出版发行延安文艺及其作家作品，以向"国统区"民众展现中国共产党及其军队的政治形象，宣传其意识形态观念与各项文化政策，以及其新民主主义的政治文化实践等活动。从而不仅有效地传播并配合了中国共产党的政治与文化方针策略，提升

---

① 毛泽东：《在延安文艺座谈会上的讲话》，解放社 1950 年 4 月版，第 1、29—30 页。

并塑造了以延安为中心各"边区"的"新民主主义中国"景象，同时，延安的新民主主义文化运动及党的文艺政策，包括延安文艺及其创作在"国统区"的合法出版与广泛传播，又对当时"民国机制"下的文学发展与"国统区文艺"运动的演变，尤其是抗战胜利前后延安文艺运动及其"新的人民的文艺"、"在全国实行"，① 从社会历史及读者受众等各个方面，提供并奠定了多方面前提和基础。因此，从编者的角度来看，延安文艺别集可以分为新华书店及各地的分店编、文化社团出版机构编，以及"国统区"的中共"文委"领导的出版机构编等几种情况。

一　新华书店及各地的分店编

从抗战初期开始，由新华书店及其分布于各个边区或"解放区"的新华书店分店编辑出版的延安文艺别集，不仅仅是一种政治行为及党对文艺工作者的一种政治态度，而且是延安文艺领导体制化或"党的文艺工作"的一种必然趋势及历史要求。1937 年 1 月，中共中央进驻延安后，中共中央党报委员会、解放社、新华书店及中央印刷厂等出版管理与编辑业务部门相继成立，也使以延安为中心的延安文艺出版活动迅速展开。其中，1937 年 4 月，在延安创建的新华书店，随着其出版发行网的不断扩展和各边区或"解放区"新华书店分店，以及各大战略区新华书店总店的先后成立，不仅奠定了中国共产党领导建设新闻出版与编辑发行机构及其"文化战线"队伍的基础，同时，作为推进新民主主义政治及其艺术实践的出版组织机构，又担负着延安文艺及其别集编辑出版发行的文化政治使命。

1936 年 8 月 5 日，为编辑《红军长征记》一书，毛泽东、杨尚昆在发给各部队的电报和参加长征同志的信中，清楚地表明了中国共产党及其领导人对于图书编辑出版工作的重要性及政治作用的认知。其中明确提出："现有极好机会，在全国和外国举行扩大红军影响的宣传，募捐抗日经费，必须出版关于长征记载。为此，特发起编制一部集体作品。望各首长并动员与组织师

---

① 周扬：《表现新的群众的时代·王实味的文艺观与我们的文艺观》，海洋书屋 1948 年版，第16 页。

团干部，就自己在长征中所经历的战斗、民情风俗、奇闻轶事，写成许多片断，于九月五日以前汇交总政治部。事关重要，切勿忽视"，并且在发给参加过长征指战员们的征稿中具体要求："现因进行国际宣传，及在国内国外进行大规模的募捐运动，需要出版《长征记》，所以特发起集体创作，各人就自己所经历的战斗、行军、地方及部队工作，择其精彩有趣的写上若干片断。文字只求清通达意，不求钻研深奥，写上一段即是为红军作了募捐宣传，为红军扩大了国际影响"等。①

同样，由 1943 年 9 月《小二黑结婚》出版的波折及其经过，也可以清楚地说明新华书店及其在各地的分店，在延安文艺别集编辑出版中的政治影响及其文化作用。据相关资料证明，1943 年 5 月，赵树理取材于当地发生的一个真实案例，创作了《小二黑结婚》这篇小说。小说完稿后，先是送给了当时的北方局党校负责人杨献珍审阅。杨献珍读后很欣赏这个作品，便推荐给了时任八路军副总司令彭德怀。"他看了，很满意，就给了北方局妇委书记浦安修同志看。她看了也很喜欢，随后即由彭德怀同志交给了太行新华书店去付印。"不过，结果却是"《小二黑结婚》当稿交到太行新华书店后，如石沉大海，杳无音信"。② 因为，"有的领导同志认为老赵写的'庸俗化的小故事'，不值得出版。也有人认为当前的大事是抗日，不歌颂伟大的抗日战争，却读这些儿女情长、婚姻琐事，也不大赞成出版。赵树理到书店问过几次，人家只是敷衍一番，不得要领"。③ 最后，还是在杨献珍的关心下，直接向彭德怀"说明情况"后，由彭德怀书写了"像这种从群众调查研究中写出来的通俗故事还不多见"的评语及题词，并"由彭德怀亲自交给了北方局宣传部长李大章同志，由他转交太行新华书店，小说才得以出版"。④ 所以，透过《小二黑结婚》这部赵树理小说别集编辑出版的前后经过，不仅反映出当时党

---

① 毛泽东：《毛泽东新闻工作文选》，新华出版社 1983 年版，第 37—38 页。
② 杨献珍：《从太行文化人座谈会到赵树理的〈小二黑结婚〉出版》，《新文学史料》1982 年第 2 期。
③ 华然：《〈小二黑结婚〉出版的前前后后》，《山西文史资料》1996 年第 5 辑，第 114 页。
④ 杨献珍：《从太行文化人座谈会到赵树理的〈小二黑结婚〉出版》，《新文学史料》1982 年第 2 期。

的文艺主管及其出版机构在延安文艺运动及其创作活动中的重要作用，同时也充分证明了新华书店在延安文艺别集编辑出版上的政治权力及文化影响力。

由此可见，延安时期的文艺别集编辑出版，除了基于全面抗战开始后中国共产党政治策略及其文化方针的历史性转变，以及其"只有延安不但在政治上而且在文化上作中流砥柱，成为全国文化的活跃的心脏"等党的文化战略及其方针的确立，[①] 尤其是"笔杆子"与"枪杆子"齐头并重的政治选择，以及对于知识分子及其文艺家的吸收、改造及"党性"意识重塑等文化实践之外，同时，以延安解放社、新华书店总店等为中心的出版发行机构的建立，以及其对于各个边区或"解放区"图书编辑出版及其发行网络的覆盖，[②] 特别是因此而逐渐形成的自觉投身于"党的文学"及其文艺实践的"文化军队"及其体制的完备，不仅在理论方面完成并实践了"党对于现阶段中国文艺运动的基本方针"，[③] 以及其文艺运动的规范化和组织化，而且在延安文艺别集编纂方面，也进行了有效的组织并实现了"表现新的群众的时代"及其"人民的文艺"的社会传播，并规划出了明确的"实现文艺运动的新方向"。[④]

其中，1948年春夏之际由周扬主持编辑，新华书店出版的"中国人民文艺丛书"，可以说不仅是1949年前后由新华书店编纂的延安文艺选集中影响最大的一套大型系列图书，而且应当说是延安文艺编辑活动中，质量较高、品质统一、不以营利为目的，又进行了认真的辑佚、校勘及注释的延安文艺作品集。据说，"早在解放战争初期，毛泽东就曾对周扬讲要把解放区的文艺作品挑选一下，编成一套丛书，准备全国解放后拿到大城市出版"。[⑤] 因此，由时任华北局宣传部长周扬担任主编并组织编辑人员，署名"中国人民文艺丛书社"为编辑者的这套延安文艺选本，大致从1949年5月陆续由新华书店出版并向全国发行，并在1952年开始由新成立的人民文学出版社接编，直接

---

① 社论：《欢迎科学艺术人才》，《解放日报》1941年6月10日。
② 新华书店总店编辑：《新华书店五十年·新华书店简史》，新华书店总店1987年版，第1页。
③ 《中共中央宣传部关于执行党的文艺政策的决定》，《解放日报》1943年11月8日。
④ 《实现文艺运动的新方向，中央文委召开党的文艺工作者会议，凯丰、陈云、刘少奇等同志讲话，指示到群众中去应有的认识》，《解放日报》1943年3月13日。
⑤ 箫玉：《中国人民文艺丛书：开启文学新纪元》，《石家庄日报·周末广场》2009年9月19日第4版。

沿用"中国人民文艺丛书"原名编辑及重排再版。根据相关资料的统计说明，① 从1949年5月开始到1953年2月先后编辑出版或重排的"中国人民文艺丛书"66种68册。其中包括话剧、评剧、秦腔、新歌剧及秧歌别集等19种，长短篇小说别集10余种，报告文学及通讯别集7种，长篇叙事诗歌、新说书等别集6种。所以，1949年7月初，周扬在"中华全国文学艺术工作者代表大会"上，以"新的人民的文艺"为题发表的演讲中，也正是基于这些延安文艺选集及其代表的"真正新的人民的文艺"，而提出了当代中国文学"伟大的开始"等论断，并且将它们放在"五四"以来"新文艺的历史来看"和"新中国的文艺的方向"的历史演进过程之中，强调其所具有的"可以看出解放区文艺面貌的轮廓，也可以看出中国人民解放斗争的大略轮廓与各个侧面"等社会历史意义，以及作为"解放区的文艺运动的范例"而具有的文学史及其美学价值等。②

二　延安及各个边区的文化社团出版机构编

在20世纪40年代编辑出版的延安文艺别集中，也有不少是由一些作家及其文艺团体策划编纂而成的。这些延安文艺别集的编纂，既是为了彰显其文艺团体的文艺主张及其创作成就的需要，又是其文艺团体及其作家贯彻"文章入伍""文章下乡"的文艺方针，尤其是践行"工农兵文艺"方向的成果。

1938年年初出版的"西北战地服务团丛书"和"战地生活丛刊"，是抗战开始后，在毛泽东的支持及中共中央宣传部的直接领导之下，由丁玲等延安作家发起组织成立的"十八集团军西北战地服务团"编辑的延安文艺丛书。其中，分别收录了丁玲的小说及报告文学集《一颗未出膛的枪弹》，戏剧集《联合》和散文集《一年》；田间的诗集要《呈在大风砂里奔走的岗卫们》；天虚的报告文学集《两个俘虏》和《征途上》；刘白羽的报告文学集《游击

---

① 洪子诚主编：《中国当代文学史·史料选》（上），长江文艺出版社2002年版，第184页。
．② 周扬：《新的人民的文艺——在全国文学艺术工作者代表大会上关于解放区文艺运动的报告》，见《中华全国文学艺术工作者代表大会纪念文集》，新华书店1950年版，第69—70页。

中间》；奚如的报告文学集《阳明堡底火战》；舒群的报告文学集《西线随征记》；陈克寒的报告文学集《八路军学兵队》；罗烽的长篇小说集《莫云与韩尔谟少尉》等延安文艺别集，集中反映了"西北战地服务团"作家响应文艺界抗日统一战线发出的"文章入伍""文章下乡"号召，奔赴抗战前线与实行战地服务，并全身心投入全民抗战救亡战争洪流的历史纪实及艺术创作成绩。因此，在这些书籍的出版广告中，编者不仅声称"丁玲女士是现代中国最勇敢的女战士之一。自全面抗战爆发后，她组织了西北战地服务团，辗转在山西等前线作坚苦的斗争。她们这种为国效劳的精神，实使我们感奋。本丛书的内容，就是她们在战地的各种工作、各种生活的映影。这里面有血有肉，可歌可咏"，而且强调"本丛刊是丁玲女士所主编的《战地》半月刊的丛书之一，在西线上参加抗战工作的作家们所撰述的报告文学或创作、随笔。是战地的实际工作的写实，是战地生活的忠实报告，是伟大时代的活文学，是枪杆和笔杆同举的，血和泪交织的文艺作品"。①

在此前后，还值得注意的，就是由延安鲁迅艺术学院编辑的"鲁迅艺术学院戏曲丛刊"与"鲁艺创作丛书"中所收录的延安文艺别集。1938 年 10 前后，由新华日报馆广州分馆服务课编印，新华日报馆广州分馆发行的"鲁迅艺术学院戏曲丛刊"，作为展示延安及其鲁迅艺术学院文艺创作活动的一套丛书，原计划编辑出版有近 10 部延安文艺选集。但是因为战局的发展与出版机构的撤销等，可能未能全部出版。目前能看到的别集仅有孙强的戏剧集《还我的孩子》等。不过，抗战胜利后，按照中共中央关于"延安鲁艺迁往东北办学"的决定，紧随东北文艺工作团而辗转于 1946 年 7 月抵达东北佳木斯的延安鲁迅艺术学院师生，同年年底又奉命先后组建为东北鲁艺文工一、二、三、四团及东北音乐工作团，并分别被派赴东北各地，通过戏剧、音乐及美术等各种形式的文艺活动，配合及推动东北"解放区"的新民主主义政治革命与军事斗争的进程，直到 1948 年年底在沈阳正式成立东北鲁迅文艺学院。在此期间，又相继编辑出版了许多的"鲁艺创作"及其作品别集。如 1946 年

---

① 刘白羽：《游击中间·插页广告》，上海杂志公司 1938 年版。

8月由东北文艺工作团编辑的"新演剧丛书"中，就收录了张庚著的文论集《什么是戏剧》；李牧、颜一烟、王大化集体创作的戏剧集《我们的乡村》；马健翎原著，颜一烟、端木炎改编，黄淮等作曲的新秧歌剧集《血泪仇》，颜一烟、王家一合作，颜一烟执笔的戏剧集《军民一家》；王家乙著，刘炽配曲的秧歌剧集《劳军》；林白的秧歌剧集《日头东升》；颜一烟的快板秧歌剧集《农家乐》；颜一烟的秧歌剧集《挖坏根》；李牧编剧，沙丹、田凤、杜粹远配曲的秧歌剧集《参军保家》；李南、荆杰、颜一烟集体创作的秧歌剧集《如此"正统军"》等。再如：1946年年底，由"东北文艺工作团第二团"编辑的"东北文艺工作团第二团戏剧音乐丛书"中，就分别收录了鲁亚农、吴雪、李之华、刘莎、朱漪等作家的作品别集。除此之外，还有1946年前后由东北文艺工作团编辑的"新音乐丛书"和"东北文艺工作团第二团戏剧音乐丛书"中收录的部分延安作家别集，以及1947年8月，由冀察热辽文艺工作团一团编辑的"冀察热辽文艺工作团第一团戏剧音乐丛书"中，收录的安波词曲的民歌联唱集《人民一定能战胜》，骆文词、程云曲的民歌联唱集《受苦人翻身大联唱》等，和1948年10月东北画报社编辑出版的"鲁艺创作丛书"中，所收录的张望的短篇连环画集《八路军到新解放区》等延安文艺别集。

与此同时，由延安及各个边区、"解放区"的文化或文艺组织，包括部队文艺团体组织编辑的延安文艺别集，也成为展示各地区的延安文艺运动及其创作成就，相互交流"工农兵文艺"艺术经验及推进地区文艺发展的重要途径。其中，除了陕甘宁边区"文协"戏剧工作委员会1949年6月编辑出版的"陕甘宁戏剧丛书"中收录了马健翎的戏曲集《穷人恨》和《鱼腹山》，石天的戏曲集《红娘子》，柯仲平的歌剧集《无敌民兵》等延安文艺别集之外，最应当注意的主要有两个方面的编辑出版活动：一是各地"文协"等机构的延安文艺别集编辑活动，如山东省"文协"编辑的"戏剧杂要丛刊"和冀中"文协"编辑的"平原戏剧丛书"中收录的延安文艺别集；晋察冀边区"战地社"编印的"诗建设丛书"中的作家别集，以及东北"文协"编辑的"东北文艺丛书"收录的邓泽原著、东川改编的京剧集《红娘子》，刘白羽的报告文学集《英雄的记录》，王希坚的鼓词集《朱富胜翻身》等；东北"文协"

平剧工作团编辑的"东北文协平剧工作团剧本丛书"中收录的崔牧的戏剧集《九件衣》等。二是从抗战之初就相当活跃，并在抗战胜利前后达到高潮的部队文艺运动及其作品别集的编辑出版。这其中，除了那些主要由部队政治部及宣传机关编辑出版的，名称多以"战士"或"连队文艺"等命题的延安文艺别集，如1945年年初东北联政宣传部编印的多种"连队文化丛书"，1947年10月前后八路军留守兵团政治部编辑的"战士小丛书""部队读物"，华东胶东军区政治部宣传部编印的多种"连队读物"，1948年前后周庄部队政治部编印的"淮海战役丛书"，1949年年初中原野战军政治部编辑出版的"人民战士文艺丛书"，以及鲁中南军区政治部编印的多种"连队文艺材料"等收录的作品别集之外，还有1949年8月中国人民解放军第四野战军、华中军区和西南军区政治部编辑出版的"部队文艺丛书"，并且成立了以刘白羽、宋之的、陈荒煤、蒋牧良、王地子、荒草、周洁夫等组成的编委会，"以负审稿与编辑之责"，[①] 因此充分显示出当时部队文艺创作活动及其"军事文艺"编辑出版上的发展变化。稍后不久，又有西南军区政治部"部队文艺丛书编委会"、华东军区、第三野战军政治部"文艺丛书编辑室"和中国人民解放军西北军区、第一野战军政治部于1950年9月编辑的"部队文艺丛书"等，以及其中所收录的延安文艺别集。

三　在"国统区"建立领导的出版机构编

抗战开始后，新的社会政治及其文艺发展格局的形成，不仅为中国共产党利用政治上"国共合作"达成的"合法性"，以及"民国机制"下多元文化共存的社会生态，有组织有目的地向当时国民政府统治地区的文化出版领域拓展，提供了现实的社会条件和法律保证，同时也为延安文艺及其作品在"国统区"公开出版及传播奠定了"合法性"的接受途径。因此，1937年12月，中共中央政治局决定成立由项英、周恩来等组成的长江局，开展并扩大"国统区"及部分"沦陷区"的统战工作。1938年9月，根据形势变化，中

---

① 曾克：《突击·部队文艺丛书编辑前言》，中国人民解放军西南军区政治部1950年版，第1页。

共重新调整其组织机构后，组成了周恩来等领导的中共南方局，代表中央主持南方"国统区"和"沦陷区"的各项工作，并成立了先后由周恩来、凯丰、徐冰、冯乃超、潘梓年、胡绳等组成的文化工作委员会，简称"文委"，专门领导"国统区"与"沦陷区"文化界的宣传及统一战线工作。因此，其中心工作除了贯彻中共中央赋予并要求的"从苏区与红军的党走向建立全中国的党"，以及"争取党在全国的公开地位，利用一切活动的可能'下山'"等政治方面的任务之外，① 还在"国统区"以公开直接创办或隐身支持合作等方式，创办党报党刊及其出版机构，编辑出版"新民主主义文化"及延安文艺方面的书籍刊物，向"国统区"民众展现中国共产党及其军队的政治形象，宣传其意识形态观念与各项文化政策，以及其新民主主义的政治文化实践等活动。事实上，就成为其"国民党区域的文化运动"及其政治策略，以及其"很可能广泛发展与极应该广泛发展的一项极端重要的工作"等，自始至终地贯彻执行的基本文化方针。②

　　正是基于这样的政治策略及文化方针，延安文艺运动及其作家作品，作为中国共产党政治革命"文武两个战线"中的"文化战线"，以及所领导的"团结自己战胜敌人必不可少"的一支"文化军队"，③ 自然成为那些在"国统区"创办的出版机构及其编辑方针上，用以充分展现延安"新民主主义文化"建设及其实践成果的一项重要内容。因此，从抗战初期开始，不仅那些接受中共领导的，并且是以活跃在"国统区的进步的革命的"④ 作家名义编辑的延安文艺别集，使延安文艺得以在"国统区"公开出版及传播接受，如胡风编辑的"七月文丛"等，从1939年开始，先后收录了东平的短篇小说集《第七连》，萧军的散文集《侧面》，曹白的散文集《呼吸》等，以及丁玲的小说集《我在霞村的时候》和田间、孔厥等延安作家的作品别集，同时，在

　　① 毛泽东：《目前抗战形势与党的任务报告提纲》，中共中央文献研究室中央档案馆编：《建党以来重要文献选编》（14），中央文献出版社2011年版，第656—657页。
　　② 《中共中央关于发展文化运动的指示》，中共中央文献研究室、中央档案馆编《建党以来重要文献选编：1921—1949》（17），中央文献出版社2011年版，第526页。
　　③ 毛泽东：《在延安文艺座谈会上的讲话》，新华书店1949年版，第1页。
　　④ 茅盾：《在反动派压迫下斗争和发展的革命文艺——十年来国统区革命文艺运动报告提纲》，《中华全国文学艺术工作者代表大会纪念文集》，新华书店1950年版，第49页。

中共中央及中共长江局、南方局的支持及帮助之下，除了开始在"国统区"筹办建立自己的出版机构，如生活·读书·新知三联书店、桂林文化出版社、群益出版社、上海作家书屋及香港海洋书屋、新中国书局等之外，也尝试联合或聘用"国统区"的一些出版机构担任发行人，甚至为逃避当时"国统区"的图书审查制度，而采用不断变换名称或在境外注册"挂洋旗"等手法编辑出书。在通过这些文艺作品及书籍，向"国统区"及全国民众和读者，展示中国共产党及其军队在当时的全民抗战中，是"怎样在发挥出它的内部蕴藏的力量，怎样在产生着新的民族英雄的典型"，① 以及延安等各个"边区"军民"活生生"抗战生活的同时，宣传介绍"新民主主义文化"实践及其意识形态，以及延安文艺运动的艺术成就及其审美趣味，从而使之在中共领导的"国统区文化运动"过程中成为一种"推动未来变化的武器"。②

自然，与抗战时期"国统区"的社会政治及其文化生态有所不同，1945年抗战胜利后，随着政治局势的逆转与国共两党的兵戎相见，"国共合作"的历史背景演变成了"剿共戡乱"的生死决斗。于是，延安文艺及其作品在"国统区"的编辑出版，一方面成为查禁及钳制的重点，以及治罪于"以文字、图书或演说为匪徒宣传者"等书刊出版对象；③ 另一方面，在"国统区"编辑出版延安文艺图书及其作品选本，又成为国共两党在"文化战线"上争夺意识形态及文化权力的搏杀场。于是，编辑出版各种大型延安文艺及其理论丛书，就成为当时"国统区"中共及其各地区"文委"必须完成的宣传和树立毛泽东文艺思想在全国文艺界的理论权威，推进并确立"工农兵文艺"新方向及其审美意识形态的一项重要任务。

这其中，1946年年初由周而复主编，上海作家书屋及香港海洋书屋、香港南洋书屋、新中国书局和谷雨社等出版发行或重编再版的"北方文丛"，以及1948年前后，同样由周而复等主编及香港海洋书屋刊行的"万人丛书"和

---

① 周扬：《我所希望于〈战地〉的》，《战地》1938年第1卷第1期。

② 《中共中央关于发展文化运动的指示》，中共中央文献研究室、中央档案馆编《建党以来重要文献选编：1921—1949》（17），中央文献出版社2011年版，第526页。

③ 《戡乱时期危害国家紧急治罪条例》，中国第二历史档案馆编《中华民国史档案资料汇编·第5辑》，江苏古籍出版社1999年版，第200页。

"文艺理论丛书"等延安文艺作品集，就是当时主要面向"国统区"及港澳、东南亚地区读者，并"荟萃"了延安文艺运动及其创作"菁华"的大型文艺类与理论性书籍。正如编者周而复后来所言，这套延安文艺作品集之所以取名为"北方文丛"，就是"因为当时党中央军事委员会以及解放军主力部队都在西北、华北和东北，'三北'，实际上是代表解放区的称谓。不言而喻，《北方文丛》即是《解放区文丛》"。① 因此，从1946年年初至1949年8月，这套"北方文丛"的编辑刊行，虽然历经上海、香港等地多家出版社的出版重印，甚至为一些书店"冒名"刊行或选印发行。② 包括各辑子目也因时顺势而多有调整修改，③ 但是汇集编选的作品，则几乎是将1942年延安文艺座谈会之后的代表作家及其代表作品，作为这套丛书收录及编选子目的基本准则的。④ 所以，在他们先后所编辑的延安文艺丛书及选集中，不仅收录有周扬的《表现新的群众的时代》和艾青的《释新民主主义的文学》等文艺理论集，萧军、马加、柯蓝、邵子南、赵树理、周而复、东平、孙犁、康濯、柳青等人的长短篇小说集，艾青、李季等人的长篇叙事诗歌集，荒煤、周而复、姚仲明、陈波儿、任桂林和贺敬之等的话剧及新歌剧集，何其芳、吴伯箫的报告文学集，韩起祥的新说书集和陈祖武的战地日记集等30余种作家别集，而且还在"文艺理论丛书"中编选有瞿秋白、周扬、冯乃超等人的著作，⑤ 以及"万人丛书"中包括米谷、舒群、白朗、周而复、唐海、胡绳、刘石、欧文、郭杰、符公望、艾青、夏衍、刘建菴等延安作家的小说、诗歌、戏剧及图画、歌曲等作品集。

---

① 周而复：《〈北方文丛〉在香港》，吉少甫主编：《郭沫若与群益出版社》，百家出版社2005年版，第250页。

② 同上书，第247页。

③ 倪墨炎：《周而复主编〈北方文丛〉》，《现代文坛内外》，上海汉语大词典出版社1998年版，第221页。

④ 在上海作家书屋1946年至1947年编辑出版的"北方文丛"第一辑中，始终收录有萧军在20世纪30年代的旧作《八月的乡村》，而在1949年2月由新中国书局出版的三辑"北方文丛"插页广告中，《八月的乡村》开始为马烽、西戎的《吕梁英雄传》所替代。

⑤ 目前根据书目广告所能查找到的"万人丛书"版本很少，据周而复回忆，"万人丛书"中"有些稿子交给书店以后，因为临近全国解放，就没有再出下去"。参见周而复《冯乃超同志二三事》，《新文学史料》1983年第2期。

20世纪40年代末，随着国共内战局势的变化，以及"国统区"作为政治及文化地域的收缩消失，在延安文艺的编辑出版方面，特别是面向所谓"新解放区"读者的大型文艺丛书方面，开始呈现出一种新的态势及历史状况。这就是由上海群益出版社出版、周而复编辑的"群益文艺丛书"和武汉人民艺术出版社编辑出版的"人民艺术丛刊"等系列延安文艺选集的编辑出版，也可以说事实上为延安文艺及其作品在"国统区"的编辑出版画上了一个清晰的历史句号。

第二节　延安文艺别集的收录编排

根据《中国近代现代丛书目录》《民国时期总书目》《中国现代文学总书目》和《馆藏解放区出版文艺作品书目》，以及《解放区根据地图书目录》和新华书店华东总分店编《图书目录·第十二号》等资料统计，仅在1949年前由延安及各个边区、"解放区"的新华书店、吕梁文化教育出版社、冀鲁豫书店、东北书店及其分店，以及韬奋书店、大众书店、光华书店、星火出版社、江淮出版社、太行群众书店和香港海洋书店、香港新中国书局等编辑出版的各种延安文艺别集，约有近千册，主要包括诗歌别集60余册，小说别集160余册，散文、报告文学别集110余册；戏剧别集中，戏曲为50余册，秧歌剧为140余册，新歌剧为120余册，话剧为100余册，活报剧、快板剧及其他剧种为近70册；民间曲艺有100余册；民间说唱文学别集70余册；儿童文学别集20余册；音乐绘画别集近40册；等等。其中，有许多著名作家及其作品集，以及单独印行的单行本或单篇本，在不同时间及不同地区，为许多出版社编辑出版或翻印再版，如李季的《王贵与李香香》，仅在1946年到1949年间，就有太岳新华书店、冀中新华书店、东北书店、大连大众书店、华北新华书店、冀南书店、华北新华书店、陕甘宁边区新华书店、太岳新华书店、吕梁文化教育出版社和新华书店等多个版本。再如延安文艺名作《白毛女》，从1946年到1949年，也先后有新华书店、韬奋书店、冀南书店、太岳新华书店、佳木斯东北书店、渤海新华书店、山东新华书店、华中新华书店和西北新华书店等编辑出版的 10 余个版本。所以，仅从这些还并不完全的书目资料中，就可以发现延安文艺别集及其史料类型的厚重丰富及其编排收录的版本特征。

一　延安文艺别集的收录范围

从别集的收录范围角度来看，延安文艺别集也可以分为全集、选集和单行本等类型。其中，全集种类的延安文艺别集，是将收录的作品范围置之于这位作家的全部创作方面，而选集种类的延安文艺别集，以及单独印行或单篇编辑成册的图书，则是将收录的作品范围局限于符合编选者标准的部分创作方面。不过，由于现代作家及其自身创作活动的持续性和发展状况等原因，以及作家创作意识及其历史内容表现上的不同追求，决定了现代作家及延安作家作品别集的收录范围，无论是旨在求全还是求精的别集，一般都为某个阶段性的全部或部分创作及其作品。

除此之外，在延安文艺别集的收录范围上，无论是旨在求全，或是意在求精，也都存在两个方面的不同与区别。一是兼收作家各类文体创作的作品，二是仅收某种文体创作的作品。自然，对于中国现代文学及其延安文艺创作来说，文体类型或文艺体裁的划分与认定，在某些文类，如戏剧、民间文艺或民间说唱文学，以及散文作品等方面，一般可以采用较为宽泛及广义的文学定义及文体界定。如戏剧中除了话剧、戏曲之外，还包括秧歌剧、广场歌舞剧和新歌剧等；散文中除了抒情叙事散文、杂文外，报告文学、通讯报道等一般也被列入散文文体之内。例如以下延安文艺别集。

（一）求全的延安文艺别集

1. 理论批评别集

《新民主主义论》：毛泽东著，解放社 1940 年 3 月出版。封面对称编排，构图直观，黑色印刷体书名居中竖排。内收有由"中国向何处去""我们要建立一个新中国""中国的历史特点"和"中国革命是世界革命的一部分"等由 15 篇章构成的《新民主主义论》，以及论文前"为中国文化杂志而作，原名新民主主义的政治与新民主主义的文化"的说明。1940 年前后，先后为新华日报社华北分馆、胶东联合社、中国灯塔出版社、人民出版社、新华公司、汉口大刚报社等翻印发行。

《新音乐教程》：李凌、赵沨编著，重庆新光书店 1943 年 12 月初版，1945 年 4 月再版；读书出版社 1946 年 5 月三版。读书出版社版本封面水平编排，上下金黄色装饰图形相对，中上部红色美术体书名，下方套色木刻解说图像。内收有由"音乐史""乐谱""唱歌""指挥""作曲"和"同调和声浅说" 6 章 21 节组成的音乐论著。1948 年 4 月，读书出版社重新设计封面后四版印行。

《文艺大众化论集》：江风著，胶东新华书店 1946 年 9 月初版，翌年 7 月再版，为"大众文艺丛书"之一。封面水平编排，绿色框形构图，右侧上方插入木刻版画图案，棕色美术体书名居中横排。内收有《前言》《漫谈思想感情和大众结合问题》《漫谈文艺工作者深入群众问题》《寄曙光同志——小学教师文艺学习问题》《文艺内容的大众化问题》《文艺形式的大众化问题》《大众语言在写作中的地位》《论语言的改造和运用问题》《怎样学习大众语》《到那里考验文艺作品》《漫谈小学教师写作泉源和态度问题》《建立朴素切实的作风》《文艺的写"活"问题》《谈谈秧歌和活报》《在这次文艺奖评中几个体会和意见》和《谈谈怎样集体创作》等 15 篇论文。在马少波撰写的《序言》中称，"收在这集子里的文章，都是作者从理论到实践，从实践到理论的经验总结"，其目的 "是热衷于人民大众从文化上翻身的事业"。①

《大众化编辑工作》：宫达非编写，鲁中大众社 1947 年 3 月出版，为"鲁中大众业务研究"之一。封面对称编排，黄色框形构图与绿色装饰图案，红色毛泽东手书体书名居中竖排。内收有寄羽的《校后记》，以及由"大众化的前提——为什么大众化""大众化就是从群众出发来教育群众""怎样写""怎样编"和"结语：工作过程是自我改造的过程"等 5 章及多节构成的论著。在《校后记》中，作者称：本书内容方面尽管"还不大成熟"，但"大

---

① 马少波：《文艺大众化论集·前言》，胶东新华书店 1946 年版，第 3 页。

胆执行毛泽东思想的意图是好的，经验虽不多，但想把它写出来，这种精神更是好的"。① 1947 年 11 月，新华书店二分店重新设计封面翻印出版。

《文学入门》：孙犁著，冀南书店 1947 年 7 月出版。封面均衡编排，抽象型版式构图，左侧红色美术体书名竖排，右侧上下角红绿框线装饰图案相对。内收有：《描写——形象的艺术（一）—（六）》《语言的艺术（一）——文学的语言》《语言的艺术（二）——好的语言和坏的语言》《语言的艺术（三）——好语言的例子和坏语言的例子》和《语言的艺术（四）——口语和文学的语言》等，以及《概括的能力》和《主题和题材》等 21 篇论文。在《后记》中，作者称："一九四二年春天，《冀中一日》编辑完后，我根据当时的材料，写成了这么一本小书，题名《区村和连队的文学写作课本》。冀中文建会油印一千本，主要是供给《冀中一日》的投稿同志们参考"，"这次重印，首尾共删去九节，中间也少有删削，总之是没有增添什么。我愿意叫它尽量成为我的一种学习笔记，来供大家讨论"。② 同年 12 月，冀中新华书店重新设计封面翻印再版。

《怎样写》：钱毅著，山东新华书店 1947 年 7 月出版。封面均衡编排，套色几何构图版式中，右侧下方绿色美术体书名。内收有小惠刻的木刻画《钱毅遗像》，阿英的《钱毅小传》，钱毅的《写在前面》《写什么？怎样写？》《从〈庄稼话〉里学几种写稿》《怎样写小故事》《怎样写小诗歌》《大湾农民是怎样集体编写诗歌的?》《谈"叙事诗"》《集体写稿与集体改稿》及《〈大众诗歌〉前言》等 14 篇文章。1951 年 5 月，上海华东人民出版社重新设计封面再版发行，1953 年 10 月九版。

《释新民主主义的文学》：艾青著，香港海洋书屋 1947 年 10 月初版，为"北方文丛"之一。封面采用其丛书相同版式，深蓝美术体书名横排。内收有《释新民主主义的文学》《对于目前文艺上几个问题的意见》《论秧歌剧的形式》《汪庭有和他的歌》《窗花剪纸》和《〈古元木刻选〉序》6 篇论文，以及扉页的木刻插画和封三附印的"北方文丛"图书出版插页广告。

---

① 宫达非编著：《大众化编辑工作·校后记》，鲁中大众社 1947 年版，第 1 页。
② 孙犁：《文学入门》，冀南书店 1947 年版，第 83 页。

《鲁迅思想研究》：何干之著，东北书店 1947 年 10 月初版，1948 年 10 月再版。封面构图简洁，垂直编排，黑色手书体书名居中竖排。内收有作者撰写的《序言》，以及由"鲁迅经历中所见新文艺的方向""中国和中国人的镜子""人生思想""社会思想和政治思想""文艺论""作品和鉴赏""表现思想的方法和形式""文化遗产问题"和"古文学的研究和著述"等 9 章及 46 节构成的论著。1949 年 4 月，东北书店重新设计封面三版。在此之前，1946 年 12 月，本书由上海生活书店初版，1950 年 4 月三联书店修订出版，翌年 8 月修订二版，2014 年 5 月收录于"三联经典文库"出版。

《论文学的工农兵方向——读〈在延安文艺座谈会上的讲话〉》：雪苇著，光华书店 1948 年 4 月初版。封面水平编排，上部红色美术体书名，下部黑白木刻工农兵人物直观图像。内收有《新文学的历史说明什么》《文学写作的方向问题》和《文学运动的方向问题》，以及《读〈种谷记〉》（附录）等论文和《书后》。作者自称，本书"只是我个人在文学领域里来学习理解毛泽东思想的一个初步的努力"。[1] 1949 年 12 月，海燕书店重新设计封面翻印出版。

《戏剧常识讲话》：贾霁著，大连大众书店 1948 年 4 月初版。封面编排简洁，上部红色美术体书名。内收有《戏剧排演的根据》《导演是干什么的》《剧本的研究》《演剧的人——演员》《舞台工作》《场面和地位》《动作和对话》《情调和作风》和《生活和想象》等 9 篇文章。在《后记》中，作者称"这几篇短文，是作者对于演剧艺术，曾经有过些见闻，因而偶然发表的一些粗直的感想，当时是没想到把它们集成册子的意思的"。因此，如果"使得这本小书，终于在群众剧团的活动之中得到一些那怕最微小的然而却是真而且确的效用，那么，作者也将感到这是过份的收获了"等。[2]

《怎样学文学》：陆地著，光华书店 1948 年 6 月出版，为"新青年学习丛书"之一。封面均衡编排，上下边橘黄装饰图形，绿色印刷体书名居中，右上角插入版画图案。内收有《文学是什么》《阅读为什么要选择》《读些什么

---

[1] 雪苇：《论文学的工农兵方向——读〈在延安文艺座谈会上的讲话〉·书后》，光华书店 1948 年版，第 201 页。

[2] 贾霁：《戏剧常识讲话·后记》，大连大众书店 1948 年版，第 85—86 页。

好》《该怎么读》和《阅读的方法》等 16 篇文章。在《前言》中，作者称本书的目的，是"把它整理，编集成书，献给爱好文学的青年们"。① 1949 年 6月，生活·读书·新知上海联合发行所重新设计封面，删去《前言》并列为"新中国百科小丛书"翻印出版。

《思想·文学短论》：周立波著，哈尔滨光华书店 1949 年 1 月出版。封面水平编排，框形几何构图。居中暖色图形中加入黑白木刻艺术版画，上方黑色印刷体书名。内收有《反对美帝扶植日本侵略者》《庄严的现实不容许歪曲》《萧军思想的分析》《谈谈鲁迅先生的杂文》《纪念鲁迅先生》《鲁迅先生逝世十二周年》《民间故事小引》和《〈暴风骤雨〉是怎样写的》等 8 篇文章，以及附录的《〈暴风骤雨〉座谈会纪录摘要》和韩进的《我读了〈暴风骤雨〉》等 10 篇文章。

《新民主主义文艺的实践问题》：司马蓝火著，上海永祥印书馆 1949 年 9月初版，1950 年 1 月再版。封面均衡编排，左侧棕红图形中白色印刷体书名竖排，右侧黄白叠加图形中插入党徽、红星等图案。内收有由"绪论""论作家自我改造"和"谈作品——远景" 3 章 26 节构成的文艺论著，以系统阐述"所谓新民主主义文艺的三大纲目"，即"无产阶级及其政党领导的"、"为人民大众服务的"和"反帝反封建和反官僚资本主义的"等理论及其实践问题。②

《新舞蹈艺术初步教程》：吴晓邦撰，华中新华书店 1949 年 12 月初版。封面为纵横"L"形构图，编排版式中加入音符、人物装饰插图，书名为红底手书体。内收有由"怎样去认识舞蹈技术""新舞蹈艺术上基本技术的理论""人体基本技术训练上关节的弛缓和硬直的练习""人体基本技术的基本步法""基本步法组织上的理论""基本步法上的组织""自由创作和表情的练习"和"怎样去编制二人舞，三人舞，五人舞及群舞"等 8 个章节构成的舞蹈理论著作。

---

① 陆地：《怎样学文学·前言》，光华书店 1946 年版，第 1 页。
② 司马蓝火：《新民主主义文艺的实践问题》，上海永祥印书馆 1949 年版，第 29 页。

2. 诗歌谣曲别集

《呈在大风砂里奔走的岗卫们》：田间著，生活书店 1938 年 7 月初版，为
"西北战地服务团丛书"之一。封面编排为其丛书同一版式，左侧黑色美术体
书名呈"L"形编排。内收有《史沫特莱和我们在一起》《我们底管理员朱文
三》《一个祖国的儿子》《给丁玲同志》《他弹起了弦子》《史轮在烛光边工
作》《你们到国境上去》《给一个南斯拉夫公民》《给萧红》《给端木蕻良》
和《同志们联队般地走在大街》等 25 首诗歌，以及书前丁玲的《序》和书后
附录的作者《后记》与生活书店的图书出版插页广告。

《庞如林》：赵树理著，新华书店 1945 年 1 月初版，为表彰"边区杀敌劳
动各英雄"而编辑的"通俗易懂的群众读物"之一。[①] 封面水平编排，版式
简洁，上部横线装饰上下分行印刷体书名。内收有大鼓词《战斗与生产结合
一等英雄庞如林》，以及书后附印的"边区杀敌劳动各英雄"系列图书出版插
页广告。

《献给乡村的诗》：艾青著，昆明北门出版社 1945 年 6 月初版，翌年 3 月
再版，为"北门版"。封面均衡编排，黄色方框装饰构图，左上方红色美术体
书名横排，右下方棕色木刻直观图像。内收有《献给乡村的诗》，《当黎明穿上
了白衣》《阳光在远处》《鹈》《水鸟》《高粱》和《篝火》等 17 首诗歌作
品，以及书前的作者《序》。1947 年 10 月，上海北门出版社重新设计封面出
版发行三版。

《孟平英雄歌》：田间著，晋察冀边区教育阵地社 1946 年 5 月出版，为
"群众读物"之一。封面居中式编排，简洁直观。内收有《崔政之》《贺刘万
诚》《打钟老人》《康元》《好医生》《浸种家》《梁文耀》《写周二》《崔其贵
歌》和《崔维印》10 首诗歌及散文作品。

《灾难》：胡考著，山东新华书店 1946 年 8 月出版。封面对称编排，大幅棕
白木刻版画构图，右侧棕红美术体书名竖排。内收有由"第一诗章"到"第六
诗章"等 6 部"诗章"，以及多个诗节构成的长篇叙事诗歌作品《灾难》。

---

① 赵树理：《庞如林》，新华书店 1945 年版，第 19 页。

《红日初升》：方徨著，中华全国文艺协会山东分会编，山东新华书店1946年8月出版，为"解放文艺丛书"之一。封面水平编排，上方红色美术体书名，居中插入黑白木刻直观图像。内收有由"俺在娘肚子里就要饭""俺受了半辈子穷气""咱开荒，开在两个世界里""俺，一天的劳动""俺拿啥做人榜样"和"咱说的话"等6章构成的长篇叙事诗歌《红日初升——写劳动英雄郑信的事绩》，以及作者撰写的《后记》。

《时事传》：韩起祥、王宗元合编，太岳新华书店1946年11月出版。封面均衡编排，左侧红色美术体书名竖排，右侧蓝色小号印刷体作者署名，中下方彩色鼓乐器版画图案。内收有长篇鼓词作品《时事传》等。同年太岳新华书店翻印出版。

《王贵与李香香》：李季著，东北书店1946年11月出版。封面水平编排，构图简洁，下边深红装饰图案，上部深红图形中黑色美术体书名。内收有陆定一的《读了一首诗（代序）》和"三边民间革命历史故事"《王贵与李香香》。现存的版本有太岳新华书店1946年1月版、华北新华书店、大连大众书店1946年12月版、晋察冀新华书店和香港海洋书屋1947年1月"北方文丛"版、陕甘宁边区新华书店1948年12月版，以及新华书店1949年5月"中国人民文艺丛书"版等。其中，大连大众书店版封面署名为"李寄"，书名为"民间革命历史爱情故事王贵与李香香"；香港海洋书屋"北方文丛"版增加了郭沫若的《序一》和陆定一的《序二》，以及周而复的《后记》。

《大战岱崮山》：杨星华著，山东省文化协会编，武老二选，山东新华书店1946年11月出版，为"抗战文艺选集"之一。封面水平编排，上方横排黑色印刷体书名，下方加入黑白木刻版画图案。内收有《沭河战斗》《大战回龙山》《夜摸上店》《大战岱崮山》《计取袁家城子》和《二曹大闹蒙阴城》等6首歌谣作品。

《翻身民歌》：王希坚著，山东新华书店1946年11月初版，太岳新华书店1947年3月再版，冀鲁豫书店1947年5月重版。冀鲁豫版封面均衡编排，左上角为横排红底黑色美术体书名，下方插入绿白直观木刻版画，右侧为蓝色垂直装饰图案。内收有《送礼》《拨工》《白带地》《分场》《分子粮》《大斗》《叫名》《印子钱》《解放区》《收复区》及《毛泽东》等64首诗歌作品，以及《民歌在群众运动中的鼓动作用》一文。1947年10月东北书店出版，1948年12月三版，为"通俗文艺丛书"之一；新华书店1949年9月重版发行。

《说唱晴天传》：刘品高著，东北书店1947年1月初版。封面均衡编排，左侧框线图形中美术体书名竖排，中右侧整幅黑白木刻解说图像。内收有由"四臭肉压迫种地户、八路军黑夜打梁庄"等11回构成的章回体说唱作品《晴天传》。1947年10月以后，渤海、中南新华书店等先后重新设计封面重版发行。

《说唱朱富胜翻身》：王希坚著，山东新华书店总店1947年3月出版，为"大众文库"之一。封面采用其丛书相同版式，蓝色印刷体书名横排。内收有由"施鬼计李寿春专权算负担朱富胜当选"等5回及"引子"构成的章回体唱词作品。1947年10月，东北书店重新设计封面，改名为"朱富胜翻身"并列入"通俗文艺丛书"出版；1950年5月，山东新华书店重新设计封面以原书名再版发行。

《鸟枪的故事》：公木诗、张望画，东北书店1947年8月初版，为"插图本长诗"。封面水平编排，居中插入红色喜鹊剪纸图案，下部黑色美术体书名。内收长篇叙事诗歌《鸟枪的故事》，以及作品前的11幅木刻插图。

《英勇奋斗十八年》：王亚平著，冀鲁豫书店1947年9月初版，为"平原文丛"之一。封面均衡编排，金色基调木刻图案版式中，红色美术体书名居上，右下方插入红旗图案。内收有由63"片"（诗节）构成的长篇"新洋片"唱词《英勇奋斗十八年》，由20"片"（诗节）构成的"新洋片"唱词《怎样养孩子》，以及书前作者撰写的《为啥写新洋片唱词》一文。

《打"砂锅"》：见山著，九分区新华书店1947年11月出版，为"九分区自卫斗争小丛书"之一。封面水平编排，构图简洁。内收有《蛋换布》《李大姐立功》《打"砂锅"》《歪嘴儿徐三郎》《百六十五》《两把刀》和《正月初二》等11首诗歌作品。

《徐可琴翻身当县长》：白得易著，九分区新华书店1947年初版。封面编排简洁，黑色手书体书名居中竖排。全书是由"从小儿他记得""老政府的欺压""徐先正设计害人""遭毒打情急告状""和官司区区收工""徐可琴入党"等16章构成的长篇叙事诗歌。在书前的《写在前头》一文中，钱静人称本书"可以作为一本通俗有益的教科书，献给千万翻身人民诵读"。①

《黄河西岸的鹰形地带》：侯唯动著，东北书店牡丹江分店1948年7月出版。封面均衡编排，左侧黑色手书体书名竖排，右侧居中插入红色地形直观图像。内收有由"序诗"和"撇在脑后的日子""婆媳一心""革命的亲戚""任务重于生命""界碑""考验""收回血债""荣誉花""好遇合"和"枣红马骑手底再考验"10章构成的长篇叙事诗歌，以及作者的《前记》等。1951年6月，上海华东人民出版社重新设计封面并修订再版。

《黎明的通知》：艾青著，上海文化供应社1948年8月新一版，翌年6月新二版，为"文学创作丛刊"之一。封面水平编排，暖色曲线装饰图案版式，上部红底图形中白色手书体书名。内收有《高粱》《老人》《篝火》《山城》《沙》《骆驼》《公路》《冬日的林子》和《荒凉》等33首诗歌作品。

《艾艾翻身曲》：刘洪著，大众书店1948年9月初版。封面水平编排，上部红底图形中白色美术体书名，中下部加入蓝白木刻解说图像。内收有由"地主阎鸿秀""讨饭吃""女放牛娃""穷人结婚""月饼和子弹""夫妻分离""笼中鸟"等25章节构成的长篇叙事诗歌。大众书店1949年4月再版，同年9月三版，为"大众文艺丛书"之一。

《补偿中农黄山虎》：王亚平著，冀鲁豫新华书店1948年9月初版。封面水平编排，上部红色美术体书名，居中插入黑白木刻解说图像。内收有长篇"坠子"唱词《补偿中农黄山虎》，以及作品中的近10幅黑白木刻插画。

《诅咒之歌》：未冉著，光华书店1948年10月初版。封面全幅木刻版画版式，上部深色图形中白色美术体书名。全书是由"二集"组成，分别包括《魏德迈到中国》《刘邓大军到》和《秋风扫落叶》等，以及《黄浦江边的喜剧》、《病急乱投医》和《人间悲喜剧》等18首作品，以及书前芳山撰写的

---

① 钱静人：《写在前头》，白得易：《徐可琴翻身当县长》，九分区新华书店1947年版，第3页。

《读未冉诗记感（代序）》一文。

《苦尽甜来》：刘艺亭著，冀南新华书店 1948 年 11 月出版。封面编排简洁，上部黑底框线图形中白色美术体书名。全书是由"第一章"到"第八章"及多部诗节构成的长篇叙事诗歌。1949 年 4 月，东北书店重新设计封面重版发行。

《十女夸夫》：冀中文协编，王尊三著，华北新华书店冀中总分店 1948 年 12 月初版，为"鼓词选集第二集"。封面水平编排，上部红色美术体书名，中下方整幅全彩木刻说书艺人场景直观图像。内收有《十女夸夫》、《三个女婿拜寿》和《大生产》等 3 部鼓词作品。

《黑板报上写诗歌》：王希坚著，山东新华书店 1949 年 10 月初版。封面均衡编排，左侧白底垂直图形中，红色小楷文字"黑板报上写诗歌，识字的人人乐意学，不识字听着了顺口，劳动不大好处多"竖排。右侧版面构图中，上方白色美术体书名横排，下方插入套色解说版画。内收有《庄户腔》《民歌句句新》《翻身的歌儿花样多》《翻身乐》《老农民》《老来红》《劳动神圣》及《汗》等近百首作品，以及附录的《怎样创作民歌民谣》。在《前边的话》中，作者称："我写这些东西，主要目的是为了供给乡村黑板报的材料，……以能给农民更多一点益处。"[1] 1950 年 4 月，上海新华书店重新设计封面再版发行。

《解放战争诗钞》：白得易著，新华书店华东总分店 1950 年 1 月出版印行，为"文艺创作丛书"之一。封面为其丛书统一编排构图，书名红色印刷体横排。内收有《壮士归来了》《三余镇》《"好老百姓不要跪"》《母亲》《上担架》《夜行军》《流动市场》《插到敌人背后去》和《毛主席会见斯大林》等 19 首诗歌作品。

3. 戏剧别集

《动员起来》：延安枣园文艺工作团等集体创作，华北书店 1944 年 10 月初版。封面水平编排，上部黑色美术体书名，居中加入大幅黑白木刻人物直

---

① 王希坚：《黑板报上写诗歌·前边的话》，山东新华书店 1949 年版，第 1 页。

观图像。内收有枣园文艺工作团集体创作的秧歌剧《动员起来》及其剧目曲谱等。1950年1月，西北新华书店重新设计封面并列入"群众文艺丛书"再版发行。此外，1947年11月，东北书店在书中增加枣园文艺工作团通讯小组的《枣园文艺工作团的秧歌》一文，并列入"通俗文艺丛书"重版发行。

《加强自卫军》：西北文艺工作团集体创作，赵文节（闻捷）执笔，石鲁插画，陆斌刻图，西北文艺工作团1944年编辑出版。封面均衡编排，左侧红色美术体书名竖排，中右侧加入石鲁大幅黑白木刻直观版画。内收有三场秧歌剧《加强自卫军》和石鲁绘制的7幅大型黑白木刻插画，以及剧目的多首曲谱和方言注解等。

《白毛女》：延安鲁艺工作团集体创作，贺敬之、丁一、王斌编剧，马可、张鲁、瞿维作曲，延安新华书店1945年12月出版，韬奋书店1946年11月重版，翌年7月修订再版。延安版封面均衡编排，构图直观，左上方红底垂直图形中插入白色美术体书名，右侧下方小号红色印刷体作者署名；韬奋书店版封面居中编排，下边加入木刻装饰图形。左侧红色美术体书名横竖编排，右侧下部加入黑白木刻人物图像。内收有贺敬之的《〈白毛女〉的创作与演出》，六幕歌剧《白毛女》剧本，马可等撰写的《关于〈白毛女〉的音乐》和《付印前的几句话》《"白毛女"曲谱》及其各幕场曲谱和"附录"，以及贺敬之的《校后记》等。1949年1月后，中原新华书店及新华书店重新设计封面重版发行。此外，1947年1月，太岳新华书店删去《〈白毛女〉音乐》和《"白毛女"曲谱》，以及《校后记》等，重新设计封面出版发行。

《闯王进京》：马少波编剧，冀鲁豫书店1945年出版。胶东新华书店1946年1月再版，为"剧丛"之一。胶东版封面水平对称编排，居中竖排黑色大号美术体书名，上下加入红色木刻版画图案。内收有少波的《前言》《闯王进京全剧目次》《闯王进京故事概述》《人物介绍》《主要角色之服装》《闯王进京舞台建筑图》和多幅舞台布景图及演出剧照等，二十四场平剧《闯王进京》上部（又名"闯王起义"）和下部（又名"闯王遗恨"），《哨兵歌》、《群英欢宴》等4首主题歌，胜利剧团（田少伯、左平等整理）的《关于〈闯王进京〉出演的经验介绍》等。1948年4月后，大连大众书店、东北书店、中原新华书店等翻印再版。

《干到底》：苏北文工团集体创作，新华书店五分店 1945 年出版。封面构图简洁，横排大号美术体书名。内收有三幕四场淮剧《干到底》等。

《改变旧作风》：高介云等撰，太行文联编，韬奋书店 1946 年 5 月出版。封面均衡编排，左侧上下部为横排平行红色印刷体书名和出版机构等文字部分，右侧加入大幅绿白木刻版画至书脊封后。内收有曾获得 1944 年太行文联"鲁迅奖"的五场襄武秧歌剧作品《改变旧作风》和多幅舞台设计图案等。①1949 年 5 月，被新华书店列为"中国人民文艺丛书"出版，山东新华书店1949 年 11 月重版，新华书店 1950 年 3 月三版。

《红鞋女妖精》：苏一平、周戈编剧，金紫光、李庆森配曲，新华书店1946 年 7 月出版，太岳新华书店 1948 年 7 月翻印出版。太岳版封面水平编排，上下边加入蓝色装饰条形图案，上部为红色手书体书名，居中插入蓝白木刻人物解说图像。内收有苏一平撰写的《前言》和七场秧歌剧《红鞋女妖精》，以及剧目和各场曲谱和主题歌等。

《大家喜欢》：马健翎著，陈茵绘画，东北书店 1946 年 11 月初版，1948年 7 月三版。封面水平编排，上部居中加入大幅绿白木刻直观版画，下方红色美术体书名等文字。内收有由"劝说""借钱""偷线"和"卖线"等 12场构成的曲子戏《大家欢喜》和 7 幅木刻解说插画，以及"登场人物说明表"和"场数名目及每场人物道具表"等。现存的版本有新华书店 1945 年 1 月版；1949 年 5 月，中国人民文艺丛书社重新设计封面，并列入"中国人民文艺"丛书，由新华书店修订出版。

《白毛女》：贺敬之、丁一、王斌编剧，马可、张鲁、瞿维作曲，上海黄河出版社 1947 年 1 月出版。封面水平编排，上方为大号美术体书名，下方插入黑白木刻直观版画。内收有李楠的《白毛女——介绍一部解放区的歌剧》，六幕歌剧《白毛女》和各幕场插曲，以及封二、封三的多幅木刻插图。1947年 6 月，苏中韬奋书店重新设计封面，并增加郭沫若的长序翻印出版；1948

---

① 中国戏曲志编辑委员会编：《中国戏曲志·山西卷》，中国 ISBN 中心 2011 年版，第 181 页。

年5月香港海洋书屋列入"北方文丛"再版发行。

《正气图》：墨遗萍著，太岳新华书店1947年1月出版。封面均衡编排，构图简洁，大号手书体书名竖排。内收有作者的《几点说明》和《剧情大意》，以及由"托事""逃难""观宝""领教""脱险""哭灵""劝夫""刑审"及"起手"等13场构成的元末史剧作品。

《胜败图》：太中业余剧社编，太岳新华书店1947年1月出版。封面水平编排，上下边棕红装饰图案，居中插入民间剪纸版画与黑色美术体书名。内收有由"议取北京""攻打宁武""诱降汴梁""劝降""朝议""计取保定""会攻北京""搜查""审俘""潜逃"及"最后一战"等19场构成的晋剧《胜败图》，以及剧目《人物表》等。

《参军保家》：李牧编剧，沙丹、田风、杜粹远作曲，东北文艺工作团编，东北书店1947年9月初版，1948年6月三版，为"新演剧丛书创作"之一。封面水平编排，上部为红色美术体书名，居中插入黑色木刻海鸥图案。内收有四场秧歌剧作品《参军保家》，以及7首剧目曲谱。

《放下包袱》：人民文艺工作团等著，华北新华书店1947年10月出版。封面均衡编排，左上方加入淡蓝色木刻帷幕图案，下边加入红色装饰图案，红色印刷体书名横排居上。内收有人民文艺工作团创作的歌剧《放下包袱》，关守耀编的广场秧歌剧《闹不成》，胜利剧团创作的地方剧《一担水》，以及各剧目曲谱。1948年11月，太岳新华书店删去《一担水》剧目，列为"通俗戏剧丛刊"之一翻印出版。

《白毛女》：延安鲁迅文艺学院集体创作，贺敬之、丁毅执笔，马可、张鲁、瞿维、焕之、向隅、陈紫作曲，东北书店1947年10月初版，吉林书店、华东新华书店1949年先后翻印出版。封面居中编排，左侧加入黑白木刻解说图像，右侧插入斜行大号美术体书名。内收有丁毅的《再版前言》，五幕歌剧《白毛女》剧本和《白毛女》歌曲，马可、瞿维的《〈白毛女〉音乐创作的经验》，张庚的《关于〈白毛女〉歌剧的创作》，水华的《〈白毛女〉排演中的一点杂感》等。

《骨肉亲》：王林、傅铎合作，冀中新华书店1947年11月出版，为"平原戏剧小丛书"之一。封面水平编排,上边红底图形中加白色美术体书名。内收有七场"实事梆子戏"《骨肉亲》。1948 年 11 月,华北新华书店冀中总分店重新设计封面再版发行。

《两条心》:张万一著,高介云曲谱改编,太行群众书店 1948 年 3 月出版。封面均衡编排,上部右侧竖排红色美术体书名,下部居中加入大幅彩色木刻直观图像。内收有五场小调歌剧《两条心》和剧目歌曲《前奏曲》等 8 种曲谱。

《人与兽》:宋之的著,光华书店 1948 年 1 月初版,同年 9 月再版。封面水平编排,上部为深色手书体"群猴"书名,居中插入黑白"群猴"漫画解说图像。内收有独幕剧《故乡》和《群猴》。1949 年 5 月,香港新中国书局重新设计封面并以"群猴"书名再版发行。

《坚守排》:雪立、宁森编剧,钟渭作曲,光华书店 1948 年 9 月出版。封面构图直观,线框图形中上方为横排红色印刷体书名,居中插入红白木刻战士持枪特写版画。内收有《〈坚守排〉演出说明》和作者的《小引》,三幕歌剧《坚守排》及其剧目曲谱和主题歌等。

《好班长》:丁洪、唐克编剧,肖民作曲,佳木斯东北书店 1948 年 9 月初版,中国人民解放军东北军区政治部宣传部 1950 年将其列入"部队文艺丛书",重新设计封面再版。本书初版封面横线构图,上部为横排印刷体书名。内收有四场广场歌舞剧《好班长》及《在红色的旗帜下》《刺枪歌》等主题歌和 3 首剧目曲谱,以及关于本剧目创作与演出的《说明》等。

《夸地照》:嫩江省文化协会筹备会编,叶秉群、宁玉珍、鲁琪作,江巍配曲,齐齐哈尔东北书店 1948 年 11 月初版,为"实验戏剧丛刊"之一。封面均衡编排,下边绿白装饰图案,左侧红色美术体书名竖排,右侧插入绿底黑白二人转人物图像。内收有二人转《夸地照》和其剧目曲谱。在《前言》中,编者称,"为了密切联系与即时宣传当前的各种政策、任务,提高群众思想觉悟,使政策迅速为群众掌握,所以决定编印实验戏剧丛刊"等。①

---

① 嫩江省文协筹备会:《夸地照·前言》,齐齐哈尔东北书店 1948 年版,第 1 页。

《王大娘赶集》：桑夫编剧，铁山作曲，冀南新华书店1948年11月初版，为"年关文娱材料"之一。封面水平编排，绿色装饰木刻绘画版式中，红色美术体书名居上。内收有秧歌剧作品《王大娘赶集》及其剧目曲谱。1950年1月，大众书店、西北新华书店分别重新设计封面，并列入"群众文艺丛书"子目出版。

《人民城市》：陈戈、任虹编剧，李海奇、关庆顺作曲，东北书店1948年11月初版。封面均衡编排，两边棕色装饰图形，左上方红色美术体书名横排，右下方插入棕白木刻图案。内收有四幕歌剧《人民城市》和13首《人民城市主题歌》配曲，以及各场布景平面图与作者《后记》等。1949年，新华书店重新设计封面修订出版。

《还驴》：九纵文工团刘清凯著，太行新华书店1948年出版。人民解放军第二野战军政治部1949年6月初版，为"人民战士文艺丛书"之一。封面居中编排，全幅红白对比图形中，右上方为红色美术体书名，中下加入黑白木刻解说图像。内收有四场小型秧歌剧《还驴》等。

《家信》：刘莲池撰，孟贵斌作曲，太岳新华书店1949年4月初版，为"战斗剧社戏剧小丛书"之一。封面均衡编排，左侧及上边装饰图形，中下方加入木刻版画图案，右侧大号美术体书名竖排。内收有由"李二的家"及"李二的院里"等3场构成的秧歌剧作品，以及8首剧目附曲等。

《关羽之死》：马少波编，华东新华书店胶东分店1949年4月初版。封面构图直观，整幅冷色解说图像中，左侧加入红白竖排美术体书名等。内收《〈关羽之死〉剧情说明》和三十六场平剧《关羽之死》等。1950年4月，新华书店重新设计封面，并修订《〈关羽之死〉剧情说明》为《本事》再版发行。

《白毛女》：延安鲁艺工作团集体创作，贺敬之、丁毅编剧，马可、张鲁、瞿维、焕之作曲，新华书店1949年5月出版，为"中国人民文艺丛书"之一。封面为其丛书统一编排，上方横排印刷体书名。内收有六幕歌剧《白毛女》和《曲谱》，以及附录的《〈白毛女〉采用的民间曲谱》，贺敬之的《〈白毛女〉的创作与演出》，马可、张鲁、瞿维的《关于〈白毛女〉音乐》和书前的《"中国人民文艺丛书"编辑例言》等。同年 9 月修订为五幕歌剧《白毛女》再版。

《鱼腹山》：陕甘宁边区文化协会戏剧工作委员会编，马健翎著，西北新华书店 1949 年 6 月出版，为"陕甘宁戏剧丛书"之一。封面对称式构图，上边为黑白木刻装饰图案，下边为黑白木刻直观版画，白色美术体斜行插入居中对角红底图形中。内收二十五场秦腔剧《鱼腹山》及作者关于本剧"秦腔、晋腔、京梆子及各地的地方歌剧（'乱谈'）都可以演出"的说明。[①]

《红军回来了》：王燎荧著，太岳新华书店 1949 年 6 月出版。封面水平编排，上下边套色装饰图案，红色美术体书名居上。内收有独幕话剧作品《红军回来了》，以及其剧目的两首插曲。1950 年 5 月，上海天下图书公司重新设计封面并增加作者《后记》，列入"大众文艺丛书"子目修订出版。

《翻天覆地的人》：闻捷著，东北新华书店 1949 年 8 月初版。封面水平编排，上方居中加入大幅黑白木刻解说版画，下方棕红底色图形中插入白色美术体书名。内收有九场大型歌剧"陕北革命史剧"《翻天覆地的人》。1950 年 5 月，新华书店重新设计封面翻印出版；翌年 5 月，华东人民出版社再版。

《英雄刘四虎》：西北军区政治部文工团集体创作，王宗元等执笔，李耀先等作曲，陕甘宁边区文化协会戏剧工作委员会编订，西北新华书店 1949 年 9 月初版，为"部队文艺丛书"之一。初版封面居中编排，两侧棕红木刻装饰图形，中间白色图形中加入黑色竖排印刷体书名等文字。内收有西北军区政治部文工团的《前言》，六场歌剧《英雄刘四虎》及其剧目曲谱，以及江波的《关于〈英雄刘四虎〉的排演》等。1950 年 1 月，新华书店重新设计封面出版。

4. 小说别集

《绝地》：草明创作，上海良友图书印刷公司 1937 年 5 月初版，封面题为"中篇创作新集"。封面水平编排，棕红底色版式居中插入暖色圆形奔马版画图案，白色美术体书名居上。内收有中篇小说作品《绝地》。1983 年 5 月，

---

① 马健翎：《鱼腹山》，西北新华书店 1949 年版，第 1 页。

被广州花城出版社收录于同题名小说集中出版。

《给予者（1·28—8·13）》：参加者：欧阳山、草明、东平、邵子南、于逢；执笔者：东平。读书生活出版社 1938 年 1 月出版，为"中篇的集体创作"。封面水平编排，上部加入红色印刷体书名等文字，居中插入黑白木刻直观图案，下方为红色出版机构名等。内收有欧阳山的《抗战的意志（序文)》，以及由"卡车的驾驶者""少尉服务员""黄伯祥的朋友""不幸的事件""陈金泉"及"八·一三的前夜"等 11 章组成的作品。

《战地》：舒群著，北新书局 1938 年 4 月初版。封面水平编排，上下黑色框线图形相对，白色美术体书名居上。内收有《农家姑娘》《奴隶与主人》《战地》《小包裹》《孤儿》《秘密的旅途》《舰上》《婚夜》《青年》《难中》《死亡》《水中生活》《贼》和《无国籍的人们》等 14 篇小说作品。

《救亡者》：周文著，商务印书馆 1940 年 7 月初版，1941 年 10 月再版，为"大时代文艺丛书"之一。封面上下对称编排，线框构图，红色美术体书名居上。内收有由 9 章节组成的中篇作品《救亡者》。

《金菩萨》：欧阳凡海著，重庆文林出版社 1942 年 5 月初版，为"文学集丛"之一。封面水平编排，构图直观，上部大号美术体书名。内收有由 20 章节构成的长篇小说作品《金菩萨》。

《美满家庭》：高沐鸿著，华北书店 1944 年出版。封面均衡编排，构图直观，右侧红色手书体书名竖排。内收有由"鸡一叫他就起来啦"、"搜搜求求的村长"、"这是怎么一回事啦"等 14 章构成的中篇小说作品，以及书前作者的《〈美满家庭〉序言》。其中称，"战争破坏了旧的中国，却不能不去建设一个新的中国"，因此，"你不见敌后抗日民主根据地里，正在出现了前古未有的'美满家庭'吗"。①

《新与旧》：李欣著，晋绥边区吕梁文化教育出版社 1944 年 10 月初版，新华书店晋西北分店发行，为"七七七"文艺奖金获奖作品散文类乙等奖之一。封面采用其"'七七七'文艺奖金获奖作品"丛书相同版式，均衡编排，

---

① 高沐鸿：《美满家庭·〈美满家庭〉序言》，华北书店 1944 年版，第 1 页。

左上部黑色横排印刷体书名。内收有小说作品《新与旧》及相关方言词语注释。封三附印有吕梁文化教育出版社的"'七七七'文艺奖金委员会委托本社出版本届获奖作品目录如下"插页广告。

《孟祥英翻身》：赵树理著，华北新华书店 1945 年 3 月初版，1947 年 5 月三版，为"晋冀鲁豫边区文艺创作小丛书"之一。封面编排为其丛书同一版式，构图直观。内收有由"老规矩加上新条件""哭不得"和"死不了"等 10 章构成的中篇小说作品。在书中的《小序》中，作者称，这是写"孟祥英怎样从旧势力压迫下解放出来"，以及"一个人从不英雄怎样变成英雄"的作品。① 现存的版本有华中新华书店 1946 年 9 月"大众文库"版，辽东书局 1947 年版等。

《洋铁桶的故事》：柯蓝著，冀中新华书店、渤海新华书店 1945 年 12 月初版；冀中新华书店、太岳新华书店 1947 年 1 月再版。冀中再版封面水平编排，上部黑色美术体书名，中下部加入整幅黑白木刻解说图像。内收有作者的《前面几句话》，以及由"洋铁桶投奔八路军　母猪河枪打乌龟头"等 40 回构成的章回体小说《洋铁桶的故事》。1947 年 1 月以后，香港海洋书屋、韬奋书店、东北书店、中原新华书店、新华书店、生活·读书·新知联合发行所等先后重新设计封面并列入"北方文丛"、"中国人民文艺丛书"等出版发行。

《李家庄的变迁》：赵树理著，华北新华书店 1946 年 1 月出版，封面题为"通俗小说"。封面均衡编排，构图直观，右侧手书体书名竖排。内收有小说作品《李家庄的变迁》。1946 年 7 月以后，太岳新华书店、冀东新华书店、胶东新华书店等重新设计封面出版。1947 年 1 月以后，九分区新华书店、光明书店、上海新知书店等，分别重新设计封面，并分别增加茅盾影印手稿或印刷体《序〈李家庄的变迁〉》，以及《周扬同志的一段话》等篇目出版发行。现存的版本还有大连大众书店、冀鲁豫书店 1947 年 2 月版，中原新华书店 1948 年 12 月版，新华书店 1949 年 5 月的"中国人民文艺丛书"版，厦门

---

① 赵树理：《孟祥英翻身·小序》，华北新华书店 1945 年版，第 1 页。

新华书店 1949 年 12 月版等。

《一个女人翻身的故事》：孔厥著，上海阳光出版社 1946 年 3 月出版。封面均衡编排，右上方插入蓝白木刻人物图像，左下部红色美术体书名双行横排。内收有由"逃荒""换了两斗粗谷子"等 10 章构成的"记陕甘宁边区女参议员折聚英同志"的故事。1946 年 9 月以后，先后由华中新华书店、山东新华书店、华东新华书店、上海书报杂志联合发行所等重新设计封面出版。此外，1946 年 12 月，在东北书店重新设计封面重版发行的版本中，增加了《出版者的话》，并称本书是"纪念国际妇女节，作者于一九四三年'三八'节时，写这故事，连刊于解放日报文艺版"的一部作品。因此，"付印这个小故事，就是使我们女同志能了解这一条明路，它是光明的路"。①

《吕梁英雄传》（上册）：马烽、西戎著，力克插图，晋绥边区吕梁文化教育出版社 1946 年 4 月初版，封面题有"通俗小说"。封面对称编排，左侧红色手书体书名竖排，右侧加入大幅黑白木刻人物直观垂直图像。内收有由"日本鬼兴兵作乱 康家寨全村受劫"等 37 回构成的长篇小说《吕梁英雄传》（上册），以及力克的多幅人物绣像绘图。封三附印晋绥新华书店总经销的"新书预告"插页广告等。1946 年 10 月以后，东北书店、苏中韬奋书店、太岳新华书店、苏南新华书店、上海通俗书局等重新设计封面，并增加周文的《序》等翻印出版。1949 年 5 月，中国人民文艺丛书社删去人物绘像，将其上下册同时列入"中国人民文艺丛书"出版发行；1949 年 8 月，晋南新华书店采用初版封面构图，编辑出版上下两册《吕梁英雄传》。

《晴天》：王力著，大连大众书店 1946 年 5 月初版，同年 7 月再版，为"通俗故事"集。封面对称编排，左侧红色大号美术体书名竖排，右侧深蓝底垂直图形中插入黑白木刻人物直观图案。内收有由"太平庄不太平""变天"和"铁骨头一心报父仇"等 10 个章节构成的小说作品，以及书中附印的大众书店图书出版插页广告等。在作品前《关于〈晴天〉的出版》中，陈沂称，本书是当时"文化工作上"的"一个较新的收获"等。② 1946 年 10 月以后，

---

① 孔厥：《一个女人翻身的故事·出版者的话》，东北书店 1946 年版，第 21—22 页。
② 陈沂：《晴天·关于〈晴天〉的出版》，大连大众书店 1946 年版，第 1 页。

辽东建国书社、东北书店、太岳新华书店、晋察冀新华书店、中原新华书店等，分别重新设计封面再版。

《顺喜翻身》：胡流著，冀南书店 1946 年 8 月出版。封面水平编排，构图简洁，上部红色美术体书名，下部加入黑色人物剪影圆形图案。内收有由"穷孩子像猪狗""娘像只老绵羊""八十块钱卖到孙家""娘带回了一张白文书""受折磨"及"母女相会"等 12 节构成的小说作品。

《荷花淀》：孙犁著，大众文库编委会编辑，华中新华书店 1946 年 11 月出版，为"大众文库（文艺类）"丛书之一。封面水平编排，构图设计为其丛书相同版式，红色美术体书名居上。内收有小说作品《荷花淀》。

《李勇大摆地雷阵》：邵子南著，山东新华书店 1946 年 12 月初版，为"大众文库"之一。封面为其丛书同一版式，大幅木刻版画构图。内收有由"厉害的地雷""勇敢的李勇""爆炸成功"及"当啦英雄"等 13 章节构成的小说《李勇大摆地雷阵》。书后附印有山东新华书店的"大众文库已出下列各种"书目插页广告。1947 年 2 月以后，大连大众书店、东北书店等，以及华中新华书店、中原新华书店等分别重新设计封面，或增加多幅木刻插画重版发行。

《地雷》：柳青著，光华书店 1947 年 2 月初版，同年 10 月再版。初版封面水平编排，上方为红色印刷体书名，居中加入大幅彩色解说图像。内收有《误会》《牺牲者》《地雷》《一天的伙伴》《废物》《在故乡》《喜事》和《土地的儿子》等 8 篇作品，以及作者的《后记》。1950 年 12 月，"青年文艺丛书"编委会重新设计封面，删去《废物》篇并增加《再版前记》后，收录于青年出版社的"青年文艺丛书"出版发行。

《种谷记》：柳青著，光华书店 1947 年 7 月出版，同年 11 月再版。封面均衡编排，构图简洁，左侧上方红色手书体书名竖排。内收有由 22 部章节构成的长篇小说《种谷记》。1949 年 5 月，中国人民文艺丛书社收录于"中国人民文艺丛书"并由新华书店出版；1951 年 10 月，人民文学出版社重新设计封面，增加《出版说明》修订出版。

《一个空白村的变化》：那沙著，山东新华书店总店 1947 年 7 月出版，为

"文艺创作丛书"之一。封面编排为其丛书相同版式，白色印刷体书名居中双行横排。内收由 3 章及多节构成的小说《一个空白村的变化》。1947 年以后，太岳新华书店、东北新华书店、浙江新华书店等先后翻印出版。

《李秀兰》：洪林著，山东新华书店总店 1947 年 7 月出版，为"文艺创作丛书"之一。封面编排为其丛书同一版式，白色美术体书名横排。内收有若望的《序》，以及短篇小说《莫忘本》《李秀兰》《老许》和《瞎老妈》等 4 篇作品。浙江新华书店 1949 年 8 月翻印出版。1950 年 3 月，新华书店重新设计封面，增加《恨儿》篇修订出版。

《乌龟店》：韩川著，山东新华书店 1947 年 7 月初版，为"文艺创作丛书"之一。封面采用其丛书相同版式构图，白色美术体书名居中横排。内收有由 19 个章节构成的长篇小说《乌龟店》。1950 年 5 月，中南新华书店重新设计封面重版发行。

《高干大》：欧阳山著，华北新华书店 1947 年 8 月初版。封面均衡编排，右上方彩色木刻直观图案，左上部美术体书名横排。内收有由"人民的要求""幽会""争论""希腊神话"和"欢送会上"等 24 章构成的长篇小说《高干大》。1948 年 7 月后，先后有胶东新华书店、太岳新华书店、苏北新华书店、新中国书局重新设计封面翻印出版。1949 年 7 月，中国人民文艺丛书社将其收录于"中国人民文艺丛书"并由新华书店出版。1960 年 4 月，人民文学出版社增加《再版序言》修订出版。

《不可征服的人们》：戴夫著，佳木斯东北书店 1947 年 8 月初版。封面居中编排，左侧上方黑白木刻版画，右侧红色垂直美术体书名。内收有由"憎恨""血债""火花""开头"及"伏击"等 13 个章节构成的小说《不可征服的人们》。在《后记》中，作者称，"这篇不完整的小说"，是作者"一九四〇年的旧稿，在一九三九年山西十二月政变以后写成的"等，本次经过"又一次删去不必要的描写，把全文压缩了一下"出版的。[①]

《纠纷》：菡子著，东北书店 1947 年 10 月初版，为"通俗文艺丛书"之

---

① 戴夫：《不可征服的人们·后记》，东北书店 1947 年版，第 95 页。

一。封面采用其丛书相同版式，蓝色大号美术体书名。内收有由"小来顺子的大大死了""雇来的主人""暧昧"和"梁港的'人王'"等6个章节构成的小说《纠纷》。1949年6月，山东新华书店总店重新设计封面再版发行。

《乌鸦告状》：柯蓝著，华北新华书店1947年10月出版，为"群众文艺丛书"之一。封面水平编排，棕红底色版式中，上部白色大号美术体书名，中下部加入大幅黑白解说图像。内收有由"通奸""发觉""捉奸""谋杀"和"乌鸦露尸"等9个章节构成的小说《乌鸦告状》。在《前面几句话》中，作者称这"是根据关中分区发生的一件案子改编成的"，是自己"一直还在通俗文艺这方面摸索着"的写作成果。①

《山东大战记》：江风、枝山合编，华中新华书店九分店1947年出版。②封面均衡编排，上部红色美术体书名，中下部右侧插入黑白直观图像。内收有由"破法宝神威震淮北　定诡计全力窥山东""蒋独裁亲飞徐州城　刘将军侧击陇海线""郝鹏举卖身上大当　新四军夺袭捉元凶"和"打游击万众保家乡　进空城蒋军陷火海"等6回构成的章回体小说作品《山东大战记》。

《保江山》：颜一烟著，东北书店1948年1月初版，为"通俗文艺丛书"之一。封面编排采用其丛书相同版式，红色印刷体书名横排。内收有《人民安下了天罗地网》、《吉日良辰》、《到底垮没垮》、《金银财宝大还家》、《出心给》、《从福地来》、《保江山》和《选英雄·爱英雄》等8篇作品。

《夏红秋》：范政著，苏晖插图，东北书店1948年3月初版，同年5月再版，副标题为"一个中学生的转变"。封面水平编排，上部红色大号美术体书名，下部加入黑白木刻装饰图形。内收有由14个章节构成的小说《夏红秋》，以及多幅黑白木刻插图。大众书店1948年4月翻印出版。1949年6月以后，华中、西北、中原、浙江等地新华书店重新设计封面重版发行。

《无敌三勇士》：刘白羽著，西野画，东北书店1948年6月初版。封面水平编排，中上方加入整幅黑白木刻战士与勋章直观图像，下方为方框红底美术体书名。内收有《无敌三勇士》、《百战百胜》和《政治委员》等3篇作品，

---

① 柯蓝：《乌鸦告状·前面几句话》，华北新华书店1947年版，第1页。
② 陈玉堂：《中国近现代人物名号大辞典》（全编增订本），浙江古籍出版社2005年版，第465页。

以及西野的多幅黑白木刻插画作品。

《群像》：菡子著，光华书店 1948 年 7 月初版。封面垂直均衡编排，左侧上方黑色竖排美术体书名，右侧加入红色装饰边幅图案。内收有《家庭会议》、《七十七枪》、《我们自卫有把握》和《纠纷》等 4 篇作品。

《一支运粮队》：洪林著，山东新华书店 1948 年 8 月版，为"文艺创作丛书"之一。封面编排为其丛书相同版式，白色美术体书名居中。内收有由 10 个章节构成的小说《一支运粮队》。东北书店 1949 年 4 月重新设计封面重版发行。

《高祥》：方青著，东北书店 1948 年 9 月初版，为"文学战线创作丛书"之一。封面水平编排，上方为黑色手书体书名，居中插入蓝白色直观木刻版画图案。内收有《张双禄的"硬骨头"》《张凤山参军》《土地还家》《高祥》《擦黑》《翻身屯》和《"瓜子不饱是人心！"》等 9 篇小说作品。

《原动力》：草明著，东北书店 1948 年 9 月初版，为"文学战线创作丛书"之一。封面编排采用其丛书同一版式，手书体书名横排。内收有由"冲不净的仇恨""和冰的斗争""来客""陈主任""满湖是非"和"燃烧"等 10 章构成的长篇小说《原动力》。封三附印有各地东北书店发行的图书出版插页广告。1949 年 7 月，西北、苏北、山东等地新华书店分别重新设计封面再版发行。新华书店 1949 年 5 月收录于"中国人民文艺丛书"出版发行。

《新柜中缘》：陈学昭著，光华书店 1948 年 10 月初版。封面水平编排，上方为红色美术体书名等文字部分，下边加入金色木刻装饰图案。内收有《真实的故事》《黄美珍》《恨绳》《未婚妻》《理想的爱情》《抗战胜利以后》《一封信》《手枪》《新柜中缘》《邻居》《四日的夜》《女疯》《在延河边》和《高山上》等 14 篇作品，以及作者撰写的《附言》等。

《土地和枪》：荒草著，光华书店 1948 年 10 月初版。封面水平编排，上方为红色印刷体书名，下边加入蓝色木刻装饰图案。内收有《土地和枪》、《除夕》和《挂毛主席奖章的何云生》，以及报告文学作品《我们是解放区来的》和作者的《前言》等。

《在零下四十度》：西虹著，东北书店 1948 年 11 月初版，为"文学战线创作丛书"之一。封面采用其丛书同一版式，绿色手书体书名横排。内收有由"年节""军政会议""誓愿""别离""进军""遭遇""第一营"和"夜战"等10章构成的长篇小说《在零下四十度》。1948年11月，中国人民文艺丛书编辑委员会收录于"中国人民文艺丛书"，由新华书店东北总分店出版；人民文学出版社1950年9月再版等。

《邪不压正》：赵树理著，冀南新华书店编辑部1948年11月初版。封面水平编排，居中加入整幅木刻版画。内收有小说作品《邪不压正》。1949年4月以后，天津知识书店、太岳新华书店、湖北新华书店、东北新华书店等，分别采用张望的木刻绘画等重新设计封面出版发行。

《我们的连队》：西虹著，东北书店1948年11月出版。封面水平均衡编排，上方居中插入浮雕人物图案，下方左侧红色印刷体书名横排。内收有《我们的连队》《操场上》《林其学习组》《誓为人民立功劳》《第一班夺天险》《一个步枪组》《悬岩上》《马世明机枪组》《英雄排长朱世标》《战斗组长的榜样》《机枪手张成纯》《小周和班副》《抢救英雄登科》《登峰攀树救伤员》《反坦克英雄班》《和谐融洽的革命家庭》《伟大的安慰》和《庆功会上》18篇作品。1951年4月上海杂志公司增订出版。

《无敌三勇士》：刘白羽著，华东新华书店总店1948年11月出版。封面水平均衡编排，上方插入木刻版画插图，下方居中红色美术体书名。内收有《无敌三勇士》《血缘》《百战百胜》《政治委员》《回家》《战斗的旗帜》和《新社会的光芒》等7篇作品。

《第一次收获》：束为著，晋绥出版社1948年12月初版。封面水平编排，上方为红色美术体书名，居中插入绿色木刻直观图像。内收有《第一次收获》《卖鸡》《十年前后》和《老婆嘴退租》等4篇作品。

《骨肉亲》：那沙著，东北新华书店1949年7月初版。封面水平编排，上部大号红色美术体书名，中下部加入大幅黑白木刻直观图像。内收有由"湖净场光起风云""起兽性血洗于庄"和"救壮丁老三用计"等7个章节构成的小说作品《骨肉亲》，以及作者于作品前撰写的"题词"等。1950年5月，中南新华书店重新设计封面重版发行。

《望南山》：杨朔著，北平天下图书公司 1949 年 8 月初版，为"大众文艺丛书"之一。封面水平编排，上部居中红色印刷体书名，下部加入整幅陕北木刻直观图像。内收有长篇小说《望南山》，以及邹雅的多幅木刻插图。封三附印天下图书公司的"大众文艺丛书第一辑"出版插页广告。

《腹地》：王林著，新华书店 1949 年 9 月版。封面均衡编排，左上角大号棕红美术体书名，下部加入大幅木刻解说图像。内收有由 40 个章节构成的长篇小说《腹地》。2007 年 8 月，解放军出版社重新设计封面，并增加吕正操的《代序》，孙犁的《〈腹地〉短评》和王端阳的《后记》修订再版。

《红石山》：杨朔著，上海新华书店 1949 年 9 月初版。封面均衡编排，左下方加入红色横排印刷体书名，右上方插入棕白木刻直观版画。内收有由"屠车""'红'""坑道里"等 23 节组成的长篇小说《红石山》，以及作者的《几句赘话》和《又记》等。作者在其中称，这是一部创作于抗战时期及"初次接近工人"而"写出的东西"。① 同年同月，东北新华书店辽东分店重新设计封面出版。

《一个下贱女人》：马烽著，天下图书公司 1949 年 11 月版，为"大众文艺丛书"之一。封面采用其丛书相同版式，上方插入横排蓝色印刷体书名。内收有《一个下贱女人》《老瘾戒烟记》和《光棍汉》3 部作品。封底印有天下图书公司的"大众文艺丛书"插页出版广告。

《亲家》：康濯著，北平天下图书公司 1949 年 11 月初版，为"大众文艺丛书"之一。封面采用木刻绘画版式，水平编排构图简洁，上部蓝色印刷体书名。内收有《亲家》《抽地》和《腊梅花》等 3 篇作品，以及顾群的多幅木刻作品插图。封底印有天下图书公司印行的"大众文艺丛书"图书出版插页广告。

《北线》：杨朔著，新华书店 1949 年 11 月初版，1950 年 6 月中南第二版。封面均衡编排，左下方红色横排大号手书体书名，右上角插入黑白木刻战士肖像图案。内收有由多个章节构成的小说作品《北线》。1950 年 1 月前后，

山东、上海等地新华书店重新设计封面出版发行。

《唐二虎》：陆荧著，那狄插图，中国人民解放军第四野战军华中军区政治部 1949 年 11 月出版，为"战士生活丛书"之一。封面均衡编排，左上方棕红美术体书名，右下方套色木刻直观插画。内收有由"苦恼""漏洞""疙瘩""融化"和"明白"等 5 个章节构成的小说《唐二虎》，以及那狄的 5 幅木刻作品插图。版权页上附印有"发到连，读给战士听"的文字。

《月黑夜》：杨朔著，生活·读书·新知三联书店 1949 年 12 月初版，1950 年 12 月三版。封面几何图案构图，左侧黑色手书体书名竖排。内收有《大旗》《霜夜》《麦子黄时》《月黑夜》《风暴》《家乡》和《模范班》等 7 篇小说作品。1954 年 11 月，作家出版社重新设计封面并采用原书名，增加《春子姑娘》篇修订出版。

《北黑线》：杨朔著，上海群益出版社 1950 年 4 月初版，为"群益文艺丛书"之一。封面框线构图，上部为大号红色美术体书名，下方居中插入暖色木刻版画图案。内收有《熔炉》《分水岭》《血书》《十年》《桃树园》《张德胜》《雷神》《正定创世纪》《英雄列车》和《北黑线》等 10 篇作品。

5. 报告文学别集

《西行漫记》：[美] 爱特伽·斯诺著，王厂青、林淡秋、胡仲特、傅东华、梅益等译，上海复社 1938 年 2 月初版，同年 11 月四版。封面居中编排，构图简洁。内收有作者的《序》和《译者附记》，以及由"探寻红色的中国""到红色首都去的路上""在保安""一个共产党员的来历""长征""西北的红星""到前线去的路上""在红军中（上）""在红军中（下）""战争与和平""回到保安去"和"回到白色区域"等 12 章 56 节组成的通讯报道，以及《抗战之声》及《红第一军团在宁夏》等 49 幅摄影图片和《西征路线图》与《西北边区图》封二、封三插图等。1937 年 10 月及 1938 年 7 月，伦敦维克多·戈兰茨公司（LONDON VICTOR GOLLANCZ LTD）、美国兰登书屋（RANDOM HOUSE）先后以"RED STAR OVER CHINA"（"红星照耀中国"）为名出版。

《八路军学兵队》：陈克寒著，上海杂志公司 1938 年 6 月初版，为"战地生活丛刊"之一。封面采用其丛书同一编排版式，下边加入长城装饰图案，左侧为竖排红色美术体书名，右侧居中插入黑白木刻红军女战士图像。内收有《战争把青年驱逐到刘村》《组织·教育·生活》《救亡室与刘村老百姓》《便衣队到了刘村》《过新年》《欢送四十壮士到前线》《雪山夜战》《突击啊》《三日行军》《毕业了》和《打游击》等11篇（组）作品，以及封三附印的"战地生活丛刊"图书出版插页广告等。

《潼关之夜》：杨朔著，重庆烽火社1939年4月初版，为"烽火小丛书"之一。封面均衡编排，上方红色美术体书名横排，居中插入黑白木刻战士版画。内收有《南苑，这儿开过我们的血花》《王海清》《秋风吹起了征愁》《征尘》《成仿吾先生》《潼关之夜》《火并》和《雪花飘在满洲》等8篇报告文学作品，以及作者的《后记》。

《劫后拾遗》：茅盾著，桂林学艺出版社1942年6月初版，封面构图简洁，居中竖排红色作者手书书名；重庆学艺出版社1946年2月三版，封面均衡编排，上部横排棕红美术体书名，中下方插入棕灰色木刻版画图案。内收有由6个章节构成的报告文学作品《劫后拾遗》。

《转移》：孟繁彬著，晋绥边区吕梁文化教育出版社1944年10月出版，为"七七七"文艺奖金获奖作品集之一。封面均衡编排，上方黑色横排印刷体书名，右下角插入红五星黑白木刻雄鸡叠加图案。内收有获该奖散文类丙等奖作品《转移》，以及书后附印的"'七七七'文艺奖金委员会委托本社出版本届获奖作品目录"插页广告。

《许付三翻身》：孙月心著，韬奋书店1945年10月出版。封面水平编排，构图直观，上部红色美术体书名高低横排，居中插入黑白木刻人物直观图像。内收有由"一个伤疤一眼泪"等10章节构成的报告文学作品《许付三翻身》，以及新华书店、韬奋书店的图书出版插页广告。

《晋察冀行》：周而复著，阳光出版社1946年4月初版。封面水平编排，上部蓝色印刷体书名，下部插入蓝色木刻直观版画。内收有《突过封锁线》《"东亚新秩序"写照》《人民新生活的姿态》《聂荣臻将军》《装备落后的八路军怎样战胜精锐的敌军》《人民公敌的暴行》《从村选看边区的民主政治》

《人民的勤务员》《在煤井里》《地方性的联合政府》《货币的战争》《税收的革命》《人民有了文化》和《乡村文艺》等 20 篇文章。1947 年 11 月、1949 年 6 月，东北书店、上海书报杂志联合发行所分别重新设计封面，并改为"解放区晋察冀行"书名翻印再版。

《明朗的天》：邹祥编，山东新华书店 1946 年 6 月出版。封面均衡编排，右上角插入红色木刻直观图案，左下方为横排黑色印刷体书名。内收有方岚的《和平春节在大店》和《元宵花灯大竞赛》，李普的《临沂风光》和《解放区的物价稳定是今世纪最大的奇迹》，林风的《记临沂教场街骡马大会》《繁荣的十字路》和《民主摇篮里的烟台》，王均的《枣庄介绍》和《走向繁荣的焦作市》等 19 篇报告文学作品，以及歌曲《明朗的天》等。

《黑红点》：吴伯箫著，东北新华书店 1947 年 4 月出版。初版封面均衡编排，左上方横排手书体红色书名，右下方插入黑白木刻人物图像。内收有《黑红点》《打娄子》《游击队员宋二童》《化装》《一坛血》《文件》《"调皮司令部"》《南泥湾》《"火熖山"上种树》《新村》《孔宋庄纪事》等 2 辑共 11 篇作品，以及附录的民间歌谣《边区建设运动》（寄调"打宁夏"）和作者的《后记》。1950 年 10 月，上海新华书店重新设计封面并增删个别作品后修订出版。

《在伤兵医院中》：哈华著，山东新华书店 1947 年 4 月出版。封面水平编排，上部黑底图案中插入白色印刷体书名，中下方加入红色直观图案。内收有由"李部长访问记""负伤的战友们""服务在伤兵医院中的人民"和"忘我的医务工作者" 4 个专题组成的 16 篇作品，以及书后附录的编者《跋》和《正误表》等。1948 年 5 月，山东新华书店重新设计封面再版。

《王朝柱的故事》：刘艺亭著，冀南书店 1947 年 8 月初版，为"工农兵丛书"之一。封面水平编排，上下绿色剪纸装饰图案，居中红色印刷体书名。内收有报告文学作品《王朝柱的故事》等。

《祆袖上的血》：李文波著，华北新华书店 1947 年 10 月出版，为"自卫战争文丛"之一。封面均衡编排，整幅黑白木刻直观版画中，加入大号红色美术体竖排书名。内收有《祆袖上的血》《卫生员朱同义》《石明三的转变》

《王楼战斗中的第三营》《五十九个英雄》《王天德三放冲锋枪》《城下见闻》《介绍七连播功报》和《我营的通讯读报工作》等 9 篇作品，以及书前的《介绍李文波营的上报立功运动（代序）》等。

《进步的旗帜——李根》（前线通讯集）：徐熊著，山东新华书店总店1948 年 4 月出版，为"战时小丛书"之一。封面整幅人物特写影像版式，下边白色美术体书名。内收有《进步的旗帜——李根》《王克勤式的模范——韦昌华》《小将罗立信写他觉悟进步》《突击队长李传芳》《聋子的故事》《陈天和探亲》《郭大队长》和《李家才和他的运输队》8 篇作品。

《历史的暴风雨》：刘白羽著，武汉人民艺术出版社 1949 年 8 月初版，同年 11 月二版，为"人民艺术丛刊"之一。封面采用其丛书同一构图版式，印刷体书名竖排，居中插入彩色木刻图案。内收有由"英雄的四平街保卫战"到"北平——人民历史新的一幕"等 9 章多节组成的报告文学作品。在《前记》中，作者称："这是我从一九四六——一九四九，三年解放战争中的通讯选集。"[①]

6. 散文杂著别集

《速写陕北九十九》：角麟著，上海少年知识出版社 1937 年 5 月初版，为"少年知识丛书"之一。封面水平编排，上下装饰图案与图形相对，黑色美术体书名居上。内收有《就食西北》《曲折的时间》《不流的溪流》《平原小块》《红叶黄沙》《好像散步一样》《两毛钱一段》《土穴》《两种轨道》《古物所以留存》《沙河》和《烂泥路》等 99 篇短章散文。

《晋察冀边区印象记》：立波著，读书生活出版社 1938 年 6 月初版。封面均衡编排，构图简洁，版式居中插入摄影图片剪影，右侧红色手书体书名等文字。内收有《从河北归来》《劫后的东冶头》《娘子关前》《北冶里夜谈》和《洪子店的劫火余烟》等 26 篇作品，以及附录一、附录二中的《游击队的母亲》、《师生游击队》等 6 篇作品和《序言》。1939 年 6 月，读书生活出版社增加多幅照片与漫画等插图后再版发行。

---

① 刘白羽：《历史的暴风雨·前记》，武汉人民艺术出版社 1949 年版，第 1 页。

《关于高尔基》：萧三著，华北书店 1943 年 9 月初版。封面均衡编排，上部大幅暖色基调中加入高尔基剪影图像，下方加入彩色条幅图形，大号黑色美术体书名横排。内收有作者的《前言》和《声明》，以及《高尔基与中国》、《高尔基逝世三周年纪念》《我怎能忘记》《高尔基底社会主义的美学观》《关于高尔基》《关于高尔基的二三事》《伟大的爱，神圣的恨》《高尔基——无产阶级的人道主义者，社会主义的美学观，反对法西斯主义、托派的战士》和《高尔基去世二周年》等 9 篇作品。

《陕甘宁边区的生产故事》：章东湖著，新华书店 1944 年出版，为"大众文艺小丛书"之一。封面水平编排，构图简洁，上方黑白木刻插图，黑色印刷体书名居中横排。内收有《种庄稼的状元——吴满有》《一把镢头起家的杨朝臣》《吴家枣园》《马杏儿的故事》《二流子归正》和《好日子是怎样得来的》6 篇作品。同年山东新华书店列入"冬学政治补助读物"之一翻印发行，1947 年 8 月，光明书店重新设计封面，收录于"通俗读物"丛书子目中出版。

《古话正误》（第二集）：王千秋编，韬奋书店 1945 年 10 月出版。封面水平编排，构图简洁，上方大号印刷体书名。内收有《关于命运等迷信者十条》、《关于社会不平等者七条》及《关于教育者六条》等 54 条民间俗语，以及对其俗语的新解读。

《富得荣还乡》：萧也牧著，晋察冀边区教育阵地社 1946 年 2 月出版，为"群众读物"之一。封面水平编排，上部美术体书名等文字，下部插入黑白木刻人物直观图像。内收有由 6 个章节构成的作品《富得荣还乡》。1946 年 10 月，东北书店重新设计封面翻印出版。

《环行东北》：刘白羽著，新华日报社 1946 年 9 月上海出版。封面水平编排，整幅东北地图版式中，上部为红色印刷体书名及作者署名。内收有由"进入东北""会晤东北民主联军""绿色的鸭绿江""宝库东边道""英雄的四平街保卫战""长春杂记""松花江流域""东北的农村""黑龙江纪行""西满草原上""东蒙古的无边瀚海""殖民地的殖民地"和"人民的道路"等 13 个篇章构成的报告文学作品，以及书中附印的多幅摄影图片等。

《国事痛》：杨耳等著，东北书店 1946 年 12 月印行，1947 年 5 月再版，副题为"八一五以来民主与独裁斗争史"。封面框线构图，红色手书体书名居中竖排。内收有由"斯大林宣战东北光复小鬼子倒台举国同欢""蒋独裁妄图独吞抗战果毛主席号召人民大进军"和"南京怪事蒋伪合流天津奇闻美军登陆"等 12 个章回与"尾声"构成的"时事小说"，以及张望的 6 幅木刻插图和《后记》。在作品前刊印的东北局宣传部公告中称："这一本《国事痛》是写得非常好的一本书，为提倡多写通俗教育群众的书籍，本部特奖励给作者五万元。"[①] 1947 年 8 月以后，山东新华书店、渤海新华书店、冀鲁豫书店和冀南书店等，分别重新设计封面翻印发行。

《廉蔺交欢》：陶纯编，山东新华书店 1946 年 11 月初版，为"大众文库"之一。封面采用其丛书统一版式，美术体书名居上。内收有由"缪内监偶得和氏宝　蔺相如多智救主人""欺弱国秦王易璧　拜大夫相如使秦""逞智勇当庭抗秦　遣心腹完璧归赵""回赵国功臣赝上当　会渑池国士再争光"和"有意辱仇舍人争道　同心为国廉蔺交欢"5 个章回组成的历史故事。1947 年 9 月，冀鲁豫书店重新设计封面再版。

《沂蒙山》：蒋元椿著，山东新华书店 1948 年 3 月初版，为"文艺创作丛书"之一。封面采用其丛书统一版式，黑底圆形中插入白色印刷体书名。内收有《沂蒙山》《无人区》《乡音》《天亮庄》《母亲》《肩膀》《鸡与树》和《怯懦者》等 8 篇作品。作者在《后记》中称，这些作品都是他"从在沂蒙山区随军半年所留下的一些印象与随笔中整理而得"。[②]

《蒋党真相》：翊勋著，山东新华书店总店 1948 年 6 月出版，为"三十年见闻杂记之一"。封面整幅人物漫画构图，下边黑色美术体书名横排。内收有"蒋党真相"一辑中的《曾国藩的治兵术》和《"精神感召"》等 31 篇文章，以及附录的"胜利前后"一辑中的《"百万皇军守护上海"》等 13 篇文章。在《前言》中，作者称，本书是"在《新华文摘》陆续发表之后，接书店编

---

① 杨耳等：《国事痛》，东北书店 1947 年版，第 1 页。
② 蒋元椿著：《沂蒙山·后记》，山东新华书店 1948 年版，第 46 页。

辑部同志来信，说要印成单行本"而修改成册的。① 1949 年 4 月前后，大众出版社、韬奋书店、读者书店、东北书店、新疆军区政治部及新华书店等相继翻印再版。1948 年 6 月，山东新华书店、西北新华书店、民主出版社等又以"蒋党内幕"书名重新设计封面修订出版。

《蒋党内幕（续编）》：翊勋著，山东新华书店 1948 年 10 月出版。封面采用与《蒋党真相》相同版式，下边黑色美术体书名。内收有《孙科派》、《"下诏罪人，破格用己"》和《"副总统"李宗仁》，以及附录（一）、附录（二）的《胜利前后》及《CC 派官僚资本》等 14 篇作品，以及书后的《编者声明》等。

《小号兵》：彦夫著，渤海新华书店 1948 年 10 月再版，韬奋书店翻印发行。韬奋版封面均衡编排，上部红色美术体书名横排，中下方插入黑白木刻人物直观图像。内收有《俘虏》《跑罢》《号母》和《亲兄弟也不过这样》等 16 篇故事作品。1950 年 1 月，中原新华书店重新设计封面出版发行。

《合同立功》：荒草编著，东北书店 1948 年 11 月初版，为"'鞍山部'十一连创造'合同立功'的故事"集。初版封面水平编排，上方为绿色印刷体书名，下方为整幅解说摄影照片。内收有编著者的《前言》，以及《孙友林初次挂帅》《"小估计"扭转情绪》《想办法研究技术》《军事会议订合同》和《半刻钟打开突破口》等 7 篇作品。1951 年 6 月，武汉通俗图书出版社收录于"战士文艺丛书"翻印出版。

《南线散记》：季音著，山东新华书店总店 1948 年 12 月初版。封面均衡编排，中上部加入红白几何图形，右下角为黑色美术体书名。内收有《"停战令"下》《往白蒲前线》《阴阳界上》《访郭海波游击队》《七月风雨》《如南围歼战》《十八里焦土巡行》《天罗地网》《丁堰一宿》及《运河线北上》等由 5 辑组成的 20 篇作品，以及作者的《后记》。

《解放区散记》：草明著，东北书店 1949 年 4 月初版。封面均衡编排，左上方蓝底图形中红色美术体书名，右下方插入红蓝木刻直观图像。内收有《龙

---

① 翊勋：《蒋党真相》，韬奋书店 1949 年版，第 1 页。

烟的三月》《从奴隶到主人》《沙漠之夜》《哈牡线上》《翻身工人的创作》《蔡大姐和翻身妇女》《沈阳工友的控诉》《咱们女区长》《工人艺术里的爱和恨》《他们这样进入了新年》和《在胜利声中跃进》等 11 篇作品。

《在城郊前哨》：严辰著，北平天下图书公司 1949 年 9 月初版，为"大众文艺丛书"之一。初版封面水平编排，上部红色美术体书名，下部加入棕白木刻直观图像。内收有《战斗的一天》《搜查》《在城郊前哨》《人圈》和《塞上村落见闻》5 篇作品，以及莫朴的多幅木刻作品插图。封底印有天下图书公司印行的"大众文艺丛书"图书出版广告。1949 年 11 月采用其丛书同一版式再版，1950 年 6 月三版发行。

7. 艺术别集

《二期抗战新歌初集（附新音乐教程）》：陈原、余荻、黄迪文、余虹似编著，新知书店 1939 年 9 月初版，1941 年 10 月八版。封面水平编排，上下五线谱图案和红底五星图形相对，中上黑红双行美术体书名。内收有陈原的《序：从本书的编刊说到二期抗战中的音乐运动》，以及由"歌曲选""音乐运动·音乐理论""学习·教授·指挥"及附录的"节目编排举例"4 辑和"打到敌人后方去""政治重于军事""抒情曲""军歌·对敌宣传歌"和"儿童歌曲"等 6 部分组成，包括总理训词、程懋筠曲的《国歌》，贺绿汀词曲的《游击队歌》，天蓝词、吕骥曲的《开荒》，熊复词、律成曲的《延水谣》，成仿吾词、吕骥曲的《毕业上前线》，高敏夫词、郑律成曲的《新山歌》和洛宾词曲的《抗战进行曲》等 92 首歌曲，以及音乐理论文章等。1941年 11 月，桂林新歌出版社重新设计封面出版。

《翻身》：任迁桥画，滨海农村社编，山东新华书店 1944 年 10 月出版，石印小开本连环画册。封面均衡编排，上部红底装饰图形中插入黄色美术体书名，左侧加入大幅套色人物绘画图案。内收有套色连环画《翻身》，以及《前言》和"主要人物介绍"等。该作品作为山东解放区第一本连环画册，曾荣获山东省文协"五月征文""七月征文"一等奖。1984 年 3 月，人民美术出版社重新设计封面，附录王希坚的《雪中送炭暖人心——记任迁桥同志和他的连环画创作》一文修订出版。

《戎冠秀》：田间诗、娄霜木刻，东北画报社 1946 年 9 月初版，1948 年再版，为"东北画报社丛刊"之一。封面水平编排，居中棕白木刻解说图像，上部白色美术体书名。内收有由"穷光景"到"大生产"等 5 章 23 节构成的长篇叙事诗《戎冠秀》，以及娄霜的 23 幅黑白木刻连环插画。书前有《子弟兵的母亲——戎冠秀》的人物介绍和黑白木刻"戎冠秀像"，以及《题像》诗。1950 年 6 月，天津知识书店出版修改版，为"十月文艺丛书"之一。删去了原作中《子弟兵的母亲——戎冠秀》人物介绍等。

《人民女英雄刘湖兰》：鲁迅文艺工作团编，张望作画，庄严作词，陈紫、念云配曲，东北书店 1947 年 8 月初版，翌年 6 月再版，为小开本"说唱连环画"之一。封面均衡编排，左侧红底图形中白色手书体书名，右侧上方红白木刻解说图像。内收有由 14 个章节构成的说唱词《人民女英雄刘湖兰》，张望的近 20 幅黑白木刻作品插图，陈紫等的多首配曲和张望的书前说明等。

《大战城子街》：白华、王兰馨作词，安靖摄影，东北书店 1947 年 8 月初版，东北画报社 1948 年 10 月再版，为"通俗美术小丛书"之一。封面水平编排，构图简洁。内收有编者的《城子街歼灭战》，白华、王兰馨创作的长篇"数来宝"《大战城子街》，安靖的 31 幅摄影图片，以及插图《城子街蒋军被歼图》等。

《土地》（第一部）：邵宇著并配画，东北画报社 1948 年 2 月出版，为"东北画报丛刊"之一。封面水平编排，上方黑色手书体书名，居中插入棕白木刻直观版画。内收有由"天下老鸦一样黑""第二代"和"满洲国十四年"3 个篇章构成的长篇连续诗画《土地》（第一部），以及 65 幅黑白木刻插画。书后附印"本社新书"出版插页广告。1950 年 5 月，上海大众美术出版社重新设计封面修订出版。

《土地》（第二部）：邵宇著并配画，东北画报社 1948 年 2 月出版，为"东北画报丛刊"之一。封面编排版式构图和《土地》（第一部）相同。内收有长篇连续诗画《土地》的第四章"打倒'二泰山'"，以及近 40 幅黑白木刻插画。

《中国共产党颂》（大合唱）：联政宣传队集体词，李鹰航曲，东北文化教育工作队编，东北书店 1948 年 10 月修订出版，为"音乐戏剧丛书"之一。封面水平编排，上部为红色美术体书名，中下部插入不同色彩装饰图案与图形。内收有由 7 个章节组成的大合唱《中国共产党颂》（又名《献给七大》）。

《一个孩子的生命》：许铭鸿编，吴耘作，北方出版社 1949 年 2 月初版，为"潍县战斗爱民故事"。封面均衡编排，上部白底装饰图形中红色美术体书名，右下方插入木刻人物图案。内收有吴耘作的故事《一个孩子的生命》、《喂春蚕》和《我完全明白了》等，以及吴耘、曼硕的 30 余幅黑白木刻连环插画。

《女英雄刘胡兰》：安明阳刻，新华书店 1949 年 3 月初版。封面水平编排，构图直观，中上部居中绿白木刻刘胡兰肖像画，下方黑色美术体书名。内收有《刘胡兰》《一点一滴忘不了》《组织群众，教育群众》《刘胡兰夜做军鞋》和《反恶霸反贪污，刘胡兰领导斗争》等 24 幅黑白木刻连环画作品。同年同月，太岳新华书店翻印出版。2001 年 7 月，黑龙江美术出版社重新设计封面修订重版。

《战争与生产》：钱小晦作，新中国书局 1949 年 4 月出版。封面水平编排，上中下蓝色装饰图形相对，上方白色美术体书名，下部黑白直观绘画插图，扉页为作者献辞："谨以此书纪念我的哥哥——钱毅同志他英勇地牺牲在华中前线"和黑白木刻遗像。内收有刘汝醴的《序〈战争与生产〉》，以及由"木刻"和"画"两辑组成的，其中包括《新灶马》《向人民拜年》《宽大政策》《人民胜利》《一个热鸡蛋》《查路条》《丰收》和《恭贺新禧》等 33 幅套色、黑白木刻和绘画作品。

《小姑贤·刘保堂》：力群刻，晨光出版公司 1949 年 9 月初版，翌年 7 月再版。封面水平编排，上部黑色美术体书名，中下方加入力群的套色木刻《小姑贤》插画。内收有木刻连环画故事《小姑贤》《刘保堂》及近 30 幅黑白木刻插画，以及 3 段关于作品人物故事的《作者志》等。

《炊事员张有山》：赵域木刻，联政宣传部 1949 年 12 月编辑出版，为小开本木刻连环画。封面均衡编排，左侧美术体书名竖排，右上方黑白炊具木刻图案。内收有由 17 段落构成的故事《炊事员张有山》，以及 17 幅黑白木刻插画作品。

（二）求精的延安文艺别集

1. 理论批评别集

《战时演剧政策》：葛一虹著，新演剧社主编，上海杂志公司 1939 年 8 月初版，同年 11 月再版，为"新演剧丛书"之一。封面水平编排，上边套色装饰图形，上部棕红色美术体书名，居中插入套色木刻解说版画。全书由"论现阶段新演剧运动"和"战时演剧政策"两部分组成，包括《中国新演剧运动发展的路向》《抗战前的反日演剧运动》《新形势底下的新演剧运动的特征》《确立战时演剧政策的必要性》及《战时演剧组织机构》等 14 篇论著。封三附有上海杂志公司的"新演剧丛书"出版插页广告。

《生活与美学》：〔俄〕车尔尼舍夫斯基著，周扬译，华北书店 1942 年 4 月初版，为"鲁艺丛书"之一。封面水平编排，构图直观，上部印刷体书名。内收有《著者序言》，包括由"美""美的反面"和"雄伟与滑稽"等 21 个章节构成的《生活与美学》，以及附录的《马克思列宁对于车尔尼舍夫斯基的评语摘录》《伯林斯基论自然派》和《译后记：关于车尔尼舍夫斯基和他的美学》等。1948 年 2 月以后，大连光华书店、读书出版社重新设计封面翻印出版。此外，1947 年 11 月，香港海洋书屋删去附录二《伯林斯基论自然派》，重新设计封面并收录于"文艺理论丛书"修订再版；上海群益出版社 1949 年 6 月翻印出版。

《关于部队教育工作》：萧向荣著，八路军留守兵团政治部 1943 年 2 月初版，中国人民解放军东北军区政治部宣传部 1948 年 7 月翻印出版，为"宣教会议参考材料之一"。翻印版封面均衡编排，左侧红底图形中黑色毛泽东手书体书名竖排。内收有由作者 1943 年 1 月在陕甘宁边区留守兵团军政干部会议上的讲话整理出的《关于部队教育工作》一文，以及作者撰写的《前记》等。

《毛泽东同志在延安文艺座谈会上的讲话》：毛泽东著，解放社 1943 年 10 月初版，1944 年 1 月再版。封面均衡编排，右侧红色美术体书名竖排。内收有毛泽东 1942 年 5 月在延安召开的文艺座谈会上先后所作的《引言》和《结论》两部分讲话。1943 年 11 月，延安抗大政治部、西北抗敌书店分别翻印出版。

《文艺问题》：毛泽东著，延安解放社 1943 年 10 月出版。封面对称编排，大号手书体书名居中竖排。内收有毛泽东的《毛泽东同志在延安文艺座谈会上的讲话》全文。1946 年 2 月，香港中国灯塔出版社重新设计封面，亦采用"文艺问题"为书名翻印出版。1949 年 5 月，香港新民主出版社改名为"论文艺问题"并署名"毛泽东著"，重新设计封面出版发行等。

《什么是戏剧》：张庚著，东北文艺工作团编，大连中苏友好协会 1946 年 1 月初版，为"新演剧丛书"之一。封面采用其丛书同一构图版式，上部白色美术体书名横排。内收有由"戏剧中什么最重要""演员的特点在哪里""综合艺术""文学在戏剧中贡献了什么""美术在戏剧中尽什么力量""音乐在戏剧中的作用""导演工作"和"观众对于戏剧的重要关系"8 个章节构成的戏剧论著。1947 年 11 月，冀中新华书店重新设计封面翻印出版。

《关于部队文艺工作问题》：萧向荣著，晋冀鲁豫军区政治部 1946 年 6 月初版，东北民主联军总政治部 1947 年 3 月翻印，为"政治工作丛书"之一。初版封面构图简洁，翻印版封面对称编排，绿底图形中白色印刷体书名居中竖排。内收有由"关于宣传部门的一般问题"和"关于部队的文艺工作问题"两部分构成的文艺政策报告，以及作者的《后记》。在书中由军区政治部宣传部撰写的《前言》中称："特别希望全体作宣教工作的同志与作文艺工作的同志，把这本小册子作为必读文件，好好用心学习和研究。"①

《论民主革命的文艺运动》：雪峰著，上海作家书屋 1946 年 6 月印行，翌年 7 月二版，1949 年 10 月三版。封面水平编排，上部红色美术体书名，下部加入古元的黑白木刻版画《冬学》。内收有作者的《序》，以及由"过去的经验"、"什么是主要的错误"和"现在的基础任务及运动的原则"等 7 个章节构成的文艺论著。

《表现新的群众的时代》：周扬著，太岳新华书店 1946 年 11 月出版。封

---

① 萧向荣：《关于部队文艺工作问题》，晋冀鲁豫军区政治部出版，东北民主联军总政治部翻印 1947 年版，第 2 页。

面对称编排，红色横线构图，黑色美术体书名居中竖排，右上角插入红色木刻锤子、镰刀、手榴弹和笔的图案。内收有《前记》及《王实味的文艺观与我们的文艺观》《艺术教育的改造问题》《表现新的群众的时代》《马克思主义与文艺——〈马克思主义与文艺〉序言》《〈把眼光放远一点〉序言》《关于政策与艺术》《论赵树理的创作》等 7 篇论文。1948 年 1 月，香港海洋书屋收录于"北方文丛"重版发行。此外，1948 年 11 月以后，东北书店、山东新华书店等修订版中，删去了《王实味的文艺观与我们的文艺观》一文。

《鲁迅思想研究》：何干之著，东北书店 1947 年 10 月出版，1948 年 10 月再版，1949 年 4 月三版。封面对称编排，构图直观，黑色手书体书名居中竖排。全书由《序言》和《鲁迅经历中所见新文艺的方向》《中国和中国人的镜子》《人生思想》《社会思想和政治思想》《文艺论》《作品和鉴赏》《表现思想的方法和形式》《文化遗产问题》和《古文学的研究和著述》等 9 章组成。

《秧歌与新歌剧》：张庚著，大连大众书店 1949 年 2 月出版。封面水平编排，上部黑色美术体书名，中下部加入大幅红色人物群像剪纸图案。内收有由"民间的秧歌""新秧歌的成就和它所提出来的问题""新秧歌剧的酝酿"和"理想和展望"等 4 个章节构成的文艺论著《秧歌与新歌剧》。在书中的《后记》中，作者说明本书的编写，是其"在大连养病"期间，对自己"这几年从事歌剧工作，随时也有些感想和意见"的"整理"及编写，以期"希望引起讨论，得出可靠的结论来"。①

《编剧知识》：贾霁著，东北书店 1949 年 3 月初版。封面对称编排，左右两边加入木刻乐器装饰图案，深蓝大号美术体书名居中双行竖排。内收有《戏剧是甚么》《群众剧团怎样编剧本》《谈谈〈变工组〉的创作问题》《要有丰富的材料》《编剧本要编故事》《从〈转变〉说到剧本的故事》《结构》《写剧本要写人物》《怎样写转变》《对话》《戏剧的语言》和《当你构思和写作的时候》等 12 篇文章。在书中《后记》中，作者称这些论文，"大部分都曾经发表在《山东文化》、《戏剧》以及《歌与剧》上"，并曾被作为"滨海专

---

① 张庚：《秧歌与新歌剧·后记》，大连大众书店 1949 年版，第 53—54 页。

署文艺短训班"的试用教材等，因而"就似乎又有点甚么像编剧法之类的形式了"。①

《论部队文艺工作》：萧向荣等著，中国人民解放军第四野战军中南军区政治部 1949 年初版，为"部队文艺丛书"之一。封面采用其丛书同一构图版式，红色印刷体书名等文字居中横排。全书由"部队文艺工作""论演唱运动"和"关于部队舞蹈问题"3 部分组成，包括荒草的《把文艺交给战士（代序言）》和"附录"等 35 篇文章。1951 年 3 月，武汉人民艺术出版社重新设计封面及增删修订后由上海杂志公司出版。

《大众文艺论集》：赵树理等著，工人出版社 1950 年 5 月初版。封面水平编排，上下对称构图，上部棕白木刻解说图像，下部红底白色美术体书名。内收有赵树理的《谈群众创作》，王亚平的《攻破封建文艺堡垒》，罗伦的《曲艺的改写与创作》和王春的《评"新曲艺丛书"》等 17 篇论文。

2. 诗歌谣曲别集

《边区自卫军》：柯仲平著，战时知识社 1938 年 10 月初版，读书生活出版社总经销，为"大众朗诵诗"集。封面水平编排，深蓝色基调，中上部加入大幅黑白木刻人物特写图像，下边为蓝色美术体书名。内收有作者的《前记》、《边区自卫军》（李排长与韩娃）和《游击队像猫头鹰》。1950 年 8 月，生活·读书·新知三联书店重新设计封面并增删所收作品后，以初版书名修订出版。

《旷野》：艾青著，生活书店 1940 年 9 月初版，1942 年 4 月再版。初版封面构图简洁，右侧绿色手书体书名和红色作者署名竖排，再版封面水平编排，上部木刻直观图案，居中竖排手书体书名。内收有作者的《前记》，以及"旷野集"和"马槽集"两部分，其中包括《旷野》《旷野（又一章）》《冬天的池沼》《船夫与船》《矮小的松木林》《太阳》《春》《生命》和《黎明》等 37 首诗歌作品。1947 年 1 月，生活书店重新设计封面出版发行。

《火把》：艾青著，重庆烽火社 1941 年 6 月初版，1942 年 3 月再版，为"烽火文丛"之一。封面水平编排，构图直观，上中部红色印刷体书名。内收

---

① 贾霁：《编剧知识·后记》，东北书店 1949 年版，第 78 页。

有长篇抒情叙事诗作品《火把》。1941 年 6 月，上海文化生活出版社列入
"文季丛书"出版，1949 年 8 月二版。1947 年 8 月，北平市学生助学委员会
以"义卖助学"名义编辑印行。其在书后附录的《遥远的致意》中，声明
"《火把》的光，透过远隔的国土，照耀在北方的平原上，多少青年为着这光
芒欢呼歌唱，渴望着，能见到《火把》发出强烈的光亮！因此，趁'助学运
动'正在展开的北方，印出了一千册义卖"等。①

《劳动英雄吴满有》：季万著，韬奋书店 1946 年 1 月出版，为"工农读
物"之一。封面水平编排，上部黑色美术体书名，居中加入黑白木刻人物图
像。内收有由"旧社会民生凋敝，吴满有遭难逃荒""吴满有抬头翻身，毛主
席号召生产"等 4 个篇章构成的章回体"说唱鼓词"《劳动英雄吴满有》。
1946 年 11 月，苏中韬奋书店再版发行。

《吴满有鼓词》：王尊三著，晋察冀边区教育阵地社 1946 年 2 月出版，为
"群众读物"之一。封面水平编排，居中木刻版画构图中，插入美术体书名。
内收有伯人的《写在前面的几句话》和《吴满有鼓词》。

《歌唱南泥湾》：师田手著，东北书店 1947 年 9 月初版。封面绿色基调版
式垂直编排，两侧木刻竹子装饰图案，居中白色美术体书名。内收有由"引
子"、"毁灭，荒芜与翻身""开辟——辉煌的伟绩"和"尾声"等多个章节构
成的长篇叙事诗歌作品。1957 年 7 月，辽宁人民出版社重新设计封面修订出版。

《柴堡》：方冰著，光华书店 1947 年 11 月初版。封面对称编排，上方多色
木刻直观图像，居中黑底图形中加入大号白色美术体书名，下边为绿色装饰图
形。内收有作者撰写的《序》，以及由"柴堡的春天""寒冬""荒春"和
"家"等 13 章组成的长篇叙事诗歌《柴堡》。

《血泪仇鼓词》：季万改编，山东新华书店总店 1948 年 5 月初版，为"大众
文库"之一。封面均衡编排，整幅棕红木刻直观图像版式，四边棕红框线装饰，
右上角棕红美术体书名横排。内收有由"田保长联保公所交款　郭主任奉命摊
派壮丁"等 8 个篇章构成的章回体作品《血泪仇鼓词》。1949 年 8 月，山东新

① 北平市学生助学委员会：《火把·遥远的致意》，北平市学生助学委员会 1947 年 8 月印行，第
39 页。

华书店重新设计封面再版发行。

《敬礼，亲爱的勇士!》：白刃著，哈尔滨兆麟书店 1948 年 9 月出版。封面水平编排，上部红色手书体双行书名并插入木刻解说图像。内收有作者的《前记》《送骑士》《连长的葬礼》《五十元的故事》《刘县长抬轿》《孩子的心》《弟弟的眼泪》《小指头的故事》《郑秀兰》《沭河边》《海边守卫者》《你原来是我的敌人》《我的家》《敬礼，亲爱的勇士》和《恰恰和李埝》等 14 首作品。

《有了她》：胡悲人著，光华书店 1948 年 11 月出版，为"少年文库"之一。封面水平编排，上部红色美术体书名，中下部全幅木刻版画图案。全书由"歌"、"谣"和"诗"3 辑组成，包括《有了她》《月亮》《七星》《毛泽东》《阴湿的地方需要太阳》《山鹰》《雁》《神仙山》《金星星》和《地球在大翻身》等 43 首作品。

《翻身歌谣》：白得易著，华中新华书店九分店 1948 年编辑出版。封面编排简洁，构图直观。内收有《翻身歌谣》《自卫战歌谣》《诗榴弹》和《和平回家好》4 首作品，以及多幅木刻插图。

《赶车传》：田间著，天津新华书店 1949 年 5 月初版，为"中国人民文艺丛书"之一。初版封面采用其丛书同一版式构图，书名黑色印刷体横排。内收有由"序""逼婚""告状""赶车""骂猪"及"烧楼"等十五回构成的长篇叙事诗歌，以及书前的《"中国人民文艺丛书"编辑例言》。1949 年 10 月和 1950 年 7 月，新华书店及人民文学出版社分别重新设计封面修订再版。

《白得易诗歌选》：白得易著，苏北新华书店南通支店 1949 年 8 月出版。封面构图简洁，版式直观。内收有《我是羊妈呀》《"好老百姓不要跑"》《混蛋》《三八枪》《童谣》《收复延安》《夜眼睛》《流动市场》《兵囤子》《上担架》《南京谣》《三余镇》《母亲》《民歌》《新邮票》《上梁》《王大养牛》《短服》和《翻身谢谢毛主席》等 19 首作品，以及《编后记》。

《穆林女献枪》：王亚平著，北平天下图书公司 1949 年 8 月初版，为"大众文艺丛书"之一。封面水平编排，棕白色木刻版画构图，上部红色美术体书名。内收有《水手王百连》《捣米谣》《杨光宝修犁》和《穆林女献枪》4

篇作品，以及力群的木刻插图。封底印有天下图书公司印行的"大众文艺丛书"出版广告。

《沉冤记》：白刃著，中国人民解放军第四野战军华中军区政治部1949年8月出版，为"战士生活丛书"之一。封面彩色木刻插画，版权页印有"发到连，读给战士听"文字。内收有由"普天下老鸦一般黑"、"王科步见色定奸计"和"张福源上当进赌场"等10个篇章构成的说唱作品《沉冤记》。1950年8月以后，新华书店中南总分店与华东总分店分别重新设计封面，增加余真的木刻插画后出版发行。

《漳河水》（漳河小曲）：中国人民文艺丛书编辑委员会编，阮章竞作，新华书店1950年9月初版，为"中国人民文艺丛书"之一。封面采用其丛书相同版式，上方棕红美术体书名。内收有由"往日""解放"和"长青树"3部分组成，包括"漳河小曲""三个姑娘""自由歌""荷荷""苓苓""紫金英""漳水谣""翻腾"和"牧羊小调"等篇章的长篇叙事诗歌《漳河水》，以及作者的《小序》等。1953年1月，人民文学出版社重新设计封面再版；1958年3月，通俗文艺出版社增加《牧羊儿》、《圈套》、《盼喜报》和《妇女自由歌》篇，以及编者的《前言》和作者的《后记》并重新设计封面增订出版；同年12月，人民文学出版社"据增订本经作者略加修改重排印行"，[①]1962年3月第4次印刷。

3. 戏剧别集

《河内一郎》：丁玲著，生活书店1938年7月初版。封面均衡编排，右上角加入黑白直观图像，下边为黑底方形白色美术体书名。内收有三幕话剧作品《河内一郎》，以及作者的《写在后边》和附录的泽村利胜的《被召集时的回忆》等。茅盾指出并认为其"是坚强我们这信心的作品"。[②]

《白包袱》：李实改编，冀东新华书店1943年3月出版。封面编排简洁，构图直观。内收有陕北广场歌剧作品《白包袱》，以及其剧目的多首曲谱。

《十二把镰刀》：马健翎编，元垚制谱，陕甘宁边区新华书店1943年6月

---

① 阮章竞：《漳河水·出版说明》，人民文学出版社1958年版，第1页。
② 茅盾：《丁玲的〈河内一郎〉》，《文艺阵地》1938年第1卷第9期。

出版；鲁中新华书店 1946 年 7 月出版。鲁中版封面水平编排，绿色基调版式中，上部加入黑色美术体书名等文字，右下部加入黑白具抽象图案。内收有歌剧《十二把镰刀》（又名《一夜红》），以及附录的剧目曲谱。1950 年 1 月，西北新华书店重新设计封面，并列入"群众文艺丛书"再版发行。1954 年 2 月，西北人民出版社改编为眉户剧出版发行等。

《未熟的庄稼》：洪荒著，新华书店 1943 年 8 月初版。封面均衡编排，构图简洁，右上方棕红美术体书名横排，下边棕色框线装饰图案。内收有二幕悲剧作品《未熟的庄稼》。在书前高沐鸿撰写的《写在幕前》中称，这个作品"是在'面向敌占区'这一政治方向之下写出来的"，以"给人民大众指出：团结就是最后战胜的力量"。①

《血泪仇》：马健翎著，西北新华书店 1943 年 10 月初版，1949 年再版。封面对称编排，左侧居中插入黑白木刻解说图像，右侧棕红大号美术体书名竖排。内收有马健翎的《写在前面》《〈血泪仇〉各个场面简单说明表》，由"议丁""派丁"等 34 场构成的秦腔剧《血泪仇》，以及马健翎的《后记》和《〈血泪仇〉的写作经验》等。1945 年以后，新华书店晋察冀分店、太岳新华书店、晋绥边区吕梁文化教育出版社、东北书店、华北新华书店等，先后重新设计封面修订出版。1949 年 8 月，中国人民文艺丛书社列入"中国人民文艺丛书"子目之一，保留马健翎的《后记》，并称"此剧用秦腔演出（当然其他旧形式如山西梆子、京梆子等亦可）"，② 由新华书店编辑出版，同年 11 月再版。

《糠菜夫妻》：新华书店编辑部编，洪荒著，新华书店 1943 年 12 月初版，为"大众文艺小丛书"之一。封面水平编排，上部加入白色手书体书名。内收有短剧《糠菜夫妻》。1944 年 6 月，冀鲁豫书店再版发行。

《两个世界》：赵树理著，新华书店 1944 年 1 月初版，为"大众文艺小丛书"之一。封面水平编排，上部棕红图形中白色手书体书名。内收有三幕话剧作品"拥军剧本"《两个世界》，以及封三附印的华北新华书店编辑部的"华北新华书店为征求图书及建立交换关系启事"的插页广告。1947 年 5 月，

---

① 洪荒：《未熟的庄稼》，新华书店 1943 年版，第 1—2 页。
② 马健翎：《血泪仇·后记》，新华书店 1949 年版，第 110 页。

华北新华书店收录于"晋冀鲁豫边区文艺创作小丛书"再版发行。

《牛永贵受伤》（又名《牛永贵挂彩》）：周而复、苏一平编剧，王光正、齐璜配曲，延安北关文化沟口印工合作社1944年5月出版。封面编排直观，构图简洁。内收有秧歌剧作品《牛永贵受伤》。1944年12月前后，先后由鄂豫边区农救报社、八路军后方留守兵团宣传部等翻印。1950年前后，新华书店中南总分店重新设计封面，改名《牛永贵挂彩》再版发行。

《一朵红花》：周戈编剧，延安新华书店1944年10月初版。东北书店1948年11月改编再版，为"通俗文艺丛书"之一。改编版封面均衡编排，版式为其丛书相同构图设计，下部绿色印刷体书名横排，右侧居中插入红白木刻直观图案。内收有周戈原作、萧汀改编的秧歌剧《一朵红花》（又名《女状元》），以及多首剧目曲谱和主题歌。

《王德锁减租》：西戎、孙千、常功、卢梦集体创作，晋绥边区吕梁文化教育出版社1944年10月初版，为"'七七七'文艺奖金获奖作品"（戏剧类甲等奖）之一。封面采用其丛书相同版式构图。内收有：七场眉鄂剧《王德锁减租》（亦名《减租生产大家好》）及《土话的注解》等。书中附印吕梁文化教育出版社发布的"'七七七'文艺奖金委员会委托本社出版本届获奖作品目录如下"插页广告。

《开荒一日》：严寄洲著，晋绥边区吕梁文化教育出版社1944年10月初版，为"'七七七'文艺奖金获奖作品"（戏剧类乙等奖之一）之一。封面采用其丛书相同版式构图。内收有三场眉鄂剧《开荒一日》，以及剧目前后《演出说明》与《土话的注解》等。书中附印吕梁文化教育出版社的"'七七七'文艺奖金委员会委托本社出版本届获奖作品目录如下"的插页广告。

《大家办合作》：常功、胡正、孙千、张朋明集体创作，晋绥边区吕梁文化教育出版社1944年12月初版，为"'七七七'文艺奖金获奖作品"（戏剧类丙等奖）之一。封面采用其丛书相同版式构图。内收有四场道情剧《大家办合作》及作品相关"注解"等。书中附印吕梁文化教育出版社发布的"'七七七'文艺奖金委员会委托本社出版本届获奖作品目录如下"的插页广告。1948年12月，东北书店重新设计封面再版发行。

《甄家庄战斗》：严寄洲著，晋绥边区吕梁文化教育出版社 1944 年 12 月初版，为"'七七七'文艺奖金获奖作品"（戏剧类乙等奖）之一。封面采用其丛书相同版式构图。内收有：六幕话剧《甄家庄战斗》，以及郑英的《几种效果作法》等。在作者撰写的《写在最后》中称，这部剧本"至少在我是一个胆大的尝试，虽然在排练和演出中不断地修改了好多地方，但缺点一定还很多，希望同志们特别是前线富有作战经验的指战员同志们，给我指正"等①。书中附印吕梁文化教育出版社的"'七七七'文艺奖金委员会委托本社出版本届获奖作品目录如下"的插页广告。

《三个女婿拜新年》：王炎作，安春振作曲并编曲，晋绥边区吕梁文化教育出版社 1944 年 12 月初版，为"'七七七'文艺奖金获奖作品"（戏剧类丙等奖）之一。封面采用其丛书相同版式构图。内收有新型秧歌剧《三个女婿拜新年》及剧目的多首曲谱等。书中附印吕梁文化教育出版社的"'七七七'文艺奖金委员会委托本社出版本届获奖作品目录如下"的插页广告。

《新屯堡》：马利民著，晋绥边区吕梁文化教育出版社 1944 年 12 月初版，为"'七七七'文艺奖金获奖作品"（戏剧类乙等奖）之一。封面采用其丛书相同版式构图。内收有二十场山西梆子剧《新屯堡》（一名《张初元》）及其作品中的《土话的注解》等。书中附印吕梁文化教育出版社的"'七七七'文艺奖金委员会委托本社出版本届获奖作品目录如下"的插页广告。

《把眼光放远点》：冀中火线剧社集体创作，胡丹沸执笔，西北战地服务团集体讨论，牧虹修改，华北书店 1944 年 12 月初版。封面水平编排，上方居中加入红色美术体书名，下方加入蓝白木刻解说版画。内收有独幕话剧作品《把眼光放远点》。1946 年 6 月，大连大众书店重新设计封面，增加周扬的长篇《序言》重版发行。

《打的好》：成荫著，晋绥边区吕梁文化教育出版社 1944 年 12 月出版，为"'七七七'文艺奖金获奖作品"之一。封面采用其丛书相同版式构图。内收有独幕话剧作品《打的好》。书中附印吕梁文化教育出版社发布的"'七

---

① 严寄洲：《甄家庄战斗·写在最后》，晋绥边区吕梁文化教育出版社 1944 年版，第 56 页。

七七'文艺奖金委员会委托本社出版本届获奖作品目录如下"的插页广告。

《逼上梁山》：延安平剧研究会集体编写，杨绍萱、齐燕铭执笔，蔡若虹插画，延安新华书店 1944 年 12 月初版；华中新华书店 1946 年 4 月再版。华中版封面水平编排，上部红色美术体书名，中下部大幅黑白红木刻人物直观图像。内收有由"动乱""升官"等 3 幕 27 场构成的平剧《逼上梁山》及其剧目配曲两首，以及附录的刘芝明的《从〈逼上梁山〉谈到平剧改造问题》等。1946 年 4 月以后，胶东新华书店、太岳新华书店、光明书店、东北书店等先后重新设计封面出版。1949 年 5 月，中国人民文艺丛书社将其列入"中国人民文艺丛书"，删去"附录"，由新华书店出版，同年 11 月三版。

《把眼光放远点》：冀中火线剧社集体创作，胡丹沸执笔，西北战地服务团集体讨论，牧虹修改，《新华副刊》、新华书店 1944 年先后编印出版。封面水平编排，黑色美术体书名居上，左侧加入垂直棕白装饰图案。内收有获1942 年"晋察冀鲁迅艺术奖金"的独幕话剧剧本《把眼光放远点》。书前有周扬的长篇《序言》和牧虹的《前记》。华北新华书店 1944 年 12 月再版，大连大众书店 1946 年 6 月翻印。

《军民一家》：力鸣编剧，鹰航作曲，联防政治部 1944 年印行，东北书店1947 年 6 月出版。封面对称编排，左侧红色垂直框线装饰图案，右侧红色手书体书名竖排。内收有歌剧作品《军民一家》，以及其剧目的多首配曲。1949年 2 月，中原新华书店重新设计封面修订出版。

《李来成家庭》：襄垣农村剧团编，韬奋书店 1945 年 1 月出版。封面水平编排，上部黑白木刻解说图案，下边加入黑色美术体书名。内收有四幕戏剧《李来成家庭》剧本，以及封三的图书出版广告插页。在《后记》中，编者称"本剧最初由先锋剧团编作，经襄垣的'农村剧团'在本地演出"，后采纳了熟知作品主人公家庭的人们提出的意见，"然后又改写了一遍，因此比较逼真生动，获得广大观众的赞扬"，并成为"这次边区杀敌英雄劳动英雄大会"及其演出活动中"不可多得的作品"。①

---

① 襄垣农村剧团编：《李来成家庭·后记》，韬奋书店 1945 年版，第 42 页。

《过关》：山东省文协实验剧团集体创作，贾霁、李夏执笔，胶东新华书店 1945 年 1 月初版，为"戏剧丛刊"之一。封面采用其丛书相同版式构图，美术体书名居上。内收有三幕话剧作品《过关》，以及其剧目的多首配曲。1949 年 5 月，新华书店将其列入"中国人民文艺丛书"出版发行；山东新华书店 1949 年 11 月再版。

《同志，你走错了路》：姚仲明、陈波儿等集体创作，古元木刻插图，延安解放社 1945 年 7 月出版。封面水平编排，上部红色印刷体书名，居中插入古元黑白木刻版画。内收有周扬的《序言》，姚仲明等的四幕话剧《同志，你走错了路!》，以及附录的姚仲明的《〈同志，你走错了路〉的创作介绍》、陈波儿的《导演》和古元的多幅木刻插画。大连光华书店 1947 年 9 月重新设计封面翻印出版，1948 年 3 月再版。1949 年 5 月，新中国书局将其列入周而复主编的"北方文丛"第三辑子目，采用其丛书封面相同版式构图，删去古元木刻插画重版发行。

《官逼民反》：钟纪明、黄俊耀、王志新、李微含著，边区文协 1945 年 9 月初版。封面水平编排，上部红色木刻装饰图形中加入黑色手书体书名，下部居中加入黑白木刻解说图案。内收有由"说亲""催麦"等 33 场构成的秦腔剧《官逼民反》，以及李微含的《后记》和钟灵画、张明坦等刻的 13 幅黑白木刻插图等。1947 年 11 月，东北书店翻印出版。

《周喜生作风转变》：左权剧团皇甫束玉等著，华北新华书店 1945 年 11 月出版。封面水平编排，构图简洁，上部加入红色手书体书名。内收有五场"唱剧"作品《周喜生作风转变》，以及其剧目的多首配曲。

《子弟兵》：周而复著，重庆作家书屋 1945 年 11 月初版。封面均衡编排，上部棕红底色图形中加入白色美术体书名，右下角插入黑白木刻战士图像。内收有五幕剧本《子弟兵》，以及作者撰写的《后记》等。1949 年 5 月，香港新中国书局删去作者《后记》，增加秧歌剧《牛永贵受伤》，列入"北方文丛"出版发行。

《越抓越少》：彦夫著，华北新华书店 1945 年 12 月出版。封面对称编排，红色印刷体书名居中竖排。内收有独幕话剧《越抓越少》，以及其舞台设计图与说明等。

《乔老汉唤子回头》：刘正一编，韬奋书店 1945 年 12 月初版。封面构图直观，编排简洁。内收有独幕"落子腔"剧本《乔老汉唤子回头》。

《罗网》：吴雪作，胶东文协编，胶东新华书店 1945 年 12 月初版，为"剧丛"之一。封面水平编排，上下红白木刻装饰图案相对，大号黑色美术体书名居上。内收有三幕话剧作品《罗网》等。

《金戒指》：胡奇著，韬奋书店 1945 年 12 月出版。封面水平编排，上下汉画像石装饰图案，大号美术体书名居中。内收有独幕话剧作品《金戒指》。

《救星》：虞棘作，胶东文协主编，胶东新华书店 1945 年 12 月初版，为"剧丛"之一。封面水平编排，上下绿白套色装饰图案映对，大号棕色美术体书名居中竖排。内收有四幕话剧作品《救星》。

《大盖枪》：白华、唐文轩著，山东省文协编，山东新华书店 1945 年初版，为"戏剧杂耍丛刊"之一。封面水平编排，上方加入红色大号美术体书名，中下部为整幅黑白木刻直观图像。内收有小调剧作品《大盖枪》，以及 3 首剧目配曲等。

《李长胜捉俘虏》：歌焚编，晋察冀边区教育阵地社 1946 年 4 月出版，为"群众读物"之一。封面均衡编排，构图抽具象结合，上部美术体书名斜排，左下方插入黑白木刻解说图像。内收有五场小型歌剧《李长胜捉俘虏》，以及其剧目的多首配曲。1946 年 10 月，东北书店重新设计封面出版。

《丁赞亭》：徐平羽、于畔、林果果、吴强集体创作，韬奋书店 1946 年 4 月出版，为"戏剧丛书"之一。封面均衡编排，装饰型构图版式中，上部加入棕红美术体书名，下部插入棕红木刻剪影图案。内收有徐平羽等集体创作的三幕话剧《丁赞亭》，以及《后记》和《附记》等。其中，作为执笔者之一的吴强称，"这个剧本写作于一九四二年十月，写成以后，曾在数处演出"，"现在，已根据这些意见，作了修改"。[①]

《财主请客》：束为著，少言插图，晋绥边区 1946 年 5 月出版，封面版式简洁。内收有小型话剧作品《财主请客》，以及其 6 幅黑白木刻插图。1949

---

① 徐平羽等：《丁赞亭·附记》，韬奋书店 1946 年版，第 127 页。

年 1 月，中原新华书店重新设计封面再版发行。

《三打祝家庄》：平剧研究院集体创作，任桂林、魏晨旭、李纶执笔，山东新华书店 1946 年 5 月出版。封面水平编排，上部红底框线图形中加入白色美术体书名，居中插入黑白木刻戏剧脸谱图案。内收有三幕二十六场京剧《三打祝家庄》及其曲谱 7 首，以及关于本剧创作演出状况的说明。1946 年 6 月以后，[①] 先后为晋察冀新华书店、邯郸人民书局、东北书店、中原新华书店、华中新华书店总店等翻印出版，并被海洋书屋和新华书店分别列入"北方文丛"和"中国人民文艺丛书"出版发行。

《李国瑞》：杜烽著，新华书店晋察冀分店 1946 年 5 月初版，为"晋察冀文艺创作丛书"之一。封面对称编排，绿色框线构图，印刷体书名居中横排，右上角插入黑白木刻图案。内收有杜烽的《〈李国瑞〉写作前后》和五幕七场话剧《李国瑞》。1947 年 10 月，东北书店重新设计封面翻印出版。1949 年 5 月，新华书店将其列入"中国人民文艺丛书"重版发行。

《地震》：贾霁著，山东新华书店 1946 年 6 月出版，为"解放文艺丛书"之一。封面水平编排，上下加入黑红装饰图形，上部加入红色印刷体书名，居中插入黑白直观图像。内收有三幕七景剧本《地震》，以及《为谁辛苦为谁忙》和《让土地自由解放》2 首剧中插曲。

《人民不死》：胶东文协编，那沙著，胶东新华书店 1946 年 8 月初版，为"剧丛"之一。封面红色框形构图，均衡编排，上部加入黑色手书体书名，右侧下方插入黑白木刻版画图案。内收有三幕话剧作品《人民不死》，以及各幕场舞台设计插图等。1947 年 6 月，光华书店出版发行了由林涛翻译的拼音版"新文字读物"《人民不死》。

《占鸡岗》：新四军兼山东军区政治部文工团编，叶华著，山东新华书店 1946 年 10 月出版，为"歌与剧丛书"之一。封面水平编排，黑白木刻直观图案版式中，大号美术体书名居上。内收有叶华的三幕话剧《占鸡岗》，以及李雨平的《舞台设计》、《排演说明》和《人物总表》等。

---

① 封面题为 1947 年 5 月，而书内版权页显示则为 1946 年 6 月。

《保卫和平》：马健翎著，新华书店1947年10月出版。封面水平编排，上部加入白色美术体书名，中下部加入大幅黑白木刻解说图像。内收有由"行路"、"看女"和"相遇"等25场构成的秦腔剧《保卫和平》（又名《一家人》）。以及"登场人物表"和"演出场面表"等。同时声明，本剧目"秦腔、晋腔、京梆子及各地的地方歌剧（'乱谈'）都可以演出"。[①] 1949年5月，中国人民文艺丛书社将其列入"中国人民文艺丛书"由新华书店出版；1949年9月，上海新华书店翻印出版，同年11月再版。

《屠刀下》：中华全国文协山东分会、山东省文化协会编辑，那沙著，山东新华书店1946年10月初版，为"解放文艺丛书"之一。封面对称编排，左右两侧色彩映对。左侧红色手书体书名竖排，右下方插入红白木刻直观图案。内收有三幕话剧作品《屠刀下》，以及作者撰写的《前记》。在《前记》中称，"此剧原名'人民不死'，为免与其他书籍混同，特改今名"。[②] 1947年10月，东北书店重新设计封面再版发行。

《抓壮丁》：集体创作，吴雪执笔，东北书店1946年11月初版，1948年4月三版。封面水平编排，上部黑色美术体书名，中下部加入红白木刻解说图案。内收有三幕四川方言话剧剧本《抓壮丁》。1962年12月以后，中国戏剧出版社、四川人民出版社等先后重新设计封面修订出版。

《考验》：吴雪著，东北书店1946年12月出版，为"东北文艺工作团第二团戏剧音乐丛书"之一。封面采用其丛书相同版式，构图直观，上部红底图形中加入白色美术体书名。内收有三幕话剧《考验》，以及华北新华书店的图书与"各家精刻"领袖肖像出版插页广告。

《夫妻参战》：立云编，韬奋书店1946年12月出版。封面均衡编排，暖色装饰图形版式中，红色美术体书名竖排，右上角插入绿白木刻直观图案。内收有"落子腔"剧本《夫妻参战》，以及华北新华书店的图书与"各家精刻"领袖肖像出版插页广告。

《军民一家》：颜一烟、王家一合作，颜一烟执笔，东北文艺工作团编，

① 马健翎：《保卫和平》，西北新华书店1948年版，第1页。
② 那沙：《屠刀下·前记》，山东新华书店1946年版，第2页。

东北书店 1946 年 12 月出版，为"新演剧丛书"之一。封面采用其丛书相同版式，红色美术体书名居上。内收有独幕话剧《军民一家》，以及方言注释等。1947 年 3 月，东北画报社重新设计封面，收录于"东北画报文艺丛书"出版发行。

《七勇士》：集体创作，刘炳一原稿，张俊飞执笔，太岳新华书店 1946 年出版。封面水平编排，上部红色大号美术体书名，下边加入红色装饰线条图案。内收有独幕话剧剧本《七勇士》和多幅平面、立体舞台设计图。

《刘巧儿告状》：袁静著，延安新华书店 1946 年初版。封面均衡编排，上部棕白木刻装饰图案中，加入黑色美术体书名，左下方棕色底图形中加入作者、出版机构等文字，右下方插入黑白木刻人物肖像。内收有由"说亲"、"受欺"和"巧遇"等 11 场构成的秦腔剧《刘巧儿告状》，以及剧目人物表等。1947 年 10 月，东北书店重新设计封面，并列其为"通俗文艺丛书"翻印出版。

《好媳妇》：邵挺军著，苏光插图，吕梁文化教育出版社 1946 年出版。封面编排直观，构图简洁。内收有初刊于 1946 年 1 月 15 日《晋绥大众报》的秧歌剧《好媳妇》，以及剧目曲谱和多幅木刻作品插画。

《一生二世》：刘炳一著，太岳新华书店 1947 年 1 月出版。封面水平编排，红色剪纸图案版式中，加入黑色印刷体书名等文字，下方为红色印刷体出版机构。内收有三幕话剧作品《一生二世》（又名《张振声翻身生产大发家》）等。

《红娘子》：太岳中学业余剧社编，太岳新华书店 1947 年 1 月出版。封面水平编排，上部红色剪纸图案之上，加入深蓝美术体书名，下部蓝白木刻装饰图案。内收有由"前场"到"第十九场"的京剧剧本《红娘子》（又名《反杞县》）。

《蒋军必败》：边府俱乐部集体创作，周方执笔，太岳新华书店 1947 年 3 月出版。封面水平编排，上下红白图形映对，黑色印刷体书名居上。内收有由"决心卖国打内战""如此'活捉'"和"越来越垮"构成的三场活报剧《蒋军必败》。1947 年 7 月，华北新华书店列入"晋冀鲁豫边区文艺创作小丛书”的同题戏剧集中再版发行。

《反"翻把"斗争》：李之华著，东北书店 1947 年 5 月初版，为"东北文艺工作团第二团戏剧音乐丛书"之一，同年 11 月再版。封面水平编排，构图直观，上部红底图形插入白色手书体书名。内收有独幕话剧作品《反"翻把"斗争》，以及作品后的《两点说明》。即"这个剧如在乡下演出，可利用'自然景'"，以及"希望尽可能用东北地方语音演出"等。① 1947 年 9 月后，光明书店、大连大众书店增加《艺术结合土改的范例——〈反"翻把"斗争〉深得哈市观众好评》篇，相继再版。②

《血债》：东北文艺工作团集体创作，李之华、侣明执笔，大连大众书店 1947 年 5 月出版。封面水平编排，上下红黄底装饰图形映对，红色大号美术体书名居上。内收有三幕话剧作品《血债》，以及编者作品前的说明。编者称："这个剧本《血债》，由于它真切地反映了东北过去十四年的血海深仇，也写出民主政府建立后，人民的翻身。因而，它在各地公演，都深得观众的喜欢。"③

《王秀鸾》：冀中军区政治部火线剧社编，傅铎编剧，小流、王韬、之嘉作曲，冀中新华书店 1947 年 6 月出版。封面水平编排，上方棕红底色图形中加入白色美术体书名，中下部加入整幅黑白木刻直观图像。内收有由"家破""老婆逃荒"和"王秀鸾拉犁"等 13 场构成的"生产歌剧"《王秀鸾》，以及《离家》等 21 首剧目歌曲。在作品前的《排演注意》中，编者称，对于该剧的插曲，"希导演和演员根据我们提供的基本曲调去修改"。④ 1949 年 5 月，新华书店列入"中国人民文艺丛书"修订再版，1953 年 6 月重排第一版等。

《干活好》：肖龙、寄明、潘奇、雪楠编剧，寄明配曲，东北书店 1947 年 7 月初版，1948 年 7 月再版，为"鲁艺创作丛书"之一。封面水平编排，上部加入绿色美术体书名，中下部插入绿白木刻人物直观图像。内收有秧歌剧

① 李之华：《反"翻把"斗争·两点说明》，东北书店 1947 年版，第 60 页。
② 李之华：《反"翻把"斗争》，大连大众书店 1947 年版，第 1 页。
③ 李之华等：《血债》，大连大众书店 1947 年版，第 1 页。
④ 傅铎等：《王秀鸾·排演注意》，冀中新华书店 1947 年版，第 1 页。

《干活好》和附录的 9 首剧目曲谱，以及寄明的《后记》等。1950 年 5 月，中南新华书店重新设计封面修订出版。

《王贵与李香香》：李季、张万一编剧，太行群众书店 1947 年 7 月出版。封面水平编排，上部加入美术体书名，居中加入黑白木刻解说版画。内收有由"崔二爷收租"和"逼命"等 3 幕 25 场构成的秧歌剧《王贵与李香香》，以及多首剧目歌曲等。1948 年 8 月，河南沁阳道清文化社重新设计封面翻印出版；苏北新华书店 1949 年 4 月重新设计封面，并附录《〈王贵与李香香〉诗》等修订出版。

《模范农家》：胡奇著，华北新华书店 1947 年 7 月出版，为"晋冀鲁豫边区文艺创作小丛书"之一。封面采用其丛书相同版式，上部加入黑色印刷体书名等。内收有三幕话剧《模范农家》剧本，以及封三附印的"华北新华书店为征求图书及建立交换关系启事"插页广告。1950 年 5 月，上海杂志公司重新设计封面再版发行。

《两种作风》：晋鲁豫军区文艺工作团集体创作，江涛、史超执笔，吴毅作曲，山东新华书店 1947 年 8 月出版，为"大众文库"之一。封面采用其丛书相同版式，右侧棕色图形中白色美术体书名横排，下方加入套色木刻直观版画。内收有任白戈的《介绍文艺工作团的〈两种作风〉》，以及五场秧歌剧《两种作风》和 29 首剧目配曲。

《升官图》：陈白尘著，东北书店 1947 年 9 月初版。封面水平编排，上部加入棕色美术体书名，居中插入棕白木刻解说图像。内收有三幕七场话剧剧本《升官图》及作者的《为升官图演出作》一文，以及丁聪为剧目所画的插图等。在《编者附志》中，编者称，"因为作者是处在蒋管区黑暗独裁统治的环境下，受着严厉的剧本和演出检查制度的束缚，不能直言无讳，所以作者巧妙地把他的故事和主题安置在一个'梦境'里，但这并不妨碍他的现实性"等。①

《红娘子》：东北文协编辑，邓泽原著，东川改编，东北书店 1947 年 9 月

---

① 陈白尘著：《升官图·编者附志》，东北书店 1947 年版，第 1 页。

出版，为"东北文艺丛书"之一。封面均衡编排，上下装饰图形映对，右上角黄底木刻图案中红色美术体书名竖排。内收有二十八场京剧《红娘子》及其2首剧目插曲，以及作品《前记》。在《前记》中，作者说明这个剧本，"在哈尔滨是根据邓泽同志所写的原稿，由候先生增了几场，经文协同志们提了不少意见，才正式上演"。① 1949年3月，华中新华书店重新设计封面出版发行。

《一切为前线》：贾霁著，东北书店1947年10月出版，为"通俗文艺丛书"之一。封面采用其丛书相同版式，下部加入绿色美术体书名。内收有独幕话剧剧本《一切为前线》。

《别上当》：边区群众剧社编，王莘、赵珂、齐俊荣作，晋察冀新华书店1947年11月初版；山东新华书店1948年3月再版。再版封面均衡编排，右上部加入棕白木刻人物直观版画，左下方手书体书名横排。内收有五场秧歌剧作品《别上当》，以及附录的6首剧目曲谱。

《宝山参军》：边区群众剧社编，王血波作剧，王莘作曲，晋察冀新华书店1947年11月出版。封面水平编排，红白木刻方框图形装饰图案版式，上方黑色大号美术体书名，居中加入黑白剪纸人物图像。内收有小歌剧《宝山参军》和9首剧目曲谱。1960年7月，中国戏剧出版社重新设计封面修订出版。

《都是一家人》：固敏编剧、作曲，东北书店牡丹江分店1947年11月印行。封面水平编排，上部棕红美术体书名，居中插入黑白木刻人物插图。内收有六场歌剧作品《都是一家人》，以及6首剧目曲谱。

《王贵翻身》：华野二纵五师文工队集体创作，丁国岑、陈亦絮、郭伟、陈三百、肖尔加执笔，梁前方、陈三百配曲，山东新华书店1947年12月出版。封面均衡编排，蓝白多色木刻解说图像版式中，右上角白色美术体书名。内收有由"拷打""哭坟"和"调戏"等12场构成的广场歌舞剧《王贵翻身》，以及附录的34首剧目配曲。

---

① 邓泽原著，东川改编：《红娘子·前记》，东北书店1947年版，第1页。

《独眼龙》：刘相如著，1948 年 2 月出版。封面水平编排，大号美术体书名居中。内收有五场秧歌剧《独眼龙》，以及附录的剧目 11 首曲谱等。

《吴常生》：李侠民著，山东新华书店总店 1948 年 2 月初版。封面均衡编排，整幅套色木刻人物图像版式中，白色美术体书名左侧竖排。内收有独幕话剧剧本《吴常生》。

《老姜头翻身》：刘林著，东北书店 1948 年 2 月初版，为"通俗文艺丛书"之一。封面采用其丛书相同版式，构图直观，下部加入红色美术体书名。内收有独幕"洛子剧"作品《老姜头翻身》。

《赤叶河》：阮章竞著，曲谱（太行山民歌）由高介云、张普德改编，太行群众书店 1948 年 2 月初版。封面水平编排，上部加入棕红美术体书名，中下部加入套色木刻人物解说图像。内收有包括"闲话"在内的 5 部多场次歌剧《赤叶河》，以及附录的前奏曲等 31 首曲谱。1949 年 5 月，中国人民文艺丛书社增加作者《后记》，以及高介云的《关于音乐创作的经验》等篇目，列入"中国人民文艺丛书"出版发行；1950 年 9 月，增加阮章竞的《关于〈赤叶河〉的三次重改写》，以及梁寒光的《关于音乐部分的简短说明》等，由新华书店修订出版。

《炼狱》：晋驼著，光华书店 1948 年 2 月初版。封面均衡编排，左上方加入棕红手书体书名，右下方插入棕白木刻人物直观图案。内收有《序》和三幕话剧《炼狱》。在《序》中作者称，自己作为"一个'改了行'的文艺工作者"，写作的这部作品是"取材于哈尔滨市电车厂，主题是写敌伪统治下工人阶级所受的压榨和反抗"等。[1] 1950 年 8 月，生活·读书·新知三联书店重新设计封面修订出版。

《杜八联群众除奸》：邢行型著，太岳新华书店 1948 年 3 月出版。封面水平编排，上部加入绿白木刻装饰图案，红色美术体书名居中。内收有七场曲子剧作品《杜八联群众除奸》，以及附录的多首剧目曲谱。

《八班变了》：第八纵队文工队集体创作，太岳新华书店 1948 年 4 月出

---

① 晋驼：《炼狱·序》，光华书店 1948 年版，第 1 页。

版。封面水平编排，上下黄白木刻装饰图案，上部加入红色大号美术体书名。内收有多场歌剧作品《八班变了》，以及剧目的多首曲谱。在《前言》中，作者称，本剧"是文工队几个同志根据战士创作的一个简单剧本改作的"，因此，其"集体创作过程，可分战士的集体创作，作者的集体创作，全文工队同志们的集体修改，演员在舞台上的创造和观众的批准等"。①

《血泪仇》：东北文艺工作团编，马健翎原著，颜一烟、端木炎改编，黄准、李凝、陈光、李超配曲，东北书店 1948 年 4 月出版，为"新演剧丛书"之一。封面对称编排，两侧白底图形相对，居中深色图形上部加入红白美术体书名，下部插入红白色木刻直观图案。内收有颜一烟的《人民的艺术——秧歌剧（代序一）》和《本事（代序二）》，三幕十七场新型秧歌剧《血泪仇》，以及附录的剧目各场谱曲。1949 年 6 月前后，北方出版社、中原新华书店、苏南新华书店等，先后重新设计封面出版发行。

《参军》：罗伯忠著，邓止怡作曲，东北书店 1948 年 5 月初版，为"东北文艺工作团第二团戏剧音乐丛书"之一。封面采用其丛书相同版式，红底图形中白色美术体书名居上。内收有独幕歌剧作品《参军》，以及附录的 4 首剧目曲谱。

《不要杀他》：邢行型著，太岳新华书店 1948 年 6 月出版。封面水平编排，上部加入红色美术体书名。内收有曲子剧作品《不要杀他》，以及附录的剧目曲谱。

《早晨》：孟蒙著，太岳新华书店 1948 年 8 月出版。封面均衡编排，大幅木刻人物版画构图，以及蓝色基调版式中，右上角加入白色美术体书名。内收有独幕话剧剧本《早晨》，以及出版者的《简单介绍》。其中称本剧"是一幕动员群众支援前线的话剧"，"其中时间地点已不适用，各地演出时可酌量修改"等。②

《李有才板话影词》：胡青编，东北书店 1948 年 9 月初版，为"通俗文艺丛书"之一。封面采用其丛书相同版式，左侧下方蓝色美术体书名横排。内

---

① 第八纵队文工队集体创作：《八班变了·前言》，太岳新华书店 1948 年版，第 1 页。
② 孟蒙：《早晨·简单介绍》，太岳新华书店 1948 年版，第 1 页。

收有由"聚会""打虎"和"丈地"等8场构成的《李有才板话影词》，以及《改编者的话》等。编者称，本书的目的是"叫影戏工作者给大家读一读，叫不识字的人从影台上听一听"。①

《阵地》：黎阳著，东北书店1948年9月出版。封面水平编排，构图简洁，上部加入大号棕红印刷体书名。内收有独幕三场话剧作品《阵地》。

《亲人》：雪立编剧，一鸣、钟谓、黄歌作曲，光华书店1948年9月初版。封面水平编排，红色线条廊门构图，上方加入红色印刷体书名，居中插入黑白木刻民间版画图案。内收有《亲人》《揭底》和《生路》3部剧作，以及各剧目的曲谱。在书前的《小引》中，作者雪立称，"这三个小剧本"，都是"在毛泽东同志指出的新文艺方向以后，从秧歌剧渐渐蜕化出来的歌剧形式，一般的还是通称之为秧歌剧"，同时"在解放军部队的宣教部门则又称之为'演唱'或小型歌舞剧"。②

《九件衣》：崔牧著，东北书店1948年10月初版，为"东北文协平剧工作团剧本丛书"之一。封面均衡编排，左下角棕色图形中插入黑白木刻直观图案，右上方棕色美术体书名横排。内收有《人物表》和东川的《由〈九件衣〉的演出谈起》，以及十六场京剧《九件衣》及其附录的2首插曲。1949年5月以后，先后为冀鲁豫新华书店、苏南新华书店翻印出版。

《在敌人后方》：罗丹著，东北书店1948年10月初版。封面均衡编排，整幅黑白木刻解说图像中，左侧大号红色美术体书名居中斜排。内收有三幕话剧《在敌人后方》，以及剧情说明和"登场人物表"等。

《小仓山》：周玑璋著，华东新华书店1948年11月初版，山东新华书店1949年7月再版。山东版封面水平编排，上部彩色瓦当图案版式中，棕红美术体书名横排。内收有十六场"新平剧"《小仓山》，以及"主要角色之服装"等说明。1950年6月，新华书店华东总分店重新设计封面修订再版。

《农民泪》：冀中文协编，任河县南留路村剧团集体创作，华北新华书店冀中总分店1948年11月初版，为"平原戏剧丛书"之一。封面均衡编排，

---

① 胡青编：《李有才板话影词·改编者的话》，东北书店1948年版，第1页。
② 雪立等：《亲人·小引》，光华书店1948年版，第1页。

上部加入大号红色美术体书名，右下角插入黑白人物特写图案。内收有二十四场河北梆子戏《农民泪》，以及编者撰写的《编者的话》等。

《两天一夜》：丁洪著，哈尔滨光华书店 1948 年 11 月初版。封面水平编排，上部加入绿色手书体书名，下方插入蓝白木刻解说图像。内收有一幕两场话剧《两天一夜》和《两天一夜舞台面》设计图，以及附录作者的报告文学作品《两天一夜——记四平巷战中的一个班》。

《关公整周仓》：张万一编剧，高介云配曲，太行新华书店 1948 年 11 月出版。封面对称编排，左侧上部加入黑白木刻人物直观图像，右侧红色美术体书名竖排。内收有独幕"反迷信小喜剧"《关公整周仓》，以及附录的《幕启曲》等 6 首剧目曲谱。

《女英雄刘胡兰》：中国人民解放军第一野战军政治部战斗剧社集体创作，魏风、刘莲池、朱丹、董小吾、严寄洲等执笔，罗宗贤、孟贵斌、黄庆和、董一起、李桐树、王左才作曲，太岳新华书店 1948 年 11 月出版。封面水平编排，棕红木刻风景剪影版式构图，大号黑色美术体书名居中。内收有刘莲池的《写在〈女英雄刘胡兰〉前面》《歌剧〈女英雄刘胡兰〉本事说明》，三幕十二场歌剧《刘胡兰》，严寄洲的《关于〈女英雄刘胡兰〉的演出》，黄庆和的《〈女英雄刘胡兰〉音乐部分的说明》，以及《〈女英雄刘胡兰〉曲谱》60 余首和附录的导演、乐队和演员名单等。1949 年 8 月，东北新华书店重新设计封面改名为《刘胡兰》翻印出版。1949 年 5 月，中国人民文艺丛书社将其列入"中国人民文艺丛书"修订出版。

《毛主席万岁》：张俊飞、马萍作，太岳新华书店 1948 年 11 月初版，为"通俗戏剧丛刊"之一。同年冀鲁豫新华书店翻印出版。初版封面水平编排，套色木刻舞台图案版式中，红色美术体书名居上。内收有秧歌剧作品《毛主席万岁》。

《夫妻谈生产》：胶东文协主编，潘洋作，华东新华书店胶东分店 1948 年 12 月出版，1949 年再版，为"大众文娱集"之一。封面均衡编排，金红色装饰图形版式中，左侧加入黑色美术体书名，右侧下部套色木刻舞蹈人物直观图像。内收有杂耍剧《夫妻谈生产》，以及附录的多首剧目曲谱。1949 年 3

月，东北书店翻印出版。

《翻身年》：曹会平等集体创作，于大波曲，辽宁省白山文艺工作委员会1948 年出版，为"戏剧小丛书"之一。封面水平编排，上部黑底装饰图形中加入白色美术体书名，下部加入绿白映对底色几何装饰图案。内收有独幕歌剧作品《翻身年》，以及其 7 首剧目曲谱等。

《穷人恨》：马健翎著，延安新华书店 1948 年出版。封面水平编排，上部加入蓝色美术体书名，上边加入蓝色装饰线条，居中加入黑白木刻解说图像。内收有马健翎的《写在〈穷人恨〉的前边》，以及由"狐群""当兵"和"抓丁"等 28 场构成的秦腔剧《穷人恨》等。1949 年 7 月，陕甘宁边区文化协会戏剧工作委员会列入"陕甘宁戏剧丛书"，由西北新华书店再版发行。此外，1949 年 5 月，中国人民文艺丛书社列入"中国人民文艺丛书"，由新华书店出版。1962 年 9 月，东风文艺出版社删去马健翎的《写在〈穷人恨〉前边》篇，重新设计封面修订出版。

《兄妹开荒》：王大化等集体创作，中原新华书店 1949 年 1 月初版。封面水平编排，四边加入木刻版画装饰图案，上方加入大号美术体书名。内收有王大化、李波、路由集体创作，路由编词，安波配曲的《兄妹开荒》，以及剧目曲谱和注解说明等。

《赵河山转变》：韩北生、杜希唐、马毅、杨栋林、王礼易编，夏洪飞配曲，太行新华书店 1949 年 1 月初版。封面水平编排，上部装饰图案中加入美术体书名。内收有三场秧歌剧《赵河山转变》，以及附录的 12 首剧目歌曲。

《求解放》：盐阜文娱社编，吴网著，华中新华书店盐阜分店 1949 年 1 月初版。封面水平编排，上部加入白色美术体书名，大幅黑白木刻解说图像居中。内收有五幕六景歌剧《求解放》，以及作者的《后记》等。

《夫妻识字》：马克著，中原新华书店 1949 年 1 月出版。封面水平编排，四周红色装饰图案，框形版式上方加入黑色美术体书名。内收有马克原作的《夫妻识字》小调剧本，以及剧目曲谱。现存的版本有：未署出版年月的新华书店"独幕剧"版，1950 年西北新华书店的独幕秧歌剧"群众文艺丛书"版，以及 1957 年 12 月中国戏剧出版社的"群众演唱剧本"修订版等。

《军民一家》：晋冀鲁豫军区文工团编，中原新华书店 1949 年 2 月出版。封面水平编排，框线映对构图，上部加入白色美术体书名，中下插入红白木刻人物图像。内收有独幕歌剧作品《军民一家》。在编者作品前的《声明》中，说明了这部作品"原本是延安联政同志的创作，它是一个适于广场演出的秧歌剧"，然后经编者"依据原作主题故事，编成独幕歌剧"。①

《野兽求和》：周方作，冀南新华书店 1949 年 2 月出版。封面水平编排，构图直观，上部加入美术体书名。内收有四场歌舞活报剧《野兽求和》，以及附录的 2 首剧目配曲。1949 年 3 月，东北书店重新设计封面翻印出版。

《二流子转变》：集体创作，王肯执笔，东北书店 1949 年 5 月出版。封面水平编排，上下木刻版式构图映对，左侧黄色美术体书名竖排，右侧加入大幅套色木刻解说版画。内收有八场秧歌剧《二流子转变》，以及附录的 8 首剧目插曲。

《过关》：山东实验话剧团集体创作，贾霁、李夏执笔，新华书店 1949 年 5 月初版，为"中国人民文艺丛书"之一。封面采用其丛书相同版式，上部加入黑色美术体书名。内收有三幕话剧《过关》，以及《小嫂子》、《劝郎归队》和《参军真光荣》3 首剧目曲谱。1949 年 11 月，山东新华书店再版发行。

《红娘子》：陕甘宁边区文化协会戏剧委员会编，石天著，西北新华书店 1949 年 6 月出版，为"陕甘宁戏剧丛书"之一。封面均衡编排，上下装饰图形映对，左侧加入红色美术体书名。内收有由"提亲设计""被骗过衙""探信听审""探监修书"及"血书报凶"等 26 场构成的平剧《红娘子》，以及《〈红娘子〉登场人物表》和附录的剧目曲谱等。在《弁言》中，作者称，本剧"乃一九四五年秋于延安平剧院脱稿。至次年春末，印成油印本"，并经过"公演后，又经延市各界热心指正，作数次修改"。② 1951 年 7 月，西南军区

---

① 晋冀鲁豫军区文工团编：《军民一家·声明》，中原新华书店 1949 年版，第 1 页。
② 石天：《红娘子·弁言》，西北新华书店 1949 年版，第 1 页。

政治部京剧院列入"京剧丛书"，重新设计封面并增加蔡国铭的《红娘子序》和摄影剧照，由西南人民出版社再版发行。

《信不得》：刘相如编剧，大波等配曲，东北书店辽东总分店1949年6月出版。封面对称编排，左侧棕色图形中白色大号美术体书名竖排，右侧居中加入绿白木刻人物直观图像。内收有由"第一幕"到"第三幕"共10场构成的秧歌剧《信不得》，以及附录的40首剧目配曲等。

《献器材》：刘相如编剧，于大波作曲，东北书店1949年6月出版。封面水平编排，构图直观，上部加入黑色印刷体书名。内收有秧歌剧《献器材》，以及附录的5首剧目歌曲。

《钢铁人》：辽东白山文艺工作委员会编，刘相如编剧，大波等配曲，东北书店辽东总分店1949年7月出版，为"戏剧小丛书"之一。封面均衡编排，套色版式构图，左上角黑白木刻人物肖像图像，右侧黑色美术体书名竖排，下边黑白装饰图形。内收有五幕九场话剧《钢铁人》，以及作者《序言》和附录的17首剧目配曲。

《九件衣》：宋之的、金人、东川、铁夫集体创作，武汉人民艺术出版社1949年7月出版，为"人民艺术丛刊"之一。封面采用其丛书相同版式，多色装饰图形映对，左侧白色美术体书名竖排。内收有东川的《由〈九件衣〉的演出谈起》，16场平剧《九件衣》和人物出场表等，以及附录的2首剧目插曲。在书的《前言》中，编者称："我们选刊这个剧本，一方面为了给长江流域的各种戏剧团体提供一个演出的剧本，一方面也希望中江的旧戏剧形式因此能够获得大胆而基本的改造。"[1]

《红旗歌》：中国人民文艺丛书社编，集体创作，刘沧浪、鲁煤、陈怀皑、陈淼、辛大明、刘木铎讨论，鲁煤执笔，新华书店1949年9月初版，为"中国人民文艺丛书"之一。封面采用其丛书相同版式，上部加入黑色印刷体书名。内收有三幕话剧作品《红旗歌》，以及贾克词、韩星谱曲的《红旗歌》等。1950年9月，新华书店增加周扬的《论〈红旗歌〉（代序）》，以及鲁煤

---

[1]　宋之的等：《九件衣·前言》，武汉人民艺术出版社1949年版，第1页。

的《前言》修订出版等。

《解放》：耿石诗、栾少山、虞棘编剧，虞棘配曲，山东新华书店 1949 年 10 月初版。封面淡绿框线版式，装饰图形构图，棕红美术体书名。内收有 12 场歌剧《解放》及登场人物表，以及附录的 14 首剧目配曲。1950 年 2 月，新华书店重新设计封面出版发行。

《窑工》：丁玲、陈明、逯斐著，大众书店 1949 年 12 月初版。封面均衡编排，金色基调版式中，中上部为黑白木刻人物版画图像，右下角加入黑色美术体书名。内收有三幕七场话剧作品《窑工》，以及其人物表等。1950 年 4 月调整封面版式为红色基调再版发行。

4. 小说别集

《苏区的文艺》：丁玲著，上海南华出版社 1938 年 1 月初版。封面水平编排，上部为红色美术体书名，居中加入黑白木刻直观图像。内收有小说《一颗没有出膛的枪弹》《东村事件》和戏剧《重逢》，以及作者将自己发表在 1937 年《解放周刊》第 1 卷第 3 期的《文艺在苏区》一文作为本书的《序言》。

《一颗未出膛的枪弹》：丁玲著，生活书店 1938 年 8 月初版，为"西北战地服务团丛书"之一。封面采用其丛书相同版式，左侧竖排红色美术体书名。内收有《到前线去》《南下军中之一页日记》《彭德怀速写》《警卫团生活一斑》《一颗未出膛的枪弹》和《东村事件》等 6 篇作品，以及《最后一页》。1946 年 3 月以后，东北书店、知识出版社、大众书店重新设计封面再版发行。

《帕米尔高原的流脉》：杨朔著，生活书店 1939 年 8 月初版，同年 11 月三版。封面均衡编排，左侧上角插入绿色木刻图案，右侧垂直绿色图形中加入白色美术体书名。内收有长篇小说《帕米尔高原的流脉》，以及作者的《写在〈帕米尔高原的流脉〉之后》一文。

《小二黑结婚》：赵树理著，黑丁画，裴三保刻，新华书店 1943 年 9 月初版，1944 年 2 月再版，为"大众文艺小丛书"之一。再版封面采用其丛书相同版式，左上方红色印刷体书名横排。书中扉页有彭德怀的"像这种从群众调查研究中写出来的通俗故事还并不多见"红色手书题词。内收有小说作品《小二黑结婚》和黑丁、裴三保的多幅木刻插图。现存版本有：新华书店

1944 年 2 月再版本，华北新华书店 1943 年版，冀鲁豫书店、苏中韬奋书店版，辽东书店安东分店 1947 年 11 月版，东北画报社 1948 年版，以及华北大学 1949 年版等。

《李有才板话》：赵树理著，工柳、杨君插图，华北新华书店 1943 年 12 月初版，1947 年 5 月四版，为"晋冀鲁豫边区文艺创作小丛书"之一。封面构图为其丛书同一版式，红色美术体书名居上。内收有小说作品《李有才板话》，以及工柳、杨君的 21 幅黑白木刻作品插画。

《李有才板话》：赵树理著，新华书店编辑部 1943 年 12 月初版，1946 年 5 月三版，为"大众文艺小丛书"之一。初版封面版式简洁，红色手书体书名居中竖排；再版封面水平编排，上部红色印刷体书名，下部加入大幅黑白木刻解说图像。内收有李大章的《介绍〈李有才板话〉》，以及小说作品《李有才板话》。现存版本有：1946 年前后的冀南书店、建国书社等翻印版，胶东大众报社东北画报社、东北军政大学编委会、山东新华书店版等。

《大旗》：杨朔著，新华书店晋察冀分店 1946 年 2 月出版。封面水平对称编排，上下加入木刻装饰图案，大号印刷体书名居中。内收有《大旗》、《霜夜》、《麦子黄时》和《月黑夜》4 篇小说作品。

《李有才板话》：赵树理著，大连大众书店 1946 年 3 月初版。封面均衡编排，左侧为红色大号竖排手书体书名，右侧居中插入黑白木刻直观图像。内收有《孟祥英翻身》、《小二黑结婚》和《李有才板话》3 篇作品，以及附录黎玉的《介绍大家读〈李有才板话〉和我们的群众路线》和李大章的《介绍〈李有才板话〉》。在书前的《编印小记》中，编者称其"搜集"的这本小说集中，"所写人物性格鲜明，故事逼真，且文字通俗朴实，绝非华而不实的东西可比"。[①]

《滹沱河流域》：马加著，作家书屋 1946 年 5 月出版发行，为"北方文丛"之一。封面为其丛书相同版式，黑色美术体书名居上。内收有由 16 章节组成的长篇小说《滹沱河流域》（第一部）。版权页附印有"北方文丛"

---

① 赵树理：《李有才板话·编印小记》，大连大众书店 1946 年版，第 1 页。

图书出版插页广告。1947 年 8 月，东北书店重新设计封面并增加为 23 章节后重版发行。

《李有才板话》：赵树理著，知识出版社 1946 年 12 月初版。封面水平编排，上部棕红底色图形上下加入蓝色装饰图案，居中白色美术体书名。内收有《小二黑结婚》和《李有才板话》2 篇小说作品，以及附录周扬的《论赵树理的创作》，郭沫若的《读了〈李家庄的变迁〉》和茅盾的《关于〈李有才板话〉》3 篇批评论文。现存的版本还有冀中新华书店 1946 年版，为"长城文艺丛书"之一。

《李有才板话》：赵树理著，海洋书屋 1946 年 12 月初版，1947 年 10 月再版，为"北方文丛"第 2 辑之一，封面为其丛书相同编排版式，黑色美术体书名居上。内收有《孟祥英翻身》《地板》《小二黑结婚》和《李有才板话》4 篇小说。附录收有周扬的《论赵树理的创作》，郭沫若的《读了〈李家庄的变迁〉》和茅盾的《关于〈李有才板话〉》3 篇批评论文，以及编者周而复的《后记》。版权页中附有"北方文丛"图书出版插页广告。1947 年，华夏书店重新设计封面再版。

《福贵》：赵树理著，华北新华书店 1947 年 2 月版，为"晋冀鲁豫边区文艺创作小丛书"之一，1947 年 11 月四版。封面为其丛书统一版式，居中红色印刷体书名。内收有《福贵》、《地板》和《催粮差》3 篇小说。现存的版本还有华北新华书店 1947 年 1 月版、新华书店晋察冀分店 1947 年 6 月版、新华书店 1947 年 11 月版、东北书店 1947 年 9 月版等。

《赵树理小说选集》：赵树理著，吕梁文化教育出版社 1947 年 3 月初版，1948 年 3 月再版，新华书店晋绥分店发行。封面水平编排，上方黄白木刻装饰图形中，加入黑色双行印刷体书名。内收有《李有才板话》《小二黑结婚》《福贵》和《地板》4 篇作品。

《荷花淀》：孙犁著，香港海洋书屋 1947 年 4 月出版，为"北方文丛"之一，上海生活·读书·新知三联书店 1949 年 8 月再版，初版封面为其丛书相同编排版式，红色美术体书名居上。内收有《荷花淀》《游击区生活一星期》《村落战》《白洋淀边一次小斗争》《山里的春天》和《麦收》6 篇作品，以及书中附印的"北方文丛"图书出版插页广告。

《李有才板话》：赵树理著，新华书店晋察冀分店 1947 年 6 月再版。封面水平编排，上部方圆图形中插入红白木刻直观图像，下部红底图形中加入白色美术体书名。内收有《小二黑结婚》和《李有才板话》2 篇小说作品，以及附录周扬的《论赵树理的创作》一文。现存的版本中，还有华东新华书店总店 1948 年 11 月版，中原新华书店 1949 年 3 月版等多种版本。

《李家庄的变迁》：赵树理著，东北书店 1947 年 6 月初版。封面均衡编排，左侧黑色手书体竖排书名，与上部红白木刻装饰条形交叉。内收有周扬的《论赵树理的创作》，赵树理的《小二黑结婚》《李有才板话》《孟祥英翻身》和《李家庄的变迁》，郭沫若的《论解放区创作》和茅盾的《关于〈李有才板话〉》等作品与论文。

《把秧歌舞扭到上海去》：苏苏著，东北书店 1947 年 12 月初版，翌年 10 月再版。封面均衡编排，左侧上方黄底黑白木刻版画图像，右下角加入横竖棕红美术体书名。内收有"有没有写童话"，以及包括"把秧歌舞扭到上海去""啊哈，上海人扭起来了啦"和"真的到了上海"等 17 个篇章构成的小说作品和作者的《后记》。1949 年 6 月，中原新华书店重新设计封面出版；1950 年 3 月，上海新华书店出版发行。

《红旗呼啦啦飘》：柯蓝著，香港南洋书店 1947 年 12 月初版，1949 年 5 月再版，为"北方文丛"之一。封面为其丛书相同版式，上部加入红色美术体书名。内收有柯仲平的《序》，由 31 个章节构成的中篇小说《红旗呼啦啦飘》，以及书前附印的"北方文丛"图书出版插页广告。1949 年，新中国书局重新设计封面在大连再版发行；1954 年 1 月，作家出版社重新设计封面，分别删去原《序》和增加《后记》后重版。

《暴风骤雨》（上卷）：周立波著，古元插图，东北书店 1948 年 4 月初版，同年 6 月再版。封面水平编排，中上部加入大幅蓝白木刻解说图像，下边加入红色手书体书名等文字。扉页印有毛泽东的《湖南农民运动考察报告》中一段题词，以及作品前关于"上卷内容是去年七月东北局动员一万二千干部组织工作队，下乡开展群众工作的情形。东北农村封建势力的最初垮台和农民中间的新的人物最初出现的复杂曲折的过程，就是本书的主题"等内容说明。① 内收有长篇小说《暴风骤雨》（上卷）和古元的 10 幅木刻插图。1949 年 5 月，中国人民文艺丛书社将其列入"中国人民文艺丛书"，删去古元的木刻插图并由新华书店出版。同年 5 月《暴风骤雨》（下卷）由东北书店初版发行。1949 年 10 月，《暴风骤雨》（上下册）重新设计封面由北京新华书店出版。1952 年 11 月，人民文学出版社四版。

《桑干河上》：丁玲著，哈尔滨光华书店 1948 年 8 月初版，同年 9 月改名为《太阳照在桑干河上》并重新设计封面再版。初版封面对称编排，框线图形版式构图，居中加入印刷体书名。内收有作者的《写在前边》，以及由"胶皮大车""顾涌的家""有事就不能瞒他"和"出侦"等 58 个章节构成的长篇小说《桑干河上》。1949 年 4 月，香港新中国书局重新设计封面出版；1949年 5 月，中国人民文艺丛书社将其列入"中国人民文艺丛书"，并采用其丛书相同版式，红色大号美术体书名，由新华书店出版发行。

《福贵》：赵树理著，华东新华书店 1948 年 10 月初版，1949 年 5 月再版。封面金黄色木刻版画，水平编排，上部居中加入大号黑色美术体书名，下部居中插入木刻解说图像。内收有《福贵》《地板》《催粮差》和《小经理》4篇小说作品。

《蒸溜》：晋驼著，光华书店 1948 年 12 月出版，为"文艺创作"集。封面水平编排，下边加入青花木刻装饰图形，上部居中加入青蓝色手书体书名。内收有《蒸溜》《生长》《结合》《李校长》和《迟尉先生》5 篇小说散文作品，以及作者的长篇《自序》。

《老战士》：周洁夫著，东北书店 1948 年 12 月初版，为"文学战线创作丛书"之一。封面为其丛书相同版式，左上方手书体书名。内收有《老战士》《送俘虏》《枪》《好兄弟》《变化》和《平常的故事》6 篇小说。1950 年 2月，上海杂志公司重新设计封面，删去《变化》，增加《老红军回来了》篇并修订出版。

---

① 周立波：《暴风骤雨》，东北书店 1948 年版，扉页。

《打虎记》：那沙著，东北书店 1949 年 4 月初版。封面对称编排，木刻装饰框线构图，棕红美术体书名居中竖排。内收由山东新华书店总店 1947 年 7 月出版的《一个空白村的变化》，而修订改名为《打虎记》的中篇小说作品。[1]

《江山村十日》：马加著，东北书店 1949 年 5 月初版，为 "文学战线创作丛书" 之一。封面均衡编排，构图直观，左侧上部为黑色手书体书名。内收有作者的《前记》和由 26 节构成的长篇小说《江山村十日》。同年 10 月，上海群益出版社重新设计封面，增加黄铸夫的木刻插图并在封三附印 "群益文艺丛书" 出版插页广告，列入 "群益文艺丛书" 出版。

《李有才板话》：赵树理著，新华书店 1949 年 5 月初版，同年 8 月再版，为 "中国人民文艺丛书" 之一。封面版式为其丛书相同编排，上部黑色印刷体书名横排。内收有《小二黑结婚》《李有才板话》《孟祥英翻身》《地板》和《福贵》5 篇小说，以及书前的《"中国人民文艺丛书" 编辑例言》。1949 年 6 月以后，苏南新华书店等重新设计封面出版发行。

《吕梁英雄传》（上下册）：马烽、西戎著，新华书店 1949 年 5 月分为上、下册同时出版，为 "中国人民文艺丛书" 之一。封面采用其丛书相同版式，红色美术体书名居上。其中，上册收有由 "起头的话" "日本鬼兴兵作乱，康家寨全村遭劫" 等 1—40 回构成的章回体小说；下册收有由 "智勇发展暗民兵，奇谋营救众伙伴" 等 41—80 回构成的章回体小说作品，以及作者的《后记》。作者称，"本书实际上是一本集体创作，我们仅是作了一番整理记录的工作" 等。[2]

《传家宝》：赵树理著，冀南书店 1949 年 5 月出版。封面水平编排，大号红色手书体书名居上，右侧居中插入套色木刻版画图案。内收有赵树理的小说作品《传家宝》，以及多幅黑白木刻插图。

《李有才板话》：赵树理著，新华书店 1949 年 8 月出版。封面均衡编排，

① 中国人民解放军文艺史料编辑部：《中国人民解放军文艺史料选编·抗日战争时期》（3），解放军出版社 1988 年版，第 478 页。

② 马烽、西戎：《吕梁英雄传·后记》（下册），新华书店 1949 年版，第 502 页。

红白图形构图，上部加入大号黑色印刷体书名。内收有《李有才板话》、《小二黑结婚》和《孟祥英翻身》3 篇作品，以及周扬的《论赵树理的创作》，郭沫若的《论解放区创作》和茅盾的《关于〈李有才板话〉》3 篇论文。

《新儿女英雄传》：袁静、孔厥著，彦涵插图，冀南新华书店 1949 年 8 月出版。封面水平编排，上方双行红色美术体书名，下方黑白木刻解说图像。内收有由"事变""共产党""农民游击队""毒计""新女婿"和"水上英雄"等 20 回构成的长篇小说《新儿女英雄传》，以及彦涵的 22 幅木刻插图等。1949 年 9 月，上海海燕书店重新设计封面，并增加郭沫若、谢觉哉的《序》，以及附录王仲元的《〈新儿女英雄传〉给了我些什么》、炳生的《关于群众语言的运用——读〈新儿女英雄传〉后》2 篇批评论文修订出版；1951年 6 月，上海新文艺出版社重新设计封面，删去附录的 2 篇批评论文出版发行，1953 年 1 月十三版发行。

《李勇大摆地雷阵》：邵子南著，生活·读书·新知联合发行处 1949 年 8月出版，为"北方文丛"之一。封面构图为其丛书同一版式，蓝色印刷体书名横排。内收有《李勇大摆地雷阵》《贾希哲夜夜下西庄》《牛老娘娘拉毛驴》和《阎荣堂九死一生》4 篇小说作品。书中附印有生活·读书·新知联合发行处的"北方文丛"图书出版插页广告。

《上升》：陶纯著，山东新华书店 1949 年 10 月初版。封面均衡编排，双色构图直观，左侧竖排大号美术体书名，右下部插入木刻解说版画图案。内收有作者的《自序》，以及《上升》《黄犍》《麦黄杏》《传家宝》《聋子》《帮耕队》《女民兵》《庄户牛》和《掩护》9 篇小说。1950 年 7 月，新华书店华东总分店重新设计封面出版发行。

5. 报告文学别集

《西北角上的神秘区域》：美施洛（斯诺）原著，上海明明书局 1936 年出版。封面水平编排，上中下装饰图形映对，上部美术体书名横排，副标题为"第八路军的根据地"。内收有由"什么是'红色中国'""'到西方的安乐乡'——西安""到神秘区域去"和"公审法庭"等 11 个章节构成的《西北角上的神秘区域》。

《活跃的肤施》：任天马著，上海杂志公司 1938 年 1 月初版，为"大时代文库"之一。封面对称编排，暖色调底色版式，居中竖排黑底图形中加入白色美术体书名。内收有由"开场白""云阳镇上""行经古老的黄土高原""初到肤施""丁玲女士"和"朱德的故事"等 21 节构成的《活跃的肤施》，以及附录的《生活一天一天更快乐》和《陕北公学》等 2 篇"陕北通讯"。

《肤施剪影》：上海时事刊行社编辑出版。封面水平编排，构图直观，上部红色装饰线条上加入红色印刷体书名。内收有美联社记者黎甫的《黎甫游记》，丽亚的《从陕北归来》，等等。

《西北散记》：［美］斯诺著，邱瑾译，汉口战时读物编译社 1938 年 2 月初版。封面均衡编排，整幅黑白木刻城楼版画构图之上，左侧红色垂直图形中插入白色美术体书名。内收有《抗日大学参观记》《人民抗日剧社的演剧》《"小鬼"——少年先锋队》《红军战斗员的生活》《保安生活散记》和《红军唯一的外国顾问》6 篇报告文学作品。其后，本书多次重新设计封面后再版。

《延安访问记》：陈学昭著，北极书店 1940 年 7 月初版。内收有《成渝路中与成都的两周生活》《由成都至宝鸡，宝鸡至西安》《西安待车与西延途中》《延安最初的一瞥，最初的几天生活，最初的几个访问……》《几处参观，几次访问，几个谈话》《继续参观，继续访问》《工作与技术人员》《两性与恋爱》《报告，大会，晚会与小小的聚会》《絮絮谈延安》《生活的氛围》《日子》《陕北的古迹、陕北的美人、陕北的名菜、陕北的朋友》《轰炸的前后》《长征的人们》《青年、中国的青年》《刀鞘》《邻居》《几位老革命家与几位国际友人》《老百姓》《大检查与生产运动》和《送出征》等 22 篇文章。1996 年 12 月，上海书店列入"民国丛书"第 5 编影印出版。

《延安一月》：赵超构著，南京新民报股份有限公司 1944 年 11 月初版，1945 年 1 月列入"新民报丛书"再版。初版封面对称编排，左侧黑色楷体书名竖排，右侧加入棕红套色木刻画《肤施县城》。内收有陈铭德的《关于〈延安一月〉》和张恨水的《序》，"西京—延安间"辑中的《西京情调》《临潼小驻》《潼关巡礼》《大荔·合阳》《韩城·黄龙山》《渡河入晋》《山西新姿》和《延安道上》及古元、施展的木刻《运草》和《日兵厌战思乡》;"延安一月"辑中的《踏进延安》《毛泽东先生访问记》《朱德将军的招待会》《民众大会》《关于边币》《标准化的生活》《共产党》《共产党怎样做群众工作》《干部政策》《文艺界座谈会》《秧歌大会》《文艺政策》《作家的生活》《边区文协》《延安的剧运》《端午节访丁玲》《延安文人群像》《延安大学》《鲁迅艺术学院》《教育三事》《解放日报》《延安的新女性》《儿童保育院》《特殊的婚姻法》《医药卫生》《陕北的巫神》《一揽子会》《土地政策》《变工队与合作社》《在工厂中》《劳动英雄·二流子》《财政·所得与负担》《民主方式的党治》《"三三制"之意义》《执行党策的军队》《领导与作风》《关于新民主主义》《交际处生活》和《写完了〈延安一月〉》等,以及施展、古元、彦涵、秦兆阳的《秋收》等 10 幅木刻版画作品。1992 年 11 月,上海书店重印出版;1996 年 12 月,上海书店列入"民国丛书"第 5 编影印出版;2013 年 1 月,中国国际广播出版社列入"史海钩沉·延安纪实丛书"出版。

《英勇的保卫者》:白艾著,山东新华书店 1947 年 8 月出版。封面水平编排,上部黑白木刻战士特写图像,下方红色手书体书名。内收有《英勇的保卫者》《英勇的连队》《新上任的连长》《一百廿九处伤》《河防上的欢笑》《炮手们》和《叫你还来进攻》7 篇作品。

《翻身农村风光好》:金汤编,东北书店 1948 年 2 月初版,为"通俗文艺丛书"之一。封面采用其丛书相同版式,红色美术体书名横排。内收有《翻身换脑筋》《大十六屯的风光好》《佟家沟改名胜利屯》《程福祥的家庭会议》《还是老头洒脱》《火红的日子》《地也叫他翻翻身》《五十多岁老魏头要参军》《孔老太太的三件喜事》《再别叫我们街溜子了》和《隋淑兰斗争亲兄弟》等 11 篇作品。

《南下记》:周立波著,哈尔滨光华书店 1948 年 2 月初版。封面水平编排,上方加入棕红手书体书名,居中加入整幅棕红木刻延安直观版画。内收有《出发》《黄河》《刘家会》《白塔村的刘福娃》《落雪的山野》《平原上》《王震将军记》《王首道同志和别的几个领导者》《从离石到沁水》《沁源人》《水桥》《河南杂记》《徒步》和《李先念将军印象记》等 14 篇作品,以及作者的《后记》。

《铁的连队》：周洁夫著，光华书店 1948 年 7 月出版。封面对称编排，两侧对映，左侧美术体书名竖排，右侧垂直黑白装饰图形。内收有《真理的传布者》《团圆》《建立赵尚志团》《手枪》《选举》《赵尚志团的组织者》和《新炮手》等 10 篇作品。作者的《前言》中，简要说明了这些作品的写作过程及人物面貌等。

《女共产党员》：李伯钊著，大连新华书店 1949 年 1 月初版，为"新大众文艺丛书"之一。封面均衡编排，左上角插入木刻直观图案，下边白色美术体书名横排。内收有由"约会""初审"和"公安总局"等 11 个篇章构成的报告文学《女共产党员》，以及作者的《前记》。1950 年 11 月前后，西北新华书店、新华书店中南总分店及北京解放日报社、工人出版社等，分别重新设计封面再版发行。

《白求恩大夫》：周而复著，上海知识出版社 1949 年 2 月初版，同年 5 月再版；1949 年 11 月华夏书店三版。封面垂直编排，构图直观，红色大号印刷体书名居中竖排。内收有由 13 个章节构成的长篇作品《白求恩大夫》，以及作品前的一段"毛泽东先生说"。此外，华夏版封三附印有华夏书店"新书预告"出版插页广告。人民文学出版社 1953 年 5 月重新设计封面修订重版。

《军中记事》：西虹著，东北书店 1949 年 4 月初版。封面对称编排，左右红白底色图形映对，左侧白色美术体书名竖排，右侧上部插入装饰图案。内收有《父亲》《贺喜》《归来》《巧遇》《妻子》《炮火下》《信》和《指导员》8 篇作品。1953 年 6 月，上杂出版社增加《残而不废》《战友》和《穿过海洋》3 篇，采用初版封面修订再版，同年 9 月三版，其封三附印上杂出版社"创作"图书出版插页广告。

《工人张飞虎》：康濯著，群益出版社 1949 年 8 月出版，1950 年 2 月再版，为"群益文艺丛书"之一。封面水平编排，框线构图，上方红色印刷体书名，居中插入黑白木刻直观图案。内收有《工人张飞虎》《堡垒》《明暗约》和《讨吃的当了英雄》4 篇作品。封三附印有"群益文艺丛书"出版插页广告。1951 年 12 月，上海新文艺出版社重新设计封面修订重印。

6. 散文杂著别集

《刻意集》：何其芳著，上海文化生活出版社 1938 年 10 月初版，翌年 11 月再版，为"文学丛刊"之一。封面均衡编排，构图直观，左上方蓝色印刷体书名。全书由"卷一"到"卷四"组成，包括《王子猷》《夏夜》和《脚步》等 22 篇作品，以及作者的《序》等。封二版权页附印上海文化出版社"文学丛刊"出版书目插页广告。1946 年 11 月，上海文化生活出版社修订再版。

《菌儿自传》：高士其著，开明书店 1941 年 1 月出版，1948 年 7 月特一版，为"开明青年丛书"之一。特一版封面框线图形版式，水平编排，红色印刷体书名。内收有由"我的名称""我的籍贯"和"我的家庭生活"等 15 个篇章构成的科普散文《菌儿自传》，以及多幅"细菌图谱"等。书中附有开明书店印行的"开明青年丛书"出版书目插页广告。1954 年 3 月，中国青年出版社修订再版。

《白杨礼赞》：茅盾著，桂林柔草社 1943 年 2 月编辑发行，为"柔草社创作新集"之一。封面版式简洁，大号印刷体书名横排。内收有茅盾的《自序》，以及由"黄昏""电雨前""风景谈"和"白杨礼赞"等 4 辑构成的 18 篇作品。该书封三附印有"柔草社新书"出版插页广告。1946 年 5 月，上海新新出版社重新设计封面再版发行。

《诺尔曼·白求恩断片》：周而复作，江淮出版社 1944 年 11 月出版。封面均衡编排，左侧竖排黑底图形中加入白色美术体书名，右侧下角加入红色木刻图案。扉页有毛泽东《学习白求恩》中的一段文字。内收有由 9 个章节构成的报告文学《诺尔曼·白求恩片断——纪念他逝世五周年》。1945 年前后，八路军联防政治部，华中、华东新华书店总店等先后重新设计封面再版发行。

《时事参考材料》：伯人编，晋察冀边区教育阵地社 1945 年 12 月出版，为"群众读物"之一。封面整幅黑白木刻直观版画构图，居中白底垂直图形中加入黑色美术体书名。内收有冯宿海的《〈群众读物〉发刊词》，晋察冀边区行政委员会编审委员会的《前面的几句话》，以及由"眼前这个战争，到底是怎样回事""我们有力量有决心打垮国民党反动派的武装进攻""谁是中国人民最忠实的朋友"和"全心全意的支援前线"等 4 个篇章构成的"时事类"作品。

《抗战期中大后方人民的生活》：伯人编，晋察冀边区教育阵地社 1945 年12 月出版，为"群众读物"之一。封面整幅黑白木刻直观版画构图，居中白底垂直图形中加入黑色美术体书名。内收有由"工人苦力活不了"、"农民的惨象"、"当兵苦"、"学生苦痛多"和"公务员的生活"等 8 个篇章构成的"时事类"作品。1946 年 10 月以后，哈尔滨政府教育局、中联文化教育出版社等，分别重新设计封面修订重版。

《刘志丹的故事》：董均伦编，华中新华书店 1946 年 9 月初版，为"大众文库"之一。封面水平编排，构图简洁，上部加入棕红印刷体书名。内收有《刘志丹永宁闹革命》《刘志丹来了》《夜袭》《蓝田的失败》和《刘志丹和小鬼》等 12 篇故事。在《序言》中，柯仲平称，本书"算得人民文艺宝库中的一册"。① 1946 年 10 月以后，大连大众书店、东北书店、晋鲁豫书店、晋察冀新华书店、西北新华书店、山东新华书店、华东新华书店、苏北新华书店、天下出版社等，分别重新设计封面并先后出版。

《张瑞办合作社》：张明著，晋察冀边区教育阵地社 1946 年 5 月出版，为"群众读物"之一。封面水平编排，上部红色印刷体书名，中下部红黑圆形图案中加入黑白木刻人物肖像。内收有由"鬼子没办法""抗日又赚钱的合作社""真是好办法""改造大烟鬼""总司令部"和"当了英雄"6 个篇章构成的故事作品《张瑞办合作社》。1945 年前后，齐齐哈尔市政府教育科曾编印出版。

《阎荣堂九死一生》：邵子南著，山东新华书店 1947 年 1 月出版，为"大众文库"之一。封面采用其丛书统一版式，黑色美术体书名居上。内收有长篇故事《阎荣堂九死一生》，以及附录的"大众文库"出版书目插页广告。

《写话教学法》：平生著，山东新华书店 1947 年 7 月出版，为"大众文

①　董均伦编：《刘志丹的故事·序言》，大众书店 1946 年版，第 1 页。

库"之一。封面构图为纵横版面编排，书名为红色美术体。内收有由"什么叫写话""写话教学的基本精神""写话教学的效率""写话教学的步骤"和"写话与大众化及工农干部学习问题"等5个章节组成的《写话教学法》。在《后记》中，作者说明这种"写话"的方法及其实践，虽然已经被自发地运用，但还没有人"提出'写话'的名称，也没有人好好总结过经验"等。因此，本书"这样较有系统的写出，还是尝试"。① 现存的版本有冀鲁豫书店1947年10月版，中原新华书店1949年2月版，新华书店1949年9月版等。

《阿洛夫医生》：方纪著，冀中新华书店1947年7月出版。封面对称编排，黑底垂直图形中加入白色美术体书名，扉页印有李富春的题词："阿洛夫同志在医学上的功绩，是我们八路军新四军医务工作的新方向！"内收有《欢迎阿洛夫医生》《两段不同的医学思想》《动静疗法》和《在外科手术室里》等10篇报道作品，以及作者的《后记》。1948年2月，山东新华书店总店重新设计封面并列入"新华小文库"再版发行，同年7月三版。

《战斗模范袁大勋自传》：袁大勋著，山东新华书店1947年11月出版，为"战时小丛书"之一。封面水平编排，中上方为棕红木刻人物肖像，下方双行绿色美术体书名横排。内收有编者的《介绍〈战斗模范袁大勋自传〉》，作者的《战斗模范袁大勋自传——从苦难里走到革命大道上来》，以及《袁大勋自传给我们的启示》等。华东新华书店1948年11月翻印出版。

《大时代的插曲——敌后抗战故事》：白刃著，东北书店1948年9月出版，同年12月再版。封面均衡编排，整幅蓝白木刻解说版式中，左侧蓝色大号美术体书名竖排。内收有《大战平型关》《迎接"皇军"》《第一个日本俘虏》《找炮呀！》《共产党员真是硬骨头》《"斗牛"》和《列车上的英雄》等19篇作品，以及作者的《前记》。1950年4月，新华书店华东总分店重新设计封面修订再版，同年12月三版。

《人民的军队》：王向立著，光华书店1948年11月初版。封面水平编排，上方红色印刷体书名，下边红色装饰图形。内收有《旅长在火线上》、《三只金

---

① 平生：《写话教学法·后记》，山东新华书店1947年版，第67页。

牙》、《班长王玉》和《王治国——勇敢的新战士》等 25 篇作品。在《前言》中，作者称"这个小册子里的，是我在抗日战争期间，在陕甘宁、晋西北、晋察冀、晋东南各个抗日根据地所写的通讯报告"。①

《红旗》：刘白羽著，东北书店 1949 年 4 月初版，为"文艺战线创作丛书"之一，封面为其丛书同一版式，左侧上部红色手书体书名。内收有《战火纷飞》、《血缘》、《回家》和《红旗》4 篇作品，以及扉页的黑白木刻解说版画。

《歼灭》：周而复著，上海群益出版社 1949 年 12 月出版，为"群益文艺丛书"之一。封面红黑框线版式构图，水平编排，上方绿色美术体书名，中下插入红色木刻奔鹿图案。全书由上、下辑组成，包括《黄土岭的夕暮》《开荒曲》和《侵略者的最后》，以及《难忘的纪念》、《父亲》和《我怀念南京》等 24 篇散文作品。在《后记》中，作者称，本书收录的作品，也是"对过去告别之后的一个小小纪念罢了"。② 封三附印有上海群益出版社"群益文艺丛书"出版书目插页广告。

7. 艺术别集

《狼牙山五壮士》：华山文、彦涵木刻，东北书店 1946 年 7 月初版；东北画报社 1947 年 12 月再版，1948 年 4 月三版，为"东北画报丛刊"之一。再版封面均衡编排，整版黑白木刻狼牙山图案版式，左侧红色美术体书名竖排。内收有摘自《晋察冀画报》的《狼牙山五壮士的故事》，华山的由"团长的命令"、"陀上的天线"到"不死的战士"等 16 个篇章构成的故事作品，以及彦涵的 16 幅大幅黑白木刻作品插画等。三版书后附印有东北画报社"本社新书欢迎购阅"的图书出版插页广告。2001 年 7 月，黑龙江美术出版社重新设计封面修订出版。

《民兵的故事》：彦涵作，东北画报社 1946 年 10 月编辑出版（石印本），为"东北画报丛刊"之一。封面水平编排，上方红色美术体书名，中下部整幅黑白木刻解说图像。内收有《花姑娘》、《青抗先马福才》和《围困"王八窝"》3 篇连环画故事，以及 49 幅木刻作品插画和朱丹的《代序》。1948 年 5 月，东北画报社重新设计封面再版发行。2001 年 7 月，黑龙江美术出版社重

① 王向立：《人民的军队·前言》，光华书店 1948 年版，第 1 页。
② 周而复：《歼灭·后记》，上海群益出版社 1949 年版，第 173 页。

新设计封面修订重版。

《李有才板话》：赵树理著，朱丹插图，东北画报社 1946 年 11 月初版（石印本），1947 年 1 月再版，为"东北画报丛刊"之一。封面构图直观，整幅暖色木刻版画版式中，上方横排黑色美术体书名。内收有《郭沫若论解放区创作》，周扬的《论赵树理的创作》和李大章的《介绍〈李有才板话〉》3 篇论文，以及赵树理的小说《李有才板话》和朱丹的 13 幅木刻插画。书中附有东北画报社的新书出版插页广告。

《黑土子的故事》：沃渣作，东北画报社 1946 年 11 月编辑出版（石印本），翌年 12 月再版，为"东北画报丛刊"之一。封面均衡编排，上部大幅黑白木刻直观图像，左侧下部黑色美术体书名竖排。内收有长篇黑白木刻连环画《黑土子的故事》，以及 72 幅黑白木刻连环插画。在《前言》中，作者称，"这本连环画，是一九四四年十月中旬开始刻的，到一九四五年年初完成。这故事出在老解放区晋察冀北岳区一个小村庄"等。①

《八路军到新解放区》：张望作，东北书店 1947 年 4 月编辑出版，翌年 10 月三版，为"鲁艺创作丛书"之一。封面水平编排，上下棕红装饰图形映对，黑色美术体书名居上，左下方棕白木刻解说图像。内收有《八路军来了》《护送》《拾物不昧》和《房东最后明白了》4 篇木刻连环画故事，以及 21 幅黑白木刻连环插画。在书前的《小引》中，作者称，这 4 篇作品中，最后一篇"绘成较早"，而"其余三篇材料是根据晋察冀日报副刊万力同志的报道所画"等。② 1947 年后，大连大众书店、中原新华书店等先后翻印出版。

《祖国大合唱（简谱本）》：马思聪作曲，金帆作词，香港前进书局 1948 年 4 月初版，同年 5 月再版。封面均衡编排，左上方黑色美术体书名，中右侧加入整幅套色木刻解说漫画。内收有男高音独唱·合唱《美丽的祖国》，男高音独唱《忍辱》，合唱《奋斗》和男高音独唱·合唱《乐园》4 首歌曲。封三附录有"前进书局本版新书"等插页广告。

《没有土地的人们》：蔡若虹画，太岳新华书店 1948 年 7 月翻印出版。封

---

① 沃渣：《黑土子的故事·前言》，东北画报社 1946 年版，第 1 页。
② 张望：《八路军到新解放区·小引》，东北书店 1947 年版，第 1 页。

面水平编排，上下深蓝底色装饰图形相对，白色美术体书名居上，下部加入大幅黑白木刻解说版画。内收有由"没有土地的人们"、"苦从何来"和"心里的疙瘩解开了"3辑构成的26幅黑白漫画连环画作品。

《古元木刻选集》：古元作，东北画报社1949年4月出版，为"东北画报社版画丛书"之一。封面水平编排，上部加入棕色手书体书名，下部居中为古元木刻版画《减租会》插画。内收有《和荒旱斗争》《菜园》《秋收》《炸地堡》《舍身炸坦克》《人桥》《挑水》和《减租会》等28幅套色和黑白木刻版画，以及编者的《前言》。1952年9月，北京人民美术出版社增订出版，同年11月再版。

《彦涵木刻选集》：彦涵作，东北画报社1949年4月出版，为"东北画报社版画丛书"之一。封面水平编排，上部棕色手书体书名，下部居中加入古元木刻版画《当敌人搜山的时候》。内收有《抬担架》《把她们隐藏起来》《侦察员》《屠杀》《当敌人搜山的时候》《不让敌人抢走粮食》《八路军来了》和《慰问》等20幅套色和黑白木刻版画，以及编者的《前言》。1954年3月，北京人民美术出版社增订出版，同年9月再版。

《江南进行曲》：香港中国音乐出版公司1949年6月初版，同年11月再版，为"解放歌选"之一。封面均衡编排，中上部为红色木刻人物图像，下部红底腰封图形中加入白色美术体书名。内收有《奋勇前进》《约法八章》《红旗曲》《划呀！下江南》《渡长江》《突击船歌》《解放江南进行曲》《鸡冠花》《欢迎解放军》《庆祝胜利》和《全国胜利进一杯》等33首歌曲。封三附有香港中国音乐出版公司、前进书局的新书出版插页广告。

《秦腔音乐》：中国民间文艺研究会编，安波记录整理，上海海燕书店1950年12月初版，为"民间音乐丛书"之一。封面水平编排，上部深蓝底色图形中加入戏剧人物图案，下部为深蓝美术体书名。内收有作者撰写于1945年9月的《前言》，以及由"概述""铜器""曲牌""慢板""二六""带板""二倒板""尖板""滚白""板歌""腔""生旦净丑的比较"和"总唱例"等13章构成的《秦腔音乐》，以及《主要唱例一览》和《各种腔一览》等。在《后记》中，安波说明了这部自己在陕甘宁边区民众剧团创作，并完成于抗战胜利后的书稿，历经波折重获新生的过程，自认为"这个本子既不能看做是秦腔的教科书，又不能看做是精心研究的结果，而只能看做是材料的系统整理"等。①

二　延安文艺别集的编排方法

从延安文艺别集的编排方法来看，一般也大概可分为两种编排方法。这包括以下两种。一是以文体类型分类，将别集所收录的不同文体类型作品分类编排。这种编排方法不仅能够使整部别集在内容上显得文类清晰，结构明了清楚，同时也能够适应不同读者的阅读需要，并满足同一读者的即时审美习惯。二是以作者的创作时间为序，将别集所收录的不同文体类型作品按时间先后编排。这种编排方法除了能够使读者从中感受一个作家的创作经历及其审美风格的演变外，也让读者通过某个作家作品主题思想及其美学趣味的变化，把握并理解文学发展及其与社会历史和文化背景的紧密关系。

自然，在延安文艺别集中，实际上有些也是兼顾了以上两种编排方法的，还有些则是为保持别集各个部分作品的原貌，采用了分辑不变的编排方法编辑新别集。

（一）按文体类型编排

《保卫祖国》：中国文艺社主编，冼星海著，独立出版社 1939 年 8 月初版，为"抗战文艺丛书"之一。封面水平编排，上部黑色框线与绿白木刻装饰图形中，黑色美术体书名居中。内收有《保卫祖国》、《国防军歌》、《救国军歌》、《救国进行曲》和《战歌》等 55 首抗战歌曲。

《小英雄》：许幸之著，上海光明书店 1939 年 11 月出版，翌年 4 月再版，为"光明戏剧丛书"之一。封面水平编排，整幅装饰图案版式构图，上部红底图案中加入白色美术体书名。内收有舒湮的《"光明戏剧丛书"总序》，作者的《序》、《七夕》（又名《大板井》）、《小英雄》、《最后一课》和《古庙钟声》4 部儿童戏剧作品，以及附录的《论抗战中的儿童戏剧》一文。

---

① 安波：《秦腔音乐·编后》，上海海燕书店 1950 年版，第 228 页。

　　《他死在第二次》：艾青著，上海杂志公司 1939 年 11 月初版，为"每月文库"之一。初版封面对称编排，左侧黑色手书体书名竖排，右侧彩色装饰图形上方加入红色篆刻丛书图案。内收有《吹号者》《出发》《车过武胜关》《除夕》《街》《梦》《纵火》和《他死在第二次》8 首诗歌作品，以及郑伯奇的《每月文库总序》。封三附印有上海杂志公司的"每月文库"图书出版插页广告。1946 年 5 月，上海杂志公司重新设计封面重版，1949 年 11 月三版。

　　《海的彼岸》：舒群著，重庆烽火社 1940 年 9 月初版，为"烽火小丛书"之一。封面水平编排，上方为红色印刷体书名，中下插入方形黑白木刻直观图像。内收有《手铐》《松花江的支流》《婴儿》《夜景》《渔家》《祖国的伤痕》《画家》《一位工程师的第一次工程》《谎》和《海的彼岸》等 10 篇作品。

　　《反法西斯》：艾青著，陕甘宁边区华北书店 1943 年 12 月出版；读书出版社 1946 年 4 月初版。读书社初版封面绿白几何图形版式，黑底横条交织构图，上部黑色美术体书名。全书由"中国人民的歌""希特勒主义"和"敬礼啊——苏维埃联邦"3 辑组成，包括《反侵略》《忏悔吧，周作人》《通缉令》《三国公约》《希特勒》《新的伊甸》《人造雨》和《圆碟犁》等 27 首诗歌，以及作者的《后记》。1947 年 1 月，读书出版社重新设计封面再版发行。

　　《保卫山东的英雄们》：八路军联防政治部 1944 年 10 月编辑出版，[①] 为"战士小丛书"之一。封面均衡编排，左侧框线图形中竖排美术体书名，右侧上方插入木刻图案。全书由"英雄们的事迹"和"模范连队和战斗英雄"两辑组成，包括《粉碎敌人海陆空的联合进攻》、《壮烈的马鞍山保卫战》、《一一五师模范连》、《朱德射击手侯殿经》和《突围中的三勇士》等 19 篇通讯报道，以及署名"联防军政治部宣传部"的《前言》。

　　《第十三粒子弹》：周而复著，重庆世界编译所 1945 年 9 月出版，木刻家陈烟桥封面设计装帧。内收有《春荒》《山》《雪地》《第十三粒子弹》《村选》《一个日本女性塑像》《夜袭》和《模范班长》8 篇小说作品，以及作者

---

　　① 有人认为本书为白刃著，参见穆敏编《山东抗日根据地的文化》，中共党史出版社 2005 年版，第 112 页。

的《后记》。1946 年 4 月，上海华夏书店重新设计封面并改书名为"春荒"再版发行。

《眼睛亮了》：晋察冀边区行政委员会编审委员会编，何迟著，晋察冀边区教育阵地出版社 1946 年 1 月出版，为"群众读物"之一。封面水平编排，上部大号美术体书名，居中插入木刻农民肖像版画。内收有何迟作的独幕八场喜剧《眼睛亮了》，以及小型喜剧《赶路相遇》。1946 年 8 月，东北书店、大连大众书店等重新设计封面先后出版发行。

《活捉小魔王——新思想自然科学通俗讲话》：高士其著，上海读书出版社 1946 年 6 月初版，翌年 5 月三版。封面对称编排，左右两侧绿蓝底色垂直装饰图形映对，右侧白色美术体书名双行竖排。内收有《散花的仙子》、《霍乱先生的访问》、《伤寒先生的傀儡戏》和《都市的危机》等 34 篇科普小品。1950 年 5 月，生活·读书·新知三联书店重新设计封面与副标题修订再版。

《神兵》：中华全国文协山东分会编辑，贾霁著，山东新华书店 1946 年 9 月初版，为"抗战文艺选集剧选"之一。封面水平编排，上下加入蓝色图形与多色装饰图案，上部居中加入红色美术体书名。内收有《咱们都有了枪》、《第一炮》、《神兵》、《吃地雷》和《向前进攻》5 部独幕剧本。在《序》及《后记》中作者称，抗战胜利后，"终于，我带着一颗不安的心，顺着年月的序列，把一些速写的素描的断片残篇，汇印起来"，"也权以纪念我自己在英雄形象感应之下而从事努力本分工作的一点记忆吧"。[1] 1947 年 10 月，东北书店重新设计封面出版发行。

《高原短曲》：周而复著，海洋书屋 1947 年 6 月初版，上海生活·读书·新知联合书店发行所 1948 年 8 月重版，为"北方文丛"之一。封面采用其丛书相同风格版式，整幅陕北木刻版画构图中插入横排棕红印刷体书名。内收有《开荒篇》《播种篇》《秋收篇》《警犬班长》《麦秋的季节》《微笑》和《礼物》7 篇作品，以及作者的《后记》。书后附印有"北方文丛"图书出版插页广告及木刻插图等。1951 年 6 月，上海晨光出版公司重新设计封面，删

---

[1] 贾霁：《神兵·序》，东北书店 1947 年版，第 2 页。

去《礼物》篇，并列入"晨光文学丛书"修订再版。

《结合》：晋驼著，海燕书店 1947 年 6 月初版，1949 年 10 月再版，为胡风主编的"七月文丛"之一。封面水平编排，木刻家"古元仿剪纸木刻作封面"，[①] 上方草绿图形中加入黑白木刻直观图像，居中插入黑色美术体书名等文字。内收有《我爱骆驼》《蒸溜》《生长》《结合》《李校长》《尉迟先生底苦闷》和《两条路》等 7 篇小说散文作品，以及多幅木刻版画。1951 年 11月，上海新文艺出版社重新设计封面，增加作者《自序》并删去《我爱骆驼》篇修订出版。

《受苦人翻身大联唱》：冀察热辽文艺工作团第一团编，骆文词，程云曲，东北书店 1947 年 8 月出版，为"音乐丛书"之一。封面水平编排，整版大红色调版式中，上部加入白色美术体书名，中下部加入黑色凤凰剪纸图案。内收有《盼望共产党》《穷根在哪里》《告状的人》《清算大斗争》《不让地主发疯》《量斗歌》和《强盛的自卫队》7 首齐唱、合唱及男女对唱歌曲，以及其歌曲演唱的"说白"等。

《卜掌村演义》：李季著，渤海新华书店 1947 年 9 月初版，为"大众丛书"之一。封面采用其丛书相同版式，上部黑色印刷体书名，下部金色木刻人物直观图像。内收有由"骗百姓编造鬼神""揭诡计英雄学医"和"露马脚神官丢脸"等 6 个章回构成的新编说书《卜掌村演义》。1947 年 9 月以后，华北新华书店、东北书店、冀南新华书店、太岳新华书店，以及新华书店山东总分店、北京人民出版社等，分别重新设计封面并先后再版发行。

《温象拴》：力克著，晋绥边区吕梁文化教育出版社 1947 年出版，为"七七七"文艺奖金获奖作品绘画类丙等奖之一，木刻彩印小开本。封面均衡编排，左侧红底图形中白色手书体书名竖排，右侧居中黑白木刻人物肖像版画。内收有由 16 个段落构成的人物故事《温象拴》，以及 16 幅套色彩木刻连环插画作品。

《纪利子》：吕琳著，晋绥军区政治部 1948 年 4 月编辑出版。封面整幅木刻

---

① 晋驼：《结合》，海燕书店 1947 年版，扉页。

装饰图案版式，均衡编排，上方红色手书体书名，左下角黑白木刻《纪利子》插画。内收有由 30 个诗节构成的叙事歌谣《纪利子》，以及 30 幅黑白木刻连环插画。1949 年 10 月，第一野战军政治部战斗剧社重新设计封面再版发行。

《半湾镰刀》：董均伦作，夏风画，大连大众书店 1948 年 7 月出版，为"大众通俗丛书"之一。封面对称编排，中上部棕色直观剪纸图案，下部红底图形中加入白色美术体书名。内收有《狼》《元宝》《觅汉和少掌柜》《鬼》和《穷神》等 11 篇故事作品，以及书前阿英撰写的《小叙》和夏风的 11 幅木刻插图。1948 年 8 月、9 月，香港新民主出版社、东北书店先后重新设计封面并改为沃渣插画出版发行，同年 11 年再版；大连新华书店 1949 年 8 月翻印大众版再版发行。

《刘志丹》：董均伦作，古元插画，东北书店 1948 年 9 月初版。封面水平编排，上方红色美术体书名，中下部插入古元的大幅黑白木刻版画。内收有董均伦的《刘志丹永宁闹革命》《刘志丹来了》和《夜袭》等 12 篇故事，古元的 12 幅黑白木刻作品插画，以及书前柯仲平的《序言》。

《东方红》：华中大学文艺研究会编选，华中新华书店五分店 1949 年 4 月初版。封面均衡编排，整体绿色调木刻版式上，右上方加入红色美术体书名，左下角加入红色齿轮、锤子、镰刀版画图案。全书由"歌颂""战斗""生产"和"学习"4 辑组成，包括《跟着共产党走》《东方的太阳》《东方红》《跟着毛泽东》和《解放区人民之歌》等 34 首歌曲。在《编后记》中，作者称，"音乐对我们的作用，不但是给以鼓舞，而且把我们的意志组织起来。演剧须有时间、地点等条件的限制，音乐则不论在白天、黑夜、工厂、田庄，大街小巷，随时可以演唱"等。[1]

《传家宝》：赵树理著，天下图书公司 1949 年 8 月出版发行，1950 年 10 月五版，为"大众文艺丛书"之一。封面水平编排，构图直观。上部居中加入红色印刷体书名等，下部为大幅黑白直观图像，扉页印有叶浅予的速写画《赵树理在文代会筹委会上》。内收有《传家宝》《田寡妇看瓜》和《孟祥英翻身》3

---

① 华中大学文艺研究会编选：《东方红·编后记》，华中新华书店五分店 1949 年版，第 44 页。

篇作品，以及附录杨俊的《我所看到的赵树理》一文。封底印有"大众文艺丛书"出版广告。同年，冀南新华书店、苏南新华书店、东北新华书店分别翻印出版；上海新华书店1950年出版。

《党费证》：革飞著，太岳新华书店1949年出版。封面水平编排，上方红色大号印刷体书名，中下部黑白木刻战士图像。内收有《党费证》《空枪计》和《至死不屈》3篇说唱作品。

《小孩与时间》：肖贲著，东北新华书店1949年出版，为"儿童丛书"之一。封面水平编排，方框装饰图案构图，蓝底图形中加入棕红美术体书名。内收有童话歌舞表演剧《小孩与时间》，以及《工农儿童之歌》等剧目曲谱和作者的《一点说明》等。山东新华书店1950年翻印出版。

《一二九师与晋冀鲁豫边区》：丁玲著，新华书店1950年7月出版，为"敌后抗日根据地介绍"文集。封面均衡编排，上下彩色框线图形水平映对，右上方棕白木刻版画图案，左下方金色美术体书名双行横排。内收有丁玲的《序》，以及《初建奇功》《发轫在太行山上》和《打破敌人的"囚笼政策"》等11篇文章，以及《晋冀豫抗日根据地形势图》和《冀鲁豫抗日根据地形势图》。

《新歌剧论文集》：张庚著，中央戏剧学院教务处1951年5月编印，为"教材汇编"之一。封面水平编排，上下边红白框线装饰图形，上部红色印刷体书名。内收有《谈地方戏与新歌剧的关系（代序）》《新歌剧——从秧歌剧的基础上提高一步（订正稿)》《秧歌剧三序》《介绍秧歌剧》《鲁艺工作团对于秧歌的一些经验》《论民间旧秧歌》和《开展群众文艺运动新与旧的斗争》等7篇论文，以及附录的张水华《秧歌剧的技术》一文。

（二）按创作时间编排

《横渡》：罗烽著，商务印书馆1940年8月初版，为"大时代文艺丛书"之一。封面水平编排，上下装饰线条构图，上方美术体书名横排。内收有《五分钟》《天灵盖及其他》《重逢》《左医生之死》《三百零七个和一个》《荒村》《绝命书》《梦和外套》《没有遗嘱的人》《累犯》《残废人》《娄德嘉兄弟》《横渡》《万大华》和《一条军裤》等15篇小说。

《我在霞村的时候》：丁玲著，远方书店1944年3月初版，1946年4月新知书店再版，为"七月文丛"之一。再版封面对称编排，左侧红底白色美术体书名与作者署名竖排，中右侧为整版木刻人物图像。内收有《新的信念》《县长家庭》《入伍》《我在霞村的时候》《秋收的一天》《压碎的心》和《夜》7篇作品。1948年4月，光华书店重新设计封面翻印出版；1950年1月，生活·读书·新知三联书店重新设计封面，调整各篇顺序并增加《一颗未出膛的枪弹》和《校后记》修订出版。

《春荒》：周而复著，上海华夏书店1946年4月初版。封面均衡编排，左上角为红色美术体横排书名，右下角插入棕红木刻解说人物图像。内收有《春荒》《山》《雪地》《第十三粒子弹》《村选》《一个日本女性塑像》《夜袭》和《模范班长》等8篇作品。在《后记》中，作者称，"我怀着感激的心情，谨将这本小册子，献给萧克将军"等。①

《东北横断面》：周而复著，今日出版社1946年12月出版。封面大红色调版式，均衡编排，右上方白色美术体书名，左侧下角白色木刻高粱图案。内收有《执行小组初到沈阳》《开元四日》《抚顺——煤的都城》《进入解放区》《农村的早晨》和《本溪湖的铁山和远东第一大煤矿》等21篇报告文学作品，以及作品前附印的林彪、彭真、周保中、吕正操、李立三等36人的摄影照片。

《患难余生记》：邹韬奋著，韬奋出版社1946年5月初版，同年10月再版。封面整幅木刻图案版式，水平编排，红色手书体书名居中。内收有由"流亡"、"离渝前的政治形势"和"进步文化的遭难"3个篇章构成的《患难余生记》，以及附录的《韬奋先生事略》。1947年6月前后，山东、胶东、太岳新华书店、新华书店晋察冀分店、辽东建国书社、东北书店等，分别重新设计封面并先后修订出版。

《金英》：刘白羽著，重庆东方书社1944年3月初版，为"东方文艺丛书"之一。封面均衡编排，左上方红色美术体书名，右下方黑白木刻解说图像。内收有《黄河上》《小骑兵》《喜子》《金英》《枪》《窨》和《在艰辛里

---

① 周而复：《春荒·后记》，上海华夏书店1946年版，第144页。

生长》7 篇小说作品，以及作者的《后记》。

《茅山下》：邱东平遗著，高斯木刻插图，韬奋书店 1945 年 12 月初版。封面水平编排，上下不同底色图形映对，上方大号红色美术体书名，下方插入黑白木刻直观图像，扉页作者黑白木刻遗像。内收有冰山的《序》，以及《把三八式枪夺过来》《王凌岗的小战斗》《逃出了顽固分子的毒手》《友军的营长》《两个靖江青年》《溧武路上的故事》和《茅山下》7 篇作品。

《幸福》：仓夷遗著，晋察冀新华书店 1947 年 8 月出版。封面对称编排，左侧棕底图形中加入白色手书体书名，右侧居中为红色五星绶带图案。内收有周扬的《前记》，作者的《写在〈幸福〉前面》，以及《幸福》《反"扫荡"断片》《无住地带》《边界上》《李雨》《爆炸英雄李勇》和《小女工》7 篇作品。1948 年 11 月，东北书店重新设计封面翻印出版；1950 年 5 月，新华书店华东总分店重新设计封面出版，同年 11 月再版。

《今天》：草明著，光华书店 1947 年 11 月初版。封面均衡编排，左上角白色美术体书名，右下角黑白木刻解说图像。内收有《"我们为了他"》《无名女英雄》《粮秣员同志》《史永平是怎样复仇的》《解放了的"虎列拉"》《今天》《新夫妇》《遗失的笑》《血海深仇》《南温泉的疯子》和《陈念慈》11 篇小说作品，以及作者的《后记》。

《北方》：陆地著，光华书店 1947 年 12 月出版。封面均衡编排，上边金绿框线装饰，下边金绿木刻直观图案，右侧上方红色美术体书名。内收有《一个游击队员》《老马头》《最后的夜晚》《叶红》《在抚顺煤矿的日子》《家乡》《钱》和《大家庭》8 篇小说作品，以及作者的《序言》。作者称，本集中"头一篇是五年前发表于延安《解放日报》，以下七篇都是这两年来在东北的写作"等。[①]

《陕北风光》：丁玲著，东北书店 1948 年 11 月初版，为"文学战线创作丛书"之一。封面采用其丛书相同版式，左上方黑色手书体书名。内收有《三日杂记》《袁广发》《民间艺人李卜》《记砖窑湾骡马大会》《田保霖》《二十把板斧》和《十八个》7 篇作品。1950 年 6 月，新华书店采用古元的彩色木

---

① 陆地：《北方·序言》，光华书店 1947 年版，第 1 页。

刻版画《延安宝塔山》，重新设计封面，增加作者《校后记所感》和多幅陕北摄影照片修订出版。

《为民主自由而战》：荒草作词，贺绿汀等作曲，哈尔滨光华书店 1948 年 11 月出版。封面均衡编排，左侧下方红色印刷体书名双行横排，右上方棕白木刻工农兵直观图像。全书由"为民主自由而战""歌唱人民解放军""生活小唱"和"演唱" 4 辑组成，包括《唱毛主席朱总司令》《争取民主》和《扫除法西斯》等 24 首（篇）歌曲及演唱剧作品。在《前言》中，作者荒草称，"这些歌曲……有的是八年抗战期间写的，大部分是在两年来的人民解放战争期间写的"等。①

《丁玲文集》：丁玲著，上海春明书店 1949 年 3 月初版，为"现代作家文丛"之一。封面水平编排，传统装饰图案版式，上方为大号黑色印刷体书名。内收有《梦珂》《莎菲女士的日记》《水》《新的信念》《入伍》《我在霞村的时候》和《夜》等 7 篇作品，以及中华全国文艺协会的《关于刊行现代作家文丛》和作者的《后记》。

《赵树理小说选集》：赵树理著，华中新华书店 1949 年 4 月初版。封面垂直编排，构图直观，左侧竖排棕红印刷体书名，右侧上方插入棕白木刻作者肖像。内收有《小二黑结婚》《李有才板话》《孟祥英翻身》《福贵》《地板》《小经理》《邪不压正》和《李家庄的变迁》8 篇小说作品，以及扉页的黑白木刻作者肖像版画。

《光明照耀着沈阳》：刘白羽著，新华书店 1949 年 5 月出版，翌年 2 月再版，为"中国人民文艺丛书"之一。封面采用其丛书相同版式，黑色印刷体书名居上。内收有《英雄的四平保卫战》《人民与战争》《为祖国而战》《将胡匪消灭在大森林里》《南满归来》《光明照耀着沈阳》和《红旗》7 篇散文作品。1949 年 9 月，新华书店重新设计封面再版发行，同年 11 月二版及香港新民主出版社翻印出版。

《北望楼杂文》：周而复著，上海文化工作社 1949 年 10 月发行，为"工

---

① 荒草等：《为民主自由而战·前言》，光华书店 1948 年版，第 1 页。

作文丛"之一。封面均衡编排，框线构图，左侧棕红图形中加入白色美术体书名，右侧下方小幅棕红木刻直观插图。内收有《文人相轻》《谈选家》《卖老》《"捐班"与"科甲出身"》《林语堂的新花样》《新诗的路子》《小文章》《屈原及其作品》《译名》和《周作人抄书》等51篇杂文作品，以及作者的《后记》。

　　《咱们的老高》：柯蓝著，上海群育出版社1949年11月初版，为"通俗文艺丛书"之一。封面水平编排，棕色框线构图，黑色美术体书名居上，下方圆形装饰版画图案。内收有《咱们的老高（附：高岗同志来信一件）》《常大郎吃元宝》《五灵子》《狐狸偷蜜糖》《黄羊上当》《鸟王做寿》《陈大意娶妻》《贼娃子偷粪》《鬼拖腰带》《千里眼老二》《铁公鸡》《夫妻恩爱》《万有和万能分家》《老蔓菁偷麦》和《乌鸦告状》等15篇民间故事，以及作者的序文。作者称："这里收集的十五个民间故事和传说，是一九四二年毛主席在延安文艺界座谈会讲话后，我在陕北农村收集的民间故事的一部分"等①。

　　《欢呼集》：艾青著，新华书店1950年12月初版。封面水平编排，居中金色垂直装饰图形上方加入棕红美术体书名。内收有《人民的狂欢节》《人民的城》《欢呼》《国族》《保卫和平》《献给斯大林》《我在和平呼吁书上签名》《可耻的旅行》和《亚细亚人，起来》9首诗歌作品。

　　《生产建设》（秧歌剧集）：陆石著，人民出版社1951年1月初版。封面水平编排，上方为红色印刷体书名，居中淡蓝方框图形中插入木刻版画图案。内收有柯仲平的《序》，以及《动员起来》、《赶猪——王德明拥政爱民》和《生产建设》3部剧作及各剧目曲谱。在《后记》中，作者称，"这些剧本，都是配合部队任务，在部队首长的指示下集体创作的，演出中又接受干部战士的意见不断修改，乃成现本"等②。

---

　　①　柯蓝：《咱们的老高·序》，上海群育出版社1949年版，第1页。
　　②　陆石：《生产建设（秧歌剧集）·后记》，人民出版社1951年版，第123页。

第三节 "风流殊别"：延安文艺别集的史料价值

在延安文艺史料及其类型研究中，别集是汇集一位作家多种文类作品而成的书籍。其中，所收录的一般为作家的诗歌、小说及戏剧作品，以及文论批评文章等。因此，作家别集不仅文类较为齐全或体裁较为丰富，而且有的甚至为作者的全部著作。所以，在文艺史料类型方面，延安文艺别集除了本身就是一种便于收集及考察某一作家的文艺创作活动，以及研究其生平经历及其作品价值意义最直接和最主要的资料之外，也是研究延安文艺运动及其文献搜集与史料整理的重要来源，并且对保存延安文艺文献史料发挥着多个层面的重要作用。其中，主要值得注意的有以下几个方面。

一 能够提供某位作家现存的全部或部分作品及其研究资料

在延安文艺研究中，如果要历史地考察某个阶段的文艺运动及其创作成绩，包括探讨一位作家在当时的文艺运动及其创作活动中的成就或地位，自然就必须从这个阶段所涌现及活跃的作家作品等资料出发，并以其作为重要的文艺研究对象及阐释评判的问题中心，发现并探讨其历史发展演变的轨迹及其美学特征，由此得出中肯、科学的学术结论与历史评价。所以，在延安文艺别集中，就能够为研究某位延安作家提供现存的全部或者部分的作品资料，以及相关的文艺运动及其创作背景历史文献和史料。特别是在这些编辑出版于不同历史阶段与文化政治地域的延安文艺别集中，不仅保存着某个作家较为全面或较早的初刊本或初版本作品文本，以及"序言"或"后记"和许多的插图、绘画等珍贵的"副文本"文献资料，同时还能够从其中所附载的出版广告及编辑出版信息等相关资料中，发现延安文艺研究及 20 世纪中国文学研究的相关文献史料和搜寻线索等。

例如抗战胜利后在东北"解放区"影响广泛的一部章回体长篇小说《国事痛》，就是时任辽北《胜利报》社长的许立群署名"杨耳"以及和仲纯、吴梅等合作撰写的一部配合当时社会和军事斗争的政治小说。作者根据当时新华社发布的最新电讯等资料，以章回小说形式并通过在《胜利报》上的连载，来配合对蒋介石政府及其反动派压制民主、发动内战等罪恶阴谋的揭露。据作者称，当时的东北天冷屋寒，自来水笔常会被冻住，他就用嘴呵一呵，再接着写。有时报务员换不了班，他就戴上耳机抄收新闻，然后再进行改写并讲述出来。后来，这部小说首先是以《国事论》的书名在辽北结集出版。随后又在1946年12月被更名为《国事痛》，并以"杨耳等"笔名、配以张望的6幅木刻漫画插图，由东北书店出版发行。

为此，东北书店还在《东北日报》进行反复的报道推荐，并提出"爱国同胞，人人必读：通俗时事小说《国事痛》——八一五以来民主与独裁斗争史"等宣传口号。甚至在同年的11月12日，中共中央东北局宣传部曾专门发出公告，对这部政治小说做出了隆重的奖励，认为"这一本《国事痛》是写得非常好的一本书，为提倡多写通俗教育群众的书籍，本部特奖励给作者五万元"。[1] 所以，《国事痛》这部小说，也是当时东北书店所编辑出版的众多延安文艺作品集中，少有的一部获得了党的宣传部门奖金的书籍。因而，随着这部小说的传播及其被接受，也在当时的社会产生了热烈广泛的影响。据称有"一位叫吴向辰的读者回忆，影响他人生的第一本书就是《国事痛》，书很薄，记得其中有描写李公朴、闻一多被害事件的内容。他就是在看了这本书后坚定了自己的信仰的"。[2]

再如戴夫在中篇小说《不可征服的人们》的《后记》中，就详细地讲述了创作这部作品的时代背景。据作者称，"这篇不完整的小说，是他一九四〇年的旧稿，在一九三九年山西十二月政变以后写成的。早在绥东抗战的时候，山西旧统治阶级的代表者阎锡山，即倡导'守土抗战'。他知道抗战就得要人民，便吸收进步青年，组织了牺牲救国同盟会……汪精卫投降以后，敌人改变'剿共灭党'政策，回师扫荡华北敌后，对国民党实行诱降政策……于是蒋介石动摇起来，酝酿全国反共高潮……晋东南行营负责人孙楚，一到任便

---

① 杨耳等：《国事痛》，东北书店1946年版，第7页。
② 张树东、吕品编：《东北书店书刊收藏与鉴赏》，黑龙江教育出版社2005年版，第187页。

结合'中央军'发动了血腥的阳城事变。随着孙楚而来的是骗子手'精神建设委员会',暗杀组织'突击队',特务组织'敌区工作团','中央军'也源源开到,解散群众武装,包围歼灭新军决死队,并把八路军限制在太行山里,不让他们接近敌人,于是替敌人扩大了汉奸的社会基础,敌人在晋东南站住了脚步。……我觉得长期辛苦创造出来的一点成绩,一下子便被反动派完全断送了……在这情况我便利用撤出以后的休整时间,写下了这部《不可征服的人们》。这稿件我一直带着,截至一九四二年冬,先后删改了三次。去年因病在后方医院休养,在《东北文艺》出版的刺激下,又拿出来删改了一次,觉得就内容说,反动派的反动行为暴露不够十之二三;就文字说,艺术价值十分薄弱,本无勇气拿出来发表。但母亲总是爱孩子的,我对自己写出的东西,也总乐意有人看,东北书店既愿意出版它,我便又一次删去不必要的描写,把全文压缩了一下"。①

其中,由于许多的延安文艺别集中,收录了一些相关的作品研究资料。如《白毛女》的早期版本,就收录了其创作中的一些文章,如《前言》、《序言》等,因而对于了解这部作品的创作方式、主题思想等,就是不可缺少的文献资料。即如果我们从"集体创作"的角度,从新歌剧《白毛女》自1945年问世后不断出现的众多单行本及其版本的变化,以及该剧不断被改编和修订等过程中,来考察其所能够提供的"集体创作"者创作思想及其时代背景等,应当说是一个非常有意思的话题及研究的问题。所以,我们从1949年编辑出版的"中国人民文艺丛书"版《白毛女》别集附录的贺敬之《〈白毛女〉的创作与演出》一文中,可以发现这部剧作的修改及其主题思想等方面的变化。其中值得注意的是,这部作品虽然在剧本和音乐方面的修改工作一直未曾间断,但其中较大的几次修改是1946年在张家口,1947年在东北,以及1949年以后。修改的主要方面在于把原来的六幕剧改为五幕剧,即将原来表现《喜儿》在山洞里生活的第四幕删去。据编者说,就是"为了使主题表现得更明确更充分,适合于舞台表现的效力和特点,对原故事加以相当的改变、

---

① 戴夫:《不可征服的人们·后记》,东北书店1947年版,第92—93页。

补充、修正"，以期避免并克服"民间新传奇"的《白毛女》叙事存在的所谓"神怪"及"破除迷信"等多义或歧义，而将"它的积极意义——表现两个不同社会的对照，表现人民的翻身"，确定为"这故事的中心思想"并"把它作为剧本的主题"。于是，在"剧本创作及排演"过程中，除了创作"集体"在"不断地尝试，不断地修改"，以及"在讨论故事情节时请更多的同志参加意见"等之外，还要"请教"及听取"许多老百姓"提出的"好意见"及"加以修改"。所以，贺敬之不仅发现并断言"《白毛女》的整个创作，是个集体创作"，并且强调"仅就剧本来说，它所作为依据的原来的民间传奇故事，已经是多少人的'大'集体创作了"，并因此指出"假如说，《白毛女》有它的成功方面，那么这种'成功'，即是在这样一个不断的、群众性的、集体创作的基础上产生的"。而且，更针对当时"延安曾有个别同志"对作品主题思想的质疑及"异议"，非常自信地提出，自己"和这意见相反，《白毛女》主要由于主题内容获得效果，而形式或与技术方面则存在着不少缺点"。① 因而，1947 年 7 月，由"新歌剧"《白毛女》另一位主要执笔者丁毅主持的五幕歌剧《白毛女》文学剧本的修改，事实上也是又一次在"三结合集体"文艺生产方式主导下对《白毛女》文学剧本及其主题的"完善"及修改。其中，修改者表面上似乎只是侧重于文学剧本幕次结构上的删改及调整，实质上则是为了进一步强化文学剧本的叙事主题及其政治意识指向与功能。同时，幕次的压缩与情节的明晰，特别是正面人物及主人公形象的突出与调整，不仅对"新歌剧"《白毛女》叙事主题及其思想价值的拓展与推进等产生了直接的影响，而且对《白毛女》后来的各种艺术改编活动及其文本的"经典化"进程，构成了一个基本的艺术规范及准则。所以，从《白毛女》的这个作品别集中，不仅使得我们对该作品的每次修改在整个《白毛女》文本的修改、"成长"及传播接受史上的重要意义有了更深入的了解，同时，其对相关的延安文艺研究及其人物形象与历史研究等也有着重要的史料价值。

---

① 贺敬之：《〈白毛女〉的创作与演出》，延安鲁艺工作团集体创作，贺敬之、丁毅编剧，马可等作曲《白毛女》，新华书店 1949 年版，第 208—209 页。

二 可提供作家生平背景及其相关历史人物的传记资料

在文艺研究及其理论方法中，无论是中国古代的"知人论世"方法，还是现代文论中常见的传记学研究方法，都强调并重视作家生平经历及其创作背景在探讨其文艺创作过程及其风格形成中的影响和作用。因此，一个作家的生平经历及其创作的时代背景，以及与其相关的历史及人物等传记资料，也就成为文艺文献史料搜集整理及研究中的一个重要问题。

延安文艺别集，除了是延安作家生平资料及其创作背景等文献资料的重要来源之一，也包含着许多延安文艺运动及其相关历史文献，以及人物传记等直接的或"第一手"的资料。因此，从某位作家的全集或选集中，搜集并了解文艺创作的具体过程及其时代背景，以及作家思想及其审美趣味、艺术风格的变化，不仅对于分析并解读其作品的艺术价值有直接的帮助，而且对于考察及发现其与延安文艺运动的历史关系，也是必不可少的原始资料及问题焦点。于是，要了解某个延安作家的生平传记资料，除了直接从其个人别集中寻找，以及查阅与其相关人物的别集之外，尤其应当注意发现搜集的，就是分布于延安文艺运动及其生产方式中特有的"集体创作"之下，由多位延安作家合作而成的延安文艺别集中的相关作家及人物传记资料。此外，由于延安文艺社团组织等所编辑的延安文艺别集，也通常会将某位作家的作品，以及与某个作品相关的资料汇集在一起，这也为后来的研究提供了较为丰富的资料。

例如，1938 年被收录于"西北战地服务丛书"的《呈在大风砂里奔走的岗卫们》，是田间创作的一部诗歌集。在这部诗歌别集中，除了有书前丁玲为之所撰写的一篇序文外，书后还附有作者的一篇短文《后记》。丁玲在《序》中主要叙写与田间之间的相识相知："他对工作是不惮烦琐的认真，虚心无骄气。田间脑子虽说很活泼，人却不活泼，于是有同志批评他，说他不接近群众。现在田间在球场上出现了，有时也站在歌咏队的后边唱歌。田间当然还有许多缺点，对于坏倾向的优容，对于政治问题检讨的热心不够，但我相信在田间努力上进的途程中，将逐渐的纠正过来。至于诗，我实在是外行，我说我很愿意读他的诗，因为那里面，每篇都有一点感情，诗要能写得有感情，在中国还不很多吧"等，① 而田间在《后记》中，则以诗人的气质感慨道："我们是很不幸的生长于这时代，然而，也可以说，我们是很幸运的生长在这时代，因为除了我们这一代人，再没有人能如此亲切地看到它。……就在这样的时代，中国有许多人，不但对这时代无用，反却有害。但是，中国更有数不尽的人，正在为中国流血，誓死为独立自由幸福的新中国而斗争到底！这一集子里，所写的诗，就是我企图叙述这时代中最伟大的场面的一角。如果读者对它有所反应，那还是伟大的史实的赐予，决不是我底诗。"②

再如，1949 年由刘佳执笔编写的独幕曲子戏《不要杀他》，故事情节实际上来源于当时发生的一个真实的社会事件。1946 年我军冀西五旅十三团在河北蠡县郑村伏击敌人时，部队参谋刘德铭与通讯班长张秀峰误杀了一位当地村民。但是在随后召开的群众大会上，当宣布二人被判处死刑时，亲临会场的死者婆媳均向法庭跪求，"不要杀死他俩"。随即会场广大群众爆发出"不要杀他"的诉求，经请示，刘张二人免于死刑。"自此以后，刘德铭、张秀峰奋勇抗敌，立了不少战功，还把仅有的几元津贴给大娘寄来。1952 年刘张二人参加抗美援朝，在一次战斗中光荣牺牲。"③ 而这部作品的作者，即当时的"抗敌剧社指导员刘佳，曾深入发生事件的村庄，向干部和老乡及当地驻军进一步了解事件全过程及群众反映，特别慰问了死者父母和亲属，深为老解放区人民热爱子弟兵的崇高思想和伟大胸怀而感动"。周恩来评价此剧，"你们这个戏的主题是：为什么人民会宽恕这样犯严重错误的八路军战士。这个问题解决了，也就完成了这一主题。这个剧本提倡的是群众中萌芽的新思想，描写了值得人们学习的崇高感情，很有预见性。有预见性的艺术是创造性的"等。④

同样，由常功、胡正等集体编写的道情剧《大家办合作》，是为配合当时

---

① 丁玲：《呈在大风砂里奔走的岗卫们·序》，生活书店 1938 年版，第 5—6 页。
② 田间：《呈在大风砂里奔走的岗卫们》，生活书店 1938 年版，第 142 页。
③ 白庚胜总主编：《中国民间故事全书 河北·蠡县卷》，知识产权出版社 2013 年版，第 296 页。
④ 《中国歌剧史》编委会主编：《中国歌剧史 1920—2000》（上），文化艺术出版社 2012 年版，第 251 页。

的减租减息等运动，由同在创作队的常功、胡正、孙谦、张朋明合作，所写
的一部反映解放区减租减息运动的一个剧本。因此被西戎评价为"剧中表现
的经济生活可以说是非常动人的，比之一般概念的，与目前现实脱节的生硬
的说理，单纯的喊着政策的口号，不知生动有力多少!"① 当时的创作背景，
是为纪念"七七"抗战七周年，晋绥边区几家文艺单位联合发起"七七七文
艺奖"征文活动。这是晋绥边区文艺史上影响最广泛的一次活动，边区领导
人和驻晋西北的八路军一二〇师首长贺龙、关向应等，都非常重视，从各方
面给予支持，鼓励文艺界出人才、出成果。所以，在后来获奖的作品中，除
了这部《大家办合作》被吕梁文化教育出版社列入"七七七文艺奖金获奖作
品"系列作品集，于1944年年底公开编辑出版之外，还有王子羊的秧歌剧
《提意见》，成荫的话剧《打的好》，马利民的山西梆子剧《新屯堡》，严寄洲
的话剧《甄家庄战斗》和眉户剧《开荒一日》，西戎的眉户剧《减租生产大
家好》，董小吾等集体创作的歌剧《新旧光景》，王炎的秧歌剧《三个女婿拜
年》，刘锡琳的秧歌剧《劳动英雄回家》，华纯等集体创作的秧歌剧《大家
好》等戏剧作品集，以及孟繁彬等作家创作的报告文学《转移》，连环画
《温象栓》等获奖作品。据说，在当时声势颇大的文艺活动中，作为创作队成
员的常功、胡正等延安作家们，必须拿出作品来参加征文活动。写什么题材
呢? 此时，抗日战争已经由相持阶段转入战略反攻阶段，解放区减租减息运
动达到高潮。四个人接受任务后，在一起讨论了几天，列出大纲，分头写作，
再互相修改、统稿，完成了多幕大型道情剧本《大家办合作》。剧本主题明
确，矛盾冲突迭起，人物性格鲜明，语言富有特色。交由七月剧社上演后，
深受晋绥根据地军民欢迎。据剧社对上演场次进行的统计，达到了近百场，
逾十万人次观看，同时，获得"七七七文艺奖"征文戏剧类乙等奖，单行本
由吕梁文化教育出版社出版后，1948年12月又被东北书店再版。这是胡正从
事文艺创作后第一次获奖，虽然是合作作品，但毕竟他也是参与者，在他的
一生中还是十分重要的。② 因此，这部作品的剧本集也就为研究延安文艺和当

---

① 西戎:《西戎文集5 报告文学·评论》，山西人民出版社2001年版，第2399页。
② 参见张玉立主编《汾水长流:胡正图传》，北岳文艺出版社2014年版，第29页。

时的延安文艺思潮演进，以及当时文艺创作与社会政治的关系，提供了有价值的文献资料。

其中，柯蓝的中篇小说《红旗呼啦啦飘》，是作者继《洋铁桶的故事》之后创作的第二部中篇小说。作品发表后深受好评，不仅在以延安为中心的各个边区、新老"解放区"内被翻印再版，广为流传，而且先后被周而复、周扬等作为延安文艺的代表作之一，分别收录于"北方文丛"和"中国人民文艺丛书"，向全国及海外读者介绍推荐，以展示"解放区文艺"的成就及其艺术风貌。而这部小说，在创作方法及其美学追求方面，则是采用"群众文艺的创作方法"描写了陕甘宁边区的大生产运动，在边区政府的号召下，农民怎样在生产运动中变成劳动英雄，贫穷落后的农村怎样变成丰衣足食的模范村。为完成这部作品，柯蓝不断下乡，访问书中的主要人物并与其共同生活一段时期，同时进行多次修改，最终完成了这部"老百姓所喜闻乐见"的文学作品。柯蓝在该作品中所表现出来的创作态度和方法，即"从群众中来到群众去"是延安文艺座谈会召开之后所提倡的。[1] 因此，作为当时文艺创作及艺术形式上的一部"模范"性作品，其创作过程及创作模式等，也对研究毛泽东的《在延安文艺座谈会上的讲话》发表后，文艺活动整体创作模式的转变具有重要意义。

三 能够提供延安文艺理论批评及其相关学科研究的文献资料

从 20 世纪中国文艺的发展史上可以清楚地发现，延安文艺运动及其创作活动，自始至终都与中国共产党及其领导的新民主主义政治革命，以及其文化实践保持着紧密的关系。特别是 1942 年的延安"文艺整风"及毛泽东《在延安文艺座谈会上的讲话》发表以后，"文艺为政治服务"及"党的文艺工作"政策方针的确立，使延安文艺创作及其美学追求和党的中心工作紧紧地联系在了一起。因此，许多延安文艺别集，不仅能够为延安文艺研究提供了诸多文学理论方面的历史文献史料，以及与其文艺运动等相关方面的"第一

---

① 柯仲平：《红旗呼啦啦飘·序》，香港海洋书屋 1947 年版，第 1—2 页。

手"资料，同时，在许多延安文艺别集中，所收录的相关作品及有关延安文艺理论批评方面的"序"、"跋"及附录文章，尤其是那些可能收录有作家本人删削弃收的一些作品及文论资料，以及由他人编辑整理的"补录"、"集外集"性的延安文艺别集，也就最有可能成为延安文艺理论批评及其相关领域的学术研究中，有待发现与阐释的一些珍贵重要及真实可靠的文献史料来源。

比如，1947年由冀鲁豫书店出版发行的《翻身民歌》，是王希坚创作的一部民歌体抒情诗集。在这部诗集中，还附有一篇名为《民歌在群众运动中的鼓动作用》的论文。其中对于延安文艺运动及其大众化诗歌创作研究，有较为重要的史料价值。所以，有人评论道："《翻身民歌》的作者对于那种不定形的音律美已经那么注意了，对于这种比较显著的歌谣特点（押韵）自然是不会忽略的。问题不在他的创作是否用韵，而在他的用韵到底有些什么特征或成就。在这方面，我想至少有两点是值得指出来的。第一，是那些韵脚，大都押得很自然。记得新文学开始的时候，大家为着要打倒旧诗形，所以把用韵看做一种枷锁，一种断丧性灵的东西。其实，这种见解的产生，一半是由于不很明白诗歌跟韵语的自然关系，一半是由于只看到那些不善于用韵的毛病。不错，过去和现在，诗人的用韵，都常常有牵强拼凑的现象。但是，许多成功的诗篇和民谣，却是能够摆脱这种病态的。它不但押得很自然，而且给作品带来不能代替的妙味。这跟作者的才能、学养有关，也跟他的熟练、忍耐程度有关。《翻身民歌》中的用韵，除了极偶然的地方，很少是勉强配搭的。第二，是用韵相当有变化。押韵大致有两种方式，一种是全篇一韵到底，一种是在适当的距离地方变韵（即旧诗学上所谓'转韵'）。一韵到底，自然不一定不好。但有时候不免觉得单调，而且不容易随着情景变化。《翻身民歌》里的诗篇尽管多是短小的，可是，作者却常常用转韵法，给读者一种流动灵活的听觉。"①

同样，对于艾青的诗集《反法西斯》，作家劳辛虽然认为其是"近年来诗坛中最富战斗性和思想性的一本诗集"，并且是"以犀利的诗句和艺术的形象

---

① 钟敬之：《民间文艺谈薮·〈翻身民歌〉论》，湖南人民出版社1981年版，第172页。

来说明近百年来资本主义历史的轨迹"。诗集中的作品"不仅是说明这次世界
大战是反法西斯的战争，而且正确地记录了历史的历程"，"整部诗集里面没
有乞灵于神秘感觉的象征主义味道与气氛；也没有离开地上的浪漫主义者的
想象。诗中所运用的形象和给予的想象都是非常亲切与现实的东西"。"太过
于散文化"，"有不少诗句略嫌文绉绉的，恐怕不能使老百姓爱喜；同时诗中
的知识分子的气质太浓，未能达到大众化的境地"等。①

　　其中，由延安作家王林创作的长篇小说《腹地》，以及其问世前后的曲折
坎坷，就和20世纪40年代的延安文艺及当代中国文学思潮有内在的关系。
这部以抗战时期敌后根据地冀中"五一大扫荡"为题材的长篇小说，虽完稿
于1943年4月，但直到1949年9月30日才由天津新华书店出版问世。然而，
仅仅过了一年左右，这部长篇小说就受到批判并被打入冷宫。因此，有学者
认为，这是中华人民共和国成立前出版的最后一部长篇小说，也是中华人民
共和国成立后遭到批判的第一部长篇小说。② 据说，这部作品的作者王林，当
年原本可以随部队撤离到太行山，但是他为了忠实记录这个伟大的时代，经
过请求冒着生命危险留在了冀中，同民众一起经历着战火的考验，并在1942
年至1943年间，在老百姓的掩护下，于地道口、夹墙中，于战争的间隙或在
"堡垒户"用麻袋遮住窗户的昏暗油灯下，写出了反映这场灾难、这场战事的
长篇小说《腹地》。所以，孙犁曾就《腹地》这部小说称："这是一幅伟大的
民族苦难图。"其中，"单单写出民族的苦难，在人民心中留下永恒的记忆，
我觉得也有重大的教育意义和历史意义"。③ 但是围绕这部作品的出版和出版
后的遭遇，却从始至终都存在激烈的争论及曲折。因此，尽管1946年年底，
王林就回到家乡取出埋藏在地下的《腹地》手稿准备出版，但是随即就引起
了小范围的争议及批评。其中争议与批评的焦点集中在小说的主题思想及其
倾向性方面。据称，包括陈企霞等人都公开指责这部小说存在"没有爱护党

---

① 劳辛：《评〈反法西斯〉》，《文联》第1卷第7期，1946年6月10日。
② 陈思广：《中国现代长篇小说史话》，武汉出版社2014年版，第172页。
③ 孙犁：《腹地》，《孙犁全集》（第3卷），人民文学出版社2004年版，第330页。

如同爱护自己的眼睛一样"的问题，① 因此认为"在共产党领导的地区，不能出版这本小说"等。直至 1949 年年初，周扬对作品表态并认为："别人说这本小说写得太黑暗了，我看写得还太光明了呢，冀中区那个时期工作就那么深入吗？"最终使这部小说得以在 1949 年 9 月问世。不过，虽然作品出版后受到读者的欢迎，但也很快引起了文艺批评界的注意及批判。1950 年 11 月，时任《文艺报》副主编的陈企霞在《文艺报》上撰写长文，对小说的叙事内容及其人物形象等进行了全面否定，并引起持续多年的一场争论。王林也从此开始了一段没完没了的检查、申辩与抗争，以及对于作品的不断重写与修改。其过程可以说从 20 世纪 50 年代开始，并在延续了近 40 年之后，到 1985 年修改版《腹地》才由解放军文艺出版社正式出版。2007 年 8 月，解放军出版社重印了 1949 年《腹地》初版本。至此，围绕这部小说的争议及其波折才告一段落。因此，这部作品不同时期出现的同名而相异的作品版本，事实上就反映出延安文艺与当代文艺之间的复杂关系。②

除此之外，在延安文艺别集中，还保存了许多同名同类或同名不同类的延安文艺作品集及其版本，如在延安文艺戏剧创作中产生的著名现代秦腔剧本《血泪仇》。在这部秦腔剧的初刊本中，作者马健翎在本书收录的 1943 年 9 月 7 日撰写的《写在前面》一文，简要介绍了该剧的创作目的和主题思想，认为"在蒋介石国民党反动派统治区域内，军阀官僚特务土豪劣绅到处压迫剥削敲诈残害老百姓，劳苦群众挣扎呻吟于水深火热之中，呼天天不应，叫地地不灵，妻离子散，十有九死，简直可以说'无民不难'。八路军新四军所创造的前后方根据地，在共产党的领导下，党政军民亲密团结，积极抗战，努力生产，丰衣足食，到处蓬蓬勃勃，欢天喜地——但是，坏人见不得好人，有好人，坏人耽心自己坏不到底，于是想尽了一切无耻的方法，陷害好人，因此就有'解散共产党''取消边区'的狂吠，竟然调动大兵，包围边区，准备内战"，等等。所以，通过作品的叙事内容及其主题思想，并使观众能够"从这个剧里就可以看出靠谁解放中华民族，靠谁解放中国人民"等，就成为

---

① 王林：《关于〈腹地〉的日记摘抄》，《新文学史料》2008 年第 2 期。
② 参见苑英科著《崛然独立：孙犁纷争》，河北大学出版社 2014 年版，第 135 页。

作者期望实现并表达的创作目的及其政治诉求。① 稍后，1949 年 6 月，由颜一烟、端木炎、黄准等改编的三幕十七场新型秧歌剧《血泪仇》出版。而在这个改编作品集中，除了在剧本前后附有"本事"、"人物表"、"分场说明"和秧歌剧曲谱等之外，就是由颜一烟撰写的"代序"《人民的艺术——秧歌剧》中，作者围绕"新型秧歌剧是什么样的剧呢？它和旧秧歌又有什么不同呢"等中心问题，不仅强调"把新的内容注入到人民大众熟悉的旧形式里，创造出反映现实，反映人民大众的生活和斗争的，为人民大众所接受所喜欢的民族形式的新戏剧"，同时提出"新型秧歌剧"就是"歌颂人民，歌颂劳动，歌颂民主和和平的新生活"的"翻了身的，解放了的，人民大众的艺术"等。② 不过，在此以后，如 1949 年 8 月由新华书店出版，并作为"中国人民文艺丛书"之一的秦腔剧集《血泪仇》，就删去了作者的原序《写在前面》，而其他的多种改编集，如鼓词集《血泪仇》等也都没有任何的《序》或《后记》等附录。但是，《陕甘宁边区民众剧团艺术纪实》编辑委员会编辑、1993 年 12 月西北大学出版社出版的《陕甘宁边区民众剧团艺术纪实》一书，③ 则收录了马健翎的《〈血泪仇〉的写作经验》与颜一烟的《〈血泪仇〉改编的前前后后》。所以，这些文献资料的综合利用，就为相关问题的研究拓展出更为开阔的领域及视野。

---

① 马健翎：《血泪仇·写在前面》（秦腔剧），东北书店 1946 年版，第 1—2 页。

② 马健翎原著，颜一烟、端木炎改编，黄准等配曲：《血泪仇·代序》（三幕十七场新型秧歌剧），北方出版社 1949 年版，第 1—9 页。

③ 《陕甘宁边区民众剧团艺术纪实》编辑委员会编：《陕甘宁边区民众剧团艺术纪实》，西北大学出版社 1993 年版，第 26 页、第 358 页。

第三章　丛书类型的延安文艺史料研究

在延安文艺文献史料的整理研究中，丛书类型的延安文艺书籍是延安文艺文献史料的一个主要来源及重要组成部分。其中，从抗战初期至1949年前后，由中国共产党宣传文化部门及其领导的新华书店等出版机构编辑出版的多种延安文艺综合性丛书，不仅在中国现代丛书编辑出版的历史发展过程中占有重要的地位，而且由于其编辑理念的渐趋明确与种类体例的日益完善，也为20世纪中国文学史料学及其延安文艺文献史料的整理研究，汇集并提供了系统坚实的学术基础。

第一节　延安文艺丛书的编辑出版

在历史文献学及文艺史料学中，所谓丛书，即为"总聚众书而为书者，谓之丛书"。不过，现代的文献史料学既强调丛书的"丛聚"性特征，"是汇集许多重要著作，依一定的原则、体例编辑的书"，同时，更注重于丛书的"其所汇集的两种以上专书，不但要首尾完整，而且内容上必须超过两个部类以上。这样才能包含总聚的意思，又包含细碎丛脞的意思"。[①] 因此，在现代的文献史料学及文艺史料学中，丛书就是"按一定的原则，收集两种以上的单本图书，经过编辑，赋予一个总书名，采用统一的版式与装帧形式的书"。[②]

---

① 徐有富主编：《中国古典文学史料学》，北京大学出版社2008年版，第56页。
② 同上书，第57页。

一　抗战初期延安文艺丛书的编辑出版

不过，20世纪40年代延安文艺丛书编辑出版的重视与兴盛，以及社会传播的广泛拓展与文化影响的显著深入，除了得益于现代中国出版业的发展及其文化理念与印刷技术的提高进步等社会条件和历史因素之外，更值得注意的则是，抗战开始以后中国社会政治格局的转变，以及中国共产党应对策略及其文化方针的历史性变化与确立。其中，1937年"七七事变"及"国共合作"全面抗战的开始，也使延安作为一个合法的"为国民政府承认的，享有行政、司法、财政、教育、文化、治安等各项权力"，但实质上则与当时国民政府"分庭抗礼"的无产阶级政治革命中心开始全面"崛起"。① 因此，向全国民众展示和树立中国共产党及其军队新的政治文化形象，和延安等"边区"和"根据地"军民团结抗战等"国家意识"与英勇事迹，以及文化建设及其文艺活动新景象等，自然就成为抗战初期的延安文艺丛书及其编辑印行的中心目标和社会需要，以及所面对的读者、人群和所围绕而编辑的综合性丛书的基本主题或特定内容。同时，建设延安为战时中国的"新民主主义文化"中心，实践中国共产党的"笔杆子"与"枪杆子"齐头并进等文化战略及其政治斗争策略。从而不仅使延安逐步形成了以解放社、新华书店总店等出版机构为中心并覆盖至各根据地及"解放区"，甚至延伸渗透及组织输出到"国统区"与海外地区的图书编辑出版发行网络，② 同时成就了延安文艺运动的历史地位及其作为"新的人民的文艺"的文化辐射力与社会影响力。

事实上，早在抗日战争时期，中国共产党及其延安文艺界领导人，就基于"新的历史的时代"，以及"正是要把过去比较的适于大城市，局限于小资产阶级圈子的文化变为能适合于广大农村，与广大战争，以工农兵为主要对象的文化"等政治意识，③ 明确将在延安根据地所实践的"新文艺运动"及

---

① 李洁非、杨劼：《解读延安——文学、知识分子和文化》，当代中国出版社2010年版，第2页。
② 新华书店总店编：《新华书店五十年》，新华书店总店1987年版，第2页。
③ 周扬：《王实味的文艺观与我们的文艺观》，《表现新的群众的时代》，香港海洋书屋1948年版，第16页。

"文艺应为大众"的创作目标，作为"明天要在全国实行的"及坚持的"根本性方针"。① 所以，在中华人民共和国成立前后，有组织地在"国统区"及全国进行"延安文艺"及其创作成果的推介与宣传工作，就成为当时"要扫除半殖民地半封建的旧文学旧艺术的残余势力，反对新文艺界内部的帝国主义国家资产阶级和中国封建主义文艺的影响"，以建构并完成"新民主主义的文化革命文艺革命"及其"人民的文学艺术"② 等新的"当代中国文学"想象和历史话语叙述的基本内容。

不过，从抗战初期延安文艺丛书编纂的历史考察中可以发现，当时延安文艺丛书的编辑出版及其地位的显著提高，除了和现代中国整个的丛书编纂出版及其社会影响的扩大深入等文化历史背景有着直接的关系，因而更加得到业界的普遍认同及特别重视之外，其以荟萃菁华、汇聚群书为意旨而生发出的话语声势与接受效应，以及文献史料上的系统性、完整性及普及性，似乎也更加符合或切近编纂者、作者及读者对于那个民族独立解放"史诗时代"的感兴要求与文化追求。因此，从抗战初期开始，这些可以说是"荟萃"了不同时期延安文艺运动及其创作菁华，并以编辑者"己意名之"集束型推出的各类延安文艺丛书，和此前早期的"苏区文艺"及其文化实践活动相比，从其编辑方针及其目的的演进过程来看，更表现出明显不同的阶段性及历史性特征。这其中，首先值得注意的就是，延安文艺丛书的编辑者与出版机构的地域分布变化，就始终与当时的中国社会历史演变及其政治革命的演变有内在的关系。

例如，抗战爆发后，在当时国民政府统治区内较早编辑出版的延安文艺丛书中，除了1939—1949年底由胡风主编及陆续出版的"七月文丛"与"七月诗丛"中，分别收录了田间、孔厥、鲁藜、萧军、丁玲、艾青、天蓝等延安作家的作品集之外，作为整体性及集中展示延安作家及其文艺活动成绩的综合性丛书，可以说就是在1938年年初，在时为"战时首都"及文化中心的

① 周扬：《表现新的群众的时代·艺术教育的改造问题》，香港海洋书屋1948年版，第41—42页。
② 郭沫若：《为建设新中国的人民文艺而奋斗》，中华全国文学艺术工作者代表大会宣传处编：《中华全国文学艺术工作者代表大会纪念文集》，新华书店1950年版，第41、44页。

武汉先后出现并面向全国读者发行的大型丛书——"西北战地服务团丛书"和"战地生活丛刊"。虽然这两部丛书的内容主要记录了 1937 年 8 月由丁玲等延安作家发起组织并得到毛泽东支持而成立的"十八集团军西北战地服务团",在中共中央宣传部的直接领导之下,响应文艺界抗日统一战线发出的"文章入伍,文章下乡"号召,奔赴抗战前线实行战地服务,并全身心汇入全民抗战救亡战争洪流的历史纪实及艺术活动实绩,但事实上则是"延安"作为一个"合法"的"为国民政府承认的,享有行政、司法、财政、教育、文化、治安等各项权力",并且实质上与当时国民政府"分庭抗礼"的无产阶级政治革命中心"崛起"之后,[1] 最初透过这些大型丛书,正面向全国民众展示和树立其新的政治文化形象及新的"文化中心"地位,以及延安等"边区"文化建设及其文艺活动新景象的历史滥觞和政治开端。

二　延安文艺丛书及其"新的人民的文艺"的传播

然而,从 1942 年延安文艺整风之后到 1949 年前后的延安文艺丛书编辑出版,无论在编辑内容及体例上还是在地区分布及种类数量上,都出现了前所未有的丰富变化与活跃增长。个中原因,一是全面抗战开始后中国共产党政治策略及其文化方针的历史性转变与确立。1938 年 5 月毛泽东就在延安抗日战争研究会演讲中,基于抗战后"敌人已将我们过去的文化中心变为文化落后区域,而我们则要将过去的文化落后区域变为文化中心。同时,敌后广大游击区的经营也是非常要紧的,也应把它们的各方面发展起来,也应发展文化工作"[2] 等现实,制定了"只有延安不但在政治上而且在文化上作中流砥柱,成为全国文化的活跃的心脏"[3] 等党的文化战略。二是"笔杆子"与"枪杆子"齐头并重的政治选择,以及对于知识分子及文艺家的吸收、改造及"党性"意识重塑。从 1939 年年底毛泽东提出的"大量吸收知识分子",[4] 到

---

① 李洁非、杨劼:《解读延安——文学、知识分子和文化》,当代中国出版社 2010 年版,第 2 页。
② 毛泽东:《论持久战》,《毛泽东选集　卷四》,中国共产党晋察冀中央局 1947 年编印,第 41 页。
③ 社论:《欢迎科学艺术人才》,《解放日报》1941 年 6 月 10 日。
④ 毛泽东:《大量吸收知识分子》,《毛泽东选集》(第二卷),人民出版社 1991 年版,第 618 页。

1941 年党报发出的"欢迎科学艺术人才",再到 1942 年"文艺整风"运动等对于文艺队伍的"革命化"整合,不仅逐步建成了以延安解放社、新华书店总店等出版机构为中心并覆盖至各根据地及"解放区",延伸渗透及组织输出到"国统区"与海外地区的图书编辑出版发行网络,① 而且组建了一支活跃于延安及各根据地和"解放区"等广大地区,并自觉投身于"党的文学"及其文艺实践的"文化军队"。② 三是延安的战时文化中心地位及其文艺运动辐射力的不断增强扩大。1942 年之后毛泽东《在延安文艺座谈会上的讲话》及其所规定的"党对于现阶段中国文艺运动的基本方针",③ 除了从理论上完成了延安文化建设及其文艺运动的规范化和组织化之外,更是在实践上为延安的"表现新的群众的时代"及"人民的文艺"等文艺创作活动,规划出了明确的"实现文艺运动的新方向"。④

正是在这样的历史境遇及政治背景之下,抗战胜利至 1949 年中华人民共和国成立之初的延安文艺丛书编辑出版,在以陕甘宁边区为中心的各根据地及"新老解放区"呈现出前所未有的兴盛局面,并且适应着抗日战争及国共内战等政治革命的社会节奏,配合及推进着新民主主义的"社会解放"意识形态叙事和"建国"事业。概括起来,大致可以分为以下几类。

一是当时编辑出版且影响较大的"大众文艺"类的各种读本。其中,除了新华书店编辑发行的"大众文艺小丛书",⑤ 以及胶东新华书店、冀鲁豫书店、太岳书店、华北新华书店、农工书店等 1943—1947 年间印行或翻印的多种大众文艺丛书之外,还有山东渤海新华书店 1947—1948 年间编辑出版的"大众丛书"和"大众小丛书"⑥ 等。此外,还有山东新华书店总店编辑的

---

① 新华书店总店编:《新华书店五十年》,新华书店总店 1987 年编印,第 2 页。
② 毛泽东:《在延安文艺座谈会上的讲话》,新华书店 1949 年版,第 1 页。
③ 中共中央宣传部:《关于执行党的文艺政策的决定》,《解放日报》1943 年 11 月 8 日。
④ 《实现文艺运动的新方向,中央文委召开党的文艺工作者会议,凯丰、陈云、刘少奇等同志讲话,指示到群众中去应有的认识》,《解放日报》1943 年 3 月 13 日。
⑤ 据钱丹辉主编的《中国解放区大辞典》(安徽文艺出版社 1992 年版,第 520 页),本丛书应为十一种,其中的《老娘婆转变》等应为由新华书店东北总分店编辑发行的"大众文艺小丛书"之一,而现存版本中为 1949 年新华书店编辑出版的有八种。
⑥ 据《馆藏解放区出版文艺作品书目》(北京图书馆 1958 年 10 月编印,油印本)显示,仅渤海新华书店编印的"大众小丛书"就有十余种之多。

"大众文库"等，以及华北新华书店编辑的"新大众丛刊"①等。再如华中、冀中、华东等新华书店在1946—1948年间编印过多种同名的文艺丛书，同时东北书店等也曾于1947年前后编辑出版过名为"通俗文艺丛书"的多种图书。

二是题为"文艺创作"的各文艺类型作品总别集丛书。主要包括华北新华书店编印的"晋冀鲁豫边区文艺创作小丛书"②等，以及由晋察冀边区"战地社"1939—1940年8月间编印的"诗建设丛书"十种。③除此之外，华中新华书店编辑出版的"翻身小丛书""淮海文艺小丛书"，东北书店的"新演剧丛书""东北文艺工作团第二团戏剧音乐丛书""新文艺丛书""鲁艺创作丛书""文学战线创作丛书"等，以及太岳新华书店、山东新华书店总店和冀南新华书店等各自编印的"文艺创作丛书""解放文艺丛书""工农兵丛书"等，哈尔滨光华书店编辑出版的"哈尔滨大学戏剧音乐系戏剧音乐丛书""少年文库"等，都是当时影响较大的延安文艺创作丛书。

三是自觉汇集与编辑1942年以来的延安文艺经典性、代表性作品，宣传并彰扬其"新的人民的文艺"成就及其美学价值的文艺丛书。其中影响较大的除了由周而复主编的三辑"北方文丛"与周扬主持编辑的"中国人民文艺丛书"外，最值得注意的还有：1945年年底，华北新华书店先后以"李勇大摆地雷阵""受苦的日子算完了"和"减租"的标题，分别在其所编辑出版的三册《文艺选集》中，汇辑了邵子南、孙犁、杨朔、周而复、西戎、孔厥、韦君宜、方纪、马烽等二十四位作家的短篇小说作品。此外，1946年3月至9月在晋察冀边区首府张家口，被列入艾青主编的"长城文艺丛书"中，由周扬编辑的两辑《解放区短篇创作选》和张庚编辑的三辑《秧歌剧选集》，编者在汇集了延安文艺运动中涌现出来的几十位作家及其代表作品的基础上，明确地将"文艺座谈会讲话的方向在创作上具体实践的成果"及"新的伟大的人民文艺的创造过程"，④以及"在群众中有定评的作品"，⑤作为这部丛书

---

① 据《中国近代现代丛书目录》（上海图书馆1980年9月编印），其丛书为十一种。
② 据《中国近代现代丛书目录》（上海图书馆1980年9月编印）显示，该丛书有二十五种之多。
③ 甄崇德：《西北战地服务团的文学创作活动》，《新文学史料》1989年第1期。
④ 周扬：《解放区短篇创作选·编者的话》（第一辑），东北书店1946年版，第1页。
⑤ 张庚：《秧歌剧选集·序》（一），东北书店1947年版，第1页。

编辑的"选择的标准"。所以，1946年11月至1947年9月间，它们又被东北书店分别列入"新文艺丛刊"与"新文艺丛书"中再版，随后也被华东新华书店总店、苏南新华书店等翻印。与此同时，随着国共内战及其政治格局的转变，1949年前后，不仅中共南方局领导参股的上海群益出版社有意识地将"以为工农兵的文艺创作为主，再配合上反映蒋管区现实的优秀创作，及关于创作问题的论文"等作为"作品选择的标准"，编辑发行了多种"群益文艺丛书"，以"奉献给新老解放区的读者们"；①并且当时的武汉人民艺术出版社也把"为了在新解放区域，提供一些文娱材料，以适应各文教团体演唱的需要"等，作为他们"编选人民艺术丛书的主旨"。②于是，至20世纪50年代初，其先后编辑了四辑的"人民艺术丛刊"近四十种，以期能够"引起文艺工作者的足够的重视"。③正是通过这种有组织与有目的的文学丛书编辑活动，以及其作品选本的出版发行，在整体上显示出20世纪40年代末的延安文艺丛书，无论在编辑思想及编选标准，还是在读者对象及阅读期待等方面，都体现了新时代的变化及其意识形态诉求。

正是在这样的历史文化背景之下，1949年中华人民共和国成立前后，随着中国革命的历史演进和新的国家政治权力的形成，特别是1949年7月初"中华全国文学艺术工作者代表大会"及其"新中国的文艺的方向"的确立，④延安文艺创作及其作品，作为20世纪40年代延安文艺运动中的主要成就及其艺术资源，也自然地构成了"当代中国文学"及其"真正新的人民的文艺"的基本资源和艺术传统。所以，延安文艺丛书的编辑出版，尤其是大型延安文艺丛书的发行传播，从1949年前编辑出版的"陕甘宁边区生产运动丛书"、"鲁艺创作丛书"及"北方文丛"等，到1949年后的"中国人民文艺丛书"、"文艺建设丛书"等，已经成为建构社会主义意识形态内容及其国家美

① 葛琴：《结亲·"群益文艺丛书"插页广告》，群益出版社1949年版。
② 余晓等：《钥匙在谁的手里·编选说明》，武汉人民艺术出版社1949年版。
③ 荒煤编：《农村新文艺运动的开展·前言》，武汉人民艺术出版社1949年版，第1页。
④ 周扬：《新的人民的文艺——在全国文学艺术工作者代表大会上关于解放区文艺运动的报告》，中华全国文学艺术工作者代表大会宣传处编：《中华全国文学艺术工作者代表大会纪念文集》，新华书店1950年版，第69页。

学的重要艺术资源，从而不仅对当代中国文学的文学类型秩序及其审美趣味，以及"新的人民的文艺"文类秩序演变有着重要的影响，同时其文学创作与理论批评及其学术思潮，也对当代中国文学艺术规范的转变及其"高度组织化"的文学生产，以及延安文艺文献史料的整理研究产生着重要的作用。

第二节　延安文艺丛书的种类体例

自然，通过对抗战初期延安文艺综合性丛书编纂的历史考察中可以发现，这些主要由当时延安等"边区"及"根据地"新华书店，以及"国统区"内的中共南方局领导的出版机构编纂印行，"荟萃"及收录了不同时期延安文艺运动及其创作"菁华"，并以编辑者"己意名之"集束型推出的各类延安文艺综合性丛书，实质上又是不同于传统丛书"广搜典籍于一帙，以便稽考"的学术性编辑理念，以及其辑佚性、综合类体例等基本准则规范的编辑出版活动。相比之下，由于20世纪40年代延安文艺丛书与当时的中国社会政治革命演变，以及意识形态建构之间始终保持着的互动与联系，从而就使其显示出清楚鲜明的历史特征和编纂原则，即从侧重于丛书的"汇集总聚"的综合性，向"新的人民的文艺"美学规范及其文艺"典范性"丛书的导引及超越。因此，考察自20世纪40年代至今的延安文艺综合性丛书种类及其文献史料资源，除了注意编辑者与出版机构的地域分布关系与变化之外，还应从延安文艺丛书自身的历史内容及其意识形态性特征等事实出发，注意不同时期延安文艺综合性丛书及其种类的具体特点，以及其丛书题名、编辑凡例、总序、各辑目录、子目书籍等丛书体例和史料价值构成等。在此，以下将依照延安文艺丛书编辑出版的时间先后与丛书的综合性、专科性种类，对不同历史时期及各地区编辑出版的有着代表性的延安文艺综合性丛书，以及延安文艺丛书的体例、结构等，进行简要的梳理考察和史料叙述。

一　综合性延安文艺丛书述略

从内容上看，综合性延安文艺丛书大致为收录范围没有特别限制的普通丛书，以及汇集了延安文艺重要作品的举要丛书和专收某个边区或地域的延安文艺创作成果的地方丛书。主要包括以下几种。

"西北战地服务团丛书"：丁玲、奚如主编，生活书店总经销。丛书统一封面均衡编排，彩色构图直观，左侧或右侧等竖排美术体书名，中右侧居中插入红色五星黑色齿轮及勇士的丛书标志图案，下方为丛书子目、作者与出版机构等文字。1938 年 7 月至 1939 年 4 月，在时为"战时首都"及文化中心的武汉等地，先后出版并面向全国发行。丁玲曾回忆："1938 年西安生活书店出版了一套西北战地服务团编的战地丛书（约十来册），详细地记录了那一年中的生活。"① 而且，据当时发表的书目广告及子目顺序，这套"西北战地服务团丛书"计划编辑出版 10 种，② 如《白山黑水》版权页就署为"西北战地服务团丛书之十"。但是，从《中国近代现代丛书目录》及《民国时期总书目》查阅发现，现存的书目版本仅有 8 种，分别为劫夫、史轮、敏夫等的《战地歌声》（抗战歌曲集/1，1938.9），丁玲著的《一颗未出膛的枪弹》（短篇小说、报告文学集/2，1938.9），张可、史轮、醒知合著的《杂技》（民间曲艺文学集/3，1938.7），本团同志集体创作的《西线生活》（战地服务团生活工作文集/5，1939.4），张可、醒知、东篱合著的《杂耍》（民间曲艺文学集/7，1938.9），田间的《呈在大风砂里奔走的岗卫们》（抗战诗歌集/8，1938.7），丁玲的《一年》（散文集/9，1939.3），史轮、裴东篱等著的《白山黑水》（戏剧集/10，1939.3）。因此，可考订散佚或未出版的是丛书"之四"——丁玲的三幕剧本《联合》和"之六"——《战地歌声》（二）。丛书集中收录了 1937 年 8 月由丁玲等延安作家发起组织并得到毛泽东支持而成立的"十八集团军西北战地服务团"，在中共中央宣传部的直接领导之下，响应文艺界抗日统一战线发出的"文下乡、文入伍"号召，奔赴抗战前线实行战地服务，并全身心汇入全民抗战救亡战争洪流的报告纪实及艺术创作等。如丛书编辑出版者所彰显及期望读者注意的那样："丁玲女士是现代中国最勇敢的女战士之一。自全面抗战爆发后，她组织了西北战地服务团，辗转在山

---

① 丁玲：《到前线去·写在前边》，四川人民出版社 1980 年版，第 4 页。
② 丁玲、奚如主编，劫夫、史轮等：《战地歌声·插页广告》，生活书店 1939 年版。

西等前线作坚苦的斗争。她们这种为国效劳的精神，实使我们感奋。本丛书的内容，就是她们在战地的各种工作、各种生活的映影。这里面有血有肉，可歌可咏"，① 从中可了解感受延安及八路军在全民抗战中的新形象新面貌。

"战地生活丛刊"：叶以群主编，上海杂志公司出版，发行人张静庐。丛书统一封面均衡编排，上下彩色装饰图形映对，左侧竖排书名，右侧居中插入不同色彩或主题的木刻版画图案等。1938 年 3 月至 8 月在武汉面向全国公开发售。据"战地生活丛刊"书目广告称，这套丛书为第一辑 10 种，② 《中国近代现代丛书目录》列入 8 种，现存可查阅的书籍版本为 9 种。丛书子目分别为王余杞、刘白羽合作的《八路军七将领》（报告文学集/1，1938.3），天虚著的《两个俘虏》（报告文学/2，1938.3），刘白羽著的《游击中间》（报告文学集/3，1938.4），奚如著的《阳明堡底火战》（报告文学/4，1938.4），张天虚著的《征途上》（报告文学/5，1938.6），舒群著的《西线随征记》（报告文学/6，1938.6），陈克寒著的《八路军学兵队》（报告文学/7，1938.6），罗烽著的《莫云与韩尔谟少尉》（长篇小说/8，1938.5），丁玲、奚如等编著的《西北战地服务团戏剧集》（戏剧集/10，1938.8），丁玲、奚如合编的《西北战地服务团战地通讯录》缺佚或未出。于是，作为记录及反映"西北战地服务团"战地服务及文艺活动的又一套丛书，集中描绘和塑造了八路军及抗日根据地的新面貌。如《八路军学兵队》叙述的"八路军的生活是相当有趣的，学兵队更是国内智识分子的集团。在本书里可以看到八路军军人生活的一斑；在这里可以看到八路军学兵队和其他军队生活的不同，用文艺笔调写出来，更有异样的兴味"，以及《八路军七将领》中作者在"八路军总部"等地对朱德、林彪、彭德怀、彭雪枫等八路军将领的人物"特写".③ 并且将关注点同样放在了"本丛刊是丁玲女士所主编的《战地》半月刊的丛书之一，在西线上参加抗战工作的作家们所撰述的报告文学或创作、随笔。是战地的实际工作的写

① 丁玲、奚如主编，劫夫、史轮等：《战地歌声·插页广告》，生活书店 1938 年版。
② 刘白羽：《八路军学兵队·插页广告》，上海杂志公司 1938 年 4 月版。曾有学者研究认为：抗战时期由叶以群主编的"战地生活丛刊"先后编辑出版了 8 册（参见章绍嗣等《武汉抗战文艺史稿》，长江文艺出版社 1988 年 9 月版，第 58 页），但现存版本有 9 种。
③ 参见丁玲、奚如主编，劫夫、史轮等：《战地歌声·插页广告》，生活书店 1938 年版。

实，是战地生活的忠实报告，是伟大时代的活文学，是枪杆和笔杆同举的，血和泪交织的文艺作品"① 等方面。

"陕甘宁边区生产运动丛书"：中共西北中央局调查研究室 1944 年编辑印行。丛书封面居中编排，构图简洁，红色印刷体书名竖排。1935 年中国共产党及中央红军驻扎陕北之后，为巩固陕甘宁边区根据地的政治及军事基础，发展当地经济生产，提高民众文化素质，不仅很快提出了"开展自然科学大众化运动，进行自然科学教育，推广自然科学知识"的口号，开始了"从自然科学运动方面推进中华民族新文化运动的工作"等文化实践活动，② 同时编印出版了许多旨在普及科学生产知识及宣传树立劳动模范，推动"自力更生，丰衣足食"的大生产运动等专门性丛书和刊物。其中，较早编辑出版的就是这套"陕甘宁边区生产运动丛书"。据北京图书馆编辑的《馆藏解放区出版文艺作品书目》和《北京图书馆馆藏革命历史文献简目》，以及《抗日战争史参考资料目录》③ 和《美国哈佛大学哈佛燕京图书馆藏民国时期图书总目》④ 等考订，这套丛书包括随后被晋察冀新华书店、冀鲁豫书店、江淮出版社等翻印，现存版本有《机关养猪四英雄养猪经验座谈》（1944），《劳动英雄模范村长田二鸿》（1944），《冯云鹏怎样安置移难民》（1944），《农业畜牧英雄贺保元》（1944），《青年农业劳动英雄李长清》（1944），《杨朝臣是退伍军人的旗帜》（1944），《刘生海从二流子变成劳动英雄》（1944），《模范党员劳动英雄申长林同志》（1944），《李文焕高仲和创造了打盐奇绩》（1944），《植棉英雄郭秉仁》（1944），《机关节约模范佟玉新》（1944），《模范班长劳动英雄李位》（1944），《新塞工厂劳动英雄阎吉自述》（1944），《马蹄沟炭工领袖蔡自举》（1944），《难民劳动英雄陈长安》（1944），《磨坊起家的王科》（1944），《六十岁劳动英雄孙万福》（1944），《张庆丰运盐起家》（1944），《张清益创办义仓》（1944），《张振财和城壕村》（1944），《张成仁和马坊掌》（1944），

---

① 刘白羽著：《八路军学兵队·插页广告》，上海杂志公司 1938 年版。
② 《陕甘宁边区自然科学研究会宣言》，《新中华报》1940 年 2 月 28 日。
③ 周元正编：《抗日战争史参考资料目录（1937—1945）》，四川大学出版社 1985 年版。
④ 龙向洋编：《美国哈佛大学哈佛燕京图书馆藏民国时期图书总目》，广西师范大学出版社 2010 年版。

《水利英雄马海旺》（1944），《刘玉厚与郝家桥》（1944），《安置移难民与创办合作社英雄田云贵》（1944），《边区工人的旗帜赵占魁》（1944），《马家沟和陈德发》（1944），《怎样养羊》（1944），《边区的运盐工作》（1944），《边区的移民工作》（1944），《边区改良农作问题》（1944），《边区的水利事业》（1944），《边区的劳动互助》（1944），《南区合作社组织运输合作的经验》（1944），《1943年的运盐工作》（1944），《怎样种棉花》（1944）等，并且一再被晋察冀新华书店、山东新华书店及东北书店等翻印再版。

同样，在1945年前后编印出版的延安文艺丛书中，不仅山东新华书店曾编辑出版了"生产运动小丛书"（1943.7—1945.10），东北行政委员会办公厅编印了"生产运动丛书"（1947.1），[①] 而且还有多种以当时晋察冀、冀鲁豫及晋绥等边区表彰的英雄模范人物及其事迹为主要内容的书籍。据相关文献史料证明，现存的版本有冀鲁豫日报社编辑、冀鲁豫书店出版的"边区群英大会丛书"（1945.4），《英雄的故事》《边区英雄故事》等；晋察冀边区行政委员会实业处编印的"大生产运动丛书"（1946.1）；晋察冀边区第二届群英大会秘书处编印的《英雄传》1—4集（1945）；晋绥边区行政公署编印的7种"晋绥边区第四届群英大会丛书"（1945）、太行二届群英大会编辑委员会编辑，太行群众书店出版的7种"太行二届群英大会丛书"（1946—1947）等。

"大众文库"：1946年9月至1948年9月，分别由山东新华书店和"大众文库"编委会编辑，华中新华书店印行，以及太岳新华书店、华东新华书店、中原新华书店、冀中新华书店等出版翻印。各出版社编辑出版的"大众文库"丛书封面，编排构图各有不同。其中，山东版丛书封面统一版式，为整幅木刻造型和人物解说图像构图，水平编排，印刷体书名居上。值得注意的是，这些综合性丛书不仅在体例上分别按"文艺""故事""小说""鼓词""社会"等分类编辑，以及便携式的小开本形式，[②] 而且汇集编选的各种文艺类或

---

① 参见朱民编著《大众日报五十年》（上），山东大众日报社1988年出版［印制准印证（1988）2—028号］，第126页；高信成《中国图书发行史》，复旦大学出版社2005年版，第394页。

② 各新华书店的开本稍有不同，如山东新华书店为64开，冀中新华书店为36开。

社会科学类书籍，也多为在延安及"解放区"流传较广且影响较大，或者在此前后被反复出版印行或收录于其他文集丛书，以及受到主管机关的表彰、奖励的一些作品。① 其中，除了华中新华书店版"大众文库"外，如山东新华书店印行的"大众文库"就分别包括以下类别：时事类，如方艾、麦青编的《蒋介石一定失败》，季万编的《人民公敌蒋介石》；社会类，如王希坚著的《翻身道理》，季青编的《"还我土地"》，方艾编的《解放区一片好风光》；生产类，如王希坚著的《生产发家》，王若望编的《六畜平安书》；语文类，如辛安亭等编的《农村应用文》；卫生类，如方明、兴之编的《大众药方》；诗歌类，如王希坚著的《翻身民歌》；故事类，如方艾编的《自卫战争的故事》，邵子南著的《李勇大摆地雷阵》，孔厥著的《一个女人翻身的故事》，山东新华书店编的《二万五千里长征》，周落著的《我们的连长何万祥》，[苏] 考瑙瑙夫著、愚卿译的《列宁的故事》，山东新华书店编的《关于列宁的传说》和《关于斯大林的传说》，陶纯编的《廉蔺交欢》，陶纯编的《火牛阵》，邵子南编的《阎荣堂九死一生》；通俗小说类，如赵树理著的《李家庄的变迁》，马烽、西戎著的《吕梁英雄传》（上册），柯蓝著的《洋铁桶的故事》，周文改编的《铁流》（通俗本），等等。②

据《中国近代现代丛书目录》、《民国时期总书目》、《中国解放区大辞典》和《馆藏解放区出版文艺作品书目》，现存的山东新华书店版"大众文库"子目及其版本主要有：山东新华书店编的《关于列宁的传说》（故事，1946.11）；陶钝编的《廉蔺交欢》（历史故事，1946.11）；陶钝编的《火牛阵》（历史故事，1946.11）；方艾编的《自卫战争的故事》（故事，1946.11）和《解放区一片好风光》（故事，1946.12）；辛安亭等编的《农村应用文》（语文，1946.11）；山东新华书店编的《列宁的故事》（故事，1946.11）和《二万五千里长征》（故事，1946.12）；王希坚著的《说唱朱富胜翻身》（故

---

① 如收录于丛书中叙述抗战胜利后蒋介石与国民政府"独裁卖国"及"民主与独裁斗争史"的时事小说《国事痛》，在其扉页刊有 1946 年 11 月 12 日中共东北局宣传部关于"这一本《国事痛》是写得非常好的一本书，为提倡多写通俗教育群众的书籍，本部特奖给作者五万元"的公告。
② 《山东新华书店"大众文库"插页广告》，见《说唱朱富胜翻身》，山东新华书店 1947 年版。

事，1947.3）；山东妇女社编的《怎样做一个新妇女》（社会，1947.7）；平生著的《写话教学法》（语文，1947.7）；晋冀鲁豫军文工团集体创作，江涛、史超执笔，吴毅作曲的《两种作风》（秧歌剧，1947.8）；杨耳等编写的《国事痛》（时事小说，1947.8）；［苏］西蒙诺夫著，苍木、继纯合译的《日日夜夜》（通俗本）（小说，1947.8）；张政权等著的《红军长征故事》（故事，1947.9）；张友等编的《民间故事集》（故事，1947.9）；周而复著的《诺尔曼·白求恩断片》（报告文学，1947.11）；宋镜容编的《地主的故事》（故事，1948.5）；袁静、孔厥著的《血尸案》（故事，1948.5）；老民著的《白毛女鼓词》（鼓词，1948.5）；季万改编的《血泪仇鼓词》（鼓词，1948.5）等。此外，还有"大众文库"编委会编辑的华中新华书店版"大众文库"子目版本，如赵树理著的《孟祥英翻身》（故事，1946.9），王溪南著的《女状元郭凡子》（文艺类，1946.9），董均伦编的《刘志丹的故事》（文艺类，1946.9），华中文协大众文艺委员会编的《穷人要算帐·民谣集·第二辑》（文艺类，1946.10），王希坚著的《翻身道理》（故事，1946.10），孙犁著的《荷花淀》（文艺类，1946.11），王希坚著的《翻身民歌》（诗歌，1946.11），冯雪珍述、巴烽容写的《俺跟俺庄全翻身啦》（文艺类，1946.11）等。

此外，据《馆藏解放区出版文艺作品书目》和《中国近代现代丛书目录》等查考，在1948年编辑出版的这类延安文艺综合性丛书中，同样题以"文库"，却明显偏重于社会科学、自然科学等介绍宣传等主题及内容的现存书籍版本，除了山东新华书店编印的"新华小文库"，包括薛暮桥著的《思想方法与学习方法》（理论，1947.11），［苏］加里宁著的《论新道德》（理论，1947.12），［苏］斯·基尔著的《随从列宁六年——列宁汽车夫的回忆》（故事，1948.3），方纪著的《阿洛夫医生》（报告文学，1948.4），萧三著的《毛泽东同志儿童时代、青年时代与初期革命活动（初稿)》（故事，1948.5），［苏］斯大林著的《论列宁与列宁主义》（政论，1948.8），张如心著的《毛泽东的人生观与作风》（故事，1948.8），［美］斯特朗等著的《毛泽东印象记》（通讯报道，1948.8）等之外，就是1948年前后由大连光华书店编辑的"少年文库"，包括曹伯韩著的《世界史初步》（历史，1948.1），曹伯韩著的《世界地理初步》（地理，1948.1），梅志著的《小面人求仙记》（童话诗，1948.4），胡悲人著的《有了她》（诗歌集，1948.11），陆维德著的《故事晚会》（科普知识，1948.3），陆维德著的《一串新钥匙》（科普知识，1948.5），王中一编写的《原子弹》（科普知识，1948.5），宋宜编著的《太平天国史话》（历史，1948.9），沈舟编著的《社会的故事》（历史，1948.5），宋宜编著的《中国农民起义的故事》（历史，1948.6），凌云编著的《食物是怎样消化的》（科普知识，1948.6），犹凤岐编写的《土地改革讲话》（社会，1948.10），宋宜编著的《人和铁》（科普知识，1948.10），罗丹著的《小钢炮》（小说，1948.10），白刃著的《小周也要当英雄》（小说，1948.10），蔡君启编写的《西北》（地理，1948.9），蔡君启编写的《黄水》（地理，1948.9），刘亚编写的《音乐初步》（艺术，1948.9），［苏］班台莱耶夫著、鲁迅译的《表》（外国小说，1948.9），［苏］班台莱耶夫著、夏懿译的《文件》（外国小说，1948.9），［苏］茅基莱福斯卡亚著、金人译的《小夏伯阳》（外国小说，1948.9）等。由于这套丛书是面向青少年读者而编辑出版的，因而不仅收录了许多国内外流传与影响较广的儿童文学作品及译作，而且形式上主要采用了文学性的语言和讲故事的叙述手法，所以出版后即因其"通俗生动的文字，告诉了读者很多的科学常识"，以及"供我们广大的青年干部阅读，帮助大家更好地进行文化学习"等，[①] 而被其他的出版机构再版或重印。

"乡艺丛书"：冀晋区编审委员会主编，1946 年 7 月至 1947 年 5 月由星火出版社出版，冀晋新华书店总经销。丛书封面构图简洁，水平编排，上部黑色印刷体书名，下部插入不同黑白木刻直观图案。这套为配合并推动当时乡村文艺运动的"乡艺丛书"，据《馆藏解放区出版文艺作品书目》及《北京图书馆馆藏革命历史文献简目》等考订，虽编辑出版了 2 辑 20 余种，[②] 但现存的版本分别为以下几种。第一辑中：田间的《民歌杂抄》（歌谣/1，1946.7），唐县杨家庵村剧团集体创作的《穷人翻身》（剧本/4，1946.10），阜平高阜口村

---

① 虹霓：《人和铁·翻印说明》，光华书店 1948 年初版，读者书店 1949 年翻印版，第 1 页。

② 河北省新闻出版局出版史志编委会等：《中国共产党晋察冀边区出版史·冀晋乡艺创作八十余件获奖，七种〈乡艺丛书〉出版》，河北人民出版社 1991 年版，第 401 页。

剧团集体创作的《抗战前后的冯林》（剧本/6，1946.11），曲阳范家庄村剧团集体创作的《刘春喜参加拨工》（剧本/7，1946.12），完县西苇村剧团集体创作的《卖儿女》（梆子剧/8，1946.12），唐县庄头村剧团集体创作的《给他算算》（快板剧/11，1947.2），冀晋区编委会编的《土布整庄》（梆子剧/12，1947.2），唐县杨家庵村剧团集体创作的《八年苦战》（梆子剧/13，1947.2）；第二辑中：田间编的《张庆云街头诗小集》（诗歌/2，1947.1），王尊三著的《亲骨肉》（鼓词/2，1947.3），冀晋区编委会编的《街头剧选集》（街头剧/5，1947.5），阜平官庙村剧团集体创作的《张桂林参军》（快板剧/6，1947.6）等。

事实上，在抗战胜利前后的延安及各根据地和解放区农村文艺活动中，这种主要面对与满足普通群众文化活动及其阅读需要，并以"群众文艺"、"工农读物"等题名印行的文艺丛书，深受各地新华书店等出版机构重视。如东北书店及冀南新华书店、苏北新华书店等编印的"部队读物"、"工人读物"和"大众读物"等。但是，也可能正因为其数量及内容等方面的简易普及而使这类丛书散佚最多，很少为图书馆及读者收藏保存。其中影响较大并值得注意的，一是由边区群众（日）报社编辑，边区（西北）新华书店、华北新华书店等印行的"群众文艺丛书"，如胡季委、柯蓝作，笑俗、刘迅画的《小曲子》（秧歌集，1944.10）；柯蓝编的《儿歌》（儿歌集，1945.1）；柯蓝著的《乌鸦告状》（小说，1947.10）；张德仪等集体创作的《做军鞋》（秧歌剧，1948.1）；苏一萍著的《红布条》（秧歌剧，1947.12）等。二是由晋察冀边区行政委员会编辑委员会编辑，晋察冀边区教育阵地社出版的20余种"群众读物"，包括伯人编的《时事参考材料》（时事/1，1945.12）；伯人编的《抗战期中大后方人民的生活》（时事/2，1945.12）；萧也牧著的《富得荣还乡》（故事/4，1946.2）；敏丁编的《老百姓打仗的故事》（故事/5，1946.1）；凌亢编写的《日本强盗的法律》（时事/6，1946.1）；胡海著的《侯哥弹和他的少年队》（小说/9，1946.10）；何迟著的《眼睛亮了》（故事/10，1946.1）；王尊三改编的《吴满有鼓词》（鼓词/11，1946.2）；丁克辛编的《民兵战斗故事集》（故事类/12，1946.2），晋察冀边区行政委员会编的《母亲和年青的子弟兵》（故事类/14，1946.2）；羽山著的《劳动英雄胡顺义》（故事类/8，1946.3）；田野等著的《小俩口与二狐灵》（歌剧类/9，1946.3）；歌焚编的《李长胜捉俘虏》（五幕小型歌剧/13，1946.4）；田间著的《孟平英雄歌》（诗歌/15，1946.5）；张明著的《张瑞办合作社》（故事/16，1946.5）；王树萍著的《民族气节女英雄杨怀英》（鼓词/17，1946.5）；车毅著的《李盛兰献古钱》（鼓词类/18，1946.3）；歌焚著的《劳动英雄韩凤龄》（故事类/20，1946.6）；王血波作剧、王辛作曲的《纺棉花和"万年穷"翻身》（小调剧/21，1946.6）；杜烽、胡朋著的《保卫我们的好光景和改造懒婆》（独幕话剧/24，1946.7）等；1949年前后，由中共辽西省委宣传部编印的"群众文艺丛书"，如辽西文工团编的《怎样演秧歌剧》（文论/4，1949.7）等。

"部队文艺丛书"：部队文艺丛书编辑委员会编辑，1949年8月中国人民解放军第四野战军、华中军区和中南军区政治部出版。① 丛书统一封面版式，为抽具象结合构图，水平编排，上部加入大幅红色军旗图像，红色印刷体书名居中。据第四野战军华中军区政治部宣传部为丛书编辑而撰写的《前言》称："'部队文艺丛书'是专门供给部队干部阅读的读物。"强调"我们所进行的中国人民解放战争，是非常伟大、丰富而动人的。反映这一丰富内容的优秀作品，对我们部队今后提高工作、文化、思想水平，是有重大教育意义的"。为此提出丛书的"选辑标准以政治性和艺术性结合，以及对部队的教育作用来决定。凡合乎上述标准的通讯报告、短篇小说、中篇小说、戏剧等文艺作品，均将选择，陆续予以出版。优秀的创作，并将于明年'八一'设部队文艺奖金，予以奖励"。并且"为了进行编辑工作成立一编委会，以刘白羽、宋之的、陈荒煤、蒋牧良、王地子、荒草、周洁夫七同志组成，以负审稿与编辑之责"。② 自然，从相关文献史料的考证来看，题为"部队文艺丛书"的编辑活动，较早的应是1947年前后分别由东北民主联军总政宣传部和

---

① 钱丹辉主编的《中国解放区文艺大辞典》中所列"部队文艺丛书"辞条，明显地将不同时期、不同编者及出版者编辑出版的"部队文艺丛书"相混同。其中，不仅"第四野战军华中军区政治部宣传部"和"西南军区政治部"，以及"华东军区第三野战军政治部"等分别为不同的编辑出版者，而且其编辑"前言"及其选辑标准也明显有别。

② 华山等：《英雄的十月·前言》，中国人民解放军第四野战军华中军区政治部1949年版，第1页。

中国人民解放军东北军区政治部宣传部所开始的。目前所能查找到的版本中，仅有陈戈编剧、黄歌作曲的《上当》（广场歌舞剧，1947.12）和《部队歌曲第2集》（歌曲集，1948.8）。因此，20世纪40年代末由刘白羽等组成的"部队文艺丛书编辑委员会"所提出的丛书编辑体例与标准等，也明确地显示出当时部队文艺创作活动及"军事文艺"编辑出版上的发展变化。所以，这套"部队文艺丛书"虽然也散佚较多，但可肯定1949年前至少编辑出版了7种以上，[①]包括刘白羽等著的《无敌三勇士》（通讯报告集/1，1949.8），华山等著的《英雄的十月》（通讯报告集/2，1949.9），周平章等编剧的《团结前进》（小型歌舞剧集/3，1949.10），白华等编剧、一鸣等作曲的《杨勇立功》（歌剧/4，1950），萧向荣等著的《论部队文艺工作》（文论集/5，1949），荒草编的《演唱运动》（通讯集/6，1949），荒煤等著的《万水千山只等闲》（报告文学集/7，1949.7），蒋牧良著的《消灭白匪解放广西》（通讯报告集，1950），柳寒编剧、李世勇作曲的《有办法》（歌剧，1950.7）等。此外，稍后不久问世的同名"部队文艺丛书"中，有几套也值得注意。一是由西南军区政治部及其"部队文艺丛书编委会"提出"决定编辑反映前一二九师、晋冀鲁豫军区、第二野战军以及现在西南军区部队的战斗、学习、生活、生产、后勤工作……等各方面的文艺作品。主要是供给部队干部、战士和部队文艺工作者、文艺团体的阅读、演唱和研究，并供给关心部队文艺活动者阅读与研究的方便。以期逐步地广泛开展部队文艺运动，鼓励部队文艺的创作活动及进一步提高部队文艺的水平"的"部队文艺丛书"。[②]其现存的版本有毕革飞著的《快板唱胜利》（快板诗集，1950.9），胡奇等著的《胜利渡长江》（话剧，1950.8），曾克著的《突击》（通讯报告集，1950.8），方德著的《十万大山在跳动》（通讯报告集，1950.8），柯岗著的《他们为人民而战》（通讯报告集，1950.9），穆欣著的《进军西南实录》（通讯报告集，1950.8），唐西民著的《休养员心爱的家》（通讯报告集，1950.1），穆青等著的《不让白匪回老巢》（通讯报告集，1950.5），刘芝洲等著的《四战士定计划》（通讯报告

---

① 荒煤等的《万水千山只等闲》为"部队文艺丛书之七"。
② 曾克：《突击·部队文艺丛书编辑前言》，西南军区政治部1950年版，第1页。

集，1950.5），方德著的《从大江到闽江》（通讯报告集，1950.6），杜炳茹著的《战斗纪程》（通讯报告集，1950.7），冯牧著的《时来亮》（通讯报告集，1950.7），胡征著的《七月的战争》（诗集，1950.8）张长伦等著的《战士快板诗》（诗集，1951.2）。二是由华东军区第三野战军政治部及其"文艺丛书编辑室"出版编审，华东新华书店随军分店印行，计划"主要的是部队里的创作，必要时也准备编辑一些我们华东部队以外的作品和翻译的作品"，以及"长篇的、中篇的可以单印，短篇的打算汇集编印；小说、报告文学、诗、剧本等，只要合适，都列入丛书之内"，并且各"文稿如不缺乏，打算两个月出一本"等。主要目的"在于经常地供给部队一部分文艺读物"的"部队文艺丛书"。① 其中包括《战士诗集·第1辑》（诗集，1950.4），《战士诗集·第2辑》（诗集，1950.4），沈西蒙等著的《南征北战》（电影文学剧本，1951.9），《苦练成钢》（歌剧，1950.12），茂亭、井天等著的《红袖章》（通讯报告集，1951.3）。三是1950年9月，中国人民解放军西北军区第一野战军政治部"为迎接西北第一届文代大会"及"作为向大会的一点献礼"。同时也是"自我军进入和平建设时期以来"，"由各军来的文代会代表推荐，经大家讨论、评定，编选而成"的"部队文艺丛书"。② 其子目包括《生产歌舞》（通讯报告集，1950.7），《虚心学习》（通讯报告集，1950.7），《智勇歼敌》（通讯报告集，1950.7），《红旗插在第九班》（通讯报告集，1950.7）等。

相比之下，在抗战胜利前后，那些主要由部队政治部及宣传机关编辑出版的部队文艺丛书，则表现为不仅多以"战士"或"连队文艺"等名之，而且在编辑体例及规模等方面也较为随意宽泛。如1945年年初，东北联政宣传部编印的多种"连队文化丛书"；1947年10月前后，八路军留守兵团政治部编辑、东北书店出版的"战士小丛书"、"部队读物"及华东胶东军区政治部宣传部编印的多种"连队读物"；1948年前后，周庄部队政治部编

---

① 沈西蒙等：《南征北战·文艺丛书编辑序言》，中国人民解放军华东军区第三野战军政治部1951年版，第1页。
② 中国人民解放军西北军区第一野战军政治部编：《智勇歼敌·写在前面》，第一野战军政治部1950年版，第1页。

印的"淮海战役丛书";1949 年年初,中原野战军政治部编辑出版的"人民战士文艺丛书",以及鲁中南军区政治部编印的多种"连队文艺材料",等等。

"北方文丛"与"万人丛书":1946 年年初由周而复主编,上海作家书屋、香港海洋书屋、香港南洋书店、新中国书局等,以及谷雨社陆续出版发行或重编再版。丛书不同时期的封面设计始终采用木刻框线构图,加入陕北剪纸"双鱼戏水"图案或木刻人物版画图像,水平编排。需要注意的是,通过考察并对比"北方文丛"3 辑 30 种子目的编辑规划,特别是 1946 年 4 月至1948 年 2 月上海作家书屋及香港海洋书屋等,以及 1949 年 5 月前后香港新中国书局及生活·读书·新知香港联合发行所等的版本变化,能够清楚地发现其各辑丛书子目及作品选录上的不断调整及其版本方面的复杂变迁。例如:第 1 辑中萧军的《八月的乡村》,柳青的《牺牲者》,丁玲的《边区人物风光》,艾青的《吴满有》,荒煤的《新的一代》,刘白羽的《黎明的闪烁》和何其芳的《回忆延安》等,就先后为马烽、西戎的《吕梁英雄传》,丁玲的《我在霞村的时候》,柳青的《地雷》,刘白羽的《血缘》,荒煤等的《粮食》,何其芳的《吴玉章同志革命故事》等替代或调换;第 2 辑中仅把吴伯箫的《潞安购物》调换为他的另一部作品《一坛血》;第 3 辑中则将延安平剧研究院集体创作的《逼上梁山》,孔厥的《人民英雄刘志丹》和默涵的《在激变中》,调整为缪文渭的《生产互助》、柳青的《种谷记》和雪峰的《论文艺工农兵的方向》。自然,从相关书目文献及版本考证来看,应当说主要因为战争环境及通信不畅等原因,除了最后实际出版的"北方文丛"和丛书子目预告之间存在明显的不符之外,事实上很多计划编选出版的子目最终并未问世。至于 1949 年 8 月前后,由上海的生活·读书·新知联合发行所,从"北方文丛"的 3 辑子目中,采用同一"北方文丛"题名、封面及主编署名,所编辑出版的 1 辑 10 种"北方文丛",即《翻身的年月》、《李勇大摆地雷阵》、《我的两家房东》、《洋铁桶的故事》、《茅山下》、《刘巧团圆》、《高原短曲》、《荷花淀》、《王贵与李香香》和《三打祝家庄》,实际上又与原来的"北方文丛"毫无关联。由于其编辑出版甚至连原丛书的任何"意见"都"均未征求"就直署其名，因而后来原主编周而复对此也感到"有口难言"。①

因此，据《中国近代现代丛书目录》、《民国时期总书目》、《中国现代文学总书目》和《馆藏解放区出版文艺作品书目》，以及"北方文丛"附发的图书插页广告等文献书目考订，现存的"北方文丛"子目及版本分别为以下几辑。第一辑包括艾青的《吴满有》（叙事长诗，1946.4），马加的《滹沱河流域》（长篇小说，1946.5），萧军的《八月的乡村》（长篇小说，1946.12），周扬的《表现新的群众的时代》（论文集，1948.2），邵子南的《李勇大摆地雷阵》（短篇小说集，1948.6），何其芳的《吴玉章革命的故事》（传记文学，1949.5），荒煤等的《粮食》（话剧剧本集，1949.6），周而复的《子弟兵》（话剧剧本，1949.5）；第二辑包括柯蓝的《洋铁桶的故事》（长篇小说，1947.1），李季的《王贵与李香香》（叙事长诗，1947.1），东平的《茅山下》（小说集，1947.4），孙犁的《荷花淀》（散文集，1947.4），周而复的《高原短曲》（短篇小说集，1947.6），赵树理的《李有才板话》（中篇小说集，1947.9），韩起祥的《刘巧团圆》（新说书集，1947.10），吴伯箫的《潞安风物》（报告文学集，1947.10），任桂林等的《三打祝家庄》（戏曲，1947.11），艾青的《释新民主主义的文学》（论文集，1947.10）；第三辑包括柯蓝的《红旗呼啦啦飘》（中篇小说，1947.12），康濯的《我的两家房东》（短篇小说集，1947.11），陈祖武的《四十八天》（战地日记，1948.2），贺敬之等的《白毛女》（新歌剧，1948.5），赵树理的《李家庄的变迁》（长篇小说，1949.7），姚仲明、陈波儿等的《同志，你走错了路》（话剧，1949.5），柳青的《种谷记》（小说，1949.6），周而复的《翻身的年月》（中篇小说，1949.8），等。

此外，20世纪40年代末在香港编辑出版的"万人丛书"和"文艺理论丛书"，同样是由香港海洋书屋刊行，周而复等主编并受中共华南分局文化工作委员会指导的综合性丛书。其中，"万人丛书"的封面设计，上下装饰图案映对，均衡编排，左上方为印刷体书名，右下角插入不同图案。相比之下，"文艺理论丛书"封面则为多色框线图形版式，构图直观，水平编排，红色印

---

① 周而复：《〈北方文丛〉在香港》，吉少甫主编：《郭沫若与群益出版社》，百家出版社2005年版，第247、250页。

刷体书名居上，下部插入不同红色木刻图案。从这两套丛书计划编选的子目来看，相对于既收录列宁著的《论文化与艺术》，[俄] 车尔尼舍夫斯基著的《生活与美学》，[苏] 顾尔希坦著的《论文学中的人民性》等译作，又编选了瞿秋白的《论中国文学革命》，周扬编的《马克思主义与文艺》，冯乃超的《论人民的文艺》等著作的"文艺理论丛书"，[1] 这套预计编辑出版20余种的"万人丛书"，则显示出周而复等主编及其他编辑者新的理念和社会期待。并且，在其丛书子目中，虽然有江陵著的《思想教育与工作方法》（修养），邓初民著的《寻找知识的方法》（修养），方敏著的《学生工作怎样做》（青运），冯乃超著的《新文艺运动简史》（文史），周纲鸣著的《创作的修养》（文论），汉夫著的《闲话美国》（报告），王任叔著的《在外国监牢里》（报告），刘建庵著的《逼上梁山》（图画），米谷著的《西瓜弟弟》（图画），舒群著的《归来人》（报告文学），白朗著的《巾帼英雄传》（报告文学），周而复著的《北望楼杂文》（杂文），萧红著的《小城三月》（小说），以及谷柳著的《刘半仙冒险记》（小说）等可能未出或亡佚不存，但是仍有唐海著的《臧大咬子传》（报告，1947.10），艾青等著的《毛泽东颂》（诗集，1948.3），夏衍著的《劫余随笔》（杂文集，1948.3），刘石著的《真假李板头》（小说，1948.8），欧文著的《今时唔同往日》（戏剧，1948.8），郭杰等著的《中国人民联合起来》（歌曲，1948.8），符公望等著的《人民的太阳》（歌曲，1948.8），胡绳著的《孙中山革命奋斗小史》（政治，1948.9）等存世的版本可见。

"中国人民文艺丛书"：1949年5月，由周扬主编，中国人民文艺丛书社及中国人民文艺丛书编辑委员会编辑，新华书店出版发行。丛书初版统一封面版式，采用套色木刻汉画像石版画构图，表现边区军民劳动生产、学习生活及革命斗争场景，水平编排，印刷体书名居上。其后的丛书封面修订为工农合作、团结建设主题人物套色木刻图像。据新华书店华东总分店编辑的

---

① 目前根据书目广告所能查找到的"万人丛书"版本很少，据周而复回忆，"万人丛书"中"有些稿子交给书店以后，因为临近全国解放，就没有再出下去"。参见周而复《冯乃超同志二三事》，《新文学史料》1983年第2期。

《图书目录·第十二号》等文献资料查考，① 从 1949 年 5 月到 20 世纪 50 年代初，"中国人民文艺丛书"先后编辑出版约有 66 种 68 册，并且，其中的 16 种 17 册还被修订或校阅重印。② 在现存的丛书子目及其版本中，分别包括以下各类。

小说类 17 种：马烽、西戎著的《吕梁英雄传》（上下册，1949.5），柯蓝著的《洋铁桶的故事》（1949.5），欧阳山著的《高干大》（1949.5），柳青著的《种谷记》（1949.5），丁玲著的《桑干河上》（1949.5），赵树理著的《李家庄的变迁》（1949.5），邵子南等著的《地雷阵》（1949.5），王力等著的《晴天》（1949.5），俞林等著的《老赵下乡》（1949.5），鲁煤等著的《双红旗》（1949.5），刘白羽著的《无敌三勇士》（1949.5），赵树理著的《李有才板话》（1949.5），周立波著的《暴风骤雨》（上下册，1949.5），草明著的《原动力》（1949.8），王希坚著的《地覆天翻记》（1949.8），孔厥等著的《一个女人翻身的故事》（1949.8），刘白羽等著的《永远前进》（1950.8）等。

通讯·报告类 12 种：周而复等著的《诺尔曼·白求恩断片》（1949.5），周元青等著的《解救》（1949.5），郑笃等著的《英雄沟》（1949.5），华山著的《英雄的十月》（1949.5），刘白羽著的《火光在前》（1949.5），韩希梁著的《六十八天》（1949.5），韩希梁等著的《飞兵在沂蒙山上》（1949.8），刘白羽著的《光明照耀着沈阳》（1949.9），丁奋等著的《没有弦的炸弹》（1949.9），董彦夫著的《走向胜利的第一连》（1950.6），碧野著的《我们的力量是无敌的》（1950.7），西虹著的《在零下四十度》（1950.8）等。

新歌剧 12 种：王大化等著的《兄妹开荒》（1949.5），延安桥镇乡群众秧歌队集体创作的《货郎担》（1949.5），周而复等著的《牛永贵挂彩》（1949.5），王血波等著的《宝山参军》（1949.5），晋冀鲁豫军区文艺工作团六纵队文工队作的

---

① 新华书店华东总分店编：《图书目录·第十二号》，新华书店华东总分店 1950 年版，第 35—38 页。

② 据新华书店华东总分店编：《图书目录第十二号》（新华书店华东总分店 1950 年版，第 35—38 页）及《文艺报》1—2 卷封底广告统计证明，至 20 世纪 50 年代初，"中国人民文艺丛书"子目应在 66 种以上。所以，一些辞典断言的共 55 种或其他，则显然有误或明显遗漏（参见本社编《文学百科词典》，知识出版社 1991 年版，第 1011 页；徐乃翔等编《文学词典》，北京学苑出版社 1999 年版，第 336 页，以及洪子诚主编《中国当代文学史·史料选》（上），长江文艺出版社 2002 年版，第 184 页）

《王克勤班》(1949.5)，延安鲁艺文工团集体创作、贺敬之等执笔的《白毛女》(1949.5)，傅铎著的《王秀鸾》(1949.5)，阮章竞著、梁寒光等作曲的《赤叶河》(1949.5)，华北抗敌剧社集体创作、刘佳执笔的《不要杀他》(1949.5)，太行武乡光明剧团集体创作的《改变旧作风》(1949.5)，西北战斗剧社集体创作、魏风等编剧的《刘胡兰》(1949.9)，柯仲平著的《无敌民兵》(1949.10) 等。

　　戏剧类 15 种：战线剧社鲁易、张捷著的《团结立功》(话剧，1949.5)，阿英著的《李闯王》(话剧，1949.5)，杜烽著的《李国瑞》(话剧，1949.5)，马健翎著的《血泪仇》(秦腔，1949.5)，马健翎著的《大家喜欢》(眉户剧，1949.5)，马健翎著的《保卫和平》(秦腔，1949.5)，马健翎著的《穷人恨》(秦腔，1949.5)，柳夷著的《红灯记》(越剧，1949.5)，延安平剧研究院集体创作的《逼上梁山》(新京剧，1949.5)，延安平剧研究院集体创作的《三打祝家庄》(新京剧，1949.7)，冀中火线剧社等集体创作的《把眼光放远一点》(话剧，1949.9)，刘沧浪等集体创作，鲁煤执笔的《红旗歌》(话剧，1949.9)，山东文协实验剧团集体创作，贾霁、李夏执笔的《过关》(话剧，1949.9)，胡朋等集体创作，胡可改作的《战斗里成长》(话剧，1950.6)，陈其通作的《炮弹是怎样造成的》(话剧，1950.9)，等等。

　　诗歌曲艺类 10 种：王希坚等著的《佃户林》(1949.5)，群众创作选《东方红》(1949.5)，田间著的《赶车传》(1949.5)，韩起祥编的《刘巧团圆》(1949.5)，王尊三等著的《晋察冀的小姑娘》(1949.5)，阮章竞等著的《圈套》(1949.8)，李季著的《王贵与李香香》(1949.5)，李冰著的《赵巧儿》(1950.6)，阮章竞著的《漳河水》(1950.9)，杨扬子著的《渡江战》(1950.11)，等等。

　　与此同时，"中国人民文艺丛书"出版后，分别被山东、华东、华中、中南等新华书店及新民主出版社①翻印出版。中华人民共和国成立后，按照新的

---

　　① 　新民主出版社 1946 年成立于香港，是中共华南局及夏衍等领导并主要翻印中共领导人著作和解放区出版物的书店。1949 年 10 月广州解放后，一部分按中央政府指示在广州组建了新华书店华南总分店。(吴仲《回忆香港新民主出版社和到广州建立新华书店》，《广东文史资料》第 52 辑，广东人民出版社 1987 年版，第 176 页)。

社会政治及意识形态要求，除了《白毛女》、《红旗歌》、《赤叶河》及《三打祝家庄》等经修改后在封面标出"修订本"，仍被列入丛书之中重新出版发行之外，还有10余种书籍经作者校阅后被重新排印出版。1951年3月，按照出版专业化及其计划管理模式成立的人民文学出版社，[①] 也被授权并于1952年年初对"中国人民文艺丛书"进行重版。

　　"群益文艺丛书"：周而复、沈起予等编辑，[②] 发行人吉少甫，1949年8月到1950年9月由上海群益出版社出版。丛书封面统一多色框线图形版式，水平编排，上方红色美术体书名，下方居中插入不同红色木刻版画图案。由于群益出版社从成立伊始就是受中国共产党资助及领导的"国统区"出版机构，并在上海解放初期，吉少甫、周而复还分别担任群益出版社经理、总编，且在当时的上海军管会文教管委会和中共华东局统战部任职，[③] 因此，由他们选题及编辑的这套丛书，自然地就将编辑范围和选择标准确定为"奉献给新老解放区的读者们的一套文艺丛书，作品选择的标准是以为工农兵的文艺创作为主，再配合上反映蒋管区现实的优秀创作，及关于创作问题的论文"。[④] 同时，据《民国时期总书目》和《中国现代文学总书目》等文献书目考订，这套编辑出版至20世纪50年代初的"群益文艺丛书"，其编纂子目和最初规划虽有个别的调整或"陆续增加"，但现存的丛书子目及版本仍有三十余种。分别为丁克辛著的《村长和他的兵》（中篇小说，1949.7），郁茹著的《龙头山下》（中篇小说，1949.7），孙犁著的《芦花荡》（短篇小说集，1949.7），葛琴著的《结亲》（短篇小说集，1949.7），康濯著的《工人张飞虎》（短篇小说集，1949.8），周而复著的《新的起点》（论文集，1949.8），聂绀弩著的《血

　　① 《中央人民政府政务院关于改进和发展全国出版事业的指示》，汪原放主编，陈江辑注：《中国现代出版史料·第1卷·现代部分》（上），山东教育出版社2000年版，第104页。

　　② 据周而复讲："郭沫若创办的群益出版社，上海解放以后，吉少甫努力经营，在上海北四川路复业了。因为郭老远去北方，在香港的时候，组织上要我兼顾一下。受群益出版社委托，要我编《群益文艺丛书》，出了20余种，……其他工作日益增加，编辑丛书的事就请沈起予同志主持了。"（周而复：《数叶迎风尚有声——忆绀弩》，《周而复散文集·浪淘沙·第二卷》，华夏出版社1999年版，第151页）

　　③ 汪震宇：《我与后期群益》，参见吉少甫主编《郭沫若与群益出版社》，上海百家出版社2005年版，第272、275页。

　　④ 周而复：《燕宿崖·插页广告》，上海群益出版社1949年版。

书》（杂文集，1949.8），周而复著的《燕宿崖》（长篇小说，1949.9），马加著的《江山村十日》（长篇小说，1949.10），何其芳著的《星火集续集》（杂文集，1949.11），聂绀弩著的《两条路》（短篇小说集，1949.12），鲁藜著的《枪》（短篇小说集，1949.12），羽山、立高著的《千锤百炼》（电影小说集，1949.12），何其芳著的《星火集》（论文集，1949.12），周而复著的《歼灭》（散文集，1949.12），杜烽、汪洋著的《毛泽东的战士》（电影小说，1950.1），王林著的《十八匹战马》（短篇小说集，1950.1），田间著、蔡若虹插图的《短歌》（新诗集，1950.3），周而复著的《夜行集》（新诗集，1950.3），王亚平著的《春云离婚》（新唱本集，1950.4），杨朔著的《北黑线》（短篇小说集，1950.4），萧三著的《高尔基的美学观》（论文集，1950.4），艾青著的《新文艺论集》（论文集，1950.5），汤洛著的《毛主席万岁》（报告文学集，1950.6），陆地著的《好样的人》（短篇小说集，1950.6），孙千著的《全家光荣》（短篇小说集，1950.6），西虹著的《戴奖章的人》（短篇小说集，1950.7），崔璇著的《井》（短篇小说集，1950.8），罗丹著的《飞狐口》（短篇小说集，1950.8），陆地著的《钢铁的心》（中篇小说，1950.9），等等。

"人民艺术丛刊"：武汉人民艺术出版社编辑，发行人张静庐，1949年7月至1951年5月由上海杂志公司出版发行。丛书封面统一对称构图，均衡编排，左侧印刷体书名竖排，中右侧上部插入丛书标志图案，下部为大幅套色木刻直观图像。据《中国近代现代丛书目录》、《民国时期总书目》和《中国现代文学总书目》等文献书目考订，这套丛书编辑者是将"在新解放区域，提供一些文娱材料，以适应各文教团体演唱的需要"等，作为他们"编选人民艺术丛书的主旨"，[1] 并希望以此能够"引起文艺工作者的足够的重视"。[2]因此，被编者汇集选录的作家及其文艺创作，以及作品的思想主题及叙事内容等，都使其成为20世纪40年代末编辑出版的一套引人注意的延安文艺综合性丛书。"人民艺术丛刊"共分为四辑，每辑十种。各辑子目如下。第一辑：余晓等著的《钥匙在谁的手里》（戏剧集，1949.6），武汉人民艺术出版

① 余晓等：《钥匙在谁的手里·编选说明》，武汉人民艺术出版社1949年版，第1页。
② 荒煤编：《农村新文艺运动的开展·前言》，武汉人民艺术出版社1949年版，第1页。

社编的《东方红》（歌曲集，1949.7），宋之的等著的《九件衣》（京剧，1949.7），刘白羽著的《历史的暴风雨》（报告文学集，1949.8），荒煤编的《论工人文艺》（论文集，1949.8），石化玉著的《人民英雄董存瑞》（鼓词集，1949.8），王匡著的《跃进大别山》（报告文学集，1949.8），黎之著的《转运翻身》（新诗集，1949.8），荒煤编的《农村新文艺运动的开展》（论文集，1949.9），俞林著的《家和日子旺》（小说集，1949.10）。第二辑：周洁夫著的《人民的炮兵》（报告文学集，1949.10），洛丁、海默、朱星南等著的《粮食》（戏剧集，1949.11），西虹著的《英雄的父亲》（报告文学集，1949.11），李尔重著的《落后的脑袋》（小说集，1950.1），李冰著的《红灯笼》（新诗集，1950.1），崔嵬著的《自找麻烦》（大鼓词，1950.1），戴夫著的《人民和军队》（行军日记，1950.1），荒草编剧、贺绿汀等作曲的《人民英雄》（歌剧，1950.1），常工著的《重回家园》（通讯报告集，1950.5），曾克著的《走向前线》（报告文学集，1950.5）。第三辑：宋之的著的《皇帝与妓女》（京剧，1950.5），张铁夫著的《香椿及其他》（通讯报告集，1950.5），宋之的著的《爱国者》（戏剧，1950.7），蒋牧良著的《铁流在西线》（报告文学集，1950.9），周洁夫著的《开垦》（叙事长诗，1950.10），王质玉著的《红旗兄弟》（小说，1951.1），萧向荣等著的《论部队文艺工作》（论文集，1951.3），陈恒非著的《锻炼》（长篇小说，1951.4），黎阳、白慧著的《仇》（歌剧，1951.5），白刃等著的《毛主席的好战士》（报告文学集，1951.6）。第四辑：王戎等著的《歌唱杨根思英雄排》（话剧，1951.3），周巍峙著的《保卫和平歌》（歌曲集，1951.4），黎阳著的《英雄回家》（小说集，1951.5），李瑛著的《野战诗集》（新诗集，1951.8），丁毅著、庄映作曲的《幸福山》（童话歌舞剧，1951.9），于风等著的《歌唱杨根思英雄排》（大鼓话剧歌剧集，1951.12），等等。

"文艺建设丛书"：文艺报社编辑，生活·读书·新知三联书店、人民文学出版社1950年5月至1952年5月相继出版。丛书编辑委员会由丁玲负责，成员有田间、陈企霞、康濯、老舍、艾青、赵树理、李伯钊等人，先后编辑出版30余种小说、散文、诗歌和文艺论著集。在其《"文艺建设丛书"编辑例言》中，编者称："自从毛主席在延安文艺座谈会上提出文艺为工农兵的方向及整风运动以后……在文艺运动的发展中，也涌现了不少的工农兵作者。……我们觉得这样的作品，在新中国的文艺建设上是值得重视的。……这些作品的选辑与推广，就是在普及基础上提高的最具体的范例，也是文艺建设中重要的一部分作品。"① 其中，至 1951 年 3 月，生活·读书·新知三联书店先后出版 14 种。丛书封面统一为浮雕人物组图版式，不同色彩图形构图，水平编排，上部印刷体书名。分别为柯仲平著的《从延安到北京》（诗集，1950.5），徐光耀著的《平原烈火》（长篇小说，1950.6），丁明译辑的《美国文学的作家与作品》（文论集，1950.6），李尔重著的《领导》（长篇小说，1950.7），杨沫著的《苇塘纪事》（小说集，1950.7），马烽著的《村仇》（短篇小说集，1950.9），秦兆阳著的《壶嘴儿说媒》（短篇小说集，1950.9），方纪著的《老桑树底下的故事》（中篇小说，1950.9），康濯著的《黑石坡煤窑演义》（长篇小说，1950.11），立高著的《永远向着前面》（中篇小说，1950.11），孙犁著的《采蒲台》（短篇小说集，1950.12），田间著的《拍碗图》（中篇小说，1951.2），萧三著的《人物与纪念》（文集，1951.2），陈明著、安波曲的《平妖记》（说书，1951.3）。

1951 年 3 月以后，人民文学出版社重新设计封面，先后出版和再版的"文艺建设丛书"子目有徐光耀著的《平原烈火》（长篇小说，1951.5），丁玲著的《欧行散记》（散文集，1951.6），丁玲著的《跨到新的时代来》（文集，1951.7），白朗著的《为了幸福的明天》（长篇小说，1951.7），陈登科著的《活人塘》（长篇小说，1951.7），郭光著的《仅仅是开始》（小说集，1951.8），柳青著的《铜墙铁壁》（长篇小说，1951，9），孙犁著的《风云初记》（长篇小说，1951.10），企霞著的《光荣的任务》（文论集，1951.10），秦兆阳著的《幸福》（短篇小说集，1951.12），周扬著的《坚决贯彻毛泽东文艺路线》（文论集，1952.2），雷加著的《我们的节日》（小说集，1952.4），严辰著的《战斗的旗》（诗歌集，1952，4），刘白羽著的《早晨六点钟》（报告文

① 周扬：《坚决贯彻毛泽东文艺路线·〈文艺建设丛书〉编辑例言》，人民文学出版社 1952 年版，第 1 页。

学集，1952.5），陈荒煤著的《为创造新的英雄典型而努力》（文论集，1952.5），萧殷著的《论生活、艺术和真实》（文论集，1952.6），立高著的《永生的战士》（短篇小说集，1953.9）等。

"工农兵文艺丛书"：生活·读书·新知三联书店编审部编辑，生活·读书·新知三联书店 1950 年 1 月至 1951 年 6 月相继出版。在生活·读书·新知三联书店编审部撰写的《"工农兵文艺丛书"序》中，编者称，"本丛书内容，以描写工农兵思想、生活、典型人物、模范故事、英雄事迹为主。表现形式有剧本、唱词、故事、通讯等。要能使工农兵大众读得出、听得懂；使一般读者欢喜看、看了能得到益处"等，以及"我们选稿的标准，是政治性与艺术性并重。每篇作品，最低限度要能起到反映现实、指导现实的积极作用"等。① 因此，丛书编者对于丛书的封面设计构图，就有特别的创意与精心策划。如 1950 年 4 月之前编辑出版的丛书封面，一般采用相近的整幅木刻直观版画版式，但在此之后，丛书封面则采用统一的上下装饰图形对称版式。即在上部不同底色图形中，加入美术体书名，下部插入套色木刻工农兵人物图案。同时，每种图书前都配有多幅黑白木刻插画，以帮助读者对于作品内容及其情节故事的理解把握。据相关资料及出版书目查考，从 1950 年 1 月开始，先后出版"工农兵文艺丛书"约 48 种。② 其子目分别有董均伦著的《单辩郎》（民间故事集，1950.1），韩起祥著的《王丕勤走南路》（说唱集，1950.2），王亚平著的《张锁买牛》（谣曲集，1950.2），刘大为著的《南进路上》（报告文学，1950.3），刘振声著的《李虎入团》（小说集，1950.3），俞林著的《老虎寨》（小说集，1950.3），康濯著的《借米还米》（小说集，1950.4），逯斐著的《争取池文通》（报告文学集，1950.4），束为等撰的《水推长城》（民间故事集，1950.4），谷峪等著的《新事新办》（小说集，1950.6），苗培时著的《野媳妇》（小说集，1950.7），老舍著的《对口相声》（曲艺集，

---

① 生活·读书·新知三联书店编审部：《"工农兵文艺丛书"序》，韩起祥：《王丕勤走南路》，生活·读书·新知三联书店 1950 年版，第 1 页。

② 参见史静《1958—1959 年"工农兵"丛书研究》，《新文学评论》2012 年第 3 期，华中师范大学出版社 2012 年版。

1950.7)，苗培时著的《白眼狼》（小说集，1950.7），王钟琴著的《女英雄》（快板集，1950.7），马少波改编的《打渔杀家》（戏剧集，1950.7），沙鸥著的《金锄头》（民间故事集，1950.8），王玉胡等著的《九股山上逞英豪》（报告文学集，1950.8），席香远、孙玉奎著的《新西江月》（曲艺集，1950.9），马兰波等著的《人民的好儿子》（新诗集，1950.10），席香远、孙玉奎著的《纸老虎》（曲艺相声集，1950.10），中国人民大学文工团编的《新年大歌舞》（歌舞剧集，1950.10），刘岚山著的《驼子直腰》（叙事诗集，1950.10），李德润等著的《姑嫂观灯》（秧歌剧集，1950.10），宋文茂等著的《陈三宝和孙三宝》（小说集，1950.11），沈阳市农委宣传队编的《铁柱和小环》（戏曲集，1950.11），谢纯一著的《万象更新》（说唱快板集，1950.12），王亚平著的《打野兽》（谣曲集，1950.12），思奇著的《鬼难拿》（鼓词集，1950.12），思奇著的《赶穷魔》（鼓词集，1950.12），荣积川著的《人民战士》（儿童故事集，1950），麻崇韬、一夫著的《军民一家》（鼓词集，1951.1），马奔著的《新米》（小说集，1951.1），袁广佑等著的《矿场就是战场》（新诗集，1951.1），杨生福口述、高敏夫改编的《狼牙山五战士》（鼓词集，1951.1），王质玉著的《赵永贵补菌》（小说集，1951.1），杨烈著的《解放桥》（鼓词集，1951.1），长正著的《爸爸回来了》（短篇小说集，1951.1），牛健著的《送红帖》（短篇小说集，1951.1），沙鸥著的《红茶花》（新诗集，1951.1），周建波等著的《唇亡齿寒》（话剧集，1951.1），吉学霈等著的《两个孩子》（短篇小说集，1951.1），杨宗和等著的《两匹布》（戏剧集，1951.2），长正等著的《一个烧焊匠》（诗歌集，1951.2），欧嘉年著的《周身胆》（小说集，1951.4），思齐著的《最后一分钟》（鼓词集，1951.5），陈大远等著的《三个朝鲜朋友》（通讯报道集，1951.6），黄白著的《夺红旗》（短篇小说集，1951）等。

在此前后，从1950年年初开始，上海群益出版社亦先后编辑出版了8种"工农兵文艺丛书"。丛书封面采用统一装饰图案版式，水平编排，上部不同底色装饰图案中插入美术体书名等文字。其子目分别为路深著的《缓期结婚》（独幕剧集，1950.5），冯雪峰等著的《写稿杂谈》（文论集，1950.6），赵紫谷等著的《打狼王》（曲艺集，1950.7），林漫著的《哑巴讲话》（短篇小说集，1950.8)，刘梦德、孙联改编的《血溅鸳鸯楼》（戏曲集，1950.8)，杨波著的《四棵树》（民间故事集，1950.9)，施小妹等著的《十二月花名》（曲艺集，1950.10)，鲁人等辑的《两朵红花》（独幕剧集，1951）等。

"新大众文艺丛书"与"新大众文艺小丛书"：北京大众文艺创作研究会编辑出版委员会编，工人出版社1950年3月开始先后出版。丛书封面统一均衡编排，构图直观，棕红美术体书名居中横排，右侧上方插入不同色彩木刻版画图案或照片。据相关出版资料和图书书目查考，相继出版发行的"新大众文艺丛书"子目包括：赵树理改编的《石不烂赶车》（鼓词集，1950.3)，张志民著的《一篓油》（短篇小说集，1950.5)，赵树理著的《登记》（小说集，1950.10)，华山著的《鸡毛信》（小说集，1950.10)，李伯钊著的《女共产党员》（报告文学集，1950.11)，戴夫著的《南下故事》（革命故事集，1950.11)，古北著的《桂元的故事》（短篇小说集，1950.12)，高立著的《老营长》（小说集，1950.12)，苗培时著的《刘英源传》（传记小说集，1951.1)，杨朔著的《锦绣山河》（小说集，1951.1)，张琳著的《女人开火车》（小说集，1951.1)，叶淘著的《钢》（短篇小说集，1951.6)，白忍著的《小铁腿长征记》（鼓词集，1951.6)，苗培时著的《双喜临门》（短篇小说集，1951.6)，马烽著的《周支队大闹平川》（短篇小说集，1951.6)等。

1951年年初，由工人出版社编辑出版的一套"新大众文艺小丛书"相继发行。丛书封面采用统一构图版式，水平编排，上部居中插入不同木刻直观版画，下边棕黑底色图形中加入白色美术体书名。现存的子目包括：黄主亚著的《李庆萱》（短篇小说集，1951.1)，周嘉译的《魔指环》（民间故事集，1951.1)，北京少年儿童社编的《昨天的故事》（儿童故事集，1951.2)，大众文艺创作研究会编的《新媳妇》（短篇小说集，1951.2）和《红炉冒火光》（歌谣集，1951.3)，工人日报社文艺组编的《一门三杰》（短篇小说集，1951.5)，《慧莲》（故事集，1951.5)，古云著的《于振善》（故事集，1951.5)，马紫笙著的《女政府委员》（鼓词集，1951.5)，高参著的《降魔记》（短篇小说集，1951.5)，奇英等著的《白瓷碗》（短篇小说集，1951.6)，工人日报社文艺组编的《人财两旺》（短篇小说集，1951.6)，李微含著的《光荣花》（短篇小说集，

1951.6)，工人日报社文艺组编的《共产党员勇娃子》（鼓词集，1951.7），陈良桂著的《小英离婚》（叙事诗集，1951.7），工人日报社文艺组编的《写作经验》（文论集，1951.8），佟震宇著的《我是等着一等模范啊》（叙事诗集，1951.8），张志民著的《铁锁链》（叙事诗集，1951.8），工人日报社文艺组编的《秋菊演戏》（短篇小说集，1951.9），周嘉辑译的《小男子复仇记》（儿童故事集，1951.9）等。

二　专科性延安文艺丛书述略

相比之下，20 世纪 40 年代的延安文艺专科性丛书，除了在编辑体例及选本标准等方面，相较于延安文艺综合性丛书的"汇集总聚"及社会功能等特点，更加注重或切近丛书主题、选本内容及读者期待与新民主主义政治及文化建设的当下要求之外，其编辑者及其按文艺类型汇编而成的丛书类别分布与演变，也始终和 20 世纪 40 年代战争状态下的中国社会历史及其政治革命保持了直接密切的互动关系。从戏曲、话剧创作到秧歌剧、新歌剧运动，"新说书"和"乡艺运动"，以及"新音乐"和"新美术"等创作活动，事实上也为各类别的延安文艺专科性丛书编纂及出版，提供了必要的客观基础及传播发行的可能。以下将依据出版的时间先后，对各个阶段及各地区编辑出版的有代表性的延安文艺专科性丛书，进行简要的梳理及叙述。

"鲁迅艺术学院戏曲丛刊"与"鲁艺创作丛书"：1938 年 9 月前后，由新华日报馆广州分馆服务课编印，新华日报广州分馆发行。丛书封面均衡编排，上方手书体书名，左侧或右侧居中插入鲁迅塑像或黑白木刻鲁迅漫画头像。据相关文献史料证明，这套最早汇编鲁迅艺术学院"服务于抗战"的戏剧创作实践及其成果，并出版于国民政府统治区的延安文艺戏剧丛书，尽管计划编辑出版 10 种之多，即《还我的孩子》《流寇队长》《农村曲》《时候到了》《大丹河》《延安颂》《军火船》《人命贩子》《八一三的晚上》《一条路》等，[①] 但是，或因战乱或因出版机构的撤销等，事实上并未能全部予以编辑

---

① 张庚等集体创作，王震之执笔：《流寇队长·插页广告》，新华日报广州分馆 1938 年版。

出版。查《民国时期总书目》及《中国现代文学总书目》等可知，现存的丛书子目及版本仅有孙强著的《还我的孩子》（独幕剧/1，1938）；张庚、左明、孙强、崔嵬、莫耶、沈停、李伯钊、王震之、张李纯集体创作，王震之执笔的《流寇队长》（三幕剧/2，1938.9）两种。随后，不仅如《流寇队长》还以"鲁迅艺术学校戏曲集"、"鲁迅艺术学院戏剧丛书"等题名，于1939年年初和1940年年初分别为重庆建社、上海中华大学图书公司等翻印，并被戏剧书店收录于其编印的"国防戏剧丛书"中，在抗战初期的全国性戏剧运动中产生了广泛的影响，同时，由鲁迅艺术学院编辑、延安新华书店出版的"鲁艺丛书"，如曹葆华等译、周扬编校的《马克思恩格斯列宁论艺术》（文论/1，1940.6），曹葆华、天蓝译的《演剧教程》（文论/1，1940.6）等，也都因其具有重要的政治及艺术影响而被上海晨光书店及华北新华书店、东北书店等"国统区"和"解放区"的出版机构反复翻印再版。

抗战胜利后，按照中共中央关于"延安鲁艺迁往东北办学"的决定，紧随"东北文艺工作团"而辗转于1946年7月抵达东北佳木斯的延安鲁迅艺术学院师生，同年年底又奉命先后组建了东北鲁迅文艺工作团一、二、三、四团及东北音乐工作团，并分别被派赴东北各地，通过戏剧、音乐及美术等各种形式的文艺活动，配合及推动东北解放区的新民主主义政治革命与军事斗争进程，直到1948年年底在沈阳正式成立东北鲁迅文艺学院。在此期间，东北书店等出版的许多主要由"鲁艺"作家及其作品汇编的文艺丛书，不仅清楚地表明及反映出"延安鲁艺"和"东北鲁艺"的历史连续，同时也集中地展示出"东北鲁艺"及其戏曲艺术实践的新发展。据相关文献书目查考，现存的丛书及其版本中，比较能够体现当时"鲁艺"创作风格和传统的有以下三种。一是1947年10月前后，由东北书店、东北画报社编辑出版的"鲁艺创作丛书"。丛书封面采用统一版式，上下红色装饰图形相对，黑色美术体书名，下方插入红色木刻直观图像。其出版的丛书子目有杨蔚、胡零编剧，陈紫配曲的《接担架》（秧歌剧/1，1947.7）；萧龙等编剧，寄明配曲的《干活好》（秧歌剧/2，1947.7）；胡零编剧，陈紫配曲的《收割》（秧歌剧/3，

1947.7）；张望著的《八路军到新解放区》（短篇木刻连环画集/4，1947.4）等。二是由东北文协编辑、东北书店发行的"东北文艺丛书"。丛书封面采用统一构图版式，其子目有〔苏〕万坦·华西莱芙卡亚著，金人译的《只不过是爱情》（小说/1，1947.9）；邓泽原著，东川改编的《红娘子》（京剧/2，1947.9）；刘白羽著的《英雄的记录》（报告文学/3，1947.11）等。三是由1947年7月在哈尔滨成立的东北文协平剧工作团编辑，东北书店印行的"东北文协平剧工作团剧本丛书"，包括崔牧编的《九件衣》（平剧/1，1948.10）等；以及由安东省文工团编辑，东北书店辽东总分店出版的"工农文艺丛书戏剧类"，包括柳顺原作、安东省文工团改编的《换工插禊》（秧歌剧集/1，1949.6）等。

"大众文艺小丛书"：新华书店编辑部编辑，1943年3月至1944年年初由新华书店、冀鲁豫书店等出版发行。丛书封面统一对称编排，构图简洁，红色手书体书名居中竖排。丛书是以实践延安及抗日根据地"新民主主义"政治文化为目的并满足意识形态建设需要，以及配合工农大众读者的阅读期待而编辑的综合性丛书。据北京图书馆1958年编印的《馆藏解放区出版文艺作品书目》①、《中国近代现代丛书目录》、《民国时期总书目》、《中国现代文学总书目》和《中国解放区文艺大辞典》，② 这套丛书现存约为8种，③ 分别为穆义著的《模范党员申长林的故事》（报告文学/1，1943.11），艾青著的《吴满有》（诗集/2，1943.12），赵树理著的《李有才板话》（小说集/3，1943.12），洪荒著的《糠菜夫妻》（短剧/4，1943.12），章东潮著的《陕甘宁边区的生产故事》（报告文学集/5，1944.1），赵树理著的《两个世界》（剧本/6，1944.1），王聪文等集体创作的《双转意》（秧歌剧/7，1944.2），赵树理著的《小二黑结婚》（小说集/8，1944.2）等。

并且，根据相关文献资料考订，除了这套丛书随后曾被太岳书店、华北新华书店、胶东新华书店、农工书店等重印或再版之外，这类以"大众"为

---

① 北京图书馆编：《馆藏解放区出版文艺作品书目》，北京图书馆（油印本）1958年编印。
② 钱丹辉主编：《中国解放区文艺大辞典》，安徽文艺出版社1992年版。
③ 据钱丹辉主编的《中国解放区大辞典》（安徽文艺出版社1992年版，第520页）记载为11种，其中的《老娘婆转变》等应被收入由新华书店东北总分店编辑发行的"大众文艺小丛书"。

题命名的延安文艺丛书，事实上在当时还有很多。它们一般采用统一的版式，相同的编排构图。如东北书店 1949 年编印的"大众文艺小丛书"中，现存的还有王亚平著的《打黄狼》（民间传说，1949），左林著的《光荣夫妻》（秧歌剧，1949.5），张芸生著的《贺功会上再团圆》（长篇叙事诗，1949.7）等。同时，据相关资料考订，至 1949 年先后还有：华北新华书店编辑的"新大众丛刊"，① 包括王丕玉等著的《兰花离婚》（故事集/2，1946.7），华北新华书店编辑部编的《疑难问题一百个》（政治教育/3，1946.8）和《保卫解放区的英雄们》（报告文学集/4，1946.12），苗培时著的《百名英雄》（大鼓词集/5，1946.12），毓明等著的《保证打胜仗的人——后方支援前线的故事》（故事集/6，1947.1），范仁杰等著的《袁家窑打垮假斗争》（故事集/8，1947.6），毛茂春等著的《群众改造干部》（报告文学集/9，1947.6），华北新华书店编辑部编的《想不开的问题想开了》（故事集/10，1947.8）和《生产渡荒大发家》（故事集/11，1947.7）等；山东渤海新华书店编印的"大众丛书"和"大众小丛书"，分别包括孔厥、王溪南著的《一个女人翻身的故事》（短篇小说集，1947.9），冀鲁豫书店编辑部编的《刘伯承的故事》（报告文学，1947.10），陈其芳编的《人民将军的故事·第一集》（诗集/6，1948.8），冰山编的《枪杆诗》（诗集/7，1948.9），边江著的《三代》（报告文学/8，1948.9），王质玉著的《报仇》（故事/9，1948.9），王曼硕著的《懒汉》（报告文学/10，1948.9）等 10 余种。② 直到 1948 年，由大连大众书店编辑出版的一套"大众文艺丛书"，包括延安军法处秧歌队集体创作的《钟万财起家》（街头报道剧，1948.1），关东社会教育工作团编的《秧歌剧》（第 1 集）（秧歌剧集，1948.1），刘洪著的《艾艾翻身曲》（长篇叙事诗，1949.4），青勃、方健编的《中国的十月》（诗歌集，1949.10），赵治国、拓开科著的《群英大鼓与闹官》（大鼓书与快板，1949），张如心、刘芝明等的《萧军思想批判》（论文集，1949.10），艾青等的《大众的诗歌》（论文集，1949）等，也都是基于"文艺是群众生活的反映，从而教育群众的。日前大连市政府教育

---

① 据《中国近代现代丛书目录》（上海图书馆 1980 年版）记载，其丛书为 11 种。
② 据《馆藏解放区出版文艺作品目录》，《懒汉》为渤海新华书店编印的"大众小丛书之十"。

局决定奖励群众的秧歌剧运动"，以及"为了帮助这个运动的开展，持续出这六个小册子，以供热心和爱好这个工作的各界同胞阅读和参考"等原因。①

　　"通俗文艺丛书"：1947年3月至1948年年底，由东北书店出版发行。丛书封面采用统一版式，周边装饰图案构图，均衡编排，右上方插入不同直观图案，下部套色美术体书名横排。在编辑原则及收录范围方面，这套"通俗文艺丛书"除了明显突出编选作品及其形式的"民族化"特点，以面对"不识字的人"或"粗通文字者"之外，更强调作品思想内容上和当时推行的各项政治及社会革命的联动关系，以及对新老解放区工农民众的"思想启蒙教育"等社会作用。② 据《中国近代现代丛书目录》、《馆藏解放区出版文艺作品书目》等，现存的"通俗文艺丛书"版本有周玑璋著的《新年乐》（小调剧，1947.3），袁静著的《刘巧儿告状》（剧本，1947.9），韩起祥口编、高敏夫记录的《刘巧团圆》（鼓词，1947.10），李季著的《卜掌村演义》（鼓词，1947.10），王希坚著的《翻身民歌》（歌谣，1947.10），阎吾等编的《文化翻身的故事》（故事，1947.10），申田著的《煤窑起义》（小说，1947.10），王铁著的《摔龙王》（小说，1947.10），孔厥作词、张鲁配曲的《一家人》（鼓词，1947.10），王希坚的《朱富胜翻身》（鼓词，1947.10），贾霁著的《一切为前线》（话剧，1947.10），董均伦著的《刘志丹的故事》（故事，1947.11），陶纯编的《火牛阵》（故事，1947.11），枣园文工团集体创作的《动员起来》（秧歌剧，1947.11），大成、轻影等著的《老雇农杨树山／平鹰坟》（鼓词，1947.12），王希坚著的《万事不求神》（故事，1947.12），宋镜容编写的《小二黑结婚》（鼓词，1947.12），王乃堂著的《皇甫其建》（鼓词，1947.12），严文井著的《一个农民的真实故事》（故事，1948.1），颜一烟著的《保江山》（故事，1948.1），刘林著的《老姜头翻身》（歌唱，1948.2），金汤编的《翻身农村风光好》（故事，1948.2），井岩盾著的《瞎月工伸冤记》（故事，1948.3），季万编的《保饭碗》（故事，1948.3），金汤编的《翻身歌唱》（歌唱，

---

　　① 大连大众书店：《"大众文艺丛书"印行缘起》，艾青等：《大众的诗歌》，大连大众书店1949年版，第1页。
　　② 王希坚：《万事不求神·编者的话》，东北书店1947年版，第2页。

1948.2），胡青改编的《李有才板话影词》（影词，1948.9），刘林著的《劳动英雄刘英源》（鼓词，1948.9），周戈原作、萧汀改编的《一朵红花》（秧歌剧，1948.11）等。

其实，作为 20 世纪 40 年代延安文艺运动及其"民族形式"艺术实践的重要组成部分与成功经验，那些充分借鉴或利用民间旧形式及其表现手法，来写作配合及适应当时社会、政治等历史内容的通俗化文艺作品，从 1942 年前后，就先后被新华书店及其各分店等列入其编辑出版的诸如"通俗小丛书"、"通俗化丛书"和"大众通俗丛书"等丛书中。如东北书店的"通俗文艺小丛书"，太行文联编印的"太行文联通俗化丛书"，胶东新华书店编印的"通俗小丛书"，新华论坛社编印的"大众通俗文库"，大连大众书店的"大众通俗丛书"等。甚至苏北、冀南、胶东、渤海等地新华书店及苏中韬奋书店等，也编印过诸如"冬学文娱丛书""年关文娱材料""农村文娱材料"及"大众文娱丛书"等多种通俗文艺图书。

"农民翻身小丛书"与"翻身小丛书"：1947—1948 年，分别由冀鲁豫书店编辑部编，冀鲁豫书店及华中新华书店出版。丛书封面采用统一设计版式，上下边红白装饰图案相对，上部红色图案中加入黑色美术体书名，下部插入小幅农民剪影图案。抗战胜利后，为配合当时国共之间的政治斗争及"土改运动"的开展，许多解放区的出版机构也编辑出版了多种利用文艺形式宣传中国共产党当时的方针政策，鼓动、教育民众的专门性文艺丛书。其中，题为"翻身"或"农民翻身"，以及"爱国自卫"等名目的丛书，就成为当时延安文艺丛书编纂活动中的又一现象。据《馆藏解放区出版文艺作品书目》、《北京图书馆革命历史文献简目》及《中国近代现代丛书目录》，1947 年 6 月冀鲁豫书店开始编辑出版的十余种"农民翻身小丛书"①中，现存的版本有冀鲁豫书店编辑部编的《谁听了也得落泪》（故事集/1，1947.6）、《冀鲁豫农民翻身歌谣》（歌谣集/4，1947.8）和《在翻身运动中的冀鲁豫妇女》（故事集/9，1947.10），翟绍先等著的《黄河两岸的英雄模范》（故事集/7，

---

① 《红娘子"造反"》为"农民翻身小丛书之十三"。

1947.10)、《蒋介石的十光政策——冀鲁豫人民的灾难》（故事集/8，1947.10），姜力等著的《范淑秋》（报告文学/11，1947.10），苗春亭等著的《我们从来不缴枪》（故事集/12，1947.10），冀鲁豫书店编辑部编的《红娘子"造反"》（评书/13，1947.10），岳平编的《地主阴谋诡计多》（故事集/14，1947.9）等。此外，华中新华书店出版的子目十余种的"翻身小丛书"中，[①] 现存的版本还有李聪编的《农民坐天上》（土地法教材/1，1948.1），一农编著的《毛主席主张好》（新年说唱/5，1948.2），王士菁编著的《粟裕将军》（说唱鼓词/3，1948.1），李聪编写的《唱大翻身》（诗歌集/4，1948.2），佚名编的《翻身小故事》（故事集/7，1948.4），陈建堂编写的《大众话》（故事集/9，1948.5），尹名等编写的《看林人》（故事集/11，1948.5），芳稷编写的《模范事务长王学成》（故事集/12，1948.5），叔夜编写的《千里还衣》（故事集/13，1948.5），柯岗等编写的《红军的妈妈》（故事集/14，1948.5），等等。

与此同时，除了1946年6月前后，中华全国文艺协会山东分会编辑，山东新华书店出版的"解放文艺丛书"，如第1辑包括贾霁著的《地震》（三幕七景剧，1946.6），方徨著的《红日初升》（长篇叙事诗，1946.8），那沙著的《屠刀下》（三幕话剧，1946.10）和《人民不死》（三幕话剧，1946.10）之外，1947年10月至1948年年初，华北新华书店还编辑出版了"自卫战争文丛"，华中新华书店及其九分店还曾围绕类似的主题编印过多种"九分区自卫斗争小丛书"和"爱国自卫大众文艺小丛书"等。这些丛书一般采用统一的版式，构图编排一致。不过，可能由于政治历史的变迁及丛书出版的变化与文献的散佚等原因，现在能够查阅到这些丛书的子目及版本，都较为困难。

"文艺创作丛书"与"文学战线创作丛书"：1948年前后，由山东新华书店、东北书店等出版机构编辑印行，主要汇编及收录当时小说、报告文学等文艺创作成果，以反映和配合"解放战争"、"土改运动"等中国社会历史进程的延安文艺丛书。据《中国近代现代丛书目录》、《民国时期总书目》等查考，其中值得注意的有以下几种。首先是1947年7月开始，由山东新华书店

---

① 《千里还衣》为"翻身小丛书之十三"。

总店编辑出版的"文艺创作丛书"。该丛书封面采用统一版式，套色设计构图精致，水平编排。现存的子目有洪林著的《李秀兰》（短篇小说集，1947.7），那沙著的《一个空白村的变化》（长篇小说，1947.7），韩川著的《乌龟店》（短篇小说，1947.7），王若望著的《吕站长》（短篇小说集，1947.8），孟蒙著的《抗拒》（短篇小说集，1947.11），陶纯等著、华应申编的《翻身》（短篇小说集，1948.1），白文著的《大榆林》（四幕剧本，1948.2），蒋元椿著的《沂蒙山》（散文集，1948.3），洪林著的《一支运粮队》（长篇小说，1948.8）等。其次是自 1948 年 9 月由东北书店出版的"文学战线创作丛书"。丛书封面采用统一版式，左右不同底色图形相对，构图直观，手书体书名居上，右上角插入丛书标志图案。据公布的"文学战线创作发行"称，"文学战线创作丛书"的"第一集共十册"，当时拟出的丛书子目及编辑出版计划显然和实际的编辑印行情况不同。① 如现存版本有方青著的《高祥》（短篇故事集，1948.9），草明著的《原动力》（长篇小说，1948.9），丁玲著的《陕北风光》（报告文学集，1948.11），西虹著的《在零下四十度》（长篇小说，1948.11），周洁夫著的《老战士》（短篇小说集，1948.12），陆地著的《生死斗争》（中篇小说，1949.4），马加著的《江山村十日》（短篇故事集，1949.5），刘白羽著的《红旗》（短篇故事集，1949.4），井岩盾著的《基本群众》（短篇小说集，1949.4），华山著的《踏破辽河千里雪》（前方通讯集，1949.5）等。

此外，在当时东北编辑出版的延安文艺丛书中，现存的版本及书籍还有以下几种。1946 年年底由东北书店、东北书店牡丹江分店编辑印行的"新文艺丛刊"，其中包括周扬编的《解放区短篇创作选第一辑》（短篇小说集/1，1946.11），周扬编的《解放区短篇创作选第二辑》（散文报告文学集/2，1946.11），舒非编的《解放区独幕剧选第一集》（独幕剧集/3，1946.12），

---

① 据"文学战线创作丛书"插页广告《文学战线创作发行》证明，在最后出版的丛书子目中，刘白羽的《红旗》中首篇即为短篇《战火纷飞》，或许是子目标题的调整。其他变化有：周立波的《营长李云生》和舒群的《文艺散作》未出，而新收录了丁玲的《陕北风光》和陆地的《生死斗争》。参见方青《高祥》，东北书店 1948 年版，第 80 页。

沃渣编的《新美术论文集第一集》（文论/7，1947.8）等；东北书店印行的"新文艺丛书"，其中包括马健翎等著、张庚编的《秧歌剧选集》（一）（秧歌剧集/4，1947.9）；周而复、苏一平等著、张庚编的《秧歌剧选集》（二）（秧歌剧集/5，1947.9），周而复、苏一平等著、张庚编的《秧歌剧选集》（三）（秧歌剧集/6，1947.9）等，以及1947年由东北画报社编辑出版的"东北画报文艺丛书"中，刘白羽著的《延安生活》（报告文学集/3，1947.1），东北文艺工作团颜一烟等著的《军民一家》（独幕话剧/5，1947.3）等。

随后，1949年年末到20世纪50年代初，由新华书店华东总分店及华东人民出版社出版发行，冯雪峰担任主任委员，于伶、巴金、王统照、胡风、夏衍、黄源、陈白尘等任委员组成的"文艺创作丛书编辑委员会"主编的"文艺创作丛书"，继续汇集收录了20世纪40年代末及当时很多的"工农兵文艺"作品。丛书封面设计采用统一版式，构图直观，上部加入不同版画图像，下部美术体书名横排。据相关文献书目查考，这套丛书的子目有：上海剧专师生集体创作、许之乔执笔的《钢铁是这样炼成的》（话剧，1950.5），杨扬子著的《渡江战》（诗集，1950.5），赖少其著的《庄严与丑恶》（话剧，1950.6），赵铠、闻达、郭卓、茹志鹃、岁寒集体创作的《八〇〇机车出动了》（四幕话剧，1950.6），冯岗等著的《火烧震东市》（通讯报告，1950.6），矫福纯等著的《海上风暴》（通讯报告，1950.7），玉杲著的《人民的村落》（叙事诗，1950.7），鲁琪著的《北大荒》（诗集，1950.8），沈默君等著的《孙颜秀》（小说，1950.8），杨扬子著的《开国集》（诗集，1950.9），王士菁著的《往来在六塘河上》（诗集，1950.9），白夜著的《十里风光》（诗集，1950.10），羽扬著的《三号闸门》（工人小说，1950.11），白得易著的《解放战争诗钞》（诗集，1950.11），上海剧专师生集体创作，李健吾等执笔的《美帝暴行图》（剧本，1950.12），夏阳著的《在斗争的路上》（小说，1950.11），冀汸著的《喜日》（诗集，1950.12），苏汎著的《前进，美国的人民》（诗集，1950.12），严辰著的《迎新曲》（诗集，1951.1），陈登科著的《杜大嫂》（小说，1951.1），玉华著的《韩秀贞》（报告文学，1951.1），枫亚著的《向敌后出击》（诗集，1951.1），哈华著的《浅野三郎》（小说，1951.1），艾明之著的《竞赛》（小说，1951.3），韩希梁著的《水风砂》（小说，1951.3），白夜著的《黑牡丹》（小说，1951.3），苏金伞著的《入伍》（诗歌，1951.3），侯唯动著的《美丽的杜甫川淌过的山谷》（叙事诗，1951.4），望昊著的《换心记》（小说，1951.4），玉杲著的《人民子弟兵》（诗集，1951.4），杨丹平等著的《乌云遮不住太阳》（小说，1951.5），冯雪峰著的《上饶集中营》（电影剧本，1951.5），沈西蒙著的《战线》（四幕话剧，1951.5），王安友著的《李二嫂改嫁》（小说，1951.5），刘任涛著的《当祖国需要的时候》（四幕话剧，1951.5），艾煊著、英乔插图的《战斗在长江三角洲》（小说，1951.6），姜汎著的《在我居住的地方》（诗歌，1951.10），黄穗著的《"淘萝命"翻身》（小说，1952.1），刘溪著的《大地回春》（小说，1952.3）等。

"晋冀鲁豫边区文艺创作小丛书"：王中青主编，1947年5月由华北新华书店编辑部编辑，华北新华书店陆续出版发行。① 丛书封面为统一版式，上下边红色装饰图案相对，黑色美术体书名等文字居上，下方插入不同木刻图案。据《中国近代现代丛书目录》、《民国时期总书目》、《馆藏解放区出版文艺作品书目》和《中国现代文学总书目》等考订，现存的丛书版本有：朱襄、阮章竞著的《天水岭群众翻身记》（小说集/1，1947.5），赵树理著、邹雅插图的《福贵》（小说集/2，1947.2），赵树理著、工柳、杨君插图的《李有才板话》（小说集/3，1947.5），马适安编的《揭石板集》（边区农民诗集/4，1947.5），袁潮等著的《李家沟反维持记》（小说集/5，1947.5），赵树理著的《两个世界》（话剧/7，1947.5），袁毓明等著的《由鬼变人》（小说集/8，1947.5），革飞等著的《张苦孩挖穷根》（小说集/9，1947.5），李庄等著的《仇恨》（小说集/10，1947.5），古北等著的《大柳庄记事》（小说集/12，1947.7），刘衍等著的《弹唱小王五》（弹唱诗集/11，1947.6），曹欣著、石岩插曲的《苗秋年小炮班》（歌剧/13，1947.7），曾克等著的《解放"5000发电厂"》（小说集/14，1947.7），刘江、赵正晶等著的《新仇旧恨》（小说集/15，1947.7），朱光等著的《北流寺歼灭战》（报告文学集/16，1947.7），郑东等著的《李德昌围

① 在钱丹辉主编的《中国解放区文艺大辞典》中，误列出了"晋冀鲁豫边区小丛书"和"晋察冀豫边区文艺创作小丛书"。据版本等考订，实际上只有"晋冀鲁豫边区文艺创作小丛书"。

困沁源》（报告文学集/17，1947.7），胡奇著的《模范农家》（三幕话剧/18，1947.7），冈夫等著的《人民大翻身颂》（诗集/19，1947.7），袁勃等著的《不死的枪》（诗集/20，1947.7），太行军区警卫团一连等作的《我们的胜利军》（戏剧集/21，1947.7），刘宝荣等著的《误会》（小说集/22，1947.7），周方等著的《蒋军必败》（活报剧集/23，1947.7），吴林泉等著的《赵有功保田有功》（小说集/24，1947.7），冯牧等著的《新战士时来亮》（报告文学集/25，1947.7）等。本丛书扉页附有署名为"华北新华书店编辑部"的《华北新华书店为征求图书及建立交换关系启事》："敬启者：我们因设备不周，时感参考资料缺乏的困难。为此，谨向各兄弟区报社、书店、文化团体以及其他文化出版机关，征求各种书报杂志。如蒙惠赠，当以我们出版的书志，等量奉酬；并希时赐目录及样本，以便设法购置或定期交换。"①

同样，在汇集及出版专门性文艺创作丛书方面，除了晋察冀边区的"战地社"早于1940年前后编印的10种"诗建设丛书"，② 晋察冀军区政治部1946年编辑出版的4种"晋察冀画报丛刊"，以及华北新华书店1945年12月分别以"李勇大摆地雷阵""受苦的日子算完了"和"减租"为标题，编辑出版的3册《文艺选集》，先后汇辑了邵子南、孙犁、杨朔、周而复、西戎、孔厥、韦君宜、方纪、马烽等24位作家的短篇小说作品之外，1946年3月至9月，在当时的晋察冀边区首府张家口，艾青还主编了一套未完成的"长城文艺丛书"，③ 其中所收录的包括由周扬和张庚编辑的2辑《解放区短篇创作选》和3辑《秧歌剧选集》等，就将"文艺座谈会讲话的方向在创作上具体实践的成果"，以及其"新的伟大的人民文艺的创造过程"，④ 并且"在群众

---

① 华北新华书店编辑部：《华北新华书店为征求图书及建立交换关系启事》，古北等：《大柳庄记事》，华北新华书店1947年版。

② 王剑清等主编：《晋察冀文艺史》，中国文联出版社1989年版，第95页；甄崇德：《西北战地服务团的文学创作活动》，《新文学史料》1989年第1期。但这套丛书仅有存目而未见存世版本，可能已经全部佚散。

③ 河北省新闻出版局出版史志编辑部编：《中国共产党晋察冀边区出版史料选编》，河北人民出版社1991年版，第95页。

④ 周扬编：《解放区短篇创作选（第一辑）·编者的话》，东北书店1946年版，第1页。

中有定评的作品"作为"选择的标准",① 编选了延安文艺运动中涌现出来的几十位作家及其代表作品。因其产生的广泛影响,部分子目被东北书店收入1947年9月编辑出版的"新文艺丛书",随后又被新华书店及山东、中原、西北、华东、苏南等地新华书店翻印重版。

"戏剧杂耍丛刊"与"平原戏剧丛书":分别于1944年9月至1945年夏,以及1947年至1948年间,由山东省文协编辑,山东新华书店和冀中文协编辑,华北新华书店冀中总分店(冀中新华书店)等出版发行。丛书封面水平编排,构图直观,大号美术体书名居上。其中,据阿英的《思毅斋日记(七)》中辑录:"《戏剧杂耍丛刊》,系一九四四年至一九四五年刊,次序为书店印乱,缺一、二及十六三本未印,有的附入他集。故实只十四种。第四册、第十册、第十四册,皆以首篇命名。"其中包括贾霁著的《神兵》(话剧),贾霁等著的《吃地雷》(话剧集),贾霁著的《减租》(秧歌舞剧),华君著的《返光镜》(独幕话剧),艾分著的《难民刘兴义起家》(鼓词),朱卡著的《大家都上学》(小调剧),华君等著的《活神仙》(话剧集),艾分等著的《新年乐》(秧歌剧集),艾分著的《依靠谁反攻》(秧歌活报剧),山东省文协编的《大秧歌》(秧歌集)和《参军去》(秧歌舞集),艾分等著的《组织起来》(秧歌小调集)、《庆祝红军攻克柏林特刊(辑)》(秧歌大鼓杂耍集),白华等著的《方(大)盖枪》(小调剧)等。② 但由于这套丛书散佚较多,因此,查考《中国近代现代丛书目录》、《馆藏解放区出版文艺作品书目》及《民国时期总书目》等,可知在这套"戏剧杂耍丛刊"传存的版本中,除了当时阿英先生未见到而记载为佚"缺"的丛书子目第1种,即辛既白著的《第一炮》(独幕讽刺剧/1,1944.9)外,还有贾霁著的《吃地雷》(独幕剧/4,1945.6),山东省文协编辑的《庆祝红军攻克柏林特辑》(秧歌大鼓杂耍集/14,1945.9),白华、唐文轩著的《大盖枪》(小调剧/17,1945)等散本。

同样,根据《中国近代现代丛书目录》和《中国新文学大系1937—1949·

---

① 张庚编:《秧歌剧选集(一)·序》,东北书店1947年版,第1页。
② 阿英:《阿英全集》(12),安徽教育出版社2003年版,第378—380页。

第二十集·史料·索引》① 等，其著录有新华书店冀中支店编印的均"无版年"的"平原戏剧丛书"1—5集。第一集包括韩巡、卡克著的《打破沙锅》（独幕话剧）和卢威、卡克著的《两方便》（快板剧）；第二集包括胡丹沸著的《罪人》（独幕话剧）和傅铎著的《逃出阎王殿》（话剧）；第三集包括路一、傅铎著的《有理有力》（三幕四场话剧）和秦兆阳著的《教训》（独幕话剧）；第四集包括陈立中等词、刘敬贤曲的《婆媳俩》（小调剧）；第五集包括刘佳欣、李振波执笔的《追谣》（高跷快板剧）和孙民著的《就伴走》（独幕快板剧）。然而，查考《馆藏解放区出版文艺作品书目》、《北京图书馆馆藏革命历史文献简目》及《民国时期总书目》等文献书目，可以证明的是，它们应当与1947年冀中新华书店及华北新华书店冀中总分店出版的这套近20种的"平原戏剧丛书"实有不同。自然，由于类似的原因，由冀中文协编辑的这套丛书传存的也并不多。其中能查阅的版本包括傅林著的《模范家庭》（独幕小调剧/7，出版年份不详），② 王林、傅铎编的《骨肉亲》（实事梆子戏/9，1947.11），杜烽、傅铎等编的《两捆秫秸/三万元》（快板剧、秧歌剧集/10，1947.11），高介云等集体创作的《陈茂林洗脸擦灰》（秧歌剧集/11，1947.11），冀中群众剧社集体创作、邱洪涛等执笔、邱真等作曲的《土地证发给谁/三双鞋》（秧歌剧、梆子、丝弦、老调通用/12，1947.5），战线剧社集体创作、冀中文协编的《上战场》（快板剧、梆子戏/13，1948.12），任河县南留路村剧团集体创作的《农民泪》（梆子戏/14，1948.12），夏风作、王彬编剧、彦苓作曲的《双认错/过堂风》（歌剧、小调剧/15，1948.12），张庆田、王林著的《劳动光荣/最后一分钟》（戏剧集/16，1948.12）等。

此外，在当时非常活跃的晋察冀边区戏剧运动中，还编辑出版过许多的戏剧丛书，具体有以下几种：1945年年初由胶东新华书店编辑出版的"戏剧丛刊"，包括山东省文协实验剧团集体创作、贾霁等执笔的《过关》（三幕

① 本书编辑委员会编：《中国新文学大系1937—1949·第二十集·史料·索引》，上海文艺出版社1994年版。
② 刘会昌：《抗日战争和解放战争时期冀中部分书、报、刊简介》，《河北出版史志资料选辑第九辑》，河北省出版史志编辑部1991年第1期。

剧/1，1945.1），胶东国防剧团集体创作、虞棘执笔的《减租》（三幕五景话剧/3，1945.8）等；1946 年由新四军暨山东军区政治部文工团编，山东新华书店出版的"歌与剧丛书"：布加里等著的《荣归》（独幕剧/1，1946.6），叶华著的《占鸡岗》（三幕剧/3，1946.10），黄其明、范政、张拓著的《淮阴之战》（五幕七场历史报道剧/4，1946.9）等；1947 年前后由太行群众书店编辑出版的"农村戏曲小丛书"，包括阮章竞原著、张万一编剧的《圈套》（秧歌剧，1947.9），武乡盲人宣传队原著、太行剧团暴震编剧的《三门婿上寿》（秧歌剧，1947.10）等；1948 年年底前后由太岳新华书店编辑出版的"通俗戏剧丛刊"与"战斗剧社戏剧小丛书"，包括胡玉亭等著的《一封信》（秧歌剧/1，1948.10），人民文艺工作团著的《放下包袱》（小歌剧、广场秧歌剧/3，1948.11），张学新著的《发土地证》（快板剧/4，1948.12），魏静生著的《河伯娶妇》（评剧/5，1949.3），以及刘莲池作剧，孟贵斌作曲的《家信》（秧歌剧，1949.4）等。

"新演剧丛书"：1946 年 8 月，由东北文艺工作团编辑，分别由大连中苏友好协会、大连新生时报社、大连大众书店、东北书店出版发行。抗战胜利后，中共中央随即在延安组成"东北干部团"被派往东北，并以鲁迅艺术学院戏剧、音乐系师生等在沈阳组建了"东北文艺工作团"分赴东北各地，展开了以戏剧为主，用以"作为团结人民，教育人民，打击敌人，消灭敌人的有力武器，帮助人民同心同德地和敌人作斗争"[①] 的文艺活动。其中，这套由"东北文艺工作团"编辑的"新演剧丛书"，主要汇集并反映了当时延安文艺工作者们在大连等地开展"工农兵"戏剧创作活动的基本面貌和历史事实。据当时发表的关于东北文艺工作团的出版计划及相关报道称，其在大连所编辑印行的"新演剧丛书"由理论与创作两部分组成。"理论"类子目由大连中苏友好协会出版，封面采用统一构图，不同底色装饰图形版式，水平编排，上部白色美术体书名，下部插入海鸥飞翔木刻图案。其中包括张庚著的《什么是戏剧》、《演剧教程》、《秧歌论文集》和《演员自我修养》，以及《苏联

---

① 毛泽东著：《在延安文艺座谈会上的讲话》，解放社 1949 年版，第 2 页。

演剧方法论》、《演技六讲》、《论演员创作》和《瓦戈坦果夫手记钞》等。"创作"类由东北书店出版发行，封面版式统一，水平编排，构图直观，上部不同彩色美术体书名，下部插入木刻飞翔海鸥图案。其子目是《把眼光放远点》、《我们的乡村》、《血泪仇》、《军民一家》、《祖国土地》和《穷人乐》等。[①] 不过，从现存的"新演剧丛书"及其版本来看，至 1946 年 8 月东北文艺工作团撤离大连，已出版的"理论"类包括张庚著的《什么是戏剧》（文论/理论 1，1946），天蓝、曹葆华译的《演剧教程》（文论/理论 2，1946），艾思奇等著的《秧歌论文选集》（文论/理论 3，1947.9）等。"创作"类子目有明显的增加，现存的版本包括李牧、颜一烟、王大化集体创作的《我们的乡村》（话剧/创作 2，1946.5）；马健翎原著，颜一烟、端木炎改编，黄淮等作曲的《血泪仇》（新型秧歌剧/创作 3，1946.8）；颜一烟、王家一合作，颜一烟执笔的《军民一家》（独幕话剧/创作 4，1946.5）；王家乙著、刘炽配曲的《劳军》（秧歌剧/创作 8，1947.9）；林白著的《日头东升》（秧歌剧/创作 8，1947.8）；颜一烟著的《农家乐》（快板秧歌剧/创作 9，1947.8）；颜一烟著的《挖坏根》（七场秧歌剧/创作 10，1947.8）；李牧编剧，沙丹、田风、杜粹远配曲的《参军保家》（四场秧歌剧/创作 11，1947.9）；李南、荆杰、颜一烟集体创作的《如此"正统军"》（秧歌剧/创作 12，1947.9）等，以及"东北文艺工作团戏剧音乐选辑"中西虹作、止怡改编的《军爱民，民拥军》（秧歌剧/3，1948.10）等。

随后，还有由旅大文协编辑、大连东北书店印行的"旅大文协戏剧丛书"。丛书封面采用统一版式，上下不同底色装饰图形相对，水平编排，白色手书体书名居上，下边加入丛书子目、出版机构名称等文字。其子目有包括旅大文艺工作团集体创作，董伟执笔、路曼、徐中一配曲的《一只手的功臣》（歌剧/2，1949.6），雅俊著的《师徒关系》（四幕九场话剧/3，1949.6），王永亭著的《二毛立功》（二幕三场秧歌剧/4，1949.6），傅春和执笔，路曼、王石路配曲的《一条皮带》（戏剧/4，1949.6）等。另外还有由东北书店辽东

---

① 马健翎原著，颜一烟、端木炎改编，黄淮等作曲：《血泪仇·插页广告》，大连新生时报社 1947 年版；《东北文工团在连工作简单报道》，大连市艺术研究室编：《大连文艺史料第 1 辑》，大连市艺术研究室 1984 年 12 月印刷［大文出字（内）2011］，第 16 页。

总分店印行的"工农文艺丛书",包括柳顺原作、安东省文工团改编的《换工插犋》(戏剧/1,1949.6)等。

"东北文艺工作团第二团戏剧音乐丛书":1946年年底,由活动在佳木斯、哈尔滨等地的东北文艺工作团第二团编辑,东北书店出版。丛书封面设计采用统一版式,构图简洁,水平编排,上部红底图形中加入白色美术体书名。据其最初的出版计划称,这套丛书也分为"创作之部"和"选辑之部",其各部子目分别为《血债》(三幕话剧)、《民主联军不要坏人》(秧歌剧)、《美军暴行》(活报剧)、《考验》(三幕话剧)、《买不动》(秧歌剧)、《活捉谢文东》(东北大鼓)、《自卫歌声》(新歌曲)、《反"翻把"斗争》(独幕话剧)、《多生产多分红》(快板剧)、《自卫队抓胡子》(秧歌剧)和《活捉谢文东》(秧歌剧)等,以及《胜利歌声》(群众歌曲)和《黄河大合唱》等①。于是,从《馆藏解放区出版文艺作品书目》、《北京图书馆馆藏革命历史文献简目》和《民国时期总书目》等目录查考中,可以发现这套丛书虽然散佚很多,但是传存的子目版本仍然可观。其中有鲁亚农作,任虹、罗正配曲的《买不动》(新秧歌剧/4,1946.12),吴雪著的《考验》(三幕话剧/6,1946.12),任虹、罗正编的《自卫歌声》(新歌曲/7,1948.3),李之华著的《反"翻把"斗争》(独幕话剧/8,1947.5),鲁亚农作,罗正、李凝配曲的《参军真光荣》(新秧歌剧/9,1948.2),李之华编的《翻身秧歌集》(秧歌集/10,1948.6),刘莎著、邓止怡曲的《安家生产》(秧歌剧/11,1948.5),于永宽、鲁亚农合著的《喜报》(演唱/12,1948.8),罗伯忠著、邓止怡曲的《参军》(秧歌剧/13,1948.5),鲁亚农著的《陈德山摸底》(二人转/14,1948.5),鲁亚农著、止怡配曲的《百战百胜》(歌剧/16,1949.5),朱漪著,任虹、止怡曲的《送子入关》(歌剧/17,1949.3),刘莎作、止怡配曲的《朱宝全生产》(歌剧/18,1949.4),等等。

除此之外,值得注意的还有以下几种。一是由1947年7月成立于哈尔滨的东北文协平剧工作团编辑,东北书店出版的"东北文协平剧工作团剧本丛

①　鲁亚农等:《买不动·插页广告》,东北书店1946年版。

书"，如崔牧编的《九件衣》（平剧/1，1948.11）等。二是1949年前后，由白山
文艺工作委员会编辑，东北书店辽宁分店出版的"戏剧小丛书"，包括曹会平等集
体创作，于大波配曲的《翻身年》（秧歌剧/1，1948.3）；谢力鸣编剧，顾光谦等
配曲，王真插画的《互助》（歌剧/6，1949.3）；辽宁白山文委会编辑室集体创作，
徐少白、战青执笔，孔力配曲的《焕然一新》（歌剧/10，1949.4）；白山文工团集
体创作，赵玉秀执笔，丁建章等配曲的《姐妹比赛》（歌剧/12，1949.5）等。三
是1948年2月由哈尔滨大学戏剧音乐系编辑，光华书店出版的"哈尔滨大学戏剧
音乐系戏剧音乐丛书"，现存的子目有哈尔滨大学戏剧音乐系编的《人民歌曲》
（歌曲集/1，1948.2），张风、恩三等作剧、鹰航作曲的《阴谋》（歌剧/3，
1948.10），力鸣作剧、鹰航作曲的《妯娌争光》（歌剧/2，1948.7），蔡子人等编
剧、鹰航作曲、东北文化教育工作队编的《立功》（八场歌剧/4，1948.10）等。
四是中共辽北省委宣传部编印的"群众文娱戏剧丛书"，包括韩彤、赵家襄编剧，
张长茂、孙同治配曲的《破除迷信》（秧歌剧/2，1949.3）等。

"新音乐丛书"：1946年前后，由东北文艺工作团编辑，东北书店等出版
发行。据相关文献资料记载，这套丛书和他们所编辑的"新演剧丛书"类似，
计划编辑出版的内容也包括"理论"和"创作"两部分。"理论"类子目有
《音乐概论》、《普通乐学》和《视唱讲义》；"创作"子目有《黄河大合唱》、
《歌集》和《活页歌集》等。[1] 虽然这套丛书的子目及版本都已散佚，但是从
随后编辑出版的许多"新音乐"及"革命音乐"丛书，以及流传下来的版本
中，仍可清楚地发现作为20世纪40年代"新音乐运动"中心之一的延安
"新音乐"创作及"革命音乐"的发展轨迹。尤其是它们和抗战初期旨在
"煽动着组织着教育着群众去争取独立与自由"，而"发出雄亮的歌声来反抗
侵略者"和"歌颂着全国团结的力量"，以及"鼓励一切被压迫的民族去反
抗"的"救亡歌声"的历史联系明显不同，[2] 即除了"都是由鲁艺音乐系领

① 马健翎原著，颜一烟、端木炎改编，黄淮等作曲：《血泪仇·插页广告》，大连新生时报社1947年版。
② 冼星海：《鲁艺与中国新兴音乐》，中央音乐学院中国音乐研究所编：《冼星海专辑（一）》（内部参考资料156号），中央音乐学院中国音乐研究所1962年版，第52—26页。

导着"之外,指导原则上"要以马克思主义做他们的艺术理论基础",以及思想主题等具有的"进步性、革命性、斗争性、教育性、组织性、阶级性、党派性和国际性的要素",使之不仅在当时"起了全国音乐界创作的模范作用"及"建立了全国新的作风新的方向",而且形成了"用音乐提高抗战期中的文化生活水平,宣传和组织群众到前方参加抗战"的"革命音乐"艺术传统。①

其中,比较有代表性的丛书或子目,除了"东北文艺工作团第二团戏剧音乐丛书"等丛书中的部分音乐书籍,还有以下几种:1947年8月,由冀察热辽文艺工作团一团编辑,东北书店出版的"冀察热辽文艺工作团第一团戏剧音乐丛书",包括安波词曲的《人民一定能战胜》(民歌联唱/1,1947.8),骆文词、程云曲的《受苦人翻身大联唱》(民歌联唱/2,1947.8)等;1948年由东北民主青年联盟总部编辑,东北书店印行的"民青丛书",包括《青年歌声》(歌曲集/1,1949.7)等;1948年10月,中国音乐研究会编辑,东北书店印行的"东北民间音乐丛刊",包括《东北民歌选》(民歌集/1,1948.10)等;1949年7月前后,由旅大文艺工作团编辑,大连新华书店出版印行的"旅大文协音乐丛书",包括《歌颂毛主席》(歌曲集/1,1949.7),周翔编的《青年歌声》(歌曲集/2,1949.7)和《工人的歌声》(歌曲集/3,1949.7)等;1949年6月,由安东省文工团编辑,东北书店辽东总分店印行的"工农文艺丛书歌曲类",包括《群众歌声》(歌曲集/1,1949.6)等;1949年10月,由旅大文艺工作者协会编辑,大连新华书店印行的"音乐丛书",包括《拥苏歌选》(歌曲集,1949.10);等等。

"东北画报丛刊"与"联合画报解放丛刊":1946年由东北画报社编辑出版,东北书店发行。丛书各子目封面编排和版式设计虽不尽相同,但每种封面构图中均加入大幅木刻版画图像。据北京图书馆编的《馆藏解放区出版文艺作品书目》,以及北京图书馆善本组编辑的《北京图书馆馆藏革命历史文献简目》等记载,目前传存的"东北画报丛刊"版本子目有:华山文、彦涵木刻的《狼牙山五壮士》(连环木刻画/1,1946.9),田间诗、娄霜木刻的《戎冠秀》(连环木刻画/2,1946.9),赵树理作、朱丹插画的《李有才板话》(连环

① 冼星海:《鲁艺第三期音乐系》,中央音乐学院中国音乐研究所编:《冼星海专辑(一)》(内部参考资料156号),中央音乐学院中国音乐研究所1962年编印,第125—128页。

木刻画/3，1946.11），彦涵木刻的《民兵的故事》（连环木刻画/4，1946.10），华山著、沃渣木刻的《黑土子的故事》（连环木刻画/5，1947.1），邵宇作画并诗的《土地》（一、二）（长篇连续诗画/7，1948.2）等。

1948 年年初前后，东北画报社除了重新设计"东北画报丛刊"各子目封面，再版发行《民兵的故事》《人民的军队》《小五的故事》《换枪》《为民除害》《大战城子街》《战斗小故事》《八路军到新解放区》和《舍命救君子》等连环画图书之外，还分别编辑出版了《漫画选集》《于廷洲罪恶史》《消灭于廷洲》《特等劳动英雄任斗植》《捉坏蛋》《改造二流子》《担架队老杨》《帮助人民翻身》和《如此蒋军》等连环画书籍。

1949 年 7 月，上海联合画报社编辑的"联合画报解放丛刊"先后出版发行。其子目有：萧萧编绘的《解放军史画》（连环画，1949.7）和《二万五千里长征史画》（连环画，1949.7），舒宗侨编著的《学生解放运动史画》（摄影集，1949.7）和主编的《解放漫画选集》（画册，1949.7），金怨编著的《蒋美勾结透视》（图文集，1949.7），舒宗侨编著的《八路军抗日画史》（连环画，1949.7）等。

"陕甘宁戏剧丛书"：由陕甘宁边区文化协会戏剧工作委员会 1949 年 6 月编，西北新华书店出版。丛书采用多种不同的封面样式版式，及构图设计多样。从第一种《穷人恨》的均衡编排，红色美术体书名居中横排，右上角加入木刻版画图案；到第二种《红娘子》的水平编排，上下套色木刻版画腰封式构图，左上侧红色美术体书名；第三种《孙大伯的儿子》，封面采用四边绿白乐器装饰图案，红色美术体书名居中横排，右上角插入黑白木刻解说图像，以及第四种《鱼腹山》的上下黑白装饰与木刻版画图形相对，居中对角红底图形中白色美术体书名斜排等。据《中国近代现代丛书目录》、《馆藏解放区出版文艺作品书目》、《中国现代作家著译书目续编》[1] 及《民国时期总书目》等，现存的"陕甘宁戏剧丛书"子目有马健翎著的《穷人恨》（秦腔剧本/1，1949.7），石天著的《红娘子》（平剧/2，1949.6），苏一萍等集体创作、苏

---

① 北京图书馆书目编辑组编：《中国现代作家著译书目续编》，书目文献出版社 1986 年版。

一萍执笔、雪景等配曲的《孙大伯的儿子》（歌剧/3，1949.7），马健翎著的《鱼腹山》（秦腔剧本/4，1949.6），马健翎著的《鱼腹山》（秦腔剧本/4，1949.6），王一达、邓泽、石天集体创作的《北京四十天》（平剧/6，1949.6），高歌编的《导演经验》（文论集/8，1949.8），西北军区政治部文艺工作团集体创作、王宗元执笔、彦军等作曲的《见面》（五场歌剧/9，1949.8），柯仲平著的《无敌民兵》（歌剧/11，1949.8），裴然等编剧、刘峰等作曲的《解放战士》（部队歌舞剧/13，1950.2），战火宣传队纪叶编剧、王博作曲的《高加凯》（部队歌剧/14，1950.2）等。

"新曲艺丛书"：北京大众文艺创作研究会、北京新华广播电台和中国曲艺改进会筹备会等编辑，新华书店 1949 年 12 月出版发行。丛书封面采用统一版式构图，水平编排，上部整幅凤凰对唱剪纸装饰图案中加入红色美术体书名，中下部不同底色基础上，居中插入不同木刻直观图像。作为中华人民共和国成立后编纂出版的一套大型谣曲文体及鼓词作品丛书，"新曲艺丛书"集中反映出了当代中国"新的人民的文艺"方向确立之后，在"工农兵文艺"创作及其实践方面的新成果。据相关文献资料及出版书目查考，从 1949年 12 月至 1950 年 12 月，"新曲艺丛书"分别将 40 余位作家的 92 篇鼓词、大鼓、坠子、牌子曲及单弦等谣曲作品，先后编辑收录于其丛书的 20 辑（种）子目之中。各个丛书子目为：苗培时、李子庆、陶纯、王尊三、贾怀玉等著的《大生产》（鼓词集，1949.12），苗培时、史若虚、赵德新、曹子戈、王亚平、张广兴著的《三勇士推船渡江》（鼓词集，1949.12），王尊三、李德兴、王亚平的《百鸟朝凤》（鼓词集，1949.12），沈冠英、陶纯、苗培时著的《赵亨德大闹正太路》（鼓词谣曲集，1949.12），萧亦玉、沈彭年、沈沙、王亚平著的《蓝桥恨》（鼓词谣曲集，1949.12），景孤血、苗培时、纪新、王命夫、王尊三著的《叶大嫂摇船渡江》（鼓词集，1949.12），马紫笙、管桦、苗培时、梁骕、张翰著的《二十斤米》（鼓词集，1950.4），马紫笙、王亚平、曹子戈、史若虚著的《女司机田桂英》（鼓词集，1950.4），苗培时、王亚平、楚彦、沈彭年著的《武松打虎》（鼓词集，1950.5），沈彭年、苗培时著的《新五圣朝天》（鼓词谣曲集，1950.5），老舍、王尊三、老民、严朴著的

《别迷信》（鼓词谣曲集，1950.12），王亚平、沙鸥、王雁、葛翠琳著的《黑姑娘》（鼓词谣曲集，1950.12），苗培时著的《生产方法大改良》（鼓词集，1950.12），王素、马紫笙著的《红花绿叶两相帮》（鼓词谣曲集，1950.12），王彭寿、刘迺崇著的《测量拒马河》（鼓词集，1950.12），李岳南、杨学彬、赵中祥、关德俊、关学曾著的《巧智谋》（鼓词谣曲集，1950.12），李刚、李彤、王亚平、常泊著的《王明理借楼》（鼓词集，1950.12），金寄水、希治、陈雨门、冯不异著的《小桃园》（鼓词谣曲集，1950.12），沈彭年、冯不异、陈戈著的《好小孩儿》（鼓词谣曲集，1950.12），金守诚、王亚平、老舍、冯不异著的《妯娌们》（鼓词谣曲集，1950.12）等。

因此，可以说从 1936 年至 1949 年，由中国共产党宣传文化部门及其领导的新华书店等出版机构，在当时以延安为中心的各边区或解放区，以及国统区或香港地区等组织编辑出版的多种延安文艺专业性丛书，对于完整把握了解及研究延安文艺运动及其文艺文献史料，以及建构 20 世纪中国文学史料学及延安文艺文献史料学等都有重要的价值及意义。

第三节　"搜残存佚"：延安文艺丛书的史料价值

应当说，丛书类型的延安文艺书籍及其文艺文献史料的编辑出版，从 20 世纪 40 年代至今，一直受到关注延安文艺运动及其作品的读者，以及不同时期出版机构的重视。因此，从延安文艺史料学研究的角度来看，其作为延安文艺文献史料的一个重要来源，不仅有着延续并传播延安文艺作品的艺术生命及其美学趣味的文化作用，同时在 20 世纪中国文学史料学及延安文艺史料学研究上也具有重要的价值与功用。

一　为延安文艺及其作品的传播接受等提供了便利

首先，是延安文艺运动及其作品等群书的汇编及出版，对延安文艺的传播接受及其社会文化作用功能的发挥等都提供了便利。文献学中对于丛书类史料所谓"为其一部之中可该群籍，搜残存佚，为功尤巨"，以及"传书之功亦惟丛书为最大矣"等价值的肯定，同样表现并存在于延安文艺丛书类史料的价值与功用之中。

例如，1948 年春夏之际，时任中共华北局宣传部长的周扬，遵照毛泽东的指示，主持编辑出版了一套大型的"中国人民文艺丛书"。据最初担任这套丛书编辑的陈涌回忆，"中国人民文艺丛书"编辑出版的最初策划，是"早在解放战争初期，毛泽东就曾对周扬讲要把解放区的文艺作品挑选一下，编成一套丛书，准备全国解放后拿到大城市出版"。① 因此，就由周扬担任主编并组织编辑人员，在当时华北解放区的河北省平山县华北局宣传部招待所，开始了"中国人民文艺丛书"的选编工作。其后虽然随着战争的进程及其政治革命的发展，先后增加了康濯、赵树理、欧阳山等人参加选编工作，但是这套"编辑者"署名为"中国人民文艺丛书社"的系列延安文艺丛书，不仅从 1949 年 5 月前后开始陆续由新华书店出版并向全国发行，而且从 1952 年开始由新成立的国家级专业出版机构——人民文学出版社接编并直接沿用"中国人民文艺丛书"的原名称和编辑方针重排再版。根据这套丛书所确定的"编辑例言"及其体例方针，除了首先将丛书定名为"中国人民文艺丛书"之外，同时确定了丛书选编延安文艺及其作品的范围，是"解放区历年来，特别是一九四二年延安文艺座谈会以来各种优秀的与较好的文艺作品"，目的是"给广大读者与一切关心新中国文艺前途的人们以阅读和研究的方便"。并且强调"中国人民文艺丛书"的"编辑标准，以每篇作品政治性与艺术性相结合，内容与形式统一的程度来决定，特别重视被广大群众欢迎并对他们起了重大教育作用的作品"，以及"作者包括文艺工作者及一部分工农兵群众与一般干部，作品的体裁包括戏剧、通讯、小说、诗歌、说书词及其他一切文艺创作"。② 于是，通过有组织及有目的的文艺丛书编辑和作品选本出版，来彰显解放区文艺运动带来的"文学的大翻身"，以及这些"由人民的意识发展出来

---

① 箫玉：《中国人民文艺丛书：开启文学新纪元》，《石家庄日报·周末广场》2009 年 9 月 19 日第 4 版。

② 周扬：《"中国人民文艺丛书"编辑例言》，李季：《王贵与李香香》，新华书店 1949 年版。

的人民文艺"和"正是今天和明天的文艺",① 并以其"新的主题、新的人物、新的语言、形式",展示"新的人民的文艺不同于过去一切文艺的特点",② 以确立新文学运动及其美学趣味的主导性地位,影响并规范当下文学创作的基本规范与读者的审美期待,重整当时的新文学的文体类型新秩序及学术生产等新民主主义的文化实践。

1949 年 7 月初,在北平召开的"中华全国文学艺术工作者代表大会"上,不仅每位与会代表都收到会议发送的据说"五十册之多"的一套"中国人民文艺丛书",③ 而且周扬也在其发表的题为《新的人民的文艺》的大会演讲中,强调延安文艺及其选编的这些"真正新的人民的文艺",既是新中国文艺发展的"伟大的开始",又是当代中国工农兵文艺"新方向"的重要资源,④ 认为无论是从五四以来的"新文艺的历史来看",或是从"新中国的文艺的方向"来看,延安文艺运动及其创作成果,都"可以看出解放区文艺面貌的轮廓,也可以看出中国人民解放斗争的大略轮廓与各个侧面"。尤其是作为"证明了这个方向的完全正确"的"经典性"文本,延安文艺及其作品也成为"中国人民经过了三十年的斗争,已经开始挣脱了帝国主义、封建主义所加在我们身上的精神枷锁,发展了中国民族固有的勤劳勇敢及其它一切的优良品性",而"反映着与推进着新的国民性的成长的过程"的艺术想象及叙述话语。⑤ 同时,作为"解放区的文艺运动的范例",以及其"展开着一个和过去完全不同的崭新的人民的时代",而让当时"会师"于中华全国文学艺术工作者大会的解放区之外的作家,开始接受并产生了"渐渐地有了向前进行的正确轨迹了"的感觉及意识。⑥ 从而在新中国"一体化"的文学体制及其

① 郭沫若:《王贵与李香香·序一》,生活·读书·新知联合发行所 1949 年版,第 2 页。
② 周扬:《新的人民的文艺——在全国文学艺术工作者代表大会上关于解放区文艺运动的报告》,《中华全国文学艺术工作者代表大会纪念文集》,新华书店 1950 年版,第 70、76 页。
③ 徐迟:《徐迟文集》(第 10 卷),作家出版社 2014 年版,第 104 页。
④ 周扬:《新的人民的文艺——在全国文学艺术工作者代表大会上关于解放区文艺运动的报告》,《中华全国文学艺术工作者代表大会纪念文集》,新华书店 1950 年版,第 69、70 页。
⑤ 周扬:《表现新的群众的时代》,香港海洋书屋 1948 年版,第 1、43 页。
⑥ 茅盾:《在反动派压迫下斗争和发展的革命文艺——十年来国统区革命文艺运动报告提纲》,《中华全国文学艺术工作者代表大会纪念文集》,新华书店 1950 年版,第 58、65 页。

政治意识形态的作用下，形成了"新中国文学"根本性的、唯一的艺术资源及"当代文学"的雏形，以及当代中国文学的艺术准则及其国家美学的基本内容。并且为从事20世纪中国文学研究，特别是延安文艺研究的工作者，在查阅利用这些图书资源等方面，提供了极大的便利。

二　保存并提高了延安文艺图书及其文献史料的质量

除此之外，延安文艺丛书还在保存并整理延安文艺文献史料等方面，提高了图书及文献史料的质量。自然，由于从中国出版史及文献学的角度来看，丛书在"保存著述者"及其文献史料的质量等方面都有着重要的作用。一般认为主要体现在以下诸多层面。一是"单行散刻，得之匪艰，失之亦易。丛书部帙浩繁，关怀既笃，庋藏遂谨"；二是"零篇短简，单行则不成帙，合刻则可备数，则书有不适于独行者，非丛刻无以图存"；三是"翻刻图书，流行不广者，既以僻而见遗，不合时好者，又以异而被摈，又若坊贾牟利，是丹非素，尤多遗珠之憾焉。丛书之刻，则或以地而举，或以时而举，或以人而举，或以类而举，标的既悬，摧残名著之虑，自可减免矣"；四是"自明以来，刊印丛书，厥风丕炽，争奇斗妍，或夸其博而扩其量，或矜其精而美其质，于是网罗散佚，垂绝之绪，赖以不堕有焉，校理秘文，复出之本，后来居上者有焉"等。① 从而就使丛书的编辑者们将"荟萃菁华、汇聚群书"作为编选丛书的基本宗旨及出版发行的中心目的。

20世纪40年代延安文艺丛书在以延安为中心的各边区、根据地，以及"国统区"的不断编辑出版，事实上从一开始就显示出了"保存著述者"及其文献资料质量的自觉意识及特点。如1938年3月至8月，担任延安文艺丛书"战地生活丛刊"出版的上海杂志公司总经理，以及发行人的著名出版家张静庐，在谈到抗战初期图书编辑出版界的"出版新书"倾向时，就曾谈到，为让在城市之外的"大众读到"战时"报纸上刊登的名贵的各战线的通讯和报告"，自己"开始想做搜集的工作，将每一战线的记事，编成一集，印成单

---

① 金步瀛编著：《丛书子目索引·序》，刘宝瑞等编校：《民国图书馆学文献学著译序跋辑要》，国家图书馆出版社2012年版，第145—146页。

行本，既可以保留得长久些，也可以推广到远方和内地去"。于是除了相继编辑出版了《西线血战》等多本抗战通讯文集外，更强调"我认为这是抗战的史料，也是最有实效的宣传文字"。并且，在谈及当时"国统区"的延安政治图书及延安文艺书籍出版状况时，认为尽管"过去视为神秘性的共产党人、八路军的种种小册子，也翻印出版有几十种"，但是"这一批书，很少有新的著述，大都是从史诺氏的《西北印象记》一部书中分割下来的；有的从旧的《解放》里抄剪来的"。因此这些被出版界"胡乱剪辑的"延安政治及文艺类图书，"很多是双十二以前的言论与著作，到现在拿出来一翻再翻，虽有相当的销路，终究有妨碍于统一战线，所以中共中央亦于二月四日在汉口《新华日报》上刊登通告，声明对于这些胡乱剪辑的书籍，表示不负责任；后来中央方面也就加以查禁了"。从而提出"在抗战建国时代，我们就需要有建设性的学术图书，国防性的专门典籍，也能够同平时一般源源的印出来。同时更从第一期抗战经验与教训中，建起新的理论来；从参加前线抗战工作，实生活的体验中，产生伟大的文学作品来；为要唤起全国民众的抗战情绪，发动民众自卫武力，编制通俗的大众读物来！这些都是有智慧的作家们的责任，也是贤明的出版家的责任"等。① 应当说，正是基于这样的编辑理念及出版目标，从抗战开始以后，由他及其上海杂志公司先后编辑出版了包括"战地生活丛刊"在内的多种影响广泛的大型抗战文艺丛书，如"大时代文库"、"戏剧丛刊"、"战地报告丛刊"和"每月文库"等。

同样，抗战开始后，基于向华南、港澳地区和海外地区的舆论宣传等政治需要，1938年4月筹组的新华日报社广州分馆，虽然由于同年10月广州沦陷后分馆也随即撤出，分散于韶关及桂林等地，但是在新华日报社广州分馆短暂的活动期间，他们除了翻印发行经销报纸外，还翻印及出版了部分书刊。② 其中，"鲁迅艺术学院戏曲丛刊"即为其编辑出版并较早向华南及港澳地区、海外地区介绍并展示延安及其"鲁迅艺术学院"文艺创作活动的一套丛书。而发起及成立于1938年4月前后的延安鲁迅艺术学院，其戏剧系作为

① 张静庐：《在出版界二十年——张静庐自传》，上海书店1984年影印本，第191、192、196页。
② 参见李峰（雪峰）《〈新华日报〉广州分馆及韶关分销处始末》，《广东党史》1994年第2期。

延安鲁迅艺术学院成立伊始设立的三个系科之一，首任系主任即为著名戏剧家张庚。因此，出于"艺术——戏剧、音乐、美术、文学是宣传、鼓动与组织群众最有力的武器。艺术工作者——这是对于目前抗战不可缺少的力量"等政治现实，认识到"艺术不仅能唤起民众，而且可以组织民众，武装民众的头脑"等社会作用，因而除了要求其"服务于抗战，服务于这艰苦的长期的民族解放战争"之外，同时不断强调"更进一步，我们还要为抗战胜利以后建立独立自由幸福的新中国而工作"及"创造新中国的艺术"，① 以及重申其造就的文艺工作者，"不但要为民主共和国，还要有实现社会主义以至共产主义的理想"。②所以，这套较早出版的延安戏剧丛书，虽然数量有限，却也为抗战文艺及其延安文艺研究保存提供了较为珍贵的图书史料。

相比之下，20 世纪 40 年代在当时的延安、晋察冀、冀鲁豫及晋绥等边区，除了编辑出版多种以表彰英雄模范人物及其事迹为基本内容的丛书，如中共西北中央局调查研究室编辑印行的"陕甘宁边区生产运动丛书"；晋察冀边区行政委员会实业处编印的"大生产运动丛书"；冀鲁豫日报社编辑，冀鲁豫书店出版的"边区群英大会丛书"；晋绥边区行政公署编印的 7 种"晋绥边区第四届群英大会丛书"；太行二届群英大会编辑委员会编辑，太行群众书店出版的 7 种"太行二届群英大会丛书"；山东新华书店编辑出版的"生产运动小丛书"；东北行政委员会办公厅编印的"生产运动丛书"等，为研究延安时期及其新民主主义社会文化与经济建设，保存了许多重要的文献史料之外，还编辑出版了多种大型的延安文艺丛书，汇聚保存了许多延安文艺运动及其创作活动的重要成果。特别是多地举办的各项文艺征文、文艺评奖中的获奖作品。如 1946 年 7 月由田间等组成的"冀晋区编审委员会"编辑的这套"乡艺丛书"，就汇编了当时开展的"乡村文艺运动"及其创作成果。基于"通俗化新文化使之成为大众所能接受的文

---

① 毛泽东等：《鲁迅艺术学院创立缘起》，鲁迅艺术学院：《鲁迅艺术学院成立宣言》，《新文化史料》1987 年第 2 期。

② 毛泽东：《在鲁迅艺术学院的讲话》，中共中央文献研究室编：《毛泽东文集》（第 2 卷），人民出版社 2004 年版，第 123 页。

化"等理论认识，① 这些"乡艺创作"，除了"提倡反映本地实事，表扬积极人物与英雄模范，正确适当的批评工作中的缺点与某些消极落后现象"外，"在创作形式上应尽量采用群众自己选择的、喜爱的、熟悉的形式，即群众批判接受了的新形式（如话剧、活报剧等），利用与改造了的民间固有形式（如梆子、秧歌、说书、年画等），特别是群众综合民间戏剧、音乐、歌舞、活报、快板等各种形式所创造的新歌剧"②。因此，编者在《乡艺丛书出版缘起》中明确提出了五项丛书编纂准则：一是"本丛书选稿标准：首要者是视其内容为人民服务精神如何，思想正确，丰富程度如何；其次是看他的作品在写法上要有可能为群众欢迎"。二是"关于作品的写法（即形式问题），各种形式均所欢迎，不拘于旧也不拘于新，不限于大也不限于小，只要求形式能很好的表达内容（如思想、事件、人物、感情等）"。此外，"本丛书中有些群众创造的形式，很希望读者细心研究和讨论，并希将研究结果随时转告编者，以便鼓励好的创造，防止无目的的模仿"。三是"我们特别希望有改造旧形式的作品，特别是乡村艺人们自己动手改造旧形式的作品"。四是"我们希望有各种内容，各种形式的作品。以便使乡艺运动内容多样化，切合各种人士要求。故凡剧本、画、小说、鼓书、诗歌、故事、传记、回忆录、趣闻、创造经验谈等等都所欢迎"。五是"不但写作的作品，编纂的东西，记录的东西（如记录的歌谣、小调、传说等），我们亦欢迎"。③ 除此之外，从抗战之初就被誉为"模范的晋察冀边区"及其为建党、建政和建军服务的文艺创作活动，④ 也将"大踏步走进广大的群众中去，面对广大的群众，开展通俗的文化运动"，⑤ 以及坚持"面向工农兵、以出版通俗读物为主"等，⑥ 作为其文化建设及图书出版的基本方针。相继编辑出版了"诗建设丛书"等延安文艺

---

① 洛甫：《抗战以来中华民族的新文化运动与今后任务》，《中国文化》1940 年第 1 卷第 2 期。

② 中共晋察冀中央局：《关于文艺工作的三个决定》，《晋察冀日报·增刊》1947 年第 7 期。

③ 乡艺丛书编委会：《乡艺丛书出版缘起》，田间：《民歌杂抄》，星火出版社 1946 年版，第 2 页。

④ 方强：《向模范的晋察冀边区致敬》，晋察冀日报史研究会编：《晋察冀日报社论选》，河北人民出版社 1997 年版，第 203 页。

⑤ 《论边区的文化运动》（社论），晋察冀日报史研究会编：《晋察冀日报社论选》，河北人民出版社 1997 年版，第 74 页。

⑥ 姚文锦等：《晋冀鲁豫边区出版史》（山西部分），山西人民出版社 2009 年版，第 30 页。

丛书，特别是编辑出版于 1947 年的"晋冀鲁豫边区文艺创作小丛书"，在不到一年时间里就先后出版了 25 种之多，① 收录保存了许多在"七七征文""七七七文艺奖金"及"胜利文艺奖金"等文艺评奖中获奖的优秀作品。从而也成为汇集了晋冀鲁豫边区延安文艺运动及其创作成绩的一套大型文艺丛书。

在此值得注意的还有，从 1946 年年初开始在上海、香港等地，由时任中共华南分局文化工作委员会委员、副书记的周而复等主编，并于同年 4 月起先后由上海作家书屋及香港海洋书屋、谷雨社陆续出版发行的"北方文丛""万人丛书"及"文艺理论丛书"等系列延安文艺作品丛书。其中，"北方文丛"作为一套旨在向"国统区"及港澳、东南亚等地区的读者，介绍及传播"延安文艺"及其成就的大型丛书，不仅丛书的主编周而复"是冯乃超指派的群益出版社香港分社的总编辑"，其发行所及总经销的海洋书屋实则"不过是群益香港分店的另一块牌子"，② 而且其编纂的目标和读者对象也非常清晰确定。据周而复称，丛书之所以取名为"北方文丛"，就是"因为当时党中央军事委员会以及解放军主力部队都在西北、华北和东北，'三北'，实际上是代表解放区的称谓。不言而喻，《北方文丛》即是《解放区文丛》"。③ 因此，从1946 年年初至 1949 年 8 月，这套"北方文丛"的编辑刊行，虽然历经上海、香港等地多家出版社的出版重印，甚至为一些书店"冒名"刊行或选印发行，④ 包括各辑子目也因时顺势而多有调整增删，⑤ 但是汇集编选的作品则几

---

① 在现存可考的版本中，《福贵》为"晋冀鲁豫边区文艺创作小丛书之二"，《新战士时来亮》为"晋冀鲁豫边区文艺创作小丛书之二十五"。另可参见晋冀鲁豫边区革命文化史料征集协作组编《闪光的文化历程——晋冀鲁豫边区文艺大事记》，山西人民出版社 1998 年版，第 198 页。

② 柯蓝：《我与群益出版社的两段情缘》，吉少甫主编：《郭沫若与群益出版社》，百家出版社2005 年版，第 260 页。

③ 周而复：《〈北方文丛〉在香港》，吉少甫主编：《郭沫若与群益出版社》，百家出版社 2005 年版，第 247、250 页。

④ 周而复：《〈北方文丛〉在香港》，第 247、250 页。

⑤ 倪墨炎：《周而复主编〈北方文丛〉》，倪墨炎：《现代文坛内外》，上海汉语大词典出版社1998 年版，第 221 页。

乎都是以延安作家及 1942 年"延安文艺座谈会"前后的文艺创作为中心内容。① 这种有组织及有目的的延安文艺丛书编辑活动，在整体上也显示出 20 世纪 40 年代末的延安文艺丛书编辑出版，无论在编辑思想及编选标准，还是在读者对象及阅读期待等方面，都呈现出鲜明的新的意识形态诉求及话语权力建构趋向。

三　"搜残存佚"恢复了部分图书文献资料

由于 20 世纪 40 年代中国历史及其社会境遇的"战时状态"，使得书籍及文献资料因为战乱与物质匮乏而造成的亡佚现象异常严重。因此，搜残存佚就成为中国现代文学及其延安文艺研究中的一项重要任务及内容。其中，对于以延安为中心的各边区、根据地来说，相关文献史料的搜残存佚工作尤为明显。即使是已发表出版的作品或图书，也多因发行数量或地区的限制，尤其是收藏保存条件的局限而散失，难以搜寻。

不过，从抗战初期开始的延安文艺丛书编辑出版活动，经过当时编辑者的辑录，使得绝大部分的延安文艺作品及文献史料，被收录于丛书中得以流传。从较早的"西北战地服务团丛书""战地生活丛刊"，到"鲁迅艺术学院戏曲丛刊""鲁艺创作丛书"等，直至 1949 年前后，由延安及各边区、根据地所编纂出版的延安文艺丛书不断涌现。这不仅为战时状态下的延安文艺运动及其创作活动，搜集保存了大量的原版图书及文献资料，而且为 20 世纪中国文学及其延安文艺的学术研究，提供并奠定了基本的学科基础及学术条件。

其中，从"北方文丛"与"中国人民文艺丛书"中，就能给予我们以下几个层面的注意和发现。

首先，这两套大型延安文艺丛书的编辑刊行，对于延安文艺运动及其成果的传播彰显，特别是代表性或经典性作家作品的保存与流传，扩大及延续其文化和艺术上的认同及意识形态的接受等，都起到直接性的作用和影响。

---

① 在上海作家书屋 1946 年至 1947 年编辑出版的"北方文丛"第一辑中，始终收录有萧军在 20 世纪 30 年代的旧作《八月的乡村》，而在 1949 年 2 月由新中国书局出版的三辑"北方文丛"插页广告中，《八月的乡村》开始为马烽、西戎的《吕梁英雄传》所替代。

据说《白毛女》的出版及上演，就曾"轰动了香港和邻近地区，成为广大群众和文艺界的热门话题"，让读者及观众不仅发现了一个"中国民族形式歌剧的路子"，而且看到"一幅新旧中国交替的缩影，是新中国将要诞生的预告"。① 并且，从文献史料的辑佚及整理来看，由于 20 世纪 40 年代编辑的延安文艺丛书，尤其是"北方文丛"和"中国人民文艺丛书"，都是研究延安文艺活动的第一手资料，从最初即被广为利用并视作延安文艺的"善本"。因此，除了 1949 年 8 月"生活·读书·新知联合发行所从海洋书屋已出版的三辑《北方文丛》中选了 10 本在上海出版发行"之外，② 2000 年 7 月，由人民文学出版社编辑的"百年百种优秀中国文学图书"中，也从这两套丛书中选辑了一些延安文艺作品的版本或"善本"。如其中的长篇叙事诗歌《王贵与李香香》，就是选用了"中国人民文艺丛书"的版本，而非作者李季生前多次修订本。除此之外，还有"北方文丛"大多子目中附录的许多文献史料，如编者周而复为很多小说、诗歌作品写的《编后记》及郭沫若、茅盾等人的批评论文，以及作者的"创作谈"和《前记》或《后记》等，如被收录于"北方文丛"第一辑的《八月的乡村》中，就有一篇作者的《前记——为抗战后〈八月的乡村〉初版而写》的文章。由于这是萧军当时为其作品抗战胜利后重刊而写的一篇序文，对研究作家文学活动有不可或缺的意义及作用。所以，仅此即可以发现这些延安文艺丛书，在延安文艺研究及其文献史料的辑佚与整理方面，以及对于 20 世纪 40 年代中国文学研究等，所能提供的第一手史料价值及历史的"现场感"。

其次，汇集延安文艺群书并集中刊行，除便于读者购求，全面阅读与深入研究之外，其荟萃延安文艺之菁华，使文学史研究者"具于一编，省事省时"的学术功用，更是不容忽略。自然，"北方文丛"和"中国人民文艺丛书"的编者也与古代丛书编辑多由"便于学者"与书籍访求等以解古人的"传本稀少"而"求书之难"等缘起根本不同，但其客观上对延安文艺及其

---

① 周而复：《〈北方文丛〉在香港》，吉少甫主编：《郭沫若与群益出版社》，百家出版社 2005 年版，第 249 页。

② 同上书，第 250 页。

文献史料产生的"搜残存佚"与系统整理等功绩则是相同的。尤其是从文献史料及作品的版本校勘与辩证等角度来说，"北方文丛"和"中国人民文艺丛书"作为 1949 年前后影响最大的延安文艺丛书，其文献史料及作品版本上的原始性或权威性也最为明确。尤其是作为当代中国文学及其"新方向"的开端和基本艺术资源，"中国人民文艺丛书"的编辑出版，不只是一直延续新增到 20 世纪 50 年代初，而且丛书的某些作品版本还被编者或作者修订后重新印行。因此，除了能够通过作品版本的考证校勘，发现某些延安文艺代表作品的版本变迁过程及其修改背后的时代原因之外，后来编辑的延安文艺总集或作品别集中常出现的删改字句及作品注释，尤其是出于政治历史及意识形态等原因，对某些人物、事件及史实的修改等，在这些丛书中往往能够寻找到较完整的作品原貌。例如，从《王贵与李香香》的版本变迁及修改中，就可以发现，"北方文丛"版与"中国人民文艺丛书"版之间存在明显的差异。"中国人民文艺丛书"版虽编辑时间较晚，但其中的《王贵与李香香》从 1949 年 5 月初版之后，就被不断地再版及重印，自然而然地具备了所谓"定本"或"精校本"等新文学"善本"的根本性因素和基本特征。所以，在其初版本中也保留着许多被修改、删节的诗句和注释，如"民国纪年"和有关高岗作为陕北革命领袖的叙事等。

最后，从延安文艺文献史料学的角度，其表现出的文献史料整理价值及意义也更为明显。由于和一般古代丛书编辑者多出于保存濒临绝迹的古书及善本等而更为重视书籍的校勘、鉴定、整理等有所不同，"北方文丛"及"中国人民文艺丛书"的编者，则更多由于战争环境及政治革命的历史原因，以及出于"新的人民的文艺"美学原则及意识形态建构等社会目的，更为重视所选辑作家的代表性及其作品的美学趣味。从而不只是为延安文艺文献史料研究，包括资料辑佚、版本考证、文字校勘及"副文本"研究等方面，同时也为延安文艺及其审美探讨的当下"再解读"和历史阐释等，都提供了广阔的学术空间及研究可能。例如，仅从延安文艺及其作品"副文本"的史料价值来看，由于"北方文丛"和"中国人民文艺丛书"对其丛书封面或扉页插图等"副文本"因素的统一设计，以及其产生的意义参与及阅读导引，不仅为读者理解作品主题与解读文本等赋予了新的内容和意味，同时也为延安文艺及其作品的学术研究提供了超文本的文献史料价值及意义。如"北方文丛"各时期的版本都采用了陕北剪纸"双鱼戏水"及木刻版画的封面设计，表现出丛书编者向往憧憬的政治理想及其文化追求。相比之下，"中国人民文艺丛书"的封面设计却在各个不同时期有着明显的不同，大致上以 1950 年年初为时间点，此前的丛书封面所采用的是汉画石像的图案设计，表现了解放区军民劳动生产、学习生活及革命斗争的场景，此后丛书则采用了工农合作、团结建设的木刻人物图案作为封面，显示出这套丛书在不同历史时期编辑目标及读者对象的变化等历史性特色。

第四章　报刊类型的延安文艺史料研究

　　在 20 世纪中国文学及其延安文艺发展过程中，报刊不仅承担了新文化运动及其思想观念，以及新民主义文化及其意识形态的社会传播与宣传任务，成为现代思想文化及其政党政治，以及中国共产党及其政治革命的一种形象展示，同时也为现代文艺观念的传播和艺术资源、审美趣味的组织接受，以及延安文艺运动及其"新的人民的文艺"创作活动与作品传播，开辟了新的领域和"推及全中国"的可能，成为 20 世纪 40 年代中国文艺及其历史实践的标志。

　　因此，在延安文艺文献史料中，20 世纪 40 年代由中国共产党及其相关宣传文化领导机关主导或支持的延安出版机构，不仅在其所领导的以延安为中心的各边区创办文艺刊物或编辑发行出版物，同时也有意识地利用政治上"国共合作"达成的"合法性"，以及"民国机制"下多元文化共存的社会生态，有组织、有目的地向当时国民政府统治地区的文化出版领域拓展。其中，除了在陕甘宁边区及晋察冀、晋冀鲁豫等边区创办的各种综合性与专门性的文艺报刊之外，从抗战初期直至 20 世纪 40 年代末，在"国统区"还以公开直接创办或隐身支持合作等方式，通过创办刊物及出版发行延安文艺及其作家作品，向"国统区"民众展现中国共产党及其军队的政治形象，宣传其意识形态观念与各项文化政策，推动其新民主主义的政治文化实践等活动。从而不仅有效地传播并配合了中国共产党的政治与文化方针策略，提升并塑造了以延安为中心及各边区的"新民主主义中国"形象，同时，延安的新民主主义文化运动及党的文艺政策，包括延安文艺及其创作在"国统区"的合法出版与广泛传播，又对当时的中国文学发展及"国统区"文艺运动的演变，尤其是抗战胜利前后延安文艺运动及其"新的人民的文艺"的"在全国实行"，① 从社会历史及读者受众等各个方面，提供并奠定了多方面的前提和基础。

于是，从 20 世纪中国文学史料学及延安文艺史料学的角度，以及报刊类型史料研究的层面，考察并探讨报刊类型的延安文艺史料的来源分布和价值构成，可以说对延安文艺史料的搜集整理及研究，以及延安文艺史料学的学科建构都有重要的学术意义。

第一节　战时文化中心的转移与延安文艺报刊的兴起

历史表明，20 世纪 40 年代以延安为首府的陕甘宁等边区，尽管在政治上是一个由中国共产党领导的"为国民政府承认的，享有行政、司法、财政、教育、文化、治安等各项权力"的"特区"；然而，事实上则是一个拥有自己军队及统治权力，"独立自主"并与当时国民政府"分庭抗礼"的行政区域。② 因此，从抗战开始前后，中国共产党及毛泽东等中共领导人，除了要求全党及军队，"在任何环境下，应保持自己的政治面目与组织上的独立性"，以及"应实现自己是唯一组织者与领导者的任务"等"基本原则"之外，③ 不断告诫全党，"中国革命是世界革命的一部分"，而且明确中国革命的最终目标，就是要建立一个"新民主主义"的政治、经济和文化的"新中国"。④ 与此同时，对于发展当时延安的新民主主义文化建设，以及推进延安文艺运动及其创作实践，也进行了系统的理论阐述及思想组织上的规划部署。

---

① 周扬：《表现新的群众的时代·王实味的文艺观与我们的文艺观》，海洋书屋 1948 年版，第 16 页。

② 李洁非、杨劼：《解读延安》，当代中国出版社 2010 年版，第 2 页。

③ 《中共中央关于统一战线区域内党的工作的基本原则草案》，中共中央文献研究室、中央档案馆编：《建党以来重要文献选编（1921—1949）》（14），中央文献出版社 2011 年版，第 5 页。

④ 毛泽东：《新民主主义的政治与新民主主义的文化》，《中国文化》1940 年创刊号。

一　新民主主义文化中心实践与"文化战线"斗争策略

1940 年前后，毛泽东等中共领导人，从抗战后"敌人已将我们过去的文化中心变为文化落后区域，而我们则要将过去的文化落后区域变为文化中心"等角度，① 明确提出了"只有延安不但在政治上而且在文化上作中流砥柱，成为全国文化的活跃的心脏"等文化战略目标。② 同时，不断地强调，"新民主主义文化"建设及其实践的核心问题，就是"只能受无产阶级的文化思想即共产主义思想去领导，任何别的阶级的文化思想都是不能领导了的"。③ 正是在这样的文化策略之下，包括"关于国民党区域的文化运动"，都被纳入中共中央"关于发展文化运动"的整个文化战略规划，以及其"全中国"的新民主主义文化实践之中。因此，不仅以延安为首府的各个边区根据地等将成为新民主主义文化建设的"中心"，同时，"国民党区域的文化运动"也被认为是"很可能广泛发展与极应该广泛发展的一项极端重要的工作"。并且，在抗战时期的"发展文化运动"工作中，"国统区"文化运动被确认为"不但是当前抗战的武器，而且是在思想上干部上准备未来变化与推动未来变化的武器"。因此而被视为一项"有头等重要性"的工作。④

于是，1941 年中共中央宣传部又在其制定的《党的宣传鼓动工作提纲》中，除了要求"国统区"的"文化运动"及其"对外宣传鼓动工作中"，应当认识到"报纸、刊物、书籍是党的宣传鼓动工作最锐利的武器，党应当充分的善于利用这些武器"之外，更具体地提出"办报，办刊物，出书籍应当成为党的宣传鼓动工作中的最重要的任务"。⑤ 所以，20 世纪 40 年代延安文艺及其作品在"国统区"的编辑出版及发行传播，就成为中国共产党在延安

---

① 毛泽东：《论持久战》，《毛泽东选集》(4)，中国共产党晋察冀中央局编印 1947 年版，第 41 页。

② 《欢迎科学艺术人才》(社论)，《解放日报》(延安) 1941 年 6 月 10 日。

③ 毛泽东：《新民主主义的政治与新民主主义的文化》，《中国文化》1940 年创刊号。

④ 《中共中央关于发展文化运动的指示》，中共中央文献研究室、中央档案馆编：《建党以来重要文献选编（1921—1949）》(17)，中央文献出版社 2011 年版，第 526 页。

⑤ 《中共中央宣传部关于党的宣传鼓动工作提纲》，中共中央文献研究室、中央档案馆编：《建党以来重要文献选编（1921—1949）》(18)，中央文献出版社 2011 年版，第 429 页。

开展的"新民主主义文化"建设及其文艺实践活动,如何输出或影响"国统区"文化思潮及其文艺运动的一项政治任务,以及其"关于国民党区域的文化运动"中的重要工作内容。从而反映出中国共产党在立足陕北与延安之后的新形势下,对文化工作思想理论的自觉与对文化建设活动的重视,以及实践其文化策略方针的组织性及主动性。

同时,由于抗战时期延安文艺运动的发生及其发展,是从"陕北苏区"文艺运动中直接起步成长起来的,所以,"培养无产者作家,创立工农大众的文艺,成为革命发展运动中一支战斗力量",也就成为延安文艺运动及其创作活动的首要目标和发展方向。① 因此,延安文艺运动及其创作活动的发生和发展,不仅自始至终都和中国共产党领导的"新民主主义政治"及其社会革命有着天然直接的联系,是"党的文艺工作"及"整个革命事业的一部分",② 并且,作为抗战时期延安新民主主义文化实践的重要组成部分,还自觉地肩负着党的"文化战线"及其"文化军队"展开文艺斗争的使命。因而,延安文艺运动及其创作活动,从来就不是一种自发的或无目的的自由主义文艺行为,而是被规定于中国共产党及其领导的中国政治革命"文武两个战线"中的"文化战线"之内,是一支拿着"笔杆子"的"文化军队"。于是,"从苏区推及全国"或"要在全国实行"等方针政策的推出,对于 20 世纪 40 年代的延安文艺来说,也就绝非一时一地的口号或宣传,而是由政党主导的持续性的政治策略与组织实施的行动。

所以,从 1936 年年底"中国文艺协会"成立时,毛泽东等中共领导人基于对以往"苏区文艺"运动"在文艺创作方面,我们干得很少","没有组织起来,没有专门计划的研究"和"过去我们都是干武的"等问题的总结反思,③ 开始提出"现在我们不但要武的,我们也要文的了,我们要文武双全"等明确的文艺政策方针,并且要求当时的"陕北苏区"文艺运动及其创作,能够"创造发展划时代的广大群众的文化,从苏区推及全中国",从而"用文

---

① 《"中国文艺协会"的发起》,《红色中华》1936 年 11 月 30 日。
② 毛泽东:《在延安文艺座谈会上的讲话》,新华书店 1949 年版,第 29—30 页。
③ 毛泽东:《毛主席讲演略词》,《红色中华》1936 年 11 月 30 日。

艺的创作，将千百万大众的苏维埃运动的斗争故事，传达到全中国全世界"，①完成"以文艺的方法，具体的表现，去影响推动全国的作家、文艺工作者及一切有文艺兴趣的人们，促成巩固统一战线，表现苏维埃为抗日的核心"等"艰难伟大的任务"。② 到抗战开始之后，当时的中共中央及其宣传部门，不仅从组织纪律上提醒"红军改编为国民革命军"后的政治"环境"，是"一方面给了它的活动与外界不良影响的传入以更多的便利，另一方面也给了我们扩大自己影响的便利"。③ 同时，又不断发布指示及制定具体纲领，通过中共中央在"国统区"建立的政治机关及其"文化工作委员会"的精心组织，以及党在"国统区的进步的革命的"作家们的积极配合，在"国统区的文化运动"中通过创办报刊及相关出版机构，宣传介绍及编辑出版延安文艺及其作家作品，贯彻执行"党对于现阶段中国文艺运动的基本方针"，④ 传播张扬中国共产党的政治及其新民主主义文化主张，包括延安文艺运动的发展及其创作成就，从而也在"国统区"延安文艺及其编辑出版的组织化和规范化等方面，与各个阶段延安的"表现新的群众的时代"及"人民的文艺"等文艺创作活动，以及"实现文艺运动的新方向"等方针政策，始终保持着理论及实践等方面的一致或同步。⑤ 正因为如此，延安文艺界的领导人周扬等，根据毛泽东文艺思想及其"新的历史的时代"及"新民主主义文化"建设等理论观点，强调延安文艺运动及其创作实践的目标，"正是要把过去比较的适于大城市，局限于小资产阶级圈子的文化变为能适合于广大农村，与广大战争，以工农兵为主要对象的文化"。⑥ 明确要求将在延安等所实践的"新文艺运动"及"文艺应为大众"的创作目标，作为"明天要在全国实行"及坚持的

① 博古：《博古主席讲演略词》，《红色中华》1936年11月30日。
② 洛甫：《洛甫同志讲演略词》，《红色中华》1936年11月30日。
③ 《总政治部关于新阶段的部队政治工作的决定》，中共中央宣传部办公厅、中央档案馆编研部编：《中国共产党宣传工作文献选编：1937—1949》(14)，学习出版社1996年版，第2页。
④ 中共中央宣传部：《关于执行党的文艺政策的决定》，《解放日报》1943年11月8日。
⑤ 《实现文艺运动的新方向，中央文委召开党的文艺工作者会议，凯丰、陈云、刘少奇等同志讲话，指示到群众中去应有的认识》，《解放日报》1943年3月13日。
⑥ 周扬：《王实味的文艺观与我们的文艺观》，《表现新的群众的时代》，香港海洋书屋1948年版，第16页。

"根本性方针"。① 所以，在 20 世纪 40 年代，有组织地在"国统区"及全国进行延安文艺及其创作成果的推介与宣传工作，就成为当时"要扫除半殖民地半封建的旧文学旧艺术的残余势力，反对新文艺界内部的帝国主义国家资产阶级和中国封建主义文艺的影响"，以建构并完成"新民主主义的文化革命文艺革命"及"人民的文学艺术"等②"新中国"文学目的，也可以说是由中国共产党及其领导的"文化军队"，在"国统区"及其"文化战线"和"军事战线"的"文武"协同，从而进行并完成的一项"艰难伟大的任务"。

同样，20 世纪 40 年代的延安文艺作品，之所以通过创办报刊及出版图书等方式，在"国统区"公开发表和出版发行，其根本原因和政治前提，就是抗战爆发后"国共合作"所形成的 20 世纪 40 年代中国政治格局。"七七事变"发生仅一周之后，中共中央做出"取消一切推翻国民党政权的暴动政策及赤化运动"，"取消现在的苏维埃政府"和"取消红军名义及番号"等决定并"郑重向全国宣言"。③ 1937 年 9 月前后，国民政府军事委员会宣布红军主力改编为国民革命军第八路军。此后，根据国共两党政治协议，延安及其陕甘宁"苏区"被改建为国民政府的陕甘宁"边区"。所以，在短短的六十天时间里，以延安为首府的"中华民国陕甘宁边区政府"出现在当时中国的历史及政治版图之上，成为国民政府行政院的一个直辖行政区域。同时，宣布并承诺"取消苏维埃政府及其制度"后的"陕甘宁边区"，也将"执行中央统一法令与民主制度"。④ 因此也可以说，"抗战救亡"及"国家意识"下的政治认同，也构成了现代中国历史上鲜有的国家机制与政治制度上的"统一"，或者说是特别的 40 年代的现代中国。于是，不仅抗战时期"国共两党"

---

① 周扬：《艺术教育的改造问题》，《表现新的群众的时代》，香港海洋书屋 1948 年版，第 41—42 页。

② 郭沫若：《为建设新中国的人民文艺而奋斗》，《中华全国文学艺术工作者代表大会纪念文集》，新华书店 1950 年版，第 41—44 页。

③ 《中共中央为公布国共合作宣言》，中共中央文献研究室、中央档案馆编：《建党以来重要文献选编（1921—1949）》（14），中央文献出版社 2011 年版，第 370 页。

④ 《中共中央书记处关于同蒋介石谈判经过和我党策略方针给共产国际的报告》，中共中央文献研究室、中央档案馆编：《建党以来重要文献选编（1921—1949）》（14），中央文献出版社 2011 年版，第 137 页。

一致认同的"中华民国"及其立法和相关政策，① 为包括办报办刊等延安文艺在内的文化活动与文艺创作，以及其在"国统区"的出版发行等，提供了必要的"发表言论及刊行著作之自由"，尤其是"非依法律不得停止或限制之"等制度上的基本保障及社会条件，② 而且，作为40年代中国"抗战文艺"运动及其文艺创作的一个重要组成部分，延安文艺及其创作在"国统区"的出版发行，也取得了当时社会政治及文化体制等方面的"合法性"，并且为其刊物及出版的不断发展提供了必要的历史条件与现实可能。

二　从《红中副刊》到《战地》：抗战初期延安文艺报刊的兴起

在20世纪40年代的延安文艺报刊发展史上，创刊于1934年11月的《红色西北》，虽然是"陕甘边苏区"编辑出版的第一份报刊，但是，1935年11月25日于陕北复刊的原中央苏维埃政府机关报《红色中华》，却不仅是中国共产党及其军队在"陕北苏区"编辑出版的第一份综合性报纸，而且是延安文艺运动史上第一份文艺副刊《红中副刊》出现的起点。作为《红色中华》在"陕北苏区文艺"运动中创办的一个文艺刊物，《红中副刊》在新的历史条件下，仍然保持了《红角/赤焰》时的办刊方针，政治性与文艺性的追求成为其主要特点。同时，担任《红中副刊》主编的丁玲，作为"陕北苏区"第一个文艺团体"中国文艺协会"的主任来主编这个副刊，也使副刊本身发生了一些新的变化。其中，毛泽东为"中国文艺协会"制定的"发扬苏维埃的工农大众文艺，发扬民族革命战争的抗日文艺"的方针，就成为丁玲主编该刊所遵循的编辑方针。因此，《红中副刊》的编辑宗旨就是"战斗的时候，要枪炮、要子弹，要各种各样的东西。要这些战斗的工具，用这些工具去打毁敌人。但我们也不应忘记使用另一样武器，那帮助着冲锋侧击和包抄的一支笔"，以及"用各种形式，那些最被人欢迎的诗歌、图画、故事等等，打进全

---

　　① 参见《中华民国临时约法》（1911年3月11日公布），《中国国民党训政纲领》（1928年10月3日通过），《中华民国训政时期约法》（1931年6月1日公布），《中华民国宪法草案》（1936年5月5日公布），《中华民国宪法》（1946年12月25日通过）等。
　　② 《中华民国训政时期约法》，郭卫编：《中华民国宪法史料》，（台湾）文海出版社有限公司1973年版，第42—43页。

中国人民的心里，争取他们站在一条阵线上，一条争取民族解放抗日的统一战线上"。① 其中，尤其值得注意的，就是在《红中副刊》上刊载的毛泽东等中共领导人在中国文艺协会上的讲话，以及毛泽东提出的"我们也要文的了，我们要文武双全"② 等，博古的"这里，拿笔的比拿枪的更重要了"，③ 以及洛甫的"以文艺的方法具体的表现去影响推动全国的作家、文艺工作者及一切有文艺兴趣的人们，促成巩固统一战线，表现苏维埃为抗日的核心"等，④ 表明了中共领导人对于文艺在革命战争中的重要作用有了更加具体的认识与思考，以及党对文艺运动及其发展的领导作用。同时，在这个刊物上，除发表了一些陕甘宁地区文艺运动的信息及通俗性宣传报道外，还登载了一些很有影响的文艺作品，如丁玲的《广暴纪念在定边》、《记左权同志话山城堡之战》和《彭德怀速写》，莫休的《张士保想不通》与《深夜》等。其中《记左权同志话山城堡之战》还被柳青主编的一个文艺刊物转载。与此同时，为促进"陕北苏区"的文艺运动，丁玲还在副刊上发起组织了"苏区的一日"等征文活动等。

1936 年 12 月"西安事变"发生之后，"国共合作"的再次形成及国内抗日民族统一战线的初步建立，也使当时身兼中共中央机关报和陕甘宁边区政府机关报的《红色中华》，除了为适应新的政治形势而于 1937 年年初改为《新中华报》之外，也使《红中副刊》相应改名为《新中华副刊》。自然，在刊物的编辑内容上，《新中华副刊》基本继承了《红中副刊》的创刊宗旨。正如丁玲发表在《红中副刊》的《刊尾随笔》中所指出的那样：在战斗的时候，既需要枪炮、子弹，但也"不应忘记使用另一样武器，那帮助着冲锋侧击和包抄的一支笔"。所以，她号召人们拿起笔，"用各种形式，那些最被人欢迎的诗歌、图画、故事等，打进全中国人民的心里，争取他们站在一条阵线上，一条争取民族解放抗日的统一战线上"。⑤ 为此，她不仅在刊物上发表

① 丁玲：《刊尾随笔》，《红色中华·红中副刊》1936 年 11 月 30 日。
② 毛泽东：《毛主席讲演略词》，《红色中华·红中副刊》1936 年 11 月 30 日。
③ 博古：《博古主席讲演略词》，《红色中华·红中副刊》1936 年 11 月 30 日。
④ 洛甫：《洛甫同志讲演略词》，《红色中华·红中副刊》1936 年 11 月 30 日。
⑤ 丁玲：《刊尾随笔》，《红色中华·红中副刊》1936 年 11 月 30 日。

了一些大众化的文艺作品，同时还刊载了"陕北苏区"文艺运动的一些消息动向。除此之外，《新中华报》还相继创办了诸如《青年呼声》、《特区文艺》、《边区文化》和《动员》等专门性或综合性副刊，从而对抗战初期的延安文艺运动及文艺创作活动，都发挥了深远的影响和积极的作用。

与此同时，1938年1月前后，中国共产党在"国统区"筹组多时的党刊《群众》周刊和党报《新华日报》，相继在当时国民政府的"战时首都"武汉正式创刊。这是抗战开始后，根据毛泽东等人早先提出及中共中央政治局的相关决议，而在"国统区"公开出版发行的两个大型党报党刊。虽然在其《发刊词》中公开宣布"本报愿将自己变成一切抗日的个人、集团、团体、党派的共同的喉舌"，以及"力求成为全国民众的共同的呼声"等编辑理念与宗旨①，然而事实上，则是担负着中共中央赋予并要求的"从苏区与红军的党走向建立全中国的党"，以及"争取党在全国的公开地位，利用一切活动的可能'下山'"等政治方面的任务。② 因此，在"国统区"创办党报党刊和编辑出版新民主主义文化及延安文艺方面的书籍刊物，从始至终都被置于中共中央所确定的"国民党区域的文化运动"等政治斗争策略，以及作为"很可能广泛发展与极应该广泛发展的一项极端重要的工作"等文化方针之中。③ 因此，充分展现延安新民主主义文化建设及其实践方面的新成就与新面貌，就成为"国统区"创办的党报党刊及其编辑内容上的一项主要内容。所以，《新华日报》及《群众》等党报党刊及其所编辑出版的文艺副刊或综合性栏目，以及由一些接受中共领导的，并且是以活跃在"国统区的进步的革命的"④ 作家名义编辑的报纸刊物，不仅成为当时延安文艺在"国统区"公开发表及出版发行的起点，而且通过其"建立在全国公开的党报及发行网"等出版发行渠道，以具体直接的与艺术形象的方式，向"国统区"及全国民众，宣传中国

① 《新华日报·发刊词》，《新华日报》1938年1月11日。
② 毛泽东：《目前抗战形势与党的任务报告提纲》，中共中央文献研究室、中央档案馆编：《建党以来重要文献选编（1921—1949）》（14），中央文献出版社2011年版，第656—657页。
③ 《中共中央关于发展文化运动的指示》，中共中央文献研究室、中央档案馆编：《建党以来重要文献选编（1921—1949）》（17），中央文献出版社2011年版，第526页。
④ 茅盾：《在反动派压迫下斗争和发展的革命文艺——十年来国统区革命文艺运动报告提纲》，《中华全国文学艺术工作者代表大会纪念文集》，新华书店1950年版，第49页。

共产党及其军队在抗战中的新形象，传播延安的新民主主义革命政治实践，确立其新民主主义文化中心地位，推广延安文艺运动及其创作成就，实现其文化及文艺"推及全中国"的任务目标。于是，这些先后由中共中央长江局及南方局直接领导的，分别在全国各大中城市，如广州、重庆、桂林、长沙、南京等建立过分馆和销售点的《群众》周刊和《新华日报》，不仅是当时中共中央在"国统区"政治斗争的排阵布局中"党的一个方面军"，① 而且是当时在"国统区"公开正面宣传报道，以及刊载介绍延安文艺运动及其文艺创作，并延续到 1947 年年初才停刊的文化阵地及文艺报刊。

1938 年 3 月创刊于汉口，署名丁玲、舒群为主编及上海杂志公司总经销的《战地》半月刊，是抗战初期延安作家在"国统区"创办的一个文艺刊物。虽然稍后围绕这个刊物的创办缘起，特别是编辑方针及内容等，两位主编都先后有过不同的解释说明，② 然而，我们从中能够明确发现的是，除了这个文艺刊物的最初名称是由丁玲提议并得到舒群的赞同，然后经过八路军总政治部领导的同意与批准外，刊物的正式出版及编辑方针的确定，却和丁玲与舒群最初设想的在"国统区"正式出版一个类似于"当时西北战地服务团"的"油印刊物《战地》"那样，并且只刊载"本团团员们的反映战地生活的短小的文艺作品和通讯报道"的抗战社团刊物完全不同，而是一个新的"全是大块文章，无一篇西北战地服务团的文章，也看不出同西北战地服务团有什么联系"的"大型"文艺刊物。③ 因此，可以说这个被丁玲视为"借用了'丁玲'与'战地'的名义"编辑出版的《战地》半月刊及其在武汉的问世，④ 无论是办刊理念还是编辑方针，都接受了当时延安文艺界及其领导人周扬、艾思奇等的直接"授意"及具体指示，⑤ 刊物实际的主编也一直是"受

---

① 参见厉华等主编《新华日报暨群众周刊画史·前言》，重庆出版社 2011 年版，第 11 页。

② 分别参见舒群《关于〈战地〉》，《战地》1938 年第 1 卷第 4 期；丁玲：《关于〈战地〉》，张炯等编：《丁玲全集》(10)，河北人民出版社 2001 年版，第 235 页。

③ 同上书，第 235 页。

④ 丁玲：《关于〈战地〉》，张炯等编《丁玲全集》(10)，河北人民出版社 2001 年版，第 236 页。

⑤ 丁玲：《关于〈战地〉》。"随后我收到舒群来信，说他到了延安，把我们出刊物的事向周扬、艾思奇说了，他们意见要在武汉出大型月刊，并给了他一些文稿。舒群便以他们的这一授意与介绍，到武汉联系，由叶以群同志介绍，在一家书店出版。"

延安八路军总部的奉派来汉口创办刊物"的舒群。① 同时，刊物的出版及相关的沟通联系，又得到了当时中共长江局的支持及叶以群的具体协助。因此，《战地》半月刊的编辑内容及其刊载的作家作品，从创刊之时起就不同于或超出了丁玲当初提出的办刊理念和编辑方针，事实上办成了当时的延安文艺界参与全国抗战文艺运动的一个平台，以及有意识地向"国统区"读者及全国文艺界正面介绍与传播延安文艺思潮及创作活动，并且能够"合法"公开发表延安文艺作品的一个文艺刊物。

当然，从1938年3月中旬至同年6月初，《战地》半月刊仅存在了短短的几个月，并且也仅出版了六期，就因为战局和编辑等方面的变化而"寿终正寝了"。② 但是，从《战地》的各期目录中，我们能够清楚地发现，这个被当时的周扬及延安文艺界赋予"有计划地培养新起作家"，以及"扩大文学方面的工作干部"及"训练新作家"等诸多方面"希望"和"任务"的刊物，③ 对于当时延安发生及发展的文艺运动的全面报道，以及延安作家作品的集中发表，使其在当时"国统区"编辑出版的众多文艺刊物中，形成了独特的编辑标准和鲜明的期刊特征。其中，除了周扬的《我所希望于〈战地〉的》和艾思奇的《文艺创作的三要素》等指导性的文艺理论文章，分别强调"今天的问题不是向作家要求作品，而是向作家要求生活。生活是第一义，没有生活的深切的实践，不会有伟大的艺术产生"等，④ 以及所谓"文艺的内容"与"作者的世界观"及"典型的法则"等文艺创作的关系之外，⑤ 又相继编辑发表了许多延安作家的文艺作品，来展示延安文艺创作方面所取得的成绩。如成仿吾等人的诗歌，舒群等作家的小说，陈谓（陈叔亮）、塞克等的剧本，杨朔、张松如、张春桥、高阳、杨恬等的散文及报告文学与力群的木刻。特别是先后刊载的元留（温田丰）的长文《边区的国防文艺》和《新文字运动》，艾思奇的《谈谈边区的文化》，林山记录整理的《戏剧座谈会摘

---

① 姜德明：《守望冷摊·烽火中的〈战地〉》，中共中央党校出版社2002年版，第34页。
② 丁玲：《关于〈战地〉》，张炯等编：《丁玲全集》（10），河北人民出版社2001年版，第237页。
③ 周扬：《我所希望于〈战地〉的》，《战地》1938年第1卷第1期。
④ 同上。
⑤ 艾思奇：《文艺创作的三要素》，《战地》1938年第1卷第1期。

要》，以及沙可夫、柯仲平和骆方等人撰述的《关于诗歌民歌演唱晚会》等文章，对延安的"边区文化"运动及"国防文艺"活动，包括陕甘宁边区的诗歌朗诵、戏剧演出、文艺社团等文艺运动及其创作实践，以及新文字的推广等文化活动，都进行了全面跟踪报道与详细介绍。从而宣示并证明"在地方偏僻，经济落后的边区"，"由于政治力量的推动，边区文化是在主观的努力之下把许多困难克服，使自己的水平提高到平常的状态里万万不能达到的程度了"。①

三 延安文艺整风与文艺报刊在各地区的涌现

应当说，在延安文艺运动发展过程中，1942 年前后的延安文艺整风运动，不仅是中国共产党在以延安为中心的全党范围内所组织开展的整风运动的一个重要组成部分，同时也是延安文艺运动及其文艺工作者所经历的一次深远广泛的思想整风及政治运动。通过延安文艺整风运动，党的文艺政策及毛泽东的文艺思想成为延安文艺运动及其文艺工作者的指导方针和行动纲领。一切被认为是非无产阶级的文艺观点及其创作倾向，都受到严厉的政治批判及艺术上的清理。文艺为政治服务和"工农兵文艺"方向的确立，以及"新的人民的文艺"等审美追求，使当时的延安文艺运动及后来的当代中国文艺发展进入一个新的历史时期。

自然，在此前后，在以延安为中心的陕甘宁边区、晋察冀边区和晋冀鲁豫边区等，已经先后涌现出了众多的延安文艺刊物及综合性的文化报刊。如仅在1941 年年底前的陕甘宁边区，除了 1941 年 5 月延安的《解放日报·文艺》开始出刊，并于四个月后正式创刊，以及先后创刊的《文艺突击》、《山脉文学》、《文艺战线》、《大众文艺》、《大众习作》、《新诗歌》、《中国文艺》、《草叶》、《诗刊》、《谷雨》和《部队文艺》等文艺刊物之外，还创办了诸如《解放》、《团结》、《鲁艺校刊》、《艺术工作》、《八路军军政杂志》、《中国妇女》、《共产党人》、《中国工人》、《中国文化》、《前线月刊》、《文艺

---

① 艾思奇：《谈谈边区的文化》，《战地》1938 年第 1 卷第 2 期。

月报》、《陕北文化》和《西北儿童》等综合性的文化刊物。同样，还有晋察冀的《晋察冀文艺》《晋察冀画报》和《晋察冀音乐》等，以及晋冀鲁豫的《太岳文艺》《西北文艺》和《冀鲁豫画报》等文艺刊物。此外，即使是"国民政府"的战时首都重庆及其统治区域内的桂林、昆明等地，以及"沦陷区"的上海、南京及北平，也在中共南方局及其"文委"组织领导之下，不仅在《新华日报》及《群众》周刊分别创办"团结""星期文艺""二三事""老实话""文艺之页""戏剧研究""木刻阵线""时代音乐""新华副刊"及"书评专页"等综合性副刊或文艺性的报刊专栏，而且充分利用当时作为"国统区抗日民族统一战线的一个战斗堡垒"① 的国民政府军委会政治部第三厅，以及由中共党员、左派作家等为主体的，承担着指导全国抗战文艺运动"中心机关"功能的中华全国文艺界抗敌协会、上海战时统一战线组织——上海文化界救亡协会等组织机构，通过这些机构团体先后主办的《抗战文艺》《救亡日报》《抗战日报》等报刊，使其承担起"国统区"延安文艺报刊的媒介功能并发挥文化引领作用。

　　延安文艺整风运动的展开及其"文艺座谈会"的召开，以及毛泽东《在延安文艺座谈会上的讲话》的公开发表，不仅使延安及各边区的文艺整风运动迅速进入新阶段，同时使延安文艺报刊的编辑出版，无论是报刊的数量及其种类，还是主题思想及其内容形式，都出现了明显的变化和新的面貌。学习践行毛泽东的文艺思想，为党的中心工作及"工农兵"服务等，成为抗战胜利前后，以延安为中心的各个边区或解放区文艺报刊的中心任务。其中，1942 年 6 月前后，由《新华日报》等报刊在"国统区"策划主导的对延安文艺整风运动，尤其是对毛泽东文艺思想与党的文艺政策的宣传工作等，即可以说是一个有力的说明。根据相关资料，当时的《新华日报》及《群众》周刊，不仅连续发表了延安整风运动的相关文件及文艺整风运动的动态，转载了范文澜、艾青等延安作家批判王实味的文章等，而且以"中共中央召开文艺工作会议"及《文化建设的先决问题》等报道与社论的形式，对毛泽东主

---

① 阳翰笙：《第三厅——国统区抗日民族统一战线的一个战斗堡垒》，《新文学史料》1980 年第4 期。

持召开的延安文艺座谈会等，进行了公开的专题宣传及舆论引导。为了推进在"国统区"文艺界对毛泽东文艺思想及党的文艺政策的宣传学习，又采用所谓"分而化之"的手法，将毛泽东的《在延安文艺座谈会上的讲话》的基本内容，做了节录后分别伪装成三篇不同笔名的文艺批评论文送审，从而有效地规避了"国统区"的报刊检查，最后以"毛泽东同志对文艺问题的意见"为总标题，并以"文艺上的为群众和为何为群众的问题"、"文艺的普及和提高"和"文艺和政治"为小标题，在1944年元旦的《新华日报·新华副刊》上，用了一个整版的篇幅进行了刊载，并在编后的"按语"中，突出并强调毛泽东的这个"讲话"，是"有系统地说明了目前文艺运动上的根本问题"。① 紧随其后，又通过转载延安《解放日报》早先发表的《中共中央宣传部关于执行党的文艺政策的决定》一文，以及以"文艺问题"为标题编辑出版《毛泽东在延安文艺座谈会上的讲话》单行本等方式，公开宣传及领导"国统区"文艺工作者学习贯彻与执行毛泽东的讲话精神。与此同时，《新华副刊》及《群众》周刊，又在它们所编辑推出的"文艺问题特辑"中，除了分别发表周扬的《论艺术教育的方针》《马克思主义与文艺》等，何其芳的《关于艺术群众化问题》，刘白羽的《新的艺术、新的群众》等延安作家学习理解毛泽东文艺思想及延安文艺运动的成就的文章之外，还刊载了艾青的诗歌《毛泽东》，公木的诗歌《风箱谣》等，丁玲的小说《田宝霖》，"新英雄传奇小说"代表作家马烽、西戎的小说《吕梁英雄传》，王大化等的秧歌剧《兄妹开荒》，柯蓝的秧歌调《农户计划歌》等，以及何其芳的报告文学《记贺龙将军》，吴伯箫的散文《红黑点》等来自延安等各边区及解放区的作家作品，以配合及推进"国统区"文艺界对毛泽东文艺思想及其延安文艺的理解与学习。

除此之外，在20世纪40年代延安文艺报刊及其作品在"国统区"的编辑出版活动中，1948年3月初在香港编辑，并由香港生活书店等总经销，大众文艺丛刊社及文艺出版社等先后出版的"大众文艺丛刊"，应当说是最值得

---

① 《〈新华日报〉就刊载"毛泽东同志对文艺问题的意见"发表按语》，中共重庆市委党史工作委员会编：《南方局领导下的重庆抗战文艺运动》，重庆出版社1989年版，第444页。

关注的一个在当时"国统区"出版发行的延安文艺刊物。这既是因为刊物的编者都是当时中共华南局及其"文委"的主要领导和成员，更因为刊物的创办是在当时"国共内战"已渐分胜负之际，编辑者们出于"这新的形势也就要求文艺更进一步具体地去配合它的发展"等政治与文化的策略，"为了迎接这即将到来的新形势，觉得有必要特别强调文艺上为工农兵基本方向和无产阶级思想领导的问题"，从而组织筹备在"国统区"编辑出版的一个文艺刊物。① 因此，立足于毛泽东的文艺思想及其理论准则，对于当时"国统区"及全国文艺运动展开系列性的所谓"检讨、批判和今后的方向"，就成为"大众文艺丛刊"基本的编辑理念及政治立场。② 于是，为"发行时应付邮政检查"，"大众文艺丛刊"在创刊后的一年时间里，总共编辑出版了六辑"以书代刊"的大型文艺刊物或丛书。第一辑为荃麟、乃超等著的《文艺的新方向》，第二辑为夏衍等的《人民与文艺》，第三辑为萧恺等收录的《论文艺统一战线》，第四辑分别为荃麟等著的《论批评》和第五辑为《论主观问题》，第六辑为史笃等著的《新形势与文艺》。③ 在这相继出版发行的六辑"大众文艺丛刊"中，宣传并树立毛泽东文艺思想及党的文艺政策的权威地位与理论原则，确立延安文艺与五四新文学、现实主义文艺传统的必然联系，批判"国统区"文艺运动及其发展过程中的"反动文艺"及其文艺思想，以及"小资产阶级知识分子"作家作品和文艺倾向等，进而为延安文艺及其"新的人民的文艺"等"新方向"的确立，从文艺理论上和创作实践上进行意识形态的准备及"合法性"证明，就成为编辑各辑"大众文艺丛刊"之际，编辑者刊载发表相关文学理论和文艺批评以及延安文艺作家作品的基本准则与中心内容。1949 年 3 月，"大众文艺丛刊"在编辑出版的最后一辑《新形势与文艺》中宣告终刊。编者在刊物的《编后》中声明，"由于局势的发展与编委会同人的流动，这期出版后，本刊暂时告结束，俟以后在解放区再考虑复

---

① 史笃、荃麟等：《新形势与文艺·编后》，《大众文艺丛刊》1949 年第 6 辑。
② 本刊同人、荃麟执笔：《对于当前文艺运动的意见》，"大众文艺丛刊"第 1 辑《文艺的新方向》，香港生活书店 1948 年版，第 4 页。
③ 《大众文艺丛刊》的"这后三辑还有换了个书名的版本"，即胡绳等的《鲁迅的道路》，［苏］马耶阔夫斯基等的《怎样写诗》和于伶等的《论电影》。

刊，敬希读者鉴察"。① 从而也在"国统区"的延安文艺及其编辑出版史上，留下了明确的历史印记及深远的文学史影响。"大众文艺丛刊"及其表现出的理论主张、批评立场和方法态度，以及所提供的延安文艺及"工农兵文艺"审美趣味与作品范本，不仅显示了延安文艺在"国统区"的出版传播及宣传影响的强劲深入，而且充分彰显出延安文艺报刊在"党的文艺工作"及"文化战线"中，作为中国共产党及其领导的社会政治革命中的一支"文的军队"，所产生及发挥出的"为新中国文艺定调"和"新中国文艺批评的预演"等政治与文艺方面的历史作用。②

第二节　延安文艺重要报刊简介

事实上，抗战开始后新的社会政治及其文艺发展格局的形成，使以《新中华报》及《解放》等为代表的党报党刊，通过创办文艺副刊或文艺专刊，刊载延安文艺运动通讯报道及其创作活动，展示并宣传延安作家的"工农兵文艺"作品及其"新的人民的文艺"风貌。同时，由陕甘宁边区及各边区、解放区文艺组织团体，以及"同人"创办的各种综合性与专门性文艺报刊，也担负起"发展抗战文艺，振奋军民，争取最后胜利"③ 等文化使命及历史任务，并且它将"不是单纯登载文学作品的刊物，它将是延安、边区以及延安中心所能达到的地区的一切文学艺术工作的镜子"。④ 因此，延安文艺报刊在陕甘宁边区及其他各边区的大量涌现，由延安作家个人或团体在"国统区"创办的各种"同人"刊物，除了基于当时的社会历史与政治文化等提供的现实条件及其法律保障之外，中国共产党及其确立的"在文化上作中流砥柱，

---

① 史笃、荃麟等：《新形势与文艺·编后》，香港生活书店1949年版，第33页。
② 杨联芬等：《二十世纪中国文学期刊与思潮》，百花洲文艺出版社2006年版，第466—468页。
③ 毛泽东：《为〈文艺突击〉的题词》，中共中央党校图书馆：《新民主主义革命时期影印革命期刊索引（抗日战争时期）》，中共中央党校出版社1987年版，第336页。
④ 周扬：《〈文艺突击〉：文艺界的精神总动员——代革新号创刊词》，《文艺突击》1939年新1卷第1期。

成为全国文化的活跃的心脏"等战略目标,① 以及其"文化战线"及"文化军队"等文化斗争意识的自觉,实质上就是将延安文艺及其作品的传播接受,作为新民主主义文化建设的一项重要内容及中心任务。因此,通过创办报刊及编辑出版活动,不仅使延安文艺及其作品的宣传接受,成为延安及各边区或解放区等政治文化生活的重要组成部分,而且通过"合法化"地办报办刊,使延安文艺及其作品得以在"国统区"公开传播,并将中国共产党推行的新民主主义文化及其文艺成就"推及全中国",这也成为"国统区"的"文化战线"及其"发展文化运动"的基本任务和工作内容。② 于是,除了以延安为中心的包括陕甘宁、晋察冀和晋冀鲁豫等边区,以及抗战胜利前后出现的新老解放区等,在中国共产党及军队的宣传部门的直接领导组织之下,以毛泽东文艺思想为指导相继创办了众多专业的文艺报刊及综合性文化报刊之外,"在国民政府统治区"的中共中央南方局及其"文委"的领导及帮助之下,不仅通过"合法"的途径筹办文艺刊物宣传延安文艺作品,而且采取隐身幕后的方式,联合或聘用"国统区"的一些出版机构担任发行人办刊办报,甚至采取不断变换名称或在境外注册等"挂洋旗"的手法,以逃避"国统区"的书报审查制度,宣传介绍中国共产党的新民主主义文化实践及政治意识形态,以及延安文艺运动的艺术成就及其审美趣味,从而使党的"国统区文化运动"及其文艺斗争实践,也成为中国共产党及其政治革命进程中的一种"推动未来变化的武器"。③

一 陕甘宁边区的重要文艺报刊与综合性报刊

抗战时期,以延安为首府的陕甘宁边区,作为中共中央领导的政治革命及新民主主义文化实践与延安文艺运动中心,据说先后编辑出版的报刊就有近五十种。④ 从当下的政治及军事斗争需要及中国革命的实际出发,一方面通

① 《欢迎科学艺术人才》(社论),《解放日报》(延安)1941年6月10日。
② 《中共中央关于发展文化运动的指示》,见中共中央文献研究室、中央档案馆《建党以来重要文献选编(1921—1949)》(17),中央文献出版社2011年版,第526页。
③ 《中共中央关于发展文化运动的指示》。
④ 王文彬编著:《中国现代报史资料汇辑》,重庆出版社1996年版,第684页。

过创办或改造各种报刊，为宣传党的方针、政策和路线等社会政治任务服务；另一方面严格查禁，防范外来报刊的输入传播，要求"边区党政军系统所管辖的书店、图书馆、阅览室、民众教育馆等，均应由党的宣传部门或责成其主管机关进行一次总的清查和登记，将汉奸书报、日寇、希特勒、墨索里尼、托洛斯基、布哈林等的著作，以及国内反共书报一律封存缴送宣传部处理"。①其中，除了《新中华报》《解放日报》《边区群众报》《解放》《中国文化》等党报党刊外，还先后创办了许多文艺副刊及文艺期刊，不仅对当时的陕甘宁边区延安文艺运动及其创作活动有广泛的影响，而且对其他边区、根据地及解放区文艺运动及其创作活动的展开，产生了指导性的影响及示范性作用，从而也为延安文艺史料研究保存了大量的文献资料。例如以下主要报刊的编辑出版。

（一）主要报纸文艺副刊

《红色中华·红角/赤焰》：1933 年 4 月 17 日创刊的《红角》，是《红色中华》报编辑出版的第一个综合性文艺副刊。先后刊发并转载国内及"苏区"文化运动及文艺动态、理论批评和写作知识等，以及诗歌、散文、戏剧演出脚本等文艺作品。1933 年 4 月 23 日，不定期《红中文艺副刊·赤焰》创刊，并在长征途中刊行油印版。在创刊号的《写在前面》中，编者称："我们早就计划要复刊红中的文艺副刊"，以能够"为着创造工农大众艺术发展苏维埃文化而斗争"，以及"我们号召红中的通讯员与读者努力的去把苏区工农群众的苏维埃生活的富康，为苏维埃政权而英勇的斗争的光荣历史事迹，以正确的政治观点与立场在文艺的形式中写出来"。② 其中，在该刊的"五一纪念专号""五卅纪念专号"上，集中发表了沙可夫、思凡、然之、冥冥、津岛等人的广场剧、话剧、诗歌、小说、漫画、歌曲等文艺作品。1933 年 8 月 1 日，《红焰》停刊。

《红色中华·红中副刊》：1936 年 11 月 30 日创刊，是《红色中华》报在

---

① 西北局宣传部：《关于严禁反动刊物及处理外来书报的指示》，中央档案馆、陕西省档案馆编：《中共中央西北局文件汇集（1943 年）》（一），西安出版社 1994 年印刷，第 150 页。

② 《赤焰·写在前面》，《红色中华副刊》1933 年 4 月 23 日第 1 版。

"陕北苏区"创办的一个文艺副刊，主编丁玲。创刊号上除了载有《中国文艺协会的缘起》，以及毛泽东、洛甫、博古等在中国文艺协会成立大会上的"演讲略词"等之外，丁玲还在《刊尾随笔》中，提出该刊的办刊宗旨，就是"我们要从各方面发动使用笔，用各种形式，那些最被人欢迎的诗歌、图画、故事等去打进全中国人民的心的阵地，夺取他们，来站在一个阵线上，一条争取民族解放统一抗日的战线上"。① 1937 年 1 月 21 日，因"西安事变"的发生，《红色中华》报更名为《新中华报》，而《红中副刊》亦相应改名为《新中华副刊》，《红中副刊》出至第 4 期后停刊。

《新中华报·新中华副刊》：1937 年 1 月 29 日由《红中副刊》更名并沿用原刊编辑出版，主编徐梦秋。《新中华副刊》前后编辑出版了 2 期，先后刊载了郭滴人的遗作《广西徭民》，以及丁玲的两篇报告文学和洪水的诗歌等。其中，在最后一期刊物的《本刊启事》中，编者声明，该刊"因篇幅有限，编辑方面受极大的困难，许多文章不能登载，使读者们失望。因此自下期起改作《苏区文艺》，用本子形式并定为周刊，字数亦略加多，内容更求充足，仍随《新中华报》发行"。② 1937 年 2 月 3 日，《新中华副刊》停刊。

《新中华报·青年呼声》：1937 年 2 月 19 日创刊，先后为青年知识社编委会、西北青年救国联合会筹委会、青年知识编委会、青年呼声编委会、西北青救会教育部、边区临时青年救国联合会等所编。刊名为多种变化的美术体，初为三日刊，后改为十日刊。主要编者及作者有铁鸣、朗山、志明、瑞山、王丕军、朗超、贺建山、红虹等。该刊不仅开辟有"陕甘宁通讯""工作谈""抗日青年""小电台""通讯""看图识字"等综合性栏目，同时设有"红军故事""儿童故事""抗日小调"和"猜中有赏"等文艺专栏，刊登了许多的诗歌、莲花落、故事、歌曲、谜语、漫画、连环识字画等文艺作品。1938 年 6 月 25 日，《青年呼声》编辑出版至 61 期后停刊。然后与《边区文化》、《国防教育》等合并，编辑出版新的专刊《动员副刊》。

《新中华报·特区文艺/边区文艺》：1937 年 11 月创刊于延安，特区文

<hr>

① 丁玲：《刊尾随笔》，《红中副刊》1936 年第 1 期。
② 徐梦秋：《本刊启事》，《新中华副刊》1937 年 2 月 3 日。

艺、边区文艺编辑室编辑。刊头为美术体竖排,从第 4 期更名为《边区文艺》。主要报道边区文艺运动和文艺创作动态、理论批评、写作知识短论与戏剧问题等,并且刊载一些诗歌、散文、通讯报告等文艺作品。如徐白行的《特区"文协"成立大会记》,杜映的《在火光里》等。并在《为征求文学通讯员号召》的启事中,声明"特区在政治上是全国'民主'和'抗战'的模范,特区人民生活的改善,也是全国的模范"等,因此,"我们就有从'文艺'上来使他们亲近我们的必要。将生活在几百万人民心中的'特区'变为生活在四万万五千万人民心中的特区"。① 1938 年 2 月 25 日,《边区文艺》编辑出版至第 6 期后停刊。

《新中华报·边区文化》:1938 年 3 月 5 日创刊于延安,边区文化界救亡协会编辑。刊头为毛泽东题写,初为"每月出三期"。在《发刊词》中,编者将"反映边区生活,尤其是抗战生活""反映边区的文化工作"和"要使文化界的范围扩大,使它不仅限制在所谓'文化人'的圈子内"等,② 作为办刊的宗旨及任务。为此,该刊除了主要刊载边区文化运动及其文艺活动的社评要闻,以及相关的理论批评论文和宣传报道之外,也注重发表诗歌、散文,以及文艺通讯等作品。如艾思奇的《谈谈边区的文化》和《完成五四文化运动的任务》,黄药眠的《我对于朗诵的意见》等。1938 年 7 月 20 日,《边区文化》编辑出版至第 8 期后停刊。

《解放日报·文艺》:1941 年 9 月 16 日创刊,《解放日报》"文艺栏"编辑直接受社长和总编辑领导。创刊号版面位于《解放日报》第 4 版下半部,美术体"文艺"刊头右侧竖排。丁玲、舒群先后担任主编,陈企霞、陈学昭、刘雪苇、黎辛等参与编辑工作。主要刊载文艺理论与文艺批评论文、创作随笔和艺术短论等,以及小说、诗歌、散文、杂文、翻译等文艺作品。主要作者有丁玲、萧三、温馨、艾青、奚如、夏葵、吴伯箫、力群、鲁藜、罗烽、平若、刘白羽、欧阳山、实味、舒群、萧军等。1942 年 3 月 30 日,《解放日报·文艺》编辑出版至第 111 期后停刊。

---

① 《特区文艺》编辑室:《为征求文学通讯员号召》,《特区文艺》1937 年第 2 期。
② 《发刊词》,《边区文化》1938 年第 1 期。

《群众日报·群众文艺》：1949 年 11 月 6 日，由陕甘宁边区文化协会群众文艺社编辑的《群众日报》文艺周刊《群众文艺》创刊。胡采担任主编，王汶石为副主编，向太阳、李瑞阳、董士增为编辑。在《群众文艺》周刊第 1 期上刊登的《改版的话》中，编者称："以前，《群众文艺》是单行本月刊，现在改成了报纸上的周刊。周刊有几个好处：反映问题快，出版及时，发行面广，接触的人多；这可以使今后的《群众文艺》，配合现实更紧一些，和群众的联系更密切更广泛一些"等①。《群众文艺》周刊编辑出版之后，除了《群众日报》副刊创办的"《戏剧、电影与音乐》专刊，并入《群众文艺》，不再单独出刊"外②，征求的稿件是"形式不拘，无论文艺、专论、短评、评介、文艺工作经验报告、小说、诗歌、快板、鼓词、小剧、木刻、建议、文艺消息等，均所欢迎"等③。1950 年 1 月 19 日，西北军政委员会成立及陕甘宁边区政府撤销后，同年 9 月 30 日西北文学艺术界联合会宣告成立，陕甘宁边区文化协会解散。原为陕甘宁边区文协群众文艺社编辑的《群众文艺》周刊，亦自同年 10 月 8 日第 41 期开始改为双周刊并沿用原刊期号，由西北文联群众文艺社编辑出版。1951 年 1 月 14 日，群众文艺社宣布："本刊至四十八期结束"并着手"筹办通俗《文艺习作》月刊"等④。因此，《群众文艺》编辑出版至第 48 期后终刊。

《文艺报》：1949 年 9 月 25 日创刊于北平，中华全国文学艺术界联合会主办，文艺报编辑委员会编辑，新华书店、人民文学出版社、作家出版社出版，是同年 7 月 19 日成立的中华全国文学艺术界联合会及中国作家协会机关报。茅盾、丁玲、陈企霞、萧殷、张光年、冯雪峰、冯牧、孔罗荪、谢永旺等先后主编，初为半月刊，后改为月刊、周报等。创刊号封面均衡编排，整幅民间剪纸版面，左侧红色鲁迅手书体刊名竖排，右侧下方为红色数字与文字刊期号。在创刊号的《给愿意做文艺通讯员同志们的信》中，编者不仅将"反

① 编者：《改版的话》，《群众日报·群众文艺》周刊第 1 期，1949 年 11 月 6 日（5）。
② 副刊室：《启事》，《群众日报·群众文艺》周刊第 1 期，1949 年 11 月 6 日（5）。
③ 《群众文艺周刊征稿启事》，《群众日报·群众文艺》周刊第 18 期，1950 年 3 月 26 日。
④ 《〈群众文艺〉社启事》，《群众日报·群众文艺》双周刊第 48 期，1951 年 1 月 14 日。

映文艺工作的情况，交流经验，研究问题，展开文艺批评，推动文艺运动"等，作为本刊的主要任务，同时，表明了该刊的编辑内容，主要包括"文学艺术的理论研究、批评，各地文艺工作动态，作品评介，书报推荐，出版消息，及群众对文艺工作与作品的意见等"。① 1966 年 5 月 20 日，《文艺报》月刊编辑出版至第 5 期（总第 342 期）后停刊。1978 年 7 月 15 日，《文艺报》第 1 期（总第 343 期）复刊；1985 年 7 月 7 日，《文艺报》月刊出版至第 6 期（总第 439 期）后，由月刊改为对开 4 版周报出版至今。

（二）主要文艺期刊

《文艺突击》：1938 年 10 月 16 日创刊于延安，陕甘宁边区文化界救亡协会主办，文艺突击社编辑发行。本刊"曾经出过两期油印版的，现在改为铅印"，② 是陕甘宁边区较早出现且影响较大的文艺类半月刊物。刊物封面水平编排，上方为毛泽东手书刊名，居中为其刊载目录，下方为出版机构、日期等文字。该刊最初由奚原（原名奚定怀）、柯仲平、刘白羽等发起创办，编委有柯仲平、林山、奚原等人。刊载内容有理论批评、诗歌、小说、报告和木刻等，主要作者有奚原、柯仲平、刘白羽、周扬、何其芳、沙汀、萧三等。1939 年 5 月 25 日出版的《文艺突击》新 1 卷第 1 期，"改为以文艺为主的艺术的综合刊物"，③ 并从第 2 期开始采用毛泽东书写的另一刊头。此外，为更好地体现刊物"突击"精神，发挥其社会职能，还特别以"特辑"为名编辑刊物，以实践毛泽东提出的"发展抗战文艺，振奋军民，争取最后胜利"④等办刊目的。1939 年 6 月 25 日，《文艺突击》先后编辑出版 6 期后，1940 年 2 月 25 日中华全国文艺界抗敌协会延安分会决定改其为《大众文艺》而停刊。

《山脉文学》/《山脉诗歌》：1938 年 10 月创刊于延安，由时在延安抗大政治部秘书科工作的奚定怀（奚原）发起成立的"山脉文学社"编辑出版。从1938 年底至 1940 年秋，共出刊 10 余期油印刊本。"山脉文学社"的命名是受

---

① 《给愿意做文艺通讯员同志们的信》，《文艺报》1949 年第 1 卷第 1 期。

② 文艺战线社：《编后记》，《文艺战线》1938 年创刊号。

③ 文艺突击社：《编后记》，《文艺突击》1939 年新 1 卷第 1 期。

④ 中共中央党校图书馆：《新民主主义革命时期影印革命期刊索引（抗日战争时期）》，中共中央党校出版社 1987 年版，第 336 页。

毛泽东开展敌后游击战的思想的启发而产生的。刊名中的"山脉"二字，亦采用毛泽东亲笔手书刊名。1940 年秋，在边区文协的组织领导下，"山脉文学社"与"战歌社"联合编辑出版油印诗刊《新诗歌》。同年 12 月 8 日与"战歌社"等团体合并成立"延安新诗歌会"，《新诗歌》转为该会会刊。

《文艺战线》：1939 年 2 月 16 日创刊于延安，延安文化界救亡协会主办，文艺战线社编辑出版。封面对称编排，不同色彩稿纸版式中，毛泽东黑色手书体刊名竖排。周扬担任主编，编委会成员为丁玲、成仿吾、艾思奇等。在周扬撰写的发刊词《我们的态度》中称，该刊"正如她的名字所表示出的，她是一个战线，整个抗日民族统一战线的一部分，民族自卫战争的意识形态上的一个战斗的分野"。① 主要刊载文艺理论批评、小说、报告、散文、诗歌和木刻等作品。1940 年 2 月 16 日出版至第 1 卷第 6 号后，因拟"改成一个时间间隔较长的季刊"而宣告停刊。②

《大众文艺》：1940 年 4 月 15 日创刊于延安，中华全国文艺界抗敌协会延安分会大众文艺社编辑，萧三担任主编。该刊由《文艺突击》演变而来，刊物采用毛泽东手书的草书刊名，封面彩色版式和均衡编排，每期加入不同的黑白或套色木刻直观版画图像。主要刊载文艺理论批评、诗歌、小说、散文和木刻，以及文艺活动信息和书刊介绍等。1940 年 12 月 25 日编辑出版至第 2 卷第 3 期后终刊，前后共出 9 期。

《大众习作》：1940 年 8 月 1 日创刊于延安，陕甘宁边区大众读物社编辑出版。封面水平编排，上部刊名为时任大众读物社社长周文邀请毛泽东所题写，下部居中插入黑白木刻版画图案。1940 年 11 月 30 日，毛泽东曾在给周文的信中，称许并鼓励道："《群众报》和《大众习作》第二期都看到了，你们的工作是有意义的有成绩的，我们都非常高兴。"③ 1942 年 2 月 26 日，因"依照政府精兵简政的指示"，以及酝酿以大众读物社等为基础组建新的文化

①　周扬：《我们的态度》，《文艺战线》1939 年创刊号。
②　编者：《启事》，《文艺战线》1940 年第 1 卷第 6 号。
③　钟敬之等：《延安文艺丛书·文艺史料卷》(16)，湖南文艺出版社 1987 年版，第 704 页。

协会,大众读物社"宣布结束",①《大众习作》编辑出版至第 6 期后,虽声明将"继续出版",但仍最终停刊。

《新诗歌》(延安版):1940 年 9 月 1 日创刊于延安,由陕甘宁边区文化界救亡协会领导,初期为战歌社和山脉文学社合编,从第 2 期起改由延安新诗歌会编辑。《新诗歌》(延安版)为油印本刊物,随后也成为延安新诗歌会的会刊,主编为萧三,先后发表了 42 位诗人的 65 首作品。刊名采用油印美术体,刊物右上角竖排,诗稿由萧三、刘御等编辑排版后,再交公木安排刻印,出版后部分用于公共场所张贴,部分零售。1941 年 5 月 21 日,《新诗歌》(延安版)出版至第 6 期后停刊。

《歌曲月刊》/《歌曲旬刊》/《歌曲半月刊》:1940 年 9 月在延安创刊的《歌曲月刊》,为陕甘宁边区音乐界协会编辑出版的第一份油印版音乐刊物。刊物"以歌曲艺术的研究为中心,内容包括创作或翻译的歌曲(歌词)以及有关歌艺术的论著或翻译"等。② 其中,除了刊载歌曲理论批评及歌词写作,以及群众性歌咏运动方面的论文报道之外,主要发表延安音乐工作者的歌曲、歌词创作,以及苏联歌曲翻译作品及其理论文章。主要作者有吕骥、塞克、成仿吾、严文井、焕之、郑律成、刘御、鲁藜、杜矢甲、朱子奇、向隅、刘炽、公木、紫光等。1940 年 12 月,《歌曲月刊》编辑出版至第 4 期后停刊,易名为《歌曲旬刊》,并改由延安作曲者协会编辑,边区音协出版部油印出版。

在 1941 年 1 月编辑出版的《歌曲旬刊》创刊号上,编者宣称"我们要创作新的群众歌曲",并强调"我们将有新鲜活泼的、为群众所喜闻乐见的中国气派、中国作风的群众歌曲产生"。③ 因此,该刊将刊载工农兵大众及青年题材的歌曲作品作为编辑重心,以适应及满足陕甘宁边区群众性歌咏活动的需要。1941 年 4 月 21 日,《歌曲旬刊》第 3 期刊出《启事》,声明"本刊自五月一日起,改为半月刊"。④ 更名后的《歌曲半月刊》在编辑理念及内容等方

---

① 《大众读物社启事》,《解放日报》1942 年 3 月 5 日。
② 《稿约》,《歌曲月刊》1940 年第 1 期。
③ 《我们的希望——代发刊词》,《歌曲旬刊》1941 年创刊号。
④ 《启事》,《歌曲旬刊》1941 年第 3 期。

面，延续了《歌曲旬刊》的办刊宗旨及群众性音乐刊物的特点。1941 年 8 月16 日，《歌曲半月刊》编辑出版至第 6 期后宣布停刊。

《新诗歌》（绥德版）：1941 年 6 月在陕北绥德创刊，由延安新诗歌会绥德分会主编，绥德警备区文化协会出版，绥德西北抗敌书店经销，为铅印不定期诗歌刊物。该刊物也是继延安版《新诗歌》之后编辑出版的一个新诗刊物，主编为高敏夫，参加编务的有张蓓、郭小川等。刊物版式延续了延安版的编排风格，但刊名为毛泽东所题写。作为陕甘宁边区编辑出版的第一份铅印刊物，先后共发表诗作 35 首，译诗 4 首，以及 3 篇相关论文。1942 年 7 月，因陕甘宁边区文协绥德分会决定，将刊物与另一刊物《文艺生活》合并，改编为综合性的文艺月刊《青苗》。于是，1942 年 11 月出版至第 8 期后停刊。

《中国文艺》：1941 年 2 月创刊于延安，由中华全国文艺界抗敌协会延安分会的中国文艺社编辑，周扬任主编。刊物封面版式中有毛泽东题写的刊名，以及该期的目录。该刊是《大众文艺》停刊后，延安"文抗"编辑出版的一份创作、评论和翻译并重的大型文艺刊物。主要撰稿人有周扬、丁玲、何其芳、贺敬之等。1941 年 2 月《中国文艺》创刊号出版后即停刊。

《草叶》：1941 年 11 月 1 日创刊，延安鲁迅艺术文学院草叶社编辑出版。主编陈荒煤，编委会由严文井、何其芳、周立波、陈荒煤等组成。社名和刊名均取自美国现代诗人惠特曼的诗集《草叶集》，铅印横排，左上角手书体刊名。主要作者有立波、朱寨、贺敬之、何其芳、严文井、荒煤、赵自评、天蓝、孔厥等。初期注重刊载鲁迅艺术文学院师生的小说、诗歌、报告文学及理论批评作品，1942 年 6 月刊物经过整顿及革新之后，编委会拟定出新的编辑方针，扩大并切近刊物的编辑范围和现实的联系等。从刊物创刊至 1942 年9 月停刊，《草叶》先后共编辑出版了 6 期。

《诗刊》：1941 年 11 月 5 日创刊于延安，诗刊社编辑出版，为延安诗歌总会创办的一个装订成册的铅印诗歌刊物。刊物封面均衡编排，左侧美术体刊名竖排，中右侧下部本期刊载目录竖排。主要发起及编辑者有艾青、萧三、柯仲平、严辰、王禹夫等，艾青担任主编。《诗刊》以"努力提高中国新诗之艺术，克服新诗之标语口号的倾向"等为办刊宗旨，① 编辑内容大致分为"创作"、"翻译"和"理论"多个栏目。1941 年 12 月 11 日延安诗会成立后，《诗刊》事实上成为该文学团体的会刊。现存的刊物，仅有 1942 年 5 月 5 日停刊前出版的第 6 期。

《谷雨》：1941 年 11 月 15 日创刊于延安，中华全国文艺界抗敌协会延安分会会刊，延安文抗编辑委员会编辑。刊物铅印竖排，右侧上部垂直美术体刊名，下部为本期刊载的作品目录。编委会由舒群、丁玲、艾青、萧军、何其芳等人组成，并且分别轮流主持刊物的编辑工作。"本刊欢迎各种文艺作品，如小说、诗与散文、报告文学、速写、戏剧等和文艺理论"等。② 创刊号载有丁玲的小说《在医院中时》，柳青的《一天的伙伴》，以及厂民、何其芳、庄启东、吴伯箫等的诗歌散文和周扬的文论与译文等。该刊的主要作者为丁玲、刘白羽、周立波、舒群、罗烽、周而复、柳青、方纪、马加、吴奚如、雷加、黑丁、贾芝、陆地、天蓝、艾青、何其芳、严辰、李雷、萧三、鲁藜、吴伯箫、庄启东、王实味等。1942 年 8 月 15 日，《谷雨》出版至第 1 卷第 6 期终刊，共出版 6 期。

《部队文艺》：1941 年 12 月创刊于延安，为中共中央军委直属政治部文艺室（简称"军直文艺室"）机关刊物。《部队文艺》刊名由时任军直政治部主任胡耀邦题写，铅印不定期出版。刊物主编为公木，晋驼、方杰、朱子奇等分别负责小说、散文和诗歌等编辑工作，努力倡导"兵写兵"等活动，培养能从事创作的文艺战士，将部队文艺视为部队政治工作的重要领域。从1941 年 12 月创刊号出版，至 1942 年 4 月第 2—3 期合刊问世，共编辑出版 3期后终刊。

《青苗》：1942 年 10 月创刊，陕甘宁边区文协绥德分会编辑出版，是由其原来编辑出版的《文艺生活》和《新诗歌》两个刊物合并而成的一个综合性文艺月刊。《青苗》以青年学生、小学教师和一般中下级干部为对象，除了

---

① 孙国林、曹桂芳：《毛泽东文艺思想指引下的延安文艺》，花山文艺出版社 1992 年版，第799 页。

② 《征稿启事》，《谷雨》1941 年创刊号。

刊载相关理论文章，以及"一般读物：自然科学、社会科学、哲学、文学、史地、时事、政治、经济等常识，以小品文形式写出者"之外，主要发表"诗歌、小说、散文、剧本、木刻、歌曲等作品"。① 1942 年 12 月第 3 期出版之后停刊。

《边区群众报副刊》：1947 年 9 月 1 日创刊，边区群众报社编辑，边区新华书店发行，为中共西北局主办的《边区群众报》"报外刊"综合性文艺副刊。在创刊号上，编者将"以文艺为主的通俗的综合杂志"等作为办刊宗旨及任务.② 因此，刊物不仅发表了许多小说、诗歌、报告文学、木刻、歌曲等文艺作品，同时还刊登了很多的歌谣、故事、对联、谜语等大众化及通俗化的作品。主要作者有柯蓝、闻捷、蓝钰、秋水、也辛、钟纪明、紫虹、叶天等。1947 年 12 月 1 日，因"我们准备恢复战争以前的《边区群众报》，七天出一次，来代替这个小册子"，《边区群众报副刊》编辑出版至第 3 期后停刊，③ 从第 4 期开始更名为《群众日报副刊》，成为该报每周副刊专版。1948 年 6 月 19 日，《群众日报副刊》编辑出版至第 17、18 合刊后停刊。同年 7 月 16 日，更名为《群众》（周报）出版发行。

《群众文艺》：1948 年 8 月 15 日在延安创刊，陕甘宁边区文化协会群众文艺编委会编辑。铅印竖排，封面对称编排，上部双行竖排毛泽东题写的手书体刊名，下部为本期要文目录。第 3 期及以后封面采用水平编排，上部刊名横排，下部加入黑白木刻鲁迅头像或不同的黑白木刻版画插图。刊物注重登载报告文学、说唱文学（包括鼓词、快板等）、秧歌剧等文艺作品，以及理论批评和文艺思潮方面的文章信息等。主要作者有杜鹏程、柯仲平、刘白羽、戈壁舟、王玉胡、苏一萍、汶石、马健翎、钟纪明、张季纯、林山、韩起祥、齐统等。从 1948 年 8 月至 1949 年 8 月，《群众文艺》先后编辑出版 12 期后停刊。

《文艺报》：1949 年 5 月 4 日创刊于北平，中华全国文学艺术工作者代表

---

① 陕甘宁文化协会绥德分会：《征稿启事》，孙国林、曹桂芳：《毛泽东文艺思想指引下的延安文艺》，花山文艺出版社 1992 年版，第 811 页。
② 编者：《几句知心话》，《边区群众报副刊》1947 年创刊号。
③ 编者：《握手告别》，《边区群众报副刊》1947 年第 3 期。

大会筹备委员会主办,《文艺报》编辑委员会编辑出版,新华书店总经销,16开本周刊。茅盾、胡风、严辰等主编,董均伦、杨黎、侯民泽、钱小晦等参与编辑工作。在创刊号版面构图中,上部红色木刻版画中红色美术体刊名居中,左右侧分别为出版机构与本期目录等文字。其下方刊载的《发刊词》中,编者称,"作为交流经验,交换意见,报道各地文学艺术活动的情况,反映群众意见的工具"等,"这便是全国文学艺术工作者代表大会筹备委员会决定要发刊这一个《文艺报》的原因"。① 所以,宣传报道工农兵文艺的理论及党的文艺政策方针,推动文艺工作者思想观念的转变,不仅成为本刊编辑内容及版面安排的重心,同时,大量刊载各解放区文艺运动的经验,以及总结其各个领域文艺创作实践的论文等,占据了该刊的主要版面。中华全国文学艺术工作者代表大会闭幕之后,1949年7月28日,《文艺报》周刊编辑出版至第13期后停刊。同年9月25日,作为全国文联和中国作家协会机关刊物的《文艺报》半月刊"第一卷第一期"创刊。

(三) 主要综合性报纸

《红色中华》/《新中华报》:1931年12月11日在江西瑞金创刊的《红色中华》,是当时中华苏维埃中央政府在江西瑞金创办的机关报,1934年10月长征开始后暂时停刊,1935年11月25日随中央红军在"陕北苏区"瓦窑堡油印复刊。西安事变后,中共中央指示其于1937年1月29日改名为《新中华报》,期号续前,在延安油印出版,仍署名为"苏维埃中央政府机关报"。社长向仲华,总编辑李初梨。1937年9月陕甘宁边区政府成立后,该报改组为陕甘宁边区政府机关报,报头由毛泽东题写。1939年2月7日,《新中华报》改出革新版,为中共中央机关报,兼为陕甘宁边区政府机关报,由原来的5日刊改为3日刊。其中,第4版文艺副刊是发表理论批评及文艺作品的主要版面。从《新中华副刊》、《特区文艺》到《边区文化》、《动员》等,该报不仅发挥着党对新民主主义文化及其文艺运动实践的指导作用,以及对延安及各边区文艺运动动态的宣传报道,同时,还是刊载延安文艺创作,包括木刻、

---

① 《发刊词》,《文艺报》1949年创刊号。

漫画、诗歌、特写、报告文学、小说、散文、文学批评、民谣等文艺作品的重要园地。1939年2月28日,《新中华报》编辑的最后一个副刊《新生》出版至第4期后编辑停刊。1941年5月15日,《新中华报》出版至第230期后停刊,然后与《今日新闻》合并创办《解放日报》。

《边区群众报/群众日报》:1940年3月25日在延安创刊,原为中共陕甘宁边区党委机关报,由陕甘宁边区文化协会主办,延安大众读物社编辑出版,周文任社长,胡绩伟任主编。该社以"供给边区识字少的群众以文化食粮,并提高他们的文化水准,以开展新民主主义的文化的启蒙运动"为宗旨①。毛泽东题写的报头竖排。1941年5月改为中共中央西北局机关报,1942年2月26日,边区群众报社"在边区文协领导下,正式成立,由谢觉哉同志任社长,胡绩伟同志任总编辑"②。1947年3月间,《边区群众报》编辑出版至第363期后,随西北局机关撤出延安。在坚持出报的同时,仍编辑主要刊载散文、诗歌、故事、木刻等文艺作品的副刊。1948年1月10日,《边区群众报》更名为《群众日报》,仍为中共中央西北局机关报。同年4月迁回延安编辑出版。1949年6月9日,群众日报社发布《启事》(二)宣布:"《群众日报》从十日起即迁至西安出版,在延安由'陕北群众日报社'出版《陕北群众日报》",以及"《群众》周刊从四十期以后停刊"等③。自此,《群众日报》分为两部分。其中,陕北《群众日报》自1949年6月10日创刊,至1950年4月9日第303期后停刊,改编延安《群众报》周三刊;另一部分随军南下西安,于同年5月27日编辑出版《群众日报》(西安版),并先后创办《副刊》、《戏剧、电影与音乐》、《群众文艺》周刊、《群众科学》、《青年之页》、《西北妇女》、《青年生活》、《群众画刊》及《文艺》等文化及文艺副刊。1952年12月31日,创刊于1950年7月1日的陕西省委机关报《陕西日报》,编辑出版至第410号后并入《群众日报》。1954年10月15日,《群众日报》编辑出版至第2536号后终刊。

---

① 谢华主编:《红色书写:毛泽东题写报刊名轶事》,人民日报出版社2012年2月版,第211页。
② 《大众读物社启事》,延安《解放日报》1942年3月5日。
③ 群众日报社:《启事》(二),《群众日报》(陕北版)第1号,1949年6月10日。

《关中报》：1940年4月12日创刊于陕西旬邑马兰镇，中共陕甘宁边区关中分区党委机关报。时任关中分区党委宣传部长的高仰云兼任报社社长，胡炎、毛岚、何承华、朱平、雷阳、景生明等先后主持工作。报头先后由习仲勋、高岗、毛泽东题写，初为4开2版油印周报，后改为4开4版5日刊、3日刊。该报主要刊载战事要闻与时政评论、部队生活及其相关动态，以及边区生产建设和社会文化方面的报道。同时，每隔1—2期编辑出版专门的文艺副刊，刊发通俗化、大众化的文艺作品。其中包括民歌、民谣、谚语、漫画等适合大众读者阅读的作品。1950年4月，因行政区划发生变化，《关中报》编辑出版700余期后停刊。

《解放日报》：1941年5月16日创刊于延安，为中共中央的机关报。报刊发刊词和报头均为毛泽东题写，博古担任社长，总编先后为杨松、陆定一。该报的前身是《新中华报》和《今日新闻》，因此是一份刊载并宣传中共中央的政治、军事及文化政策，报道党政军群、政治文教活动，指导抗战期间和解放战争时期各项工作的新闻媒体，即所谓"中国共产党的总路线，也就是本报的使命"。[①]《解放日报》初期每天出两版时，文艺类稿件安排在第二版左边；改为每天对开四版后，文艺类稿件编排在第四版下半部，并正式采用"文艺"为副刊刊名，每周出四五期。1942年延安其他文艺刊物相继停刊后，《解放日报》在很长一段时间内都是边区唯一的文艺发表媒体，并在全国范围内产生了重要的影响。其中，所刊载的毛泽东《在延安文艺座谈会上的讲话》及党的具有导向性和规范性的文艺政策文件，以及小说、散文、特写、通讯、诗歌、戏剧、理论批评等，在延安时期的新民主主义文化实践及其文艺发展过程中，都产生了深远的影响并占有极其重要的地位。1947年3月27日，《解放日报》编辑出版至第2130期后停刊。

《三边报》：1942年创刊于陕北定边，为中共陕甘宁边区三边地委机关报，三边地委宣传部主办，报社主编和社长先后由王文岐、李季、张源、马汉卿、冯刘山等担任。先后8开、4开油印竖排，第一版上部居中为毛泽东题

---

① 《发刊词》，《解放日报》1941年5月16日。

写的报头横排。该报除了主要刊载党的政策方针及其新闻、通讯等文章外，也注重发表地方作家创作的诗歌、木刻等文艺作品。其中，1946 年 9 月，李季的民歌体叙事诗歌《王贵与李香香》，即以《太阳会从西边出来吗？——三边民间革命历史故事》的标题，以韵白相间的民间说唱体形式连载首刊于《三边报》上。[①] 1947 年因胡宗南军进攻陕北，报社随三边地委迁址陕北吴旗县出版。1949 年 9 月 20 日，报社成员转往宁夏银川，《三边报》停刊，开始筹办《宁夏日报》。

《部队生活》：1943 年 4 月 13 日创刊于延安，是八路军陕甘宁边区留守兵团政治部机关报，抗战胜利后改为陕甘宁晋绥联防军政治部机关报。该刊的前身为 1940 年 8 月八路军后方留守处主办的《连队生活》旬刊。《部队生活》创刊后初为周刊，后先后改为 5 日刊、3 日刊。主要刊载新闻报道、时事评论，以及适合部队干部和战士阅读的各类绘画，尤其是漫画、连环画等文艺作品。1947 年 3 月《部队生活》出版至第 400 期后停刊。

（四）主要综合性文化期刊

《解放周刊》：1937 年 4 月 24 日创刊于延安，解放周刊社编辑出版，为中共中央公开发行的机关刊物。主编由张闻天担任，最初为周刊，后改为半月刊，第 28 期改由解放社编辑。刊物封面设计多样，版式构图多有变化。其中，创刊号和第 2 期封面均衡编排，左上部红色"解放"拼音第一个大写字母中插入黑白木刻解说图像，右下方为黑色大号美术体刊名。《解放周刊》是为适应当时"巩固国内和平，争取民主权利，实现对日抗战"的新形势而创办的。[②] 因此，创刊伊始至第 1 卷第 15 期，编者不仅申明"本刊为人民大众之刊物，欢迎批判"，同时征求"1 时评、2 国内国际问题专论、3 翻译外论、4 地方通讯、5 文艺创作本刊特别欢迎"等方面的稿件，[③] 并将"各地民众抗

---

① 李季：《〈太阳会从西边出来吗〉手稿》，http://www.nxych.cei.gov.cn（宁夏盐池县信息网/红色旅游）。

② 《中央委员会告全党同志书——为巩固国内和平，争取民主权利，实现对日抗战而斗争（一九三七年四月十五日）》，中共中央文献研究室、中央档案馆编：《建党以来重要文献选编（1921—1949）》（14），中央文献出版社 2011 年版，第 162 页。

③ 解放周刊社：《投稿简章》，《解放》1937 年创刊号。

日救国运动开展情形""各地通讯，民众生活情形，及民众的希望"和"文艺创作，戏剧剧本，与外论翻译"等①作为刊物的主要内容。所以，该刊除了刊载许多重要的政治、军事及文化方面的理论、评论文章外，也刊载了许多文艺作品。《解放周刊》从第 1 卷第 16 期改版，版式内容等都有了较大的变化。1941 年 8 月 31 日，《解放周刊》出版至 134 期停刊。

《团结》：1938 年 2 月 1 日创刊于延安，中共陕甘宁边区委员会、延安团结社先后编辑出版。主编为王若飞，初为半月刊，后改为月刊。刊物封面版式简洁，水平编排，上部为手书体刊名，下部本期要目竖排。作为党的综合性理论刊物，该刊设有"工作经验""建议批评""学习心得""方法制度""理论介绍""讨论研究""政策和法令解释"和"质疑"等栏目，分别刊载宣传指导边区党政、军民等各方面工作的文件及文章。同时，开设有"通讯""特写"等专栏，发表一些报告文学、散文、人物速写、杂文随笔等反映边区文化政治、社会生活和时事形势的文艺作品。1941 年 7 月 25 日，《团结》月刊编辑出版至第 2 卷第 7 期后停刊。

《鲁艺校刊》：1938 年 5 月创刊，由鲁迅艺术学院编审委员会编辑出版，油印刊物。鲁迅艺术学院编审委员会主席为李伯钊，成员有吕骥、张庚、沃渣、王震之、徐一新、沙可夫等，主要负责学院的编辑出版工作。刊物封面设计简洁直观，刊名由沙可夫题写，左侧加入鲁迅侧面肖像，下方为本期刊文目录。主要刊载鲁迅艺术学院教学活动、艺术创作和社会活动等方面的报道，以及部分师生创作的文艺作品。1939 年 4 月前后，在刊物出版 12 期时，编审委员会决定将其与《艺术工作》合并出版，于是《鲁艺校刊》终刊。在现存的刊物版本中，仅见 1939 年 3 月 1 日出版的《鲁艺校刊》第 10、11 期合刊。

此外，1940 年 1 月 1 日成立于晋东南武乡县的鲁迅艺术学校，也在同年 4 月 15 日编辑出版了一份同名油印刊物《鲁艺校刊》。其刊物创刊号封面由沃渣设计，水平编排，上方为朱德手书刊名，居中插入木刻地球、红旗和战士组成的版画，右下角加入鲁迅侧面头像。其中除了刊载伯钊词、杰民曲的

---

① 解放周刊社：《投稿简章》，《解放》1937 年第 1 卷第 10 期。

《鲁迅艺术学校校歌》和《鲁艺校刊发刊词》，以及彭德怀、杨尚昆、陆定一、罗瑞卿和赵品山等人的题词之外，还发表了校长李伯钊、教务主任牛犇等人的多篇文艺理论批评文章，并在《鲁艺概况》一文中称，鲁艺学校和鲁艺学院是"一个母亲抚养培植的同胞兄弟，同是在中国共产党正确领导下进行艺术教育的"艺术学校。[①] 该刊约于 1941 年 2 月第 2 卷第 2 期出版后停刊。

《边区儿童》：1938 年 6 月 16 日创刊于延安，由陕甘宁边区政府教育厅主办，刘御、董纯才任主编，是作为小学补充教材编辑出版的半月刊。创刊号左上角为美术体刊名，右侧居中刊有毛泽东为刊物手书的题词："儿童们起来，学习做一个自由解放的中国国民，学习从日本帝国主义压迫下争取自由解放的方法，把自己变成新时代的主人翁。"[②] 刊物中设有"时事讲话""漫画""故事""日记""诗歌"及"通讯"等栏目，同时刊载诗歌、小说、图画、故事、游戏、小调等文艺作品，以及文化科学常识等，以适应并帮助儿童的学习和思想教育等。1938 年 9 月，《边区儿童》出版至第 2 期后停刊。

《前线画报》：1938 年 7 月 1 日在延安创刊，第十八集团军政治部前线画报社编辑出版。封面均衡编排，上部深色图形中加入美术体刊名，下部右侧插入大幅木刻或漫画图案。魏传统、江丰、蔡若虹等先后担任主编，田野、华君武、陈叔亮等参与编辑工作。主要刊载反映并展示八路军战斗、生活等方面内容的绘画、连环画、木刻版画等，以及揭露日寇罪行的组画、漫画、照片和一些诗歌作品等。为"提高部队的战斗力，以达到驱逐日寇出境，建立三民主义的新中国"等服务。[③] 主要作者有：萧三、冯文彬、公木、朱吾石、西野、马达、舒模、一虹、陈钧、王曼硕、钟惦棐、丁里、焦心河、星海、贺绿汀、吕骥、牟裴、杨廷宾、徐良图等。1942 年 4 月 15 日，《前线画报》编辑出版至第 43 期后停刊。

《艺术工作》：1938 年 9 月创刊于延安，鲁迅艺术学院编译处编辑油印出版。刊物封面构图直观，刊名为沙可夫题写。该刊物创办伊始，主要登载的

---

①　牛犇：《鲁艺概况》，《鲁艺校刊》1940 年创刊号。
②　毛泽东：《边区儿童·题词》，《边区儿童》1938 年创刊号。
③　编委：《致读者》，《前线画报》1939 年第 8 期。

为理论批评论文和文艺作品，以及鲁迅艺术学院的教学及艺术活动报道等。1939 年 5 月，鲁迅艺术学院编译处决定合并《鲁艺校刊》后，革新版的刊物除了发表鲁迅艺术学院的艺术教育方针和教学经验总结、校内生活动态，以及艺术活动信息等之外，也刊载了部分文艺作品及边区各个方面的文艺运动概况。从合刊的《艺术工作》革新第 1 期"周年纪念专号"到 1939 年 9 月，革新版《艺术工作》编辑出版 2 期后停刊。

《八路军军政杂志》：1939 年 1 月 15 日在延安创刊，国民革命军第八路军军政杂志社编辑，国民革命军第八路军政治部出版发行。其前身是 1931 年 12 月 11 日在江西瑞金创刊的红军军事委员会机关报《红星报》。封面编排构图虽每期有所变化，但基本采用套色版式，上部美术体刊名，下部加入木刻直观版画。毛泽东、王稼祥、萧劲光、郭化若、萧向荣组成编委会，萧向荣担任主编。主要刊载八路军军事、政治等方面的文章及相关战况报道，以及"战地通讯"等报告文学，木刻版画等文艺创作。印刷精美，内容丰富。其中，刊物创刊号封面水平编排，上部棕红底色图形中加入双行白色大号美术体刊名，下部加入棕色木刻直观图像。首页为毛泽东的"停止敌人的进攻，准备我们的反攻"题词。此外，在创刊号中所刊发的稿件中，除了毛泽东在《发刊词》中指出的"发扬成绩，纠正缺点，是八路军全体将士的任务，也是军政杂志的任务"等之外，[1] 还发表了陈绍禹、洛甫、王稼祥等人的手书题词，以及萧向荣、萧劲光、莫文骅、张成功、王震、穆青、向力等人的文章。1942 年 3 月，《八路军军政杂志》出版至第 4 卷第 39 期后停刊。

《中国青年》：1939 年 4 月 16 日创刊于陕西安吴堡、延安，全国青年联合会延安办事处宣传部主办，中国青年社编辑出版，第 1 卷第 6 期后署为延安新华书店发行，主编先后为冯文彬、胡乔木等。刊物封面对称编排，左侧为毛泽东题写的刊名竖排，中右侧为本期刊文目录竖排。在创刊号上的《发刊词》中，编者冯文彬申明，"我们希望重新出版的《中国青年》能够继承并发扬大革命前《中国青年》的光荣事业"，以"能够推动，组织更广大的青

---

① 毛泽东：《八路军军政杂志·发刊词》，《八路军军政杂志》1939 年创刊号。

年到抗日战争中来"等。① 因此，该刊分别开设有"政论·时论""文件""青运论文""青运读物""青年生活""学术""人物介绍"和"国际青运介绍"等专栏，主要刊载青年思想政治教育及科学知识方面的论文述评，以及青年运动动态和青年工作经验交流等要闻报道。同时，编辑有"文艺·地方通讯""杂文""木刻"等专栏，先后发表了柯仲平、卞之琳、萧三、雷加、刘御、陈学昭、刘慕崑、力群、古元、华山等人的诗歌、小说、戏剧、散文、报告文学、木刻等文艺作品。1941 年 3 月 5 日，《中国青年》编辑出版至第 3 卷第 5 期后停刊，先后共出版 27 期。1948 年 12 月 20 日，《中国青年》月刊第一期在石家庄复刊，中共中央青年工作委员会主办，中国青年社编辑出版，新华书店发行。1949 年 2 月 28 日，《中国青年》月刊自第 4 期始在北平编辑出版，然后成为中国社会主义青年团的机关刊物，出版至今。

《中国妇女》：1939 年 6 月 1 日创刊于延安，中共中央妇女运动委员会主办，中国妇女社编辑出版，延安新华书店发行，首任主编吴平。封面均衡编排，上部毛泽东手书体刊名，下部左侧为本期刊文目录，右侧插入木刻直观图像。主要刊载中共中央的相关方针政策和妇女运动研究、妇女问题的文章，各地妇女生活、模范人物及外国妇女生活报道等，以及报告文学、诗歌、小说、故事、散文及木刻版画等文艺作品。其中，不仅毛泽东在创刊号的《题〈中国妇女〉之出版》中，热情指出："妇女解放，突起异军，两万万众，奋发为雄。男女并驾，如日方东，以此制敌，何敌不倾？到之之法，艰苦斗争，世无难事，有志竟成。有妇人焉，如旱望云，此编之作，伫看风行。"② 同时，在《发刊词》中，编者明确宣称，本刊"就是企图对于动员和组织二万万二千五百万妇女大众积极参加抗战建国大业工作尽一分绵薄的力量"等。③ 1941年 3 月，《中国妇女》编辑出版至第 2 卷第 22 期后终刊。

《共产党人》：1939 年 10 月 20 日在延安创刊，《共产党人》编辑委员会编辑，为中共中央主办的不定期党内刊物。张闻天任主编，李维汉负责编辑

---

① 冯文彬：《发刊词》，《中国青年》1939 年创刊号。
② 毛泽东：《题〈中国妇女〉之出版》，《中国妇女》1939 年创刊号。
③ 编者：《中国妇女·发刊词》，《中国妇女》1939 年创刊号。

出版工作。封面对称编排，右侧为毛泽东手书体刊名，左侧为本期刊文目录。在毛泽东撰写的《发刊词》中明确指出，该刊的"任务就是：帮助建设一个全国模范的、广大群众性的、思想上政治上组织上完全巩固的布尔什维克的中国共产党"。① 因此，刊物除了"请读者保守《共产党人》的秘密"外，同时征求有关"党的建设""党的实际工作的总结性质"及"学习战线上的必得、质疑，辩论"等方面的文章。② 因而刊物刊载并保存了当时中国共产党建设及其文化方针等方面的文献史料。1941 年 8 月，《共产党人》出版至第 19 期后停刊。

《中国工人》：1940 年 2 月 7 日在延安创刊，由中共中央职工运动委员会主办，中国工人社编辑，主编陈希文。封面均衡编排，上部为毛泽东题写的刊名横排，右下部插入木刻版画图像。在创刊号中，刊载了毛泽东的《〈中国工人〉发刊词》，以及毛泽东、王明、洛甫、康生、王稼祥、邓发、林伯渠、吴玉章等人的题词。因此，刊物不仅要求"应该成为教育工人，训练工人干部的学校，读《中国工人》的人就是这个学校的学生"，③ 同时为适应读者的阅读兴趣，还刊载了一些诗歌、报告文学、速写、木刻、连环画等文艺作品。1941 年 3 月，《中国工人》出版至第 13 期后停刊。

《中国文化》：1940 年 2 月 15 日创刊于延安，陕甘宁边区文化协会主办，中国文化社编辑出版。编委会由艾思奇、周扬、丁玲、张仲实、范文澜、萧三等组成，艾思奇担任主编，新华书店发行。封面水平编排，构图简洁，上部红底图形中加入毛泽东白色手书体刊名，中下部本期刊文目录竖排。该刊是一个综合性的文化刊物，所刊载的内容涉及文学、艺术、哲学、政治、经济、历史、宗教、新文字以及自然科学等方面。其中，创刊号上刊载了毛泽东的《新民主主义的政治与新民主主义的文化》，周扬的《对旧形式利用在文学上的一个看法》，冼星海的《民歌与中国新兴音乐》等；第 2 期刊载了洛甫的《抗战以来中华民族的新文化运动与今后任务》，艾思奇的《抗战中的陕甘

---

① 毛泽东：《共产党人·发刊词》，《共产党人》1939 年创刊号。
② 《共产党人》编辑委员会：《本刊编委启事二则》，《共产党人》1939 年创刊号。
③ 毛泽东：《〈中国工人〉发刊词》，《中国工人》1940 年 2 月 7 日第 1 期。

宁边区文化运动》等，茅盾的《关于〈水浒传〉——一部利用旧形式的长篇小说》，胡蛮的《抗战以来的美术运动》等重要的文艺、历史、哲学论文。1941 年 8 月 20 日，《中国文化》出版至第 3 卷第 2—3 合期后终刊。

《文艺月报》：1941 年 1 月 1 日创刊，延安文化协会主办，延安文艺协会编辑出版。刊物封面设计简洁，右侧上角美术体刊名竖排，以及出版机构、日期等文字。该刊发起人为丁玲、萧军、舒群等，先后由萧军、舒群、刘雪苇等负责编辑，主要撰稿人有丁玲、萧军、舒群、雪韦、艾青、周立波、罗烽、草明、荒煤、周文、白朗等。其宗旨为提高文艺创作兴趣，展开文艺讨论，以及作家之间的交流联欢等。因此，刊物不仅注重发表每月延安文艺运动的综述报道，以及提倡论争和鼓励批评，同时重视刊载作家的小说、诗歌等文艺作品。1942 年 9 月 1 日，《文艺月报》出版至第 17 期后终刊。

《陕北文化》：1941 年 3 月 10 日创刊于陕北绥德，陕北文化社编辑出版，为陕甘宁边区绥德分区文联分会会刊。刊名为时任陕甘宁边区教育厅长的贺连城题写，欧阳素任主编。主要刊载诗歌、小说、杂文、评论等文艺作品，并从第 2 期开始，将"有什么话，说什么话，话怎么说，便怎样说"作为办刊宗旨，[①] 以实践并推动新民主主义文化运动和刊物的大众化目的。1941 年 5 月，《陕北文化》出版至第 3 期后停刊。

《西北儿童》：1941 年 9 月创刊于陕北绥德，陕甘宁边区绥德抗敌书店西北儿童月刊社主办，西北儿童编委会编辑出版，顾敏担任主编，为陕甘宁边区的综合性儿童文艺月刊。主要刊载"文字力求生动简洁，内容要叫儿童能看懂才好"的故事、歌曲、通讯、日记、童谣、书信、笑话等文艺作品，以及"最欢迎小朋友自己的习作、漫画、诗、歌曲等"儿童文艺写作。[②] 1943 年 2 月，《西北儿童》出版至第 1 卷第 8 期后停刊。

《工农写作》：1945 年创刊于延安，边区群众报社编辑出版，为新华社帮助并推动工农通讯员写作水平的不定期内部刊物。主要刊载写作知识、写作

---

① 孙国林、曹桂芳编著：《毛泽东文艺思想指引下的延安文艺》，花山文艺出版社 1992 年版，第 776 页。

② 西北儿童月刊社：《投稿简约》，《解放日报》1942 年 11 月 30 日。

方法和写作经验交流等文章。现存的版本仅有第 2 期刊物，大约 1945 年 12 月第 3 期出版后停刊。

《新少年》：1946 年 7 月 15 日创刊于陕北绥德，陕甘宁边区绥德分区文化协会编辑出版。封面设计精美，木刻直观版画构图。主要刊载自然常识、智力测验、谜语、歌曲、历史故事、算术游戏、儿歌、童谣、寓言、科学故事、通讯、时事广播、作文指导等文艺作品，并设有"儿歌"、"日记"、"诗歌"、"故事"、"少年习作"等栏目，以满足边区青少年的阅读需要及其创作活动。1946 年 12 月，《新少年》出版至第 5—6 期合刊后停刊。

二　晋察冀、晋冀鲁豫等地区的重要文艺报刊与综合性报刊

在延安文艺运动及其创作活动发展史上，晋察冀、晋冀鲁豫等边区根据地，以及抗战胜利后的东北解放区等，在中国共产党所领导的政治革命及历史进程中，分别被誉为"坚强堡垒"及"前沿阵地"。其中具有代表性的地区，是曾被中共中央称为"敌后模范的抗日根据地及统一战线的模范区"的晋察冀边区。从抗战之初到抗战胜利前后，晋察冀边区党领导下的报刊及其发挥出的指导作用和社会影响等，都使其成为晋察冀边区的延安文艺运动及其创作活动的一个重要组成部分。从 1938 年前后分别编辑出版的《抗敌报》及《抗敌画报》等开始，不仅部队系统创办的报刊大量涌现，党政机关编辑出版的报纸刊物，以及群众团体创办的报刊等，都使晋察冀边区的延安文艺运动呈现出蓬勃发展的景象及势头。所以，边区党组织及其对于新闻报刊出版的重视，报刊在边区政治文化及社会生活中的地位，以及其与政治革命的紧密关系等，都使晋察冀等地区的延安文艺报刊凸显出其丰富鲜活的地域文艺活动特征，从而也就保存了许多更为丰富珍贵且真实可靠的延安文艺文献资料。例如以下主要报刊。

（一）主要报纸文艺副刊

《抗敌报·海燕》/《晋察冀日报·文艺副刊》：1938 年 10 月 26 日创刊于晋察冀边区的阜平，晋察冀军区政治部主办，是 1937 年 12 月 11 日创刊的《抗敌报》的第一个文艺副刊，也是晋察冀边区的第一个文艺副刊。刊物在邓拓的倡

议和领导下，以"开拓边区的文艺阵营"为目的和任务①，组成了以刘平、顾宁、周明、陈春森等为主要成员（均兼职）的文艺副刊编辑组，对外称"海燕文艺社"，顾宁担任主编。主要刊载报告文学、街头诗、街头剧、墙头诗、散文、杂文等。主要作者为鲁萍、史塔、韦塞、新绿、丹辉、流箭等。1939 年 1月，《海燕》副刊出至第 11 期后停刊，另行编辑出版《海燕月刊》。1940 年 11月 7 日，《抗敌报》改为《晋察冀日报》，先后编辑出版的文艺副刊有丁玲主编的《文艺副刊》，田间主编的《晋察冀艺术》，孙犁编辑的《鼓》，丁玲主编的《每周增刊》、《综合副刊》，剧协主编的《剧运》和边区文救会编辑的《文化界》等，以及萧军主编的《鲁迅学刊》，邓拓主编的《文化思想》，青年救国会主编的《边区青年》和边区文救会编辑的《文化界》等综合性文化副刊。1948年 6 月 14 日，《晋察冀日报》编辑出版至第 2854 期后终刊。

　　《新华日报·新地/戏剧/新华文艺/新华增刊》（华北版）：1939 年 1 月 9 日创刊于晋东南沁县，新地社编辑，为《新华日报》（华北版）最早创办的一个文艺副刊。主要刊载文论批评方面的述评短论，以及诗歌、散文、漫画等文艺作品。其中，在第 5 期的"街头诗运动专页"中，分别发表了高敏夫的《展开晋冀豫抗日根据地的街头诗运动》及田间、史轮、巩廓如等的诗歌作品。1939年 3 月 29 日，《新地》编辑出版至第 5 期后终刊。在此前后，1939 年 2 月 27日，由戏剧社编辑的《新华日报·戏剧》（华北版）文艺副刊创刊。同年 3 月27 日，《戏剧》副刊编辑出版至第 2 期后终刊。1939 年 7 月 1 日，由新华文艺社编辑的《新华日报·新华文艺》》（华北版）创刊。同年 9 月 15 日，《新华文艺》编辑出版至第 4 期终刊后，1941 年 3 月 29 日《新华增刊》创刊。它是继《新华文艺》之后由林火、石蕾等编辑的一个文艺副刊。同年 12 月 23 日《新华增刊》编辑出版至第 32 期后停刊。除此之外，《新华日报》》（华北版）从创刊伊始，就重视木刻、漫画等文艺作品的编辑刊发。不仅先后刊登了罗工柳、胡一川、华山、彦涵等人的木刻版画作品，并在每期报头的右侧都加入一幅木刻作品，而且还于 1939 年 7 月 1 日，编辑出版了《新华日报》（华北版）的一个

---

　　① 《〈抗敌报·海燕〉：发刊词》，中国新文学大系编辑委员会编：《中国新文学大系 1937—1949 史料索引》(20)，上海文艺出版社 1994 年 8 月版，第 165 页。

"报外刊"《敌后方木刻》及版画专刊等，促进了边区文艺运动及其"新美术"创作的发展。

《黄河日报·山地》（路东版）：1939 年 9 月 11 日创刊，为中共太南特委主办的《黄河日报》》（路东版）的文艺副刊。1939 年 11 月，在报社主编王春的支持下，刊名的题写与编辑，以及每期刊物的编排校对均由赵树理主持担任，以期将《山地》办成通俗易懂、贴近民众的大众化文艺刊物。因此，该刊发表的文艺作品，多为群众喜闻乐见的鼓词、快板、小说、童谣、故事等通俗文艺作品。其中许多作品出自赵树理一人之手，并采用"本郿人"、"起萧"等笔名进行通俗文艺创作，被称为"庙会作家"及"快板诗人"等。1940 年 2 月 27 日，《山地》副刊改版为《晨钟》副刊编辑出版。刊物中，"那些匕首投枪式的通俗作品不见了，而代之以洋腔洋调的新诗之类"。①

《抗战日报·吕梁文化》：1943 年 3 月 6 日创刊，是 1940 年 9 月 18 日中共晋西区党委在山西晋县创办的《抗战日报》的文艺副刊。该刊是 1942 年 1 月创办的《文艺之页》副刊编辑出版至第 14 期停刊后，由晋绥边区文社编辑、周文、亚马等担任主编的新副刊。编者明确提出，"这刊物应该成为一支精兵"等目标任务，② 主要刊载根据地文化动态、文化活动的通讯报道，以及小说、散文、剧本、秧歌剧、广场报告剧、诗歌、民谣、歌曲、快板、鼓词、木刻、漫画等文艺作品。不仅培养了一批山西土生土长的文艺工作者，如李节、孙谦、非垢、西戎、李束为等，对"山药蛋派"文艺流派的形成起到了积极的历史作用。1943 年 9 月 30 日，《吕梁文化》出版至第 16 期后终刊。

《冀中导报·平原/副刊》：1946 年 2 月 12 日创刊于河北任丘，为 1938 年 9 月 10 日创刊的《冀中导报》文艺副刊之一。秦兆阳、孙犁、萧殷、方纪、李湘洲等主持并参与编辑工作，主要作者有傅铎、崔嵬、郭维等，刊登小说、戏剧、散文，以及鼓词、故事等文艺作品。1946 年 11 月 27 日，《平原》副刊出版至第 39 期停刊。同年 12 月 10 日，由《平原》改版的《冀中导报·副刊》创刊，李

---

① 李士德：《赵树理忆念录》，长春出版社 1990 年版，第 71 页。

② 《我们的任务——〈吕梁文化〉发刊词》，山西文学艺术工作者联合会编《山西文艺史料第二辑晋西北抗日根据地部分》，山西人民出版社 1959 年 9 月版，第 70 页。

湘洲、萧殷、远千里等编辑。除了刊载小说、戏剧、散文等文艺作品外，还先后设有"诗歌""鼓词"和"歌曲"等专栏。主要作者有孙立民、闻远、白桦、方纪、王林、孔厥、袁静、孙犁、杨朔等。1947 年 12 月 7 日，《冀中导报·副刊》编辑出版至第 148 期后，虽仍使用"副刊"刊名，但不再计刊期，直到1948 年 12 月 28 日《冀中导报》终刊。

（二）主要文艺期刊

《敌后方木刻》：1939 年 7 月 1 日创刊于太行山武乡县大坪村，为《新华日报》（华北版）增刊及"报外刊"，鲁艺木刻工作团编辑。胡一川任主编，主要成员有彦涵、陈铁耕、罗工柳、杨筠、华山、邹雅、刘韵波、黄山定、赵在青、古达等。该刊是延安木刻文艺工作者响应"木刻到前方去"的号召，在为抗战服务的历史背景下创办的一个文艺刊物。在其创刊号的《发刊词》中，编者强调："这里，将发挥木刻在抗战中的威力，勇猛地与敌人搏斗，直到我们自由解放；这里，将团结与组织敌后木刻工作者，为开展敌后木刻运动而奋斗。"① 因此，刊物除了主要刊载反映敌后军民团结抗战主题的木刻画，以及朱德、彭德怀等人的木刻题词之外，还发表了一些木刻艺术的理论批评文章。如胡一川的《给木刻工作者》，罗工柳的《抗战两年来的木刻运动》，华山的《创作木刻》和《创作态度》等。1939 年 10 月 19 日，《敌后方木刻》编辑出版至第 5 期停刊。

《太岳文艺》/《太岳文化》：1941 年 1 月 1 日创刊于山西沁源的《太岳文艺》，为晋冀鲁豫边区太岳区沁河文艺协会主办，江横（董谦）、苏策担任主编，仅出 1 期即停刊。创刊号中载有王中青、江横等作家的散文与诗歌等作品。其中，由江横任董事长，成立于 1940 年 11 月 24 日的沁河文艺协会，除了先后主办《太岳文艺》刊物，以及编辑《太岳日报·沁河文艺》副刊之外，1946 年 10 月 1 日，由江横担任主编、太岳文联出版的综合性文化月刊《太岳文化》创刊。创刊号中首发赵树理的小说《福贵》，以及其他作家的作品。1947 年 6 月 1 日出版至第 9 期后停刊。

---

① 《敌后方木刻·发刊词》，《敌后方木刻》1939 年第 1 期。

《大众画报》：1941 年 3 月创刊于晋西神府县，晋西文联及晋绥抗战日报社主办，晋西美术工厂编辑出版，是一个以图为主的新闻性美术刊物。李少言、黄再刊、黄薇主持并负责编辑工作，石铅印双月刊。晋西美术工厂（晋西木刻厂）的中心工作，除了配合各个时期政治军事等方面的工作刻制相关的宣传画及领袖像，以及采用宣传画、漫画及连环画等大众化形式开展活动之外，还负责根据地报刊的木刻插图及书刊封面设计等工作。因此，《大众画报》主要刊载反映根据地军民抗战生活的时事漫画、连环画作品，以及宣传党的各项政策及歌颂抗战事迹的木刻宣传画作品。如为纪念"七七事变"4 周年活动发表的多幅套色宣传画等。1942 年年底，《大众画报》编辑出版至第 11 期后停刊。

《华北文艺》：1941 年 5 月 1 日创刊于晋东南辽县，中华全国文艺界抗敌协会晋东南分会主办，华北文艺社编辑，新华书店出版，蒋弼担任主编，徐懋庸、林火、陈默君、张秀中、高沐鸿、袁勃等参与编辑工作。封面设计直观，版式编排多样。其中，创刊号封面对称编排，左侧中下部黑白木刻人物插画，右侧垂直图形中加入大号黑色美术体刊名。在创刊词《我们的愿望》中，编者称本刊"是属于华北及至全国一切文艺工作者与文艺爱好者的"文艺刊物。[1] 所以，该刊不仅设有"短论""诗"和"报道"等专栏，而且主要发表当地理论批评、小说、戏剧、木刻等文艺作品。1941 年 10 月 1 日，《华北文艺》编辑出版至第 6 期后与《抗战生活》合并，于 1942 年 1 月 25 日改为《华北文化》编辑出版。

《西北文艺》：1941 年 7 月 5 日创刊于山西兴县，中华全国文艺界抗敌协会晋西分会编辑出版。卢梦担任主编，第 1 卷为月刊，第 2 卷起改为季刊。创刊号封面水平编排，上部红色底色图形中加入白色手书体刊名，下部插入大幅黑白木刻直观版画。时任晋西区党委书记的林枫，在《给〈西北文艺〉》的发刊词中称，本刊的编辑出版，"希望她能成为晋西北文艺工作者的团结核心，建立文艺上的抗日统一战线"，以及"能成为晋西北文艺工作者的学习园地"等。[2]因此，刊物注重发表反映当地农民和战士生活的文艺创作成果，如林枫、亚马、非垢、卢梦、李欣、莫耶、石丁、白嘉、鲍枫、穆欣、张熙等作家的作品。其

---

① 《我们的愿望》，《华北文艺》1941 年创刊号。
② 林枫：《给〈西北文艺〉》，《西北文艺》1941 年第 1 卷第 1 期。

中，第 2 卷第 1 期刊载的小说《丽萍的烦恼》，以及引起的文艺论争，在延安文艺运动中产生了很大的影响。1942 年 6 月 15 日，《西北文艺》出版至第 2 卷第 2 期后停刊。

《晋察冀文艺》：1942 年 1 月 20 日在河北创刊，晋察冀边区文协主办的油印月刊，由田间、孙犁等编辑。在创刊号中编者称，刊物"仅作为边区文艺工作者学习文艺，文艺创作发表的共同园地，仅作为边区文艺工作者保卫边区，保卫祖国，打倒敌人的共同阵地而已"。① 因此，除了先后编辑"诗专号"、"儿童专号"等专辑之外，同时，还刊载了许多作家的文艺创作成果，如田间、孙犁、鲁藜（老鲁）、红杨树（魏巍）、秦兆阳、邵子南、胡苏、康濯、梁斌等人的诗歌、小说、报告文学、短论、杂感、评论、翻译作品等。1942 年 5 月 20 日，《晋察冀文艺》出版至第 5—6 期合刊后停刊。

《人民画报》：1946 年 1 月 5 日创刊于晋绥边区兴县，晋绥日报社美术组编辑，晋绥边区新华书店发行，是一份四开单张的通俗性美术半月刊。刊物没有固定的正副主编及编辑，主要参与编辑工作的有李少言、黄再刊、黄微、刘正挺、陈岳峰、赵力克、苏光、力群等。刊物主要刊登反映国内外政治军事动态，以及配合当时边区中心工作的连环画、时事漫画、木刻、剪纸等作品。并且，为了适应普通大众及文盲读者的需要，以及街头墙壁等的张贴，画报的标题和连环画的说明文字，都以简明为原则，或改用简短的歌谣体或"顺口溜"形式。1947 年夏以后，为配合军事政治斗争的需要，人民画报社又先后出版发行了力群、牛文、苏光、刘正挺等人的 6 种年画作品，以及马克思、恩格斯、列宁、斯大林、毛泽东、朱德领袖像。1947 年 5 月，《人民画报》编辑出版至第 32 期后停刊。

《白山》：1946 年 2 月 20 日创刊于安东（丹东），安东省委宣传部主办，白山社编辑发行，社长和主编由曾任沈阳市中苏友好协会宣传部长的田风担任，鲁琪、韶华、刘荣光为编辑。封面构图直观，均衡编排版式，上部不同底色图形中左侧插入大号手书体刊名，下部加入大幅版画或摄影图像。刊物设有"转

---

① 《编辑小记》，《晋察冀文艺》1942 年第 1 卷第 1 期。

载"、"批评与介绍"、"诗"或"诗辑"、"创作"、"学生园地"等专栏，刊载理论批评、通讯报道、诗歌、小说、散文、木刻等文艺作品，以及介绍群众文艺运动的文章。主要撰稿者有雷加、逢风、蓝非、影飞、石光、舒明、华原、阿痴、华野、田风、白刃、邢路、宋迟、黄为、影飞等。其中，《白山》各期封面设计，以及许多佚名木刻版画和作品中的插图，都出自主编田风之手。[①] 1946年9月1日，《白山》出版至第6期后停刊。

《北方文化》：1946年3月1日创刊于张家口，为晋察冀边区出版的一个综合性文化半月刊，北方文化社编辑发行。刊物封面设计第1卷采用均衡版式构图，上部不同底色图形中加入大号美术体刊名，下边插入陕北剪纸或黑白木刻版画图案；第2卷封面对称编排，左上角采用不同色彩双行竖排大号鲁迅手书体刊名，右下角插入不同人物版画浮雕图案。在《创刊的话》中，主编成仿吾称，本刊的任务就是"与全国文化界携手并进，为人民、为中国的民主事业共同奋斗"。[②] 因此，刊物编辑委员会由周扬、张如心、成仿吾、丁玲、沙可夫、何干之、萧军、萧三、艾青、吕骥等组成，成仿吾、张如心（后由沙可夫接替）分别担任正副主编，陈企霞参与编务。主要栏目有"时论""讲座""报告通讯""诗辑""北方画页"及各种"纪念"专辑等，同时发表小说、杂文、漫画、木刻等文艺作品。1946年8月16日，《北方文化》出版至第2卷第6期后终刊，共编辑发行12期。

《文艺杂志》：1946年3月1日创刊于晋冀鲁豫边区，太行区文艺界联合会编辑出版，太行新华日报馆出版，华北新华书店发行。主编由高沐鸿担任，郑笃、寒声、郭维洲、赵佩兰等参与编辑。刊物封面设计精心，各卷编排构图有所变化。其中，第1卷封面居中编排，整幅木刻版画版式中，大号不同套色美术体刊名居中竖排；第2卷封面对称编排，左侧不同色大号手书体刊名竖排，右侧居中加入黑白或套色木刻版画。该刊除了"要求作品的内容充实、具体、

---

① 鲁琪：《田风与〈白山〉杂志》，李前宽等编：《人间自有真情在：新中国电影教育开拓者田风传略》，中国电影出版社2014年版，第49页。

② 成仿吾：《创刊的话》，《北方文化》1946年第1卷第1期。

生动和通俗"等之外，① 同时通过征求"广泛开展文艺通讯员运动"，以使其"成为广大群众干部自己的刊物，使这新气象变成群众性的创作运动"等。② 主要作者有穆之、冈夫、赵树理、高沐鸿、阮章竞、鲁藜、袁勃、柯岗、郑笃、王春、曾克等。1947 年 8 月 20 日，《文艺杂志》获晋冀鲁豫边区政府教育厅第一次文教作品奖金杂志类奖。1947 年 12 月 1 日，《文艺杂志》出版至第 4 卷第 4 期后停刊，共编辑发行 22 期。

《北方杂志》：1946 年 6 月 15 日创刊于邯郸，晋冀鲁豫边区文联北方杂志社编辑，华北新华书店出版。创刊号封面均衡编排，左右对称构图，右侧红色陕北剪纸图案竖排，上部黑色美术体刊名横排，封底附印华北新华书店"发行四大杂志"和"新书预告"。从第 1 卷第 3 期开始，不仅封面编排与构图版式各期不同，并且在刊物中注明，由王春、朱穆之、任白戈、吕班、艾炎、范文澜、袁勃、荒煤、黑丁、张香山、冯诗云组成编辑委员会，主编为荒煤。同时，作为综合月刊，该刊除了设有"论坛""小说""诗""报告""杂文""工作经验""文摘""青年经历"和"学校生活"等专栏之外，还适时辟有"前线报告集""英雄传""人物纪念特辑"等专辑，如"鲁迅先生逝世十周年纪念特辑"等。主要作者有周扬、柯岗、张香山、鹿特丹、葛洛、黑丁、曾克、思基、鲁藜、胡征、冈夫、邢肇野等。1947 年 3 月 1 日，《北方杂志》编辑出版至第 2 卷第 1—2 合刊后停刊。

《新文艺》：1946 年 6 月 1 日创刊于晋冀鲁豫边区山西阳城，新文艺月刊社编辑，太岳新华书店出版发行。创刊号封面水平编排，上边为棕红美术体刊名，下方加入大幅黑白木刻直观图像。由于该刊是由太岳区编辑出版的《岳北人民》、《文娱通讯》和《翻身》等刊物合并创办的一个大众文艺月刊，因此，刊物主要登载人物故事、报告文学、通俗小说、杂文、诗歌、木刻等文艺作品。如赵树理的小说《催粮差》等，以推动当地大众文艺运动的开展。作者包括孙定国、革飞、适夷、往夫、芦焰等。1946 年 8 月，《新文艺》月刊编辑出版至第 3 期后停刊。

---

① 《本刊编辑计划》，《文艺杂志》1946 年第 1 卷第 1 期。

② 《本刊征求文艺通讯员启事》，《文艺杂志》1946 年第 1 卷第 2 期。

《长城》：1946 年 7 月 20 日在张家口创刊，中华全国文艺协会张家口分会长城社编辑发行，中华全国文艺协会张家口分会出版部出版。丁玲担任主编，编辑委员会成员有丁玲、丁里、艾青、江丰、沙可夫、康濯、萧三等，程钧昌为助理编辑。封面水平编排，上下不同套色图形对映，黑色大号美术体刊名居上。创刊号上载有华山、谢挺宇、王林、康濯、柳杞、束为等的小说；贺敬之、李雷、田间等的诗歌，秦兆阳、王林等的戏剧，以及丁玲、刘白羽、陈学昭、徐懋庸、何干之、欧阳凡海、于力等人的杂文、通讯报告，古元、王朝闻等人的木刻、雕塑，萧三等人的歌曲。同时发表了周扬的长篇论文《论赵树理的创作》，艾青的《释新民主主义的文学》《〈古元木刻选〉序》和《论秧歌剧的创作和演出》，水华的《关于秧歌剧的几个问题》等理论批评论文。1946 年 8 月 20 日，《长城》文艺月刊出版至第 1 卷第 2 期后停刊。

《冀东日报增刊》：1946 年 8 月 31 日创刊于河北遵化，冀东日报社编辑出版，为《冀东日报》弥补版面不足而创办的一个综合性文化"报外刊"。时任中共冀东区委宣传部长的张达兼任报社社长，吴明、杨林、岳欣等先后任副社长，孔祥均任编辑部长，陈大远、高元、山桥等参与编辑工作。刊物封面版式不同时期有明显变化。最初的刊物封面均衡编排，左侧红底垂直图形中加入白色美术体刊名，右侧下部插入套色木刻图案。1948 年前后，刊物封面的版式设计，简洁直观。该刊除了主要登载国内外重要时事报道，党的政治军事、社会文化等新闻通讯，以及理论、知识等论文之外，还先后设有"文艺""诗辑"等专栏，发表转载诗歌、小说、报告文学、散文、木刻、歌曲等文艺作品。如第 3 期转载的长篇叙事诗歌《王贵与李香香》等。此外，还编辑出版诸如"青运专号"等专刊。1949 年 4 月，冀东日报社迁入河北唐山后，《冀东日报增刊》停刊，共出版 30 余期。

《鸭绿江》：1946 年 9 月 30 日于吉林通化创刊，鸭绿江社主编，光明书店总店、东北书店出版发行。郑文担任主编，丁新、张春榆等参与编辑工作。封面设计构图，第 1 卷至第 2 卷水平编排，上部为不同色彩手书体刊名，下部加入黑白木刻直观版画、本期刊文目录等；第 3 卷封面对称编排，左侧不同色彩手书体刊名竖排，右侧加入本期刊文目录。"清除法西斯奴化的毒汁，建设自己的文化，就是民主的，科学的，大众的——新民主主义的文化"，即成为其办刊的宗旨。① 主要刊载理论批评、秧歌剧与戏剧、通讯报告、小说、诗歌、翻译作品等，作者包括蔡天心、郑文、王慎之、夜歌、纪风、江帆、青榆、周立波等，以及东北文工二团等创作团体。1948 年 12 月 25 日，《鸭绿江》出版至第 3 卷第 6 期后，于吉林四平停刊，共编辑出版 16 期。

《歌与剧》：1946 年 10 月创刊于山东临沂，歌与剧编辑室主办，新四军兼山东军区政治部文工团出版。同年 11 月改为"战时版"第 1 期编辑出版，并由山东新华书店发行。主要作者有艾分、青麦、魏峨、张实、叶华、黄粲、王力、张拓、苏风、王杰、彭彬、陈大荧、何为、钱亦华、傅泉、章枚、袁云范等。作为一份"为供给材料，开展部队文娱活动"② 并主要面向部队干部战士的文艺演唱刊物，该刊除了登载部队文艺动态及经验交流方面的文章报道，以及部队文艺理论批评与相关部门的讲话与通知指示之外，主要刊载适合干部战士需要的演唱剧本、歌曲等文艺作品。如《我们是毛泽东的文化兵》、《连队怎样教歌》、《在鲁南前线文艺座谈会上唐主任的讲话》和《通过排戏推动了伤员学习》，以及剧本《最后的命令》《好眼睛》《山头上》《喜事》《慰劳》及《走人民的路》等，歌曲《解放区是一座铁长城》《射击英雄魏来国》及《保卫咱们的好家乡》等。1947 年 5 月，《歌与剧》（战时版）编辑出版至第 9 期后停刊，先后共编辑出版 10 期。

《东北文艺》：1946 年 12 月 1 日正式创刊于哈尔滨，为中华全国文艺协会东北总分会会刊，东北文艺编委会编辑，东北文协出版部出版，首任主编为草明。封面均衡编排，左侧红色鲁迅手书体刊名竖排，右侧居中插入黑白木刻人物版画。创刊号中发表了萧军的《目前东北文艺运动我见》，冯明的《记鲁迅十年祭和东北文协的诞生》等论文，并且从第 1 卷第 2 期开始设有"短论""讲座""小说""诗歌""报告""散文""翻译"和"转载"等专栏，以及"读书杂感""新书介绍""通讯""戏剧"和"评论"等栏目。主要作者有萧军、赵树理、公木、西虹、刘白羽、周洁夫、华君武、草明、张望、严文井等。1948 年

---

① 《发刊词》，《鸭绿江》1946 年创刊号。
② 新四军兼山东军区政治部：《通知》，《歌与剧》（战时报）1946 年第 1 期。

1月1日《东北文艺》编辑出版至第2卷第6期后终刊，共发行2卷12期。

《人民戏剧》：1946年10月20日创刊于佳木斯，人民戏剧社编辑出版，东北书店总店发行。塞克担任主编，编委会成员有张庚、王震之、吴雪、白桦、沙蒙、陈戈、袁牧之、张水华、李之华、王大化、舒非、塞克、颜一烟等。刊载的主要内容有戏剧理论及批评，戏剧运动及文艺工作者介绍等，同时注重发表话剧、歌剧、秧歌剧及戏曲等作品，以及适合各地文工团及剧团演出的一些剧目。主要作者有丁洪、丁毅、侣朋、荒草、陈沙、陈波儿、欧阳山尊、林白、仇平等。1947年《人民戏剧》编辑出版至第6期后停刊。

1948年11月20日，复刊的《人民戏剧》新1卷第1期在哈尔滨出版。人民戏剧社编辑出版，东北书店印刷发行。复刊版封面为刘迅设计，水平编排，上下不同底色图形版式，上部黑色美术体刊名，左侧中部插入套色图案。在《复刊的话》中，编者希望"多提意见，使本刊得以随时改进"，并"将你们的创作、经验、消息、照片，以及你们的愿望、要求，随时随地，踊跃地寄给我们"，以使"我们要做到全体戏剧工作者来办这个刊物"等。① 因此，刊物不仅主要发表戏剧理论批评论文，以及相关的戏剧运动及其演出剧照，并且设有"剧本""技术座谈""工作通讯""工人文艺活动报道""文艺消息"及"读者往来"等栏目。1949年4月前后，人民戏剧社迁往沈阳。1949年7月，《人民戏剧》新1卷第6期出版后停刊。

《人民音乐》：1946年12月15日创刊于佳木斯，为中华全国文艺协会东北总分会音乐会刊，人民音乐社编辑出版，东北书店发行。吕骥、向隅、何士德、任虹、王一丁等任编委会成员。主要作者有马可、瞿维、寄明、罗正、陈紫、刘炽、安波、唐荣枚、鹰航、丁鸣、彦克、徐辉才、晓星、安娥、霍士奇等。1947年5月编辑出版至第3期后停刊。

1948年10月25日，复刊的《人民音乐》新1卷第1期出版，人民音乐社编辑，东北书店发行。复刊版封面水平编排，上下不同底色图形构图，大号美术体刊名居上，下方插入套色圆形图案。吕骥、向隅分别担任正副主编，

---

① 编委会：《复刊的话》，《人民戏剧》1948年新1卷第1期。

编委会成员有吕骥、何士德、向隅、任虹、安波、李劫夫、庄映、李鹰航、张一鸣。刊载的内容除了音乐理论批评、技术讲座及部队、各地音乐活动概况与音乐通讯等之外，主要发表革命歌曲及新民歌、秧歌与歌舞剧、儿歌及乐器伴奏等作品，以及"音乐工作者来信""通讯讨论"和"音乐出版物介绍"等。1949 年 2 月 25 日，编者在《人民音乐》新 1 卷 2—3 期合刊的《编后》中称："本刊第一期出版脱离，第二期因迁沈，付印脱期，故出第二期第三期合刊，以后，当努力做到如期出版。"① 1949 年 7 月，《人民音乐》新 1 卷第 4 期出版后停刊。

《平原文艺》：1947 年 1 月 1 日创刊于山东阳谷县张秋镇，冀鲁豫边区文联主办，平原文艺编委会编辑，冀鲁豫书店出版。主编王亚平，邢立斌、枫林、金默生、田兵、刘衍州等参与编辑工作。封面版式一致，均衡编排，构图直观，左侧红色手书体刊名竖排，右侧下方插入套色或黑白木刻解说图像。主要发表诗歌、小说、散文等文学创作及理论批评，以及木刻、戏曲、曲艺等文艺作品，力求以大众化的语言形式，切近并适合广大群众的阅读及接受。因此，无论是诗歌、小说、报告文学、剧本等文学作品，还是弹唱、评书、快板等曲艺作品，都非常注意作品与现实生活的关系，以及语言形式的通俗化、大众化。如主编王亚平所称："文艺工作者只有结合了群众的力量，才能有真正的力量；编印的刊物，只有认真编写出群众性的作品，才能被广大的群众欢迎。"② 1948 年 1 月，《平原文艺》编辑出版至第 3 卷第 1 期后停刊，先后共出版 13 期。

《冀鲁豫画报》：1947 年 2 月 1 日创刊于冀鲁豫边区，冀鲁豫边区文艺界联合会编辑，冀鲁豫书店出版发行。张明权、严朴、劳郭、董亚斌、张一苏等先后负责编辑工作。该刊"以极大的篇幅，描绘着我冀鲁豫区的真人真事，并且与现实政治任务，紧密地结合着"。③ 由于读者主要为区村级干部及广大群众，因此注重刊载连环画、漫画、木刻画、年画等美术作品，反映并宣传

---

① 佚名：《编后》，《人民音乐》1949 年新 1 卷第 2—3 合刊。
② 王亚平：《一个文艺刊物的创刊与成长》，《平原文艺》1948 年第 3 卷第 1 期。
③ 林翔：《介绍〈冀鲁豫画报〉》，《新地》1947 年第 3 卷第 5 期。

现实生活中的人物故事，如《翻了身的妇女们》、《刘庄复查》、《园子回家》、《铁孩子》等，并且在此基础上注意推动群众性的美术活动及培养绘画人才，以及发表包括民间艺术在内的美术工作者的来稿及作品。1948 年春，《冀鲁豫画报》编辑出版至第 18 期后停刊。同年 11 月 1 日，合并入冀鲁豫平原社编辑出版的《平原》杂志。

《人民画报》：1947 年 3 月 25 日创刊于华中二分区宝应县钱家舍，华中二分区人民画报社编辑出版。刊物为石印套色黑白正反面半月刊，后改为十日刊、三日刊，李亚茹曾担任画报主编。主要刊载反映根据地政治军事斗争和社会经济生产内容的连环画、漫画、木刻等美术作品，以及当地群众熟悉的"凤阳花鼓调""高邮北乡调""泗洲调"等民谣、快板、墙头诗、顺口溜、童谣及春联等大众化文艺作品。如套色木刻画《只有在共产党领导下中国革命才会成功》《大力支援前线，争取全国胜利》等，连环画《封建炕得绝，我徕找得妙》，漫画《总动员就是总崩溃》等，以及民谣《平分土地》、《人民法庭断得清》及《穷爹爹十恨》等。1950 年 5 月 30 日，《人民画报》编辑出版至第 170 余期后停刊。

《演唱杂志》：1947 年 9 月 15 日创刊于山东菏泽，中共冀鲁豫文工团编辑委员会编辑，冀鲁豫书店出版发行，时任冀鲁豫文联剧委会主任，以及冀鲁豫文工团团长兼编导的吕艾担任主编。由于该刊是由冀鲁豫文联编辑的《大众戏曲集》改刊而来，所以，在发刊词《演唱咱们自己》中，编者称："自己编歌自己唱，自己编戏自己演。演唱咱们自己的事，演唱咱们的功臣和模范。"[1] 为此，刊物秉持其"给老百姓、各剧团办的，来稿都得叫老百姓能演能唱，看懂听懂，要不，不登"的办刊宗旨，主要刊载"歌曲、小调、快板、鼓词等均可；有关吹、拉、弹、唱、编、演的各种经验、办法；剧团、演员、艺人的情况报道及领导剧团的经验等；反映土改复查、参军、打仗、支前生产的英模事迹"等，[2] 以及坠子、快板、歌曲等剧本作品。如秧歌剧《查财》，街头剧《站岗》，快板杂耍剧《给魏德迈送行》，话剧《上当》，以及田

---

① 佚名：《演唱咱们自己》，《演唱杂志》1947 年第 1 期。
② 佚名：《怎样给〈演唱杂志〉写稿》，《演唱杂志》1947 年第 1 期。

庄姐妹团编的《复查歌》，濮县六区工庄张广钧编的《为啥要上学》和"农村剧团消息"等。1947年9月15日，因"国共内战"的演变，《演唱杂志》创刊号出版后即停刊。

《胶东文艺》：1947年9月15日创刊于烟台，胶东文化界救国协会主办，马少波主编，胶东新华书店出版发行。封面采用相同版式构图，均衡编排，左侧垂直红底条幅图形中小号美术体主办机构、主编等文字，右侧不同色手书体刊名竖排，居中下方加入黑白木刻直观版画。由于胶东文艺社成立于1947年9月1日，其前身为综合性文化刊物《胶东大众》，因此，"鼓励创作，反映斗争，交流经验，推动组织，求得文艺界爱国民主大团结，通过集体努力，把新的文艺运动更深入的展开"等，就成为这个新刊物的办刊宗旨及目标。[1] 于是，该刊分别设有"理论""通讯·报告""散文""故事""板话·快板·歌谣""歌曲"等专栏，发表新诗、小说、鼓词、秧歌剧、小调剧、木刻等文艺作品。主要作者包括陶纯、田间、闻捷、柯蓝、马烽、葛洛、罗竹风等。1948年1月15日，《胶东文艺》编辑出版至第1卷第8期后停刊，先后共发行8期。

《翻身》：1947年12月10日创刊，华中新华书店编辑部编辑出版。刊物封面水平编排，上部不同色彩手书体刊名，中下部大幅套色木刻等版画图像，封底附印新华书店的"最近新书介绍"和刊物版权页等。由于该刊是一个主要面对工农读者的大众化文艺半月刊，因此，其创刊号中除了在"大众文艺"栏目发表了多篇故事、诗歌、小调、鼓词、木刻、漫画等文艺作品之外，还在"大众知识"栏目中刊登时事常识、科学知识、大众卫生等方面的短文。据称，当时华中地区各县的报纸上均载有每期《翻身》杂志的内容预告，反映刊物的传播情况及普通大众读者的接受程度。1948年4月10日，《翻身》编辑出版至第8期后停刊。

《新文艺丛刊》：1948年5月15日创刊，先后由新文艺丛刊社、新华书店编辑部编辑，华中新华书店出版。创刊号第1辑封面水平编排，上中下不同

---

[1] 《创刊的话》，《胶东文艺》1947年创刊号。

装饰图形、图案相对,刊名下黑色美术体"论赵树理的创作"标题。从第2辑开始,封面设计版式统一,不同色彩上中下装饰图形、图案上,各底色垂直图形中插入美术体刊名。该刊不仅将"开拓文艺阵地"作为自己的办刊宗旨,①同时是一个主要刊载"老解放区优秀文学艺术作品"的文艺刊物。②因而,从创刊伊始,先后发表了许多重要的理论批评论文,以及小说、诗歌、戏剧、木刻等文艺作品,如周扬的《论赵树理的创作》,茅盾的《论赵树理的小说》,郭沫若的《关于〈李有才板话〉》,赵树理的《艺术与农村》等,以及王士菁的《毛泽东颂》等诗歌作品。1949年3月15日,《新文艺丛刊》编辑出版至第5辑后停刊。

《群众文艺》:1948年6月1日在赤峰创刊,冀察热辽联合大学、鲁迅文艺学院主办,群众文艺社编辑发行,群众日报社印刷,赤峰东北书店经销。刊物封面均衡编排,构图大致相同,每期刊名色彩与图案各有变化。创刊号封面绿色美术体刊名居上,右侧中下部加入黑白木刻工农兵版画图像。在其创刊词《对本刊创刊和命名的一点说明》中,时任冀察热辽联合大学校长的赵毅敏称,按照"毛主席所指示的文艺运动的基本方向","我们愿把这一指示作为我们的座右铭,故本刊命名为'群众文艺'"。③因此,该刊不仅分别设有"专载""介绍""业务学习""文艺简讯"等专栏,同时开辟有"剧作""歌曲""小说""诗""通讯"等栏目,发表理论批评、小说戏剧、木刻版画等文艺作品。主要作者有骆文、劫夫、管桦、夏炎、刘才、塞克、安波、程云、宋扬、李玉珍、郭小川等。1948年9月25日,《群众文艺》编辑出版至第1卷第3期后停刊。

《前哨文娱》:1948年8月前后创刊,苏北第二军分区文工队编辑,前哨报社出版。该刊封面水平编排,各期采用不同的套色木刻版画,突出其宣传内容与刊物主题。其中,除了刊载部队文艺活动的"文娱动态"与经验介绍外,还重视发表戏剧、歌曲和美术等文艺作品,如梅林等集体创作的话剧

---

① 编者:《开拓文艺阵地》,《新文艺丛刊》1948年第1辑。
② 张贵驰:《苏中战地文化》,苏州大学出版社2012年版,第222页。
③ 赵毅敏:《对本刊创刊和命名的一点说明》,《群众文艺》1948年第1卷第1期。

《公平买卖》和张文珠等创作的《桌上的表》等。现存的《前哨文娱》有新 3 期、新 4 期和新 5 期。1948 年 9 月，《前哨文娱》编辑出版至新 5 期后停刊。

《文艺月报》：1948 年 10 月 19 日创刊于吉林，文艺月报社编辑，吉林文艺协会出版，东北书店吉林分店、光华书店、吉林书店等发行。该刊创作与评论并重，兼顾翻译。编委有田蓝（王名衡）、吴伯箫、李林、李则蓝、林耶、梁再、高叶、张松如、蒋锡金、魏东明等。封面均衡编排，棕红框线版式中，左上角棕红手书体刊名，右下角插入棕白或黑白木刻版画。由于创刊日适值鲁迅逝世 12 周年，所以创刊号封面加入棕白木刻鲁迅版画图像。在《发刊辞》中，编者称，本刊"是要为文艺青年开辟一片园地，栽植新的文艺花朵"，以使"文艺界的新鲜血液和过去的光荣传统结合起来"。① 并且分别开设"论坛""诗辑"等专栏，刊载理论批评、小说、散文、诗歌等文艺作品。主要作者有吴伯箫、林耶、李则蓝（又然）、锡金、师田手等。1949 年 6 月 1 日，《文艺月报》编辑出版至第 4 期后停刊。

《文艺丛刊》：1948 年 11 月创刊，华东野战军政治部编印。封面均衡编排，上部不同底色图形中加入白色美术体刊名，左侧居中或中部插入黑白木刻版画或该期刊文目录等。该刊将"大大地展开部队的创作运动，供应部队以更多更好的文艺材料"等②作为其办刊宗旨。因此，刊物除了登载部队文艺运动与创作经验的总结交流论文，以及相关的理论批评、部队文艺经验介绍、综合报告、工作方法等文章外，主要发表话剧与秧歌剧、新闻报道剧、广场歌舞剧等戏剧剧本，以及枪杆诗、木刻、漫画等文艺作品。1949 年 12 月，《文艺丛刊》编辑出版至第 8 期后停刊。

《华北文艺》：1948 年 12 月 15 日创刊于石家庄冶河镇，华北文艺界协会编辑部编辑，华北文艺社出版，华北新华书店发行。欧阳山担任主编，康濯、陈企霞、秦兆阳、王燎荧等参与编辑工作。刊物封面采用大致相同版式，框线构图，水平或均衡编排，上部不同底色方框图形中，插入竖排双行大号不同色彩美术体刊名，下部加入不同版画图案。在发刊词《我们的希望》中，

---

① 《发刊辞》，《文艺月报》1948 年创刊号。
② 《文艺丛刊·序言》，《文艺丛刊》1948 年创刊号。

编者称，执行"华北文艺工作者会议对今后文艺工作的方针和任务"，并且"更好更快地付诸实行"等，"是我们这个刊物所要解决的问题"。① 因此，该刊分别设有"戏剧""短篇创作""诗选""歌曲""战场速写""研究"等专栏，注重发表理论批评、文艺运动报道等，以及小说、散文、鼓词、木刻等文艺作品。主要作者有杨朔、王亚平、萧三、严辰、周巍峙、贺敬之、草明、胡可、董均伦、董彦夫等。1949 年 5 月 1 日，《华北文艺》编辑至第 4 期后迁往北平出版。同年 7 月 1 日，编辑出版至第 6 期后停刊。

《戏曲新报》：1949 年 3 月 26 日创刊于沈阳，东北人民政府文化部和东北文艺工作者协会主办，戏曲新报社编辑出版。李伦、王铁夫、赵慧深分别担任正副总编辑，编辑有成俊、徐汲平、安西、贾斌、滕卫、关岳、贾容、贾鲁等。封面水平横排，鲁迅手书体集字刊头居上。初为半月刊，后改为周刊。其办刊宗旨及任务是"领导、组织、探讨、改革旧剧，为新社会、新政治服务"。② 于是，除了主要刊登戏曲理论批评及其研究方面的论文，以及东北地区的戏曲运动及改革方面的相关报道之外，还注重发表新编或改编的现代、历史、传统戏曲剧本等，以及党的戏剧工作方针政策和戏曲工作总结交流等方面的文章。此外，从 1950 年 4 月及 1951 年 10 月 15 日起，先后编辑出版了 20 余册的"东北戏曲新报社丛书"和 4 集"戏曲研究丛书"。1954 年 5 月，因东北行政机构的变化，《戏曲新报》编辑出版至第160 期后停刊。

《太行文艺》：1949 年 5 月 1 日创刊于山西沁县，晋冀鲁豫边区太行区文化协会主办，太行新华书店发行。刊物封面版式直观，构图简洁。由于本刊的前身是 1946 年 3 月至 1947 年年底由太行文联编辑出版的《文艺杂志》，因此，它坚持刊物的地域特色及大众化的办刊理念，分别设有"秧歌剧""快板""小说""诗歌""报告故事""鼓词""牧歌"等专栏，注重发表一些通俗易懂、短小精悍的文艺作品。在创刊号中，就首刊了阮章竞的叙事长诗《漳河水》。1949 年 7 月 1 日，《太行文艺》编辑出版至第 3 期

---

① 《我们的希望（代发刊词）》，《华北文艺》1948 年创刊号。
② 上海艺术研究所等编：《中国戏曲曲艺词典》，上海辞书出版社 1981 年版，第 655 页。

后停刊。

《长江文艺》：1949 年 5 月创刊于武汉，华中文联筹委会、长江文艺编委会编，华中新华书店出版。封面采用相同版式，水平编排，上部不同底色图形中加入大号白色美术体刊名，中下部加入大幅黑白木刻版画或套色木刻直观图像。该刊物除了刊载理论批评、长短篇小说、剧本、诗歌、报告文学、曲艺、木刻、歌曲等文艺作品外，还先后设有"工人创作""诗辑"等专栏。1950 年 1 月，《长江文艺》编辑出版至第 1 卷第 6 期后停刊。

（三）主要综合性报纸

《抗敌副刊》/《抗敌三日刊》：1938 年 1 月 24 日，《抗敌副刊》创刊于河北阜平，是晋察冀军区政治部主办的油印、石印报刊。军区政治部负责人朱良才、舒同直接领导报社工作。该刊主要面对部队干部战士读者，发表反映部队生活及战事交流等内容的作品。1941 年 7 月 8 日，《抗敌副刊》改为《抗敌三日刊》，沙飞、丘岗（邱希映）担任主编。报刊侧重于文字通俗，栏目多样。其中三版以副刊为主，分别设有"部队生活""战士习作""小知识"等专栏，刊载快板、诗歌、唱词、民间故事、木刻、漫画等文艺作品。包括战地社、铁流社诗人的街头诗作品等，因而不仅能够适应广大文化程度不高的指战员阅读，并且，许多作品也都出自于他们及部队通讯员之手。1942 年 6 月 5 日，《抗敌三日刊》改名为《子弟兵》报后停刊。

《中国人报》：1938 年 5 月 1 日创刊于山西沁县，中共晋冀豫区委员会主办，报社社长李竹如，编辑主任杜润生，副主任杨蕉圃。该报主要刊载国内外抗战形势的通讯报道和党的文化、文艺等各方面方针政策，以及边区各地社会政治及文化发展动态等。因此，当时的中共晋冀豫区委，就在《对党报的决定》中要求："《中国人报》是区委的机关报，它反映党的政策、各地经验和区委对实际工作的指示。每个支部、每个小组都必须至少订阅一份，并把阅读和讨论党报上的重要言论，当作严格的经常的组织生活。"[1] 1938 年 12 月 29 日，《中国人报》发表《本报与新华日报合并的紧要启事》，宣布并入

---

[1] 刘江、鲁兮主编：《太行新闻史料汇编》，太行新闻史学会 1994 年编印，第 296 页。

《新华日报》（华北版），编辑出版至第 95 期后停刊。

《胜利报》/《晋冀豫日报》：1938 年 5 月 1 日创刊于山西和顺县的《胜利报》，初由中共晋冀特委主办，后为中共太行区党委主办。张玉麟担任社长，安岗任总编辑。手书体报头，隔日 4 开石印版。其中，二版设有"小说"、"漫画"等文艺专栏，以及"老实话"和"小辞典"等知识栏目，发表连载《笼中鸟》等章回小说，《毛三爷》等长篇连环画作品，以及通俗易懂、图文并茂的文化知识等。1941 年 7 月 7 日，《胜利报》编辑出版至第 390 期后停刊，改为《晋冀豫日报》编辑出版，以使其"扩大篇幅，提高质量，使之成为区党委指导全区实际工作和政治斗争的重要武器"。[①] 社长由安岗担任，编辑部由徐平负责，版面由两版改为四版。同年 12 月 20 日，《晋冀豫日报》并入《新华日报》（华北版）后停刊。

《大众日报》：1939 年 1 月 1 日山东沂水县王庄创刊，中共山东分局主办，刘导生任社长，匡亚明任总编辑，马民任编辑部主任。在《发刊词》中，编者宣称其办报宗旨，即"为大众服务，成为他们精神上的必要因素之一，成为他们自己的喉舌，更成为他们所热烈支持的最公正的舆论机关"等。[②] 因此，该报除了注重刊载政治军事通讯报道，以及社会文化动态评论，宣传党的各种方针政策之外，还相继创办了《抗战职工》《妇女前哨》《青年战线》等文化专刊与"文艺之页""文艺工作"等文艺副刊。并且从 1939 年初到 1940 年底，先后编辑出版了《战地文艺》《大众文艺》《文艺习作》和《艺术工作》等文艺专刊。发表各地文化及文艺运动介绍、交流等文章，以及故事、诗歌、木刻、漫画等文艺作品。同时，报社成立大众印书馆，并以山东新华书店的名义编辑出版多种文艺书籍。1940 年 1 月 1 日，《大众日报》创刊一周年之际，毛泽东在其纪念题词中指示："动员报纸，刊物，学校，宣传团体，文化艺术团体，军队政治机关，民众团体，及其他一切可能

---

① 晋冀豫区党委：《关于党报——〈晋冀豫日报〉的决定》，《太行山上抗日烽火中的〈胜利报〉》，山西省新闻工作者协会、太行新闻史学会 1983 年编印，第 7 页。
② 《〈大众日报〉发刊词》，常连霆主编《山东党的革命历史文献选编 1920—1949》（第 3 卷），山东人民出版社 2015 年版，第 25 页。

力量，以提高民族自觉，发扬民族自信心与自尊心，反对任何投降妥协的企图，坚持抗战到底，不怕困难，不怕牺牲，我们一定要自由，我们一定要胜利。"① 1949 年 4 月 1 日，《大众日报》社迁入济南出版，并相继作为中共济南市委、山东省委机关报编辑出版至今。

《七七报》/《七七日报》：1939 年 7 月 7 日在湖北京山县八字门创刊，中共鄂豫边区党委主办。报头由陶铸题写，负责人先后有夏忠武、李苍江、谢文耀、夏农苔等。该报不仅注重边区政治军事与经济文化的宣传报道，分别设有"半月国际述评""敌后一月战况概述""小讲坛""大众呼声"等专栏，同时刊载各地文化及文艺运动的动态消息，并辟有"七七副刊""青年文化之页""五日谈"等栏目，征集并发表报告、速写、小说、杂文、批评、木刻、漫画等文艺作品。此外，还编辑出版了《七七报十日增刊》《七七报·老百姓报联合增刊》等刊物。1946 年 1 月 14 日，《七七报》编辑出版至第 373 期后与新四军豫鄂挺进支队主办的《挺进报》合并，由中共中原局主办，并更名为《七七日报》，迁入湖北大悟县孙家湾编辑出版。1946 年 6 月 24 日，《七七日报》出版至第 536 期后停刊。

《救国报》/《冀东日报》：1940 年 1 月 1 日创刊于河北遵化的《救国报》，为中共冀热察区委员会冀东区分委主办，崔林（李杉）、吕光等先后担任社长。1945 年 11 月 3 日，《救国报》编辑出版至 240 期后改为《冀热辽日报》；1946 年 1 月 11 日，《冀热辽日报》出版至第 262 期后改为《长城日报》，同年 5 月 15 日，由《长城日报》更名为《冀东日报》，刊头为毛泽东题写。时任中共冀东区委宣传部长的张达兼任报社社长，吴明、杨林、岳欣等先后任副社长，孔祥均任编辑部长，陈大远、高元、山桥等参与编辑工作。该报不仅主要刊登宣传党的抗战主张，以及国内外政治军事要闻和通讯报道，同时，从《救国报》伊始，相继开设不同的文化、文艺副刊专栏，如"教育""卫生""经济""妇女""生产"等，以及"文艺"等栏目和《冀东日报增刊》专刊等。1949 年 4 月，冀东日报社迁入河北省唐山市，同年 7 月 31 日，《冀

---

① 孙占元、杨明清主编：《山东重要历史事件：抗日战争时期》，山东人民出版社 2004 年版，第 132 页。

东日报》编辑出版至第 1138 期后停刊。

《抗战日报》、《晋绥日报》：1940 年 9 月 18 日在山西兴县创刊的《抗战日报》，其前身为《五日时事》《新西北报》和《黄河日报》等，中共晋西区委主办，报头为毛泽东题写。1946 年 7 月 1 日，《抗战日报》改为《晋绥日报》，中共晋绥分局主办，毛泽东随后为其重题报头。廖井丹、赵石宾、周文、熊复等先后担任社长及正副总编辑。4 开 4 版铅印，初为三日刊，后改为隔日刊、日刊。从《抗战日报》到《晋绥日报》，该报尤其注重副刊的编辑出版，并设立专门的副刊编辑室。其中，不仅开设了"敌情""教师之友""卫生""青年""思想漫谈""自卫战争笔谈会""前线故事""辞典""编者短简"和"写作漫谈"等，以及"大众园地""黑板报""妇女生活""战斗周刊""职工园地"等文化栏目，而且分别于 1942 年 1 月 17 日、1943 年 3 月 6 日和 1948 年 8 月，创办了《抗战日报》的《文艺之页》《吕梁文化》和《晋绥日报》的《大众园地》等文艺副刊及专页。以发表文学、美术作品为主，先后刊登了许多作家的诗歌、剧本、小说、散文、报告文学、歌谣、快板、木刻、漫画、歌曲等文艺作品。1949 年 5 月 1 日，《晋绥日报》编辑出版至第 2171 期后终刊。

《晋西大众报》/《晋绥大众报》：1940 年 10 月 26 日创刊于陕北神府（署名山西兴县）的《晋西大众报》，为中共晋绥分局宣传部主办，吕梁文化教育出版社编辑出版。报头为续范亭将军题写，初为 4 开 4 版周刊，后改为 5 日刊、3 日刊与隔日刊。1945 年 6 月 5 日，《晋西大众报》编辑出版至第 245 期后，改名为《晋绥大众报》出版发行。1947 年 5 月 20 日，《晋绥大众报》出版至第 381 期后休刊，同年 10 月 27 日复刊。社长与总编先后由王修、周文、郝德青、马烽、张友等担任，李半黎、邵挺军、西戎、李束为等参与编辑工作。从《晋西大众报》到《晋绥大众报》，该报始终秉持通俗化与大众化的办报理念。其发刊词就是主编王修撰写的一首 72 行的快板。因此，报刊除了注重政治军事等要闻和社论的刊载，以及地方社会文化动态、通讯报道的发表之外，也重视副刊的编辑及其栏目的策划。不仅设有"百事通""地方通讯""街谈巷议""大众信箱""政策问答"等文化专栏，而且在"实际上就是没有刊名的副刊"——报纸的第四版上,① 刊发了许多作家的鼓词、快板、民间故事、谜语、木刻连环画等通俗文艺作品。尤其是长篇章回小说的连载,更为该报赢得了广泛的社会声誉和众多的读者,如马烽、西戎的《吕梁英雄传》、邵挺军的《世界大战记》等。1949 年 7 月 24 日,《晋绥大众报》编辑出版至第 445 期后奉命停刊。

《江淮日报》:1940 年 12 月 2 日创刊于江苏盐城,先后为中共中原局、华中局主办。刘少奇兼任社长并题写报头,王阑西、刘述周等分别任副社长兼正副总编辑。在陈毅执笔撰写的发刊词中,不仅强调报刊作为党和人民的喉舌所应担负的纽带作用,同时要求努力开展通讯工作,动员一切愿为报刊写稿的力量等。因此,该报除了注重国内外政治军事动态、地方新闻报道等文章的发表,以及"江淮""新地""教育周刊""大众科学""大众卫生"等文化栏目及专刊的编辑之外,还开辟了"新诗歌""文艺"等专刊,刊载诗歌、散文、报告文学、木刻、漫画等文艺作品,从而聚焦了冯定、杨帆、丘东平、许幸之、吴强、莫朴等一批作家,并促进了华中地区一些文化团体、出版机构及刊物,如江淮出版社的建立和《江淮杂志》的创办。《江淮日报》编辑出版至 1941 年 7 月 22 日停刊。

《冀鲁豫日报》:1941 年 8 月 1 日创刊于昆山县(梁山县)董那里,中共冀鲁豫区党委主办,冀鲁豫日报社编辑出版。陈沂、刘祖春、申云浦、莫循、罗定枫等先后担任正副社长,巩固、罗定枫等任总编辑。该报的前身是 1940 年 5 月创刊的《鲁西日报》,并相继合并《湖西日报》《卫河日报》和《卫东日报》而成的区党委机关报。初为 8 开 2 版 3 日刊,后改为 4 开 4 版日刊。报刊在注重政权建设和党的政策、法令的宣传,以及发展生产和国内外时事报道的同时,也重视对文化、教育工作的宣传报道,如新旧年关开展春节文娱活动和农村演剧活动的宣传工作,以及文艺运动的经验交流和相关评论等。并且,在其相继开办的"文艺副页"专栏和不定期的"文化生活"专版中,集中刊载了许多通俗化、大众化的诗歌、歌谣、故事、短小说、散文、报告

---

① 西戎:《报纸副刊与健康的知识性、趣味性——〈晋绥大众报〉副刊简介》,《西戎文集》(第 5 卷),山西人民出版社 2001 年版,第 2519 页。

文学、歌曲、木刻等文艺作品。1949 年 8 月 21 日，《冀鲁豫日报》编辑出版至第 1742 期后终刊。

《冀晋日报》：1945 年 9 月 1 日创刊于河北阜平雷堡村，中共冀晋区党委主办，冀晋日报社编辑出版。时任冀晋区党委宣传部副部长的陈冷、孙肇、曹国辉等先后担任正副社长、总编辑，陈春森、田间、曼晴、罗东、玛金、石虹、娄霜等分别担任编委并参与编辑工作。该报采用毛泽东手书体报头，4 开 4 版日刊。在其创刊号上，编者强调"全党办报的精神和办法"，以及要求"迅速组织大批有关当前战争的稿件"等。① 所以，报纸创刊后，除了重视国内外政治军事等方面，尤其是党的方针政策宣传和社会经济要闻报道之外，同时，迅速聚集了冀晋地区的一批作家及知识分子，并由田间主编其文艺副刊，组织作家的文艺创作，推进当地文艺运动的发展。于是，在《冀晋日报》的主导之下，不仅创办了《通讯学习》《冀晋民兵》等文化专刊，并以"星火出版社"的名称编辑出版了许多文艺书籍和"丛书"，如推动乡村文艺运动的"乡艺文艺丛书"等，而且编辑出版了由田间担任主编的通俗性文化"报外刊"《新群众》月刊，刊载文化及文艺理论批评、通讯报告、工作研究等论文，尤其是许多作家的小说、诗歌、戏剧、速写、木刻、漫画等文艺作品。1947 年 11 月 12 日，《冀晋日报》编辑出版至第 546 期后停刊。

《东北日报》：1945 年 11 月 1 日创刊于沈阳（署名为"山海关"），中共中央东北局主办，东北日报社编辑，先后在抚顺、海龙、长春、哈尔滨、沈阳等地出版。该报初为 8 开 2 版，后改为 4 开 4 版与对开 4 版日刊，报头分别为吕正操、毛泽东所题写。李常青任社长，李荒、王揖、严文井等先后任主编。由于《东北日报》是抗战胜利后中国共产党在东北地区创办的一份党报，因而在报刊编辑与版面安排上，不仅一直重视军事政治动态的报道，以及党的政策方针和国内外要闻的宣传，而且在担任报纸副总编辑与副刊部主任严文井的领导之下，该报副刊的编辑出版工作，从内容到形式、作者与作品等各个方面，都充分展现出其鲜明的特色。其中，除了开

---

① 《中共冀晋区党委宣传部通知》，《冀晋日报》1945 年 9 月 1 日。

辟"卫生""戏剧专刊""新闻通讯""解放军人""民主青年"等综合性的文化专刊和重要节日纪念特刊外，还注重于发表或转载、连载延安及东北地区作家的小说、诗歌、报告文学、木刻等各种文艺创作，如李季的《王贵与李香香》、周立波的《暴风骤雨》、赵树理的《李家庄的变迁》、西虹的《在零下四十度》等。也因此聚集起了一大批的作家，如丁玲、罗烽、塞克、萧军、草明、周立波、刘白羽、马加、张庚、华君武、吴伯箫、华山、荒草等。1948年12月11日，《东北日报》编辑出版第1050期后，由哈尔滨迁入沈阳出版。1954年8月31日，《东北日报》停刊，同年9月1日改名为《辽宁日报》编辑出版。

《人民呼声》/《大连日报》/《旅大人民日报》：1945年11月1日创刊于大连的《人民呼声》，为中共大连市委主办并以大连市职工总会的名义出版发行。罗思真（罗丹）、于明、李定坤等分别担任正副社长，刘汉、吴滨、孙炎、韩铎、林松、王凡等参与编辑工作。1946年6月1日，《人民呼声》编辑出版至第133期后更名为《大连日报》，白学光任大连日报社社长。1949年3月25日，《大连日报》与《关东日报》合并为《旅大人民日报》。从《人民呼声》开始，该报刊即根据当时大连地区的社会政治状况，不仅注重宣传报道国内外政治军事的要闻，反映当地社会经济领域的动态和各种组织活动，以指导工人、农民的各方面工作，同时，重视国内外及当地文教方面的宣传报道工作。其中，除了编辑出版《人民呼声》副刊，如"职工呼声""工人通讯"等，以及《职工报》《妇友》等专刊外，1946年7月13日，由李一氓等主持的《大连日报·海燕》副刊创刊。至《大连日报》停刊，《海燕》文艺副刊先后编辑出版了130余期，刊发了郭沫若、阿英等作家的文艺作品。1956年1月1日，《旅大人民日报》更名为《旅大日报》继续出版。

《哈尔滨日报》：1945年11月25日创刊于哈尔滨，中共哈尔滨市委主办，以哈尔滨日报社长唐景阳个人名义注册并编辑出版，李文涛、孙觉等参与编辑工作。1946年5月28日，该报与哈尔滨中苏友好协会主办的《北光日报》，合并到迁入哈尔滨的《东北日报》而休刊。1947年7月15日，《哈尔滨日报》复刊，唐景阳、李文涛先后担任社长，区棠亮任总编辑，傅克任编辑部长等。由于坚持"为人民服务，为战争服务，为党的政策服务"等办报宗旨，① 所以，宣传报道党领导的抗日战争事迹，揭露日伪统治的罪行和国民党政府的腐败，以及传达党的政策方针及政治军事的动态等，始终是其编辑内容和版面安排的重心。与此同时，自创刊伊始，其先后编辑的综合性副刊《文化公园》、《人民公园》和《人民城》，以及其后有"副刊"或无"副刊"之名称的专版，不仅刊登了许多反映或配合当时政治军事、生产建设等内容的通讯报道、人物速写、前方来信、工厂通讯、文化消息等作品，同时，还发表了许多作家的诗歌、小说、散文、杂文、快板、鼓词、歌曲、木刻、漫画等文艺作品，以及文艺时评、影剧评介等理论批评论文。1949 年 6 月 15 日，因东北地区行政区的调整，《哈尔滨日报》停刊，与《合江日报》等并入《松江日报》编辑出版。

《新华日报（华中版）》：1945 年 12 月 9 日在苏北淮阴创刊，中共中央华中分局党报委员会主办，邓子恢、李一氓分别担任党报委员会正副书记。范长江任社长兼总编辑，包之静、谢冰岩分别为副社长、秘书长。编辑委员会成员为范长江、恽逸群、黄源、楼适夷、包之静、史乃展、谢冰岩等。1946 年 5 月范长江调离后由恽逸群接任社长、总编辑。该报除了在《发刊词》中申明"将宣传我党中央的政策路线，传达华中分局在执行党中央路线政策中对各方面工作之方针与指示"之外，还重视并强调副刊的编辑，不仅是"贯彻毛主席文艺座谈会的精神，为工农兵服务"，同时是"外界了解我们解放区的一个窗口"。② 因此，该报的"新华副刊"等文艺副刊，在副刊主编楼适夷、锡金等人的主持之下，刊登了大批优秀的报告文学、小说、戏剧、诗歌、木刻、漫画等文艺作品。其中，包括毛泽东的《沁园春·雪》，以及蒋锡金的《咏雪词话》等评论文章。1946 年 12 月 16 日，《新华日报（华中版）》编辑出版至第 367 期后停刊。

《自卫报》/《东北前线》：1946 年 4 月 26 日创刊于吉林省梨树县的《自卫报》，由东北民主联军总政治部主办，8 开 2 版 3 日刊，报头为林彪题写，周

---

① 《全党动手办好党报》，《哈尔滨日报》1947 年 7 月 15 日。
② 吴景明：《蒋锡金与中国现代文艺运动》，东北师范大学出版社 2015 年版，第 227—228 页。

保昌、王焰等任正副主编，陈沂、于鸢天、林剑、宋维等领导并参与编辑工作。该报从创刊开始，就将为部队干部战士提供"政治的、精神的、文化的食粮"，以及报道宣传"英雄事迹、英雄人物"和总结交流"各次战斗中的经验"等，作为办刊的宗旨及任务。①　因此，该报不仅开设有"社论""时事简讯""时事评述""工作通讯""经验介绍"等政治军事、社会文化等方面的专栏，同时，还先后编辑有"战士之页""通讯特写""战士习作"等文艺栏目，以及《战斗生活》等综合性文化专刊。主要刊载通俗化与大众化的故事、歌谣、谜语、游戏等具有文学性和趣味性的读物，以及适应干部战士阅读需要的木刻、歌曲、漫画等文艺作品。1948 年 1 月 24 日，《自卫报》编辑出版至第 121 期时，改由东北军区政治部编辑出版。1948 年 9 月 26 日，《自卫报》出版至第 175 期后，更名为《东北前线》周刊，并由东北野战军政治部出版。1949 年 2 月 7 日，《东北前线》编辑出版至第 202 期后易名为《前线》，先后由第四野战军政治部等编辑出版。1949 年 8 月，《前线》停刊。

《人民日报》：1946 年 5 月 15 日在河北邯郸创刊，②　由中共晋冀鲁豫中央局主办，人民日报社编辑出版。张磐石担任社长兼总编辑，报头为毛泽东手书体集字。1948 年 6 月 14 日，《人民日报》编辑出版至第 746 期后停刊。翌日，中共华北局决定，《人民日报》与《晋察冀日报》"两报合并"，在河北平山县"统一出版"并"受命于今日创刊"华北局版《人民日报》。③　新版《人民日报》报头由毛泽东亲笔题写，张磐石担任社长兼总编辑，王亢之、安岗、袁勃任副总编辑。由于从晋冀鲁豫版《人民日报》创刊号提出的"发扬晋冀鲁豫边区人民驱逐日寇，热爱民族，热爱和平民主的传统精神"，④　到"同时代表中央和华北局"的"大党报"《人民日报》，⑤　其编辑内容和版面安排，都非常重视副刊及其文艺作品的发表。因此，除了刊载许多文化活动、民间文艺运动工作经验交流，以及文艺政策及理论批评论文之外，还编辑出

---

① 《为什么要办自卫报》，《自卫报》1946 年 4 月 26 日。
② 《人民日报》创刊号头版日期错植成"中华民国三十五年九月十五日"。
③ 吴锡恩编著：《中国解放区报业图史》，清华大学出版社 2012 年版，第 62 页。
④ 《发刊词》，《人民日报》1946 年 5 月 15 日。
⑤ 吴锡恩编著：《中国解放区报业图史》，清华大学出版社 2012 年版，第 61 页。

版了《人民副刊》《文艺通讯》等文艺专刊，推出及刊登了许多诗歌、通讯报告、散文、杂文、木刻、摄影、漫画、歌曲等文艺作品。1949 年 3 月 15日，《人民日报》迁入北平后，同年 8 月 1 日改为中共中央委员会机关报出版至今。

《人民战士》：1947 年 4 月 28 日创刊于太行山区，晋冀鲁豫军区政治部主办，人民战士报社编辑出版。报头由刘伯承题写，胡痴担任社长兼总编辑，毛雍如、谈培德、孟冰、周承术、殷步实、缪海稜、葛洛、胡征、曾克、何超等先后参与编辑工作。1947 年 7 月 30 日，《人民战士》报编辑出版至第 30期停刊。1949 年 1 月 26 日复刊，并由第二野战军政治部主办。作为部队报刊，该刊不仅主要结合当时部队的中心任务，组织反攻作战及大反攻的宣传报道，刊载党中央的相关指示与战事动态等。同时，还编辑出版了综合性刊物《人民战士》副刊，以及"人民战士"文艺丛书。从而收录了许多来自部队干部战士之手的前线速写、战事征文及英雄故事等，并且发表了许多通俗易懂的快板诗、故事、鼓词、短剧、散文、歌曲、漫画、连环画、木刻等文艺作品，以及读者关注的政治时局、方针政策、文化常识等方面的文章。除此之外，1949 年年初前后，《人民战士》报还以"人民战士出版社"的名义，先后出版了多种"人民战士丛书""人民战士文艺丛书"，以及多册"连队教材"及摄影集、画集等文艺书籍。1949 年 10 月底，《人民战士》报停刊。

《文化报》：1947 年 5 月 4 日在哈尔滨创刊，文化报社编辑出版。萧军担任主编，徐定夫任经理，高俊武、陈隄、赵素、谭莉、孟庆菊、张铁铮等参与编辑工作。报头为萧军题写。1947 年 6 月 15 日，《文化报》编辑出版至第 7 期后停刊，1948 年 1 月 1 日复刊。初为 8 开周报，后改为 4 开 2 版 5 日刊。在复刊词中，编者将"为读者报道一些文化消息，此外介绍一些文化常识、短文、小诗、书评、戏剧及杂碎之类"等，[①] 作为该报编辑的主要内容及任务。因此，报刊不仅发表了许多宣传介绍鲁迅、高尔基、普希金等作家的文艺思想，以及中外文化和新民主主义文化的社评论文，同时，还创办了一个

---

① 本社：《复刊词》，《文化报》1948 年 1 月 1 日。

"报外刊"《文化报》半月增刊，刊载了一些作家的小说、杂文、故事等文艺作品。1948 年 8 月 15 日，《文化报》因发表《三周年"八·一五"和第六次劳动"全代大会"》的社评，以及萧军的《闻胜有感》、《萁豆悲》等诗词文稿，而引发了与《生活报》的论争，被终止了"对萧军文学活动的物质方面的帮助"并面临文化界的全面批判。1948 年 11 月前后，《文化报》及其"半月增刊"分别编辑出版至第 72 期和第 8 期后停刊。

《生活报》：1948 年 5 月 1 日在哈尔滨创刊，中共中央东北局宣传部委托东北文化协会主办，生活报社编印，光华书店发行。宋之的任主编，报头为红色鲁迅手书体，4 开 4 版 5 日刊。在创刊号《创刊的话》中，编者将"记录这英勇的战斗，以及帮助在战斗中的人民如何去认识这战斗的环境，是我们的最主要的目标"等，作为该报的办刊宗旨及基本任务。[1] 因此，在编辑内容和版面安排方面，不仅重视刊登国内外政治军事、思想文化的宣传报道，开设有"五日时事述评""读者顾问""学府风光""出版界大事""读报摊"及"小常识"等文化专栏，同时，注意刊登或连载介绍中国革命历史、英雄模范人物事迹，以及揭露"蒋党内幕"等内容的文章，开辟了"文艺简讯""影评""自由谈"等栏目，并发表诗歌、连环画、漫画、歌曲等文艺作品。1948 年 8 月 21 日，《生活报》针对《文化报》刊载的社评及文稿，进行了直接的批判及全面的思想斗争，从而引发了当时中国文化界及思想界的一场重要论争和政治运动。1948 年 12 月 6 日，《生活报》编辑出版至第 44 期后迁往沈阳。1949 年 1 月 16 日，《生活报》在沈阳延续原期号复刊，同年 8 月 15 日，因中共中央东北局决定将其与《知识》《东北青年》合并，改办《生活知识报》，《生活报》出版至第 85 期后终刊。

《天津日报》：1948 年 12 月 25 日，由晋冀鲁豫等地的《人民日报》《冀中导报》《群众日报》及《新保定日报》组建的天津日报社，在河北省霸县胜芳镇成立。1949 年 1 月 17 日《天津日报》创刊于天津，中共天津市委主办，天津日报社编辑出版。报头为毛泽东题写，对开 4 版日刊。黄松龄、王

---

① 《创刊的话》，《生活报》1948 年 5 月 1 日。

亢之分别担任正副社长，朱九思、范瑾分别任正副总编辑，黄松龄、王亢之、朱九思、范瑾、董东、邵红叶、王友唐等为社务委员会成员，方纪、孙犁任副刊科正副科长。在创刊号《天津人民当前的任务——代发刊词》一文中，强调并坚持党报宣传阐述党的路线方针及其思想政策等办刊宗旨。因此，该报除先后开辟"学习""党的生活""经济""百科之窗"等专栏之外，也先后编辑了综合性"副刊""文化园地""文艺评论"及"读者信箱"等文化栏目，以及《文艺周刊》《文艺画刊》《文艺增刊》等多个文艺专刊。从而使其"副刊"及"文艺副刊"等，不仅成为当时"一个强调现实主义的文艺刊物"，[1] 而且对当代京津地区的文艺创作，以及青年作家的培养，提供了重要的发展平台并做出了积极的贡献。从 1949 年 1 月至今，《天津日报》已经拥有近 70 年的历史。

《长江日报》：1949 年 5 月 23 日创刊于武汉，中共中央华中局主办，长江日报社编辑出版。廖井丹、陈楚分别为首任正副社长兼总编辑，熊复、陈楚、白汝瑗、张铁夫、顾文华、吉伟青、黎辛、王阑西等为编委会成员。报头为毛泽东题字，对开 4 版日刊。在创刊号《庆祝新武汉诞生——代发刊词》中，编者称"武汉是华中经济文化的中心"，"武汉三镇的知识分子和青年学生有过光荣的斗争历史"，所以"本报将为华中和武汉人民的利益坚决奋斗到底"。[2] 因此，报刊在宣传报道政治经济和军事要闻、国内外新闻与地方经济、社会文化动态的同时，尤其重视第 4 版的专刊和副刊的编辑工作。其中，除了每天一期的综合性副刊，以及《思想杂谈》等专刊之外，文艺副刊亦成为该报的重要组成部分。不仅发表了许多理论批评、诗歌、小说、故事、报告文学、木刻、漫画等文艺作品，而且发挥着指导中南地区文化活动及其文艺运动的重要作用。1953 年 1 月 1 日，《长江日报》编辑出版至第 1306 期后停刊。

（四）主要综合期刊

《抗战生活》：1939 年 4 月 1 日创刊于山西长治，抗战生活社编辑，太行

---

① 孙犁：《远道集》，百花文艺出版社 1984 年版，第 121 页。
② 《庆祝新武汉诞生——代发刊词》，《长江日报》1949 年 5 月 23 日。

文化教育出版社出版发行，是太行文化教育出版社主办的一个综合性文化刊物。主编张磐石，编辑杨献珍、李伯钊、韩进、林火、徐懋庸、匡亚明。1939年6月15日，《抗战生活》出版至第6期后，因战事影响暂时休刊。1940年5月1日于山西武乡县正式复刊。主编张磐石，常务编委何云、张磐石、韩进、李伯钊、林火等，赵树理参与编辑工作。刊名由朱德题写，初为半月刊，后改为月刊。刊物封面水平编排，上部套色美术体或手书体刊名，中下部加入黑白等木刻图像。分别开设有"专论""时事展望""随笔""古与今""人物介绍""文艺""杂感""通俗读本""学习经验""书报介绍"等栏目。主要刊载通俗化与大众化的要闻报道及时事短论，以及贴近边区军民生活的各类文艺作品。1941年12月，《抗战生活》编辑出版至第11期（革新）后与《华北文艺》合并。1942年1月25日，编辑出版《华北文化》。

《文化导报》：1940年5月4日创刊于山西兴县，晋西北文化界抗日救国联合会编辑出版，时任文联主任理事的亚马担任主编，卢梦、伍陵等参与编辑工作。该刊的办刊宗旨及任务，就是号召团结晋西北的文化界及知识分子，推动当地的新民主主义文化运动。所以，刊物除了在创刊号上发表关向应在晋西北文联大会上的讲话之外，各期主要刊载由亚马、卢梦和伍陵等撰写的文化运动及理论述评等，以及要闻时事与文化动态报道等。文艺整风运动之后，为工农兵服务与文艺普及成为各文艺团体工作的重心。因此，为了注重于指导"乡村文艺运动"理论批评及群众性创作活动，以及发表"乡村文艺征文"作品，1943年，《文化导报》更名为《乡村文化》，编辑出版至第26期后停刊。

《胶东大众》：1941年1月15日创刊于山东黄县（今龙口市），中共胶东区委宣传部主办，胶东文协编辑，胶东联合社出版。1945年1月1日，《胶东大众》编辑出版至第26期（新年号）后休刊。1946年1月1日，《胶东大众》第27期"新年复刊号"出版，并改月刊为半月刊，胶东文协主编，胶东新华书店出版发行。韩蠡、江风、马少波等先后担任主编，包干夫、鲁特、丁宁、李根红等参与编辑工作。该刊封面设计精致，水平编排，上部手书或美术体刊名，下部黑白或套色木刻图像。在创刊号与复刊号发表的发刊词中，编者分别强调刊物作为"胶东大众自己的喉舌",以及其"要有力地承担起历史的任务,吹起时代的号角"等。① 于是,刊物不仅开设有"专论""短论""论著""工作报道""专载""青年园地""人物志""整风点滴""科学知识""时事述评"等专栏,发表了大量政治军事、社会经济等方面的论文,以及工作报告、战地通讯及要闻报道,而且设有"文学论坛""报告文学""文艺""写作指导""文艺习作"等文艺专栏,刊载了许多重要的理论文章和文艺批评文章,以及众多作家的小说、诗歌、散文、报告文学、戏剧、曲艺、木刻、漫画等文艺作品,如毛泽东的《谈谈革命的文艺工作——在延安文艺座谈会上的讲话》,马少波等人的《漫谈写作态度问题》《〈文艺运动新方向〉读后感》和《街头诗歌的研究》等。1947 年 8 月 15 日,《胶东大众》半月刊编辑出版至第 63 期后停刊。

《五十年代》:1941 年 5 月 1 日创刊于晋察冀边区冀晋区,晋察冀边区文艺界抗日救国联合会、华北联合大学主办,五十年代杂志社编辑,晋察冀日报社发行。何干之、沙可夫等担任主编。刊物封面水平编排,黑色美术体刊名居上,下部加入套色木刻版画图案。在创刊号《敌后文化教育问题(代发刊词)》中,成仿吾指出:"《五十年代》就是要记录中国的人民大众在这一个伟大时代的巨大斗争,反映中国人民在这一时代的战斗的生活,积极参加中国的新文化与新艺术的创造。"② 所以,该刊不仅刊登了许多重要的文化理论文章,以及设有"短论"等文化述评专栏,同时开辟有"创作"等文艺栏目,先后发表了田间、孙犁、杨朔、张春桥、周巍峙、周而复、康濯、江隆基、丁克辛、秦兆阳、田宁等作家的诗歌、小说、报告文学、散文、木刻等文艺作品。1942 年 4 月 1 日,《五十年代》编辑出版至第 2 卷第 1 期后停刊。

《文化生活》:1942 年 1 月 20 日创刊于冀鲁豫边区,冀鲁豫边区文联文化生活社编辑,冀鲁豫书店出版,边区文联、冀鲁豫书店发行。《文化生活》编委会由王行之(姚天纵)任主任,鲁西良、马诚斋、袁复荣、李育仁、夏川

---

① 分别为:《发刊词》,《胶东大众》创刊号,1941 年 1 月 15 日;《复刊词》,《胶东大众》新年复刊号,1946 年 1 月 1 日。

② 成仿吾:《敌后文化教育问题(代发刊词)》,《五十年代》1941 年创刊号。

等为编委。刊物封面水平编排，构图直观，中上部加入大幅黑白木刻图像，下边为红色美术体刊名。在创刊词中，编者强调了刊物在发展边区新民主主义文化运动，团结边区文化人，以及推动边区戏剧、音乐、绘画、民间艺术等文艺活动方面的任务及作用。[①] 因此，该刊除了主要刊载文化理论和政策方针等方面的重要论文，以及文化普及和教育工作的短论、述评等之外，还设有"文艺""读者信箱"等栏目，发表诗歌、小说、散文、报告文学、木刻等文艺作品。1945 年 12 月，因边区实行第三次"精兵简政"及边区文联暂停活动，《文化生活》休刊。1946 年 3 月，《文化生活》复刊号新第 1 期出版，同年 5 月，《文化生活》编辑出版至（新）第 3 期后停刊。

《华北文化》：1942 年 1 月 25 日创刊，华北文联主办，华北文化社编辑，新华书店印行。张秀中担任主编，32 开本月刊。该刊是在《抗战生活》和《华北文艺》合并的基础上创办的一个大型综合性文化刊物。主要作者有袁勃、陈默君、蒋弼、杨献珍、孙健秋、冈夫、高咏、王春、张秀中等。刊物封面设计考究，大号手书或美术体刊名，对称构图版式中加入大幅黑白或套色木刻图像。该刊除了刊登晋冀鲁豫边区领导人的重要讲话及文章，以及时事政治短论和文化报道等之外，还开辟有"文艺"专栏，主要发表理论批评、新书介绍、战时生活、文艺工作总结、人物素描、文艺知识等方面的文章，以及孙犁、田间、徐懋庸、张秀中等作家的诗歌、散文、报告文学、小说、戏剧、歌谣、木刻等文艺作品。1943 年 3 月 25 日《华北文化》出版至第 2 卷第 3 期后，于同年 4 月 25 日编辑出版《华北文化》革新号（革新第 1 期）半月刊。1944 年 2 月 25 日，《华北文化》编辑出版至革新 3 卷第 5—6 合期后停刊。

《晋察冀画报》：1942 年 7 月 7 日于河北平山县碾盘沟创刊，晋察冀军区政治部晋察冀画报社编辑，晋察冀军区政治部出版。刊物封面多采用水平编排，上部红色美术体刊名，中下部加入大幅摄影图片。沙飞、罗光达分别担任正副主任（正副社长），赵烈任指导员。社内设有编校、出版、印刷、总务等部门，刘博芳、王丙中、张一川、裴植、李遇寅、章文龙、赵启贤、唐炎、

---

① 晋冀鲁豫边区革命文化史料征集协作组编：《闪光的文化历程：晋冀鲁豫边区文艺大事记》，山西人民出版社 1998 年版，第 80 页。

何重生、杨国治、白连生、张进学等分别担任各部门负责人或参与编辑工作。

《晋察冀画报》创刊号为“创刊特大号”，分别设有“新闻摄影”、“美术”及“文艺”等栏目，中英文对照解说文字。它是抗战时期创办的第一个以刊载新闻图片为主的大型摄影画报。在发刊词《七月献刊》中，编者以满怀激情的语言，抒发了自己的办刊宗旨和目的任务，认为“出版这一刊物，是怎样迫切需要，怎样适当其时的工作呵”。① 所以，刊物不仅主要发表反映晋察冀边区及八路军战斗生活，以及根据地生产建设和世界反法西斯战争的新闻图片，同时，还刊登木刻、漫画、雕塑，以及通讯报道、小说、诗歌、散文等文艺作品。1945 年 12 月，《晋察冀画报》编辑出版至第 9—10 期合刊后休刊。在此期间，1946 年 3 月至 7 月，晋察冀画报社先后编辑出版《晋察冀画报丛刊》4 期。同年 10 月又编辑出版单页《晋察冀画刊》，至 1948 年 5 月 28 日编辑出版至第 44 期停刊。1947 年 10 月《晋察冀画报》第 11 期复刊，并由季刊改为双月刊。1948 年 5 月，晋察冀军区与晋冀鲁豫军区合并为华北军区，《冀察冀画报》编辑出版至第 13 期后停刊，与晋冀鲁豫军区的《人民画报》合并组建华北画报社。同年 6 月 10 日与 10 月，由华北画报社编辑，华北军区政治部出版的“连队刊物”《华北画刊》和大型新闻图片画刊《华北画报》先后创刊。

《教育阵地》：1943 年 1 月 1 日创刊，晋察冀边区教育处主办，教育阵地社编辑，新华书店出版发行。该刊由 1939 年 4 月创办的《边区教育》更名而来，刘松涛、洛寒、丁浩川等先后主持或参与编辑工作。在创刊词中，编者强调其办刊的宗旨为“把新民主主义教育的鲜红的红旗，插在我们晋察冀的每一个乡村和城市”。② 刊物以中小学教育工作者为主要读者，秉持“大家办、大家看”的编辑理念，不仅注重刊载相关的教育专论、通讯报道、教育研究、教材研究、经验交流、人物介绍等论文述评，而且从创刊伊始就设有“文艺”“游唱”“卫生常识”等综合性栏目，刊发或转载孙犁、赵树理、萧三、张志民、林漫、康濯、侯金镜、萧也牧等作家的诗歌、散文、小说、报

---

① 编者：《七月献刊》，《晋察冀画报》创刊特大号，1942 年 7 月 7 日。

② 洛寒：《忆〈教育阵地〉》，《老解放区教育工作回忆录》，上海教育出版社 1979 年版，第 293 页。

告文学、故事、歌谣、翻译文学等文艺作品。1947 年 11 月 30 日，《教育阵地》月刊编辑出版至第 8 卷第 3 期后停刊。

《工农兵》：1944 年 5 月 4 日创刊于山西阳城，工农兵月刊社编辑，太岳新华书店出版发行。高志华任主编，黎风等参与编辑工作。刊物封面设计直观，刊名为美术体或手书体，水平编排版式中加入大幅黑白或套色木刻版画构图。作为一个主要面对普通大众读者的通俗化综合性文化刊物，在时任中共太岳区党委宣传部部长赵守攻撰写的《代发刊辞——眼睛向下》一文中，编者明确提出了《工农兵》月刊的办刊宗旨和编辑方针。因此，就要求作者"怎样说得明白，就怎样写，不管写成什么形式都行。快板、秧歌、小调、故事、大鼓、戏剧、歌子、民谣，甚至于画成图画也好，反正是要把一件事弄明白就对了"；[1] 在编辑内容与版面安排方面，开设有"时事""当前大事""故事新闻""青年与儿童""一问一答""信箱""工农兵生活"等栏目，刊载通俗易懂的时政要闻及社会文化动态，宣传报道党的政策方针及思想观点，同时，还先后设有"创作""翻身歌选""研究与介绍"等专栏及"农村戏剧专号""纪念高尔基、瞿秋白特刊"等专刊，发表了大量的诗歌、歌谣、快板、故事、戏剧、小说、散文、报告文学、木刻、连环画、歌曲等文艺作品，以及相关的文艺评论及批评。1947 年 9 月，《工农兵》月刊编辑出版至第 4 卷第 12 期后停刊，共出版 4 卷 30 期。

《新大众》：1945 年 6 月 1 日创刊于河北武安，新华书店编辑部编辑，新华书店、韬奋书店出版发行。社长王春，冯诗云、章容、何欣、苗培时等先后担任主编，[2] 赵树理、郭国涌等参与编辑工作。刊物封面设计讲究，构图直观。其中，创刊号封面水平编排，上边棕红大号美术体刊名，其下方大幅黑白木刻解说图像。在发刊词《为啥要办〈新大众〉》中，编者强调自己的办刊目的及任务，"就是希望能使广大读者，从这个本子里，摸着一些做工作的门路；学到一些政治、文化、科学常识。学到这些，好拿来改造我们自己的

---

① 《给〈工农兵〉写稿办法》，《工农兵》1946 年第 2 卷第 3 期。
② 赵德新：《半个世纪的报人生涯》，民族出版社 1999 年版，第 126 页。

思想同生活"。① 同时，要求作者从"大众杂志"和"要大众来办，办给大众来读"的角度，进行"话怎样说，稿就怎样写"的写作。② 因此，刊物除了设有"天下大事""生产卫生常识""自修室""大众信箱""有问必答""小故事""小辞典""学生文坛"等栏目，运用通俗性的语言及大众化的形式，来推动边区文化学习及知识水平的提高外，还分别设有一些文艺性专栏，主要倡导并发表大量的诗歌、故事、快板、歌谣、报告文学、木刻绘画、歌曲等通俗性的文艺作品，从而使其成为当时晋冀鲁豫地区"读者最多、销路最广的一个杂志"。③ 1947 年 8 月 20 日，该刊因此获得晋冀鲁豫边区政府教育厅的"第一次文教作品奖金/杂志类"奖。1947 年 12 月 1 日，《新大众》杂志编辑出版至第 45 期后停刊。

《冀热辽画报》/《东北画报》：1945 年 7 月 7 日《冀热辽画报》于河北蓟县盘山创刊，冀热辽军区政治部主办，冀热辽画报社编辑出版，罗光达任主任，赵坚任指导员。创刊号封面水平编排，上部红色美术体刊名，中下部加入大幅套色摄影图片。其中刊载有毛泽东、朱德等领袖照片，反映冀热辽地区军事政治及经济生产等 6 组新闻图片 89 幅，以及领导人题词和美术、诗歌等文艺作品。同年 9 月画报社奉命迁入沈阳，《冀热辽画报》第 2 期易名《东北画报》创刊号出版。

1945 年 12 月 1 日，《东北画报》创刊号在辽宁本溪出版。该刊由中共中央东北局宣传部主办，东北画报社编辑出版发行。罗光达、朱丹、施展、张醒生等先后任社长。初为季刊，后改为半月刊。《东北画报》和《冀热辽画报》一样，都是以新闻图片为主，以美术为辅，主要反映部队战斗生活的文艺刊物。其中，《东北画报》设有"摄影""图画""文艺""漫画""战地俱乐部"与"部队中来"等栏目，以配合政治军事斗争的需要，并适应干部战士等读者的阅读。由于东北战局的变化，从 1945 年年底开始，东北画报社先后撤至本溪、通化、长春、佳木斯、哈尔滨等地。除了摄影编辑队伍扩大至

---

① 新华书店编辑部：《为啥要办〈新大众〉》，《新大众》创刊号 1945 年 6 月 1 日。
② 《〈新大众〉投稿办法》，《新大众》创刊号 1945 年 6 月 1 日。
③ 《〈新大众〉发行增至八千余份》，《人民日报》1946 年 5 月 17 日第 2 版。

300 余人外，还编辑出版了许多美术书刊及"东北画报社丛刊""东北画报社版画丛书"等。1949 年 3 月，东北画报社迁回沈阳。1955 年 2 月，因东北行政区的撤销，《东北画报》编辑出版至第 48 期后更名为《辽宁画报》出版。

《**新华文摘**》：1945 年 11 月 20 日创刊于山东临沂，先后由新华文摘社、山东新华书店编辑部、华东新华书店编辑部编辑，山东新华书店、华东新华书店总店出版发行。周保昌、叶籁士、华应申等分别主持编辑工作。刊物第 1 卷封面版式简洁，上方为时任山东军区政治部主任舒同题写的刊名等。在创刊号由中共山东分局宣传部长陈沂撰写的《发刊小言》中，声明"我们办这个刊物，目的也是在为干部时事教育提供一些材料，使我们同志从山东把眼光放大到全国，全世界，从自己的部门工作，接触到更多更全面的工作"，其"材料来源，一是延安，一是上海"等。[①] 因此，刊登或转载延安《解放日报》等报刊发表的社论、要闻与述评，宣传报道国内外政治、军事、经济、文化等，就成为该刊内容编辑的重心。但从第 2 卷开始，封面编排讲究，版式设计多样，刊名采用不同色美术字体，构图为多种大幅套色木刻图像。同时，在编辑内容及版面安排方面，则增加了文艺类栏目及版面的比重，相继转载和发表了许多时事报告、诗歌、报告文学、人物速写、人物传记、散文、故事、歌谣、木刻、漫画、摄影等文艺作品。在此期间，1947 年 12 月 5 日以后，曾编辑出版《新华文摘（胶东版）》2 辑。1949 年 3 月 30 日，《新华文摘》编辑出版至第 4 卷第 3 期后停刊，先后共出版 4 卷 38 期。

《**民主青年/时代青年**》：1945 年 12 月 9 日于张家口创刊，晋察冀边区青联会、民主青年社编辑出版，晋察冀新华书店发行。许世平任社长，刘国华、欧阳凡海等任主编，艾青、何干之、萧三等任编委。刊物封面均衡编排，彩色构图中，美术体刊名居上，中下部插入黑白或套色木刻图像。该刊不仅开设了"解放区青年""工作漫谈""学习指导""科学趣谈""社会常识"等栏目，对青年进行思想教育，并宣传文化知识等，同时，还设有"人物介绍""文艺作品""学习园地""通讯"等文艺性专栏，刊载丁玲、萧三等作家的

散文、报告文学、人物传记、木刻、歌曲、漫画等文艺作品。1946 年 5 月 5 日，《民主青年》自第 1 卷第 5 期更名为《时代青年》并改为综合性半月刊，封面设计更为直观，版式构图均加入黑白木刻或时事漫画，同时相继增加了"乡艺特辑"等文艺栏目，发表了草明、方纪、萧军、康濯、王林、秦兆阳、柳杞、魏巍、蔡其矫、钱丹辉等作家的作品。1947 年 6 月 16 日，《时代青年》编辑出版至第 4 卷第 3 期后停刊，前后共出版 21 期。

《新群众》：1945 年 12 月 10 日创刊于晋察冀边区冀晋区，冀晋日报社、冀晋区文艺界联合会主办，新群众社编辑出版，冀晋新华书店发行。田间任社长兼主编，玛金、曼晴、石虹、娄霜等参与编辑工作。刊物封面构图简洁，刊名为毛泽东手书体。在创刊号上《论合法的衣裳——代发刊词》中，编者强调其办刊宗旨及目的，就是"首先维护人民法权，维护自己自由。为中国的和平、民主、团结、统一而斗争"。① 于是，该刊在注重转载新华社等时事评论、军事政治及经济文化等要闻报道的同时，还重视文化短论、杂感、文艺评论，以及小说、诗歌、速写、戏剧、木刻等文艺作品的发表或连载。其中包括孙犁、邵子南、林山、玛金、葛文、洛灏、卧石等作家的创作，以及曲阳范家庄村剧团的话剧、娄霜等的木刻连环画作品等。1946 年 11 月 25 日，《新群众》编辑出版至第 3 卷第 1 期后停刊，先后共出版 13 期。

《人民时代》：1946 年 1 月 1 日创刊于晋绥边区山西兴县，人民时代社编辑，新华书店晋绥分店出版发行。穆欣担任主编，沙岛、张友、雷行、石以允、吴雨亭、亚马等参与编辑工作。刊物封面水平编排，版式构图讲究，上部不同色彩字体刊名，中下部加入黑白或套色木刻版画。其中，刊名自第 1 卷第 9 期后采用毛泽东题写的刊名。在创刊号的《发刊词》中，编者明确自己的办刊目的及任务，就是"将尽力为读者服务，为'和平，民主，团结，统一'新中国的胜利而奋斗"。② 所以，作为综合性文化刊物，该刊既分别设有"时论""专文""特稿""瞭望哨""时事漫谈"等栏目，宣传报道国内外政治军事、社会经济与思想文化等要闻述评；又设有"文艺""通讯报告"

① 本社：《论合法的衣裳——代发刊词》，《新群众》1945 年第 1 卷第 1 期。
② 《发刊词》，《人民时代》创刊号，1946 年 1 月 1 日。

等专栏，刊登及转载了许多的文艺理论及作品批评论文、报告文学与人物特写，以及李铸、束为、邵挺军、西戎、马烽、胡正、孙谦、牛文、胡海、赵树理、生本、莫耶、力群、彦涵、苏光、李少言等作家的文艺作品。1947年1月15日，《人民时代》编辑出版至第3卷第2期后停刊，先后共出版26期。

《新教育》：1946年2月25日创刊，晋冀鲁豫边区新教育社编印，裕民印刷厂发行。刊物封面构图直观，水平编排，版式简洁，不同色彩大号手书体刊名居上，下部加入黑白装饰图案或蓝白木刻解说图像等。作为宣传贯彻新民主主义教育方针，以及指导晋冀鲁豫边区教育工作的刊物，该刊要求并"欢迎有关各级学校教育（初小、高小、中学）及社会教育（参战、翻身、生产等）之论说、短评、教育行政及教学、训导经验、模范学校、典型人物及有关教育的各种艺术创作"等。① 因此，刊物不仅开设有"短评""专论""教育服务于群运""转载""民主管理问题""师资训练与进修""教材与教学""读者往来"等栏目，刊载有关党的教育方针政策、各地教育工作动态，以及教育管理及教学经验交流等文章，同时还编辑刊发了报告文学、人物速写、散文、快板、歌曲、木刻等文艺作品。1947年4月30日，《新教育》编辑出版至第2卷第6期后停刊，先后共出版12期。

《工农兵》：1946年4月创刊于河北威县，冀南新华书店、工农兵编委会编辑，冀南新华书店出版发行。胡青坡、张诚、庄进辉等先后担任主编，和柯、杨往天、张海波等参与编辑工作。刊物封面构图直观，大号不同色彩美术或手书体刊名，套色多样版式中加入各种黑白或套色木刻图像。在创刊号上发表的《发刊的话》中，编者清楚地说明了其办刊的目的及编辑理念，就是"《工农兵》是办给群众看的，要办到凡是能认千字左右的都能读得懂，不认字的也要听得懂。稿子不论用什么形式写，都应当对工农兵有好处"。② 所以，该刊在重视"天下大事""小言论"等专栏及通俗性的政治军事、社会经济与文化生活等宣传报道，并通过"常识"、"大众服务"及"问答"等栏目进行生产、教育、卫生等方面知识普及的同时，还分别设有"故事、通讯"

① 《本刊稿约》，《新教育》1946年第2卷第2期。
② 《发刊的话》，《工农兵》1946年通俗半月刊创刊号。

"诗歌、快板、鼓词""写作指导"专栏，刊登了大量诗歌、故事、快板、鼓词、速写、歌曲、木刻等文艺作品，以及相关的理论批评和述评介绍。1948年年初，《工农兵》半月刊因人员变动及"土改"等而休刊，同年8月1日，《工农兵》复刊号（第43期）第4卷第7期开始出版。1949年6月16日，《工农兵》半月刊编辑出版至第5卷第6期后停刊，共编辑出版70期。

《草原》：1946年4月7日创刊于双辽县郑家屯，辽吉双辽县文艺工作者协会主办，草原社编辑出版。袁犀、梁山丁等主持，杨耳、梁山丁、尤淇、姚周杰、黄照等参与编辑工作。作为辽吉地区最先成立的延安文艺组织机构及其编辑出版的一份综合性刊物，该刊登载了多种形式及众多作家的文艺作品，如陈学昭、郑蜀、艾汶、山丁等作家的诗歌，尤淇、仲纯、蔡天心等的小说，天蓝、姚周杰、戴碧湘、杨耳等作家的散文及理论批评，以及一些木刻、歌曲等文艺作品。1947年5月下旬，因战事变化，《草原》编辑出版至第3期后停刊。

《知识》：1946年5月1日创刊于长春，中共中央东北局宣传部主办，知识杂志社编辑，东北书店出版发行。舒群、纪云龙先后担任主编，主要作者有穆青、于毅夫、张庚、白朗、区梦觉、郭沫若、萧军、严文井、茅盾、艾青、王大化等。刊物封面设计讲究，构图直观醒目，刊名采用美术或手书体，插图为木刻版画、漫画及领袖语录、题词等。该刊作为综合性文化刊物，主要刊载国内外政治军事评论、述评及社会经济、文化理论等要闻。因此，刊物分别设有"半月时评""作家与作品""短评""思想修养讲话""学习指导""讲座""座谈会特辑""蒋管区素描""历史重温""自修知识和科学小品""美国问题""读者往来""资料"等多个专栏。同时，针对青年读者政治文化水平的提高，以及对青年思想修养的指导等，分别开辟了"文艺""习作""诗歌"等文艺专栏，发表了许多报告文学、人物故事、领袖传记、小说、散文、诗歌、木刻、漫画、摄影、歌曲等作品，以及文艺思潮动态与文艺批评或理论短论等。其中，自1946年9月14日起，《知识》半月刊第3期开始在佳木斯出版。从1948年12月20日第9卷第6期开始迁往沈阳出版。1949年8月15日，《知识》半月刊编辑出版至第12卷第2期后停刊，先后编

辑出版 12 卷共 68 期。然后与《生活报》《东北青年》合并创办《生活知识》
5 日刊出版发行。

《平原杂志》：1946 年 7 月创刊于冀中河间，平原杂志社编辑，冀中新华
书店出版发行。刊物封面均衡编排，版式设计讲究，黑白或套色木刻版画构
图中加入大号美术体刊名。孙犁任主编并为该刊主要编辑，秦兆阳等参与一
些编辑工作。在其《征稿简约》中，编者称："本刊为通俗的综合性的文化杂
志，它的主要对象是小学老师、中学高小学生、村剧团、工农干部"等。[①] 因
此，刊物重视"平原论坛""问题研究""农村通讯""农业指导""科学"
等栏目的编辑，宣传报道社会政治、经济时政等读者关注的现实问题，而且，
为加强与读者的联系与沟通，分别开辟有"读者园地""问题解答""服务"
等专栏，同时设有"乡村文艺""历史故事""读者园地"等专栏，先后刊登
及连载了一些作家的小说、秧歌剧、散文、鼓词、木刻、歌曲等文艺作品，
以及相关的文艺批评及创作述评。1947 年 11 月 20 日，《平原杂志》编辑出版
至第 7 期后停刊。

《东北文化》：1946 年 10 月 10 日于佳木斯创刊，东北文化社编辑出版，
东北书店发行。编委会由王季愚、李常青、吕骥、陈元直、张庚、塞克、严
文井等 19 人组成。张松如任主编，任虹、吴伯箫、严文井、李常青等负责具
体编辑工作。于毅夫、水华、天蓝、王曼硕、白朗、朱丹、李雷、吴印咸、
沃渣、车向忱、金人、马可、马加、陈沂、陈先舟、陈波儿、草明、高崇民、
张望、舒群、华君武、冯仲云、蒋南翔、谢挺宇、萧军、罗烽等 42 人为特约
撰稿人。刊物封面构图直观，不同颜色特大号美术体刊名占据大部分封面。
在创刊号的《发刊词》中，编者声明自己的办刊宗旨及任务，就是"协同整
个东北文化界，从政治上思想上启发广大的东北知识青年，知识分子以及一
切文化工作者，提高他们的自觉性，鼓舞他们的革命热情，与为人民服务而
斗争的积极性创造性，使之在东北人民解放的光荣伟大事业中发挥应有的作

---

① 《〈平原杂志〉征稿简约》，《孙犁文集杂著 8》（补订版），百花文艺出版社 2013 年版，第
373 页。

用"。① 所以，该刊不仅重视时事政治评论与革命史研究，相继编辑了"双十纪念"、"鲁迅先生逝世十周年纪念特刊"、"苏联十月革命纪念"、"农民土地问题"、"青年学生运动专号"等专辑，同时注重刊登周扬、吕骥、张庚等人的文艺理论批评与作品研究方面的稿件，分别发表与转载了丁玲、马加、赵树理、刘白羽、陆地等作家的小说、诗歌、散文、戏剧、秧歌剧、报告文学、人物速写、传记故事、木刻、摄影等文艺作品。1947 年 2 月 25 日，《东北文化》编辑出版至第 2 卷第 2 期后停刊，先后共出版 8 期。

《新地》：1946 年 11 月 1 日创刊于山东菏泽，冀鲁豫边区文联编委会编辑，新地社出版，冀鲁豫书店发行。王亚平任主编，邢立斌、李方立、枫林、金默生、田兵、刘衍洲、劳郭、张敬五、陈越平等参与编辑工作。在《创刊词》中，编者称，本刊"是咱冀鲁豫边区才创办起来的通俗刊物。它是大家发表意见，讨论问题，练习写作的园地"。所以，刊物需要"诗、歌谣、小调、短剧、故事、速写、工作经验、历史人物、科学小品、魔术、谜语"等，能够"叫大家看了，觉得有味道，对工作有益，能够增长知识，鼓动工作情绪，丰富生活经验"的稿件及其作品。② 正是基于这样的办刊宗旨及编辑理念，该刊除了刊载时事政治与生产经验交流方面的文章，以及编辑"常识·卫生""自修室"等专栏之外，尤其注重编辑"通讯·故事""快板·小调""画"等栏目，发表了大量歌词、唱本、鼓词、笑话、故事、小演唱、木刻版画、漫画、连环画等文艺作品。1947 年 12 月 30 日，《新地》编辑出版至第 5 卷第 6 期后停刊，先后共出版 28 期。

《文化翻身》/《群众文化》：1946 年 12 月 1 日创刊，文化翻身社编辑，山东新华书店出版发行。刊物封面水平编排，上部大号美术体刊名，中下部加入大幅黑白木刻直观图像。在创刊号的《发刊词》中，编者称："一听这名字就明白，这个刊物是专门帮助咱庄户人文化上翻身的。"因此，"它里面有文化翻身的各种道理和办法，又有各种常识和故事，还有歌有书和各种娱乐杂

---

① 《发刊词》，《东北文化》1946 年创刊号。
② 《创刊词》，《新地》1946 年第 1 卷第 1 期。

要，常看它听它，学习就有办法，文化有进步"。① 所以，该刊不仅主要刊载普及性文化教育及科学生产等方面的知识，以及学习工作上的经验与方法，同时发表一些通俗易懂的诗歌、故事、木刻等文艺作品。1948 年 5 月 1 日，《文化翻身》编辑出版至第 22 期后停刊，改为《群众文化》月刊。群众文化社编辑，华东新华书店总店出版，期数另起。更改后的刊物编辑内容，除了宣传报道政治军事和经济文化要闻，开设"专辑""保护耕畜""半月大事"等栏目之外，也重视刊载快板、鼓词、故事、小调、秧歌、歌谣、木刻、连环画等文艺作品。1948 年 11 月，《群众文化》月刊出版至第 3 期后停刊。1949 年 1 月，《群众文化》半月刊创刊，期数另起。群众文化社编辑，山东新华书店出版发行。1950 年 5 月，《群众文化》半月刊编辑出版至第 30 期后停刊。

《翻身乐》：1948 年 3 月 1 日于哈尔滨创刊，中共中央东北局宣传部主办，翻身乐杂志社编辑，东北书店出版发行。时任中共中央东北局宣传部副部长的郭述申直接领导，徐今明担任主编。创刊号封面为木刻家古元设计，构图直观，水平编排，上下边红色装饰图案，黑色手书体刊名居上，中下部加入黑白木刻解说图像。在发刊词《见面话》中，编者声明，本刊"要大家来编，大家来写稿，大家来爱护和督促，总之，《翻身乐》是咱们劳动哥们大家的。在《翻身乐》里看翻身、学翻身！在《翻身乐》里获得翻身的文化果实和快乐"等。② 为此，该刊不仅重视封面设计风格的通俗化与大众化，多采用读者喜闻乐见的套色木刻或彩色绘画，同时注重于各期"图画""画页"等套色绘画插页专栏的编辑。所以，每期刊物除了在"天下大事""工作研究""大众园地"等专栏中，刊载相关政论文章及科学知识外，也在"歌谣""图画""俱乐部"等栏目中，发表了马可、周玑璋、白刃、周立波、历声、阎子勤、谭亿、潘青、沃渣、毕成、华君武、石明、刘兰、余真等作家的诗歌、歌谣、顺口溜、快板、秧歌、戏剧、报告文学、木刻连环画、摄影、歌曲等作品。1948 年 11 月 21 日，《翻身乐》杂志社迁入沈阳。1949 年 6 月 5 日，《翻身乐》编辑出版至第 23 期后，改名为《新农村》杂志编辑出版。

----

① 《发刊词》，《文化翻身》1946 年创刊号。
② 《见面话》，《翻身乐》1948 年第 1 期。

《平原》：1948 年 11 月 1 日创刊于山东聊城，平原社编委会编辑出版，冀鲁豫新华书店发行。该刊是在之前的《新地》《平原文艺》《冀鲁豫画报》等基础上创办的，王亚平担任主编。刊物封面水平编排，上部大号不同色彩美术体刊名横排或竖排，下部加入黑白或套色木刻解说版画。在申云浦撰写的《提高文化是当前的政治任务（代发刊词）》中，编者强调，本刊的"创刊就是执行这一任务的宣传者与组织者"。① 所以，刊物不仅刊载文化运动及其发展方面的要闻报道，开设有"小言论""文化消息""农业常识""读者信箱"等专栏，以及相关的经验交流和工作总结文章，同时，尤为注重文艺创作的指导及其作品的刊登，相继设有"文艺""剧本·说唱""报告·散文""说唱""木刻"等栏目，刊发了王亚平、李刚、张明权、张国础、李涌、刘衍洲、沈雷、李德兴、草青、北华、邓野、劳郭、刘宗河等作家的文艺批评、诗歌、小说、戏剧、报告文学、唱词、木刻等作品。1949 年 8 月 1 日，《平原》半月刊编辑出版至第 14 期后休刊。其后"因为我们从菏泽搬到新乡，组织机构有些变动"等，于同年 11 月 30 日在新乡复刊，并改版为《平原》月刊。② 1951 年 4 月，《平原》月刊编辑至第 3 卷第 6 期后终刊，共出版 32 期。

三 "国统区"及海外地区重要文艺报刊与综合性报刊

事实上，早在全面抗战爆发之前，中国共产党就在海外及国内当时国民政府统治的地区创办了多种报纸刊物。通过这些报刊宣传党的政治主张及军事斗争事迹等。国共重新合作后，在"国统区"办报办刊，即刻成为中国共产党所领导的"文化战线"中的重要组成部分。所以，从抗战初期开始，在中共南方局及其文委直接领导之下，通过党的"文化运动上的最广泛的统一战线"的建立及国民政府军委会政治部第三厅的名义或号召，③ 从多个方面为各个机构团体相继创办的报刊在为"国统区"的编辑出版，提供了政治上的

---

① 申云浦：《提高文化是当前的政治任务（代发刊词）》，《平原》1948 年创刊号。
② 《编者的话》，《平原》月刊第 1 卷第 1 期，1949 年 11 月 30 日。
③ 中共中央文献研究室、中央档案馆编：《建党以来重要文献选编（1921—1949）》（18），中央文献出版社 2011 年版，第 429 页。

"合法性"和制度方面的基本保证。直到 1949 年中华人民共和国成立前后，由中共南方局及其"文委"直接领导或隐身支持的报刊，作为党的"文的军队"的一部分，仍然活跃在当时"国统区"及"文化战线"的斗争前沿，发挥着其文艺领域内"为新中国文艺定调"，以及其"新中国文艺批评的预演"等文化功能和政治作用。① 因此，这些延安文艺报刊中所保存的文艺文献资料，也以其独特性与直接性等"第一手资料"研究价值，在延安文艺史料学研究中占有重要的地位。其中主要的报刊包括以下几类。

（一）综合性报纸

《救国时报》：1935 年 5 月 15 日在巴黎创刊，最初名为《救国报》，是中共驻共产国际代表团以"中国留法学生"名义创办的海外机关报。在莫斯科编辑后在巴黎印刷出版，同年 12 月 9 日改名为《救国时报》。最初为周刊，稍后改为五日刊，先后由吴玉章、廖焕星、李立三、陈潭秋等主编，主要面对美洲、欧洲等海外中文读者。该报所刊载的主要内容，被认为"都是为了宣传中国共产党人关于建立抗日民族统一战线，实现全民族抗日的政治主张，充分体现了中国共产党的'新闻为宣传'的对外传播观念"。② 如 1935 年 12 月 12 日刊载的中共中央《为抗日救国告全体同胞书》，即中共同年 8 月发表的《八一宣言》。此外，还有对于方志敏被捕及处决的相关宣传报道。该报在北京、上海、天津、西安、武汉等地也时有销售，年发行量多达两万余份。1938 年 2 月 10 日，《救国时报》迁往美国出版，后因吴玉章等人回国而停刊，共出版 152 期。

《美洲华侨日报》：1940 年 7 月 7 日在美国纽约创刊，是中国共产党在美国创办的一份报纸。社长先后由唐明照、梅参天等担任，冀贡泉、唐明照、林棠等分别担任或兼任总编，徐永瑛、何植芬、徐鸣、关迪夫、方迪槐、邹斯履等参与编辑工作。在发刊词中，编者提出其报刊的办刊宗旨及目的，是"与世界人群共求进步，使真相自明，真理自显，则正义赖以存续"，从而

---

① 杨联芬等：《二十世纪中国文学期刊与思潮》，百花洲文艺出版社 2006 年版，第 466、468 页。
② 倪延年：《新闻传播理论与实践之史学观照》，社会科学文献出版社 2015 年版，第 69 页。

"乃欲尽其分子之义务，负兹时代的使命"。① 因此，该报纸除了面向当时的华侨宣传中国共产党政治路线及方针政策，发动华侨捐物捐款，为八路军购买药品器材等物资，以及刊登转载延安《解放日报》及其相关要闻报道等之外，1949 年以后，也是支持中国共产党的领导、宣传新中国各项成就的重要报刊之一。1979 年 2 月，邓小平访美之际曾为该报题词，希望其为增进中美两国人民的了解，为祖国社会主义建设以及海峡两岸的统一等，做出更多的贡献。并且，自 1984 年 4 月 16 日起，不仅报刊由对开 3 张 12 版改为 4 张 16 版，而且编辑内容更为丰富。其中，中国新闻、香港新闻与时事报道等，尤其是文化及文艺副刊及专刊分别占据了更多的版面。1989 年 7 月 29 日，因政治立场的改变，《美洲华侨日报》停刊。

《救亡日报》（上海版/广州版/桂林版）：1937 年 8 月 24 日创刊于上海，是中国共产党领导的文化统一战线组织——上海文化界救亡协会机关报。报头由郭沫若题写，编辑委员会由巴金、王芸生、阿英、茅盾、胡愈之、长江、邹韬奋等组成，郭沫若任社长，夏衍为总编辑，阿英任编辑主任，廖沫沙、林林、周钢鸣、彭启一、叶文津、郁风等参与编辑工作。在潘公展撰写的《发刊词》中，作者宣称："现在，民族全面的战争已经发动了，如何使战争能够胜利，国家能从危亡之中得到复兴，一方面固有赖于前方忠勇之将士，但他方面亦需要后方民众能持之以坚定，为其后援。这是所谓全民抗战之义。当《救亡日报》发刊之始，敢以此意质之海内明达"等。② 1937 年 11 月 22 日，《救亡日报》因上海沦陷编辑出版至第 86 号后而停刊，翌年 1 月 1 日在广州复刊，同年 10 月 21 日编辑出版至 368 号后又因广州沦陷停刊；1939 年 1 月 10 日，《救亡日报》自第 369 号起在桂林编辑出版。

作为"战时中国"文化界的重要报刊，《救亡日报》自创刊之日起，文化界抗日救亡宣传，相关文化运动动态和文艺创作活动的报道，就是报纸编辑内容及其栏目的重中之重。所以，上海版的《救亡日报》不仅每期版面都会刊登一些通讯报告、诗歌、木刻、漫画、歌曲，编辑诸如"国庆纪念特刊"

---

① 《发刊词》，《美洲华侨日报》1940 年 7 月 7 日。
② 潘公展：《发刊词》，《救亡日报》创刊号 1937 年 8 月 24 日。

"救亡日报慰劳将士漫画""鲁迅逝世周年纪念特辑"及"战时美术界选辑"等专刊,而且,由阿英主编的《文艺》副刊,从创刊之日起,就使第四版成为集中发表诗歌、墙头小说、报告文学、戏剧、鼓词、街头剧、木刻、歌曲等作品的文艺园地。随后的广州和桂林版《救亡日报》第四版,虽然没有采用"文艺"的副刊名,但仍然是刊发文艺理论、作品批评及各地文艺运动动态的主要版面。并且,在两地复刊不久,即相继创办了《救亡画刊》《文化岗位》《救亡木刻》《救亡漫木》《漫木旬刊》《音乐阵线》《诗文学》及《儿童文学》等文艺副刊,以及《新闻记者》《介绍与批评》《青年政治》等文化副刊和"报外刊"《人人看》,还先后编辑了"小朋友专页""文艺通讯员专页""庆祝儿童节专刊""戏剧游击经验专页""音乐歌咏运动专页""鲁迅先生逝世三周年木刻展览会特刊"等文化专辑。1941年2月28日,桂林版《救亡日报》编辑出版至1142号后,"因受军事委员会之强制命令,决于三月一日停止发行"。① 1945年10月10日,《救亡日报》更名为《建国日报》在上海编辑出版,12天后即同年10月22日又被国民党上海市党部下令查封而终刊。

《新华日报》:1938年1月11日在武汉创刊,是抗战初期中国共产党建党以后第一次在"国统区"公开编辑出版的一份党报。1937年9月在南京进行前期筹备,后因战局变化内迁武汉,于1938年1月11日正式创刊。武汉时期的《新华日报》,报头为于右任题写,中共长江局书记王明任董事长。同年10月25日武汉沦陷后,报社转迁重庆继续刊行。1939年1月,根据中共中央六届六中全会精神,撤销长江局,设立中共中央南方局,周恩来任南方局书记兼新华日报社董事长,潘梓年出任报社社长,总经理为熊瑾玎。在博古撰写的发刊辞中声明,"本报愿在争取民族生存独立的伟大的战斗中作一个鼓励前进的号角","力求成为全国民众的共同的呼声"。② 因此,该报不仅主要宣传报道党的各项方针政策和时政要闻,发表许多重要的社论、代论、短论等,而且相继创办了《星期文艺》《团结》《文艺之页》《青年生活》《工人园地》《戏剧研究》《时代音乐》和《木刻阵线》等副刊或专页,编辑综合性文艺副

---

① 《继续黑暗反动 救亡日报停刊》,《新华日报》1941年3月3日。

② 《发刊词》,《新华日报》1938年1月11日。

刊《新华副刊》等，先后刊登了许多延安作家及"国统区"作家的诗歌、小说、散文、杂文、战地通讯、翻译、美术等作品，以及文艺理论、艺术批评、作品介绍等文章。1945 年 9 月，根据中共中央指示，《新华日报》决定在上海设立《新华日报》总馆，在南京、重庆设分馆。其中，重庆分馆改为四川省委机关报。1947 年 2 月 28 日，《新华日报》编辑出版至第 3231 号之后，被国民党当局勒令停刊。

《华商报》：1941 年 4 月 8 日在香港创刊，是抗日战争时期中国共产党在香港地区领导并以"文人办报"方式创办的统一战线报纸。廖承志负责筹办，邹韬奋、茅盾、夏衍、乔冠华、范长江等参与创刊工作。邓文钊为注册发行人，邓文田任总经理兼督印，范长江担任报社社长兼副总经理，胡仲持任总编辑，廖沫沙任编辑主任，张友渔任总主笔。在创刊词《我们的信念和愿望》中，编者宣称："祖国正在艰苦的奋斗中，向着民族解放的目标。怎样才能达到这一目标？这是有赖于中华民族每一儿女，不论在国内，或是在海外，一致继续不懈的努力的"等。① 因此创刊伊始，不仅通过刊载社论与"国际一周"、"今日的问题"等言论栏目，宣传坚持抗战、反对投降与内战等思想主张，以及呼吁团结与民主等，而且先后创办了由夏衍等编辑的《灯塔》、《舞台与银幕》、《新美术》、《热风》、《文艺专页》及《文艺副刊》等文艺副刊，以及"书报春秋""妇女旬刊""工作与学习""港粤文协""两周画刊""新中国文艺""灯下谈""东拉西扯"等文化专栏，刊登及连载了邹韬奋、茅盾、巴人、艾芜等人的长篇散文、小说，并且发表了许多作家的杂文、随笔等作品。1941 年 12 月 12 日，因"太平洋战争"爆发日军侵入九龙，《华商报》编辑出版至第 249 期后主动停刊。抗战胜利后，为配合海外宣传工作的需要，1946 年 1 月 4 日，《华商报》在香港复刊，并改原来的晚报为日报。在复刊词中，编者强调："本报匆匆在港复刊，仍当以人民的立场，与我海内外同胞，共揭和平、团结、民主的大旗，来创造一个幸福、富强与民主的新中国而奋斗。"② 1949 年 10 月 15 日，《华商报》编辑出版至新 1353 号并发表《暂别了，亲爱

---

① 《我们的信念和愿望》（发刊词），《华商报》1941 年 4 月 8 日。
② 《复刊词》，《华商报》1946 年 1 月 4 日。

的读者》的"终刊词"后终刊，撤离香港奔赴广州创办《南方日报》。

《中国学生导报》：1944 年 12 月 22 日创刊于重庆，编辑人廖毓泉，发行人甘祠森，中国学生导报社出版发行。鲁迅手书集字体报头，4 开 4 版周报。由中共南方局青年组领导主办，并由复旦大学等成立的学生组织中国学生导报社编辑，杜子才、陈以文分别担任报社核心小组正副组长，总编辑为戴文葆，施赐、吴景琦、陈其福等参与编辑工作。该刊"从创刊起就把宣传的根本任务定为将正在兴起的学校民主运动迅速推向高潮，使它成为学运的火种与号角"。① 因此，刊物编辑内容及其主要版面，重视刊载时事要闻、社会文化方面的文章报道，宣传传播党报党刊及专稿评论，以及对于国内外民主运动的介绍与对反动势力的揭露抨击等。同时，在第 3、4 版的文艺及通讯等专刊及栏目中，发表了许多报告文学、诗歌、散文随笔、杂感、漫画、木刻等文艺作品。1946 年 5 月 10 日，《中国学生导报》编辑出版至第 37 期后停刊。然后分别建立上海、重庆分社，分别编辑出版该报的"沪版"和"渝版"。1946 年 9 月，"沪版"《中国学生导报》编辑出版至第 4 期后停刊。翌年 6 月，"渝版"《中国学生导报》编辑出版至第 19 期后被迫停刊。

（二）主要文艺期刊

《战地》：1938 年 3 月 20 日创刊于汉口，战地社编辑出版，上海杂志公司出版发行。主编署名为丁玲、舒群，但当时丁玲身居延安，刊物事实上的主编为舒群一人。创刊号封面对称编排，左侧深色垂直图形中白色大号美术体刊名竖排，右侧上下为刊期、目录、编者与出版机构等文字。该刊作为抗战开始后延安作家在"国统区"创办的第一个文学刊物，接受延安文艺界党的领导及中共长江局的支持帮助，其办刊宗旨及任务，周扬在创刊号发表的《我所希望于〈战地〉的》一文中，分别从"有计划地培养新起作家"、"扩大文学方面的工作干部"和"训练新作家"等方面提出了明确的要求。② 因此，刊物主要登载报告文学、战地通讯、散文、杂感、小说、诗歌、歌曲、

----

① 杜子才等著，戴文葆编：《号角与火种——〈中国学生导报〉回忆录》，中国华侨出版社 1991 年版，第 3 页。

② 周扬：《我所希望于〈战地〉的》，《战地》1938 年第 1 卷第 1 期。

木刻等文艺作品，并通过文艺评论及作品介绍、创作述评等，对延安文艺运动发展动态予以宣传报道，如元留的《边区的国防文艺》，沙可夫、柯仲平分别撰写的《关于诗歌民歌演唱晚会》等。主要撰稿人有周扬、艾思奇、冯乃超、成仿吾、臧克家、周立波、王西彦、杨朔、碧野、叶以群、塞克、罗烽等四十余人。1938 年 6 月 5 日，《战地》编辑出版至第 1 卷第 6 期后终刊。

《工作与学习·漫画与木刻》：1939 年 5 月 16 日在桂林创刊，是中共领导及团结"国统区"文艺工作者创办的一个文艺刊物。工作与学习社、漫画与木刻社编辑出版，新知书店总经销。赖少其、刘建庵、廖冰兄、黄新波、盛特伟等发起筹办，赖少其担任主编。由于这是《工作与学习》和《漫画与木刻》的合刊，因而刊物的封面与封底分别题写两个刊物的刊名，并列出各期的"文字版"与"图画版"刊文目录。其中"文字版"由刘季平负责，"图画版"由刘建庵负责。在《发刊辞》中，编者声明，"与其说我们要在工作与学习方面，帮助读者进步，或是提倡什么新的漫木运动，还不如说我们是要和读者一齐工作，一齐学习，一齐进步，一齐创造新的漫画木刻"等。① 于是，在《工作与学习·漫画与木刻》半月刊中，不仅先后刊登了胡愈之、千家驹、姜君辰、陈此生、曹亮、季平、张志让等人的时事评论文章，以及陈原、赖少其、李桦等人的文艺论文，而且编辑出版了"讨汪专页"、"七七专号"、"八一三专号"、"桂林市民疏散宣传专页"、"对敌宣传画"等漫画木刻专辑，以及沈同衡、赖少其、廖冰兄、建庵等作家的木刻连环画，张仃、陆志庠、特伟、周令钊、宜文杰、陆田、沈士庄、汪子美、新波等人的漫画木刻作品。1939 年 9 月 10 日，《工作与学习·漫画与木刻》编辑出版至第 6 期后终刊。

《新音乐月刊》：1940 年 1 月 1 日创刊于重庆，是中共南方局文化工作委员会领导之下，由新音乐社主编的一个音乐刊物。李绿永（李凌）、林路、赵沨先后担任主编，读书生活出版社总经销。1939 年 10 月 15 日成立的新音乐社，是来自延安鲁迅艺术学院音乐系李绿永（李凌），联手重庆音乐工作者赵沨一起发起组建的新音乐社团组织。因重庆当时印刷技术的限制，刊物在重

① 《发刊辞》，《工作与学习·漫画与木刻》1939 年创刊号。

庆编辑后，交由桂林生活书店筹资成立的桂林立体出版社印刷出版。期数"仍按照顺序，每半年为一卷，第一卷为六期"。[①] 创刊号封面水平编排，上下边红色图形相对，白色美术体刊名居上，中间插入大幅黑白木刻解说版画。"展开音乐艺术上各种问题的讨论，发扬对曲作及音乐运动之批判，以提高音乐艺术水准，归正音乐运动之发展"等，是《新音乐月刊》办刊的主要目的及其任务之一。[②] 因此，在创刊号上除了刊登李绿永的《新音乐运动到低潮吗》，星海、吴泗的《歌曲创作讲话》（连载）等论文外，还刊登了绿永、星海、程波、方冬、王震之、吕骥、季纯、寒光、沙梅、郭远、金浪、向隅、赵沨等作家的歌曲作品。并且，在长达十年的时间里，《新音乐月刊》不仅先后在上海、广州、昆明、贵阳等地成立新音乐社分社，在重庆、桂林、上海、香港等地创办《新音乐季刊》、《音乐艺术》、《新音乐丛刊》等，同时，还编辑出版了《每月新歌选》、"新音乐丛书"及"中华音乐院丛书"等音乐丛书。主要作者还有：吴泗、贺绿汀、刘秉寅、洪道、光未然、舒模、丁玙、孙慎、杜矢甲、律成、新波、林苗、林坤、长工、葛敏、徐洛、陈紫等。1941年1月15日，《新音乐月刊》编辑出版至第2卷第4期后，从第3卷第1期开始在桂林编辑出版；1943年5月编辑出版至第5卷第4期后，被国民党中宣部勒令停刊；1946年10月，《新音乐月刊》（沪版）第6卷第1期在上海复刊；1948年1月20日编辑至第7卷第3期开始在香港出版；1949年6月1日，《新音乐月刊》第8卷第1期开始在北平编辑出版。1949年7月23日，中华全国音乐工作者协会在北平成立，1950年9月5日，中华全国音乐工作者协会会刊《人民音乐》创刊，同年12月《新音乐月刊》编辑出版至第9卷第6期后终刊，共编辑出版49期。

《音乐战线》：1940年1月创刊于陕北宜川英王镇，是中华全国音乐界抗敌协会二战区分会的会刊，民族革命出版社出版，文化书店发行。创刊号封面水平编排，美术体刊名居上，居中插入黑白木刻图案。《音乐战线》编辑部位于陕北宜川英王镇的民族革命艺术学院内。这所成立于1939年9月，曾被

---

① 《本刊紧要启事》，《新音乐》月刊第2卷第4期，1941年1月15日。

② 编者：《编后》，《新音乐》月刊创刊号，1940年1月1日。

冼星海称誉为抗战时期敌后"有计划地建立了音乐干部训练队"的一所艺术学校，[①] 梁绽武、刘志弘为正副院长，设有戏剧、美术和音乐三个系班。其中，美术系主任为力群，音乐系主任为瞿维，陈白尘、曹葆华、安林、马可、杨蔚等在校任教，也为延安文艺运动培养了一批美术、音乐及文学等领域的人才。在署名"本社同人"的《创刊词》中，编者称"这刊物是大家的园地，希望大家共同栽培它，充实它，中国的新音乐在战斗中成长，战斗中锻炼出许多新的作家，我们希望这些新的作家踊跃的寄来他们由丰富的生活中创作出来的作品"，并"让我们预祝——中国新音乐运动飞速的进步"等。[②] 所以，在创刊号上不仅刊登了本社同人的《一九四〇年献词》，以及盛幼青、澄秋、马可、周军、林奇、石田、纪甡、李尼、任军、波祖、蒲风、林木、小山、星海等人的歌曲。同时还发表了林木的论文《论中国新音乐运动的特点》和白澄的译文《华格纳——人道主义崇高理想的战士》，以及《中华全国音乐界抗敌协会第二战区分会简章》等文章。1940 年初，因阎锡山策动的"晋西事变"，民族革命艺术学院停课。瞿维、马可、杨蔚等转赴延安，分别进入延安鲁迅艺术学院音乐系任教或学习，《音乐战线》编辑出版至创刊号后停刊。

《文艺生活》：1941 年 9 月 15 日创刊于桂林，司马文森主编，文献出版社发行。创刊号封面对称编排，左右棕色装饰条形垂直相对，左侧黑色美术体刊名竖排，右侧上下为套色木刻图案与本期刊文目录等。在其《编后杂记》中，编者称，"在编辑的方针上，我们想加强创作部分，有好的翻译每一期也要尽可能的介绍出来"，以及"不尚空论，多谈实际的写作方法或生活介绍"，以尽量"对于青年们的帮助"等。[③] 所以，该刊重视文艺创作及作品的介绍刊载，包括小说、诗歌、戏剧、散文、报告文学等各种文体形式，以及翻译作品及评论等。1943 年 7 月 15 日，《文艺生活》编辑出版至第 3 卷第 6 期后休刊。1946 年 1 月 1 日，《文艺生活》在广州编辑出版光复版第 1 期（总第

---

① 冼星海：《边区的音乐运动》，见徐乃翔主编《中国新文艺大系 1937－1949 理论史料集》，中国文联出版社 1998 年版，第 97 页。

② 本社同人：《创刊词》，《音乐战线》1940 年创刊号。

③ 《编后杂记》，《文艺生活》1941 年创刊号。

19 号）宣布复刊。司马文森、陈残云主编，文生出版社出版发行，兄弟图书
公司总经销。1946 年 8 月，因被国民党当局查封，光复版《文艺生活》从第
7 期（总第 25 号）起迁往香港编辑出版。1948 年 1 月，光复版《文艺生活》
在香港出版至第 18 期（总第 36 号）再次被迫停刊。同年 2 月，司马文森与
文协香港分会合作，《文艺生活》海外版第 1 期（总第 37 号）编辑出版。司
马文森主编，文艺生活社编辑印行，智源书局总经销。1949 年 12 月 25 日，
海外版《文艺生活》编辑出版至第 20 期（总第 53 号）后停刊。1950 年 2 月
1 日，《文艺生活》在广州编辑出版"穗·新 1 号"（总第 54 号）。司马文森
主编，文艺生活社出版，南光书店发行。从桂林、广州至香港，再到广州，
历时 9 年左右的《文艺生活》月刊，不仅编辑出版了 60 余期，而且出版了 6
期《文艺生活海外版副刊》，举办了诸如"文艺月会"等专题性文艺活动，
对华南、港澳及南洋地区的"工农兵文艺"运动产生了广泛影响。1950 年 7
月 1 日，《文艺生活》"穗·新 6 号"（总 59 号）编辑出版后终刊。

《苏联文艺》：1942 年 11 月 7 日创刊于上海租界，[苏] 罗果夫、施维卓
夫先后担任主编，姜椿芳等负责编辑工作，上海苏商时代书报出版社出版发
行。创刊号封面水平编排，大红底色几何图形中，白色中俄美术体刊名上下
相对。作为一个主要翻译介绍苏联文艺的刊物，中共上海地下党除了委派姜
椿芳等主持编务外，同时组织作家满涛、张孟恢、伍孟昌、杨林秀、冯鹤龄、
朱烈、顾用中、吴墨兰等人，展开对俄国文学与苏联文艺的翻译介绍工作。
所以，在创刊号的《编者的话》中，该刊主编、时任苏联塔斯社驻上海远东
分社社长的罗果夫称，中俄之间的文字交流尽管早已发生，但在反法西斯战
争中，"中国对于苏联文学的兴趣愈加提高了。我们中国朋友们竭力要求把英
勇日子的苏联文学介绍给他们，于是我们便出版了《苏联文艺》"。① 于是，
该刊自创刊开始，每期都分别设有"小说""诗歌""文录""俄罗斯人民的英
勇史迹""音乐""艺术""电影"及"评介"等栏目，以及作家图像、图片插
页等，刊登了大量俄国、苏联作家各个时期的文艺作品，以及苏联革命文艺理

---

① [苏] 罗果夫：《编者的话》，《苏联文艺》1942 年第 1 期。

论及其批评论文等。1949 年 7 月，《苏联文艺》编辑出版至第 37 期后停刊。

《中原》：1943 年 6 月于重庆创刊，主编郭沫若，由郭培谦任经理的群益出版社出版发行，徐迟担任执行编辑。刊物封面水平编排，框线几何构图，深色图形中白色美术体刊名居上。因为该刊是中共南方局及新华日报社支持的群益出版社开业后创办的一个文艺刊物，所以，在创刊词《编者的话》中，郭沫若强调其"可以说完全是一张白纸，园地是绝对公开，内容是兼收并蓄，只要是合乎以文艺为中心的范围，只要能认为对于读者多少有一些好处，我们都一律欢迎"等。① 于是，刊物不仅侧重于刊登文艺理论、作品批评与翻译介绍方面的论文，同时还发表了包括茅盾、阳翰笙、闻一多、蔡仪、陆侃如、戈宝权、翦伯赞、李何林、徐迟、侯外庐、胡风、周而复、刘白羽、袁水拍、李念群、严文井、力扬、丁聪等作家的一些小说、散文、杂文、剧作等文艺作品。1945 年 10 月，《中原》编辑出版至第 2 卷第 2 期后停刊，先后共出版 6 期。

《文哨》：1945 年 5 月 4 日创刊于重庆，文哨月刊社编辑，编辑兼发行人叶以群，重庆建国书店发行。刊物封面水平编排，框线装饰图案构图，上边蓝红底色图形中加入白色美术体刊名，居中插入黑白木刻人物或直观图案。在"创刊特大号"的《编后杂记》中，编者针对"国统区"文艺运动及其创作的"不是一个健康的现象"，明确提出"新文艺必须扩大它所反映的生活范围，逐渐发展读者层，然后才会获得新生命"等办刊宗旨及理念。因此，作为"国统区"文化战线及"文艺阵地上的哨岗"，② 该刊除了围绕文艺与大众的关系、文艺的现实主义、文艺的形式等问题，主要刊载文艺理论及工农兵文艺批评论文，以及文艺思潮和国外文学翻译等述评、短论之外，还设有"诗""小说""速写""读书录"等栏目，以及"罗曼·罗兰纪念特辑"等纪念特辑、文艺创作特辑等专栏，先后发表了郭沫若、夏衍、茅盾、叶以群、艾青、方敬、穆旦、徐迟、艾芜、骆宾基、周而复、袁水拍、吴组缃、老舍、沙汀、卞之琳、李广田、刘白羽、叶圣陶、靳以等作家的文艺作品。1945 年 10 月 1 日，《文哨》编辑出版至第 1 卷第 3 期后停刊。

---

① 郭沫若：《编者的话》，《中原》1943 年创刊号。
② 《我们的方向（〈文哨〉座谈）》，《文哨》1945 年第 1 卷第 1 期创刊特大号。

《中原·文艺杂志·希望·文哨联合特刊》：1946年1月创刊于重庆，中原社、文艺杂志社、希望社、文哨社编辑发行，重庆三联分店总经销。邵荃麟、何其芳等先后任主编，力扬、王觉等参与编辑工作。刊物封面水平编排，不同颜色木刻装饰图案版式中，黑色美术体刊名居上。在创刊号《关于联合特刊的出版》中，编者强调："在这历史转换的时候，便需要有一次对于过去文艺运动广泛而切实的检查，和对于今后文艺运动正确途径的讨论。"因此，"我们编辑这联合刊的主要方针，就是：一、加强文艺战斗与政治战斗的配合；二、加强文艺运动上的思想斗争"等。[①]于是，该刊分别设有"短论""论文""诗""小说""杂文·书评""小说·散文""小说·童话""书信"等专栏，在刊登了许多理论文章和文艺批评的同时，还发表了大量的小说、诗歌、通讯报告、木刻等文艺作品。主要作者有郭沫若、茅盾、冯雪峰、叶圣陶、老舍、夏衍、刘白羽、袁水拍、王亚平、陈白尘、邵荃麟、艾芜、沙汀、路翎、何其芳、野谷等。1946年6月25日，《中原·文艺杂志·希望·文哨联合特刊》编辑出版至第1卷第6期后停刊。

《大众文艺丛刊》：1948年3月1日创刊于香港，中共华南局香港工委及其"文委"主办，主要撰稿者为荃麟、乃超、乔木、萧恺、胡绳、马耶阔夫斯基、于伶等，大众文艺丛刊社出版，生活书店总经销，大千印刷公司印刷。刊物封面对称编排，构图直观，深色图形，白色美术体题名居中竖排。由于该刊是以海外及"国统区"文艺界和读者为对象，并且将编者所意识到的"历史已发展到了转折点，一个新的形势快将到来了，为了迎接这即将到来的新形势，觉得有必要特别强调文艺上为工农兵基本方向和无产阶级思想领导的问题"等思想立场，作为其办刊的宗旨任务及各辑的编辑理念，[②]因此，刊物各辑刊载的文艺理论及创作批评论文，清楚表现出了编者立足于毛泽东文艺思想及其批评准则，对于当时的文艺运动及创作倾向，包括沈从文、朱光潜、萧乾、胡风、路翎、姚雪垠等"国统区"作家，以及新文化运动、新文艺发展与延安文艺的关系等，进行的"检讨、批判、和今后的方向"的梳理

---

① 《关于联合特刊的出版》，《中原·文艺杂志·希望·文哨联合特刊》1946年第1卷第1期。
② 史笃、荃麟等著：《新形势与文艺·编后》，《大众文艺丛刊》1949年3月第6辑。

建构。同时，各辑还发表了许多解放区作家的文艺作品与"实在的故事"，如丁玲、赵树理、周立波等人的小说、诗歌、散文、木刻等，以及苏联、日本等作家的革命文艺理论译文。其中，该刊前四辑为双月刊，后两辑为季刊。各辑依次分别为《文艺的新方向》《人民与文艺》《论文艺统一战线》《论批评》《论主观问题》和《新形势与文艺》。此外，"大约是为了发行时应付邮政检查"，也使"这后三辑还有换了个书名的版本"，① 即《鲁迅的道路》、《怎样写诗》和《论电影》。1949 年 3 月，《大众文艺丛刊》第 6 辑《编后》称，"由于局势的发展与编委会同人的流动，这期出版后，本刊暂时告一结束，俟以后在解放区再考虑复刊，敬希读者鉴察"，宣布终刊。②

《小说》：1948 年 7 月 1 日创刊于香港，小说编辑委员会编辑，小说月刊社出版，香港前进书局总经销，自第 3 卷第 1 期由靳以编辑，上海国光书店、商务印书馆等先后出版。茅盾主编，巴人、葛琴、孟超、蒋牧良、周而复、以群、适夷、张天翼、聂绀弩、赵树理、欧阳山等先后任编委。创刊号封面水平编排，棕红框线图形中，上部黑色大号美术体刊名，居中插入黑白木刻跃鹿图案。在《发刊词》中，编者声明，"我们都是深信文艺应当为人民服务"，以及"决心在这伟大的战斗中尽我们应尽的力量"等。"这，既然是我们的志愿，当然也就是本刊的态度和立场"。③ 因此，通过"小说散步"、"小说世界"、"时代剪影"等栏目，刊登有关小说理论及作品批评论文，以及国外小说创作思潮及动态等方面的介绍与述评，尤其是长短篇小说作品的连载及发表等，就成为该刊编辑出版的中心内容。主要作者包括郭沫若、巴人、沙汀、周而复、楼适夷、蒋牧良、葛琴、孟超、艾芜、张天翼、周立波、丁玲、刘白羽、叶圣陶、林默涵、冯雪峰、老舍、巴金、魏金枝等。1949 年 6 月 1 日，《小说》月刊编辑出版至第 2 卷第 6 期后迁往上海。同年 10 月 1 日，《小说》月刊第 3 卷第 1 期在上海出版。靳以主编，上海国光书店、上海商务印书馆先后发行。1952 年 1 月 20 日，《小说》月刊编辑出版至第 6 卷第 5—6 期合刊

① 朱金顺：《对〈大众文艺丛刊〉材料的补正》，《中国现代文学研究丛刊》2003 年第 1 期。
② 史笃、荃麟等著：《新形势与文艺·编后》，《大众文艺丛刊》1949 年 3 月第 6 辑。
③ 《发刊词》，《小说》1948 年第 1 卷第 1 期。

后终刊，先后共编辑出版 36 期。

（三）主要综合性期刊

《全民月刊》：1936 年 3 月 15 日在法国巴黎创刊，巴黎华侨全民月刊社编辑出版。主编吴克坚（李昆），胡秋原等参与编辑工作，主要撰稿人有王明、李立三、康生、陈云、陈潭秋、萧三、章乃器、孔原、陶行知等。该刊是中国共产党驻共产国际代表团主办，并在莫斯科编辑与组稿后在巴黎出版的一个刊物。刊物设有"华侨论坛""时事论著""学术专论""学艺情报""世界及中国要闻"等栏目，主要对外宣传报道中共的抗日救国主张、政治路线及方针政策。如王明的《怎样准备抗日》和《为独立自由幸福的中国而奋斗》。同时开辟有"文艺""社会写真"等专栏，发表反映国内社会生活现状及相关人物的通讯报道、散文速写、随笔杂感等文艺作品，如从其"创刊特大号"开始连载，陈云署名"廉臣"，通过被俘敌军的军医来讲述红军长征故事的报告文学《随军西行见闻录》。1936 年 6 月，《全民月刊》编辑出版至第 7—8 期合刊后停刊。

《群众周刊》：1937 年 12 月 11 日在汉口创刊，群众周刊社编辑出版，新华日报社、读书·生活出版社等总经销。潘梓年担任总编辑兼发行人，许涤新、乔冠华、戈宝权（代理）等先后主持编辑。该刊是抗日战争开始后，中共中央长江局、南方局领导主办并在"国统区"公开编辑发行的一个机关刊物。1938 年 12 月 25 日，《群众》周刊自第 2 卷第 12 期开始，迁往重庆编辑出版，1943 年 7 月 16 日，该刊从第 8 卷第 11 期改为半月刊。刊物封面第 3 卷之前编排简洁，自第 4 卷后设计讲究，版式构图加入黑白直观木刻版画或解说漫画图案等。内容方面除了主要刊载宣传报道中共的路线、方针、政策，揭露国民党政府腐败等要闻时评之外，也向"国统区"读者传播陕甘宁边区及各解放区的新民主主义文化建设实践，包括延安文艺运动及其创作成就等，如马骏、卞之琳、萧向荣、欧阳凡海、史轮、适夷、王亚平、袁勃、任天马、方孩、季植、周文、力群、啸天、胡蛮等的文论批评，以及小说、诗歌、歌谣小调、报告文学、人物速写、散文杂感、木刻漫画、歌曲摄影等文艺作品。1947 年 2 月 28 日，《群众》周刊编辑出版至第 14 卷第 9 期后被查封停刊。在此之前，1946 年 6 月 3 日，《群众》周刊上海版出版，1947 年 3 月 2 日，上海版《群众》周刊编辑出版至第 14 卷第 9 期后被查封停刊。1947 年 1 月 20 日，香港版《群众》周刊创刊号出版，香港群众周刊社发行；1949 年 10 月 20 日，香港版《群众》周刊编辑出版至第 143 期后停刊。

《西北周刊》：1938 年 1 月 21 日在西安创刊，中共陕西省委主办，署名主编李初梨，西北周刊社发行，发行人徐彬如。实际上由时任陕西省委宣传部长杨清（欧阳钦）兼任主编，林放（郭有义）、冯生瑞、黄葳等任编辑。刊物版式构图简洁，刊名为朱光路题写。该刊不仅设有"社论""时评""一周时事""专论""读者论坛""读者信箱"等栏目，主要刊登及转载《新中华报》、《新华日报》社论及政治军事要闻时评，宣传党的理论方针及路线政策等，同时又开设有"文艺""诗歌""大众抗战故事"等专栏，发表诗歌、故事、报告文学、散文杂感等文艺作品。1938 年 12 月 24 日，《西北周刊》编辑出版至第 30 期后被查封停刊。1939 年 7 月 1 日，《西北周刊》在陕西泾阳云阳镇复刊。在《复刊词》中，编者称，本刊"自创刊以来，即以加强抗战力量的团结，保卫陕西，保卫西北，保卫全中国，争取独立自由幸福的三民主义新中国为宗旨"。因此，"复刊后，仍当本着一贯之宗旨，继续向前迈进"等。[①] 为此，毛泽东、林伯渠分别题词。其中，毛泽东题写道："要把西北的事办好，人民必须有言论自由。"1940 年 4 月，《西北周刊》编辑出版至第 50 期后终刊。

《战时青年》：1938 年 1 月 10 日创刊于汉口，中国学生救国会主办，战时青年社编辑出版。1939 年 7 月，刊物编辑出版到第 2 卷第 1 期后，迁往重庆并改为月刊编辑出版，发行人何仲觉。刊物作为中共中央南方局青年委员会领导下的一个青年理论刊物，主要刊载政治军事及社会生活要闻述评，宣传中国共产党的抗日理论主张，对国内外形势的分析，以及各地青年救亡活动及其介绍短论等，主要撰稿人有蒋南翔、杨学诚、范寿康、马哲民、黄松龄、张申府、马识途、胡秋原、陈铭枢等。同时，还发表一些适合青年人阅读的报告文学、通讯报道、人物介绍、散文杂感等文艺作品。1940 年 8 月，《战时

---

① 《复刊词》，《西北周刊》1939 年第 31—32 期合刊。

青年》停刊后，同年9月改为半月刊并重编期数后出版。1940年12月，《战时青年》半月刊编辑出版至第7期后被迫停刊。

《青年战线》：1938年3月25日创刊于西安，青年战线社编辑，主编刘光任，新知书店总经销。刊物封面均衡编排，上部美术体刊名，中下部左侧为本期刊文目录竖排，右侧加入黑白木刻版画。该刊是1937年4月12日在延安成立的西北青年救国联合会迁到陕西泾阳县安吴堡主办的一个公开出版的青年综合性刊物，主要刊载中国共产党关于青年工作的方针政策及政治军事等要闻述评，以及西北青年运动与工作经验介绍等，从而宣传并扩大青年抗日统一战线，推进青年救亡运动的开展。同时，该刊还开设有"报告""通讯""自传"等栏目，发表一些通讯报道、报告文学、散文杂感、诗歌、童谣、木刻等文艺作品，以及组织抗战剧团、孩子剧团等文艺活动的相关消息等，以适应并满足青年读者的文化兴趣及阅读需要。主要撰稿人有宣侠父、冯文彬、胡乔木、黄华、张琴秋等。1938年8月15日，《青年战线》编辑出版至第12期后被查封停刊。同年9月15日，《青年战线》在延安复刊。1939年1月，《青年战线》在延安出版至第5期后终刊。

《中苏》：1938年3月15日在长沙创刊，中苏文化协会湖南分会主编发行，生活书店长沙分店总经销。主编翦伯赞，编委先后有田朝凡、唐际清、高承元、高滔、陈介石、曹伯韩、欧阳敏纳、刘岳厚、张天翼等，以及时任中共湖南工委宣传部长的谭丕模和吕振羽、李仲融、杨荣国等中共党员。张生力、王时凤、王仁忱、赵范等参与编辑工作。刊物封面水平编排，上部套色图形中加入大号美术体刊名，中下部插入黑白木刻、漫画图案与本期刊文目录等。在《发刊词》中，编者声明，本刊"内容当然不限于中苏问题，是要包括民族抗战各种问题的讨论"。[①] 因此，刊物除了以抗战为中心，主要刊登政治军事方面的理论文章与要闻时评，以及宣传介绍苏联社会文化的译文与专论等之外，同时设有"时事半月谈""短论"等栏目，以及文艺类的专栏。先后发表了许多"国统区"及延安作家创作的散文、诗歌、木刻、漫画等文艺作品。1939年2月15

---

① 《发刊词》，《中苏》1938年半月刊创刊号。

日，《中苏》半月刊第 2 卷第 5 期迁往湖南沅陵，中苏文化协会长沙分会出版发行，发行人李促融，编委增加，各地新知书店总经销。1940 年 4 月 15 日，《中苏》第 4 卷第 1 期迁往桂林出版，改为月刊。同年 11 月 30 日，《中苏》月刊编辑出版至第 4 卷第 9 期后停刊，先后共出版 39 期。

《华美》（周报）：1938 年 4 月 23 日创刊于上海，美商华美出版公司编辑出版，发行人〔美〕宓尔士。刊物封面设计简洁，上部美术体刊名居中。自第 2 卷第 1 期开始，封面设计讲究，彩色版式，构图醒目。在《发刊辞》中，编者强调，"予及全体同人并愿当兹创刊时宣示我人之目的，即忠实，不畏惧及公正无私。拥护真理，爱好和平，尊重自由，为美国向来最可宝贵之传统信念，我人当以此为准则而与读者诸君相勉"，本刊亦"隶属于美商华美出版公司，并在美国台立华州注册，受其管理与保护，故所有内容，俱不受任何方面之检查"等。① 该刊实际上是中共江苏省委文化运动委员会主办，假借美商华美出版公司编辑出版的一个时政类刊物，主编分别由梅益、王任叔等担任。刊物分别设有"短评""一周战况""国际一周""论评选辑"等栏目，主要刊载每周时事要闻与国内外大事，以及各战区军事报道、延安通讯等。同时，还开设有"随笔""读者论坛""新刊介绍"等专栏，发表及连载了许多报告文学、散文杂感、连环漫画、木刻、翻译等文艺作品。主要作者有蒋南翔、周而复、高士其、成仿吾、力群等，以及斯诺、史沫特莱等。1939 年 7 月 8 日，《华美》（周报）编辑出版至第 2 卷第 11 期后被迫停刊，先后共出版 61 期。

《文献》（丛刊）：1938 年 10 月 10 日创刊于上海，阿英（钱杏邨）任主编，文献丛刊社编辑出版，中华大学图书有限公司发行。刊物封面均衡编排，整幅套色漫画或木刻版画版式中，左侧上方手书体刊名。该刊作为中共江苏省委文化运动委员会和八路军驻沪办事处主办的一个大型文化刊物，尽管公开声明其办刊宗旨及任务，是"保存伟大抗战史料，以垂永久"等，② 但事实上传播保存了许多延安及各边区政治军事、社会文化，以及文艺运动方面的文献资料。该刊开设有"卷头语""特载""抗战将领言论特辑""特稿"

---

① 〔美〕宓尔士：《发刊辞》，《华美周报》1938 年第 1 卷第 1 期。

② 《文献补刊民国二十六年七月至二十八年九月卷征集资料启事》，《文献》1939 年卷之八。

"专稿""特译稿""世界之动""苏联革命二十一周年纪念""大事记"等栏目，主要刊载政治军事、经济文化、社会生活、国际时政、沦陷区情况等文献资料，以及国民政府会议及武汉保卫战、蒋介石等人的文章言论等文献资料。其中包括中国共产党的相关文件及毛泽东、朱德、林彪等的讲话、报告，以及"陕北之部"关于延安文化教育工作的介绍等。同时，在其开设的"文艺""画报""抗战的文化动态""文化之页""战事特写""特稿""上海的木刻特辑"等专栏中，发表了大量的小说、诗歌、报告文学、散文随笔、摄影图片、木刻漫画等文艺作品。此外，1939 年 4 月 7 日至 5 月 1 日，该刊分别编辑出版了《文献附刊·艺术文献》第 1 册和《文献附刊·妇女文献》第 1 册、第 2 册，各期刊物中均附有大幅风雨书屋新书插页广告。1939 年 5 月 10 日，《文献》编辑出版至"卷之八"后停刊，先后共出版 8 期。

《学习》：1939 年 9 月 16 日创刊于上海，编辑人柳静，发行人王方舟，五洲书报社总经销。刊物封面版式各卷虽不同，但编排构图基本相似。其中，创刊号封面水平编排，上部绿底图形中加入白色美术体刊名，中部左侧加入黑白木刻版画，下部本期刊文目录竖排。编者在创刊号的《编辑室》中声明："我们办这刊物，就是想自己多多学习一点，并将我们学习的公开出来，希望大家与我们共同学习。"① 作为中共上海地下党在上海"沦陷区"公共租界主办的一份综合性文化刊物，实际主编先后有方行、王任叔、顾准、蒋天佐、袁信之、姚溱等人。因此，团结教育和指导爱国青年读书学习，就成为其办刊的基本理念及任务。于是，该刊先后开设有"笔谈""译文""文艺""文化公园""问题讨论""学习生活""批评介绍""学习播音""书报介绍""信箱""编辑室""小辞典"等栏目，以"纯研究性的半月刊"及"交流学术，探讨生活上、学习上的问题"等为中心，刊载文化思想与理论方法等方面的文章，以及国内外文化动向及学者言论活动，包括各抗日根据地的消息等。1941 年 11 月 16 日，《学习》半月刊编辑出版至第 5 卷第 4 期后停刊。

《上海周报》：1939 年 11 月 1 日创刊于上海，编辑人〔英〕弗利特，

发行人英商独立出版社公司。实际上由中共江苏省委文化运动委员会及上海地下党主办，张宗麟、吴景崧负责及担任主编，邹云涛、丁一之等参与编辑发行工作。刊物封面版式简洁，套色图形中白色手书体刊名居上。在创刊词《我们的立场》中，编者声明，本刊是"合乎英国法令的英商独立出版公司所发行的刊物，我们是中国的朋友，完全同情中国为独立、自由与平等而抗战"，而"中国的光明前途要靠中国人自己努力来实现的。二十七个多月以来的事实已经证明中国的抗战政策是对的"等。① 为此，刊物在编辑内容及办刊理念方面，"希望做到题材趣味化，文字通俗化，同时对于目前各问题，有观点正确的解释，使读者能够有清楚的认识"等。② 从而先后开设了"社论""一周简评""国际一周纵横谈""短评""外译论丛""从国内到国际""来件"等栏目，刊载国内外政治军事及社会文化要闻，以及时事评论等，同时，发表了许多报告文学、小说、诗歌、杂文、随笔、木刻、影评、书评、新书推荐等作品。1941 年 12 月 6 日，《上海周报》编辑出版至第 4 卷第 24 期后停刊，先后共出版 102 期。

《文萃周刊》/《文萃丛刊》：1945 年 10 月 9 日创刊于上海，文萃社编辑出版，国际书报社发行。刊物封面均衡编排，左侧期数与本期刊文目录竖排，右侧各色垂直大号美术体刊名。该刊是中共上海地下党组织主办的综合性文化期刊，孟秋江、陈子涛、黎澍、骆何民、吴承德等先后担任主编与编辑。在创刊号《编后小语——代创刊辞》中，编者强调其办刊的目的："一、沟通内地与收复区的意志；二、传达各方人士对于国是的意见；三、分析复杂善变的国际情势"等，以使"在日寇奸逆八年奴性文化生活中过来的人，听听中国人自己的声音"。③ 由于刊物初期注重其文摘性编辑风格，"刊载的稿件，有特约的，但大部分是从陪都、昆明、成都、贵阳等地著名报纸、杂志上精选下来的，内容与价值，请读者自己去评判"。④ 因而除了转载重庆等地报刊

---

① 《我们的立场》，《上海周报》1939 年第 1 卷第 1 期。

② 《编辑后记》，《上海周报》1939 年第 1 卷第 1 期。

③ 《编后小语——代创刊辞》，《文萃》周刊 1945 年第 1 期。

④ 同上。

及《新华日报》等报章外，也转载摘录了延安《解放日报》及各边区根据地报刊的文章等。随着形势的发展，《文萃周刊》自1946年6月6日第33期前后，逐渐增加刊物的"特稿"组稿，开始转变为时事政治性刊物，主要刊登宣传中国共产党的政治主张及政策方针，批判抨击国民党的独裁政治及其内战阴谋等述评时论，同时，还发表了许多通讯报告、杂文随笔、讽刺漫画、革命歌曲等文艺作品。1947年3月6日，《文萃周刊》编辑出版至第2卷第22期后被查禁停刊，先后共出版72期。1947年3月21日，《文萃周刊》更名为《文萃丛刊·论喝倒彩》第1辑出版。1947年7月，《文萃丛刊·论世界矛盾》第9辑编辑出版后被查禁终刊。

《文联》：1946年1月5日创刊于上海，中外文艺联络社编辑，主编茅盾、叶以群；发行者陈安镇，上海永祥印书馆刊行。刊物封面版式讲究，构图编排直观。其中，创刊号封面均衡编排，左上方套色木刻版画，右上方棕红底色图形中大号白色美术体刊名竖排，下部棕白木刻解说图像。在茅盾撰写的《发刊词》中，编者强调，由于本刊"只想做到下列几件事：报道国内外的文艺活动及至一般文化活动的概况，介绍国内外出版的新书——主要是文艺的"，因此，为"在文化——文艺运动之中坚守其既定的岗位，以效报务之劳，以尽贡献之责"，而"亦将尽可能刊登短篇报告、小说以及诗歌，杂文、漫画、木刻等等"。[①] 于是，该刊不仅注重刊载理论批评及作品评论，报道国内外的文化思潮及文艺动向，以及"文艺节特辑"和新书介绍、书评等，同时，发表了许多小说、报告文学、通讯特写、散文杂感、诗歌、讽刺诗、木刻、漫画等文艺作品。主要作者有茅盾、叶以群、冯雪峰、徐迟、夏衍、冯乃超、臧克家、袁水拍、冯亦代、李广田、沙汀、何其芳、刘白羽、艾芜、陈白尘、力扬、丁聪、彦涵等。1946年6月10日，《文联》编辑出版至第7期后停刊。

《消息半周刊》：1946年4月7日创刊于上海，编辑人宋明志、丁北成、谢易等，发行人谢易，消息半周刊社发行。刊物封面简洁，上部装饰图案中，

① 茅盾：《发刊词》，《文联》1946年创刊号。

加入美术体刊名。该刊作为中共上海地下党领导并主办的时事言论刊物，虽然公开的编辑人、发行人等署名为他人，但是实际上的负责人为夏衍、姚溱等，具体编辑人为姚溱、方行等，范秉义、华封、谢开夏等参与编辑工作。主要撰稿人有邹韬奋、叶圣陶、陶行知、艾芜、何干、陈浩、马凡陀、郭沫若、孙鲠、周予同、吴祖光、田汉、叶浅予、蔡尚思、夏汉等。由于刊物强调编辑风格及办刊理念的新闻性、指导性和战斗性，以及文风的"言之有物，反映现实"等，因此，相继开设了"时事述评""专访""上海脉搏""特写""小品""杂文""每周影剧评介"等栏目，以及"悼念夏丏尊先生""市参议员竞选特辑"等专刊，主要刊载宣传并配合党的政治军事方针的时事分析，抨击国民党当局独裁统治的时文短论，以及满足读者需要的人物专访、社会新闻与特写通讯、民主政见等。同时，还发表大量的小品文、杂文、随笔、讽刺诗歌、连环讽刺漫画等文艺作品。1947 年 5 月 23 日，《消息半周刊》编辑出版至第 14 期后停刊。

《新民主妇女》：1949 年 6 月 20 日创刊于上海，《新民主妇女》编辑委员会编辑，新民主妇女出版合作社出版，生活·读书·新知上海联合发行所总经销。季洪、左诵芬、宋元、欧阳文彬、陶熏英、彭慧等分别主持编辑工作。刊物封面均衡编排，棕红色版式中，上部加入白色大号美术体刊名，中下部左侧插入民间剪纸直观图案。在《创刊的话》中，编者称："我们祖国的新民主主义革命的胜利，尤其是上海的解放，震撼了全国各地每一个人民的心弦。"于是，作为"埋伏在反动统治下，为新民主文化而战斗的一群小兵"，"在新民主主义的中国，发扬新民主主义的文化，普及与提高妇女文化，肃清封建文化（它对妇女毒害特别深而且重），与一切反动有毒的文化作战，该是我们义不容辞的任务。因此，我们创办了《新民主妇女》月刊"。① 该刊除了设有"短评""解放前后特辑""报道·通讯""《桃李满天下》特辑""'托儿事业'特辑""读者与编者"等栏目及专辑之外，同时重视有关妇女运动及其工作的专论、述评，以及科学知识及卫生常识等

---

① 本社同人：《创刊的话》，《新民主妇女》1949 年创刊号。

文化的普及宣传。包括发表有关报告文学、小说、戏剧、诗歌等文艺作品及其评论介绍等。1949 年 8 月 20 日，《新民主妇女》编辑出版至第 3 号，并发表《给亲爱的读者一个慎重的交代》一文，宣告"在本期出版以后，再不继续单独的出版了"后停刊。①

第三节　"钩沉考订"：延安文艺报刊的史料价值

在 20 世纪中国文学发展过程中，报刊尤其是文艺性专门刊物，不仅是新文艺运动以来现代作家及其创作最初得以公开发表问世的平台媒介，而且是延安文艺运动及其创作活动中，许多作家及其作品为读者或观众阅读和接受的主要途径。因此，无论是有关延安文艺运动及其创作活动的信息报道，还是一个作家从起步到知名的成长足迹，以及对于其作品的介绍、评论及其批评等，都不能不通过查阅相关的延安文艺报刊进行搜集整理。除此之外，由于延安时期报刊及其办报办刊的"党性"原则，以及延安文艺作品的"党的文艺工作"等性质特征，决定了延安文艺报刊还有更值得注意的文艺文献史料。其中包括党的领导人及宣传部门发布的文化及文艺问题的讲话、文件及文艺政策文件，文艺领导机构组织发布的文艺运动指导性社论或论文，关于文艺方针政策及文艺思潮等方面的论争或批判活动，以及文艺界及作家作品的理论批评等相关文艺资料。所以，延安文艺报刊类型的史料对于延安文艺研究具有非常重要及不可替代的直接性和可靠性价值。

一　延安作家的初刊本与文艺文献的保存收藏

由于中国现代文学及其延安文艺的发生发展，都是随着现代报刊出版业的兴起与进步而一路成长起来的，因此，很多现代作家包括延安作家的作品，大都首先发表或连载于报刊上，然后才会编辑成册出版为单行本。所以，延

---

① 本社同人：《给亲爱的读者一个慎重的交代》，《新民主妇女》1949 年 8 月 20 日第 3 号。

安文艺报刊自然保存着作家发表连载作品的初刊本及其创作活动的相关资料，并使延安文艺研究中的大部分文献资料，都来自当时出版发行的各种报刊之中。这就为编辑整理一个作家或一段时期的延安文艺作品，提供了可靠的或基本的"第一手资料"来源。同样，因为在延安文艺发展史上，创办编辑出版包括文艺报刊在内的所有延安报刊，都是在中国共产党及其宣传部门的直接领导和体制化管理之下运行的，因此，延安文艺报刊实际上也都不同程度地承载着发布"党的文艺工作"相关政策文件，以及宣传毛泽东文艺思想和发表相关文艺运动信息等文化或政治的"喉舌"功能。所以，从历史文献学的角度来看，延安时期的报刊也就因此而保存了许多有关党的文艺政策、文艺运动和文艺理论批评等方面的历史文献，从而不仅成为中国现代文学及延安文艺研究中文献资料搜集考订及辨析的重要来源，而且是延安文艺文献史料整理与研究的一个重要及可靠的历史资源。

例如，在延安文艺散文及报告文学创作中，1936 年 3 月在巴黎《全民月刊》上连载的一部三万余字的作品《随军西行见闻录》，第一次讲述了红军长征的故事及其事迹。作者在作品中通过一位被红军所俘而随军西行长征的原国民党军医的叙事，表现其眼见亲闻的红军传奇故事与英勇神奇的战斗经历。1937 年这部报告文学在莫斯科出版了单行本，并很快传入国内并广为流传。随后，又为多家出版社翻印或变换题目印刷发行，或改头换面编辑成册出版。其中，除了 1937 年 4 月上海丁丑编译社编辑出版的《外国记者西北印象记》将其作为附录收入册中，1938 年 1 月上海明月出版社将其易名为《红军长征时代的真实史料：从东南到西北》出版，1938 年 3 月上海新知书店将其更名为《随军西征记》出版等以外，1939 年 1 月上海大文出版社编辑出版的《长征两面写》也将这部作品收录其中，直到 1949 年 6 月上海群众图书公司以《红军长征随军见闻录》的题目编辑出版。甚至由当时中共在巴黎创办的又一报纸《救国时报》出面，计划将它和杨定华撰写的《雪山草地行军记》合编成《长征记》一书，在国内外公开出版发行。

据说直到 1985 年才得知这部作品是陈云长征途中，遵照中央决定离开红军队伍赴上海工作，并准备前往苏联之前所写的长征经历。1935 年 9 月，陈云到苏联任中共驻共产国际代表之后，在莫斯科以"廉臣"的笔名，开始连载于中共在莫斯科编辑、在巴黎出版的《全民月刊》创刊号上。因此，1985年6月，北京红旗出版社不仅署以陈云的真名并采用原作品题目，隆重推出再版了这部作品，并且在作品前专门增加了一段"编者按"，说明出版的原因和理由。全文如下：

> 今年一月，是遵义会议召开五十周年。这次政治局扩大会议及会后不久，实际上确立了毛泽东同志在党内和军内的领导地位，从而保证了长征的胜利完成，使中国革命转入节节胜利的新的历史时期。因此，遵义会议被公认为中国革命史上的伟大转折点。现特刊陈云同志一九三五年写的《随军西行见闻录》，作为纪念。
>
> 本文最早于一九三六年发表在中国共产党主办的巴黎《全民月刊》，同年在莫斯科出版单行本。当时为便于在国民党统治区流传，作者署名廉臣，并在文内假托一名被红军俘虏的国民党军医。①

由此可见，新版的《随军西行见闻录》作品，是出自当时署名"廉臣"在《全民月刊》上连载的同一作品的初刊本。因此也可以说，《全民月刊》为延安文艺运动保存了最真实可靠的文献资料。并且，正是因为有《全民月刊》这样的原始报刊对作品初刊本的保存，以及其资料的直接性或"第一手"资料存在，今天才能够准确做出判断及证明，红旗出版社1985年版的《随军西行见闻录》，并非作者的原作，而是经过出版社或其他编者修改过的一个作者版本或作品文本。

同样，报刊类型的延安文艺史料对作家作品的保存及其收藏，从《王贵与李香香》的版本变迁中也可以得到证明。相关资料表明，1946年9月22日，时为陕甘宁边区三边地委宣传部三边报社长的李季，开始将一首创作于大半年前的长篇叙事诗歌《王贵与李香香》，在《解放日报》第4版上连载。作品发表后不仅在延安及晋察冀等各个边区，而且在当时的东北等新老"解

---

① 陈云：《随军西行见闻录》，红旗出版社1985年版，第1页。

放区"，以及"国统区"也广为传播，并被反复转载翻印或编辑出版。其中，较早的除了中共中央东北局机关报《东北日报》，以及中共冀东区党委机关报《冀东日报》，分别于 1946 年 10 月 23 日的第 4 版和 1947 年 3 月的第 3 期增刊全文转载之外，从 1946 年年底开始，在包括当时的陕甘宁边区、晋察冀、东北等地区，以及"国统区"和海外等地，先后涌现出一大批由新华书店及其各地区分店翻印出版的《王贵与李香香》单行本，如 1946 年的太岳新华书店版、冀中新华书店版、华北新华书店版，同年年底的东北书店版、大连东北书店版和冀南书店版，1947 年 2 月的吕梁文化教育出版社版和山东渤海新华书店版，1948 年的陕甘宁边区新华书店版，1947 年的"北方文丛"版，1949 年 8 月的"中国人民文艺丛书"版。1951 年前后人民文学出版社及作家出版社等专业出版机构成立后，又相继出版了多种不同的版本，如 1952 年 9 月的人民文学出版社重排版，1959 年 5 月人民文学出版社的"文学小丛书"版，1961 年 10 月人民文学出版社的插图本版，1963 年 10 月的作家出版社版等。此外还不断地被修改重版并进行连环画改编等，如由多家美术出版社编辑出版的《王贵与李香香》连环画版，以及翻译成各种少数民族语言和外文的版本流传于世。从而使其成为中国现当代文学传播史上最为引人注目的现象之一。直到 2000 年后，人民文学出版社先后编辑出版的"百年百种优秀中国文学图书"和"新文学碑林"系列图书中，仍然将《王贵与李香香》收录其中。

不过，从《王贵与李香香》的版本考察中可以发现，1946 年 9 月 22—24 日初刊于《解放日报》上的作品，由于保存了作品本来的及完整的面貌，因此也是后来编辑出版的众多《王贵与李香香》版本中，所依据的最早及最可靠的"第一手"资料及其作品文本。同时，也正是由于《解放日报》等报刊史料保存了《王贵与李香香》的初刊本，让我们能够从中发现，2000 年 7 月由人民文学出版社编辑的"百年百种优秀中国文学图书"中，所收录的《王贵与李香香》作品文本，既非 1949 年 8 月之前编辑出版的那些翻印或重印本，又非 20 世纪 50 年代以后，人民文学出版社及作家出版社出版的，以及作者生前的历次修订本，而是基本采用和依据这部作品的初刊本，以及"中国人民文艺丛书"初版本出版的一个单行本。由此可见，报刊类型的文艺史料及其保存的作家初刊本，在考察一部作品的版本源流关系上，也具有中国现当代文学研究中辨别其"定本"或"善本"等文艺文献史料价值。

二　延安文艺文献资料及其辑佚考证的重要资源

由于中国现代文学及其延安文艺的大部分文献资料，作为学术研究的直接或"第一手资料"，几乎来自当时公开出版或内部印行的各种报刊，所以，无论是作家全集或别集的编辑，还是散佚作品文章的钩沉发现及考证辨伪等，都必须首先从当时的报刊上搜寻资料。其中，不仅包括延安文艺运动及其文艺思潮、文艺论争等方面的文艺文献史料，也包括许多作家的传记及文艺批评方面的研究资料。而且，从作家作品的编辑整理及其作品版本校勘等角度来看，因为后来编辑成册的单行本及其作品文本一般由作家本人或出版机构等提供，并且由于政治环境及历史背景的改变等原因，而和报刊上发表的初刊本存在不同程度的修改或内容章节等方面的变化。于是，延安文艺报刊除了为相关文艺文献及其辑佚考订等方面的史料学研究保存了丰富可靠的原始证据及文献资料之外，作为延安文艺研究的重要资源，通过文艺史料学的研究及检索利用，超越简单化的研究思路及其狭隘的学术观念，对推动学科的进步及研究视野的拓展等能够发挥积极的作用。

例如，1940 年 1 月 9 日，毛泽东在陕甘宁边区文化协会第一次代表大会上所做的著名演讲《新民主主义的政治与新民主主义的文化》，稍后经过整理，仍采用同一标题，公开发表在同年 2 月 15 日延安出版的《中国文化》创刊号上。仅过了五天后的 2 月 20 日，这篇演讲稿才第一次以"新民主主义论"为题，重新发表在延安出版的《解放》杂志第 98—99 期合刊中。由此之后，仅在 1940 年 3 月到当年年底的不到十个月内，这部《新民主主义论》的单行本，就先后有延安解放社、新华日报社华北分馆、新华书店、晋察冀新华书店、华北新华书店、晋西北新华书店、太岳文化出版社、抗敌报社、前线报社近三十余种版本问世。据大致的统计表明：直到 1949 年年底前后，由各家出版社或出版机构编辑出版的《新民主主义论》单行本，总共 180 余种。由此即可略见其流传之广，影响之大。

不过，毛泽东的这篇著名理论著作，不仅同样经过了多次的修改及文本上的变化，而且通过这些修改也反映了毛泽东新民主主义理论的调整及其完善。并且，正是延安时期的报刊类史料，为考察及研究《新民主主义论》的内容修改及文本变化，提供了真实可靠的资料。所以，有研究者通过对原刊于《中国文化》的《新民主主义的政治与新民主主义的文化》一文，以及《解放》刊物上的《新民主主义论》初刊本对校后，就发现有多处形式方面的修改及主题思想上的调整。进而以《新民主主义论》初刊本和不同时期编辑出版的《新民主主义论》进行比较分析后，不仅得出了这部著作先后经过"1944 年 1 月、1946 年、1950 年"三次较大的文本修改等研究结论，同时指出"在运用《新民主主义论》为史料研究新民主主义理论提出时期毛泽东和共产党人的思想时，应把《毛选》本和以前各版本的《新民主主义论》结合起来分析，不能单以《毛选》本为准"等史料方面的观点及见解。①

同样，在延安文艺整风运动及其召开的延安文艺座谈会上，由毛泽东分别发表的"引言"和"结论"讲演稿，经过当时担任毛泽东秘书的胡乔木整理后，于 1943 年 10 月 19 日，在延安的《解放日报》上正式发表。这部对于当时的延安文艺运动及当代中国文艺产生了深远影响的历史文献，随即也涌现出多种《在延安文艺座谈会上的讲话》单行本。从 1943 年 10 月的解放日报社版，到 1949 年 7 月的上海新华书店版，除了以《毛泽东同志在延安文艺座谈会上的讲话》或《在延安文艺座谈会上的讲话》书名，由新华书店及各分店、东北书店及各分店等出版机构编辑出版了五十余个版本之外，在"国统区"及海外，还采用《毛泽东论文艺政策》《文艺政策》《论文艺问题》及《现阶段中国文艺的方向》等标题，编辑出版了十余个版本。

因此，作为马克思主义文艺理论"中国化"的经典文本，毛泽东《在延安文艺座谈会上的讲话》及其版本研究，也是延安文艺史料研究中的一个重要话题。而正是《解放日报》保存了《在延安文艺座谈会上的讲话》初刊本，为考订辑佚及不同时期的版本校勘，提供了真实可靠的历史文献资料。所以有学者

---

① 方敏：《毛泽东对〈新民主主义论〉的修改》，《中共党史研究》2006 年第 6 期。

以初刊本为据，经过文本校勘及版本研究，认为以初刊本和 1953 年 5 月《毛泽东选集》第三卷收录的《在延安文艺座谈会上的讲话》相比较，是一次在初刊本"基础上的全面修改，共修改了 670 余处"。指出其中的"主要修改内容：一是删去所有关于'特务'问题的文字。二是关于一些重要观点或概念的修改"，"第三个方面的修改是增加引文或对引文做重新考订。这主要涉及列宁和鲁迅的文章。第四，也即更多的修改，是行文中不详处的补充或冗赘的删除，以及文字上的润色或语言上的规范化"等，① 从而为延安文艺文献史料的鉴别及版本校勘等，提供了真实可靠的"原始"性及其"第一手"资料。

三　"党的文艺"政策与理论方法的形成演变

不言而喻，作为凝聚并集结着现代知识及传播方式的现代报刊，不仅深刻地影响着现代中国文学及其延安文艺的生产和接受机制，同时，还是表达各种文艺理论观念，以及开展文艺思想斗争或文艺批判的舆论平台及社会空间。因此，延安文艺报刊编辑出版的"党性"及其在"文化战线"中的位置与作用，又为延安文艺文献史料的搜集整理与研究，保存并提供了真实可靠的"党的文艺工作"及其文艺政策，以及有关马克思主义文艺理论方法的形成演变或"中国化"等方面的文献资料，从而为搜集整理和挖掘散佚的延安文艺及其思想理论方面的历史文献和研究资料，考察梳理马克思主义文艺理论及其方法的"中国化"与历史演变轨迹，奠定了扎实可靠的文献史料基础。

例如，从《红色中华》和《解放日报》1938 年年初到 1945 年年初发表的文艺理论及其批评的主要文章，就能够清楚地发现抗战时期党对于文艺的领导以及党的文艺方针政策建设，尤其是毛泽东文艺思想的发展及确立，以及为"工农兵"服务新方向的历史进程。

其中，1937 年 1 月 29 日改名出版的《新中华报》，前身为创办于江西瑞金，追随中共中央及红军长征队伍并于 1935 年 11 月 25 日在"陕北苏区"复

---

① 金宏宇：《〈在延安文艺座谈会上的讲话〉的六个版本》，《新文学的版本批评》，武汉大学出版社 2007 年版，第 307—309 页。

刊的《红色中华》报。作为中共中央及陕甘宁边区政府机关报的《新中华报》，所代表并反映的是中共中央的路线、方针和政策，以及对于边区根据地政治、经济、军事、文化，以及人民生活等方面情况的报道。1937年9月陕甘宁边区政府成立后，《新中华报》也多次改版，并将原来的5日刊改为3日刊，以适应政治军事及文化方面的需要，直至1941年5月15日停刊，和新华社的《今日新闻》重组为《解放日报》。因此，考察延安时期这两份不同历史阶段的党报，从其保存的一些代表性文献资料出发，分析其"党的文艺工作"及其理论政策的历史轨迹，也有利于把握并认识报刊类型的文艺文献史料价值及历史特征。

首先值得注意的，就是在此之前的《红色中华》上所刊载的多篇有关"陕北苏区文艺"运动的报道，以及在1936年11月30日出版的《红中副刊》第1期上关于"中国文艺协会"成立，以及毛泽东等中共领导人在成立大会上的演讲摘要等文献资料。事实上，在中国文艺协会成立大会上，除了由著名"苏区戏剧"作家李伯钊主持并简要报告了协会成立的意义，丁玲报告了协会筹备的经过之外，参加大会的毛泽东、张闻天（洛甫）、博古和林伯渠等中共中央领导都先后发表了演讲。但是，当时公开发表并保存下的仅有毛泽东等党政领导人的"讲演略词"。正是因为有了这样的文献资料，才使研究者从中了解并发现了中国共产党早期对于文艺运动及其任务、发展方向的基本指导方针及思想。如在"毛主席的讲演略词"的大标题下，编者归纳出"我们要抗日就要停止内战，要停止内战就要文武都来"的中心意旨，然后引用了毛泽东的一段演讲原文，强调"今天这个中国文艺协会的成立，这是近十年来苏维埃运动的创举，过去我们是有很多同志爱好文艺，但我们没有组织起来，没有专门计划的研究，进行工农大众的文艺创作，就是说过去我们都干武的。现在我们不但要武的，我们也要文的了，我们要文武双全"，并提出"发扬苏维埃的工农大众文艺，发扬民族革命战争的抗日文艺，这是你们伟大的光荣任务"等。同样，在所刊载的《洛甫同志讲演略词》和《博古主席讲演略词》的标题下，也分别增加了"以文艺的方法具体的表现去影响推动全国人民促成巩固的统一战线"，以及"使苏区的文艺协会成为民族革命战争中战斗力量"等编者按语，① 集中反映了中国共产党及其领导人对于文艺运动"组织起来"及其理论方针的形成和自觉。

因此，在1938年1月到停刊前后的《新中华报》上，围绕新民主主义文化实践及其延安文艺发展中的焦点问题，就相继刊载了多篇关于延安文艺运动及其文艺理论批评方面的文章，如林山、雪韦、沙可夫、柯仲平等人的《关于诗的朗诵问题》的一组笔谈文章，艾思奇的《谈谈边区的文化》，黄药眠的《我对于朗诵的意见》，徐懋庸的《民间艺术形式的采用》，胡考的《识字运动与"讲演文学"》，刘白羽的《关于旧形式的二三意见》，莎寒的《利用旧形式》，田烽的《谈谈报告文学的几个表现方法》等，以及柯仲平的《是鲁迅主义之发展的鲁迅艺术学院》和《谈"中国气派"》等，反映出延安时期文艺理论及其批评的早期状态与历史特点。

于是，在1941年5月创刊于延安的中共中央机关报《解放日报》上，不仅可以感受当时众多延安作家及理论批评家的精神状态及个性风格，如1941年欧阳山的《马列主义和文艺批评——文艺思想性和形象性漫谈之一》，周扬的《文学与生活漫谈》，罗烽的《漫谈批评》和丁玲的《我们需要杂文》等文章所反映出的平和与轻松，以及1942年"文艺整风"运动阶段的异常活跃等，同时，还能够清楚地看到党对文艺工作领导及政策方针的转变，如在1941年6月10日的《解放日报》头版上，以社论方式发表的《欢迎科学艺术人才》一文中，强调抗战以来，"只有延安不但在政治上而且在文化上作中流砥柱，成为全国文化的活跃的心脏"。声明，"建立新民主主义文化已成了全国进步文化工作者共同努力的目标，而只有在抗日民主根据地的边区，特别是延安，他们才瞧见了他们心灵自由大胆活动的最有利的场所"。并且，为科学家及作家们描绘出一个思想与风格自由发展的社会空间。强调"在延安，不拘一切客观条件的困难与限制，各种文化活动在蓬蓬勃勃地发展，科学和艺术受到应有的尊重。在抗日的共同原则下，思想的创作的自由获得了充分的保障。艺术的想象，与科学的设计都在这里发现了一个可在其中自由驰骋的世界"。当然，其中最应当关

---

① 参见《红色中华》1936年11月30日。

注的，就是从中反映出的党的知识分子及文艺政策方针上的重大变化，即"最近边区中央局所颁布的施政纲领中规定了提倡科学知识与文化运动，欢迎科学艺术人才，这无疑对今后新民主主义文化事业将有更大的推进，将会招致更多的科学人才来到边区，将更提高边区的以至全中国的科学艺术水准"等。① 并在 8 月 3 日的《解放日报》上，发表了《努力开展文艺运动》的社论，声明"延安是抗日民主根据地的中心，在这里，抗日人民都有民主自由，在这里，文艺界的活动是一直自由发展过来的。开展文艺运动，欢迎和优待文艺作家，是边区的施政纲领上规定的努力方向"，等等。② 充分反映出当时党对于新民主主义文化建设及文艺运动的领导及具体推进的政治规划和政策步骤。

所以，延安时期的报刊类型史料，就为研究 1942 年前后延安文艺整风运动，以及 1943 年 10 月 19 日毛泽东《在延安文艺座谈会上的讲话》在《解放日报》的公开发表前后，中国共产党对于文艺运动的领导及文艺理论批评方面的重大变化，提供并保存了真实可靠的"第一手"文献资料。从而不仅能够清楚地发现文艺整风运动带来的组织领导上的改变，如在毛泽东的《在延安文艺座谈会上的讲话》公开发表之前，《解放日报》首先发表了《实现文艺运动的新方向，中央召开党的文艺工作者会议，凯丰、陈云、刘少奇等同志讲话，指示到群众中去应有的认识》等通讯报道，然后又分别以"关于文艺工作者下乡的问题"，以及"关于党的文艺工作者的两个倾向问题"为标题，先后发表了凯丰和陈云在 1943 年 3 月 10 日召开的"党的文艺工作者会议"上的讲话稿，同时，还能够清楚地注意到整个延安文艺运动及其发展方向上的历史性转折，如《在延安文艺座谈会上的讲话》发表之后，除了在《解放日报》上可以看到中共中央宣传部公开发布的 1943 年 11 月 7 日做出的《关于执行党的文艺政策决定》文件等之外，还有更多的如"中共华中局"及"晋察冀边区文联"等，以及作家个人响应的"推行新文艺政策"，或"贯彻新文艺运动方向"及学习体会等报道。通过真实可靠的历史文献资料反映出延安文艺理论批评及党对文艺的领导，已经进入一个新的历史时期或"中国化"的发展阶段。

---

① 《欢迎科学艺术人才》，《解放日报》1941 年 6 月 10 日。
② 《努力开展文艺运动》，《解放日报》1941 年 8 月 3 日。

第五章 社团机构类型的延安文艺史料研究

在延安文艺运动及其创作活动中，延安文艺社团机构不仅是党对文艺工作进行政治思想及其组织领导的主要方式与重要途径，同时也是组织作家进行世界观"改造"，[①] 学习培养党的文艺工作者及其"文化军队"的体制进程之一。因为，早在1940年年初，毛泽东就明确指出了延安及新民主主义文化建设的阶级性本质及历史性特征，强调"'五四'以后，中国的新文化"及其政治实践，"只能受无产阶级的文化思想即共产主义思想去领导，任何别的阶级的文化思想都是不能领导了的"等。[②] 因此，作为新民主主义文化及其体制化建构的重要组成部分，延安文艺社团机构的建立及其发展演变，事实上自始至终都和党对于文艺工作的领导及其组织化进程紧紧地联系在一起。因此，延安时期文艺社团机构类型的文献资料，以及其保存并蕴含的文艺运动及其组织方式等研究史料，在延安文艺史料学研究上有重要且独到的价值。

第一节 延安文艺社团机构的建立及其领导机制的发展

延安文艺社团机构类别的文献资料，是延安文艺史料学研究及其来源分布中最值得重视，以及最能够反映出延安文艺文献史料的历史性特征及学科特点的一部分。因此，从延安文艺运动及其社团机构的历史文献资料出发，

---

① 毛泽东：《在延安文艺座谈会上的讲话》，解放社1950年第2版，第8页。
② 毛泽东：《新民主主义论》，新华日报华北分馆1940年版，第2—45页。

搜集并整理延安文艺社团史料，研究其作为延安文艺研究史料的直接性或"第一手"史料价值，可以说也是中国现当代文学及其延安文艺史料学学科及其研究领域和任务目的等方面不同于其他文艺史料学的关键之处。

一 "中国文艺协会"及其"组织起来"的开始

1936 年年底由毛泽东决定并提议名称为"中国文艺协会"的成立，也是中国共产党领导及其"组织"的文艺运动，由"苏区文艺"的军事化及其建制化模式，向延安文艺的组织化及其体制化模式转变的开始。在《红色中华》报、《解放》周刊等，以及《西北特区特写》和《苏区文艺资料》中，保存并汇集了有关中国文艺协会成立前后的历史文献及研究资料。由此可以看到，在延安文艺运动的发展历史上，1936 年 11 月 22 日在陕北保安县（今志丹县）成立的中国文艺协会，不仅是当时"陕北苏区"文艺运动史上，或者说延安文艺运动初期出现的第一个文艺社团机构，同时也是中国共产党在新民主主义政治及其制度体制之下，自觉地领导文艺工作及建立"党的文艺工作"体制化的开始。

事实上，中国文艺协会的酝酿及发起，自始至终就是在当时党的相关部门组织及其领导之下进行的。因此，尽管"想组织一个文艺俱乐部那样性质的团体，按时举行一二次座谈会或讨论会，聚集一些爱好文艺的人，大家研究或习作一些文艺作品"，是刚刚结束了南京牢狱生活，于 1936 年 10 月底来到陕北不久的著名"左翼"作家丁玲首先"在晚上的照例闲谈中提了出来"的一个"建议"，但是，中国文艺协会的正式筹组，则是丁玲在其"建议"获得了"赞成和同意的人很多"后，"开始同苏区最高领导者们如毛泽东、洛甫等谈起，他们也一致的加以赞成，教育部也完全同意"等情况下，"陕北苏区"教育部最终同意这个"群众性质的文艺团体"的成立，必须是"由文化委员会或教育部来领导，那是没有问题的"才真正启动的。[①] 从而也使丁玲最初的那个"文艺俱乐部那样性质的团体"演变为一个党的文艺领导机构。

---

① L. Insun（朱正明）:《陕北文艺运动的建立》，汪木兰等编:《苏区文艺运动资料》，上海文艺出版社 1985 年版，第 164 页。

所以，虽然筹组期间围绕团体的名称"众口纷纭"，并曾提出将这个文艺团体定名为"中国文艺工作者协会"，以强调并注重的是其能够发挥出"联络各地的文艺团体，各方面的作家以及一切对文艺有兴趣者，在抗日民族统一战线目标下，共同推动新的文艺工作，结成统一战线中新的战斗力量"等文艺作用及社会功能。[1] 但是，最后在"决定在第一次成立大会上当众采选"的多个名称中，"毛泽东提出了'中国文艺协会'这个名称，全体出席者都感到这名称非常适合，没有异议地当场通过了"。[2]

值得注意的，就是毛泽东、张闻天（洛甫）、博古等中共领导人，在中国文艺协会成立大会上所发表的演讲，特别是其中所反映出的当时党对文艺的领导要求，以及其被赋予的政治目标任务等。其中，毛泽东明确指出"中国苏维埃成立已很久，已做了许多伟大惊人的事业，但在文艺创作方面，我们干的很少"，并且"我们没有组织起来，没有专门计划的研究，进行工农大众的文艺创作"等。因此提出"过去我们都是干武的。现在我们不但要武的，我们也要文的了，我们要文武双全"。因为"我们要抗日，我们首先就要停止内战。怎样才能停止内战呢？我们要文武两方面都来，要从文的方面去说服那些不愿意停止内战者，从文的方面去宣传教育全国民众团结抗日。如果文的方面说服不了那些不愿停止内战者，那我们就要用武的去迫他停止内战"。所以，在当时为"促成停止内战，一致抗日的运动中，不管在不在文艺协会都有很重大的任务。发扬苏维埃的工农大众文艺，发扬民族革命战争的抗日文艺，这是你们伟大的光荣任务"等。[3] 在反思以往"苏区文艺"历史经验及其政治教训的基础上，要求党的文艺工作"组织起来"，成为其革命事业与"武装斗争"相配合的"文"的一翼。"文武双全"也由此成为其后毛泽东文艺思想中"文化战线"及其"文的军队"最初的理论表述。

在洛甫和博古的"讲演略词"中，也清晰地反映出"党的文艺工作"及

---

① 《文艺工作者协会缘起》，《红色中华》1936 年 11 月 23 日。

② L. Insun（朱正明）：《陕北文艺运动的建立》，汪木兰等编：《苏区文艺运动资料》，上海文艺出版社 1985 年版，第 167 页。

③ 毛泽东：《毛主席讲演略词》，《红色中华》1936 年 11 月 30 日。

其应承担的政治使命和社会要求。除了明确要求延安文艺运动及其创作，在当时"停止内战，一致抗日的抗日统一战线运动中"，能够"以文艺的方法，具体的表现，去影响推动全国的作家、文艺工作者及一切有文艺兴趣的人们，促成巩固统一战线，表现苏维埃，为抗日的核心，这是你们艰难伟大的任务"等之外，必须在担当起"提高苏区的大众的文化，发展工农大众的文艺"基础之上，"用文艺的创作，将千百万大众的苏维埃运动的斗争故事，传达到全中国全世界我们的同志，我们的朋友，以及一切人们中间去"。① 分别从不同角度及层面，提出了党对文艺的领导作用，以及"中国文艺协会"的成立对"苏区文艺"发展的意义。

于是，作为延安文艺运动初期党的文艺领导机构，以及抗战时期及新民主主义政治体制下，中国共产党直接领导的一个文艺联合会性质的团体组织，中国文艺协会成立之后，即将自己担负的使命及重大任务，分别确定为不仅仅是培养训练"苏区"的文艺工作者，收集整理红军和群众的斗争生活等方面的材料，以及创作工农大众的文艺作品，而且要能够在全国范围内联络团结各种派别的作家与文艺工作者，巩固抗日统一战线的力量，扩大无产阶级文学的思想领导等。因此，中国文艺协会除了公开征集会员，发展组织，成立分会，根据会员的兴趣爱好分别组织包括高尔基纪念活动、文艺理论批评、文艺创作等小组开展多次相关论题的研讨集会，以及主动建立与谋求和西安等地文艺团体组织的联系之外，也重视推进群众性的大众化写作及文艺创作水平的提高，征集"苏区一日"征文活动，以及延安及陕甘宁边区文艺作品的编辑出版等，从而使得"陕北苏区"及早期的延安文艺活动，进入一个全面发展的新时期。这为延安及陕甘宁边区的文艺发展，以及中国共产党及其军队"文的"队伍的建立，特别是"苏区文艺"向延安文艺的过渡及发展，都做出了积极的探索和贡献。

1937年11月在延安成立的陕甘宁边区文化界救亡协会，简称"边区文协"，是"陕甘宁特区"政府建立及其军队取得"合法"政治地位后，中国

共产党领导青年知识分子及延安作家，进行新民主主义文化实践，而建立的一个新的文化及文艺联合会领导机构。对此，当时 33 岁的著名记者赵超构，曾在他 1944 年夏随"中外记者西北参观团"访问延安后，于 7 月 30 日起在重庆、成都两地《新民报》上连载的《延安一月》中，以"一个新闻记者对边区的看法"及第三者的视角，[①] 谈到对这个延安文艺团体的观感及认识："边区文协，是边区文化协会的缩称，这是领导全盘文化的组织，至于文艺团体，则原先有一个文艺界抗敌协会，早已和文化协会合并工作了。所以我们可以说文协是以文艺工作为主的文化界组织。"并且指出不仅"边区文协还是抗战以前成立的，那时从上海到延安文化人甚多，大家要求工作，而延安当局也感到有指导这批文化人的必要，便正式成立了这个团体"，而且"文协的宗旨，据说有两点：一、反法西斯，二、团结全国文人。在文协领导之下的，还有 40 来个文化团体，其名称不能悉举"。[②]

所以，在"边区文协"组织之下，分别管辖及领导的有多个文化组织及文艺团体，如艾思奇领导的陕甘宁边区文艺界抗敌联合会，沙可夫领导的中华戏剧界抗敌协会，冼星海、吕骥领导的陕甘宁边区音乐界救亡协会，江丰领导的陕甘宁边区美术工作者协会等分支机构，从而能够从领导体制上整合整个边区的专业及业余文艺团体组织，充分发挥党对文艺工作的领导作用。同时，先后组织派遣了多个由毛泽东定名的"抗战文艺工作团"。它们分别奔赴并活跃于当时以延安为中心的晋西北、晋察冀、晋冀鲁豫等抗日根据地，以建立战地文艺通信网络，编写战地通讯报告，培训抗战文艺骨干，组织根据地文艺宣传活动，以及搜集整理各地民间文艺材料等，使边区文艺工作者们通过种种切实的"文章入伍，文章下乡"实践，不仅思想及作风等方面得到了真正的磨炼和提高，同时，也使他们的文艺创作及其审美趣味，开始和"工农兵"大众有了初步的接近及融通。此外，还有从"边区文协"成立后即先后组织的诗歌朗诵运动、街头诗运动和群众歌咏、讲演、曲艺，以及地方戏曲改革等文艺活动。

---

① 赵超构：《延安一月·写完了〈延安一月〉》，南京新民报社 1944 年版，第 249 页。
② 赵超构：《延安一月·边区文协》，南京新民报社 1944 年版，第 118 页。

1940 年年初，毛泽东的《新民主主义的政治与新民主主义的文化》，即著名的《新民主主义论》，正是在"边区文协"第一次代表大会上公开发表的。除此之外，张闻天发表的《抗战以来中华民族的新文化运动与今后任务》，以及艾思奇发表的《抗战中的陕甘宁边区文化运动》等演讲报告，分别从理论及方法等方面，对中国共产党及新民主主义的政治、经济与文化实践，以及新民主主义文化的性质、任务及其目标，进行了系统的阐释和具体的部署，从而展示出以延安为中心的新民主主义文化建设，已经进入一个新的发展阶段。

于是，在此前后，中国共产党分别制定并发布了一系列的文化及文艺政策方针，加强并完善党对新民主主义文化及延安文艺运动的领导，从而也使延安文艺运动及其社团机构的发展进入一个新的繁荣时期。例如：1940 年前后，中共中央先于 1939 年年底发布了毛泽东起草的党内文件《关于大量吸收知识分子的决定》，要求各级党组织尊重知识分子及文学艺术作家，鼓励他们自由地发挥自己的专长及艺术创造的才华。① 1940 年 9—10 月，中共中央宣传部及中央"文委"等又分别发布了《中央关于发展文化运动的指示》，② 以及《关于各抗日根据地文化人与文化人团体的指示》等，加强党对知识分子及作家、艺术家的领导及其组织活动等。③ 1941 年 6 月 10 日，延安《解放日报》发表社论《欢迎科学艺术人才》，声明"延安不但在政治上而且在文化上做中流砥柱，成为全国文化的活跃的心脏"等。④ 因此，当时不仅涌现出许多的文艺刊物，如《文艺突击》《前线画报》《山脉文学》《谷雨》《诗刊》《部队文艺》《民族音乐》等，而且成立了很多的文艺社团。据相关统计，仅在延安及陕甘宁边区，就有十八个之多，而在各机关、学校等还有许多自发组织起来

---

① 《总政治部关于大量吸收知识分子和培养新干部问题的训令》、《大量吸收知识分子》，中共中央文献研究室、中央档案馆编：《建党以来重要文献选编（1921—1949）》（16），中央文献出版社 2011 年版，第 403、762 页。

② 《中共中央关于发展文化运动的指示》，中共中央文献研究室、中央档案馆编：《建党以来重要文献选编（1921—1949）》（17），中央文献出版社 2011 年版，第 526—527 页。

③ 《中央宣传部、中央文化工作委员会关于各抗日根据地文化人与文化人团体的指示》，《共产党人》1940 年第 12 期。

④ 《欢迎科学艺术人才》，《解放日报》1941 年 6 月 10 日。

的文艺社团及文艺组织，如鲁艺评剧团、延安杂技团、延安合唱团、西北文艺工作团等。

1942 年延安文艺整风运动以后，毛泽东文艺思想及其"工农兵文艺"方向的确立，以及党的文艺方针政策及路线的成熟与作家思想及世界观的改造等，也使延安文艺运动及其文艺社团机构的发展进入一个新的历史阶段。所以，1942 年 3 月初，延安成立了边区政府文化工作委员会，开始对文化及文艺社团进行统一的行政管理。而在此前后活跃的文艺社团，也在学习毛泽东"讲话"精神的同时，全身心地投入为工农兵服务的文艺创作活动，以及作家、艺术家思想感情的"工农兵化"世界观改造运动中。包括作为"边区文化运动的总的领导机关"的"边区文协"，其工作重心与影响力也在逐渐隐没而消失。其他近五十个文艺社团，大都停止了社团活动，从而使党对文艺工作及其社团机构的领导及组织管理，纳入了延安文艺运动及作家的体制化进程。如有研究者所认为的那样：延安文艺运动及其创作活动"真正实现了文学与社会、作家与读者的相互改造功能。文学远离市场，而走入社会民间；文学团体、文学刊物被文化体制统管起来，作家不再担心生活，文学刊物不再担心市场竞争，文学作品不再担心出版与发行，至此，现代文学制度日趋单纯与完善，文学创作完全成了文学制度的产物"。①

二　"党的文艺工作"及其社团组织的领导

在 20 世纪 40 年代的延安文艺运动中，中国共产党对于文艺团体机构的政治领导及其组织上的管理，不仅从抗战开始后就高度重视，并相继做出了一系列的具体指示和落实的措施，逐步推进强化党对文艺工作的领导及其领导方式的体制化进程，同时根据延安文艺社团的综合性、专业性和文艺教育等方面特点，以及其不同的文化性质与活动范围等，不断调整完善相应的管理方式或方针政策。

例如：1939 年 5 月，中共中央书记处在《关于宣传教育工作的指示》

---

① 王本朝：《中国现代文学制度研究》，西南师范大学出版社 2002 年版，第 39 页。

中，明确提出新民主主义文化实践及延安文艺运动中，对于文艺团体领导组织的重要性。因此要求党的宣传等政治领导部门机构，必须"估计到中国文化运动（文艺运动在内）在革命中的重要性，各级宣传部必须经常注意对于文化运动的领导，积极参加各方面的文化运动，争取对于各种文化团体与机关的影响，特别对于各种文化工作团，在必要时，可吸收一部分文化工作的同志，在区党委、省委以上的宣传部下组织文化工作委员会"等。并且明确要求"各级党部的费用应大大增加宣传费的比例"，"军队中政治部内宣传部的工作，基本适用这一指示"等。①

同样，在中共中央 1940 年 9 月 10 日发布的《关于发展文化运动的指示》中，强调"国民党区域的文化运动"，"在目前有头等重要性，因为他不但是当前抗战的武器，而且是在思想上干部上准备未来变化与推动未来变化的武器"等，因此"应把对文化运动的推动、发展及其策略与方式等问题经常放在自己的日程上"，同时强调，"关于各根据地上的文化运动。在这里，我们有全部权力来推行全部文化运动。我各地党部与军队政治部应对全部宣传事业、教育事业与出版事业作有组织的计划与推行，用以普及与提高党内外干部的理论水平及政治水平，普及与提高抗日军队抗日人民的理论政治及文化水平高于与广于全国各地。各根据地上的文化教育工作，不论是消灭文盲工作，学校教育工作，报纸刊物工作，文学艺术工作，除党校与党报外，均应与一切不反共的资产阶级知识分子及小资产阶级知识分子联合去做，而不应由共产党员包办。要注意收集一切不反共的知识分子与半知识分子，使他们参加在我们领导下的广大的革命文化战线。应反对在文化领域中的无原则的门户之见。每一较大的根据地上应开办一个完全的印刷厂，已有印厂的要力求完善与扩充。要把一个印厂的建设看得比建设一万几万军队还重要。要注意组织报纸刊物书籍的发行工作，要有专门的运输机关与运输掩护部队，要

---

① 《中共中央书记处关于宣传教育工作的指示》，中共中央文献研究室、中央档案馆编：《建党以来重要文献选编（1921—1949）》（16），中央文献出版社 2011 年版，第 306—307 页。

把运输文化食粮看得比运输被服弹药还重要"。^① 这充分反映出中国共产党当时对文艺领导工作重要性的认识。

因此，在延安文艺整风运动之前党对文艺工作的领导实践中，我们可以看到的是，1940 年 10 月 10 日，中央宣传部和中央文化工作委员会，曾在一天内发出两个指示，即《关于充实和健全各级宣传部门的组织及工作的决定》和《关于各抗日根据地文化人与文化人团体的指示》，旨在推动延安文艺运动及其创作活动的发展，特别是党对文艺工作领导水平的提高。中宣部首先明确了党的宣传部门及"党的宣传工作"应担负的领导职能和责任范围，包括"指导和推进文化活动（指文化、文艺与学术上的活动）"，以及"影响和指导非党的文化、教育、宣传、鼓动等机关或组织"等。^② 因此，针对当时党对文艺工作及文艺社团领导中存在的具体问题，中宣部及中央"文委"强调："为了发展各抗日根据地的文化运动，正确地处理文化人与文化人团体的问题，实为当前的重要关键。"不仅要求"重视文化，纠正党内一部分同志轻视、厌恶、猜疑文化人的落后心理"，以及"党的领导机关，除一般的给予他们写作上的任务与方向外，力求避免对于他们写作上人工的限制与干涉"等。而且具体指示各级领导部门，应当允许"各种不同类的文化人（如小说家、戏剧家、音乐家、哲学家等），可以组织各种不同类的文化团体，如文学研究会、戏剧协会、音乐协会、新哲学研究会等。这些团体亦可联合起来，成立文化界救亡协会之类的联合团体。但应该估计到这些团体同其他民众团体的不同性质，而定出它们的特殊任务。这些团体的任务，一般是：介绍、研究、出版、推广各种文化作品；吸收与培养各方面的文化人才；指导大众的各方面文化运动；联络文化人间的感情与保护他们切身的利益；组织文化人向各地报章杂志的写稿；介绍并递寄他们的作品与译著到全国性大书局出版；向外面的及大后方的文化团体进行经常性的联络。纠正有些地方把文化团体同

---

① 《中共中央关于发展文化运动的指示》，中共中央文献研究室、中央档案馆编：《建党以来重要文献选编（1921—1949）》（17），中央文献出版社 2011 年版，第 526—527 页。
② 《中央宣传部关于充实和健全各级宣传部门的组织及工作的决定》，《共产党人》1940 年第 2 卷第 12 期。

其他群众团体一样看待及要他们担任一般群众工作的不适当的现象"。并且因此规定，不仅"上述各种文化团体，一般的只吸收文化人及一部分爱好文化的知识分子。……他们也不必在各地建立自上而下的、系统的、普遍的组织。只有在文化人比较集中的中心地区，可以建立它们个别的分会"。同时，"各文化团体应该努力指导各学校、各机关、各部队、各民众团体的文化活动，帮助他们组织各种群众的文化小团体，如秧歌队、剧团、文学小组之类，并供给他们以指导者与研究材料，必要时可召集他们开一定的代表会或座谈会。但在组织系统上，这些群众的文化小团体不属于各文化团体，而仍属于各学校、各机关、各部队、各民众团体的文化教育宣传部门"等。甚至指示各级宣传部门，除了要"挑选对文化工作有兴趣的青年知识分子开办各种文化工作干部的学习或训练班，以培养新的文化工作干部"之外，还要"从有相当威信与地位的共产党员文化人或非党的文化干部中，培养一小部分在文化运动中能够担任组织工作的干部。他们自己虽是文化人，但他们的活动，应偏重于组织工作，而不是写作。没有这些文化组织工作者，文化人内部的很好团结，文化人及文化团体的效能的充分发挥是很困难的。现在各地文化运动中特别缺乏这类干部"。[①]

其中，"部队文艺"及其文艺团体的领导工作，也是党的文艺领导工作中的重要内容。因此，1941年1月18日，总政治部、中央文委在《关于部队文艺工作的指示》中，也明确规定："部队文艺工作，是指部队中的戏剧、音乐、美术、文学等活动而言。"并且，针对"部队文艺工作"中存在的各方面问题，要求"部队的政治机关，应领导和扶持部队文艺工作者在地方社会团体的活动（如按文艺性质而区分的音协、美协、剧协、文协等）。以便在社会活动中提高他们的工作地位，锻炼他们的组织活动能力，培养他们中有能力的优秀分子，有威望的分子，作为团结他们的中坚，而帮助推动广泛的群众

---

① 《中央宣传部、中央文化工作委员会关于各抗日根据地文化人与文化人团体的指示》，《共产党人》1940年第2卷第12期。

性的地方文艺运动"等，① 从而使中国共产党及其对于文艺工作的领导构成了一种全方位的或整体性的组织架构和制度化态势。

1942 年前后，随着抗战局势的发展，特别是国共政治斗争及其意识形态冲突的加剧，"文化战线"及"文的军队"在中国革命及其文化领域中的重要作用，愈加成为党对文艺运动及其社团组织领导中关注的核心问题。因此，1941 年 6 月 20 日，在中共中央宣传部发布的党内文件《关于党的宣传鼓动工作提纲》中，具体详细地提出了党的宣传及其文艺领导工作中，不仅要明确"宣传鼓动是思想意识方面的活动，举凡一切理论、主张、教育、文化、文艺等均属于宣传鼓动活动的范围"等自觉的政治意识，而且特别强调党的"文化运动"，事实上就是"党的对外宣传工作的一个有力的武器。党应当经过文化运动来宣传革命的思想，科学社会主义的思想。党应当从各方面领导和组织文化运动，帮助文化运动的发展，在大后方、在敌占区、在根据地内都应当依照各种不同的情况发展文化运动"。于是，具体要求不仅"凡关于国民教育、党内教育、文化工作、群众鼓动、对敌伪宣传、出版发行、通讯广播等工作均应受宣传部的直接领导"，而且"全党的宣传鼓动工作必须统一在中央总的宣传政策领导之下。如果各自为政的不履行中央统一的宣传政策的方针，这是非常危险的，只有在中央统一的宣传政策之下，才能在现代的宣传战中，战胜我们的敌人"，② 从而显示出党对宣传工作及文艺运动社团组织的领导，随着政治军事斗争及意识形态的冲突，也在不断地调整及强化完善之中。

例如：1941 年 8 月，延安《解放日报》为"延安文抗分会"会员大会的召开，发表《努力开展文艺运动》的社论，认为："这一个大会，对于延安以至于边区各地文艺工作的推动和开展，对于边区和全国文艺界的联络和团结，一定会有不少的贡献。"指出"延安文抗分会"成立以来，"就延安以及边区

---

① 《总政治部、中央文委关于部队文艺工作的指示》，中共中央宣传部办公厅、中央档案馆编研部编：《中国共产党宣传工作文献选编》，学习出版社 1996 年版，第 205 页。

② 《中共中央宣传部关于党的宣传鼓动工作提纲》，中共中央文献研究室、中央档案馆编：《建党以来重要文献选编（1921—1949）》（18），中央文献出版社 2011 年版，第 422—433 页。

来说，曾团结许多文艺作家以及爱好文艺的青年，曾产生了许多新的作品，曾组织了许多群众的文艺活动，如文艺小组之类，曾出版了文艺刊物如《文艺突击》、《大众文艺》、《中国文艺》等；就延安以及边区以外来说，曾向华北敌后抗日根据地派出了五次文艺工作团，曾帮助前方开展了文艺工作，曾对大后方的报纸及杂志供给了许多描写敌后抗日根据地的作品，曾编辑了自己的文艺刊物——《文艺战线》在大后方出版，这些工作，配合着全国各地文艺界的活动，对于抗战以来的全国文艺运动的发展，无疑地起了相当推动的作用"。声称："延安是抗日民主根据地的中心，在这里，抗日人民都有民主自由；在这里，文艺界的活动是一直自由发展过来的。开展文艺运动，欢迎和优待文艺作家，是边区的施政纲领上规定的努力方向。从延安的政治地位来说，从这里所团结着的文艺家以及文艺青年的数量和质量上来说，文艺运动在这里都应该更进一步的开展起来，当着国际国内是处在这样一个严重的时候，当着全国许多地方文艺运动受到打击的时候，延安的文艺界的任务，是更重大的。"①

所以，1942 年 5 月以后，随着延安文艺整风运动的开展及延安文艺座谈会的召开，尤其是毛泽东《在延安文艺座谈会上的讲话》公开发表前后及"工农兵文艺"方向的确立，也使中国共产党对于文艺运动及其社团机构的领导，进入了一个新的历史时期与制度化或体制化的新阶段。1943 年 11 月 7日，在中共中央宣传部公开发表的《关于执行党的文艺政策的决定》中，也因此首先明确强调并指出："十月十九日《解放日报》发表的毛泽东同志《在延安文艺座谈会上的讲话》，规定了党对于现阶段中国文艺运动的基本方针。全党都应该研究这个文件，以便对于文艺的理论与实际问题获得一致的正确的认识，纠正过去各种错误的认识。全党的文艺工作者都应该研究和实行这个文件的指示，克服过去思想中工作中存在的各种偏向，以便把党的方针贯彻到一切文艺部门中去，使文艺更好地服务于民族与人民的解放事业，并使文艺

---

① 《努力开展文艺运动》，《解放日报》1941 年 8 月 3 日。

事业本身得到更好的发展。"① 从而清楚地反映出了党对文艺工作的绝对领导，以及其社团机构作为"党的文艺工作"整体及其组成部分的体制性历史特征。

三　"文化的军队"及其社团机构领导的体制化

延安文艺整风运动，不仅是 1941 年 5 月至 1945 年 4 月之间，中国共产党在以延安为中心的全党范围内所组织开展的整风运动的一个重要组成部分，同时也是延安文艺运动及其文艺工作者所经历的一次深远广泛的思想整风及政治运动。通过延安文艺整风运动，党的文艺政策及毛泽东的文艺思想也成为延安文艺运动及其文艺团体组织的指导方针和行动纲领。一切被认为是非无产阶级的文艺观点与创作倾向，都受到严厉的政治批判及艺术上的清理。文艺为政治服务和"工农兵文艺"方向的确立，以及其"新的人民的文艺"等审美追求，使当时的延安文艺运动及后来的当代中国文艺发展进入一个新的历史时期。

1941 年 5 月，毛泽东在延安高级干部会议上的报告《改造我们的学习》，被认为是延安整风运动开始的标志。由此，整风运动所强调的反对主观主义、宗派主义和党八股，整顿"学风""党风"和"文风"等"三风"，以及"惩前毖后，治病救人"等教育和斗争的方针政策，也成为激发和引导延安文艺工作者积极投身并热情参与整风运动的一个重要因素。当时的延安文艺界及许多延安作家，深受毛泽东的整顿"三风"等政治或教育思想的感召，以及整风运动将要达到的一切从实际出发、理论联系实际、实事求是等目的的激励，立足于自身的主体思考及现实生活感知，对包括党内或政治上的官僚主义、教条主义及边区生活中的诸多不合理现象，用手中的文字及创作的各类作品进行了敏锐的反映与公开的批判，甚至出现了短时期内的延安文艺运动新潮。其中，1942 年年初，在延安《解放日报》上发表丁玲的《"三八节"有感》，罗烽的《还是杂文时代》，艾青的《了解作家，尊重作家》，萧军的《论同志之"爱"与"耐"》，以及王实味的《野百合花》和在《谷雨》刊物

---

① 《中共中央宣传部关于执行党的文艺政策的决定》，中共中央文献研究室、中央档案馆编：《建党以来重要文献选编（1921—1949）》（20），中央文献出版社 2011 年版，第 632 页。

上发表的《政治家·艺术家》等杂文，因为尖锐地反映或"暴露"了延安政治生活中的"黑暗"及人际关系的复杂性，所以在当时以延安为中心的各边区及"国统区"都引起了强烈的社会反响和政治影响。除此之外，还有在当时延安美术协会举办的讽刺画展上，所展出的华君武、张谔、蔡若虹等艺术家的《请批了再走》《科长会客》《两种衣服的吵架》《老李，还你一根葱》《一个科长就嫁了么》《教条主义的传播者》《调查研究的全副武装》和《批评摇摆而来》等讽刺漫画，甚至在中央青委一批青年作者和中央研究院分别编辑的《轻骑兵》和《矢与的》墙报上，也刊载了陈企霞的《丘比特之箭》，萧平的《龙生龙，凤生凤》和王实味的《零感两则》等杂文，都对延安社会及政治生活中的一些负面现象进行了集中的揭示和批判。不过，虽然这些延安文艺工作者的创作及其参加整风运动的动机，都是希望通过自己的作品批评和揭露延安残存的落后倾向及新社会滋生的腐败现象，使延安社会及其政治生活走向更加光明的未来，但是，由于他们并未意识到自己所处的社会及政治环境已经发生了根本的转变，甚至并不清楚他们的批评及言论所针对的究竟是什么问题或政治对象，因此，整风运动开始后延安文艺界出现及暴露出的这些问题与思想动向，很快引起了毛泽东及一些军队领导人的警觉和注意，也使毛泽东认为延安文艺界的"思想斗争有了目标"。[①] 因此，也使正在进行中的延安整风运动中，开展对文艺界的整风运动及思想斗争成为其中的一个重要部分。

1942 年 5 月 2 日，召开了由毛泽东亲自主持及百余名延安文艺工作者参加的延安文艺座谈会。会议先后举行了三次，至 5 月 23 日正式结束。毛泽东、朱德、博古、康生、陈云、任弼时、邓发、凯丰、王稼祥等中共中央领导人，以及陕甘宁边区政府领导人林伯渠、谢觉哉和贺龙、彭真、徐特立、陈伯达、胡乔木等参加了会议。毛泽东先后在 5 月 2 日和 23 日的座谈会上，分别就文艺整风问题发表了"引言"和"结论"的两次讲话。事实上，在延安文艺座谈会开始之际，毛泽东就在"引言"中对党的文艺及

---

① 李维汉：《回忆与研究》（下），中共党史出版社 1986 年版，第 483 页。

其创作准则提出了明确的政治导向和基本的要求规范，即党的文艺及其延安文艺工作者，作为中国共产党所领导的"文化的军队"中的重要组成部分，同样是担负着"团结自己、战胜敌人必不可少的一支军队"。因此，延安文艺工作者无法回避及必须回答的首要问题，就是"文艺工作者的立场问题，态度问题，工作对象问题和学习问题"等。于是，延安文艺界及文艺工作者必须解决的根本性问题，以及应当严格遵循和回答的标准答案，就包括有：一是"要站在党的立场，站在党性和党的政策的立场"；二是"歌颂呢，还是暴露呢"的创作态度；三是以"工农兵及其干部"为文艺工作对象；四是要"学习马克思列宁主义和学习社会"。所以，毛泽东在文艺座谈会的"结论"部分演讲，实际上就是针对以上问题进行的系统性阐述。从而不仅得出了文艺为政治服务、文艺批评的标准、文艺与群众的关系、普及与提高和文艺遗产的批判继承等问题的结论，而且从党的文艺政策及理论角度，对现代文艺美学中的"人性论"及文艺的独立价值等观念，进行了严厉的批判及理论上的论述。并且根据党的文艺方针政策要求及延安文艺界存在的问题，除了强调"文艺界需要有一个严肃的整风运动"，以"展开一个无产阶级对非无产阶级的思想斗争"外，还警告甚至棒喝延安文艺界那些坚持资产阶级及小资产阶级文艺立场与创作观念的作家："你们那一套是不行的，无产阶级是不能迁就你们的，依了你们，实际就是依了大地主大资产阶级，就有亡党亡国的危险。"[1] 1943 年 10 月 19 日，延安的《解放日报》公开发表了毛泽东的《在延安文艺座谈会上的讲话》。作为党的文艺方针政策及理论基础，毛泽东的这篇《在延安文艺座谈会上的讲话》，既是延安文艺整风运动的产物，更是指导文艺整风的纲领性文献，并因此将延安文艺整风运动推向了全面展开的新阶段。

在此前后，陕甘宁边区的文艺运动及其文艺团体活动，包括党对文艺工作及其社团组织的领导，也形成并进入制度性及体制化的一个新的历史阶段。1941 年 5 月初，陕甘宁边区政府在其所颁布的《陕甘宁边区施政纲领》中，

---

[1]　毛泽东：《在延安文艺座谈会上的讲话》，《解放日报》1943 年 10 月 19 日。

不仅明确规定："保证一切抗日人民（地主、资本家、农民、工人等）的人权，政权，财权及言论、出版、集会、结社、信仰、居住、迁徙之自由权"等，同时强调"奖励自由研究，尊重知识分子，提倡科学知识与文艺运动，欢迎科学人才"等。① 所以，在 1942 年 2 月 9 日的陕甘宁边区政府第十一次政务会议上，决定成立由林伯渠、吴玉章、徐特立、丁玲、萧军、艾思奇、周扬、吕骥、江丰等二十七人组成，吴玉章为主任，罗烽为秘书长的陕甘宁边区政府文化工作委员会，以"统一文化团体的管理"。② 为此，1942 年 3 月 25 日的《解放日报》上专门发表了《把文化推进一步》的社论，对陕甘宁边区政府文化工作委员会的成立，表达出殷切的祝愿并提出了多方面的期待。希望陕甘宁边区政府文化工作委员会在领导工作方面，不仅"必须掌握着新民主主义文化运动的方针，来领导边区的文化工作，具体地说，就是要努力从事实现边区施政纲领中前面所举的文化纲领"，而且"在推动工作中，必须对于边区的文化人士，文化团体等加以研究和理解，必须切实地认识边区对于文化工作的需要以及开展文化工作的可能条件，根据这些具体情况，来进行推进工作"等。③ 1942 年 4 月 3 日，陕甘宁边区政府正式颁布了《陕甘宁边区政府文化工作委员会组织简则》和《陕甘宁边区政府文化工作委员会工作纲领》，明确规定，陕甘宁边区文化工作委员会的性质是直属边区政府领导及推动陕甘宁边区文化运动的机构组织。其任务是"负责建立边区的新民主主义文化"。具体工作范围为"代表边区政府根据新民主主义政纲，领导开展边区文化运动；厉行学术思想与创作自由；群策群力建立科学化、民族化、大众化的文化基础；团结边区的文化团体及文化人士；培养边区文化干部；团结全国文化界，共同建设新文化，争取抗战的最后胜利"等。④ 所以，在边区文化工作委员会成立后不久，除了分别"成立大众文化工作委员会"并"主要负责文化教育的普及工作"，以及

---

① 《陕甘宁边区施政纲领》，《新中华报》1941 年 5 月 1 日。
② 《陕甘宁边区政府文化工作委员会工作纲领》，《解放日报》1942 年 3 月 15 日。
③ 《把文化推进一步》，《解放日报》1942 年 3 月 25 日。
④ 陕西省档案馆编：《陕甘宁边区政府大事记》，档案出版社 1991 年版，第 147 页。

"为开展边区文化运动"而设立"每年暂定 15000 元"的"文化奖金"等之外，还先后发布了《"五四"青年文艺奖金征文启事》，[①] 召开了"戏剧工作座谈会"，讨论并"确定了边区戏剧工作的方向等问题"，并"决定在本文化工作委员会下成立文化工作临时委员会"和"讨论评选、奖励艺术作品问题""优待文化干部问题"等，决定"由边区文协主办《边区文化》，由边区剧协主办《边区戏剧》，由边区音协主办《民族音乐》，由边区美协主办一种会刊，由新文字协会主办《大家看》等刊物"，以及"为鼓励音乐与美术创作"而"专款设立'聂耳音乐奖'和'美术创作奖'之奖励基金"等。[②] 另外，还分别公布了《陕甘宁边区民众团体组织纲要》及《陕甘宁边区民众团体登记办法》等法规，不仅明确规定"凡边区民众在不违反抗战建国最高原则之下，均有集会结社之完全自由"，并"在自愿原则下，得依各种不同职业、地区、信仰、性别、年龄，组织团体"。同时，要求"边区内一切民众团体，皆须呈报当地政府转呈民政厅声请登记"，以及"凡民众团体，属于文化艺术者，其成员至少须有五人以上"等。[③] 将党对文化团体组织的领导及其管理，纳入法制化的轨道。据当时的资料表明，陕甘宁边区政府文化工作委员会成立后一年左右的时间内，即有二十多个文化团体向陕甘宁边区政府申请了登记。

　　1944 年 10 月 11 日至 11 月 18 日的陕甘宁边区文化教育工作大会，是由中共西北局宣传部、教育厅及"边区文协"等筹备组织，全面总结陕甘宁边区以往新民主主义文化建设实践经验，并确立了"以能实现群众需要和吸引群众自愿参加为原则"的边区文化教育运动路线方针，以及其"在全中国发展新民主主义的文化，在全中国造成人民文化的新时代"等社会政治文化"基本方向"的盛会。[④] 在这次历时达三十七天，参会代表四百五十多人的大

---

①　陕甘宁边区文化工作委员会：《"五四"青年文艺奖金征文启事》，《解放日报》1942 年 5 月 15 日。

②　陕西省档案馆编：《陕甘宁边区政府大事记》，档案出版社 1991 年版，第 148—155 页。

③　甘肃省社会科学院历史研究室编：《陕甘宁革命根据地史料选辑》（第一辑），甘肃人民出版社 1981 年版，第 165—166 页。

④　《此次文教大会的意义何在》，《解放日报》1944 年 11 月 23 日。

会上，不仅毛泽东在他所发表的《解放区新民主主义文化运动的统一战线方针》公开讲演中，"宣布"并"解决了文化工作的重要性、中国新民主主义文化的社会基础、文化统一战线的必要、知识分子与工农群众互相结合的必要、群众的需要与自愿应该是工作中的两个基本原则等问题"。① 同时，在罗迈的关于大会总结提纲《开展大规模的群众文教运动》，以及周扬所做的《开展群众新文艺运动》的总结报告和大会通过的各项决议中，重申将贯彻执行毛泽东的新民主主义文化统一战线方针，以及"组织文教战线上广泛的统一战线"，作为推进陕甘宁边区"开展文教工作的关键"。② 其中，明确要求在"真正加强领导"及"发展边区群众艺术运动"中，"各级领导者和各文艺团体应该密切合作，根据各地情况，在群众中布置工作，培养典型，组织竞赛，推动全局"等。强调并认为陕甘宁边区文艺团体肩负"政治上与艺术上的指导帮助"及"群众教育与干部教育的双重任务"，因而"在一九四二年文艺座谈会之后，艺术工作者已开始为艺术与群众的结合而共同奋斗"的"群众艺术运动"，即"反映人民生活又指导人民生活的艺术"中，既"尤为重要"，又"有决定作用"，③ 从而也使陕甘宁边区的新民主主义文化运动及其文艺运动进入新的发展时期。

因此，延安文艺整风运动及毛泽东的《在延安文艺座谈会上的讲话》，不仅被认为是延安文艺运动又"一个伟大的文艺革命。'表现新的群众的时代'，是摆在每个文艺工作者面前的伟大的任务"；④ 同时，革命文艺"工农兵文艺"方向的确立，以及通过党的文艺方针政策及毛泽东文艺思想的学习及实践，也使陕甘宁文艺运动及其社团组织活动呈现出新的面貌与转型。所以，"党的文艺工作"及其作为"文艺战线"的组织领导体制化，对延安文艺运动所反映出的"文艺与广大群众的关系"的"根本改变"，以及

---

① 《毛泽东在边区文教大会讲演文教统一战线方针，新形式联合旧形式反对共同敌人，按照群众的需要与自愿进行工作》，《解放日报》1944 年 10 月 31 日。

② 罗迈：《开展大规模的群众文教运动——十一月十五日在边区文教大会的总结提纲》，《解放日报》1944 年 11 月 20 日。

③ 《关于发展群众艺术的决议》，毛泽东等：《开展大规模的群众文教运动》，香港中国出版社 1947 年版，第 77—81 页。

④ 周扬：《表现新的群众的时代·前记》，香港海洋书屋 1948 年版，第 1 页。

其"有效地推进解放区文艺工作",包括陕甘宁文艺运动"文艺工作的组织领导"及其"新局面"的形成等,① 都产生了根本性的历史作用及文化影响。

第二节　重要文化与文艺社团组织述略

延安文艺运动时期成立的各种文艺团体组织,从其性质及其活动范围来看,一般可以分为综合性文艺组织、专业性文艺社团和文艺教育机构三种类别。根据当时中共中央宣传部门的职能和领导责任,党对文艺团体的领导,主要体现在无产阶级及其新民主主义文化建设方向、原则的把握与宏观的指导方面,以确保延安文艺运动及其团体组织的活动,与党的中心工作及意识形态领域的目标任务等保持一致,从而成为中国革命"文武"两个战线中最具战斗力的一支"文化的军队"。

一　综合性文化与文艺组织类

延安文艺社团中的综合性文艺组织,是中国共产党及其宣传机关通过文艺政策方针、思想组织原则及政治权力等方式,来领导及影响文艺运动方向及其创作活动的推进与发展。因此,这些组织机构,在延安文艺运动及其创作活动中,除了表现为文化或文艺团体的职能外,更多或更主要的是在组织性质及其社会功能方面作为全局性或地区性文化及文艺的领导机关,所担负的团结文化界及文艺界等方面的重任。如制定或发布各项推进文化及文艺运动的决议或规定,宣传及落实党的文化发展战略及其文艺政策,组织各类文化及文艺团体开展活动,等等。如以下组织机构。

中国文艺协会:1936 年 11 月 22 日成立于陕北保安县(今志丹县),是中共中央到达"陕北苏区"后,公开宣告成立的第一个文艺联合会组织。

---

① 周扬:《新的人民的文艺》,新华书店 1949 年版,第 1—35 页。

中国文艺协会的酝酿及发起，最初设想及提议的，是 1936 年 10 月底到陕北的著名"左翼"作家丁玲。筹备期间曾定名为"中国文艺工作者协会"，希望能发挥其"联络各地的文艺团体，各方面的作家以及一切对文艺有兴趣者，在抗日民族统一战线目标下，共同推动新的文艺工作，结成统一战线中新的战斗力量"等作用。① 然后在当时多位中共中央领导人、"苏区"政府教育和军队宣传部门的支持与筹备之下，并经毛泽东的提议，最后定名为"中国文艺协会"。

在中国文艺协会成立大会上，除了由著名"苏区"戏剧作家李伯钊主持并简要报告了协会成立的意义，丁玲报告了协会筹备的经过之外，参加大会的毛泽东、张闻天（洛甫）、博古和林伯渠等中共中央领导还先后发表了演讲，分别提出了中国文艺协会的成立对"苏区文艺"发展的意义，以及现在及将来的具体任务。其中，毛泽东在演讲中首次提出了"我们要文武双全"的文化战略及文艺方针，以及"发扬苏维埃的工农大众文艺，发扬民族革命战争的抗日文艺"等。② 随后经大会推选出由丁玲、成仿吾、贾拓夫、王亦民、徐梦秋等 16 人组成的干事会。丁玲也在次日召开的第一次干事会上当选为中国文艺协会主任，并决定在独立的机关刊物出版之前，暂且在《红色中华》报上编辑出版不定期的文艺周刊《红中副刊》/《新中华副刊》及《苏区文艺》周刊等。

作为中国共产党直接领导的一个文艺联合会性质的团体组织，中国文艺协会将培养训练"苏区"的文艺工作者，收集整理红军和群众的斗争生活等方面的材料，创作工农大众的文艺作品，在全国范围内联络团结各种派别的作家与文艺工作者，巩固抗日统一战线的力量，扩大无产阶级文学的思想领导范围等，确定为自身应当担负的基本任务。为此，中国文艺协会除公开征集会员，发展组织，成立分会，以及根据会员的兴趣爱好，先后组织高尔基纪念活动、文艺理论批评、文艺创作等相关论题的研讨小组集会，主动建立及谋求和西安等地文艺团体组织的联系之外，为推进群众性的大众化写作及

---

① 《文艺工作者协会缘起》，《红色中华》1936 年 11 月 23 日。
② 《毛主席讲演略词》，《红色中华》1936 年 11 月 30 日。

文艺创作水平的提高，还相继开展了"苏区一日"征文活动，以及延安及陕甘宁边区文艺作品的编辑出版等，从而使得"陕北苏区"及早期的延安文艺活动，进入一个全面发展的新时期。1937 年年初，中国文艺协会随着中共中央及"苏区"政府机关迁至延安。1937 年 11 月前后，由于战争形势及社会政治的演变，中国文艺协会的使命及任务为新成立的陕甘宁边区文化界救亡协会所替代。

陕甘宁边区文化界救亡协会/陕甘宁边区文化协会： 1937 年 11 月 14 日成立于延安。初称"陕甘宁特区文化界救亡协会"，曾称"陕甘宁边区文化协会"，简称"边区文协",① 是抗战开始和"陕甘宁特区"政府建立后，中国共产党为适应新的历史政治需要，成立的一个新的文化及文艺联合会组织机构。

周扬、成仿吾、艾思奇、柯仲平、朱光等人为陕甘宁边区文化界救亡协会的发起人。在陕北公学大礼堂举行的成立大会上，周扬对成立这个组织机构的社会及文化作用，进行了清楚的说明，强调并指出：由于抗战爆发以后"我们的文化中心地——上海、北平已被野蛮的人破坏完了。我们的文化机关，已在敌人的炮火下化为灰烬"，因此，"我们要坚决的抗战！挽救我们祖国的灭亡，保卫我们垂死的文化"，"才更积极地来开辟更多的文化中心"。而延安，即"特区是全国抗战的模范。那么，特区文化界的救亡工作，也应该争取全国的模范"。②

于是，作为陕甘宁边区文化运动及其文艺活动的总的领导机关，"边区文

---

① 根据钟敬之、金紫光主编的《延安文艺丛书·文艺史料卷》，钱丹辉主编的《中国解放区文艺大词典》，吴敏著的《宝塔山下交响乐——20 世纪 40 年代前后延安的文化组织与文学社团》等史料记载，1937 年 11 月 14 日在陕北公学礼堂成立的是"陕甘宁特区文化界救亡协会"，简称"特区文协"，当时发表在中共中央机关报《新中华报》上的一篇文章较为详细地描述了大会成立时的情形。（徐行白：《特区"文协"成立大会记——十一月十四日在"陕公"大礼堂》，《新中华报》1937 年 11 月 24 日第 3 版）1937 年 12 月 11 日，"特区文协"因中共政治地域名称的改变，相应改为"陕甘宁边区文化界救亡协会"，并在武汉出版的中共机关报《新华日报》上刊登了《陕甘宁边区文化界救亡协会成立宣言》[《新华日报》（汉口）1938 年 1 月 15 日第 4 版]。陕甘宁边区文化界救亡协会于 1940 年 1 月 4 日在延安召开第一次代表大会，会议简章中定名为"陕甘宁边区文化协会"，简称"边区文协"。

② 转引自徐行白《特区"文协"成立大会记——十一月十四日在"陕公"大礼堂》，《新中华报》1937 年 11 月 24 日。

协"不仅是一个指导整个边区文化工作的组织领导中心，同时还是一个由许多文化及文艺团体所组成，以及有着广泛群众性的联合会机构。其中，除了早期的社会科学研究会和相继成立的新文字研究会、新哲学会等社团组织，以及内设的社会科学部、自然科学部等部门之外，还有战歌社、海燕社等纯文学社团，以及所设立的包括文学组、戏剧组等在内的文艺部和编委会、资料组等组织，以及随后成立的在其指导下的各种文艺协会，如"陕甘宁边区音乐界救亡协会、陕甘宁边区文艺界抗战联合会"等。艾思奇、吴玉章、周扬、成仿吾、柯仲平、丁玲等先后担任陕甘宁边区文化界救亡协会的主任及副主任。自成立伊始，"边区文协"除了组织"我怎样到陕北来"、"三千六百日"与"五月的延安"等专题性群众性自述、通讯报告类集体创作、征文活动之外，还积极开展边区的文艺刊物编辑出版工作。其中，如《新中华报》的"特区文艺"（后改为"边区文艺"）副刊，《文艺突击》、《大众文艺》和《中国文艺》等文艺期刊，以及丁玲、周扬等为编委的大型文艺刊物《文艺战线》，和由大众读物社编印的一些通俗读物及《边区群众报》等。此外，在为抗战服务及组织战地文化工作方面，不仅组织派遣了6个由毛泽东定名的"抗战文艺工作团"，分赴晋西北、晋察冀、晋冀鲁豫等边区，建立战地文艺通信网络，编写战地通讯报告，培训抗战文艺骨干，组织各边区文艺宣传活动，以及搜集整理各地民间文艺材料等，而且先后组织了各地的诗歌朗诵运动、街头诗运动和群众歌咏活动，以及地方戏曲改革等。

在1940年1月4日召开的历时9天的"边区文协"第一次代表大会上，不仅洛甫、艾思奇等人的演讲报告对抗战以来陕甘宁边区的文化运动进行了总结，而且毛泽东正式发表了《新民主主义的政治与新民主主义的文化》（后定名为《新民主主义论》）的演讲，从理论及方法等方面，为中国共产党及新民主主义的政治、经济与文化实践，以及新民主主义文化的性质、任务及目标，进行了系统的阐释和具体的部署。从而标志着以延安为中心的新民主主义文化建设，已经进入一个新的发展阶段。1942年年初，陕甘宁边区文化界救亡协会开始接受西北中央局及边区政府的直接领导，随着延安整风运动的展开，以及关于"文化人"和文化团体政策的调整，其作为延安及各边区总的文化联合会的职能和作用，也在发生着明显的改变。此外，1942 年 3 月，"代表陕甘宁政府，根据新民主主义纲领，领导并开展边区文化运动"的陕甘宁边区文化工作委员会成立，"边区文协"的工作范围及职能，由"边区文化运动的总的领导机关，负有团结全边区文化界，努力提高边区文化，并与全国文化界联合，共同为创造中华民族新文化，在文化战线上进行抗战建国斗争的责任"，① 向一个单纯的文化及文艺团体转变。因此，从 1944 年 10 月陕甘宁边区文教会议召开及其关于群众艺术、文教工作和办报通讯等问题的总结决议，到 1945 年抗战胜利以后延安及陕甘宁边区文化及文艺组织机构的变化更迭，"边区文协"的身影及影响也逐渐地隐没在以延安为中心的新民主主义文化实践与延安文艺运动的历史之中。

陕甘宁边区音乐界救亡协会：1938 年 1 月 9 日成立于延安，简称"边区音协"，是陕甘宁边区救亡团体筹组建立的一个音乐界联合会性质的文艺团体，隶属于陕甘宁边区文化界救亡协会。协会领导机构由会员代表大会选举产生的执行委员会及执委选出的常委会负责，其中设有秘书处、组织部、研究部、编译出版部和延安市工作委员会等部门。主要工作及任务是，编辑出版《歌曲月刊》《歌曲旬刊》等音乐刊物，举办各种歌咏活动及音乐集会与"星期音乐学校"，以及其他推动音乐创作及批评研究方面的工作。

1938 年 1 月 10 日，《新中华报》刊登的《边区音救协会将成立并拟筹备音乐晚会》报道中称，"边区文化救亡协会，与边区教育厅为加强国防音乐在抗战中的力量，前周曾召集各救亡团体开了一次座谈会，那次座谈会曾产生了一个'边区音乐界救亡协会筹备会'。负责编拟组织简章，闻简章现已筹备就绪，并决定于本月 9 日在陕北公学召开成立大会。参加该会单位约有卅多个，甚为热闹"等。② 此后，不仅从 1939 年 4 月到翌年 4 月的一年时间里，"边区音协"通过执委会改选和召开代表大会，选举产生出由吕骥等 9 人组成的执委会，并确定新的工作计划并加紧开展多项音乐活动。而且，在其后还

---

① 艾思奇：《抗战中的陕甘宁边区文化运动——二十九年一月六日在边区文协第一次代表大会上的报告》，《中国文化》1940 年第 1 卷 2 期。
② 《边区音救协会将成立并拟筹备音乐晚会》，《新中华报》1938 年 1 月 10 日。

相继正式编辑出版了《歌曲月刊》和《歌曲半月刊》等文艺刊物，举行了"延安星期音乐学校"的开学典礼和各种音乐演唱、歌咏比赛活动。1942 年 4 月前后，还先后发起倡议组建了"延安乐队""南区合唱团""延安星期音乐社"等音乐团体，以及与边区曲协联合设立"聂耳创作奖金"等，鼓励陕甘宁边区的音乐创作及促进"新音乐"运动的深入。

随着文艺整风运动的开展与文艺为工农兵服务方向的确立，1943 年 2 月 22 日，边区音协召开常委会扩大会议，"一致认为"应"更进一步地与工农兵群众生活结合起来"，以使"音乐工作尤应发挥其应有的作用，使全边区人民在愉快的歌声中完成其任务"。从而将"音乐到街头、到农村工厂去"作为今后工作新的方针，① 并分别从创作、编译出版与演唱等多个方面进行了具体的安排部署。至此之后，作为陕甘宁边区音乐界联合组织的"边区音协"，也迅速融入到了秧歌、民歌民谣、曲艺演唱等群众性的文化娱乐活动，以及工农兵音乐及歌曲创作运动之中。

晋察冀边区文化工作者救亡协会/晋察冀边区文化界抗日救国会/晋察冀边区文化界抗日救国联合会：1938 年 7 月 10 日，晋察冀边区文化工作者救亡协会成立，简称"文协"。1939 年 2 月"文协"更名为"晋察冀边区文化界抗日救国会"，简称"边区文救会"。1940 年 7 月 25 日，中华全国文艺界抗敌协会晋察冀边区分会成立，简称"边区文协"。1941 年 6 月 16 日，晋察冀边区文化界抗日救国联合会成立，简称"边区文联"或"北方文联"。是由隶属中共中央北方分局的"文化工作委员会"直接领导，旨在统一领导晋察冀边区文化运动及文艺活动的组织机构。

在晋察冀边区文化界抗日救国联合会成立大会上，中共北方分局"文委"书记沙可夫被推选为文联主任，成仿吾、周巍峙、田间、沃渣等 23 人被选为执行委员。在会议通过并发表的成立宣言中，不仅强调"文化运动在抗战中是一重要战线"，以及为了"完成建设新民主主义的文化根据地"，"动员一切力量参加抗战，为创造中华民族新文化而斗争"。而且，"在中国共产党的

---

① 《音乐到街头、到农村工厂去，音协决定工作方针》，《解放日报》1943 年 2 月 23 日。

帮助下，在全国文化界战友，全边区各界同志们的帮助下，在我们边区进步的民主政治条件下"，"新民主主义文化的花朵，一定会灿烂地开在战斗的晋察冀边区的土地上"。①并且，在大会通过的《晋察冀边区文化界抗日救国联合会工作纲领》中，除了确定并强调"巩固与扩大抗日文化统一战线"和"为建设大众的、科学的、民族的新民主主义的新文化而奋斗到底"等之外，也明确地将"艺术、新文艺"等作为"发展与提高边区的文化运动"、"发扬文化各种问题的自由研究、自由讨论和建立严正的批评的作风"，以及"普及文化"和"加强文化供应工作"等，特别是"欢迎一切抗日青年知识分子和文化人来边区参加新文化建设事业"等，②看作它们应当努力落实及切实施行的工作目标。

为此，晋察冀边区文化界抗日救国联合会及各文艺协会团体，除号召边区文化界立即行动起来，响应中共北方分局的指示，开展宣传军民誓约等为中心的文艺创作及宣传活动，和"鲁迅文艺奖金"委员会组织的"军民誓约运动征文"活动等之外，还通过几届"晋察冀边区艺术节"活动，对晋察冀边区的群众文艺运动，包括群众戏剧运动的展开，都起到了重要的推动作用。同时，先后编辑出版了《文艺报》、《晋察冀艺术》，以及其他各种文艺期刊及文艺副刊，如《五十年代》《山》《鼓》《晋察冀文艺》《晋察冀戏剧》《晋察冀美术》和《晋察冀音乐》，以及各文艺团体主编的《诗建设》《边区文化》《冀中文化》《文艺习作》《连队文艺》等。

在1942年5月前后开始的晋察冀边区整风运动中，晋察冀边区文化界抗日救国联合会分别于1943年5月初及1944年年初，先后召开了第二届、第三届代表大会，决定积极开展整风运动，要求继续开展大众文化的"新启蒙运动"，转变文艺工作中"艺术至上"的观念并增强自身改造的自觉意识，同时决定将晋察冀边区文化界抗日救国联合会与晋察冀边区抗联宣传部合并。1945年10月初，延安等地的大批文艺工作者云集张家口。1946年4月24日，"中华全国文艺协会张家口分会"宣告成立，成为新形势下领导晋察冀边区及

① 《晋察冀边区文化界抗日救国联合会成立宣言》，《晋察冀日报》1941年6月27日。
② 《晋察冀边区文化界抗日救国联合会工作》，《晋察冀日报》1941年6月27日。

华北地区文化及文艺活动的组织机构。因此，晋察冀边区文化界抗日救国联合会，也于 1946 年被撤销。

陕甘宁边区文艺界抗战联合会：1938 年 9 月 11 日成立于延安，简称"边区文联"，是陕甘宁边区第一个类似文艺界联合会性质的文艺团体，隶属于陕甘宁边区文化界救亡协会。丁玲、林山、田间、成仿吾、任白戈、沙汀、周扬、柯仲平、雪苇，刘白羽等分别担任"边区文联"执行委员会成员。

"边区文联"成立后，相继在陕甘宁边区的工人、农民、部队、机关、学校建立文艺小组，推动大众文艺的开展；成立文学顾问委员会，专门负责评论、修改文学青年的作品，指导文学青年的文学创作活动；号召并组织大批文艺干部到前线去，使文艺工作更加密切地为全民抗战服务；抽调力量，编辑出版文艺作品，开展文艺理论的研究和讨论；组织《文艺战线》编辑委员会，主编为周扬，编委会成员有丁玲、成仿吾、艾思奇、沙可夫、沙汀、李伯钊、何其芳、周扬、柯仲平、荒煤、刘白羽、夏衍、陈学昭、卞之琳、周文、冯乃超；在各机关、学校、工厂建立业余文艺小组，组织作家参加实际工作，筹办鲁迅先生逝世两周年的纪念活动，组织作家到晋察冀和晋东南工作，加强文学界和文化各界的联系；等等。1939 年 5 月 14 日，"边区文联"为与中华全国文艺界抗敌协会取得联系，更名为"中华全国文艺界抗敌协会延安分会"。至此，"边区文联"宣告结束，其组织职能也由"文抗"延安分会接管替代。

中共中央南方局文化工作委员会：1939 年 1 月成立于重庆，简称"南方局文委"，是中共中央南方局内设立的一个专门负责领导"国统区"文化运动的组织机构。其内部分别设有书店组、社会科学组、宣传组、文化组、文艺组及新闻组等部门。凯丰、周恩来、周而复等先后担任正副书记，徐冰、冯乃超、潘梓年、胡绳、邵荃麟等任委员。

由于中共中央南方局是"党的秘密机关"，是以"中共代表团"或"八路军驻重庆办事处"等"公开合法的机构为掩护"开展工作的，[①] 因此，南

---

① 章文晋、张颖：《走在西花厅的小路上——忆在周恩来同志领导下工作的日子》（增订本），社会科学文献出版社 2013 年版，第 114 页。

方局文委对于"国统区"文化运动的领导也是利用并通过"合法"的途径及其方式展开的。而抗战时期"国共两党"一致认同的"中华民国"及其立法与相关政策,① 自然也为南方局文委在"国统区"领导文化运动及其开辟"文化战线",提供了"发表言论及刊行著作之自由""非依法律不得停止或限制之"等制度上的基本保障及社会空间。② 所以,1940 年 9 月,中共中央在《关于发展文化运动的指示》中,首先就"国民党区域的文化运动",做出明确的指示及要求:"这项工作的意义在目前有头等重要性,因为他不但是当前抗战的武器,而且是在思想上干部上准备未来变化与推动未来变化的武器。"③ 并且针对"国统区"文化运动发展中的具体问题,及时发出相关的批示及指示。于是,南方局文委成立之后,相继在多个领域积极推动并利用合法的策略展开文化领域的各种斗争。其中,除了利用国民政府军委会政治部第三厅、"文协"、"文工会"等团体组织,领导并建立"文化运动上的最广泛的统一战线",④ 以及"党的一个方面军"之外,⑤ 还分别在全国各大中城市,包括广州、重庆、桂林、长沙、南京、西安等,积极开展对于文化人的生活工作方面的安排、文化团体活动的组织、出版工作及"新书局之成立"等,以及文化界"党之大后方的组织方式"等方面的工作。⑥ 并且成立了以廖承志为首的,下设文艺小组、学术小组、新闻小组等的中共香港文化工作委员会,加强对于香港文化运动及其文艺工作的领导,团结香港等海外文化

---

① 参见《中华民国临时约法》(1911 年 3 月 11 日公布),《中国国民党训政纲领》(1928 年 10 月 3 日通过),《中华民国训政时期约法》(1931 年 6 月 1 日公布),《中华民国宪法草案》(1936 年 5 月 5 日公布),《中华民国宪法》(1946 年 12 月 25 日通过)等。

② 《中华民国训政时期约法》,郭卫编:《中华民国宪法史料》,(台湾)文海出版社 1973 年版,第 42—43 页。

③ 《中共中央关于发展文化运动的指示》,中共中央文献研究室、中央档案馆编:《建党以来重要文献选编(1921—1949)》(17),中央文献出版社 2011 年版,第 526 页。

④ 中共中央文献研究室、中央档案馆编:《建党以来重要文献选编(1921—1949)》(18),中央文献出版社 2011 年版,第 429 页。

⑤ 参见厉华等主编《新华日报暨群众周刊画史·前言》,重庆出版社 2011 年版,第 11 页。

⑥ 《南方局关于文化运动工作向中央的报告》,南方局党史资料编辑小组编:《南方局党史资料:文化工作》(6),重庆出版社 1990 年版,第 13 页。

界及其文艺界人士。① 除此之外，按照中共中央关于"国统区"的"文化运动"及"对外宣传鼓动工作中"，"办报，办刊物，出书籍应当成为党的宣传鼓动工作中的最重要的任务"等指示要求，② 通过办报、办刊及相关出版机构，公开或隐蔽地编辑出版宣传中国共产党及其新民主主义政治文化主张，以及毛泽东文艺思想及延安文艺方面的图书等，就成为南方局文委领导"国民党区域的文化运动"中的重要内容。从而也使"国统区"文化运动及文艺发展的组织化和规范化，与各个阶段延安的新民主主义文化实践，以及其"新的人民的文艺"和"实现文艺运动的新方向"等方针政策，始终保持着理论及实践等方面的一致或同步。③ 1946 年 5 月，中共南方局迁入南京，改称"中共中央南京局"，陆定一、李维汉先后负责宣传工作。同年 6 月，成立中共南京局上海工作委员会，文化组由胡绳负责。1947 年 1 月，成立中共香港局。同年 11 月，中共代表团撤离南京后，"国统区"文化运动由董必武负责的中共驻南京、上海办事处领导。1947 年 3 月，董必武及南京、上海办事处与新华日报社撤离后，处于"地下"的中共上海局和香港局，担负起了领导及组织"国统区"文化及文艺运动的责任。

延安美术工作者协会/陕甘宁边区美术工作者协会： 1939 年 2 月 7 日成立于延安，是陕甘宁边区美术工作者联合会性质的文艺组织机构，简称"延安美协"，沃渣、江丰、王曼硕、丁里、张振先担任常务委员。④ 同年 4 月 29 日，在延安美协召开的全体会员大会上，决议更名为"陕甘宁边区美术工作者协会"，简称"边区美协"，西野、王洪、蔡若虹、张启仁、马达、陈钧、辛莽 7 人经改选组成第二届理事委员会。⑤

---

① 《廖承志等关于文化统战组织的具体意见致中央书记处并周恩来电》，《周恩来关于香港文艺运动情况向中央宣传部和文委的报告》，南方局党史资料编辑小组编：《南方局党史资料：文化工作》(6)，重庆出版社 1990 年版，第 5、15 页。

② 《中共中央宣传部关于党的宣传鼓动工作提纲》，中共中央文献研究室、中央档案馆编：《建党以来重要文献选编（1921—1949）》(18)，中央文献出版社 2011 年版，第 429 页。

③ 《实现文艺运动的新方向，中央文委召开党的文艺工作者会议，凯丰、陈云、刘少奇等同志讲话，指示到群众中去应有的认识》，《解放日报》1943 年 3 月 13 日。

④ 《延安美术工作者协会宣告成立》，《新中华报》1939 年 2 月 13 日。

⑤ 《美协改选会务委员》，《新中华报》1939 年 5 月 10 日。

"延安美协"成立之前，即为抗战初期在武汉成立的全国美术界抗敌协会延安分会。正式成立后，延安美协以"鲁艺美术系和木刻研究班全体教职学员，及延安各机关美术木刻工作者"为主要会员，[①] 联合从苏联及上海等地来延安的美术工作者，分别就各种美术展览的筹备举办、美术小组建设、美术作品出版与对外联络等方面积极开展活动。其中，仅自1939年4月的"美协筹备美术展览会"，到1942年3月之间，除了各类专题及间断性的小型或流动展览会，以及大布画制作、油印画报与小招贴画布展张贴之外，由美协主持举办且影响很大的美术展览，就有"边区美协一九四一年展览会"和"美协反侵略画展"，以及持续月余、反响强烈并多处展出的"讽刺画展"。

1942年3月5日，以吴玉章为主任的陕甘宁边区文化工作委员会成立，在加强对于边区文化组织机构及文艺社团领导的同时，随着文艺整风运动的展开和延安文艺座谈会的召开，边区文委不仅要求美协编辑出版大众化美术刊物，拨款设立"美术创作奖金"，并且召集美协等文艺组织成立临时工作委员会，号召美术家走向街头与工农兵群众结合。9月初，美协编辑的《街头画报》壁报创刊，主编张仃一方面在"代发刊词"中，宣称街头美术壁报的编辑，是"延安文艺界整风以来"，"艺术面向群众，面向工农兵"艺术实践中，美术工作者们"要借它把美术交还给民众，从民众中间带回我们要吸取的营养，丰富大众美术的形式和内容，再交还给民众"的"一种临时的过渡底桥"；[②] 另一方面还在《街头画报》第1期出版后的"检讨"改进会上，进一步明确其"面向工农兵"的编辑方针，以及质朴写实的大众化风格等。[③] 1943年年初，在"美术工作与群众的进一步结合"等感召之下，"美术家们听了毛主席的讲话以后，在艺术思想上起了一个划时代的转变"，他们"带着新的认识和新的感觉自觉地和工农兵人民逐渐打成一片，走进工厂，下乡担任乡政府的文书，赶往部队"等。[④] 因此，边区美协的社团组织活动和相关工

---

① 《延安美术工作者协会宣告成立》，《新中华报》1939年2月13日。
② 张仃：《街头美术》，《解放日报》1942年9月10日。
③ 《美术家走向街头，〈街头画报〉检讨第一期内容》，《解放日报》1942年9月23日。
④ 胡蛮：《抗战八年来解放区的美术运动》，《解放日报》1946年6月19日。

作，也由此渐告结束。

中华戏剧界抗敌协会陕甘宁边区分会：1939 年 2 月 10 日成立于延安，简称"边区剧协"，是陕甘宁边区组建的一个戏剧界联合会性质的文艺机构。其宗旨及任务是"团结边区戏剧界，加强边区戏剧工作，进而推动全国剧运之开展"等。① 王震之、柯仲平、张庚、高博、崔嵬、钟敬之、马健翎等 19 人为执委及候补执委，康生、沙可夫、徐冰、柯仲平、张庚、周扬、丁玲、江青、塞克、马健翎、杨醉乡、颜一烟等 35 人为理事，潘汉年、沙可夫分别担任正副理事长②。

边区剧协成立之后，通过各种形式研究探讨边区戏剧工作中的具体问题，积极主动地引导及推进群众性戏剧运动的开展，以及大众化戏剧创作及演出活动的深入。不仅相继组建了工余剧人协会、旧剧研究会、剧作小组等戏剧团体，分设"延安""地方"两个戏剧工作委员会，而且，先后多次组织鲁艺实验剧团、鲁艺戏剧系、烽火剧团、抗大文工团、西北青年救国总会剧团、西北文艺工作团、青年艺术剧院等举行联合公演活动，编辑《边区戏剧》等文艺刊物，举行"剧作奖金"评选活动等。

1942 年 5 月前后，文艺整风运动的开展与延安文艺座谈会的召开，也使边区的戏剧运动及其发展方向发生了明显的变化。在陕甘宁边区文化工作委员会的领导之下，围绕边区的"剧运方向""深入农村部队""工作中要团结""创作新剧本，适合工农兵观众"等，先后召开了多次会议及座谈会，成立"剧协临时工作委员会，筹备剧协改组事宜"，讨论组织机构、工作计划、办刊方针等方面的调整及转变。③ 1943 年 3 月 27 日，《解放日报》发表《中央文委确定剧运方针，为战争生产教育服务，成立戏剧工作委员会，并筹开戏剧工作会议》。报道中除了明确中央文委关于"边区和各抗日根据地的剧运总方针"，以及强调"内容是抗战所需要的，形式是群众所了解的——提倡合于这个要求的戏剧，反对违背这个要求的戏剧，这就是现在一切戏剧运动的

---

① 《征求会员启事》，《新中华报》1940 年 7 月 16 日。
② 《中华戏剧届抗敌协会边区分会正式成立》，《新中华报》第三号，1939 年 2 月 13 日。
③ 《剧协召开会议商讨今后工作》，《解放日报》1942 年 6 月 11 日。

出发点"之外，并且还郑重宣布："为了指导各根据地首先是陕甘宁边区，具体执行这个方针，中央文委决定与西北局文委合组一个戏剧工作委员会，由周扬、柯仲平、张庚、王震之、钟敬之等同志组成，以周扬、柯仲平两同志分任正副主任，钟敬之同志任秘书，并决定这个委员会当前的中心工作，就是总结抗战以来边区戏剧工作经验，准备在五月间召开边区戏剧工作会议，使今后全边区的剧运走上统一的道路。"① 这标志着"边区剧协"机构组织活动的淡出，以及陕甘宁边区戏剧运动进入一个新的历史阶段。

中华全国美术界抗敌协会晋察冀分会：1939 年 3 月 3 日成立于晋察冀边区，是晋察冀边区文化界抗日救国会所属的美术界联合会团体组织，简称"美协分会"。张维担任主任，张维、李劫夫、凌子风、唐炎、郑红羽任执行委员，李劫夫、徐灵、钟蛟蟠分别担任木刻组、漫画组和标语组组长。

晋察冀边区的美术工作者，主要来自 1938 年后西北战地服务团美术组、华北联大文艺学院美术系、联大文工团和抗大二分校，其中包括沃渣、陈九、丁里、徐灵、孙逊、钟惦棐、秦兆阳、李劫夫、吴坚等。1940 年 6 月，美协分会经会员大会选举，改由沃渣担任主席，徐灵等 13 人组成新的理事会。这使晋察冀边区的美术活动及其创作，呈现出新的面貌并取得了多方面的成绩。美协分会除了配合边区政治军事任务需要和"艺术节"活动，先后组织举办美术巡回展览与专题性展览会，以及在乡村街头书写美术字标语、绘制宣传壁画等之外，还组建"美术工作队"并编辑出版《晋察冀美术》等刊物，以及创作多种连环画报、木刻画报和大型宣传画。所以，美协分会不仅成为晋察冀边区《抗敌画报》、《冀中画报》、《战线画报》、《冲锋画报》及《冀察冀画报》等刊物编辑出版中美术作者及其作品的中坚，而且其美术作品所产生的广泛的社会及文化影响，包括一些作品曾荣获边区的"鲁迅文艺奖金"等，得到充分的肯定和表彰。

随着战后国内政治军事态势的演变，1946 年 4 月 24 日，一个新的领导晋察冀边区及华北地区文化及文艺运动的组织机构——中华全国文艺协会张家

---

① 《中央文委确定剧运方针，为战争生产教育服务，成立戏剧工作委员会，并筹开戏剧工作会议》，《解放日报》1943 年 3 月 27 日。

口分会宣告成立。于是，晋察冀边区文化界抗日救国联合会及其领导的中华全国美术界抗敌协会晋察冀分会，也随之结束活动并被撤销。

中华全国文艺界抗敌协会延安分会：1939 年 5 月 14 日成立于延安，其前身是陕甘宁边区文艺界抗战联合会，简称"延安文抗"，是边区文化协会的团体会员之一。① 在中华全国文艺界抗敌协会延安分会成立大会上，周扬报告了大会筹备经过以及成立分会的意义，讨论了分会工作、《文艺战线》编辑计划、扩大鲁艺文学系的提案等问题。成仿吾、周扬、萧三、沙可夫、丁玲、艾思奇、柯仲平、张振亚、严文井、陈学昭、赵毅敏等当选为理事，周扬、萧三、沙可夫三人为常务理事，张振亚为秘书，张庚、骆方为候补理事。1940 年 1 月 3 日，经全体会员大会选举出丁玲等人为第二届理事，后又于 2 月 25 日经扩大理事会增选周文、刘白羽、周立波、陈荒煤、庄启东五人为理事，并推选丁玲、萧三、周扬、周文、曹葆华为常务理事。周文负责总务部，丁玲负责组织部，萧三负责出版部，周扬负责研究部。

1941 年 6 月 19 日，《解放日报》发表文章，简略说明了"边区文协"与延安"文抗"的区别，决定"边区文协将由边区中央局及边区政府直接领导，工作中心，在于开展边区文化工作。延安文艺界诸同志将团结于延安文抗分会之组织下，独立进行工作，直接接受总会之领导"。② 同年 8 月 3 日上午，"文抗"召开第五届会员大会，参加者有会员及来宾七十余人，中宣部副部长凯丰出席大会。艾青、罗烽、萧军、欧阳山等当选会议主席团成员。欧阳山主持会议，周文、吴伯箫分别报告上届理事会与四年来文抗分会工作，对该会所组织的文艺小组、抗战文艺工作团、文艺顾问委员会的工作和影响，并对编辑《文艺战线》、《文艺突击》、《大众文艺》、《中国文艺》各刊物及由会员自由组织的文艺月会主办的星期文艺学园的情形，都做了详细的叙述。其

---

① "文抗"从一产生就与"边区文协"有着密切的联系，由于当时延安独特的历史背景，那里云集了一些早已闻名全国的文艺作家，有的人兼任这两个团体的领导工作。"文抗"成立初期又没有独立的办事机构，因而很多文艺活动都是以"边区文协"的名义进行的。在一些报告中就将两个团体的工作放在一起进行总结，例如在 1941 年 8 月 3 日"文抗"召开的第五届会员大会上，由周文、吴伯箫分别报告上届理事会与四年"文抗"分会工作中，就包括"文抗"成立以前在"边区文协"领导下所进行的工作。再如《文艺突击》原为"边区文协"所创办，后改为归"文抗"领导。
② 《文抗分会筹备改选》，《解放日报》1941 年 6 月 19 日。

后，相继组织建立各种文艺小组和文艺学校，如"文抗小鬼学校"、"外语补习学校"等。编辑出版的刊物有《文艺突击》《大众文艺》《中国文艺》《谷雨》《文艺战线》等。

1942 年 5 月，在文艺整风运动中，"文抗"成立了由郑汶、丁玲、刘白羽、黑丁等组成的学习分会，制订并通过了学习计划、检查制度及学习纪律等。后在中央文委与中央组织部召集的在延安的党员文艺工作者会议上，号召文艺工作者"到农村、到工厂、到部队中去，成为群众的一分子"。1943年上半年，"文抗"组建了新的理事会，丁玲、周扬、贺绿汀、艾青、萧三、塞克、柯仲平、江丰、萧军等九人为常委，丁玲为主任委员并负责总务部，周扬负责研究部，萧三负责出版部。1945 年 7 月 25 日，"文抗"召开新理事会全体会议，讨论"文抗"今后工作，主张在创作与研究的基础上，与各解放区、大后方、国际上取得密切联系，以及组织文艺工作者上前方问题，[①] 发起组织延安文艺工作团开赴各地进行文艺宣传工作。[②] 1945 年 10 月 10 日，中华全国文艺界抗敌协会更名为"中华全国文艺界协会"。同年 12 月 23 日，中华全国文艺界抗敌协会延安分会也宣布更名为"中华全国文艺界协会延安分会"，简称"延安文协"。

晋东南文化教育界救国总会/晋冀鲁豫边区文联： 晋冀鲁豫边区文联，或称晋冀鲁豫边区文协，是晋冀鲁豫边区由"晋东南文化教育界救国总会"发展和壮大起来，统筹和规划晋冀鲁豫边区文艺发展的组织机构。

1939 年 1 月 5 日，晋东南文化教育界救国总会筹备委员会成立，并于 4月 11 日以筹备委员会的名义在《新华日报》（华北版）发文，号召全边区"建立晋东南文化教育的堡垒"。同年 5 月 4 日到 5 日，晋东南文化教育界总会宣告正式成立。在成立大会上，制定并通过了晋冀鲁豫文协的宣言、简章、工作纲领，选举了朱光、李伯钊、高沐鸿、王玉堂、史纪言、郝汀、张柏园、新华日报（华北版）社、太行文化教育出版社等 23 位个人（组织）为执行委员，并选举了马君图、薄一波、戎子和等人为荣誉委员。同年 5 月 7 日，执委

---

① 《延安文抗新理事会成立　确定目前中心工作》，《解放日报》1945 年 7 月 27 日。
② 《延安文化界欢送文艺工作者上前线》，《解放日报》1945 年 8 月 25 日。

会召开会议并推举王振华、史纪言、王玉堂、高沐鸿及太行文化教育出版社为总会常务委员，制订了总会工作计划，计划创办综合性机关刊物《文化动员》。

其后，在总会的领导和推动下，逐渐成立了多个晋冀鲁豫边区的基层文化领导机构，建立的"文总"办事处、文教会、"文救"小组，形成了一个遍及晋冀鲁豫的抗战文化网。1941 年 1 月，晋东南文化教育界救国总会更名为晋东南文化界救国联合会，简称"文联"。从历史的角度来讲，晋冀鲁豫边区文联是晋冀鲁豫边区一个非常重要的文艺工作领导机构，是晋冀鲁豫地区开展抗日文艺运动的主要力量，也是统筹和协调晋冀鲁豫地区文化活动的中枢机构。从文联的人员构成上讲，晋冀鲁豫边区文联吸收了晋冀鲁豫边区重要的知识分子，将边区较有影响力的知识分子和文艺工作者纳入了组织机构之中；从开展的工作来说，晋冀鲁豫边区文联开展了许多扶持文化分支机构的工作，对晋东南、晋鲁豫等边区的文化抗战组织的建设起到了重要的帮助和支持作用；在所从事的文化工作来说，晋冀鲁豫边区文联开展了包括文学创作、话剧创作与演出、文艺方针政策的讨论与研究在内的一系列文艺活动和相关的文艺研讨活动，对于促进晋冀鲁豫边区当时的文化事业发展起到了非常重要的组织和领导作用。同时，由于当时的晋冀鲁豫边区较为分散，且各边区之间的地域条件复杂，边区文联的工作往往难以直接开展，只能够依靠其在各地区所下辖的相应文化管理分支机构进行管理，其管理的有效性亦受到了一定的制约。

因此，1946 年 4 月 6 日，在河北邯郸召开的晋冀鲁豫边区文化工作者座谈会上，晋冀鲁豫边区文联宣布正式成立。范文澜任理事长，陈荒煤为副理事长，杨秀峰、张际春为名誉理事长。边区文联成立后，进一步推动了晋冀鲁豫边区的文化艺术进程，并且创办了大型文艺刊物《北方杂志》等。在1947 年 7 月 25 日召开的文艺座谈会上，由陈荒煤在最后的座谈会总结发言中，发表了《向赵树理方向迈进》的演讲。分别从赵树理的"作品政治性"、"民族新形式"和"为人民服务"等多个方面，对"赵树理方向"及其"作为边区文艺界开展创作运动的一个号召"的意义等，进行了具体的说明及理论阐释，提出了"向赵树理方向迈进"等口号，认为这是当时"边区文艺工作者实践毛泽东文艺思想的具体方向"。① 1948 年 8 月 8 日，晋冀鲁豫边区文联和晋察冀边区文联合并成立华北文艺界协会，简称"华北文协"。

中华全国戏剧界抗敌协会晋察冀分会：1939 年 7 月 7 日成立于晋察冀边区，是晋察冀边区文化界抗日救国会所属的戏剧界联合会团体组织，简称"剧协"。罗东（陶宗侃）担任主任，抗敌剧社、西北战地服务团、战线剧社等各派出 1 名代表组成剧协常设机构。

剧协成立之初，对于冀察冀边区戏剧运动的目标及任务，已经显示出基本的发展共识与创作诉求。因此，他们不仅在《中华全国戏剧界抗敌协会晋察冀分会成立宣言》中声明，剧协是"在全国统一组织的领导下面，根据全国及边区现实情形，而决定一切工作的。三民主义现实主义是我们今后戏剧的总方针，我们要开展新剧、活报、儿童戏、子弟班（即旧戏班），使一切新旧戏剧都为抗战建国的事业而服务"。② 而且，又在稍后创办的《剧运》副刊发刊词《边区戏剧运动的总方向》中，强调晋察冀边区戏剧运动的发展方向，就是以往确定的，"以话剧为主流，并发表街头剧、活报、新型的歌剧，利用旧形式，号召旧戏班充分利用和尽量充实新内容"，以及"在剧本创作方面，以边区实际情形，配合政治任务，在三民主义现实主义口号之下，从事创作，并注意大众化、中国化、地方性，使新剧能够深入到群众里去"等。③ 因此，1940 年 7 月，剧协召开第二次戏剧工作者代表大会，并在《致全国戏剧界同志书》中，宣告"一年来的边区剧运，已经广泛开展，成为群众的运动了"，而目前的"两个非常迫切的任务"，就是"深入的普遍的开展农村的士兵连队的戏剧运动"和"普遍开设戏剧训练班，培养大批的大众戏剧的干部"，以及"提高一般的戏剧质量，务使边区剧运走向于更高的水准"等。④ 为此，剧协不仅先后编辑出版了《晋察冀戏剧》等文艺刊物，以及《戏剧界抗敌协会会员研究材料》、"戏剧小丛书"等图书，而且配合边区的政治军事与社会文化

---

① 陈荒煤：《向赵树理方向迈进》，太行革命根据地史总编委会编：《太行革命根据地史料丛书之八·文化事业》，山西人民出版社 1989 年版，第 600 页。
② 《中华全国戏剧界抗敌协会晋察冀边区分会》，《抗敌报》1939 年 7 月 15 日。
③ 《边区戏剧运动的总方向》，《抗敌报·剧运》1939 年 9 月 1 日创刊号。
④ 王长华等主编：《河北新文学大系·史料卷》，河北教育出版社 2013 年版，第 221 页。

需要，制订出诸如《新年戏剧工作大纲》等具体工作计划，成立"剧作研究会"，帮助农村剧团的组建及演出，推动群众性戏剧运动的开展。

1942 年 6 月前后，随着文艺整风运动的深入及毛泽东文艺思想的贯彻落实，晋察冀边区文艺界也在"更进一步从思想上来清算文艺工作的一切歪风"，以及"相当普遍、相当严重地存在着艺术至上主义的倾向，也就是艺术工作者的自由主义、个人主义与一切三风不正的具体表现"的同时，"号召文艺工作者'下乡'与'入伍'，真正深入群众中，到实际中，以改造文艺工作，改造文艺工作者"等。[①] 于是，在当年 6 月 21 日至 25 日晋察冀边区同时召开的文学、戏剧、美术、音乐各协会会员大会上，崔嵬、韩塞分别当选新一届剧协的正副主任，并通过了新的剧协简章。明确了新剧运的发展方向，就是遵照文艺为政治及工农兵服务的方针，深入农村部队推进群众性大众化戏剧创作及演出的开展等。1946 年 4 月，由于中华全国文艺协会张家口分会成立后替代了晋察冀边区文化界的领导职能，中华全国戏剧界抗敌协会晋察冀分会社团组织职能及相关活动也遂告结束。

延安文化俱乐部：1940 年 3 月下旬成立，是陕甘宁边区文化协会创办及领导的一个文化团体机构。根据延安文化俱乐部"促进文化活动，提倡文化娱乐，联络感情"等宗旨与组织章程，还成立了专门的"延安文化俱乐部理事会"，理事会正副主任委员分别由萧三、陈明担任，以规范并管理文化俱乐部的相关工作及群众性的文化活动。

1939 年冬，为适应延安文化工作者之间交流及开展文化活动的需要，边区文协着手推动并筹建一个能够为各种群众性文化活动与集会提供场所及组织管理的机构。1940 年 4 月 26 日，延安《新中华报》在《延安文化俱乐部成立》的报道中，不仅向社会及公众宣告，建成并"开幕以来，已一个月了"的延安文化俱乐部，"除了设备着扑克、象棋、军棋、骨牌、留声机、杂志刊物等，以供娱乐及阅览之外，还决定了今后把自己作为延安文化界一个经常召集会议的场所"，以及"最近的新计划，是组织小型晚会，开始跳舞研究和

---

① 沙可夫：《晋察冀新文艺运动发展的道路——点滴经验教训的介绍》，《解放日报》1944 年 7 月 24 日。

集体游戏等"的群众性文化团体。同时，声明其"并不是一般的庞大的俱乐部的性质"，而是一个"征收会员，会员有享受俱乐部内一切娱乐权利，同时也遵守会规，纳会费，及宣传募捐的义务"的"一个有着会员群众的组织"等。①

延安文化俱乐部建成之后，很快就成为陕甘宁边区举办各种文化及文艺活动的中心场所之一。除了战歌社、边区大众读物社、边区戏剧协会等文化团体及文艺社团，经常在此举行相关的会议及文艺活动外，为促进边区文化界的联络及情谊，由延安文化俱乐部发起及组织的文化交流与社团工作活动，也得以借此场地并通过不同季节的"茶话会"形式进行。与此同时，在推动及发展陕甘宁边区的新民主主义文化实践及群众性文化运动中，延安文化俱乐部一方面相继发起组织了延安合唱团、延安业余剧团、延安业余国乐社等群众文艺团体，延安星期音乐学校、延安儿童之友社及跳舞班、延安乐队、戏剧导演研究班等文艺培训机构；另一方面还通过有组织的街头歌咏、编辑通俗刊物，以及举办各种配合政治宣传及重要节日、纪念日的文娱集会活动等，为推动并开拓陕甘宁边区文化运动的深入发展，以及提高及丰富群众的文化生活与社会进步，做出了积极的实践与文化探索。

1942 年 10 月 22 日，延安文化俱乐部在《解放日报》刊登《文化俱乐部启事（之二）》，宣布"承蒙边府文化工作委员会拨款在文化沟口修建街头艺术台，并蒙鲁艺音乐部、星期音乐社、国乐社、青年剧院等五团体之助于日内正式开幕"之后，② 遂淡出历史的视野并结束了其文化机构的活动。

中华全国音乐界抗敌协会晋察冀分会：1940 年 4 月中旬成立于晋察冀边区，是晋察冀边区文化界抗日救国会所属的音乐界联合会团体组织，简称"边区音协"。吕骥担任主席，吕骥、周巍峙、卢肃等任常务委员，陈地、张非任委员。

边区音协成立前后，晋察冀边区的音乐运动，主要是来自延安的西北战地服务团、华北联大、鲁艺等单位的音乐工作者发起的。这些"八路军部队

---

① 《延安文化俱乐部成立》，《新中华报》1940 年 4 月 26 日。
② 《文化俱乐部启事（之二）》，《解放日报》1942 年 10 月 22 日。

中文艺活动的影响以及涌进敌后大批外来文艺工作者与文艺团体的帮助与推动，乡村群众普遍起来组织剧团，进行戏剧音乐活动（多半是跳秧歌舞，演地方戏，也有搞活报与话剧等新形式的）"。① 因此，边区音协这样的专业文艺组织机构的成立及音乐工作者的团结，就对晋察冀边区音乐运动的组织领导及发展壮大，产生了直接的作用。于是，他们除了为配合边区政治军事与社会文化的需要，先后组织了多种形式的歌曲创作及其歌咏活动，开办各种文艺干部培训班及提高群众的音乐水平之外，还联合晋察冀边区其他的音乐、剧社等文艺团体，搜集并研究民歌、地方戏曲、风俗音乐等民间音乐，创作诸如故事歌曲、小调剧、歌活报、歌表演等大众化音乐作品，探讨"新音乐"创作及其形式，以及中国新民歌的理论批评。为此，他们编辑出版了《晋察冀音乐》、《解放歌声》等音乐刊物，以及《指挥手册》、《音乐家和音乐家的故事》等大众化的音乐书籍，总结交流音乐创作及歌咏活动的经验，推动并领导群众性音乐运动的发展。

1942 年 6 月 21 日，在边区音协召开的会员大会上，经过了文艺整风运动和延安文艺座谈会之后的音乐工作者们，不仅通过了新的团体章程，决定响应"文艺为工农兵服务"的号召，"下乡"与"入伍"，深入群众并与群众打成一片，同时改选出新的领导成员与理事会，由周巍峙任主任，卢肃、陈地等 15 人为理事。在"经过了整风一般克服了技术观，脱离群众等不良作风"之后，为使音乐能够更好地为政治服务，为工农兵服务，文艺工作者"应该有充分的准备去迎接新时期的到来"，② 1946 年 4 月以后，因中华全国文艺协会张家口分会成立后，晋察冀边区文化界抗日救国联合会及其领导职能的撤销，中华全国音乐界抗敌协会晋察冀分会的相关活动也逐渐结束。

中共中央文化工作委员会：1940 年 10 月成立于延安，简称"中央文委"，是中国共产党领导全国文化运动和指导文化工作的组织机构，也是 1929 年 10 月在上海成立的中共中央文化工作委员会的重建，以及其文化领导及组

---

① 沙可夫：《晋察冀新文艺运动发展的道路——点滴经验教训的介绍》，《解放日报》1944 年 7 月 24 日。

② 张非：《晋察冀新音乐运动简述》，《晋察冀日报·星期增刊》1946 年 3 月 15 日。

织职能在新的历史时期的恢复。周扬担任主任，艾思奇任秘书长。

　　1928 年 6 月中共第六次全国代表大会以后，中共中央重视并加强了对全国文化工作的领导，发出《关于宣传鼓动工作》的通告及决定。翌年 6 月 25 日，中共六届二中全会通过了《宣传工作决议案》，要求建立中央宣传部下属的"文化工作委员会"等组织机构，以"指导全国高级的社会科学的团体、杂志，及编辑公开发行的各种刊物书籍"。① 因此，上海"中央文委"建立后，就开始有组织地进行文化及文艺运动的领导工作。其中，所领导建立的左翼文化团体中，如中国社会科学家联盟、中国左翼作家联盟等，对宣传中国共产党的政策方针及其思想理论，配合其政治革命策略及斗争，团结组织文化界及文艺界工作者等，都产生了重要的社会历史作用。潘汉年、朱镜我、冯乃超、祝伯英、冯雪峰、阳翰笙先后担任书记。1935 年夏，"上海临时中央局"撤离时，上海"中央文委"中止了其相关活动。

　　1940 年延安"中央文委"的重建，是在中共中央与中央红军到达陕北以后，新的政治军事斗争形势及抗战开始后国共两党统一战线形成，以及新民主主义政治及文化实践等历史文化背景下，中国共产党领导全国文化工作及文艺运动的政治策略与组织需要。所以，1939 年 5 月 17 日，中共中央书记处在《关于宣传教育工作的指示》中，就明确要求，由于"估计到中国文化运动（文艺运动在内）在革命中的重要性"，因此"在区党委、省委以上的宣传部下组织文化工作委员会"等。② 翌年 9 月 10 日，中共中央即针对"国统区"及"各根据地的文化运动"，做出了具体的政治指导及相关指示。③ 于是，中央文委成立后，即于 10 月 10 日和中共中央宣传部联署，发出《关于各抗日根据地文化人与文化团体的指示》，强调"为了发展各抗日根据地的文化运动，正确的处理文化人与文化团体的问题，实为当前的重要关键"，并围

---

　　① 《宣传工作决议案》，转引自中共中央宣传部办公厅、中央档案馆编研部编：《中国共产党宣传工作文献选编：1915—1937》，学习出版社 1996 年版，第 896 页。
　　② 《中共中央书记处关于宣传教育工作的指示》，中共中央文献研究室、中央档案馆编：《建党以来重要文献选编（1921—1949）》（16），中央文献出版社 2011 年版，第 306 页。
　　③ 《中共中央关于发展文化运动的指示》，中共中央文献研究室、中央档案馆编：《建党以来重要文献选编（1921—1949）》（17），中央文献出版社 2011 年版，第 526 页。

绕存在的具体问题做出了明确且具有针对性的指示。① 其后，又与总政治部联署发出《关于部队文艺工作的指示》等，并在文艺整风运动及延安文艺座谈会召开前后，在新民主主义文化建设及文艺运动中，发挥着重要的领导作用。与此同时，各边区党委机关建立的文化工作委员会，也承担着相应的领导职能。如中共西北局文化工作委员会的职能范围及中心工作，就是"在西北局党委直接领导下研究西北文化动向，负责指导与帮助边区文协党团工作"等。② 1945 年中共第七次全国代表大会以后，中央文委归并中央宣传部，中央文委结束其相关工作及职能。

陕甘宁边区政府文化工作委员会：1942 年 3 月 5 日成立于延安，简称"边区文委"，为推动陕甘宁边区文化运动的领导机关组织，直属边区政府③边区文委主任由吴玉章担任，罗烽为秘书长，委员会由林伯渠、李鼎铭、吴玉章、徐特立、丁玲、贺连城、萧军、丁浩川、萧三、艾思奇、罗烽、欧阳山、柳湜、周扬、吕骥、江丰、李卓然、何思敏、周文、柯仲平、莫文骅、舒群、李丹生、马济川、高长虹、塞克、艾青共 27 人组成。

1941 年 5 月 1 日，延安《新中华报》公布"中共边区中央局提出，中共中央政治局批准"的《陕甘宁边区施政纲领》。其中明确规定，"保证一切抗日人民（地主、资本家、农民、工人等）的人权，政权，财权及言论、出版、集会、结社、信仰、居住、迁徙之自由权"，同时强调"奖励自由研究，尊重知识分子，提倡科学知识与文艺运动，欢迎科学人才"。④ 所以，陕甘宁边区文化工作委员会成立后，延安《解放日报》即在 1942 年 3 月 25 日发表的社论《把文化推进一步》中，指出边区文委的成立，不仅"必须掌握着新民主主义文化运动的方针，来领导边区的文化工作，具体地说，就是要努力从事实现边区施政纲领中前面所举的文化纲领"，而且"在推动工作中，必须对于

---

① 《中共中央宣传部、中共中央文化工作委员会关于各抗日根据地文化人与文化团体的指示》，中共中央文献研究室、中央档案馆编：《建党以来重要文献选编（1921—1949）》（17），中央文献出版社 2011 年版，第 582 页。
② 《西北局文委的业务》，中央档案馆、陕西省档案馆编：《中共中央西北局文件汇集》（1941），中共陕西省委党校 1994 年 11 月印刷，第 315 页。
③ 《开展边区新文化，边区文工委成立，通过组织简则工作纲领》，《解放日报》1942 年 3 月 7 日。
④ 《陕甘宁边区施政纲领》，《新中华报》1941 年 5 月 1 日。

边区的文化人士，文化团体等加以研究和理解，必须切实地认识边区对于文化工作的需要以及开展文化工作可能条件，根据这些具体情况，来进行推进工作”等。①

　　根据1942年4月3日陕甘宁边区政府颁布的《陕甘宁边区政府文化工作委员会组织简则》和《陕甘宁边区政府文化工作委员会工作纲领》，边区文委的主要任务是“建立边区的新民主主义文化”，并“代表边区政府根据新民主主义政纲，领导开展边区文化运动；厉行学术思想与创作自由；群策群力建立科学化、民族化、大众化的文化基础；团结边区的文化团体及文化人士；培养边区文化干部；团结全国文化界，共同建设新文化，争取抗战的最后胜利”等。② 于是，边区文委先后成立大众文化工作委员会，以“主要负责文化教育的普及工作”；设立“每年暂定15000元”的“文化奖金”，以“开展边区文化运动”；召开“戏剧工作座谈会”，讨论并“确定了边区戏剧工作的方向等问题”；“决定在本文化工作委员会下成立文化工作临时委员会”，以“讨论评选、奖励艺术作品问题”“优待文化干部问题”等。除此之外，还分别决定“由边区文协主办《边区文化》，由边区剧协主办《边区戏剧》，由边区音协主办《民族音乐》，由边区美协主办一种会刊，由新文字协会主办《大家看》等刊物”，以及“为鼓励音乐与美术创作”而“专款设立‘聂耳音乐奖’和‘美术创作奖’之奖励基金”等。③ 并且，还先后颁布了《陕甘宁边区民众团体组织纲要》、《陕甘宁边区民众团体登记办法》等法规。在强调“凡边区民众在不违反抗战建国最高原则之下，均有集会结社之完全自由”，以及“在自愿原则下，得依各种不同职业、地区、信仰、性别、年龄，组织团体”的同时，要求“边区内一切民众团体，皆须呈报当地政府转呈民政厅声请登记”等。④ 从而将文化团体组织的领导及管理工作纳入法制化的轨道。1950年1月19日，西北军政委员会成立，陕甘宁边区政府文化工作委员会随

① 《把文化推进一步》，《解放日报》1942年3月25日。
② 《陕甘宁边区政府文化工作委员会工作纲领》，《解放日报》1942年3月13日。
③ 陕西省档案馆编：《陕甘宁边区政府大事记》，档案出版社1991年版，第148—155页。
④ 甘肃省社会科学院历史研究室编：《陕甘宁革命根据地史料选辑》（第一辑），甘肃人民出版社1981年版，第165—166页。

着陕甘宁边区政府的撤销而结束其工作职能。

东北文艺协会: 1946 年 9 月 19 日在哈尔滨筹备建立,全称为"中华全国文艺协会东北总分会",简称"东北文协"。该组织机构是在中共中央东北局宣传部的指示下,由萧军、舒群、金人、罗烽等人发起并筹组的东北地区文艺联合会。因此,筹组会议选择在哈尔滨举办的鲁迅逝世十周年纪念大会之后召开,以宣示这个文艺组织应当肩负起的"扛起鲁迅的大旗,举起文艺的'投枪',为民主,为和平而嘶杀"的历史重任。① 于是,筹备会议上选举著名作家罗烽为代理主任,萧军等 17 位著名文艺工作者、罗烽等 9 人分别担任"中华全国文艺协会东北总分会"的筹备委员和常委,并决定在这个"总分会"中设立总务、出版和研究三个部门,分别由罗烽、草明和萧军兼作部长等。此外,新诞生的中华全国文艺协会东北总分会,还将"要求美军撤离中国""编印会刊《东北文艺》""组织文艺小组并设讲座"和"组织前线慰问团"等,作为"目前暂时的工作"明确地提了出来。因此,1946 年 12 月 1 日出版的《东北文艺》创刊号上,除了封面印有"中华全国文艺协会东北总分会会刊"的大字外,在由萧军撰写的"代创刊词"《目前东北文艺运动我见》一文中,将"集中力量,建立核心""扶持新军,改造旧部""配合政治,联系人民"和"深入工厂、部队和农村"等,视为中华全国文艺协会东北总分会及《东北文艺》从事文艺运动及创作活动的重心。

1948 年春,中华全国文艺协会东北总分会正式宣告成立,并更名为"东北文艺协会"。此后,"东北文协"在佳木斯等地相继成立了一些分会组织,决定结束由吕骥主持的《东北文艺》月刊的编辑出版,而改为编印由周立波担任主编的《文学战线》杂志,并且在中共中央东北局宣传部的领导下,相继组建东北文协文工团,开展群众性的文艺宣传活动及配合党的各项政治工作。此外,在中共中央东北局的支持下,由萧军主持创办的"鲁迅文化出版社"及文化报社等出版机构先后成立,对当时东北地区的延安文艺运动及工农兵文艺创作,特别是东北地区政治军事及社会文化活动的开展,产生了重

---

① 冯明:《记鲁迅十年祭和东北文协的诞生》,《东北文艺》1946 年创刊号。

要的作用。

1948 年 11 月，随着国共内战及政治形势的变化，沈阳成为东北地区政治文化中心城市。于是，中华全国文艺协会东北总分会也迁到沈阳，并与东北行政委员会文化局联合办公。1949 年 3 月，由中华全国文艺协会东北总分会主办的《东北文艺》及《文学战线》月刊也迁往沈阳编辑出版。1949 年 12 月，东北第一届文艺工作者代表大会在沈阳召开，正式成立东北文学艺术界联合会，即"东北文联"。随即，中华全国文艺协会东北总分会亦停止了自身的相关活动。

二　专业性文艺社团类

延安文艺运动期间成立的专业性文艺社团，尽管其宗旨及活动等方面，都是在党的文艺工作及其思想的领导或影响之下展开的；但是，由于这类文艺社团大都出于相同的志趣或爱好，以及其组织活动的方式具有自身内在的灵活性、群众性和自由度等，因此有别于综合性的文艺组织，而得以活跃在民间并发挥出其独有的社会文化及文艺领域内的功能，从而可以为作家及文艺爱好者提供相互交流的平台或场所，出版相关的文艺刊物，开展各种形式的艺术创作和传播活动，组织各种文艺授奖等鼓励文艺创新等。如以下文艺社团。

人民抗日剧社/锄头剧社/陕甘宁边区抗战剧团：1936 年 1 月成立于陕北瓦窑堡的人民抗日剧社，是由江西"中央苏区"的工农剧社和"陕北苏区"的"列宁剧社"联合组建的一个戏剧团体。剧社由中央宣传部和教育部直接领导，分别设有戏剧班与歌舞班。危拱之担任社长，刘保林、杨醉乡、温涛、黄直等参与领导工作。

1936 年 6 月 3 日，人民抗日剧社在《红色中华》上刊登《征求剧本启事》，征集话剧、歌剧、活报、歌词、小调及双簧等演出剧本。[①] 同年 10 月，人民抗日剧社带着《亡国恨》《侵略》《丰收舞》《红色机器舞》等剧目，

---

① 　人民抗日剧社：《征求剧本》，《红色中华》1936 年 6 月 3 日。

"出发在各地组织巡回表演"。他们"每到一地即进行表演,大大的扩大了我们的宣传,取得了广大群众的欢迎与拥护。吴起镇、定边、盐池、河莲湾、三断地等地是他们活动的中心"。^① 翌年年初,人民抗日剧社迁往延安。3月7日,人民抗日剧社总社成立,以"为着适应革命形势的开展,所以要把人民抗日剧社扩大,广泛的建立各地剧团,同时我们又感觉到苏区内的戏剧运动需要有一个中心组织,这个任务应该放在人民抗日剧社的身上"。^② 不久,总社不仅扩大到两百余名团员,所属有中央剧团、中央机关的平凡剧团、红军大学的铁拳剧团和延安市的青年剧团等,而且在陕北各地开展了持续月余时间的宣传演出活动,以及对其他文艺团体及群众的文艺培训辅导工作。1937年8月,为适应抗战爆发后政治军事的需要,中央决定人民抗日剧社及中央剧团、联合锄头剧社等社团易名为"陕甘宁边区抗战剧团"。

而1937年2月18日成立于陕北蟠龙镇的锄头剧社,则是中共陕北省委在"陕北苏区"领导创办的一个戏剧团体。剧社由杨笑萍担任主任,并设立管理委员会,"统一战线即将实现时,剧社担负着教育群众的伟大任务"。^③ 为此,锄头剧社除了召集陕北省委宣传部、教育部、青救会等部门组成锄头剧社管理委员会,并制订出剧社今后的工作计划等之外,^④ 又组织编排了《自觉》、《小先生》、《自由万岁》等活报剧及多个歌舞节目,在陕北东部各县展开巡回宣传演出。1937年8月,锄头剧社及二十余名团员,被并入陕甘宁边区抗战剧团。

陕甘宁边区抗战剧团接受边区党委宣传部和教育部,以及边区文协的直接领导和专业指导。剧团内设有总部,以及三个大队,各大队分设剧务科、宣教科、交际科和总务科等机构。叶石、杨醉乡、李柯分别担任正副主任,并兼任大队长等。从成立伊始至1942年5月,抗战剧团除了在戏剧运动及创作演出中,"根据剧团工作方向——话剧地方化,地方戏现代化,不放弃歌舞、活报的战斗艺术"等目标任务之外,还相继在绥德分区、关中分区及山

---

① 《人民剧社巡回表演记》,《红色中华》1936年11月23日。
② 《戏剧运动蓬勃开展——人民抗日剧社扩大成立》,《新中华报》1937年3月19日。
③ 《陕北省剧社正式成立》,《新中华报》1937年2月19日。
④ 《锄头剧社今后工作计划》,《新中华报》1937年5月6日。

西等地组织了多次演出活动，以及配合政治军事及新民主主义文化建设需要的群众性演出与街头演讲、巡回展览等。1942 年 5 月 23 日，延安《解放日报》在报头刊出《陕甘宁边区主办艺术干部学校成立启事》的同时，还刊登出《抗战剧团结束启事》，宣布"本团业经奉令结束，所有服装用具等团产，俱已移交边区艺术干部学校收管"等。陕甘宁边区抗战剧团被并入陕甘宁边区艺术干部学校，停止其所有工作及相关文艺活动。

西北战地服务团：1937 年 8 月在延安组成，全称"十八集团军西北战地服务团"，简称"西战团"。在当年 8 月 12 日召开的"西战团"第一次大会上，确定其为一个半军事化、以宣传为主要任务的文艺工作团体，由时任中央宣传部副部长凯丰秘书的朱光代表中央宣传部任命丁玲、吴奚如为正副主任，并决定了其下设的通讯股、宣传股、总务股等负责人及其职能。同时，讨论通过了《行动纲领》、《规约》与公开发表的《成立宣言》等，并将相关信息通电全国等。此外，成立了由吴奚如任书记，丁玲、陈克寒分别任宣传干事、组织干事的党支部组织。8 月 15 日晚，在延安大礼堂举行了欢送"西战团"奔赴抗日前线的晚会。毛泽东出席晚会并致辞，丁玲代表"西战团"致答谢词。[①] 翌日，由"西战团"通讯处负责编辑的副刊《战地》创刊号在《新中华报》上整版刊出。主要内容包括：《编前》、《西北战地服务团出发前线致全国爱国人士电》、《西北战地服务团成立宣言》（含"组织系统表"）和《本团行动纲领》等。根据中共中央指示，"西战团"以抗日军政大学二期四大队部分学员为主，先后分两个阶段活动在晋察冀边区。第一阶段由著名作家丁玲领导，1937 年 8 月起赴山西前线，至 1938 年 8 月返回延安；第二阶段由著名音乐家、作曲家周巍峙领导，1938 年秋再赴晋察冀边区，至 1944 年 4 月返回延安。

自 1937 年 9 月 22 日开始，"西战团"40 多人在丁玲等的领导下沿延河出发，东渡黄河，奔赴山西抗日前线。太原失守后，"西战团"被分为两组，分别由丁玲、吴奚如率领前行。1938 年 3 月初，"西战团"开进西安。在此期间，不仅进行了近两百场的文艺演出活动，创作了大量的抗战戏剧作品

---

① 白彬：《丁玲在延安》，延安市政协文史与学习委员会编：《延安文史第 9 辑·延安岁月》（上），陕内资图批字（2006）FY·001 号 2006 年印行，第 399 页。

及抗战歌曲，以及各类标语、漫画、大众曲艺剧目等，而且先后编辑出版多期《战地》副刊、壁报等，如张天虚的报告文学《两个俘虏》，田间的长篇叙事诗《她也要杀人》，丁玲的《河内一郎》，塞克执笔的《突击》等话剧剧本。并且，"西战团"在西安时还以"战地社"的名义，于 1938 年 5 月 27 日在西安《国风日报》上编辑出版了《西北文艺》三日刊副刊，以及由丁玲主编的大型文艺丛书"西北战地服务团丛书"等。1938 年 7 月，"西战团"奉调返回延安。

在"西战团"活动的第二阶段，1938 年 11 月 20 日，"西战团"由副主任周巍峙率领，第二次离开延安，途经陕西、山西、河北三省，行程两千余华里，于 1939 年 1 月 3 日抵达晋察冀边区的平山县蛟潭庄村，开始了在晋察冀边区五年多的战地文艺宣传活动。其中，从 1939 年 2 月开始，"西战团"相继决定由本团战地社等编辑《战地》油印团刊及戏剧、音乐专刊，以及《战斗的人们》《诗建设》等文艺刊物和"诗建设丛书"，包括 9 本诗集和一本诗论集《关于街头诗》。此外，1939 年 5 月 3 日，"西战团"音乐组主编的《歌创造》创刊号出版；5 月 13 日，战地社主持召开如何利用民族形式的讨论会；① 8 月，为纪念"八七"街头诗运动一周年，"西战团"《诗建设》编辑部发起"一千首街头诗创作运动"；1940 年 4 月中旬，"西战团"在唐县和完县开办两个"乡村艺术干部培训班"；8 月 19 日，"西战团"举行成立三周年纪念会，周巍峙总结三年来的工作，会后编印《西战团在晋察冀两年间》大型油印纪念册等；1942 年 3 月，"西战团"提出"为了工作、为了建设"的工作方针，提出向正规化的铁的艺术兵团前进，在普及与提高中建设边区的新文化艺术，为培养坚强的革命的文艺战士而奋斗等口号，以及不但要为今天的工作做得更好，主要还是为明天建设新民主主义的文化艺术着想等目的；② 4 月中旬，"西战团"根据军区的指示，选拔二十余人组成武装宣传队，到平山、繁峙等县潜入敌人据点开展对敌宣传演出；9 月，"西战团"编辑出

---

① 晋察冀革命文化史料征集协作组：《晋察冀革命文化艺术大事记》，花山文艺出版社 1998 年版，第 31—32 页。

② 同上书，第 96 页。

版几十期街头壁报，以及《街头文艺》《觉悟》《开通》等文艺及综合性专刊。据不完全统计，在晋察冀边区的五年半时间里，"西战团"先后创作了近400部戏剧作品，创作搜集了大量的歌曲及新民歌，编辑出版了130余期的文艺刊物及音乐刊物，此外还开展了各种文艺演出活动等。

1944年4月上旬，"西战团"奉命调回延安。1945年6月，中共中央宣传部决定撤销"西战团"建制，大部分成员被分配到鲁迅艺术学院的各个系科工作。

战歌社：1937年12月成立于陕甘宁边区的一个文学社团。其前身为陕北公学一些诗歌爱好者发起成立的诗歌团体，刘御被推选为社长。随后，由时任陕甘宁边区文化界救亡协会负责人的诗人柯仲平提议，在陕北公学战歌社的基础上，成立隶属于"边区文协"的新的战歌社。在成立大会上，周扬到会祝贺，并选举柯仲平为社长，朱子奇、胡征、师田手、公木、夏雷、侯光慈、孟冰、侯亢、魏巍、冯塞伟等作家先后加入，并设立多个部门分管社团内的各项事务。

作为陕甘宁边区文化救亡协会领导下的群众性文艺社团组织，战歌社通过编辑《战歌》诗墙报、印发诗传单、举办诗歌朗诵会、组建诗歌朗诵队等，积极开展街头诗（墙头诗）运动。如1938年8月7日，战歌社与西北战地服务团战地社联合发表《街头诗歌运动宣言》，并将8月7日定为"街头诗运动日"等。此外，还公开征集诗稿、举办诗歌创作研讨会、指导群众性的诗歌创作活动。如1938年3月3日，战歌社在《新华日报》刊登《边区"战歌社"征求诗集启事》，推动大众化诗歌创作及其理论批评的提高进步。

1940年以后，由于社团成员工作的变化对活动产生影响，战歌社召开会议，增列刘御、雷波、公木等为新的执行委员，通过制定新的章程，提出"加强组织"与"深入工作"的口号，进行整顿和重建。1940年9月，战歌社与山脉文学社联合编辑出版《新诗歌》刊物。同年12月，战歌社被并入新成立的延安新诗歌会，战歌社结束其社团活动。

抗战文艺工作团：1938年5月中旬在延安成立，陕甘宁边区文化界救亡协会和八路军总政治部领导，是毛泽东提议并命名的社团组织。其主要工作任务是搜集战地材料，反映前线生活，推动文艺运动，建立文艺组织等。抗战文艺工作团在延安设有总部，负责组织、编审等事宜，分批组建和向各边区派出抗战文艺工作团，联合"边区文协"出版《文艺突击》等刊物。自成立以来，先后有6组抗战文艺工作团被派遣到前线开展活动。

其中，第1组由刘白羽任组长，成员有金肇野、林山、汪洋、欧阳山尊，1938年5月至8月由延安北上，经榆林到绥远、内蒙，然后渡黄河进入晋西北，再闯过同蒲路到晋察冀边区，随后到冀中、冀南、鲁西北、冀鲁豫边区，沿陇海线经西安回到延安；第2组由雷加任组长，由高敏夫、韦明等7人组成，分为两个小组，1938年先后从延安出发，分别进入山西五台山一带后转往河北，并在黄河之滨的宋家川一带工作，1939年3月陆续回到延安；第3组由卞之琳任组长，吴伯箫、白晓光、野蕻、林山等为组员，1938年11月离开延安，经西安，转达晋东南及河北一带活动，1939年4月回到延安；第4组亦由刘白羽任组长，莎寨等为组员，1939年4月出发，在陇海线一带工作；第5组由周而复任组长，成员为鲁藜等，1939年9月出发赴晋察冀边区工作，1942年12月返回延安；第6组由萧三任组长，成员为胡考、郁文等，1940年4月到晋绥边区开展工作，不久返回延安。

抗战文艺工作团的文艺宣传活动，不仅搜集了大量战地材料与摄影图片，通过写作发表的多篇战地通讯和小故事，正面介绍中共及八路军的抗日斗志，而且，积极推动各边区文化组织机构与文艺社团的建立，以及文化运动的开展等，如在其提议和帮助之下先后成立的晋西北文化工作者协会、晋察冀文化协会等，以及冀中的"燎原文艺社"和一二〇师的文艺通讯网等。此外，帮助八路军总部成立"八路军文艺学习会"，组建长治的"太行青年抗战文艺学会"等，并举办相关的座谈会交流文艺工作经验等。因此，抗战文艺工作团不仅被认为是毛泽东"文武两条战线"、枪杆子与笔杆子相结合文化战略方针的一种体现，以及"后来解放战争时期活跃于战场上、非常著名的'文工团'的原型"①，同时，其作为"党的文学"组织及文艺团体，所体现出的高

---

① 钱文亮：《"沙龙"、"大会"与"单位"——"新文学运动方式的转变"之一》，陈平原主编《现代中国》（第6辑），北京大学出版社2005年版，第54页。

度组织纪律性，以及其体制的"政治化"，构成了部队文艺团体的新范式，并"一直深刻地影响着新中国文艺的发展"。①

陕甘宁边区民众剧团：1938 年 7 月 4 日成立于陕甘宁边区，是陕甘宁边区民众娱乐改进会组建并直接领导的一个专业的戏曲艺术团体，也是 20 世纪 40 年代倡导及探索"旧剧革命"的主要文艺社团之一。其宗旨及任务是"采取旧形式新内容之手法改进各项民众艺术，以发扬抗战力量，提倡正当的娱乐"。② 民众娱乐改进会主席柯仲平兼任团长，刘克礼任副团长，张季纯、马健翎、墨遗萍分别担任剧务、教务主任，教员有刘白羽、杨洁、方纪、柳青、李丽莲等。

职业化的民众剧团，是以成立于 1938 年 5 月 23 日的陕甘宁边区民众娱乐改进会，③ 联合马健翎创办的"乡土剧团"与延安"群众业余剧团"创建的业余戏曲体"民众剧团"，在延安成功演出马健翎和张季纯的现代秦腔剧《一条路》《回关东》这一天为建团日的。因此，在边区党政部门和各团体机构的大力支持及经费帮助之下，民众娱乐改进会也加快了剧团的专业化及职业化整顿与发展，不仅分别拟定了《陕甘宁边区民众娱乐改进会民众剧团章程》《民众戏剧训练班（或学校）招收学员简则》，以及《民众戏剧训练班（或学校）教育计划》等同时还得到了中央文委边区教育厅及边区文协，以及抗战剧团、鲁迅实验剧团等各个单位干部人员及道具经费等多项援助。这使得民众剧团的现代戏创作及大众化艺术实践，以及其深入广大农村和走进社会基层的演出活动，在陕甘宁边区戏剧运动及其创作演出中，产生了广泛深刻的文化作用和历史影响。1939 年 6 月 30 日，《新中华报》刊登报道——《民众剧团胜利完成了"小长征"，深得民众欢迎》，介绍了民众剧团当年 2 月初从延安出发，到 6 月 16 日返回，期间他们带着《好男儿》《一条路》《回关东》《那台刘》《查路条》等秦腔现代戏，以及《小放牛》等小调民歌

---

① 钱理群：《1948：天地玄黄》，山东教育出版社 1998 年版，第 217—218 页。

② 《民众剧团简章》，孙国林等：《毛泽东文艺思想指引下的延安文艺》，花山文艺出版社 1992 年版，第 381 页。

③ 《边区民众娱乐改进会成立经过》，《新中华报》第 437 期，1938 年 5 月 25 日。

剧，历时近 4 个月行程近 1250 公里，先后在陕甘宁边区的东川口、窑店子、延长、延川、安定（子长）、张家畔、定边、盐池等地"巡演"的盛况。"他们出发时本 30 人，归时已扩充至 41 人"，"团员中虽有 12 岁的幼童，但无掉队者"，"各地民众对他们的戏剧，备极爱好与拥护。剧团协助当地工作人员进行的各种地方工作，亦收到极大的成绩"，从而"胜利地完成了边区政府教育厅给予他们的任务"。[①] 翌年 1 月，民众剧团第二次出发，奔波在陕甘宁边区的关中、陇东、三边分区，展开了近一年的"巡演"活动，先后上演了新创作的现代眉户剧《桃花村》、《两家亲》及《十二把镰刀》等。

1941 年 9 月，柯仲平调任边区文化协会后，马健翎被任命为民众剧团团长。在此前后，剧团不仅增加并调入了许多干部、演员及作家，而且创作改编出《抓破脸》、《打渔杀家》及《三进士》等新作品。经过"整顿三风"运动及延安文艺座谈会后，更加明确了文艺为工农兵服务的方向，先后创作上演了大型秦腔现代戏《血泪仇》《穷人恨》等，以及小调戏《崔福才转变》《赵富贵自新》《张丕模锄奸》及《党世鸿运盐》等，多次组织并参与各地演出活动，因此被誉为延安文艺运动中，"文艺工作者面向群众，文艺走向工农大众"的"具体表现"，[②] 并受到毛泽东的接见及鼓励。1944 年 10 月，在陕甘宁边区文教大会上，民众剧团被授予"特等模范"奖旗，马健翎荣获"特等奖"及"人民群众的艺术家"等奖励及称号。1947 年 4 月，中共中央西北局"文委"决定将民众剧团分为三队"下乡"及"入伍"演出。1950 年 2 月，陕甘宁边区民众剧团更名为西北民众剧团；1952 年年末，易名为西北戏曲研究院；1955 年 5 月，西北戏曲研究院与陕西省眉户剧团、陕西省秦腔剧团合并成立陕西省戏曲研究院至今。

八路军总政治部电影团：1938 年 9 月成立于延安，简称"总政电影团"，是八路军总政治部直接领导的一个电影制作及放映团体。其主要任务是拍摄放映记录八路军战迹的影片。时任八路军总政治部副主任的谭政兼任团长，李肃、袁牧之、吴印咸、徐肖冰等分别负责行政领导、艺术编导及摄影制作

---

① 《民众剧团胜利完成了"小长征"，深得民众欢迎》，《新中华报》1939 年 6 月 30 日。

② 《从春节宣传看文艺的新方向》，《解放日报》1943 年 4 月 25 日。

等。团内设有摄影队与放映队，主要成员先后有叶仓林、魏起、周从初、钱筱璋、吴本立、程默、度珍、唐泽华、罗光、侯波、王紫非、吴国英、张建珍、张可奋等。

总政电影团成立之前，曾由陕甘宁边区党委及宣传部筹备并成立了一个电影摄制放映团体——陕甘宁边区抗敌电影社，但因摄制器材欠缺且购置不易，结果成立不久即告结束。因此，总政电影团成立后，就开始了陕甘宁边区政治文化及经济生产，以及八路军抗战活动等新闻纪录片的摄制工作。从1938年10月1日第一部纪录片《延安与八路军》开拍，到1945年4月至6月的《中国共产党第七次全国代表大会》，总政电影团先后共拍摄了二十余部反映延安政治军事活动、工农业生产及人物事件的影片。这为延安时期的新民主主义政治文化实践及军事斗争历史，保存了许多珍贵的影像资料。除此之外，不仅总政电影团放映队先后放映了《列宁在十月》等苏联电影，以及《南泥湾》等纪录片，而且，总政电影团还于1944年至1946年间，分别举办了两期摄影训练班，培养与训练电影工作干部及技术人才。其中招收的近50名摄影训练班学员，成为后来"新中国电影"重要的专业人才及技术骨干。1946年3月，总政电影团及四十余名团员，由吴印咸率领离开延安，并于同年8月27日抵达东北合江省兴山市，加入同年10月1日正式成立的东北电影制片厂。至此，八路军总政治部电影团亦结束了其相关的所有活动。

路社：1938年8月间成立于延安，是一个旨在"团结诗歌爱好者，推动诗歌创作和理论研究，开展诗歌朗诵活动，促进诗与群众的结合，踏出一条新路"的诗歌团体。主要成员以鲁迅艺术学院文学系学员为主，吸收本院其他系别青年文学爱好者参加，包括天蓝、郭小川、贾芝、曹葆华、鲁藜等。随着路社活动范围及影响的扩大，分别在延安、安塞、绥德等地，以及晋东南等地建立了分社或小组，最盛时路社社员逾百人。

路社名称源于鲁迅的作品《故乡》中"其实地上本没有路，走的人多了，也便成了路"的思想主旨。1938年8月7日，柯仲平、田间、林山、邵子南等在延安《新中华报》上发表《街头诗歌运动宣言》，掀起了陕甘宁边区的"街头诗运动"，呼吁诗歌走出学校并走向社会大众。路社就是在这样的文化及历史背景之下成立的。因此，路社除了要求每个社员每月至少写出一篇作品交社委会查评，还经常组织社员利用社会活动的机会，围绕一个中心题材分头进行创作，以推动激发社员的诗歌创作及艺术热情。同时，作为"街头诗运动"的一个重要社团组织，还相继在鲁迅艺术学院校园内外编辑街头诗墙报《路》和出版油印诗刊《路》，以及举办创作交流研讨会、座谈会和诗歌朗诵活动等。

除此之外，路社作为一个群众性的文学社团，参加了1939年3月26日由边区文化界救亡协会召集的延安各文化团体联席会议，并派遣社员参加了1939年4月9日晚由来延安的演剧三队与边区诗歌总会联合主办，抗大文工团等单位配合参加的"延安文学晚会"等文艺活动。而且，其社团组织活动，还直接得到毛泽东的关注与指导。1939年1月间，路社写信邀请毛泽东参加其组织的诗歌朗诵座谈会。1939年1月31日，毛泽东因此复信，鼓励其"适合大众需要"的文学大众化方向，以及"反映民众生活"的诗歌创作实践等，从而大大地鼓励了路社成员的艺术热情，并提高了该社在延安文艺运动中的声誉。1940年以后，因形势的发展及路社常委们的工作调动，其社团活动逐渐停止。

边区诗歌总会：1938年9月成立于延安，是陕甘宁边区文化界救亡协会领导下的协调与规范边区诗歌社团活动的组织机构。边区诗歌总会成立之前的延安的诗歌运动，作为宣传鼓励抗日救亡运动的艺术方式与重要手段，极大地提升了社会大众及军队将士的爱国热情和诗歌艺术兴趣。但是，众多诗歌社团的成立及各种诗歌创作活动的开展，也暴露出社团组织松散、各行其是，创作题材或活动内容雷同等现象。于是，对于陕甘宁边区及延安的诗歌运动进行适当的协调和规范，就成为边区诗歌总会建立的原因与理由。所以，边区诗歌总会成立后的主要任务，就是推动诗歌运动更加广泛地展开并普及其创作活动，促进街头诗运动和诗歌朗诵活动，以及组织诗歌理论和批评活动的发展等。主要成员多来自当时的战地社、战歌社及其他诗歌团体，包括田间、史轮、刘御、萧三等人。曾编辑出版机关刊物《诗歌总会》半月刊，重视民间歌谣及其艺术资源的搜集和整理等。

边区诗歌总会的成立，标志着陕甘宁边区诗歌创作和朗诵活动，开始被纳入边区文化管理的规范化范围之内，并对当时的诗歌运动及诗歌社团之间的关系协调，发挥了积极的作用。1939 年之后，因陕甘宁边区诗歌运动的演变，以及诗歌社团及边区诗歌总会多位成员工作的调动等，边区诗歌总会的工作职能及相关活动逐渐减少并最终停止。

海燕社/战地社/铁流社/晋察冀诗会：1938 年在晋察冀边区先后成立的文学团体，也是晋察冀边区文化孕育下的诗歌社团。其中，海燕文艺社源于 1938 年 10 月《海燕》刊物上所发表的晋察冀边区许多知名诗人的诗歌作品。海燕社也是晋察冀边区最早发行文学刊物的文学团体。1938 年 10 月 20 日，海燕文艺社开始在《抗敌报》编辑《海燕》副刊。铁流社和战地社均为晋察冀边区以创作新诗为主的诗歌文学社团。战地社是 1938 年 1 月，西北战地服务团副主任周巍峙率领田间、邵子南、凌子风、贾克、史轮、朱星南、曼晴、方冰等到达晋察冀边区后，在晋察冀边区成立的一个诗歌社团，名为"晋察冀边区战地社"，简称"边区战地社"。1938 年 12 月成立的铁流社，则是一个诞生于晋察冀边区的诗歌团体，主要负责人为钱丹辉、蓝矛、叶正煊、郑成武，成员有张维、徐灵、邓康、张绍明等共 30 余人。1939 年 1 月，战地社与铁流社在晋察冀军区司令部所在地平山县组织了边区第一个"街头诗活动日"，产生了广泛的文化影响及社会作用。田间等诗人成为战地社与铁流社诗歌创作的代表作者。

1941 年 7 月 3 日，晋察冀诗会成立，田间任主席，邵子南、魏巍、陈辉为执委，会员有沙可夫、杨朔、方冰、王炜等 30 余人。晋察冀边区的铁流社、战地社、海燕社尽管被并入晋察冀诗会，但它们作为具有相对独立性的诗歌创作群体，则在晋察冀诗会的统一引领与指导下，仍开展着自主的诗歌创作和刊物出版工作，部分社团的活动一直持续到抗战结束之后。1944—1945 年间，随着文艺整风运动的开展及文艺工作者深入基层工作，以及边区文协的解散，晋察冀诗会也逐渐停止了社团组织的相关活动。

山脉文学社/山脉诗歌社：1938 年 10 月山脉文学社成立于延安，由在抗大政治部秘书科工作的奚定怀（奚原）发起。"山脉文学"的命名据称受毛泽东敌后游击战思想的启发。

山脉文学社成立之后，不仅相继开始组织各类文艺活动，通过墙报、传单、标语、朗诵等方式进行文艺宣传，而且根据当时的诗歌创作状况及文艺刊物编辑出版现状，开始筹办一份兼顾文学青年习作与诗文的文艺期刊，并题名为"山脉文学"。刊物创刊号稿子编齐后，因日军轰炸延安导致出版计划改变。后经抗大政治部领导同意，开始先行编辑出版油印本刊物《山脉诗歌》。因此，亦使得山脉文学社的活动重心及社团组织工作，发生了明显的转移和改变，从而逐渐成为一个以诗歌创作与文艺大众化为基本任务，继战歌社之后出现的大型诗歌社团组织——山脉诗歌社。

山脉文学社/山脉诗歌社的成员以抗大和鲁艺的教职员为主。此外，还有马列学院、边区政府、八路军总政治部和后方留守兵团等单位的人员参加。主要发起人和组织者是奚定怀，主要成员有徐明、缪海稜（雷波）、郑西野、栾萍、李维新、劳森、朱子奇、魏元章、赵从容、安适（安观生）、庄涛、王令簾、汪洋、朱力生等。社团内部组织较为规范，会员建立有登记制度，入社、创作交稿等均进行定期登记，最多时社员达两百余人。1940年年底，社团多数成员先后奔赴各个敌后抗日根据地，有组织地开展活动越来越困难。随后在边区文协的组织领导下，山脉文学社与战歌社联合编辑出版油印诗刊《新诗歌》。同年12月8日，山脉诗歌社与战歌社等团体合并成立延安新诗歌会，《新诗歌》刊物变为延安新诗歌会会刊。山脉文学社/山脉诗歌社活动就此终止。

鲁迅艺术学院木刻工作团：1938年10月成立于延安，简称"鲁艺木刻工作团"，是以鲁迅艺术学院美术系木刻研究班为基础，响应"木刻到前方去"号召组建的一个美术团体。其宗旨延续了木刻研究班的"研究木刻技术，提高理论修养，推动木刻运动"等思想理念。原木刻研究班主任胡一川任团长，主要团员先后有华山、罗工柳、彦涵、陈铁耕、杨筠、邹雅、黄山定、刘韵波、赵在青、范云、白炎、艾炎、古达等。

鲁艺木刻工作团成立后，即在中共中央北方局宣传部长李大章率领下，随延安干部队等一起被派遣到华北敌后工作，并作为深入敌后的"一支木刻轻骑队",①"跟战斗一起前进","用新的形式（木刻壁报、木刻标语/木刻传单等）广泛地走到前线,走到敌后,走进战场,深入到穷乡僻壤"等。② 在四年多的时间里,先后驰骋于晋西、太行、冀南等地,开展及推动木刻艺术的宣传教育和群众性创作实践活动。不仅通过举办多种流动木刻展览会及创作木刻连环画、新年画等通俗性大众化木刻作品,使木刻艺术在为政治军事等服务的文化实践中,日益走近及适应工农兵群众的日常生活与文化需要。同时,创办《敌后方木刻》文艺刊物并成立木刻工场、木刻训练班,开展街头木刻宣传品与木刻传单等艺术武器的印制活动。坚持文艺为政治及工农兵服务的方向,拓宽木刻艺术发展道路。因此,鲁艺木刻工作团的相关社团活动和艺术实践,特别是其木刻连环画、新年画等创作活动,在中国现代"新美术"运动及木刻艺术的民族化探索中,都有着重要的历史地位及价值意义。1943 年春,鲁艺木刻工作团及其文艺工作者们,先后返回延安,结束了其在晋冀鲁豫边区的敌后木刻工作。

民歌研究会/中国民歌研究会/中国民间音乐研究会:1939 年 3 月 5 日成立于延安的民歌研究会,是时任鲁迅艺术学院音乐系主任的吕骥,因其倡导的民间音乐研究与采集活动,而在音乐系高级班上成立的一个民间音乐研究团体。其主要任务为采集陕北民歌,成立相关的专题研究小组并出版陕北民歌集等。李凌（树莲）、罗椰波分别担任第一届干事会正副主席,李焕之、王莘、铁铭等参与并负责研究会的民歌研究、作品采集及成果出版工作。

民歌研究会成立之后,相继开展了有目的、有计划与有组织的民间音乐搜集整理活动,以及"新民歌"出版介绍和系统性的研究工作。不仅研究人员由最初的 19 人逐渐发展壮大,并在晋察冀边区等建立了分会组织,同时,民间音乐的采集及整理介绍方面,则分别出版了《陕北民歌集》和《绥远民歌集》等研究成果。随着文化影响的扩大,1940 年 10 月,民歌研究会更名为中国民歌研究会;翌年 2 月,又易名为中国民间音乐研究会,吕骥担任会长。

研究会名称的变化,实际上也反映出其研究视野与领域,从陕北民歌向

---

① 胡一川:《回忆鲁艺木刻工作团在敌后》,《美术》1961 年第 1 期。
② 罗工柳:《抗战二年来的木刻运动》,《新华日报·敌后方木刻》（华北版）1939 年 7 月 1 日。

民间音乐，包括说唱、戏曲及民俗音乐等整体性整理与研究的拓展深入。1942 年 8 月前后，延安文艺座谈会的召开及为工农兵服务发展方向的确立，又为民间文艺及民间音乐研究，提供了新的理论方法及意识形态的动力与支持。因此，在中国民间音乐研究会召开的第五届会员大会上，除了吕骥再次当选研究会主席，安波、向隅、马可、关鹤童、张鲁等为理事之外，"健全组织，经常搜集及出版，加强研究，以建设中国新音乐"①，就成为大会全体成员共同的工作目标。从而相继建立了陇东、晋西北等地的中国民间音乐研究会分会，同时还使其"新民歌"及"新音乐"研究专题及整理出版取得了许多新的成果。先后编辑出版了《民间音乐研究》刊物，《秧歌集》、《怎样采集民间音乐》、《审录》、《秧歌锣鼓点》、《器乐曲选》、《陕甘宁边区民歌》第一集与第二集、《眉户道情集》、《秦腔音乐概述》、《河北民歌选》，以及《民间音乐论文集》第一辑与第二辑等。1949 年中华人民共和国成立前后，中国民间音乐研究会被合并进中国民间文艺研究会。

鲁迅艺术学院文艺工作团：1939 年 3 月 10 日成立于延安，简称"鲁艺文艺工作团"或"鲁艺文工团"。鲁迅艺术学院文学系代理主任陈荒煤任团长，学院第二期学员黄钢、杨明、梅行、乔秋远、葛陵（陈元直）等 5 人为团员。同年 3 月 13 日，文艺工作团先后抵达晋东南八路军总部、一二九师，一九二师三八六旅、三三四旅等地，开展文艺及宣传工作。在此期间，相继与八路军前方总政治部合作制定《部队文艺工作纲要》，强调部队文艺运动的工作重点，就是积极开展部队中的宣传教育活动，培养部队作者，使文艺成为配合部队作战、消灭敌人的有力武器。因此，在近一年的时间内，他们深入群众一线，大量搜集创作素材，写作出了不少富有战斗气息、反映前线和部队生活的作品。如陈荒煤、黄钢等的报告文学与人物速写，陈荒煤、黄钢、梅行等关于部队文艺、敌后文艺工作的意见总结等。

1940 年 2 月，鲁迅艺术学院文艺工作团返回延安。稍后，鲁迅艺术学院决定以文艺工作团作为基础，增调文学系助教及毕业同学等 12 人，在原文艺

---

① 安波、马可：《八年来的中国民间音乐研究会》，中国民间音乐研究会编：《民间音乐论文集》（第 2 辑），东北书店 1947 年版，第 129 页。

工作团创作组织之外，增设理论组，使其成为鲁迅艺术学院一个独立建制单位，主要从事文艺创作和理论批评研究，团长仍由陈荒煤担任。1941 年 9 月，文艺工作团被撤销，存续三年多的鲁迅艺术学院文艺工作团终止活动。

七月剧团/西北剧团/八一剧团/关中八一剧团/关中分区文艺工作团/陕西省文艺工作团：1939 年 7 月 1 日成立于泾阳县云阳镇的七月剧团，是中共陕西省委创办的一个戏曲歌舞创作及演出团体。白衣（何纯渤）任团长兼指导员，斯曼尼（杨公愚）、程波涛任副团长。剧团设有后勤组、剧务组、歌舞组、话剧组等。先后创作并演出了现代秦腔戏《新教子》《新考试》《抓汉奸》《大上当》《查路条》等，以及一些广场歌舞剧节目。主要作家及演职人员有李冰、黄葳、罗文治、苏一平、黎明、胡大明、张云、刘可夫、马骧、胡宪林、胡大明、高贤、袁光、杨克、陈芳、杜杰夫、高禄寿、马平治、王群定、王小民、谭增成、赵际、陈瑞林等。

1940 年 9 月，七月剧团奉命调入延安陕北公学培训学习，并相继开展各种戏剧演出活动。同时，与陕北公学文艺工作室合并，更名为中共西北工委西北剧团，简称"西北剧团"。开设音乐、美术、戏剧、文学等课程，聘请丁玲、萧军、萧三、张庚、杜矢甲等为团员上课。严一农、斯曼尼分别担任正副团长，卫新任指导员。西北工委调岳松、谭碧波、刘迅担任剧团音乐、戏剧教员。

1941 年 3 月，西北剧团脱离陕北公学返回关中分区，先后演出新创作的现代秦腔戏曲《特种学校》《金莲痛史》《春闺考试》和大型快板剧《世界大战》等，以及《司马拜台》《三滴血》等传统戏曲剧目。1942 年 1 月，西北剧团与关中警备区宣传队合并，更名为关中警备司令部八一剧团，简称"八一剧团"。王维之任团长，斯曼尼、石生芳任副团长，严一农任协理员。先后演出了赵伯平改编的秦腔现代戏《民族魂》，以及《石达开》《血泪仇》等。中共中央办公厅赠送"为实现大众的民族的科学的新文化而奋斗"的舞台横幅。

1943 年 3 月，八一剧团与关中分区剧团合并，改名为关中八一剧团。王维之、卫新、袁光任团长，石生芳、王志胜任副团长。周玉民、赵德蒲出任剧团教练，并先后排演出秦腔戏《逼上梁山》《三打祝家庄》《屈原》《穷人恨》《抗日英雄洋铁桶》《边区好》《老百姓拥护共产党》《群众锄奸歌》《慰劳八路军》《张丕模锄奸》等新剧目，以及《黄鹤楼》《取长沙》《长坂坡》《潞安州》及《拆书》等传统秦腔戏曲剧目。

1948 年 10 月 22 日，关中八一剧团改名为关中分区文艺工作团，简称"关中文工团"。1949 年 5 月，因关中分区更名为三原分区，关中分区文艺工作团也改称为三原分区文艺工作团。1950 年 5 月 20 日，三原分区文艺工作团奉命调入西安，更名为陕西省文艺工作团。袁光、高鲁手担任团长，王依群、安全任副团长。1953 年 4 月以后，分别以陕西省文艺工作团的部分成员为骨干，成立了陕西省秦腔实验剧团和陕西省眉户剧团。1955 年 4 月，陕西省眉户剧团、陕西省秦腔实验剧团与原民众剧团合并，组建成立陕西省戏曲剧院。

陕北公学文工队/陕北公学文艺工作团/西北文艺工作团：1940 年 7 月初成立于延安的陕北公学文工队，是后期陕北公学创办的一个文艺演出及文化宣传社团组织。同年 12 月 5 日，陕北公学文工队联合关中七月剧团，组建并易名为陕北公学文艺工作团。1941 年 9 月 25 日，延安《解放日报》刊登《西北文艺工作团启事》，宣告"本团原名'陕公文艺工作团'，受陕北公学领导。现陕公已并入延大，本团今后更名为'西北文艺工作团'，直属西北中央局领导"。[1] 苏一平担任团长兼指导员，朱丹、白衣担任副团长。团内主要设有文学组、音乐组、戏剧组、美术组与总务组等，王亚凡、凌丁、李建彤、林丰、高歌、郭介人、石鲁、东方明等分别担任各组正副组长。

更名后的西北文艺工作团，除了重视戏剧运动及其演出活动，以及美术、音乐等艺术展览宣传和歌咏会的举办之外，还注重于文学、戏剧、美术、音乐等艺术培训教育方面的工作，以及大众化的街头艺术创作与群众性文艺活动的辅导，从而不仅在戏剧创作及演出，美术、音乐及文学创作等方面都有很大的发展，而且在组织机构及团员队伍人数及专业构成，以及整体业务水平等方面也有多方面的进步。1942 年 5 月前后，在文艺整风运动与毛泽东

---

① 《西北文艺工作团启事》，《解放日报》1941 年 9 月 25 日。

《在延安文艺座谈会上的讲话》的反省学习中，为庆祝边区文协的改组，以及边区宣传工作会议的开幕，西北文艺工作团演出的曹禺话剧《北京人》，在延安受到了观众的热烈欢迎并产生了广泛的社会影响。这既是对其艺术阵容的一次检阅，也是他们接受文艺为工农兵服务文艺方针，转变文艺思想并"走向农村"的宣示。在"得到西北局的指示"后，"今后的工作方向，将去开展文化教育落后的广大农村，同时，在边区文协的帮助下，他们将把过去所学的经验教训，注射到广大农村中去"，以"更坚强地擎着开拓文化的旗帜，深入农村，面向群众"。①

　　1943 年 5 月前后，中共中央西北局决定，西北文艺工作团调入中央党校三部参加整风运动，并先后合并延安杂技团和陕甘宁边区艺术干部学校，张季纯、苏一平分别担任正副团长。同年年底，与边区民众剧团等组成边区文协下乡工作队，赴陇东分区开展 4 个月左右的宣传演出活动。1947 年冬，由于战后国共内战的变化与政治军事的需要，中共中央西北局决定，西北文艺工作团改由第一、第二团组成。原西北文艺工作团为西北文艺工作团第一团，陕甘宁边区绥德分区文工团为西北文艺工作团第二团。林丰、王汶石、裴然、王丕祥分别担任正副团长。1949 年 11 月，西北文艺工作团第一、第二团分别进驻西安后，中共中央西北局决定将两团正式合并为西北文艺工作团。林丰、裴然、王丕祥分别担任正副团长。1953 年年初，西北文艺工作团更名为西北人民歌舞剧团；1955 年又改为西安市歌舞剧院；1963 年定名为陕西省歌舞剧院至今。

　　文艺月会：1940 年 10 月 19 日成立于延安，丁玲、舒群、萧军等发起组织，以"提高文艺创作兴趣，展开文艺讨论空气"为社团宗旨，② 被誉为"以文艺批评与创作来充实延安文艺堡垒的先锋队"。③

　　文艺月会的活动方式是经常召集座谈讨论会或例会，会内不设主任或委员会，而由临时推举（轮流进行）的主席负责主持每次讨论会，以体现并增进社团的民主气氛。设有秘书，先后为洛男、高阳。编辑出版会刊《文艺月

　　① 田方：《走向农村——记西北文艺工作团》，《解放日报》1942 年 4 月 29 日。
　　② 孙国林等：《毛泽东文艺思想指引下的延安文艺》，花山文艺出版社 1992 年版，第 297 页。
　　③ 荒煤：《第一声呐喊》，《文艺月报》1941 年第 1 期。

报》，舒群、萧军、丁玲负责具体编务。在成立大会暨第一次座谈会上，丁玲担任会议主席，舒群、萧军、师田手、萧梦、雪苇、周文、陈荒煤、何其芳、周立波、周扬、李雷等近30人出席。会议讨论并通过了文艺月会的组织、性质和任务，《文艺月报》的编辑方针、方法形式，以及文艺月会座谈会的举办方式及内容等具体事项。

自1940年10月至1941年7月初，文艺月会先后举办过9次座谈讨论例会，以及多次例会外专题讨论会。分别讨论了文艺月会的纲领（草案）、文艺刊物与图书的编辑出版、抗战文艺运动的发展、文艺创作中的人物性格及文风、对民族形式的看法与意见、延安作家的创作生活问题等。而且，1941年6月1日，又在延安成立了一个由艾青任校长的业余文艺补习学校——星期文艺学园。聘请延安知名的文艺工作者担任讲师，以帮助青年学习文学与写作。1942年9月前后，随着整风运动的开展，因作家无暇参加例会等原因，文艺月会终止活动。

延安新诗歌会：1940年12月8日成立于延安，是由战歌社、山脉诗歌社及延安其他诗歌团体组成的诗歌团体。萧三、刘御等人发起组织，战歌社和山脉诗歌社联合编辑出版的《新诗歌》作为会刊。在成立大会上，50余位延安的新老作家出席，萧三、柯仲平、乔木、何其芳、天蓝、李雷、公木、海稜、刘御、罗夫和郭小川等被选为执行委员。萧三在发言中肯定了延安诗歌运动的成绩以及不足，与会作家围绕有关诗歌运动的问题进行了研讨[1]。

延安新诗歌会会刊《新诗歌》，前后有延安版与绥德版两个不同的版本。二者在编辑、印刷、出版时间上都有差别。1942年9月后，新诗歌会绥德分会的同志来到延安，其所编会刊《新诗歌》也移到延安出版。1942年12月10日，延安诗会成立，从绥德来到延安的诗作者们，便以原来绥德新诗歌分会的成员为基础，重组仍定名为"新诗歌会"。同年9月13日上午，新诗歌会在鲁迅艺术学院举行会员大会，并改选理事会。会议响应毛泽东在延安文艺座谈会发出的号召，积极促进诗歌大众化，提倡街头诗和诗歌朗诵运动。

---

[1] 《延安新诗歌会成立》，《新中华报》第188号，1940年12月15日。

1942 年 12 月 22 日，延安新诗歌会、边区文协、延安诗会、鲁艺诗会等团体举行诗歌大众化座谈会。萧三、胡采、艾青、郭小川等延安新诗歌会作家出席。其后，随着整风运动的发展，因多数会员分散等原因，延安诗歌会逐渐淡出并结束了其全部的社团活动。

中央军委直属队政治部文艺室：1941 年 5 月成立于延安，简称"军直文艺室"，为中央军委直属队政治部和八路军总政治部宣传部领导的部队文艺组织机构。公木（张松如）担任主任，晋驼、朱子奇、李洁、李溪、方杰、贺敬之、阿良、白皓、阿甲等为主要成员，侯唯动、李尼、鲁果、戴明、安危等来自鲁迅艺术文学院实习的学员也参与其中。

军直文艺室成立后的主要活动，首先是编辑出版《部队文艺》刊物。该刊由胡耀邦题写刊名，吴奚如撰写发刊词，公木任主编，晋驼、朱子奇、方杰等分别负责小说、诗歌、散文等方面的编辑工作，先后出版 3 期。其次是发起组织文艺团体鹰社，以研究文艺理论，开展文艺创作，活跃部队文艺生活，为抗战实际和部队建设服务。最后是多次组织文艺问题座谈会，讨论部队文艺创作问题，并且深入部队中普及、提高文艺创作水平。此外，他们还特别重视部队基层的文艺小组活动，经常前往进行工作指导，以促进部队文艺活动的展开。1942 年秋，因整风运动的全面开展，以及公木、晋驼等工作调动，军直文艺室的相关活动终止。

中央研究院文艺研究室：1941 年 8 月成立于延安，是中央研究院所属的 9 个研究室之一。中央研究院的前身是马列学院，1941 年 7 月改组为马列研究院，同年 8 月又更名为"中央研究院"。"为培养党的理论干部的高级研究机关"，并"直属中央宣传部"。[1] 张闻天兼任院长，范文澜任副院长。全院共有 9 个研究室，文艺研究室为其中之一。

中央研究院文艺研究室主任，先后由欧阳山、艾思奇担任或代理。分别有特别研究员、研究员、研究生 20 余人。室内分设有刘雪苇、魏东明、江帆等组成的鲁迅研究小组；王实味、萧殷、蔡天心等为成员的文艺评论小组；

---

① 解放社编：《整风文献·中共中央关于延安干部学校的决定》，苏北新华书店 1949 年版，第 51 页。

草明、吴杰民、金默生、余平若、汪琦等组成的小说散文小组；金紫光、陈振球、尚伯康、王伯雨、章炳南等为成员的戏剧小组；郭小川、严慰冰等为成员的诗歌小组。其基本目标及任务就是从马列主义基本原则出发，以研究中国文艺的实际问题为中心，调查研究各方面文艺的历史和现状，总结实践的经验，提出系统的文艺理论，指导今后的文艺实践。因此，在1942年5月延安文艺座谈会召开之前，文艺研究室的欧阳山、草明等，不仅是毛泽东收集并征求文艺界问题意见的主要人选，而且在文艺座谈会召开之际，欧阳山、草明、魏东明、刘雪苇、金紫光、郭小川等文艺研究室成员，也都作为会议代表参加。尤其是在后来的延安文艺整风运动中，文艺研究室特别研究员王实味，因《政治家·艺术家》、《野百合花》等文章引发的思想批判，以及升级展开的政治斗争等，也使当时的中央研究院文艺研究室，一时间处于延安整风运动的风口浪尖。1943年5月5日，因中央研究院被改组为中央党校第三部，中央研究院文艺研究室随之结束其工作与活动。

九一八文艺社：1941年9月18日于延安成立，是由白朗、舒群等发起，李雷、黑丁、罗烽、萧军、魏东明等20余位在延安的东北籍作家响应，而于"九一八事变"10周年成立的一个文艺团体。其主要以延安《解放日报·文艺》副刊为阵地开展相关的文艺活动。

在九一八文艺社同人联名、萧军撰写的《为"九一八"十周年致东北四省父老兄弟姊妹书兼寄各地文艺工作者》中，他们向"各地文艺工作的同乡同志们"宣告，"我们在延安成立了这个'九一八文艺社'，除开交换乡情，研究东北的历史、风土、语言，搜集和东北有关的诸种资料，藉以帮助写作，可能时并以给关心东北的人们一点参考材料以外，我们更切要希望的，还是和我们取得联络，给我们以恳切的援助和提示，让我们进步"等。① 所以，作为"延安文抗"组织机构中一个特殊的以地域乡情凝聚起来的文艺团体，所开展的相关活动也就具有明确的指向性和较强的带动性，从而在当时的抗战文艺社团活动中，承担并发挥着独特的社会作用与历史使命。尽管直接有关

---

① 萧军：《为"九一八"十周年致东北四省父老兄弟姊妹书兼寄各地文艺工作者》，叶君主编：《我们生命中的"九一八"》，北方文艺出版社2015年版，第88页。

九一八文艺社的史料文献不多，以至其社团活动的具体终止时间亦不详。不过，一般认为活动约结束于 1944 年抗战胜利前后，亦可以在 1946 年前后的东北文艺运动发展进程中，发现其清晰的社团组织轨迹及作家活动的身影。

怀安诗社：1941 年 9 月 5 日成立于延安，分别由时任陕甘宁边区政府主席和参议会议长的林伯渠、谢觉哉联名发起组织的同人诗歌团体[①]。参加成立宴会亦称为"延水雅集"的主要有林伯渠、谢觉哉、戚绍光、白钦圣、安文钦、贺连城、汪雨相、施静安、李丹生等十余人，以及边区政府成员高自立、李林庵、张曙时、鲁佛民、朱婴、吴缣等。诗社名称以林伯渠、李木庵的"边区建设民主政治，必须使老者能安，少者能怀"等意旨为宗。[②] 时任边区政府高等法院院长的李木庵被推举为社长，没有制定成文的社团章程，以及具体的入社手续。作品主要为旧体诗词，以及一些新诗、译诗。

怀安诗社成立后，活跃并促进了边区旧体诗歌的创作活动，对于旧体诗歌的通俗化、格律革新、诗韵订正与主题创新等，都做出了积极的探索和艺术尝试。除了在延安《解放日报》不定期开辟"怀安诗选"专栏外，还编有《怀安诗韵》，并花费精力和心思进行诗稿的收集整理工作，精心收集各位诗人的诗稿，整理成册。其中，社长李木庵曾花费过不少时间和精力，将诗笺抄存、传送、保管、整理，最后编辑成册，即为《怀安诗选》。1945 年抗战胜利后，因时局的变化与社团成员的流动等，怀安诗社的社团活动也随之停止。1979 年 8 月，《怀安诗选》由人民文学出版社出版；1980 年 3 月，陕西人民出版社编辑出版《怀安诗社诗选》。

延安诗会：1941 年 12 月 10 日于延安成立，是艾青、萧三等发起组织，成员多为延安新诗歌会会员的一个诗歌社团机构。在成立大会上，参会的 50 多位作家通过了社团简章和相关提案，选举出艾青、高长虹、艾思奇、柯仲平、萧三、何其芳、天蓝 7 位理事。不仅 1941 年 11 月创刊并由艾青主编的《诗刊》成为事实上的会刊，同时会议还决定筹备编辑主要介绍国外诗歌理论

---

① 《延水雅集，怀安诗社成立》，《解放日报》第 115 号，1941 年 9 月 7 日。
② 叶镜吾：《怀安诗社概述》，李石涵编：《怀安诗社诗选》，陕西人民出版社 1980 年版，第 295 页。

和国外诗人，拓展延安诗人创作视野，增加延安诗人理论及创作水平的社团刊物等。①

延安诗会成立后，于 1942 年 1 月 2 日召开了第一次常务理事会，明确了社团机构的组织分工为诗运股长萧三、编辑股长艾青和研究股长柯仲平。并且决定以社团名义参加延安文艺界的活动，以及对"太平洋战争"的爆发发表公开宣言，声明："延安诗会，成立伊始，正值人类命运续绝垂危之时，本诗人之良心，为正义之呼号，以为法西斯蒂一日不灭，世界无有一日宁息，人类文化有被摧残消灭之虞。"② 并且于 1942 年年初，先后召开诗歌晚会，有数百人前来参加；举行多种普希金纪念活动，以及与文化俱乐部联合举行纪念屈原、高尔基、瞿秋白等集会。此后，为了更好地使诗歌融入群众，延安诗会创办了由艾青主编的大型墙报《街头诗》等，促进了诗歌的大众化及普及化运动。此外，为配合时政节日和纪念活动，开展了相应的诗歌创作及朗诵活动。同时，在努力促进诗歌创作的基础上，注重诗歌理论及批评的研究展开。1942 年 10 月，其与延安的鲁艺诗会、新诗歌会及边区文协等文艺团体，联合举行"诗歌大众化问题"讨论会等。1942 年 10 月底，"诗歌面向工农兵"方针确立，延安诗会的相关社团活动结束。③

陕甘宁晋绥五省联防军政治部宣传队：1943 年 12 月 1 日成立于延安，是延安八路军后方留守兵团政治部文艺工作团联合延安青年艺术剧院组建的一个部队文艺团体，简称"联政宣传队"。其宗旨及任务是深入部队生活，以文艺为武器，面向部队，通过"写兵、演兵、给兵演"等"为兵服务"。萧向荣兼任队长，主要编导及舞美工作者有吴雪、欧阳山尊、谢力鸣、陈戈、荒草、翟强、李之华、西虹、丁洪、侣朋、贺绿汀、李鹰航、张仃、田雨、胡果刚、庄言、张林樾、梁寒光等。

联政宣传队成立之后，逐渐发展并成为部队文艺运动及陕甘宁边区群众

---

① 《延安诗会成立，发行会刊介绍外国作品，拥护中英美对日宣战》，《解放日报》1941 年 12 月 12 日。

② 《延安诗会开理事会并发出反法西斯宣言》，《解放日报》1942 年 1 月 9 日。

③ 《诗歌面向工农兵，边区文协等联合座谈》，《解放日报》1942 年 10 月 23 日。

性戏剧活动中的一支重要力量。他们除了相继深入三边分区、陇东分区等地的部队、农村开展宣传演出活动外，还创作编排出许多有代表性并产生了广泛影响的话剧、歌舞剧、活报剧及音乐演唱等节目，从而深受部队干部战士的喜爱及社会大众的欢迎。因此，联政宣传队不仅在1944年10月召开的陕甘宁边区文教大会上，被授予"先进集体"的称号，被三边分区等誉为"表现新群众艺术的能手"，而且被认为"曾给部队的文艺工作开辟了一条广阔的道路，创造了一套宝贵的经验"。①

1945年8月抗战胜利后，联政宣传队奉命从延安出发奔赴东北地区。1946年5月，参加晋冀鲁豫军区政治部召开的部队文艺工作座谈会，萧向荣为会议做了《关于部队的文艺工作问题》的报告，总结介绍了联政宣传队从事部队文艺工作的经验及教训。"作过这个报告之后，沿途又经过许多军区，我也继续作了几次报告，每次都有些小、新的发现，并曾加以修正和补充。"②1946年9月10日，联政宣传队抵达哈尔滨后，即被合并组建为东北民主联军总政治部文工团，稍后又被派往佳木斯创办东北民主联军部队艺术学校，翌年初易名为东北民主联军总政治部宣传队。1948年年初，东北民主联军改为东北人民解放军后更名为东北人民解放军政治部宣传队。1949年3月，东北人民解放军改为第四野战军后易名为第四野战军文工团，下设一团、二团和军乐队。

东北电影公司/东北电影制片厂： 1945年10月1日成立于长春的东北电影公司是由中共长春市委直接领导，在接收日伪"株式会社满洲映画协会"资产及部分技术人员基础上建立的电影制作机构。公司下设有总务、制作、营业等部门科室，张辛实、王启民分别担任正副总经理，江浩、马守清、傅连生及大塚有章等分别负责公司总务、制作、营运等工作。在此之前，中国共产党及相关领导机关，曾提出"迅速建立党的电影工作，实为目前一切重

---

① 萧向荣：《关于部队文艺工作问题·前言》，晋冀鲁豫军区政治部出版、东北民主联军总政治部1947年3月翻印，第1页。
② 萧向荣：《关于部队文艺工作问题·后记》，晋冀鲁豫军区政治部出版、东北民主联军总政治部1947年3月翻印，第26页。

要工作之一",并且确定"在目前能取得利用东北敌伪电影事业的一切或部分资料与从业员,同时运用一切方法、方式来争取国民党掌握的电影从业员为党服务,并在党的领导与扩展之下,我们可能于最短期内为中国电影事业创造新的一页"等工作计划。① 因此,抗战胜利后,中共长春市委迅即派遣刘健民、赵东黎在"满映"建立了东北电影技术工作者联盟,以及东北电影艺术工作者联盟等团体,从而为东北电影公司的成立及对于"满映"的顺利接收,从专业人员组织及物资器材等多个方面做好了准备。1946 年 4 月,根据中共中央东北局宣传部的决定,率领延安干部团第八中队到东北的舒群、田方、许珂、钱筱璋、袁牧之等先后进入东北电影公司,并改由舒群任总经理,袁牧之、许珂、田方、钱筱璋等分别负责公司各部门领导工作。公司图章更改为"东北民主联军总司令部东北电影公司"。同年 6 月 1 日,东北电影公司经哈尔滨、佳木斯迁往合江省兴山(今黑龙江省鹤岗市)。

1946 年 10 月 1 日,经中共中央东北局宣传部批准,东北电影公司正式更名为东北电影制片厂,简称"东影"。舒群、袁牧之先后担任厂长,张辛实、吴印咸任副厂长,田方任秘书长。东影成立之后,拍摄制作及正式出品了一批反映东北政治军事斗争题材的新闻纪录片,完成了第一部木偶片、动画片、科教片及翻译片等,拍摄出品了故事片《桥》,同时,尤其是从 1948 年 6 月以后,西北电影工学队、东北文工一团、东北青年文工团等文艺团体的加入,中共中央宣传部及东北局宣传部组织领导的加强,以及国内外各专业人员干部的大量调入和演职人员队伍的不断发展壮大,都使得东影在当时的延安文艺运动及党的"人民电影"事业发展过程中,逐渐居于拍摄制作及人才培养中心的重要地位。不仅相继组织多个新闻摄影队随军拍摄纪录片,派遣干部接收国内各大城市电影机构及其部门资产,组建新中国的电影拍摄制作及发行机构,而且,先后举办了 4 期电影干部及技术人员训练班,为其后的新中国电影短时期内培养了大批的专业干部及技术人员,因此也被誉为"新中国电影的摇篮"。1949 年 4 月初,东影开始由兴山分批迁往长春;1955 年 2 月,

---

① 《接收东北敌伪电影事业、建立我党宣传机构草案》,张建珍主编:《钱筱璋电影之路》,中国电影出版社 2006 年版,第 65 页。

根据文化部决定更名为长春电影制片厂至今。

三　文艺教育机构类

延安时期的文艺教育机构，也是延安文艺团体组织中的重要部分。重视文艺对于人的教育作用和利用文艺活动进行群众教育，提高和培养干部的文艺写作及工作能力。"我们的艺术教育和其他一切革命活动一样，必须从实际出发，而且要回到实际去解决问题，发生作用"，[①] 应当是延安文艺教育机构及其活动的基本方针与"教学"目的。从鲁迅艺术学院提出的"抗日的现实主义，革命的浪漫主义"，到鲁迅研究会对于"鲁迅精神"的倡导，以及多个团体机构对于文艺青年及其爱好者的创作培养与趣味引导，延安文艺教育机构及其活动对于延安文艺的传播以及艺术趣味的教育等都发挥了重要的历史作用。值得注意的主要文艺教育机构有以下几个。

鲁迅艺术文学院：1938 年 4 月 10 日成立于延安，初名鲁迅艺术学院，1940 年更名为鲁迅艺术文学院，简称"鲁艺"，是陕甘宁边区最早创办的一所综合性文艺院校。

鲁迅艺术学院的创办，初始于 1938 年 2 月毛泽东等 7 人联名发表的《创立缘起》。同年 3 月，中共中央书记处讨论通过了鲁迅艺术学院的办学方针，即"以马列主义的理论与立场，在中国新文艺运动的历史基础上，建设中华民族新时代的文艺理论与实际，训练适合今天抗战需要的大批艺术干部，团结与培养新时代的艺术人才，使鲁艺成为实现中共文艺政策的堡垒与核心"。[②]并且发表了《鲁迅艺术学院第一届教育计划》及"校董委员会名单"、"教职员名单"、"院务委员会"、"教务会议出席名单"、"编审委员会"和"导演委员会"等公告。4 月 10 日举行正式开学典礼，并发表鲁迅艺术学院《成立宣言》。明确提出，鲁迅艺术学院的成立，"不仅为了服务于目前的抗战工作，更进一步，我们还要为抗战胜利以后建立独立自由幸福的新中国而工作"，因

---

① 何其芳：《论文学教育》（上），《解放日报》第 516 号，1942 年 1 月 16 日。
② 罗迈：《鲁艺的教育方针与怎样实施教育方针》，中央教育科学研究所编：《老解放区教育资料（二）》（上册），教育科学出版社 1986 年版，第 367 页。

此，期望"全国艺术界的同志们，请把扶助它的成长当作自己的责任吧"。①
初创时期的鲁迅艺术学院仅设有戏剧、音乐、美术等系科，沙可夫任副院长，
张庚、吕骥、沃渣分别任系主任。学员实行军事化管理，学员按系别分设大队、
若干区队与班组，以及大队长、区队长与组长，协调统一负责学员的生活、学
习和思想工作。1939 年 11 月 18 日，鲁迅艺术学院正式任命吴玉章为院长，周
扬为副院长。1940 年 5 月建校两周年之际，更名为鲁迅艺术文学院，毛泽东题
写新校名和鲁迅艺术学院校训："紧张、严肃、刻苦、虚心。"

1941 年 4 月，鲁迅艺术学院调整学部设置，分设文学部、戏剧部、音乐
部、美术部 4 部，周扬（兼任）、张泯、冼星海、江丰分别担任各学部部长。
何其芳、严文井分别担任文学系主任与鲁迅研究室主任；张庚、田方、符律
衡（阿甲）分别担任戏剧系主任与鲁艺平剧团、鲁艺实验剧团团长；贺绿汀、
吕骥（兼任）分别担任音乐系主任与"鲁艺"音乐工作团团长；王曼硕、钟
敬之分别担任美术系主任与"鲁艺"美术工场场长。此外，设立教务处、编
译处、干部处、院务处、院长办公室等职能部门。学院的教学方式，也由初
期的"三三制"学制，向更为灵活多样的方式转变。即不仅继续派出学员赴
前方锻炼，吸收前方的文艺战士来校参加短期培训，而且相继开办了"部队
艺术干部训练班""前方艺术干部训练班""地方艺术干部训练班"等，邀请
茅盾、萧军、沙汀、艾青、何其芳、陈荒煤、丁玲、欧阳山等来校任教讲学，
并请中央领导人讲演或做报告。1943 年 3 月，鲁迅艺术学院与延安大学合并，
成为延安大学鲁迅艺术文学院，由周扬兼任院长。

1939 年 7 月，中共中央决定，副院长沙可夫等率领鲁迅艺术学院部分师
生奔赴华北前线，后与陕北公学等校在河北阜平创立华北联合大学。1942 年
5 月 30 日，毛泽东在鲁迅艺术学院发表讲话，号召广大学员走出"小鲁艺"，
迈向"大鲁艺"，以深入社会及群众之中，努力实践文艺的大众化。1945 年
11 月，中共中央决定延安大学全体迁往东北后，鲁迅艺术学院师生奉命陆续
调离延安，先后奔赴东北及华北张家口等地开展工作，延安时期鲁迅艺术学

---

① 杨锋等：《思想的力量·解放区木刻·鲁迅艺术学院创立》，河北教育出版社 2014 年版，第
12 页；孙国林等：《毛泽东文艺思想指引下的延安文艺》，花山文艺出版社 1992 年版，第 487 页。

院的相关文艺活动遂告结束。1946 年 9 月，鲁迅艺术学院迁校师生从哈尔滨迁至佳木斯后，改组为东北大学文艺学院，先后由萧军、吕骥、张庚任正副院长。同年 12 月，脱离东北大学，组建鲁艺工作总团，下设两个文工团和一个文艺工作组，后发展为牡丹江鲁艺一团、合江鲁艺二团、松江鲁艺三团与鲁艺四团，分别由中共中央东北局宣传部及合江省委、牡丹江省委及哈尔滨市委领导。1948 年 7 月 23 日，吕骥等提出恢复鲁迅艺术学院方案，同年 11 月 2 日，鲁艺各工作团相继迁至沈阳，中共中央东北局决定鲁迅艺术学院在沈阳恢复办学，吕骥、张庚分别担任正副院长，下设美术部与音乐系、戏剧系，以及舞蹈班、文学研究室和文工团、音工团等。1949 年 11 月 1 日，"东北鲁迅文艺学院"公章的正式启用，也标志着鲁迅艺术学院的发展进入一个新的历史阶段。

　　鲁迅艺术学院在延安时期的文学教育，以及在 20 世纪 40 年代的革命文艺运动过程中，不仅培养造就了大批党的文学家、艺术家及文艺工作干部，成为名副其实的革命文艺队伍的堡垒与核心，同时，其文艺实践与创作活动，作为"党的文艺"及"文的军队"所发挥的各方面历史作用，也对中国现当代文艺的发展产生了深远的影响。

　　文艺小组：1938 年前后成立于延安，1939 年后由中华全国文艺界抗敌协会延安分会文艺小组工作委员会领导。文艺小组的建立及发展宗旨"是根据大众对文艺的普遍的爱好和要求，而在自由民主的边区所产生的一种群众的文艺运动。它提高大众对文艺的正确认识，提高大众的文化水平，并培养、教育写作人才，使之生动、如实地反映生活"。[1] 因此，相信"大众作家和大众作品，不久就会出现"，[2] 也使其能够在很短的时间内就得以迅速发展，仅"文化界救亡协会的文艺小组参加的将近二十人之多，每十日每人至少除交作品一篇外，还要开讨论会一次"，[3] 组员们的作品也经常在《文艺突击》、《大众文艺》上发表。为此，"文抗"延安分会专门成立了"文艺小组工作委员

① 《文艺小组工作提纲及其组织条例》，《文艺月报》1941 年第 12 期。
② 山（萧三）：《从大众中培养新作者》，《文艺突击》1939 年新 1 卷第 1 期。
③ 周而复：《延安的文艺》，《文艺阵地》1939 年第 1 卷第 9 期。

会",负责领导与帮助文艺小组开展工作。从而不仅认为在"使文艺深入、普遍、大众化(即是使大众接近文艺)",以及"提拔新的作家,新的人,新的中国的新人"等方面是很好的办法与方向,同时,在"使工农分子知识化,培养由工农出身的文人,作家,知识者,提高工农的文化文艺的水平",以及"发展新中国的新文艺,提高新文艺的质量"等方面有广阔的途径与前景。①

1941 年 9 月 30 日,中央文委针对文艺小组发展过程中的现状及问题,发出了《关于组织文艺小组对延安各机关学校的通知》,要求各机关、学校的俱乐部把文艺小组的组织工作作为自己工作的一部分,并经常注意检查小组的工作,避免并克服文艺指导工作中存在的矛盾与问题。随即,"文抗"延安分会文艺小组工作委员会又制定了《文艺小组工作提纲及其组织条例》,对文艺小组的性质、任务、活动以及组织原则、区会组织、总会组织以及文艺小组工作委员等做出了系统而具体的规定,进一步强化并规范了其在群众文艺活动中的职能及作用。于是,文艺小组的组织形式及活动影响,除了在晋察冀、晋冀鲁豫等边区引起较大反响,使之借鉴延安文艺小组的经验,建立各种形式的群众性文艺小组类组织机构,积极开展边区的各种文艺活动之外,还在"国统区"的"文化战线"领域及《新华日报》《抗战文艺》《文艺阵地》等报刊上,宣传展示延安群众文艺活动及其成就,并介绍文艺小组成员的艺术创作及作品。

华北联合大学:1939 年 10 月正式成立于山东阜平县南庄,是 20 世纪 40 年代中国共产党在华北创办的著名艺术干部学校,以及晋察冀边区的最高学府。1939 年 6 月,中共中央决定抽调陕甘宁边区的陕北公学、鲁迅艺术学院、延安工人学校、陕西泾阳安吴堡战时青年训练班 4 所学校,组成华北联合大学,赴华北建设新的干部培训学校。同年 7 月 12 日,华北联合大学与抗日军政大学总校师生编成"第五纵队",离开延安向晋察冀边区进发,并于同年 9 月抵达边区政府所在地山东阜平县南庄。学校初设社会科学、文艺、工人和青年 4 部,后改为社会科学、文艺、教育 3 院及群众工作、中学 2 部。学员实

---

① 小山(萧三):《谈延安——边区的"文艺小组"》,《大众文艺》1940 年第 1 卷第 1 期。

行军事化管理，校训是"团结，前进，刻苦，坚定"。成仿吾担任校长并兼任党团书记，江隆基担任教务长，郭任之、沙可夫、李凡夫、陈鹤、何干之等分别任社会科学院、文艺学院、教育学院与群众工作部、中学部部长。

华北联合大学的办学宗旨及教育方针，首先是"为革命实际斗争需要而培养革命干部"；其次是"注意理论同实际相结合"；最后是"贯彻少而精和通俗化的原则"。因此，这种非"死读书"的"战斗化的办学宗旨"，[①] 以及其探索出的一套敌后教育模式，使学校的教学活动在此后的岁月里，虽历经百团大战、多次"扫荡"等战事的冲击，学校内部也多次精简，但一直坚持在战火中办学，取得了辉煌的办学成果。华北联大文艺工作团聚集的一批文艺工作者，不仅创作演出了许多反映现实斗争及为群众所"喜闻乐见"的文艺作品，而且深入社会与群众生活，搜集整理出"白毛仙姑"等民间故事，从而为延安文艺运动及新歌剧《白毛女》的创作，做出了积极的探索并提供了重要的艺术灵感。1945 年年底，华北联合大学奉命开赴张家口，除教育学院外，文艺学院和法政学院也很快恢复办学。1946 年增设外国语学院，合并了华北文艺工作团等。此外，中共中央还增派多位干部以加强学校的组织及专业领导实力。其中，周扬任副校长，艾青任文艺学院副院长，吕骥任文工团团长，周巍峙、张庚分别任副团长等。1947 年 11 月，随着"国共内战"的爆发及战事的演进，华北联合大学再次迁徙，经过广灵县、束鹿县等地转移至正定县城。1948 年 7 月，中共中央决定华北联合大学与北方大学合并组建华北大学。1948 年 8 月 24 日，华北大学在正定举行开学典礼，华北联合大学也宣告完成了自己的历史使命。1949 年 5 月 11 日，华北大学校部迁入北京；翌年 10 月，以华北大学为基础成立中国人民大学至今。

大众读物社：1940 年 3 月 12 日成立于延安，是陕甘宁边区党委根据陕甘宁边区第二次党代表大会的决议及边区文化界救亡协会第一次代表大会宣言精神组建的一个文化机构。初为陕甘宁边区中央局领导及陕甘宁边区文化协会所属的一个团体组织，1941 年后改由西北中央局领导。周文、杜桴生分别

---

① 成仿吾：《战火中的大学》，人民教育出版社 1982 年版，第 98 页。

担任正副社长，参与该社活动及工作的先后有金照、胡绩伟、胡采、谭吐、白彦博、林今朋、赵守一、张思俊、杨蜇生、方之中、庄启栋、秦川、杜谈、刘御、黄修一、高茜、朱明、钟纪敏等。主要工作内容及其任务包括：编辑出版《边区群众报》；编辑出版《大众画报》、"大众文库"、"革命岁月丛书"及各种民间绘画；在全边区内组织通讯网，推动各县、各区、各乡的通讯员经常对该社写稿投稿，并在当地组织读书会、读报组等。为此，大众读物社内设有报纸编辑科、丛书（木刻）编审科和通讯科等部门。赵守一、林今朋、张思俊分别担任各科的科长。

根据大众读物社的相关规定，其不只是一个大众化的工作机关，也是一个大众化的学习机关。因此，该社编辑出版的报刊图书，无论大小稿件都是集体研究，集体修改，以做到适合群众阅读。并且，为了便于深入群众及融入大众生活，该社还将新文字、陕北话、音乐、民歌等相关学习内容规定为每个干部的必修课程。于是，大众读物社的干部除了注重在群众中推销书报、组织读报会或读书会等组织群众的工作之外，也注意从群众中征求各界意见，收集各种消息、故事、歌谣，以充实丰富大众读物社出版物的题材内容。所以，其提议成立的大众化问题研究会，曾围绕大众化问题的理论和实践，先后举行了三次大众化问题讨论会，并分别就"大众化与识字运动""大众化与工农写作""大众化的关键与经验"等问题进行了讨论。截至1941年3月，大众读物社成立一年后就先后编辑出版了《边区群众报》45期，出版发行了"大众文库""大众画库"等各类丛书11种，组织大众通讯网点600余个，评选出模范读报组21个。

1942年3月5日，大众读物社发表启事，宣告"本社依照政府精兵简政的指示，决定从二月十六日起宣布结束。本社今后有关大众文化工作，由文协大众化工作委员会办理。本社出版的《群众报》，由群众报社办理"等。①

乡村艺术干部训练班：1940年5月初分别成立于河北完县、唐县，是1938年11月到达晋察冀边区的西北战地服务团，为组织培养训练地方和农村

---

① 《大众读物社启事》，《解放日报》1942年3月5日。

文艺骨干，发展边区乡村文艺运动而建立的艺术培训机构，主要由周巍峙、凌子风、叶频（章叶平）等负责领导，教员则由西北战地服务团及其戏剧组的团员担任。其中，成立于完县北神南村、简称"乡艺一校"的乡村艺术干部训练班，负责人为叶频，主要成员有李牧、朱星南、郎宗敏、田野、石群、胡冰、张海、方涯、李友仁、古塞、戈焰等；创立于唐县江里村、简称"乡艺二校"的乡村艺术干部训练班，负责人为凌子风，教员有边军、方冰、王昆、景炎、鲁前、徐灵、戎征、徐兑、白琳、金镛、张海、任霄等，两个训练班的学员总共有 300 余人。

这种首创于晋察冀边区并以训练乡村艺术干部为目的的文化团体，在稍后的时间里，分别为两三个月举办一期，并在多地开展活动。其主要培训内容和学习要求，以及课程安排和教学方法分为以下几种。第一，戏剧，包括戏剧常识、演员基本知识、编剧法、导演技术、利用民间艺术形式；第二，音乐，包括识谱、指挥、作曲、唱歌法、利用民间歌谣问题；第三，美术，包括绘画基本常识、写标语法、画宣传画等；第四，文艺习作，包括一般写作常识、报告文学、诗歌、小说；第五，实习，包括排演新旧戏、练习导演、学习新歌曲、练习指挥、试填民谣小调词曲、练习绘画与文艺习作、供壁报材料、问题研究；第六，课外活动，包括壁报、小组会、文化娱乐、民运工作等。① 因此，在各级组织的感召和文艺团体的宣传之下，乡村艺术干部训练班不仅在各地招收了大批的乡村文艺运动骨干和县区文化干部，而且从成立之初至1943 年冬，先后在晋察冀边区开办了 5 期乡村艺术干部训练班。在教授学员各种文艺知识与技能，以及建立文学、音乐、美术、戏剧研究社团组织的同时，通过排演戏曲、练习指挥、试填民谣小调词曲、练习绘画和文学写作，以及编辑出版壁报与自己动手布置演出舞台、制作演出道具等，引导每期的学员积极主动地投入艺术实践和展开专业实习。所以，作为"艺术与大众相结合"理论指导下的产物，乡村艺术干部训练班虽然持续时间较短，

---

① 周巍峙：《晋察冀边区乡村艺术干部训练班》（节录），河北省文化厅文化志编辑办公室主编：《晋察冀 晋冀鲁豫 乡村文艺运动史料》，河北新闻出版局冀新出版字〔1991〕年 028 号，石家庄统计印刷厂，第 20 页。

但其艺术教育实践活动，事实上为晋察冀边区乡村文艺运动的开展，培养了大批的地方文艺人才，并有力地推动了当时乡村文艺与戏剧创作，以及农村剧团演出和群众性文艺活动的发展。

鲁迅艺术学院美术工场：1940 年 7 月 15 日成立于延安，简称"鲁艺美术工场"，是以鲁迅艺术学院美术系师生为主要成员的一个从事美术创作及理论研究的文艺团体。其宗旨及任务是"提高美术理论与技术水平，扩大美术工作和作品的影响，团结和培养优秀美术工作者，共同致力于新民主主义美术的理论与实践"等。[①] 美术工场内设有创作科、研究科和工务科等部门，主要成员有古元、焦心河、夏风、陈叔亮、施展、郭钧、王朝闻、罗工柳、庄言、朱吾石等二十余人。钟敬之、江丰、华君武等先后担任场长或正副主任。

鲁艺美术工场成立后，在一年多的活动时间里，不仅创作了许多有影响力的木刻、绘画、雕塑作品，展示出新民主主义美术运动及其艺术实践的方向和水平，同时代表了延安时期美术教育及实用美术创作在建筑、产品工艺设计等领域的发展，从而在延安文艺运动及其美术创作活动中，产生了广泛的文化及社会影响。1941 年 1 月 16 日，《新中华报》刊载美术家胡蛮介绍鲁艺美术工场创作成果的长篇文章，通过其展出的各类美术作品，强调其创作"昭示着中国新美术的动向，新民主主义文化在美术上的实践"，以及其"正在实践着革命的创造的新美术的理想"等价值意义。[②]

鲁迅研究会：1941 年 1 月 15 日成立于延安，是陕甘宁边区文化界倡导及从事鲁迅研究的一个学术文化团体。1940 年年初洛甫（张闻天）在陕甘宁边区文化界救亡协会第一次代表大会的报告中，提出"组织新文化运动大师鲁迅先生的研究会或研究院"的倡议，以及大会决议组织"鲁迅研究委员会"，并发出"纪念鲁迅，要用真正的业绩；纪念鲁迅，要懂得它、研究它、发展它"等宣言。艾思奇、周扬、丁玲、萧军、周文等被推举组成鲁迅研究会筹

---

① 转引自《延安文艺丛书》编委会编：《延安文艺丛书·文艺史料卷》（16），湖南文艺出版社1987 年版，第 610 页。

② 胡蛮：《介绍鲁艺美术工场的制作——为"美术工场首次展览会"而作》，《新中华报》1941年 1 月 16 日。

备委员会。同年 10 月 19 日在鲁迅逝世四周年纪念大会上，由丁玲提出"成立鲁迅先生研究委员会，分组研究其遗著""成立鲁迅先生材料室"和"发展鲁迅先生基金委员会工作"等七项建议。[①] 1941 年 1 月 15 日举行了鲁迅研究会的成立大会。萧军在大会上不仅报告了研究会筹备成立的目的及经过，介绍了鲁迅研究会将从鲁迅思想与行动、创作与翻译、学术与影响等六个方面，并侧重于资料搜集、聘请人员、出版年刊等，展开研究的具体纲领和实施步骤。同时，还宣布了鲁迅研究会第一、第二批研究人员名单，其中包括艾思奇、陈伯达、萧军、丁玲、周扬、周文、刘雪苇、舒群、周立波、范文澜、江丰、胡蛮、罗烽、艾青、草明、欧阳山、张仃、李又然、卢正义、金灿然、魏东明、须旅、何干之等。随后，经过讨论宣布并通过了鲁迅研究会的宗旨与规约，以及由艾思奇、萧军、周文组成的鲁迅研究会干事会，由艾思奇、萧军、周文、周扬、陈伯达、范文澜、丁玲、萧三、胡蛮、张仲实组成的年刊编委会等。

鲁迅研究会成立至 1942 年下半年的一年多活动时间里，先后召开过三次工作商讨会议。商讨会中除了要求研究人员尽早拟好题目开展研究，编辑出版研究年刊与纪念特刊，设立鲁迅文艺奖金与鲁迅纪念馆，举办有关鲁迅的画展，征求研究资料与专题研究征文之外，还发起召开鲁迅文化基金筹募会及鲁迅纪念馆筹款活动，组织相关管理委员会及机构，展开项目的资金募集与保管工作，并且在边区文委划拨给鲁迅文化基金 5000 元款项的支持下，先后编辑出版了《鲁迅论文选集》、《鲁迅研究丛刊》第一辑、《阿 Q 论集》《鲁迅小说选集》，以及《解放日报》文艺栏的"鲁迅先生逝世五年祭"和"六周年祭"专辑等，举办了纪念鲁迅的一些展览活动等。

星期音乐学校/星期音乐社：1941 年 5 月 25 日成立于延安，是由陕甘宁边区音乐界救亡协会联合延安文化俱乐部创办的一个业余音乐培训学校。学习时间每两个月为 1 期，分为指挥、识谱、口琴、视唱等专业科班。向隅担任校长，金紫光、时乐濛、汪鹏、任虹等参与组织并负责具体工作。1942 年

---

① 郁文：《鲁迅先生逝世四周年纪念大会志》，《新中华报》1940 年 11 月 7 日。

4月，星期音乐学校联合延安乐队、延安合唱团，组建成陕甘宁边区业余音乐工作者的文艺团体——延安星期音乐社。利用星期日业余时间接受专业的音乐授课与演唱训练，为陕甘宁边区的文艺工作者及爱好音乐的干部群众，提供了一个得以学习及进修的机会和场所。因此，延安星期音乐学校开学以后，学员很快就发展到了近200人。并且，为了增强学习效果，总结交流学习经验，星期音乐学校不仅编辑出版了《星期音乐》校刊等，解答学员课余学习中的问题，同时注重对学员的演唱技能及音乐实践能力的培养，组织并举办了一些演唱、演奏会，或参与了一些单位的艺术联欢活动等。

1941年10月23日，延安《解放日报》刊登了《星期音乐学校招生启事》，公示"本校第二期招收乐理班，口琴中级班各三十人"。至翌年4月星期音乐社合并星期音乐学校、延安乐队与延安合唱团之前，星期音乐学校"已办竣两届，毕业学生二百余人，出《星期音乐》校刊十数期。并组织音乐晚会多次"。[①] 而新组成的星期音乐社，则将其工作重心放在各种音乐会的举办，以及群众性的歌咏活动方面。1942年10月前后，由于文艺整风运动和文艺为工农兵服务等对延安文艺工作者带来立场观念的转变，以及"下乡"或"入伍"等本职工作上的变动，星期音乐社也停止了相关的社团活动。

星期文艺学园：1941年6月在延安成立，是文艺月会成立后由丁玲提议创办的一个业余文艺补习学校。星期文艺学园的办学目的与宗旨，是"开展文艺运动和帮助文学青年等学习与写作"，[②] 帮助并培养边区"热心文艺因工作不能进鲁艺的文艺青年"，[③] 学习文艺知识与写作方面的技能，提高文艺批评及创作水平，推动延安文艺运动的开展。学园的负责人及主持人分别为艾青、罗烽和雪苇，主要参与者有丁玲、舒群、严辰、逯斐、张仃、于黑丁等。每星期日学园上课1次，每次6个小时。课程内容为"有系统地讲授文学史、创作方法、名著研究等"；学习时间初定为两年等。[④] 参加首届招生报名考试

---

① 《市县简讯》，《解放日报》1942年4月11日。
② 《拟创办"星期文艺学园"座谈会纪要》，《文艺月报》1941年第4期。
③ 《第五次文艺月会例会》，《文艺月报》1941年第6期。
④ 《第五次文艺月会例会》，《文艺月报》1941年第6期。

的120余名学员中，分别有来自军委秘书厅、陕甘宁边区青年救国会、中央医院、青年剧院、中央印刷厂、延安大学等20多个单位，共有40余名考生被录取。

围绕星期文艺学园的举办及相关活动的安排，文艺月会从创建伊始，就在其例会中反复商讨研究，并做出及时的部署与策划。其中，关于星期文艺学园的课程，中国新文学运动史、读书、写作、诗学、世界文学史、文艺理论等任课教师，分别为刘雪苇、罗烽、艾青等。另外由讲课教师自己拟定题目及课时的讲演课，则聘请在延安的知名文艺工作者，如丁玲、艾青、周立波、白朗、艾思奇、刘白羽、刘雪苇、何其芳、萧三、萧军、周扬、周文、吴奚如、吴伯箫、李又然、柯仲平、草明、高阳、乔木、陈荒煤、雷加、曹葆华、舒群、欧阳山、魏东明、严文井等担任。不仅任课教师们要讲授课程，并组织"看稿委员会"，为学员批改文艺习作，同时学员也要组成文艺小组，约定时间进行讨论或书信交流，互相启发并提高学习的效果。

1942年6月16日，延安《解放日报》刊发消息，宣告"本市星期文艺学园以人力关系，决定结束，以后不再续办。十三日召开园务会议，当即决定在这学期完毕后即行结束。并定于本月廿一日上午假文抗作家俱乐部开学园结束座谈会，邀请全体教师学员参加。该学园并购备文艺书籍多种将赠与积极学习的学员"等。① 同年8月15日，《文艺月报》编辑出版《延安星期文艺学园结束纪念特辑》，刊登了萧军、高阳、尤淇、雪苇等教师，以及江东、晋驼、周民英、江凡（帆）、苏芃、钟纪明等学员的感想文章与《星期文艺学园学员名单》等。

延安作家俱乐部：1941年10月18日在延安蓝家坪成立，亦称"文抗作家俱乐部"，是中华全国文艺界抗敌协会延安分会作家俱乐部的简称，也是延安文化界的一个活动中心。在俱乐部的开幕典礼上，张仃被委任为作家俱乐部主任，萧军报告作家俱乐部的组织及修建概况与捐款人名单等，其后表演文艺节目并聚餐。

———————

① 《星期文艺学园结束》，《解放日报》1942年6月16日。

延安作家俱乐部成立之后，除了先后与鲁迅研究会、边区美协举办了"世界画展""华君武、蔡若虹、张谔讽刺画展"，以及郑景康的人物肖像摄影展览之外，还分别举办过延安星期文艺学园师生联欢茶会，以及小型戏剧与反映南泥湾大生产内容的电影《生产与战斗结合起来》的首映或点映。尤其应当注意的是，星期文艺学园的园址，也从第二学期迁至作家俱乐部，从而使延安作家俱乐部成为百余名文学爱好者星期日学习的基地。因此，延安作家俱乐部不仅是延安作家讲授文学知识与培养工农作者的地方，同时还是延安文艺界举办相关会议及活动的重要场所，如延安各文艺刊物编辑联席会议，以及作家萧红逝世追悼会等。直到 1942 年整风运动开始后，这里又变成了"文抗"作家们学习整风文件和思想改造的活动中心。

陕甘宁边区艺术干部学校：1942 年 5 月 1 日成立于延安，是以建于 1935 年夏的工农剧社，以及人民剧社、抗战剧团为基础组建的一所戏剧艺术学校。学校隶属于陕甘宁边区文化界救亡协会，柯仲平、张季纯分别担任正副校长，程秀山任教导主任，齐瑞棠任校务主任，学员主要为边区各剧团的艺术干部。

1942 年 3 月 21 日，延安《解放日报》刊载的《文委讨论开办边区艺术干部学校》中称，中共中央西北局文委召开边区文委第 2 次会议，讨论并决定创办陕甘宁边区艺术干部学校，"目的在于培养边区地方——县及分区——的艺术工作干部，尤其是戏剧工作干部，使他们具有相当于初中程度的文化水平，初步的艺术理论知识，了解并能领导边区地方的艺术活动，了解中国革命的基本问题，特别是边区的各种政策"等。[①] 1942 年 5 月 23 日，延安《解放日报》在报头刊出校长柯仲平、副校长张季纯署名的《陕甘宁边区主办艺术干部学校成立启事》，宣告"本校已于五月一日在桥儿沟抗战剧团原址正式成立"。学校正式成立之后，除了抽调补充干部及各门课程教师，规范并加强教学工作及管理之外，还响应边区政府号召，积极参加开荒种地等生产劳动，打窑修屋等校舍扩建工作。

1943 年 5 月 4 日，经边区文协决定，陕甘宁边区艺术干部学校与延安杂

---

① 《文委讨论开办边区艺术干部学校》，《解放日报》1942 年 3 月 21 日。

技团等，同时并入西北文艺工作团。成立一年多的陕甘宁边区艺术干部学校即自行结束。

延安平剧研究院：1942 年 10 月 10 日成立于延安，是文艺整风运动及文艺为工农兵服务方向确立之后，中共中央决定组建并直接领导的一个戏剧团体组织。根据《延安平剧研究院组织规程》，其宗旨为"以摒弃批判的态度接受平剧遗产，培养平剧艺术干部，开展平剧的改造运动，以创造戏剧上新民族形式"。院内下设院务委员会及"研究室、教务处、剧场、院务处"与院办公室等领导机构及职能部门。① 首任院长由康生兼任，先后担任正副院长的还有张经武、王镇武、刘芝明、杨绍萱、邓洁、罗合如、阿甲等，主要编演人员有李纶、魏晨旭、任桂林、张一然、魏静生、薛恩厚、陶得康、任中均、方华、王一达等。

延安平剧研究院，是在延安戏剧运动及戏曲改革、"旧剧革命"等艺术实践的文化背景之下，由鲁迅艺术学院平剧团、延安业余平剧团、一二〇师战斗剧社和胶东平剧团等戏剧演出团体联合组建的社团机构。因此，"研究平剧，改造平剧，进行平剧为新民主主义服务的工作"，② 以及"改造平剧"并使之"由旧时代的旧艺术，一变而为新时代的新艺术"，③ 就成为他们共同的艺术追求及文化目标。1943 年 4 月 25 日，延安《解放日报》刊载《执行中央文委决定，平剧院确定今后方向》一文，强调"审查修改旧剧本创作新剧本，坚决为战争生产教育服务"。④ 所以，自成立之日起，延安平剧研究院先后演出新编剧目 20 余部，整理改编传统剧目 120 余部，对陕甘宁边区及延安戏剧运动的发展，尤其是"旧剧革命"及革命现代戏曲创作，都产生了深远的艺术影响和文化作用。其中，1944 年后相继演出的《逼上梁山》及《三打祝家庄》等革命现代平剧作品，因其主题思想及艺术形式的典范性和政治意识形态意义，也成为延安文艺运动及"旧剧革命"艺术实践中的代表性作品。

---

① 《延安平剧研究院组织规程》，《评剧研究院成立特刊》1942 年 10 月 10 日。
② 延安平剧研究院：《简短的几句话》，《平剧研究院成立特刊》1942 年 10 月 10 日。
③ 延安平剧研究院：《致全国平剧界书》，《平剧研究院成立特刊》1942 年 10 月 10 日。
④ 《执行中央文委决定，平剧院确定今后方向》，《解放日报》1943 年 4 月 25 日。

延安平剧研究院组建之始，虽然也将"研究平剧理论"和"培养平剧运动的干部"等，作为团体组织的"工作方针"及"目的"，并分别进行了一些平剧干部及演职人员的培训及辅导工作，不过，由于其"性质不过是一个剧团。在研究室工作的同志的名字虽是挂在研究室，而实际上他们多是主要的演员"，再加上研究能力及资料的欠缺等历史原因，所以，"照字面来看应以研究为主，但研究工作却是做得不多的"。①1947 年 3 月，延安平剧研究院撤离延安后，转移至张家口改组为华北平剧研究院。1949 年迁入北平，中华人民共和国成立后更名为"中央京剧研究院"。

西北电影工学队：1947 年 10 月成立于山西兴县，是中共西北中央局和晋绥中央分局领导组建的一个电影工作者培训组织机构。其宗旨及主要任务为，"培养陕甘宁及晋绥的电影技术干部，并负责筹备大西北电影事业的建立"，以及"工作——完成西北战场纪录片的洗制，作为'西北电影厂'的第一号出品。学习——集体赴东北学习电影技术，培养思想与技术并重的电影干部，保证将来回西北工作"。②钟敬之担任队长，成荫任政治指导员，凌子风、程默分别任教学、技术部长。主要成员有凌子风、王岚、成荫、刘西林、孙谦、赵伟、苏云、高田、李秉中、杜生华、林景、高振寰等，他们分别来自原延安电影制片厂与陕甘宁边区、晋绥边区多个文艺团体。

西北电影工学队完成组建前后，即制订出一份详细完整的培训及学习计划与方案《西北电影工学队简则》。在确定团队宗旨及目标任务的基础之上，对学员的学习内容、专业要求及工作去向等，也都有明确的规定。所以，成立后的西北电影工学队，立即开始向东北学习目的地出发，并在途中与晋察冀军区电影队在冀中待机驻留的 4 个多月时间中，一方面接受中共中央华北局的直接领导，参加了"三查"、"三整"的整党整军运动；另一方面借助晋察冀军区电影队的技术人员与设备，展开电影基础知识与制作技术、摄影技

---

① 罗合如：《回忆延安平剧研究院》，戴淑娟编：《文艺启示录》，中国戏剧出版社 1992 年版，第 242 页。

② 《西北电影工学队简则》，钟敬之等主编：《延安文艺丛书·文艺史料卷》（16），湖南文艺出版社 1987 年版，第 629 页。

术等方面的培训。1948年3月西北电影工学队起程离开冀中，向哈尔滨进发。同年5月底抵达哈尔滨后，随即前往由接收日伪"满映"改建的东北电影制片厂临时迁至地——合江省兴山。进入东北电影制片厂的各专业部门，开始电影拍摄及制作技术的学习培训。

西北电影工学队除了为当时的工农兵文艺运动及电影艺术，以及西北地区的电影工业进步及发展，培养了一批青年专业人才及文艺干部之外，从1948年6月加入东北电影制片厂后，也成为新中国电影事业及人才队伍的一支重要力量。

第三节 "溯源考辑"：延安文艺社团组织的史料价值

延安文艺社团机构的发生和发展，标志着延安文艺运动及其创作活动的深入，并显示出其文学思想主张及其审美追求的多样性和丰富性。同时，由于在这些文艺团体组织的发起及活动过程中，又多以创办一个或多个文艺刊物彰显自己团体组织的文艺观念及艺术风格，并以刊物杂志及作品的发表等，凝聚团体成员的创作活动，因此，随着延安新民主主义文化实践及文艺运动的发展演变，以及各种政治力量的较量及其意识形态冲突的影响制约，延安文艺社团机构自身内部的分化与消亡，以及外部相互间的竞争与融合等，又生动地反映出延安文艺运动及其创作活动的真实状态和历史特征。因此，延安文艺社团机构类型的文献资料，自然在延安文艺史料研究上有着多方面的价值。

一 保存了当时许多文艺社团活动的历史文献史料

延安文艺社团机构的成立及其文艺活动，反映了某个阶段或某种文艺思潮，以及某种文类创作活动的兴起演变，包括其在延安文艺运动及创作活动中的价值地位和社会影响。因此，有关文艺社团机构的发起及社团组织活动，以及相关作家文艺思想及审美趣味、作品风格的变化等，就成为研究延安文艺运动真实可靠的历史文献及第一手资料。

例如，延安山脉文学社，是由在延安抗日军政大学政治部秘书科工作的奚定怀（奚原）发起，以延安抗日军政大学和鲁迅艺术学院的教职员与学员为主，延安马列学院、边区政府、八路军总政治部和八路军后方留守兵团等单位人员参加，于1938年10月发起成立的一个文学社团。社团的命名据称是受到毛泽东开展敌后游击战思想的启发，以"山脉文学"表达文艺既要适应反映敌后抗战的时代要求，又要将抗战文艺运动推及敌后的各个根据地。所以，延安山脉文学社的成立，对当时的延安文艺大众化运动及抗战文艺活动的深入开展，推动当时延安文艺青年之间的文学交流、创作和发表等，都起到了积极的作用。此外，延安山脉文学社成立后，开始组织各类文艺活动，并通过墙报、传单、标语、朗诵等方式开展抗战文艺宣传活动。同时，建立会员登记制度，入社登记、创作交稿情况定期登记等，先后编辑出版了兼顾文学青年习作与诗文的不定期刊物《山脉文学》和《山脉诗歌》，在多个单位及地方建立起文艺小组并出版文艺刊物，配合各种重大政治运动及组织群众性文艺活动，从而使延安山脉文学社成为当时延安文艺运动中较早出现的又一个组织较为规范和文艺活动丰富，创作重心逐渐转移到了诗歌创作方面的社团组织。1940年秋，随着抗战形势的发展，延安山脉文学社的多数成员先后分赴各抗日根据地。于是，在边区文协的组织协调下先后与战歌社等社团合并，延安山脉文学社的活动也就此告一段落。但是，山脉文学社及其《山脉诗歌》的大众化文艺活动与艺术实践，却对当时及后来的延安文艺社团及流派的发展演进有着重要的影响。

同样，1940年年底成立的延安文艺月会和延安新诗歌会，为延安文艺及其史料研究，保存了延安文艺整风运动前后延安文艺社团机构文艺活动的许多珍贵史料。其中，1940年10月19日成立的延安文艺月会，是由丁玲、舒群、萧军发起，包括了许多中华全国文艺界抗敌协会延安分会等作家在内组成的一个文艺团体。这个团体的宗旨在于提高培养延安文艺创作的美学趣味并引导文艺理论批评的良好风气，以发挥出"充实延安文艺堡垒的先锋队"作用。组织机构不设主任或委员会，由常设的秘书负责社团具体事务，出版会刊《文艺月报》。活动方式是通过召集经常的座谈讨论会或例会，由临时推举及轮流执行的主席负责主持每次讨论会，以增进社团活动及讨论的民主气氛因此，延安文艺月会成立之后，先后召开过多场文艺问题的座谈会及专题讨论性例会。分别围绕文艺月会的组织纲领及目标任务，抗战文艺运动及延安文艺发展中的新问题和新论争，文艺创作中的人物性格、艺术加工和作家的文风，包括作家与评论家之间的关系等问题，以及会刊《文艺月报》的编辑方针和出版发行等具体事项，进行了认真的、有组织有计划的讨论，并提出了许多具体的建议。同时，为帮助和推动陕甘宁边区与各边区文艺运动的进步及文艺小组的活动，延安文艺月会除了深入各个基层单位、学校和部队，讨论并解答文艺理论和写作技巧等方面的问题之外，还组织举办了星期文艺学园等业余文艺实习班，传授中国文学及新文艺知识，帮助并培养热爱文学的青年提高文艺创作与艺术才能。1942 年 9 月前后，随着延安文艺整风运动的开展及演进，特别是毛泽东《在延安文艺座谈会上的讲话》的发表及党的文艺政策的确立，延安文艺月会坚持了近两年的文艺座谈会宣告停止。然而，延安文艺月会的文学活动及其艺术实践，尤其是利用假日组织和帮助文学青年学习写作而举办的业余文艺补习活动，对后来的文艺运动有着广泛深入的影响。

相比之下，1940 年 12 月 8 日，由萧三、刘御等人发起成立，萧三、柯仲平、乔木、何其芳、天蓝、李雷、公木、海稜、刘御、罗夫和郭小川等组成执行委员会领导的延安新诗歌会，则是一个聚集了延安及陕甘宁边区很多新老诗人与诗歌爱好者，主要包括当时的战歌社、山脉诗社和其他诗歌团体汇聚而成的诗歌艺术团体。因此，作为延安及陕甘宁边区诗歌运动中的一个统一的诗歌社团组织，原来由战歌社和山脉文学社联合出版的诗歌刊物《新诗歌》，不仅事实上成为延安新诗歌会编辑出版的会刊，而且在此期间，延安新诗歌会绥德分会还编辑出版了一份由毛泽东题写刊名的《新诗歌》诗刊。这份同名异地编辑出版的刊物，有延安的油印、绥德的铅印两个不同的版本，它们在编辑方针和内容理念等方面，所表现出的各自特点及差别，在推动当时陕甘宁边区等地的诗歌创作和大众化活动，团结聚集起广大诗歌作者及诗歌爱好者等方面，有着同样重要的影响及作用，从而在领导及促进以延安为中心的各边区诗歌创作、诗歌朗诵、街头诗运动，以及积极开展诗歌理论和技巧的研讨会与艺术辅导等方面，发挥着前所未有的文化导向与社会影响。

值得注意的是，延安新诗歌会的活动时间大致到 1942 年年底。随着当时文艺整风运动及延安文艺运动的演变，以及新诗歌会成员流散及其创作活动的改变，延安新诗歌会也逐渐淡出历史的舞台。不过，在此期间，其社团组织及成员也有相应的变化。其中，由高敏夫、张沛等负责的新诗歌会绥德分会，除了在 1942 年 9 月以后将《新诗歌》编辑部移师延安出版外，还以原来新诗歌会绥德分会为基础，在延安召开新诗歌会员大会，改选了延安新诗歌会理事会，响应毛泽东在延安文艺座谈会上提出的文艺为工农兵服务的方向，将促进诗歌大众化，开展街头诗和诗歌朗诵运动等，作为延安新诗歌会重整及扩大的明确目标和中心任务。所以，柯仲平、萧三等新诗歌会主要负责人，先后多次组织相关的诗歌讨论会、朗诵会和纪念中外著名作家诗人的活动，并在延安出版"革新号"《新诗歌》刊物，通过内容编辑上的"诗歌大众化论文特辑"、"街头诗特辑"等方式进行调整，同时，主动和延安的其他诗歌团体联系，除了辅导帮助青年诗人的创作，出版"群众诗画"等墙报等之外，1942 年年底又与陕甘宁边区文协、延安诗会等团体联合举办诗歌大众化座谈会，探讨诗歌创作大众化及其实践的诸多问题，共同推动延安诗歌运动及诗歌大众化创作活动的进步等。这表现出了延安新诗歌会在 1942 年前后社团活动方面的再努力和新变化。

除此之外，1941 年年底前先后成立的鲁迅研究会和延安诗会，可以说真实地反映了当时延安文艺运动及其社团组织活动的多样性和丰富性，以及文艺思想与风格追求的历史状态。如 1941 年 1 月 15 日在延安成立的鲁迅研究会，是张闻天在 1940 年 1 月 5 日召开的陕甘宁边区文化界救亡协会第一次代表大会的报告中提出，并在大会上通过了组织鲁迅研究委员会的决议之后，经由艾思奇、周扬、丁玲、萧军等人稍后组成的鲁迅研究会筹备委员会积极推动运作，然后组建的一个新民主主义文化及其学术研究团体。因此，在延安的鲁迅研究会成立大会上，萧军代表鲁迅研究会筹备委员会提出了鲁迅研究会的研究纲领及研究步骤等目标任务，强调延安鲁迅研究会应主要集中于鲁迅的思想经历及文学创作、鲁迅的外国文学翻译及学术成就，以及鲁迅在世界的影响等方面展开研究，同时分别从鲁迅研究资料的收集整理、研究人员的组织与研究成果的出版等方面，提出了鲁迅研究会的具体研究步骤，通过了研究会规约，推举出艾思奇、萧军、周文三人组成的干事会，以及鲁迅研究年刊编委会的成员名单等。于是，在鲁迅研究会成立后的一年多时间里，先后召开了多次工作商讨座谈会，组织研讨鲁迅研究及其活动的开展，除了讨论各种鲁迅研究集刊、丛刊及年刊，以及数种鲁迅文集的出版，分别推出了一批鲁迅研究的成果之外，还探讨并发起了设立"鲁迅文艺奖金"、"鲁迅文化基金"的募捐、鲁迅出版社及鲁迅纪念馆的筹建等文化与学术活动。正是在延安鲁迅研究会的带动下，以延安为中心的陕甘宁边区及各边区根据地，开始出现或形成了一种可称之为"鲁迅热"的新民主主义学术研究及文化现象，并相继成立了许多的鲁迅研究小组或以鲁迅命名的学校、图书馆，以及一些鲁迅文化基金会等。因而，鲁迅研究会及其产生的文化作用和学术影响，在延安的鲁迅研究及其文艺思潮发展过程中有着重要的学术价值及深远的思想意义。

于 1941 年 12 月 10 日成立的延安诗会，则是由艾青、萧三等延安诗人发起筹组成立，艾青、高长虹、艾思奇、柯仲平、萧三、何其芳、天蓝等为诗会理事的一个诗歌文学社团。延安诗会的主要成员多为"延安新诗歌会"的诗人及文艺青年。诗会中设立了诗运股、编辑股和研究股等组织机构，以配合当时的新民主主义文化实践和重大节日、纪念日等政治任务需要，介绍国外的诗歌理论和促进中外诗歌艺术交流，探讨延安诗歌创作的大众化道路及其发展等问题。在积极促进延安诗歌创作的同时，努力推进大众化诗歌理论的建设及美学形式方面的研究。所以，在延安诗会社团活动持续至 1942 年冬的近一年时间里，他们先后组织了多次大型的诗歌晚会、诗歌座谈会及群众性的诗歌朗诵会，以及普希金、高尔基、屈原、瞿秋白等中外作家诗人的纪念会，不仅通过编辑出版诗歌月刊《诗刊》等，使其事实上成为延安诗会的一个机关刊物，团结及聚集了更多延安诗人及文艺爱好者，而且主持创办编辑了各种形式、大小不同的《街头诗》墙报，以内容编排精美、刊期更新快捷等特点，吸引了众多的读者，从而有力地推动了陕甘宁边区及延安的"街头诗"及其大众化诗歌运动。因此，尽管延安诗会的存续时期不长，但其在延安文艺及其诗歌运动的发展过程中，则占有重要的文学史地位。

二　反映延安文艺运动及其领导组织的实践轨迹

延安文艺社团组织及其活动，反映了延安新民主主义文化实践及其文艺运动的发展演变，以及党对文艺工作的领导及影响制约等。因此，延安文艺社团机构及其文艺思想和创作活动的演进，为延安文艺运动及其史料研究，提供并保存了许多真实可靠的文献资料。

例如，延安中央研究院文艺研究室，是 1941 年 5 月根据毛泽东关于对中国历史及中国革命中的实际问题进行具体分析研究等提议，以及为贯彻中共中央关于调查研究的指示精神，先后由延安的马列学院及稍后的马列研究院重组，并于同年 8 月创立的延安中央研究院所属的九个研究室之一。由于延安中央研究院是中共中央宣传部直接领导的部门机构，因此决定了其设立及所属的九个研究室，包括文艺研究室，是一个承担着培养党在政治、经济、历史、教育、新闻及文化等各个领域理论干部的高级研究机构。延安中央研究院正副院长分别为张闻天和范文澜，文艺研究室主任则先后由欧阳山、艾思奇担任或代理。而延安中央研究院文艺研究室成立的宗旨及任务，是将马克思列宁主义的理论及其方法作为文艺研究的基本原则和指导方针，并以中国文艺的实际问题为研究探讨的中心课题，通过调查研究文艺发展过程中的历史和现状，总结文艺运动及其艺术实践的经验，从而提出系统的文艺运动及创作、批评等方面的理论，以指导当时延安文艺运动及后来的文学艺术实践和发展建设。为此，文艺研究室除了设立特别研究员和研究员，以及研究生等不同职称的研究岗位，并制订出具体的三年研究规划及每个年度的具体执行计划外，还分别设置了鲁迅研究、文艺评论、小说散文、戏剧和诗歌共五个研究小组，明确规定各研究小组的具体研究目的与任务、人员分工和时间安排，以及研究的理论方法、研究步骤与组织会议等相关措施问题。各研究小组的主要成员有刘雪苇、江帆、王实味、蔡天心、草明、金紫光、章炳南、郭小川等。所以，从 1941 年 8 月到 1943 年 5 月初，中央研究院被改组为中央党校第三部，延安中央研究院文艺研究室的相关活动，尽管仅有不到两年的存续时间，但是，其在延安文艺运动发展演变的历史过程中，以及党对文艺的领导及其方针政策的制定实践等方面，则产生了重要的作用与影响。这不仅体现在当时文艺研究室在文艺创作及文艺理论批评等方面所取得的一些成果，如草明、欧阳山、蔡天心、魏东明等人的文学创作与批评活动，而且一些文艺研究室的成员，还通过参与陕甘宁边区等地开展的相关文艺问题讨论，以及文艺问题的报告与讲课等活动，来引导及指导延安文艺运动的开展及其创作等艺术实践方面。特别是延安文艺座谈会召开前后，文艺研究室及其主要人员所提出的意见建议，对毛泽东文艺思想的形成及其党的工农兵文艺方向的确立，从政治实践与艺术理论等方面做出了重要的历史贡献。同时，作为当时延安整风运动试点单位的中央研究院，在延安文艺整风运动及对王实味文艺思想的批判等方面，也为当时与后来文艺批评及其思想论争的政治意识形态化偏向等，提供了深刻的历史教训与实践经验。

同样，1941 年 10 月 18 日在延安成立的延安作家俱乐部，也被称为"文抗作家俱乐部"，是中华全国文艺界抗敌协会延安分会作家俱乐部的简称。其属于中华全国文艺界抗敌协会延安分会领导，是当时延安及陕甘宁边区等地，以中华全国文艺界抗敌协会延安分会作家为主要成员，自发组织形成的一个专业性文艺团体。抗战时期延安的中华全国文艺界抗敌协会延安分会，不仅聚集了众多来自全国各地的专职作家及文艺工作者，而且是当时这些作家从事创作及文艺活动的驻地。因此，筹建成立一个能够使作家及艺术家们开展文化活动的中心场所——作家俱乐部，就成为当时很多作家的愿望并被提了出来。在丁玲的支持及萧军、张仃等人的奔走和筹办之下，作家们亲自动手，选择场地，装修桌椅，设计绘制出俱乐部的会徽，并将"作家是人类心灵的教师"作为他们所追求的文艺理想及社团机构的标语口号。所以，在延安作家俱乐部举行的开幕典礼上，萧军向来宾们报告了中华全国文艺界抗敌协会延安分会的"改组"和作家俱乐部的筹建情况，以及包括毛泽东、朱德、林伯渠、王明等在内的延安作家俱乐部捐款人名单，并且委任美术家张仃为作家俱乐部班主任。随后，开幕典礼安排了文艺节目表演及自助聚餐等娱乐活动。尽管毛泽东和朱德等中共中央领导因故未能到会，但是当天除了时任陕甘宁边区主席的林伯渠，以及担任延安自然科学研究院院长的徐特立等领导人提前到会之外，中共中央宣传部长张闻天及附近的中央研究院、青年剧院等单位的同志们，也都前来表示祝贺。事实上，延安作家俱乐部成立后，立即组织开展了多种形式的文艺及展出活动，并且很快成为延安及陕甘宁边区一个开放的艺术场所或文化中心。其中，作家俱乐部成立后的次日，为了纪念鲁迅逝世五周年，即和鲁迅研究会、陕甘宁边区美术协会等，先后举办了世界名画展及延安著名摄影家郑景康、美术家张仃的"照像展览会"和漫画展等，由作家们自己表演的《第四十一》《人约黄昏后》和《茨冈》等小型话剧晚会，以及毛泽东、朱德等中央领导人欣然参加的周末联欢舞会。此后，作家俱乐部还分别举办过华君武、蔡若虹、张谔讽刺画展，与《诗刊》、《谷雨》和《解放日报·文艺》等刊物联名举办的萧红追悼会，以及由延安电影团摄制的贯彻文艺为工农兵方向，反映南泥湾大生产运动的纪录片《生产与战斗结合起来》的首映等文化活动。除此之外，由延安作家俱乐部组织举办的延安星期文艺学园师生联欢茶会，以及延安各文艺刊物编辑联席会议等活动，在主动建立作家与读者的互动关系，培养文艺新人及工农兵作者，以及交流沟通各文艺刊物间的编辑理念及增强编者友谊等方面，都做出了积极的尝试和认真的努力。并因此使丁玲、萧军、罗烽、雪苇等做出决定，从第二学期开始把延安星期文艺学园的园址移至作家俱乐部，从而使这里也成为延安100多位青年假日补习文艺知识，直接面对专职作家并方便教学活动，提高艺术能力及练习文艺写作的课堂。与此同时，随着延安整风运动的深入，延安作家俱乐部作为作家们学习整风文件及统一思想的活动中心，先后几天召开作家们的座谈会，以响应整风运动的号召及要求，提高自身的思想认识，批判清算王实味的思想等。直到抗战胜利前后，延安作家俱乐部的活动逐渐淡出了历史的视野。

在延安文艺运动发展历史上，"赵树理方向"的提出及其文艺思想和创作方针的演变，事实上也从多个方面反映出延安时期文体团体内部及外部的竞争与融合等历史进程。自然，可以说"赵树理方向"是20世纪40年代延安文艺运动发展过程中，为贯彻学习毛泽东文艺思想及其《在延安文艺座谈会上的讲话》精神，由晋冀鲁豫边区文联在1947年7月25日召开的文艺座谈会上，所提出的一个领导解放区文艺运动的口号，并要求当时"边区文艺工作者实践毛泽东文艺思想的具体方向"。同时，作为党的文艺政策及其创作规范，"赵树理方向"和其作品所代表的民族化与大众化审美趣味，也成为中华人民共和国成立前后"新的人民的文艺"方向，以及工农兵文艺创作方面的基本艺术资源和大众化形式风格效仿的典范。不过，赵树理的文学道路及其大众化创作风格，虽然是在抗战时期及延安文艺运动中形成和成熟起来的，但是，赵树理的文学创作及其作品价值的被承认与受到重视，以及被认为开创了延安文艺"新局面"及"人民艺术家"等文学史价值评判，则是在1942年延安文艺整风运动之后，毛泽东《在延安文艺座谈会上的讲话》的发表及党的文艺方针政策的确立，以及文艺为政治和工农兵服务的历史文化背景下逐步形成的。随着赵树理小说作品的传播及其产生的持续性影响，1946年7月，延安文艺运动的重要领导人、时任晋察冀中央局宣传部长的周扬，不仅在当时由丁玲主编，在张家口出版的大型文艺刊物《长城》创刊号上，公开发表了他的第一篇赵树理研究专论《论赵树理的创作》，同时，从文艺与社会的关系等理论的角度，敏锐地发现并指出了赵树理文学创作的价值取向，是能够"在一定程度上满足"并且是在艺术上反映出"现阶段中国社会"发生的"由旧中国到新中国"及其"最大最深刻的变化"要求的作家及其创作。从而明确地指出，赵树理的文学创作既是延安文艺座谈会之后，延安文艺运动及其创作活动所"开创了的新的局面"中的"一个重要收获"，更是"毛泽东文艺思想在创作上实践的一个胜利"。此后，除了周扬的这篇赵树理研究专论先后被延安的《解放日报》等报刊，以及创刊于佳木斯的《东北文化》等杂志转载之外，党在国民政府统治区"文化战线"及文艺界的郭沫若、茅盾等人，也热情呼应并分别撰写了多篇极力赞扬赵树理文学创作和艺术价值的文章。在高度评价其作品所显示出的"新的天地，新的感情，新的作风，新的文化"，以及"创出了新的通俗文体"和"标志了向大众化的前进的一步"等新的品质的同时，事实上已经从理论上将赵树理的文学创作道路和毛泽东的文艺思想与实践经验，以及延安文艺运动及其"新的人民的文艺"方向建设等紧紧地联系在了一起。

"赵树理方向"的正式提出，以及其被树立为晋冀鲁豫边区及延安文艺运动学习效法的典范或"旗帜"，是在1947年7月下旬到8月上旬，由晋冀鲁豫边区文联按照中共晋冀鲁豫中央局宣传部的指示，组织召开的专门讨论评价赵树理文学创作及其作品成就的文艺座谈会上。正是在这场为期6天的文艺座谈会上，通过赵树理对自己创作过程及文学经历的介绍，以及参会代表围绕赵树理作品及其创作方法的反复讨论，包括周扬、郭沫若、茅盾等对于赵树理文学成就的评价等，最终形成了一致的意见及共识，即认为"赵树理的创作精神及其成果，实应为边区文艺工作者实践毛泽东文艺思想的具体方向"。并且，在最后的座谈会总结发言《向赵树理方向迈进》一文中，时任晋冀鲁豫边区文联副理事长的陈荒煤，又分别从赵树理"作品政治性"、"民族新形式"和"为人民服务"三个方面，对"赵树理方向"及其"作为边区文艺界开展创作运动的一个号召"等，进行了具体的说明及理论阐释。强调赵树理的文学创作，"就是最朴素，最具体地实践了毛主席的文艺方针"所取得的成果。因此，"赵树理方向"，也就是文艺为工农兵服务和为无产阶级政治服务的方向。①

因此，"赵树理方向"的提出及其作为一种审美准则被确立之后，不仅通过党和相关机构有组织的理论指导及文艺领域内的批评引导，迅速成为当时延安文艺运动及其创作活动中的一种基本"标尺"或规范，而且随着"北方文丛"、"中国人民文艺丛书"等延安文艺作品的编辑出版及其"经典化"进程，也使赵树理的文学创作成为"新的人民的文艺"中的一项重要艺术资源，从而使之对当时乃至1949年以后的当代中国文艺的发展都产生了深远的影

---

① 陈荒煤：《向赵树理方向迈进》，王长华等主编《河北新文学大系·史料卷》，河北教育出版社2013年版，第142页。

响。所以，尽管从中华人民共和国初期开始，赵树理的文学创作及"赵树理方向"的文学史论述，已经凸显出和当代文学"一体化"规范的不适与冲突，并且因此陷入褒贬毁誉之间。然而，作为延安文艺运动及其艺术资源的一面"旗帜"，有关赵树理文学创作及其在当代文艺界所引发的争论和受到的质疑，也是随着政治形势的演变及意识形态的需要而变化的。于是，作为20世纪中国文学发展史的重要问题之一，从20世纪80年代中后期至今，围绕赵树理的文学创作及"赵树理方向"的文学史评价和学术研究，开始重新受到文学批评界及学术界的重视。无论是基于"文学性"及"重写文学史"背景下的"再认识"或批判否定，还是立足于"民间"立场的价值重估与学术发现，甚至于21世纪以来的"现代性"解读与阐释，等等，可以说是自从"赵树理方向"提出以来的近七十年间，文艺界及学术界对于赵树理文学创作和"赵树理方向"的关注及研究，实质上也呈现出了一个多元化的、丰富多样的新局面与新趋势。

三　保存了容易亡佚的延安文艺运动文献资料

由于延安文艺社团机构及其相关的文艺活动，展示出当时文艺派别及其艺术风格的多样性及丰富性，并且大多文艺社团机构有自己创办的刊物，由相同或相近的作家作品聚集号召而成，所以也就为延安文艺及其文献资料研究，保存了许多珍贵的史料。

例如，延安民歌运动，是从抗战初期陕甘宁边区文化界救亡协会发起征集歌谣启事开始，先后在延安及陕甘宁边区开展的有组织进行并持续多年的民歌收集整理活动，以及因此而展开的新民歌和民歌体新诗创作运动。1937年11月，由周扬、成仿吾、艾思奇、柯仲平等发起成立的陕甘宁边区文化界救亡协会，作为当时领导整个陕甘宁边区文化运动的中枢组织，是由许多文化及文艺团体组成的广泛群众性的联合会机构。为实践其提出的"特区文化界的救亡工作，也应该争取全国的模范"和"建立中华新文化"等文化方针，曾在1938年2月10日的《新中华报》上，刊发出一则《边区文协征求歌谣启事》，表明了民歌艺术在陕甘宁文艺运动及新民主主义文化中的价值及地位。强调"歌谣是大家的作品，从歌谣中，我们可以看出大众的生活和大众的艺术。利用歌谣的旧形式武装进新的内容，或多少采用歌谣的格调和特点，来创造新诗歌，这些对抗战和新诗歌的大众化都有很大的作用"。因此，我们就决定广泛的，普遍的来收集各地的歌谣，加以研究与整理，"不论新旧，我们都需要"，① 从而也开启及推动了陕甘宁边区及延安的"新民歌"运动。1939 年 3 月初，由时任延安鲁迅艺术学院音乐系主任的吕骥发起成立的民歌研究会，也开始了以创造民族性及世界性的"新音乐"为目标的民歌收集整理活动。由于民歌研究会的成员主要来自延安鲁迅艺术学院，因此，他们首先将民歌采集的范围放在了延安地区，并将出版陕北民歌集、成立研究小组、制定研究提纲等作为推进"新民歌"运动的基本步骤，从而开始了专业作家及文艺工作者有组织、有计划的民歌收集整理研究活动。并且，随着延安文艺运动的逐步发展，作为延安民歌运动重要组织机构的民歌研究会，也先后于 1940 年 10 月更名为中国民歌研究会，1941 年 2 月改名为中国民间音乐研究会，经历了组织化、多样化和规范化的演进过程。同时，延安的民歌收集整理及研究工作重心，愈加明确具体并形成了"由陕北做起，及于华北，以及于全中国"的发展方向。与此同时，在推进延安的民歌运动过程中，这些民歌研究团体，除了分别出版吕骥的《中国民间音乐研究提纲》，安波的《秦腔音乐概述》，马可的《陕北土地革命时期的农民歌咏》，冼星海的《民歌与中国新兴音乐》和张鲁等编著的《怎样采集民间音乐》等论著之外，还先后编辑出版了《陕北民歌选》和中国民间音乐研究会的《民间音乐研究》会刊，以及《民间音乐论文集》、《陕甘宁边区民歌》、《绥远民歌集》（上下册）和《河北民歌集》等多部民间音乐丛刊和民歌集，从而使这种以音乐工作者为主体的民歌收集整理活动，能够通过词曲并重的方式及民歌改编活动，对延安的"新音乐"运动及其创作活动，以及《东方红》、《高楼万丈平地起》等歌曲，《白毛女》等新歌剧作品的涌现，产生了直接的艺术借鉴和审美影响。此外，对于民歌歌词及其民族化大众化审美特征的重视，还直接促进并

---

① 边区文化协会：《边区文协征求歌谣启事》，《新中华报》1938 年 2 月 10 日。

推动了延安文艺运动中的街头诗、朗诵诗和民歌体诗歌创作活动的发展。

此外，1940 年年底成立的延安新诗歌会及翌年成立的延安诗会等诗歌团体，在推动街头诗创作及诗歌大众化的活动中，也十分重视及肯定民歌的艺术价值和借鉴作用，以至民歌体诗歌创作在当时的延安诗坛蔚然成风，并对当时"国统区"的诗歌创作产生了影响。同时，这种民歌体的诗歌创作活动，如李季的《王贵与李香香》，阮章竞的《漳河水》和田间的《赶车传》等长篇民歌体诗歌作品，以及李季、阮章竞、田间、柯仲平、李冰、张志民等大批诗人的涌现，也成为延安文艺运动在诗歌艺术领域取得的重要成就。同时，延安文艺及其"新的人民的文艺"的典范性作品和艺术资源，对当时和后来的当代中国文艺及其诗歌运动，都产生了深远的历史作用和美学方面的直接影响。

同样，秧歌剧运动则是 1942 年春开始的延安文艺整风运动，以及毛泽东的《在延安文艺座谈会上的讲话》发表之后，在延安文艺运动及其大众化创作演出活动中，出现的一种新型的集戏剧及歌舞为一体的综合性大众化广场歌舞剧。秧歌原本是流行于中国北方农村地区，表现普通民众日常生活及男女情感趣味的一种民间歌舞。早在抗战初期的陕甘宁边区，就已经出现了一些由民间艺人编写的新编秧歌剧作品，它们以清新活泼、通俗易懂及喜闻乐见的审美趣味，以及能够深入民间及易为民众所接受的民间文艺形式，反映中国共产党领导的革命斗争及其思想主题，宣传抗战救亡的方针政策及新民主主义文化理念等。但是，秧歌剧作为延安文艺及其创作活动中的一项自觉的艺术运动，则是 1942 年 5 月延安文艺座谈会的召开，以及文艺为工农兵服务的指导方针确立之后，延安作家转变以往的文艺立场及审美趣味，在党的文艺政策及其艺术规范的指引之下，向民间艺术"民族化"与"大众化"的形式学习，探索及创造富有时代气息的群众性"新型广场歌舞剧"艺术的结果。1942 年春节前后，由周扬等直接领导的鲁迅艺术学院秧歌队，在安波、李波和王大化等文艺工作者的精心组织及准备下，开始分别在延安的打麦场及各机关学校等场所演出了他们编写的秧歌剧《拥军花鼓》等剧作。这些新编的秧歌剧演出活动，不仅受到普通民众的热烈欢迎及好评，而且得到了毛泽东等中央领导人在政治及艺术上给予的充分肯定。鲁迅艺术学院秧歌队的这种被誉为从"小鲁艺"走向"大鲁艺"的艺术实践，不仅使新秧歌剧的编写演出活动在社会大众的文化生活中产生了广泛影响，而且将延安及陕甘宁边区的秧歌剧运动推到了一个新的发展阶段。

于是，1943年春节延安的"新秧歌"演出活动及大批新编秧歌剧的涌现，除了被当时的延安《解放日报》称为"盛况空前"外，① 也在一些延安作家的笔下，被形容为一种"最受欢迎"的艺术形式。② 其中，鲁迅艺术学院秧歌队编写演出的小型秧歌剧《兄妹开荒》、《张丕模锄奸》、《赵富贵自新》、《减租会》、《夫妻识字》和《打腰鼓》等，以及陕甘宁边区文协、中央党校、抗战剧团、民众剧团和其他部队机关秧歌队编写演出的《钟万财起家》《动员起来》《刘生海转变》《一朵红花》等剧目，尤其是《兄妹开荒》《夫妻识字》及《减租会》等优秀小型秧歌剧目的出现上演及广为流传，以及通过延安及陕甘宁边区各个秧歌队的争相演出，更加带动了延安秧歌剧运动深入蓬勃地展开。与此同时，随着秧歌剧运动的开展及其在延安文艺界所引起的热切关注，萧三、艾思奇、周立波等人也先后在《解放日报》等报刊发表论文，分别从多个角度及层面对秧歌剧运动进行了理论阐述及艺术评判，指出并肯定秧歌剧的编演活动，从"工农兵文艺"的发展方向上看，是延安文艺工作者"开始面向群众"及向民间艺术学习的转变，因而产生了"许多新鲜活泼、有生命力、有感召力的作品"，甚至相信如此的努力，"一样可以从秧歌剧产生伟大的作品"。自然，他们也对秧歌剧编写中存在的问题及不足，提出了具体的批评及建设性的意见。如希望编剧方面题材更为丰富，剧情设计紧凑明快与纯正风趣，以及在艺术形式上能够适当吸收民间与西洋音乐歌舞形式，并注重多种器乐间的配合，等等。因此也从艺术美学及其理论批评等方面，为延安秧歌剧运动的推进及其艺术形式的完善，提供了具体的指导和积极的建议。

不过，标志着以延安为中心并扩大到各边区或解放区的秧歌剧运动发展

① 《从春节宣传看文艺的新方向》（社论），《解放日报》1943年4月25日。
② 周扬：《表现新的群众的时代——看了春节秧歌以后》，《解放日报》1944年3月21日。

到新高潮的，是 1944 年春节前后涌现出的近三百多部秧歌剧作品，并波及华北、内蒙古、中原等敌后根据地及"国统区"等地区。同时，这个阶段的秧歌剧除了在叙事内容方面，更多地注入"革命"与"生产"等政治意识形态主题外，又在艺术形式上开始由"小型化"走向"大型化"，出现了诸如《血泪仇》、《王秀鸾》和《惯匪周子山》等情节曲折、人物众多的大型秧歌剧作品。秧歌剧运动及其创作形式上的这种变化和演进，应当说既适应了表现更复杂的社会生活及历史内容的要求，也为后来的"新歌剧"创作及其艺术实践，在作家队伍及艺术经验等方面准备了条件。所以，正如周扬撰文称之为"表现新的群众的时代"之艺术创作，并充满自信地预言：从延安的秧歌剧运动中，不仅"一定能产生出有高度艺术性的作品来"，而且是创造及建立现代中国"大型民族新歌剧新话剧"过程中，"一个重要的基础和重要的推动力"。[1] 1944 年 8 月至年底，陕甘宁边区"文教大会"筹委会、西北局文委及延安市文教会等多个部门团体，分别召开推动秧歌戏剧工作座谈会，组织文艺工作者分头下乡，提出"乡下秧歌"的口号来推动秧歌剧运动的群众化，从而使秧歌剧运动真正书写下了延安文艺发展历史上新的一页，直接孕育并催生出了《白毛女》等"新歌剧"作品及其艺术类型的发生，并对中国现代文艺的历史发展及当代中国的文艺趋向及审美趣味，产生了多方面的深远影响。

---

[1]　周扬：《表现新的群众的时代——看了春节秧歌以后》，《解放日报》1944 年 3 月 21 日。

第六章　传记年谱、回忆录与工具书等
间接性史料的研究

　　在中国近现代学术史上，梁启超、胡适、傅斯年等都曾基于史料与历史的关系，将史料的性质分为"直接的"史料和"间接的"史料两类，以强调并突出历史现场记述资料的"直接"性、真实性与可靠性，提醒并注意历史转述或引述资料的"间接"性、选择性与主观性特点。① 这种观点立场及其理论方法，不仅接近或类似于欧美学者的"第一手资料"和"第二手资料"分类原则，而且更契合中国学术研究的历史特征及史料学研究的现实要求。

　　因此，延安文艺史料学的研究范围，并不局限于延安文艺历史文献及典籍资料，而是涵盖了延安文艺文献典籍以外，一个更为开放、多元的文艺资料类型，如传记、年谱、回忆录、年表、大事记、目录索引、辞典等工具书，以及延安文艺研究及其学术史资料等，从而使之能够为延安文艺研究提供可靠和丰富的资料根据。

第一节　延安文艺传记年谱类型的资料整理及研究

　　传记是中国传统文学及其历史书写中的代表性文体之一，大致包括列传、传与年谱两大类。正因为它是专门记载人物生平历史的一种体裁形式，是人们认识并了解传主一生事迹的基本资料依据，所以，自古以来，对于传记年

---

　　① 参见梁启超《中国历史研究法》，东方出版社 1996 年版；胡适《治学方法》，辽宁人民出版社 2000 年版；傅斯年《史料论略及其他》，辽宁教育出版社 1997 年版。

谱的基本要求，就是真实与可靠。尽管一般传记文的作者及年谱的编撰者都懂得"秉笔直书、善恶并陈"的道理，但事实上，由于现实政治及意识形态的影响，尤其是对自身生存利害的顾虑，真正能基于历史的要求并做到直书善恶则非常鲜见。所以，对于延安文艺史料学研究来说，如果需要深入研究延安文艺运动及其作家的各种创作活动，除了必须系统搜集整理相关作家传记、年谱等类型的资料，注意很好地研究及利用这些传记年谱资料，以及借助索引目录等相关工具书和研究成果，不断发现新的延安作家传记年谱类资料以外，如何历史地审慎鉴别及相互参照解读，以及运用不同时期或不同作者撰写的传记年谱资料，实际上也是一个需要时刻注意的理论方法问题。

一　各种延安文艺传记年谱及其传记资料的搜集与整理

在延安文艺传记年谱类型史料整理及编辑出版中，以某种特定的范围编纂而成的延安文艺作家及其人物传记集，特别是那些在搜集整理作家传记资料基础上编辑出版的各类人物传记书籍，事实上可以说是伴随着延安文艺运动及其创作活动，并将其置于中国现代作家传记年谱史料整理及编辑出版之中进行的。这一点仅从 20 世纪 80 年代前后编辑出版的许多中国现代作家传记辞典类书籍中即可清楚地发现。如山东师范学院等编辑的《中国现代作家小传》（山东师范学院 1978 年印行），河北廊坊师专中文科编辑的《中国现代作家小传》（河北廊坊师专中文科 1978 年内部印行），徐迺翔主编的《中国现代作家评传》（山东教育出版社 1986 年版），沈阳 114 中学语文组等编辑的《中国现代作家传略》（1979 年内部印刷），徐州师范学院《中国现代作家传略》编辑组编辑的《中国现代作家传略》（上、中、下册，四川人民出版社 1983 年版）。

随着延安文艺研究作为 20 世纪中国文学研究领域中相对独立学科意识的自觉，延安作家传记研究及其传记年谱大量涌现，如丁玲、周扬、赵树理、贺敬之、李季、何其芳、阮章竞、欧阳山、萧三、萧军、周立波等延安作家的传记、评传、年谱等。除了延安作家研究资料汇编中多位作家的简单年谱外，学界还出版了大量的年谱专著，如李向东、王增如的《丁玲年谱长编：

1904—1986》（天津人民出版社 2006 年版），王周生的《丁玲年谱》（上海社会科学院出版社 1997 年版），中忱、凌源的《丁玲作品系年》（《吉林师大学报》编辑部 1980 年印行），叶锦的《艾青年谱长编》（人民文学出版社 2010 年版），董大中的《赵树理年谱》（山西人民出版社 1982 年版），史建国、王科的《舒群年谱》（作家出版社 2013 年版）。此外，还有学者简要辑录的作家年谱发表在期刊上，附录在著述上，如宋清的《丁玲的生平与创作（年谱）》[《甘肃师大学报》（哲学社会科学版）1980 年第 3 期]，叶孝慎、姚明强的《丁玲书目》（《中国现代文艺资料丛刊》1981 年第 6 期），陈廓的《丁玲文学年表初编（1904—1982)》、[《华中师院学报》（哲学社会科学版）1985 年第 2 期]，王增如的《丁玲年谱简编》（中国丁玲研究会编《丁玲纪念集》，湖南文艺出版社 2004 年版），萧杨的《丁玲编辑工作年谱》（《娄底师专学报》2004 年第 1 期），吴敏的《延安文化活动记事及三文人创作年表》（《延安文人研究》，香港文汇出版社 2010 年版），朱鸿召的《王实味年谱》（《王实味文存》，上海三联书店 1998 年版），等等。

尤其应当注意的是，近年来延安文艺研究及文献资料整理工作的发展，也推进了延安文艺传记年谱研究及其资料整理与编辑出版的新亮点及新成果。如由西安太白文艺出版社组织编辑出版的大型系列图书《延安文艺档案》中，就包括李继凯等编著的《延安作家》（4 册，西安太白文艺出版社 2013 年版），冯希哲等编的《延安音乐家》（3 册，西安太白文艺出版社 2012 年版），郑工等编著的《延安美术家》（4 册，西安太白文艺出版社 2015 年版），雒社扬等编的《延安戏剧家》（3 册，西安太白文艺出版社 2015 年版），丁亚平编的《延安电影家》（3 册，西安太白文艺出版社 2015 年版），丁亚平编的《延安文论家》（3 册，西安太白文艺出版社 2015 年版），以及张永泉主编的《河北解放区作家论》（花山文艺出版社 2000 年版）等。这些作品中汇集了许多的延安作家传记资料。

然而，在 20 世纪中国文学及延安文艺史料学研究中，传记资料的搜集及整理，应当是延安文艺传记年谱类资料研究中，需要付出较多努力的领域之一。因此，延安文艺传记资料，主要是指散见于其他的各种文体写作，包括文艺运动及思潮论争，以及文艺社团活动资料中所记载的人物生平事迹。延安文艺运动及其作家的创作活动，作为"党的文艺工作"及"文化的军队"，是"整个革命事业的一部分，是螺丝钉"。① 因此，有关延安作家及其人物生平的片段材料，不仅散见于当时的诗文、小说集、文艺界消息报道和文艺批评等论著中，而且，有关他们的政治活动及社会文化活动等传记片段，也会以不同程度或角度反映并记载在各种书籍资料，以及社团组织与个人档案材料中。所以，要获取他们系统准确的传记资料，就必须从多个方面进行搜集整理。尤其是涉及相关政治文化或文学事件时，搜集检索的范围就更大。

首先，应当注意的，就是延安文艺作品集中所记载的作家传记资料。由于延安作家不仅多在诗歌、小说及戏剧集的序跋或后记等文章中，说明创作的过程及相关作家的事迹，而且许多的作家散文或报告文学集，本身就是作家或同时期作家活动及其事迹的记录。因此，在这些延安文艺作品集中，可以发现并搜集到作家本人及其同时期作家的思想、经历及文艺活动中的交往等传记资料。例如：在丁玲1938年出版的散文集《一年》中，与丁玲本人及同时期其他作家人物生平事迹有关的文章或资料有《成立之前》《第一次大会》《我们的生活纪律》《河西途中》《第一次的欢送会》《杨伍城》《忆天山》《马辉》《关于本团抵陕后的公演》《适合群众与取媚群众》《西安杂谈》及《压碎的心》等。正如作者所说："这集子里都是一年的零碎，……不敢说是作品，只不过是替服务团记录一下吧了。所以仍只能作生活实录读。"② 其中除了记录抗战初期及西北战地服务团为抗战服务的历史场景和人物事迹外，还保存了许多的作家个人思想、感情及其生平经历资料，以及当时的文艺活动和历史人物资料。如毛泽东、李富春、凯丰、何长工等中共领导人在西北战地服务团出发前，围绕"大众化问题""统一战线"及"战时的地方群众工作"等，为服务团作家们的演讲及叮嘱，以及服务团作家们一路行军奔赴战地的具体情景和生活细节。特别是那几篇人物特写，如《忆天山》中，丁玲记述了她与作家张天虚在延安抗大相识，在西北战地服务团相知，以及彼

---

① 毛泽东：《在延安文艺座谈会上的讲话》，解放社1950年第2版，第30页。
② 丁玲：《一年·写在前边》，生活书店1939年版，第1页。

此间产生芥蒂及误会等生活经历。在《杨伍城》中，讲述了作者与这个很有性格的"红小鬼"之间的故事，以及杨伍城在延河的大水中驱马保护丁玲的感人场景等。可以说，丁玲正是以自己独到的视角，去把握与记录所经历的生活及人物，从而也为延安文艺研究保存了许多真实的传记资料。

同样，稍后编辑并于1939年4月出版的《西线生活》，既是丁玲等西北战地服务团作家们"集体生活的表现"，又是他们当时"记载了一些工作与生活的书"。① 所以，集中收录的文章，几乎都不同程度地保存了当时延安文艺运动及作家个人的创作经历和思想片段等资料。如聂绀弩的《略谈〈突击〉的导演和演员》，巍峙的《工作上的学习使我们渐渐长大了——一年来歌咏工作的发展》，田间的《关于西北部的歌人——西安歌咏界联欢回忆》，李劫夫的《对于美术宣传的意见和我们美术组的活动》和《又"死"了一回》，邵子南的《割麦》，高玉林的《我们的文化娱乐工作》，黎卫的《行军中的事务工作》，史轮的《生活检讨会》和《丁玲同志》，田间的《生活检讨会的场面——凡是一个人物要批评别人他必须检讨自己……》和《我们在潼关》，何慧的《女同志们》，丁玲的《民先在战地服务团——简记受奖大会》等，以及集中保存的二十八张战地服务团工作生活照片等，都为西北战地服务团及其作家研究，留下了真实生动的文字图像及生活事迹等传记资料。

其次，是保存在一些新闻报道类纪事性作品中的人物传记资料。如1937年12月，在由李蕤初编写及延安解放社出版的《陕北印象记》中，就收录了范长江的《陕北行中之印象》和《肤施人物》，任天马的《陕北的话剧与"活报"》，徐盈的《赤区中的新少年》，孙陵的《延安的公审法庭》和佚名的《陕北生活的一断片》等通讯报道文章。其中，范长江的《肤施人物》一文中，就记载了与毛泽东会见的场景及作者对毛泽东的观察与印象："许多人想像他不知是如何的怪杰，谁知他是书生外表，儒雅温和，走路像诸葛亮'山人'的派头，而谈吐之持重与音调，又类三家村学究，面目上没有特别'毛'的地方，只是头发稍为长一点。"尤其是谈及作者自己曾"赴毛泽东窑洞作竟

---

① 丁玲：《编者的话》，西北战地服务团集体创作：《西线生活》，生活书店1939年版，第20页。

夜之谈"时，发现毛泽东"最欢喜谈战略，他在红大教战略一科，说到战略问题，精神特别好了起来"等细节，以及毛泽东谈到长征开始之初，是因为"不得已放弃江西之后，最初的目的地是湘西，并不敢预定说能到遥远的西北来。先命令萧克去探路，只想从湘西凭藉贺龙偷渡长江的技术，从三峡区域，北过长江，再图发展。谁知追兵太紧，湘西不能立足，乃想图贵州，贵州四面受敌，而且太穷，乃转而想从四川西南转入川西北之松潘一带，暂住以观形势。土城一败，逼得走云南川边，辛辛苦苦到了川西北，乃是蛮荒千里，不宜居人，且松潘要地已入胡宗南手，不得已始出甘肃到陕北"。于是，"徐海东之由陕南经陇东入陕北，乃偶然作成中央红军之向导，并非如萧克之有预定计划。至于红军大会合于会宁静宁海原一带之时，进攻目的在宁夏，西连甘凉肃州，确立西北根据地，徐向前过黄河，意即在此。双十二以后，政治形势变动，这些都用不着了"。同时，还在文章中记载了毛泽东当时向作者阐述的政治主张，"他以为共产党的要求，希望中国走上宪政民主之路，以民主求统一求和平。和平统一之后，始可以言抗日。故为实现民主政治，共产党当可放弃土地革命、苏维埃和红军的名义。中国将来当然会成为资产阶级的民主政治，但是共产党不放弃工农生活之改善运动。这当然是共产党爱国主义的新转变。有人反对共产党谈爱国主义，他以为是不彻底懂得马克思列宁主义。马列主义是反帝国主义的，在半殖民地的国家提倡爱国主义，本质上就是反帝国主义的"等。[1] 此外，如王仲明编辑、1945年由求知出版社出版的《陕北之行》，集中收录的是1944年"中外记者西北参观团"成员返回后在国内外报刊上公开发表的一组通讯报道。其中，《新民报》记者赵超构的《延安散记》认为："延安人的思想也是标准化的。……在有些问题上，他们的思想，不仅标准化，而且定型了。说主义，一定是新民主主义第一，这不算奇，可怪的是，他们对于国内外人物的评价，也几乎一模一样，有如化学公式那么标准。"[2] 同样，盟利通讯社的特辑《陕北归客谈"边区"》，注意到"记者们印象中的中共，是党性的强烈，一切为组织（党）而生存，一位记者

---

① 李藜初编著：《陕北印象记》，解放社1937年版，第95—98页。
② 王仲明编：《陕北之行》，求知出版社1945年版，第85页。

说：'党性加强，是人性泯灭，不过这也许是他们生存的条件。'在边区，一切服从组织，组织是真有效，为组织服务，夫与妻之间有秘密，父与子之间有秘密，处处是严肃，在在是静默。……一个鲜明的对比，在延安看不见中国军队英勇作战的消息，所见到的大都是失利和退却，延安告诉我们的是中共控制了多大的区域，有多少精兵，多少自卫队，有一位记者告诉我们，延安的数字太多，很少有完全符合而无矛盾的，……在延安住久的人，不会知道中央对于抗战的努力，但在大后方的人，对延安一切，却能大致了，这是一个鲜明的对比"。① 此外，"西北参观团在延安时未能与老百姓谈话，至欲与一老百姓谈话，则绝无机会。……中共对中央，系以友党观点出发，而非认为中央与地方之关系，周恩来并谓中共系真心实行三民主义，只要中央何时也实行，边区即何时取消，大有中央必须边区化之意。……中共认为惟有民主始能统一，至其所谓民主，并非吾人素知之英美式民主，而为工农兵联合无产阶级之民主"。② 再有《扫荡报》记者谢爽秋的《记者在延安》，发现当时延安"新华书店陈列的书籍，充分表现了出版物的强烈党性，我们很少看到与党无关的书刊，党性强烈这一点，在和我们接触的任何人物的谈话中，也无例外，说他们对于同一问题的说法，像背诵公式一样，似乎亦不为过，这颇使得我们自外面去的人，感到置身于壁垒之中。中国记者团诸同人，在那些日子中，大都是按照主人为我们安排下的程序，同去，同回，同吃，同住，很少有过个别的访问与参观"等，③ 也都为当时的延安社会政治生活，以及文艺运动与作家创作生活的时代氛围等，保存了可谓另类叙述及相互参照的历史传记资料。

再次，是文艺运动及其思潮论争文章中的人物传记资料。例如，1949年4月，由东北书店编辑出版的《关于萧军及其文化报所犯错误的批评》一书，就真实地记载了延安文艺运动后期，有关萧军及其在东北解放区从事文艺活动的传记资料。其中所收录的刘芝明撰写的《关于萧军及其文化报所犯错误

① 王仲明编：《陕北之行》，求知出版社1945年版，第108—109页。
② 同上书，第114—116页。
③ 同上书，第55页。

的批评》一文，从文艺思潮论争及文艺斗争的性质及现实针对性等角度，分别从"萧军及其文化报所犯错误是严重的原则性""萧军思想错误的历史原因和社会原因"等，以及所谓"极端自私的个人主义""小资产阶级的超阶级观点；反对阶级与阶级斗争的学说""狭隘的民族主义""萧军的小资产阶级道路，乃是死路"和"关于批评与文艺批评"等方面，进行了具体系统的批判及其针对性的说明。同时收录的《中共中央东北局关于萧军问题的决定》，以及《东北文艺协会等十五团体联合大会关于萧军及其〈文化报〉所犯错误的结论》等文章，如书前《编者的话》中所言，由于"作家萧军在哈尔滨主编《文化报》（五日刊），从创刊以来就经常犯错误，违反教育知识青年的文化政策，至去年八月《文化报》五三期就更加严重的散布反动思想，发表了反苏的'各色帝国主义'谬论以及反对人民解放战争的'箕豆相煎'的松懈战斗的言论"等；因此，针对萧军"对苏联肆意加以诽谤，挑拨哈尔滨中苏两大民族的关系"等，而"遭受到文艺界的严厉批评"，除了当时东北地区的《知识杂志》和《文学战线》等刊物都"参加了论争"，以及刊发文章"将论争问题，展开得相当广泛"外，"论争中党的与非党的作家如陈学昭、草明、周立波、马加、宋之的、王坪等同志都发表了批评文章以后，在吉林各地文艺界也都参加了斗争，在哈尔滨的机关职员中、学校中、工厂中，也都开了批评萧军的会议，展开热烈的思想斗争"，等等。① 所以，在这样汇集了延安文艺运动及其思潮论争的书籍资料中，不仅作为历史文献而反映并记录了"《文化报》事件"的来龙去脉，同时还记载并保存了有关萧军及其他作家和历史人物生平事迹的重要传记资料。

最后，是各类人物传记集中的人物传记资料。如 1946 年 1 月重庆四海出版社出版的伍文编著的《延安内幕》一书中，除了有《新民主主义倡导人毛泽东》《八路军总司令朱德》《八路军副总司令彭德怀》《地位仅次于毛朱两氏的领导者高岗司令》《贺龙林彪两师长》《外交健将周恩来与总参谋长叶剑英》《儿童保姆凌莎》和《女同志的形形色色》等介绍中共领导人物的文章

---

① 刘芝明等：《关于萧军及其文化报所犯错误的批判·编者的话》，东北书店 1949 年版，第 1—2 页。

外，同时，还从多个角度对延安文艺运动中的主要作家进行了记述，留下了许多珍贵的作家个人传记资料，如《诗人萧三、艾青》《文艺理论家周扬、艾思奇》《新史学家范文澜、吕振羽》《剧运及其主持人张庚、赵伯平等等》《秧歌——延安作家的新成就》《报告文学作家欧阳山等等》《创造社老作家成仿吾、李初梨》《女作家的先驱者丁玲》《"女绅士"陈家昭》和《女演员陈波儿》等，以及《"改良平剧"作家杨绍萱》和《"改良秦腔"作家柯仲平》等。因而就在其中的讲述中保存了许多延安作家当时的历史现场资料。如在《女作家的先驱者丁玲》一文中，作者描绘访谈中的丁玲"一坐下，很随便的抽起烟卷来，烟抽得很密，大口的吸进，大口的吐出，似乎有意显示她的豪放气质"等细节，以及针对访问者提出的延安的"检查制度"问题，丁玲以"最初你们查问延安有没有检查制度，我就觉得十分警异。因为我到延安以来，一向没有这种经验，一经问起，反觉得奇怪。至于作品的稀少，是为了多数作家埋头学习的缘故，并不是受了什么限制的结果"等作答的具体情景，[1] 让读者对当时延安作家的精神状态及思想等，都能够产生一种深刻生动的印象及历史感受。可以说，大多数的延安作家的文学活动及生平传记，能够借助于这些书籍资料而得以还原或"再现"。

二 延安文艺传记年谱类工具书及其检索利用

在延安文艺史料学研究中，有关延安文艺传记及年谱的工具书，主要有相关的文学辞典、资料汇编、传记资料索引、年谱目录与年谱汇编等。以下分别加以介绍。

（一）辞典

《新编小辞典》：培之、刘坚编，冀中行政公署教育厅审，冀中新华书店1947年5月出版。在书前《编者的话》中，编者称，本书是"鉴于干部和老师同志，以教学学习中，常有对难词难句感到东问西寻的痛苦"，因此，主要"把个人读书读报时，所累集的名辞整理出来"。"全书约八百辞上下，包括政

---

① 伍文：《延安内幕》，重庆四海出版社1946年版，第52页。

治、经济、自然科学、文学、政党、名人传等各方面。"① 其中，如"文艺性""文艺重要性""文艺教条主义""民间艺人""吴满有方向""阿 Q 相""新民主主义文化"等词条。

《中国现代作家大辞典》：中国现代文学馆编，新世界出版社 1992 年出版。据辞典《前言》所述："本书作为中国现代文学馆设想编纂的《文学资料总库》的第一部，目的是向国内外读者提供一本查考中国现代文学的翔实可信的工具书，以促进文学研究和中外文化交流。"因此，编者认为本书"是对以往现代文学资料的一次大规模的汇总和提高"。② 其编辑范围，主要是"本世纪以来在中国文学发展演进中曾发生过一定影响的文学创作家、理论批评家、翻译家，重要的编辑家和活动家"。同时，在编排体例上则"共收中国现代作家辞目 706 条，作家 708 人"。并且，"本辞典辞条按条目标题首字的汉语拼音字母为序排列"；"条目释文为作家小传。包括作家原名、笔名、籍贯、出生地、生平史迹、文学活动、处女作和代表作的简介、文学风格特征等"。此外，"作家小传之后附书（篇）目。包括作家的'著作书目''翻译书目'（以上中文版）、'主要作品篇目'（英文版），和两种版本均有的'研究资料书目'"等。③ 因此，其中包括了许多延安文艺作家及其传记资料。

《中国解放区文艺大词典》：钱丹辉主编，安徽文艺出版社 1992 年 5 月出版。贺敬之、周巍峙、艾青、马烽、石少华、吴印咸等 20 余位当年曾参与和领导解放区文艺运动的作家、艺术家担任顾问。收录文艺创作和文艺人物等有关条目 4700 余条。文艺运动包括文献、论著、名词术语、事件、社团流派及文艺报刊；文艺作品包括小说、诗歌、散文、戏剧、电影、音乐、美术、摄影、民间文艺及丛书；文艺人物包括文学家、艺术家、文艺理论家、文艺组织家和文艺编辑；涉及区域包括陕甘宁边区、晋察冀边区、苏皖边区、东北解放区。尽可能地囊括了解放区文艺运动中应入典的文艺作品及文献资料。诸如一些资料性的小型作品，以及生活于"国统区"但与解放区有密切关系的

---

① 培之、刘坚编：《新编小辞典·编者的话》，冀中新华书店 1947 年版，第 1 页。
② 中国现代文学馆编：《中国现代作家大辞典·前言》，新世界出版社 1992 年版，第 3 页。
③ 中国现代文学馆编：《中国现代作家大辞典·凡例》，新世界出版社 1992 年版，第 15 页。

著名作家和批评家，评论解放区文艺的一些影响较大的文艺论著，还有中华人民共和国成立后以专集、选集、合集、丛书等形式出版的解放区文艺作品、理论批评、资料等亦均在本辞典立目范围。在这些文献资料中，不仅包括所发掘的大量罕见历史珍贵资料，以及本领域及其专题研究的新成果，同时收录了一些延安文艺工作者的回忆录，以及"抢救"性的"活资料"。此外，辞典还附录了1949—1990年解放区文艺研究论文、专著及资料索引等。

（二）重要传记资料汇编

《延安内幕》：伍文编著，重庆四海出版社 1946 年 1 月初版，上海五洲书报社代售。主要收录有《新民主主义倡导人毛泽东》《八路军总司令朱德》《八路军副总司令彭德怀》《地位仅次于毛朱两氏的领导者高岗司令》《贺龙林彪两师长》《外交健将周恩来与总参谋长叶剑英》《儿童保姆凌莎》和《女同志的形形色色》等，以及延安重要作家的篇目《诗人萧三、艾青》《文艺理论家周扬、艾思奇》《新史学家范文澜、吕振羽》《剧运及其主持人张庚、赵伯平等》《秧歌——延安作家的新成就》《报告文学作家欧阳山等等》《女作家的先驱者丁玲》《"女绅士"陈学昭》《女演员陈波儿》《创造社老作家成仿吾、李初梨》《"改良评剧"作家杨绍萱》和《"改良秦腔"作家柯仲平》等。作者在《短序》中称，本书的"重心在于指示各该人物在'干什么'，在'怎样干'，而不尚空洞的、堆砌式的描写"等。①

《人民音乐家冼星海》：华北新华书店 1948 年 10 月初版，华中新华书店 1949 年 4 月翻印再版，为"纪念冼星海同志逝世三周年"文集。封面版式直观，书名为红色美术体横纵相向排列，副标题为绿底白色手书体，扉页为毛泽东题词及冼星海遗照。全书不仅收录有冼星海遗作《路是我们开》（歌曲）、《我学习音乐的经过》和《创作〈民族解放交响乐〉的经过》，以及郭沫若、萧三、吕骥、贺绿汀、马思聪、沙汀、向隅、周巍峙、马可、张鲁、焕之、柯仲平、敬之、力扬、苏明等的纪念文章与诗歌作品，而且附录有《冼星海同志遗作目录》、《星海同志在苏重要作品介绍》和《冼星海同志年谱纪略》

---

① 伍文：《延安内幕·短序》，重庆四海出版社 1946 年版，第 1 页。

等资料。

《赵树理研究资料汇编》：山东师范学院中文系编辑，山东师范学院中文系 1960 年 8 月印行，为"山东师范学院中文系四年级同学和部分教师，在院党委和系总支的直接领导下，在编写中国现代文学史的同时，奋战两个月，编出了一套中国现代作家研究资料丛书"之一。其中"所选资料，包括赵树理的生活、思想、创作道路及重要作品的分析研究。并附作家著作年表于后"等。[①] 其后，值得注意的赵树理研究资料集有：中条山有色金属公司七二一大学语文专业编辑的《赵树理研究资料》（1979 年内部印行）；山西大学中文系赵树理研究组编辑的《赵树理研究资料》（1—2 辑，山西大学中文系赵树理研究组 1979 年、1980 年印行）等。1985 年 9 月，北岳文艺出版社出版的黄修己编辑的《赵树理研究资料》，2010 年 1 月，又被列入中国社会科学院文学研究所编辑的"中国文学史资料全编·现代卷"资料丛书，由知识产权出版社出版。

《李季研究资料汇编》：山东师范学院中文系编辑，山东师范学院中文系 1960 年 5 月印行。本书收录了《李季谈自己是怎样学习民歌的》《李季和三边、玉门》《建国十年来李季在诗歌形式上的探索》《陆定一谈"王贵与李香香"》《周而复为"王贵与李香香"所写的后记》，以及《李季著作年表》等。其后值得注意的还有张器友、王宗法编的《李季研究专集》；李小为编的《李季作品评论集》；安徽大学中文系编的《李季专集》等。其中，王文金、李小为合编的《李季研究资料》，1986 年 10 月由陕西人民出版社出版后，2009 年 8 月，被列入中国社会科学院文学研究所编辑的"中国文学史资料全编·现代卷"资料丛书，并增加赵明的署名，由知识产权出版社出版。

《周立波研究资料汇编》：山东师范学院中文系编辑，山东师范学院中文系 1960 年 7 月印行。内收有周立波的《纪念、回顾和展望》《周立波为他的选集所作的序言》《周立波谈"暴风骤雨"的创作经过》《暴风骤雨的出版说明》及《蔡天心分析"暴风骤雨"的人物》等 15 篇资料文章，以及《周立

---

① 山东师范学院中文系编辑：《赵树理研究资料汇编·编辑说明》，山东师范学院中文系 1960 年版，第 1 页。

波著译年表》等。其后值得关注的有：华中师范学院编辑的《中国当代文学研究资料：周立波专集》(华中师范学院 1979 年 4 月印行)；李华盛、胡光凡编辑的《周立波研究资料》(湖南人民出版社 1983 年 8 月出版)。2010 年 1 月，该书又被列入中国社会科学院文学研究所编辑的"中国文学史资料全编·现代卷"资料丛书，由知识产权出版社出版。

《杜鹏程研究资料汇编》：山东师范学院中文系 1960 年 8 月编印。内收有《〈保卫延安〉是怎样写成的》《〈保卫延安〉的创作过程》和《杜鹏程为〈在和平的日子里〉所写的后记》，作家创作自述及传记资料等，胡采、姚文元、李希凡、冯牧等人的评论文章，以及《杜鹏程著作年表》等资料。在《编辑说明》中，编者称："本书所选资料，包括杜鹏程创作道路，及重要作品的分析研究，并附作家著作年表于后。"①

《杨朔研究资料汇编》：徐州师范学院中文系现代文学教研组 1978 年 12 月编印。内收有林林的代序《忆杨朔》，杨朔的传略和《我的改造》《我的感受》《写作自白》和《应该作一个阶级战士》等自传，茅盾、肖殷、陈涵、敏泽、洁珉、徐迟等的评论文章，以及《杨朔著作目录》和《杨朔评论资料索引》等书目资料。

《丁玲研究资料》：袁良骏编辑，天津人民出版社 1982 年 3 月出版，为"中国现代作家作品研究资料丛书"之一。内收有"丁玲生平资料""丁玲谈自己的创作""丁玲研究论文选编""丁玲著作年表""丁玲著作目录"和"丁玲研究资料目录索引"共 6 辑相关资料。其中包括《丁玲传略》《丁玲生平年表（1904—1986）》和《丁玲自传》，以及《丁玲研究专著目录索引》、《其他著作中的丁玲研究资料目录索引》和《报刊上的丁玲研究资料目录索引》和海外丁玲研究论著摘录等。2011 年 4 月，本书被列入中国社会科学院文学研究所编辑的"中国文学史资料全编·现代卷"资料丛书，由知识产权出版社出版。

《徐懋庸研究资料》：王韦编，江西人民出版社 1985 年 7 月出版，为"中

---

① 山东师范学院中文系编：《杜鹏程研究资料汇编·编辑说明》，山东师范学院中文系 1960 年版，第 1 页。

国现代作家作品研究资料丛书”之一。全书由“生平史料”、“文学活动自述”“研究评论文章选辑”和“资料目录索引”4 辑组成，包括《徐懋庸传略》《徐懋庸回忆录》和《我在文学方面的失败》等自述文章、作品集的序言后记等与鲁迅、张庚、姜德明、林非等人的评论文章，以及作家的著译系年、著译书目、未发表作品部分目录和评论文章目录索引等。2010 年 1 月，该书被列入中国社会科学院文学所编辑的“中国文学史资料全编·现代卷”资料丛书，由知识产权出版社出版。

《荒煤研究资料》：严平编，湖南人民出版社 1985 年 6 月出版，为“中国现代作家作品研究资料丛书”之一。全书由“生平与文学活动”“创作自述”“研究论文选编”和“著作年表、书目及研究资料目录”4 辑组成，包括《自述》《荒煤传略》《我的笔名》《我的副刊》和《她第一个向我打开了文学之门》等，作品集的序言和后记，立波、夏衍、严文井、洁泯等人的评论文章，以及《荒煤生平年表(1913—1996)》《荒煤著作年表》《荒煤著作、编辑书目》和《荒煤研究资料目录》等资料。2009 年 9 月，该书也被列入中国社会科学院文学所编辑的“中国文学史资料全编·现代卷”资料丛书，由知识产权出版社出版。

《马烽西戎研究资料》：高捷等编，山西人民出版社 1985 年 6 月出版，为中国社会科学院文学所编辑的“中国现代作家作品研究资料丛书”之一。全书由“马烽部分”和“西戎部分”2 辑组成，分别包括两位作家的《传略》《作品评介文章》《著作编目》《短篇小说集目录》和《作品研究资料索引》等资料。其中，在关于两位作家的“作品评介文章”中，主要收录了冯牧、解清、茅盾、周扬、邵荃麟等人的评论文章，以及中国现代文学史书写中有关作家作品的论述及批评等。

《柯仲平研究资料》：刘绵满、王琳编，陕西人民出版社 1985 年 1 月出版，为中国社会科学院文学所编辑的“中国现代作家作品研究资料丛书”之一。全书由“生平与文学活动”“评论文章选录”和“资料目录索引”3 辑组成，包括柯仲平的《传略》《年谱简编》和《生平与创作自述》等传记资料，王震、习仲勋、贺敬之、张光年、丁玲、柯蓝等人的评论回忆，以及柯仲平的《著作系年》《资料目录索引》和《著作书目》等研究资料。

《何其芳研究专集》：易明善、陆文璧、潘显一编，四川文艺出版社 1986 年 3 月出版，为《中国当代文学研究资料丛书》编委会编辑的"中国当代文学研究资料丛书"之一。内收有何其芳的手迹及相关照片，茅盾的《序》与丛书的《前言》，以及"何其芳的生平和创作""评论文章选辑""何其芳著作系年"和"评论文章目录索引"4 辑组成，包括易明善编著的《何其芳传略》，巴金的《衷心感谢他》及沙汀的《追忆何其芳》等 70 余篇文章及研究资料。

《舒群研究资料》：董兴泉编，春风文艺出版社 1988 年 12 月出版，为中国社会科学院文学所编辑的"中国现代作家作品研究资料丛书"之一。全书由"生平与创作自述""书目系年"和"舒群研究资料索引"3 辑组成，包括《舒群传略》《舒群年谱》《舒群小传》《舒群传》《舒群与萧军》等传记资料，《追求与信念》《求真》《舒群的革命文艺活动及其创作》等评论文章，以及《舒群著作目录系年与研究资料索引》等书目文献资料。2010 年 1 月，被收录于中国社会科学院文学所编辑的"中国文学史资料全编·现代卷"资料丛书，由知识产权出版社出版。

《冯乃超研究资料》：李伟江编，陕西人民出版社 1992 年 3 月出版，为中国社会科学院文学所编辑的"中国现代作家作品研究资料丛书"之一。全书由"生平与创作自述""生平和文学活动述评""创作研究论文选辑"和"著译系年、书目及研究资料目录索引"4 辑组成，包括《冯乃超传略》《我的文艺生活》和《鲁迅与创造社》等自传，《冯乃超年谱》《冯乃超笔名、别名集录》《鲁迅谈冯乃超》和赵景深、邵冠华、高穆、唐弢、孙玉石等人的评论文章，以及《冯乃超著译系年目录》《冯乃超著译书目》和《冯乃超研究资料目录索引》等。

《彦涵研究》：石仁勇、刘鸿石编，江苏美术出版社 1994 年 1 月出版，为"中国现代美术家研究丛书·江苏系列"之一。全书由"征途漫录，艺海履痕""热爱色与墨，追求情与新"和"刀笔灿日月，风骨扬精神"3 辑组成，包括赵燕英的《版画家彦涵》，孙梨的《画的梦》等近 90 篇传记评论文章，以及附录的《读画吟诗寄彦涵》和《雪泥鸿爪》中的作品目录等资料。

《古元纪念文集》：《古元纪念文集》编辑委员会编，人民美术出版社1998年8月出版。内收有关于古元先生悼念活动的九十余篇相关资料及回忆文章，以及附录的陆定一的《文化下乡》，茅盾的《门外汉的感想》，艾青的《边区生活的歌手》，徐悲鸿的《全国木刻展》，葛洛的《古元之路——记青年古元的一段经历》，力群的《谈〈古元木刻选集〉》，靳之林的《古元同志回碾庄记》，雪村的《给人们甜蜜——探望病中的古元》和曹文汉等的《古元的最后岁月》，以及《古元年表》和《古元作品选》等资料。

《忆周扬》：王蒙、袁鹰主编，内蒙古人民出版社1998年4月出版。全书由4辑组成，包括张光年的《忆周扬》，谭林通的《难忘相识在东京》，任白戈的《我和周扬在"左联"工作的时候》，周巍峙的《新中国文化艺术事业的一位创始人》，于光远的《周扬和我》，龚育之的《几番风雨忆周扬》，温济泽的《历史新时期的周扬》，王蒙的《周扬的目光》，王若水的《周扬对马克思主义的最后探索》，王元化的《为周扬起草文章始末》，陆定一的《周扬同志是好人》，冰心的《我为他"解放"而感到放心》，李辉的《摇荡的秋千》和郝怀明的《周扬著作目录》等60余篇文章，以及相关照片、悼词、唁电及编者《后记》等。

《华君武》：中国美术馆编，人民美术出版社2001年9月出版。内收有华君武的《几句话语》《艺术简历》和杨力舟的《前言》，蔡若虹的《写给华君武的信》及穆欣的《华君武与"内部讽刺漫画"同命运》等近120篇传记评论文章，以及附录的《漫画作品》《生平踪影》和《常用印章》等文献资料。

《贺敬之研究文选》（上下册）：陆华编，文化艺术出版社2008年9月出版。内收有由"研讨会的报道、讲话、祝辞（2004—2006）""诗作综合性研究（1961—2008）""具体诗作研究（1956—2007）""新古体诗研究（1994—2008）""歌剧《白毛女》研究（1945—2006）"和"文艺思想研究（1994—2006）"6辑组成的145篇文章和论文，以及附录的《贺敬之研究资料索引》与编者的《前言》等。

《葛琴研究资料》：马莉、邹勤南编，知识产权出版社2009年9月出版，为中国社会科学院文学所编辑的"中国文学史资料全编·现代卷"资料丛书之一。全书由"葛琴生平资料""葛琴创作自述""葛琴研究论文选编"和"葛琴著作年表、目录和研究文章目录索引"4辑组成,包括《葛琴传略》、《葛琴生平年表》和《我的写作生活》等自传,作品集的序言、后记和丹仁、杜康、鲁迅、赵家璧、茅盾等作家的评论文章,以及《葛琴著作年表》、《葛琴著作目录》和《葛琴研究文章目录索引》等资料。此外,1991年12月,余仁凯编辑的《草明葛琴研究资料》,由北京十月文艺出版社列入陈荒煤主编的"中国现代作家作品研究资料丛书"出版。

《大家谈张仃》:故宫博物院编,李兆忠主编,紫禁城出版社2009年4月出版。全书由"大家谈张仃""宏观视野""漫画风暴""装饰世界""彩墨天地""焦墨奇葩""书法心语""春华秋实"和"同道知音"9辑组成,包括艾青、夏衍、刘海粟、黄苗子、郁风、吴冠中、陈丹青、袁运甫等人的评论谈话与50余篇批评文章,以及《张仃年表》和《编后记》等。

《张庚诞辰100周年纪念文集》:中国戏剧家协会编,中国戏剧出版社2012年10月出版。内收有由"在纪念张庚先生100周年座谈会上的讲话和发言""张庚先生诞辰100周年研究和纪念文章""张庚先生诞辰100周年国际学术研讨会论文选登"和"媒体报道"4辑组成的30篇文章,以及张小果等人的《回忆张庚先生》和《张庚创作年表》等资料。

(三)传记、年谱、评传

《毛泽东自传》:美国史诺原著,张洛甫译,陕西延安书局1937年10月初版,同年12月再版。封面均衡编排,红色基调版式中上下白色装饰线条相对,左侧黑色美术体书名竖排,右侧加入毛泽东全身摄影图片,封二附印有《毛泽东先生亲笔〈宣言〉》。全书由"少年时代""动乱中的中年时代""共党的展开"和"从围剿到长征"4章构成,并附有《毛泽东夫人贺子珍小传》《毛泽东论抗日及联合战线》《毛泽东论抗战必胜》和《毛泽东等呈蒋委员长一致对日抗战电文》等。

《毛泽东自传》:[美]史诺笔录,汪衡译,上海文摘社1937年11月初版,为"文摘小丛书"之一。封面对称编排,棕红色调版式中,左侧上方插入圆形毛泽东侧面摄影头像，右侧为潘汉年题写的黑色书名竖排。全书由"一颗红星的幼年""在动乱中成长起来""揭开红史的第一页"和"英勇忠诚和超人的忍耐力"4章构成，附有《毛泽东论中日战争》和《毛泽东夫人贺子珍小传》，以及书前毛泽东手迹、毛泽东站立全身照和《毛泽东夫妇近影》等。此后，上海光明书局、国民出版社等先后翻印出版。

《朱德传》：陈德真编，战时读物编译社1937年12月初版，翌年1月再版。封面均衡编排，左侧红色美术体书名竖排，右侧上部插入黑白木刻朱德将军正面肖像图案。内收有《传记》《在前线》《印象记》《回忆》《论日军》和《抗战到底》6篇作品，以及附录的《关于八路军的种种》等。

《中国的女战士——丁玲》：晶莹编，上海金汤书店1938年3月出版，为"每日译报丛书"之一。在《写在前面》中，编者称："我们热望着这位有辉煌前途女战士的今后活跃的动向，等待再给她写出更伟大的传记来。"[1] 全书由"当丁玲沉默的时候"及"幼年时代的丁玲"等十七节构成，附有丁玲近作《文艺在西北新区》和《游击生活》，以及任天马的《丁玲和集体创作》、《丁玲生活漫谈》和《长征中的丁玲》等6篇传记作品。

《民族女战士丁玲传》：陈彬荫编，战时读物编译社1938年3月初版，同年5月修订再版。封面水平编排，上方双行美术体书名，中下方加入大幅丁玲摄影图片。初版本内收有《前期奋斗》《自白》《在延安》和《长征》4篇作品，附录的《战地服务团的经过》一文，以及多幅丁玲近照。再版本中删去附录一文，增加《被捕前后》章节，并将原《在延安》小标题更名为《在陕北》后再版发行。

《女战士丁玲》：每日译报社编，每日译报社1938年12月出版，为"每日译报丛书"之一。封面编排版式简洁，书名为红色美术体，扉页有丁玲侧面摄影头像，书前附有"每日译报丛书出版预告"插页广告。内收有Earl H. Leaf的《丁玲——新中国的先驱者》，以及L. Insun的《丁玲在陕北》2篇报告文学作品。

---

[1] 晶莹编：《中国的女战士——丁玲·写在前面》，上海金汤书店1938年版，第1页。

《何其芳评传》：尹在勤著，四川人民出版社 1980 年 4 月出版。内收有由"欲成壮志往东下""从飘浮的云到茅草屋顶""摇醒成都奔延安""山城剪影""严肃认真的回答""不屈的抗争与极度的欢欣""新诗理论的建树""中外遗产的发掘""诗艺片羽"和"深切的怀念"等章节构成的作家传记，以及牟决鸣撰写的代序《埋藏在心里的几句话》和作者的《后记》等。或者正如作者所说，本书"只不过试图对何其芳——对他的生平、创作、理论以及爱憎和情操，勾画出一个大体的轮廓而已"。①

《赵树理评传》：黄修己著，江苏人民出版社 1981 年 9 月出版。内收有由《引言》和"在这样的土壤里（1906—1937）""大树长成了（1937—1949）""从头锻炼自己（1949—1959）""为人民拉磨拉到底（1959—1970）""历史贡献及局限"等 6 章 37 节构成的传记作品，以及作者撰写的《后记》。在《引言》中，作者从文学史的角度指出并认为，"赵树理真实而深刻地表现了新时期农民的斗争、生活，塑造了众多血肉丰满的农民形象，创造了为广大群众所喜闻乐见的新形式，使新文学与民间文学的传统连接了起来"，所以，探讨赵树理创作的得失，也能"在某种程度上帮助我们认识一九四二年后新文学发展的经验、教训"等。②

《何其芳年谱（初稿）》：章子仲著，《武汉师范学院学报》1982 年第 1 期。年谱初稿为作者"论何其芳的创作道路《必由之路与未尽之才》一文的附录"。③ 其中整理叙述了何其芳从"一九一二年"出生，至"一九七七年（六十五岁）"的文学经历及创作成就，以及附录的"何其芳逝世后，著作出版情况"等。此后，1986 年 1 月，《吉林大学社会科学学报》第 1 期发表了李光麾的《何其芳年谱》，但"本年谱的编年截止于新中国成立"。④

《赵树理年谱》：董大中著，山西人民出版社 1982 年 8 月出版。内收有从传主"1906 年（清光绪 32 年丙午）1 岁"，到"1970 年 65 岁"及"逝世以

---

① 尹在勤：《何其芳评传·后记》，四川人民出版社 1980 年版，第 170 页。
② 黄修己：《赵树理评传·引言》，江苏人民出版社 1981 年版，第 1、5 页。
③ 章子仲：《何其芳年谱初稿》，《武汉师范学院学报》1982 年第 1 期。
④ 李光麾：《何其芳年谱》，《吉林大学社会科学学报》1986 年第 1 期。

后"的《赵树理年谱》。在《写在前面》中，作者指出赵树理年谱编写中遇到的主要困难，首先是赵树理生前很少主动谈及自己的过往事迹；其次是有关赵树理生平的文献资料较少；最后是赵树理没有写日记等保留自己生平资料的习惯等。因此，为了确保年谱的真实性及学术性水平，作者除了"在每年之前，编入了一些背景资料"，"谱内只列入已查清的主要事迹"，以及"对他的著作的出版（包括编入丛书）和翻译情况一并编入（一般只记初版）"外，在编写方法方面，对佚文、著作、言论、作品版本、注释等具体问题，均做出了简要的说明。①

《萧军年谱（初稿）》：庐湘、雨霖著，收录于《吉林大学社会科学学报》编辑部 1983 年 8 月编印的《萧军创作研究论文集》，为"吉林大学社会科学丛刊"之一。在论文集附录有《萧军年谱（初稿）》和刘庆澄编辑的《萧军著作及评论目录索引》。此外，王业伟编写的《萧军年谱》，刊载于《文教资料简报》1984 年第 4 期；2007 年 5 月，凌海市政协文史资料编辑委员会编辑出版的《萧军百年诞辰纪念集》中，列入张栋著的《萧军年谱》。

《周立波生平与创作》：庄汉新著，光明日报出版社 1985 年 12 月出版。内收有林蓝的《〈周立波生平与创作〉序》，内收由"生平概述""文艺思想初探""《在鲁艺的〈名著选读〉讲授提纲》新论""创作道路和风格流变""诗歌赏析""散文漫评""短篇小说艺术""《暴风骤雨》、《山乡巨变》的人物形象塑造""《铁水奔流》的创作得失"和"创作年谱"等 10 章构成，并附有《本名·笔名考》和作者《后记》。作者称本书的写作，注重于"框架式结构，强调工程的整体感、空间感"，力图"从宏观和比较入手，着眼于纵向发展的历史和作家的创作道路，把立波及其作品作为一个整体，放在文学运动消长起伏的长河中来综合认识和考察"等。②

《周立波评传》：胡光凡著，湖南文艺出版社 1986 年 10 月出版。内收有：周立波不同时期的照片和王首道的《毕生扎根人民中——怀念周立波同志（代序）》，全书由"动荡的童年和学生时代（1908—1927）""'备尝艰苦和欢

---

① 董大中编：《赵树理年谱·写在前面》，山西人民出版社 1982 年版，第 2—3 页。
② 庄汉新：《周立波生平与创作·后记》，光明日报出版社 1985 年版，第 255 页。

喜'的上海十年（1928—1937）""在抗日的烽火中（1938—1939）""宝塔山下的峥嵘岁月（1940—1944）""跟随三五九旅南征（1944—1945）""投身土地改革的'暴风骤雨'""和新时代的群众相结合（1949—1954）""扎根故乡的沃土（上下）（1955—1966）""在十年浩劫的日子里（1966—1976）"和"为革命文学事业奋斗到最后一息（1977—1979）"等 11 章 39 节构成。在《后记》中，作者称为了本书的写作，自己曾"沿着立波同志生前活动的主要足迹……，作了一次系统的实地调查"等。①

《何其芳传略》：蒋勤国著，《新文学史料》1987 年第 2 期。全文由"一个苍白、荒凉的季节——幼年和少年时期的何其芳""'少年哀乐过于人'——最初的文学活动""在现实荆棘的刺伤下觉醒""摇醒成都，奔向光明""痛苦的快乐的投生""战斗在国统区重庆""勇于探索的文学评论家"及"人间重晚晴——最后的工作和歌唱"等章节构成。在文中《后记》中，作者称"《何其芳传略》在写作过程中，得到何其芳夫人牟决鸣同志的大力支持，她和笔者讨论了详细的提纲"等。②

《赵树理传》：戴光中著，北京十月文艺出版社 1987 年 6 月出版，为"中国现代作家传记丛书"之一。全书由"卷一"到"卷五"组成，分别为"从树礼到树理""从彷徨到呐喊""时代的歌手""生活的主人"和"在劫难逃"等共 18 章构成，以及彭德怀为《小二黑结婚》的题词和赵树理的相关照片、手迹等。在《后记》中作者认为，"有没有对于主人公的真诚的喜爱"，应当"是撰写传记的最起码也是最关键的条件"。③ 在此前后，赵树理的传记作品还有高捷、刘芸灏、段崇轩、邰忠武、任文贵合著的《赵树理传》（山西人民出版社 1982 年版）；杨品著的《赵树理传——颠沛人生》（北岳文艺出版社 2000 年版）；傅惠成撰写、山西史志研究院编的《赵树理传》（当代中国出版社 2006 年版，2009 年再版）；等等。

《李季评传》：张器友著，华岳文艺出版社 1990 年 6 月出版。内收有"上

---

① 胡光凡：《周立波评传·后记》，湖南文艺出版社 1986 年版，第 426 页。
② 蒋勤国：《何其芳传略·后记》，《新文学史料》1987 年第 2 期。
③ 戴光中：《赵树理传》，北京十月文艺出版社 1987 年版，第 452 页。

卷(1922年—1948年)"的"像幼蛾扑向太阳的光辉""三边呵，你就在我的心里""文学艺术的新开拓""新诗史上的里程碑——《王贵与李香香》","下卷（1948年—1980年）"的"'石菊花样年年新'""为石油事业初放歌喉""在'折腾'中探索""人民英雄三部曲——《杨高传》""多重奏的'脊梁吟'""'一生一世不改调'"共10个章节，"结语"的"和新的群众的时代紧密结合""对文艺民族化、群众化的执著追求"等，以及作品前吴象的《序》和书后的作者《后记》。

《天涯萍踪——记萧三》：高陶著，中国青年出版社1991年6月出版。内收有传主的多幅手迹和相关照片，张志民的《序》和作者《自序》，由"楔子"和"湘江篇（1896—1919）""留法篇（1920—1922）""赤都篇（1922—1939）""窑洞篇（1939—1945）""友谊篇（1949—1960）"和"夕阳篇（1965—1983）"6辑，以及"家住桃源第一村""耳濡目染"及"初识毛润之"等65节组成的传记作品。

《萧军传》：张毓茂著，重庆出版社1992年7月初版，辽宁人民出版社2000年11月易名为"跋涉者——萧军"修订重版。初版本内收有传主不同时期的手迹及相关照片和王德芬的《序》，由"童年（1907—1917）""第二故乡长春城（1917—1925）""在军中（1925—1931）""两个勇敢的跋涉者（1931—1934）""崛起于左翼文坛（1934—1937）""投入抗战洪流（1937—1940）""延安岁月（1940—1946）""'千秋功罪知无舛'（1946—1951）"和"京华烟云（1951—1988）"等9章40节构成的作品，以及作者撰写的《后记》。修订版除题目及内容章节的修改增加等之外，序言也删去原序，改为王向群的代序《白云终自展高天》，并附有《萧军年谱》及作者新撰写的《后记》一文。

《萧三传》：王政明著，四川文艺出版社1992年8月初版，北京图书馆出版社1996年10月修订出版。初版本内收有胡乔木的代序《怀念萧三同志》和萧三的手迹及相关照片，以及由"家住桃源第一村""东山学堂一学子""在辛亥革命的风浪中""到中流击水""组织新民学会""大被同眠——谋求新出路""由上海到巴黎""苦读勤工寻真理""欧游求索路漫漫""在列宁的故乡""转战北方区""由海参崴到莫斯科""登上国际文坛""在苏联文化节日里""鲁迅、左联与萧三""海内存知己""归心似箭""回国途中""宝塔山下的足迹（一）""宝塔山下的足迹（二）""转战华北"和"在共和国的旗帜下"等22章构成的传记作品。在修订版《后记》中，作者称其对初版"内容作了一些必要的调整和修改。为了便于读者阅读，按章节增加了小标题"等。①

《欧阳山评传》：黄伟宗著，花山文艺出版社1993年2月出版，为"中国现代作家评传丛书"之一。内收有由"贫困流浪的童年（1908—1918）""苦闷彷徨的年代（1919—1923）""峥嵘的起步岁月（1924—1926）""在黑暗中追求光明（1927—1930）""'欧阳山'开始的时候（1931—1932）""'左联'时期的风风雨雨（1933—1936）""抗日烽火的洗礼（1937—1940）""在解放区的战斗步伐（1941—1948）""春风得意马蹄疾（1949—1956）""漫长蹉跎岁月中的浮沉（1957—1976）""新时期的老树新枝（1977—1991）""欧阳山在中国新文学整体中的地位和贡献"等12章及多个小节构成的传记作品，以及刘白羽的代序《给欧阳山同志的献辞》和作者的《十年寒窗吾自问——后记》等。此外，田海蓝著的《百年欧阳山：欧阳山评传》，由中国文史出版社于2008年5月出版。

《萧军评传》：王科、徐塞著，重庆出版社1993年9月出版，为"中国现代作家评传丛书"之一。内收有由"从荒僻的碾盘沟到喧嚣的长春城（1907—1924）""军人梦的升腾与失落（1925—1931）""战斗在夜幕下的哈尔滨（1931—1934）""前行于伟大旗手的麾下（1934—1937）""抗日反帝的一声惊雷——《八月的乡村》""血泪交织的故乡图画——沪上出版的小说散文简论""搏击在抗战初期的漩流中（1937—1940）""延安！延安！（1940—1945）""松花江边流逝的日月（1945—1948）""'白云原自一身轻'（1948—1978）""工业题材的试练与历史小说的耕耘——《五月的矿山》《吴越春秋史话》""小说创作的巅峰——《第三代》""'出土文物'的沉思（1979—

---

① 王政明：《萧三传·后记》，北京图书馆出版社1996年版，第382页。

1988）"和"'如此大吉'——历史和文学的结论"等14章61节构成的传记作品，以及陈涌的长篇序言《关于中国现代文学——〈中国现代作家评传丛书〉序》和《出版说明》等。2008年1月，本书增列张英伟为第三作者，由中国社会出版社列入"中国现当代名家传记丛书"修订出版。

《毛泽东年谱（一八九三——一九四九）》（上中下）：中共中央文献研究室编，逄先知主编，人民出版社、中央文献出版社1993年12月初版，翌年4月第2次印刷；中央文献出版社2002年8月再版，2005年1月第2次印刷，2013年12月修订再版。内收有由谱主"1893年诞生"，到"1949年（1月——9月）五十六岁"的编年纪事，以及编者撰写的《后记》。在年谱前的《出版说明》中，编者称，本书不仅是"国内外首次详细记述毛泽东的思想和生平业绩的编年体著作，经过八年时间精心编撰而成"，同时，"这部年谱的编撰方针是：将资料性、学术性、传记性相统一；以翔实可靠的历史文献资料为依据，大量使用和发表档案材料；注意汲取近年来的最新研究成果，并且经过研究考证有所发现和创新"等。①

《成仿吾年谱》：张傲卉、宋彬玉、周毓方编撰，东北师范大学出版社1994年12月出版。内收有谱主不同时期的照片及手迹，张琳的《回忆与怀念（代序）》，《成仿吾生平》和由"1897年（清光绪二十三年）诞生"，到"1984年八十七岁"的年谱，以及附录的《成仿吾著译目录》与编者《后记》等。

《刘白羽评传》：牛云清著，重庆出版社1995年11月出版，为"中国现代作家评传丛书"之一。内收有《出版说明》和陈涌的长序《关于中国现代文学——〈中国现代作家评传丛书〉序》，由"生之忧郁，生之悲痛""清新之风迎面扑来""平明寻白羽'""南下北上""东突西奔""我的文学生命是从这里开始的""解放战争时期的生活与创作""走向莫斯科""两次去朝鲜""在和平的日子里""历尽劫波，再塑辉煌"和"茂盛的形象之花"等12章31节构成的传记作品，以及作者撰写的《后记》。此外，朱兵编的《刘白羽

---

① 逄先知等编：《毛泽东年谱（一八九三——一九四九）·出版说明》（上册），人民出版社、中央文献出版社1993年版，第1页。

评传》，1995 年 12 月由百花文艺出版社出版。

《吴玉章年谱》：中共四川省委党史研究室组织编写，刘文耀、杨世元编，四川人民出版社 1998 年 12 月出版。内收有由"1878 年（光绪四年戊寅）"，到"1966 年（丙午）88 岁"的谱主编年，以及作者的《〈吴玉章年谱〉跋》等。其中，作者认为："年谱是历史科学。求真实，求准确，求完整；忌虚假，忌模棱，忌零碎。"因而，本书"要为人间留信史。不溢美，不讳尊，不欺世，不昧己。搜集史料，虽蛛丝马迹不轻舍；勘证史实，有书刊报载不盲从"等。①

《诗人贺敬之》（上下册）：贾漫著，大众文艺出版社 2000 年 1 月出版。内收由《来路烽火》《去路烟尘》《半路漩涡》《险路诗情》《〈跃进〉小注》《七贤庄幸遇冼星海》《归路黄金》《延安颂》《文化大军的特殊使命》及《〈白毛女〉——新歌剧运动》等 40 篇作品。作者贾漫作为一位有影响的诗人、诗论家，因而使这部传记以《白毛女》的创作为叙述中心，在对史料的梳理中，注重探讨传主有关艺术"自我"及其创作实践等问题。

《张闻天年谱》（上下册）：中共中央党史研究室张闻天选集传记组编，张培森主编，中共党史出版社 2000 年 8 月初版，2010 年 8 月修订再版。内收有《出版说明》和由"1900 年诞生"至"1976 年七十六岁"的年谱，以及张闻天逝世后"1976 年 7 月 1 日—3 日"到"1995 年 8 月"的编年纪事。在《后记》及《再版后记》中，编者称："这部年谱的编写经过了近 20 年的一个很长过程"，而修订版"除少数部分作了修订之外，悉按初版"。② 此前，中共党史出版社 1997 年 9 月，曾出版张培森主编的《张闻天在 1935—1938 年谱》。

《艾思奇传》：杨苏著，云南教育出版社 2002 年 4 月出版。内收有由"侨乡少年""从东京到上海""生活之路""传递新哲学的火炬""奔赴延安""黄陵祭""火之炼""啊！新中国""时代精神精华""悄然逝去的大漠雷声"等 10 章 58 节构成的传记作品，以及书前的《题记》、《引言》与书后作者撰写的长篇《后记》。

---

① 刘文耀：《吴玉章年谱·跋》，四川人民出版社 1998 年版，第 542 页。
② 张培森主编：《张闻天年谱·后记/再版后记》，中共党史出版社 2010 年版，第 935 页。

《暗哑的夜莺——何其芳评传》：贺仲明著，南京师范大学出版社 2004 年 12 月出版，为"20 世纪文化名人精神评传"之一。内收有由"万县之子""万县求学""走出家乡""爱情与诗歌""《预言》和《画梦录》""'摇醒成都'的日子""《我歌唱延安》""整风前后""批评者的《回答》""苏醒与变异""'文革'十年"和"最后的岁月"12 章 72 节构成的作家传记，以及绪论《我是谁?——何其芳的悲剧意义》和附录的《何其芳年谱简编》等。在《后记》中，作者称，"在对诗人心灵和命运的探索过程中，我深深地为这一代文学家的命运而叹惋，也为中国文学的命运而担忧"等。①

《民国音乐史年谱》：陈建华、陈洁编著，上海音乐出版社 2005 年 5 月版。内收有由"民国元年（1912 年壬子年）"到"民国三十八年（1949 年己丑年）"间的音乐编年活动与创作纪事，以及音乐家照片、书影及附录的《1949 年出版的音乐书谱》等。在《前言》中，编者称，本书"记述了 1912 年至 1949 年这段时间内和音乐有关的各类大事，无论是作曲家、表演家和各种音乐活动的有关历史背景事实，都可以得到可靠的线索。通读全篇，可以了解民国时期音乐发展的脉络"等。②

《公木年谱》：王广仁、周毓方编著，东北师范大学出版社 2005 年 6 月出版。内收有《前言》《公木传略》和由"1910 年（宣统二年）诞生"，到"2003 年"的公木《年谱》，以及公木逝世后的编年纪事。在《后记》中，编者称："年谱系以恩师终生奋斗的革命历程为主线，结合各个时期的著述和有关资料梳理而成的"，并"得到东北师范大学校领导和出版社的关注与大力支持"等。③

《丁玲年谱长编（1904—1986）》（上下册）：李向东、王增如编，天津人民出版社 2006 年 1 月出版。内收有《年谱（1904—1986）》、《丁玲著作编年》和《丁玲笔名录》，以及编者撰写的《丁玲是一部厚重的书——编后记》等。在书前的《编写说明》中，编者称，"本年谱主要依据丁玲的作品、书信、日

---

① 贺仲明：《暗哑的夜莺——何其芳评传·后记》，南京师范大学出版社 2004 年版，第 277 页。
② 陈建华等：《民国音乐史年谱·前言》，上海音乐出版社 2005 年版，第 2 页。
③ 王广仁等：《公木年谱·后记》，东北师范大学出版社 2005 年版，第 309 页。

记，陈明的日记、书信、笔记，以及丁玲身边工作人员的日记、笔记编成，同时参考了一些历史档案和资料、事件当事人的回忆，及研究工作者的学术著作"等。①

《青春何其芳——为少男少女歌唱》：卓如著，山西出版集团·北岳文艺出版社 2007 年 7 月出版。全书由"川东村寨""江畔苦读""才华闪耀""校园耕耘""漫天烽火""延河诗情""山路崎岖"和"明朗天空"等 8 章 40 节构成，并附有《何其芳的出访活动》和《参加编写〈新中国十年文学〉的前后》等。在《后记》及《补记》中，作者称，"为了感受何其芳曾经生活过的环境"，曾赴西安、延安等地，"坐在当年你召开延安文艺座谈会的礼堂里沉思，登上宝塔山，眺望延安的山山水水，在鲁迅艺术文学院故址徘徊，进入革命博物馆，回想那艰苦的岁月"。②

《人民作家周立波》：刘中顼等编著，岳麓书社 2008 年 1 月出版，为"益阳历史文化丛书"之一。内收有周立波的相关照片及作品封面，罗智斌的《人民心中的不朽丰碑（代序）》，以及由"革命人生的光辉道路""文学创作的不朽丰碑"和"情系湖湘的优秀儿子"3 章 10 节构成的传记作品。在《后记》中，作者称，本书是应"益阳市委、市政府委托益阳市专家联合会组织《益阳历史文化丛书》的编写"，而"分头进行，又通力合作"完成的本书。③稍后，邹理、姚时珍编著的《百年周立波》，由湖南教育出版社 2008 年 9 月出版。

《周扬传》：罗银胜著，文化艺术出版社 2009 年 5 月出版。全书由"引言""少年老成""左联风云""四条汉子""两个口号""奔赴延安""鲁艺院长""整风沧桑""峥嵘岁月""文坛领军""批整联手""胡风冤案""结怨丁玲""左右游弋""雪峰垂首""跃进岁月""科文并举""'左'的锁链""万劫不复""出狱赋闲""重新出山""拨乱反正""文联主席""忏悔思变"

① 李向东等：《丁玲年谱长编（1904—1986）·编写说明》（上册），天津人民出版社 2006 年版，第 1 页。
② 卓如：《青春何其芳——为少男少女歌唱·后记》，北岳文艺出版社 2007 年版，第 483 页。
③ 刘中顼等：《人民作家周立波·后记》，岳麓书社 2008 年版，第 279 页。

"文章风波"及"哀乐晚年"等 25 章构成，并附作者《后记》。在《后记》中作者称，本书的写作"始终把握一个原则，就是尊重历史，尊重事实，努力展示周扬这一历史人物性格的丰富性，不溢美、不隐恶；真实再现历史事件的复杂性，避免简单化、脸谱化"等。①

《民国戏曲史年谱》(1912—1949)：陈洁编著，文化艺术出版社 2010 年 5 月出版。内收有伍国栋的《〈民国戏曲史年谱〉序》，从"民国元年（1912 年壬子年）"到"民国三十八年（1949 年己丑年）"的戏曲编年纪事和人物、剧照等图片资料，以及附录的《民国时期戏曲报刊（副刊戏单）一览表》、《民国时期出版的重要戏曲书谱》、《本书涉及人物索引》、《本书涉及戏曲作品索引》、《本书涉及戏曲文献索引》、《本书涉及演艺机构索引》、《本书涉及名词术语索引》和《本书编发的图片索引》等。在《后记》中，作者强调，本书"在加深对'通史'和'断代史'等相关领域的阐述层面，起着其他论著无可替代的独特作用"。②

《鲁迅美术年谱》：萧振鸣著，国家图书馆出版社 2010 年 6 月出版。内收有《鲁迅家世》和《鲁迅诞生前的中国美术事略》，由"一八八一年　清光绪七年　辛巳　一岁"，到"一九三六年　中华民国二十五年　丙子　五十六岁"谱主的美术编年纪事，以及《鲁迅逝世后至 1949 年前的美术事略》和《凡例》《校后记》等。在书前的《出版说明》中，编者指出："在中国近现代美术史上，鲁迅与美术始终纠缠在一起，从童年对美术的热爱到编辑出版中外美术书籍；从鲁迅美术思想的提出到倡导新兴木刻，鲁迅一生始终贯穿着美术活动。从这一角度看鲁迅，他是名符其实的'美术人'。"③ 在此之前，王心棋编著的《鲁迅美术年谱》，由岭南美术出版社 1986 年 8 月出版。

《没有声音的地方就是寂寞——诗人何其芳的一生》：［日］宇田礼著，解莉莉译，社会科学文献出版社 2010 年 9 月出版。内收有由"没有声音的地方就是寂寞——诗人何其芳的一生"、"何其芳论（一）诗人的夜"和"何其

---

① 罗银胜：《周扬传·后记》，文化艺术出版社 2009 年版，第 439 页。
② 陈洁编：《民国戏曲史年谱·后记》，文化艺术出版社 2010 年版，第 509 页。
③ 萧振鸣：《鲁迅美术年谱·出版说明》，国家图书馆出版社 2010 年版，第 1 页。

芳论（二）诗人的白昼"3个章节构成的传记作品，以及作者的《后记
（一）》和《后记（二）》等。本书作者运用一种"用复数的眼睛看何其芳"
的研究及写作思路，因而也为作家传记写作及何其芳研究提供了一种可谓
"域外"的眼光及审视角度。

《丁玲传》：丁言昭著，复旦大学出版社2011年1月出版。内收有由"秋
之霜白""夏梦苦短""雪峰凝春""横竖红黑""冬夜漫长""高丘耀女"
"千秋功罪""咫尺参商"和"与子偕老"等9章44节构成的传记作品，以
及附录的《丁玲年谱简编》、作者《后记》和《〈丁玲传〉再版时所想……》
等。尽管本书是作者《在男人的世界里——丁玲传》（上海文艺出版社1998
年11月版）的修订版，但是由于本书"对丁玲作品的论述缺乏新意和深度。
如果在这方面进行修改，也许会变成另外一本《丁玲传》"，因此，除了书名
与出版单位，"我没有作任何改动"。①

《周扬年谱简编》：吴敏编著，连载于《现代中文学刊》2013年第2期至
2014年第6期。在《编者说明》中，作者称"本简谱大致按年份编排为两部
分，一部分是周扬的主要活动，另一部分为其著作等目录；活动按发生时间，
著作以发表时间顺序排列"等。② 其中，年谱简编的内容，从《周扬年谱简
编（一）》中的"1907—1921年（1—14岁）"开始，直到《周扬年谱简编
（九）》中的"1986—1989（79—82岁）"为止，以及"1986年以后出版的署
名周扬的著述"等。

《阮章竞评传》：陈培浩、阮援朝著，漓江出版社2013年4月出版，为
"中山文艺家评传丛书"之一。内收有由"故乡岁月故园情（1914—1934）"
"闯荡大上海（1934—1937）""风雨太行山（1938—1949）""《漳河水》：民
歌体叙事长诗的巅峰之作""华北局：革命胜利的喜悦（1949—1954）""中
国作协：旋涡中的逃离（1954—1956）""童话诗《金色的海螺》"及"结语：
万般辗转是诗心"等17章及多个小节构成的传记作品，以及本丛书胡波的
《总序》、王光明的《序》和作者《后记》等。

---

① 丁昭言：《丁玲传·〈丁玲传〉再版时所想……》，复旦大学出版社2011年版，第281页。
② 吴敏编：《周扬简谱初编（一）·编者说明》，《现代中文学刊》2013年第2期。

《舒群年谱》：史建国、王科编著，作家出版社 2013 年 9 月出版。内收有周巍峙的序《纪念我的老朋友舒群》和李霁明的序《他把名字写在水上》，作者《前言》和由"一九一三年，一岁"开始，到"一九八九年，七十六岁"的作家年谱和"谱后余编（一九八九——二零一三年）"，以及《后记》和附录的《修谱主要参考书目及参考资料》《国内外部分馆藏舒群作品简录》等。

《丁玲传》（上下册）：李向东、王增如著，中国大百科全书出版社 2015 年 5 月出版。全书由"飞出湖湘""上海：文学与革命的起点""南京：不堪回首""陕北十年：蜕变""桑干河畔""京城十年：从辉煌到屈辱""风雪人间""太行山下""北京：我回来了"和"办《中国》"等 10 章及《后记》构成。在书前解志熙撰写的序文《与革命相向而行——〈丁玲传〉及革命文艺的现代性序论》中认为，由于本书作者"拥有一般研究者所不具备的切身感受"，并且"又一直参与其著作的编辑出版并努力开展其生平研究，因而拥有充分的文献准备和独到的研究心得"。①

《贺敬之》：丁七玲著，中国文史出版社 2015 年 1 月出版。内收有由"引言"和"诞生一只雏鸟""北方的子孙""漆黑的大地（上下）""伯乐与小千里马""半途中断的兖州简师""烽火觅校路""初绽文采""走出南方""思归""延安啊，延安""鲁艺的小'马雅可夫斯基'（上下）""到人民中去""一曲绕梁""《白毛女》（上下）"及"钟情"等 31 章构成的作家传记，以及附录的《贺敬之年谱》与作者《后记》等。

三　延安文艺传记年谱类资料的史料价值

不言而喻，20 世纪 40 年代的延安文艺运动及其创作活动，不仅是中国现代文学的重要组成部分，而且还"规定了"当代中国"文艺的方向"及其艺术创作的传统和资源。② 因此，延安作家作为党的文艺工作者，除了参与并进

---

① 解志熙：《丁玲传·与革命相向而行——〈丁玲传〉及革命文艺的现代性序论》，中国大百科全书出版社 2015 年版，第 3 页。
② 周扬：《新的人民的文艺》，新华书店 1949 年版，第 2 页。

行文艺运动及作品创作之外，还广泛参与到当时的新民主主义政治、经济、文化和学术活动之中。因此，有关他们的生平事迹、政治活动及社会文化活动等传记资料，不仅是研究文学运动及作家创作活动，以及作品批评的重要资料，同时还是文献史料鉴别考订，以及作品辑佚校勘的重要根据。

延安文艺传记年谱资料的史料价值，首先在于有助于对作家及其作品进行"知人论世"的研究，因而是研究延安文艺运动及其创作活动，作家思想及其风格演变，以及作品审美趣味的重要史料。如在丁玲的传记及其年谱资料中，可以清楚地看到："丁玲一以贯之的精神气质中，有三个鲜明特点：孤独、骄傲、反抗。它们源之于她幼年丧父，寄人篱下，小小年纪就体会到世态炎凉的经历；源之于母亲及向警予身上坚强与自立的做人准则；源之于她敏感与聪慧的天生禀赋。孤独，骄傲，反抗，这是'飞蛾扑火'的原动力，也包含着为革命所不容的所谓个人主义内质，它们贯穿丁玲一生，是她大起大落处境遭遇的主观内在原因。"[1] 应该说，这种非常精准的概括，正是建立在史料的基础上才能得出的。由此牵扯出丁玲与沈从文，与周扬的关系问题等。例如，作者论及丁玲与沈从文从亲密走向生疏乃至产生矛盾，认为一个主要的原因便是文学主张不同。其中，丁玲既不甚认同沈从文的趣味性的文学主张，同时担心沈从文的自由主义思想倾向，会使自己的革命信念遭到质疑（这从丁玲对待沈从文的《记丁玲》的态度中便可感知到）。正因为如此，这种革命文艺观也使她在"新时期"招致很多的质疑与非议。同样，关于丁玲与周扬之间的恩怨，书中认为主要源自创作方法及其审美趣味的差异。如丁玲的长篇小说《太阳照在桑干河上》，与周扬倾力倡导并树立的"赵树理方向"的不同等。此外，值得注意的是，在丁玲与文坛故人的关系上，作者没有回避丁玲某些在后人看来有争议性的行为。如丁玲批评巴金等，都可以从丁玲的创作经历及其审美趣味等，找到必要的史实及思想逻辑。同样，从李季的传记资料中，我们可以从作家的创作经历清楚地发现，其作为"与劳动人民紧密结合、血肉相连、有着丰富的民族民间文学知识的革命文艺工作

---

① 李向东、王增如：《丁玲传·后记》，中国大百科全书出版社 2015 年版，第 774 页。

者", 在延安文艺运动的历史进程中, 从农村的土窑洞中与茅屋檐下, 相继走出了赵树理、贺敬之、柳青、孙犁等延安代表作家, 也走来了李季①。因此, 对于李季的文学创作而言, 作者将这种突破视作一种开始, 并且试图呈现出李季在创作上的新进展和新突破。不仅认为李季"在研究和学习民歌的同时, 对我们整个民族民间文化和全人类文化也努力吸收借鉴, 并尽力为自己所用", 同时指出, 李季是"一个民歌等民间文学功底扎实又具备了一定的中外文化修养的诗人"。② 如此, 才使得李季在保持民间与传统基调不变的前提下, 始终走在追求民族化、群众化艺术的道路上。而这种对于艺术不停探索的精神, 或许是李季艺术生命力的核心要素所在。

其次, 延安文艺传记年谱类资料, 有助于延安文艺史料学研究中的文献资料鉴别考证工作。由于不少延安作家的传记年谱在撰写过程中, 必须引用大量原始性的第一手资料及作品, 因而传记年谱类资料就为延安文艺文献资料的辑佚、校勘及考证, 提供了珍贵的资料线索及重要依据。例如对于周扬的传记资料整理及研究, 无疑对延安文艺研究及其文献史料的鉴别有重要的价值。但是, 基于各种非学术方面的原因, 如 1979 年中国社会科学院文学所开始组织整理编辑出版中国现代文学研究资料时, 当时的主持人曾讲道: "按上级指示, 关于胡风和周扬的研究资料, 决定暂时不编, 如果以后需要编时再另行计……到今天为止, 这两个人的研究资料编写工程, 如石沉大海, 再无下文。"③ 同时, 在周扬的传记资料研究及其传记写作中, 也出现过不少历史语境被干扰的痕迹及倾向。再如王科、徐塞、张英伟著的《萧军评传》,④ 是在原作者王科与徐塞合作, 1993 年 9 月由重庆出版社出版的同名作品增订版。不过, 这本新版的萧军传记著作, 不只加入了新的作者, 而且在不改变原版整体框架和基调的前提下, 有新的研究及发现。即作者认为, "应该把萧军放到历史和时代的坐标系中进行全方位的、系统的观照"。⑤ 这种记述萧军

---

①　张器友:《李季评传》, 华岳文艺出版社 1990 年版, 第 4 页。

②　同上书, 第 277 页。

③　贾植芳:《老人老事》, 大象出版社 2002 年版, 第 133 页。

④　王科等:《萧军评传》, 中国社会出版社 2008 年版。

⑤　王科、徐塞:《萧军评传》, 重庆出版社 1993 年版, 第 344 页。

生平、评介萧军创作活动的使命感构成了整部评传作品的主基调，从而也对萧军的文学活动有了更多的理性的客观分析。书中通过对萧军生平八个时期的历史分析，试图对萧军一生的文学经历进行总体性的历史评价。可以说较为全面而细致地展现了萧军孤傲而又充满悲剧的一生，以及其不屈的个性与抗争、独特的创作与人格，并力图还原一个文坛骑士的整体风貌。此外，对于萧军生平中的一些史实疑团，几位作者也做了详尽的考证，澄清了一些事实。如萧军和萧红的决裂、萧军受到《野百合花》事件的牵连、办《文化报》受批判始末、中华人民共和国成立后《文艺报》的再批判，等等。较为可信的文献史料考辨，应当说也是当时萧军研究中的一种突破。还有，作为延安作家及著名诗人，公木的《萧三评传》（上下），① 因为作者与传主的某种身份的契合，也促成了他们有充分的可能达成诗人之间的深刻理解。自然，这不仅是传记写作必不可少的前提，同时更是传记研究及其"历史感"的重要基础。或许还因为公木同萧三一样，经历过革命生涯的高峰与低谷，所以在另一种身份上也能与传主高度契合，并且方便作者爬梳相关资料。这两方面的高度一致，除了使其有较高的可信度和可读性，以及"中国共产党优秀党员，无产阶级文化战士，为保卫世界和平和促进各国人民的友谊和文化交流作出了积极贡献的政治活动家和国际活动家，著名诗人"的观照立场之外，同时，以"著名诗人"为落脚点和基本观照，评传中特别发掘了传主生平中诗性气质的积淀和发扬。如萧三母亲擅长唱民歌，给襁褓中的萧三以初步的歌诗陶冶；使萧三很早便显露出文学天分，并得到了同学和教师的积极引导，"诗情"便开始张扬；十几岁已写下不少佳句、诗篇，也养成了爱写、勤写的好习惯。作者公木还讲述了一个重要的细节，即传主萧三从 1914 年到 1982 年的近 70 年间，虽时有中断，但一直坚持记日记，从而"记录下了无数珍贵的史料"。由此可知，关于萧三研究及其日记的整理，也应当是延安文艺文献史料搜集整理及辑录考辨工作中应关注的一项内容。

除此之外，延安文艺传记年谱的研究，也为延安文艺运动及其相关文献

---

① 公木：《萧三评传》（上下），《新文学史料》1999 年第 1 期、第 2 期。

史料的考订工作，拓展出新的研究课题及发掘整理的线索。如高慧琳编著的《群星闪耀延河边：延安文艺座谈会参加者》，① 对延安文艺座谈会的出席人员做了深入细致的传记研究，以及多方的考订辑录及历史辨析。尤其是作者除了通过采访会议的亲历者和健在的延安作家，并甄别多种史料、名家回忆录和已有的考证资料，提出并确定参会人数为 134 人，并从三个阶段分别梳理介绍了每位参会者的生平经历，包括其到延安之前后，尤其是参加延安文艺座谈会以后与离开延安后的情况。书中挖掘了大量极为难得的珍贵史料，解决了很多疑难问题，并纠正了过去一些误说，可以说是填补了延安文艺座谈会相关史实研究的某些空白。所以，被曾任《解放日报》文学编辑，也是著名延安作家黎辛称为是用蚂蚁啃骨头的办法，慢慢啃出来的一本"大书"。"第一，侧重介绍他们在延安的情况，尤其是在延安文艺座谈会上的情况，这是以往各种史料都比较忽略或语焉不详或根本没提的；第二，对各种记载加以整合和甄别，取比较可靠的说法；第三，其中也有一些人是非常冷僻，过去极少有资料记载的，作者也做了挖掘工作，找出了一些过去人们不知道的资料；第四，这书还配上了相关的图片，尤其是把当时大会的合影与每个人对上号，把他们在合影中的照片也尽量配进去。另外是他们在延安时期的照片，包括以前人们不知道的他们在延安的活动等情况，为这项研究填补了空白。"② 以至认为其"为这段中国革命史和延安文艺史上的光辉历程，作出了可贵的探索和历史的记载，值得永远珍藏".③ 与之相似，杜忠明的《延安文艺座谈会纪实》，④ 从延安文艺运动史的角度，回答了《毛泽东在延安文艺座谈会上的讲话》能够在中国革命史、中国文化史上占有如此重要地位的原因，而且说明了为何在硝烟弥漫的 1942 年，毛泽东要召开那样一个会议，以及延安文艺座谈会召开前后，究竟发生了哪些关乎中国革命文艺发展的重大问题等。同时，作者还从参加延安文艺座谈会的作家及其他重要人物的传记资料

① 高慧琳编著：《群星闪耀延河边：延安文艺座谈会参加者》，人民文学出版社 2012 年版。
② 黎辛：《群星闪耀延河边：延安文艺座谈会参加者·序一》，人民文学出版社 2012 年版，第 2 页。
③ 于蓝：《群星闪耀延河边：延安文艺座谈会参加者·序二》，人民文学出版社 2012 年版，第 4 页。
④ 杜忠明：《延安文艺座谈会纪实》，中央文献出版社 2012 年版。

搜集整理入手，注重挖掘历史细节，将历史事实与文学想象相结合，融真实、故事、感悟于笔端，娓娓道来，自成一体。所以，本书对参加延安文艺座谈会的人员经过考察辨析，提出共有 132 人参加了会议。并认为参会者大体可分为三类：一类是中共中央政治局成员及各系统文艺界负责人；一类是受到专门邀请参加讨论的文艺家；还有一类是有关方面指定去或自觉去听报告的人。同时，对三天会议各位代表的发言情况，以及一些会议争论和发生的难忘的事件进行了饶有趣味的回忆，并客观评述了会议期间出现的争论及不和谐音符。此外，书中也对朱德组织召开的太行山文艺座谈会，邓小平主持的太行山文化人座谈会，以及萧军、周扬、丁玲、王实味等人与延安文艺座谈会的关系作了拾遗补阙的考证，较为全面地展现了延安文艺座谈会的风貌。

所以，延安文艺研究要对作家做出正确的判断与科学的评价，研究者既需要准确地宏观把握，全面、深刻地了解其活动的时代和环境，又必须作细致的微观考察，详尽了解其身世、经历和思想理论的发展演变。而作为作家及其创作思想研究的重要资料，传记年谱等资料的整理、出版和研究无疑有着重要的史料价值。

第二节　延安文艺回忆录类别资料及其工具书研究

在延安文艺回忆录类别及其"口述史"资料中，我们可以从讲述内容及其文体形式上将其大致分为两种：一是对延安时期文艺活动的某个方面史实，进行回忆及讲述的资料，如《我所亲历的延安整风》、《亲历延安岁月》等；一是作家个人对自己所从事的文艺运动及其创作活动的"自述"及回忆，如《思痛录》、《从延安到北京》等。此外，还有一些由作家亲属通过整理当事人的相关材料撰写的回忆性文字，以及通过读者对作家的"访谈"等形式而形成的回忆性文艺资料，如《我与萧军》、《落英无声——忆父亲母亲罗烽、白朗》、《欧阳山访谈录》等。这些资料尽管回忆的史实各有侧重且立场角度有别，但是对延安文艺研究都有积极的参照互证及一定的史料价值。

一 延安文艺回忆录及其"口述史"资料的历史特征

延安文艺回忆录资料，主要包括文艺运动、社团组织等回忆录、作家自述或自传，以及作家访谈等。自传、回忆录、口述自传、口述回忆录、口述历史等，所表现出的"口述史"特征主要有以下几点。一是强调"历史在场"。这些文字是构成历史具体细节的"在场"文本，具有极高的"还原"延安文艺原始面目的价值。二是对散佚材料的有益补充。由于战乱等原因，许多延安文艺资料存在不同程度的遗失，当事人的口述有利于构建更为完整的历史存在。三是强烈的个人体验构成历史的鲜活细节。由于在相当长时间内，我们在历史叙述与研究书写等方面，更注重并强调"集体"的意识而忽略"个体"的存在，所以，个人回忆录类文字则着重从个人的体验方面去体悟历史的发展脉动，并基于此搭建起"集体"与"个体"之间的桥梁，从而使微观的个体的存在联动出宏阔的历史细节。

在中国现代历史上，应当说胡适先生是最早倡导并进行自传及回忆录写作的新文化领袖及新文学作家。他强调并指出这种"可读而又可信"的传记写作，能够"赤裸裸的记载他们的生活，给史家做材料，给文学开生路"等[①]。不过，被誉为"口述历史第一人"的美籍华裔史学家唐德刚先生，不仅认为"'口述历史'的重要性，往往为'著述历史'所不能及"，而且指出，因为"口述历史""在一般史学的著述程序之外，还要加上当事人关键性的'口述'，而这种口述，往往是画龙点睛，与表面上的故事，甚至完全相反"[②]。所以，在现代的回忆录、自传等"口述历史"写作中，因为社会政治及个人立场等方面的原因，这种回忆录及"口述史"文献资料，在为延安文艺研究所利用之际，也必须注意以下几个方面的问题。

一是需要参照其他文献对照甄别。作为个人的自传、回忆录等，当事人

---

① 胡适：《四十自述·自序》，群言出版社 2015 年版，第 4 页。
② 唐德刚：《代序 张学良自述的是是非非》，《张学良口述历史》，山西人民出版社 2013 年版，第 11、13 页。

因年代久远及记忆不清等原因，而在时间、地点、在场人物等细节上不同程度地存在记忆的偏差，事实上也都是常见的一种现象。如黎之整理的《周扬说"三十年代"》和《"我和毛主席"——周扬"回忆录"的有关材料》。①据作者称，这两篇回忆性文章，是当时人民文学出版社计划在出版《周扬文集》时，为协助周扬整理出版"回忆录"时所写。后因为周扬病重，回忆录便无法进行，只留下几次谈话资料。作者据此整理出这两篇文章。其中，《周扬说"三十年代"》虽名为周扬的"三十年代口述史"，实际却是从周扬青少年时期开始记述。文中不仅介绍了周扬出生的历史背景和家族状况，还对周扬是否为周瑜之后的家世作了澄清，并以此为全文奠定了一个相对客观的叙述基调。同时，作者以精练的文字讲述了周扬在青少年时期的求学、成长经历，澄清了一些个人传记资料中的基本事实，如报考大夏大学、参加江亢虎的南方大学、两次加入中国共产党等。接着详细阐述了周扬在 20 世纪 30 年代加入"左联"后的革命和文学活动，以及夹杂于其中的诸多人事纠葛，如与冯雪峰的恩怨、"芸生"的诗的纷争、"两个口号"的论争及余波等。为了更接近历史原貌，作者参考了极为广博的文献资料，以提高文章的历史可信度。同时，还在文末附录了两篇文章作为"附件"，以便人们就有关问题进行对比参照。而在《周扬"回忆录"的有关材料》中，作者明确指出，周扬写的回忆录首先要写的就是他和毛泽东，并且其回忆录仅确定了题目而没有口述要点。因此，本篇文章是黎之根据已有相关谈话和资料整理而成的。也许是为了从侧面说明为何周扬要以"我和毛主席"为题写回忆录，以及指出并说明周扬传记及其叙述的复杂性，作者在文章开始之前摘选了两段文字：一是周扬自称，要"努力使自己做毛泽东文艺思想、文艺政策之宣传者、解说者、应用者"；二是《剑桥中华人民共和国史》中强调，周扬在《讲话》发表后的主要任务是"保证意识形态的正统性"，却又在 20 世纪 60 年代怀疑毛泽东领导中国发展的绝对正确性等。于是，这篇周扬的"口述别史"是以 1949 年 7 月召开的"第一次文代会"为界，分为上、下篇，上篇又分为三小

---

① 黎之：《文坛风云录》，人民文学出版社 2015 年版，第 642、612 页。

部分，下篇分为四小部分。文章用数万字详细阐述了周扬与毛泽东交往互动的过程，记述了周扬怎样从 20 世纪 30 年代毛泽东口中的"周扬同志"，变为 20 世纪 70 年代毛泽东笔下的"周扬一案"，史料翔实，令人信服。它与《周扬说"三十年代"》一样，在记述关键细节时，同样参证资料广博，有文件、书信、回忆等，以体现出史家"秉笔直书"的传统精神。

　　二是当事人出于各种考虑有选择性地进行叙述和记录。由于为尊者讳、为朋友讳、为顾虑历史人物家属的感受等原因，在叙述有些历史事件时有选择地进行调整和加工。如陈明口述，查振科、李向东整理的《我与丁玲五十年：陈明回忆录》。① 全书计 24 万余字，由"走向革命（1927—1937）"、"在延安（1937—1945）""在晋察冀（1945—1949）""在北京（1949—1958）""北大荒岁月（1958—1970）""铁窗（1970—1975）""嶂头村（1975—1979）""重返北京定居（1979—）"等 8 个章节构成，基本囊括了丁玲生平大部分重要时段的经历。此外，书籍还以附录的形式，详细地补记了丁玲夫妇"文化大革命"期间发生的三个具体事件。因此，可以说正如口述者陈明所称的那样，其一生"大部分时间是和丁玲共同度过的，而且和她在一起的岁月"是其生命中最宝贵的时期。② 这部书以亲历者的视角详细记述了丁玲从延安时期到去世五十年间的起伏，其间大量生活细节得以首次披露，不少是具有较高研究价值的独家史料，从而也使这部回忆录对于丁玲研究及其史料整理等，具有一定的价值与历史意义，其中，在书中大篇幅展示出的丁玲夫妇苦难生命体验中，也能够明显捕捉到两人在苦难中的顽强与乐观。所以，本书对于丁玲研究来说，提供了一个"我眼中的丁玲"这样更为主观，而又有大量生活基础的第一人称历史叙事。字里行间既有其修改丁玲作品的心得体会，又有与丁玲相伴大半生的关乎丁玲其人的深刻感悟。并且，这种与丁玲自传相比显得更为客观的叙述及书写，在还原不少已被尘封的历史细节，

---

　　① 陈明口述，查振科、李向东整理：《我与丁玲五十年：陈明回忆录》，中国大百科全书出版社 2010 年版。

　　② 陈明口述，查振科、李向东整理：《我与丁玲五十年：陈明回忆录·引子》，中国大百科全书出版社 2010 年版，第 1 页。

以及保存并展示第一手史料的同时，也不可避免地带有口述史一般的信息错漏等缺陷。尤其是，由于此书的整理过程持续了十年时间，并因陈明及其家人健康状况的影响，到后期陈明已经不能系统口述，只能讲述书写提纲和内容梗概，于是加入了更熟悉陈明情况的新的整理者，以及借助口述者日记、书信等资料才得以补充完成。正因如此，也使这部回忆录的史料价值留下了些许遗憾。除此之外，值得注意的还有陈明作为"口述"者，以及其可能存在的较为明显的"丁玲情结"，使之叙述中太过于追求将丁玲的历史叙述得详细深入，而无意中"减少"或"牺牲"了自身的"在场"及其历史意识。同样，阮章竞口述，方铭、贾柯夫记录整理的《异乡岁月——阮章竞回忆录》，① 实际上是阮章竞在 1986 年夏秋之际"口述"的一部回忆录。据阮章竞之子阮援朝在《后记》中的说明，阮章竞生前最后几年曾有一个较为庞大的写作计划，其中就包括由 5 个部分构成的回忆录。所以，从本书的内容来看，其应该属于第 2 部分，并计划写大上海、抗日救亡、战争三章内容。同时，由于太行山时期对于阮章竞一生的文学之路及革命之路所具有的重要性，因而此书的编辑者便将这部分内容增补进第 2 部分之中。② 于是，通过当事人家属的叙述，可知阮章竞是有意识地要对个人的文学经历进行全面的回忆及讲述。因现有书稿的基本布局都是阮章竞生前确定的，研究者也因此可以将这部回忆录视为阮章竞的一种自我审视。自然，由于历史本身的复杂性，作家的这种审视未必可能做到还原历史的真相与事实。所以，这部共分为 8 卷的口述史，分别记述了阮章竞离开故乡之后探求自我的过程，以及在上海、太行山、冀中等不同地域及不同时期的心路历程。讲述了一个知识青年怎样从躁动迷茫变得日益明确方向的人生经历，其间还不免夹杂着一些复杂人事纠葛，从而使研究者一方面能够捕捉到一个真诚的知识分子的激情与无奈，另一方面也能从中体悟到时代与个人命运的关系。

三是出于政治或人际关系的考虑，对某些事情及历史细节故意隐瞒与语

---

① 阮章竞口述，方铭、贾柯夫记录整理：《异乡岁月——阮章竞回忆录》，文化艺术出版社 2014 年版，第 247 页。
② 同上。

焉不详。其中，从政治层面看，有许多事件的定性还比较模糊，由此使得许多讲述者感到评价或叙述的尺度不好把握，从而对部分事件采取模糊叙述或有意回避，结果造成口述文本及其史料价值的缺憾等。同样，"他忆"类的文字也基本存在上述问题。因此，在采用这些口述文本类史料时，需要研究者参照其他文献进行认真的对比甄别，而不是盲目采信并得出相应的研究结论。如刘白羽的《心灵的历程》（上中下册），[①] 是作者自称用自己的血泪和生命写出的一部纪实性的长篇散文。作者以其特有的散文家气质，审视了自己所走过的路与所看到的风景，通过自己的人生经历，展示出一个"旧中国的崩溃、一个新中国的诞生"。[②] 同时，通过细致入微地讲述自己心灵旅程中的几个重要阶段，试图描绘时代的风云变幻。书中涉及的许多重大历史事件和人物，最重要的阶段便是延安时期。正是延安的"整风运动"，使其世界观发生了根本性的转变。从一个灵魂深处还是小资产阶级的作家，转变为自觉的无产阶级革命者。书中作者坦陈，不仅"延安'整风'正是我心灵中最重要的历程"，同时"在我自我本身所进行的意识形态领域的阶级斗争，是尖锐的、复杂的"。[③] 这种来自心灵深处的自我剖析及叙述，对于把握延安文艺整风对文艺工作者思想和创作的影响，应当有着重要的史料价值。此外，《萧军延安日记（1940—1945）》（上下卷），不仅作者身为延安文艺的重要参与者和见证者，对延安时期的社会历史及其政治文化，有着感同身受的记录及讲述，同时，其对于文艺运动及作家生活的"口述史"资料，也都有重要的史料价值。因此，需要指出的是，萧军的这部"延安日记"，事实上不仅是萧军个人在延安一段时间内生活情绪的记录，同时是作者对于当时身边人和事，以及现实感知的一种口述史书写。因此，一般读者或许能够从中看出的仅是作者个人的思想变化，以及直接率性的个人情绪及情感流露。但是，作为历史研究资料或脱离具体的历史背景解读，则应当分外小心谨慎，以避免口述史

---

① 刘白羽：《心灵的历程》（上中下册），中国青年出版社1994年版，解放军文艺出版社2003年新版。
② 刘白羽：《心灵的历程·永恒的纪念——序》（上册），解放军文艺出版社2003年版，第3页。
③ 刘白羽：《心灵的历程》（上册），中国青年出版社1994年版，第423—429页。

"表面上的故事，甚至完全相反"。① 所以，作为传记资料，本书对于了解萧军在延安时期的遭遇、思想的变化等，除了需要审视身处特殊历史语境中当事人的自我表达之外，更需要辨析梳理其与当时社会历史及其文化演进之间的复杂关系。通观《萧军延安日记（1940—1945）》（上下卷），可以发现，萧军对被其视为不良现象的批判几乎贯穿始终。其中，如对所谓"新兴的官僚主义"② 及外国专家在延安期间表现出的傲慢粗野，③ 延安法制状况的混乱④，等等，均作了辛辣的讽刺和批判。客观地说，萧军之批判不良现象，并非出自怀有二心或无事生非，而是基于理想主义的情怀，希望能够改善延安的社会及文化环境。除此之外，跟整风运动有关的人和事，也是萧军记述的主要内容。如书中较为完整地记录了作者对王实味的看法以及其对整风的认识及态度。事实上，尽管萧军与王实味交往不多，但萧军始终认为王实味的革命立场没有问题。因而，他不轻易地相信并紧随群众进行围攻批判，反而挺身而出为王实味"仗义执言"。并且，因为对某些领导干部的不满，日记中也坦露出对一些党的政策的不屑甚至不满。⑤ 所以，一般较易被忽略的是，书中所记录的作为革命者的萧军对于革命的看法。实际上作者与毛泽东、周扬等，由于各自思想、立场等不同，因而具有既契合又矛盾的复杂历史关系。而这些在这本日记中都有所呈现。萧军曾说，"我和党几乎是在靠理性结合着"。⑥ 可以说，这种理性更多指向了萧军的自我约束与克制。因此，面对诸多作者眼中及感觉到的所谓"不良现象"，萧军甚至说他是在"以'坐牢'的心情来忍受一切"。⑦

除此之外，那些由作家或其家属的回忆类著述，是作家或其家属通过整理当事人的相关材料、撰写回忆文字而生成的具有个人色彩的文艺史料。如

---

① 唐德刚：《代序 · 张学良自述的是是非非》，《张学良口述历史》，山西人民出版社 2013 年版，第 11 页。

② 《萧军延安日记（1940—1945）》（上卷），牛津大学出版社 2013 年版，第 1 页。

③ 同上书，第 68、106 页。

④ 同上书，第 333、399 页。

⑤ 同上书，第 527 页。

⑥ 同上书，第 495 页。

⑦ 《萧军延安日记（1940—1945）》（下卷），牛津大学出版社 2013 年版，第 8 页。

柯仲平的《从延安到北京》（生活·读书·新知三联书店1950年版）；陈学昭的《浮沉杂忆》（花城出版社1981年版）、《难忘的岁月》（花城出版社1983年版）；萧军的《从临汾到延安》（山西人民出版社1983年版）、《人与人间——萧军回忆录》（中国文联出版社2006年版）；王德芬的《我与萧军》（广西教育出版社1992年版）、《我和萧军五十年》（中国工人出版社2008年版）；陈恭怀的《我的父亲陈企霞》（接力出版社1994年版）；秦兆阳的《回首当年》（人民文学出版社1996年版）；韦君宜的《思痛录》（北京十月文艺出版社1998年版）、《思痛录（增订纪念版）》（人民文学出版社2013年版）；高瑛的《我和艾青的故事》（中国戏剧出版社2003年版）、《我和艾青》（北京十月文艺出版社2007年版）；萧耘、建中的《萧军和萧红》（团结出版社2003年版）；张菱的《我的祖父——诗人公木的风雨年轮》（中国广播电视出版社2004年版）；陈亚男的《我的母亲陈学昭》（文汇出版社2006年版）；牛汉口述，何启治、李晋西编撰的《我仍在苦苦跋涉》（生活·读书·新知三联书店2008年版）；马少波的《马少波自述》（《马少波文集》卷12，北京出版社2008年版）；欧阳代娜的《欧阳山访谈录》（中国文史出版社2008年版）；金玉良的《落英无声——忆父亲母亲罗烽、白朗》（文化艺术出版社2009年版）；王端阳编的《被遗忘的王林》（《王林百年纪念文集》2010年版）；孙晓玲的《布衣：我的父亲孙犁》（生活·读书·新知三联书店2011年版）；黎辛的《亲历延安岁月》（陕西人民出版社2016年版）；等等，整体上构成了延安文艺回忆录及其"口述史"资料的风貌。

二　延安文艺回忆录及其"口述史"资料的编辑出版

可以说，从1949年前后开始，在现代中国革命历史的回忆录及口述史写作中，有关延安文艺的回忆录及"口述史"的文章就不断涌现。特别是"文化大革命"结束以后，随着"改革开放"及"思想解放运动"的开展，对于中国现代历史及其重大事件的"平反"与反思，以及对于许多历史事实和人物的"再评价"等，都带动了回忆录及"口述史"的写作。因此，从延安文艺史料学的角度来看，先后编辑出版并对延安文艺研究产生较大影响的回忆录等论著主要有以下几种。

《从临汾到延安》：萧军著，山西人民出版社 1983 年 12 月出版。内收有由"第一篇"到"第三篇"组成，包括"我留在临汾""照常地醒来""第一个会议""汾河也变得狭细了""刘村及其他""知道吗？这是手榴弹……""共产主义的错误""日本刀""第一号教授和'东北人'"及"这些，怎么能背呢？""渡河""渡过黄河以后""延长城"和"延安城外"等 22 章构成的回忆录作品，以及作者撰写的《新版前言》《侧面——原版前记》和多幅照片资料等。其中，作者说明本书之所以原题名为《侧面》，是"指当年祖国以抗日战争为主体而言"。[①] 2008 年 6 月，《从临汾到延安》列入华夏出版社编辑出版的《萧军全集》(10)；2013 年 1 月，中国国际广播出版社以《侧面——从临汾到延安》为题，并列入"书海钩沉·延安纪实丛书"修订重版。

《萧军与萧红 萧军与王德芬》：本社选编，萧军等著，花山文艺出版社 1993 年 12 月出版，为"两地书丛"之一。内收有由《萧军与萧红》和《萧军与王德芬》组成的两部分书信集，分别包括"萧红致萧军"与"萧军致萧红"、"萧军致王德芬"与"王德芬致萧军" 4 组多封书信，以及萧军撰写的两篇《前言》和"附录"、作家早年合影照片资料等。其在萧红及"对于有志于研究这位短命作家的生平、思想、感情、生活……各方面，会有一定参考用处的"。[②]

《丁玲自传》：丁玲著，江苏文艺出版社 1996 年 7 月出版，为"名人自传丛书"之一。内收有由"自述""童年""中学生活片断""展翅高飞的鸟""心灵上负着时代苦闷的创伤""关于左联的片断回忆""魍魉世界（南京囚居回忆）""延安文艺座谈会的前前后后""到北大荒去""牛棚小品"和"新的生命"等 11 章 125 节构成的传记作品，以及丁玲各时期的照片与编者《后记》等。因丁玲生前并未写过完整的自传，所以该书虽名为《丁玲自传》，却非丁玲自己完成。据本书《后记》称，其为编选者许扬清、宗诚等在丁玲的两部回忆录《魍魉世界》和《风雪人间》基础上，将丁玲的序跋、创

---

① 萧军：《从临汾到延安·新版前言》，山西人民出版社 1983 年版，第 1 页。

② 萧军：《萧军与萧红 萧军与王德芬·前言》，花山文艺出版社 1993 年版，第 4 页。

作谈、书信、日记，以及忆述友人文章中谈及自己的部分等，按照传主生平年月排序，编辑而成的一部"准自传"书籍。① 由于编选的文章资料存在语境各异、体裁不同与时间不一等状况，以及历史叙述方面的不连贯之处，因此编选者不得不对一些重要问题及历史事件做出必要的解释说明，如关于"丁玲、陈企霞反党集团"等的说明。此外，值得注意的是，丁玲的《魍魉世界》和《风雪人间》，曾被日本学者田畑佐和子译为日文版《丁玲自传》，并由日本东方书店 2004 年出版。

《世纪之恋——我与萧三》：［苏］耶娃·萧（叶华）著，祝彦等译，中国社会出版社 1999 年 3 月出版。内收有萧维佳、关凯的《序言：我们也是读者》，由"引子""热恋到结婚""我们在莫斯科的生活和朋友""远东之行""苏联大清洗""去延安""在延安的三年""苦熬到重逢""我们再也不分开了""起航""保卫和平""充实的生活和工作""反右""电视人""浓云密布""第十五个夏天""文革前夜""文革""坐牢""不自由的自由""1976年""平反"和"重新起航"等 22 个章节构成的回忆录，以及作者与萧三不同时期的照片文献资料及《后记》等。

《想起那火红的年代——论解放区文艺及其他》：张学新著，天津社会科学院出版社 2000 年 9 月出版，为"'大视野'文艺研究丛书"之一。内收有《继承革命文艺传统——〈人民文艺的世纪历程〉序》、《晋察冀边区的抗日文化运动》、《聂荣臻元帅与晋察冀文艺》、《牢记您的亲切教导——怀念彭真同志》、《1939 年晋察冀创作问题座谈会前后——兼谈"三民主义的现实主义"》、《文艺整风在晋察冀》、《戏剧史上的奇观——〈晋察冀戏剧创作编目〉序》、《乡艺之花遍地开》、《中国舞台上最早的列宁形象》及《战斗的中日友谊之花》，以及《文学与革命同步——〈王林选集〉编后记》、《走在革命现实主义道路上——在康濯作品讨论会上的发言》、《晋察冀的怀念——悼田间同志》等 40 篇文章。在《编后记》中，作者指出，本书所收录的"主要是想根据亲身经历，提供一些解放区文艺的历史背景和真实资料，作为引玉之砖，

---

① 丁玲：《丁玲自传·后记》，江苏文艺出版社 1996 年版，第 368 页。

以供专家学者研究参考"。①

《延安访问记》：陈学昭著，朱鸿召编，广东人民出版社 2001 年 9 月出版，为"走进延安丛书"之一。内收有编者撰写的《编选说明》和《总序》，由"延安访问记（1938—1939）""延安岁月记（1941—1945）""延安创作记（1946—1979）"和"延安追忆记（1980—1990）"4 辑组成，包括《延安的最初一瞥，最初的几天生活，最初的几次访问……》《几处参观，几次访问，几次谈话》及《关于写作思想的转变——听了毛主席〈在延安文艺座谈会上的讲话〉以后》等 42 篇回忆录作品，以及附录的《为什么工作着是美丽的——陈学昭在延安》、《陈学昭年谱》和《编后记》。

《我和萧军风雨五十年》：王德芬著，中国工人出版社 2004 年 1 月初版，2008 年 4 月更名《我和萧军五十年》修订二版，为"风雨岁月丛书"之一。内收有由"苦恋""踏上征途""在革命圣地延安""从延安去东北解放区"和"到了终点站——北京"5 部分组成，包括"引子""初遇""重逢""一件礼物""家庭晚会""'小有天'便宴""白塔山茶馆""心声"及"求婚"等，至"'文化大革命'中的遭遇""'四人帮'倒台了""乡居生活""野草诗社的成立""中共中央为萧军平反昭雪""为中外文化交流做贡献""'庆祝萧军文学生涯五十周年'四次大会的召开""萧军资料室的成立"和"不治之症的突然袭击"等 5 部 75 节构成的回忆录作品，以及萧耘的《写在出版之前》和附录的 71 封"萧军王德芬书信"等。

《欧阳山访谈录》：欧阳代娜编著，中国文史出版社 2008 年 11 月出版，为"百年欧阳山丛书"之一。内收有贺敬之的《总序》和编著者《自序》，由"欧阳山重要书信选"、"欧阳山访谈录"和"欧阳山文卷"3 辑组成，包括《毛泽东致欧阳山（1942.4.9）》《鲁迅致欧阳山（1936.3.18）》《关于典型人物与典型性格的创作问题》、《欧阳山年谱》和《欧阳山年谱（续）》等 36 篇文章在内的文献资料集，以及欧阳山不同时期的照片及手迹等。在《总后记》中，编者称，"百年欧阳山丛书"中"包括《欧阳山访谈录》（欧阳代

---

① 张学新：《想起那火红的年代——论解放区文艺及其他·编后记》，天津社会科学院出版社 2000 年版，第 267 页。

娜编著)、《欧阳山评传》(田海蓝著)、《论〈广语丝〉》(余飘主编)、《欧阳山创作散论》(李天平著)、《欧阳山典型观初探》(陈衡著)、《欧阳山研究文集》(袁向东主编) 共六册"。①

《故乡岁月》：阮章竞著，人民文学出版社 2012 年 10 月出版。内收有郑集思的《从象角村流出的九十九道湾（代序)》，由"童年""少年"和"夜茫茫" 3 卷组成，包括"故乡的山山水水""童年""风土·人情""我要读书""蒲琨学校""迷信的母亲"及"作新学校"等 16 章构成的回忆录。本书是《阮章竞回忆录》的第一部，作者动笔于 1970 年冬的"文化大革命"时期，1985 年秋完稿，后在作者故乡广东省中山市文化广电新闻出版局的资助之下，得以公开出版问世。

"红色延安口述·历史丛书"："红色延安口述·历史"编辑委员会编辑，任文主编，陕西师范大学出版总社 2013 年 5 月先后出版发行。在其《编辑说明》中，编者声明，本丛书"是一套以口述历史、回忆录、访谈录以及相关原始档案并配以历史图片为基本内容的史料集成"，其"入选文章写作时间跨度从上世纪 30 年代到本世纪初"。② 整套丛书总共包括 17 种 21 册图书，即石杰等编的《在西北局的日子里》(2013.5)，任文编的《国际友人在延安》(2014.4)、《陕北闹红》(2014.5)、《延安时期的日常生活》(2014.5)、《我要去延安》(2014.5)、《东征·西征》(2014.6)、《永远的鲁艺》(上下册) (2014.6)、《延安时期的大事件》(2014.6)、《延安时期的社团活动》(2014.6)、《第三只眼看延安》(2014.6)、《窑洞轶事》(2014.6)、《会师陕北》(2014.8)、《我所经历的延安整风》(上下册) (2014.10) 等，以及刘卫平编的《陕甘宁边区大生产运动》(2014.4) 和《转战陕北》(2014.8)，姬乃军、姬睿著的《抗战中的延安》(上下册) (2014.8)，张军锋编的《延安文艺座谈会的台前幕后》(上下册) (2014.10) 等。由于其中整理并汇集了许多有关延安文艺运动及其创作活动的回忆录资料，因此也是延安文艺研究

---

① 欧阳代娜编著：《欧阳山访谈录·总后记》，中国文史出版社 2008 年版，第 475 页。
② "红色延安口述·历史"编委会：《延安时期的大事件·编辑说明》，陕西师范大学出版总社 2014 年版，第 2 页。

资料编辑及出版方面值得重视的成果之一。

三 专题性与地区性回忆录资料汇编的检索与应用

延安文艺汇编性传记及回忆录资料，主要指总汇某个专题或某个地区延安文艺运动，以及作家传记及回忆录资料的资料集。这类延安文艺传记及回忆录资料汇编一般内容丰富与体例灵活多样，可以涵盖延安文艺某个社团、流派及地区的有关作家传略、作家回忆、文艺大事记及著述目录。如主要集中在重大历史事件及文艺运动等方面的专题，包括"红军长征记""文艺整风""秧歌剧运动""乡村文艺运动""新木刻运动"等；地区性回忆录，主要是对一个地区的延安文艺运动及其作家人物等的回忆资料汇编，如陕甘宁、晋察冀、晋冀鲁豫等边区的文艺专题；综合性回忆录，包括全国各地政协等编印的《文史资料选辑》，以及《红旗飘飘》和《革命回忆录》等。因此，了解并掌握延安文艺传记及回忆录资料汇编的类型及分布规律，对于准确认知各种延安文艺传记回忆录的史料价值，进行快捷便利的全面检索及利用也有重要的意义和作用。如以下延安文艺资料汇编。

《文教工作的新方向》：新华书店 1945 年 3 月出版，为"陕甘宁文教大会特辑"。封面对称编排，左侧红色美术体书名竖排，右侧居中插入黑色图书钢笔版画图案。内收有《毛泽东关于文化运动方针的指示》《此次文教大会的意义何在》《高岗同志在文教大会上的讲话》《关于部队宣教工作的任务与方法》和《开展大规模的群众文教运动（大会总结）》等 14 篇文章，以及附录的《大会开幕消息》和《大会闭幕消息》。在现存的版本中，除 1945 年 4 月胶东新华书店版、太岳新华书店 1945 年 6 月版、冀鲁豫书店 1945 年 7 月翻印本之外，还有索堡新华书店、群众书店和冀南书店等版本。

《新民主主义文化教育》：教育阵地社编，新华书店晋察冀分店 1946 年 5 月印行，为"新教育丛书"之一。封面水平编排，右上方插入黑白版画图案，下方腰封图形中加入白色美术体书名。内收有毛泽东的《新民主主义的文化》（节录《新民主主义论》第十一节至第十五节）、《文化、教育、知识分子问题》（节录《论联合政府》我们的具体纲领第八项）、《毛泽东同志在延安文艺座谈会上的讲话》和《毛泽东同志在陕甘宁边区文教大会上的讲话》，以及《开展大规模的群众文教活动》（罗迈同志在陕甘宁边区文教大会的总结提纲）5篇文章和附录的《此次文教大会的意义何在》（解放日报社论）等。

《文艺政策选集》：太岳新华书店编，太岳新华书店1947年5月出版发行。封面均衡编排，右侧为绿色装饰图案，红色印刷体书名与出版机构名称上下相映。内收有新华社的社论《五四运动二十八周年》，中共中央宣传部的《关于执行党的文艺政策的决定》，以及毛泽东的《在延安文艺座谈会上的讲话》，列宁的《党的组织和党的文学》《联共（布）中央关于〈星〉与〈列宁格勒〉两杂志的法令》，日丹诺夫《关于〈星〉及〈列宁格勒〉杂志所犯错误的报告》《苏联作家协会理事会主席团的决议》《反对党八股》《关于剧场上演节目及改进方法》，季米特洛夫的《论宣传的群众化》，鲁迅的《论创作要怎样才会好》和《关于左翼作家联盟的意见》，爱伦堡的《论作家的业务》，陈云的《关于党的文艺工作者的两种偏向问题》，周扬的《艺术教育的改造问题》，陈涌的《三年来文艺运动的新收获》，何其芳的《关于现实主义》等17篇政策宣传文件。在《编者附记》中称，针对"我们的文艺运动，还远落后于客观需要之后，而在已有的作品中，关于旧知识分子的气氛，甚至缺乏思想的东西，还未完全绝迹"等，因此编辑本书"以供全区写作同志的参考"。①

《毛泽东同志论新民主主义的文化教育》：新教育学会编，东北书店1947年6月出版，大众书店1948年6月、辽东新华书店1949年8月翻印。封面对称编排，棕红底色图形中，白色印刷体书名居中竖排。内收有毛泽东的《实行抗战教育政策、使教育为长期战争服务》《新民主主义的文化》《在延安文艺座谈会上的讲话》《文化、教育、知识分子问题》《学习》《改造我们的学习》《整顿党风》《反对党八股》等8篇文章。

《文艺的群众路线》（上下册，续编一）：李春兰编，冀鲁豫书店1947年7月出版。三册封面编排版式相同，均为以竖轴线为中心向两侧延伸，其右侧下方插入一幅木刻人物图案，左侧为竖排红底手书体书名。在书前的《编者

---

① 太岳新华书店编：《文艺政策选集·编者附记》，太岳新华书店1947年版，第1页。

的话》中，编者强调"这本书里的文章和创作"，"都是循着毛泽东同志《在延安文艺座谈会上的讲话》中所指出来的文艺工作新方向，走群众路线的创造、试验和经验"等。① 其中，上册共收有毛泽东的《在延安文艺座谈会上的讲话》，周扬的《表现新的群众的时代》，艾青的《秧歌剧的形式》，张庚的《鲁艺工作团对于秧歌的一些经验》等 18 篇文章；下册共收有刘芝明的《从〈逼上梁山〉谈到平剧改造问题》，马健翎的《〈血泪仇〉的写作经验》，艾青的《汪庭有和他的歌》等 16 篇文章。续编一为"民间艺术专集"，冀鲁豫书店 1949 年 10 月出版印行。共收有丁玲的《民间艺人李卜》，周扬的《一个不识字的劳动诗人——孙万富》，林山的《改造说书》等 25 篇文章。

《民间音乐论文集》（第二辑）：中国民间音乐研究会编，佳木斯东北书店 1947 年 9 月出版，为"民间文艺丛书"之一。封面水平编排，上部黑色印刷体书名，居中大幅红色木刻装饰图案。内收有冼星海的《民歌与中国新兴音乐》，吕骥的《中国民间音乐研究提纲》和《民歌中的节拍形式》，张鲁等的《怎样采集民间音乐》，马可的《陕北土地革命时期的农民歌咏》，安波的《秦腔音乐概述》，天风的《绥远民歌的乐曲形式》，夏白的《关于四川的民谣与民乐》等 14 篇论文，以及附录中柯仲平的《论中国民歌》等 3 篇论文和《前言》等。1948 年 3 月，东北书店重新设计封面后再版发行。

《大众文艺工作经验选辑》：华中新华书店 1949 年 2 月编辑出版，为"新文艺丛书"之一。封面对称编排，居中加入圆形运动人物版画，棕红美术体书名。内收有江凌的《从缪文渭谈大众文艺的创作道路》和《一个群众性的集体创作方法》，缪文渭的《我怎样搜集材料和写作的》，徐忻的《快板运动在骑兵团》，洪波的《枪杆诗的主要特点》，王士菁的《谈小调的提高与改造》和《谈群众语汇》，陈和飏的《炮连的画报》，白艾的《学习民间语言及文字》，涵之的《略谈语言》，福林的《从一首诗的修改谈起》，石坚的《对当前农村剧团工作的几个意见》，章琴的《我们是怎样改造小杂耍的》等 13 篇论文。在本书的《编后记》中，编者说明本书收录

---

① 李春兰编：《文艺的群众路线》（上册），冀鲁豫书店 1947 年版，第 1 页。

的，不仅都是来自《新华日报》（华中版）"副刊"、《江淮文化》、《江淮杂志》等报刊中的文艺批评论文，而且所反映的也是"因为执行了毛主席的为着工农兵服务的方针，在文艺阵地上，群众性的大众文艺也正在逐渐开展着了"等方面的经验总结。①。

《大众文艺丛刊批评论文选集》：荃麟、胡绳等著，大众文艺丛刊社编，北平新中国书局 1949 年 6 月初版。封面整幅木刻装饰版画，上方棕白双底色长方图形中双行横排棕红白色美术体书名，下方居中加入小幅木刻版画图案。内收有本刊同人、荃麟执笔的《对于当前文艺运动的意见》，萧恺的《文艺统一战线的几个问题》，荃麟的《论主观问题》、《新形势下文艺运动上的几个问题》和《论马恩的文艺批评》，乔木的《文艺创作与主观》，吕荧的《坚持"脚踏实地"的战斗》，默涵的《略论文艺大众化》和《论文艺的人民性和大众化》，胡绳的《鲁迅思想发展的道路》等 5 辑 25 篇长篇论文。由于《大众文艺丛刊》是"以宣传马列主义、毛泽东文艺思想为宗旨"，"对当时文艺运动具有指导性和介绍解放区文艺作品的杂志"。② 所以，在《前记》中，编者称，本集"所选辑刊印的"是已出版的六辑《大众文艺丛刊》的"批评论文"，"因为过去这个刊物的发行区域都在国民党统治区内，所以所讨论的内容大体上均针对国统区内的文艺运动中的问题"等。③

《戏剧参考资料之一/之二》：东北鲁迅文艺学院编，1949 年印行。封面构图简洁，均衡编排，左侧黑色框线图形中加入黑色美术体书名，右下方加入本书刊文目录插图。两册内收有王大化的《从〈兄妹开荒〉的演出谈起》，张水华的《秧歌剧的技术》，斯达尼司拉夫斯基著、颜一烟译的《给青年导演》，郑君里的《近代欧洲舞台艺术底源流》，以及《〈瓦赫坦戈夫手记，书简，论文〉编者序言》和《瓦赫坦戈夫手记钞》等 8 篇论文资料。

《新音乐论集》（第一集）：新音乐丛书社编，李凌著，作家书屋 1949 年

---

① 华中新华书店编：《大众文艺工作经验选辑·编后记》，华中新华书店 1949 年版，第 70 页。
② 《生活书店史稿》编委会编：《生活书店史稿》，北京生活书店 2013 年版，第 325 页。
③ 大众文艺丛刊社编：《大众文艺丛刊批评论文选集·前记》，北平新中国书局 1949 年版，第 1 页。

出版，翌年1月再版，为"新音乐丛书"之一。封面水平编排，居中装饰图形与放射状线条构图，上部红色美术体书名。内收有李绿永（李凌）的《略论新音乐》《我们应该怎样来理解新音乐与新音乐运动》，李凌的《论新音乐的民族形式》和《弦外之音》，敏予的《Momet（瞬刻）》，罗正的《旧根源，新忧郁》，林玲的《爵士音乐是好是坏》，秋心的《爵士，掩埋了理智与良心的声音》，钟兼范的《谈〈民歌〉》，陆宁的《音乐，服务于政治，抑服务于真理》和何容的《演奏家与会计师》等12篇论文。封三附印有作家书屋的"新音乐丛书"图书出版插页广告。

《中国人民解放军文艺史料选编》：中国人民解放军文艺史料编辑部编辑，解放军出版社1986年12月出版。分别为《中国人民解放军文艺史料选编：红军时期》（上下册，1986.12），《中国人民解放军文艺史料选编：抗日战争时期》（4册，1988.5），《中国人民解放军文艺史料选编：解放战争时期》（上下册，1989.10）。其中，《中国人民解放军文艺史料选编：抗战时期》中，共收有《中央宣传部中央文化工作委员会关于各抗日根据地文化人与文化团体的指示》，《总政治部中央文委关于部队文艺工作的指示》，朱德的《三年来华北宣传战中的艺术工作——在延安鲁迅艺术文学院所作报告的提纲》，周恩来的《延安的文艺活动》，萧向荣的《部队文艺工作要创立部队作风》，穆长青的《延安时期"文艺队伍下陇东"情况纪实》，胡蛮的《抗战八年来解放区的美术运动》，抗战日报社的《"七七七"文艺奖金公布以后》（社论），聂荣臻的《关于部队文艺工作诸问题——在晋察冀军区文艺工作会议上的讲话》，一田追记的《聂司令员和艺术工作者们的谈话》，《晋察冀军区政治部关于开展部队文艺工作的决定》，顾棣的《解放区的摄影画报事业》（节录），王邦彦的《我们在太行山上——晋察冀美术活动片断》等，《邓小平对晋冀鲁豫文化工作者的五点希望》，野战政治部的《关于戏剧路线问题》，洪飞等执笔的《太行山剧团大事记》，陈毅的《关于文化运动的意见——在海安文化座谈会上的发言》，许幸之的《记陈毅在"鲁艺"召开的诗歌协会成立大会上的发言》，吴强的《新四军文艺活动回忆》等240篇文献资料，以及各个阶段的部队文艺活动图片资料与《编后记》等。同样，在《中国人民解放军文艺史料选编：解放战争时期》中，分别收录了周恩来的《关于文艺方面的几个问题——在中华全国文艺工作者代表大会上的政治报告》（节录），贺龙的《对晋绥文化工作者的讲话》，萧向荣的《部队的文艺工作应该为兵服务》等110篇文献资料，以及各种部队文艺活动图片资料与《编后记》等。而在编辑体例上，编者称，其中收录的文献资料，不仅"除明显的错讹处我们做了改动，尽可能保持原有史料的面貌"，以及"在搜集与汇编过程中我们设想尽力做到各个战略区大体平衡"，同时，"有的文章对史实中某个细节有不同的记述，因年代久远，了解情况的老同志有的已无法查核，加上我们人力有限，不能逐条逐事作历史详细考证，因此只能存异，留待以后修正"等。①

《山西革命根据地文艺资料》（上下册）：中国作家协会山西分会编，北岳文艺出版社1987年7月出版。编辑收录的文献资料范围，上册为晋冀鲁豫地区，下册为晋绥地区。其中，各册分别由"文献资料"，"牺牲在革命根据地的文艺战士"或"牺牲在晋绥革命根据地的文艺战士"，"文艺期刊简介"，"文艺活动大事记（1938—1949年）"或"文艺活动大事记（1937—1949年）"4辑组成。内收有新华日报的《纪念五四新文化运动晋东南文救总会成立——敌后方文化界的大团结》、《晋东南文协正式成立》、《中华全国文艺界抗敌协会晋东南分会成立宣言》、《彭副总司令在晋冀鲁豫边区临参会上的讲演》，蒋弼的《一年来的敌后文艺动态》，史群的《我们戏剧运动的方向》，刘备耕的《民族形式，现实生活》，张秀中的《关于"民族形式的主体"》，李雪峰的《关于文化战线上的几个问题》，徐懋庸的《文联一九四二年的工作总结及一九四三年的工作计划》、《太行文艺界歪风一斑》、《太行三专署关于农村剧团的指示》等，《晋西北文化界为坚持团结抗战反对内战通电》、《全晋西文艺工作者到村选运动里去!》，林枫的《给〈西北文艺〉》，常芝青的《一年来的晋西北新文化运动》，亚马的《文化工作与群众运动》、《我们的任务——〈吕梁文化〉发刊词》，卢梦的《了解农村!了解农民!》，叶石的《关于〈丽萍的烦恼〉》，沈毅的《与莫耶同志谈创作

思想问题》，李欣的《一个文艺爱好者的反省》，林杉的《我们在劳动中改造着自己——"党校一部"通讯》等，高鲁的《悼青年小说家蒋弼》，赛周的《梅林之死》，守攻的《难以压抑的伤情》，申春整理的《张秀中烈士传略》，《石宾同志传略》等，牛荫冠的《石宾同志给我的深刻印象》，挺军的《忆念石宾同志》，林荣的《读石宾同志的诗以后》，艾石的《哀悼白云山同志——雁北人民的歌手》等；按创刊时间先后涌现的刊物，如《文化哨》《新地》《戏剧》《抗战生活》《新华文艺》《敌后方木刻》《文艺轻骑》《文化动员》《鲁艺校刊》《青年与儿童》《太行诗歌》《西北文艺》《吕梁文化》《文艺之页》《人民时代》《战斗文艺》《战斗通讯》《青年文艺》《文艺丛刊》《荒地》《洪涛文艺》《每月文选》等；以及晋冀鲁豫地区"文艺活动大事记（1938—1949 年）"、晋绥地区"文艺活动大事记（1937—1949 年）"和当时文艺活动及书刊图片文献资料等。

《文化事业》：太行革命根据地史总编委会编，山西人民出版社 1989 年 10 月出版，为"太行革命根据地史料丛书"之一。内收有《出版说明》和《太行革命根据地文化事业发展概况》，由"综合资料"、"新闻出版工作资料"、"教育工作资料"、"文艺工作资料"和"医药卫生工作资料"5 辑组成，包括《抗战三年来的晋东南文化运动》《开展部队文艺工作》，赵守攻的《华北抗日根据地的文化建设》《张磐石同志在太行文教群英大会上的总结报告》《一九四九年八月以前太行宣传工作概述》《中共晋冀鲁豫区党委对党报的决定》《关于〈胜利报〉》《关于〈胜利报〉改版为〈晋冀豫日报〉》，刘威的《关于〈中国人报〉的一些史实》，何云的《华北〈新华日报〉第二年》，史云诚的《太行山区的出版事业——记抗日战争和解放战争时期的华北新华书店》，李伯钊的《敌后文艺运动概况》，李雪峰的《关于文化战线上的几个问题》，徐懋庸的《文联一九四二年的工作总结及一九四三年的工作计划》，杨秀峰的《文化工作要配合群众运动》，王春的《继续向封建文化夺取阵地》，赵树理的《艺术与农村》，陈荒煤的《向赵树理方向迈进》，泽然的《农村剧团的旗帜——记太行人民剧团的成长》，阮章竞的《群众文艺创作上的几个问题》，胡一川的《回忆鲁艺木刻工作团在敌后》及彦涵的《忆太行抗日根据地的年画和木刻运动》等62篇文献资料。

《冀鲁豫边区宣教工作资料选编》：管春林主编，河北教育出版社1991年7月出版，为"中共冀鲁豫边区党史资料丛书"之一。全书由"概述"、"文献资料"和"回忆资料"3部分组成，包括管春林、李运亨的《冀鲁豫边区宣教工作概述》，《鲁西区党委第一次地委宣传部长联席会关于宣教工作的总结》（1940年4月15日），杨敬仁的《回忆战争时期冀鲁豫边区宣传工作的部分情况》，以及杜华平的《抗日战争时期大众剧社大事记述》等74篇文献资料，以及《出版说明》与编者撰写的《后记》。

《东北革命文化史料选编》：辽宁、吉林、黑龙江省文化厅，沈阳、长春、哈尔滨、大连文化局编辑，先后于1990年7月、1992年5月和1993年7月内部出版发行3辑（册）。其中，第一辑由黑龙江文化厅1990年7月编辑印行，内收有马师泽的《东北革命文化的摇篮》，陈玙的《难忘的历程》，李鹰航的《回忆东北文教队》，李德琛的《回忆冀察热辽联合大学鲁艺学院》及鹤局志的《东北电影制片厂在鹤岗》等18篇文章，以及《后记》；第二辑由吉林省文化厅1992年5月编辑印行，内收有俞德秀的《回忆赋予我艺术青春的伟大年代》，范士昌的《"五四"前后兴起在吉林省的话剧运动》，罗烽口述、玉良整理的《我与〈国际协报〉副刊》，姜世忠的《萧红》，姜椿芳的《金剑啸与哈尔滨革命文艺活动》，武凤翔的《我是怎样写〈穷人传〉的》，王家伦的《解放战争时期吉林北部地区群众歌曲浅析》等40篇文章；第三辑由辽宁省文化厅文化志编辑部1993年7月出版印行，内收有刘效炎的《序言》，汤兰升等的《大连解放初期革命文化艺术工作的开创与发展》，王一知的《东北抗日联军的文艺活动》，吴支安的《解放战争时期的〈东北日报〉》等23篇文章资料和作品，以及《编后话》等。

《晋察冀革命文化史料》：韦野、刘谷主编，河北省文化厅文化志编辑办公室1991年12月编辑印行，为"河北文化史志资料丛书"之一。内收有编者的《总序》和《编辑说明》，由"文献"及"文艺活动分类概述""创作运动""专记""文艺团体""文艺报刊与出版"和"大事记"7个部分组成，包括《延安新华社对晋察冀文艺整风的评价》及《论边区的文化运动》等，孙犁的《1940 年边区文艺活动琐记》，沙可夫的《晋察冀边区的文学艺术》，杨朔的《敌后文化运动简报》等，以及《边区文联及鲁迅奖金委员会公布"军民誓约运动征文"首批入选作品》《鲁迅文艺奖金委员会公布 1942 年一季度入选作品》，陈建华的《华北联大的文艺机构及对边区文艺的贡献》，李凤田的《华北大学在正定》、《石家庄市委文工团》，路深的《记华北工人剧社》、《抗日战争时期的东杨村剧团》等，《晋察冀边区 1939 年出版报刊统计（节录）》、《1937—1948 年由晋察冀边区出版之报刊》，李献义整理的《晋察冀边区文化艺术工作大事记》等 60 篇文献资料与书目索引。

《晋察冀 晋冀鲁豫乡村文艺运动史料》：韦野、刘谷主编，河北省文化厅文化志编辑办公室 1991 年编辑印行，为"河北文化史志资料丛书"之一。内收有编者的《总序》和《编辑说明》，由"有关乡村文艺运动文献""关于乡村文艺运动""关于乡村群众文艺创作""关于农村剧团的建设""《穷人乐》的方向和作法"和"农村剧团活动"6 部分组成，包括《中共晋察冀中央局开展乡村文艺运动的决定》、《晋察冀边区剧协号召广泛建立群众剧团》、《太行三专署关于农村剧团的指示》，田野的《田庄演出与开展乡村剧运》，辛光的《影响与提高》，黎逸的《农村文化活动一斑》，周扬的《新的人民的文艺——在全国第一次文代会关于解放区文艺运动报告（摘录）》，卜克江的《1946 年群众文娱创作评奖》，王春的《继续向封建文化夺取阵地》，孙定国的《向群众学习诗歌，展开群众诗歌运动》，朱穆之的《"群众翻身，自唱自乐"——在晋冀鲁豫边区文化工作者座谈会上关于农村剧团的发言》，陈荒煤的《农村剧团的提高》，《晋察冀日报》社论《沿着〈穷人乐〉的方向发展群众文艺运动》，郭维的《我看了护持寺翻身剧团的演出》，秦兆阳的《实行〈穷人乐〉方向的几个具体问题》，也牧的《东漂里村剧团简史》，浑然的《农村剧团的旗帜——记太行人民剧团的成长》等 61 篇文献资料。

《晋察冀革命戏剧运动史料》：张学新编，河北省文化厅文化志编辑办公室 1991 年编辑印行，为"河北文化史志资料丛书"之一。内收有编者撰写的《总序》和《前言》，由"戏剧运动""戏剧论文""戏剧创作与演出""政治攻势"和"戏剧团体"5 部分组成，包括《晋察冀军区政治部关于开展部队文艺工作的决定》、《聂司令员在第二届艺术节大会上的演讲》、《中共晋察冀中央局关于开展边区文艺创作的决定》，孙犁的《民族革命战争与戏剧》，新录的《关于街头剧》，鲁萍的《谈谈街头剧》，李公朴的《戏剧"现实化"、"大众化"》，田间的《关于〈我们的乡村〉及其演出——只有我们的乡村才能产生〈我们的乡村〉》，萧三的《欢迎西北战地服务团回延安》，周扬的《论〈红旗歌〉》，韩塞的《戏剧在政治攻势的前线上》，智世明的《一个文艺战士的回忆》，洛丁的《戏剧的奇迹》，沙可夫的《两年间，壮大起来了！——关于华北联大文艺学院》，流茄的《抗敌剧社历史的回顾》，潘讷的《火线剧社印象记》等81篇文献资料，以及"戏剧运动大事记"中张学新编写的《晋察冀边区戏剧运动大事记（1937.7—1948.12)》。

"晋察冀文艺丛书"：晋察冀文艺研究会编辑，1986年11月至2007年3月先后由晋察冀文艺研究会、华侨出版社、文化艺术出版社等出版发行。"晋察冀文艺丛书"子目分别为：《文艺战士话当年（1)》（1，1986.11），《敌后的队伍》（2，1988.1），《文艺战士话当年（2)》（3，1989.10），《敌后的队伍（2)》（4，1989.10），《文艺战士话当年（3)》（5，1986.11），《文艺战士话当年（4)》（6，1993），《文艺战士话当年（5)》（7，1995），《文艺战士话当年（6)》（8，1999），《文艺战士话当年（7)》（9，2001.4），《文艺战士话当年（8)》（10，2001.10），《文艺战士话当年（9)》（11，2002.4），《晋察冀村剧团剧本选》（12，2002.8），《文艺战士话当年（10)》（13，2001.11），《文艺战士话当年（11)》（14，2001.11），《战火中的歌剧舞台——晋察冀解放区歌剧史话及剧本》（15，2003），《文艺战士话当年（12)》（16，2005），《文艺战士话当年（13)》（17，2008），《文艺战士话当年（14)》（18，2008），《文艺战士话当年（15)》（19，2009）等。此外，还编辑出版了"晋察冀文艺丛书特辑"，包括《诗文书画歌曲集（1921—2001)》和《商展思抗战诗选——献给抗战胜利60周年纪念》等。其中，关于这套《文艺战士话当年》系列图书的编辑，编者称，"我们计划本书不仅包括文艺各行当：文学、音乐、美术、戏剧、舞蹈、摄影、曲艺、艺术教育、群众文艺等文艺各方面活动的内容，而且包括文艺战士非文艺活动方面的内容"等。①

"**冀鲁豫解放区文艺丛书**"：中共冀鲁豫党史工作组文艺组编，1986 年 11 月开始，分别由济南明天出版社、贵州人民出版社、蓝天出版社等相继出版发行。先后出版的有高志超的《范筑先将军传》（明天出版社 1986 年版），赵迎健的《地狱归来》（明天出版社 1987 年版），中共冀鲁豫党史工作组文艺组编的《战斗在冀鲁豫平原上》（贵州人民出版社 1988 年版）和《在战火纷飞的年代》（长征出版社 1989 年版），张世珠的《乱世姻缘》（贵州人民出版社 1990 版），王化棠的《卫河静悄悄》（贵州人民出版社 1991 年版），孔祥书、焦义来的《红三村传奇》（蓝天出版社 1991 年版），戴克强、栗奇的《血染黄河》（蓝天出版社 1991 年版），中共冀鲁豫党史工作组文艺组编的《冀鲁豫电视文学剧本选》（蓝天出版社 1991 年版），李洪昌等人编著的《冀鲁豫边区抗战史话》（长征出版社 1992 年版），万清洁的《黄河之滨》（贵州人民出版社 1992 年版），鲁西良的《将军之死——纪念范筑先将军殉国五十周年》（山东大学出版社 1993 年版）等。在主编申云浦撰写的《前言》中，编者强调，本书编辑所遵循的基本原则，就是"文艺形式尽可以多种多样，但必须具有历史的真实性。大的历史背景要真实，重大历史事件的主要事实要真实，一切重要历史人物经历的主要方面要真实"等。②

"**中国解放区文学研究资料丛书**"：中国解放区文学研究会丛书编委会编辑，1989 年 12 月开始，分别由河北教育出版社、天津社会科学院出版社及海峡文艺出版社等出版发行。目前已出版的子目有刘艺亭、宋复光编的《冀南文学作品选》（河北教育出版社 1989 年版），中共冀鲁豫党史工作组文艺组编的《冀鲁豫文学史料》（河北教育出版社 1989 年版）和《冀鲁豫文学作品选》（河北教育出版社 1989 年版），张学新、刘宗武编的《晋察冀文学史料》（天津社会科学院出版社 1989 年版），王驰、胡光凡编的《湖南苏区文艺运

---

① 晋察冀文艺研究会编：《文艺战士话当年·编者的话》（1），晋察冀文艺研究会 1986 年版，第 347 页。

② 中共冀鲁豫边区党史工作组文艺组编：《战斗在冀鲁豫平原上·前言》，贵州人民出版社 1988 年版，第 3 页。

动·籍作家在解放区》（天津社会科学院出版社 1992 年版），万平近等编的《福建革命根据地文学史料》（海峡文艺出版社 1993 年版）等。在丛书编委会撰写的《总序》中，编者说明其编辑体例及原则，就是"本丛书以各革命时期党所领导的各主要革命根据地分卷。各卷根据占有材料与编辑力量，可分别编选文学史料、优秀作品选、地区文学史、研究论文集多册，也可综合成册。编选文学史料，尽量使用第一手材料，保留各根据地文学运动的本来面貌，为后人研究工作者提供客观、可靠的研究资料"等。①

第三节　延安文艺工具书的类别及其价值

从工具书的功用特点来看，延安文艺工具书主要有辞典、类书、书目、索引、资料汇编和大事记等。它们通过广泛汇集有关延安文艺文献史料方面的知识，并按照一定的编排方式编辑成册，以便于研究者及读者检索相关文献资料或为其提供检索查找的线索等。因此，延安文艺工具书不仅是研究者及读者从事学术研究或专业学习不可或缺的参考性工具图书。同时，科学有效地利用和使用之，必然会为延安文艺研究及史料整理等研究，提供快捷、准确和系统丰富的文献资料及其学术信息。

一　延安文艺类书、大事记等工具书的检索利用

在延安文艺研究类书、辞典、大事记等工具书中，除了类书是类似于延安文艺研究的百科全书，且如同延安文艺资料汇编之外，年表、大事记是将延安文艺运动及其创作活动中的重要事件，按照时间顺序扼要地记载下来，编辑成文以便查考的一种工具书形式。因此，在延安文艺的大事记工具书中，有的形成专著，有的是学术类文章，有的是期刊的辑录。如刘增杰的《抗日民主根据地文学大事记（1937 年 7 月至 1945 年 9 月）》，朱星南执笔的《西北战地

___

① 中国解放区文学研究会丛书编委会：《冀南文学作品选·总序》，河北教育出版社 1989 年版，第 2 页。

服务团大事记》，岳颂东、王凤超的《延安〈解放日报〉大事记（1941.5.14—1947.3.27)》，以及《新文化史料》2008 年第 3 期的《中国解放区文艺活动纪事（1927 年 8 月至 1949 年 10 月)》专辑等。以下为主要的延安文艺类书、大事记等工具书简介。

（一）延安文艺类书

《毛泽东文艺思想指引下的延安文艺》：孙国林、曹桂芳编著，花山文艺出版社 1992 年 4 月出版发行。内收有《出版前言》和《在延安文艺座谈会上的讲话》，由“延安文艺座谈会”“《在延安文艺座谈会上的讲话》”“延安时期毛泽东同志的文艺活动与言论”“延安时期党和政府关于文艺问题的决议、指示和社论”“延安时期的文艺协会和社团”“延安与鲁迅”“延安时期的创作活动和丰硕成果”“延安时期的文艺刊物”“延安时期非文艺性报刊的文艺篇目索引”和“延安时期首演剧目”10 编组成，包括延安时期文艺运动及其创作活动各个领域的文献资料共 200 余篇，以及附录的《延安文艺大事记》、《后记》和 300 余幅文艺活动图片、书影文献资料。在《出版前言》中，编者强调：“我们出版《毛泽东文艺思想指引下的延安文艺》这部专著，敬献给为我国革命文艺指明正确方向并支持和扶植革命文艺健康成长的老一辈无产阶级革命家，敬献给为我国社会主义文艺开拓道路并奠定基础的老一辈文艺家，敬献给在社会主义时期为繁荣我国文艺辛勤劳作的文艺家和一切革命同志。”[1]

《文艺的灯塔——纪念〈在延安文艺座谈会上的讲话〉发表七十周年馆藏文献展图录》：国家图书馆编，国家图书馆出版社 2012 年 5 月出版。内收有国家图书馆馆长周和平的《序》和《前言》，由“《讲话》诞生的背景”“《讲话》的诞生与传播”和“解放区的文艺成就”3 个单元组成，包括《抗日救亡运动的兴起》《革命圣地——延安》《延安文艺运动的开展》《延安文艺座谈会与〈讲话〉的诞生》《〈讲话〉的出版》《〈讲话〉在解放区的传播》《〈讲话〉在国统区、沦陷区的传播》《1953 年版〈讲话〉》《民族语言文字版

---

① 孙国林、曹桂芳编：《毛泽东文艺思想指引下的延安文艺·出版前言》，花山文艺出版社 1992 年版，第 1 页。

〈讲话〉》和《〈讲话〉在国外的译介》及"文艺理论"等文艺类别的文字说明和书影文献资料 200 余种，以及附录《〈讲话〉在国统区的影响》。作为一部汇集了《讲话》前后延安文艺运动及其创作历史文献的工具性类书，正如本书《序》中所称，其是"为纪念《讲话》发表七十周年，国家图书馆特举办'文艺的灯塔——纪念《在延安文艺座谈会上的讲话》'发表七十周年馆藏文献展"，而将展出的"珍贵历史文献 300 余件，珍贵照片 100 余幅"编辑而成的文献图录。①

《延安文艺档案》：王巨才总主编，陕西出版传媒集团太白文艺出版社 2013 年前后陆续出版。本套《延安文艺档案》子目包括"延安文艺档案·延安音乐"、"延安文艺档案·延安文学"、"延安文艺档案·延安美术"、"延安文艺档案·延安影像"、"延安文艺档案·延安戏剧"和"延安文艺档案·延安文论"，共 27 卷 60 册。其中，延安音乐卷有《延安音乐家》（全 3 册）《延安音乐史》、《延安音乐组织》、《延安音乐作品·歌曲》（全 3 册）《延安音乐作品·歌剧》（全 3 册）《延安音乐作品·秧歌剧》（全 3 册），共 6 卷 14 册；延安文学卷有《延安文学组织》、《延安作家》（全 6 册）《延安文学作品·诗歌》、《延安文学作品·散文》、《延安文学作品·中长篇小说》、《延安文学作品·短长篇小说》、《延安文学作品·报告文学》，共 7 卷 12 册；延安戏剧卷有《延安戏剧家》（全 3 册）、《延安戏剧组织》、《延安戏剧作品·话剧》（全 3 册）、《延安戏剧作品·戏曲》（全 3 册），共 4 卷 10 册；延安文论卷有《延安文论家》（全 3 册）、《延安文论作品》，共 2 卷 4 册；延安影像卷有《延安电影家》（全 3 册）、《延安摄影家》、《延安影像作品》，共 3 卷 5 册；延安美术卷有《延安美术家》（全 4 册）、《延安美术组织》（全 2 册）、《延安美术作品·木刻》（全 3 册）、《延安美术作品·漫画》（全 3 册）、《延安美术作品·综合》（全 3 册），共 5 卷 15 册。各卷册在编辑范围及编排体例上，分别按照"组织沿革""传略""代表作品""自述与文论""忆述评论""创作及文学活动年表""文献史料""回忆与研究""研究综述"和"主要研究论著索

---

① 国家图书馆编：《文艺的灯塔——纪念〈在延安文艺座谈会上的讲话〉发表七十周年馆藏文献展图录·序》，国家图书馆出版社 2012 年 5 月出版，第 1—2 页。

引"等编选汇集了各类相关的重要文献资料。

（二）延安文艺大事记

《新民主主义革命时期陕西大事记述》：中共陕西省委党校党史教研室、陕西省社会科学院党史研究室编，陕西人民出版社 1980 年 9 月出版。全书由"五四运动和第一次国内革命战争时期""第二次国内革命战争时期""抗日战争时期"和"第三次国内革命战争时期"4 部分组成，包括"西安等地的学生、市民响应五四运动，开展反日斗争（一九一九年五月至六月）"到"我十九军配合主力于陕南痛歼残敌，陕西全部解放（一九四九年五月至十二月）"等 190 节构成的大事记。在《出版说明》中，编者声明，本书为"陕西人民在中国共产党的领导下"，各个不同时期政治、军事、经济、文化等领域发生的"一百九十起重大事件"。[①]

《陕甘宁边区大事记》：张俊南、张宪臣、牛玉民编，三秦出版社 1986 年 10 月出版。内收有编者的《前言》，由"土地革命战争时期（一九三五年十月——一九三七年七月）"、"抗日战争时期（一九三七年七月——一九四五年八月）"和"解放战争时期（一九四五年八月——一九五〇年一月）"3 部分组成，包括 1935 年至 1950 年间的陕甘宁边区编年纪事，以及附录的《〈陕甘宁边区大事记〉资料出处》等。在《前言》中编者称，本书"是按照陕甘宁边区十余年中所发生的历史事件的时间顺序，按年、月、日编排的。它记载了从一九三五年十月党中央、毛泽东率领中央红军到达陕北革命根据地开始，到一九五〇年一月西北军政委员会成立期间的重要历史事件"等。[②]

《延安文艺运动纪盛 1937.1—1948.3》：艾克恩编纂，文化艺术出版社 1987 年 1 月出版。内收有丁玲撰写的《序言》，从 1937 年 1 月 13 日至 1948 年 3 月 23 日的延安文艺运动编年纪事，以及编者的《编后感言》等。本书如同丁玲所言，"用编年史方式，按年、月、日，比较详尽地记述了延安及其所波及的广大地区文艺活动的全貌，编写者力求做到实事求是，保持历史原貌，

① 中共陕西省委党校党史教研室等编：《新民主主义革命时期陕西大事记述·出版说明》，陕西人民出版社 1980 年版，第 1 页。

② 张俊南等编：《陕甘宁边区大事记·前言》，三秦出版社 1986 年版，第 2 页。

不加任何主观随意性，不搞什么'按我所需'或'以人取舍'的做法，而是老老实实地写，原原本本地写。这样，就为我们和后来的研究工作者提供了比较可信和可靠的依据"等。①

《陕甘宁边区大事记述》：雷云峰主编、张宏志副主编，三秦出版社 1990 年 5 月出版。内收有编者的《前言》，由"西北革命根据地的历史概述（1931 年 5 月—1937 年 7 月）"、"抗日战争时期陕甘宁边区的历史概述（1937 年 7 月—1945 年 8 月）"和"解放战争时期陕甘宁边区的历史概述（1945 年 9 月—1950 年 1 月）"3 部分组成，包括"中共陕西省委'九·二六'扩大会议"到"西北军政委员会在西安成立，陕甘宁边区政府完成历史使命宣告光荣结束"等 177 节构成的陕甘宁边区编年纪事，以及附录的《西北军政委员会组织系统表》等。在《前言》中，编者强调自己编写本书"是为研究和撰写陕甘宁边区历史做必要的准备，为写史提供一个较为系统的史料线索，一部较为翔实、较为准确的地方历史的工具书"。因此，编写中注意把握"局部和全局、重点和系统的结合"，尤其是"重点写边区党、政、军、民、文等方面的大事"等。②

《陕甘宁边区政府大事记》：陕西省档案馆编，档案出版社 1991 年 5 月出版。内收有编者的《前言》，由"1937 年 9 月"至"1950 年 1 月"构成的陕甘宁边区政府编年纪事，以及《陕甘宁边区地图》等。在《前言》中编者强调，本书是"根据馆藏的档案、资料"等编写的。所以，其中所"记载的是边区政府的重要活动或对某些方面的研究有一定参考价值的历史事件。其体例是以事发时间为序，按年、月、日编排的"等。③

《闪光的文化历程——晋冀鲁豫边区文艺大事记》：晋冀鲁豫边区革命文化史料征集协作组编，山西人民出版社 1998 年 4 月出版，为"晋冀鲁豫边区文艺史料丛书"之一。内收有：郭士星的《序言》，由"1937 年大事记"至

---

① 丁玲《序言》，艾克恩编纂：《延安文艺运动纪盛 1937.1—1948.3》，文化艺术出版社 1987 年版，第 4 页。

② 雷云峰等编：《陕甘宁边区大事记述·前言》，三秦出版社 1990 年版，第 1—2 页。

③ 陕西省档案馆：《陕甘宁边区政府大事记·前言》，档案出版社 1991 年版，第 2 页。

"1949 年大事记"构成的晋冀鲁豫边区文艺编年纪事，以及编者撰写的《后记》。关于本书的编辑范围和编排体例，编者称，除了"由晋冀鲁豫四省文化厅提供材料，最后由山西编辑出版"外，同时，"在编辑体例上，采用以编年体为主、纪事本末体为辅的方法，争取做到详略得当，要事不漏，大事突出。'文艺'在此泛指文学和艺术的总称，包括文学作品、音乐、舞蹈、绘画、戏剧、电影等门类。与文艺有关的图书、新闻、出版、文物、教育亦酌情收入。书中所收'大事'，系指发生在晋冀鲁豫边区范围内的有关文艺的大事、要事、新事、典型事例，以及对日后影响作用比较大的事件"等。①

《延安文艺大事编年》：孙国林编著，陕西师范大学出版总社 2016 年 12 月出版。内收有作者撰写的《论延安文艺的基本特征和意义（代前言）》，从 1935 年至 1949 年，从"延安文艺的形成"到"西北文工团一、二团合并"等，包括延安文艺运动及其创作活动的编年大事记，以及作者的《后记》等。本书在编写体例方面采用编年史方式，按年、月、日，比较详尽地记述了以延安为中心，包括其他边区在内的延安文艺活动全貌。作者称之为"研究延安文艺三十五年来搜集、调查、采访、积累的史料的梳理，会使读者对于延安文艺产生全新、丰富、壮观的立体感觉"等②。

二 延安文艺书目索引等工具书的检索利用

由于书目、索引不仅都是用来检索延安文艺书籍及相关文献资料的工具书，而且在文献资料检索上各有特长并有互补功用。即书目能引导相关书籍资料的查找，并可查阅到对该书籍资料的简要介绍。而索引既能通检书目报刊等，又能检索至篇名、人名等关键词。所以，关于延安文艺作品及作家名目、文学组织、文学事件的书目索引等工具书的编辑出版，为延安文艺研究提供了诸多的学术便利并具有资料价值。其中，除了许多编辑成册的工具书籍外，如各类延安作家书目或作品提要，以及如《闪光的文化历程——晋冀

① 晋冀鲁豫边区革命文化史料征集协作组编：《闪光的文化历程——晋冀鲁豫边区文艺大事记·后记》，山西人民出版社 1998 年版，第 266 页。

② 孙国林：《延安文艺大事编年·后记》，陕西师范大学出版总社 2016 年版，第 887 页。

鲁豫边区文艺人物录》、《西北战地服务团名录》等外，还有大量的附录于许多延安文艺资料汇编或书籍中的延安文艺书目索引，如《延安文艺工作者名录》、《延安和陕甘宁地区文学运动资料目录索引（1938—1945 年)》、《晋察冀、晋冀鲁豫、晋绥地区文学运动资料目录索引（1938—1945 年)》、《山东、华中地区文学运动资料目录索引（1939—1946 年)》等。[①] 以下为主要延安文艺书目索引简介。

（一）延安文艺作品书目

《抗战时期出版图书书目》（1937—1945　第一辑　初稿）：重庆市图书馆1957 年 3 月编辑印行。内收有编者《说明》，以及"总类""哲学""宗教"及"小说"和"艺术"等 21 个类别的图书书目。尽管在本书的编辑说明中，编者申明其收录范围主要是"根据所藏重庆、上海、汉口、长沙、桂林、昆明等地，在一九三七年七月至一九四五年九月（即民国廿六年至卅四年）出版的中文图书及部分图书目录和图书出版消息等综合编成。共计 11752 种"，而"老解放区和沦陷区出版的图书，过去为条件所限收录极少"等。[②] 但是，本书目对于检索抗战时期"国统区"及"沦陷区"等地区延安文艺图书的编辑出版，依然可以说是较早问世的一部重要工具书。

《抗战时期出版图书书目》（1937—1945　第二辑　初稿）：重庆市图书馆1958 年 10 月编辑印行。在本书的编辑《说明》中，编者说明了本书目第二辑的编辑体例及收录范围，就是在"我馆在 1957 年 3 月所编印"的书目第一辑图书分类基础之上编辑而成的。因此，本辑"所收图书共计 5481 种，全部为我馆入藏的图书，凡第一辑上收有的书而后面未注'C'字（表明当时我馆未入藏）的，也多加在本辑内。另外，凡著录项中有一项与第一辑所列之书不同者，亦一并编入此辑"等。[③] 所以，本书目亦是检索抗战时期"国统

---

① 参见刘增杰等编《抗日战争时期延安及各抗日民主根据地文学运动资料》（上中下册），山西人民出版社 1983 年版。

② 重庆市图书馆编：《抗战时期出版图书书目（第一辑）·说明》，重庆市图书馆 1957 年版，第 1 页。

③ 重庆市图书馆编：《抗战时期出版图书书目（第二辑）·说明》，重庆市图书馆 1958 年版，第 1 页。

区"及"沦陷区"等地区延安文艺图书编辑出版应予以重视的一部工具书。

《馆藏解放区出版文艺作品书目》（油印本）：北京图书馆1958年10月编辑印行。内收有编者撰写的《前言》，以及由"文艺理论""诗歌""戏剧""小说""报告文学""散文杂著""民间文艺""儿童文学""苏联文学"和"歌曲"10种分类组成的800余本书目及其目录等。在《前言》中，编者说明了本书的编辑范围及体例，即"这个书目收集了抗日战争和解放战争时期，解放区出版的文艺作品约八百余种，大部分是边区作家在延安文艺座谈会后所写出的作品，其次是解放区出版的苏联文学的译著和鲁迅、茅盾等作家的作品"，以及"因为限于馆藏，有些解放区的文艺作品未能收进这个书目"等。[1] 因此，由此可检索出每种延安文艺作品的题名、作者、出版机构、出版年月、篇章目录及内容简介等书籍信息。可以说是较早编辑印行的一部专门的权威性延安文艺作家作品工具书。

《中国近代现代丛书目录》：上海图书馆1979年9月编印。内收有上海图书馆的《编辑简说》《编例》和《丛书书名首字索引》，从徐蔚南主编的"ABC丛书"到"灌县丛刊"共5549种丛书及30940本各类图书，以及附录的《丛书出版年表1902—1949》等。关于本书的编辑范围及体例，编者称，不仅"本目录收录馆藏1902年至1949年全国解放前为止出版的中文丛书（线装古籍部分除外）"，同时，"这本丛书目录的编制尚属初创"，是"按丛书名称的笔划为顺序，编成书本式目录"等。[2] 由于这部书目是在著名出版家顾廷龙、赵家璧的支持帮助下，由萧斌如负责编辑而成的，因此，出版后在国内外学术界都产生了广泛影响。

《中国近代现代丛书目录索引》（上下册）：上海图书馆1982年7月编印。上下册分别收有《编例》和《子目书名首字索引》《子目著者首字索引》等，以"专供检索第一册《总目》中所列全部子目书名之用"，以及"专供检索

---

① 北京图书馆编：《馆藏解放区出版文艺作品书目·前言》（油印本），北京图书馆1958年10月编辑印行，第1页。

② 上海图书馆编：《中国近代现代丛书目录·编辑简说/编例》，上海图书馆1979年9月编印，第1—2页。

第一册《总目》中所列全部丛书子目各书所署著、译、编、编著、编辑和选注者（包括校勘、批、校、标点者）之用"等。①

《北京图书馆馆藏革命历史文献简目》：北京图书馆善本组编，书目文献出版社1984年5月出版。内收有编者撰写的《前言》，由"马克思主义列宁主义毛泽东思想"等16大类及若干小类构成的图书书目，以及附录的《建国前革命、进步期刊目录》等。在本书的《前言》中，编者声明，由于"本目所录，是新中国成立以后本馆先后收集到的部分革命、历史文献，且仅限于善本特藏部的收藏，故挂漏很多，不大系统"等。因此，在其中的"中国文学"及"艺术"等大类中，分别收录了"诗歌、歌谣"、"戏剧"、"小说"等及文艺理论小类的延安文艺书目与文献资料。同时，"本目录的编制体例，只将各书依类相从"，以及"同类之下，再按出版社和出版先后排列"，并且"所收各种图书的著录，除个别在文献价值上有特殊意义，附有简单提示性说明之外，一般只著录书名、著译者、出版地、出版者、出版期、卷册、页数、开本、索书号等简要项目"等。②

《馆藏革命文献书目》：山东省图书馆特藏部编，山东省图书馆1987年7月编印。内收有：编者撰写的《前言》和《凡例》，由"马克思列宁主义"到"总类"的55个分类目次构成的约6000种书目。关于本书目的编辑范围及体例，编者称，"本目收录馆藏建国前解放区出版的各类书籍及部分国统区出版的进步书籍"。其中，包括"毛泽东著作与传记""文化教育""文学艺术""文学艺术理论""艺术（美学、美术）"和"文艺作品"等分类文献书目。③ 同时，"从地域上说，包括了东北、华北、西北、华东、华中的北满、南满、晋冀鲁豫、晋察冀、晋绥、陕甘宁、华中以及山东解放区的渤海、鲁中、鲁南、滨海、胶东等解放区出版的书籍，如果加上国统区出版的进步书籍，那真可说是来自全国各地了。其中，又以山东解放区的出版物为最多，

① 上海图书馆编：《中国近代现代丛书目录索引·编例》（上册），上海图书馆1982年7月编印，第1页。

② 北京图书馆善本组编：《北京图书馆馆藏革命历史文献简目·前言》，书目文献出版社1984年版，第1—2页。

③ 山东省图书馆编：《馆藏革命文献书目·凡例》，山东省图书馆1987年版，第1页。

其次是东北解放区，因此具有明显的地方性色彩"等。①

《解放区根据地图书目录》：中国人民大学图书馆编，中国人民大学出版社 1989 年 11 月出版。内收有编者撰写的《说明》，以及由"马克思主义、列宁主义、毛泽东思想"到"综合参考"共 17 大类及若干小类构成的图书目录。其中，在"艺术"和"文学"大类中，分别列出"艺术""美术、绘画、木刻""戏剧艺术""音乐歌曲""摄影""文艺理论""文艺政策""文学创作理论与创作经验"及"诗歌""戏剧""小说""散文""民间文学、通俗文学""革命故事""儿童文学"及"文学作品集"等小类。由于本书是编者"在 1961 年我馆编制的《解放区根据地图书目录》（油印本）的基础上增订而成的"一部延安文艺图书目录，因此，其收录了学校图书馆收藏的"部分建国前解放区根据地出版的各类书籍和国统区出版的进步书籍，主要是 1937—1949 年的出版物，少量是 1937 年以前的出版物"。② 其目录检索中一般只列出书名、作者、出版机构及出版年月等信息，对图书内容及篇目不提供解释。

《民国时期总书目（1911—1949）·文学理论·世界文学·中国文学》（上下册）：北京图书馆编，书目文献出版社 1992 年 11 月出版。内收有叶圣陶的《序》，吕叔湘的《序》，编者撰写的《出版说明》《凡例》和《本册编辑说明》，以及由"文学理论""世界文学"和"中国文学"三大部分组成的共 16600 余种图书书目。关于本书目的编辑范围及体例，编者称，本书是北京图书馆"经过前后二十多年的辛勤工作"编辑而成，"计划分为二十册出版"的一个"大型的回溯性书目"之一。整个书目不仅"收录从 1911 年至 1949 年 9 月这一时期我国出版的中文图书"，而且"本书目的著录，包括流水号、书名、著者、出版、形态、丛书、提要附注、馆藏标记八个项目"等。③ 其中，在"文学理论"及"中国文学"大类中，分别收录了当时在陕

---

① 山东省图书馆编：《馆藏革命文献书目·前言》，山东省图书馆 1987 年版，第 1 页。

② 中国人民大学图书馆编：《解放区根据地图书目录·说明》，中国人民大学出版社 1989 年版，第 1 页。

③ 参见北京图书馆编《民国时期总书目·文学理论·世界文学·中国文学·序/出版说明/凡例》（1911—1949 年　上册），书目文献出版社 1992 年版。

甘宁边区、晋察冀、晋冀鲁豫及东北等地，以及"国统区"编辑出版的延安文艺书目。

《中国现代文学总书目》：贾植芳、俞元桂主编，福建教育出版社 1993 年 12 月出版，为"中国现代文学史资料汇编·中国现代文学书刊资料丛书"之一。内收有贾植芳的《序》，编者撰写的《凡例》，由"诗歌卷""散文卷""小说卷""戏剧卷"和"翻译文学卷"构成的编年书目分类及 13500 余种书目，《书名笔画索引》和《著译编者书目索引》，以及附录的《书目补遗》和《编后记》等。关于本书的编辑体例及范围，编者强调，是"按现代文学'四分法'，分为诗歌、散文、小说、戏剧四卷，加上翻译文学卷，凡五卷。收录时限，原则上以 1917 年 1 月 1 日为上限，但按每种体裁出书的实际情况确定书目辑录的起始年代，下限统一截止于 1949 年 9 月 30 日"。其中，不仅"每条书目依次编写下述内容：书名、著者、译者、编者署名、出版状况、目次等"[1]，而且，作为"迄今为止最为完备翔实的一部中国现代文学总书目"[2]，也较为"完备翔实"地收录了当时各地编辑出版的延安文艺书目。

《闪光的文化历程——晋冀鲁豫边区文艺人物录》：晋冀鲁豫边区革命文化史料征集协作组编，主编冉笠等，山西人民出版社 1998 年 4 月出版，为"晋冀鲁豫边区文艺史料丛书"之一。内收有编者的《前言》，由"已故人物部分（以姓氏笔画为序）"和"健在人物部分（以姓氏笔画为序）"两辑组成，总共包括 253 位参与过晋冀鲁豫边区文艺运动的人物生平简历。在《前言》中，编者称，"本书所收录的人物，均属 1937 年 7 月 7 日至 1949 年 9 月 30 日在晋冀鲁豫边区从事革命文艺工作，做出较大贡献，在群众中产生过一定影响的健在和已故的文艺工作者"，而"其生平、简历从简略记，对人物的评介体现于事迹记述之中"等。[3]

《国家图书馆藏珍贵革命历史文献图录》：国家图书馆善本特藏部编，北

---

① 贾植芳、俞元桂主编：《中国现代文学总书目·凡例》，福建教育出版社 1993 年版，第 1 页。
② 贾植芳：《中国现代文学总书目·序》，福建教育出版社 1993 年版，第 1 页。
③ 晋冀鲁豫边区革命文化史料征集协作组编：《闪光的文化历程——晋冀鲁豫边区文艺人物录·前言》，山西人民出版社 1998 年版，第 1 页。

京图书馆出版社 2001 年 7 月出版。内收有编者撰写的《前言》，由"图书""期刊""手稿"和"外文善本"4 辑组成，包括《共产党宣言》（外文版）、《毛泽东自传》及《李有才板话》等书影，《解放》周刊及《文艺突击》等期刊封面和《太阳照在桑干河上》等作家手稿、外文善本书影等近 140 幅，以及《斯特朗手稿专藏》、《毛泽东诗词》（外文译本）和《后记》等。在《前言》中，编者称，由于其收录的文献资料是国家图书馆善本特藏部藏品中"一类习称为'新善本'的革命历史文献特藏"及书目，因此，其中也涵盖有延安时期编辑出版的重要文艺图书及报刊文献。同时，本书的编辑体例，则是"按照馆藏文献特点，分为四大类，即图书、期刊、手稿和部分外文珍藏"。每类大致以出版年代顺序排列，"图版的说明文字，一般以文献概貌叙述置前，收藏情况说明于后"等。①

《国家图书馆藏民国时期抗战图书书目提要》（上下册）：国家图书馆典藏阅览部编，北京图书馆出版社 2010 年 8 月出版。内收有步平的《序》和詹福瑞的《序》，《出版说明》和《凡例》，由"政治""军事""经济""外交与国际关系""法律""社会""教育与体育""日本研究""抗战史、传记资料""文学、艺术、文化事业"和"资料汇编"等类别组成的大型书目提要，以及《索引》等。据编者称，本书是"从国家图书馆所藏数十万册民国时期图书中爬梳、遴选出的"大型书目提要。书中"收录了 1931 年'九·一八'事变前后至 1949 年 10 月间出版的反映抗日战争的各类文献八千余种"。"既收录国民政府出版物，亦包括抗日根据地的珍贵历史文献"等。同时文学、艺术、文化事业等 11 大类编排，"著录内容分为版本形态描述和内容提要两部分"等提供给检索查阅者，也成为这部书目的一个重要特点。②

《首都图书馆藏革命历史文献书目提要》：首都图书馆编，国家图书馆出版社 2013 年 6 月出版，为国家图书馆于 2011 年联合业内单位，启动进行的

---

① 国家图书馆善本特藏部编：《国家图书馆藏珍贵革命历史文献图录·前言》，北京图书馆出版社 2001 年版，第 1—3 页。

② 参见国家图书馆典藏阅览部编《国家图书馆藏民国时期抗战图书书目提要·序/出版说明/凡例》（上册），北京图书馆出版社 2010 年版。

"民国时期文献保护计划"及其文献整理出版成果之一。内收有周和平的《总序》，丁蕊的《序言》和《凡例》，由"马克思主义、列宁主义、毛泽东思想""哲学、宗教"及"文学""艺术"等分类构成的书目提要，以及附录的《出版机构简介》、《报刊》、《书名索引》、《著者索引》和部分图书报刊封面书影等。除了在内容方面，本书充分利用首都图书馆"收藏民国时期文学类书籍数量丰富，形式多样，小说、歌剧、话剧、秧歌剧、鼓词等藏品荟萃一堂"等优势外，文献来源分布方面则注重收录"中国共产党机关或各解放区根据地出版发行的各种文献资料"，以及包括"国统区地下党组织出版的各种书籍和报刊"和"国统区、港澳台地区及海外出版的进步文献"等。[①]

（二）延安文艺资料索引

《十九种影印革命期刊索引》：人民日报图书馆编，人民日报出版社1959年8月出版。内收有《关于编印十九种影印革命期刊索引的几点说明》，由"马克思列宁主义"到"综合性资料"的18大类及若干小类的"十九种影印革命期刊索引分类简表"，以及附录的《作者、译者索引》等。19种影印革命期刊分别为《新青年》（月刊）、《每周评论》、《共产党》、《先驱》、《向导》、《新青年》（季刊）、《前锋》、《中国工人》、《新青年》、《政治周报》、《农民运动》、《布尔塞维克》、《无产青年》、《中国工人》、《实话》、《群众》、《八路军军政杂志》、《中国青年》和《中国工人》。关于本索引的检索及使用范围，编者指出，"本索引专供查对在一九五四年前后由人民出版社影印的十九种革命期刊的全部文章之用"，而"期刊上的广告、一般启事、代邮等都没有收进去。文章的标题除个别略加修改外，一般是按原标题照录"等。[②]

《纪念〈在延安文艺座谈会上的讲话〉发表二十周年1942—1962》（参考资料索引）：杭州大学中文系资料室1962年3月编辑印行。内收有编者的《本索引引用资料刊物名称》和《前言》，以及由"《在延安文艺座谈会上的

---

① 首都图书馆编：《首都图书馆藏革命历史文献书目提要·序言/凡例》，国家图书馆出版社2013年版，第1页。

② 人民日报图书馆编：《十九种影印革命期刊索引·关于编印十九种影印革命期刊索引的几点说明》，人民日报出版社1959年版，第1页。

讲话》的伟大历史意义""毛泽东文艺思想的研究与探讨""《在延安文艺座谈会上的讲话》在历次文艺思想斗争中的光辉""《在延安文艺座谈会上的讲话》发表后新文艺创作的繁荣"和"《在延安文艺座谈会上的讲话》在国际上的巨大影响"5 大类及 25 小类构成的论文索引。关于其编辑范围及体例，编者称，不仅"本索引起讫时间自 1942 年至 1961 年为止，解放前之报刊、杂志以解放区为限，国统区未列入"，同时，"所收入报刊杂志，以全国主要报刊杂志及各兄弟院校学报为主，一般的地方报刊杂志，除专为纪念《在延安文艺座谈会上的讲话》而撰写的文章外，一般均未列入"等。①

《中国现代作家笔名索引》：健戎、跃华编，四川省中心图书馆委员会 1980 年 9 月编印，为"四川省图书馆学报丛刊"之一。内收有作者撰写的《前言》和《笔画索引》，以及收录"笔名见原名"部分的作家笔名与原名查检索引。在本书《前言》中，编者说明其索引的编排体例及检索方法特点，是"在编排上采用'四角号码检字法'，笔名在前并见原名，作为第一部份。再以原名见笔名，作为第二部份"。同时，"考虑到不熟悉'四角号码检字法'者的情况，特在'索引'之前附以'笔画检字表'"等。②

《中国现代文学作家本名笔名索引》：周锦编，台湾成文出版社 1980 年 7 月出版，为"中国现代文学研究丛刊"之一。内收有《中国现代文学研究丛刊编印缘起》、《本书编者》和编者撰写的《本书题记》，以及按照笔画顺序收录的作家本名及笔名索引。在《本书题记》中，编者称，本索引是为了"补救"研究工作中"常常会把一位作家，分成了两人或三人进行讨论。也有时候会在不经心的归并中，把两个不同的作家的资料合到一起，造成混乱"等方面的"缺失"，"并对研究中国现代文学的同人提供一点帮助而编成"的工具书等。③

《抗日战争时期延安及各抗日民主根据地文学运动资料》（上中下册）：

---

① 杭州大学中文系资料室编：《纪念〈在延安文艺座谈会上的讲话〉发表二十周年 1942—1962》（参考资料索引·前言），杭州大学中文系资料室 1962 年 3 月编辑印行，第 1 页。

② 健戎、跃华编：《中国现代作家笔名索引·前言》，四川省中心图书馆委员会 1980 年版，第 1 页。

③ 周锦编：《中国现代文学作家本名笔名索引·本书题记》，台湾成文出版社 1980 年版，第 5 页。

刘增杰、赵明、王文金、王介平、王钦韶编，山西人民出版社 1983 年 4 月开始出版发行，为"中国现代文学运动·论争·社团资料丛书"之一。内收有《〈中国现代文学运动·论争·社团资料丛书〉编辑说明》和编者的《编选说明》，上册的由"延安与陕甘宁地区文学运动"和"文学社团与文学期刊"两辑构成的 110 余篇文献资料，以及附录的《延安和陕甘宁地区文学运动资料目录索引》和书前的部分报刊封面、书影图片资料等；中册的由"晋察冀地区文学运动"、"文学社团与文学期刊"、"晋冀鲁豫地区文学运动"、"文学社团与文学期刊"、"晋绥地区文学运动"和"文学社团与文学期刊"6 辑构成的 110 余篇文献资料，以及附录的《晋察冀、晋冀鲁豫、晋绥地区文学运动资料目录索引 1938—1945 年》和书前的部分报刊图片资料；下册的由"山东地区文学运动"、"文学社团与文学期刊"和"华中地区"3 辑构成的 50 余篇文献资料，附录的《山东、华中地区文学运动资料目录索引》和《抗日民主根据地文学大事记（1937.7—1945.9）》，以及《编后记》与书前的报刊图片等文献资料。在《编后记》中，编者称，"本书的问世，是全国许多单位团结协作的成果。我们搜集资料的足迹所到之处，都受到了热情友好的接待"等。①

《丁玲研究在国外》：孙瑞珍、王中忱编，湖南人民出版社 1985 年 3 月出版。内收有"第一辑"中丁玲的《〈太阳照在桑干河上〉俄译本前言》、《〈丁玲短篇小说选〉意大利文版序》等；"第二辑"中［美］加里·约翰·布乔治的《丁玲的早期生活与文学创作（一九二七——一九四二）》（节译），［日］中岛碧的《丁玲论》等；"第三辑"中［苏］费德林的《丁玲印象记》，［日］田畑佐和子的《丁玲会见记》（节译）等；"第四辑"中姚明强的《丁玲作品外文版本（单篇）编目》，姚明强、孙瑞珍、王中忱的《国外丁玲研究资料编目》等，共 40 篇文章。此外，还有书前王中忱、孙瑞珍的长篇论文《半个世纪以来的国外丁玲研究概观》等。

《中国现代作家笔名索引》：苗士心编，山东大学出版社 1986 年 10 月出

---

① 刘增杰、赵明、王文金、王介平、王钦韶编：《抗日战争时期延安及各抗日民主根据地文学运动资料·编后记》（下册），山西人民出版社 1983 年版，第 448 页。

版。内收有《凡例》和白丁的《序》，由"笔名索引"和"笔名录"两部分构成的"共收作家二千余人，笔名九千多个"的笔名索引，以及附录的《作家常用笔名、原名对照表》等。关于本书的编辑理念及体例，编者称这不仅是"一部收录中国现代作家使用过的笔名、别名等的普通工具书"，以及"收录人物时限，所谓'现代'，并非严格按照一般历史分期来划分的，从便利工作出发，上下时限涉及近代、当代。上限以辛亥革命为准，凡卒年在一九一一年以后的均在收录之列"。同时，"收录的笔名范围也较广，除正式笔名外，还包括曾用名、化名、字、号、室名、斋号等别名"。①

《抗战文艺报刊篇目汇编》：王大明、文天行、廖全京编，四川省社会科学院出版社 1984 年 1 月出版，为"抗战文艺丛书"之一。内收有编者撰写的《出版说明》，《重庆〈新华日报〉文艺专题索引》和《延安〈解放日报〉文艺专题索引》，以及《上海〈救亡日报〉文艺副刊》、《成都〈华西晚报〉副刊〈文艺〉》、《桂林〈大公报〉副刊〈文艺〉》及《〈东方杂志〉文艺专题篇目汇录》、《群众》周刊、《文艺战线》、《文艺突击》及《谷雨》等近 60 种报刊的文艺类篇目或全目索引。在《出版说明》中，编者称，本书"收集了一九三七年到一九四五年出版的主要文艺期刊和报纸副刊上发表的文章篇目，也收集了部分抗战以前和抗战以后出版的文艺报刊的文章篇目。从地域上看，在全国各地发行的文艺报刊都有"。② 1986 年 4 月，作为本书的"姊妹篇"，收录有"一九三一年'九一八'至一九四五年抗战胜利这一时期出版的文艺期刊和报纸文艺副刊的篇目"，并"包括大后方、晋察冀根据地、华北沦陷区、东北沦陷区以及香港等地出版的报刊，共四十七种"的《抗战文艺报刊篇目汇编》（续一），③ 由四川省社会科学院文学研究所抗战文艺研究室编辑，四川省社会科学院出版社出版。

《延安文艺丛书·第 16 卷·文艺史料卷》：延安文艺丛书编委会编，钟敬

---

① 苗士心编：《中国现代作家笔名索引·凡例》，山东大学出版社 1986 年版，第 1 页。

② 王大明等编：《抗战文艺报刊篇目汇编·出版说明》，四川省社会科学院出版社 1984 年版，第 1 页。

③ 四川省社会科学院文学研究所抗战文艺研究室编辑：《抗战文艺报刊篇目汇编·出版说明》（续一），四川省社会科学院出版社 1986 年版，第 1 页。

之、金紫光主编，艾克恩、孙国林、曹桂芳副主编，湖南文艺出版社 1987 年
10 月出版。内收有延安文艺丛书编辑委员会的《〈延安文艺丛书〉编辑说
明》，丁玲的《总序》，编者撰写的《〈文艺史料卷〉前言》，由"延安文艺运
动大事记（一九三六年七月——一九四八年三月）""延安时期的文艺社团及
其组织状况""延安时期文艺刊物状况及作品目录"和"延安时期的戏剧演
出剧目"4 部分组成，包括若干编目类别的文艺史料，分别收录了"自一九
三六年七月起，至一九四八年三月止……，以延安为中心的整个革命文艺运
动、文艺创作和文艺理论"，包括了"六十七个文艺社团"、"延安时期文艺
刊物状况及作品目录"和"延安时期的戏剧演出剧目（附秧歌剧剧目）"
等，① 以及书前附录的延安文艺图片、书影等文献资料。如编者所称："本卷
在《延安文艺丛书》中具有特殊意义。它不仅可以反映延安文艺的面貌，而
且将为延安文艺运动史的研究，特别是为总结革命文艺运动的经验，继承和
发扬延安文艺的优良传统，提供了必要的史料。"②

《新民主主义革命时期影印革命期刊索引》（抗日战争时期）：中共中央
党校图书馆编，中共中央党校出版社 1987 年 7 月出版。内收有《编辑说明》
和由"马克思列宁主义、毛泽东思想"到"自然科学"等 11 种"分类索引
目次"，以及附录的"解放战争初期（1945.9—1947.3）"和《抗日战争时期
影印革命期刊卷期年月表》、《介绍抗日战争时期影印革命期刊资料》和《作
者、译者索引》等。关于本索引的编辑范围及体例，编者称，是"为了给从
事社会科学教研人员提供方便，我们将已影印的五十多种新民主主义革命时
期革命期刊上所载的文章编成分类索引"陆续出版。其中，"原各革命期刊中
的编者的话，广告、启事、代邮等本《索引》均未收入"。③

《河南新文学大系（1917—1990）·史料卷》：《河南新文学大系》编纂
委员会编，李允豹主编，河南大学出版社 1996 年 12 月出版。内收有《河南新

① 钟敬之、金紫光等编：《延安文艺丛书·第 16 卷·文艺史料卷·前言》，湖南文艺出版社
1987 年版，第 2—9 页。
② 同上书，第 1 页。
③ 中共中央党校图书馆编：《新民主主义革命时期影印革命期刊索引·编辑说明》（抗日战争时
期），中共中央党校出版社 1987 年版，第 1 页。

文学大系》编纂委员会和河南大学出版社的《出版说明》，于友先的《总序》，由"史料·回忆录"、"新文学活动纪事（1917—1990）"、"创作和著述者目录"和"主要报纸文学副刊和期刊所载作品与评论要目"4 辑组成，包括王亚平的《冀鲁豫解放区文艺活动》，《冀鲁豫文联春节征文启事》、《〈平原文艺〉征稿启事》及《〈鲁艺校刊〉发刊词》等在内的多种文献史料，以及编者《后记》等。在《编选例言》中，编者称，本书所收录的相关文献史料，除了"依照'少而精'的原则，从中认真加以精选"而成之外，对于"不少报刊中史料文章的原题是'发刊词'、'题词'、'卷头语'或'编后记'等，为了便于读者查阅，均在原题前冠以原报刊的名称"等。①

《东北现代文学大系（1919—1949）第十四集·资料索引卷》：张毓茂主编，本卷编委会编，沈阳出版社 1996 年 12 月出版。内收有张毓茂的《总序》，由"东北现代文学年表"和"东北现代文学篇目索引"两辑组成的文学活动编年、文学评论及各文类作品分类索引，以及编者的《编辑说明》和《后记》等。在"东北现代文学年表"内，包括文学运动（含文坛上的各种活动）、文学事件、文学论争（含对重要作品的评论）、作家、文艺报刊的创办及活动、文艺社团的成立和重要活动、与文学有密切关系的社会政治经济文化背景情况及文学交流（含中外作家交流，东北籍作家在东北境外的文学活动，非东北籍作家在东北的重要文学活动）等；而在"东北现代文学作品篇目索引"中，则"收录 1919 年至 1949 年三十年间东北籍作家发表的有相当文学价值的、反映东北题材的多类型文学作品；非东北籍作家在此期间发表的、在文学界有较重大影响的反映东北题材的文学作品也酌情收录。武侠小说、神话、童话、歌谣、民间故事、翻译作品一律不收。凡收录的作品，原则上收录最初发表的报刊或最初出版的图书"等。②

---

① 《河南新文学大系》编纂委员会编，李允豹主编：《河南新文学大系(1917—1990)·史料卷·编选例言》，河南大学出版社 1996 年版，第 1—2 页。

② 张毓茂主编，本卷编委会编：《东北现代文学大系（1919—1949）第十四集·资料索引卷·编辑说明》，沈阳出版社 1996 年版，第 1 页。

　　《延安文艺目录》：张鸿才编，香港天马出版有限公司 2005 年 7 月出版，为"西北第二民族学院学术文库"之一。内收有编者《自序》《延安时期〈红色中华〉文艺篇目条目索引》《延安时期〈新中华报〉文艺篇目条目索引》《延安时期〈解放日报〉文艺篇目条目索引》《〈延安文艺研究〉目录》《〈延安文艺丛书〉目录》和《〈中国解放区文学书系〉目录》，以及《跋》等。关于本索引的编辑理念及目的，编者强调，"这是一本为研究延安文艺提供目录检索的工具书"。并且认为：因此前"编制有关延安文艺的目录索引时，只把目光对准保存齐全的《红色中华》《新中华报》《解放日报》，而对那些残缺不全的期刊，只好采取'不全则无'的做法"。但其后《延安文艺研究》及《延安文艺丛书》等研究载体的出现，将其目录选辑，"至少能起到互相补充，互相印证的作用，所以也编入书中"。①

　　《抗战时期期刊介绍》：丁守和、马勇、左玉河、刘丽主编，社会科学文献出版社 2009 年 6 月出版，为"中国社会科学院中日历史研究中心文库"之一。内收有王忍之的《总序》，编者撰写的《前言》和《编辑凡例》，由《一条心》至《锻冶厂》的"共 351 种，约 7800 期"的《抗战期刊索引总目》，以及《抗战重要期刊内容提要》及《后记》等。关于本书的编辑范围及体例，编者称，"本书汇录 1937 年 7 月至 1945 年 8 月间比较重要且易获得的中文期刊的篇目。个别期刊的篇目起自 1931 年 9 月，个别期刊的下限稍有后延（主要是抗战胜利后不久即停刊者）"，"本书汇录各刊，由编者参照相关资料著有简介一篇附于各刊著录之首，大致介绍该刊编者、创刊及终刊或停刊时间，主要作者群，以及该刊的政治倾向或政治背景、学术背景、主要特色等"。②

　　《河北新文学大系·史料卷》：《河北新文学大系》编纂委员会编，王长华、崔志远主编，河北教育出版社 2013 年 7 月出版，为"燕赵文化研究系列丛书"之一。内收有王长华、崔志远的《总序》，王维国的《导言》，由"河北新文学史料与文献"和"河北新文学重要活动纪事（1919—2005）"两辑组成，包括

---

　　①　张鸿才编：《延安文艺目录·自序》，香港天马出版有限公司 2005 年版，第 1—2 页。
　　②　丁守和、马勇、左玉河等主编：《抗战时期期刊介绍·编辑凡例》，社会科学文献出版社 2009 年版，第 5—6 页。

"文学方针政策""文学领导机构与社团""重要文学活动""文学报刊及其他"及文学活动编年等类别，以及《论边区的文化运动（〈抗敌报〉社论）》《邓小平对冀鲁豫文化工作者的五点希望》《中共晋察冀中央局关于开展乡村文艺运动的决定》及《〈晋察冀的一周〉征稿启事》等文献史料。关于本书的编辑理念及目的，编者强调，"史料卷的编辑目的，一方面为河北新文学和河北现当代历史的研究提供最基础的资料或线索，同时作为河北省基础文化建设的一个项目，也在为这一总体工程打下一个较坚实的基础"等。①

三 延安文艺资料汇编及数据库的编辑利用

延安文艺资料汇编就是指将分散在各种报刊上的有关延安文艺政策文件、理论批评文章和作家创作谈，以及文艺思潮论争资料等，摘录汇编在一起以供研究者用来检索利用的相关文献资料集。近年来，随着网络数字化技术的进步及发展，由文字史料及实物史料，以及声像史料制作的文献资料数据库，也实现了延安文艺文献史料的立体交叉，为延安文艺文献资料的检索及利用提供了愈加便捷的技术可能，使翻检整理及摘抄利用快捷省事，从而也对传统的工具书及检索方法提出了严峻的挑战。所以，尽管目前的相关数据库建设及其收录的文献资料内容范围程度不一，数字化文献史料的便捷也可能带来阐释方面的弊端等，但是，恰当运用相关文献数据库技术对于延安文艺研究带来的便捷和优势，应当说是延安文艺工具书研究及检索利用上的重要课题。以下分别对延安文艺资料汇编与相关文献数据库做简要介绍。

（一）延安文艺资料汇编

《马克思主义与文艺》：周扬编，解放社 1944 年 5 月初版，1950 年 3 月中南新华书店第二版，初版封面水平编排，红底腰封图形中加入白色美术体书名。内收有《编者序言》。全书由"意识形态的文艺""文艺的特质""文艺与阶级""无产阶级文艺"和"作家、批评家"5 辑组成，包括《马克思论历史

---

① 王长华、崔志远主编：《河北新文学大系·史料卷·导言》，河北教育出版社 2013 年版，第 3 页。

唯物论》等 44 篇文章，以及附录的《关于文艺领域上的党的政策》《苏联作家同盟规约》《鲁迅对于左翼作家联盟的意见》《日丹诺夫关于〈星〉与〈列宁格勒〉两杂志的报告》等 4 篇文章和《勘误表》等。1946 年 3 月前后，大连大众书店、东北书店、香港谷雨社、中原新华书店及作家出版社等，重新设计封面并删去附录的第 4 篇文章翻印再版。其中，1948 年 4 月由香港谷雨社刊行、香港海洋书屋总经销的《马克思主义与文艺》，是依照 1944 年解放社初版本重印的一个版本，并被列入其编辑出版的"文艺理论丛书"之中。本书是毛泽东《在延安文艺座谈会上的讲话》公开发表之后，编者所汇集出版的一部马克思、恩格斯、普列汉诺夫、列宁、斯大林、高尔基、鲁迅、毛泽东等经典作家有关文艺方面的文献资料汇编。因此，编者强调："毛泽东同志《在延安文艺座谈会上的讲话》给革命文艺指示了新方向，这个讲话是中国革命文学史、思想史上的一个划时代的文献，是马克思主义文艺科学与文艺政策的最通俗化、具体化的一个概括，因此又是马克思主义文艺科学与文艺政策的最好的课本。本书就是企图根据这个讲话的精神来编纂的。这个讲话构成了本书的重要内容，也是它的指导的线索。从本书当中，我们可以看到毛泽东同志这个讲话一方面很好地说明了马克思、恩格斯、列宁等人的文艺思想，另一方面，他们的文艺思想又恰好证实了毛泽东同志文艺理论的正确。"①

《开展大规模的群众文教运动》：毛泽东等著，香港中国出版社 1947 年 8 月初版。封面均衡编排，左侧棕红底图形，白色美术体书名横竖相向设计，右侧下方大幅黑白陕北剪纸插画。内收有编者的《小引》，《解放日报》社论《此次文教大会的意义何在》，毛泽东的《解放区文化统一战线方针》，高岗的《开展边区文教工作》，罗迈的《开展大规模的群众文教运动》和周而复"给解放区以外的读者说明这次大会的进程和它辉煌的成果"的《人民文化的时代》5 篇文章，以及附录的《关于开展群众卫生医药工作的决议》等 7 个"边区文教大会的决议"。本书是编者周而复等活跃在当时"国统区"的作

---

① 周扬编：《马克思主义与文艺·编者序言》，解放社 1944 年版，第 1 页。

家，"为适应解放区以外的读者的需要"及"给解放区以外的读者说明这次大会的进程和它的辉煌的成果"，而编辑的陕甘宁边区文化教育工作大会资料集。①

《中华全国文学艺术工作者代表大会纪念文集》：中华全国文学艺术工作者代表大会宣传处编，新华书店1950年3月出版。封面水平编排，装饰图案版式设计，红色美术体书名居上。内收有《编辑例言》、题字和照片。全书由"讲话""报告""大会纪要""贺电""专题发言""纪念文录""名单章程"和"演出目录"8辑组成，包括《毛泽东讲话》《朱总司令讲话》及周恩来《在中华全国文学艺术工作者代表大会上的政治报告》等110余篇文章及相关文献资料。"由于篇幅的限制，大会来宾讲话，代表们在大会上的自由发言和会外发表的文章以及有关大会的各种资料，本书未能尽量收入。加以匆促编就，缺点一定很多，希望代表们和读者们批评、指教"等。②

《西北文学艺术工作者代表大会纪念文集》：西北文学艺术工作者代表大会秘书处编，西北军区第一印刷厂1951年12月印行。封面水平编排，上部红色美术体汉、蒙古、维吾尔语书名。内收有大会会徽，毛泽东、郭沫若、茅盾、周扬亲笔题词和《西北文学艺术工作者代表大会决议》，由"讲话""报告""大会纪要""代表发言""贺电""贺词""纪念文录""名单""章程"和"图表"等组成，包括《西北军政委员会彭德怀主席讲话》等120余篇文章及相关文献资料，以及30余幅大会和各代表团合影照片。本书是1950年9月21日至9月30日，在西安召开的西北文学艺术工作者代表大会的纪念文集。因此，其中所汇集的大会相关文献资料等，就成为研究延安文艺及陕甘宁边区文艺运动的重要文献史料之一。

《山西文艺史料》（1—3辑）：山西省文学艺术工作者联合会编，山西人民出版社1959年1月开始出版。各分册分别为《山西文艺史料第一辑　晋东

---

① 毛泽东等：《开展大规模的群众文教运动·小引》，香港中国出版社1947年8月，第1页。
② 中华全国文学艺术工作者代表大会宣传处编：《中华全国文学艺术工作者代表大会纪念文集》，新华书店1950年版，第1页。

南抗日根据地部分》（1959.1），《山西文艺史料第二辑　晋西北抗日根据地部分》（1959.9）和《山西文艺史料第三辑　晋冀鲁豫边区太行、太岳部分》（1961.7）。内收有山西省文联的《说明》，《新华日报》的《纪念五四新文化运动晋东南文救总会成立》和《中华全国文艺界抗敌协会晋东南分会成立宣言》，高咏的《团结的旗帜》与卢梦的《抗日战争和解放战争期间晋西北地区文艺活动的回忆》等 160 余篇文章及文献资料，以及文联资料室编辑的《晋东南抗日根据地文艺界活动大事记》《晋东南抗日根据地重要文艺刊物简介》《晋西北抗日根据地文艺活动纪事》《晋西北抗日根据地文艺期刊简介》《晋冀鲁豫边区太行、太岳区文艺活动纪事》和各册书前的文艺活动照片、报刊书影文献资料等。关于编辑内容及目的，编者称，"史料的来源，大致有三方面：第一，辑自各抗日根据地、老解放区的书籍、报刊；第二，搜罗各文艺单位及个人所存的手稿、信稿、抄本和有关资料；第三，邀请当时当事人写回忆录，或写访问记"等①。

《陕甘宁革命根据地史料选辑》（1—5 辑）：甘肃省社会科学历史研究室编，甘肃人民出版社 1981 年 5 月先后出版。各分册分别为《陕甘宁革命根据地史料选辑第一辑》（1981 年版），"共收录陕甘宁边区施政纲领、政策、法令、条例共一百一十七件"②；《陕甘宁革命根据地史料选辑第二辑》（1983 年版），"本辑主要收录了 1935 年 12 月至 1945 年 3 月有关陕甘宁革命根据地经济方面的史料一百五十一件"等③；《陕甘宁革命根据地史料选辑第三辑》（1983 年版），"主要收录了 1945 年 8 月 15 日至 1949 年年底有关陕甘宁革命根据地的史料 140 件"等④；《陕甘宁革命根据地史料选辑第四辑》（1985 年版），"本辑收录了陕甘宁革命根据地的文学、艺术、教育、卫生、新闻、科

---

① 山西省文学艺术工作者联合会编：《山西文艺史料第一辑　晋东南抗日根据地部分·说明》，山西人民出版社 1959 年版，第 1 页。

② 甘肃省社会科学历史研究室编：《陕甘宁革命根据地史料选辑·编者说明》（第一辑），甘肃人民出版社 1981 年版，第 1 页。

③ 甘肃省社会科学历史研究室编：《陕甘宁革命根据地史料选辑·编者说明》（第二辑），甘肃人民出版社 1983 年版，第 1 页。

④ 甘肃省社会科学历史研究室编：《陕甘宁革命根据地史料选辑·编者说明》（第三辑），甘肃人民出版社 1983 年版，第 1 页。

技方面的史料一百五十三件"等①；《陕甘宁革命根据地史料选辑第五辑》（1986年版），"本辑收录了陕甘宁革命根据地的科、教、文、卫等方面的史料一百九十件"等②。关于编辑内容及史料来源，编者声明，其第一辑至第三辑文献史料，"主要来源于《红色中华》、《新中华报》、《解放日报》、《抗日根据地政策条例汇集》（陕甘之部）、《陕甘宁边区政策条例汇集》、《陕甘宁边区重要政策法令汇编》、《陕甘宁边区财政经济条例》等，这些历史文献在当年都曾公开发表或颁布实行过"等。③

《晋察冀文学史料》：张学新、刘宗武编，天津社会科学院出版社1989年9月出版，为"中国解放区文学研究资料丛书"之一。内收有中国解放区文学研究会的《总序》和《编辑说明》，由"文艺协会、文学社团、文艺刊物"、"关于'三民主义现实主义'与民族形式问题的讨论"、"部队文艺工作与政治攻势"、"文艺整风文献"、"群众写作与农村文艺运动"和"文艺论文选"6个单元组成，包括《晋察冀边区文化界抗日救国会暂行章程》、《边区文教第一次代表大会的成功》、《晋察冀边区文化界抗日救国联合会工作纲领》及孙犁的《1940年边区文艺活动琐记》等110余篇各种文献资料。关于编辑内容及体例，编者称："各单元中的资料、文献大体按发表时间顺序排列。除了两篇近年写的回忆录和一篇文学社团简介外，所有史料都是当年报刊发表的原文（个别篇章作了删节或文字处理），从中基本上可以看出晋察冀文学运动的发展轨迹和真实面貌"。④

《冀鲁豫文学史料》：中共冀鲁豫党史工作组文艺组编，河北教育出版社1989年12月出版，为"中国解放区文学研究资料丛书"之一。内收有宋任穷的《序言》，中国解放区文学研究会丛书编委会的《总序》，由"边区党、

① 甘肃省社会科学历史研究室编：《陕甘宁革命根据地史料选辑·编者说明》（第四辑），甘肃人民出版社1985年版，第1页。
② 甘肃省社会科学历史研究室编：《陕甘宁革命根据地史料选辑·编者说明》（第五辑），甘肃人民出版社1986年版，第1页。
③ 甘肃省社会科学历史研究室编：《陕甘宁革命根据地史料选辑·编者说明》（第三辑），甘肃人民出版社1983年版，第1页。
④ 张学新、刘宗武编：《晋察冀文学史料·编辑说明》，天津社会科学院出版社1989年版，第1页。

政、军领导机关的指示、训令、文告及领导同志的讲话""边区文学艺术概况""文学艺术、文化工作、理论研究、评论总结"和"文工团、剧社概况回忆"4辑组成,包括《中共冀鲁豫区党委宣传部关于改造民间艺人、旧艺人和民间艺术、旧剧的一封信》,姜思毅的《今后戏剧运动的方向(讲话节录)》,王亚平的《一年的经历》及方萌的《七纵队"前进剧社"简史》等近60篇文献资料,以及书前的报刊书影和编者《后记》等。

《冀鲁豫边区文艺资料选编》(1—5册):河南省革命文化史料征编室编,梁小岑主编,河南省文化厅文化志编辑室1988年1月开始内部印刷出版。各册分别为《冀鲁豫边区文艺资料选编(一)》(1988年印行),《冀鲁豫边区文艺资料选编(二)》(1988年印行),《冀鲁豫边区文艺资料选编(三)》(1989年印行),《冀鲁豫边区文艺资料选编(四)》(1992年印行),《冀鲁豫边区文艺资料选编(五)》(1990年印行)。各册编辑的内容分别是"历史文献选编""各种文艺刊物""各艺术表演团体""文学作品选编"及综合性文艺史料等。资料来源及编选范围是"一九三七年七月——一九四九年九月冀鲁豫边区党委、行署、军区直属的文艺单位,以及按现行区划的河南部分文艺单位的历史文献、照片、图表和综合材料,有参考价值的回忆录资料为主。凡短期活动在河南境内影响较大的文艺单位,只收流入那段时间的资料"等。① 1985年12月以后,该资料选编曾分别被列入《河南省文化志资料选编》11—15辑,并以"冀鲁豫边区文艺专辑"为题先后内部出版印行。

《甘肃革命文化史料选萃》:乔楠主编,甘肃文化出版社2000年8月出版。内收有张炳玉的《序》,由"有关决定、决议、通令、讲话""论著、文讯""文艺作品""文化机构简介""回忆、随笔""文化人物""报告、信札、日记"和"文化艺术大事记"8辑组成,包括《中共中央宣传部关于执行党的文艺政策的决定》及《陕甘宁边区抗战剧团给教育厅周厅长的信》等114篇陕甘宁边区、陇东分区等地文化运动、文艺创作及文艺活动等相关的文献资料,以及《文化艺术大事记》和周巍峙、王世泰的题词、报刊书影资料等。

---

① 河南省文化厅文化志编辑室:《冀鲁豫边区文艺资料选编(二)·编者说明》,河南省革命文化史料征编室1988年版,第1页。

在本书的《后记》中，编者称，本书是"根据文化部党史资料征集工作委员会的要求与安排，在陈积德同志组织庆阳地区各县文化局负责同志进行革命文化史料征集工作的基础上"，经过多方努力编辑出版的一本资料集。①

《陕甘宁边区见闻史料汇编》（1—3 册）：孙照海选编，国家图书馆出版社 2010 年 3 月出版。《陕甘宁边区见闻史料汇编》（第一册），内收有哲非译的《红色的延安》和《延安的女性》；鲁登·爱泼斯坦等著，齐文译编译的《外国记者眼中的延安及解放区》；福尔曼著，陶岱译的《北行漫记》。《陕甘宁边区见闻史料汇编》（第二册），内收有 G. 史坦因著，伊吾等译的《红色中国的挑战》。《陕甘宁边区见闻史料汇编》（第三册），内收有鲁平编的《生活在延安》，刘白羽的《延安生活》，黄炎培的《延安归来》，鲁芒的《陕甘宁边区的民众运动》，《陕甘宁边区的劳动英雄》和《陕甘宁边区的生产故事》等。在《出版说明》中，编者认为"本书所收录"的这些见闻资料，"都是可以存留后世的真实历史纪实之作，具有宝贵的史料价值"。②

《红色档案——延安时期文献档案汇编》：《红色档案——延安时期文献档案汇编》编委会编纂，陕西人民出版社 2014 年 3 月出版。本套资料汇编采用影印技术共编辑影印出版了 20 余种 60 卷，内容包括延安时期政治、军事、经济、文化、教育等方面的珍贵文献档案史料，如各种综合性文化及文艺期刊、图书，以及个人日记、笔记、单位档案材料等。如《解放周刊》《共产党人》《八路军军政杂志》《中国妇女》《中国工人》《中国青年》《中国文化》《大众习作》《文艺月报》《谷雨》《群众文艺》《文艺突击》《文艺战线》《大众文艺》《草叶·新诗歌·中国文艺》《鲁迅研究丛刊》《五月的延安》《陕甘宁边区实录》《整风文献》《速写陕北九十九》《陕甘宁边区参议会史料汇编》《陕甘宁边区政府文件选编》等。在本书编委会撰写的《编者的话》中，编者称，这套文献档案汇编作为"一部全面展示延安历史风貌与革命风采的大型丛书"，其编辑范围及资料来源，也是"但凡目前能收集到的"相关资料，

---

① 乔楠主编：《甘肃革命文化史料选萃·后记》，甘肃文化出版社 2000 年版，第 503 页。
② 孙照海选编：《陕甘宁边区见闻史料汇编·出版说明》（第一册），国家图书馆出版社 2010 年版，第 2 页。

"俱囊括其中而予以精心整理、汇编"等。①

（二）延安文艺相关数据库

大学数字图书馆国际合作计划（China Academic Digital Associative Library，CADAL）（http：//www.cadal.zju.edu.cn/index）：前身为高等学校中英文图书数字化国际合作计划（China—America Digital Academic Library，CADAL）。该数据库为国家投资建设，并作为教育部"211"重点工程，由浙江大学联合国内外的高等院校、科研机构共同承担建成的一个数字图书馆。该数据库现存中文古籍 255910 册，民国书刊 436594 册，中文现代图书 598869 册，英文图书 551107 册，中文学位论文 178159 篇，其他中文资源 502786 册。其中不仅包含理、工、农、医、人文、社科等多种学科的科学技术与文化艺术资源，而且，所收藏的文献资料类型亦多种多样，如中文古籍，民国文献（包括民国图书、民国期刊、民国报纸），中文图书，中文报纸，外文图书，图形图像（包括书画、篆刻、年画、连环画等艺术作品、手稿等研究素材）等。此外，所收藏的电子图书信息较为全面，如每部书刊下详细注明书名、作者、出版信息、关键字、类型、加工单位等信息。因此，读者注册登录后，即可按目录快速查阅书刊内容，并在阅读界面添加评注，从而为读者及研究者提供一站式的个性化知识服务。② 例如，能够检索并查阅的延安文艺文献史料中，就包括主要的延安文艺作品集及理论批评著作，以及如《红色中华》《新中华报》《文艺战线》《共产党人》《胶东大众》《大众文艺丛刊》《文萃丛刊》《文艺生活》等报刊。

读秀学术搜索（http：//www.duxiu.com/）：作为一个重要的学术搜索引擎及文献资料服务平台，该数据库是由海量全文数据及资料基本信息组成的一个超大型中文数据库。读秀不是以检索单体文献为根本目标，而是以检索文献所包含的知识为根本目标，并将各类文献中所包含的内容知识检索出来。读者通过书名、作者、所有字段（书名、作者、主题词、ISBN、年代）

---

① 《红色档案——延安时期文献档案汇编》编委会编：《红色档案——延安时期文献档案汇编·编者的话》，陕西人民出版社 2014 年版，第 1 页。

② CADAL 项目简介，http：//www.cadal.cn/xmjj/。

三大途径，可以深入图书章节和内容进行全文检索，并对部分文献进行原文试读的一站式知识服务。同时，能够显示与之相关的图书、期刊、报纸、论文、人物、工具书解释、网页等多维信息，以及打印或下载相关文献资料等。其中包括大量的中国现当代文学资料，以及知名作家及其作品文集等。如《胡适文存》、《鲁迅文集》、《茅盾全集》，以及唐沅、韩之友编著的《中国现代文学期刊目录汇编》等。所以，在收集和整理延安文艺史料时，可通过读秀阅读重要书籍的电子版，如艾克恩、孙国林、曹桂方编著的《延安文艺史》，孙国林、曹桂芳编著的《毛泽东文艺思想指引下的延安文艺》，古元、李树声主编的《延安文艺丛书美术卷》等。并且，可以通过读秀数据库，检索《中国文化》《文艺月报》《草叶》《诗刊》《前线月刊》《大众文艺》《东北文化》《工农写作》《部队生活》《工农兵》《西北儿童》等综合性及专门的文艺报刊资料信息。

大成故纸堆（www. dachengdata. com）：大成故纸堆是专门收录古旧文献资源的一个中文数据库。其中分设有晚清和民国期刊（老旧刊）、古籍文献、民国图书、古地方志和中共党史期刊五个子库。该数据库不仅文献资料来源稀缺珍贵，检索查阅也较为快捷便利，并且文献资料均可直接下载。因此，大成故纸堆也成为研究近现代人文科学和社会科学一个不可或缺的数据库工具①。目前，大成故纸堆平台下共 8 个资源库，并且在持续增加及更新建设中。其中，《大成老旧刊全文数据库》和《中共党史期刊数据库（ —1949）》中所收录的文献资料，就包括了大量与延安文艺有关的报刊资料，诸如《共产党人》、《中国工人》、《中国文化》、《大众文艺》、《中国文艺》等，是延安文艺研究获取及检索文献资料的重要数据库之一。

中国共产党思想理论资源数据库（http：//read. ccpph. com. cn/）：该数据库由人民出版社开发建设，被称为"用科学技术传播中国化马克思主义的重大创新工程"。② 在其收录的 9000 多册图书及 7000 多万个知识点中，不仅完整系统地辑录了党的思想理论主要著作文献，以及党和国家主要领导人所

---

① 大成故纸堆，www. dachengdata. com。
② 中国出版年鉴社编辑：《中国出版年鉴2011》，中国出版年鉴社2011年版，第254页。

有著作和公开发表的所有中央文件文献，同时，还收录了大量研究性著作、党史和国际共运史著作、重要人物资料，以及革命战争年代出版的部分重要图书。其中，所包含的延安文艺研究相关书籍、文章及文献资料中，如毛泽东的《〈共产党人〉发刊词》及《在延安文艺座谈会上的讲话》等，光明日报社发行的《毛主席〈在延安文艺座谈会上的讲话〉发表十周年》，1946年冀南书店编辑部编印的《文艺政策》，1948年解放社编印的《整风文献》，毛泽东等著的《文艺工作论集》，中共中央文献研究室编印的《毛泽东文艺论集》，中共上海市委宣传部文艺处编印的《毛泽东文艺思想论文集》等。

民国图书数据库（http：//219.244.185.19）：该数据库依托于中国国家图书馆，是一个收录自1911年至1949年间出版的各类中文图书的大型数据库。其文献来源以国家图书馆的馆藏为主，以其他图书馆、档案馆和纪念馆的馆藏为辅。大致收录了"民国时期文献保护计划"普查汇总后的约30万种民国图书。数据库建设过程分为三期，建设完毕后将收录民国图书15万种，约20万册，占民国时期出版图书的95%。① 与其他同类数据库相比，民国图书数据库的重要特点及检索功能，就是提供了分类浏览的功能，从而弥补了一般数据库检索查阅过程中单一关键词检索的不足。即读者或研究者在查找资源时，不仅可以浏览该数据库全部图书目录的汇总信息，同时还可以输入书名、作者名、出版地、出版社、出版时间、关键词，精确查找所需的书目。所以能够明显提高文献的检索和利用效率，方便在线浏览及下载各种资源。因此，利用民国图书数据库的文献资料资源，就可以检索到大量抗战时期及延安文艺运动的图书文献资料。如以新华书店为主的各边区总店、分店，晋绥边区吕梁文化教育出版社、韬奋书店、东北书店、大众书店等出版机构，以及"国统区"生活书店、群益出版社及海洋书屋等出版的相关图书资料。此外，近年来，由国家图书馆主持或联合开发的"近代报纸数据库""抗日战争与近代中日关系文献数据平台"，也都是检索延安文艺文献资料的重要工具。

---

① 《民国时期文献总库使用注意事项》，http：//202.106.125.157：81/default/helper。

爱如生中国近代报刊库（http：//read. ccpph. com. cn/）：该数据库是由北京爱如生数字化技术研究中心开发建设，用来查阅晚清和民国期间重要报刊的全文检索版大型历史文献数据库。其中分为收录大型报纸的大报编和收录重要期刊的要刊编，并通过所配备的强大检索系统和完备的功能平台，进行毫秒级的全文检索和一站式整理研究服务。因此，中国近代报刊库（大报）收录自 1872 年至 1949 年共 70 余年间，存续时间长、影响范围广、史料价值高的大型报纸 20 种及 200000 个期号，以及从 1833 年至 1949 年的万余种期刊类出版物中，被精选出的 1000 种重要期刊，约 100000 个期号。其中，包括延安文艺报刊史料方面的重要报刊，如《新中华报》《解放日报》《共产党人》《中国工人》《中国文化》《解放》周刊等，以及《文艺阵地》《战地》等等。

晚清、民国期刊全文数据库（1833—1949）（http：//www. cnbksy. cn/home）：晚清、民国期刊全文数据库（1833—1949），是《全国报刊索引》建设制作的一个大型中文报刊文献检索知识服务工具。目前，该数据库不仅可以提供 5 万余种报刊、5000 余万篇文献资料，而且，每年更新的数据量亦超过 500 万条，并相继制作建设了《晚清期刊全文数据库》（1833—1911）、《民国时期期刊全文数据库》（1911—1949）和《字林洋行中英文报纸全文数据库》（1850—1951）等珍稀数字资源。其中，晚清、民国期刊全文数据库收录的期刊资料，种类繁多、内容丰富、珍稀齐全，读者或研究者可以通过标题、作者、刊名、分类号、年份及期号等多种途径检索、浏览并下载全文，此外还包括大量晚清文学和现代文学的文献史料，每部期刊均可以检索出创刊时间、创刊地、主要编者、刊物特点，以及每期刊载的每篇文章题目和作者等。因此，检索并利用晚清、民国期刊全文数据库，除了能够便捷地查阅《新青年》《新潮》《学衡》等现代刊物原文之外，在延安文艺研究文献史料方面，也可以检索到诸如《中国文化》《中国妇女》《学习》《上海周报》《共产党人》《陕西青年》《文艺战线》《华美周报》《文萃周刊》等刊物并浏览相关文献资料。

孔夫子旧书网（http：//www. kongfz. com）：是一个成立于 2002 年、隶

属于北京古城堡图书有限公司的古旧书交易平台。其中的"民国旧书"、"期刊"及"红色文献"等交易类别中，为搜集、查找及整理延安文艺图书、期刊等文献资料，能够提供丰富便捷的检索途径及线索等。尤其能够为延安文艺稀缺散佚文献资料的查找，以及辑录钩沉民间收藏领域中的相关珍稀文献资料等，提供一个方便的网络技术渠道。因此，通过这个网站，不仅可以搜索到许多珍贵的延安文艺作品图书资料，以及同一作品不同时期的版本，同时，还可以查找到一些图书馆未能收藏的延安文艺期刊，以及发现民间珍藏的一些延安文艺文献资料藏本等。

中国国家图书馆·中国国家数字图书馆（http：//www.nlc.cn/）：该数据库是依托中国国家图书馆建设制作的一个大型数据文献检索服务平台。国家图书馆是国家总书库、国家书目中心、国家古籍保护中心及国家典籍博物馆，其馆藏文献超过 3500 万册，并以每年百万册的速度不断增长。因此，基于迅猛发展的网络及数字技术，以适应并满足读者或研究者对于各类研究资源的一站式检索及服务需求，让读者或研究者快速获取所需研究资源和享受便捷服务，应当成为中国国家数字图书馆推进文献信息资源整合利用的主要任务及目标。其中所收藏的五百余种延安文艺相关书籍中，除了大量的史料类书籍，以及文献资料整理方面的成果，如刘润为主编的《延安文艺大系》，孙国林编著的《延安文艺大事编年》，杜忠明著的《延安文艺座谈会纪实》等，还有许多延安文艺研究的学术著作及研究生学位论文等。

中华数字书苑（http：//www.apabi.com）：中华数字书苑是由北京方正阿帕比技术有限公司制作推出的，号称"全球最大中文正版资源库"。[①]该数据库中收录了中华人民共和国成立以来大部分的图书全文资源、全国各级各类报纸及年鉴、工具书、图片等。因此，读者或研究者能够通过其数据库的检索，查找及在线阅读 20 世纪中国文学及延安文艺研究所需的一些相关图书资料，以及有关本学科研究的学术论著等。其中，包括延安文艺研究方面，

---

① 《中华数字书苑·关于我们》，http：//www.apabi.com/xsd？pid＝about&cult＝CN。

如毛泽东的《在延安文艺座谈会上的讲话》，王培元的《延安鲁艺风云录》，刘建勋的《延安文艺史论稿》，贺志强等的《延安文艺概论》，李军的《解放区文艺转折的历史见证：延安〈解放日报·文艺〉研究》，王巨才等编的《延安文艺档案》等书籍资料，以及蓝常周、谭克绳等的《中国革命根据地大辞典》，刘建业的《中国抗日战争大辞典》，成汉昌等的《中国现代史论文著作目录索引（1982—1987）》等工具书。

第七章　延安文艺文献史料的鉴别与版本研究

文艺史料学研究的一个主要目的及任务，就是鉴别及确定文献史料的真伪虚实，以及版本的考订及其流传变迁的轨迹，评判并阐释版本演变与文本修改的原因等，从而对其记载内容的可靠性与存真度进行具体的历史考证和价值研究。因此，延安文艺文献史料的鉴别与版本研究，在延安文艺史料学研究中，是不可或缺的重要内容及组成部分，并具有方法论的理论意义及其价值与作用。

第一节　延安文艺文献史料的鉴别及其方法

关于文艺文献史料的鉴别及其理论方法，在中国历史及文学史料学研究中，都有着悠久的学术传统及基本的理论方法。因此，可以说，这样的学术传统和理论方法，实质上也为延安文艺文献史料的鉴别及研究，确立了基本的学术规范及理论路径。不过，应当予以注意的是，由于延安文艺文献史料的生成及其来源，以及流传与利用和现代中国文化及其政治意识形态具有紧密关系，所以，无论在文献史料的鉴别对象及其性质的认知方面，还是鉴别史料的具体方法及其价值评判方面，也都和传统的史料鉴别及其理论方法有着明显的不同或区别。

一　延安文艺文献史料鉴别的具体内容及基本原则

事实上，作为文学历史文献及其史料的一部分，延安文艺文献史料也有一般文艺文献史料的基本特质，然而，必须注意的就是，由于延安文艺文献史料的形成分布及价值来源，都和当时中国共产党领导的政治革命及其理论探索，以及抗战时期以延安为中心的新民主主义政治及其文化实践的历史紧紧地联系在一起，因此，其文献史料鉴别的具体内容及基本原则，就具有不同于其他一般文艺文献史料的历史特点。

所以，延安文艺文献史料鉴别的主要内容，同样是考证延安文艺文献史料的真伪及其文本的演变，文献史料的生成或来源构成，以及文献史料形成的历史和时间空间等。具体而言，对于延安文艺文献史料的鉴别来说，主要应当注意两个方面的问题及原则。这就是一方面必须对文献史料的来源及其文本的真伪进行鉴别的历史性原则，即从考察文献史料来源入手，考察分析文献史料的原始出处及流传变迁的过程，从而判定其为真本或是伪作；另一方面则是文献史料内容真伪的鉴别及其历史阐释，即要注意鉴别文献史料及其文本变迁流传过程中，哪些内容部分是真或哪些部分是伪，从而在对其进行考订鉴别及历史分析，并让研究者了解文献史料真伪虚实及其价值构成的同时，使文献史料的检索与利用能够适当地被利用发挥，为延安文艺研究提供扎实可靠的文献史料及历史研究的学术基础。

例如：毛泽东的《新民主主义论》，不仅是中国共产党领导延安新民主主义文化实践及其延安文艺运动的指导性文献，同时还是当时党的文艺政策及其领导文艺工作的理论基础与政策来源。不过，通过对《新民主主义论》文献史料的鉴别，可以清楚地发现，无论是作为历史文献，还是作为延安文艺研究史料，《新民主主义论》都是一个被多次修改的历史文本。[①] 因为，从文献史料的来源考察就可以看到，《新民主主义论》最初是毛泽东 1940 年 1 月 9 日在陕甘宁边区文化协会第一次代表大会上，所做的一个题为《新民主主义的政治与新民主主义的文化》的演讲稿。同年 2 月 15 日，这篇演讲稿即以同一题名公开发表在延安出版的综合性文化刊物《中国文化》创刊号上。五天之后，这篇演讲稿才第一次以《新民主主义论》的题名公开发表于 2 月 20 日

---

① 毛泽东：《新民主主义的政治与新民主主义的文化》，《中国文化》1940 年第 1 期。

延安出版的《解放》周刊第 98、99 期合刊上。所以，从作为文献史料的《新民主主义论》来源及其真伪来看，可以确定其内容的真实无伪。同时，在《新民主主义论》的文献史料外形鉴定上，也可以说虽有不同的版本流传，但属于真本也确定无疑。如除了不同时期及不同地区编辑出版的《新民主主义的政治与新民主主义的文化》，以及《新民主主义论》版本外，还有《论新民主主义的文化》、《毛主席三大著作》及《民族民主革命与统一战线》等选本或节选本。① 所以，从现代中国政治革命及其文化历史的发展进程中，历史地考察分析与辨别鉴定《新民主主义论》初刊本、初版本与不同时期的文本变迁，也应当是现代文献史料"外形鉴定"真实与否和古代文献史料真伪鉴别方面，因文献史料的来源及其流传方式等形成的鉴别内容与原则方法上的差异及区别。

与此同时，通过校勘等方法，对《新民主主义论》文本内容进行真伪或修改程度的鉴定，对其所记载内容的增删修改或文本的流传变迁等进行考证鉴别，也可以清楚地发现，从《解放》周刊上刊载的文本，和《中国文化》期刊上初刊的《新民主主义的政治与新民主主义的文化》相比较，再到 1952 年 4 月被收入人民出版社编辑出版的《毛泽东选集》第二卷之中的《新民主主义论》，其作为历史文献史料，从"内容鉴定"上看也出现了多次重大的修改，因而其文本的原始内容就有了重大的变化。据有些研究者的考证，仅从《中国文化》上的《新民主主义的政治与新民主主义的文化》到《毛泽东选集》第二卷本，作为文献史料的《新民主主义论》就先后经过了不同时期的三次重要修改。其中，对于《新民主主义论》初刊本内容及其文献史料原始性有明显修改的部分，除了多达几百处的文字、标点符号修改，以及原文各节增加小标题、修改原文大标题和某些基本的理论概念等，从而使整个文献史料的面貌发生了明显的改变之外，更重要的地方是，对原文理论中"无产阶级领导权理论"、"资产阶级理论、农民阶级理论方面"，以及"社会主义和共产主义的观念"等方面的修改与加强。② 因此，研究者在利用这些文献史

---

① 毛泽东：《民族民主革命与统一战线》，晋察冀日报社 1941 年版。
② 张敏：《毛泽东对〈新民主主义论〉的修改》，《中国党史研究》2006 年第 6 期。

料及其从事学术研究时，必须"结合"不同时期的文本进行历史的分析利用。除了注意其"内容鉴定"上的变化及史料价值之外，还应当透过社会政治及意识形态的演变，来辨析及鉴别其文献史料修改的历史背景及政治烙印等多种文化因素。因此，考察分析与辨别鉴定《新民主主义论》文献史料的形成及其文本变迁的过程，对于具体了解延安文艺文献史料的鉴别问题，应当说有一定的代表性意义。

同样，通过对延安文艺代表作新歌剧《白毛女》的真伪及其文本内容等的"外形鉴别"与"内容鉴别"，也能清楚地发现延安文艺文献史料鉴别的基本原则及其历史特点。1947年7月，丁毅作为新歌剧《白毛女》的执笔者之一，曾在新版的《白毛女·再版前言》中，具体讲述了这部作品的版本流传及其文本内容的增删变化，以及新文本的形成及其修改的历史原因等文献史料的鉴别问题。其中，谈到作品修改的运动，丁毅称，当时他们看到那些出版于不同地区的《白毛女》剧本，"每个版本，都不相同，都有修改的地方"，因而作者们决定，对于初刊本六幕剧《白毛女》，"趁这次在哈尔滨再版的机会，汇集了这些意见，作了一些修改"。而增删修改的几个主要方面，一是删去"原先的第四幕"，因为其中"所表现的事件，是喜儿山洞生活的叙述"，由于其"减低了剧本主题发展的速度，因而也显得累赘，我们认为应该去掉它"；二是"原先的第五幕"，因为"仅只写了抗战开始时，地主和农民两种不同的情形"，并且"距主题意义也较远"，所以"也认为要修改"；三是将初刊六幕剧本"改为五幕"，以突出表现"在抗战开始的混乱中"，由于"八路军来了"，不仅"打破了"地主、日本法西斯等"继续他的统治和压榨"的企图，而且"一向被压迫的农民，找到自己的军队，有了力量，有了希望"等叙事主题；四是最后剧中的故事结局"也修改了，因为这戏是要表现喜儿被人误认为鬼而引起的迷信，阻碍了斗争的发展"等。① 基于以上原因，原先的六幕剧中的"喜儿"，也由一个深受传统文化伦理道德束缚，忍气吞声，即使在被黄世仁强暴怀孕后，仍然寄希望于能被正式迎娶的传统女性，

---

① 丁毅：《再版前言》，延安鲁艺工作团集体创作，贺敬之、丁毅编剧，马可等作曲：《白毛女》，东北书店1947年版，第1—2页。

修改重塑成一个有着天生的阶级仇恨及反抗精神，以至黄世仁暗示将会娶其为妻时，"喜儿"竟然会产生"意想不到地，如蒙大耻，如受重击，欲呼又止……不能自持地退了两步"心理及身体反应，以充分表现其与"黄世仁"势不两立、斗争到底的妇女形象及"新的人民的文艺"的审美追求。特别是剧中对"喜儿"与其所生的"小白毛"的生活情节及其母子关系的删除，都确切展示出《白毛女》作品文本的演变与特定社会历史及政治意识形态的关系。所以，通过对《白毛女》作品文本及其作为延安文艺史料的鉴别辨析，可以说明，无论是从作品版本及其文本的源流、原作与修改者的角度，还是从作品的流传、作品的著录与形式演变的层面，或者是作品内容的增删等方面进行鉴别，关于其与初刊本六幕剧《白毛女》剧情及人物关系所发生的重大变化，以及由于作品思想主题及叙事内容增删等形成的史料价值上的所谓"真伪"变化，都反映出延安文艺史料的来源变迁与考订鉴别等，在基本内容及理论方法等方面不同于一般的文献史料鉴别，以及其文献史料的历史特征，尤其是其流传变迁等与现代中国社会的政治革命及历史演变之间具有密切关系。

二　延安文艺文献史料鉴别的历史立场及其方法

由于延安文艺运动及其创作活动与中国革命及新民主主义政治文化实践具有紧密关系，所以，历史唯物主义的原则及历史主义的分析与立场，应当具体体现在延安文艺文献史料的鉴别及其考订的整个过程之中。其中，首先是对于延安文艺文献史料的来源背景及形成流传等进行考订，以鉴别确定文献史料的真伪及其文本演变的历史因素；其次，是在全面详尽掌握文献史料的基础之上，辨析不同类型与来源文献史料之间的历史关系，包括正反两方面或多方面文献史料的有机联系，以及其文献史料形成的历史过程，从而对延安文艺文献史料的鉴别及其考证能够做出历史的阐释或判别；最后，立足于历史主义的方法论，实事求是地解读文献史料的价值意义。因为文献史料的真伪及可靠性鉴定之后，对于如何解释的问题仍有可能出现根本的分歧。脱离历史或以与史料无关的历史立场来解释文献史料，必然会得出断章取义或牵强附会的鉴定或结论。因此，在延安文艺文献史料鉴别及其考订过程中，历史主义的立场及方法论，应当成为延安文艺史料学研究中的基本立场及其方法。

关于文献史料的鉴别及其现代含义，梁启超曾从历史主义的立场及其理论出发，明确提出了"史料以求真为尚，真之反面有二：一曰误，二曰伪。正误辨伪，是谓鉴别"的定义及其方法原则。① 同样，法国著名史学家马克·布洛赫也曾指出，在现代历史研究中，文献史料的鉴别工作，"光做到辨伪还不够，必须由此深入下去，进而揭示作伪的动机。只要资料有作伪的可能，作伪的后面必有难言之隐值得进一步分析，可见，证明了它是伪造的，任务才完成了一半"。② 可以说，也正是基于历史主义的方法论，我们强调文献史料鉴别过程中，如何解读文献史料正误辨伪背后的相关社会文化内容，以及其与文献史料形成的历史关系，应当是文献史料鉴别及其研究工作不可或缺的组成部分与重要任务之一。

例如，有关 1944 年 5 月"中外记者西北参观团"的"西北之行"，以及其对于陕甘宁边区等地的相关通讯报道等文献资料的整理及鉴别。这个由 21 位中外记者组成的参访团，从 5 月 31 日进入陕甘宁边区境内，6 月 9 日抵达延安，到 7 月底先后返回重庆。在历时 70 多天的"西北之行"期间，仅在延安就访问逗留了一个多月的时间。③ 在延安访问期间，不仅会见采访了毛泽东等中共领导人及军队将领，④ 访问了延安文艺运动的多位领导人及作家，⑤ 而且，在这次采访活动结束后，除了许多当时的报刊进行即时的通讯报道外，也有多家出版机构迅即编辑出版了许多汇集这些通讯报道篇章的图书，以及有关延安政治文化方面的文章选集。其中，最有影响的有赵超构的《延安一

---

① 梁启超：《中国历史研究法》，中国华侨出版社 2013 年版，第 75 页。
② ［法］马克·布洛赫：《历史学家的技艺》，张和声等译，上海社会科学院出版社 1992 年版，第 71 页。
③ 张国全：《中外记者参观团西北行》，《人民政协报》2013 年 11 月 28 日。
④ 毛泽东：《毛泽东接见中外记者西北参观团的致辞、问题与答复》，中央档案馆编：《中共中央文件选集（1943—1944）》(14)，中共中央党校出版社 1992 年版，第 253—258 页。
⑤ 中国延安干部学院编：《延安时期大事记述》（试用本），中国延安干部学院 2008 年版，第 365—369 页。

月》（南京新民报社 1944 年版），张文伯的《陕北纪行》（国民出版社 1945 年版），以及稍后由重庆读者之友社编辑的《陕北归来答客问》（重庆读者之友社 1945 年版），王仲明的《陕北之行》（求知出版社 1945 年版）和伍文的《延安内幕》（重庆四海出版社 1946 年版）等书籍。这些书籍作为历史文献资料，不仅为研究延安时期的政治、军事、文化及历史提供了重要的文献史料，同时也对研究延安文艺运动及其作家的创作和生活等，具有重要的文献史料价值。

应当注意的是，由于书籍文章的作者分别来自不同的新闻机构并且秉持相异的政治倾向，因此，对于这些文献资料的真伪鉴别及正误辨伪，以及历史地解读其文献史料形成背后的社会政治文化等历史原因，就成为延安文艺文献资料鉴别工作的一项重要内容。如赵超构在《延安一月》中，除了《毛泽东先生访问记》《朱德将军的招待会》《标准化的生活》《文艺界座谈会》《执行党策的军队》和《关于新民主主义》等文章外，还围绕延安文艺运动及其社团组织，撰写了多篇文章，如《秧歌大会》《文艺政策》《作家的生活》《边区文协》《延安的剧运》《端午节访丁玲》和《延安文人群像》等，以及《延安大学》和《鲁迅艺术学院》等通讯报道。与之相同，王仲明编辑的《陕北之行》，则汇集了当时访问延安后，一些记者在国内外报刊公开发表的通讯报道。值得注意的文章有《中央日报》特派记者张文伯的《延安观感》，《新民报》记者赵超构的《延安散记》，盟利通讯社特辑的《陕北归客谈"边区"》，《扫荡报》记者谢爽秋的《记者在延安》等。再如张文伯的《陕北纪行》，分别由"一、七十天的行程；二、供给制度与生产运动；三、三三制与一揽子会；四、一元化的领导系统；五、保卫边区的游击部队；六、培养干部的党化教育；七、战斗中的矛盾思想；八、统一与民主的前途"，以及附录的《新经济的实验》等部分组成。① 其中因为政治文化立场及意识形态对立或不同，而产生的对于延安政治、经济、教育、文化及军事等方面的不同观感，都必须从历史唯物主义的角度，并坚持实事求是及理性主义的原

---

① 张文伯：《陕北纪行》，重庆国民出版社 1945 年版，第 1 页。

则和方法，进行历史的鉴别考订及其正误辨伪。

在伍文编辑的《延安内幕》中，由于编者声称其编辑本书的目的，是针对当时市面上流传的大多有关延安政治与文化等书籍，因"自然极其引动了读者的好奇，使人们急于想知道他们的详情细节"等，所以期望通过这本"以共产党人物作中心的延安内幕之来历，从军政方面的毛泽东、朱德起，直到文化艺术方面的丁玲、艾青，一齐包括在内，或许可以对延安的研究者有一点用处。为了揭出一点真实的内幕起见，本书的重心在于指示各该人物在'干什么'，在'怎样干'，而不尚空洞的、堆砌式的描写，所以我们就标明这是《延安内幕》并不是专替他们做无意义的起居注"[1]。因此，书中除了对毛泽东、朱德、周恩来等中共领导人及其高级将领高岗、林彪、叶剑英、贺龙等，在新民主主义政治及军事、外交等领域的建树，分别有专章记述之外，同时还对当时活跃在延安文化界及文艺界的成仿吾、李初梨、丁玲、艾青、欧阳山和陈学昭等代表作家，以及延安的学术活动和文艺运动发展等，给予了中肯的评价及关注，如范文澜、吕振羽的"新史学"研究，周扬、艾思奇的马克思主义文论，张庚、赵伯平等主持的戏剧运动和杨绍萱、柯仲平的"旧剧改革"，以及延安的"新秧歌"运动等。这也可以说是从另一个方面展示出延安文艺文献资料的来源及其形成和社会历史的密切关系。

三　延安文艺文献史料鉴别的目的及其学术价值

延安文艺文献史料鉴别及正误辨伪的目的，同样也是要通过正误辨伪，来鉴别及判定延安文艺文献史料的价值意义，以使其能够为延安文艺研究提供真实可靠的依据。因为，任何的学术研究，都是以真实可靠的文献史料为根本依据及知识基础的。所以，对于延安文艺文献史料的鉴别考订，就成为延安文艺研究的前提及基础性的工作。

如果要全面正确评判一位作家及其作品，首先需要做的往往就是对于相关文献资料的正误辨伪工作。例如：周立波的长篇小说《暴风骤雨》，不仅是

---

① 伍文：《延安内幕·短序》，重庆四海出版社1946年版，第1页。

作者在"毛主席的《在延安文艺座谈会上的讲话》发表以后，新文艺的方向确定了，文艺的源泉明确地给指出来了"的"写作"成果。① 同时，作为延安文艺运动及其创作艺术实践的代表性作品之一，也曾荣获过当时社会主义阵营的最高文学奖励"斯大林文学奖金三等奖"。这部作品的部分章节从1947年年底开始在《东北日报》上连载，并于1948年4月由东北书店出版上卷，其下卷也于1949年5月由东北书店出版发行。随后，不仅相继为陕甘宁边区、晋察冀等地的新华书店翻印再版，而且作为"解放区历年来，特别是一九四二年延安文艺座谈会以来各种优秀的与较好的文艺作品"之一，② 被收录于周扬主编的"中国人民文艺丛书"。中华人民共和国成立后，这部作品不仅先后为人民文学出版社、四川人民出版社等再版重印，而且分别被改编成电影、连环画等艺术文类及各种外文译本。直至2000年前后被作为"中华爱国主义文学名著"、"红色经典"等，列入多家出版机构编纂的大型文库或图书系列之中。

然而，通过对《暴风骤雨》这部作品及其文本来源的考察辨析，就能够清楚地看到，从作品在报刊上的初刊本到初版本开始，随着中国政治革命及社会历史的发展，以及作家创作思想及其政治觉悟的演进，这部作品及其文本内容实际上也随着历史的步调而被作者不同程度地修改。其中，从作品的鉴别及其文本的正误辨伪角度来看，特别需要指出的，就是对人民文学出版社1977年版《暴风骤雨》中修改部分及其文本内容的校勘鉴别。因此，尽管作者在其《重印后记》中称，这部"重印"的作品，是"作于一九四七年到一九四八年。出版以来，得到广大读者热情的鼓舞，印行了多次。最近几年，由于'四人帮'的干扰，这本停止发行了"的旧作，并且表明，"这次重印，由于时间急促，来不及多加修改。我只删去了几句，并在全书文字上略有改动"，以及"希望读者对本书多予批评，使我能够听到一些珍贵的意见，作为再次修订的依据"等。③ 但是，事实上，这部重印的《暴风骤雨》，与其初刊

---

① 　周立波：《暴风骤雨·〈暴风骤雨〉的创作经过》，人民文学出版社1964年版，第479页。
② 　《〈中国人民文艺丛书〉编辑例言》，周立波：《暴风骤雨》，新华书店1949年版，第1页。
③ 　周立波：《暴风骤雨·重印后记》，人民文学出版社1977年版，第491—492页。

本及初版本相比较，在叙事内容及主题思想等方面，都有很多重要的改动。这主要包括以下方面。一是对原作中一些暧昧的男女关系及性挑逗细节描写的彻底清理。如对原作中有几段描写"韩爱贞"形象及性格的文字，"韩爱贞醉了，脸颊泛出桃花色，解开白绸子衫上边的两颗纽扣，露出水红裸子来"，以及韩爱贞的笑得"前仰后合，笑个不停，民歌里说：'多少私情笑里来。'破鞋劲的女人本能地领会这一点，这女人用笑声，用她胖手背上的梅花坑，用她从日本人森田那里练习得来的本领，来勾引老杨"等，都被重印本删除。二是对历史人物及其历史事实的遮蔽或选择性记忆。即将初版中涉及"林彪将军"及"苏联红军"等名称与段落，都进行了删除或改写。如初版中有的"想起林彪同志在哈尔滨南岗铁道俱乐部的讲话"、"林彪将军率领的民主联军"和"咱们林司令带的兵在前方打胜仗了"等，分别删除或改换成"人民军队"或"毛主席"等。初版中的"贴着毛主席、朱德司令和林司令员的放大的照片"一句，直接删除了"林司令员"，"老毛子"则修改为"苏联红军战士"等。三是为突出强化原作中一些工农兵英雄人物形象及其品质性格，对于相关情节描写及其人物关系的增删。如增加了描写"赵玉林"及"老孙头"等人物的"牺牲精神"与"革命意志"的文字。① 从而不仅改变了原作的人物性格及其叙事内容的逻辑关系，同时也构成了这部作品艺术风格及其文本形式等方面的"真伪"辨析及其问题的发现。

与之类似的，还有延安文艺创作活动中，某些重要叙事主题及其来历的鉴别辨析。除了为人熟知的关于"白毛女"的民间故事传说及其叙事主题的来源外，关于"刘巧儿"创作题材的来历，以及多种文类作品及其叙事因素的鉴别辨析，也是延安文艺文献史料及其艺术作品价值鉴别工作中，应当关注的一个学术问题。因为，从历史事实来看，延安文艺作品中的"刘巧儿"故事，并非一个虚构的人物故事。而是发生在 1943 年陕甘宁边区的陇东分区华池县境内，一件由著名法官马锡五重审纠错的婚姻诉讼案件。1944 年 3 月 13 日，这个案件的审理经过《马锡五同志的审判方式》，在延安的《解放日

① 马亚琳：《〈暴风骤雨〉的版本变迁与文本修改》，《重庆师范大学学报》2013 年第 1 期。

报》头版公开报道后，不仅案件本身成为延安及陕甘宁边区新民主主义政治制度，以及民主法治与司法审理的典型案例，同时案件中的当事人及其对于自由婚姻的争取，也成为延安新民主主义社会实践中妇女解放及婚姻自主的标志与典范。于是，以案件中女当事人为原型创作的多种文类艺术作品亦相继。其中，在最有影响的文艺作品中，先后有1944年袁静创作的秦腔剧《刘巧儿告状》；1945年延安著名"新说书"艺人韩起祥创作的陕北说书《刘巧团圆》等，以及多家出版机构，如新华书店、东北书店、生活·读书·新知上海联合发行所等，编辑出版的《刘巧儿告状》《刘巧团圆》和《刘巧儿》等图书剧本。

因此，我们可以从叙事主题及创作题材的演变，来考察鉴别这些延安文艺作品的素材来源及其归属问题，以及关于延安文艺运动及其创作活动发展史的研究。例如，袁静的《刘巧儿告状》，可以说是"刘巧儿"叙事模式中，由原初的"马锡五审判方式"或"马锡五同志调解诉讼"等"本事"故事，向艺术作品中的"刘巧儿告状"或"刘巧团圆"等"婚姻自主"文学叙事的转型。于是，"本事"中的女性人物"封捧儿"，在艺术创作中被艺术化为活泼美丽、性情刚烈的生活在边区新社会中的新型劳动女性；男性当事人"张柏儿"被塑造为精明强干、奋发有为的"变工队"队长"赵柱儿"。加上男女主人公周围年轻调皮的变工队员栓娃、锁娃，以及热情爽朗的妇女主任李婶婶等，从而不仅使作品中的人物形象及人物关系，融入了现代中国革命及妇女解放的历史叙事之中，同时，剧本中塑造的反面人物，如"老财东王寿昌""二流子""刘媒婆"等人物形象，则突出强化了艺术作品中"刘巧儿"叙事内容及其主题思想的意识形态意味。所以，在"新说书"作品《刘巧团圆》中，"刘巧儿"叙事中的"婚姻自主"等主题，又被作者置于"劳动生产"的历史背景之下，并以青年男女之间的"婚姻自由"等感情纠葛，来抒写现实生活中的"勤劳"与"懒惰"之矛盾冲突。于是，作品中不仅增加了"刘巧儿"父亲设计退婚的情节，以强化作品中对"嫌贫爱富"等传统伦理的道德批判因素。同时，在作品的叙事模式方面，"有情人终成眷属"的"大团圆"结构，不仅适应了延安文艺及其宣传"妇女解放"与"婚姻自主"等主题的艺术要求，同时还被认为是"从敌人封建文艺堡垒里杀出来的一支生力军"及"新文艺的伟大胜利之一"。①

在此，值得一提的，就是被收录于 1950 年年初北京宝文堂书店编辑出版的"彻底废除封建婚姻制度 坚决贯彻执行婚姻法"系列图书，署名为"韩起祥、袁静原著，首都实验评剧团集体改编，王雁执笔"的"新评剧"《刘巧儿》。② 据相关知情者称，"新评剧"《刘巧儿》改编之初，王雁除了提出"《刘巧儿告状》主要讲'告状'，《刘巧团圆》主要讲'团圆'，改编《刘巧儿》取二者之长，避二者之短，使故事更完整，人物性格更加鲜明"等创作设想之外，由于"采取了三条原则"，使得"剧本的艺术构思比较好"，再"加上剧本配合了《婚姻法》的宣传，歌颂了婚姻自主，敢于反抗封建包办婚姻，勇于进行斗争的精神"，以及演员新凤霞独创的"新评剧"及其"独有的声腔"等，使这部剧作及"刘巧儿"的艺术叙事，在当代中国"新的人民的文艺"及其艺术创作中，"受到文艺界的交口赞誉和各界广大观众的热烈欢迎，成为名噪一时、雅俗共赏的保留节目"。③

所以，全面正确地鉴别及评价一位作家及其作品，以及对于延安文艺创作中叙事主题或创作题材来源及分布的考察，不仅可以说是延安文艺文献资料正误辨伪，以及鉴别及判定其文献资料价值意义等，必须充分关注并仔细考察的学术问题，而且是延安文艺文献资料鉴别工作中，能够为延安文艺研究及其史料学研究，提供真实、丰富与可靠的历史阐释及其学术拓进的重要领域。

第二节　延安文艺版本研究的方法及目的

在 20 世纪中国文学史料学及延安文艺史料学研究中，所谓版本，一般是

---

① 周而复：《后记》，韩起祥：《刘巧团圆》，海洋书屋 1947 年版，第 150 页。
② 王雁改编：《刘巧儿》，北京宝文堂书店 1953 年版，第 1 页。
③ 田耕：《记〈海瑞罢官〉的导演王雁》，北京市政协文史资料委员会编：《北京文史资料》第 67 辑，北京出版社 2004 年版，第 83 页。

指同一文献资料，包括同一文艺作品，在编辑出版及发行传播过程中产生的各种形态的本子。对于现代文学及其延安文艺来说，其版本的物质形态及其版本的内容构成，由于写作目的及传播方式等方面的不同，因而也呈现出不同于传统版本学意义的现代版本研究及其历史性特征。因此，作为新文艺研究学科及其学术领域的延安文艺版本研究，所关注及重视的内容范围和目的任务，不仅是版本的源流特点、异同优劣及鉴别价值等一般性的问题，以及其表现出的结构形态和文字内容等基本方面，同时更加需要重视及注意探讨的中心问题，则是通达考察其版本物质形态和内容构成中的多种新因素及新内容。其中，包括由文字图像等构成的"副文本"物质及内容形态因素的考辨分析；版本的源流谱系、异本形成和价值鉴别等具体问题研究；编辑出版、传播接受和修改重写等变迁背后所隐蔽的文化思潮，以及政治意识形态等社会历史原因的探讨与发现等。

一　延安文艺版本研究的基本问题及方法

版本是延安文艺文献资料的基础及其根本，也是延安文艺及其史料学研究的基础及其根本。因此，延安文艺版本研究的基本问题及其方法，主要包括考察文献资料的形成及编辑出版、传播接受过程；梳理延安文艺文献史料每一种文献资料及每一作品或文集的版本式样和内容分布，以及其封面插图、题跋著录等"副文本"因素及其史料价值；在考订其版本特点的基础之上，探讨造成同一文献资料版本异同优劣的历史原因，以及说明异本的形成及其修改背后和当时思想文化及社会政治之间的具体关系等，从而除了便于读者或研究者选择"善本"并进行事半功倍的阅读，以及研究者选择及利用恰当的或适当的"精选本"来进行学术研究外，更有利于延安文艺史料"求真择善"的整理编纂，包括延安文艺文献资料各类别文集、资料汇编等的编辑出版工作。

例如，毛泽东的《在延安文艺座谈会上的讲话》，不仅是毛泽东文艺思想及党的文艺政策形成和制定的重要历史文献和理论来源，同时还是延安文艺研究及史料学研究的重要历史文献资料。因此，对于毛泽东《在延安文艺座谈会上的讲话》的版本研究，也就成为延安文艺文献史料及其版本研究中备受关注的一个研究课题。其中考辨及探讨的一个主要问题，就是对于《在延安文艺座谈会上的讲话》版本源流谱系的历史考察梳理，以及流传修改的过程及原因等方面的研究。对此，研究者一般认为，尽管 1943 年 10 月 19 日在《解放日报》全文刊发的毛泽东《在延安文艺座谈会上的讲话》，被认为是初刊本（简称为 1943 年 10 月本），但根据目前的研究，也认为在初刊本之前，《在延安文艺座谈会上的讲话》至少还有两个版本：一个是 1942 年 5 月即座谈会同月由七七出版社印行的一个版本，[①] 但该版本可能散佚，目前未见学者更多提及；另一个是 1943 年 6 月延安解放社出版的《整风文献》中收录的版本（简称"1943 年 6 月本"）。据著名学者刘增杰考证，《在延安文艺座谈会上的讲话》1943 年 6 月本的存在，主要有六个方面史料可以证明：第一，该版本的书名是《毛泽东同志在延安文艺座谈会上的讲话》，其他版本的书名均为《在延安文艺座谈会上的讲话》；第二，华北大学翻印本的版权页注明翻印基于该版本；第三，北京图书馆参考书目组发表在《中国图书馆学报》1962 年第 2 期的《〈在延安文艺座谈会上的讲话〉版本目录》，也注明华北大学教学用书的翻印是基于该版本（实际为第二个史料的补充）；第四，胡乔木的谈话"从侧面说明"该版本"存在的可能性"；第五，该版本勘误表上列出的四处错误均被 1943 年 10 月本作了改正；第六，相较该版本，1943 年 10 月本在"文字修饰性质的改动约 80 处"。事实上，从讲话稿到记录稿、整理稿，到 1943 年 10 月 19 日在《解放日报》初刊，以及延安解放社当月出版的单行本，仅从 1943 年 10 月到 1949 年 10 月的 6 年之间，"初步统计，解放区各地出版的《讲话》版本，计有大众日报社本等 37 种版本"。[②] 而到了 1949 年 10 月以后，《在延安文艺座谈会上的讲话》又出版了多个版本。可以说自其问世以来，经过"反复的修改和编辑"，"经历了复杂的版本变迁，形成了文字内容有差异的不同版本（不包括各种重印本、翻译本）"。[③] 于是，有学者认为，

---

① 刘金田、吴晓梅：《毛泽东选集出版的前前后后（1944.7—1991.7）》，中共党史出版社 1993 年版，第 39 页。
② 刘增杰：《〈在延安文艺座谈会上的讲话〉版本考释》，《新文学史料》2013 年第 3 期。
③ 金宏宇：《〈在延安文艺座谈会上的讲话〉的版本与修改》，《中国现代文学研究丛刊》2005 年第 6 期。

"第一，从《讲话》记录稿到整理稿，经历了一次初步修订。第二，整理稿在送交《解放日报》发排清样之前，应该经过多次修改。第三，即使在《讲话》清样出齐后，毛泽东仍对清样作了不少修改"。① 因此，对毛泽东《在延安文艺座谈会上的讲话》版本演变进行梳理、考证与辨析，发现并阐释其版本背后蕴含的社会历史、政治策略、文化烙印与审美趣味等，也就有了重要的研究价值及学术意义。

因此，对于《在延安文艺座谈会上的讲话》异本形成及修改原因的探讨，也成为其版本研究中的一个焦点问题。如郭豫适的《谈〈在延安文艺座谈会上的讲话〉从原本到今本的增删修改》，② 孙国林的《〈在延安文艺座谈会上的讲话〉的版本》，③ 刘忠的《〈讲话〉的版本沿革与文化迁延》，④ 肖进的《〈讲话〉的修改与建国初期的文艺实践》，⑤ 朱鸿召的《重新厘定延安文学传统》⑥ 等。其中，郭豫适的文章较早提出《在延安文艺座谈会上的讲话》"从原本到今本的增删修改"问题。自然，从论文的叙述来看，作者指称的"原本"大致指的是中华人民共和国成立前根据《解放日报》"发排、出版的单行本"，而"今本"指的是"现在通行的《讲话》本"。但关于"原本"、"今本"究竟是哪个版本则并未具体探讨。因此，文中讨论的"增删修改"问题，也仅列举了"今本"对"原本"进行"增、删、改"的一个例子。自然，尽管作者并未能展开相关问题的具体考辨分析，但是却开启了毛泽东《在延安文艺座谈会上的讲话》版本研究的先声。于是，围绕《在延安文艺座谈会上的讲话》版本研究，著名延安文艺史料研究学者孙国林通过校勘考辨认为，《在延安文艺座谈会上的讲话》从1942年5月演讲时的速记稿，到1943年10月的第一次公开发表稿，再到1953年4月的修订稿，形成了三个

---

① 谷鹏飞、赵琴：《〈在延安文艺座谈会上的讲话〉四次修订的背景及其诠释学意义》，《西北大学学报》（哲学社会科学版）2012年第2期。
② 郭豫适：《谈〈在延安文艺座谈会上的讲话〉从原本到今本的增删修改》，《文艺理论研究》1992年第4期。
③ 孙国林：《〈在延安文艺座谈会上的讲话〉的版本》，《中华读书报》2002年5月15日。
④ 刘忠：《〈在延安文艺座谈会上的讲话〉研究》，人民文学出版社2009年版，第172页。
⑤ 肖进：《〈讲话〉的修改与建国初期的文艺实践》，《文艺争鸣》2012年第5期。
⑥ 朱鸿召：《重新厘定延安文学传统》，《学术月刊》2006年第2期。

不同版本；1953 年的修改"共修改 266 处。其中，删掉原文的 92 处，增补文字的 91 处，作文字修饰的 83 处"。其后，在吸收此前有关研究成果的基础上，除了著名学者金宏宇根据版本源流及其分布的研究提出，《在延安文艺座谈会上的讲话》"重要的版本有六个"，认为 1942 年 5 月七七出版社出版的单行本"应该就是那个未经整理的记录稿本，也即《讲话》的初版本"；《解放日报》发表的版本为第二个版本；1953 年 5 月出版的《毛泽东选集》收录的（1963 年 6 月人民出版社据此出版单行本）是第三个版本（统称为 1953 年本）；1962 年 8 月开始由田家英主持并直接参加，抽调中共中央政治研究室、中央档案馆等单位的专家校订的《毛泽东选集》第三卷中，收录的 [亦收录于《毛泽东著作选读》（甲种本）] 是第四个版本；《红旗》杂志 1966 年第 9 期重新发表的为第五个版本；1991 年 7 月 1 日重新修订出版的《毛泽东选集》中的是第六个版本，亦是"目前为止的定本"。此外，学者刘忠则强调，"《讲话》形成过四个重要版本，即 1942 年的记录本、1943 年的发表本、1953 年的修订本、1991 年的精注本"。并且分析了四个版本的修改背景、修改内容，以及依据四个版本衍生出来的多种版本及其出版情况。认为正是这四个版本的演变，使毛泽东《在延安文艺座谈会上的讲话》，逐步"消除抗战时期的'紧张'情绪和'文革'期间'阶级斗争扩大化'色彩，……趋于严谨和完善，成为一种学术文本，一种研究对象"等。[①] 所以，在此基础上有关《在延安文艺座谈会上的讲话》版本修改及历史阐释等，就成为许多研究者深入探讨的重要问题。如青年学者谷鹏飞等从文本分析的角度，不仅指出《在延安文艺座谈会上的讲话》所先后经历的四次重大修改，实质上也是由 1942 年的讲演语言到 1943 年的书面语言，由 1943 年的政治文本到 1953 年的学术文本，由 1953 年的学术文本到 1965 年、1966 年的学术文本与革命文本，以及由 1965 年、1966 年的学术文本与革命文本回归 1991 年的学术文本的演变过程。同时，通过对这四个文本修订前后的细读及其变化的历史分析，认为"这四次修订既是《讲话》文本去政治化与去工具化的过程，也是其实现经典

---

① 刘忠：《〈在延安文艺座谈会上的讲话〉研究》，人民文学出版社 2009 年版，第 178 页。

化与神圣化的过程，其中的主要动力源自时代社会的现实要求与文本自身衍变的历史需要"。同样，学者肖进主要从"文艺为什么人的问题""普及与提高的问题""文学遗产问题"和"社会主义现实主义问题"四个方面，分析探讨了 1953 年本与 1943 年本的增删修订及其历史内容，指出修订本中实际上"注入了毛泽东本人对建国初文艺发展情势的主观认知"，以及其意在"修复和加强其意识形态上的合法性"等。尤其是著名学者刘增杰先生，通过对 1943 年 6 月本、1943 年 10 月本和 1953 年本三个不同时期的版本进行校勘研究，证明相较 1943 年 10 月本，1953 年本的"文字改动 600 余处，涉及内容较大改动的约一百处"，认为这次修改不仅是"作者的思想不断丰富的过程"，"增添了不少新的内容"，同时修改本"在文字表述方面的修改也变化很大"。

除此之外，作为毛泽东《在延安文艺座谈会上的讲话》整理、发表的亲历者，胡乔木、黎辛也都曾在自己的回忆录及相关文章中，讲述其从讲话稿到文字稿的生成及版本形成过程。据胡乔木讲："毛主席在文艺座谈会上讲话，事前备有一份提纲。提纲是他本人在同中央其他负责人和身边工作人员商量后亲自拟定的。讲话时有速记员做记录。整理的时候主要是调整一下文字顺序，使之更有条理。"① 同样，黎辛也以延安文艺座谈会亲历者的身份佐证毛泽东"讲话时，手持他的详细提纲"，并且以舒群、何其芳、黄钢等人的"口述"及回忆文章，来证明及支持自己的记忆及观点。② 因此，关于《在延安文艺座谈会上的讲话》版本问题，虽然胡乔木也曾申明，"《讲话》从《解放日报》发表到收入《毛选》，中间不会有大的变动，因为毛主席的讲话是不好轻易改动的"，但是，黎辛仍然坚持认为，对于这个问题仍然"要具体看"。其主要理由就是，毛泽东对《讲话》"非常慎重"，只要"知道再版，都有可能过目与修改"。正因如此，他凭借自己的记忆断言，"《讲话》从《解放日报》发表到收入《毛选》是有改动的，我知道的有两次"，并具体列举出 1948 年《整风文献》的《在延安文艺座谈会上的讲话》，与 1951 年中南人民

---

① 胡乔木：《胡乔木回忆毛泽东》，人民出版社 1994 年版，第 262 页。
② 黎辛：《关于"延安文艺座谈会"的召开、〈讲话〉的写作、发表和参加会议的人》，《新文学史料》1995 年第 2 期。

出版社版本之间的文本变化及其内容修改。①

因此，针对以往延安文艺研究学术思想及理论方法，以及文献史料的阐释与版本校勘中存在的各种具体问题，新世纪以来的学术界也曾进行过认真的反思与探讨。例如著名学者王富仁在指出"延安文学在中国近现代文艺史上的作用是不可低估的"的同时，强调"文化大革命"结束后的延安文艺研究，"一度萧条"及被"忽视"，因而"也给中国现当代文学的研究带来了某些不均衡的现象"。正是这种"文化大革命"前的延安文艺研究模式及其"单一的价值标准"等，使得"延安文学有重新加以研究的必要"，其中就包括"我们对《讲话》也需要进行重新的感受和认识"等。② 所以，如何运用及借鉴传统文献学、版本学及校勘学等学术规范和研究方法，也是科学及系统地拓进延安文艺文献史料的整理与研究，以及其版本考订及其辨析梳理过程中必须关注的基本问题。

二 延安文艺作品版本变迁与校勘梳理

在延安文艺文献资料版本中，书籍种类的版本形态及其作品文集的版面式样与内容分布，一般包括"前言""后记"及"序言"与"跋"等，以及其中的体裁分类、作品数量和编排特点等，都是鉴别版本源流、校勘异同、价值确定等文献资料版本研究的重要内容与主要范围。因此，除了首先从具体的目录及书目入手，调查确定一种书籍或作品文集的版本源流及其谱系，考察其物质形态的封面、题记、图案等，鉴别其内容形态中的序、跋、后记、分类编次、篇目体例和文字异同等之外，还必须能够在此基础之上，根据新文学史料学及其延安文艺文献史料版本研究的历史特点，提出延安文艺版本研究的"精确所指原则""叙众本原则"和"新善本原则"等，③ 以使延安文艺作品及其文集的版本研究，建立在科学的学术研究及历史性的理论阐释基

---

① 黎辛：《对〈讲话〉"形成文字"的一些说明——兼对陆定一接替杨松任〈解放日报〉总编辑的一点更正》，《文艺理论与批评》1999 年第 6 期。

② 王富仁：《延安文学有重新加以研究的必要》，《学术月刊》2006 年第 2 期。

③ 金宏宇：《新文学的版本批评》，武汉大学出版社 2007 年版，第 55—61 页。

础之上。

例如，在延安文艺运动及其创作实践中产生的谣曲体长篇叙事诗歌《王贵与李香香》，不仅被认为以其叙事主题和体裁形式等方面的"警奇的成就"，"反映了历史转换期的一定社会真实"，"完成了我们多年来所期望的艺术和人民的深密结合"，"创立了一个诗歌的新范型"，[1] 而且，随着中国革命及新的国家政治权力的形成，以及"文学新方向"的确立及"当代"转型，[2] 这首被确定为"解放区文艺的代表之作"之一的叙事诗歌作品，[3] 也成为建构这个"伟大的开始"及"真正新的人民的文艺"，[4] 尤其是当代中国叙事诗歌艺术的重要艺术资源及其审美规范的组成部分。从而在 20 世纪 40 年代末到五六十年代的当代中国文学创作传统资源的"经典"化及审美选择过程中，也不断地通过多种方式在对这首作品的编辑出版、版本修改，以及其"文本"内容、"副文本"因素进行调整，以适应并体现当时国家对于文学创作及其发展的"高度组织化"权力要求，反映政治意识形态在文学阅读接受与文学批评等方面的调节与控制，以及其对当代中国文学发展的"典范性"影响。因此，通过对《王贵与李香香》版本变迁的考察及其文本修改的鉴别，以及在对其"新善本"[5] 进行考订及版本校勘等基础之上，探讨其版本的修改及异本的形成与不同历史时期及时代背景的关系等史料学研究问题，[6] 应当说是现代文学及延安文艺版本研究中具有代表性的问题。

1946 年 9 月 22 日，当时为陕甘宁边区三边地委宣传部所属三边报社社长的李季，将他创作于大半年前的一首借鉴并模仿陕北民歌"顺天游"的形式与表现手法，立意于"反映边区人民艰苦卓绝的自卫斗争；暴露胡匪的惨无

---

① 钟敬之：《从民谣角度看〈王贵与李香香〉》，周韦编：《论〈王贵与李香香〉》，上海杂志公司 1950 年版，第 12 页。

② 洪子诚：《中国当代文学史》，北京大学出版社 2000 年版，第 14 页。

③ 周扬：《新的人民的文艺——在全国文学艺术工作者代表大会上关于解放区文艺运动的报告》，中华全国文学艺术工作代表大会宣传处编辑：《中华全国文学艺术工作者代表大会纪念文集》，新华书店 1950 年版，第 73 页。

④ 同上书，第 69 页。

⑤ 朱金顺：《新文学资料引论》，北京语言学院出版社 1986 年版，第 112 页。

⑥ 金宏宇：《中国现代长篇小说名著版本校评·总论》，人民文学出版社 2004 年版，第 6 页。

人道，毁灭边区人民（从生活条件到肉体），毁灭经济、政治、文化建设"创作"主题"①的长篇叙事诗歌《王贵与李香香——三边民间革命历史故事》，开始在延安编辑出版的《解放日报》第 4 版上连载。不过，这首写作于 1945 年年底，原题名为《太阳会从西边出来吗？——三边民间革命历史故事》的长篇叙事唱词，事实上曾于 1946 年夏首先在他所主编的《三边报》上连载。尽管据说发表后也曾引起较大的反响，但是，新文学版本注重的是"文献价值"的高低，因此这首谣曲体叙事诗作的初刊本，应当是《解放日报》初刊并被编辑改名为《王贵与李香香——三边民间革命历史故事》。正因为如此，它才能够从文学史的层面，被称为 20 世纪 40 年代末延安文艺运动中"一颗光辉夺目的星星"，以及"照耀着今天和明天的文坛"，并且标志着"中国诗坛上一个划时期的大事件"的作品。②

《王贵与李香香》在《解放日报》上的正式发表及其获得的巨大声誉，也使其在当时东北、山东、晋察冀等新的"解放区"、"国统区"及东南亚等海外地区都产生了广泛的影响。不仅早在 1946 年 10 月初，《解放日报》就通过回应所刊登的"一读者"来信中提出的"希望《王贵与李香香》出单行本"的要求，答复称"你的意见很好，《王贵与李香香》是一首好诗，值得印单行本，我们已向出版机关建议了"等，③而且抗战胜利后从山东、晋察冀等地抢先进入东北，创刊于沈阳的中共中央东北局机关报《东北日报》，以及中共冀东区委机关报《冀东日报》，也分别于 1946 年 10 月 23 日的第 4 版和 1947 年 3 月的第 3 期增刊，先后连载了《王贵与李香香》这首叙事诗作。《东北日报》除了重新发表陆定一的《读了一首诗》之外，还在"编者按"中强调："现在我们将原文转载，并将陆定一同志的《我读了一首诗》也介绍给读者，并供给做文艺工作的或做实际工作而喜欢写作的同志们作一个参考。"④ 而《冀东日报》上则在署名"葆瑑"的长篇评论《人民的诗歌》中，

---

① 李季：《太阳会从西边出来吗？——三边民间革命历史故事》手稿，宁夏盐池县信息网/红色旅游，www. nxych. cei. gov. cn。
② 周而复：《王贵与李香香·后记》，香港海洋书屋 1947 年版，第 1 页。
③ 《读者往来》，《解放日报》1946 年 10 月 6 日。
④ 《王贵与李香香·编者按》，《东北日报》1946 年 10 月 23 日。

肯定其"是一篇优美出色极有价值的叙事诗","的确无论在主题的教育性，故事的描述，人物的刻画，用语的精巧都堪称为一首成功的人民诗歌"。[①] 作者李季也被认为是"一个有广大群众的新世界的感受者"，[②] 以及能够"证明这些没有摆脱小布尔乔亚的染有都市风气的诗人们的主观是如何的错误"等。[③]

于是，从 1946 年年底开始，在当时的陕甘宁边区、晋察冀、东北等解放区，"国统区"和香港地区，以及东南亚等其他地区，就出现并形成了一个由新华书店及其各地区分店主导编辑的多种《王贵与李香香》单行本出版发行热潮。并且这种现象一直延续到 1949 年中华人民共和国成立之后及 20 世纪 60 年代初。1951 年前后，又分别由新组建的人民文学出版社，以及作家出版社等专业出版机构，通过不断重版及连环画改编等方式出版发行。从而使得《王贵与李香香》这首叙事诗歌作品及其版本，也成为中国现当代文学传播史上最为引人注目的接受形态及出版现象之一。根据有关资料统计，从 1946 年年底至今，先后流行的主要《王贵与李香香》版本有 1946 年年底出版发行的东北书店版；1947 年 2 月的吕梁文化教育出版社版；1947 年 3 月由周而复主编，香港海洋书屋出版发行的"北方文丛"版；1947 年 4 月的北平希望书店版和新加坡新南洋出版社版；1947 年 9 月的山东渤海新华书店版；1948 年年初的晋察冀新华书店版；1948 年年底的陕甘宁边区新华书店版；1949 年 5 月由新华书店先后出版发行的"中国人民文艺丛书"版；1952 年 9 月由人民文学出版社出版发行的"中国人民文艺丛书"重排版；1959 年 5 月由人民文学出版社编辑出版的"文学小丛书"版；1961 年 10 月人民文学出版社的插图本修订版；1963 年 10 月出版发行的作家出版社版等；以及 2000 年 7 月由人民文学出版社分别编辑出版的"百年百种优秀中国文学图书"版和 2001 年 1 月的"新文学碑林"版等。除此之外，还有由多家美术出版社编辑出版的多

---

① 葆琳：《人民的诗歌》，《冀东日报》1947 年 3 月增刊。
② 未明：《〈王贵与李香香〉（评介）》，《泥土》1947 年创刊号。
③ 艾虹：《活的语言，人民的诗——评李季的〈王贵与李香香〉》，《诗音讯》1947 年 5 月 15 日第 1 卷第 2 期。

种《王贵与李香香》连环画版，以及翻译成各种少数民族语言和外文的版本流传于世。

然而，在《王贵与李香香》的版本系统中，除了连载于 1946 年 9 月 22—24 日的初刊本，由于保存了作品本来的及原始的形态面貌，并成为学术研究的第一手资料及可靠依据，具有无可争议的新文学文献资料价值外，最值得注意的两种版本，应当是 1947 年出版并被列入由周而复在上海主编，旨在向"国统区"及港澳、东南亚等地区的读者介绍及传播解放区文艺及其成就的"北方文丛"本，以及在周扬主持下，由柯仲平、陈涌等参与编辑，并于 1949 年 5 月开始由新华书店出版的"中国人民文艺丛书"本（包括 1952 年人民文学出版社的"中国人民文艺丛书"重排本）。这其中，一是通过版本的校勘可以发现，"北方文丛"本存在许多因印刷排版造成的讹、脱、衍、倒等版本错误，甚至有明显的漏掉段落的现象。但是，这个版本的优点及价值主要在于：首先，作为在解放区以外出版发行的一个单行本，在版本源流方面直接依据于《解放日报》的初刊本，所以具有《王贵与李香香》初版本的性质①；其次，作为周而复主编的"北方文丛"第二辑之一，其中还附有郭沫若"序一"和陆定一的以《读了一首诗》代之的"序二"，以及周而复撰写的长篇《后记》。正是在这篇批评性的《后记》中，作者提出《王贵与李香香》"是从中国土壤里生长出来的奇花，是人民诗篇的第一座里程碑，时间将增加它的光辉"等，② 从而也使"北方文丛"本在其版本系统中，显示出较为明确的编辑意志并有着鲜明的特色。二是从文学传播及接受的角度能够看到，《王贵与李香香》的"中国人民文艺丛书"本，虽然开始编辑于中华人民共和国成立前召开的中华全国文学艺术工作者代表大会之前，却是在当代中国所想象及建构的"新的人民的文艺"及其美学规范，特别是五六十年代所谓"一体化"的文学体制和文学环境之中，由被赋予国家权力意志及意识

---

① 1982 年 4 月出版的《李季文集·第一卷说明》中，认为"《王贵与李香香》，1946 年发表于延安《解放日报》，初版于 1949 年"。显然是将 1949 年 5 月出版的"中国人民文艺丛书"本视为初版本（见《李季文集·第 1 卷》，上海文艺出版社 1982 年版）。

② 周而复：《王贵与李香香·后记》，香港海洋书屋 1947 年版，第 3 页。

形态功能的国家级出版机构，通过明确的编辑标准及目标设计，以及"文学工程"的具体运作及策划控制出版发行的一种单行本。因而在《王贵与李香香》的版本系统变迁中，成为建构"解放区历年来，特别是一九四二年延安文艺座谈会以来各种优秀的与较好的文艺作品"及"新的人民的文艺"艺术资源，以及能够为"当代"中国及"给广大读者与一切关心新中国文艺前途的人们以阅读和研究的方便"的经典性作品。① 同时，得力于当代中国文学的"体制化"及文学批评的支持赞扬，以及文学接受"期待视野"的结构性调整与改变，即"文艺的面貌，文艺工作者的面貌，有了根本的改变"，"文艺与广大群众的关系也根本改变了"等。② 特别是当代中国文艺接受过程中"特别重视被广大群众欢迎，并对他们起了重大教育作用"的文学规范及其编辑标准，③ 于是，尽管这个版本中还存在明显的脱文及"缺卷"，以至难称为"足本"，但是从 1949 年 5 月初版之后，就被不断地再版及重印，可以说是极为畅销。如仅至 1950 年 1 月的第 3 版，就有 15000 册之多的发行量。而在其基础上，1952 年 9 月的"足本"《王贵与李香香》重排本，仅据四年之后 1956 年 9 月的第 10 次印刷数字统计，印数就已经达到近 8 万册。所以，作为最能够体现当代中国文学审美趣味及艺术形态，以及随后作家通过修改适应而体现自己创作意志的一个版本，包括其与 1963 年 10 月作家出版社本、1959 年 5 月人民文学出版社的"文学小丛书"本、1961 年 10 月的插图本及 2000 年以来的"百年百种优秀中国文学图书"本、"新文学碑林"本之间直接的版本源流关系，④ 都使其自然而然地具备了《王贵与李香香》版本系统中所谓"定本"或"精校本"等新文学"善本"的根本性因素和基本特征。

---

① 《〈中国人民文艺丛书〉编辑例言》，李季：《王贵与李香香》，新华书店 1949 年版。

② 周扬：《新的人民的文艺——在全国文学艺术工作者代表大会上关于解放区文艺运动的报告》，中华全国文学艺术工作者代表大会宣传处编辑：《中华全国文学艺术工作者代表大会纪念文集》，新华书店 1950 年版，第 69 页。

③ 《〈中国人民文艺丛书〉编辑例言》，李季：《王贵与李香香》，新华书店 1949 年版。

④ 校勘证明，2000 年 7 月由人民文学出版社编辑的"百年百种优秀中国文学图书"中，《王贵与李香香》采用的版本并非作者生前的历次修订本，而是基本采用和依据这首作品的初刊本及"中国人民文艺丛书"初版本出版的一个单行本。

　　同时，在《王贵与李香香》的版本变迁及源流系统的考察过程中，还可以清楚地发现，从文本阐释与批评，以及接受反应理论的角度来看，它作为一部有待读者接受和文学批评者及研究者阐释的"客体"或"对象"，可以说从 1946 年 9 月初版之后，也经过了作者生前及编辑出版者重排或重印等多次的修改。① 不过，在其传播及其接受的过程中，以 1952 年的人民文学出版社"中国人民文艺丛书"重排本为标志，事实上形成了明显不同的前后两个文本修改时期或阶段。其中，由于和后来通过作品内容的删改及作者或编者意图的实现，以及"副文本"因素对文本意义的参与等而产生的新的文本意义及话语结构的不同，最初阶段的作品修改，主要将注意力放在因排版、印刷过程中的误植和脱衍等原因所造成的错讹和倒乱方面，从而实现其作品版本与文学文本的一致性及客观性。所以，如果要以《王贵与李香香》初刊本作为"底本"，以 20 世纪 40 年代末 50 年代初影响最为广泛的 1947 年"北方文丛"本、1949 年的"中国人民文艺丛书"本为"校本"，就可以从文献学的角度运用对比勘校的具体方法，将这其中近百处的修改补版"异文"及其文本的内容差异，大致归纳为以下三种类型或形态：一是文本传播及其印刷过程中形成的文字误植及错讹。如"北方文丛"本的"穷汉们就怕过荒年"，除了多出"们"字外，还将"闹荒年"错讹为"过荒年"；"二爷我虽老有银钱"一句错讹为"二爷我好有银钱"等。二是文本段落及文字的错漏、衍落或诗句分行、分节及文字的颠倒。其中，最显眼的脱文错误，就是 1949 年新华书店"中国人民文艺丛书"本中，将第二部第四章"自由结婚"中的五节十句诗，即从"沟湾里胶泥黄又多，/挖块胶泥捏咱两个"，直到最后一节"捏完了泥人叫：'哥哥，/再等几天你来看我'"全部遗漏掉。三是文本形式及个别词句的修改，尤其是标点符号的订正。这特别表现在"中国人民文艺丛书"本对《王贵与李香香》的初刊本、"北方文丛"本中一些由于印刷错误、方言词语及使用规范的修改方面。

　　此外，我们能够看到的就是，从 20 世纪 40 年代后期开始，就有评论及

---

① 《李季文集·第 1 卷·出版说明》，《李季文集·第 1 卷》，上海文艺出版社 1982 年版。

研究者从民谣等方面，① 以及通过对《王贵与李香香》不同版本的对比研究，探讨不同时期的群众口语写作与现代汉语写作的演变，并且从个案分析入手反映出 20 世纪四五十年代中国社会历史、文化、语言与思想的变迁；从方言入诗到去方言化，从独尊民间群众口语到对群众口语的地域分化与悬滞等方面的研究，② 以及从作品版本鉴别过程中，分析中国现代诗歌创作及其形式探索，包括比兴运用、词语准确性和生动性以及语言的通俗性和音乐性等方面，对于中国现代长篇叙事诗歌艺术实践的经验及价值等。③

三　延安文艺版本研究的目的及其历史阐释

延安文艺版本研究的主要目的及任务，除了"溯源探幽"式的版本整理和梳理一部作品的所有版本，鉴别版本的源流和考辨其优劣，以及校勘不同版本的异同及发现相关的"副文本"等文献资料之外，更为重要的是从文艺创作及传播接受等角度，围绕版本的变迁及修改、作者创作思想与审美风格等问题，探讨分析其与当时社会文化、文艺规范、审美趣味及政治意识形态之间多向互动的历史关系，从而发现延安文艺文献资料及其作品版本的变迁过程和不同文本的价值意义，以及其在延安文艺史料学及版本研究上的学术价值及学科地位。

例如，从延安文艺运动的发展过程及艺术规范建构的角度来看，1948 年春夏之际，在周扬主持下开始编选的"中国人民文艺丛书"，实际上就是以一种"新的人民的文艺"评判标准，将延安文艺座谈会以来的"解放区文艺"及其创作成果，以及其创作经验和"工农兵文艺"的普及和推广等，作为当时"解放区"及"国统区"开展的新的文艺运动，以及当代中国文学及文学传统的艺术建构过程。1949 年 5 月以后，尤其是在中华全国文学艺术工作者代表大会上，解放区文艺的主题、人物、艺术方法和语言，以及其文艺运动

---

① 静闻（钟敬文）：《从民谣角度看"王贵与李香香"》，（香港）《海燕》周刊 1948 年第 1 辑；李根红：《人民的诗剧：看"王贵与李香香"》，《青年文化》1949 年第 6 期；黎风：《〈王贵与李香香〉和陕北民歌》，《延安文艺研究》1988 年第 2 期。

② 颜同林：《〈王贵与李香香〉版本校释与普通话写作》，《晋阳学刊》2014 年第 5 期。

③ 宫苏艺：《〈王贵与李香香〉的手稿和版本》（上下），《延安文艺研究》1987 年第 1—2 期。

及斗争经验，被确立为当代中国文学指导性的、"唯一"的文艺方向及艺术资源之后，1952 年开始由新成立的国家级专业出版机构——人民文学出版社，接编并直接沿用"中国人民文艺丛书"的原丛书名称和编辑方针，重排及再版这套大型文学丛书，以适应新中国读者及文化建设需要。所以，在当代文学发展过程中，它也因此成为建构新中国文艺美学资源及其艺术规范的一套大型延安文艺丛书及创作的"菁华荟萃"。

正是在这种新的文学环境及其文学制度之下，从 20 世纪 50 年代初到 60 年代，作为"中国人民文艺丛书"诗歌选本之一的《王贵与李香香》，从人民文学出版社 1952 年 3 月及 1959 年 9 月的重排本，1959 年"文学小丛书"本，1961 年的"修改本"和"插图本"等，以及作家出版社及多家省级出版社机构的重印单行本、连环画改编等，都使得这首叙事诗歌作品及其文学文本，开始随着中国社会及政治的变化，以及当代中国文学的审美趣味及艺术规范调整，尤其是当代文学及其"革命叙事"的"经典化"要求，在不断地被编者或作者修改，以及被当代文学重新认同和"现实化"中，由此也形成了这首"经典性"叙事诗歌在五六十年代当代文学视野之下的新"定本"。①因此可以说，从 20 世纪 50 年代初"中国人民文艺丛书"重排本开始，这种对作品及其文本的艺术形象、表现手法、插图封面，以及语言修辞的"规范化"等进行的分别"完善"，也使《王贵与李香香》作品内容及文学文本的修改，和 20 世纪 40 年代末的版本订正及文本修改有所不同，并将重心放在了主题思想、人物形象等方面。因此，运用对比勘校的具体方法，来考察及把握五六十年代《王贵与李香香》传播及接受过程中比较明显或重要的文本修改，透视并分析这些诞生于作品不断修改中的"新"文本，以把握其在适应社会文化、政治意识形态及文学规范当下需要的同时，所留下并烙上的当代中国文学及其叙事诗歌艺术演变及其成长的时代特征和审美意味。

于是，我们在以《王贵与李香香》的初刊本及 1949 年的"中国人民文艺

---

① 收录于 1982 年 4 月出版的《李季文集·第一卷》中的《王贵与李香香》，就是代表了五六十年代及"根据作者生前修订之版本。个别字句稍有改动，并进行了必要的勘误工作"的作品文本。参见《李季文集·第 1 卷·出版说明》，上海文艺出版社 1982 年版，第 1 页。

丛书"本作为"底本"，和人民文学出版社 1952 年、1956 年的"中国人民文艺丛书"重排本，以及 1959 年的"文学小丛书"本、1961 年的"修改本"和"插图本"等版本的对校及参校过程中，能够清楚地发现，从 20 世纪 50 年代初以后，在当代中国文艺实践及其追求的"工农兵文艺"等目的任务之下，《王贵与李香香》也开始由最初的一首"用民歌'顺天游'的形式写的三边民间革命和恋爱的历史故事"，反映当时"边区土地革命时农民斗争图画"① 的谣曲体叙事诗歌作品，演变并昭示出"陕北在土地革命时期，农民怎样对地主进行斗争的故事"，并"写出了他们对地主的仇恨，以及他们坚持斗争的英勇精神，同时也写出了地主残酷无耻的罪行"等文学的"当代性"历史内容的史诗性写作。② 其中对于作品文本的近 40 处修改，主要体现在以下几个方面。

首先，是对作品中有关"中华民国"纪年和某个政治人物等内容的删节及修改。如《王贵与李香香》的初刊本及 1949 年的"中国人民文艺丛书"本中，在"第一部"第一章的"崔二爷收租"里，所使用的都是中华民国纪年法，而在人民文学出版社的 1952 年重排本，以及其后的其他文本中，都修改并采用了公元纪年法。因此，也将首句"中华民国十九年"，以及"民国十八年雨水少""十九年春荒人人愁""十八年庄稼没有收"等，分别修改为"公元一九三零年"和"一九二九年雨水少""第二年的春荒人人愁""天旱庄稼没收成"。除此之外，最引人注意的，就是初版本及 1949 年"中国人民文艺丛书"本的"第二部"第一章"闹革命"中，"头名老刘二名高岗，/红旗插到半天上"一节里，所提到的和刘志丹同样被视为"领导陕北老百姓革命的领袖"③ 的高岗。因 1954 年高岗作为"高岗、饶漱石反党联盟"的首犯自杀身亡，以及随后被开除党籍并撤销党内外各项职务等，从 1955 年 4 月第六次印刷的人民文学出版社重排本及其后的作品文本中，都删去了高岗的姓名。于是这一节的诗句，也被修改为"领头

---

① 解清：《从〈王贵与李香香〉谈起》，《解放日报》1946 年 9 月 22 日。
② 《王贵与李香香·出版说明》，《王贵与李香香》，人民文学出版社 1959 年版，第 1 页。
③ 《王贵与李香香·注释》，香港海洋书屋 1947 年版，第 65 页。

的名叫刘志丹，/把红旗举到半天上"，从而以新的民族国家意识及历史观念，对作品文本叙事内容进行有意识的过滤、遮蔽和遗忘等，以适应当代文学的话语规范及叙事目的。

其次，突出并完善作品的"革命故事"内容及其文本的"阶级斗争"叙述，以及"正面人物"与"反面人物"的单一化性格特征。如"中国人民文艺丛书"1952年重排本的"第一部"第一章"崔二爷收租"中的"第三部"第一节"崔二爷又回来了"中，初刊本的"坟堆里挖骨磨面面，/娘煮儿肉当好饭"，和"分的东西赶快往外交，/你们的红军老子靠不住了"两节，为了消解读者将其"看成是劳动人民的残忍"及"对地主阶级的反动观点"等文本误读，① 在1955年的修改本里分别被写成"百草吃尽吃树干，/捣碎树干磨面面"和删去。同时，随后的修改本中，将"王贵揽工"的最后一句诗，由"老牛死了换上牛不老，/杀父深仇要子报"，修改为"老牛死了换牛犊，/王贵要报杀父仇"；"太阳会从西边出来吗"中的"你是人来我也是个人，/为啥你这样没良心"，改作"你是人来我也是个人，/你的心为啥这样狠"；"老狗入你不要耍威风，/不过三天要你狗命"，修改成"老狗你不要耍威风，/大风要吹灭你这盏破油灯"；将"团圆"一节中"红绸子袄来绿缎子裤，/两三个女人来强固"，改成"红绸子袄来绿缎子裤，/死拉硬扯穿上身"等，由此强化"正面人物"阶级意识的觉醒及其政治伦理的当代认同，突出"王贵"的大义凛然及其无产阶级"信念"与"复仇"气质，以及"李香香"刚烈忠贞、顽强不屈的精神等。而在1956年以后的修改重排本中，则对那些有损"正面人物"形象的描写，尤其是此前文本中使用的地方性"粗话"进行了全面的修改。如将作品中"李香香"与"王贵"骂"崔二爷"的言语中的脏词粗话："髅钱""胡日弄""大坏髅""毡眉鼠眼""老狗入""髅样子"等，以及用来描绘"穷汉们"的"丧家狗"等词语，分别采用"臭钱""胡打算""大坏蛋""老狗""鬼样子"及"皮包骨"等语句替代。

再次，是从1952年的"中国人民文艺丛书"本之后，直到1982年上海

① 引自陕西师范大学图书馆藏书《王贵与李香香》1953年2月版的1959年借阅教师"评点"批语（索书号：851.487/157）。

文艺出版社的"文集本"，为适应中华人民共和国成立以后的文字改革及汉语规范化要求，作者及编者多次对初版本及五六十年代的作品文本中，以往所使用的陕北地区方言词语及繁体字进行了调换与订正。其中包括修改了许多的方言俗语，如"快里马撒红了个遍"改为"陕北红了半个天"；"太阳没出满天韶"改为"朝霞满天似火烧"等。将原来在作品中"注释"的一些词语用汉语普通词汇代替，如牲灵——牲畜、大——爸爸、牛不老——牛犊、迩刻——而今、到黑里——黑夜里、一满高——高又高、活人托——活人脱、粪爬牛——屎壳郎、那达——哪里、那里盛——哪里。同时还对一些诗句的词语结构做出了调整及修正，如"马兰开花五个瓣瓣"中的"五个"改为"五"；"马里头挑马不一般高，/人里头挑人就数哥哥好"，修改成"马里头挑马四银蹄，/人里头挑人就数哥哥你"；"手指头五个不一般长"改为"五个手指头不一般长"；"活像个剥了皮的牛不老"修改成"皮破肉烂不忍瞧"；"狗咬巴屎你不是人敬的"改为"狗咬巴屎人你不识抬举"；"小香香就成了我的了"改为"小香香就成了我的人"；"二爷心里改了主张"改为"崔二爷心里改了主张"；"红旗插在崄畔上"改为"红旗插在山畔上"；"游击队的同志们个个眼圈红"改为"同志们个个眼圈红"；"太阳出来满地红"改为"太阳出来遍地红"；"王贵和香香受的折磨数不清"改为"他们俩受的折磨数不清"；"就好像人人都短他们二百钱"改成"就好像谁都短他们二百钱"；"浑身打成肉丝丝"改成"浑身打成血丝丝"；"香香又羞又气又害怕，/低着头来不说话"，改成"又羞又气又害怕，/香香低头不说话"；"满脸笑着把门堵住"改为"满脸笑着把门堵"；"崔二爷脸上叫抓了两个血疤疤"改成了"狗脸上留下了两个血疤疤"；"当兵的每人赏了五毛钱"改成"每个当兵的赏了五毛钱"；"穷骨头王贵挣又强"改为"穷骨头王贵争又抢"；"大刀、马枪、红缨枪，/马枪、步枪、无烟纲"，改作"大刀、马刀、红缨枪，/马枪、步枪、无烟钢"；"不见我妹妹在那里盛"中的"那里盛"改为"那里"或"那厢"；"两人见面拉着手"改为"两人见面手拉着手"；"好比那一条手巾把嘴塞"改为"好比一条手巾把嘴塞"；以及将"抗"改成"扛"，"裂"改成"咧"，"稜"

改成"棱","的"与"得"的词意调换等。

最后，是 1952 年以后的各种版本中，对作品标点符号及文本形式方面的修改订正，尤其是作品封面和插图等"副文本"因素的意义参与及阅读导引，为作品主题及其文本阐释赋予了新的内容和意味。例如 1949 年的"中国人民文艺丛书"本，诗句排列的形式和《解放日报》的初刊本相同，都是不分节的长律体。但是，作品的最后一句"咱们闹革命，革命也是为了咱"，却"独一无二"地使用了一种似乎意味深长的省略号。然而与初刊本和"中国人民文艺丛书"本不同，当时的"北方文丛"本及随后的所有文本，则都毫无例外地采用了一般读者熟悉的二行一节的"信天游"体。同时，自从 1947 年 2 月吕梁文化教育出版社的《王贵与李香香》封面，开始使用一幅"参军送别"主题的木刻版画插图后，1948 年 10 月陕甘宁边区新华书店、1948 年年初的晋察冀新华书店版封面等，都以不同风格的黑白木刻版画艺术形式，平远的透视和朴素客观的表现手法，描绘出"王贵"神情昂然地"扛枪挥手"，与在"沟底里"背面而立的"李香香"、"送别"的场景。这幅可以说是突出了"送夫参军，解放全国"叙事内容的黑白版画，也一直为 1952 年 9 月及其后的"中国人民文艺丛书"重排本和修改本的封面所使用。但是和这些版本仅有的封面"副文本"因素不同的是，1961 年 10 月人民文学出版社的"插图本"，则采用了由延安时期著名美术家彦涵创作的彩色木刻版画插图。于是，包括封面设计的"闹革命"插图在内的十三幅套色木刻版画，就以鲜明浓烈的色调和冷静浪漫的场景，集中地叙述并刻画了"王贵"遭受的苦难压迫和"李香香"的美丽纯朴，以及"反面人物"形象"崔二爷"的猥亵丑陋与"正面人物形象"的反抗精神等，尤其是彰显了"革命战争"如火如荼并最终取得的"占领"式全面胜利等叙事主题。相比之下，就和 20 世纪 80 年代以来，如 2002 年天津人民美术出版社的连环画"珍藏版"及少数民族版、外文版的封面及插图中，所着力表现的男女爱情主题有着明显的文本差异及时代特色。

第三节　"正本清源"：延安文艺文献史料鉴别及版本研究的价值意义

延安文艺文献史料的鉴别及其版本研究,实际上也就是延安文艺文献史料"正本清源"的研究工作。因此, 延安文艺文献资料的正误辨伪及版本鉴别的"溯源探幽", 不仅能够为延安文艺研究及其研究者提供真实可靠的依据, 推进延安文艺及其史料学研究的发展, 并且有益于延安文艺文献资料的整理及编辑出版等。同时, 对于经过正误辨伪及鉴别整理的延安文艺文献资料进行汇集编纂, 以及对与其相关文献资料的辑佚汇编和"副文本"资料的搜集整理, 尤其是为各种数据库建设提供丰富可靠的文献资料等, 也可以说是延安文艺文献资料整理及史料学研究的又一重要任务。

一　有益于延安文艺文献史料的专题整理与数据库建设

延安文艺文献史料的鉴别及其版本研究的"正本清源", 可以分别围绕文献史料真伪的鉴别, 版本及其正文本与副文本内容虚实的确定, 以及其史料类型和史料价值的辨析考订等中心问题分别展开。由此不仅能够经过科学系统的考察和历史性的学术阐释, 为延安文艺研究提供可以说是"精校"或"善本"式的文献史料依据及专题服务, 同时也为延安文艺研究的专题性文献史料整理, 以及"求真择善"与"网罗散佚"类延安文艺文献史料的编纂出版, 奠定了基础及其可能。

其中, 首先值得注意的, 就是20世纪80年代以来, 随着延安文艺文献史料的整理与研究的拓进, 以及一些大型延安文艺文献资料汇编的编辑出版, 特别是文献资料鉴别及其"正本清源"性研究方面的经验积累, 使得延安文艺文献史料的搜集整理及其编纂出版, 呈现出长足的进步及其明显的发展。例如, 1983年, 由刘增杰等编选并作为中国社会科学院文学研究所主持编辑的"中国现代文学运动·论争·社团资料丛书"之一的《抗日战争时期延安及各抗日民主根据地文学运动资料汇编》（上中下册）①；20 世纪 90 年代前后，由中共冀鲁豫党史工作组文艺组编辑，河北教育出版社 1989 年开始先后出版的"中国解放区文学研究资料丛书"所收录的《冀鲁豫文学史料》、《晋察冀文学史料》、《福建革命根据地文学史料》、《湖南苏区文艺运动湘籍作家在解放区》、《冀鲁豫文学作品选》和《冀南文学作品选》等②；1991 年以后，由河北省文化厅文化志编辑办公室编辑印行的"河北文化史志资料丛书"所收录的《晋察冀革命文化史料》、《晋察冀 晋冀鲁豫乡村文艺运动史料》、《晋察冀革命戏剧运动史料》和《冀察热辽革命文化史料》等延安文艺文献资料汇编。③ 这些分别从各自地区文化史志及延安文艺运动研究角度对延安文艺文献史料的搜集整理及专题性编纂出版，充分显示出延安文艺文献史料整理及其鉴别研究上的成绩，以及文献史料编纂原则与方法方面的进步发展。

如《晋察冀文学史料》的编纂方法，是按文艺运动发展过程和专题分为六个单元。各单元中的资料、文献大体按发表时间顺序排列，从中基本可以看出晋察冀文学运动的发展轨迹和历史面貌。第一单元为"文艺协会、文学社团、文艺刊物"，收录了《晋察冀边区文化界抗日救国联合会成立宣言》、《晋察冀边区文化界抗日救国联合会工作纲领》、《我们的文化——〈边区文化〉创刊词》、《〈文化界〉创刊词》等；第二单元为"关于'三民主义现实主义'与民族形式问题的讨论"，收录了邓拓的《三民主义的现实主义与文艺创作诸问题》，聂荣臻的《在边区文艺座谈会上的讲话》，田间的《"民族形式问题"（文艺社论）》等；第三单元为"部队文艺工作与政治攻势"，收录了《军区政治部关于开展部队文艺工作的决定》，黄天的《晋察冀军区的文艺工作》，胡朋的《忆四二年政治攻势》等；第四单元为"文艺整风文献"，收录了《成仿吾同志在北岳区党的文艺工作者会议上的发言》、《朱良才同志对

---

① 刘增杰、赵明、王文金等编：《抗日战争时期延安及各抗日民主根据地文学运动资料》（上、中、下），山西人民出版社 1983 年版。

② 中国解放区文学研究会：《中国解放区文学研究资料丛书·总序》，张学新等编：《冀察冀文学史料》，天津社会科学院出版社 1989 年版，第 1 页。

③ 河北省文化厅文化志编辑办公室：《晋察冀革命文化史料·河北文化史志资料丛书·总序》，河北省文化厅文化志编辑办公室 1991 年 12 月印行。

边区文艺工作检讨上的意见》,以及《晋察冀日报》社论《贯彻文化为工农兵服务的方针》等;第五单元为"群众写作与农村文艺运动",收录了《开展"伟大的两年间"写作运动》、《关于开展"抗战八年写作运动"的联合指示》,以及曼晴的《冀晋区一年来的乡艺运动》等;第六单元为"文艺论文选",收录了邓拓的《论边区的文化运动》,田间的《现在的街头诗运动》,艾青的《创作上的几个问题(一九四八年夏天在华北大学文艺研究室的发言)》等。

相比之下,河北省文化厅文化志编辑办公室编辑的《晋察冀革命文化史料》的编纂原则及方法,则是包括了几个类型部分。第一部分"文献",收录了《延安新华社对晋察冀文艺整风的评价》,《抗敌报》社论《论边区的文化运动》等;第二部分"文艺活动分类概述",收录了孙犁的《1940年边区文艺活动琐记》,沙可夫的《晋察冀边区的文学艺术》,杨朔的《敌后文化运动简报》等;第三部分"创作运动",收录了《边区文联及鲁迅奖金委员会公布"军民誓约运动征文"首批入选作品》《鲁迅文艺奖金委员会公布1942年一季度入选作品》等;第四部分"专记",收录了陈建华的《华北联大的文艺机构及对边区文艺的贡献》,李凤田的《华北大学在正定》等;第五部分"文艺团体",收录了李凤田的《石家庄市委文工团》,路深的《记华北工人剧社》、《抗日战争时期的东杨村剧团》等;第六部分"文艺报刊与出版",收录了《晋察冀边区1939年出版报刊统计(节录)》、《1937—1948年由晋察冀边区出版之报刊》等;第七部分"大事记",收录了李献义整理的《晋察冀边区文化艺术工作大事记》等。尤其是在《晋察冀 晋冀鲁豫乡村文艺运动史料》中,整理及编纂者将搜集整理的相关文献资料,分别编排为六大门类及六大部分:第一部分"有关乡村文艺运动文献",收录了《中共晋察冀中央局开展乡村文艺运动的决定》、《晋察冀边区剧协号召广泛建立群众剧团》、《太行三专署关于农村剧团的指示》等;第二部分"关于乡村文艺运动",收录了田野的《田庄演出与开展乡村剧运》,辛光的《影响与提高》,黎逸的《农村文化活动一斑》,周扬的《新的人民的文艺——在全国第一次文代会关于解放区文艺运动报告(摘录)》等;第三部分"关于乡村群众文艺创作",

收录了卜克江的《1946 年群众文娱创作评奖》，王春的《继续向封建文化夺取阵地》，孙定国的《向群众学习诗歌，展开群众诗歌运动》等；第四部分"关于农村剧团的建设"，收录了朱穆之的《"群众翻身，自唱自乐"——在晋冀鲁豫边区文化工作者座谈会上关于农村剧团的发言》，陈荒煤的《农村剧团的提高》等；第五部分"《穷人乐》的方向和作法"，收录了《晋察冀日报》社论《沿着〈穷人乐〉的方向发展群众文艺运动》，郭维的《我看了护持寺翻身剧团的演出》，秦兆阳的《实行〈穷人乐〉方向的几个具体问题》等；第六部分"农村剧团活动"，收录了也牧的《东漂里村剧团简史》，浑然的《农村剧团的旗帜——记太行人民剧团的成长》等。这种专题性的延安文艺文献史料整理编纂及出版，应当说为延安文艺研究及其史料学研究打下了更为坚实的基础。

近年来，关于延安文艺文献史料的整理鉴别及其编纂出版，从研究内容和编选目的方面来看，又表现出了以下新的特征。一是延安文艺史观上的拓展及学术自觉；二是注意原始直接史料的发掘与整理；三是对于公开档案、口述文献的搜集整理等。如 2012 年至 2015 年由西安太白文艺出版社编辑出版的《延安文艺档案》，分别由"延安音乐""延安文学""延安美术""延安影像""延安戏剧""延安文论"6 编构成，共计 27 卷 60 册。其中由陈忠实、李继凯主编的"延安文学"编，收录了《延安作家》（全 4 册）、《延安文学作品·短篇小说》、《延安文学作品·中长篇小说》、《延安文学作品·散文》、《延安文学作品·诗歌》、《延安文学作品·报告文学》和《延安文学组织》等 7 卷 10 本。正如其《总序》所言，这套大型延安文艺文献资料汇编，分别表现出了四个方面的特点，即"真切而详尽的资料辑揽"和"原生而活态的历史再现"，以及"'档案'风格的科学梳理"和"编纂群体的权威色彩"等，从而具有可谓"几乎网罗了可以发掘到的关于'延安文艺'的全部档案资料"等编辑特征。① 此外，还有陕西师范大学出版总社 2014 年出版的"红色延安口述·历史"丛书，总共搜集汇编了 17 种 21 册的延安文艺"口述

---

① 肖云儒：《延安文艺 精神永存——〈延安文艺档案〉总序》，李继凯等：《延安作家》，太白文艺出版社 2013 年版，第 2—3 页。

史"及回忆录等资料。如编辑者在《编辑说明》中所称,这是"一套以口述实录、回忆录、访谈录以及相关原始档案并配以历史图片为基本内容的史料集成"类延安文艺资料汇编。其中除了内容方面"所选文章注重大历史背景下个人独特的经历和感受,尤重对历史细节的挖掘和梳理"之外,这套"口述史"及回忆录"入选文章写作时间跨度从上世纪 30 年代到本世纪初"①。其中包括《陕北闹红》、《会师陕北》、《东征·西征》、《我所亲历的延安整风》(上、下册)、《延安文艺座谈会的台前幕后》(上、下册)、《永远的鲁艺》(上、下册)、《我要去延安》、《国际友人在延安》、《延安时期的大事件》、《陕甘宁边区大生产运动》、《第三只眼看延安》、《延安时期的日常生活》、《抗战中的延安》(上、下册)、《延安时期的社团活动》、《在西北局的日子里》、《转战陕北》和《窑洞轶事》等。再应注意的是 2015 年 12 月,由湖南文艺出版社出版的又一套大型延安文艺资料汇编——《延安文艺大系》。据其总编所述,其"不仅是特定时期文艺史料的汇编,更是一种震古烁今的时代精神的载体;不仅是一座煊赫辉煌与骄傲的丰碑,更是人们获取智慧与勇气的启示录"。②并且,在编选内容方面,这套延安文艺资料汇编和先前的那套《延安文艺丛书》相比,是在吸收并借鉴前者资料汇编的基础之上,做出了进一步的整理与订正。其中,文献资料的收录范围及史料类型,不仅涵盖"1936 年秋至 1949 年 7 月间在延安及陕甘宁边区生活、学习、工作与考察过的,当年写作、翻译、发表、演出、展览以及出版的各种文学艺术作品",③而且在整个资料汇编的篇幅体量上,总共达到了 17 卷 28 册和 1200 万字左右,以及约 1300 张各种图片文献资料。因此,这套大型延安文艺文献资料汇编,无论是编选范围及其资料来源,都还限于延安及陕甘宁边区,以及"1936 年秋至 1949 年 7 月间"发生的文艺文献资料,但是在收录内容及篇目类别上,还是展示出了延安文艺文献资料整理及编辑理念方面的新进步。

---

① 任文主编:《延安时期的大事件·编辑说明》,陕西师范大学出版总社 2014 年版,第 1 页。

② 刘润为:《被颠倒的历史的再颠倒——访〈延安文艺大系〉总主编刘润为》,《西部学刊》2015 年第 10 期。

③ 刘润为主编:《延安文艺大系·文艺史料卷·出版说明》(上),湖南文艺出版社 2015 年版,第 3 页。

可以说，正是在延安义艺文献史料搜集整理及鉴别研究，以及"正本清源"等延安文艺史料学研究的学术基础上，近年来，许多运行或在建的文学图书报刊数据库及专题性文史资料数据库，除了收录大量的延安文艺数字化文献资料，如由延安文艺作品总集、别集和期刊等文字史料、实物史料和声像史料制作的数据库，以实现各类文献史料的立体交叉之外，在相关延安文艺文献史料的检索和利用上，也更为方便快捷与全面细致，节省了文献资料翻检和摘抄的时间效率。如最为常用的 CADAL 项目数字图书（大学数字图书馆国际合作计划，www. cadal. zju. edu. cn），读秀学术搜索（www. duxiu. com），晚清、民国期刊全文数据库（1833—1949）（www. cnbksy. cn），民国图书数据库（http：//219. 244. 185. 19/library/publish/default/IndexBook. jsp）及近代报纸数据库、抗日战争与近代中日关系文献数据平台，民国时期文献资源库（http：//202. 106. 125. 157：81/default/index），大成故纸堆（www. dachengdata. com）、中国共产党思想理论资源数据库（http：//read. ccpph. com. cn/）等。因此，以往文献资料考辨订正工作必须依靠广搜细考、辨析正误各种文献，才可能得出一定结论的研究方法或学术功夫，甚至于费尽心思考订鉴别出的结论，因文献资料搜求占有方面的原因，也不一定可靠或尚且存疑的研究状况。在当今互联网技术普及应用的当下，则有可能登录进入相关的文献资料数据库，只需将这一史料或作品的关键词输入其检索系统，便会迅即找到答案。所以，文献资料数据库的建设及发展，事实上也对延安文艺文献史料的检索利用及鉴别方法等提出了新的要求与一定的挑战。不过，延安文艺文献史料数据库的建设，目的仍在于知识的"因书究学"及"以便稽检"。并且其发展的主要动力，实质就在于必须能够适应并满足现代文献史料研究的科学组织与有效利用等目的与需要。

二 有益于延安文艺文献史料的辑佚汇编及其编纂出版

延安文艺文献史料的鉴别及版本研究的推进，能够为延安文艺文献史料的辑佚汇编及编纂出版的进步，提供学术研究的基础。于是，将散见于现存文献资料中的延安文艺文献史料，以及相关的文化运动文献资料收集起来，按照延安文艺文献史料汇编"不漏"与"不误"等原则要求，对因战乱造成的流失及被不同观点立场所湮没，以及受政治意识形态影响被遗忘的文献资料辑录出来，并且汇编成册，以提供给研究者并使之为其延安文艺研究服务，从而也事实上构成了延安文艺文献史料鉴别及版本研究的基本价值意义。因此，对于延安文艺文献史料的辑佚和汇编来说，应当主要从两个方面进行：一是在鉴别并整理延安文艺文献史料及其版本源流过程中，注意发现并辑录被研究者遗漏或忽略掉的文献史料；二是在延安文艺文献史料的研究及其相关文献史料的考订或互证等过程中，对以往研究者未使用或误读曲解的相关文献史料，进行辑佚及汇编工作。

新世纪前后，延安文艺文献史料的辑佚及其编辑工作，多出现在一些对延安作家全集漏选文本的辑佚类研究方面。如因战乱等原因，许多作家的文本散佚，在出版文集时无法收录，但由于新的档案的解密或互联网技术的普及等，一些报刊文集及其文本又被发现，成为新的文本辑佚的对象。另外，因历史或人为原因，一些作品的真实作者并非出版物上习惯的署名作者。其后经过一些学者的考订梳理及研究，才最终得出文本作者的辨伪性论述。当然，还有其他的一些原因，使得研究者需要对延安文艺作品及其作者进行相应的辨伪、辑佚研究。其中，在对作家全集遗漏的文章作品，以及期刊作品书目遗漏的篇目等进行辑佚的研究成果中，朱金顺的《〈何其芳全集〉佚文考略》，就是从"曾收入单行本诗文集的佚文"、"散见于报刊上的佚文"两个方面展开具体辑佚工作的。作者经过认真细致的考订辑佚，指出河北人民出版社 2000 年编辑出版的《何其芳全集》，尽管也申明了其"一本不遗漏，一本不删减"的收录准则，但仍然漏收各种"佚文共 47 篇"（已辑得诗文 34 篇，还有 13 篇待访求），进而认为极有可能还有一些文章未被发现。除此之外，作者也提出，何其芳的译作也非常多，理应收录于全集之中。可是遗憾的是，全集中仅收了《何其芳译诗稿》一书，其他均未收录。所以，朱金顺先生强调道："编何其芳全集要实践这个诺言，恐怕并不容易。因为，当年何其芳对作品反复印行时，就多有删削改动；而同一个集子的不同版本，所收篇目也不尽相同。至于那些当年没有收入集子的单篇文章，要收集齐全也非一朝一夕之事呢！"① 因此，我们透过这种现代文学文献资料整理方面的具体个案，即可看出文艺史料辑佚及其编辑考辨工作的复杂性与重要性。自然在此前后，延安文艺文献史料编辑出版方面也先后出现了许多大型的辑佚性文献史料汇编。如由中国人民解放军文艺史料编辑部编辑，解放军出版社从1986 年开始出版，到 1989 年共汇编出版了 8 册的《中国人民解放军文艺史料选编》，其资料汇编从"部队文艺"运动的立场及角度，对许多延安文艺文献史料整理研究中被遮蔽或忽略的文献史料，进行了辑佚汇编。其中除了《红军时期》（上下册），专门辑录"苏区文艺"运动及其相关文献资料，并提出"以尽量做到使这册史料集不致有重大的遗漏和差错"等编辑理念之外，② 其后编辑出版的《抗战时期》（4 册），分别收录了周恩来的《延安的文艺活动》，萧向荣的《部队文艺工作要创立部队作风》，聂荣臻的《关于部队文艺工作诸问题——在晋察冀军区文艺工作会议上的讲话》等抗日战争时期的部队文艺史料。如第一册是陕甘宁与晋绥军区卷，第二册是晋冀鲁豫与山东军区卷，第三册是晋察冀军区卷，第四册是新四军与华南卷、东北抗日武装卷。关于部队文艺文献资料的辑佚及编纂的方法，编者称："一、对于战争期间发表于报刊的文章，除明显的错讹处我们作了改动，尽可能保持原有史料的面貌。二、在搜集与汇编过程中我们设想尽力做到各个战略区大体平衡，但是由于种种原因，未能全部选入。三、有的文章对史实中某个细节有不同的记述，因年代久远，了解情况的老同志有的已无法查核，加上我们人力有限，不能逐条逐事作历史详细考证，因此只能存异，留待以后修正。"③ 于是，在1989 年 10 月编辑出版的《解放战争时期》（上下册）中，尽管编者说明这两册收录的"解放战争时军队文艺史料的大部分文章是组稿征集来的"，④ 但是其中仍然辑录了周恩来的《关于文艺方面的几个问题——在中华全国文艺工

---

① 朱金顺：《〈何其芳全集〉佚文考略》，《中国现代文学研究丛刊》2002 年第 3 期。
② 中国人民解放军文艺史料编辑部：《中国人民解放军文艺史料选编：红军时期·编后记》（下），解放军出版社 1986 年版，第 771 页。
③ 中国人民解放军文艺史料编辑部：《中国人民解放军文艺史料选编：抗日战争时期·编后记》（下），解放军出版社 1988 年版，第 487 页。
④ 中国人民解放军文艺史料编辑部：《中国人民解放军文艺史料选编：抗日战争时期（下）·编后记》，解放军出版社 1988 年版，第 897 页。

作者代表大会上的政治报告（节录）》，贺龙的《对晋绥文化工作者的讲话》，萧向荣的《部队的文艺工作应该为兵服务》等文艺史料，并收录了许多稀见散佚的部队文艺运动图片文献资料。因此，这套延安文艺文献资料汇编，对于研究延安文艺运动，特别是部队文艺运动和创作活动，都有独到的文献史料价值。

　　1990 年前后，先后由河南省文化厅文化志编辑室及河南省革命文化史料征编室编辑，1988 年开始内部印刷出版的《冀鲁豫边区文艺资料选编》，可以说是延安文艺文献史料辑佚及汇编中，着力最大且收录佚文资料最多的一套延安文艺资料汇编。从辑佚与汇编的范围方法及编排体例上看，编者声明其汇编的这套由 5 辑 5 册组成的文献资料集，编辑的范围是"一九三七年七月——一九四七年九月冀鲁豫边区党委、行署、军区直属的文艺单位，以及按现行区划的河南部分文艺单位的历史文献、照片、图表和综合材料，有参考价值的回忆录资料为主。凡短期在河南境内影响较大的文艺单位，只收流入那段时间的资料。在编选过程中，我们力求注意到资料的完整性、真实性、典型性。资料的编排基本以时间先后为序，同时将反映同一件事或同一内容的资料尽量加以集中"等。① 同时，在编辑体例上，编者也强调道："为了如实反映历史的本来面目，凡本书所收入的文献资料一般不予变动，只对明显的错别字和不规范的标点符号加以改正；字迹不清或脱落的，用省略号和'□'表示；增补的漏字用'｛　｝'号标明；有疑问的字句，在其后加'？'，以示存疑。"② 所以，这套延安文艺资料汇编收录的文献资料类别，"一是历史文献；二是各种文艺刊物；三是各艺术表演团体；四是文学艺术作品；五是综合性文艺史料"共 5 辑。③ 其中，第一辑主要以冀鲁豫边区的文艺工作者的文艺资料和作品为主；第二辑则以各种文艺刊物为主，分别收录了《文化生活》月刊、《平原文艺》月刊、《新地》半月刊、《大众戏曲集》、《演唱杂

---

　　① 河南省文化厅文化志编辑室：《冀鲁豫边区文艺资料选编·编者说明》（二），河南省革命文化史料征编室 1988 年版，第 1 页。
　　② 同上书，第 1—2 页。
　　③ 河南省文化厅文化志编辑室：《冀鲁豫边区文艺资料选编》（四），河南省革命文化史料征编室 1992 年版，第 2 页。

志》、《战友画报》、《冀鲁豫画报》和《平原》半月刊等 8 个刊物的资料；第三辑主要选编了大众剧社、鸭绿江剧社、前锋剧社、战星剧社、新民主剧社、战友剧社、民艺剧社、民友剧社、文艺工作团等文化团体的文艺资料；第四辑收录的文学艺术作品是"从已找到的冀鲁豫边区出版的部分文艺刊物和报纸，即《战地文化》《文化生活》《平原文艺》《新地》《大众戏曲集》《演唱杂志》《平原》《抗战日报》《冀鲁豫日报》《战友报》《冀南日报》《苍鹰》等文艺刊物中，按照作品的体裁及其内容挑选了 56 篇（计小说 11 篇，散文 7 篇，报告文学 9 篇，通讯 6 篇，诗歌 10 篇，曲艺 7 篇，戏剧 6 篇）编辑成书，其中，获晋冀鲁豫边区政府教育文教奖的 9 篇，获冀鲁豫边区文协作品奖的 7 篇，有关冀南的作品 8 篇"①；第五辑中的综合性文艺史料分别为文献、文联文协和"文救总会"、报告总结论文、文艺团体、群众文化、报刊、诗词歌谣、大事记等。因此，这套《冀鲁豫边区文艺资料选编》的编辑出版，不仅是专题性延安文艺文献资料整理及编辑出版方面的重要成果，同时是延安文艺文献史料鉴别及版本研究，尤其是延安文艺文献史料辑佚汇编方面的优秀成果。

在此前后，值得注意的延安文艺文献资料辑佚汇编还有中共龙岩地委党史资料征集研究委员会、龙岩地区行政公署文物管理委员会编的《闽西革命史文献资料》（6 辑）（内刊，1981—1985 年印行），陕西省妇女联合会编的《陕甘宁边区妇女运动文献资料选编（1937—1949）》（内刊，1982 年印行），安徽大学马列主义教研室编的《苏联报刊关于中国革命的文献资料》（内刊，1982 年印行），江苏省文联资料室编的《江苏革命根据地文艺资料汇编》（内刊，1983 年印行），福建省档案馆、广东省档案馆合编的《闽粤赣边区革命历史档案汇编》（6 辑）（档案出版社 1987 年版），中国作家协会山西分会编的《山西革命根据地文艺资料》（上下）（北岳文艺出版社 1987 年版），中共桂林地委党史办公室编的《桂北文献资料选编（解放战争时期）》（内刊，1988 年印行），中共湖北省郧阳地委党史办公室编的《陕南解放区史料选编》

---

① 河南省文化厅文化志编辑室：《冀鲁豫边区文艺资料选编·后记》（四），河南省革命文化史料征编室 1992 年版，第 452 页。

（内刊，1991 年印行），河南省革命文化史料征编室、梁小岑等主编的《豫皖苏边区文艺史料选编》（内刊，1991 年印行），广西通志馆旧志整理室、广西壮族自治区图书馆编的《广西文献资料索引》（上、下）（内刊，1991 年印行），万平近主编的《福建革命根据地文学史料》（海峡文艺出版社 1993 年版），刘艺亭主编的《冀南革命根据地文学史料》（内刊，1999 年印行），《晋察冀边区阜平县红色档案丛书》编委会编的《晋察冀边区阜平县红色档案丛书》（10 卷）（中央文献出版社 2012 年版），万忆、万一知编著的《广西抗战文化史料汇编第 1 辑·文艺期刊卷》（人民日报出版社 2013 年版）等。尤其是由文化部党史资料征集工作委员会主办的《新文化史料》双月刊，在延安文艺文献史料编辑出版方面引人注目。其编辑出版的 2006 年第 1 期 "中国解放区文艺社团简介（1927—1949 年）" 专辑，辑录了第二次国内革命战争时期、抗日战争时期、解放战争时期各个解放区的 310 个文艺社团资料；同年的第 2 期 "中国解放区文艺报刊简介" 专辑，分别辑录了 318 个文艺报刊及其主要文艺作品目录等资料；2007 年的第 1、2 期合刊 "中国解放区文艺工作历史文献选编" 专辑，辑录了一批珍贵的延安文艺运动文献资料。

三 有益于延安文艺 "副文本" 资料的搜集发掘及价值发现

延安文艺文献史料研究及其 "副文本" 资料的来源分布，主要指延安文艺总集、别集、丛书等书籍类型文献史料，以及期刊类资料中，与 "正文本" 相应存在的图书 "序" "跋" "前言" "后记" 等，以及 "题词" "编后记" "插图" 和封面图案、署名、注释和附刊的相关广告等。由于作为新文学的延安文艺 "副文本"，同样 "参与文本构成和阐释，助成正文本的经典化，保存了大量文学史料，具有多方面的价值"[①]，因此，对于延安文艺 "副文本" 史料的搜集整理，也是延安文艺文献史料整理及研究的一项重要内容。甚至可以说，正是通过对于搜集到的延安文艺文献史料的鉴别整理，尤其是版本源流的考察梳理等研究，为延安文艺 "副文本" 资料的搜集发掘及史料价值的

---

① 金宏宇：《文本周边——中国现代文学副文本研究》，武汉大学出版社 2014 年版，第 1 页。

发现整理，开拓了广阔的学术领域并提供了文献史料研究的新课题。

其中，"序""跋""前言""后记"类的延安文艺"副文本"资料的发现整理与研究，常常能够为相关延安文艺的某个方面的研究及其重要问题的探讨，提供珍贵的史料依据。例如，在延安文艺早期创作活动中，关于"二万五千里长征"的写作及其作品文集的编辑出版，不仅在延安时期的政治革命及宣传动员上产生了深远的影响，同时，作为"长征"叙事的最初形态，也为延安文艺早期的散文创作提供了丰富的写作素材和艺术空间。如 1937 年完稿，1942 年 11 月 20 日由总政宣传部以《红军长征记》为题，分为上、下册并以内部资料方式印刷发行的原名为《二万五千里》的报告文学总集，实际上则是 1936 年 8 月 5 日，毛泽东、杨尚昆等发给各部队的电报及参加长征同志的信中，出于"进行国际宣传，及在国内国外进行大规模的募捐运动，需要出版《长征记》，所以特发起集体创作，各人就自己所经历的战斗、行军、地方及部队工作，择其精彩有趣的写上若干片断。文字只求清通达意，不求钻研深奥，写上一段即是为红军作了募捐宣传，为红军扩大了国际影响"等政治目的而征稿编辑的一部散文集。① 这本由毛泽东直接指示编写，军委总政宣传部部长徐梦秋和丁玲、成仿吾主编的"长征回忆录"，虽然推迟到五年后才公开问世，但是在延安的早期文艺运动史及编辑出版史上，却有着重要的文化地位及价值意义。

因此，如果从"副文本"资料的搜集整理来看，《红军长征记》上册先后收录并且分别署名为"总政宣传部"的《出版的话》和"编者"的《关于编辑的经过》，对于研究这部"长征回忆录"及延安文艺运动初期的散文创作艺术实践，以及编辑者徐梦秋、丁玲等人的早期文艺活动等，尤其是中国共产党及毛泽东等人的早期文艺思想，都具有重要的史料价值。如在《出版的话》中，"总政宣传部"不仅说明了这部书的完稿时间及出版原因等，同时还强调"本书的写作始于一九三六年，编成于一九三七年二月，当许多作者在回忆这些历史事实时，仍处于国内战争的前线，因此，在写作时所用的语句，

---

① 《毛泽东新闻工作文选》，新华出版社 1983 年版，第 37—38 页。

在今天看来自然有些不妥。这次付印，目的在供作参考及保存史料，故仍依本来面目，一字未改。希接到本书的同志，须妥为保存，不得转让他人，不准再行翻印"等。① 相比之下，在《关于编辑的经过》中，编者除了重申这部"长征回忆录"具有的"破世界纪录的伟大诗史"等历史价值，以及组织写作及编辑过程之外，还详细说明了稿件的编选标准及其编辑体例，以及文稿作者的来源及其质朴写实的文风等。即"这里要特别指出的，所有执笔者多半是向来不懂得所谓写文章，以及在枪林弹雨中学会作文字的人们，他们的文字技术均是绝对在水平线以下，但他们能以粗糙质朴写出他们的伟大生活，伟大现实和世界之谜的神话，这里粗糙质朴不但是可爱，而且必然是可贵"，以及文集之所以未能"早日和读者见面"，是"因稿子大量涌来后，编辑委员会的人员出发了，结果只有一个脑力贫弱而又肢体不灵的人在工作，加以原稿模糊，誊写困难，以致延长预定编齐的期间约两个月"等。② 所以，《红军长征记》不只在中国现代革命史及长征历史研究方面有很高的文献价值，同时其"副文本"在延安文艺研究中也有十分重要的史料价值。

　　同时值得注意的，就是 2006 年 9 月，除了广西师范大学出版社根据哈佛燕京图书馆收藏的《红军长征记》，影印出版了这本图书之外，同年同月，解放军文艺出版社同样根据哈佛燕京图书馆收藏的版本，重新编辑出版了一本《红军长征记》。其中，在解放军文艺出版社的《出版前言》中，编者不仅声称"《红军长征记》是 1937 年 2 月由丁玲主编的一本记述长征的书"，③ 同时强调这本新版的《红军长征记》，是"以 1942 年总政治部宣传部印发的版本为底本，由于部分健在的作者后来对作品做了修改，我们参考了 1954 年中共

---

　　① 总政宣传部：《红军长征记·出版的话》，总政治部宣传部 1942 年影印本，广西师范大学出版社 2006 年版，第 1 页。

　　② 总政宣传部：《红军长征记·关于编辑的经过》（影印本），广西师范大学出版社 2006 年版，第 1—3 页。

　　③ 关于这部书的编辑提议及时间，这样的观点显然不准确，并且关于《红军长征记》的主编，一般认为是徐梦秋，丁玲只是多位参与者之一。参见总政宣传部《红军长征记·出版的话》，总政治部宣传部 1942 年 11 月影印本，广西师范大学出版社 2006 年版，第 1 页；高华《长征的历史叙述是怎样形成的》，《炎黄春秋》2006 年第 10 期；张国柱等《早期长征著述版本图录》，陕西人民出版社 2008 年版，第 91—94 页。

中央宣传部《党史资料》刊出稿；在地名、人名和注释上，我们还慎重地参考了1955年人民出版社出版的《中国工农红军第一方面军长征记》一书。关于作者，除了三四位查不到准确资料外，其余都做注释。因为依据的版本久远，为了保持本书真实、完整的原始风貌（包括语言风格、遣词造句、汉文书写等），我们未做改动，如有错漏之处，敬请作者、专家学者和广大读者批评指正，同时向所有帮助此书顺利出版的个人和单位表示谢忱"等。① 并且，编者还在书前的"编辑导读"中强调："《红军长征记》是极为珍贵的一本书，也是我党我军历史上最早、最真实、最具文化特色的纪实文学作品。"赞扬这部"《红军长征记》既证明了毛泽东的政治品格来源于文化母体，也证明了红军是一支能文能武的军队。长征史无前例，在军事史学上将永载史册，而从文艺创作来讲，《红军长征记》则是中国红色革命第一次文艺思想大解放的产物，也是人性思想大解放的产物。本书文体朴实无华，语言鲜活异常。全书作品洗练、简洁，没有浮泛之笔，寥寥数语便勾勒出一个形神兼备的人物，塑造出一个色彩鲜明的性格。《红军长征记》能重见天日，其文化史学价值、军事史学价值、历史文献价值和文艺史学价值将会得到关注和讨论"。②

然而，如果从版本校勘及其"副文本"考辨订正的角度来看，2006年解放军文艺出版社的《红军长征记》，显然是和其编者声明的"以1942年总政治部宣传部印发的版本为底本"不甚相同的一个新版本。其中的异文主要表现在以下方面。首先是这本新版的《红军长征记》的内容或正文本，虽然保留了"原出版者的说明"和"原编者关于编辑经过的说明"，却对原书的许多作品文本和标题，以及附录的"红军第一军团长征所处环境一览表"等，进行了措辞用语方面的修改及篇目上的删减等。如原文本中的"苏区"修改为"根据地"，"苗子"修改为"苗人"等；作品标题《终于占领了》改为《占领古陂圩》（艾平），《苗子的神话》改为《苗人的神话》（彭加伦），《一个手榴弹打坍了一营敌人》改为《手榴弹打坍了一营敌人》（艾平），《瓮中之役》改为《瓮安之役》（张山震），《三过遵义》改为《倒流水四个连控制

① 董必武等：《红军长征记·出版前言》，解放军文艺出版社2006年版，第1页。
② 同上书，前勒口。

敌人三个师》（陈士榘），《过草地》改为《通过草地》（曙霞），《不识相》
改为《吴起镇打骑兵》（莫休），《长征中的红五军团》改为《长征前的红五
军团》（黄镇）等。其次是在正文本中增加了毛泽东的《为出版〈长征记〉
征稿》、《七律·长征》和《清平乐·六盘山》等诗篇文献，以及"附录一：
《英勇的西征》"和"附录二：《中国工农红军长征概述》"等。最后，是新版
本的"副文本"中，除封面设计以毛泽东红军时期的彩色画像为全书封面插
图，并在封面上署名"丁玲主编，董必武、陆定一、舒同等著"，以及"60
年后，美国哈佛大学燕京图书馆发现孤本《红军长征记》，由朱德亲笔签名，
受赠人埃德加·斯诺"、"关于本书文化史学价值、军事史学价值、历史文献
价值、文艺史学价值"等推荐词外，这本书的扉页还印有《红军长征记》初
版本的封面照片，同时封底的版式设计为一幅"红军长征路线图"，并题注
"这份手绘地图是斯诺从陕北带回来的，交给王福时在《前西行漫记》（原名
《外国记者西北印象记》）一书首次公开发表"等，在其下加入"这是一个民
族精神物质的写照，这是一支军队由弱变强的开端"的广告语等。

　　除此之外，从延安文艺作品版本的鉴别及校勘过程中，我们还可以从
"副文本"外形鉴定及内容鉴定中，发现了很多珍贵的文艺资料。如周立波长
篇小说《暴风骤雨》的封面设计及其正文本中插图等"副文本"的变迁。
1947 年 12 月 25 日，《暴风骤雨》开始在《东北日报》连载第一节到第四节，
以及 1948 年年初连载第十六节和第十八节上、下部分时，每一小节都配有木
刻家古元创作的一幅黑白木刻插画。不过，1948 年《暴风骤雨》上卷单行本
出版时，书中仅分别保留了其中古元的 8 幅木刻插画。这些木刻插画不仅都
加入在小说故事情节相应的文本叙事点中，同时在木刻插画下面，还附录一
段或一句小说作品的说明文字，以增强小说的叙事情境及阅读的画面感，突
出读者与人物形象之间的"对话"或细节描写等艺术效果。除此之外，在
《暴风骤雨》初版本的扉页与内页上，还分别题有"很短的时间内，将有几万
万农民从中国中部、南部及北部各省起来，其势如暴风骤雨，迅猛异常，无
论什么大的力量压抑不住。——毛泽东：《湖南农民运动考察报告》"，以及
"上卷内容是去年东北局动员一万二千干部组织工作队，下乡开展群众工作的

情形。东北农村封建势力的最初垮台和农民中间的新的人物最初出现的复杂曲折的过程，就是本书的主题。——作者"的两则"题记"。①此外，如果我们从版本的鉴别及其"副文本"鉴定的角度，考察《王贵与李香香》不同时期版本的变迁，还可以清楚地发现其中最为明显的两点，一是从延安《解放日报》的初刊本，到"中国人民文艺丛书"之前的"北方文丛"本之间，不同出版机构编辑出版的多种《王贵与李香香》的版本，都有一个副标题"三边民间革命历史故事"。再就是各时期多种《王贵与李香香》单行本封面设计的变化。其中，除了1946年12月大连大众书店出版的《王贵与李香香》，在封面标题上加入"民间革命历史爱情故事"的副标题，以及插入解说性黑白青年男女耕作木刻插图外，1947年1月初版及同年4月再版的"北方文丛"本，封面设计均采用了丛书统一的陕北民间剪纸"双鱼戏水"的构图及框线版式；而"中国人民文艺丛书"的1949年5月版、10月版和1952年3月重印本的封面设计，则分别采用了其丛书统一的民间装饰图案版式构图，展示解放区军民劳动生活等场景的多幅汉砖画版式构图和邮票图形的工农人物形象木刻版画插图。因而也就和1952年9月的"中国人民文艺丛书"重排本封面设计时，编者所采用的那幅读者熟悉的黑白木刻解说性版画"送郎参军"的喻意明显有别。所以，鉴别并考订同一作品不同时期版本封面及版式构图的变化，发现并鉴定其"副文本"外形及内容变迁的价值意蕴，应当说是中国现代文艺及其延安文艺文献史料研究不可或缺的一项内容。

同样，在延安文艺图书中附刊的相关图书"广告"，作为延安文艺文献史料研究及其"副文本"资料，也是延安文艺文献史料鉴别及版本研究过程中，能够为延安文艺研究及其史料学研究提供重要信息与史料依据的重要文献资料。例如：1938年7月至1939年4月，在时为"战时首都"的武汉，丁玲、奚如主编的"西北战地服务团丛书"及其各子目书后所附的"广告"中，就曾以附刊插页广告的形式，以及其醒目的大字提示读者"西北战地服务团丛书"、"业已编就八册　陆续出版"。并且在插页广告中介绍宣传"西北战地

_____

① 周立波：《暴风骤雨》（上卷），东北书店1948年版，扉页。

服务团丛书"的主编"丁玲女士是现代中国最勇敢的女战士之一。自全面抗战爆发后，她组织了西北战地服务团，辗转在山西等前线作坚苦的斗争。她们这种为国效劳的精神，实使我们感奋。本丛书的内容，就是她们在战地的各种工作、各种生活的映影。这里面有血有肉，可歌可诵。八册目录如下"。①同样，1938年叶以群主编，上海杂志公司出版的"战地生活丛刊"，相比之下可以说更为重视书后附刊的插页广告。所以，他们除了用插页广告发布综合性的"广告词"，即"本丛刊是丁玲女士所主编的《战地》半月刊的丛书之一，在西线上参加抗战工作的作家们所撰述的报告文学或创作，随笔。是战地的实际工作的写实，是战地生活的忠实报告，是伟大时代的活文学，是枪杆和笔杆同举的，血和泪交织的文艺作品。本丛刊各书都有著作权，任何人不许割裂改窜，偷窃编印类似的作品。倘有发现，希望读者们给我们报告，以便追究。兹将第一辑中已出及将出各种要目列后"等之外，②还在每册书附刊的插页广告中，具体介绍书的作者及作品主要内容等。如对《八路军七将领》的介绍，就是"本书的作者曾经领了救亡流动演剧第一队，于'八一三'后从上海到山西，在八路军的总部和三师部的驻在地各村庄演了二十多天的救亡戏剧。在西线上，他们谒见了八路军的各将领，同他们谈过很多的话。本书的七将领——朱德、任弼时、林彪、彭德怀、彭雪枫、贺龙、萧克——特写即在那时写下来的"；对《西北战地服务团戏剧集》的介绍，是"这本集里所有的剧本，都是本团戏剧股同志们的新著，而曾经在服务的西线各地演出，可认为满意的作品。末附丁玲先生的《重逢》是最近经丁玲自己修改后的定稿，结局完全与从前发表者不同，剧中词句亦经修正，外间自由翻印的《重逢》已不是真面的了"；对《阳明堡的火战》的介绍是，"八路军出征后，除平型关大捷外，要推阳明堡火袭敌军飞机场，最使国人兴奋。这次飞袭的经过，外间多未详细知道，作者是西北战地服务团的副主任，正在前线，特将这故事加以忠勇的记述，给抗战史上留一件英勇的佳话"；对《西线随征记》的介绍为，"舒群先生是东北青年作家，抗战后，他也加入战地服

---

① 丁玲、奚如主编，劫夫、史轮等：《战地歌声·插页广告》，生活书店1939年版，第40页。
② 刘白羽：《八路军学兵队·插页广告》，上海杂志公司1938年版，第71页。

务团，肩着枪，奔驰在西线各战场上。从出发到太原前线的经过，罗成这本报告文学，他的流畅的笔调，热烈的情绪，报告给我们许多战地生活的实况"等。①

因此，我们可以发现，除了抗战初期的"西北战地服务团丛书"，以及其后晋察冀、晋冀鲁豫等边区及解放区编辑出版的延安文艺图书，重视编写及附刊图书的"插页广告"，注重于作品"副文本"的社会作用及文化功能外，随着延安文艺运动及编辑出版的发展，到1949年前后，在许多地区及多家出版机构竞相出版延安文艺作品的情况下，这种编写并附图书插页广告的宣传方式，也更受到许多出版机构的重视。例如：1949年前后，群益出版社先后编辑出版了多种延安文艺丛书，如"历史剧丛书"、"翻译剧丛书"和"创作剧丛书"等，以及刘盛亚主编的"文艺译作丛刊"等。其中，1949年编辑出版的"群益文艺丛书"，就利用其所附的插页广告，向社会及读者传达并宣传自己的编辑理念及出版目的。声明"我们奉献给新老解放区的读者们的一套文艺丛书，作品选择的标准是以为工农兵的文艺创作为主，再配合上反映蒋管区现实的优秀创作，及关于创作问题的论文，上面已经编好的作品，全部在一九四九年八月底以前出齐，以后将继续编印并告诉读者"等。② 所以，在其后相继出版的书后，都附有"群益文艺丛书"各子目图书的插页广告。如在广告中推荐周而复的《燕宿崖》，"本书是描写抗日战争中，八路军对日寇反扫荡的英勇战斗故事。作者用十万字的巨幅描绘出军民是怎样地结合起来打垮了疯狂的侵略者的。这里，作者成功地创造了优秀的战士和新的农民英雄的典型，也指出了封建地主和农村流氓阶级在革命斗争中的妥协性和反动性"；马加的《江山村十日》，"作者以东北老百姓开头坐江山的十天事件，描写了土地改革的全部过程。从工人和贫雇农们动手划阶级，成立贫雇农大会，抓地主，起浮产，过堂，开斗争会，分浮产，组织生产小组，丈量土地，建立支部，支援前线，到地主垮了，人民以主人身份出现为止。全书给读者以强烈的印象，饱满的感情，新鲜的生活"等；孙犁的《芦花荡》，"一共收

① 天虚：《两个俘虏·插页广告》，上海杂志公司1938年版，第70页。
② 周而复：《燕宿崖·插页广告》，上海群益出版社1949年版，第378页。

辑了八篇优秀的短篇，全是描写老解放区翻身后的农民，用以作书名的《芦花荡》，是写一个新的英雄故事：一个老年的船夫，机智而又英勇地完成了一次动人的战斗任务"等，① 从而不仅反映出当时延安文艺在全国各地及 1949 年前后编辑出版的历史，而且为研究延安文艺的传播接受及其审美趣味，提供了丰富的"副文本"研究资料。

---

① 孙犁：《芦花荡·插页广告》，上海群益出版社 1949 年版，封三。

结语：问题与方法：关于延安文艺史料学研究的思考

从 20 世纪 90 年代前后至今，随着当代中国学术思想的演变及学术研究的规范化与专业化，从 80 年代逐渐纳入学术研究视野的 20 世纪中国文学史料研究，尤其是文艺运动、作家与文学流派史料的搜集整理工作，不仅受到一定的重视，而且相应的资料编辑出版等也取得了一定的成绩。其中，包括关于延安文艺运动或解放区文艺运动的文献史料的搜集整理与编辑出版，也都取得了许多新的成果，并在理论与方法等方面展现出新的发展态势，从而为本课题及相关领域的学术研究拓展出新的空间，并且展示出当代学术思想及延安文艺研究的渐趋成熟与学科成长。不过，随着 20 世纪中国文学史料研究及其延安文艺史料整理工作的不断进步，尤其是学术意识的自觉与研究的突破创新，影响其整理与研究的理论方法问题，也日益成为制约延安文艺文献史料学研究拓进与深化的基本问题。因此，立足于当下延安文艺文献史料研究的学科现状及相关问题的探讨争论等，围绕延安文艺史料研究的文献史料类型、整理研究的理论方法及目的价值等具体问题，对 20 世纪中国文学史料及其延安文艺文献史料学研究的学科建构与规范发展，从多个层面进行认真的历史反思与理论探索，应当说也是延安文艺史料学研究，以及中国现当代文学史料学建设及其学术共识形成和规范化的基本性途径及理论关键。

一　史料类型：延安文艺文献史料的价值构成

众所周知，延安文艺文献史料学的研究目的及其任务，就是为延安文艺运动及其"新的人民的文艺"艺术实践，以及其与 20 世纪中国文学的研究等，提供充分可靠与扎实确切的文献史料。因此，从马克思主义及其历史唯物论的理论方法出发，汲取借鉴中国古典文献学及史料学的学术规范及其研究方法，探讨并构建延安文艺史料学，以及 20 世纪中国文学史料学的理论框架及其知识体系，就成为延安文艺文献史料学研究的中心问题。

不过，根据现代文献学与史料学的理论及其方法，延安文艺文献的整理与研究，因为不仅整理的范围局限于延安文艺运动及其创作活动的历史文献以内，而且其整理研究的主要目的及任务，除了为延安文艺研究提供可靠真实的文献资料外，更注重延安文艺文献资料的搜集钩沉及系统保存。所以，结合并利用史料学研究不只注重延安文艺历史文献及典籍资料，同时涵盖其他的所有关于延安文艺及其研究的文字与口述、音像等资料的方法论特点，并吸取其研究成果与学科发现，从而对不同阶段的延安文艺运动及其创作活动的文献史料类型及其价值构成，做出科学系统的理论阐述及学术叙述。

事实上，从 20 世纪 50 年代初中国现代文学及其学科体系确立之后，围绕 20 世纪中国文学及其延安文艺研究中，关于文献史料整理及其理论方法的讨论与探索，长期以来都是中国现当代文学史料研究中一个无法回避的话题。自然，从 30 年代阿英的《中国新文学大系·史料·索引》开始，就已经确立了中国现代文学史料学研究的基本立场及其理论方法。例如，在其划分出的 11 种现代文学史料类型中，除了可以清楚地发现中国古典文献学、目录学等理论方法的影响外，更值得关注的，就是从现代史料学理论及其"直接史料"与"间接史料"的分类方法着手，立足于对原始文献资料及"第一手资料"的整理搜集和价值评判，对现代文学文献整理和史料研究中出现的新类型进行系统的阐述及其价值分类。[①] 因此，在 20 世纪中国文学及其延安文艺史料学研究中，尽管受不同历史时期或历史阶段学术思想及意识形态的影响，文献史料学研究因为特定的研究目的及任务，而在文献的整理、史料的选编及

---

① 阿英编选：《中国新文学大系·史料·索引·序例》，上海良友图书印刷公司 1936 年版，第 1—6 页。

其真伪的辨别与价值的认同等方面，通常会发生明显的争论或产生具体方法方面的分歧①，但是，从80年代以来，无论是基于"新文学资料学体系的建立"及"建立资料学新体系的要求和希望"，而提出的"有关理论的探讨和阐述"，② 还是强调从"中国现代文学史料的分类研究"出发，"充分揭示中国现代文学史料的类型和存在方式，总结中国现代文学史料学的运行规律，为建构中国现代文学史料学的基本框架提供基础"，③以及呼吁"在中国现代文学史料的判断上，我们要先建立史料类型不同，其使用价值也不同的分类意识，寻找和使用史料时，先以直接和间接为区分标志"④ 等，都清楚地展示出包括延安文艺史料学研究在内的20世纪中国文学史料学研究，重视文献史料整理的原生性与次生性来源及其价值构成，注意文献史料研究利用的恰当性与适用性及其历史阐释，已经成为其研究及其理论方法的基本立场和价值取向。

于是，在20世纪80年代现代文学史料学及其类型的研究中，分别有多位学者，对中国现代文学史料的类型进行了具体的学术设计和深入的理论探讨，从而也为延安文艺史料学的研究奠定了重要的学术基础。1985年年初，马良春先生在公开发表的《关于建立中国现代文学"史料学"的建议》一文中，不仅首先提出了一个较为清晰的中国现代文学史料学研究设想及其学术思路，而且从中国现代文学及其研究的"史的研究工作和史料工作两种趋向"，并在强调"建立现代文学史料学的必要性和可能性"，以及"史料的分类"及其"按性质进行分类是必要的"等理论方法基础上，"建议"将中国现代文学文献史料"分为七类"。即一是"专题性研究史料"，包括作家作品研究资料与文学现象研究资料；二是"工具性史料"，即书刊编目、年谱、大事记、索引辞典等；三是"叙事性史料"，包括各种调查报告、访问记和回忆录等；四是"作品史料"，即全集、别集等；五是"传记性史料"，包括传记、日记等；六是"文献

---

① 刘增杰：《中国现代文学史料学》，上海中西书局2012年版，第4—5页。
② 朱金顺：《新文学资料引论》，北京语言学院出版社1986年版，第11页。
③ 刘增杰：《中国现代文学史料学》，上海中西书局2012年版，第171页。
④ 谢泳：《中国现代文学史研究法》，广西师范大学出版社2010年版，第40页。

史料"，即各种实物、录音录像等；七是"考辨性史料"，即史料整理中产生的著述。① 同样，著名学者朱金顺则围绕"新文学资料学体系"及其史料类型的建立，提出在中国现代文学"这种资料学的新体系"中，尽管"不应当是旧的考据学的搬用，也不该是外国一些东西的照抄"，但"就中可以吸取外国一些好的东西，主要还是用我们固有的符合科学精神的方法"。并且强调"新体系的建立，要经过一个探索、形成的过程，……目前，最缺乏的是有关理论的探讨和阐述"。所以，他从中国古典考据、版本、校勘与目录学的具体方法及其"常见的资料研究成品"等角度，将现代文学史料类型分为以下几种：一是"辑佚、钩沉著作"；二是"专题性研究资料"，其中包括文艺运动思潮等史料汇编；三是"作家研究资料"，包括作家作品研究资料、作家传记和学术研究资料；四是"汇校、汇释、集解"，即考订类研究成果；五是"考辨、札记和文坛史料"；六是"年表、年谱和大事记"；七是"目录和索引"。② 正是在这样的学术背景之下，新世纪以来的中国现代文学史料学及其类型研究中，也出现并提出了一些更为深入具体的讨论及学术设想。例如，基于"史料类型研究，事实上反映了人们对中国现代文学史料整体上的认识水平"，刘增杰先生借鉴传统文献学及史料学的理论方法，提出了中国现代文学史料类型的"七类"说。即"第一类：中国现代文学总集"，"第二类：中国现代文学别集"，"第三类：中国现代文学社团、流派、文体选集"；"第四类：中国现代文学期刊、报纸副刊史料"，"第五类：综合性研究史料（含工具书）"，"第六类：作家年谱、传记、回忆录史料"，"第七类：相关学科书目"等。③此外，还有学者从中国现代文学的历史性学科特征出发，认为"和所有历史史料的分类一样，中国现代文学史料也可以大致分为两类：一是直接的史料；二是间接的史料"，并且"与直接史料和间接史料的说法近似，史料又可分为同时代史料和非同时代的史料"，即"当时的材料都是直接的，后出的，以回

---

① 马良春：《关于建立中国现代文学"史料学"的建议》，《中国现代文学研究丛刊》1985 年第 1 期。

② 朱金顺：《新文学资料引论》，北京语言学院出版社 1986 年版，第 11 页。

③ 刘增杰：《中国现代文学史料学》，中西书局 2012 年版，第 174 页。

忆为主及编纂的史料，为间接材料"等。① 充分显示出中国现代文学史料学及
其延安文艺史料学的研究，不仅作为一门专业研究领域，开始由当初的学科
"设想"而取得了一定的学术实绩，同时，在理论方法及其学术规范等方面，
也日益明确并愈发注重"实事求是"的学术目的及传统方法的继承。

因此，作为在 20 世纪中国文学发展过程中，有着重要价值和特殊地位的
延安文艺及其历史文化资源，事实上，除了是以其文学艺术与政治意识形态
结合的综合性形态，直接主导或参与当下的中国文艺运动，以及当代中国社
会审美趣味及其艺术规范的话语建构之外，同时还是"当代中国文学想象"
或当下国家文艺活动，以及美学实践与创作准则的合法性来源和艺术传统。
于是，在延安文艺研究过程中，虽然有许多研究者也非常重视文献资料工作，
但无可讳言的是，囿于延安文艺研究在当代学术研究中的独特性及其政治意
识形态影响，尤其是理论方法的运用和文献史料类型意识等方面的有意缺失
或无意忽略等，因而不仅导致延安文艺研究中许多重要文献史料的人为散佚
及流失遮蔽，以及有意的删改附会或反复的误读曲解，从而使延安文艺文献
史料的整理及研究工作，长期以来遭受被学界诟病为以意识形态斗争或宣传
代替学术研究，以及理论方法"以论代史"及非"规范"研究的批评质疑。
此外，再加上学术评价及其体制上未能给予文献史料整理工作应有的重视及
地位等，都使得文献的匮乏和史实的讹误，不重视阅读原始文献资料，游谈
无根及穿凿附会，以及缺乏学术史意识等有违"实事求是"等基本学术规范，
成为延安文艺研究中"脆弱的软肋"，并造成本学科发展所面临的一个重要
"挑战"与学术"合法性"问题。所以，对于延安文艺的学术研究及其文献
史料的整理研究，实际上并非一个断代的或地域性的文献学课题，以及 20 世
纪中国文学研究学术方法问题，而是一个涉及整个 20 世纪中国文艺诸多内容
及层面的研究领域。于是，面对当今的文化建设及其学术发展的要求，借鉴
历史文献学、版本学、校勘学及目录学等具体方法，以文献史料的类型及历
史研究价值的"直接"与"间接"等为基本准则，探讨并分析延安文艺文献

① 谢泳：《中国现代文学史研究法》，广西师范大学出版社 2010 年版，第 31、38 页。

史料分布状况及其价值，以及延安文艺文献史料搜集整理及研究利用的理论与方法，从而在为延安文艺抢救、保存及传承其文献史料，以及阐释文献史料本身的文学和文化价值的同时，有效完善及解决本领域研究中常受质疑的资料的真实性，或者"忽视文献史料"等涉及学术研究及其建设发展中的根本性问题，为延安文艺研究的学术建设及其专题性研究，提供科学的、基础的及扎实的文献史料依据。

所以，延安文艺文献史料的分类及其类型研究，作为延安文艺文献史料整体认知及史料学研究中的核心问题，不仅和 20 世纪中国文学史料学研究有着直接的关系，而且更关乎对延安文艺文献史料的来源分布及价值构成的认知区别，以及其能够为特定的研究目的及任务等服务，所提供文献史料的完整性与可靠性等必须首先面对并回答的重要问题。

二 编选汇集：延安文艺史料的编辑现状及其理念体例

正因为文献史料的类型意识及其研究状况，不仅反映出其研究领域对于文献史料的整体认知程度，而且更是区别某个研究者专业意识及方法运用规范与否的基本尺度，因此，在 20 世纪中国文学文献史料的整理及其类型研究的学术成果基础上，探讨并反思延安文艺文献史料整理及其研究的经验和问题，从而在理论方法上注意不同类型文献史料使用与价值的区别，以及其在延安文艺学术史的历史特征等，应当说对延安文艺文献史料的整理与研究有着重要的或根本性的价值与意义。

自然，关于延安文艺文献资料的史料意识及其搜集整理工作，可以说随着延安文艺运动的发生就已经开始了。如 1936 年 11 月发表的《"中国文艺协会"的发起》中，就曾清楚地声明，作为当时"陕北苏区"文艺及延安文艺运动中成立的第一个文艺组织"中国文艺协会"，其"工作任务"中的重要内容之一，就是"收集整理红军和群众的斗争生活各方的材料"。[①] 同样，1938 年 1 月，由梦秋编著，上海生活出版社出版的《第八路军红军时代长征

---

① 《"中国文艺协会"的发起》，《红色中华》1936 年 11 月 30 日。

史实：随军西行见闻录》一书，除了收录 1936 年 3 月陈云化名廉臣，连载于法国巴黎中共主办的《全民月刊》上的《随军西行见闻录》等"长征记"外，也在附录的《编后小记》中，强调其编辑出版该书的目的，不仅是宣传"工农的红军"经历的"二万五千里的长征"，以及其"最英勇的斗争经验"和"世界历史上最伟大的行军故事"，同时也"在这里留下了《二万五千里的长征史料》"。① 同样，从 1949 年 5 月初，中华全国文学艺术工作者代表大会筹备委员会，就将征集"国统区"中"近五年间问世者，解放区从整风运动以后算起"的文学、美术、戏剧、音乐作品，作为大会的一项重要工作内容。② 但是，真正从中国现代文学文献资料整理及史料学研究的角度，以及延安文艺文献史料的整理研究方面，对延安文艺文献史料类型进行学术性及专题性研究并取得重要成果的，则是 1983 年 10 月，由刘增杰等人编辑，山西人民出版社出版的《抗日战争时期延安及各抗日民主根据地文学运动资料》（上、中、下册）。因为从史料学研究的成果种类及其编辑体例上看，这是一套较早出现且系统整理的抗战时期延安文艺运动资料汇编。正如编者所述，受当时中国学术思想及理论方法的影响，其作为"中国社会科学院文学研究所主持编辑的《中国现代文学运动·论争·社团资料丛书》之一"，③ 对于延安文艺文献资料的整理及分类研究，也必须适应并且遵循这套资料丛书确定的"以现代文学史上的运动、思潮、论争与社团资料为主，适当包括一些文化方面的内容"等编辑体例，以及"以应科研和教学工作需要"的资料汇编及出版目的。④ 因而，立足于中国现代文学史的学科角度及学术层面，编者不仅将其资料搜集与整理范围，确定在"一九三七年七月至一九四五年九月各

---

① 梦秋编：《第八路军红军时代长征史实：随军西行见闻录·编后小记》，上海生活出版社 1938 年版，第 107 页。

② 中华全国文学艺术工作者代表大会筹备委员会：《征集文学艺术作品启事》，《文艺报》创刊号，1949 年 5 月 4 日。

③ 刘增杰等编辑：《抗日战争时期延安及各抗日民主根据地文学运动资料·编选说明》，山西人民出版社 1983 年版，第 1 页。

④ 《中国现代文学运动·论争·社团资料丛书》编辑委员会：《中国现代文学运动·论争·社团资料丛书·编辑说明》，见刘增杰等编《抗日战争时期延安及各抗日民主根据地文学运动资料》，山西人民出版社 1983 年版，第 1 页。

抗日民主根据地较有影响、较有代表性的文学运动资料"之内，而且从政治及文化地理上将延安文艺运动分为"延安和陕甘宁""晋察冀"和"晋冀鲁豫"等六个地区，并分别对各地区的"文学运动"和"文学社团与文学期刊"进行了分类整理及资料选编，以期达到整体上能够"反映各抗日民主根据地的文学运动发展的全貌"等资料编选目的。① 在整理研究方法方面，编者坚持文献史料整理"直接"或"第一手资料"的学术规范，要求"本书所收资料，绝大部分系直接选自当时各抗日民主根据地出版的报纸、刊物和书籍"，以及重视文献资料的原始性，强调"为了保持资料的原貌，选文均按发表时的原样收录"及其一般"概不改动"等准则。② 从而不仅保证了这套延安文艺资料汇编整体上的学术及使用价值，而且对延安文艺文献史料的整理方法及分类研究有着重要的影响。

然而，1983 年前后，丁玲、林默涵、艾青等担任顾问，金紫光、雷加、苏一平担任总主编，众多延安老作家、文艺工作者及学者作为执行编委所组成的《延安文艺丛书》编委会，先后与湖南人民出版社及湖南文艺出版社策划编辑，从 1984 年年初开始陆续出版的《延安文艺丛书》，则无疑是 20 世纪中国文学及其延安文艺文献史料整理研究方面的重要成果。这套多达十六卷的大型延安文艺文献资料汇编，除了其超豪华的编委会阵容和鲜明的编辑理念，以及其延安文艺文献资料搜集整理的全面丰富，因而在延安文艺及 20 世纪中国文学研究领域产生了广泛的学术影响外，最值得我们注意的，就是这套延安文艺文献资料汇编，在文献史料整理及其类型研究上所表现出的理论方法，以及对于延安文艺文献资料的搜集整理及其史料学研究方法的影响与启示。

这其中正如《延安文艺丛书》在其《编辑说明》所宣称的那样，③ 首先，是这套大型延安文艺文献资料的编辑理念，以及其为特定研究和任务服务的出版目的清晰明确，即"为了宣传贯彻党的文艺路线、方针、政策，继承延

---

① 刘增杰等编辑：《抗日战争时期延安及各抗日民主根据地文学运动资料·编选说明》，山西人民出版社 1983 年版，第 1 页。

② 同上书，第 2 页。

③ 《延安文艺丛书》编委会编：《延安文艺丛书 文艺理论卷第 1 卷·编辑说明》，湖南人民出版社 1984 年版，第 1 页。

安时期文学艺术的光荣传统和革命精神，为加强对马克思主义文艺观和毛泽东文艺思想的学习，开展对延安文艺成果的研究，提供一套比较完整、比较系统的文艺作品选集和部分比较重要的文艺活动史料，促进我国社会主义文艺的发展和繁荣"等。其次，是其文献史料的编选时间及来源范围，即"从一九三六年党中央进驻陕北时起，至一九四八年春党中央转移华北后止"，在"延安及陕甘宁边区生活、学习与工作过的人，当年所写作、发表、演出、展览及出版的各种优秀文艺作品"。最后，是延安文艺文献资料的编辑体例及选择准则。这就是从文体及艺术类型的角度，"根据当时的实际情况，将全套丛书编为十六卷"，"编选的作品尽力做到具有较高的思想性与艺术性，能体现延安精神"等作为选编的标准。因此，虽然这套延安文艺资料汇编编辑出版的年代及其学术思想的历史背景，已经和今天有了诸多的变化及不同，然而，其表现在延安文艺文献资料的整理与研究方面，尤其是学科观念及其学术立场上，都有别于以往文献史料整理及其类型研究的领域与视野，并和稍早编辑出版的《抗日战争时期延安及各抗日民主根据地文学运动资料》，以及1994年8月上海文艺出版社编辑出版的20卷《中国新文学大系（1937—1949）》等一起，在理论方法上开始将延安文艺文献资料的搜集及其分类整理，作为中国现代文学史料学中一个相对独立的专业及研究领域，进行专门的文献史料整理及其类型研究，从而在编选理念及其类型体例等方面，直接影响了1993年重庆出版社编辑出版的又一大型延安文艺资料汇编，即多达22卷的《中国解放区文学书系》。

应当说，这套由林默涵等担任主编的大型延安文艺文献资料汇编，除了体例上仍然"按文学样式分编"，以及将"积累文化，保存系统的珍贵史料；为海内外的中国现代文学史研究者和国内大专院校中文系师生教学研究提供检阅资料"等，作为资料编选的"宗旨"之外，更值得注意的，就是明确提出延安文艺或解放区文艺是20世纪中国文学史上"一个独特的重要阶段"的文学史观，① 以及"直接"史料意识的自觉及其编选方法的规范。这表现在

① 林默涵总主编，胡采主编：《中国解放区文学书系·文学运动·理论编·总序》，重庆出版社1993年版，第3页。

以下方面。一是在"选收资料的范围"及时间，和此前的《延安文艺丛书》不同，不仅"时间的界定"为"1936年至全国解放"，甚至"时限有所上延"或某些卷册中"选收了部分解放后发表或出版的文章或作品"。同时，"地域的界定"上，则涵盖了整个20世纪40年代以延安为中心，包括陕甘宁、晋绥、晋察冀、晋冀鲁豫，以及山东、华中、华南、东北部分地区等在内的各个解放区的延安文艺运动及其创作活动。二是在"选收标准和要求"上，将"尽量保存历史资料的原貌，要求资料可靠。选编者对原文不作任何增删，选编者或出版单位的编辑所加注解以＊号在页末注明，对原文脱字或衍字，则保留原文并以〔　〕在文中注明。在每篇选入的作品或文章之后，注明详细的出处（包括刊物或出版社名、期刊期数、出版年月）"等。① 于是，就使延安文艺文献史料的搜集整理及编辑出版，超越了最初的"思想阵线"或政治宣传等意识形态目的及范围，明显强调并注重史实的真实性，重视并强调延安文艺文献史料的建设及其科学性与应用性的现实性及当下性意义等。同时，借鉴及运用传统文献学、目录学等具体方法，立足于文献史料的类型及其价值的层面，对延安文艺文献史料的来源分布及其分类构成，进行系统的搜集整理及编选辑录，特别强调延安文艺文献史料的写作时间与出版时间等，注重延安文艺文献史料的原始性或"第一手资料"的搜集整理等，也使这套延安文艺文献资料汇编，在理论方法上为后来的延安文艺文献资料的整理与研究，带来了多方面的发现突破或者启示超越。②

三　学科重整：延安文艺史料学方法规范的确立

通过对延安文艺文献史料整理及其类型研究的历史性考察与具体分析，可以清楚地发现，早在20世纪40年代初期，关于延安文艺运动及其文献资料的搜集整理，就已经显示出了明确的保存文献及其史料搜集等意识，如

---

①　林默涵总主编，胡采主编：《中国解放区文学书系·文学运动·理论编·编辑凡例》，重庆出版社1993年版，第1—2页。
②　《延安文艺丛书》编委会编，钟敬之、金紫光主编：《延安文艺丛书·文艺史料卷·前言》，湖南人民出版社1984年版，第1页。

1936 年 8 月初毛泽东、杨尚昆等《为出版〈长征记〉征稿》而发出的电报等
信件中，就要求作者将"自己在长征中所经历的战斗、民情风俗、奇闻轶事，
写成许多片断"的文字；1936 年 11 月底的《"中国文艺协会"的发起》一
文，明确提出了"收集整理红军和群众的斗争生活各方的材料"等。然而，
这些早期的延安文艺文献资料搜集整理活动，主要还是出于"进行国际宣传，
及在国内国外进行大规模的募捐运动"等现实政治的需要，① 以及"培养无
产者作家，创作工农大众的文艺"等，从而在"陕北苏区"的"文艺建设方
面"，能够"成为革命发展运动中一支战斗力量"的现实目的。② 因此，这种
仅在历史文献范围内进行的史料搜集和文献保存，其任务主要是传承并宣传
无产阶级政治目标及其意识形态，而非为延安文艺研究提供可靠的文献史料
服务。所以，初期的延安文艺文献史料搜集整理活动，无论是其搜集整理的
文献史料范围，还是整理研究的目的任务及理论方法，都和延安文艺史料文
献资料的搜集整理与类型研究，以及其为相关历史研究提供可靠的文献史料
任务等目的，有着截然不同的价值取向及使用方式上的明显区别。

　　应当说，延安文艺文献史料的整理与研究，作为 20 世纪中国文学史料学
研究中一个相对独立的研究领域，是随着 1949 年以后当代中国历史观念的转
变，尤其是中国现代文学历史叙述中，"解放区文艺"作为五四新文学以来
"真正新的人民的文艺"，不仅仅只是"革命文艺"发展过程中"先驱者们的
理想"的实现，而且还是"规定了新中国的文艺的方向"及其"一个伟大的
开始"。③ 因此，直到 20 世纪 80 年代，延安文艺或解放区文艺，除了仍然被
认为是 20 世纪中国文艺历史中，一个"从苏区文艺、红军文艺，以及'五
四'以后新文艺与左联提倡的大众文艺等优良传统发展起来的"，并在"当年
从延安出发，曾经影响全解放区、大后方蒋管区，为革命战争的胜利做出了
伟大贡献，而且奠定了新中国建立以后文艺发展的基石"且"获得的伟大成

---

　　① 中央文献研究室、新华通讯社编：《毛泽东新闻工作文选·为出版〈长征记〉征稿》，新华出
版社 2014 年版，第 39 页。
　　② 《"中国文艺协会"的发起》，《红色中华》1936 年 11 月 30 日。
　　③ 周扬：《新的人民的文艺》，中华全国文学艺术工作者代表大会宣传处编辑：《中华全国文学
艺术工作者代表大会纪念文集》，新华书店 1950 年版，第 69—70 页。

就"等之外，① 同时不断强调"解放区文学作为中国革命文学的一面旗帜，作为五四新文学发展的一个阶段，作为新中国文学的一种传统"，以及"作为中国新文学史上一个独特的重要阶段，划时代的意义"等文化历史价值，② 以凸显延安文艺或"解放区文艺"与当下社会政治意识形态的密切关系。于是，从 20 世纪 50 年代初开始的延安文艺文献史料的整理与研究，事实上也就是建立在对于延安文艺或解放区文艺史实的真实性及其"实事求是"的历史阐释，以及其基本的文献学和文艺史料学目的及范围基础之上的基础研究。

所以，以 20 世纪 80 年代以来出现的《抗日战争时期延安及各抗日民主根据地文学运动资料》（上、中、下册）、《延安文艺丛书》和《中国解放区文学书系》为中心，从延安文艺文献史料的搜集整理及研究等角度，考察三十余年来延安文艺文献史料搜集整理及类型研究的成果，探讨延安文艺文献史料的价值构成及历史特征，总结其研究工作经验并反思其存在的问题缺失，以建立并形成基本的学术规范及方法准则，应当说对于推进及拓展延安文艺及 20 世纪中国文学文献史料的整理研究，以及延安文学文献资料的编辑汇集及史料学的学术话语建构，都有着重要的现实作用及学术性的多方启示。

首先，由于延安文艺文献史料的整理与研究，所涉及的范围不局限于延安文艺运动及其作品等文献史料，而是包括了延安文艺运动历史文献及作品书籍等以外的相关文字史料及声像史料等。如延安文艺运动中的文艺报刊和综合性报刊，社团组织史料，党及政府文件，回忆录及私人文件，日记及个人档案资料，以及实物及田野调查记，等等。因此，对于延安文艺文献史料的研究范围及其不同类型史料的区分和鉴别，仍然是有待探讨研究及深化认知的一个重要问题。我们可以看到的是，从《抗日战争时期延安及各抗日民主根据地文学运动资料》，将延安文艺文献资料的研究范围，按照不同地区分

---

① 丁玲：《延安文艺丛书·总序》，钟敬之、金紫光主编：《延安文艺丛书·文艺史料卷》，湖南人民出版社 1984 年版，第 3—4 页。

② 林默涵总主编，胡采主编：《中国解放区文学书系·文学运动·理论编·总序》，重庆出版社 1993 年版，第 1—3 页。

为"文艺运动、文艺社团与文艺期刊两大类"不同,《延安文艺丛书》和《中国解放区文学书系》则是近乎一致地以文类为标准对延安文艺或"解放区文艺"文献史料进行分类选编。这种研究范围及分类准则的确定,虽然是为了"促进我国社会主义文艺的发展和繁荣",① 以及"坚持马克思主义,坚持社会主义,对广大青年进行革命传统教育和爱国主义教育"等特定的研究目的及任务服务;② 但是, 由此而形成的延安文艺文献资料整理及类型研究的基本面貌,也对延安文艺及其文献史料的搜集整理带来了重要的影响及根本性制约。其中最值得注意并需要深思的,就是从历史文献学及史料学的视野来看,研究范围的狭隘及其史料类型区分的简单或鉴别的泛化,消解或影响了延安文艺文献史料的完整性与可靠性等使用价值的实现,以及对于延安文艺文献史料的来源分布及其价值构成的整体性认知。因此,借鉴现代文献学及史料学等具体方法,根据延安文艺文献史料的"直接"与"间接"等历史特征, 以及不同类型文献史料在价值及使用方式上的区别,对延安文艺文献史料按载体不同,可以分为以下几类:一是原刊文字史料,包括原刊的作品总集、别集,原刊报纸杂志等,原刊的相关文艺运动与理论批评资料等;二是原始实物史料,包括原始手稿、录音录像、图片实物等,调查记、文件档案及私人档案等;三是同期口述史料,包括评传与访问记录,私人日记与回忆录等;四是声像制作史料,包括录音录像访谈,后期制作的纪录片或电视声像节目等。从而强化并明确延安文艺文献史料的价值来源及其使用特征。

其次,重申并增强延安文艺文献史料整理研究及编辑出版的真实可靠等专业意识,尽可能地避免或消除出于某种特定研究目的及任务,以及适应某些资料编辑理念,而有意无意地隐瞒或曲解,以及选择非原刊或非原始性文献史料的行为或现象,提升延安文艺文献史料整理研究,以及其资料汇编为专业研究服务的可靠性及权威性。因为, 从文献史料的保存来看,延安文艺

---

① 刘增杰等编辑:《抗日战争时期延安及各抗日民主根据地文学运动资料·编选说明》,山西人民出版社1983年版, 第1页。
② 林默涵总主编,胡采主编:《中国解放区文学书系·文学运动·理论编·编辑凡例》,重庆出版社1993年版, 第1页。

运动因战乱与印刷出版条件的限制，特别是其与不同时期政治革命及其思想文化斗争的紧密关系，无论是出于现实政治的需要还是因为自身的无意无知，毁损散失与删剪篡改等较为常见。因此，秉持"直接"文献史料或"第一手资料"的自觉意识，应当成为延安文艺文献史料整理与研究，以及其资料汇编的基本原则或专业底线。因此，尽管自 20 世纪 80 年代以来，许多编辑出版的延安文艺文献书籍与资料汇编，都曾在其"编者按"、"编辑说明"及"编辑凡例"中声明，其编选的延安文艺文献资料及"选收标准和要求"，为当时的原刊或"当年所写作，发表、演出、展览及出版的各种优秀文艺作品"，以及"尽量保存历史资料的原貌，要求资料翔实可靠。选编者对原文不作任何增删"等。① 但是，实际上却是有着许多方面的明显删改。如 1985 年 6 月由红旗出版社采用同名再版的《随军西行见闻录》，编辑出版者虽然也声明为"一九三五年写的"，可是打开一看，事实上则是经过编者处理及修改过的另一文本。不仅原作中的"朱毛"都改为"毛泽东朱德"，"蒋委员长"改为"蒋介石"，"赤军"改为"红军"，甚至许多句子的结构也进行了规范化处理。② 同样，即使是《延安文艺丛书》和《中国解放区文学书系》这样影响广泛的延安文艺资料汇编，许多选编的作品等也并非来自原初刊或初版。③ 甚至近年来编辑出版的影印文献史料，也存在类似的删剪篡改问题，④ 因而破坏并消解了其延安文艺文献资料的历史性内容及其资料汇编使用的权威性价值。

最后，是有关延安文艺文献史料的鉴别及其版本校勘与文本使用等问题。由于文献史料学的整理与类型研究，除了从现代史料学的角度，建立开放多元的史料学的研究范围，研究和利用延安文艺历史文献及作品典籍以外的多种原刊文字史料，以及同期口述史料和田野调查史料等之外，更需要运用历

---

① 参见《延安文艺丛书·编辑说明》,《中国解放区文学书系·编辑凡例》等。

② 陈云：《随军西行见闻录·编者按》，红旗出版社 1985 年版，第 1 页。

③ 参见《延安文艺丛书》和《中国解放区文学书系》收录的《王贵与李香香》，均为 20 世纪 50 年代以后重新修改过的版本。

④ 影印本《陕甘宁边区实录》，删去了原作中的《陕甘宁边区实录序言》。参见《红色档案——延安时期文献档案汇编》编委会编纂、齐礼总编：《陕甘宁边区实录》，陕西人民出版社 2013 年版。

史文献学的理论方法，通过目录、版本、校勘、考订、检索及辑佚等专业知识，发现延安文艺文献史料的原本性、完整性和真实性，以揭示其文献史料的历史内容及其价值构成，从而建立相关文献史料的分类目录与资料索引，以便于延安文艺研究者的利用等。所以，如何根据延安文艺文献史料存在的复杂性与历史性等特征，具体历史地考察、辨析与确定其文献史料的真实性与可靠性，以及阐释其历史变迁及形成背后的政治文化及意识形态关系等，也将是延安文艺文献史料整理与研究过程中，不断需要做出回答及解决的主要问题。例如，1939 年由延安解放社出版的《陕甘宁边区实录》，作为一份延安文艺运动的重要历史文献，除了包括"陕甘宁边区是怎样一个地方"、"陕甘宁边区的政制和组织"及"边区政府做了些什么"等八章之外，在其第六章"陕甘宁边区的群众团体"和第七章"陕甘宁边区的学校"中，对延安文艺运动及鲁迅艺术学院、抗大等，分别在第五节"边区文化界救亡协会"等篇章里有专门的说明，声明"抗战以后，中国几个重要的文化中心城市，相继失陷，许多的文化人经过千山万水来到边区；同时为了抗战的需要，边区政府及八路军竭力扶持新文化运动，因此，边区在全国文化界的地位，也如它在政治上和军事上的地位一样，一天比一天重要起来"。并且分别介绍了延安的"诗歌运动"、"文艺小组"、"《文艺突击》"及"战地文化工作"等。[①] 虽然编者在《陕甘宁边区实录序言》中称"本书的完全责任，都由编者个人完全负担，假如其中的解释或报导有错误或失实之处，希望读者指教，当再据实修正"等，[②] 不过，实际上根据相关资料证明，本书是 1938 年秋毛泽东提出，并要求李六如等编辑出此书的初稿，[③] 又在书稿完成后专门委托和指示周扬负责内容的审查修改，强调本书的编辑出版，"因关系边区对外宣传甚大，不应轻率出版，必须内容形式都弄妥当方能出版。现请你全权负责修正此书，如你觉须全般改造，则全般改造之。虽甚劳你，意义是大的"，经过

---

① 《红色档案——延安时期文献档案汇编》编委会编纂，齐礼总编：《陕甘宁边区实录》，陕西人民出版社 2013 年版，第 108—112 页。

② 齐礼编著：《陕甘宁边区实录序言》，《陕甘宁边区实录》，延安解放社 1939 年版，第 3 页。

③ 武在平：《毛泽东与中国作家》，华文出版社 2015 年版，第 241 页。

反复修改后才公开予以出版。① 本书编者也在这篇"序言"中有清楚的说明。其中指出"陕甘宁边区久为全国甚至全世界人士所属目，是大家极欲了解的一个地方。特别在抗战的今天，许多中外人士，不远数千里甚至数万里来边区参观考查，各地青年潮水似的涌到这里来。许多新闻界的朋友，曾博访周咨，写成印象记、访问记之类的东西，对边区作过一些宝贵的介绍。也有少数别有用心的人，捏造黑白，对边区肆意攻击，诋为'封建割据'，'破坏统一'。边区究竟是怎样一个地方？向全国人民做一个忠实的全面的介绍，是十分必要的。这是我们编辑这本《陕甘宁边区实录》（简称《边区实录》）的动机"。② 从而也充分说明了延安文艺文献史料及其价值构成方面的复杂性、丰富性及其历史性特征。

总之，一般来说，任何研究对象都是复杂的构成，尤其是在现代中国文艺及其历史进程方面。因此，延安文艺文献的整理及其史料学研究，不仅要基于马克思主义的唯物史观及其理论方法，采取延安文艺或中国革命文艺、现代中国文艺和文献史料学的研究视角，同时，还应当在研究路径上，采取本学科及其学术研究最基本的研究途径，即着力总结回顾前人的学术积累及其学术史演进，强调文献史料搜集占有方面的完整性与发现文献史料上的可靠性，以及运用互联网及现代技术条件寻访收集文献史料等自觉意识与手段方式的结合，本着问题意识与创新意识，对延安文艺文献史料进行整体性的搜集整理及专题性的学术研究。尤其应当注意的是，在研究过程中各种视角与研究路径的相互借鉴及互补汲取，既可以填补延安文艺史料学研究方面的学术空白，避免以往文艺研究中理论方法的简单化与概念化，以及回避歪曲现代中国文艺与政治关系的历史事实等，从而在强调以全面性、整体性为标准搜集整理延安文艺文献及其相关文献史料的前提下，既重视现有存世文献史料的搜集辑录与整理利用，也重视新视角、新方法之下对于延安文艺历史文献和相关研究资料的历史阐释。特别是对于档案文献、民间收藏文献和口

---

① 中共中央文献研究室编，逄先知主编，冯蕙等副主编：《毛泽东年谱（1893—1949）》，中央文献出版社 2013 年版，第 108 页。

② 齐礼编著：《陕甘宁边区实录序言》，《陕甘宁边区实录》，延安解放社 1939 年版，第 1 页。

述史料，以及已经公开出版或内部出版的文献书刊的整理与利用。在发掘以往未被注意的新材料或未被发现的新内容的同时，注意延安文艺文献资料的准确性，收集的文献史料的可靠性及其所涵盖的历史内容的丰富性。

参考文献

中文文献

艾克恩：《延安文艺回忆录》，中国社会科学出版社 1992 年版。

艾克恩：《延安文艺纪盛》，文化艺术出版社 1987 年版。

艾克恩：《延安文艺史》（上下册），河北教育出版社 2009 年版。

艾克恩编：《延安城头望柳青——毛泽东同志〈在延安文艺座谈会上的讲话〉学习文集》，文化艺术出版社 1991 年版。

艾晓明：《中国左翼文学思潮探源》，湖南文艺出版社 1991 年版。

［美］爱特伽·斯诺著：《西行漫记》胡仲特等译，复社 1938 年版。

［美］安敏成：《现实主义的限制——革命时代的中国小说》，姜涛译，江苏人民出版社 2001 年版。

北京图书馆编：《馆藏解放区出版文艺作品书目》，北京图书馆 1958 年编印。

北京图书馆编：《馆藏解放区文教书目》，北京图书馆 1959 年印行。

［美］本尼迪克特·安德森：《想象的共同体：民族主义的起源与散布》，吴叡人译，上海人民出版社 2003 年版。

本社编：《江苏解放区画选》，江苏人民出版社 1962 年版。

蔡丽：《传统、政治与文学：解放区小说的叙事转型》，中国社会科学出版社 2013 年版。

蔡仪：《中国新文学史讲话》，上海新文艺出版社 1952 年版。

蔡子谔：《晋察冀戏剧剧目提要》，中国文史出版社 2001 年版。

曹伯植：《陕北说书概论》，陕西人民出版社 2010 年版。

陈建华：《"革命"的现代性——中国革命话语考论》，上海古籍出版社 2000 年版。

陈晋：《文人毛泽东》，上海人民出版社 1997 年版。

陈明显：《中国现代史料学概论》，北京大学出版社 1993 年版。

陈瘦竹编：《左翼文艺运动史料》，《南京大学学报》编辑部 1980 年印行。

陈学昭：《漫走解放区》，上海出版公司 1949 年版。

陈学昭：《延安访问记》，北极书店 1940 年版。

陈志昂主编：《胶东解放区歌曲选》，解放军文艺出版社 2003 年版。

程光炜：《文化的转轨："鲁郭茅巴老曹"在中国：1949—1976》，光明日报出版社 2004 年版。

［日］池田诚，中国人民抗日战争纪念馆编研部译校：《抗日战争与中国民众——中国的民族主义与民主主义》，求实出版社 1989 年版。

楚云：《陕行纪实》，读书生活出版社 1938 年版。

崔允常：《陕北轮廓画》，新中国出版社 1939 年版。

［瑞］达格芬·嘉图：《走向革命——华北的战争、社会变革和中国共产党（1937—1945）》，赵景峰译，中共党史出版社 1987 年版。

戴淑娟：《文艺启示录》，中国戏剧出版社 1992 年版。

戴知贤：《十年内战时期的革命文化运动》，中国人民大学出版社 1988 年版。

丁玲、孔厥等：《解放区短篇创作选》，解放军文艺出版社 2000 年版。

董必武等：《二万五千里》（珍藏本），上海人民出版社 2006 年版。

董必武等：《红军长征记》（党内参考材料），总政治部宣传部 1942 年版。

［美］杜赞奇：《从民族国家拯救历史：民族主义话语与中国现代史研究》，王宪明等译，社会科学文献出版社 2003 年版。

杜霞：《翻身道情：解放区小说主题叙事研究》，河北人民出版社 2006 年版。

杜忠明：《延安文艺座谈会纪实》，中央文献出版社 2012 年版。

杜子劲编:《1950 年中国语文问题论文辑要》,大众书店 1952 年版。

方英:《新美术创作谈》,上海大东书局 1952 年 2 月版。

[美]福尔曼著:《中国解放区见闻》朱进译,学术社 1946 年版。

傅斯年:《史料论略及其他》,辽宁教育出版社 1997 年版。

甘肃省社会科学院历史研究室:《陕甘宁革命根据地史料选辑》(1—5 册),甘肃人民出版社 1983—1985 年版。

[日]高桥伸夫:《党と农民:中国農民革命の再検討》,东京研文社 2006 年版。

高慧琳:《群星闪耀延河边——延安文艺座谈会参加者》,人民文学出版社 2012 年版。

高杰:《延安文艺座谈会纪实》,陕西人民出版社 2013 年版。

高利克:《中国现代文学批评发生史(1917-1930)》,社会科学文献出版社 1997 年版。

高文、巩世锋编:《陇东老解放区通讯选》,甘肃人民出版社 1992 年版。

高新民、张树军:《延安整风实录》,浙江人民出版社 2000 年版。

[美]根室·史坦因:《红色中国的挑战》,伊吾等译,晨社 1946 年版。

[美]根室·史坦因:《跨进了延安的大门》,紫蕾译,晨社 1946 年版。

顾棣:《中国红色摄影史录》(上下),山西人民出版社 2009 年版。

顾棣等:《中国解放区摄影史略》,山西人民出版社 1989 年版。

郭文元:《乡村革命与现代想象:40 年代解放区小说研究》,中国社会科学出版社 2014 年版。

国家图书馆编:《文艺的灯塔——纪念〈在延安文艺座谈会上的讲话〉发表七十周年馆藏文献展图录》,国家图书馆出版社 2012 年版。

国家图书馆典藏阅览部编:《国家图书馆藏民国时期抗战图书书目提要》,国家图书馆出版社 2010 年版。

何东:《中国现代史史料学》,求实出版社 1987 年版。

河北省文化厅文化志编辑办公室编:《晋察冀、晋冀鲁豫乡村文艺运动史料》,石家庄市统计印刷厂 1991 年印行。

贺桂梅：《转折的时代——40-50年代作家研究》，山东教育出版社2003年版。

贺志强：《现代作家与延安》，三秦出版社1995年版。

贺志强等：《延安文艺概论》，陕西人民出版社1992年版。

《红色档案——延安时期文献档案汇编》编辑委员会编：《红色档案——延安时期文献档案汇编》（1—60卷），陕西人民出版社2014年版。

《红色延安口述·历史》编辑委员会编：《〈红色延安口述·历史〉丛书》（1—21册），陕西师范大学出版社2014年版。

洪子诚：《中国当代文学史》，北京大学出版社1999年版。

侯建飞编：《外国人笔下的红色中国丛书》（1—3册），解放军文艺出版社2002年版。

忽培元主编：《新延安文艺》，中国青年出版社2004年版。

胡孟祥：《解放区说唱文学作品选》，中国民间文艺出版社1989年版。

胡乔木：《胡乔木回忆毛泽东》，人民出版社1994年版。

胡玉伟：《传统的建构与延拓：解放区文学研究及其他》，中国社会科学出版社2017年版。

黄道：《解放区回来》，我们的出版社1938年版。

黄科安：《延安文学研究——建构新的意识形态与话语体系》，文化艺术出版社2009年版。陈涌：《陈涌文论选》，人民文学出版社2009年版。

黄曼君：《毛泽东文艺思想与中国文艺实践》，华中师大出版社2002年版。

黄炎培：《延安归来》，新华出版社1946年版。

黄子平：《灰阑中的叙述》，上海文艺出版社2001年版。

［美］吉尔伯特·罗兹曼：《中国的现代化》，国家社会科学基金"比较现代"课题组译，江苏人民出版社2005年版。

贾植芳等编：《中国现代文学总书目》，福建教育出版社1993年版。

简朴主编：《旧剧革命的划时期的开端——延安平剧研究院纪念文集》，中国戏剧出版社2005年版。

翦伯赞：《史料与史学》，湖南教育出版社 2009 年版。

江超中：《解放区文艺概述（1941—1947）》，百花文艺出版社 1958 年版。

江西省文化厅革命文化史料征集工作委员会编：《江西苏区文化研究》，江西省文化厅革命文化史料征集工作委员会办公室，2001 年印行。

江震龙：《解放区散文研究》，上海三联书店 2005 年版。

姜振昌编：《野百合花——四十年代延安解放区杂文选》，文化艺术出版社 1996 年版。

教育阵地社：《新民主主义文化教育》，新华书店晋察冀分店 1946 年版。

金宏宇：《文本周边——中国现代文学副文本研究》，武汉大学出版社 2014 年版。

金宏宇：《新文学的版本批评》，武汉大学出版社 2007 年版。

金梅编：《孙犁自述》，团结出版社 1998 年版。

[德] 卡尔·曼海姆：《意识形态与乌托邦》，艾彦译，华夏出版社 2001 年版。

寇国庆：《延安时期及其以后的文学趣味》，宁夏少年儿童出版社 2010 年版。

蓝海：《中国抗战文艺史》，上海现代出版社 1947 年版。

黎辛、徐纮、韦夷编：《延安文艺作品精编》，浙江文艺出版社 1992 年版。

黎辛：《亲历延安岁月》，陕西人民出版社 2016 年版。

李滨荪等编：《抗日战争时期音乐资料汇集》（重庆《新华日报》专辑），西南师范大学出版社 1985 年版。

李春兰：《文艺的群众路线》（上下册），冀鲁豫书店 1947 年版。

李春兰：《文艺的群众路线》（续编一），冀鲁豫书店 1947 年版。

李剑鸣：《历史学家的修养和技艺》，上海三联书店 2007 年版。

李洁非、杨劼：《解读延安：文学、知识分子和文化》，当代中国出版社 2010 年版。

李洁非：《典型文坛》，湖北人民出版社 2008 年版。

李军：《解放区文艺转折的历史见证：延安〈解放日报·文艺〉研究》，齐鲁书社 2008 年版。

李蕤初：《陕北印象记》，延安解放社 1937 年版。

李书磊：《1942：走向民间》，山东教育出版社 1998 年版。

李维汉：《回忆与研究》（上、下），中共党史资料出版社 1986 年版。

梁启超：《中国历史研究法》，中华书局 1944 年版。

林克多：《从陕北到晋北》，上海大时代出版社 1937 年版。

林默涵主编：《中国解放区文学书系》（1—22 卷），重庆出版社 1992 年版。

林毓生：《中国传统的创造性转化》，生活·读书·新知三联书店 1988 年版。

刘建勋：《延安文艺史论稿》，陕西人民出版社 1992 年版。

刘润为主编：《延安文艺大系》（1—17 卷），湖南文艺出版社 2015 年版。

刘绶松：《中国新文学史初稿》，作家出版社 1956 年版。

刘午：《我们回到了陕甘宁》，通俗读物出版社 1955 年版。

刘云：《中央苏区文化艺术史》，百花洲文艺出版社 1998 年版。

刘增杰、王文金主编：《中国解放区文学史》，河南大学出版社 1988 年版。

刘增杰、赵明、王文金等编：《抗日战争时期延安及各抗日民主根据地文学运动资料》（上、中、下册），山西人民出版社 1983 年版。

刘增杰：《中国解放区文学史》，河南大学出版社 1988 年版。

刘增杰：《中国现代文学史料学》，中西书局 2012 年版。

刘增人等：《中国现代文学期刊史论》，新华出版社 2005 年版。

［美］鲁登·爱泼斯坦等著，齐文编选：《外国记者眼中的延安及解放区》，历史资料供应社 1946 年版。

鲁芒：《陕甘宁边区的民众运动》，大众书店 1946 年版。

陆贵山主编：《唯物史观与文艺思潮》，中国人民大学出版社 2008 年版。

吕骥编：《新音乐运动论文集》，新中国书局 1949 年版。

吕律：《陇东革命文艺活动汇盛》，甘肃人民出版社 1997 年版。

［美］马克·赛尔登：《革命中的中国：延安道路》，魏晓明、冯崇义译，社会科学文献出版社 2002 年版。

马良春、张大明编：《三十年代左翼文艺资料选编》，四川人民出版社 1980 年版。

马志春编：《明证——在敌后壮大的抗日根据地报刊》，浙江工商大学出版社 2015 年版。

毛巧晖：《涵化与归化：论延安时期解放区的"民间文学"》，上海辞书出版社 2006 年版。

毛泽东：《毛泽东选集》（1—5 卷），人民出版社 1991 年版。

每日译报社编：《西北特区特写》，每日译报社 1938 年版。

孟悦：《人、历史、家园：文化批评三调》，人民文学出版社 2006 年版。

《密勒氏评论报》：《中国解放区的话》高尔松译，平凡书局 1949 年版。

［法］米歇尔·福柯：《知识考古学》，生活·读书·新知三联书店 1998 年版。

莫西芬等：《山东解放区文学作品选》，山东人民出版社 1983 年版。

穆欣：《历史的脚步声》，新华出版社 1984 年版。

南方局党史资料编辑小组编：《南方局党史资料：文化工作》（6），重庆出版社 1990 年版。

［日］内田知行：《抗日战争と民众动员》，东京创土社 2002 年版。

［美］尼姆·威尔斯：《续西行漫记》，陶宜、徐复译，解放军文艺出版社 2002 年版。

［美］宁谟·韦尔斯《续西行漫记》：胡仲特等译，复社 1939 年版。

宁夏回族自治区妇联妇运史小组：《陕甘宁边区妇女运动史大事记补充资料》（油印本），1983 年印行。

宁夏回族自治区妇联妇运史小组：《陕甘宁边区妇运史资料汇编》（油印本），1983 年印行。

潘树广：《中国文学史料学》（上下册），黄山书社 1992 年版。

潘树广等：《文献学纲要》，广西师范大学出版社 2000 年版。

裴然等编、刘峰等作曲：《解放战士部队歌舞剧》，西北新华书店 1950 年版。

齐礼编：《陕甘宁边区实录》，延安解放社 1939 年版。

钱丹辉主编：《中国解放区文艺大辞典》，安徽文艺出版社 1992 年版。

钱贵成：《苏区文化新论》，中国戏剧出版社 2006 年版。

钱理群：《中国现代文学三十年》（修订本），北京大学出版社 1998 年版。

擎夫、寒荔编：《西北民歌集·晋绥之部》（第二册），商务印书馆 1950 年版。

擎夫、寒荔编：《西北民歌集·陕甘宁之部》（第一册），商务印书馆 1950 年版。

荃麟等：《〈大众文艺丛刊〉批评论文选集》，新中国书局 1949 年版。

《群众周刊大事记》编写组编：《群众周刊大事记》，红旗出版社 1987 年版。

人民文学编辑部：《解放区短篇小说选》，人民文学出版社 1978 年版。

任孚先：《山东解放区文学概观》，山东人民出版社 1983 年版。

任震主编：《国家图书馆藏民国时期毛边书举要》，国家图书馆出版社 2013 年版。

山东省出版总社出版志编辑室编：《山东出版志资料（内部资料)》（第 8 辑），济南历下明湖印刷厂 1989 年版。

山东省图书馆编：《馆藏革命文献书目》，山东省图书馆 1987 年印行。

山西文学艺术工作者联合会：《山西文艺史料》（1—3 辑），山西人民出版社 1959 年版。

陕甘宁边区民众剧团纪实编辑委员会：《陕甘宁边区民众剧团艺术纪实》，西北大学出版社 1993 年版。

陕西省档案馆、陕西省社科院：《陕甘宁边区政府文件选编》（1—14 辑），档案出版社 1988 年版。

陕西省咸阳市委员会、文史资料委员会编：《烽火文艺劲旅——陕甘宁边区关中八一剧团回忆纪实》，陕西人民出版社 2001 年版。

陕西省音乐家协会编：《陕甘宁边区优秀声乐作品选集》，陕西人民出版社 2006 年版。

陕西文艺工作者改词、填词、编曲：《陕甘宁边区革命民歌选》，陕西人民出版社 1972 年版。

上海图书馆编：《中国近代现代丛书目录》，上海图书馆 1979 年印行。

上海文艺出版社、《中国现代文艺资料丛刊》编辑组编：《中国现代文艺资料丛刊》（1—8 辑），上海文艺出版社 1962—1984 年版。

师哲回忆、李海文整理：《在历史巨人身边》，中央文献出版社 1991 年版。

施洛：《西北角上的神秘区域》，上海明明书局 1936 年版。

舒湮：《边区实录》，上海国际书店 1941 年版。

舒湮：《战斗中的陕北》，上海文缘出版社 1939 年版。

斯诺：《西行漫记》，生活·读书·新知三联书店 1979 年版。

四川人民出版社编：《晋绥解放区木刻选》，四川人民出版社 1982 年版。

宋金寿主编：《抗战时期的陕甘宁边区》，北京出版社 1995 年版。

宋绍香译/著：《中国解放区文学俄文版序跋集》，中国文史出版社 2004 年版。

宋晓梦：《李锐其人》，河南人民出版社 1999 年版。

苏春生：《中国解放区文学思潮流派论》，中国社会科学出版社 2000 年版。

苏林编：《解放区黑白木刻》，广西美术出版社 2001 年版。

孙国林、曹桂芳等编著：《毛泽东文艺思想指引下的延安文艺》，花山文艺出版社 1992 年版。

孙红震：《解放区文学的革命伦理阐释》，河南人民出版社 2014 年版。

孙进柱等主编，保定历史文化丛书编辑委员会编：《保定抗战文化》，方志出版社 2005 年 1 月版。

唐小兵：《再解读：大众文艺与意识形态》，牛津大学出版社 1993 年版。

唐沅等：《中国现代文学期刊目录汇编》（上、下册），天津人民出版社

1988 年版。

田大畏等编：《民国时期总书目》，书目文献出版社 1992 年版。

田嘉谷：《抗战教育在陕北》，明日出版社 1938 年版。

万国庆：《凝眸黄土地——延安文学史论》，湖北人民出版社 2003 年版。

汪木兰、邓家琪编：《苏区文艺运动资料》，上海文艺出版社 1985 年版。

汪应果等：《解放区文学史》，漓江出版社 1992 年版。

王大龙：《红色报刊集萃》，同心出版社 2010 年版。

王海平等主编：《回想延安·1942》，江苏文艺出版社 2002 年版。

王建中等：《东北解放区文学史》，辽宁大学出版社 1995 年版。

王剑清、冯健男：《晋察冀文艺史》，中国文联出版公司 1989 年版。

王敬主编：《延安〈解放日报〉史》，新华出版社 1998 年版。

王巨才总主编：《延安文艺档案》（1—27 卷），太白文艺出版社 2013 年版。

王克文：《陕北民歌艺术初探》，中国民间文艺出版社 1986 年版。

王培元：《抗战时期的延安鲁艺》，广西师范大学出版社 1999 年版。

王琦：《新美术论集》，上海新文艺出版社 1951 年版。

王瑶：《中国新文学史稿》，上海文艺出版社 1982 年版。

王一民、齐荣晋、笙鸣编：《山西革命根据地文艺运动回忆录》，北岳文艺出版社 1988 年版。

王长华等主编：《河北新文学大系》（1—8 卷），河北教育出版社 2013 年版。

王志武编：《延安文艺精华鉴赏》，陕西人民教育出版社 1992 年版。

文化部党史资料征集工作领导小组、延安平剧活动史料征集组编：《延安平剧活动史料集》（第 1 集），1985 年印行。

文慧：《延安文学与农民文化》，中国文联出版社 2011 年版。

文天行：《国统区抗战文艺运动大事记》，四川省社会科学院出版社 1985 年版。

沃渣编：《新美术论文集》（第一集），东北书店牡丹江分店 1947 年版。

吴敏：《宝塔山下交响乐——20世纪40年代前后延安的文化组织与文学社团》，武汉出版社2011年版。

吴敏：《延安文人研究》，香港文汇出版社2010年版。

吴锡恩编著：《中国解放区报业图史》，清华大学出版社2012年版。

吴艳：《现代视域中的延安文艺》，中国文史出版社2014年版。

西安市第一保育院编：《我的童年故事——战火中的陕甘宁边区战时儿童保育院》，西安交通大学出版社2015年版。

西北文学艺术工作者代表大会秘书处编：《西北文学艺术工作者代表大会纪念文集》，西北军区第一印刷厂1951年印行。

西北五省区编纂领导小组、中央档案馆编：《陕甘宁边区抗日民主根据地·文献卷（上、下）》，中共党史资料出版社1990年版。

肖思科：《山坳圣地红色大本营延安纪事》，解放军文艺出版社2005年版。

谢国桢：《史料学概论》，福建人民出版社1985年版。

谢泳：《中国现代文学史研究法》，广西师范大学出版社2010年版。

辛白：《西北的新区》，星星出版社1938年版。

徐瑞岳主编：《中国现代文学研究史纲》（上、下册），江苏教育出版社2001年版。

徐有富：《中国古典文学史料学》，北京大学出版社2008年版。

许怀中：《中国解放区文学史》，海峡文艺出版社1994年版。

许纪霖、陈达凯：《中国现代化史》，上海三联书店1995年版。

《延安文艺丛书》编委会：《延安文艺丛书》，湖南人民出版社、湖南文艺出版社1984—1988年版。

杨匡汉：《20世纪中国文学经验》（上下册），东方出版中心2006年版。

杨利娟：《时代诉求与革命规限下的乡村言说——解放区农村题材小说研究（1937—1949）年》，新华出版社2016年版。

杨燕起等：《中国历史文献学》，书目文献出版社1989年9月版。

杨义：《中国现代小说史》，人民文学出版社1998年版。

杨益群编著：《抗战时期桂林美术运动》，漓江出版社1995年版。

姚文锦等：《晋冀鲁豫边区出版史》（山西部分），山西人民出版社 2009 年 6 月版。

［日］野村浩一等：《现代中国研究案内》，东京岩波书店 1990 年版。

亦文、齐荣晋：《山西革命根据地文艺运动史稿》，山西人民出版社 1989 年版。

尹均生编：《中外名记者眼中的延安解放区》，华中师范大学出版社 1995 年版。

于世军、乔桦、吕品：《东北小延安：文化名人谱》，中国戏剧出版社 2012 年版。

袁牧之等：《解放区的电影》，中国电影出版社 1962 年版。

袁盛勇编：《还原与重构——新的延安文学研究在崛起》，重庆出版社 2012 年版。

张根柱、付道磊：《延安文学体制的生成与个性的嬗变》，中国矿业大学出版社 2008 年版。

张鸿才：《延安文艺论稿》，宁夏人民出版社 1999 年版。

张鸿才：《延安文艺目录》，香港天马出版有限公司 2005 年版。

张静庐辑注：《中国现代出版史料》（甲编—丁编），中华书局 1954—1959 年版。

张军峰：《延安文艺座谈会的台前幕后》，陕西师范大学出版总社 2014 年版。

张明胜、郭林：《延安文艺与先进文化建设研究》，陕西人民出版社 2003 年版。

张器友：《抗拒不了的传统：以延安文学为中心的历史性阅读》，群众出版社 2014 年版。

张挺、王海勇主编：《中国红色报刊图史 1921—1949》，山西出版集团·山西经济出版社 2011 年版。

张文伯：《陕北归来答客问》，读者之友社 1945 年版。

张文伯：《陕北纪行》，国民出版社 1945 年版。

张文诺:《文学大众化与解放区小说研究》,中国社会科学出版社 2016年版。

张学新、鲍晶等编:《让历史告诉未来——解放区文学研究论文集》,天津社会科学院出版社 1991年版。

张学新、王玉树编:《创造新世界的文学:首届中国解放区文学研讨会论文集》,文化艺术出版社 1989年版。

张学新:《想起那火红的年代——论解放区文艺及其他》,天津社会科学院出版社 2000年版。

张学新编:《晋察冀革命戏剧运动史料》,河北省文化厅文化史志编辑办公室 1991年印行。

张学新等编:《解放区文学评论集》,天津教育出版社 1999年版。

张永泉主编:《河北解放区作家论》,花山文艺出版社 2000年版。

张毓茂主编:《东北现代文学大系 1919—1949》(1—14卷),沈阳出版社1996年版。

张注洪:《中国现代革命史史料学》,中共党史资料出版社 1987年版。

郑新如、陈思明:《〈群众〉周刊史》,中共党史出版社 1998年版。

中共冀鲁豫党史工作组文艺组编:《冀鲁豫解放区文艺丛书》(1—12册),济南明天出版社、贵州人民出版社、蓝天出版社、长征出版社、青岛出版社 1988—1992年版。

中共文化部党史资料征集工作领导小组、延安平剧活动史料征集组编:《延安平剧改革创业史料》,文津出版社 1989年版。

中共中央书记处编:《红色文献》,延安解放社 1938年版。

中共中央书记处编:《抗战以来重要文献汇集》,光明书店 1946年版。

中共中央文献研究室编:《毛泽东书信选》,人民出版社 1983年版。

中共中央文献研究室编:《延安时期党的主要领导人著作选编》,中央文献出版社 2014年版。

周平远:《从苏区文艺到延安文艺》,社会科学文献出版社 2014年版。

中国第二历史档案馆编:《中华民国史档案资料汇编总目索引》(上下

册），凤凰出版社 2010 年版。

中国革命博物馆编：《解放区展览会资料》，文物出版社 1988 年版。

《中国抗日战争时期大后方文学书系》编辑委员会编：《中国抗日战争时期大后方文学书系》（1—20 卷），重庆出版社 1989 年版。

中国解放区文学研究会丛书组委会编：《中国解放区文学研究资料丛书》（1—8 册），河北教育出版社、天津社会科学院出版社 1989—1992 年版。

中国民间文艺研究会、中央音乐学院民间音乐研究所：《陕甘宁老根据地民歌选》，新音乐出版社 1953 年版。

中国人民大学图书馆编：《解放区根据地图书目录》，中国人民大学出版社 1989 年版。

中国人民解放军文艺史料编辑部编：《中国人民解放军文艺史料选编》（1—8 册），解放军出版社 1986—1988 年版。

中国人民政治协商会议宁夏回族自治区委员会文史资料研究委员会：《宁夏文史资料·陕甘宁革命根据地史料特辑（内部参考）》（第 9 辑），1981 年印行。

中国戏剧家协会编：《新歌剧问题讨论集》，中国戏剧出版社 1958 年版。

中国作家协会、中央编译局编：《马克思 恩格斯 列宁 斯大林论文艺》，作家出版社 2010 年版。

中华全国文学艺术工作者代表大会宣传处编：《中华全国文学艺术工作者代表大会纪念文集》，新华书店 1949 年版。

中华全国文艺协会香港分会：《文艺三十年》，中华全国文艺协会香港分会 1949 年版。

中央档案馆、陕西省档案馆编：《中共陕甘宁边区党委文件汇集（1937—1939）》，西安新华印刷厂 1994 年版。

中央档案馆、陕西省档案馆编：《中共陕甘宁边区党委文件汇集（1940—1941）》，西安新华印刷厂 1994 年版。

中央档案馆、陕西省档案馆编：《中共中央西北局文件汇集 1941—1945》（1—7 册），西安出版社长安印刷厂 1994 年印行。

钟敬文：《民间文艺新论集》，北京师范大学出版社 1951 年版。

周扬：《表现新的群众的时代》，新华书店 1946 年版。

周扬：《周扬文论选》，人民文学出版社 2009 年版。

周一平：《中共党史文献学》，华东师范大学出版社 2002 年版。

周忠厚等主编：《马克思主义文艺学思想发展史》，中国人民大学出版社 2007 年版。

周纵策：《五四运动：现代中国的思想革命》，江苏人民出版社 1996 年版。

朱鸿召：《延安文人》，广东人民出版社 2001 年版。

朱金顺：《新文学资料引论》，北京语言学院出版社 1986 年版。

朱立元等著：《马克思主义文艺理论中国化研究》，经济科学出版社 2009 年版。

邹雅等编：《解放区木刻》，人民美术出版社 1962 年版。

英文文献

Chalmers A. Johnson, *Peasant Nationalism and Communist Power*: *The Emergence of Revolutionary China*, *1937 – 1945*, Stanford University Press, 1962.

By Edwin Pak – wah Leung, *Essentials of Modern Chinese History*, Printed in the United States of America, 2005.

John King Fairbank, *Modern China*: *A Bibliographical Guide to Chinese Works* (*1898 – 1937*), HUP, 1950.

John King Fairbank, *China Thought and Institutions*, The University of Chicago Press, 1957.

Pauline B., Keating, *Two Revolutions*: *Village Reconstruction and the Cooperative in Northern Shaanxi*, *1934 – 1945*, Stanford University Press, 1997.

Yun – fa Chen, *Making Revolution*: *The Communist Movement in Eastern and Central China*, *1937 – 1945*, University of California Press, 1986.

后　记

　　本书是在国家社科项目"延安文艺史料学研究"的基础上修改完成的。自 2011 年 7 月该项目获准立项后，经过了近 7 年的资料搜集与整理研究，终于在项目要求的最后期限，即 2017 年 6 月前递交出结项材料。其后，趁着劲儿，未敢懈怠，又用了一年多的时间，字斟句酌，逐条订正，梳理修改，考察辨析。几乎是数易其稿，才最终完成。不过，限于学识与专业等方面的浅薄与不足，其中的错误及疏漏在所难免。因此，本书的正式出版，也诚恳期待得到各位方家的批评指正。

　　20 世纪中国文艺及延安文艺文献史料整理与研究，不仅是 20 世纪中国文学研究的重要领域，以及学科建设及其持续性成长的学术基础，同时也是 20 世纪 80 年代以后，当代中国学术思潮及其理论方法的多元发展，以及"学术重整"及"学术规范化"进步的体现。记得自己 1987 年刚读硕士时，因为在书店偶然看到并购买了一本朱金顺先生的《新文学资料引论》，遂引起了对中国现代文学史料问题，以及其与传统学术研究理论方法的联系的注意。1990 年硕士毕业后，翌年的 5 月初前后，主要出于改变当时在高校工作生活的郁闷状况，又乘坐列车，先后从西安到北京，由北京奔上海，分别参加了中国社会科学院文学所马良春先生和复旦大学陈鸣树先生的博士研究生考试。同年 9 月进入复旦大学读书后，正好陈鸣树先生在着手主编上海教育出版社的《二十世纪中国文学大典》系列书籍。于是，广泛接触并了解相关的文学史料，动手完成所布置的部分资料搜集与整理工作，可以说就成了自己史料意识及学术训练的开始。或许正因如此，长期以来，也使自身对于有关中国现当代文学文献史料方面的关注，尤其是运用文献学、史料学及版本校勘等理论方法考订辨析的论著文章，更有一些学术方面的感觉或专业兴趣。

众所周知，面对浩如烟海、类型多样，以及搜集辑佚困难的20世纪中国文学文献史料，20世纪80年代至今，虽然已经涌现出不少有关中国现当代文学及其文艺史料整理与研究的成果，但是，除了多为文献史料的汇编整理及其编辑出版外，整体阐述与具体研究文学史料的类型、搜集、整理、鉴别、利用，探讨其一般规律及方法方面的书籍，则仍然较为鲜见。其中的原因之一，或许是涉及的内容浩繁，而非个人所能够承担完成。因此，从专题史料学或断代研究的角度，立足于学术研究的基本规范及其理论方法，分头拓进，展开20世纪中国文学史料及文艺史料学的研究，对于中国现当代文学的研究及本学科的建设发展，以及研究者深入广泛了解和掌握相关文献史料的来源分布等，应当有着重要的学术价值及根本性意义。

所以，作为20世纪中国文艺发展过程中的重要内容及其组成部分，延安文艺史料学研究的任务与目的，就是从现代文献史料的历史认知及具体特点出发，借鉴古典文献学、史料学等传统学术理论方法的基本规范及学术史传统，分门别类，通过"总集"、"别集"、"丛书"、"报刊"等文献史料类型，以及将"社团机构"、"传记年谱"等工具书的价值与作用一一列举介绍出来的同时，借鉴及运用传统"朴学"方法，梳理其文献史料的来源分布、价值构成、文本特点及版本变迁等，以及从校勘与注释、辑佚与汇编、目录学与互联网技术检索等方面，探讨并论述其搜集整理、鉴别利用的一般规律与具体方法，包括其作为现代文献史料的意识形态"历史烙印"与"副文本"因素等隐藏的历史内涵和文化价值。为此，书中所涉及的全部文献史料、图书作品等，均以当下目睹的实物原件为依据，以初刊及初版等"第一手资料"为准则，在力求"全"与"真"的基础上，梳理并考订其文本与版本的变化等。可以说，正是得益于中国现当代文艺文献史料搜集整理及其学术研究方面长期以来的积累，以及现代网络技术及相关数据库检索利用的便捷，尤其是中国古典学术传统及其理论方法的示范和启迪，才使本书得以从史料学研究的角度，对20世纪中国文艺运动过程中，各类型的延安文艺文献史料的价值特点，以及其研究的基本规律与方法，得以进行系统的讨论及探究。其中参考引述了许多学者的论著观点，虽在文中与文末都有注释或列出，但在此仍要表达由衷的感谢及致敬。

同时，还要衷心感谢的，是为本课题的研究及本书的正式出版，提供了多方指导及尽力帮助的师友及校院领导。其中包括陕西师范大学的李继凯教授、赵学勇教授、张积玉教授、李西建教授、张新科教授、马瑞映教授、苏仲乐教授、闫文杰处长等，以及复旦大学的张兵编审、上海交通大学的张中良教授、四川大学的李怡教授和陈思广教授、甘肃社会科学院的赵国军研究员等。尤其是中国社会科学出版社文学艺术与新闻传播出版中心主任郭晓鸿博士，对本书的出版给予了大力的支持及切实的帮助。在此再次表示诚挚的谢意。

除此之外，还需要特别说明并感谢的，是在本课题的研究过程中也付出了一定时间精力的研究生同学们。其中有王西强、吴国彬、马亚琳、翟二猛、张敏、田松林等博士研究生，以及童一菲、王奎、张雨晨、冯毓璇、袁江乐、韩惠欢等硕士研究生。以上各位同学在课题的相关阶段性论文写作、资料搜集与文字校对等方面，分别做出了积极的努力与贡献。

2019 年 2 月 26 日于长安南山北麓